岩隗

李家驷 ◎ 著

知识产权出版社
全国百佳图书出版单位
—北京—

图书在版编目（CIP）数据

岩隗 / 李家驷著. —北京：知识产权出版社，2024.2
ISBN 978-7-5130-9143-5

Ⅰ.①岩…　Ⅱ.①李…　Ⅲ.①长篇小说—中国—当代　Ⅳ.①I247.5

中国国家版本馆CIP数据核字（2024）第002109号

内容提要

本书为长篇小说。作者借鉴了元末明初的时代背景，构建了一处少数民族与汉族杂居的世外桃源"五彩村"和"隗竹山寨"，以郭家、林家和梁家等几大家族世世代代的恩怨情仇为主要线索，展开了一幅具有历史厚重感的巨幅画卷。作者在故事中描绘了江西地区险峻秀美的自然风光，多姿多彩的各民族百姓生活，介绍了山歌、民谣等民族文学形式，夹杂着山川地理、民风民俗、奇妙动植物、农工农技等知识，构思宏大精细，让人读来荡气回肠，浮想联翩。

本书适合中国古典小说爱好者阅读。

责任编辑：卢媛媛　　　　　　　　责任印制：刘译文

岩隗
YAN WEI

李家驷　著

出版发行：**知识产权出版社** 有限责任公司　　　网　　址：http://www.ipph.cn
电　　话：010-82004826　　　　　　　　　　　　　　　　 http://www.laichushu.com
社　　址：北京市海淀区气象路50号院　　　邮　　编：100081
责编电话：010-82000860转8597　　　　　　责编邮箱：luyuanyuan@cnipr.com
发行电话：010-82000860转8101/8102　　　 发行传真：010-82000893
印　　刷：三河市国英印务有限公司　　　　经　　销：新华书店、各大网上书店及相关专业书店
开　　本：720mm×1000mm　1/16　　　　　印　　张：36
版　　次：2024年2月第1版　　　　　　　　印　　次：2024年2月第1次印刷
字　　数：779千字　　　　　　　　　　　　定　　价：128.00元
ISBN 978-7-5130-9143-5

大道之下

万物无生无死

只是有聚有散

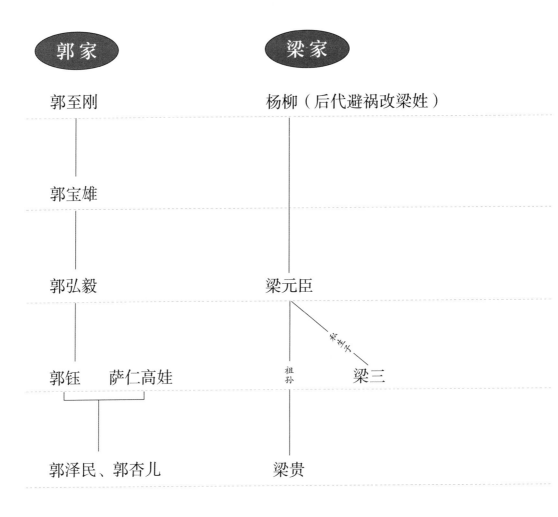

五彩村郭家、梁家谱系图

郭家

梁家

郭至刚

杨柳（后代避祸改梁姓）

郭宝雄

郭弘毅

梁元臣

郭钰　　萨仁高娃

祖孙

过继子

梁三

郭泽民、郭杏儿

梁贵

五彩村林家谱系图

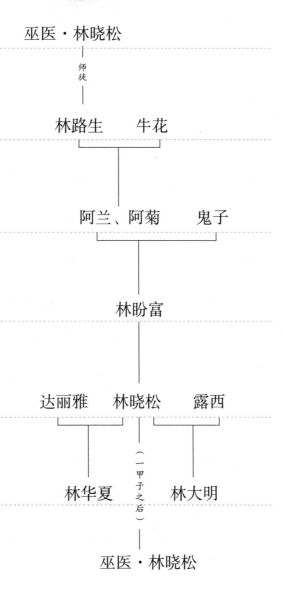

巫医·林晓松

师徒

林路生　　牛花

阿兰、阿菊　　鬼子

林盼富

达丽雅　　林晓松　　露西

林华夏　（一甲子之后）　林大明

巫医·林晓松

目　录

楔　　子 / 001

第 一 章　林巫医当街遭横祸，郭乡绅仗义告州官 / 003

第 二 章　张典吏救友出牢狱，郭乡绅纾难舍家财 / 012

第 三 章　恶小人贪利惹大祸，智老妪息事得寿枋 / 020

第 四 章　迁乡绅临终吐箴言，刚烈女神鹰复血仇 / 028

第 五 章　苦狩猎山寨失群豪，勇探险孤儿得奇宝 / 035

第 六 章　义父子彻夜辨竹简，俏姐妹横山订盟约 / 042

第 七 章　创世传说重现人世，粒子学说后继有人 / 051

第 八 章　纨绔子嫉妒生奸计，慧双姝巧方制菹酱 / 058

第 九 章　受挑拨汉夷拔刀向，各为战村寨血流河 / 066

第 十 章　中毒计家家遭祸难，结深仇户户血泪惊 / 072

第十一章　修祠堂论道堪舆师，观面相称许林家子 / 080

第 十 二 章　敏好问杏儿咏鲲鹏，欺幼童梁贵引众怒 / 089

第 十 三 章　闻外事乡绅惊世变，品佳肴郭妪训儿孙 / 099

第 十 四 章　评祠堂兄妹论斗拱，迎贵客张家数名禽 / 107

第 十 五 章　历千辛火鹰激后辈，有万用赣竹为苍生 / 115

第 十 六 章　谢厚意穷家赠奇珍，报私仇金兰误杀生 / 126

第 十 七 章　备围猎林家锻精铁，设埋伏三友话竹熊 / 136

第 十 八 章　险象环生横山遭难，死里逃生晓松遇仙 / 144

第 十 九 章　三问天星图终解惑，多风波山魈夺金书 / 154

第 二 十 章　勤春耕听雨品茶花，急生变侯三遭大难 / 163

第二十一章　行天道猕猴锄大恶，思进取夷寨绑贤能 / 172

第二十二章　正家风杏儿笞刁奴，师长技泽民读奇书 / 184

第二十三章　听风轩共读西征史，十里亭结识外路商 / 193

第二十四章　引狼入室梁家中计，鸠占鹊巢痛失油坊 / 201

第二十五章　榨油坊惊现无名尸，梁元臣密谋郭里长 / 210

第二十六章　起贼兵沙崇华叛乱，救三宝义兄弟善行 / 218

第二十七章　烈少年临死无惧色，苦命女托梦誓复仇 / 224

第二十八章　五彩村乡里遭劫难，盘陀国公主遇救星 / 231

第二十九章　巧脱险姐弟结金兰，遇幻影古丽丧夷寨 / 239

第 三 十 章　送冬酒杏儿斥纨绔，采莲藕晓松得银盒 / 247

第三十一章　鞭春牛假吉土藏祸，柯年鬼破蒙礼迎新 / 255

第三十二章　寒冬至奸商逼绝路，无德行豪门丧人伦 / 264

第三十三章　比试夺魁展露天资，夜谈立志万里之行 / 273

第三十四章　抒新见乡绅得高徒，接密报里长送亲子 / 284

第三十五章　露锋芒英才连高中，遭诬告贤良陷囹圄 / 295

第三十六章　难别离赴京师赶考，登鬼船闻京师旧事 / 304

第三十七章　世情险恶幸逢良友，雪中会试幻遇恩师 / 312

第三十八章　林晓松失意科考场，陈杏儿魂归燕子矶 / 321

第三十九章　辞乡里出山寻故旧，杀重围归乡血染衣 / 328

第 四 十 章　叹世间除恶难除尽，憾良缘离散多波折 / 336

第四十一章　久别重逢游子归乡，萍水相逢商贾中计 / 343

第四十二章　杀富济贫江匪有义，阴差阳错痴侣殉情 / 350

第四十三章　行万里随军下西洋，露锋芒良兵遇良将 / 357

第四十四章　悍海盗雾中劫宝船，敏公主绝境遣密使 / 366

第四十五章　聚虎船众议《山海经》，剿匪巢冒进失主帅 / 376

第四十六章　李代桃僵诡计终破，相逢恨晚闻道突亡 / 384

第四十七章　英雄殁血战鲨鱼岛，避毒疫又遇亡命徒 / 391

第四十八章　战船玉碎义士魂归，登临异国睹物思亲 / 399

第四十九章　佳人改装路遇侠客，知己相交亲赠纸笔 / 406

第 五 十 章　观竞选场外论试题，遇恩人把盏思报恩 / 412

第五十一章　千钧一发城堡惊变，拔刀相助漏夜传信 / 419

第五十二章　暗潮汹涌宫廷论史，炊金馔玉群贤结交 / 426

第五十三章　赴晚宴评各国建筑，观教堂品中西文明 / 433

第五十四章　拜谒皇室宣扬国威，参观珍品求知若渴 / 440

第五十五章　畅所言互荐圣贤书，救孤苦世间无桃源 / 447

第五十六章　访大学思乡生感慨，论军政考古解近难 / 454

第五十七章　华夏史数说枭雄传，军事论镜鉴后世师 / 461

第五十八章　持蟹螯公主问兵法，整军务侯爵受贬黜 / 467

第五十九章　制火药古里购硝石，临边境里奥强迎亲 / 477

第 六 十 章　吉米尔轻敌入陷阱，达丽雅亲征获首捷 / 484

第六十一章　擒敌首坑道出奇效，惊崩逝两国暂休兵 / 493

第六十二章　谈殡葬再提原子论，著新书重修华夏史 / 503

第六十三章　狼子野心亲王谋逆，春风化雨公主怀柔 / 509

第六十四章　强所难公主出闺阁，生罅隙国王起疑心 / 516

第六十五章　功高震主圣心难测，纸上谈兵君臣离心 / 523

第六十六章　贤博士拼死传消息，义乞丐寻机救恩人 / 529

第六十七章　演神曲戏台窥天机，入梦境冥府论科学 / 534

第六十八章　情深重杏儿勇捐躯，义难忘刑天慨赴死 / 541

第六十九章　亦真亦幻困陷冥府，不破不立炸灭鬼都 / 550

第 七 十 章　阿莱舰队烟消云散，华夏游子万里归国 / 557

《岩隗》编后记 / 565

楔 子

瘴雨蛮烟，十年梦，尊前休说。

罗霄山脉，置于大元国版图，鲜为人知，隆兴行省（江西行省）之人氏，十有八九也道不明其始于何地，终于何境，甚是令人奇异。有经生之人疑惑，纵使大元疆域广袤，除华夏大地外，尚远及伊利汗国、钦察汗国、察合台汗国、窝阔台汗国、高丽、东南亚南蛮数国，以及擢发难数之海外诸岛等，罗霄山脉终究横亘于华夏腹地六百里，难于分辨始终，缘于不识庐山真面目，只缘身在此山中？有执拗游人，也是经生者，阅得几篇先人游记，一无所获，尚未身临其境游历一番，自然如赣人一般，一头雾水于山脉起始。经生者阅先人游记入梦，化成一只苍鹰，遨游于华夏广袤疆域之浩瀚天空，鹰觑鹊望，着实难得辨出罗霄山脉。忽记起罗霄山，也曾为神农尝百草之巅，众鸟迁徙之道，于是乎瞭望南方，脑海浮现先人笔下赣地之丘陵地貌，有巍巍群山从大地尽头渐起，山脉青翠浑然一体，浸于墨青色大地森林湖泊之中，罗霄山区犹如一张纯绿色地毯。苍鹰飞翔于罗霄山区天地风云之间，穿梭变幻之风云，迷茫又彷徨，混沌之世界，依然不知经纬，趁青天白日，一头扎下。伫立罗霄山区之最高巅峰武功山远眺，但见群峰巍峨，连绵起伏，气势雄伟，山脉犹如巨龙榻卧，淹没于绿色之海洋，腰间无数条江河，恰似晶莹剔透之蓝宝石带。然茫茫云雾渐起，大地烟雾缭绕，苍鹰只得展翅盘旋，朦朦三界，已不知东南西北矣。经生者梦醒，长叹一声，江西果真如先人所谓波谲云诡之地，抚今追昔，实不胜其感慨系之。

碧毯线头抽早稻，青罗裙带展新蒲，未能抛得罗霄去，一半勾留乃青翠。天庭诸神常汇聚至罗霄山巅，雷公，龙身人头，身旁好悬挂数鼓。其妻金光电母，繼衣朱裳白裤，两手运光。耍伴有飞廉风伯、丰隆云师、雪神滕六、火神祝融、女神名媚等。众神相聚，海阔天空，胡吹海嗙，吹拉弹唱，通宵达旦，惬意无比。尤其女神名媚，阳春三月之聚会，便启朱唇皓齿，浅吟低唱，婉转动听，诸神沉醉其中，泪流满面，掉落人间，弄得罗霄山区连绵数十日，将天地万物透心湿润，众生者脚下之红黑土壤，蓄水饱兮，生灵厌烦，然偏有稻、黍、稷、麦、菽、竹、麻等，欢喜不尽。只是罗霄之土壤，性格怪异。盛夏骄阳下，有外来逃荒之蛮力农夫上得烂石岗，寻青石间隙空处开荒拓地，锄头落下，迸出火星，农夫龇牙咧嘴，两手虎口已震裂矣，不由倒抽一口凉气。草下之泥巴地，犹如鲜血浸透，为赤色黏土，骄阳似火，数日暴晒，板结几近石板，然用锄头撬开，板块下泥土滋润。农夫心中惊喜，方知喜水之杉木油茶等林木，为何在炎炎夏日烂石岗中，依然郁郁葱葱，枝繁叶茂，山岗青翠盎然。

执拗经生游者终得心愿，辗转至此，仰头望前方悬崖峭壁，尽被藤植严实覆盖，笑曰："满眼悬崖都是绿，万条垂下绿丝绦。"

有同伴摇头笑道："一叶障目，不见泰山，越过悬崖之世界，绚丽多彩，五颜六色，缤纷灿烂，岂能一个绿字盖全钦。"

经生者点头曰："贤兄所言极是，一路走来，方知罗霄山区地下矿产丰富，恐为天下之最，金木水火土，皆有本色，故一土一色，赤橙黄绿青蓝紫，谁持彩练当空舞？赣地之花草树木。"

罗霄山脉人氏终生飘荡在外，乡音早无，外人问起，桑梓故里，何为记忆之甚？游子不假思索答曰"绿也"，片刻又加一句"甚绿也"，沉默半日，叹道："透绿也。"

罗霄山透绿浓郁，且纯粹整洁，尤其春夏，草木竟无一丝杂色，无一衰败之叶，生机勃勃之状，厌世者心灵悸动，重燃生命火花。罗霄山区之绿，墨绿、浅绿、嫩绿、翠绿，绿成墨色，绿得令人痴迷，山绿、河绿、风绿、雨绿，光也绿，文人骚客无不仰头赞道"绿净春深好染衣"。

第一章
林巫医当街遭横祸，郭乡绅仗义告州官

大元年间，江西行书省袁州府湘水县县城，青黄不接之际，物斛涌贵。是日午后，身着质孙服，头戴瓦楞帽一蒙古大汉，与当地泼皮几个，酒醉于街上。泼皮几个推搡街人，吆五喝六，拳打脚踢游贩走夫，众人唯恐避之不及。行至"萍水葫芦堂"，见得一行山人，正朝"萍水葫芦堂"迎面走来。前头一老者，头戴唐巾，身着团衫，背着八卦图案之斜肩布包，其打扮似堪舆人士又似乡绅。后有长相相仿之青年兄弟两人，粗布麻衣，抬着竹担，担子上病人，似为其父，竹担旁一年少村姑，似为其妹。蒙古人与泼皮打量少女，盈盈灞水曲，步步春芳绿，红脸耀明珠，绛唇含白玉。泼皮嘘声顿起，蒙古大汉淫火中烧，上前一把抱住村姑便亲吻其脸，村姑猝不及防被调戏，双掌用力推开，蒙古大汉仰面跌倒，众泼皮一哄而上，双方叫骂声中互相推搡，老者被推倒在地。"萍水葫芦堂"郎中闻声奔出，见蒙古大汉又被青年按倒，顿时一愣，赶紧拽开那兄长模样的青年，劝道："好汉息怒，我等南人若伤蒙人，被官家捉去，依大元律法，不死即残。忍字头上一把刀，哪个不忍把难招。"

青年兄长怒道："咋哩鸟律法，吾不晓得，欺人太甚，还不许还手？天理何在！"

蒙古大汉爬将起来，一拳朝兄长击来，兄长闪开，可惜那郎中躲闪不及，扑通仰面倒下，头磕青石台阶角，脑裂浆出。蒙古大汉又疯狂袭来，拔刀乱砍，担架上病人挨上数刀，一命呜呼。兄妹三人惊叫一声，抱着其父大哭，众泼皮一惊，狂呼乱叫："蒙古人杀南人，如大象踩死一只蚂蚁，小事一桩！"

蒙古大汉尚不消恨，拳打脚踢，终被敢怒不敢言之围观街人拉开。"萍水葫芦堂"郎中三弟子，抱住郎中，被飞来横祸吓呆。蒙古人骂骂咧咧，眼睛都不眨，懒得多看一眼两个死者，被众泼皮簇拥，扬长而去，众人无不惊愕。

兄妹三人怒吼一声，腾地拔起，从众人头上越过，街人惊呼当中，几道亮光闪过，村姑手中之袖刀，削去蒙古大汉左耳，鲜血淋淋。兄弟俩各甩出一把石子，众泼皮纷纷狗吃屎扑倒在地，满嘴血污。兄妹三人飞起一脚，将蒙古大汉踢得一丈多远，撞在树干，扑通倒地。

若不是街人赶紧抱住兄妹三人，早大卸八块了蒙古人与泼皮几个。有人劝道："万万不可揪打。见好汉之招式，乃习武彪悍之人，出手太重，若死伤蒙古人，即便是为报杀父之仇，官府追究，定是重罪，岂不又丢自己性命，枉死可惜！"

旁人纷纷嚷道："闻知新来一县官，不如揪去告官。"

一白发老翁摇头道："数十年来，从无因械斗相残，汉人告赢蒙人之先例。新至县官，天下乌鸦一般黑，蒙古人身着质孙服，官官相护，岂有告赢之结局？"

郎中三个弟子哭泣不语，先前随兄妹一道而来之乡绅抖动山羊胡子，慷慨激昂道："清平世界，朗朗乾坤，昭昭日月，不可凶残任尔，岂能草菅人命？告官！"

兄妹三人乃牛大，牛二，牛花。他们三个与郎中弟子，合力擒住蒙古人与几个泼皮，众人抬着死者，乱哄哄向县衙拥去。然半路泼皮几个挣脱束缚，与郎中弟子已不见人影矣。白发老翁悲怆道："修合无人见，存心有天知之悬壶济世之郎中，无辜丧命，令人悲痛不已。言去告官，众人昏庸。青年后生为大山夷人，夷人多为猎户，不知畏惧两字，情有可原；然老者谈吐之乎者也，也不着粗麻布衣，秀才文酸气十足，应为乡绅，如此乡绅，迂腐不堪，悲哉！"

达鲁花赤阿赫马鲁，罗霄山脉四个字尚不识得，山前村位于罗霄山脉何处犄角旮旯更是不知，自然一头雾水，刚上任达鲁花赤不久，便有凶案要断。

湘水县乃七万多户人家，依大元社稷之制，三万户以上被定位上县，县令官职名为达鲁花赤，官位高配，秩从六品，然新任达鲁花赤的阿赫马鲁，非蒙古人，为色目人，实出众人意料。阿赫马鲁一路劳顿至此，满心怨恨。南蛮瘴气之地，下车仅与寥寥数人寒暄一番，便闭门谢客，调养歇息，数日后身子方得轻爽一些。已是春末，是日日午，房中听得鸟鸣虫噪，心中烦闷，突发奇想，不如前去县衙查看一番，看众官吏忙于何事。然湘水县城东南西北尚未分辨得出，欲叫上仆人，又转眼一想，自己乃行伍出身，茫茫草原，深山老林也未曾迷路，岂会街道路盲。无人引领，便纵马找去，辗转数街，果真半个时辰寻至县衙，自报家门，县府门衙俱惊，赶紧迎入，于花园饮茶，品赏歇息，有人飞奔出去，速报县尹等官人。

门衙张倌，已伺候三任达鲁花赤，南北杂音，俱能应答，神情淡定，伫立于阿赫马鲁旁，瞄上几眼，心中怪异。大元官服，一是质孙服，二是辫线袄，衣着紧窄，腰部衣褶，以利游牧之蒙古人上马下马之便。文官戴乌纱帽，武官钹笠冠，然此爷着一色服，本应头戴乌纱帽，然为绣有鹰之钹笠冠。张倌发愣中突然琢磨明白，哦，鹰乃蒙古之族灵神，此爷向人展示，虽长相与蒙古人大相径庭，然同具蒙古人之威仪。见达鲁花赤盯视衙府房屋之门窗，便趋前满脸笑容道："大人，可是惊讶门窗之精致？"

阿赫马鲁道："山野偏僻之地，房屋与门窗建造考究精美，本地工技超群绝伦。"

张倌眼睛一亮，如数家珍道："若大人欢喜，小人絮叨几句。房屋与门窗建造考究精美，全因木雕之功。湘水木雕，远近闻名，计白当黑，以少胜多，雕技精湛奢华，圆雕、浮雕、透雕、镂空雕等，山水、人物、花鸟无不神情兼备，栩栩如生，铜质配件，更是本县铁匠一绝……"

一个津津乐道，一个听得兴趣盎然，忽听得县衙大门前一顿乱鼓声，又传来县衙差役一顿驱赶人群之挥舞棍棒吆喝声，张倌扫兴道："定有告状者前来，也不懂规矩，乱敲一气，早三令五申，告状不得敲鼓，敲鼓必挨杀威棒。哎呀，不惧杀威棒，定是病急乱用药者。"

阿赫马鲁惊讶道："敲鼓告状，祖上传下，为何还须吃上杀威棒？今日本官初来乍到，为求头喜，放进告状者就是，暂免杖棒。"

乱哄哄一伙人拥入，达鲁花赤阿赫马鲁阴鸷眼睛骨碌碌打转。哎哟，两条人命大案，告状者与被告，俱是几近咆哮，尤其蒙古人，出言不逊，竟然傲立不跪，令阿赫马鲁心中大怒，暗忖自己乃新官上任，更是本家族头一个弃武从文之官，又在人生地不熟之南人之域为父母官，头一脚若踢不得干净利落，如何立下虎威？也对不起自己买官所费的白花花的银子。乱哄哄场面，还须每人十杖棍棒伺候。阿赫马鲁刚要高举惊堂木拍下，便被一人拦住。此人乃州府州尹李云石大人推荐而聘请之幕僚、儒士汉人刘浩。其手指身后，达鲁花赤见状，只好一言未发，起身随他回到后房。

阿赫马鲁恼怒道："为何劝阻？扫吾兴也。"

刘浩，五十开外，前几日迎候阿赫马鲁时，从其言谈举止中，更从其家人嘴里打听得知，此爷行伍出身，腹中墨水不多，猜测乃银子贿来之达鲁花赤。胸无点墨为官者之情形，在大元一点也不离奇。大元乃马背上夺来江山，蒙古人与色目人为官者，多半不通文墨，愁于执笔画押，更不知律法条文，阿赫马鲁大概如此而已。见大人询问，刘浩恭敬禀道："下官斗胆相劝，十杖棍棒，衙役见大人恼怒，下手定是用力极重，被告原告不死即伤，然情形不明，大人息怒为好。再者大人有所不知，湘水县为上县，特设录事司，诉讼之事，先起于录事司，大人毋须亲问。"

阿赫马鲁道："哦，原来如此，本官初次断案，尚不知本府诉讼程序，既然已开庭审讯，不可不顾，然吾应当明白诉讼程序一事，汝尽可详说，毋须顾虑，免得吾等断案时手忙脚乱。若吾以为程序有谬，也好改之，程序乃由人而定。"

刘浩道："大人不耻下问，下官甚是敬佩，既为大人之下官，吾理当倾己所知，吐肺腑之言，尽幕僚之责，为大人效力。大元承袭宋代，诉讼之事，原告可自行书写，或书铺代为书写有理词状。录事司有官吏，熟练受理官司，凡受词状，披详审问，所考之事，有理而实。现将被告人勾唤到官，取问对证，若已承服，毋须别勾证左。若被告人不服，必须证左指说，指名勾摄，然后给信牌，令执里役者呼之，拘捕人犯，将紧要关联人，一概呼唤，然官司无得信从司吏也。其后录事司首领官禀报于大人。户籍与土地纠纷，大人可差录事司之首领官，领户房审理；民事与刑事，大人令首领官，领刑房审讯，大人可兼任首领官也。审讯须首领官等先行穷问，然诀案则呈大人。又大元律令，诀案时，达鲁花赤须与其余府官再行审责，完牍案牌文字，再行上报路管总府，流罪以上案件，尚须牒廉访司官审问，回复无怨，方可结案。另大元律法，妇女不许告状，男人代之。任何诉讼，不得越诉等。诉讼之状，帖，信牌，呈牒，告谕，申，剖付，取状，承管状，责领状，识认状等书写，俱有固定体例欤。"

阿赫马鲁闻之，紧蹙眉毛苦笑道："如此烦琐，岂有戏中县官审案，为官者威严潇洒欤？如此看来，吾只得令众人退下，依大元律令便是，吾懒得过问。扫兴扫兴。"

刘浩道："大人，万万不可，此案大人绝不可漠视。"

阿赫马鲁挑眉道："又为何不可？"

刘浩答曰："普天之下，常有蒙古人与色目人，致死伤汉人，然鲜有汉人敢来官府起诉者，湘水县也是如此。曾有几起汉人起诉蒙古商人之讼，均告败，其他各地，汉人即便诉了，恐大人也难得听到蒙古人为达鲁花赤者，判汉人胜诉之先例。如遇上被蒙古人伤害之事，汉人自认倒霉而已。今日之事，事出有因，外人以为破天荒一桩怪事，实哉来了一个榆木脑壳者，又受好事者怂恿，叠加成稀奇一讼。然我以为，其中一死者，绝非来自山前村之汉人，恐是夷人。牵涉夷人，大人万分小心，既然受理此案，又得按律法处置，还须另案办理为妙。"

阿赫马鲁不解问道："夷人之地有何稀奇？常闻大元刑法，诸蒙古人与汉人争斗，汉人勿还报，许诉于有司。汉人致蒙古人亡，毋需缘由，一律处死定罪，且没收汉人一切财产赔偿蒙古人；蒙古人致汉人死亡，只需罚数下棍杖刑法，或出兵役便可。夷人乃属南人汉民，遵此照办，有何差错？"

刘浩低头不语，达鲁花赤道："刘君，披肝沥胆，吾乃大幸，只管据实说来，别无顾虑，即便吾闻之大元律法谬已，也一并道明。然吾以为汉人终究性命两条欤，吾不可过分偏护蒙古人，毕竟皆为大元子民。"

刘浩心中暗喜，深吸一口气道："下官斗胆相告，即便前朝，官府与罗霄山民，似乎达成默契，互不干涉，相安无事。吾究湘水县志，字里行间，为官者皆忌惮罗霄山区夷人，再往前看，似乎历代官府也是如此，皆有意回避与此地夷人之争，县志上也鲜有记载夷人事体，偶有之耶，也一笔带过。"

"为何？"

刘浩道："说来话长，恕下官絮叨，大人烦听。湘水县城七八十里外，便是云山雾罩之罗霄山区，山区一多半为夷人越地，高山峻岭中，多有莽莽苍苍之原始森林，即便盛夏，也绵延着数座耀眼洁白之雪峰，群山里不胜枚举之植物与生灵，令人心醉之瀑布湖泊，风光迷人之高山草甸，满目青翠下，更尽埋天下之矿藏。罗霄山区，彰显人间天堂与桃园胜地矣。然沟壑纵横，溶洞深邃，山林幽谧，峰回岭转，尤其盛传洞中藏洞，婉然延入洞庭湖也，无不言罗霄之地隐秘难测，诡异怪诞也。大元官府将南宋之人俱称南人汉民，然越人实则非同汉人也。夷人彪悍，愚昧蛮横，传说早在南宋时，本县官府有过几次出兵征夷之战，因高山险峻，一夫当关，万夫莫开之险隘，故均以失败告终。多有犯事者逃入此地，躲避官府缉捕，官府对此也无可奈何。民间传说最为恐惧诡异之事，凡主张征战夷人之官人，均蹊跷死于非命，日后哪个敢惹夷人？几百年来，官府与夷人两不相犯，几成铁规。时光催老，世上也渐渐淡忘此天高皇帝远之地欤。今日来诉者牛家兄弟，皮糙肉厚，操夷人口音，虽自言为山前村汉人，断不可信矣，十有八九为夷人，且为猎人。猎人乃与虎狼相搏、天天赌命之人，为夷人中最野蛮者。如今大元天下比不得原先，各地烽火不断。另外最可恶可恨者，乃是大堂上之醉鬼——凶手蒙古人，咆哮公堂，全不将老爷放在眼里，实为不敬，厅堂之上，尚狂叫杀戮汉人，如同杀鸡一般，前来围观之汉人越来越多，个个眼中冒出怒火，汉人心中盼大人断案不公，陷于灵域，心中期盼那诅咒显灵。吾等若不慎重，处置不妥，惹其麻烦，今后引来一群死缠烂打之夷人，今生陷入危难当中矣，何况蒙古人身份不明。"

阿赫马鲁心中倒抽一口凉气，然不动声色道："刘君道明实情，吾甚是欣慰，然刘君未道明大元律法之本意。"

刘浩道："《大元律法·刑法条例·杀伤》第一条，诸杀人者，死。此乃不容置疑，然究罪名释义，诸蒙古人失手殴死汉人者，断罚出征，并全征烧埋银而已。只是失手之态，若蒙古人乘醉与汉人争执中，殴打汉人致死，为伤害致死罪，并非故意杀人罪，仅为断罚。唯有蒙古人非醉态，又故意杀死汉人，依照大元法律，亦属于死刑，而非判处充军结案者，当然烧埋银必须征收。"

达鲁花赤问道："烧埋银如何说道？"

刘浩道："诸杀人者死，仍于家属征烧埋银，各地不一。湘水县为五两给苦主，无银者征钞，若赦免罪者，倍之。"

刘浩一席话，令达鲁花赤甚是闷闷不乐，唬脸道："是否酒醉？伤害致死罪，故意杀人罪，如何分辨？这可如何是好？以往遇上此事，如何判定？"

刘浩低头狡黠一笑，吞吞吐吐道："大人，可责令县尹与录事司首领官，前来领事便可。大人先不过问欤，责令被告原告与众旁观作证者，均须分押府上，众人退出。大人花园饮茶安息，处置其他事宜，容下官前去督促县尹几个断案。此蒙古人着实可恶，大人放心，下官自会吩咐一番，给蒙古人一些苦头。鉴于案情简单明晰，吾与县役商议安排妥当，明后日禀告大人欤，大人可酌情定时宣案。"

阿赫马鲁眼珠子转上几圈，皮笑如不笑道："刘君言之凿凿，我当是采纳。劳刘君速去处置，只是刘君记得，稳妥为先，免得鸡飞狗跳。"

时不多久，县尹与首领官几个，也闻讯匆匆赶来，大堂上见得刘浩，便赶紧叩拜。刘浩惶惶迎起，县尹杨孟适满脸谄媚道："再次恭喜刘君为达鲁花赤之幕僚，还望日后美言，愚兄有礼矣。"

刘浩道："使不得，折煞吾矣。吾原为儒学教谕，后为司吏，本是杨大人下官，如何受得起大人之礼。如今愚弟在达鲁花赤府上当差，乃祖上坟墓冒青烟而已，早心中惴惴不安。只是今日达鲁花赤大人有言，暂不与大人谋面，委托吾与诸位大人查明案情，先行商榷断案。"

首领官赵鸿搬来椅子，衣袖抹过数遍，恭请刘浩坐下，媚笑道："湘水县历来达鲁花赤为蒙古人耶，再不济也是回回人。如今县令大人长相怪异之人，不知何方人氏？县吏几个，交头接耳，皆曰此爷似初持政务，法令极为生疏欤。如今当朝，连连出奇，吾乃丈二摸不着头脑矣。"

县尹杨孟适道："有何稀奇？前任达鲁花赤，乃昏庸至极之人，然连连高升矣。"

赵鸿笑嘻嘻道："刘大人，若新来爷如上任达鲁花赤也好，大伙落得窃喜。本县裁断庶事，指画政务，判署案牍，发号施令，原来全仗县尹杨大人，如今又添刘浩贤兄，流水无情，江山依然也，湘水县终究由吾等支撑。"

刘浩点头道："切实，办事爱民，莫亲于县尹杨大人耶。吾已从阿赫马鲁之仆人口中得知，阿大人其名似蒙古人氏，实则畏兀儿人也，军户出身，少年从军，屡立军功，此次受皇恩沐浴，挂刀为官，元灭南宋鼎革以来，为畏兀儿人首个上任大元江南之达鲁花赤。又得知前些年此爷曾经保驾商队，通行国内各域，见多识广，见经商盈利之巨，也暗中参与经商数次，因大字不识，常被人蒙骗欺诈，又常受蒙古人与官差明抢暗夺，心中对官差、蒙古与色目商人早生痛恨，诸位小心为是。"

杨孟适与赵鸿顿时收笑，面面相觑，既尴尬不已，又忐忑不安。刘浩道："吾已力劝达鲁花赤大人，一切按湘水县原来之诉讼程序，委托诸位大人费心办案，切切查明案情，思虑周到，再聚而商议断案，再行上报。杨大人以为如何？"

杨孟适似笑非笑道："案情突发，好在当事者皆在，吾等不可耽搁，查明后，速报刘大人，吾等好生商榷，绝不可出得差错。"

赵鸿点头称是，三人拱手告别，各自忙碌开来。赵鸿首席官主办，自信探明案情后，赶紧上报，县尹杨孟适不敢大意，又亲自复查无误。三日后，杨孟适邀来刘浩，三人聚而商议。

刘浩道："闲话少说，诸位可否探明案情，赶紧和盘推出处置蒙古人醉酒杀人之方案，大人甚是好奇，昨日催问过，等候诸位断案之讯。"

首领官道："案情倒也清晰，然为蒙古人杀人，便十分棘手，缘由众多。先说醉酒杀人，可断为伤害致死罪，也可故意杀人罪，理应请示达鲁花赤大人后，方可行事。"

县尹尚未开言，首领官又苦笑道："更有心中纠结，蒙古人至今不肯说出身份，只称名为阿里爽哥，泼皮几个俱已消失，当地庄主皆言蒙古人乃京城铁木迭儿王爷府上之人。"

刘浩道："达鲁花赤大人早有言在先，稳妥为主，又得立威，再者此案不可惊动上府，若被关注，极易被上府核查，万事核查必有错。"

杨孟适与赵鸿顿时无语。沉默许久，刘浩无奈道："此案难断，丑媳妇终见公婆，烦请县尹大人决断欤。"

杨孟适咳嗽一声，慎重说道："几个汉人身份，经查明，的确是山前村乡都里正开具文引上注明之山民，也非夷人。山前村与夷人山寨邻近，村人多有夷人口音，不足为奇。老者为本村乡绅。郎中为本县铁匠与巫医。大元法令，非行伍者，严禁携带刀枪，携带者重罪。严禁私人开采贩卖食盐，严禁私自造酒与买卖，犯以上者，重罪，十五年以上牢狱或流放，直至死刑。然蒙古达官贵人，常置若罔闻，与各地庄主勾结造酒，开采食盐并贩卖，获利丰厚，乐此不疲。有缉捕报告，已从蒙古杀人者阿里爽哥寄居之地，抄出众多盐包酒坛，吾敢肯定，定会牵涉本地众多大户人家。然双方俱携带刀具，定罪蒙古人，定会得罪杀人者身后权势者，又犯本县众怒；若不法办，又陷入夷人相害担忧之中，日后一旦复核，吾等负罪不得。故此，实难裁定，老夫权谋再三，依据他地相同凶案之判案先例，不如仿效轻罚，按酒后失手伤害罪处置，蒙古人赔死者亲眷价值三头猪之银两便可。他地只是赔付一头猪价格而已，三头猪对于夷人已是巨额矣，烧埋银照旧。只是蒙古人与夷人，双方街上斗殴，判斗殴各位二十大杖，此灭蒙古人戾气之举，乡绅劝架之人，当以免罚。然对原告与被告，与众多旁观者，道明重罪危害，各自闭嘴。白丁布衣只知蒙古人杀南人有罪，不知大元律法之释义，吾等如此断案，也破了先例，白丁布衣定会震惊而乐见，此乃南人扬眉吐气欤。不过私下得先与阿里爽哥讲明利弊，交出私盐造酒贩卖之巨利，且不可少于一千两银子，由刘兄私下交予阿赫马鲁大人，全当诸位见面礼耶。"

刘浩欢喜道："县尹大人所言，面面俱到，甚是妥当。然赵兄面露犹豫，可有纰漏？"

首领官道："担心有二，其一众目睽睽，双方各携刀具，众口难以掩饰；其二乃是死者巫医弟子下落不明，吾隐约不安。"

杨孟适微微一笑道："若有上府稽核，即便闻知携带刀具一事，吾等也毋须强辩，届时县城何人敢出头替蒙古人叫屈？即便有，试问何人观得，可有证据？吾昨日询问旁观者，言及刀具，十人十种说辞，均未提及村姑甩袖刀之事。若面对上府稽查此事，吾等一句路人戏说而已，便可遮掩过去。只是吾以为死者巫医弟子下落不明，树倒猢狲散而已，赵鸿君为何隐约不安？"

刘浩点头道："正是，巫医弟子渺无音讯岂不更好，巫医有何稀奇？"

首领官赵鸿道："贤兄有所不知，此巫医姓林名晓松，字伯常，年近古稀，本地铁木尔王爷牧场人氏。当年蒙古国之兵锋，不仅足以扼西方数国之喉，更有席卷包举之气象，蒙古军兵伐之处，无不屠戮，中原之地，汉人几乎灭绝，残酷至极，以致南宋他地，鲜有抵抗之汉人，实为可悲。然血性民族气节，流芳百世之汉人，偏在江西之境傲立。当年蒙古王爷铁木尔率军进犯湘水县，本县林家庄举村抵抗，铁木尔损失惨重，铁木尔架起火炮猛攻，才攻下林家堡子，几乎举村被屠。铁木尔王爷秉承以弓马之利取天下之训令，每征服一地，杀戮无数，唯有工匠免死，林晓松祖上为匠人而幸存，然沦为奴隶驱口。林家庄及邻村之水稻粮田，万亩之多，俱被铁木尔王爷屯田而据为己有，不耕不稼，成王爷牛羊马场，林家庄改为铁木尔牧场。可怜林晓松一出生，便成小驱口，驱口便如牲口一般，可被王爷随意买卖，馈赠或宰杀，从小打铁种地，砖打墓中长大……"

刘浩道："砖打墓？吾晓得汉人驱口年至六十岁，必被送至荒郊野地一个墓穴里等死，此墓穴称为砖打墓？"

赵鸿道："正是。晓松年幼时，一场夜中暴风骤雨，洪水突至，因建造铁木尔王爷府邸，砍伐树木殆尽之山坡泥石流狂泄，举村被淹没，铁木尔王爷全家也未能幸存。倒是另外一山荒坡上砖打墓里，孤儿晓松幸存，垂髫便征为官匠童工，大半个人生俱在外地，前两年返回故里，已为自由身。他寄身铁匠铺，自称在外学得些医技，治愈过疑难杂症，被人问起，神神道道称之采用未来之医术而治愈，医术高超之讯不胫而走，被称巫医。林晓松便将铁匠铺子改成医馆，铁匠活倒成副业。只是他近来有些疯疯癫癫，声称自己本是一个甲子后之人。一个甲子后，大元国已改朝换代，称为大明国，他自己黄泉路上返回，重新投生，也是打铁种地之人，一生坎坷，且跟随大明军海上远洋，周游万里之外西洋数国。"

刘浩与杨孟适闻之，惊讶中哭笑不得，杨孟适道："偶闻过巫医林晓松，不知其有如此蹊跷之事，只怕林晓松是鬼压床久矣。"

刘浩也乐不可支道："砖打墓中长大，鬼话连篇。"

首席官道："可不，他人权当梦魇之词，然其弟子几个，确信不疑，言之凿凿，众人面前拿出一本奇异西洋书籍，尚有一枚铸有大明字样之铜板。言之亲眼所见，去岁天狗吞月之时，林晓松凭空抓来所得，绝不是哗众取宠之臆造。其弟子再言，更有奇异之事，林晓松之奇谈怪论，非说世界乃由人眼观察不出之微粒子组成，微粒子且可微分下去，人与牛羊，树木花草等原本同出一源，皆为相同或不同微粒子不同组合而已，微粒子组合且相互作用，彼此聚合为丰富多彩之世界，然每个微粒子自有个性，不同聚合，其共性又大不相同。林氏微粒子学说提示人类，万物皆是粒子聚散而已，竹木花草如此，蚂蚁如此，人类也如此，微粒子之世界，无不可能，意念也是微粒子，故而魑魅魍魉也真实存在也。"

刘浩大惊，不知所云，杨孟适也张嘴结舌，赵鸿此时满脸惊悚道："前些天，吾堂客曾偶遇晓松巫医，老叟冲吾堂客怪笑道，儒释道皆为毒害汉人之歪理邪说，汉人不可尊为圣贤，湘水县变天在即，西域鬼怪来了，蒙古人杀人矣，吾等必死无疑。"

众人俱惊，面面相觑，县尹杨孟适暴怒道："诅咒吾等，甚是可恶，大逆不道，妖言惑众，幸有蒙古人替吾等除害，罪该万死，死有余辜。就冲林晓松之胡言诅语，一头猪不赔，据实相报，定为图谋不轨之徒，抄他家便是，捉拿其弟子。然牛家另案处置，依方才所定判决便是，诸位以为如何？"

刘浩道："大人所言极是，林晓松预言畏兀儿人就任达鲁花赤，恐在他处早知畏兀儿人就任湘水县大人，借以神化自己而已。蒙古人杀人，常在他地发生，如今各地烽烟四起，变天之谣言满天飞，林某妖言惑众，皆为偷巧之言，要不，为何料不到自己惨死之命运欤？其言断不可畏惧。既然此案情甚是明了，就按杨大人所言，绝不可将携带刀具等事宜写入，也毋须牵涉乡绅进去。尚需诸位劳顿，呈牒文书草案后，吾执其禀告请示达鲁花赤大人欤。然休怪愚弟多言，诸位大人叮嘱手下各位，均按大元律法行事，切不可诸求横取，乘机讹诈诉讼双方，理应大事化小，小事化了，将事平息。阿赫马鲁大人上任第一案，务求稳，准，快，狠，以立虎威，湘水县朗朗乾坤，依然太平世界。"

一番直言，县尹与首领官似醍醐灌顶，连连拱手，称谢告退。

第二章
张典吏救友出牢狱，郭乡绅纾难舍家财

当夜，刘浩将处置之事，依照与县尹首席官商议案情与断案判决，一一禀告，又将罚没孝敬阿赫马鲁之提议，也婉转和盘托出，然阿赫马鲁哼哼两声，似是不满。刘浩讪讪垂立道："大人，下官鲁莽，然大人尽可放心，此事由首席官私下单独令阿里爽哥交出私盐造酒贩卖之巨利，一人所为，转交与吾，又无留下字据，天知地知，你知吾知，吾若不知，大人岂能知？"

阿赫马鲁依然皮笑如不笑"嘿嘿"两声。刘浩恍然大悟，扑通跪道："大人，吾即为大人奴才，身家性命与大人休戚相关，个人富贵全依仗大人，岂有二心？言无避讳。大人，心急喫不得热豆腐，来日方长，单就一个县衙，除县尹，主簿两官外，县尉，首领官典，司吏，儒学教谕，阴阳学官，医学管勾教谕，监税，捕快，乡都里正等，俱得大人重新任命，一年半载，再来一个肃贪清廉，又得一番重新任命，孝敬之银子，源源不断。任命之责，即便县尹杨孟适，虽是老臣，也得听命于大人，恐县尹大人争为孝敬大人第一人。再说发财，拣一小吏说起，谁不知里胥征秋粮，催唤急风雨，大斛入，小斛出，窃其赢以自利，皇上也无可奈何之，只要日后大人用人得当，自然上下官吏心中有数。大人，神不知鬼不晓之敛财机会，滚滚而来，三年达鲁花赤，保大人之骏马坐骑，金银驮不动矣！"

阿赫马鲁笑骂道："汝为儒士，比不得吾乃军爷粗人，廉义忠信尚须挂在嘴上。今日之事，甚合众意，既然诸位以为断案有理有据，依法令办案，经得起复核，吾自然安心，可告知就此上报欤，依程序合终案，然对诸位负责，结案后吾也许自会一一查实，无差错，上下欢喜。以后诸事，吾以观言行为先。已是深夜，刘君一日辛苦矣，下去歇息吧。"

刘浩心中大惊，此畏兀儿爷绝非草包蛮子一个，抱拳告退，夜风吹来，清醒许多，急着替达鲁花赤出头，似乎不妥，然后悔不得，长叹一声，只怕从此整日怀揣七上八下之心矣。

果真如县尹杨孟适所料，结案之日，县衙人头攒动，阿赫马鲁惊堂木一拍，大堂上蒙

古人阿里爽哥怒吼声便炸起，乡绅与牛家兄妹气得满脸发青，被衙役强制画押按印，众人哗然，其后一片沉默，暴风雨般喝彩声，骤然响起。行杖者取过一根由栗木制成，且包有铁皮倒钩之廷杖，一棒击下去，蒙古人臀部连皮带肉撕下，顿时号叫狂蹦不止。首领官赵鸿赶紧呵斥行仗者："天饶彼一下，地饶彼一下，吾饶彼一下，张倌执杖。"

张倌换成光木廷杖，噼里啪啦一顿毒打，蒙古人与牛家兄妹血肉模糊，然皮伤肉不伤，众目睽睽下，被扔出县衙门外，被押作证旁观者也被轰出。街上人潮涌动，扛着乡绅牛大四个，向闹市行进，高呼乡绅与牛家兄妹其名"郭至刚，牛大，牛二，牛花花"，欢呼声与阵阵鞭炮声，经久不绝。

数日后，入夜闭城，寂静之城外十里亭，县尹杨孟适拱手道："阿里爽哥大人，下官有眼无珠，实出无奈，望大人海量，今日罚金原额加倍奉上，日后若在本地酿酒事宜，下官愿献犬马之劳欤。大人面黄肌瘦，似甚疲乏之态，恐患身疾，留下调养为好。"

阿里爽哥拱手笑道："说来惭愧，私自酿酒贩卖，本不是上得台面之事，此次贵县之行，故而不愿骚扰诸位，然如今思来，撇开杨大人，私下与庄主与泼皮走动，实为失误之举，又因贪饮贵县美酒，终出不测，已是自责不已。皮肉之苦，吾本行伍出身，不足挂齿。日后来往，少不得依仗贤弟扶持，大恩不言谢，一切尽在不言中，铁木迭儿王爷面前，吾自会替贤弟美言。受命在身，不便久留，身子疲眚，恐由几日厌食而起，加上棍棒伺候，又受些风寒，但无妨出行，谢贤兄细心体察，就此告别。"

阿里爽哥一声吆喝，纵身跃马，一溜烟工夫，其人与仆从俱消失山峦之中。数日后，有巡尉弓手禀报，阿里爽哥一行与泼皮几个，陈尸三县交界之山野，似殁于瘴疠，只是有人视得林晓松弟子也曾徘徊于尸首边，甚是可疑。赵鸿赶紧上报，县尹杨孟适与刘浩先是唏嘘不已，又沉吟不语，惊悚中冒出虚汗，三人商议，令众人按下死情不表，私下掩埋便是。三不管之地带，多一事不如少一事。

蒙古人离开湘水县之次日日升，刘浩快马于城外竹林径道追上郭至刚一行，远远叫道："郭乡绅留步！"

郭至刚闻声转身，见似眼熟之官吏，牛大小声嘀咕道："此人乃站立于县衙大堂老爷身边者。"

郭至刚"哦"了一声，刘浩翻身跃下马，拱手道："倘若不是乡绅脸上瘩子与口音，乍一碰面，怎敢相认？哎呀，兄长好忘性，愚弟乃学弟刘浩，可曾记起？"

郭至刚仔细打量一番道："正是！哎呀，愚兄眼拙得很——正是当年满腹经纶，将教授辩得拂袖而去之刘浩！岁月沧桑，倏然三十多载矣。"

刘浩道："光阴似箭，记得当年郭兄四书五经之才华，远在吾之上，只是少言寡语，藏秀于身，同窗数年，贤兄身世成谜。如今方知贤兄乃山前村之人，如今逍遥自在之乡绅，闲云野鹤，全然隐姓埋名矣。"

郭至刚笑道："一生无大志，终究为山前村农夫一个，然实在为夷人山区五彩村之乡民，闲时偶尔不离老子孔子孟子几个，断不如贤弟春风得意，官场风流倜傥。"

刘浩苦笑道："怪不得有夷人口音。兄长夷人山区五彩村之身份，万万不可再提，以免后患无穷。兄长羞煞愚弟，吾也是糊口而已。然郭兄久居偏远之地，恐不知如今庙堂之现状。诉讼两字，早名存实亡，掌管律法之官吏，常借此名目，会将原告被告两家一并勾唤，监禁于牢狱，方便审理。因审理岁月既久，常使诉讼双方随衙困苦，破家坏产，废失农务岁计。更有甚者，取其赃仗，进而逮一夫而破一家，逮一家而破一乡，曾有未到官而家已空，未出狱而身已残，未受刑而骨已枯之惨状。实不相瞒，若不是愚弟从中周旋，且不论斗殴，单究学长身旁牛大牛二几个之文引，严查便知，乃银子买得出门之凭证，又持刀具，兄长几个恐尚在牢狱之中煎熬矣。"

牛大愤愤道："叔公，有如此众多之鸟官，去告鸟状，不如当初杀了蒙古鸟人！"

牛花满脸通红："身为官府衙役，本该为民除害，然官匪一家，竟有脸追来，若不是叔公阻拦，早杀入官府矣。"

郭至刚呵斥道："此非乡野之地，岂可胡来！"

牛大顿时讷讷不语。郭至刚转头道："两条人命，竟被汝等轻易放过杀人害命者，如此草菅人命，天理难容。吾不知现实之恶，然知民不畏死，奈何以死惧之？若使民常畏死，而为奇者，吾得执而杀之，孰敢？常有司杀者杀。夫代司杀者杀，是谓代大匠斫，夫代大匠斫者，鲜有不伤其手矣，如此已成平常，闾阎日残，纪纲日坏，不可以礼义劝，不可以刑法惩。贤弟求学之始，便被教导学者之事，为天地立心，为生民立命也，况且身为野老已无责，路见流民终动心，吾挚信法网恢恢，疏而不漏，此处无公理，自有公理处。"

刘浩满脸无奈道："兄长依旧迂腐不堪，执拗得很，惟汝之力，岂能胳膊扭过大腿？听愚弟肺腑之劝，兄长赶紧回家，断不可胡为。兄长今欲去往何地？切不可前去袁州府地，可有文引？"

郭至刚道："吾已有乡都里正审批之文引，何惧之有？"

刘浩瞪圆眼急道："吾已知街道好事者怂恿不断，皆为不嫌事大之刁民，如今吾再三劝过兄长，请贤兄三思而行。吾不惧兄长烦恼于愚弟，好心有得善报，只恐兄长糊涂执拗，一意孤行，引得祸端！"

郭至刚道："谢过贤弟好意，更谢贤弟不忘同窗之情，来日登门厚谢。"言罢毅然转身，挥手告别。

刘浩呆呆望着远去之郭至刚牛大几个，仰面叹道："道不同，不相为谋！即便如此，同窗情深，还须早日打算，以免后患。"

数日后，旭日东升，袁州城州府达鲁花赤大人官轿前有人拦轿高声喊冤："律法不公，元朝必灭也！"

轿中的达鲁花赤迷迷瞪瞪，被吆喝惊了一跳，掀帘一瞧，高声怒吼者是两个青年后生，轿前叉腰立着。两个俱黑布裹头，齐膝之衣麻布镶兽皮，麻布宽裤，披毡衫，穿草鞋，衣着褴褛，似为山民，梗着脖子瞪着大人，仿佛是来自先古之苍生蛮夷。地上跪着一位白发老者，唐巾，长袍，足蹬八答麻鞋，不是隐士便是乡绅。衙役赶紧用身护住上官，衙役领班上前查问，乃湘水县山前村告状乡民耶。

领班禀道："大人，询问过下跪拦轿者，乃湘水县山民牛大牛二兄弟，状告蒙古人阿里爽哥无故殴打其父与湘水县城郎中致死。死者与蒙古人素不相识，下跪者乃是牛家主子，郭乡绅，替佃户相告。牛家兄弟前些日子在县衙擂鼓告官，然湘水县官吏衙熟视无睹，草菅人命，将蒙古人无罪释放。下官又询问过众人，因山民牛大兄弟行装怪异，一路打听官府地址，昨日前去州府大院数次，被门役轰开，嚷嚷叫嚣，轰动围观街人。有心怀叵测好事者，称去官府击鼓状告不如拦轿喊冤，撺掇山民在此等候大人。然乡绅诚恳，一心望大人青天白日，为民做主，还百姓一个朗朗乾坤。大人，依下官看来，敢当众拦轿子，定有隐情，可否接下状文？"

轿中州府达鲁花赤，瞌睡中被惊醒，早就恼火不已，顿时大怒，斥责道："驴颓！既已在湘水县诉讼过，其告官程序已知，那位老叟既为乡绅，理应按章办事，为何拦阻本官，岂不是戏弄本官！敢喊'大元必灭'，分明是逆民乱子，拿下便是，先押回审讯之！"

领班领命，向闻讯赶来之缉捕招手，郭至刚与牛大牛二被按在地上，稀里糊涂被衙役捉拿。好在牛花因女子不能诉讼之缘由，立在旁边，幸未被缉拿。牛大牛二两个男儿愤而跃起，一把撕碎状文，左右推搡，将众衙役推开，扶起乡绅。众衙役拳如雨下，牛大挥臂挡开，一个扫堂腿，众衙役纷纷倒下。忙乱中郭至刚与旁人上前死死抱住牛大牛二，此时又有经承杨柳大人率缉捕赶至，将牛大牛二团团围住，众棍棒砸下，密不透风。乡绅与好心人惨叫声中，牛大牛二只得束手被擒，郭至刚也被五花大绑，被衙役恶狠狠推搡。郭至刚乡绅大声用夷人俚语，急唤牛花避开逃离。

几人被押进牢狱，先挨上一顿拳脚后，便被套上枷锁，推入牢狱间。郭至刚牛大牛二被分开关押，郭乡绅举目四望，牢狱人满为患，他向狱友微笑招呼一声，然无人理睬，狱中人个个如地狱受难者一般，冷漠如冰，幽幽眼光透着对死之渴望，牢狱寂静得令人窒息。

傍晚，几个狱吏进来，一言未发，架起郭至刚向牢狱深处走去。拐过数道弯，郭至刚被扔进黑漆漆一单间，甩袖而去，此后竟然无人搭理。郭至刚饿得前胸贴后胸，又不知牛大牛二生死，焦灼不安。此时叫天天不应，叫地地不灵，欲哭无泪中，郭至刚方才意识到自己行事有些唐突，痛定思痛，多是缘于天地黑暗不公，又加上自己之迂腐矣。

郭至刚被抓当夜，州达鲁花赤阔阔如真与小妾饮过老冬酒数杯，顿有些醉意，不觉中入梦，梦中自己漂浮于波涛汹涌之水面上，忽然间狂风骤起，暴雷闪电，倾盆大雨，波浪滔天，自己呛水沉入水中，手忙脚乱，幸被阵浪推上河滩。举目一望，东方有五彩斑斓一山，山中飞来黑乎乎一条巨龙，一口将他吞噬。阔阔如真惊吓醒来，一身冷汗，心中惶惶，思来想去不明其意，次日请来州尹，因州尹乃饱读诗书之汉人，故将昨晚梦情相告，以求析梦。

州尹李云石，闻之沉吟道："大人，日有所思，夜有所梦。吾以为梦境之意如下，梦中光耀之日，仰头看似黑龙，大概应是青龙，青龙与白虎、朱雀、玄武共为天之四灵，方位东方。龙为皇权之象征。龙之来源众多，起源于鳄鱼、巨蛇、龥等，先人将蛇之身、龥之头、鹿之角、牛之耳、羊之须、鹰之爪、鱼之鳞集聚一体，称之为龙，腾云驾雾，呼风唤雨之非凡之神物，华夏之象征也。然其后大人梦中之暴雨，天上之闪电等，恐预示大人有华夏之远祖神灵感召。近日大人可曾见过奇异之野兽，蟒蛇，或被霹雳震耳发聩，或与本地土著山民有过接触冲突欤？"

阔阔如真疑惑，迟疑道："昨日有湘水县山民拦轿告状，声称大元必灭，吾断然抓捕，岂有谬矣？哎呀，昨日与山民打一照面，吾以为见到来自先古之蛮夷？"

李云石道："大人，华夏之起源，有起于黄河流域，也许也起源南蛮之地，然山越之夷人，至今保留远古遗风，故而大人有见先古之恍惚。吾已闻山民拦轿之事，无风不起浪，大人定是与此起梦，既然上天托梦于大人，定是大人关注此案之启迪，容下官调阅案情，再深度解析梦也。"

阔阔如真抱拳谢道："劳烦云石大人费心矣。"

州尹李云石当即前去牢狱询问郭乡绅与牛大牛二，返回州府，遣出通判、刑部首席官、经承几个，快马前去湘水县探明案情，调阅此案，并修书一封，嘱咐刘浩实情相告。湘水县衙不敢耽搁，将案卷悉数调出，连同尚未送出之呈牒，一并附上。李云石大人连夜仔细翻阅案卷，并招来通判、刑部首席官、经承几个，问明实情，细细琢磨，其中尚有些疑惑，令经承传告湘水县，限日解答州尹之疑惑。

是日深夜，州府牢狱。郭乡绅迷迷糊糊中，忽听见两人脚步声，郭至刚顿时惊醒。他已饥饿至极，嗅觉变得无比灵敏，在臭气熏天之牢狱中，早闻着一丝粳米粥香。灯笼微弱之光晃晃悠悠，狱吏开锁声如此清晰，狱门吱呀一声打开，便听狱吏道："张大人请进。"

来人提着食屉，灯笼下一张白皙之脸。郭至刚扑上去，顾不得看清来人，掀开食屉盖，端出粥碗，狼吞虎咽。来人哑然，狱吏笑道："可怜堂堂乡绅，竟似饿死鬼投胎矣。世上枭雄，可战死，然绝不做饿死鬼也。"

郭至刚风卷残云般喝尽米粥，吞下咸菜，抹净碗底，长舒一口气，苦笑一声。抬头见得来人，灯笼下朦朦胧胧，似乎知天命之岁数，身上乃白净儒士之着装。郭乡绅一愣，其身影似曾相识。见郭至刚已有力气，牢狱解开脚镣，推搡着将郭至刚赶出牢狱。来人默默塞给几个狱吏一沓印钞纸币，尚有一袋银锭，狱吏几个喜滋滋收下谢过，将惊讶中之郭至刚扶上马车，黑夜中急匆匆悄然离开。

马车里，灯笼晃悠着，来人道："哎哟，郭兄竟然不识同门塾友。"

郭至刚方才抬头仔细辨认一番，顿时又惊又喜："张淦，果真是贤弟！愚兄多年未见，哎呀，羞煞吾也！贤弟如何晓得吾在此受难，不会在梦中欤？"

张淦笑道："梦醒时分，光阴似箭，已近耳顺之年，贤兄性情依然。愚弟一生求学，科举每每失意，三十仅为秀才，其后便在外谋得差事，浑浑噩噩度日，如今乃袁州衙门刑房典史。前些天牢狱门前听得吵闹声，远远望上一眼，也未辨出同门贤兄欤，只是过后与他人聊起案情，心中尚觉好奇，接得刘浩密信，才知贤兄蒙难。想起当年，吾私下与教授女子相好，东窗事发，又弄出人命，央求贤兄替吾顶包，愚弟方能渡过难关。然贤兄被夫子赶出县城，毁了前程，此份情谊，愚弟铭记在心，曾多方打听贤兄，然不知贤兄去向，自己又落魄不堪，无力报答贤兄，实为遗憾。接得刘浩书信，吾便赶紧一番周折安排，费了一些银两，至今上下疏通完毕欤。实不相瞒，贤兄身上一块佩玉，乃珍贵之物，被经承大人搜去，吾厚礼相送换出，再送州尹大人。今日傍晚，州尹几个答允将贤兄定为劝架之人，又接到刘浩书信，称早已安排周密，现今无恙矣，贤弟方能从容领郭兄出狱。吾家中已备好薄酒，替贤兄压压惊，诉往日同窗之情。哎呀，吾之罪过，大元终开科举，若兄赴得考场，恐早已金榜题名矣！"

郭至刚悲喜交加，拱手谢过，哽咽道："往事不忍回首。实不相瞒，家父送吾进城读书，乃家族第一人，原拓展见识而已。吾本山中野笋，从无奢望科举得意，从何处来，自然回原处去，谈不上贤弟毁愚兄之前程。只是可惜贤弟一段美好情缘，可怜夫子小女红颜薄命。言及吾身上之配玉，实不相瞒，乃前些年秋天一位大德寺方丈，不满大德寺被一伙藏教僧人霸占，忍气吞声多年，偷得藏教僧人玉石后，在追杀中逃进罗霄山区，途中被牛大父子所救，咽气前尚未告知玉石文字。牛大交与吾，观之似为印玺，然吾也不知何文，如今派上用场，此乃牛家造化。无巧不成书，愚兄命不该绝，患难当中有故知相助。命运如此捉摸不定，令愚兄感叹不已。"说话中频频回头。

张淦问道："何事令贤兄牵挂？"

郭至刚道："牢狱里面，尚有两位乡侄陷于其中，其中原委贤弟定是已知，可否将他二人放出？"

张淦摇头道："哎呀，殴打官吏，刺杀州府达鲁花赤，死罪一桩。想要免罪释放，恐怕比登天还难！"

郭至刚愤愤道："子虚乌有也！州府达鲁花赤原本在现场，如何信口雌黄，陷吾囹圄。

牛大牛二拦轿喊冤，岂有刺杀之实。大人一句话，案情便可正本清源。若大人实事求是，为民声张正义，其勤政为民、爱民之父母官之美誉，定会百姓中间传开，然达鲁花赤大人令人失望，百姓寒心。"

张淦打量一番乡绅，笑道："贤兄，保得自家性命，已是大幸，休要多管。"

郭乡绅顿时涨红脸，执意央求道："贤弟，救一人是救，救三人也是救，救人救到底。何况街面传说，达鲁花赤乃极爱财富之人，吾愿变卖家财，以求赎出乡里，也报答救助吾之众人。"

张淦叹口气道："贤兄菩萨心肠，罢了罢了，愚弟再去周旋，只是死马当作活马医欤。实不相瞒，吾与州尹交情不薄，经承大人乃拙荆远房亲戚也，明日求助于他。哎，贤兄，江湖险恶，丑话在先，达鲁花赤此人喜怒无常，送与钱财，恐肉包子打狗矣。"

说话间，马车已到张府，张淦唤出堂客。贤惠之妇人早已烧好汤水，郭志刚浑身酸臭，赶紧洗漱一番，换得干净夏布衣裳，又是饥肠辘辘。张淦堂客亲自下得灶房，半个时辰，便与下人一道端出一桌酒菜。

郭至刚不胜酒力，几杯米酒下肚，脸色绯红，然掩不住内心惨淡。张淦道："牛大牛二只不过贤弟家之佃户，贤兄为何如此关切？"

郭至刚道："牛大三代俱为吾家佃户，自然牵挂。"

张淦道："如今世上，庄主与众大户人家无不仿效蒙古贵族，用压榨驱口方式来盘剥佃户，整家佃户，可由庄主任意典卖，所生后代，男为奴，女为婢，几同牲口。如今冒出贤兄一个仁爱之乡绅庄主，恐在富人眼中，乃不合时宜之异类怪物欤。果真江山易改，本性难移。记得贤兄当年侠肝义胆，本以为时光磨去贤兄身上正义棱角，殊知贤兄固守本性，依然仗剑走天涯，古道热心肠，甚是令人尊敬。"

郭至刚叹道："吾乃罗霄山区之故里第一个走出大山，于城内求学之人，一生深得求学之益，尽管吾不甚得意，依然将犬子送来城中，隐姓埋名求学，不为学而优则仕，而是摆脱愚昧，不愿被时代抛弃。夫子之教导，句句当真。清晰记得夫子当年之言，蒙古人立大元，凶残恶暴，尤其对汉人，几乎屠杀殆尽。然统一华夏后，元不戍边，赋税轻而衣食足，衣食足而天下安，甚至常颂大元法度严明，使愚顽畏威怀德，强不凌弱，众不暴寡，在民则父父子子，夫夫妇妇，各安其生，惠莫大焉。愚兄逃离县城后，寄居世人遗忘之一隅，安于田园之乐，终不知如今现实与当年夫子所言，已是大相径庭欤，悲哉悲哉！"

张淦道："如今吾也长叹，少无适俗韵，性本爱丘山，误落尘网中，一去三十年。夫子曾言，乱时之中，何人不是水中浮萍一般，文人骚客，多结庐在人境，而无车马喧，然太平世界，隐居山林，乃是尧民堪讶。朱陈婚嫁，柴门斜塔葫芦架。沸池蛙，噪林鸦，牧笛声里牛羊下，茅舍竹篱三两家之世外桃源，吾羡慕不已。贤兄，风调雨顺民安乐，不如庄家自快活，桑蚕五谷十分收，官司无甚差科欤。然大元今日之天下，绝非如此，如今更是出乎贤兄之寄予之状，吾早已感悟当年夫子之迂腐矣。当年蒙古人忌惮防患汉人，南人不许习武，不许结社，又搜刮尽民间之兵器铁器，弄得汉人如羔羊一般，被蒙古人轻易宰杀，夫子竟然替大元歌功颂德，真是讽刺人世之悲叹！"

郭至刚一震，沉默片刻，深有感慨道："贤弟所言，句句是真，大元之世，人心惟危，飘忽不定，世事如棋。贤弟乃官人，尚有如此忐忑心境，吾井底之蛙，不会与时俱进，岂能应付自如耶？牛大兄弟命危矣。"

张淦意犹未尽道："贤兄，大元派驻各地之主官吏，必由蒙古人为主，色目人为辅，然蒙古人言语不通，又不识字，野蛮残暴，众生苦不堪言。幸亏大元采用治理草原之原始糙法，各地按时足额交纳岁税便可，别的懒得过问。尤其色目人，本是经商里手，主政一方，一心弄钱而已，各级汉官也喜得如此，应了那句话，有钱能使鬼推磨矣，南人方得苟且偷生。如今贤兄之仁爱，愚弟以为，保住牛大两个性命，实在不易。如今行情，牛大一家卖儿鬻女，恐难填满上下官吏之需矣，若周旋得好，又有巨财相送，也只可免死之罪，难逃流放之罚。"

郭至刚道："贤弟放心，愚兄尚有些田产，祖上传下一些珍贵野兽皮毛，届时烦请贤弟上下打点为是。只是牛大之妹牛花跟来袁州城，乡野之人，头一遭出村，吾实在担忧。今夜吾出去要寻，若寻得牛花，明日清早立即返回故里，速速备足钱财再来欤。"

张淦笑道："贤兄勿急，刘浩早已告知是兄妹三人，牛花吾已遣人寻得，城隍庙里安身，也暗中送去喫喝矣。此时已是夜深，明晨接回便是。"

郭至刚心中一块石子落地，两人连连碰杯，絮叨间张淦酩酊大醉，趴在桌上呼呼睡去。

第三章

恶小人贪利惹大祸，智老妪息事得寿枋

次日尚未破晓，郭乡绅牵出马，谢过张淦堂客，往城隍庙方向纵马急驰。及笄之年的牛花，女扮男装，披头散发，一副又脏又臭的乞丐模样，卧于乱草中。她这几日栖身城隍庙中，在愤怒不堪中度过，也不知何位好心人施以援手，睡梦中送来食物，心中顿觉期望，只得在焦急中等待。被郭至刚叫醒后，顿时成了泪人一个。两人不敢耽搁，牛花怀揣剩余饭团，翻身跳上马背，郭至刚挥鞭驱马，向城门冲去。

数日后，经承单独登门拜见州尹，李云石方知案中有案。原来被抓捕几人，乃山前村乡绅大户与其佃户，近年大涝，佃户牛家家贫少粮，父子进山打猎，深入罗霄山区，相遇夷人，且与夷人抢夺猎物，争斗中被夷人施以毒手，遂败。然牛大之父受伤被抬回，一直医治无效，全身几近瘫痪。庄上有堪舆人家，见多识广，耳闻县城有铁匠坊，坊主铁匠林晓松，也是巫医郎中，乃华佗再世。乡绅闻知，本是仁义之人，施以援手，牛家人世代未曾出过远门，便随乡绅翻山涉水百里，前去县城寻医，谁知遇上蒙人醉酒。蒙古人瞧几个山民土头土脑，又调戏死者小女，牛家兄弟身为猎户，怎肯受辱，引起争端，蒙古人众人面前无故杀害牛大之父亲，又将前来劝架郎中误伤致死。

经承杨柳依照张淦之叮嘱，与湘水县之判决文牒一一禀告，隐去张淦刘浩与郭至刚几人同窗之实情，也隐去郭乡绅牛大几个乃五彩村乡民身份。州尹方才长舒一口气，脱口而出道："罗霄山，五彩斑斓之山，也是山匪与夷人猖獗之地，猎户从五彩斑斓山区回得，已是大幸矣。"

杨柳不明其意，州尹道："大元严禁南人打猎，牛大父子已犯令也，如此竟敢状告，何来冤情？吾等不绳之以法，岂不是引火上身欤。杨孟适隐去牛家打猎之情，如此裁决，甚是公正，既不得罪蒙人，又网开一面。只是郭乡绅几个，好心当作驴肝肺，又来上告，将友人陷于危难之中。"

杨柳道："大元此禁令，实则伤害大众，山民自古以此为生，断了生计，乡都里正社长，

也暗中不从，长此以往，早无人追究矣。"

州尹云石"哦"了一声，道："此也是实情钦，那蒙古人身份可曾查明？"

杨柳苦笑道："杨孟适县尹几个大意，俱被蒙古人蒙蔽矣。蒙古人阿里爽哥，自称铁木迭儿王爷府上之官吏，然下官多方打听，京都铁木迭儿王爷从无行商之传说，阿里爽哥恐为汉民，乃不法商人，极有心计，蒙语说得流利，故装扮成蒙古贵族商人，地方官吏着实难以辨别耶。"

州尹暗暗叫苦不迭。云石曾在湘水县为官，刘浩乃为旧友同僚，对自己多有救助，此次阿赫马鲁就任湘水县达鲁花赤，布政司友人书信，愿其关照人生地不熟之阿赫马鲁，阿赫马鲁路过袁州城，便推荐刘浩为其幕僚耶。前些日子，自己当时神差鬼使，贪恋从郭乡绅身上搜得一块刻有八思巴文之羊脂玉印玺，恐张淦与杨柳也不知，相传此玉乃藏佛教主之印玺，价值连城。他心中狂喜，在张淦与杨柳央求下，便独做主张，默许郭乡绅出狱矣。

见州尹沉吟不语，杨柳笑道："大人，下官斗胆谏言，案情明了，无妨大人之裁断。州达鲁花赤阔阔如真，本是蒙古人与高丽人混血后裔，骨子内乃色目人也，依照往日不问政务之懒惰，贪色贪财之性，下官主张，既无京都铁木迭儿王爷之顾虑，大人便可将此案轻描淡写，维护湘水县之判决便是。只是此事由达鲁花赤而起，恐会问起，牛大牛二死罪难逃。然下官实不相瞒，有人相托，欲救得牛大一命。故大人不如先行禀告达鲁花赤，加倍给予巨款，拖一时日，声称牛大兄弟天花瘴疠暴死，达鲁花赤即便有疑，找上两个毁容死鬼敷衍便是，何况他惧传染病钦，也不会亲自验明死者尸体耶。好在郭乡绅家中颇富，又有些珍贵奇物，吾告知乡绅达鲁花赤之原意，本将他与牛大几个定为携带凶器，刺杀官吏者，此是死罪，若不是张淦舍命相救，乡绅依然牢狱中。乡绅发誓定愿倾家荡产，保全自家与牛大兄弟性命矣，吾等也不白费心一番，两三千两银子是可得的。只是大人拖上几天，候吾等安排妥当，大人方可上报阔阔如真矣。"

州尹依然不语，思索再三，长叹一声，方才拿定主张，叮嘱杨柳一番，按此办理耶。

郭至刚马不停蹄赶回山前村，委托乡正贱卖山前村家财田亩，又带上几箱皮毛与留守山前村之仆人郭八，便匆匆赶回袁州城，交托张淦上下疏通。喜在州府官吏俱纳之，郭至刚便租上一小院，与牛花郭八两个焦急等候音信。

数日后日升，郭乡绅心中烦闷，身下竹椅咔嚓断裂，险些跌倒。乡绅骂道："今不如古，连篾匠技艺也不如前！"

话音刚落，小院忽落下一只角鹰，牛花欢喜蹦跳起来，叫唤："鹰牯！"上前一把抱住。

郭八惊讶道："怪异怪异，出五彩村时便见鹰牯天空盘旋，一路跟随至湘水县。此次特意将它留在山前村，谁知它又故戏重演，追随过来，竟然搜寻至此。它脚上系有绳索，定是自行挣脱开来，真乃神鹰。"

郭至刚也惊奇不已，道："曾听牛大说过，鹰牿与蟒蛇相搏时战败，奄奄一息，恰被牛花遇上救起，又小心治疗鹰牿，此鹰便认定牛花，驱赶不走，又经牛花调教，已是牛家猎鹰。牛大曾经教训牛花，便被鹰牿袭击，连牛大也轻易不敢招惹鹰牿，传为五彩村之佳话矣。然不知鹰牿尚有信鸽本领，老夫也从未见过如此神奇之鹰。"

郭八惊讶道："老爷，鹰牿为何长得与其他鹰全然不同，全身火红，身躯数倍于赤腹鹰，两眼瞪圆威严，钢钩一般锋利之鹰嘴，甚是凶狠无比。"

郭至刚点头道："不在山区长大，夷人山区之怪异恐多不知晓。恐鹰牿来自夷人山区，夷人山区本是神奇之地，同为一物，常迥然不同，吾五彩村与夷人山寨同处一隅，东边下雨西边晴，早已见怪不怪矣。"

此时门外传来嚷嚷吵闹声，郭八出去查望，半个时辰回来禀告："旁边几户人家俱是匠户，城内税官前来索要税费，匠户几个拖延，被官吏殴打。"

牛花道："前些日流浪街头，见狗官个个凶神恶煞，乞丐们平日谈起，无不恨之入骨矣。"

郭八道："可不，近日观得旁边几家邻居匠人，铁匠、石匠、木匠、油漆匠、篾匠等，工件粗糙，远不如五彩村工匠之作精致，故而以为生计窘迫，全因工件拙劣，然近日与匠人交谈，方知另有他因。阔阔如真当政，袁州府蒙古人与色目人，罔然不知廉耻之为何物，更有南人官吏，为虎作伥，苛捐杂税，百般问百姓索钱，各有名目：见官须要拜见钱，节日追节钱，白丁布衣得交官吏常例钱……即便家添人丁，也得交喜子钱。技精之匠人，又被征为官匠，可怜如今民间匠人终日劳作，工件糙活物件而无商人大宗相购，勉强度日矣。本以为繁华城内，民众生计富裕，然如今看来，远不如五彩村也。"

牛花愤愤道："吾在城隍庙讨饭数日，结识不少乞丐，皆为家破人亡之孤儿。阔阔如真来后，城中百姓疾苦日盛，无不咬牙切齿，不如回得五彩村，取来猎枪，杀了达鲁花赤狗官，为民除害！"

郭至刚斥责道："一派胡言！小小年纪便杀心甚重，长大如何得了？今日起，牛花与鹰牿，绝不可私自出外，招惹是非矣。"

郭八牛花顿时不敢吱声，知道乡绅心中烦躁，惦记解救牛大之事，此时依然渺无音讯，郭至刚心急如焚。至日暮，郭八随乡绅登门拜访张淦，张淦道："经承杨柳，已是奔波周旋，只是恶习在身，嗜赌好嫖成性，吾找过多次，俱不在家。今日傍晚，吾在赌场门口堵得经承，方才晓得缘由。那达鲁花赤近日刚纳之第九小妾，刁蛮乖戾，常撒泼与其母斗嘴，然达鲁花赤是个孝顺之子，前几日小妾又不愿与他同房，达鲁花赤恼怒不已，一刀取了小妾性命。然过后想起此小妾美貌，后悔不已，心烦意乱，连同正妻，个个被责骂，也不问政务，此时无人敢找他。好在今日已唤州尹前去府上，恐是想起此案矣。吾也焦急等候音讯欤，贤兄勿要惊慌，明日便有下落。哎呀，杨柳托吾相问，贤兄赠送达鲁花赤之皮毛，其中一件金灿灿柔软无比，人见人爱。此珍贵之物，州尹大人亲自送至达鲁花赤府上，然无人认得。"

郭至刚笑道："此乃两件金丝猴皮毛也。金丝猴，夷人奉为美神，其性神奇，惟在五彩村与夷人山区生存，死后无人能见其尸，故人间极少藏有，这一件也是祖上传下，另一件牛家偶然得之。"

张淦惊讶道："其中一件金丝猴皮毛，经承大人见之，也极是喜爱，恐私下扣得。吾乃湘水人氏，也只是听过传言，此乃吉祥之物。达鲁花赤得之，定是欢喜，贤兄回家再耐心等候，也许明日便是柳暗花明也。"

此时，州尹李云石已在达鲁花赤阔阔如真府上。李云石将州里事务去繁就简，依次禀告，阔阔如真甚是满意道："在下身体不适，今日方得痊愈，然心中记挂上面布政司催要之火药，是否督办？"

云石道："大人身患羔疾，依然惦念政务，实为吾等表率。火药一百二十桶，早已制成，昨日俱已密封运出。上府催办，吾等不敢耽搁，尤其有经承杨柳等，亲自现场日夜督办，大人可放心矣。"

阔阔如真点头道："云石兄劳苦，督办得甚是及时，吾便欣慰也。"

云石道："大人，大德寺又派人前来索要五十匹马，吾等甚是难为。"

阔阔如真道："年年索要马匹，年年都给了，为何难办？"

云石苦笑道："往年大德寺僧人从不拒收吾府被索要之民间矮马，然今年一匹不收，竟然非军中骏马不可。"

阔阔如真怒道："南人道教衰微，吾族之萨满教也颓废，倒佛教兴盛不衰。大元数位皇帝，先受烦琐仪式之藏佛戒，再登帝位，因此藏教尊崇，藏僧每年往来内地众多，少许奉诏前来佛事，其他多半来中原江南贩卖货物求财，往返巨额费用，均须大元承担，累死驿马无数。更有甚者，自违其教，生民脂膏，纵其所欲，霸占民女，气焰嚣张至极，若被治罪，竟敢纠集众人，前去监狱抢人。有狂妄者，借受戒之机，奸污蒙古贵族妻女，连宗王之王妃也被拉下马，痛打恶骂。唉，先帝信服藏教，偏祖僧人，以致佛寺凌驾官府，然各地王爷怒声不断，恐圣上也早闻矣。如今竟敢索要军用马匹，实在猖狂至极。将在外，君有所命而不受，管他鸟僧，明日再来，轰走便是！如再纠缠，抓他几个，鞭笞示众，杀一儆百。吾不问正事，睁一只眼闭一只眼也，当吾软弱可欺。如今触及军中要务，决不可迁就，逼吾开言，三年不鸣，一鸣定要惊人也！"

州尹大人心中一惊，起身拱手道："大人英明果断，在下替众受害者跪拜致谢。"

阔阔如真赶紧起身扶起："云石大人，休要多礼，早知云石对其忍气吞声，小心翼翼应对烦琐闹心之事，汝与吾同僚，自然同甘共苦也。云石贤兄，尚有一事，山民之案，云石大人办的如何？为何吾梦中五彩山也？"

州尹道："承蒙大人厚爱，下官自当努力。山民之案，不敢疏忽拖延，大人英明，山民本性恶劣，定当严办。不过大人，下官有实情禀报。吾原于湘水县供职多年，那方情形略知一二，山民乃湘水县之山前村乡民，山前村位于罗霄群山边缘，罗霄山青翠缤纷秀丽，常年五彩斑斓，大人梦中之五彩山，与其吻合也。然也是夷人山区边之山前村，令此事相当棘手，吾犹豫再三，今日将在下忧虑和盘托出，不敢隐瞒，恭请大人决断。"

阔阔如真道："哦，尚有大人迟疑之事，为何出此惊人言语欤，何以畏惧焉？"

州尹道："罗霄山边多有山前村，山庄村民与夷人扯不清理不断，甚至似有血缘关系。如今罗霄山区里面之实情，依然为夷人之天下。夷人本为越人，自古依靠高山峻岭藐视王权，暴力抗税，乃野蛮之众，多有逃犯进入，与夷人结合，教其生产之事，故而算不得愚昧之地，逃犯汉人也自称山越人矣。此情形，恐大人早有耳闻。"

阔阔如真笑道："吾尚未至此，便被告知，湘水县地处罗霄山区，罗霄山逶迤近千里，其幽邃民人，未尚入城邑，经济自给自足，对长吏皆仗兵野逸，白首于林莽。历朝宿敌逋亡罪恶，咸共逃窜于此，石沉大海，杳无音信，或蜕变为山越，或集聚山庄，或瘴雨蛮烟，断送命兮，均为玄秘之史。"

李云石点头道："大人明鉴，当年吾神勇蒙古大军至此，杀得袁州府南人抱头鼠窜，胆战心惊，谈及色变，然举兵讨伐夷人，均止步山中关隘。传说夷人山区多魑魅魍魉，天兵天将，地狱亡灵皆出来阻拦元军。又有民间传说，凡劳民伤财，举兵攻击夷人山寨者，皆无好果善终，甚是奇异，几朝代之真实情形，皆是如此。宋代以来，本地为官者忌惮，无不图谋与夷人彼此相安无事为上。大人梦见五彩山，吾解析乃上天提示大人，此次几个刁民定是山越后裔，凡事牵连山越，睁只眼闭只眼可也，不然有纷争血光。大人，下官以为，将牛大兄弟收于牢狱，如今各地烽烟四起，上面已是焦头烂额，何况营中尚有几个能跃马提刀将士欤？要是判山民死罪，恐日后……"

阔阔如真骂道："此等民情，湘水县为官者岂不知晓。然放虎回山，留下隐患，令吾等纠结。一班驴颓，阿赫马鲁刚刚就任，定是县尹几个断的糊涂案。一想起梦中黑龙吞噬吾也，便气恼难平。然鬼也怕恶人，吾大元蒙军威震天下，如何恐惧南蛮夷人？吾虽然不通文墨，羞于能诗善文，然年方十二膂力绝人，善骑射，工马槊，逐猛兽上下，从军便冲锋陷阵，杀敌无数，勇冠三军也！如今军营无勇士，然拥有世上最威力之抛石机，尚有火炮无数，本将领兵三千，前去剿灭夷人，杀他个片甲不留，再现当年雄风欤！"

阔阔如真口沫四溅，李云石脸色巨变，心中叫苦不迭，尴尬至极。此时屋外传来呵斥声："打打打，杀杀杀，自幼便只知打杀两字，朝廷历练多年，依然蛮人一个！"

话音未落，丫鬟们扶着阔阔如真之额赫已进入客堂，后面跟着仆人阿里海牙。州尹李云石赶紧起身，将双手高举过头，随后将右手捂在胸前，同时躬身，问安道："您好，他赛拜努。"

阔阔如真额赫上身略屈，回礼道："赛音白努？你好。"

众人落座，阔阔如真额赫道："云石大人，常来常往，毋须多礼。闻知大人光临，特来面谢大人。日前收到云石大人之礼物，老妪欢喜不已，谢过大人厚爱。吾已知山民之案，袁州城已是轰动，一个蒙古人，领着几个泼赖，酗酒耍疯，街头逢人叫骂殴打，无人敢阻。行至铁匠铺子，正遇见山民牛大牛二抬着其父进门，只因未冲他呈恭敬恐惧之状，便上去拳打脚踢，又因调戏死者小女，遭其反抗，竟恼羞成怒，活生生将瘫在抬椅上牛大其父，几拳头殴打致死。铁匠巫医劝阻，也被其一脚踢得一命呜呼。两条人命，杀父之仇，难不成让牛大忍气吞声，自认倒霉欤？牛大不报此仇，老妪也咒骂此不孝子孙耶。如今至袁州城，依然告状无门，一句大元必灭，便被定为死罪，阔阔如真大人还欲领兵讨伐。糊涂，此乃卑梁之衅也！"

阔阔如真问道："卑梁之衅，何意？"

额赫道："岂有不知之情形，装个糊涂。藏教僧人之处罚，断得英明，此乃维护大元社稷也。不过夷人之案，身为达鲁花赤，本不该亲力亲为。云石大人深谋远虑，办事周详，自有主张，老妪以为，阔阔如真依他主意便是，何故又硝烟四起，自己冲锋陷阵不可？糊涂至极！云石大人，吾视汝为家人，不避彼欤。前些日抬入府中之箱，里面虎豹熊皮与银锭，老妪尚未观得，儿媳几个便为一件金灿灿皮毛争抢起来，也不知是何野兽之皮毛，然惟此一件，清官难当家务事耶，可否令那乡绅再献几件，几个儿媳一人一件，则太平无事矣，老妪落得清静。倒是老妪观得木箱，连同箱上铜制配件，甚是精美，惟此独要矣。"

州尹笑道："老夫人此非买椟还珠？吾已问明，木箱为紫檀木也，乃山前村工匠做成。野兽皮为金丝猴皮，乃是稀罕之物。"

额赫笑道："果真紫檀木也。金丝猴，猴皮有何稀奇，吾稀罕紫檀木箱欤。老妪已近古稀之年，乃高丽人氏，自幼便知金丝楠木珍贵，前些年随阔阔如真至此，已备金丝楠木寿枋，今日得见紫檀木箱，方才记起幼时父王告知，紫檀木质坚硬，万古不朽，香气芬芳永恒，色彩绚丽多变且百毒不侵，又能避邪，被称帝王木之圣檀。本以为其木独出自扶南等地，如今才知夷人山区尚有。老妪一念想，如牛大之主子能从夷人山区运出紫檀，尚能做成寿枋，老妪死而无憾矣。袁州城内工匠技艺甚劣，恐还须山前村工匠劳累。如是，至于牛大几个，免于一死，充军便是，尚给予悔过之嘉奖。若如此断案，也未与大元律法冲突，世人自会领会阔阔如真之英德，也算老妪救人一命，胜造七级浮屠。云石早已不是外人，老妪视同己出，只是劳累州尹大人周密打理耶。"

阿里海牙脱口道："免于一死，尚能嘉奖？"

额赫骂道："狗奴才，岂有彼言之处？"

阿里海牙赶紧扑倒在地，狂扇自个儿耳光不停。阔阔如真呵斥跪候，若哄上额赫高兴，方才令阿里海牙罢手。阔阔如真转头对云石道："依了吾额赫便是，然须警示湘水县，以后毋须放纵犯罪之人。"

李云石见达鲁花赤明示，便连连称赞其决断英明，领命告辞，额赫也甚是满意，起身与阔阔如真亲自将云石送出大门。阔阔如真向额赫请安后回到房中，阿里海牙依然跪着，方被阔阔如真叫起，阔阔如真问道："斡脱钱收得如何？"

阿里海牙垂立道："甚是顺也，然有一事禀告……"

见阿里海牙支支吾吾，阔阔如真吹胡瞪眼，阿里海牙赶紧禀道："风传经承杨柳好博戏，且博资甚巨，经承月俸少矣，其博技也平常，然家财万贯。吾暗中打探，有人告知，经承杨柳家财来源广矣，除收受贿赂，他与城中几个商贾也经营羊羔儿息，获利甚厚，私下暴力催收高利贷，又狠又恶，受害汉人恨之入骨。另朝廷苦于稽查私造火枪大案无进展，现也有喜讯。有人见过杨柳夜间曾持枪进出家门，奴才因顾虑经承杨柳颇得大人与州尹赏识，持枪一事，犹豫再三，也恐杨柳平时张狂，遭小人诽谤，吾尚不知真假，故不敢妄自禀告。"

阔阔如真顿时放下手中茶杯，倾身威严问道："无风不起浪，宁可信其有，不可信其无。下贱奴才，何以吞吞吐吐，尚有其他事耶？"

阿里海牙道："主子，奴才确实无其他事体。南人狡黠，行为诡秘，查实贪腐，奴才已尽力矣，然南人似乎有应对之策，军中多为汉人，州府官吏全无惧色。"

阔阔如真怒道："大元军依赖汉民军队，以汉制汉，又得益于华夏文化，大元兴旺矣，然得胜于斯，必败于斯，其兴也勃焉，其亡也忽焉。南人于吾眼中，轻如鸿毛，也重于泰山。大元明令禁止博戏，经承狗厮胆大妄为，竟敢争夺羊羔儿息之营生，无异于虎口夺食。明日汝领按察使司照磨几人，杨柳家中查实钦。道高一尺，魔高一丈！"

已是初夏，春雨霉日又接数日暴雨，无处不叫苦不堪。然次日日升，云开雾散，城中妇孺欢喜不已。经承杨柳刚出家门不久，杨柳堂客正在院中晾晒衣被与皮毛，呼啦啦闯进几名凶神恶煞衙役，杨柳堂客惊悚不已。衙役中一人目不转睛，盯着竹竿上金丝猴皮毛，突然恶狠狠问道："金丝猴皮毛来自何处？"

杨柳堂客慌张不已道："市上买来耶。"

问话者乃阿里海牙，他冷笑道："袁州城何处能买来？分明是来路不正，从官宦人家盗来钦！"

杨柳堂客顿时不语，面如死灰。照磨几个从房中搜出几支猎枪，阿里海牙又惊又喜，取下金丝猴皮毛，一把推开杨柳堂客，向照磨招呼一声，众人便急匆匆离开杨家。杨柳堂客惊魂未定，忽见杨柳折回家中，赶紧一五一十告知，杨柳大惊失色道："大难来矣，刚出门拐过街头，便见远处阿里海牙与按察使司照磨几人急匆匆赶来，甚是惊讶，心中隐隐不安，吾隐蔽其后跟随过来，果真其扑向家中。金丝猴皮毛本为孝敬州府大人，乃吾与堂客因贪恋而私下扣留，前几日被州尹问起何物，恐被察觉而后悔不已。昨日衙门有人提醒，阿里海牙暗中打探羊羔儿息与吾私持猎枪事宜，平日常有妒忌吾之闲言碎语。阿里海牙身为达鲁花赤家奴，曾在人前失言，达鲁花赤平常不理政务，实则极为不满汉人官吏把持朝政，此次又紧盯夷人之案不放，恐有不测。吾思难逃此劫，汝赶紧领着家中老小，乔装成乞丐，出城逃难欤！"

堂客大哭道："嫁鸡嫁犬，嫁根扁担抱着走！夫妻有难同当欤，何况能逃至何处？"

杨柳急道："吾现今去衙门，可稳住众人，汝才能脱逃矣。思索再三，如今能避追缉之地，夷人山区也。张淦曾言郭至刚乃大义之人，在桑梓德高望重，郭乡绅乡里定会收留汝等。切不可犹豫，收拾一番，避开郭乡绅，速去湘水县，宜走小径。如遇盘查，家中文引多矣，改成梁姓。如幸能逢凶化吉，吾自会去寻找汝等。"言毕，杨柳紧紧抱住一对儿女道，"吾儿记得，长大重返官府，光耀家族！"又向父母跪拜，一家挥泪告别矣。

第四章

迂乡绅临终吐箴言，刚烈女神鹰复血仇

杨柳刚进衙门不久，照磨几个从四周围来。众人惊讶中，杨柳故作镇静，微笑着招呼照磨，照磨拱手道："杨大人，有要事相商，请移步按察使司。"

杨柳拱手道："正要去按察使司，有公函相送。"

按察使司相距不远，肃政廉访使阿里海牙端坐在堂中，杨柳被推搡进来，阿里海牙皮笑肉不笑道："杨大人可知为何被恭请至本司？"

杨柳笑道："吾乃州府堂经承，秩从九品，何故被揪至此？"

阿里海牙讥笑道："蚂蚁驮秤砣，口气不小。在下也不为难大人，问明三事而已。"

杨柳道："只怕阿里海牙大人蜗牛耕田，费力不小，收获不大。"

一照磨一脚踢去，杨柳噗通跪下。照磨骂道："恐小鸡崽见老鹰——嘴硬腿软！"

阿里海牙道："懒得打嘴仗。有一块刻有八思巴文之羊脂玉，经查，乃铁木尔王爷所持有旧物，后被藏教僧人索去，被雕刻为西域藏佛国印玺。此乃镇国之宝，尚未送出，西域藏佛国也未启用，为何便落在汝之手？现藏于何处？"

经承杨柳大惊，方知羊脂玉如此珍贵。他沉默不语。阿里海牙道："经承大人家中为何藏有猎枪，此猎枪为何与镇戍军中火枪一般无二？"

杨柳抬头不屑一笑，依然不语。

阿里海牙不急不恼道："山民一案，大人有言在先，乃刺杀朝廷要官耶，为何私自放出郭乡绅，又向达鲁花赤大人行贿，有何意图？"

见杨柳顽固，照磨取过竹签，插入杨柳十指当中，杨柳惨叫声中昏死过去。阿里海牙令人烧沸一锅茶油，杨柳醒来，照磨按住其双手往油锅挪去，面对翻滚之油烟，杨柳顿时哭丧道："大人且慢！吾一一招来。羊脂玉，从郭乡绅身上搜得，其来路不知，吾与张淦私自谋之，已赠送给州尹大人；几箱金银皮货，乃州尹令吾所为；猎枪从镇戍军中购得，由工匠改装，本想偷卖出去获利耶。诸位大人，平日里也没少得吾好处，为何翻脸不认人？

求诸位大人饶吾小命！"

众照磨恼怒不已，一照磨骂道："三年不屙屎，粪胀（混账）！"

阿里海牙奸笑道："李大人清廉勤恳，深得吾等爱戴，为何诬陷于他？妄想保命，除非举报出大案，将功折罪！"

杨柳哭声中胁肩谄笑道："阿里海牙大人此话当真？"

阿里海牙狞笑道："事到如今，竟敢质问本官！将他投入油锅！"

杨柳大叫："湘水县铁木尔王爷牧场，早年铁木尔王爷因山洪泥石流掩埋，牧场被收为官田，本应是一万五千多亩之巨，然其中五千亩牧场，早已被当初湘水县达鲁花赤、县尹杨孟适等数人瓜分，据为己有矣，后恐败露，又分出千亩之地，贿赂州尹李云石大人！"

众人惊讶得像头顶炸了个响雷，蓦地，阿里海牙怔了一下，短促地呼了一口气，朝半截木头般愣愣地戳在那儿之照磨破口骂道："一群蠢驴，如实记载，画押便是！"

众照磨拖下瘫在地上之经承杨柳，阿里海牙赶紧进府禀报。阔阔如真咬牙切齿道："欺上瞒下，篡改案情，结党营私，把持朝政久矣！奴大欺主，平生最恨愚弄吾之人，尤其经承杨柳，品行不端，多行恶事，众汉吏憎恨久矣，吾早有所闻矣。只因此人平常喜告密，故视为耳目而漠视其品德。如今查出此事，正好杀一儆百，以儆效尤欤！"

阿里海牙小心问道："大人之意，单就惩罚杨柳一人欤？霸占牧场一案，未经坐实也。"

阔阔如真狞笑道："吾常年北疆征战，每役必身先士卒，面中流矢依然横刀跃马，吾不负朝廷，然朝廷负吾，只因不是黄金家族嫡亲，而屡屡升迁受阻，至此已有三年有余，其中滋味也慢慢品出。云石等汉人，不曾流过一滴血，却居高堂用事，吾在受累挨辛苦，疆场拼杀时，其安受逸乐，把持财赋，根株盘固，气焰熏灼，百官趋附者十之有九，尤其对夷人匪情等，皆仰而不闻，名为缓兵养锐，实为养寇自重，使得朝廷内外解体，大元名存实虚也，此乃大元社稷之大患。反叛之徒，当须斩草除根，一锅端矣，从州尹开始，除不明来处身份之阿赫马鲁外，一个不剩，先安他一个图谋不轨，纠集夷人，拥有兵器，妄图谋反之罪名。疆宇日蹙，圣上早有密谕，蛮荒之地，可自行决断，先斩后奏。事后禀告路省两府，奏明圣上，此乃吾等为防范突袭，为大元除乱，当机立断镇压欤！吾等急速前去监军营领兵，兵分数路，兵贵神速也！"

"大人，金丝猴……紫檀木？"

阔阔如真哈哈大笑："郭至刚、牛大牛二之头颅悬挂湘水城门时，山前村之乡都里正，恐拼命往袁州城赶矣，车上满载金丝猴皮与紫檀棺材欤！"

午后，牛花被匠人铺子之孩童耍伴唤出，尚有当初城隍庙相识之小乞丐，她肩立鹰鸪，与众伙伴一道去放鹰玩耍。众伙伴惊讶鹰鸪之神奇，纷纷央求，牛花便与鹰鸪对语，只见鹰鸪展翅飙飞，天空盘旋，呼啦啦抓来秋日迁徙之大白鹭，又一个倒蒽，叼上一只巨松前之逃窜黄鼠狼。众伙伴个个崇拜牛花不已，尽情玩耍，不知不觉已是日落。

众人簇拥着牛花返回居住街坊，忽见得一队官兵从身边掠过，牛花脚步渐渐放慢。官兵跑至牛花寄居院门前，又砸又踹，转瞬间从里推出郭叔公与郭八，两人均被五花大绑。牛花惊叫一声便要冲上前去，然被隔壁铁匠捂住嘴，按在众人身后。只见官兵边走边踢郭乡绅，然郭满脸含笑。阿里海牙道：“已查明，汝非堪舆之士，乃乡绅一个，上至州府州尹，下至湘水县众多狗官，由湘水县刘浩穿线搭桥之一伙奸臣匪党，皆被查出，恐皆已人头落地，如今轮到郭乡绅之死，为何不惧，尚面呈笑容？”

郭乡绅笑道：“少年县城求学，然安于山林苟且偷生，孤陋寡闻，以致不知有汉，何论魏晋。偶闻朝廷黑暗，吾常加驳斥，且赞大元，圣德日高明，治朝春有象，閭阖曙光生，兵息知仁布，民熙见化行，耄倪齐鼓舞，率土共升平。如今想来，真可笑至极矣，吾已成天下最滑稽可笑之人。大元天地昏暗，天下皆知，然吾眼瞎勿视。悔当日不曾听取牛大兄妹所劝，斩杀蒙古人。大元疆域广袤，然区区数人终不能守，百姓苦兮，民心皆失，吾死不足畏也，畏之天下觉醒，汉人定会揭竿起义，驱逐鞑虏欤！”

阿里海牙怒目而视，令官兵扇其耳光。郭八见状，一头撞向官兵，那官爷反手一刀，郭八噗通倒地，血花四溅。郭至刚一口鲜血喷出，吐在那官爷脸上。官兵又是一刀，一股鲜血飙出，郭至刚头颅掉下，被突然窜出黄狗一脚踢出，头颅滚落至铁匠脚下，溅得铁匠几个满腿血花，旁边篾匠赶紧捂住牛花双眼。阿里海牙将郭乡绅头颅拎回尸身处，拼成完整尸体，直身长叹。然眨眼之间，其头颅尸体凭空消失。阿里海牙大惊，环顾左右，方知不是自己幻觉，众人惊悚，纷纷跪下，阿里海牙几成疯癫之状。

十日后，早已流干泪水之牛花，在郭至刚叔公、兄长牛大牛二、郭八等人的坟墓前磕上三个响头，起身垂立良久，嘶哑着声音，悲怆道：“鹰牯，吾割下臀部之肌肉，用自己鲜血拌成肉糜将汝喂饱，又编得草鞭。草鞭已被桐油浸透，里有硝药包，上面凝有吾之鲜血。如不遂吾愿，明日牛花一头撞死在兄长墓碑上！皓月当空，老天爷开开眼哉！”

鹰牯簌簌张开翅膀，抓起已被点燃引子之草鞭突然蹿起。碗口粗，长约三丈长之草鞭犹如巨龙，飘忽着又如同黑色幽灵，飞至达鲁花赤阔阔如真府上天空。此时草编已是火龙，呼呼冒着幽幽火光，被鹰牯一口叼开，草鞭飘散，分成数条火龙，纷纷掉落院中，点燃数房，大火借着夜风噼里啪啦燃起，不久后响起众人凄厉的哀号。阔阔如真扑灭身上火焰，刚窜出滚滚火焰之房间，突然头顶上一条黑影袭来，他的脸被鹰牯利爪一啄，顿时眼珠连肉带血被拽出。阔阔如真大叫一声，就地滚开跳起，然鹰牯从天一头栽下，将其扑倒，砰的一声，旁边兵器架也被拽倒，架上之马槊猛地砸下，将阔阔如真颈脖刺个透心凉。被压在屋梁下的阿里海牙，惊悚地望着咕哝吐着鲜血之主子，一团火焰砸了下来，他顿时追随主子而去矣。

三月有余，湘水县达鲁花赤阿赫马鲁从噩梦中惊醒，梦中县尹杨猛适、幕僚刘浩等几个死鬼的面容依然历历在目。为何他们阴魂不散？阿赫马鲁惊魂未定，突想起夷人鬼灵之传说，后背凉气顿起。莫不是床下之金银珠宝，附有死鬼灵魂？他突然后悔，当初从县尹等人家中抄得金银，只因自己贪婪，私吞不少，以致如今尚无仓储金银之密地，只得在卧室隐藏，独自守护。"马无夜草不肥，人无横财不富。"阿赫马鲁自语，品味南人俗话之精妙，也许此时敲着银锭，听其美妙声响，才能慰藉不安心灵。他点起油灯，拖出箱子打开，银锭间有迥然不同一物，大如巴掌，擦眼再视，乃一块刻有奇怪文字之玉石。畏兀儿人自然认得桑梓之宝物，那玉石通体晶莹洁白，细腻滋润，白如截肪之羊脂白玉，实为罕见，骤然醒悟，眼珠崩出，惊出一身冷汗。此乃州府收缴山民大案之西域藏佛国之印玺！他面如死灰。是何人加害于他？竟想将他置于死地！幸亏死鬼魂灵提示，要不竟不知此印玺藏于银锭中。官场险恶，此案牵连众多，连军中千户、百户、牌子头统领等都人头不保，株连九族，已有千人受诛。州府经承杨柳小人为求狗命，竟然诬陷恩人州尹李云石大人，五千亩牧场实乃当初前任湘水县达鲁花赤占有，离任前早已转卖本县多家富贵人家。一场劫难悄悄临近，阿赫马鲁裹着被子，望着跳动灯光，只觉无尽之黑夜如此漫长。

次日，家人全府找遍也不见阿赫马鲁身影，官府骇然，举城搜寻，依然不见。三日后，有快马速至州府禀报州府新任达鲁花赤。此达鲁花赤乃京城中都蒙古贵族铁木迭儿王爷孙儿，袁州府虽南夷之地，然日渐富甲一方，实乃上府之重任矣，闻知阿赫马鲁失踪，惊讶不已，闭目不语，大元建立虽短，然积弊甚累，大元危态已显矣。

然阿赫马鲁此时忽显府邸，瘫坐在家中太师椅上，惶惶然声称从巴蜀幽燕等地返回，三日前，在幽燕途中被一队脖子系有红巾之大军追杀，自己抱头鼠窜，那红巾军乃虎贲三千，已攻占大元数城。追杀阿赫马鲁之红巾军中，有一位名为晓松之汉人，纵马高喊："吾乃袁州府林晓松也，龙飞九五，重开大宋之天！"

达鲁花赤府邸上下无不悚然，巴蜀幽燕之地，千里之地，三日如何来回？府上管家赶紧差人去找郎中，郎中急匆匆赶至达鲁花赤阿赫马鲁府上，却听哭号声一片，阿赫马鲁已逝。一只蛉蛄突然尖叫着从郎中脸前窜过，吓得郎中心惊胆破，抬头望去，天空一只火鹰盘旋。城外，一队衙役匆匆赶来，乃州府按察使司众官吏耶。

湘水县城往西约七十多里，隔山隔水，弯弯兜兜，远至一百二十多里，有郭乡绅所持文引之五陂乡西北隅都山前社，也称山前村。西北隅都为上等都，山前村为上等社，社之户数，率以五十家为准，多者至一百家，添设一社长。郭乡绅隐居，坚不为社长，又不长居，故与两位社长交情甚厚。山前村再往西，绵延山丘十几里，便一头扎入云雾缭绕之高山峻岭，莽莽森林，悬崖峭壁，咆哮涧流，每至一处，令人惊心动魄，一夫当关，万夫莫开之关隘，比比皆是。翻过鬼见愁关隘，前行五六里，便见山坳洼地，渐渐隐入云端之梯田，袅袅炊烟之五彩村，散落在群山林间。村中多是南人汉民，也有其他族民，虽杂居，然相处甚安。

从县城至郭至刚之五彩村地域，壮夫光凭脚力，尚需五六日程，五彩村之村民十之八九一生不曾出过山村也。再往西行，纵横十几里之横山，乃汉民与夷人冲突之缓冲地带，横山脚下，奔腾咆哮之孽龙河荡过老虎滩，便是神秘之广袤夷人山区，与五彩村最近相邻山寨，乃夷人隗竹山寨。郭乡绅世代户籍登记于山前社，然十之七八田产在五彩村，依祖上居住习性，实则隐蔽长居五彩村，牛家乃无山前社户籍之五彩村乡民。五彩村众多村民与夷人，乃大元国中傲视蒙古人色目人之白丁布衣之南人。

夷人隗竹山寨与五彩村在三十年前，因双方村民在横山采药产生冲突，由械斗引起战事，两败俱伤，互无胜负，只得再次握手言和，重申双方祖上之约定：横山，日后未经商定，各自山民俱不得踏足，双方可派出巡视勇民，游弋于横山界外监视，如察觉有对方踏足横山者，先发响箭告知，警告无效后，可入横山追杀，对方村民不得增援，违者自负挑衅者之罪名。如此横山三十年风平浪静，便成野兽之乐土矣。

近两年大涝，稻谷颗粒无收，正是青黄不接之日，隗竹山寨几近断米，苦不堪言。夷人阿南巴家中粮食殆尽，与好友子扒时等五六个青年后生，结伴出门打猎。他们出门两日，向东一路寻找野兽痕迹，然无大获。已是春日，山中依然寒意甚浓，此时如能喫上一碗热沸野山羊汤，甚是美哉。穿过茂密森林，劈面高山险峻，来至山底，一条溪水潺潺流进前方一条无名小河。众人停歇，竹筒灌满清澈溪水，个个咕嘟咕嘟一口气喝得肚撑，才去饿意。抬头望去，眼前陡峭悬崖高耸入天，阿南巴仰头久闻，心中一喜，令众人潜伏草中。半个时辰过去，便见远处十几只褐色野山岩羊，走走停停，十分警惕，然至悬崖边，嗖的一声，轻松跃上悬崖壁。悬崖壁光滑，猿猴恐难攀援，然野山羊蹬着岩石裂隙缺口，紧贴悬崖，转眼已离地七八丈耶。众人见过多次，依然惊叹：“如换成吾等几个，悬崖峭壁徒手攀登，早摔得粉身碎骨矣。”此时野山岩羊伫立悬崖，霍然醒目，已是猎人眼中之静止箭靶，唾手可得之物。子扒时捻箭拉弓，一只壮羊应声栽下，引得众人一阵喝彩。

一青年后生道：“岩山羊遭猎人射杀，然临危不惧，淡定从容，不急不躁，沉稳向上登攀，漠视猎人，实在令人不解。更有异者，悬崖壁上又不长草，上山之径多矣，为何偏要舍易求难？”

子扒时笑道：“野山岩羊攀登悬崖，乃于自幼求生起渐掌之技，不惧失足死亡。被箭射中掉下，羊群视同失足滑落，日后只会更加小心翼翼，绝不敢急躁矣。野山羊冒死攀登悬崖，乃求食物，舔吮岩盐。”

众后生恍然大悟，一阵乱箭，又有几只野山岩羊被射落。子扒时道：“阿南巴，为何弓满搭箭，又弃之不发？汝乃神箭手耶！”

阿南巴凄然道：“兄长适才一番话，令人唏嘘。野山岩羊，众兽中体型瘦小，易被攻击，常遍体鳞伤，为躲避虎豹豺狼，舍弃水草充足之地，应对利石刮割，穿行荆棘灌木，不惧疼痛与危险，在悬崖峭壁上讨生，练就一身本领。野山羊攀至高峰，徘徊环顾许久，才会择径下山，绕开荆棘险道，以最快之速寻两山之最窄连接处，腾跃跨过，又向另一座高山进发，周而复始，穷其一生，看似神奇，然可悲终是一只羊耶，非张牙舞爪之狼。夷人如同野山岩羊，同是天涯可怜之物矣。"

众人顿时不语，手中举起之弓箭也垂落下来。悬崖上野山岩羊愈来愈小，渐没入云雾中。子扒时道："两年大涝，五彩村虽也遭殃，然巡查时碰得五彩村汉民，几无面黄肌瘦之人。五彩村粮田地大，平坦肥沃，远胜隗竹山寨。原本吾族世世代代生存于五彩村，汉人逃难至此，被吾族先人收留，然至今日，鸠占鹊巢，五彩村早已无吾族一寸之地，吾族民倒被赶上瘴疫贫瘠之崇山中苟活。阿南巴将吾族视为野山岩羊，汉人即为豺狼！"

阿南巴道："可怜之物必有可恨之处，吾山越夷人耻于远行，苟延残喘，年年希冀自身壮大，然刀耕火种，开荒种地，微薄收成又被野猪等糟蹋，天灾不断。何日才能夷人为狼，撕碎汉人之羊躯？吾心不甘！泥扒原本锐气，然被吾族族老同化，与族老几个终日言韬光养晦，已是井底之蛙，外面之世界几近不知。泥扒之父，当年告知蒙古人兴起于北方冰冻荒原之地，远不如罗霄山区之青葱富饶，然依靠骏马刀枪，终夺得天下。吾等山越，当以自强，也可仿效蒙古人，将汉人所霸占天下夺回，吾等重归五彩村！"

阿南巴一席话令众人兴起，纷纷叫好。子扒时道："收复五彩村，乃吾等终生大愿，然山寨长老心中之阵痛，乃百年来，吾族与汉人屡战屡衰，汉人日渐强大，虽有泥扒父子农桑鼎新，然依旧贫寒，期待寻找良机，一战即刻致汉人死地也，以免陷于无尽战事，吾族相持煎熬不得。哎呀，吾等在此白日做梦，梦醒一场空而已。话不多说，腹中饥饿，赶紧生火，烧烤猎来之野鸡，再在溪中射杀几条鱼耶。"

阿南巴在不远之崖下深潭边洞穴中抓来几条娃娃鱼，众人大喜，又从溪水中捕获二十几条鲫鱼瓜条鱼等。野鸡丰腴，烧烤出阵阵奇香；娃娃鱼肥美，瓦罐溪水炖蘑菇鱼，更鲜美无比。众人饱食时，不远处有众多猕猴偷窥。子扒时道："家中妻儿已无米下炊，恐此时早立山寨村口，眼巴巴等待吾等。烤野鸡之香味已充斥峡谷，令猕猴垂涎三尺，谷中野兽早被惊动，吾似乎闻到老虎低吼声。吾等将火用水熄灭，打道回府矣。"

众人扛着野山羊，以竹竿挑着野兔野鸡等原路返回。翻过一座山，阿南巴道："兄长，不如沿前面溪流往下走，溪流汇至孽龙河，孽龙河往东去横山，往西便是隗竹山寨方向。行至七块岩石之处，穿过树林，再攀岩向上，翻过两座山便回寨子矣。沿水而行，将猎物放至筏子上，省力不少，又可少大半日路程耶。"

子扒时道："巧耶，与吾不谋而合。七块岩之处，还可猎杀野猪，只是小心黑熊偷袭矣。"

众人便改道而行，沿溪流辗转山林，果真溪流一头扑入咆哮之孽龙河。此路径，子扒时与阿南巴原先走过，尽管河边无径，崎岖不堪，然此段河流尚有不少狭窄沙石滩，可少些攀援山岭之苦。时至日入，便远见几棵大树耸立河边水中。子扒时欢喜道："七块岩？"

阿南巴道："正是。"

众人欣喜，瞭望后一后生不解询问："只见河中大树，岸上绵延之参天树林，尚有一阵阵浪花溅起，独不见一块岩石，为何此地叫七块岩？"

阿南巴道："河流干涸时，河中大树不远处便会显露出七块巨石，石顶平如镜面，可平躺十几人，甚是奇异，故而称此地为七块岩。"

众人闻之，赶紧加快脚步朝七块岩奔去。伫立岸边，河水湍急，水拍巨石，浪花蹿起一丈多高，日后欲寻找七块岩，只须见河中溅起一丈浪花处便是。众人小歇片刻，狂风乍起，赶紧转身迎风继续前行。走进树林不久，一棵五六人合抱樟树后突窜出一硕大黑熊，黑熊见到众人一愣，众人也是一愣。黑熊头圆耳大，嘴短尖牙，三人腰板捆在一起，不及黑熊粗壮，其脚掌肉垫厚实，五趾爪子尖锐，体毛黑缎般光亮。黑熊似乎被发着寒光之尖锐梭镖枪头激怒，嗖然立起，邻近之子扒时身高不及黑熊之肩。黑熊吼叫着挥舞爪子扑来，众人扔下猎物四散，子扒时脚下被树根绊倒。眼见黑熊要扑到子扒时身上，阿南巴怒吼一声，一枪刺中黑熊后背，然枪尖刺入仅半寸，黑熊狂怒摆身，啪的一声，梭镖被樟树折为两截。黑熊又一掌拍来，幸亏阿南巴侧身及时，地上之石头，被熊掌击成数块。阿南巴闪身躲于树后，大叫："兄长，赶紧逃开！"

黑熊与阿南巴团团转于巨树，子扒时急唤众人捡起野山岩羊速离，返身与阿南巴两人前后夹击黑熊。然熊对阿南巴紧追不舍，阿南巴嬉笑着向河边跑去，一边跑着一边骂道："孽兽平时夜晚觅食，今日尚未至黑夜，为何早出？吾等又没伤害于汝，为何主动袭人，紧追不放，岂是发情亢奋？吾乃人类，看错交配者耶！"

后面子扒时笑喊道："阿南巴，恐是汝腰间红布条招惹，激怒黑熊，赶紧解下！"

然此时黑熊一双蓝黑眼睛睁圆，咧开大嘴直喘着，一拱一纵中双掌忽立，向阿南巴拍去。钢爪一般之熊掌擦过阿南巴后背，粗麻布之上衣顿被撕开，鲜血迸出，阿南巴哎哟一声，慌不择路滑落下去，扑通掉入一泻千里之孽龙河中。

第五章

苦狩猎山寨失群豪，勇探险孤儿得奇宝

　　清晨，旭日从云雾中探出，河滩上阿南巴终于苏醒，摸着头上血迹瘀痕，恐是急流中头碰到了水中礁石，庆幸凭己水中蛟龙水性，急流翻滚中未葬于河水。他爬起来，摇摇头清醒些，四周望去，觉得眼生得很。大概已到横山，相距陬竹山寨已远，顿时心中一惊，好在弓箭配刀俱在，只是少一支梭镖而已，刚想抽身返回，然闪现一念：横山野兽多矣，既然踏足横山，何不猎上一物。

　　横山，土壤呈红，间有黄壤，土层深厚，因质地较黏，保水保肥，地下矿物众多，故草木茂盛，横山食草之兽膘肥体壮。不远处之山坡绿草茵茵，草中点缀着黑宝石幽幽亮光，乃是一群悠哉啃草之黑山羊。阿南巴大喜。罗霄黑山羊皮毛呈青缎色，背毛全黑有光泽，尾短上翘，公羊角向后两侧伸展，呈镰刀状；母羊角较小，向上左右斜伸，呈倒"八"字形，虽不及野牛角威严，然羊角常为人们喜爱之装饰之物。公羊之角，寨子汉子头盔配之，乃勇士之标志。其肉乃珍馐，带皮羊肉光泽均匀鲜艳，脂肪白色不粘手，指压后凹陷即刻恢复，煮沸后肉汤呈乳白色，脂肪团聚于表面，无半点膻味，品尝一口，让人顿觉"鲜"字中之羊，定是罗霄黑山羊耶。夷人山寨祭天，牺牲必用"三仙"，三仙为黑山羊、黑公狗、黑公鸡。然三仙之首，为罗霄黑山羊。

　　阿南巴隐在巨石后深吸一口气，弓如满月，一只肥硕公羊应声被箭穿颈倒下，顿时，羊群如炸锅般顷刻逃窜。阿南巴甚是满意自己之射技，刚想快步走过去，然呼啦啦从对过山坡树后跳出四位汉人，其中十四岁左右之垂髫女子欢快跑至黑山羊跟前，大叫："肥胖之羊，壮耶！"

　　阿南巴箭步跑至跟前，冷冷道："放下！吾猎得黑山羊，何处窜出野人，上来便抢？"

　　对方来者四人，似为一家人，父亲携两子一女，年幼儿子肩上竹竿挑着一串穿山甲、獾子、箭猪、野山鸡等。来人闻声一惊，年长儿子愤懑道："何为抢？分明吾也射之，如兄长欢喜，吾等让之便是，为何出言不逊？"

阿南巴心中一惊，黑山羊脖颈上，果然紧挺两只箭也，对方之射艺，不在自己之下。年幼青年怒道："出口骂人，为何让之？偏不给予！"

阿南巴恼怒道："汉人言而无信，横山禁地，为何偷猎？"

对方儿女齐声道："吾偷猎不假，然彼此彼此耶！"

阿南巴一愣，怒不可遏道："横山不是汉人领域，即便五彩村，也本是吾山越祖居之地。恩将仇报，忘恩负义之汉人，竟言吾为偷猎！"他拽过黑山羊，怒视着对方，傲然将羊扛起。

年长之年轻人扔下弓箭，气呼呼上来便抢，其父亲叫道："牛大，不可胡来！"

两人推搡着互不相让，黑山羊坠落，阿南巴怒起一脚，踢得年轻人连连后退倒下。旁边年轻人大怒，拔刀便砍，阿南巴抽刀相迎，咣当一声，阿南巴之刀刃崩掉一大缺口，然在此时，那女子已将剑架于阿南巴脖子上。年轻小女笑道："破刀。跪下便饶汝不死！"

阿南巴大惊，小女子抽剑之快，阿南巴竟然浑然不知，其武功绝不可小视。他惊讶尖叫道："口出狂言，然毒蛇已缠汝脚上，竟然不知，汝难自保，毒蛇，快快咬上！"

小女"啊"的一声，低头望脚，脚上空空如也，方知上当。阿南巴拨开脖上之剑，捏三指猛地向小女头上百会穴击来，小女之父一把拽开小女，侧身挡上，然被雷击一般，顿时直愣愣僵住而动弹不得。阿南巴手落时顺手拽下其父身上包袱，牛大盛怒，其父被挫中章门，章门被击中，十人九人亡。牛大骂道："阴功，点穴！真下死手，喫吾一刀！"

幸亏阿南巴反应及时，应声就地倒下躲开，一束头发已被削去。好汉不吃眼前亏，阿南巴一个鱼打挺跃起，往前一蹿，抱着包袱骨碌碌滚下山坡，在牛大几个叫骂追杀声中，阿南巴已消失于山洼密林中矣。

阿南巴滚下山坡时被乱石刮伤，憋着满腔怒气，后悔点穴之时手下留情，自叹终不是狠心之人。回家路上采得草药自行敷上，刮伤已无大碍。三日辗转，黑夜中赶回家中，家人悲戚中惊喜不已，阿南巴询问同去打猎者可已回寨，堂客哭泣点头，只是子扒时尚未见得。乡里寨民闻讯赶来，家中吊脚楼上热闹起来，闻知阿南巴经历，皆又惊又怒，咒骂汉人不休。然阿南巴惦记子扒时，众人皆猜测其无恙，只是仍在独身寻找阿南巴矣。阿南巴更是不安，起身便要出外寻找子扒时，子扒时之父子阿迟劝慰道："阿南巴从黑熊掌下救出子扒时，乃其救命恩人，甚是感谢。子扒时常年穿行山林，勿要担心，定是无恙。犬子出门时，有约定在先，最迟不过今夜回来。恐他寻找不得，也在回家报信途中。汝歇息便是，如未回家，明日吾等再启程寻找。"

寨主弥阿公与泥扒两人也称如此为好，阿南巴方才略微安心，取出一包袱道："此乃从汉人身上抓下食袋，内有糯米糍粑，诸位尝之。"

众人一喫，个个皆惊。弥阿公道："汉人栽种之糯米，黏而香甜，远胜吾等栽种之稻米。五彩村之水田，乃丰沃膏腴之地，喫之更令吾等伤心不已。"长老腊八时抚须称是，众人点头，又念叨起今日贫寒，无不感伤。

次日，子扒时依然未归，阿南巴心中惦念，执意前去寻找，堂客劝阻不得，阿南巴道："吾午后出门，家中已无粮，老母奄奄一息病于床上，尚有三岁与嗷嗷待哺周岁幼儿，寻找子扒同时，依然打猎，山寨家家贫寒，即便叨扰他家借与，也终空手而归，吾五尺男儿，岂可不劳？家中尚有几个汉人糯米饭团，吾走后，汝熬成稀饭，辅以野菜葛根充饥，时不过数日，吾便归来。"

午后，秋风渐起，有两位寨民跟从阿南巴前行。山寨泥扒弥卖乌赶至叮嘱道："昨晚子扒时托梦于吾，前些日他寻找汝不得，转道向西矣。汝等勿去横山寻找与狩猎，千万莫再惹出事端，西边山林，野兽也多。山寨尚有蘑菇笋子干货，虽无油星荤菜，然不致饿死。汝等早去早回，以免众人挂念担忧。"阿南巴皆点头答允，挥手告别。

然福无双至，祸不单行，当晚，阿南巴堂客在外劳作，阿南巴三岁幼子饥饿中一口吞下糯米饭团，眼珠暴突，堵喉噎死。阿南巴老母病中闻孙儿抽搐，挣扎爬起，不慎打翻床边油灯，点燃席下稻草，吊脚楼轰然烧起。阿南巴堂客赶回时，婆母与幼子已葬身火海，寨民无不凄然。然已过数日，仍不见子扒时归来，阿南巴等众人也杳无音信。

久等中寨民焦急不安，又悲戚不得，弥阿公、泥扒弥卖乌与子阿迟等商议，只得再遣全寨年轻者出外寻找。弥卖乌也要前去，被众人劝回。寨民分成两路，一路往西，向魔鬼谷方向寻找子扒时，由子阿迟率领；一路由阿格率领，揣摩阿南巴往东，至七块岩之地，阿格等人在七块岩周围细细查找，依然不见子扒时与阿南巴等人身影，只得悻悻而归。

子阿迟与乡里众人一路吆喝，向天空发射百多根响箭，仍不见回应。五日漫山遍野苦寻，不见其人，便疑其人不在此地，有人提议打道回寨，然子阿迟执意独自留下，村人无奈，只得赓续相伴。

翌日未时，众人筋疲力尽，仰头倒下憩息。山风渐停，明晃晃初夏之日光催人困兮，倏然间蛉蛄声大作，众人惊醒，然诧异不已。初夏之日，何来蛉蛄声？众人面面相觑，反复听之，确凿无异耶，骇怪好奇之心驱使众人循声前往，忽然间前面山坡草丛中，传来婴儿哭泣之声，众人顿时惊悚不已。荒无人烟之处，何来婴儿？良久，众人终于挽手抱团，小心翼翼往前寻去，果真草丛中有两脚丫乱蹬，乃一赤身裸体、裹着芭蕉树叶之男婴。

婴儿见得众人，哭声戛然而止，转悲为喜，嘎嘎笑矣。众人个个癔症般瞪眼发痴，有人惊呼"魔鬼谷"，众人方醒。已踏进魔鬼山谷也未觉知，惊惧得全身僵硬，睡梦中鬼压床一般，挪不开一步。空气窒息，突然有人尖叫"跑"，众人惊醒过来，哗啦啦撒开两腿俱散，惟留下子阿迟一个。白发子阿迟仰天一笑，将男婴抱起，大呼："吾不畏死，何以畏惧魔鬼乎？"知其儿已凶多吉少，山寨男丁夭折多矣，老天可怜，赐予山寨此男婴，即便此子为魑魅魍魉之后裔，也定要将其养大成人。

见子阿迟抱回之子天庭饱满，地阁方圆，众人欢喜相抱，烧火熬粥喂之。归来途中，见有数人遗骸散落一地，猜测为魔鬼谷野兽闻得血腥味，袭击猎手，并将几个猎手咬碎矣。

从魔鬼谷窜出之野兽凶狠残暴，体格硕大，夷人世世代代莫不谈虎色变。又在不远处陆续找到弓箭刀剑等，众人只觉眼熟，细细辨认，乃是子扒时与阿南巴几个专用之物。定是阿南巴寻得子扒时，却不知为何招惹到魔鬼谷野兽，以致丧命。众人号啕恸哭，山河倒转，满山悲戚。

众人哭泣中归来，山寨皆惊，莫不悲恸万分，寨主弥阿公更是凄然。寨里几位雄鹰逝去，天塌地陷，山寨日苦更甚。寨主一口气堵在心头，下楼晕眩，失足而亡。屋漏偏逢连夜雨，船迟又遇打头风，长老腊八时哭泣不得，与泥扒主持三日法事，破例五日方才将弥阿公、阿南巴、子扒时等人土葬。下葬归来，抱回之男婴冲泥扒一笑，泥扒心中似被一撞，久久不能平息。腊八时紧紧抱住男婴，心中长叹，其一笑一颦，似乎泥扒之子，乃是前世有缘，拜请泥扒日后细心教诲，祈祷男婴长大后能承接巫师衣钵。此后腊八时被推选为寨主，男婴被山寨寨民称为鬼子，泥扒对鬼子悉心教养，期望能青出于蓝而胜于蓝矣。

泥扒，山寨上知天文下知地理之巫师。弥卖乌之父弥成汉，原为汉人，乡梓故里在黄土平原，出生于半工半农之工匠人家，读过几年私塾，年方十六即为官匠征外，在中都幸被皇宫御匠收徒，又勤奋习读，三十而立之年已是饱读诗书之名匠。后辗转数地，至江西行中书省广东道梅州路总管府，因不满官府衙役欺压，一次言语冒犯，被押下狱，流放中途偶遇夷人袭击，趁机挣脱，逃进山林，被深山老林一鳏夫所救，相伴三年，竟然精通夷人言语。鳏夫死后，流浪多年至此，自称本是上越后裔，父辈被汉人掳去为奴，后反抗逃出，被陕竹山寨收留，与寨子长老之女子结缘成婚，育有一男两女，与寨民和睦，山寨视为己出。

成汉见夷人以狩猎为生，刀耕火种远不如汉人农技，也不及曾经游历两广之地夷人农作技艺。山寨稻、黍、麻、麦、菽俱有，以旱稻为主，寨民终年劳作，然贫寒至极。成汉引领众人开垦荒地，仿造汉人木龙骨车，引水山上，拓展水稻之域，又大兴铁艺，铸出陕竹山寨第一张犁刀铁搭。夷人感叹农具之便利，收成大增，喜之不尽。恰逢弥成汉五十周岁之冬日时，山寨泥扒仙逝，众人便拥戴其接任泥扒，然不过十年，花甲之年便逝去。临终前，弥卖乌俯身贴耳听父嘱咐，成汉断断续续言道："战与满言，时年猛，遵钱秀……"此言含糊不清，令弥卖乌丈二摸不清头脑，只得哭丧着点头便是。子承父业，弥卖乌接过泥扒衣钵。可喜此泥扒弥卖乌不止于农作鼎新，还仿效汉人之建造，烧出砖瓦，建得山寨第一间砖瓦房。只是近年诡异钻研夷人之文字言语，让夷人实为不解，只有寨主腊八时心中暗喜，因古墓中竹简留存百年，其上文字无人能识。

鬼子周岁时，义祖父阿迟病逝；童龀时，又丧义母阿南巴堂客。泥扒弥卖乌便将鬼子收为义子矣。

鬼子外傅之年，初春是日，有山寨寨民阿格等上雪山采药，鬼子随后。攀登悬崖半腰中，狂风大雨顿起，悬崖壁藤后呼啦啦显露一洞，洞口只容一人费力钻入。然山洞口小肚大，洞中宽敞干爽，可容百人睡卧。众人七手八脚鱼贯而入，点起火棒，四下一看，顿时惊骇不已。洞中散落白森森一片遗骸，多为不明动物之毛发与头骨等，一道闪电照亮洞口，众人胆怯，不敢上前。唯鬼子笑着上前，用脚划拉，往内推拢遗骸，以容众人歇息。然遗骸中豁然显露一陶罐，鬼子惊讶，见陶罐中满是灰尘，擦拭之中，掉出一物，拂去灰尘，哎呀，竟是一本古铜色金属书！阿格见状大叫。那书应是黄金所制，数之有十八张书页，页页为树叶厚之金箔，金箔上刻有文字，无人能识，似为天书。众人又惊又喜，天降横财宝物，远胜灵芝茯苓桑黄神仙草，皆无兴致再采草药。在雨中滑落崖底，众人尚未站定，一阵阴风吹过，众人顿时心惊肉跳，恐怖中一猴咆哮扑来，有寨民惊恐失声道："山魈五通！"

众人瑟瑟发抖。山魈，传说中喫人之山怪，甚是凶猛暴躁，来时一阵风，风过若无腥臭味，便显形为山魈之躯，若转眼胀大数倍，便是五通一个，一张血盆大口，可一口吞噬数人。腥臭甚浓，定是吓人鬼之山魈，即便山魈，人见无不毛骨悚然。阿格之心提在嗓子眼，眼前之山魈，头大面长，脸颊蓝紫有深皱，口中尖利长牙，丑恶至极。阿格耸鼻子闻味之状激怒山魈，它直冲向背着金书背篓的阿格，狂啸中一掌扇去。阿格惊悚呆痴，千钧一刻之际，鬼子一把推开阿格，山魈手掌掠过阿格背篓，其身后一块磨盘大之岩石，咔嚓一声折断。众人尖叫着，方才惊醒四散。阿格跑上几丈远，山魈纵身跃起一丈之高，以泰山压顶之势，冲阿格又是一掌，幸亏阿格灵巧躲过，又是咔嚓一声，前头一人多粗之罗汉松被拦腰砍断，扑通一声，摔下一只树上躲避之山豹，山魈狂暴一拍，山豹天灵盖被击得脑浆四溅。阿格背篓被树枝拽住，惊慌中一扯，背篓刮散，他顾不得许多，撒腿逃窜，忽见得鬼子岿然不动。阿格一边跑一边大喊："鬼子，为何不跑？赶紧脱下草鞋，丢向天空，若砸中五通天灵盖，五通便气馁缩小，化风而逃！"

然山魈弯腰俯身，捡起金书，又舔又吻，仰头长啸，鬼子早已怒起，一个鹞子翻身，持竹尖挡在山魈跟前，瞪眼与山魈对峙，大声喝道："何方妖孽？此乃天赐吾耶，吾定要索回！"

鬼子双眼怒视山魈，四眼相对，甚是奇欸，鬼子眼中怒火迸发耀眼光芒，山魈嗖然匍匐地上，如捧婴儿般亲吻不止金书，颤巍巍立起，仰天长啸一声，又向鬼子跪下，将金书搁置于罗汉松枝叶上，转身倏然凭空消失矣。鬼子大惊，张嘴如同桩木，直愣愣许久而不知暴雨已停矣。

东边太阳西边雨，此时东方远山大雨将至，乌黑黑天空笼罩过来，一道火球划过，几声雷鸣之巨响，火球坠落在东南方向，轰起一团火光，照耀天空如昼。众人惊异，阿格估摸火球落在七块岩之处。

鬼子眨眼道："治平元年，常州日禺时，天有大声如雷，乃一大星，几如月，见于东南。少时而又震一声，移著西南。又一震而坠，在宜兴民许氏园中。远近皆见，火光赫然照天，许氏藩篱皆为所焚。是时火息，视地中只有一窍如杯大，极深。下视之，星在其中，荧荧然，良久渐暗，尚热不可近。又久之，发其窍，深三尺余，乃得一圆石，犹热，其大如拳，一头微锐，重亦如之。州守郑伸得之，送润州金山寺，至今匣藏，游人到则发视。王无咎为之传甚详。"

众人笑道："流星常见，火球吾等尚未见之，鬼子未曾出过远门，梦游乎？"

鬼子道："此乃泥扒曾经读诵前朝古人沈括之《陨石》篇，似记载今日之流星火球，吾因此而记起。百年难逢火球坠落，极为好奇，欲前往观之。"

众人心中惊魂未定，一心欲归山寨、何况看山跑死马，七块岩，恐来去要一日路程。然鬼子执意别过众人，与阿格两人向七块岩奔去。路上，阿格问道："贤侄为何前往，定不是好奇心驱使耶，必有缘由。"

鬼子道："实不相瞒，昨日梦中便见陨石坠落，今日果然，乃冥冥中天意耶。"

阿格惊讶道："贤侄绝非凡人夫子，必如泥扒一般，长大终是博学多识之人。"

鬼子笑道："实不敢当，泥扒曾言，盘古开天辟地，日月星辰各司其职，四海一统，其乐融融。建老母庙于山下以祀女娲羲和，堆陨石于高台以祭太阳神灵。如今前去寻找陨石，以求感染得神灵精气。"

阿格笑道："山寨以为流星呈现，不是世间大人即死，便是圣贤者诞生之兆，然吾以为火球落在地上，被称陨石，若不是贵重金银，无异于罗霄山红土之贱也。若文曲星等圣人出世，乃是天外之来客，通天界之桥梁，达上帝之使者也。然官人将陨石坠落视为不祥之兆，而吾山寨以为可喜，当有上天之旨意传授人间，或获得新物种降临。鬼子梦中见得今日流星火球，乃非凡之人，也许可承载上天之意，若此，以求隗竹山寨之日新月异，希冀与光明来临。若找得陨石，当以顶礼膜拜，上越族民渴望变化，以图走出大山，重归世界！"

两人日夜兼程，翌日清晨赶至七块岩，然河中大树俱焚，原先一丈多高之浪花不见踪影，河岸岩石松垮，周边泥石泄流。两人甚为奇异，阿格道："物是人非，七块岩之境今非昔比，恐水中七块岩也不能独善其中耶。"

鬼子一头跳入湍急河中，不多久浮出水面摇头，再次浸入水中。阿格在岸边焦急等待了一阵，只见鬼子如蛟龙般蹿出水面，一手抓着一块黑色瘤状石头，另一手举着一四方盒子游上河岸，石头于朝霞中反射出五色之光耀。

阿格递给鬼子一条麻布，道："秋日水凉，赶紧拭净。你手中那黑色瘤状石头可是陨石？哎呀，这方盒又是何物？"

鬼子笑道："水中比岸上温热许多，水下之七块岩似被坠落流星击碎，已成无数块岩石，碎石似被烧焦，多呈此黑色瘤状。水中唯有此物颜色截然不同，临近才知乃是方方正正一盒子，也不知是先人遗落，或是流星携落，或原本在七块岩石中，被火球砸开而显。"

阿格听说，壮着胆子，也一个猛子扎下水，见河底果真多有黑石，情形正如鬼子所述。水下波涛汹涌，他不敢久留，迅速爬上岸喘息。再端详方盒，只有巴掌大小，擦去污泥，银色乌亮，四四方方，六面如镜般平整，无一缝隙，掂于手中，如同一块银锭般沉重。阿格道："上天看吾等贫穷，给予金银？或为信匣？"

鬼子笑道："不知何物，胡猜乱想，也许正是女娲补天之五色石？或天造地设的方正之银块而已。"

两人返回山寨，早有寨主腊八时与泥扒等听闻鬼子幸得金书，急于观看，在寨子前迎候。等见面鬼子又拿出银盒，众人惊讶中莫不欢喜，只是无人识得宝物。洗濯净身后，点上三炷香，泥扒领众人如同祭祀山神一般，跪拜一番。泥扒弥卖乌受寨主与长老之托，保管银盒金书。

第六章

义父子彻夜辨竹简，俏姐妹横山订盟约

泥扒原本就日思夜想于竹简文字，如今更是废寝忘食，丧魂失魄，痴于金书上文字，时常怪笑啼哭，一副入魔走火之状。寨主腊八时与众长老商议，恐泥扒已是痴迷鬼缠身，须以鬼神之灵气驱散。鬼子乃鬼精灵一个，如今已熟知法事，应由鬼子施于泥扒弥卖乌之天地精气，再祭坛施作油火法术，召回泥扒自身魂魄。

当日黑夜，阿格背出被艾叶熏晕之泥扒，安放于巨柏树下，众长老依次用两掌向地上作掬物之状，掬起后便向泥扒头与脸撒下，用芭蕉扇子蘸得清水，向泥扒扇动九次，然后长老们排成一排，恭请鬼子出场。

鬼子点起三炷香，持桃木箭往上一击，嘴中念道："日为至阳之气，月为太阴之气，质为金银之气，魂为生灵之气。昔在泥扒，生而生灵，弱而能言，幼而徇齐，长而敦敏，成而登天，二八肾气盛天癸至，嗟予遘阳久耶，天地间风善行而数变，然魔由心造，妖由人兴，吾乃上天鬼子，中有之身，弃三玄之学，九宫八卦不离壬，三焦之重，上药三品神与气精。罢罢罢，天一生水，一六亥子；喏喏喏，烦请诸位退下！"

阿格端出装有金丝猴尿之瓦罐，鬼子也尿之，用松柏枝搅和，寨主喝上一口，向泥扒噗的一口喷去。泥扒一激灵醒来，痴痴望着众人。鬼子又被长老用彩色染泥绘成丑恶之脸，赤膊散发，腰系鸡屎藤，藤条上裹着皇帝草，用泥扒平日作法之碗，添半碗茶油，点燃后一手托之，围着巨柏呼啸，其声急疾惨疠，惊骇癫狂，阴森恐怖，众人浸染其中，无不颤抖。寨主两脚微曲，不敢绷直，瑟瑟中跪下，众人随之扑通跪下，阿格也凄声失叫。鬼子大声叱道："吾有天地咒毒杀鬼方，咒金金自销，咒木木自折，咒水水自竭，咒火火自灭，咒山山自崩，咒石石自裂，咒神神自缚，咒鬼鬼自杀，咒祷祷自断，咒痈痈自决，咒毒毒自散，咒诅诅自灭！今已知汝名，汝急速去——急急如律令！呀——呸！"

鬼子猛地将油碗朝祭坛摔去，然油碗砸于祭坛石脚，哐当一声，陶碗竟不破碎，众人皆惊。鬼子微笑着，举起祭坛上银盒砸向油碗去，油碗登时碎成齑粉。碗碎之际，一道闪

光喷出，泥扒弥卖乌顿时如梦初醒，捧上竹简金书亲吻不止，忽地仰头大叫："七窍一开，金书文字有何难识得？诸位，过不了许久，书中文字自会弄明矣！谢过诸位！"

见泥扒放下金书，神态恢复自如，众人喜不自禁。日后再遇见泥扒痴迷，便见怪不怪。只是众人千方百计想打开银盒，却始终不能如愿。银盒既打不开又砸不开撬不开，众人无奈只能放弃，银盒被鬼子当作石块，用来砸核桃油茶籽等硬果，锅中摊糯米糍粑等，洗拭抹净，尚可当作镜面，终日揣在怀中。

是日当晚，鬼子信步走入泥扒卧室，见泥扒桌上摊开竹简，每根竹简上刻有晦涩图案，泥扒手持一竹简，正苦思冥想。鬼子脱口而出道："此图乃一个'旦'字乎？"

泥扒惊道："与吾之判断吻合，正是一个旦字。汝如何判断得出耶？"

鬼子道："竹简上之图，圆中一点，似日；下有一横，吾心中忽想起去岁夏日，吾躺在武功山之万亩平坦草甸上，观得日出，极似竹简之状，故推测乃一个'旦'字，意为天明之后便是次日矣。"

泥扒点头道："正是，竹简上图案俱是象形会意字也。再看此图，汝推测为何字？"泥扒又指向一竹简。

鬼子笑曰："谈不上推测，此乃活脱脱之'鸟'字，老幼一看便知。"

泥扒点头，投以赞誉之笑，鼓励鬼子猜测数根竹简，鬼子一一答对。鬼子问道："阿父，不明之竹简尚有几多？"

泥扒笑道："汝心中之意，吾知晓耶。竹简共有两千两百多不同图案，尚有一半不明，若能猜出，定是一千多个文字，排列合成，终是一文。吾等按象形会意，坚持不懈推测，竹简之记载文章终究会解析耶。汝有灵气，若有兴致，可与吾共同致力于此也。"

鬼子欢喜道："吾再猜几根竹简如何？"

泥扒胡乱抓得一根竹简，鬼子端详图案道："前者似两人共卧伏土台之上，'坐'字也；后者似一杯子，下有两个'×'，杯子之上立有一案，此为何意？"

泥扒叹道："我以为前者为坐字，后者实难猜测。竹简中此类图案多矣，故而疑惑不已。为此烦恼至极，苦思冥想不得，几近癫狂。"

鬼子眼珠一转，笑道："阿父曾言，一木难支广厦。山寨盛传，五彩村之郭乡绅乃文曲星下凡，如今要拆文解字，何不求助于他？"

弥卖乌摇头苦笑："隗竹山寨与五彩村世代之恩怨，水火不容。若动此念，被寨民知晓，定将吾生吞活剥矣。万万不可胡言！"

鬼子道："吾自幼起，阿父便教导汉字之精髓。古人仓颉生而齐圣，有四目，观鸟迹虫文始制文字，以代结绳之政，乃轩辕黄帝之史官也。仓颉造字，乃象形会意耶。阿父猜测竹简文字，遵循此思绪，然孩儿突发奇想，吾族千年仅生存于大山，广袤之宇宙，大江大河，东南西北，万物丰盛，多有吾族不见不闻之物，故而吾族思维，毁于狭隘。然竹简岂是仅限于罗霄之远古？如今阿父百思不得其解，也是情理之中。即便先祖走出大山，见尽万物，尚不敢断言象形会意乃先祖唯一之造字方式也。阿父可否广开思绪，也许他径可行耶？"

泥扒弥卖乌连连点头道："前次作法，令吾开窍三分矣，今日鬼子之言，更令吾醍醐灌顶也。然苦于孤陋寡闻，才疏学浅，想尽释竹简与金书文字，痴人做梦而已。然泥扒本是山寨学识传承，身兼与鬼神相通之职，诸位山寨泥扒早有共识，究吾上越先人之史，世代口口相传，终无上越文字，只流传读音方言耶。一个'鬼'字，汉人读'鬼'，蒙古人读'翁贡'，而吾族读作'几'耶。上越与蒙古人读音多音，而汉人文字单音，此类文字读音，多得不胜枚举。竹简文字若非汉人先祖之文字，便是吾上越先人所创之象形文字，或按读音记载，或有世间造字之其他法则也。许慎《说文解字》有言，以讫五帝三王之世，改易殊体，封于泰山者，七十有二代，靡有同焉。只是迷惑吾族先人悬棺中留有竹简，为何后人断然不续耶？"

鬼子喜道："吾猜测阿父之开窍，依吾族之读音，结合象形会意，可破竹简之谜！"

泥扒道："正是，吾父毕生心愿之一，便是借用汉字偏旁部首之法造出吾族之文字。如今若能破解竹简之谜，何必再造，文字鼎新一番便可。先祖竹简，精湛之金书，皆是吾族先祖所造，其中必有干系。不是吾有狂妄之奇想，也许如今汉字乃借用上越上古文字而仿造耶，华夏之源，乃始于吾族……"

两人兴致勃勃，泥扒弥卖乌搜肠刮肚，畅谈华夏之史，一夜未眠。不知何故，泥扒话锋一转，言山寨近亲繁衍之弊，寨民生命之短促等，喃喃自语，理当励志，有率上越众人走出大山之志向。

鬼子喫百家饭长大，自小随村人劳作，披星戴月，不知疲倦，村人常赞其勤劳，只是常独自凝视谷物，沉思半日而不觉被蚊子叮咬，村人以为鬼子有探究谷物之性。待鬼子舞勺之年，更醉心于田地耕植。泥扒弥卖乌曾言，其父弥成汉在世时，见得两广汉人种植水稻，便在山寨效仿，制造出脚踏水车。鬼子潜心研制，于脚踏水车之上，造出风力飞轮水车，次年又一鼓作气，将阿加落句水磨造出。山寨欢欣鼓舞，寨民省力几倍，山寨种植如添神力，庄稼颗粒饱圆丰硕，山寨生计日盛。风力飞轮水车使上之次年，青黄季节，寨民尚能稻米饱腹，谷仓竟有余粮耶。真乃山寨史上之首次，寨民欢庆不已，鬼子被称为天人之子矣。

鬼子束发次年，春季是日，独自外出狩猎，鬼使神差，径直来到横山。横山杜鹃花遍野怒放，山风吹来，花海如潮。忽见得前方陡立悬崖，悬崖中一缕瀑布落入白龙潭，瀑布随风飘散，如天女散花，水花银雨潇潇洒洒，空中飞舞。悬崖上有着红缀绿、鲜艳靓丽之两个少女，在密布藤叶之映衬下，更显风姿绰约。两女背着竹篓正忙于采药，一串清脆欢快山歌随风飘来，令鬼子心神荡漾。

"鲜花人儿俏，姐妹来采药；身负敞口背，锄头挂腰间，无畏悬崖峭，只喜药儿多。

扯得龙胆草，锄落灵芝伞；丹参通经脉，卷柏还魂魄。背篼重如山，压落日头公。哎呀呀，锐刀入刀鞘，歌儿撒山涧……"

歌声婉转悠扬，犹胜百鸟欢唱。鬼子看得目不转睛，脸红心跳，情不自禁放开嗓音唱道："姆妈生吾艰难日，吾岂知道天地人，当吾长成少年时，寨子阿叔一张弓，吾便背弓习射箭，阿公给吾一面刀，挂刀攀岩上山林。敢登高山揽明月，纵身深渊捉蛟龙。弓缺弦来刀缺带，哎呀呀，何时仙女弦带飘！"

鬼子屏息聆听，片刻，对方飘来泠泠般歌声："髫年纺麻又织布，金钗栽田好当家，三星升起麻三把，月皎映照打谷人，麻绳用来劲弓弦，稻穗系配锐刀剑。哎呀呀，不是虎豹兔开言。"

鬼子听罢，畅笑唱道："爬过雪山为找弦，翻过大箐为系带，吹起叶笛捧鲜花，瀑布箐底潭池边。哎呀呀，带麻之人来不来，背水竹筒响不响？"

半个时辰，瀑布底下，白龙潭岸边，鬼子见得姐妹两个。二人碧玉年华，五官娟秀，个头适中，脸上白净中透红，浑身淳朴，然羞涩中不失英气，真乃清水出芙蓉，天然去雕饰也。

面对姐妹，鬼子心中狂跳，涨红脸拱手道："愚人乃山寨鬼子也，敢问小姐芳名？为何见到越人竟无半点恐惧？"双眼落在姐妹之中的姐姐身上。

姐姐大惊，眼前的青年男子，竟是她梦中之夷人。她霎时满脸绯红，低头含羞笑道："越人又不是野人，更不是鬼怪，为何恐惧？吾乃阿菊，这是妹妹阿兰。"

阿兰吃惊瞪眼道："啊呀，阿姐，我们原本以为这是位英俊汉人，殊知是越人大乃牯（男孩）耶。其名既为鬼子，岂不是阿姐梦中那夷人？无巧不成书，也叫鬼子。哎呀呀，汝可是魔鬼谷遗子？"

鬼子吃惊道："为何知吾魔鬼谷出生？"

阿兰吃吃笑道："夷人，若不是阿姐自幼至今，梦中常见一人，为山越人氏，吾早箭射于汝。实不相瞒，阿姐常念叨，传说山寨鬼子，于舞勺之年便造出风力飞轮水车与阿加落句水磨，本领神奇。原以为三头六臂怪相，如今看来平常人也，岂是巧合？嘀，鬼子？自吹自擂，莫非假冒之人？敢单打独斗上得横山，莫非真有些能耐欤？"

鬼子惊讶道："山寨与汉人互不来往，如何知晓山寨事物？哎呀，吾呆痴之言。牟几（女孩）话中之夷人，正是鄙人也。不是雄鹰，不敢上武功山；不是猎人，不敢单打独斗。小牟几岂未闻过猛兽独行，温羊成群之谚语。谈不上大本领，会造风力飞轮水车与阿加落句水磨，算不得大本领耶！"

阿兰："癞蛤蟆打哈欠——好大的口气！"

见阿兰满脸不屑，鬼子捡起石子，在地上画出风力飞轮水车与阿加落句水磨模样，姐妹震惊不已。此图案非俗人可绘，果真是阿菊梦中所见之人。

鬼子道："实不相瞒，吾自幼至今，梦中也常见一对姐妹，姐姐阿菊，妹妹阿兰，乃五彩村插秧妙手。姆妈（母亲）牛花，吓吓（父亲）林路生耶，林路生乃是铁匠师傅，且是郎中一个。"

阿菊脱口而出："怪哉，正是吾姐妹俩。"

鬼子道："梦中久仰，两姐妹今日乃杏林女郎中，竟敢闯横山越人地域采药。深山老林虎狼众多，姐妹毫无畏惧，令人敬佩也。"

阿兰怪笑一声："一派胡言，何以梦中相见？只是潜伏吾村，探听得吾家情形而已。越人常翻山越岭来此偷猎，五彩村之村民，从不言横山乃汉人地域，殊知鬼子竟然胡言横山为越人地界。小肚鸡肠之鬼子听好，汉人祖祖辈辈已生存于此，何故分得泾渭分明？汝之言传回村中，恐又是一场械斗矣！"

鬼子赔笑道："惭愧，出言不慎。然罗霄山原本吾族人居住，有汉人逃难，流浪至此，族人可怜收留，汉人得以幸存，赖留此地，渐成气候，断不知引狼入室。汉人凶残诡异，恩将仇报，鸠占鹊巢，以致吾族人移居贫瘠深山老林，从此结下世代之仇也。"

阿兰怒曰："一派胡言！何以为证欤？"

鬼子笑道："《关雎》乃常人称之淫荡诗，小姐可曾吟之？"

阿兰不屑一顾道："哟，竟是个识文断字之越人，言《关雎》为淫荡诗者，乃猥琐龌龊之人也。'关关雎鸠，在河之洲，窈窕淑女，君子好逑'，意境何其高雅，乃千古绝唱耶！"

鬼子拊掌称赞："甚好，然其中河之洲，位于何处？"

阿兰眨眼揶揄道："拔了塞子不消水——死心眼！诗中又未详言此地，远古之事，后人如何知晓？"

鬼子笑道："洲，水中之陆地也。吾知贵村有熟读经书之人，祖上也是官宦人家，仕途荒废，年轻时天马行空为堪舆，后至五彩村，常称《关雎》乃其先人所著。据他考证，《关雎》中之'洲'，乃黄河中段西滩也，有万里黄河第一滩之称。是故，五彩村汉人祖先，乃来自河之洲，非本地人耶。"

阿兰蹙眉啐道："鬼子兔子耳朵，够长，五彩村之典故也知一二。你所言乃是郭家，姆妈曾言，考证《关雎》者，乃是如今郭乡绅祖父，早已作古。言此话时，乃疯癫之人，也许癫疯郭乡绅胡编乱造，称五彩村汉人祖先乃来自《关雎》河之洲，如何信得？"

见阿兰气急，鬼子十分惬心，笑道："贵村常有傩舞，有一出傩戏唱道：吾本为河洛郎，群雄争中土，黎庶走南疆。筚路挑孤辗转迁徙，南来远村数百年。方言足证中原韵，礼俗犹留代代前。"

阿兰哑然，满脸憋红道："伶牙俐齿，好不狡猾！不与汝说今论古矣，仅论适才汝大言不惭，骄矜夸耀，不怕撑破肚皮？实为讨厌之鬼子！"

鬼子大笑道："冒犯两位小姐耶，先赔不是。汉人信奉老天，吾族信奉乌萨天神，然同为金猴子孙，本是同根生，相煎何太急。穿上越人衣，说得同乡音，何人辨认得汉人越人之不同？"

阿兰扑哧笑道："理屈不是，休要避开汝适才之妄言也！"

鬼子道："不是苍鹰不敢搏击天空，真金不惧火炼，烦请小姐越人山寨走一遭，便可见新造郭追……哦，藤篾桥由吾织，木龙骨车巨龙吾会造，河间之飞轮车吾亲手架，眼见为实，耳听为虚，访一访便明晓矣。"

阿兰笑道："五彩山村，轮歇火山地、锄挖地、半坡牛犁地、水稻田俱有，块块依靠人力之脚踏水车，风力之竹筒转轮车，尚有畜力之转盘牛车，再不济也有辘轳与桔槔。汝之技艺，早已不是新鲜本事。然人有疲劳，风有歇息，牛有耍疯时，水便断兮。尤其汝造之水车风车，乃仿汉人所造，算不得翘楚也。鬼子欲显神工巧匠之技能，造出不用人力风力畜力之提水器物，尚且径流不息，吾便心服口服。阿姐，鬼子来自魔鬼山谷，有些成就，便如此神气活现，实为狂妄之徒。日后吾等山寨走上一遭，略显几招农工种植之技，岂不成了山寨人口中之仙女？"咯咯咯清脆笑声，飘荡于瀑布云雾中。

阿菊羞红脸道："阿妹休要戏弄鬼子。"

鬼子故意惊讶道："实在意外，小姐姐竟是位女农神，敬佩敬佩！"

阿兰附在阿菊耳边笑道："初次见得，阿姐便倾心不已，竟不顾掩饰，不知害羞。"

她转过头道："鬼子哥，汝若造出犹如神力之提水器，也是造福于民。造出之日，传信于吾姐妹，三年之约，每年金秋八月十五，吾亲自送来阿姐，与汝相会也。"言毕拽起阿姐欲要离开。

阿兰以为鬼子此时应是尴尬之容，然鬼子在背后大叫一声："一言既出，驷马难追！请两位暂且留步，回头看。"

阿菊阿兰回头视之，鬼子张臂拉弦，一箭正中悬崖峭壁上一棵松树树干。阿兰笑道："痴人一个，还非得展现射技，大丈夫一言九鼎，只怕终是瘴雨蛮烟，十年梦，尊前休说。"

鬼子一愣，涨红脸道："请教阿兰小姐，适才最终几句出自何处？"

阿兰撇嘴道："汉族英灵之诗句，夷人岂能晓得？"

阿菊道："阿妹休要取笑于他。此乃辛弃疾之诗句，也是民间暗中传颂，即便汉人知晓的也不多，若不是吁吁言之，郭乡绅也不知。鬼子本是山越人，如何能晓得？"又向鬼子说道，"此诗句乃志于洗雪国耻，收复南宋失地，然壮志难酬之前朝民族英雄辛弃疾，稼轩先辈之词，出自《满江红·送汤朝美自便归金坛》。瘴雨蛮烟，十年梦、尊前休说。春正好、故园桃李，待君花发。儿女灯前和泪拜，鸡豚社里归时节。看依然、舌在齿牙牢，心如铁。治国手，封侯骨。腾汗漫，排阊阖。待十分做了，诗书勋业。常日念君归去好，而今却恨中年别。笑江头、明月更多情，今宵缺。看兄台出口成章，自然会意文中之意耶。阿兰顽皮，鬼子哥，休要当真。"阿菊一口气说完，脸色更加绯红。

鬼子啧啧称道："阿菊小姐，农桑之女，然满腹经纶，真乃奇女子，令吾起敬。适才阿菊吟诵之词，吾已记得，日后定当细细品味。抗金英雄辛弃疾，乃吾等楷模也。阿菊阿兰，若进得横山，见得此地白龙潭悬崖上松树上系有红布条之箭，便是吾造出神力水车之讯。从今往后，每隔一月，十五之日，吾设法来此，深潭边恭候，期盼见得阿菊阿兰芳容。"

阿兰笑道："恐期盼见得吾姐是真。"

阿菊三步一回头，然被阿兰拽着，片刻消失在竹林中。鬼子远望姐妹两人，直至身影消失竟不眨眼，突然念道："村姑儿，红袖衣，初发黄梅采药时，双双女伴随。长歌诗，短歌诗，歌里真情恨别离，休言伊不知。"

泥扒弥卖乌又常呈痴呆之状，醒来后念念不休竹简与金书文字，渐渐不理寨子事务。寨民恐其癫疯，又央求鬼子祭坛做法，唤回"稠哈"，汉人称"稠哈"为灵魂，然鬼子摇头未允，一言不发。鬼子也撇下众人，整日于山坡与河边徘徊，尤其盯视水中漩涡久矣，苦思冥想之状，以致歇息之时，将门外虫鸣狗吠声也当是水中鱼跃蛙跳之声。无人知晓鬼子所思所想，寨民哀叹，又是癫子一个。

鬼子呆傻之状，一年之久。寨民本以为鬼子为诡异之人，也许呆傻为常态，也就不叨扰，任其疯癫。然阿格惴惴不安，央求外山寨之泥扒做法。外寨子几位泥扒见之，摇头苦笑，称鬼子"稠哈"早已放飞，静待便是，定有奇异之事。

是日，鬼子将手中草圈抛向风车，草圈被风车挂住，瞬间飞转中，又被甩出数丈远。鬼子仰头大笑，有寨民见得，惊讶中也被笑声感染，跟着笑起来。鬼子，终究清醒过来矣。

次日，鬼子央求寨主腊八时率领十几位寨民，于山寨边小河筑土为坝。众人不明其意，鬼子笑曰按其指点挖掘便是。一日便拦河筑上一丈宽之土石坝，坝下数尺远低洼之处，再掘深六尺、宽三尺多之井洞，洞周围用巨石砌筑。井筒被湍急河水冲入，坚如磐石。寨子里几个能工巧匠汇聚一道，依鬼子设想，雕琢出三尺长、粗需两人合抱之三翼巨飞轮，刷上数遍桐漆，放入井洞，下有竹管相连至山坡，鬼子便道万事俱备，只欠东风。

弥卖乌选好黄道吉日，山寨寨主一声令下："开闸！"众人用轱辘转抬起坝中闸门，顿时河水奔泻，如脱缰野马。只见井筒中木飞轮急速旋转，筒中河水呈漩涡之状，竟将河水急流压迫至河边半山坡上。哎呀呀，升水神车，不用人力风力与牲力，水可自然往高处流！顿时人群欢声雷动。鬼子噙泪不语，依然摇头。寨主知其尚不满足，令匠人听鬼子指令改造。鬼子将飞轮三翼改成四翼，再改六翼，井筒大小高下调整，竹管接头再严丝合缝，十日后，水龙逆流至山顶，浪花喷薄而出。寨民抱起鬼子欢呼，泥扒弥卖乌喜极而泣道："鬼斧神工，天下唯一！此物何名欤？"

鬼子沉思道："越人水轮转也。"

泥扒道："罗霄山越水轮转。"

寨主腊八时喜不自禁道："真神奇不已，越人水轮转，不用人力，风力，畜力，皆巧借自力，河水源源不断，由低往高至梯田山之巅，灌满坡塘与梯田。有此，汉人岂敢笑吾瘴疫蛮荒之地！"

鬼子道："正是。若稻花田中话丰年，终不是瘴雨蛮烟，十年梦，尊前休说矣。"

泥扒弥卖乌闻之一愣，问起鬼子适才所吟诗句，鬼子又吟一遍。弥卖乌问何人所作，鬼子低头称偶去横山，听闻两汉人所吟，暗自记诵，又说此乃前朝汉人英雄辛弃疾所作。"战与满言，时年猛，遵钱秀所……瘴雨蛮烟，十年梦，尊前休说……"弥卖乌反复念叨，仰头哈哈大笑，一副狂喜疯癫之状，竟失足掉入水中。众人慌乱过后七手八脚将其救出，一番急救，方得吐水醒来，泥扒依然狂喜不止。长老几个赶紧吩咐鬼子与阿格将他抬回家，泥扒仍一路狂笑道："被水呛之妙矣，呛之妙矣！"

阿格怪异，问道："哦扒（大姑父）何出此言？"

泥扒从阿格背上挣脱下来，呜呜哭道："被水一激，方悟得吖吖当年临终遗言原意，'战与满言，时年猛，遵钱秀所'，吾苦思冥想十几年不知其意，今日听得鬼子念诵，心中大惊，字字读音相仿，又被水一激，悟出临终之人，说的定是家乡方言。吾吖吖遗言，乃是'瘴雨蛮烟，十年梦，尊前休说'。本以为吖吖乃山越之后裔，如今看来，吖吖本是汉民，隐世于山越，瞒过山寨众人，在隗竹寨安身立命，然临死前期盼落叶归根也。家父隐藏身世，实为欺诈之举，吾今后当如何面对众乡里欤？"

寨主道："泥扒勿要自责，令尊饱读诗书，为隗竹山寨褪去蛮荒，一生操劳，教诲弥卖乌为上知天文，下知地理之智慧者，山寨以此为荣。实不相瞒，寨子众长老早猜测令尊乃汉民耶，然长老个个慈心，从不说破。令尊隐藏身世，定有难言之隐，又忌惮越汉之恩怨，自言为山越后裔，也算不得欺诈。如今吾等早视令尊为山越文明之传承者，岂能责怪？泥扒宽心便是，寨子里绝无人追究。令尊仙逝后，山寨依然拜弥卖乌为山寨泥扒，岂有质疑之意？"

弥卖乌闻之，号啕大哭道："吾乃山越后裔，也以越人为荣。家父幸存，乃隗竹山寨之恩德。今日鬼子一诗，去吾终生夙愿，终觉老天有眼！天神乌萨助吾隗竹寨也，地神米斯尼助隗竹山寨也，山神金猴助吾隗竹山寨也！"

当夜，整个山寨的人聚在晒谷场，杀鸡宰羊，载歌载舞。几位长老捧出老冬米酒，香飘山谷，全村狂欢，日后终不是全靠天喫饭，连年丰收年景在望。泥扒喜极，开怀畅饮，酩酊大醉，鬼子不胜酒力，也已三分醉态。见寨民个个东倒西歪，已呼呼入睡，鬼子爬起，背上泥扒返回家中，在案前碰竹凳子摔倒，银盒从怀中滚出。鬼子冷不防一头磕在银盒上，鲜血直流，案上竹简散落一地，浸在血中。然鬼子与泥扒竟不知觉，两人趴在案前地上，酣然入睡。

已是四更，一阵夜风吹来，泥扒惺忪醒来。月光皎洁，掉落地上之银盒反射出的光冷冷照在一根竹简上，空中映出一个'尊'的汉字。泥扒一愣，赶紧擦眼，那是汉字"尊"

无疑。他于朦胧中记起，此乃自己与鬼子猜测不出的那个字。泥扒一惊，狠狠掐了自己一把，方知自己不在梦中，赶紧爬起，换过一根竹简，又映出一字。泥扒之心怦怦跳动，也来不及研墨，于是咬破指头，蘸血一一记下。只可惜已近晓天，山寨雄鸡扯嗓啼声，银盒顿时无光，尚有大部分竹简未照。泥扒弥卖乌"哎呀"一声，跌倒在地，啧啧遗憾。

次日起，泥扒便闭门不出，等待夜中月升。然夜有乌云，银盒无光。再次日，又是风高月黑，泥扒焦急不得。再次日，月升天空，然银盒只在四更之时，银盒反射光方映出竹简文字，一旦有鸡鸣狗吠，空中汉字不显。这可苦了泥扒，断断续续，三月之久，中元节至，银盒再无反射文字，泥扒哭丧不已。

寨民对泥扒行止早已见怪不怪，无人搭理，寨主也依旧忙于自家农作。只是鬼子见泥扒入夜便将堂客推出卧室，神情异常，便询问义母，泥扒堂客也苦笑一声，不知所以。然鬼子知晓，泥扒一头扎入竹简图案之解析中，恐是烦恼不堪，也就不再叨扰。田中水稻农忙，全由鬼子操劳矣。

第七章
创世传说重现人世，粒子学说后继有人

是日，艳阳高照，泥扒披头散发，赤脚狂奔至田头。鬼子与阿格见之，上前拦住，鬼子惊喜道："阿父，莫非竹简已被破译？"

泥扒泣不成声道："也是也不是。吾正寻汝，至安静处汝细听吾解析竹简一番，以助吾辨别真伪。"

鬼子道："如此大事，孩儿自是敛容屏气，洗耳恭听。何不请来寨主与诸位长老？"

泥扒弥卖乌蹲下，用溪水洗濯一番。阿格用手拭净寨子老樟树下之青石板，扶泥扒落座。山寨寨主与长老闻讯赶来，泥扒方才正襟危坐道："吾隈竹山寨附近，悬崖峭壁上有众多洞穴，其中多有吾远古先民之悬棺。千百年来，寨民尊敬祖先，绝不启棺打扰先辈。然百年之前，偶有自然破损者，泄露竹简，被吾族先祖捡回，竹简上刻有奇文异字，无一汉字，先祖无人知晓，实为遗憾，终盼解析，以求祖先之音。吾才疏学浅，又迟钝不堪，终日穷思而不得其意，为此癫狂。然十几年之苦求，因竹简图案，猜测明其意，仅为三四百之字，大多依然不解。竹简文字，吾暂且称为象形文字，图案似猴，吾猜测是个猴字，图案像一张弓，也定是弓箭之弓字，图案共两千三百五十余幅，后经鬼子相助，已猜出半数，然有一千多非图之字体，晦涩难懂，几乎全然不知，即便依赖上下文连贯猜测，然终究不解矣。"

阿格道："哦扒如此苦闷不堪，何不遣人将五彩村郭乡绅抢来？郭乡绅拆文解字，罗霄山无人可比。"

鬼子笑道："请来郭乡绅，吾也早已提议，然实为不敬之举。何况去五彩村劫持一个大活人，绝非易事，恐郭乡绅尚未抢得，倒折了吾族前去袭击之人。竹简文字，吾观得日久，也苦究其意，曾戏称童子相声文字，阿父称为北越人文字，应是吾族先人远古所创文字，若能解析，意义非凡，也许能知晓吾族远古之史。好在观竹简图案文字，有众多与汉字相仿，如遇时机，有圣贤者相助，共同努力，竹简之文终究可大白于天下！"

泥扒点头苦笑："正是，竹简文字尚无着落，然又得金书，其文字更是奇异，吾恐迟早陷入不解之苦闷中，成为癫狂之人，苦闷之时，求死之心重矣。幸有鬼子祭坛做法，解救吾于心智水火当中，然仍困惑奇异文字欤。山越水轮落成之日，吾大醉被背回家中，鬼子怀中银盒甩落，吾醉卧地上不醒，梦中见得金书，其首页暗暗发光，随后渐渐隐入茫茫雾气当中。一白发飘飘长者，手持一束竹简走来，嘴唇翕动，然不闻其声，吾视其手中竹简，正是吾族竹简，方知有仙人前来指点。刚迈步前去叩问，一脚踏空，半夜醒来，方知一场梦也。已是四更，忽见银盒映照竹简，空中映出一个'尊'字，似神灵写就，吾急忙记下，然鸡鸣日晓，银盒顿失神采。只得日后夜中再盼银盒发光，持续数月，终有八成图案译得，只是匆忙中出些差错。中元节后，再无银盒神奇之映显矣，实乃可惜，也许明年可重现。如今费心整理，大概凑出竹简之文意。竹简其文，应是两篇，吾仅解释得其一，之二尚未整理得，然已无大碍矣，只待时日。诸位听来，第一文如下：'岁月如流水，转眼至春天，气候逐回暖，草木渐复苏；背影篝处鸟儿鸣，向阳坡上野兽吼，向往西面，连绵群山；怀恋东部，肥沃坝子'……"泥扒戛然而止，因寨主腊八时忽地立起，张口结舌，面红耳赤。

众人刚听得开始，满心期盼百年之秘被解，然泥扒目不转睛望着腊八时。呼吸急促之寨主眼泪夺眶而出，众长老也面面相觑，惊讶异常。只听寨主喃喃自语："吾岂敢相信己之耳，好似晴天霹雳般！泥扒所诵，似乎乃隗竹寨子失传之《创世传说》。年代久远，吾如今之依稀记得只言片语，其全章早已失传矣！"

众长老纷纷点头称是。百年前，隗竹山寨与五彩村争斗，罗霄山区山寨泥扒，尽数被汉人蹂躏所杀。泥扒乃传诵《创世传说》者，泥扒不存，《创世传说》便流失矣，吾等仅记得开篇之语。如今岁月久远去，也已模模糊糊矣。如今《创世传说》重现，全仗神灵指点，夷人终找回祖先，漂游孤独之民族灵魂，终于摸到自己的根。苍天在上，山越之后裔，终于知晓来自何方！

"金丝猴，慈爱的山神呀，小民膜拜也！"山寨寨主扑通跪地，众长老也颤巍巍跪下，向远处雪山三叩九拜。夷人传说，雪山之巅，乃山神金丝猴居住之地。

山寨寨主哆嗦问道："祖上皆称吾夷人原生于罗霄山区，泥扒，竹简之《创世传说》，可与祖上口口世代相传相悖？"

泥扒道："《创世传说》称，远古之时，天空半岛之地，天上落黎根，到嗯界界乃，变为火来烧，九日烧至黑，九夜烧至明，白昼烟滚滚，黑夜亮堂堂，天地无尽烧，为家园而烧，为繁衍而烧。火中多变化，化得阴阳子，天上飘雨雾，雨雾飘三年，白雾三层起，七地五水上，红云下三场，九日化至黑，九夜化到明，白云黑云会，冰凌结为骨，雪集为血肉，风雨吹成气，星辰为人眼……"

众人迷惑不解，泥扒弥卖乌道："文中之'黎'，吾以为先人所指为'灵'，乃人之元神。文中之'雪'与'繁殖'，皆是发'喔'音，此意繁衍之来源，生命之起源。'黎'

演变为阴阳子，天地又演化为七地五水。人类脚下终是七块大地，五片大海，然天地之始，黑洞洞一片，天地相撞，生清浊二气，清浊两气不断结合分离，纠缠回互而生万物，天火又生人类于天空半岛，历经沧桑，人类繁衍至今。依据《创世传说》，吾族乃是天空半岛之原始人类之后裔，天空半岛之意，乃高山半腰之处。华夏大地，可称天空半岛之处，数不胜数，也许为罗霄山之巅武功山，也许是先人敬拜之雪山，然吾族远古之始，便是罗霄山区之主人，汉人乃是侵入者。"

众人又喜又惊，原来远古之景象，混沌一片，人竟然由火而生，无不惊叹，又称天空半岛就是罗霄山区，七块地，莫不就是七块岩之地？若不是罗霄山区，为何天地火球，独击七块岩，让金书显世？此乃向世人昭示，罗霄山，乃人类之发源之地。

鬼子唏嘘不已道："在众人眼里，吾乃诡异之人，然吾以为此咄咄怪事，骇人听闻耶。难道金书银盒附有神灵，知泥扒所思所急，将《创世传说》重显于世？"

泥扒道："鬼子说到诡异神灵，金书更有奇异之处。始初，吾不敢断定金书之材质为金。五金之长为黄金，黄金熔化成形，便住世永无变更，钢铁铜银入烘炉，鼓鞴面金花闪烁，一显即没，惟黄金则竭力鼓鞴，一扇一花，愈列愈显。然吾将绞下金书一角，放入烘炉，火炙热至极，金书熠熠生辉而依然如故不化，风箱鼓吹，无一金花；炉中取出，其角一闪，瞬间与原书吻合，仿佛不曾剪开，连一丝痕迹全无。穴山之伴有金石，工匠常用之，即可见金，然吾取祖上留下之穴山金石，试之多次，全然无效。又有，凡金质至重，每铜方寸重一两者，银照依其则，寸增重三钱，银方寸重一两者，金照依其则，寸增重二钱，然吾用等重法换算，金书重量忽高忽低，不具金之重量。更有奇异之处，乃吾身心愉悦时，金书轻耶；身心疲惫不悦时，金书明显重矣，令人惊讶。金书之材质，唯一与黄金相似，乃光泽与柔性，可曲折如枝柳。然有诡异之时，因不识其性，吾烦恼至极，狂暴中曾用银盒将一页金书砸成一小团，然半个时辰后，此书团舒展，还原依旧，如同金书页存有记忆，身附灵性耶。哎呀呀，至今依然不知何物，难道是黄金之精灵？"

众人无不惊讶，泥扒小心翼翼从怀中掏出布包，掀开裹布，金书页熠熠生辉。鬼子扑通跪下道："实不相瞒，山越水轮转，恐也是受银盒启迪。吾怀揣银盒入睡，梦中有虚幻之人，于河坝风车边迎风抛撒花瓣，那花瓣空中忽然聚合成花团，一串串花雨落下，落在急速旋转风车叶上，被反击向上，呈一股急流，喷至三四丈高。吾梦中哎呀一声醒来，次日便依梦中之法，巧用风车变成飞轮，后制山越水轮转耶。鬼子是凡夫俗子，本不是神匠，《创世传说》，先祖遗留圣物金书银盒，乃神灵之物，鬼子至诚顶礼膜拜矣！"鬼子言罢，三叩九拜。

隗竹山寨头人腊扒时扑通跪下，阿格跪下，不知何时，全体寨民早默默伫立于后，呼啦啦无不跪下。众长老个个泣不成声，腊扒时悲怆道："期待泥扒再发神威，将另外一文解释得，将秘境公之于众也。神书，仙盒，难道汝为山神金丝猴之化身？全能之山神，请发慈悲，赐予隗竹村寨民无穷力量，摆脱刀耕火种之苦，筑起汉人庙宇般之广厦，过上温饱之一生！求赐予吾族神药，斩断瘴疠之魔爪，寨民均寿诞超三十有五。赐予吾族崭新智慧，终将汉人赶出罗霄山区，还吾祖上山越之领域！呜呼，叩拜！"

众人哭泣中长跪不起，山河闻之，狂风大作，忽然间冰雹噼里啪啦砸下，众人大惊。夏日竟有冰雹，无不奇欤，也不知凶吉耶。

隗竹寨子之夏，酷暑难当，空气凝固一般。茅草房顶之干拦竹房，泥扒脸上豆大汗珠串串流下，鬼子请来寨主腊八时，几位长老等，闻知泥扒又将竹简后文整理完毕，众人喜不自禁，连连跺脚，以致竹楼震颤起来。腊扒时抚须笑道："隗竹山寨百年之竹简，经泥扒十几载春秋潜心之深究，终于大功告成矣。吾等翘首以盼，欣慰不已。"

鬼子惊喜道："阿父历经煎熬，终于将另外一篇竹简全文译出。吾猜定是前后两篇文章，情理相通，皆与远古相连？"

泥扒弥卖乌道："吾整理竹简，已昏头昏脑矣，恐不识庐山真面目，只缘身在此山中。将文解析之日，吾惶恐不安，前后两文，大相径庭，仍不知先祖之真容耶，苦哉！"

鬼子道："阿父读来，吾等用心恭听，方知阿父为何惶恐。"

泥扒翻开书笺道："天地混沌如鸡子，天神木布粕游荡，孤寞难忍，信手搓下汗腻，捏出猴，名叫盘古。万八千岁，天地开辟，阳清为天，阴浊为地。盘古在其中，一日九变，神于天，圣于地。天日高一丈，地日厚一丈，盘古日长一丈。如此万八千岁。天数极高，地数极深，盘古极长。故天去地九万里，后乃有三皇，首生盘古。垂死化身，临终遗言，草木枯荣，人有生死，天地循而运之。其气成风云，声为雷霆，左眼为日，右眼为月，四肢五体为四极五岳，血液为江河，筋脉为地里，肌肉为田土，发为星辰，皮肤为草木，齿骨为金石，精髓为珠玉，汗流为雨泽。身之诸虫，因风所感，化为黎甿。"

鬼子大惊道："此似乎《三五历记》之盘古开天辟地篇。虽有不同之处，然大体吻合，为何出现先人悬棺中？莫非先人仿汉人文章，编撰出山越之上古神话？今日才知敬猴为山神，乃先人传下耶！"

泥扒道："吾译文之时也大吃一惊，然悬棺似千年之久远，如今猜测不得，汉人模拟吾族之神话，得有《三五历记》，还是先人留存汉人之文？两文之远古，不明前后，吾无以判断，吾族几千年之远古，真实面目不得明晰。"

泥扒一脸哭像，长老面面相觑，也惊讶不已。寨主腊扒时满眼噙泪道："若是汉人《三五历记》，恐远古山越与汉人，早互通有无，皆有灿烂之史，两文分出先后，已无须要。如此说来，汉人、色目人以及野蛮蒙古人，称吾族为夷人，实乃侮辱太甚，吾先人原本繁荣一族，只因缺失文字留存，便被世人称为野蛮。泥扒解释之《创世传说》，与适才所读汉人《三五历记》，乃吾族与汉人几千多年前写就。此竹简同金书银盒，俱是隗竹寨子镇寨之宝耶！"

泥扒点头："吾谨记寨主所嘱，自是珍藏下去。竹简金书，供奉在神案；只是银盒，依然由鬼子持有，已当锤石。如今看来，吾等乃罗霄山土著越人，然被汉人侵犯，只得迁往深山老林，此后射猎为生，长刀毒弩，日不离身，以拒虎狼。如今惨淡，竟是蛮荒之地之蒙古人与色目人眼中性悍顽不驯、刀耕火种之蛮夷矣。殊不知汉人原居中原，一百多年前，也因懦弱可欺，被北下袭来之蒙古人痛杀驱赶。草原凶狼以一敌十，大败汉人，尤甚汉人可恶至极，竟然认贼当父，充当鹰爪，残杀同胞。一个偌大之袁州府，蒙人仅百人，统治数十万汉人，被人任意宰割。然蒙古军惧怕吾族，为何乎？皆因每每来犯，吾族依死拒之，杀他不成，也令他胆寒，是故吾以为大宋江山断于汉人手中。"

腊八时道："泥扒所言极是。汉人虽有精湛技艺，然懦弱不堪，胆小如鼠，终日窝里斗。鉴于此，吾欲秋后派遣多人联络诸寨反攻五彩村。吾已学得汉人制造火药之技，又有竹管火铳，如虎添翼。吾族有蒙古军队之勇猛，待明年秋后丰收已毕，趁汉人不备，举事伐之，定将五彩村汉人屠戮杀尽，收复吾族江山！"

众长老忽地立起，拍胸吼叫："收复五彩村，势不可挡，报仇雪恨，吾辈担当！"

鬼子心如刀割，脸色苍白，担忧阿菊阿兰之安危。

山越夷人生存之险峻山崖，壁立千仞，横山则温柔宽厚许多。阿菊吁吁林路生，清晨听得阿菊催促阿兰外出之声，满脸惶恐，阿菊见其又呈平常神神叨叨之状，便与阿兰房中小声道："吁吁立在院中，似乎有叮嘱之言。"

阿兰笑道："近日吁吁之言，三句不离其微粒子学说，耳朵已听出老茧矣。世界乃微粒子组成，微粒子且可微分下去，人与牛羊，树木花草等，祖先相同，万物乃共出一渊，皆为相同微粒子不同组合而已，且相互作用。是故，人类本应和平共处，相安互爱。然吁吁之言，村民视为怪言，姆妈也不阻拦，任吁吁唠叨不休。"

阿菊道："吁吁之微粒说，令郭乡绅恼怒不已。郭乡绅道孔圣人乃曰，天有五行，水火金木土，分时化育，以成万物。五常之道者，分之为五事，属之为五行，散之为五色，化之为五声，俯之为五岳，仰之为五星，物之为五金，族之为五灵，配之为五味，感之为五情。其神谓之五帝，古之王者，易代而改号，取法五行。五行更王，终始相生，亦象其义。又言栽种也经历耕、种、耨、聚、安之五程，礼义学仁乐五字，构成世间治道五行，人道五行取法天道五行，并且五行之义为终始相生，然五行皆于阴阳二气之根本也。"

阿兰道："阿姐，然郭乡绅又曰，列子之《天瑞》有言，夫有形者生于无形，故有太易，未见气也，太初者，气之始也，有太始，形之始也，太素者，质之始也。世间万物皆有始有终，唯有不生不化者，循环往复、独立永存，不生不化者，天地之灵瑞，自然之符应，世间生之本源，变化运转，生息盈亏之万物之道，最初无形无象，历经大易、太初、太始、太素，视之不见，听之不闻，循之不得。太素者，莫非吖吖之微粒子也？"

阿菊一本正经道："郭乡绅恐为此苦思冥想，内心焦灼，也曾用《化书》之言辨析，道之委也，虚化神，神化气，气化形，形生而万物所以塞也。道之用也，形化气，气化神，神化虚，虚明而万物所以通也。是以古圣人穷通塞之端，得造化之源，忘形以养气，忘气以养神，忘神以养虚。虚实相通，是谓大同。故藏之为元精，用之为万灵，含之为太一，放之为太清。"

阿兰阿菊姐妹俩哈哈大笑，阿菊又道："吖吖之微粒子学说，皆由其师林晓松传授，其师怪异，然吖吖崇拜得五体投地。他当年屈死，吖吖与师兄三人报仇雪恨，虽不及仇人之强壮，丢了师兄两人之性命，终一副药剂，令敌手死得蹊跷。悲喜之下，落得一副癫疯之状，后被姆妈领回五彩村，可惜至今依然醒悟不得。阿兰，绝不可在吖吖面前戏曰微粒子学说，吖吖若闻，恐又是伤心欲绝之癫疯样子。"

阿兰点头称是，姐妹跨出门槛，然林路生喃喃道："喜看山间多苍翠，遍地松香沁心扉。"

阿兰惊讶道："吖吖，神奇，为何知晓吾与阿姐今日不去松山，改去横山耶？"

姆妈牛花闻父女之声，从灶堂一步跨出，唬脸道："昨晚叮咛再三，采药应去松山等地。横山乃禁入之地，若去横山，遇得夷人，夷人定是偷袭，阿菊阿兰性命难保！"

阿兰笑道："遇上夷人，恐夷人性命难保耶。"

牛花道："休得依仗会些拳脚功夫，全然无视凶险。须知山外有山，楼外有楼。"

林路生道："善骑者坠于马，善水者溺于水，善饮者醉于酒，善战者殁于杀。"

牛花点头道："世道叵测，何况刚经历双抢农活，早已疲惫不堪，尚未歇息，为何急慌慌进山采药？夷人之野蛮，远非汝想象矣。"

见阿菊阿兰低头不语，牛花又道："夷人久居山林，与世隔绝，觊觎五彩村之心久矣，近些年村上失踪多人，恐被夷人捆绑掳去，被掳去之人即便不死，也是阶下之囚，夷人也早已将五彩村之情形打探得一清二楚，阿菊阿兰美貌，恐夷人也知。近日村人惶惶，担忧夷人偷袭，烽火重燃，族长郭乡绅设法从袁州城军中偷购几只火铳，以备不测。何不跟随姆妈前去练一番枪？火铳威力，令吾等猎户惊叹。阿菊阿兰如能持枪，更不惧豺狼虎豹矣！"

阿兰戏道："姆妈，毋须担忧，实不相瞒，横山去过多次，俱是安然无恙矣，夷人也不是三头六臂。吾虽女儿身，然是姆妈之女，将门虎女，村上青年，无人胜吾，何惧之有？然姆妈嘱咐，孩儿记在心上，不去横山便是。然有一事，请教吖吖。吾等称呼夷人，为何有时又称越人？"

林路生道："吾也曾不解，早就请教过郭乡绅，郭乡绅告知，先秦古籍中，游牧族民与非华夏中原人氏，有三个称呼，戎，胡，夷。'戎'乃会意字，专指游牧民中执兵器掠杀者；胡，乃游牧民众，作战时依赖马匹，彼时号令非锣鼓号角，仅凭口中呼儿一声呼声而已，久之拟声字'胡'也；汉字之'夷'，一人一弓，与中原之中国人对应，原专指非中国领域之人氏也。"

阿菊道："原来如此。罗霄山处在中原之外，又非汉人，故称原土著人为夷人。"

林路生点头道："举一反三，阿菊聪慧耶。"

阿兰笑道："阿姐聪慧，吖吖偏心。"

阿菊笑着推搡阿兰，暗中使过眼色，阿兰会意，背上竹篓砍刀，拉上阿菊，一声"采药仙子，翩然而去也"，两人嘻哈出了家门。牛花赶紧拿上牛皮护肩，替阿兰披上，又唤来火鹰，令其伫立阿兰肩上。望着姐妹两人远去，林路生长叹道："阿菊已是婚配之年，若寻不得好儿郎，如何对得起她贤惠美貌。"

牛花也叹道："阿菊之婚配，已是吾心之大患。婚姻大事，本是父母之命，媒妁之言，然阿菊执拗，非得寻找梦中之人，已坚拒众多踏门求婚者。如今梁家公子对她恋恋不忘，三番五次登门，也被阿菊断然谢绝。梁家非善良之辈，吾心中也不愿阿菊嫁入其门。然阿菊之心愿，只怕是水中之月，吾两人又有心无力。"

林路生恨恨道："梁家公子梁元臣，品行不端，二十五六，已有一妻三妾，竟然图谋再纳阿菊为妾。癞蛤蟆一个，每见之厚脸登门，吾便怒火中烧。梁家与吾同时来到五彩村，然梁家十多年来，依赖所携巨财，又暗中从事印子钱与赌坊，豪夺巧取村民钱财土地，已是村中巨富人家。梁家公子，欺男霸女，多行不义，民怨极大。要不是郭家护短，村民恐早已将他剁成数块矣！"

牛花瞪他一眼道："疯癫之人，护犊子时清醒得很。夫君岂有不知？郭家护佑梁家，皆因当年其父杨柳搭救恩公郭老爷与吾兄，虽贪图财物，终是因此牵连，流落五彩村，吾等理应念其恩情耶。"

林路生顿时不语，怅然叹之。堂客嫉恶如仇，秉承有恩不报非君子，有仇不报枉为人之信念，在自己困顿之时，以身相许于他；梁家作恶多端，然牛花沉默不语，也当是回赠杨柳；对恩公郭家，更有当牛做马相报之心。疯癫之林路生，只得肩扛锄头，悻悻下田劳作。

第八章
纨绔子嫉妒生奸计，慧双姝巧方制菹酱

远处雾霭早已轻轻泛起，将横山遮得影影绰绰，惟剩下横山之青色巅峰，在浮云中岿然不动。山风懂得大山之寂寞，此时撩拨戏耍，鼓动着全身，于莽林间呼呼穿行。山谷低吼，天籁之音。晨光从阿菊阿兰身边密密匝匝之枝叶间透射下来，地上便窜动着大小不同之粼粼光斑，若一个时辰后，横山之大雾也将散去，那裸露之岩壁峭石，被霞光染得赤红，穿过浓雾，渐渐与绿油油莽莽林海花草互为映衬，光怪陆离，显得分外妖娆。

阿菊飞步中骤停，瞭望道："横山之美，如若吟颂，难寻觅词语赞叹，贴切达意甚难耶。"

阿兰笑道："阿姐脚步如此急促，且有心观赏横山之美，酒不醉人人自醉矣。休怪阿妹多言，阿姐痴情于夷人鬼子，姆妈与吖吖断不会答允。早年间，娭几（外祖父）几乎命丧夷人之手，此乃深仇大恨。姆妈宁肯答允梁家，也绝不会许可阿姐与鬼子哥相好。且夷人与五彩村世代恩怨，村人岂会应允鬼子为汉人女婿？"

阿菊道："阿妹曾言，若鬼子造出神力机，阿妹亲自相陪阿姐赴约，如何出尔反尔？"

阿兰笑道："阿姐痴迷，阿妹编造神力机，只是将鬼子一脚踢开之托词。神力机恐神仙也造不得，若能造出神力机，岂不是日出西方？鬼子哥若有这等本领，世上恐八仙过海，各显神通，得改成九仙过海，各显神通，鬼子应列众仙之首。倘若如此，阿妹岂能阻拦阿姐与鬼子哥相好？即便姆妈断然拒之，阿妹自会促成阿姐之美好姻缘。然有情人难成眷属，阿妹陪阿姐声称采药，暗中来过横山数次，白龙潭悬崖松树上空空如也，未见得挂有红布。阿姐之望，猴子捞月罢了。"

阿菊气嘟嘟低头前行，阿菊摇头，如此尖刻言语也唤不醒阿姐。艳日下瀑布一头扎入潭中，远望溅起无数耀眼之水花，犹如一条白龙从潭中腾空而起，水声震耳欲聋。阿兰渐渐步伐迟疑，悬崖松树上，昂然飘荡鲜红布带。阿兰尖叫一声："红布条！"阿菊又惊又喜，不禁流下泪水。

白龙潭边，传来悠扬歌声："不是苍鹰不敢搏击天空，真金白银不惧火炼。吾乃铜匠与

铁匠，打一副铜牛架，打一副铁犁头，阿妹水田都犁翻。吾造出水轮车，孽龙低头被吾牵，荒山野地变沧田。爬过群山为找弦，翻过悬崖寻菊香，吹着叶子唱山歌，白龙箐底清水边，采药之人来不来。哎呀呀，插秧仙女歌声连。"

阿菊挣开阿兰，急速跑去，口中唱道："十年纺麻得根弦，劲弦赛过暴龙筋，攀崖百座求药仙，横山岭上遇神农，白龙潭水深百丈，一尺红带映山川。哎呀呀，如是神龙赛虎豹，阿菊愿同百年老，汝开生地吾撒种，蓝天白云心相连。"

阿兰心中叹道："轰隆水声中，竟能将歌声传出，又能如耳边闻听，不是鬼魅之人，岂有如此神力？莫不是老天有意促成一对鸳鸯？"

阿兰健步如飞，横在阿菊前面道："阿姐，系根红带易，然不知真假，勿要当真。汉人造神力机也是虚话妄想，夷人一个，吾以为乃公鸡下蛋，母鸡打鸣耶，不可当真。"

鬼子悄无声息闪现，阿兰大惊，此人隐身术与轻功，远在自己之上。鬼子哈哈大笑道："朗朗天空，岂能蒙蔽得菊兰双英？"

阿兰狠狠瞪道："鬼子哥是人是鬼，吾尚且不知，蒙蔽恐是鬼子哥所擅长也。"

"耳听为虚，眼见为实，两位不妨前去隗竹山寨探视一番，自然一目了然矣。"

阿兰讥笑道："此乃推脱之计而已。前去隗竹山寨，来回数日，吾怎能跋山涉水，费力前去？即便前去，只怕有去无回。世间无人不知，夷人好坑蒙拐骗，尤其擅长拐人相卖，甚至亲人也拐卖。"

阿菊道："阿妹勿要出口伤人，此乃蒙古人与色目人诬陷南人之言，怎可轻信？"

阿兰撇嘴笑道："进山寨观看也可，然汝须卸下刀箭，交予吾两人，还须贡献一头野猪。吾两人在外数日，家父家母定是焦急不堪，出门时，家母千叮万嘱，不得前往横山，绝不允许去夷人山寨，若知晓吾等进到夷人山区，恐会领人前去隗竹山寨，一场械斗又起。吾只得妄称采药途中见得野山羊野猪，追赶中误入横山，索性留下狩猎矣。如此瞒过家人，进去隗竹山寨，无须惊动其他夷人，如何？"

鬼子笑道："隗竹山寨岂能轻易进得？然父母情深，不可令父母焦虑。野羊野猪不足挂齿，即便老虎豹子，吾也能猎得。一切可依阿兰小姐。"

阿兰走去竹林，捡起一笋壳，点火烧焦竹枝，写上数语，系在火鹰脖子上，道："火鹰，回去告诉姆妈，吾与阿姐在横山狩猎，猎得横山黑山羊，吾头一个奖赏汝耶！"

火鹰眨眨眼，翅膀扑打阿兰数下，腾地而起，刮起一阵旋风。鬼子惊道："隗竹山寨如此灵性之猎鹰也不多见。现已是午后一个多时辰矣，等吾造饭，喫饱后再行上路。"

阿菊道："路途艰险，早早动身为好，吾携带冷饭团与腊肉，可边走边吃。"

三人转瞬消失在山林中。白龙潭边草丛中，有两人窜出，乃五彩村梁家公子梁元臣与仆人狗儿。狗儿急道："公子，阿菊阿兰健步如飞，吾两人恐跟随不上，不如适才听吾建议，扑上前去，捉拿夷人，如今瞪眼望着阿菊姐妹被夷人诓走，如何是好？"

梁元臣骂道："驴头，适才若扑上前，阿兰恼怒，放出火雕鹰，吾两人双眼早被它叼走！莫要蛮横胡来。"

狗儿道："怪哉，五彩村最美之女子，如何被一陌生夷人三言两语诓骗诱走，实不应该。阿菊聪慧过人，且有鬼机灵阿兰。可惜吾两人躲藏之处，听不清他们对话。"

梁元臣道："毋须嘀咕，悄悄跟上便是。途中仔细查找痕迹，自然寻得，届时趁机捉拿夷人审问一番，自然明白其中缘由。"

两人急慌慌朝阿菊等人赶去，然而半个时辰后，已经不见了三人踪迹。梁元臣气急，忽见前面树林鸟群乍飞，且有狗吠，是有人朝此走来，梁元臣嘘之，赶紧躲藏起来。片刻便见一男两女，皆为年轻夷人，两只猎犬边走边嗅，似乎在寻找痕迹。夷人交谈中，梁元臣听了个明白。个高者为阿昌，似为夷人隗竹山寨寨主之子，束发之年岁，两女子年方十四，一个为阿格家女子阿青，另一个是女子阿吉。前日鬼子独自外出打猎，有人见得其身影去往横山，阿青阿昌等惦记鬼子安危，便结伴前来寻找。

阿青哭道："阿昌哥，鬼子哥已出家三日，吾等一路寻找，不见踪影，莫非遭遇不测？平日鬼子哥出外，吾等皆知行踪，为何此次如此神秘，实为不解。"

阿昌道："阿青莫要慌张，两条猎犬俱嗅出鬼子之气味，鬼子定是来过此处。鬼子为何悄然独行，吾如何晓得？鬼子哥本是诡秘之人，常有意外之举，此次神秘外出也不意外。鬼子哥命大福大，能克鬼神，不惧安危，定是无恙耶。只是不解鬼子哥独上横山，为何撇下猎狗矣？"

阿吉笑道："阿青姐有沉鱼落雁，羞花闭月之容，山寨无女可比。阿青姐打小心悦鬼子哥，鬼子哥岂会不知？独来横山，定不是偷会他人，只是为隗竹寨子猎得黑山羊而去，又不肯连累他人而已，阿青姐休要多虑。只是吾等初次上横山，方知横山野兽之多，不是虚言。然横山距离汉人村庄之近，鬼子哥恐打猎打得忘乎所以，乐在其中，路上见有被猎杀之野猪野羊野魔子等，猎犬又嗅出鬼子哥之径向，吾等再耐心寻找一番便是，若寻找不得，发射响箭，等待鬼子哥响应。"

阿昌道："阿吉所言极是，横山本是禁地，但汉人常背信弃义来此偷猎。汉人狡黠，每每见得吾族人便赶紧消失，又设暗道关卡，防备吾族，鬼子哥自当行为隐晦，以免被汉人俘得。记得鬼子哥曾曰，一日不毁横山汉人之机巧，吾族一日不安耶。也许鬼子哥独自前来横山，意欲销毁汉人陷阱与暗道机关。此时也许已在返途，吾等扑空而已。"

阿青破涕为笑："如此说来，吾宽心不已。只是鬼子哥心善之人，每每言及攻打汉人村庄，便出言阻拦，殊不知汉人贪得无厌，连隗竹山寨也想夺去。汉人无情，吾等何必守信？吾等日后可跟随鬼子哥常来横山狩猎，绝不让汉人独占横山之利。"

阿吉笑道："阿昌哥大爱之人，自小喜爱阿青姐，然知阿青姐爱慕鬼子哥，依然处处偏祖鬼子哥。鬼子哥独来独往之诡秘,被阿昌哥说成为寨子打猎,有见色忘友的,然为友而弃绝美女子者,世上少有。"

阿昌瞪阿吉一眼道:"话痨,脚下快些,留在后面喂老虎不是?"

阿吉吐舌扮个鬼脸,嘻哈中一溜烟跟上。众人从梁元臣眼前逐渐走远,狗儿道:"嘿嘿,公子,夷人已走远矣。哎呀呀,天下竟然有如此美貌小女子,只怕是仙女下凡,相貌不在阿菊之下。公子,只可惜为夷人,可望不可及耶。"

梁元臣啐道:"呸,已是本公子眼中之尤物,入吾之眼,岂可拔出?夷人有何可惧,何不采纳蒙古人之行为,天下之物,俱为吾矣,若不是,抢来便是!"

狗儿伸出拇指谄媚道:"公子英武,五彩村无人可敌,何况山野夷人。哟,适才夷人阿青念叨,以后会常来横山打猎,吾等寻机埋伏,捉拿便可。阿青归公子享受,公子可否将阿吉恩赐于吾?公子,还有那阿菊……"

梁元臣淫笑道:"狗奴才,竟已是惦记上阿吉。放心,本大爷有一碗酒喝,不差汝喝一杯。逮来之后,待吾与阿吉春宵一晚,赏汝为妻便是。阿青美呀,阿菊亦美,好事成双。哼,吾对阿菊心仪已久,然久不能如愿。"

狗儿一脸坏笑道:"妻不如妾,妾不如偷,偷不如偷不着矣。哎呀,阿菊虽是农女,然在五彩村便是天鹅,知书达理,贤惠美貌,只有大户人家公子相配得。然吾猜测,阿菊姆妈忌讳公子三妻六妾矣,不肯委屈阿菊,故三番五次拒绝公子。"

梁元臣一愣,哈哈大笑:"妻妾如身上之衣,久之便换。吾回去休了堂客小妾便是。只是阿菊非他人之女,其母如虎,其父看似癫疯,实则狡诈无比。梁家足令全村人家惧怕,惟阿菊一家不惧。尤其阿菊吖吖冷眼恶语,防范吾家之心显然。如今横空出世一个夷人鬼子,横刀夺爱,此人恐有些手段,乃吾之劲敌。然世间易得之物,廉也,不足珍惜;难以谋得,珍贵爱惜,千方百计不得,永是令人向往。鱼,我所欲也,熊掌亦我所欲也,二者不可得兼,舍鱼而取熊掌者也。阿菊与阿青乃是熊掌,有阻拦吾取阿菊阿青者,死!即便鬼子远在隗竹山寨,也得令鬼子死无葬身之地!"梁元臣冷笑一声,满脸狰狞,狗儿只觉后背凉风嗖嗖,哆嗦不已。

花开花落,转眼一年即逝,又是盛夏,阿菊阿兰挑着稻禾,全然忘记劳累艰辛。晚霞如炽,阿菊放下担子,站在樟树下,尽情眺望落日,开口吟道:"桃李待日开,荣华照当年。东风动百物,草木尽欲言。枯枝无丑叶,涸水吐清泉。"

阿兰气喘吁吁赶上,放下担子,撩起衣角擦汗,笑道:"大力运天地,羲和无停鞭。功名不早著,竹帛将何宣。只怕阿姐心不在功名,而在……"

牛花与林路生,乡里小鬼叔等大步赶来。牛花嗔道:"阿兰,已过及笄之岁,不知露体之羞。阿菊,诗词不是穷人之好,吾家本是农夫工匠之家,整日之乎者也,浑身穷酸气,不及汗水酸臭气。田地之农活干上十几年，心在诗词歌赋，不如用心农技猎术，向小鬼叔请教栽种之技为好。若不是小鬼叔帮衬指点，今年全村岂有丰收年景？"

小鬼叔连连摆手道："农工之技，比不得诗词歌赋尊贵，不可同日而语。阿菊阿兰能文能武，心灵手巧，田地之栽种，样样练熟矣。如今又独辟蹊径，潜心作菹生菜之法，寒冬腊月，可品尝春夏秋之荤素食物，神农也惊叹不已。"

林路生冲牛花瞥上一眼道："尚未年老，便碎碎叨叨，如不是吾用诗词当成食物喂之，阿菊阿兰如何长成知书达理之人？田里书里，荷锄吟诗，岂不美哉。小鬼兄感叹阿菊阿兰作菹生菜，恐袁州府地之开先河也。"

小鬼叔笑道："正是，阿菊阿兰可是山窝里飞出之凤凰，连郭乡绅也甚是欣赏，祠堂上连连夸赞阿菊阿兰不止。郭乡绅叹道，阿菊阿兰若是男儿身，定能金榜题名。若皇上开农科科举，阿菊阿兰可秉作菹生菜之业，拔得头筹，定是状元魁星！"

阿菊羞赧道："小鬼叔，在郭家门前，吾乃孤陋寡闻，才疏学浅之人，郭家夸奖一句，吾岂当真？小鬼叔种植之技艺高人一等，姆妈与吖吖常赞叹不已。吾与阿妹，自小跟随小鬼叔在水田里滚摸，农技学得一些，然远不及小鬼叔，浸种与施肥之技等，尤其社种，依然不得门径，尚请小鬼叔费心教诲。"

小鬼笑道："五彩村地处深山，山区春暖迟于山外，山外平原之水田，一岁可两栽两收获，传说今广东道与海北海南道之域，一岁竟然可三栽三收获也。五彩村向阳之地，勉强一岁两栽种早晚水稻，仅有五六百多亩。早稻之湿种之期，应在春分之前，此乃称为社种，然常有春寒而种子亡，故播种之时，应用稻草秆包好稻谷种子，常温水中浸泡五六日，待发芽后再撒播至秧田，秧田上覆盖杉木枝叶，防霜冻保温，社种之要诀为壮苗。凡稻水田之土脉，焦枯贫瘠。稻穗萧索，勤农者多以粪田之法肥田，人畜秽遗，榨油枯饼，草皮，木叶，以佐生机，普天之所同。富裕之地，磨绿豆粉取豆溲浆灌田，或撒黄豆，一粒烂土方寸，肥力大增，得谷实也倍增耶。然五彩村之土性，为冷浆之地，宜骨灰蘸秧根，石灰淹苗足，向阳暖土不宜也。小鬼叔世代务农，乃祖上传下之法，实不为独门绝技，远比不上阿菊阿兰作菹之创。"

阿菊道："小鬼叔，腊肉烟笋等藏菜之法，乃祖传技法，阿菊阿兰岂敢将祖上之创据为己有？春夏秋之生菜盛产，为避免腐烂弃之，先人用择治而辨之，挂在阴凉处阴干，或上架晒干并苦盖等风干制法，此法切记生菜不可烟熏，烟熏则苦。干菜与鲜菜迥异其趣，筋道，醇香，味美好喫，回味悠长，漫长寒冬，大雪皑皑中依然分享春夏秋实，生菜不殊之滋味。也有腌菜之法，然仅是用盐巴腌制，寥寥少矣。猪羊鸡鸭与众多猎物，五彩村多为烟熏火烤保藏，令一年四季，无以宰杀，依然有肉可烹，此乃祖上之德。阿菊阿兰有心将生菜等祖上储藏之法，作菹之技发扬光大，得益于郭乡绅去岁曾见姆妈与吖吖腌菜之时，曾吟诗云：晶盐匀撒密加封，瓮底春回味甲菘，剪碎冰凌付残齿，贫家一样过肥冬。然又长叹南北之作菹，一千多年前古人《齐民要术》书中便有记载，然千年之后，今不如古，五彩村远不如之。"

小鬼叔睁大眼惊奇道："郭乡绅饱读圣贤书，竟知作菹粗陋之工，怪不得人言书中自有黄金屋，书中自有颜如玉。《齐民要术》中，古人如何作菹？"

阿兰笑道："讲者无心，听者有意，郭乡绅之叹，被阿菊阿兰听得，吾与阿姐去岁便请郭乡绅教授《齐民要术》。哎呀呀，果然五彩村之作菹，在古人面前，小巫见大巫耶。《齐民要术》中，有造曲、酿酒、制盐、做酱、造醋、做豆豉、做齑、做鱼、做脯腊、做乳酪、做菜肴与点心之技。列举之食品、菜点品种，约达三百种之多，仅作菹之法，也是琳琅满目。其中仅生菜作菹，便有咸菹、淡菹、汤菹、卒菹等诸法。作菹法中，咸菹法最为常用，古人将其排在首位。咸菹法虽简单，夏秋可制，但辅料搭配奢华讲究。葱、蒜、芥子、胡荽、胡芹子、椒、姜、橘皮，以及酱、醋、豉、曲、糟、蜜等，用量大小，皆有规定。然《齐民要术》多是北方黄河中下流域各族民之作菹之法，罗霄山区天地气候有异，作菹不得简单仿效。书中又文字晦涩，幸有郭乡绅指教，阿菊阿兰从易至繁，试制作菹，用盐腌制咸菜，并尝试肉酱制作，尚不熟稔，然肉酱鲜美异常，出乎阿菊阿兰意料耶。"

听得肉酱鲜美，众人纷纷卸下担子，饶有兴趣围拢过来。有人问道："从未听得鸡鸭鱼肉可做成肉酱，甚是奇妙，如何做得？"

阿菊笑道："书中记载，牛、羊、猪、鹿、兔、生鱼等，皆作得肉酱。细锉肉一斗，且需好酒一斗、曲末五升、黄蒸末一升、白盐一升，做法繁琐，数月之久，肉酱做成，可数年不腐烂。临食，细切葱白，着麻油炒葱令熟，以和肉酱，甜美异常也。书中作浥鱼法，四时皆得作之，凡生鱼悉中用，唯除鲇、鳠耳。去直鳃，破腹作鲅，净疏洗，不须鳞。夏月特须多着盐，春秋及冬，调适而已，亦须倚咸。两两相合。冬直积置，以席覆之，夏须瓮盛泥封，勿令蝇蛆。瓮须钻底数孔，拔引去腥汁，汁尽还塞。肉红赤色便熟。食时洗却盐，煮、蒸、炮任意，美于常鱼。"

众人听得，啧啧称奇，只是可惜，肉酱乃富人之食，作之用美酒、曲末、黄蒸、白盐，用量之大，令人咋舌，生菜作菹，辅料葱、蒜、芥子、胡荽、胡芹子、椒、姜、橘皮，以及酱、醋、豉、曲、糟、蜜，贫穷人家，也可望不可及耶，唯有用盐巴腌制酸菜与作**浥**鱼法，恐五彩村平常尚可。小鬼叔笑道："阿菊阿兰，去岁始购盐巴倍增，作菹之需，占据五彩村盐巴之需三成，幸有社长郭乡绅鼎力相助，从山外大量购回盐巴，若乡里仿效，恐马帮不得歇脚矣。若作菹藏生菜藏鱼，贫家一样过肥冬。阿菊阿兰，也是造福于民耶！"

众乡里点头称是，纷纷相邀阿菊阿兰指教腌菜与作菹之法。阿兰眼珠一转笑道："吾姐妹已在家中腌得十几缸酸菜与咸鱼，乡里随时可去家中观看，并可捞取享用，只是须相助一包盐巴，吾又可腌得酸菜与鱼，相赠乡里。"

众人无不喜出望外，皆赞阿菊阿兰不已。数位婆婆羡慕牛花女儿贤惠，只叹五彩村出了凤凰。牛花道："阿婆，阿菊阿兰若成为凤凰，可弗了吾心。郭乡绅叹曰，凤凰鸣矣，于彼高冈。梧桐生矣，于彼朝阳。五彩村终究是偏远落寞之地，凤凰终究飞走，不如成为孺子牛一头，踏实留在五彩村耕耘田地。牛花自小受难，得以生存下来，全仗乡里救济恩惠，尤其郭家，吾尚未报答乡里与郭家，只指望阿菊阿兰替吾报恩，以尽牛家凤愿！"

阿兰道："姆妈，郭家大户人家，富冠五彩村，只怕阿姐与阿兰当牛做马之报答，也不入郭家法眼。阿姐与阿兰，本是小小麻雀，再扑腾，也上不了云霄。吾与阿姐也不愿离开罗霄山区矣，众乡里与郭家恩情，阿菊阿兰记在心头！"

牛花笑道："扑腾何处，也别落在夷人山区。留在五彩村，好歹吾可老母鸡护幼鸡，吾也安心矣。"

小鬼嘿嘿笑道："牛花妹武艺高强，威震一方。阿菊阿兰自幼习武，日后长进，恐不在牛花妹之下。小鸡终有长大之日，用不着牛花妹一生呵护。然提起呵护，今夏丰收，吾等理应呵护仓廪之稻谷，药坊之药物，尤其瓦罐中盐巴等。每至此时，夷人蠢蠢欲动，吾甚是不解。夷人如同老鼠，嗅觉异常，五彩村盐巴之藏处，已不算甚秘密，夷人总能得手。牛花妹聪慧之人，得设法防备为是。"

牛花点头道："小鬼哥所言极是。倒不是夷人嗅觉灵异，恐是前些年五彩村失踪之人多被夷人掳去，将村里藏盐巴之处泄露给夷人矣。夷人蛮愚，一心偷抢，倒不如偷去汉人之农具，回去学得种植，自力更生矣。"

林路生道："小鬼兄，奇怪从去岁始至今，却无夷人前来偷米偷粮。莫非族长郭乡绅吸取往年之鉴，已暗中部署，改进应对之策，使夷人无计可施？"

阿兰笑道："族长部署之事，岂会瞒过姆妈。也许夷人从被掳去之乡里学得栽种之技，或有改进，也是丰收年景，可自给自足矣。人若温饱，则不愿冒被捉拿之险，千辛万苦前来五彩村偷粮。姆妈。吾有句大不敬之言，也许吾等以小人之心，度君子之腹。近些年五彩村乡里常有违约去横山狩猎之人，夷人岂有不知？也未前来问罪，可见夷人也有宽仁为怀，不斤斤计较者。"

牛花恨恨道："夷人山区之变化，吾等无法探知，然夷人宽仁，绝无可能。吾父之死，夷人乃始作俑者。且五彩村常受夷人侵扰，村民无不痛恨之。夷人……吾见一个杀一个，绝不手软！"

阿菊阿兰打个冷战，面面相觑，低头不语。牛花叮嘱阿菊阿兰在此歇息，言毕与众人回村。

见姆妈吖吖与众人远去，阿兰笑道："阿姐，相赠鬼子哥之盐巴，可有正当来处矣。仿效古人作菹，令人惊叹，然若晓得阿姐大雪纷飞中于温室栽种生菜，岂不惊得众人咂舌？"

阿菊冲阿兰一笑，然突然一阵恶心，弯腰呕吐。阿兰赶紧拍打阿菊后背，疑惑问道："阿姐多日未见落红，莫非……"

阿菊一脸惶惶，道："怕咋里来咋哩，若泄露出去，姆妈非杀吾不可！阿妹，如何是好？"

阿兰一声惊叫，抱住慌乱颤抖的阿菊。阿菊哭泣道："近日夜中多噩梦，见得夷人与五彩村多人厮杀，血流成河。今晨醒来，又不见鬼子哥送与吾之银盒，寻遍各处，依然未见，思来想去，定是已失。"

阿兰急道："银盒被鬼子视为神物，又是送与阿姐定情之物，阿姐视如眼珠，为何离奇丢失？"

阿菊道："姆妈吖吖也不知吾拥有此物，只是前些日，路上曾当镜用之，然被追随之梁元臣窥见，欲用重金交换，被吾拒之。莫非……"

阿兰道："怪不得这厮遇见吾，眼色漂浮游离，定是他设法偷去。"

阿菊慌张道："梁元臣家中金银财宝无数，为何索取银盒？莫非已知吾与鬼子哥之情？若是他相告社长，依社之规，与夷人私通，又有血脉，必要遭竹笼沉塘之灾矣！"

阿兰沉吟道："此厮不是好鸟。传闻他近日常去横山，回来嘻哈不断，称横山鲜物奇异，又不见猎获野物，莫非言有其他。阿姐莫要慌张，吾自有办法探知。既然阿姐与鬼子哥生米煮成熟饭，不如早日与姆妈挑明，如遭反对，阿姐索性与鬼子哥私奔，大不了前去夷人山寨，与鬼子哥喜结连理，日后阿姐成为古代文成公主一般，越汉联姻，开创友好之先河，岂不两处有益？阿姐与鬼子哥有约，再有七日，便去白龙潭相会，到时可与鬼子哥商榷日后去向。阿兰相助阿姐，将隗竹山寨紧缺盐巴携带相送。"

阿菊眼中闪出一丝亮光，笑道："阿妹临危不乱，出此计策。鬼子脱离隗竹山寨，仅凭造福民众之山越水轮转，可去山外四方为生，然鬼子不允，称此生不离隗竹山寨，只得吾相奔山寨也。此举祸兮福之所倚，福兮祸所伏，然吾腹中已有鬼子哥骨血，吾心欢矣。"

阿菊阿兰见乡里几个走来，赶紧挑起担子，想到即将与鬼子哥相会，阿菊脸如桃花，脚步轻盈，快步消失在竹林中。

第九章
受挑拨汉夷拔刀向，各为战村寨血流河

深山之双抢，比山外迟上半月之久。三伏之后不久，秋老虎一头撞入，暑热难当。寨主腊扒时，泥扒弥卖乌，几位长老与鬼子一行从枫树岭下来，已浑身湿透。一长老曰："三伏之后暑难退，晨昏难觅一丝凉。火燎山区叶更黄，恶虎能呈几日狂？"

弥卖乌笑道："阿公满眼秋老虎，然吾眼中尽是枫林山之美。远上寒山石径斜，白云生处有人家。停车坐爱枫林晚，霜叶红于二月花。浮云不共此山齐，山霭苍苍望转迷。"

众人仰头回望山坡，适才查看的几块水田已被树林杂草掩藏得严严实实。寨主叹曰："吾眼中无秋老虎之威，也无枫林之山美，满眼浮现五彩村之天地耶。吾寨子既有风力水车与山越水轮转，建造梯田之梦想即刻实现。隗竹寨子不多的缓坡之山，然全部修成梯田，挖掘筑埂浩大，恐倾尽全寨子之力，非十年之工可得。而五彩村肥沃，梯田宝贵，诸位长老，今年丰年在望，饱食不可忘志，夺回祖上之地之夙愿，决不可付之东流！"

弥卖乌道："民以食为天，温饱乃民天大之幸，鬼子又从外贩来数倍往年之盐巴，全寨乡里人人出落得精神焕发，洗绝面黄肌瘦之模样，鬼子又立一功。待联络众寨，操练攻城拔寨之技，几年后，五彩村不再可畏！"

鬼子道："正是。如今敌强我弱，仓促攻击五彩村，凶多吉少。《孙子兵法·谋攻》篇有曰，上兵伐谋，其次伐交，其次伐兵，其下攻城，攻城之法为不得已。伐谋乃指以己方之谋略挫败敌方，不战而屈人之兵，兵不血刃，故为上兵。"

众长老哈哈大笑道："汉人狡诈无比，若无诸葛再世，上兵伐谋可望不可即，不如蒙古军强攻来得爽快，一战功成，时不我待，此生决不可留下千秋遗憾！"

众人边走边兴奋畅谈秋后收割事宜，临近寨子，突然传来牛角号声。众人大惊，此乃警示号音，不祥之讯耶。一霎间，众人心中一颤，方进得寨子，传来一阵阵悲啼声，众人抬着浑身血迹斑斑、已昏死之阿青拥进腊扒时家之土楼。阿格与堂客等扑在爱女阿青身上，号啕大哭。腊扒时之子、阿昌之弟阿福、阿吉与阿昌好友蛮牯等人，扑通跪倒门外，恸哭不已。从众人断断续续之哭诉中，腊扒时与泥扒方得知，八月十五拜月节即将来临，阿昌相约蛮牯、阿青、阿吉等人，偷偷前去横山，欲猎得黑山羊，祭拜月神。拜月节旧俗，男女青年拜月，男祈健壮猛如虎，女祈貌似嫦娥，面如皓月。众人上得横山，忽隐约见一金丝猴，皆大喜不已，往金丝猴方向奔去，因此乃山神指引打猎之乐园。果然距白龙潭不远之山坡上，见得一群黑山羊，众人小心翼翼潜进山坡，冷不防草丛中跃出七八个凶神恶煞之化装汉人，几张大网撒落，阿昌阿青几个，无一漏网。金丝猴与黑山羊，俱是汉人捕获剥皮，披上伪装，引诱阿昌等落入伏击之地。汉人自称五彩村之人，前来捉拿偷猎之夷人，然未发射响箭，通告隗竹寨子，阿昌阿吉等人便尽被杀戮，阿青阿吉尚被奸污，阿青侥幸负伤逃回。

如同雷轰电掣一般，腊扒时脸色惨白，短促而痉挛地呼不上一口气，一头栽下。泥扒与鬼子木柱一般僵硬，目中好似要喷出怒火，牙齿咬得咯咯作响。众人如同被激怒之狮群，不约而同怒吼道："血债血还！"

此时，昏死中阿青渐醒，阿格泪如雨下，拥抱着阿青。阿青惨然抽泣道："儿伤重矣，恐危及性命，不能尽孝……"言罢呼吸急促，转眼直直望着鬼子，气息低迷中呼唤一声："鬼子哥……"

鬼子从阿格怀中抱过阿青，贴脸哭道："阿妹，杀人之魔鬼是谁？吾定斩杀，不报此仇，誓不罢休！"

阿格两眼流血道："汉人对话，皆称代号，终不知何人。阿青等惨死，然不知五彩村汉人凶手姓名，奇耻大辱！"

阿福吼道："五彩村俱为凶手，吁吁赶紧下令，杀去五彩村！"

阿青露出粲然一笑，伏在鬼子耳边道："阿青能在……鬼子哥怀中过世，已是大幸……只可惜阿青……被射杀前，方知汉人女子……阿菊也喜爱鬼子哥……阿菊定是极美之仙女，然也遭汉人歹人……毒手死去。阿青阴间……定寻阿菊为伴，也不是孤魂野鬼……只求百年之后，阿青与阿菊，能与阿哥，地府再见……鬼子哥，替吾报仇……"

阿青气息奄奄，说完便撒手人寰，然两眼圆睁，死不瞑目。鬼子仰头喷出一口鲜血，昏死过去。阿格恸哭，房外寨民群情激奋，又爆发出一阵阵怒吼声。腊扒时悲愤道："是可忍孰不可忍，有仇不报非君子！有请众长老，商议起兵之战事！"

众人怒吼："杀去五彩村，屠村！屠村！屠村！"

泥扒弥卖乌劝道："五彩村之汉人察觉吾族偷猎，不依盟约行事，定是地痞恶徒私行，断不是五彩村之意。冤有头债有主，烽火燃起，殃及无辜。吾以为遣人前去，暗中捕捉五彩村一两个乡民，探出作恶之徒，依据盟约，再去五彩村捉拿凶手为好。"

阿格哭道："泥扒，吾丧女之痛，岂可隐忍？何况若是汉人一口否认，又惊动他们，复仇更难，岂不悲哉。汉人毁吾山神，山越族民岂可无视？泥扒出此计策，因终究不是全然山越之后裔，不觉切肤之痛。若不当即召集众寨民出寨复仇，吾绝不答允！泥扒之计，试问屋外之全体寨民答允否？"

屋外震天动地吼起："不答允！不答允！"

泥扒全身颤抖，扑通跪下道："吾体内流着山越之血，岂非越族？阿青年幼时遭数狼围攻，吾只身解救，几近命丧，身上留有累累伤痕，岂非近亲之情？弥卖乌自小深知吾族受汉人之苦，常以'宜悬头藁街蛮夷邸间，以示万里，明犯强汉者，虽远必诛'之汉人明言自勉，对五彩村必战，夺回祖上之田地，此乃族意，也是吾意，吾心甚坚。然诸位乡里，农作之时，工欲善其事，必先利其器，战事更是如此。孙子兵法有云，谋定而后动，知止而有得。原定对五彩村之战，应在吾寨子联合他寨，强兵之后，明后年秋后之举，战事便胜券大矣，也从容得很。何况夺回五彩村，且有多法，也有不须流血格杀之计策，此乃吾反复之主张。如今负气出战，百害无一利耶，五彩村围堡……"

阿格道："五彩村宁日已久，村民懈怠，横山巡更，形同虚设，早荒废战备矣。五彩村虽有围堡，然七成村民散居，夏日农耕繁忙，常弃兵器于家中。吾族寨民，刀不离腰，弓不离肩，攀援悬崖如履平地，何畏围堡？两军作战，兵贵神速，又乘其不备，可一举荡之！"

腊扒时道："吾与汉族，汉族与四夷，世代仇恨。蒙古人灭宋朝，霸占九州，建立朝纲，声称遵循圣人所言，铸剑习以为农器，放牛马于原薮，室家无离旷之思，千岁无战斗之患，然而对南人各族，极尽压榨。吾族依然被视为蛮夷，生存甚艰，蒙人汉人，俱为吾族之仇敌。蒙人压迫汉人，汉人压迫吾族，从无冤有头债有主之虑。山越之族民，贱如蝼蚁，此战不仅是复仇之战，也是为日后生存之战，绝不可怜惜汉民！若此战胜得，吾族狭缝中得以苟延残喘；此战拖延，殃及后代，有负吾辈之责！"

泥扒弥卖乌泪飞道："寨主腊公，仓促出战，乃无胜算，忠言逆耳，良药苦口，然吾依然啰唆数句，敬请寨主一听。古时匈奴以杀戮为耕作，古来唯见白骨黄沙田。秦家筑城避胡处，汉家还有烽火燃。烽火燃不熄，征战无已时。野战格斗死，败马号鸣向天悲。鸟鸢啄人肠，衔飞上挂枯树枝。士卒涂草莽，将军空尔为。乃知兵器是凶器，圣人不得已而用之……"

阿福不悦吼道："尚未出战，泥扒穷极诗句，用战事惨象动摇军心，阻我出战，昏庸不堪。古来怯战者，人为刀俎，我为鱼肉，灭族之悲更惨！"

众长老闻之，面面相觑。有长老道："泥扒死谏，莫非有老天提示？若有，泥扒尽言，若无，先祭祀山神，再占上一卦，吾等遵从山神之意。"

腊扒时道："正是，汉人侮辱山神，山神暴怒，泥扒理应感应，然至今吾等不知，不如听从天意。既然金书乃上天所赐，泥扒曾言，金书轻重，可断所怀之人情绪，鬼子乃天人，如今昏迷，不受吾等情愫所染，将金书放入他怀中，金书若轻，此战必胜；若金书加重，此战凶多吉少，催醒鬼子，再听鬼子之言。此乃天意，不可违耶。"

泥扒弥卖乌无奈点头道："寨主所言极是，如是天意，吾也从复仇之战。"

泥扒将金书用药秤测之，放入鬼子怀中，良久，鬼子呼吸急促，昏迷中大叫："杀……"

众人大吃一惊，泥扒取出金书，再放于秤上，哆嗦失声道："轻矣，战。"众人欢呼。腊扒时举起手臂，泥扒、众长老、阿格与阿福等同时举臂跺脚，低声吼道："点起烽火，杀向五彩村！"

此一脚，脚下咔嚓一声，土楼竹楼板哗啦啦险些垮塌。鬼子被震醒，跃身而起，大哭不已，众人纷纷回家，赶紧备战。

泥扒见鬼子神色恍惚，用醒酒药喂下，鬼子方得清醒，闻之战事欲起，鬼子摇头大哭。泥扒甚惊，心生疑惑，然此时晴朗天空转眼已是乌云密布，昏暗笼罩天地，一道闪电在隗竹山寨上空炸响，狂风乍起，令泥扒悸恐不已。倾盆大雨狂泄，雷声轰鸣中，乌云似乎在燃烧，喷出蓝色火焰，天空颤抖，泥扒惊讶日雨骤至之猛烈。此时一道白虹，跃上山头，如同贯日，鬼子脸色惨白，弥卖乌眼角沁出泪水。

鬼子止哭失声道："白虹贯日！《开元占经》有言，此乃大凶之像，四夷为祸，主恐见亡！"

阿福道："平日闻得汉人出征之占候，常用《乙巳占》之军气占，圣人独知气变之情，以明胜负之道，探祸福之源，征成败之数。吾观远方东方汉人之天空乌云，如群鸟乱飞，分明是汉人军败之气，疾伐之，必大胜！"

泥扒道："《开元占经》之风占篇幅甚多，贤侄所言极是，朝隮于西，崇朝其雨。蝃蝀在东，莫之敢指。虹霓者阴阳之精也，蝃蝀者，阴阳交接著与形色也，天地烟煴，万物化淳，祸福之源，乃情性之烈，莫若男女之孽障。"

阿福跺脚吼道："吾阿哥惨死汉人手中，阿青阿吉被奸杀。汉人之恶行，人神共愤，此仇不报，苍天不饶吾也！"

此一脚，脚下竹板楼咔嚓几声，垮塌盆大之窟窿，幸而被鬼子一把挽住。鬼子道："天意如此，吾等遵之矣。"

腊扒时遣人急速联络各寨，搬兵相援，隗竹寨留下守寨之人，其余几乎倾巢而出，夜以继日赶至横山，漆黑中潜伏老虎滩旁山洞与树林中。翌日清晨，鬼子与阿福老虎滩打探返回，孽龙河对面边壤，汉人巡更数人，懒洋洋昏睡，松懈得很，旷日持久之平安，果真令汉人巡视哨兵形同虚设。腊扒时依然沉吟不语，阿福急道："吖吖为何迟疑不定？"

腊扒时瞪他一眼道："五彩村数倍于吾，吾须等待其他山寨援兵耶。"

阿福道："吖吖身为一军统帅，战前不可迟疑。众人潜伏，极易被汉人发觉，届时汉人据险抵抗，吾等损失巨耶。如今趁其不备，有以一当十之奇效。兵贵神速，箭已上弦，不得不发。众人早已群情激奋，何不趁热打铁，一鼓作气，踏平五彩村耶？"

阿格闻之，赞曰："阿福智勇双全，自古英雄出少年，吾虽孤军深入，然利在隐蔽，速战取胜。今若不乘势而出，万一惊动敌军，汉人备战抵抗，双方接触，汉人即刻获知吾军虚实，正如阿福所言，则胜率少矣。寨主一味持重，吾恐夜长梦多。"

鬼子摇头道："不知为何，一路昏睡，然于昏迷中，依稀见得吾山越与汉民皆于硝烟中哭泣。寨主所言极是，吾等还是小心为是。"

阿福道："鬼子梦中之意，明示吾军胜利之泪，汉人惨败之泪也。"

泥扒弥卖乌道："阿福所言，牵强附会。诸位欲速战，吾等未经操练，乃乌合之众，去击围堡之强敌，杀敌一千，自损八百矣。此战的确应速战速决，可引贼出垒，用奇兵绝其后路，绝不可让其退至围堡。吾族英勇无畏，短兵相接，此是胜算之一。"

腊扒时道："鬼子之言，吾极为重视，吾尚须泥扒占卦，问得天意耶。"

有人道："汉人屠杀吾族乡民，冒犯山神，何须问天问地？何况泥扒出征前已问过苍天，此战必胜利战也！寨主如不发令，吾等自行冲去厮杀矣！"

此人一言，众人于山洞中无不振臂高呼："杀尽汉人，夺回河山！"有人竟自奔出，呼啦啦众人后面跟随，一窝蜂直奔洞下。腊扒时只得甩下袍子，喝道："传令，向五彩村进发！"令寨民好生护佑鬼子与泥扒两人，然鬼子甩下护佑之人，持剑领衔前行。

郭家冲之五彩村，乃原居民之地，村庄依山而建，三面悬崖，一面两丈宽之壕沟，为防夷人袭击，村中又建两丈高之围堡，为五彩村中心，易守难攻，可谓固若金汤。村民原围绕郭家大院群居，因拥挤不堪，又数次与夷人之战，夷人皆败，且夷人每攻击均止步村外数十里，故村民不以为然，纷纷迁出散落而居，只是唯恐夷人偷袭，挨近散落村民之地，村外又建数个围堡，以免不测。只是平安年久，围堡外之壕沟上吊桥悬索锚锭滑轮早腐朽不堪，吊桥不再起落，壕沟已是平途。从老虎滩径直达五彩村村西之廖家冲围堡，若有快马，一个时辰便至。腊扒时三令五申，众人不得喧哗，潜伏至廖家冲，卒然攻击围堡，克敌之后，快速冲击郭家冲之五彩村，若一鼓作气，占得郭家冲，战役胜券在握矣。待援军一到，分兵各个击破其他村外围堡，可望完胜整个五彩村。战事之关键，乃速战速决。

趁着晨雾，鬼子与阿福泅渡老虎滩，三刀两枪，将汉人明暗值守宰杀矣。夷人聚而呼啸，被鬼子等人压下，有寨民相报，其他寨子之援军如约夜以继日前来，离此仅十几里之路程矣。众人大喜，腊扒时一声令下，战马裹腿包嘴，被人牵着，众人悄无声息向五彩村疾步而去。

天助隈竹山寨，浓雾弥漫，行至五彩村廖家冲之村外，竟未被汉人发觉。午后时分，众人埋伏在草丛树林中，前方有大片梯田，浓雾早已散去，水田中十几个劳作之村民清晰可见，忽然一人赤身从远处跌跌撞撞跑来，逃窜之状，狼狈不堪，身后尚有一串妇人尖骂声回荡。鬼子与阿福相视一笑，阿福跃起，被鬼子拽住，一个滚身，只见鬼子已猫身潜伏在离来人数丈远之草丛之中。阿福惊叹，鬼子移动之轻快，远胜于他。

一个饿虎扑食，鬼子单腿将来人按在地上。来人被突如其来之袭吓得魂飞魄散，鬼子低声询问道："汝是何人？横山隈竹山寨寨民遭残杀，是何人所为？"

来人闻声似乎熟悉，转头一望，似乎认出鬼子，脸色更加惨白，哆嗦道："咋哩横山之袭击？吾乃五彩村农夫狗儿，一生安分守己，横山之禁地从不上得，如何晓得横山之凶？"

鬼子又问道："五彩村阿菊，是否遭人迫害？"

狗儿一愣道："冤有头债有主，吾若相告，夷人爷可否饶吾一命？"

鬼子将匕首顶住狗儿脖子道："如实招来，饶汝不死！"

狗儿两眼一转，狡黠道："奸杀阿菊阿兰者，乃梁公子所为，与吾何干？"

鬼子一震，愣愣中眼泪夺眶而出。狗儿轻轻拨开匕首，猛地一推，鬼子猝不及防被掀翻。狗儿鹞子翻身，撒腿边喊边跑："夷人来袭，夷人来袭！"

鬼子翻身抽剑挥掷过去，狗儿哎呀一声，被飞剑斩落。不远处稻田中村民闻声大惊，疑惑起身之时，隗竹山寨夷人早从树林草丛中冲出，一顿乱箭，将梯田上村民统统射杀。狗吠四起，一村民挣扎着向天射出响箭，霎时，五彩村廖家冲牛角号响起，烽火燎然，狼烟四起。腊扒时与泥扒大惊，五彩村应对战事反应之敏捷，实出意料之外。然鬼子与阿福等人已翻身上马，向廖家冲飙去。此时廖家冲之青壮汉子正于午食后在树下阴凉处瞌睡歇息，或在水塘中扑腾戏耍纳凉，听得警报声，尚未穿戴完毕，便被乱箭射杀。有惊醒欲抵抗者，苦于未携带刀剑，只得持扁担锄头相迎，被夷人三下五除二灭得痛快。转瞬之间，廖家冲围堡也被阿福等人夺取，廖家冲六十多位村民，慌乱中几乎悉数被夷人斩杀。此时火鹰飞来，在天空盘旋，阿格等人搭上一支毒箭，火鹰应声中箭，耷拉着翅膀，一头栽落孽龙河滚滚河水中。阿格道："分明是汉人释放对外求救之鹰耶。"

腊扒时一丝不敢懈怠，鞭笞了几个进室抢劫搜刮之寨民，急令众人马不停蹄，继续行军。廖家冲与郭家冲中间，尚有一柱岭，岭上虽只有十几户人家，然居高临下，平常有多位乡勇值守瞭望，乃是郭家冲正西之桥头堡，一旦失守，夷人可一泄数里，直达郭家冲。因五六十年皆无战事，值守瞭望者早已敷衍了事。今日午时，众乡勇相聚瞭望台室内，博掷正酣，数里外廖家冲之响箭与烽火，丝毫不知。鬼子领众人破门而入，值守者于惊悚中成夷人刀下之鬼。众夷人狂呼，阿格复仇心切，尚未等待腊扒时到来，已领人孤军杀向郭家冲。

腊扒时赶至，见大败汉人，仰头哈哈大笑："五彩村如此不堪一击，若知如此，早踏平五彩村，夺回祖上江山矣！"腊扒时急令众人直奔郭家冲，又传信援军，快速跟进，以围合五彩村或分兵攻击其他围堡。一柱岭附近村民已察觉夷人袭来，惶恐中纷纷逃窜。

第十章
中毒计家家遭祸难，结深仇户户血泪惊

　　且说阿菊阿兰惦记银盒，连连三日不见梁元臣与狗儿几个身影，暗中打听，方知连梁府下人也不知梁元臣行踪去向。阿兰脸上虽若无其事，然心中也焦急火燎。明日即是阿姐与鬼子哥相会之日，届时若不见银盒，鬼子哥定是不安。

　　是日午后，骄阳似火，村西北六七里外桃花潭边，柳树婆娑，且有几棵参天樟树，几十棵苦楝树，蔽日成荫，乃炎日纳凉去暑之地。浸泡于桃花潭水中，更是惬意，苦楝树比不得樟树般参天，然其周围鲜有毒虫，村上约定俗成，此乃村上花季少女冲凉洗漱之地耶。阿菊阿兰晨后满村转悠一个多时辰，又未见得梁元臣与狗儿几个，只得出村西割上猪草，已是浑身汗湿，便转向桃花潭。滚烫泥巴路，阿菊与阿兰闷头不语，疾步如飞。桃花潭近在咫尺之时，阿菊忽然拽住阿兰，努嘴示意，阿兰方见前方草丛中趴着一人，正鬼头鬼脑偷窥着潭水中嬉闹女子。此人正是狗儿，真乃踏破铁鞋无觅处，得来全不费工夫。

　　阿菊阿兰又惊又气，阿兰一块泥巴砸去，狗儿哎哟一声蹦起，见是阿兰，惊慌中撒腿便跑，阿兰一竹竿甩去，狗儿被拦腰扫落。阿兰箭步跃上，一脚踩住狗儿后脖，狗儿动弹不得，已喫上满嘴泥巴杂草矣。

　　"下流痞子，牲口骚牯，光天化日之下，竟干如此恶心之事！"阿兰破口大骂。

　　狗儿哎呦叫唤几声后，嘴中嚷嚷道："阿兰为何无故出手伤人？吾仅在草丛中寻找野鸡野鸭蛋耶！"

　　阿兰大怒："岂有趴地找蛋者？不如说找针。哎呀，汝身下尚有待字女儿家之内衣裤！恶心死人，屡教不改，阉割骟刑方是！"阿兰涨红脸，用竹竿狠狠挫进狗儿裤裆，狗儿痛得全身痉挛不已。

　　狗儿满头大汗，哭丧道："吾叫阿兰妹子一声亲姆妈，姆妈，饶过儿子！"

　　阿兰道："饶汝？天不答应！"飞起一脚，正踢在他裤裆，狗儿号丧着满地打滚。

　　阿兰赶上，又欲一脚踢去，狗儿忽然爬起跪下哭道："阿菊妹子，吾亲姆妈，快来救吾，

吾有恩惠于汝耶！"

阿菊疑惑道："恩惠于吾？"

狗儿道："梁家屡次踏门求亲，均被阿菊吟吟相拒，吾猜测阿菊不愿为妾，便相劝梁公子迎娶阿菊前，将妻妾休掉。阿菊嫁进梁家，金山银山，享福不尽，日后吾也是阿菊夫人之奴才耶。"

阿兰怒不可遏，操起竹竿劈下，被阿菊拦住，阿菊道："此乃恩惠？梁家金山银山，为何要偷吾小小之银盒？"

狗儿急辩道："阿菊之银盒，乃梁公子指使鬼手小于子行之。小于子出手偷窃，犹如囊中取物，此事实与吾无一丝关联！"

阿菊与阿兰面面相觑。阿兰一脚踩住狗儿手指，狗儿疼得哇哇叫唤道："阿菊亲姆妈，吾疼极矣，求阿菊姆妈劝阻阿兰亲姆妈松开，有实情相告！前些日子，要不是吾劝阻，阿菊与夷人会面时，梁公子早将那夷人偷射成蜂窝一个矣！"

阿兰大惊："汝等在横山干过多少伤天害理之勾当？别藏一丝，从实说出！"

狗儿眼睛滴溜溜转着，阿菊从旁边溪水中捞出几条蚂蟥，冷笑一声："不说也成，阿兰，将蚂蟥放进狗儿耳中与嘴中。狗儿成聋子哑巴人一个，吾也懒得问他。"

阿兰挪开脚道："阿姐，吾先将狗儿捆绑上。前方大树有一马蜂窝，用蚂蟥再加马蜂，好事成双。马蜂叮人，全身红肿，死后无人可辨别出死者。黄泉路上野鬼一个，正好喂野狗矣！"

狗儿霎时脸呈灰色，翻身跪下，哀求道："吾亲亲两姆妈，吾有罪矣，然狗儿将实情竹筒倒豆子，一干二净相报，阿菊阿兰姆妈可否饶恕狗儿？梁公子倾慕阿菊至甚，好跟踪阿菊阿兰，一日隐秘跟随，进得横山，见夷人勾搭阿菊，顿时大怒，万般妒恨夷人，回家嫉恨以致发狂，设法报复。吾劝阻一句，被梁公子一个巴掌扇来。某次尾随汝进去横山，偶然见几个青年男女夷人前来寻找同伴，我猜测正是寻找与阿菊阿兰相会之夷人，也偷听得知夷人会来横山打猎。其中一女子，花容月貌，梁公子色令智昏，带上吾等，声称打猎，买通巡更乡勇，在横山夷人来处潜伏多日，又偶尔猎得一金丝猴，十几只黑山羊，心生诡计，人披金丝猴与黑山羊皮毛，引诱夷人进入吾等埋伏之地。功夫不负有心人，等待日久，果然一日见那几个夷人上了横山，一切如梁公子所料，夷人中计，吾等突然袭击，夷人被网，虽极力挣扎反抗，也俱被擒获。夷人大骂，梁公子恼怒，亲手刺杀一英俊青年，又将一豆蔻年岁之美貌女子阿青，还有一女子阿吉奸污。行事时梁公子被阿青咬破耳朵，又被阿吉踢上裤裆，梁公子恼羞成怒，嚷道此乃夷人勾搭汉人女子之报应，狂令吾等将夷人男女俱沉白龙潭中矣。吾等犹豫，还被梁公子狂扇了几个嘴巴。梁公子尚不解恨，沉塘前每人刺上一剑，沉塘时不知为何梁公子大叫，夷人勾搭之阿菊阿兰，也已被他亲手沉于孽龙河矣。然阿青女子，从血水中挣脱逃逸，吾等追杀不舍，一顿乱箭，阿青中箭滚下山坡，吾等寻找多时不见踪影，也不知死活。梁公子依然不肯罢休，猜测与阿菊阿兰相会之夷人也会上横山，吾等潜伏一日，又得知阿菊阿兰依然在村里，方才返回。幸而阿菊未去横山，让那夷人躲过一劫。吾猜梁公子之意，回村歇息几日，会再去横山潜伏，定将那夷人置于死地！"

阿菊惊道："天呀，金丝猴，夷人敬为山神，汝等轻易搏杀，岂不惹怒夷人？夷人定会以命相搏。夷人之命也同汉人一样，汝等竟然……"阿菊浑身颤抖，哽咽发不出声矣。

阿兰咬牙切齿道："畜生不如，天理难容！"她一脚踢翻狗儿，狗儿假装昏死过去。阿兰恨恨踢上几脚，大喊几声，提醒尚在潭水中戏耍之女子，急拽住尚在震惊中阿菊，便朝村中跑去。桃花潭众女子闻声爬上河岸，尖叫着寻找内衣裤，咒骂中乱成一团，有穿戴完毕者，涌上前来，怒吼着朝狗儿扑了过去，狗儿被撕得几近赤身，推开众人，撒腿便向廖家冲逃去，众妇人怒骂，穷追不舍。

被阿兰拽着之阿菊，半路醒悟过来，止步问道："阿妹如何打算？"

阿兰道："若阿青死去，明日乃与鬼子哥约定相会日子，可将横山实情相告，与鬼子哥商议后事，决不可引起战事。若阿青逃回，情形难料。"

阿菊点头道："阿妹，两者皆有可能，然当以阿青逃回，阿青不死，回寨子相告梁公子之暴行，又有射杀金丝猴，玷污隗竹山寨之信仰，梁公子又谎称吾两人被杀，若鬼子哥不辨真假，定会带人杀来，届时定是血雨腥风。此事犹豫不得，也许隗竹山寨复仇之军，已在途中，阿菊现今赶往老虎滩，阻挡相劝暴怒之夷人。"

阿兰道："阿姐有孕在身，当三思而行。吾等前去若相遇夷人，夷人此时分外眼红，恐不听分辩，乱箭飞来，岂不成了虎口投食？众人面前，鬼子哥有口难辩，也阻拦不得。不如赶紧唤来火鹰，让火鹰先去寻找鬼子哥，传书信告知实情，请求隗竹山寨冷静，依盟约而行，千万不要兴起战事。吾两人赶紧返回村中，社长郭乡绅，姆妈，族里长老，小鬼叔也得，赶紧商讨应对之策。重中之重，勿要再激怒隗竹山寨，息事宁人不得，冤有头债有主，血债血还，切不可引发战事。"

阿菊点头道："吖吖曾经吟道，九月匈奴杀边将，汉军全没辽水上，万里无人收白骨，家家城下招魂葬。宁做太平狗，不为乱世人，大慈大悲之玉皇大帝，保佑火鹰能将书信送达，保佑鬼子哥接吾书信后能阻止战事。"阿兰一声急哨，火鹰飞落面前。

阿菊摸着火鹰道："阿菊已写血书一封，天佑火鹰，火鹰，不可慌乱，众人性命，全托付汝矣！"

火鹰眨眨眼，鸣叫两声，振翅飞起，在阿菊阿兰上空盘旋数圈，似乎恋恋不舍。阿菊与阿兰心中一惊，泪如雨下，火鹰方转身远飞。阿菊阿兰目送火鹰消失树梢，转身向村里奔去，半路得知小鬼叔在附近竹山张篾匠家帮工，两人转身朝竹林深处走去，方进竹林小径，远方天空隐约听到响箭，顿感不祥，赶紧退出竹林瞭望。只见远方烽火缭绕，已是吠声不断，郭家冲一柱岭天空中一声声炸响，村里射出报警响箭。阿菊阿兰心急如焚，战事之灾，远比自己猜测来之快矣。

阿菊满脸苍白，阿兰道："阿姐，如鬼子前来屠杀，战场猝然相见，如何相待？"

阿菊泪如雨飞，哽咽不语。阿兰含泪道："汉越千古伤心事，昨夜共梦抚稻穗，魂竹鬼子青衫湿，同是天涯菊心碎。"

阿菊哭泣道："两族相争，五彩村不徇私情，老天容不得有情人终成眷属。吓吓常以道义谆谆教诲，流入阿菊阿兰骨血中。苟利村庄生死以，岂因祸福避趋之。山河破碎风飘絮，身世浮沉雨打萍。人生自古谁无爱，留取丹心照汗青。鬼子呀，爱汝之心日月可鉴，然也深爱生吾养吾之父母与五彩村。若鬼子哥前来屠杀，五彩村退无可退，阿菊只得舍弃私情耶。大义小义，阿菊取大义。鬼子哥大义之人，能知吾心，亦以天下人为念，当亦乐牺牲己身。最佳之结局，设法阻止战争，为五彩村谋一生存之地，鬼子哥勿恨。"

阿菊擦干眼泪，拔刀割下长发，阿兰抱住阿姐失声大哭。两人默默走进竹林，劈面见得小鬼与张篾匠等众人扶老携幼急匆匆冲过来。小鬼道："村上烽火缭绕，阿菊阿兰不曾见之？赶紧掉头，随吾去村里围堡躲避！"

阿兰道："狼烟中夹有红烟，乃西边夷人入侵之信号，然恐夷人于村外已布满四周矣，小鬼叔与众乡里此前去围堡，恐冲入敌阵，自投罗网，不如躲进山中洞穴。留下精壮汉子，随吾前去村上抗击夷人！"

小鬼道："哎呀，慌乱中糊里糊涂，竟然未细心辨别狼烟，幸亏阿兰提醒。张篾匠，汝领妇孺老幼躲进隐蔽洞穴，束发以上花甲以下之男子，俱与吾持枪提剑，前去阻击夷人矣。"

阿兰从张篾匠身上取下刀剑，将阿菊推入妇孺中。阿菊道："阿妹，吾不及汝功夫高强，然骑马射箭也不在汝之下，为何推出吾耶？"

阿兰道："去岁采药，偶知附近山洞，阿姐称为孽龙洞，其中深邃，又可从山后出洞，躲藏其内，夷人不知，若被察觉，也是一夫当关万夫莫开，其洞口唯有阿菊阿兰熟知。何况今日阿姐身体不适，情形紧张，犹豫不得，张篾匠速拽阿菊前去。"

阿菊泪如雨下道："阿妹，自小饥荒之时，阿妹省下口中之食给阿姐，此等姐妹之情，阿菊毕生难忘。如今烽火已起，冲锋陷阵之时，不让吾庇护姆妈吓吓身边，岂不是视吾非亲姐？吾宁可一头撞死耶！"

小鬼道："阿菊，依得阿兰便是！阿兰，若夷人越过一柱岭，可轻易冲入郭家冲，如今村里，只得依赖围堡。夷人擅长攀援悬崖，若无对策，围堡也不是安然之地，恐有灭顶之灾。曾听得阿菊姆妈称，对付攀援之敌，箭矢穿不透遁甲，用上火油滚石为好。哎呀，尚有吾与乡里研制之滚雷，群发之下，可退攻城大军，也许奇效异常，可惜只是解困一时，吾等速去村上，若相抗至夜中，用几颗滚雷杀出一条血道，将人领至孽龙洞，夷人奈何不得。"

阿兰点头，果断挥手，张篾匠几个架着阿菊，急匆匆而去。阿兰昂首挺胸，率众向村里冲去。

郭家三代单传，郭至刚乡绅屈死袁州府后，其子郭宝雄由五彩村各族祠堂推选，继任五彩村社长，近二十年来，忐忑不安，恐难胜任，于是勤勉操持劝课农桑，教化互助，纠纷诉讼，团练应战等政务，强化五彩村军民一体。先头十年，年年战事演练，众民郑重其事，莫不尽心竭力，只是戒备官军与夷人之入侵。然五六十年未有战事，真刀真枪之厮杀便成传说，村民渐渐懈怠淡漠，战事演练延拓为三年一次，演练也是敷衍了事。如今烽火燃起，全村民以为孩童恶作，有从一柱岭逃回村中之人，满脸恐惧，哭诉着夷人见汉人男人便杀，见女人便奸，见粮便抢，见牛羊便牵，男女老少无一放过，村外血流成河，惨不忍睹。村人闻之，方才惊恐万分，慌乱不已。

家仆飞奔进来，相告书房中郭乡绅。乡绅震颤，垂头道："去年战，桑干原，今年战，葱河道，洗兵条支海上波，放马天山雪中草，万里长征，三军尽衰老也，战事一起，生灵涂炭，天若如此，概莫能助矣。"

初临烽火，乡绅心中慌张，赶紧吩咐寻来牛花。恰好牛花与林路生率乡勇已至郭家大院，牛花神情淡定，威风凛凛持剑傲立，旁边簇拥众多乡勇。郭乡绅从容自若许多，令牛角号召集众乡里，依平日演练之程序，将妇孺老幼送进围堡，能跨马持枪者，均速去郭家祠堂集合迎敌。

方至郭家祠堂，郭乡绅道："牛花妹子，幸有袁州城购得的几条铜管火铳，吾赶紧令人返回围堡取来。铜管火铳威力十倍于弓箭，牛花妹子也早熟练，用之御敌，也许有奇效。"

牛花道："正是，可惜乡勇无几人会用，幸亏阿兰好舞刀弄枪，前些日拽着阿菊，央求吾操练过铜管火铳，只是此时阿菊阿兰不见人影，可速令人寻来阿菊阿兰，助吾一臂之力。只是孤枪难敌群狼。依乡里告知，夷人数百人一窝蜂杀来，有恃无恐，恐其后有援军赶来。再有不见夷人杀向其他围堡，夷人集中兵力，志在先攻郭家冲，大敌当前，吾军抵挡不了长久，若围堡被困，情形危机。记得郭家弘毅公子在外面听得传言，罗霄山区夷人苦于无盐，早些年曾聚合各寨精装汉子百人，绕过五彩村，前去湘水县城偷袭盐巴仓库，得手后被守卫官军追杀，蒙军仅七人，然杀得夷人狼狈而逃。夷人逃窜途中，冲关卡之时，又遭关卡蒙军火炮轰炸，仅三炮，便令夷人死伤大半，弃盐侥幸而逃。蒙人官军之凶狠，已是夷人心头梦魇。祠堂有往年备战演练之蒙古军翎根铠甲，胄作帽头盔，绑腿与高腰皮靴，又有蒙军苏勒德之旗帜，社长可令吾村乡勇装扮成官军，前去阻挡夷人后援。夷人见得蒙军，恐吓得军心涣散，不敢贸然围攻相援。另有一队，依然装扮官兵，夷人大队人马，来时定会留下痕迹，可循其迹，急行军前去，佯攻隗竹山寨，动静越大越好，夷人不得不顾及老巢，也许回撤救急。若拖延得其他围堡乡勇前来救助，可解郭家冲燃眉之危，挨进夜中，突围至村东南北三向之崇山，夷人便奈何不得矣。"

郭乡绅大喜，转头吩咐下去，牛花又道："观夷贼阵之势态，吾等志不在战，而是以兵耀威，以慑他军心。吾乡勇将士乍见其来，感到锋不可挡，若不挫其锐气，吾军必将难以振作，挽弓当挽强，用箭当用长，射人先射马，擒贼先擒王。诸位如寻得夷人头领，速来告知。"

然此时夷人个个怒吼着已杀进村里，只见村外乡民哭爹喊娘声中，纷纷经村西打谷场逃入村中。郭乡绅道："为何夷人个个喊着'复仇'不停？"

牛花道："正是，然其中蹊跷，已无隙考量，快快护郭乡绅退下！"旁人架住郭乡绅，不由分说便拖他下去。

牛花不敢拖延，率众迎敌而去，不多远便见得梁元臣一家被众家勇簇拥，急慌慌逃来。梁元臣裤裆尿湿，被人架着，哭喊着救命，后面数位夷人追至，挥舞大刀，朝梁公子砍下。牛花举弓，一箭射翻夷人，又怒吼一声，双手持剑，杀奔过去，救下梁公子，众家勇赶紧护着梁公子直奔围堡而去，夷人猝不及防，被牛花斩落三四个。乡勇见之，信心大增，一窝蜂杀上，夷人顿时惊慌失措，锐气被挫，冲锋队形一时被冲得七零八落，然缓过神来，个个毫不畏惧，癫狂中如潮水般冲来，顿时刀光闪闪，鲜血四溅。天际被厮杀声划破，腥味弥散满村，剑影在风中绽开，砍杀之残体狰狞可怖。夷人寡不敌众，阿格见夷人渐渐处在下风，一声令下，夷人只得边战边退。

打谷场上，阿格瞪着血眼，呵斥众人稳住阵脚，架起盾墙对峙着，牛花也令乡勇列成圆弧盾墙，以防夷人箭雨，然心中狐疑夷人使诈。此时众夷人忽放下盾牌闪开，一队夷人奔进，领衔人乃浑身血迹之两个青年耶。牛花怒斥道："秋毫未犯，为何前来挑衅屠杀？"

年长英俊青年勃然而怒："秋毫未犯？世代深仇大恨尚未清算，又添新仇，汉人无耻之极，踏平五彩村也不解吾鬼子之恨！"

牛花大笑："鬼子狂妄至极，踏平五彩村？吾手中双剑岂是废铁棍？夷人无将，领兵者，竟然是乳臭未干之崽子。"

年轻之青年冷笑道："哎呀，女子领兵，汉人阳气不足耶，羞杀汉人先人。"

一夷人喊道："阿福，此泼妇功夫非同小可，小心为是！"

阿福持刀只身立前，牛花也向前跨出三步道："倒有三分英气，敬佩，足下何意？"

阿福道："野话懒得聊，吾不与妇人交手，五彩村有站着撒尿者，前来单个厮杀！"

林路生一步跨出道："吾愿领教。"话未落，被牛花一把推开。众夷人讥笑，几位乡勇争先恐后冲出，被牛花推下，众夷人仰头哄堂大笑，五彩村众人放下盾牌，面面相觑，尴尬不已。

两阵大笑之时，鬼子猝然举起旗子，后面一队夷人满弓举起，牛花大叫："不好，散开！"然已晚矣。箭矢如雨，于天空炸开，白灰纷纷落下，昏天黑地。夷人转眼戴上面罩，然牛花与乡勇个个呛得睁不开眼。阿福举刀大吼，夷人狂吼着杀入敌阵，五彩村乡勇顿时四散，被杀得丢盔卸甲，逃窜中又被夷人竹管火铳射杀无数。不少人逃窜中渐渐清醒过来，纷纷朝围堡逃去，可惜早被夷人包抄断后，汉人死伤大半。灭顶绝望之时，村东杀来二十多人，乃小鬼阿菊阿兰等。原来阿菊挣脱开众人，执意前来，阿兰只得依她。一阵猛冲，阿菊阿兰神勇，以一当十，又有郭乡绅率围堡之守卫杀出，方将魂飞魄散之五彩村乡勇救下，众人返身跟随阿兰，前去搭救被困之牛花等。

寨主腊扒时与泥扒弥卖乌听闻大败汉人，大喜过望，率众人大举挺入，只见阿福与鬼子鬼子围攻汉人，被围攻之汉人头领乃是女子牛花。牛花身旁之乡勇渐被夷人斩落，唯有牛花与林路生背靠背相峙相。阿福与鬼子两个，一步一步逼近，阿福冷笑道："女魔头，何不束手就擒？若不，喫吾一刀！"

刀光一闪，林路生转身护住已中箭之牛花，头颅滚落下来，汩汩鲜血冒出。牛花抱住林路生身躯，面对夷人刀枪，仰天哭道："牛花对不住官人耶！阿菊阿兰，替吾报仇，吾随汝父去矣！"

鬼子听见"阿菊阿兰"几个字，顿时一愣，阿福大刀已举起，鬼子匆忙扑挡，然被阿福一刀砍上肩膀，倒在牛花身上，牛花手上抹脖之剑又正对其颈，磕在地上，被刺个透心凉。阿福惊叫一声，哐当弃刀，抱着鬼子尸身号啕大哭，后面夷人几个，已将牛花砍成数截矣。

寨主腊扒时与泥扒惊叫一声，阿格扑通跌倒在地，众人恸哭不已。众夷人纷纷跪下，无不悲愤至极。此时，围堡方向杀声四起，郭乡绅、阿菊阿兰等，率众人朝此冲来。寨主腊扒时跃起，一刀取下牛花头颅，提着头颅向汉人一步步走去。阿福一手提着林路生头颅，一手持刀，怒吼着跟随寨主其后。众夷人抬着鬼子，个个瞪着血眼，杀向汉人。泥扒清醒过来，大叫"切不可挨近围堡强攻"，然无一人理睬矣。

双方相近数丈，阿菊阿兰方瞧得头颅面目，还有鬼子尸体，大叫一声，顿时昏晕过去。郭乡绅哭叫中抓过阿兰手中火铳，朝腊扒时搂火便射，有夷人迅雷不及掩耳，用盾牌护住，轰的一声，持盾牌者被炸得面目皆非，血肉模糊倒地身亡。郭乡绅族兄，郭家阿叔也捡起阿菊之火铳，枪口直朝阿福，腊扒时一步跃上挡住，在火铳声中倒下。阿福大叫一声"吖吖"，跪倒在地。泥扒弥卖乌心惊惨叫，五彩村之火铳威力，远胜隈竹寨子之竹管火铳，炸得众夷人目瞪口呆。发愣之际，郭乡绅令众人背上阿菊阿兰速退，夷人潮水般杀向汉人，然汉人且战且退，已撤回围堡矣。

阿福醒来，一声未吭，翻身跃起，流着泪冲向围堡，夷人怒吼跟随。围堡上，已醒过来的阿菊阿兰持枪跃上墙头，枪声中，夷人应声倒下数人。阿福幸被泥扒死命拽下，方躲过枪弹。此时已是黄昏，窒息中，五彩村远处围堡角号突然吹响，天空炸开彩色响箭，泥扒弥卖乌大惊，此乃汉人相互呼应之信号，头尾相连，反成包围之战况。泥扒欲行退兵之号令，被阿格阿福痛斥。几位长老正犹豫，此时围堡火炬燃起，阿兰阿菊率众冲出，夷人仓促应战，不退反冲，狂怒中逼得汉人退回围堡。

夷人接连冲锋数次，然方挨近围堡，便被阿菊阿兰火铳射杀，夷人竹管火铳早已爆裂，汉人盾牌坚固，不惧夷人之箭，数夷人冒死扛着攻城之梯，尚未竖立，又被围堡火铳射倒。尤其围堡上砸下几十只滚雷，天崩地裂，使夷人人仰马翻，死伤一片。久战中，汉人越战越勇，夷人无计可施，渐渐慌乱。泥扒弥卖乌奋身跃起，喝令四散夷人回撤。啪的一声，泥扒被阿兰一枪命中，火铳射程之远，火力之巨，令夷人魂魄惊颤。奄奄一息中，泥扒弥卖乌依然苦求阿格，令众人速速退兵，又喃喃自语："瘴雨蛮烟，十年梦，尊前休说……"话音未落，撒手人寰。

　　汉人追杀声中，边战边退之夷人，纵火燃烧围堡外之房舍，熊熊火光连成一片，方得退至打谷场。一夷人飞奔而来相报，其他山寨援兵一千多人方至廖家冲，就惊叹汉人砖墙瓦房，富裕远胜夷人寨子，无不冲进汉人家中翻箱倒柜，牵牛抢羊，相互争夺，各寨主号令全当是耳边风。隗竹山寨引领之人苦求无果，只得大叫"郭家冲店铺成街，五彩村之财富，俱在郭家冲"，方止住夷人纷争，一窝蜂向一柱岭奔来。然猝然见得前方蒙军苏勒德之旗帜，一队蒙军突至，又得知一队蒙军向老虎滩奔去，似乎要包抄夷人，或是杀向夷人山寨。各山寨寨主大吃一惊。蒙军灭宋，横扫天下，蒙军之凶狠，夷人莫不谈之色变，一千多人，竟然畏惧之下迟滞不前。正犹豫之时，五彩村天空响箭不停炸响，四面八方杀声顿起，满山遍野之火炬朝夷人围来。各寨主紧急商议，恐陷入包围，速求相告耶，然求助隗竹山寨断其后，护佑撤离。

　　阿格与阿福仰头长啸："天不帮吾耶！"愤怒中阿福一刀斩落身旁树枝，愣愣中顿感围攻围堡之鲁莽。阿格悻悻号令众人返身救援溃逃之援军。兵败如山倒，夷人惊恐失措，无心恋战，死伤无数。郭乡绅号令各山冲之乡勇尾杀夷人，村民返回救火。阿兰阿菊在火光下浑身是血，披头散发，如同夜叉般狂杀，阿格奋力相阻，被阿兰阿菊合杀。夷人心惊胆战，抢过阿格尸首，狼狈而逃。然阿福率多人潜伏郭家冲废墟当中。夜中横渡老虎滩，争相踩踏，竹筏翻倒，夷人又溺水身亡者众多。恐有不测，郭乡绅急令止步老虎滩。晨晓，血腥味充斥山谷，孽龙河上漂浮无数尸首。

第十一章

修祠堂论道堪舆师，观面相称许林家子

次日，被烧近半之郭家祠堂内哀号动天。一排排尸体面前，阿兰将剑架在梁公子颈脖上，怒视着逼其自缢。梁家公公婆婆等呼啦啦跪下，元臣姆妈哭道："臣儿有罪，好赌成嗜，狗儿欠下臣儿赌债，心中怨恨，然村人无不知狗儿本是无赖，坑蒙拐骗，嘴里无一句实话。狗儿之恶，诬陷吾臣儿，其言随臣儿去横山之人，俱在面前，众人可以证得。"

被狗儿所言之众人，个个赌咒发誓，狗儿之言，胡编乱造，然狗儿已死，死无对证。梁元臣哭泣道："夷人袭击，本是意料之中，若疑惑有事端引发，吾发誓倾力查出，定有本村之人与夷人勾搭，又暗中将盐巴等紧要之物资助夷人，隗竹山寨方能积聚蛮荒之力，侵入五彩村……"梁元臣眼中飘过一丝狡黠。

梁公子姆妈抽刀横在脖子上哭道："梁家皆因搭救牛家郭家而家破人亡，流浪至此，为何阿兰苦苦相逼，恩将仇报？阿兰欲取犬子性命，先将吾贱命拿去便是！"

郭乡绅与众长老闻之，面面相觑，挡开阿兰手中之剑，一只蛉蛄尖叫着从阿菊眼前窜过，阿菊心惊昏倒。阿兰仰头长啸，一口血喷出，哭倒在姆妈尸体旁。

夜中，郭乡绅与几位长老在祠堂商议丧事。与夷人一战，虽胜犹败，众人心有余悸。郭家阿公道："若不是牛花伪蒙军退夷人之妙计，恐五彩村此次有灭顶之灾。"

众人点头，张家族公道："郭乡绅从外购得之火铳，战中扭转颓势，若不是依仗火铳之威，围堡早被攻破，吾等岂能在此感慨？牛花、郭乡绅厥功至伟也。"

郭乡绅摇手道："宝雄不才，汗颜不已，五彩村蒙难，首当其责。败退夷人，全因夷人避居荒僻，闭关锁寨，与外界隔离，外界天翻地覆，夷人依然依仗蛮荒之力，岂不喫亏？"

郭家阿公唏嘘道："正是，祖上苉难，避居罗霄，又徙崇山，只是权宜之计。如今面对山外，五彩村终究是偏僻之地，吾等井底之蛙，苟延残喘，蒙军火炮利器，若伐兵前来，吾可依崇山之险而拒，然久战不得，官军围困，五彩村难以安居。细究一番，五彩村也是夷人山寨，吾忐忑不安。"

众人莫不称是，忽然狗吠，窗外有黑影闪过，心中惊讶，几支暗箭射来，郭乡绅等人扑通倒地。家仆哭叫声中，外面阿菊阿兰赶紧奔入，郭乡绅呻吟道："瞒住吾儿弘毅，冤冤相报何时了。"言罢垂下头。阿菊阿兰大哭，牵着狼狗，朝漂浮之黑影追去。

夷人隗竹山寨里也是哀号动天，悲戚震地。死者女梳头，男剃发，寨民为死者洗身，再穿上战袍，男内衣用九皮麻，女用七皮麻，篝火烧尽死者生前之几件衣食器物，以便死者于阴间生计自如矣。有邻寨之泥扒，于丧葬举交魂仪式，给死者亡灵指路，引领其灵魂返回金猴居住之地，并祈求祖先收留。宰杀山羊，献之死者，其意早日返回阳间矣。棺木土葬，男用罗汉松，女用长青柏，石头垒墓填土，仅泥扒弥卖乌墓用瓷土烧就瓷砖，再筑泥巴。众人欲将鬼子与阿青合殡，阿福不允。金书妖孽，隗竹山寨因金书之谬而元气大伤，愤愤中将金书丢弃孽龙河中，若寻得鬼子丢弃之银盒，也视为不祥之物。

葬前，泥扒唱道："死者长已矣，魂不安宁兮，生从何处来，便向何处去。不知路何往，死魂不出家，时时扰亲人，金猴赐吾兮，引领众厉鬼，天下各路神，请让一条路。今至祖先地，不再送汝兮，汝由父母接，汝妻（夫）牵手兮，此地三条路，祖先指引兮，父母居住地，前后两座山，一山银遍地，一山金满坡，从此家人聚，呜呼哀哉兮。"

然不知鬼子祖先，泥扒曰将其松柏烧之，遗骸送回魔鬼谷，灵魂游荡于天地。壮年寨民欲负之将往，有耄耋老妪哭道，盼望至期颐终，然鬼子视其为祖母耶，不可让山寨天人灵魂寒心矣。老妪背负鬼子遗骸，方才进得魔鬼谷，有巨雕袭击，老妪从空中坠落，惨叫而死矣。

一月后，郭弘毅返回五彩村，告知乡里，各地有"红巾军"魔鬼，举"驱逐胡虏，恢复中华"之号令，铤而走险，揭竿而起，天下大乱。然红巾军纪律严明，军容肃整，以致四方起而响应，又私下听得高筑墙，广积粮，缓称王之秘闻，世上流传混世魔王已横空出世。村人闻之，莫不惊讶，天下有变矣。

阿菊整日悲愤忧伤，以致数月神色恍惚。是日梦醒啼哭不已，阿兰问之，阿菊道："阿姐入梦，只身孽龙河中逆水行舟，至七块岩处，忽见天空降下一团火云，水面上梦幻般化成龙筏，鬼子立于筏上，背着人形状之白色野蔬，翻腾咆哮之孽龙河顿时平静如池水。鬼子伸出野蔬道：'吾梦大元之庭产棘，有南人取周庭之梓，树于阙间，梓化为松、柏、樟、柞木，吾用四木建造龙筏，前来迎娶阿菊，阿菊喫下此物，乃是天庭之神仙草，可如同吾一般，腾云驾雾。'吾喜极一把抓住鬼子，方登上筏子，便猝然狂风大作，孽龙河翻江倒海，脚下一滑，跌落波涛汹涌中，黄泉路上醒来矣。"

阿兰拥抱阿菊道："鬼子哥曾言七块岩乃怪异之处，多有流星坠落，故而入得阿姐梦中。棘乃灌木，枝条丛生，然弯曲低矮，松柏樟柞，参天挺拔，似大元气衰，华夏复兴，然跌落水中，终归南柯一梦矣。应了现实之状，普天之下，莫非大元疆土，蒙古人以一当十，汉人懦弱，华夏岂能复兴？阿姐，有孕在身，终日以泪洗面，瘦弱不堪，吾闻林间有白狗与白糕，正是阿姐梦中鬼子哥背上之野蔬，此乃万年灵药，吸天地之灵气，日月之精华，食之，可强身健体，母子一生无疫。阿兰今去山间，按梦中鬼子所托付，寻找白狗白糕也。"

阿菊闻之，执意跟从阿兰，阿兰无奈，姐妹携手，然进得竹林不久，阿菊腹下流血，阿兰惊讶："莫非早产？"解开阿菊衣袍，扫拢竹叶，将其置于其上，阿菊满头大汗，血流不止，狂呼鬼子，婴儿呱呱落地，阿兰抱起，回头告诉阿菊，乃为男婴，然阿菊一言未发，已撒手人寰。

阿兰抱阿菊之子倒在小鬼叔房前，悲痛万分，以致疯癫。阿菊之骨血，小鬼叔收为义子，取名林盼富。数日后，传来元朝灭亡，大明建立之音讯。五彩村乡里不知阿菊之子身世，以为如同村里其他村妇一般，被夷人所强奸，俱是夷人之后矣。

阿兰终身未嫁，半癫半醒，含辛茹苦抚养盼富。盼富自小勤恳辛劳，虽小鬼叔将他视为亲子，然小鬼叔家徒四壁，家境贫寒，常食不饱腹。

大明之初，天下战火不止，喜在偏僻乡野，烽火不至，五彩村自是安宁。

盼富尚未束发之年，已是依得阿兰心愿，全心信奉神农矣，田地为家，浑身黝黑发亮，似是涂抹桐油，皮糙肉厚，蚊子不叮，蚂蟥不咬。盼富终日伴着小鬼叔栽种水旱稻谷，秔禾稵禾高挺不伏，长芒短芒颗颗饱满，雪白牙黄大赤之粳米糯米杂色不一。村人惊讶，小鬼一家老小，尽情陶醉于绽开之来麦穗花香，耽溺荫蔽憩息于高耸秔秆之中。

是日，田埂上遇得廖家冲之三僚先生。三僚先生乃堪舆世家，又是随父外出，躲过十几年前夷人袭击之劫，望着摇曳稻禾，盼富忿忿不平道："世间道五谷，乃麻、菽、麦、稷、黍也，独遗稻者，然今日天下育民众者，稻居多半，黍稷居小半，麻与菽已成蔬饵膏馔矣，实为不公。秀才郭乡绅常曰，宋朝粮食，江佑漕米占其三四成也，历史丰功碑上却默默无闻矣。"

三僚先生瞟上一眼，面前漆黑一人，枕骨突起之锛儿头，猜是小鬼之崽，苦笑道："华夏著书之圣贤，乃起自西北耶。"盼富呸一口唾沫，瞪视眼前怪异之人。

多日家中无米下锅，盼富义愤填膺道："义父全家，姆妈与吾，终日辛劳而不能饱食。然吾披戴笠蓑，常有纨绔富豪以赭衣藐视耶，平常经生之人，以农夫为垢辱。财主官人，晨粥晚饼，知其味而忘其源，欺压农夫无止境也。"

阿兰与小鬼叔默然，无言可安抚盼富。

小鬼叔与牛花同年同月生，年长半月，而立年娶得铁匠人家女子为妻，生得女子阿桂，年长盼福四岁。阿桂及笄之年，山沟割草，遭村里梁三等地痞无赖暴力奸污，梁三几个依仗大户梁家家丁身份，恐吓阿桂，不得泄露张扬，否则弑杀小鬼全家。阿桂哭泣，忍气吞声不敢言，然屡被梁三强暴。

是日，阿桂外出，孽龙河边僻静之处又遭袭击，盼富后面追赶阿桂，猝然见得梁三几个欺凌阿桂，大怒操起扁担而上，只是矮小年轻，虽浑身蛮力，然不敌颇有拳脚功夫之地痞，被打个半死，又被捆绑，眼睁睁见阿桂姐受得欺凌。阿桂不堪其辱，转身奔走，投河自尽，梁三与地痞几个一不做二不休，也将盼富沉于孽龙河，扬长而去。盼富水性极佳，水中咬开绳索，漂浮随浪，冲上河滩，踉踉跄跄跑回，独自哭诉于祠堂，恰遇郭乡绅社长出山而去。

梁三名为下人，实为梁元臣之私生子，又无证人，故祠堂族人沉默不语，纷纷躲避。次日，盼富迎面走向梁三几个地痞，于地痞奚落声中，双手同时掏出匕首，直捅梁三心口，又反手一刀，刺向旁边地痞。另外两个地痞吓得目瞪口呆，尚未开口求饶，便被盼富双刀捅死。盼富抽回匕首，神情坦然将刀放在梁三手中，给旁边几位乡里甩下留下一句话："梁三几个互殴闹出人命，有诸位作证。"言罢转身离去。众人惊得发呆，待回过神来，盼富已消失不见，有人见得，盼富似去往横山方向。

光阴似箭，五年之后，盼富昂然返回五彩村。村人沉默，梁家也无人吱声。盼富出走几年，农工之技愈加通熟，尤其一身功夫能敌数人。又引夷人高山地域之稻谷，混与五花村原谷种试种，三年后得奇异粳米，芳香四溢，其价数倍于平常水稻也。然小鬼全家依然如故，终日劳作而穷困潦倒。盼富娶堪舆三僚先生之女为妻，盛夏暴雨中，盼富孕妻躲雨于松树林，然蛉蛄狂躁，盼富妻受惊吓早产。因怀孕不足七月，都说此子不能长久。阿兰抱起盼富之子，却见那孩子似是冲已风烛残年之阿兰一笑。阿兰愣愣望着婴儿，大叫一声："林晓松！"一头栽倒，双眼安然合上。小鬼叔潸然泪下，盼富哭泣不已，抱起阿兰姆妈取名之林晓松，仿佛记得此乃林路生师傅之姓名耶。

大明初年，郭弘毅数次暗中出山。天下盛传明太祖之旨意，华夷无间，姓氏虽异，抚之如一。郭乡绅鹅湖书院好友笑曰，圣上有言，盖蛮夷非威不畏，非惠不怀，然一于威不能感其心，一于惠不能摄其暴，惟威惠并行，此驭夷之道，乃威德兼施耶。华夏严关防，守要害，修封域，务农养武，养精蓄锐，有敌来犯，有以御之。然五彩村僻在一隅，微不足道，似乎被官府遗忘，不见招抚，五彩村也自得逍遥二三十年。

天下堪舆者，几乎尽出江西。五彩村自幼出外求学者，郭乡绅与三僚先生，一个从师，四书五经；一个从父，《宅经》《葬经》《撼龙经》。三十年前与隗竹山寨夷人之战，郭家祠堂被烧，虽经修葺，然至今已是残破。祖上托梦给郭家众叔公，郭家日渐败落，起于祠堂之腐朽，如今梁家风生水起，家道兴旺，尽收外来之逃犯，呈欣欣向荣之景象，皆因梁家祠堂之飞阁流丹。

"盟威清约，百事不卜日问时，任心而行，无所避就。盟威法师不受钱，神不饮食，谓之清约。治病不针灸汤药，唯服符饮水，首罪改行，章奏而已。居宅安冢，移徙动止，百事不卜日问时，任心而行，无所避就，谓约。千精万灵，一切神祇，皆所废弃，临奉老君三师，谓之正教……"在郭家大院书房，堪舆师三僚先生施礼作揖后，知郭乡绅邀请之意，便侃侃而谈。

郭乡绅道："三僚贤弟道法高明，慈悲为怀，然天下熙熙皆为利来，天下攘攘皆为利往，堪舆之师也需柴米油盐，为何每每不肯收纳堪舆之辛苦费耶？"

三僚先生道："青囊之术，手持罗盘，费些脚力，算不得辛苦。为郭家新建祠堂寻址择地，本应经历寻龙望势、观砂、察水定局、辨龙阴阳、点穴五个环节，然先祖早已选定吉址，后生不敢妄举也，只是测定点穴之劳。今日点穴，择日奠基成金井，覆盖龙背，烦请乡绅派人守护打扫，切不可让金井再见日月星三光。何日动工，尚需乡绅与族上众长老商定。乡绅乃清风高节，吾学不得乡绅恩惠全村，然为乡里尽些微博之力，也是本分。"

郭乡绅道："贤弟过誉。奠基之日，尚需三僚先生选定黄道吉日，以抚慰族上众乡里。实不相瞒，当年五彩村被夷人烧毁过半，郭家散尽钱财，相助乡里重建家园，至今已无力于祠堂建造，只得延迟，待郭家与各家建造之砖木凑齐，再破土动工。另外，吾在袁州城曾闻庐陵诚敬堂甚为有名，烦请三僚先生前往光顾，采撷他人之长，为吾所用耶。盼贤弟成竹在胸，完善祠堂布局，再大兴土木。迁移祠堂，乃祖上多年之心愿，不敢敷衍。相传当年原本青乌术宗师杨筠松，赴赣州途中，阴错阳差误入本地，在五彩村为郭家选得祠堂地址。"

三僚恭敬道："青乌之学术，起源于赣州，赣人堪舆者，足迹遍于天下。吾宗师亦玄公，因其用地理风水术行于世，使贫者致富，世人尊称杨救贫耶。吾受乡绅之邀，自然烧汤沐浴，戒荤打坐，青乌术第一程序，便是汭位之举，观之心中顿起波澜，郭家新祠堂旁边，左右两水，相聚后流入孽龙河，水口交要关锁，有雄星耸峙，此乃有真龙藏住其中耶。只是烟雾缭绕，不知气聚何家，日后蛟龙出世。诚敬堂吾曾光顾，只是年久，其布局细微之处，记不得矣，改日定会前去。"

两人絮叨许久，三僚先生心中惦记外孙，婉然谢过乡绅之家宴，方才抽身告别。行至半路，便见梁元臣恭候在路旁，又被请至梁府，以观风水。

梁府原本郭乡绅祖地，梁家初到五彩村不久，郭家便请三僚先生之祖父为梁家择了此处，建造了一房四屋之府邸。只是三僚先生如同其祖父与村民一般，不知郭家为何将祖地赠送梁家。在梁府院落走上一遭，三僚先生惊讶，梁府富丽堂皇，今非昔比矣。

三僚先生道："贵府建造妙哉，相得于深窍，又避其形之峭急，房屋如人端着之脐府，如龙远降于肩陴，虽深而不避，虽高而不危，兼风兼水又藏风水，实乃宝地。今日才知梁府为何如此发达兴旺。"

梁元臣点头道："三僚先生法眼，所言极是，此乃托令祖之福。曾记得令祖说过，此地含文曲星之贵气，然吾之犬子，个个厌恶经书，故请来大驾，查看此风水可否补缀。"

三僚先生笑道："同一块风水，命不同，应验不同，所谓一命二运三风水。风水再好，抵不住后人之失误而损运。谅我之言，山上多千年乔木，梁兄因盖房而擅自伐之，盖树之位吉者，伐则除吉，凶者招凶哉，梁兄之运……"

梁元臣脸色惨白，作揖道："鄙人无知，已冒犯山神，如何是好？恭请三僚大师作法，免除大凶。"

三僚先生道："作法免矣，欲想转运，只需在院中栽种草木。谨记十六字：东植桃杨，南植梅枣，西栽栀榆，北栽杏李。若按吾言，必大吉大利也。"

梁元臣面露笑容道："三僚大师之言，如同上天之言。当年吾请教令祖养生中阴阳之术，令祖也送吾法之要者，又服下令祖练就之保容丹药，方得容颜不改，脸色光泽。元臣闻得三僚大师祖传服饵之秘诀，乃不死之药，服之可令人身安命延，心旷神怡，犹如仙人。不知三僚大师可曾炼丹？元臣愿重金购得。"

三僚先生哈哈大笑："世间哪有不死之丹药？炼丹之术，在下自然熟稔，飘飘欲仙之丹药，我可炼得，然不死之金丹，却炼不得耶。不老之金丹秘诀倒是谙熟，然而……"

梁元臣欠身道："愿闻其详。"

三僚先生低头，犹豫不语，梁元臣赶紧一招手，管家托盘而入，三僚先生顿时爽朗道："不才愿告知，仙药之上者丹砂，次则黄金、白银、五芝、五玉，再次则云母、明珠、雄黄、太乙禹余粮，石中黄子，石桂，石英，石脑，石硫黄，石台，曾青，皆为矿物。再次则松柏脂、茯苓、地黄、麦门冬、木巨胜、重楼、黄连、石韦、楮实、象柴、枸杞、天门冬等，皆为草木。金丹大药、五石散、万岁丹等皆由上述混合炼成。只是近来愚兄在外，闲暇时若炼得金丹，一定奉上。"三僚先生已不是点到为止耶。

梁元臣笑眯眯递上香茗一杯道："元臣备下薄酒，请三僚大师移步大堂。"

三僚先生摇头谢过，管家端上托盘，上有三两银锭，三僚先生笑而未纳。梁元臣示意，管家赶紧添足十两，三僚先生笑而纳之。

起身之际，梁元臣曲身道："元臣有一事相求，盼三僚大师赐援。"

三僚先生道："贤兄大户人家，在五彩村已是呼风唤雨，何事有求鄙人？"

梁元臣道："如今已是大明天下，前年朝廷科举，已是不惑之郭乡绅，因登记在山前村，又饱读诗书，山前村无出其右，未经乡试便被荐为秀才，虽自弃不纳，又不登衙府为官，然名正言顺，被称为山前村之乡里士绅，光宗耀祖。吾孙儿梁贵，不敢说聪慧，倒也不是迟钝庸人，元臣多次登门，欲将孙儿投其门下，皆被郭乡绅婉然拒绝。闻得三僚先生与郭乡绅交情甚厚，拜请先生从中撮合，即便日后梁贵不才，然终是乡绅弟子，元臣定当厚谢贤兄。"

三僚先生一愣，笑道："此举成人之美，我自然乐施，只是郭兄性情……愚兄不敢妄自允诺，然愿替贤弟求告乡绅耶。"

梁元臣连连道谢，三僚先生端上茶杯，一饮而尽，谢过而去。

五彩村俱称三僚先生，然杨定一之姓名，恐三僚先生自己已快遗忘。出了梁府，三僚先生"呸呸"两声，狠狠扇了自己一个耳刮子，心中骂道："相由心生，阿祖相面技艺不精，选得藏风聚气之宅地，护佑梁家那狗父子。梁家淫荡，不知害惨多少女子耶，但愿此厮记性好，相告之春药，胡乱熬成喝下，不死便残。"

已近黄昏，毛毛细雨中，三僚先生跨进小鬼家院中，见小鬼家依然家徒四壁，三僚先生心中酸楚。小鬼，姓郭名德璟，祖上便是精于栽种水稻之世家，世代辛勤，终不饱腹，因臻爱傩戏，幼时常装扮戏中小鬼，小鬼之名便代替了本名。

女儿林氏见得吖吖三僚先生来临，自然欢喜，赶紧迎入房中，起火烧水，宰杀鸡鸭，又差人去水田里唤回丈夫盼富与公公小鬼。此时年幼外孙林晓松正背着柴火回到家中，见得三僚先生，赶紧拂去身上灰尘，施礼叩拜，落落大方。三僚先生心中欢喜，目不转睛上下打量，又拾起晓松左手掌细细辨其手纹。

晓松道："娱几（编者注：外公）去岁曾言，若开得天眼，绝地天通。牛牯崽，痢痢牯等几个，赞叹娱几可天人感应，面人相便可知其人天命，观天象可占验吉凶。娱几莫已开天眼，开天眼为何故？"

三僚先生暗惊，黄口幼儿，本应撒尿和泥，掏鸟窝捉蟋蟀之懵懂，我去岁之随口一言，便入心深思，如此外孙，不可小觑。他将衣正襟道："开得天眼，绝地天通，天地神民类物之官，各司其职，司天以属神之南正重，司地以属民之火正黎。万物有灵，知地灵者为智，知天灵者为圣，智圣者乃南正重火正黎复合体也，故与天地合其德，与日月合其明，与四时合其序，与鬼神合其吉凶，先天而天弗违，后天而奉天时。天且弗违，而况于人乎？况于鬼神乎？"

见晓松一脸疑惑，三僚先生叹道："智圣者，天高地迥，觉宇宙之无穷，兴尽悲乃，识赢虚之无数。"

晓松眨眼道："正是，世人皆说世上绝无绝对可言，然吾观宇宙，星外有星，无穷之广袤。吖吖常言，万物乃微粒组成，然微粒细分，也无穷尽也。吖吖此言，吾以为'绝对'两字可立。孙儿以为所谓贤人圣者，于天地前，皆为愚昧者，然泽民曾言，天地亦万物也，何天地之有焉？万物亦天地也，何万物之有焉？万物亦吾也，何万物之有焉？吾亦万物也，何吾之有焉？何物不吾？何吾不物？如是则可以宰天地，可以司鬼神，吾尚不知其意。"

三僚先生闻之，心中又是大惊，龙生龙凤生凤，又是叛逆之子。此时林氏端出茶壶，用滚烫溪水沏茶道："吾儿整日泽民不离嘴，泽民何人？泽民天庭饱满，地阁方圆，人之龙凤，又是郭乡绅之孙。吾穷苦人家，面相便不如人家，贤人圣者之言，当不得稻谷。吖吖，此乃高山草甸之野茶，香酽得很。"

三僚先生一手接茶，依然目不离晓松，啧啧赞道："说起面相，大凡观人之相貌，先观骨骼,次看五行。量三停之长短,察面部之盈亏,观眉目之清秀,看神气之荣枯,取手足之厚薄,观须发之疏浊。呀呀,晓松面上,有山林骨起,贵在日月天庭之外,终为神仙。孙儿形貌清秀,性明心灵,能涉造化,但有修炼之志,定为神仙中人。蜀人相眼,闽人相骨,浙人相清,胡人相鼻,鲁人相轩昂。我赣人相色耶,面有时而部,每部管十岁,男人面要昂,女子面要方,乃合天地也。诸部无陷,寿满一百二十。孙儿诸部丰满,实乃善部,长生不老之相,眼下一寸二分,乃为正面。如今初春,红色出面,火旺也,今年必有贵人相助。眉角天仓,边地驿马,明润洁净,一生利远行。掌纹乃学堂纹,开广主人为技艺,大凡事事巧能为。哎呀,此乃巫相耶,可喜随吾,长大学得堪舆之术,也免得稻田辛劳。"

林氏闻之,不悦道:"道观有道人言,晓松天生有慧根,然不在方术。吖吖一生堪舆,漂泊在外,吾长大也见不得吖吖几面。堪舆者,农作工技皆废,家中贫寒,常有世人视为骗术而责难。郭璞精于堪舆,宜妙选吉地以福其身,以利后代,然郭璞死于刑戮,而子孙衰微,惑矣。夫家盼富常言,晓松婆婆曾言工匠不得使其技巧,故房坏弓折,知治之人不得行其方术,故国乱而主危。吾孩儿长大为农夫匠人,即便贫穷,安稳一生,便为福矣。"

林氏一番话噎得吖吖哑口无言,悻悻然中小鬼与盼富赶回,主客几个粗茶淡饭,喫得畅快,先议些家常之琐事,三僚先生话锋便转到新建祠堂。小鬼道:"曾闻影堂宗祠,理应左庙右寝,郭乡绅即为郭家宗长,祠堂应在住宅之东。"

三僚先生笑道:"理应如此,然郭乡绅曾被举荐为秀才,又一生以书为伴,便有祠堂中添加义学、义仓、戏台等之意。郭府大院中原本留有建造空地,便显局促狭小。如今选址为村中三棵老樟树前,两溪水汇合之背湾处。"

小鬼道:"相传此地乃夷人祖地,吾族至此,便定为祭祀坛之地。因为此处又有良田,民以食为先,便弃坛保留水田至今。如今定为祠堂之地,只可惜良田矣。"

三僚先生道:"哎呀,此乃我之初意,也是郭家众叔公之意。然扪心自问,五彩村水田精贵,为祭祀祖先以求保佑子孙,毁掉子孙口粮,更无颜面对祖先矣。"

盼富道:"传闻郭乡绅意仿外地之诚敬堂而建造祠堂,诚敬堂处于何地?莫不是有些精妙?"

三僚先生道:"正是,精妙得很。诚敬堂乃吉安府庐陵县富田王家村,被世人赞曰匡家匡娘娘,文家出个丞相,王家有座大祠堂之文章节义之邦。其先祖王经信,字诚敬,取名诚敬堂,王家村乡民自叹兴于祖上祠堂。祠堂之建筑,原本采用轴线对称,有大门、仪门、享堂、寝堂、庭园等,享堂为祠堂正厅,又称祭堂,祭祀仪式或宗族议事之所。诚敬堂一反常态,俯瞰享堂与寝堂、庭园等,组成'丁'字耶,怪乎?"

盼富道:"哦,有意而为之,取人丁兴旺之寓意。"

三僚先生:"可不。原本王家村七十来户人家,百年之后,已有五百户之众。精妙之处,整座祠堂之木料构件,均由木榫连接,无一颗铁钉。尤其正厅顶板之高耸斗拱,门楼之鹊阁,卯榫严丝合缝，浑然一体，建造技艺，实在匪夷所思，令人叹为观止。祠堂中有五口天井，四个方位望去，俱呈品字，乃先祖期望子孙为人有品行，读书有品位，为官有品阶。祠堂内参亭两边，有两方植有铁树之水池，寓意龙凤呈祥。诚敬堂之平面，呈纵阶梯形，蕴含后辈步步高升之愿望。享堂中立柱，乃神农架之深山请来，需两人方能合抱，取顶天立地，国之栋梁之意，是故其子孙文天祥高中状元，官拜丞相，成为民族英雄耶。"

三僚先生一席话，令小鬼盼富几个唏嘘不已。小鬼道："五彩村能工巧匠众多，也能造出卯榫一体之建筑，合抱之木，也可去神农架购得。但山高路远，如何运来？不如就地采伐，参天之木多矣。"

盼富点头道："吾听得诚敬堂之精妙，全然一个创意耶，不肯抱守陈规。众长辈曾言，当年夷人偷袭吾村，幸亏郭乡绅从外购来三只铜制火铳，依仗其威力救得全村。五彩村犹如与世隔绝之孤岛，然至今日，汉人夺回华夏，五彩村理应与外界相连，方能知外面之精彩，取其长技为吾所用。隈竹山寨仿汉人造水车等，渐摆脱刀耕火种之苦，然不知五彩村火铳之利器，故而失利。乡绅之意，甚是高明耶。"

三僚先生道："贤婿一个创字，极为是耶。夷人之竹筒火枪，远逊我之铜制火铳。然竹筒火枪，先无古人之作，铜制火铳，乃汉人在竹筒火枪上推陈出新，青出于蓝而胜于蓝。圣人有言，舟有百种，吾于海滨，见得洋船，居住江湄者，见得漕舫，局趣于山国，所见者一叶扁舟，截流乱筏而已。人群分而物异产，来往懋迁，以成宇宙，若各居而老死，何籍有群类哉。夷人乃野蛮人，若不能与汉人融合，岂不是汉人眼中之野人。故此，贤婿若能跟随我，闯荡江湖，便可大开眼界……"

林氏气呼呼道："吖吖常言，五彩村众多穷人之中，不乏汉人征服夷人之后裔，往上追索，吾等也许与夷人血脉相通，何故将夷人视为野人？吖吖曾经携人外出，有几个幸存？如今山里野猪横冲直撞，吖吖少些祠堂与天涯海角，多些商议保住今年庄稼，为解乡里祸害献策耶！"

盼富道："正议大事，为何提及野猪？去岁秋天，牛大哥几个灭了许多，如今野猪多来自横山，牛大哥也奈何不得。"

小鬼笑道："儿媳所虑，也是大事体。野猪之祸害，已成全村人心腹大患，梯田水稻，野猪也啃不上几口，然成群结队祸祸得一塌糊涂，近年又袭击伤人，乡里烦恼不已。亲家与族上宗长、宗正、宗宝、宗干几个尚有来往，方便时可垫上几句，庄上受害人家多是佃户，烦请庄上出手相助耶。"

三僚先生道："亲家莫要烦恼，我自会央求社长几个。只是横山野猪，棘手得很，须有周全之策，若冒失莽撞，又是一场纠纷。烽火之灾，惨不忍睹耶。烦心事莫谈，今日见得孙儿如此聪慧，吾欣慰不已。只是生在五彩村，可惜可惜！"

第十二章
敏好问杏儿咏鲲鹏，欺幼童梁贵引众怒

见天色已晚，三僚先生茶足饭饱，谢过亲家留宿，暗中留下几两纹银，出门之时，再三叮嘱女儿，应费心教诲晓松识文断字，方是林家之期望。晓松姆妈郑重其事，点头称是，三僚先生方披上蓑衣，顶着毛毛细雨而返。盼富送出，而后伫立院中仰望天空。小鬼道："长吁短叹，有何忧愁？"

盼富道："今日提及夷人之命运，记得孩儿在隗竹山寨时，阿富泥扒曾屡屡与山寨寨主长老探讨越汉之长治久安之策。然越汉之争斗，难以平息，也不知血雨腥风何日降临。泥扒曾言，问过天地神明，隗竹山寨与五彩村，终究唯一幸存也。"

小鬼闻之，不知所以，应答道："大元寂灭，大明已立，改朝换代，万民思变。"一阵凉风吹过，远处传来亲家公之初春咋凉之喷嚏声。变天矣，星月当空，明日大阳。

三僚先生出山，一去两年。初春之夜，雨后五彩村之天空，渐渐云消月出，林中猫头鹰凄厉声声，郭家冲山庄狗吠四起，终于沉寂下来，不知谁家孩儿啼哭，引得一顿喧闹。临近噪声消停之时，郭家大院鸡笼中茶花雄鸡梗起长脖，一声啼叫，其声"茶花两朵，茶花两朵"，悠扬顿挫，茶花雄鸡之旁有乌鸡、白耳黄雄鸡与麻公鸡等，合伙狠狠撞开茶花雄鸡。在群鸡眼中，郭家新近饲养之茶花鸡，乃是异类。茶花鸡势单力薄，只得呜咽着偷窥麻公鸡从容踮起脚，仰头"咯咯咯，咯咯咯"狂叫，白耳黄雄鸡也不甘示弱，引吭高歌。黎明之光，划破了山谷天穹，引来树林中羽色黑白相间之雄鹊鸲之欢叫，婉转动听。

郭乡绅轻轻拍打孙儿："五更鸟都叫了，还赖在床上不起。"

睡眼惺忪的孙儿泽民被公公催醒，晃悠悠坐了起来，怔怔中连连打着哈欠，终于穿戴起来。他手提竹勺子蹑手蹑脚溜进妹妹的房间，将冰冷的泉水洒在妹妹杏儿脸上，当是昨晚妹妹用冷水浇醒他之报复。

被惊醒的杏儿恨恨瞪了泽民一眼，便又合眼翻身进入梦乡，这让期望听到妹妹尖叫声

的泽民很是失望，他推了几下妹妹，杏儿依然不睬，泽民只得悻悻走出房间。早有丫鬟春晖端上铜盆，泽民洗漱后便在蒙蒙亮的院子里大声背诵起来：“曾子曰，吾日三省吾身，为人谋而不忠乎？与朋友交而不信乎？传不习乎？”

“嗯糜，为何茶花雄鸡打鸣声与其他鸡不同？”杏儿端起饭碗请教母亲。五彩村外来之汉民，称呼母亲为姆妈，嗯糜之称呼，本是夷人叫法，然如今夷人称呼母亲为姆妈，汉民则称嗯糜。

冷不丁被杏儿一问，杏儿的嗯糜郭氏沉思了片刻道：“吾随媄几回到乡梓后，也曾蹊跷茶花鸡之怪异，以为茶花鸡为外来品种，然媄几告知，茶花鸡乃本地土著鸡也，其他鸡种反而是从外地引入。出了罗霄山，茶花鸡在外地倒是稀罕得很。茶花鸡个头瘦小，不知为何一年产蛋仅八九枚，远比不上其他鸡种，因此农家多不愿饲养，土著茶花鸡越来越少，倒成了陌生之物。鸡种不同，自然叫唤声不同，然天下所有的雄鸡，天亮打鸣啼叫，都是分三次打鸣，唯独茶花鸡是叫数次不等。吾非本地人，初到之时，惊讶五彩村之物多矣，早见怪不怪欤。”

杏儿问道：“见怪不怪？晓松哥哥的媄几每次返乡，也多有同感。燕子，平常得很，然晓松哥哥媄几走遍千山万水，也不曾见过五彩村之白燕子。怪哉！”

一直未吱声的泽民饶有兴趣地道：“阿妹说得极是，梁贵他公公等人也惊奇五彩村的鸟。满天下之麻雀均为褐色，为何五彩村有那么多的红眼花麻雀。红眼花麻雀本是过客，这些花麻雀为何不肯离开本地？”

一连串看似平常，然刁钻古怪之问，令嗯糜一时语塞，她笑着摇头，歉意道：“嗯糜晓不得，也许林子大了，什么鸟都有。久居山区，满眼都是高山峻岭，汝以为世界如此，殊不知来到海边，一望无际的大海，与山区迥然不同。是故古人曰，读万卷书，行万里路。等汝长大之后，自然理会其中奥妙，见识多矣，也许也能解答此类疑惑。”

泽民婆婆哼哼两声道：“泽民，万般皆下品，惟有读书高，公公反复教诲，为何依然如此上心花鸟之物？花鸟仅为观赏，平日里专心读书才是。杏儿，村上梁贵几个富贵子弟多厌恶诗书，喜爱打闹纠缠、欺负他人。婆婆叮嘱汝，少与这帮富贵子弟裹成一团。媳妇也应严加管束才是。”

杏儿嘟嘴道：“婆婆，吾从不主动与梁贵几个往来，然梁贵粘屁虫一般，驱散不得。”

郭氏萨仁高娃见婆婆不悦，赶紧赔笑应是。

郭氏的叔公，曾为湘水县达鲁花赤之幕僚刘浩。湘水县城至今流传，前朝大元时，第一个胆敢巧用元朝之律法，宣判打死汉人之蒙古人有罪者，乃色目人达鲁花赤。然有知晓内幕之人道，此维护公平正义之人，乃是达鲁花赤的汉人幕僚刘浩。可惜日后坏了事，受案件牵连，举家被灭。然刘家尚有一人，侥幸逃得。

却说刘家遭祸的前一年，清明扫墓，刘浩胞弟刘阳在祖墓前三叩九拜之时，不远处熙熙攘攘，原来有人家请来堪舆师前来相墓地风水，此人被称为三僚先生。刘阳倾慕，也请来相墓，然三僚先生上下打量刘阳一番，竟然胡言乱语，称达鲁花赤有同族小人陷害，刘阳之兄必受牵连，刘家有血光之灾，理应早做打算。刘阳又惊又怕，回去告知兄长，刘浩闻之，倒是不恼。罗霄山区乃与世隔绝之地，多有怪异，也多有贤达之士，堪舆之人占卦之举，多是怪异，刘浩半信半疑，暗中打听三僚先生，乃是仁义奇才，的确有些本事，世代堪舆，且代代只用三僚先生称号，其祖上从师堪舆大师杨救贫。刘浩心中不安，此时恰逢徽州安庆府达鲁花赤路过湘水县，在湘水县达鲁花赤家中歇息，甚是惊奇于湘水木雕之精湛，恰好刘阳精通木雕工艺。见刘阳灵巧，腹含文墨，又眉目清秀，达鲁花赤夫人欢喜不已，年后府邸重新装饰，便采买湘水木雕，刘阳被要去安庆府当作府邸差办。刘浩死前惊奇当年三僚先生一语成谶，庆幸胞弟在外，受贵人恩佑，躲过一劫，为刘家留下血脉。

安庆府达鲁花赤夫人娜仁高娃，祖母乃是莫斯科公国之贵族女子，蒙古军当年西征，蒙古军巴拉将军率兵大破莫斯科公国，俘虏众多贵族女子，赐予众将为妃。娜仁高娃年轻貌美，成为安庆府达鲁花赤少妻。达鲁花赤夫妻见刘阳似乎城北徐公，气宇不凡，对刘阳多有庇护。然官场险恶，达鲁花赤亦遭人陷害，遇难前将妻子托付于他。刘阳仗义，铤而走险，危难中救出达鲁花赤夫人，出逃至五彩村，投奔郭家，聊度余生，后与娜仁高娃结为连理，生有一儿刘念中。念中年幼时，刘阳夫妻双双病亡，念中便在郭家长大。刘念中自小满腹经纶，加冠之年，听得与三僚先生的一番话，便执拗出外，飘荡数十年，又娶蒙古人后裔女子为妻，生有女儿，取名刘娜，又称萨仁高娃。叶落归根，刘念中病痛中回到五彩村，已是奄奄一息，咽气前将女儿萨仁高娃嫁进郭家。杏儿嗯糜萨仁高娃，长相极为美丽，五彩村莫不称颂其乃仙女下凡。

"一望无际之大海，是否如在山顶观得云海一般，辽阔无际？嗯糜见过吗？"泽民与杏儿追问道。

郭氏叹息："娪儿也多次向往大海，只可惜命运多舛，心愿未了。回到故里，我大门不出，二门不迈，哪里见过大海？长大后你等出息了，携带嗯糜海上一游。唉，瘴雨蛮烟，十年梦，尊前休说。"

泽民道："嗯糜不要叹息，孩儿发奋研书，他日考上功名，一定造船一艘，请上全家，南海东海，尽情游玩。"

杏儿笑道："婆婆常言，有志不在年高，泽民身为男儿，君子一言，驷马难追，吾可铭记在心，阿兄决不可食言哟。嗯糜，公公昨日道，鹊噪天晴，多日连绵春雨，滞在家中，胳膊都长出绿毛。今日旭日高升，吾想出外，饱览一番春色。"

泽民赶紧接上妹妹的话："阿妹说的正合吾意，昨晚吾曾言，鸡之夜晚早回笼，明日太阳红彤彤，刀鹰旋顶，天气放晴，果不然今日放晴。田野林中，恐满眼尽是百鸟，吾欲寻得画眉鹦鹉，那几只孔雀，不知还在不在林中。"

婆婆道："杏儿垂髫之年，喜爱戏耍，然泽民已是孺子，不可玩物丧志。一寸光阴一寸金，岂有弃书恋鸟之理？断不可以。杏儿出外，带上春晖冬梅两个丫鬟，也不可在外久留。"

罗霄山区之春，天无三日晴，连绵不断之毛毛细雨天，已延续数十日，晴日甚为难得。待丫鬟们七手八脚将发霉衣物搬出晾晒时，几只鸽子已飞回笼中，咕咕叫唤着，与笼子里的鸽子亲昵了一阵，便见原待在笼里之鸽子，哗声一片，冲向天空。冬梅与春晖等仰头瞭望，冬梅曾询问过痫痫牯，雌雄鸽子轮换孵蛋，估摸孵出鸽子，尚需时日。杏儿不停催促，春晖与冬梅举手示意手头事已完，杏儿婆婆方点头，两人迫不及待追着已跨出院门的小姐而去。

刚跨过院门，突然响起一阵刺耳噪声，似是夏日之蛉蛄叫唤。冬梅一愣，初春哪来蛉蛄？然杏儿早冲出一丈多远，只留下诧异的婆婆愣在院中，只可惜那声音转瞬即去，婆婆以为自己忙昏了头而已。

春寒料峭，杏儿几个刚跨过院门不久，一阵山风袭来，她禁不住打了一个寒战，欢天喜地跟出来的冬梅赶紧给她披上风袍。几只肥嘟嘟的白鹅，亦步亦趋跟在她们身后，小黄狗汪汪叫唤几声，试图阻止它们随行，大白鹅们恼羞成怒，拍着翅膀冲向小黄狗，凶狠叨啄，吓得小黄狗呜呜地躲在春晖脚下。一群乌鸦呱呱落在路旁树林中，风中摇曳的树枝上，吊着一串又干又瘪的老鼠与青蛙等尸体，猛一见到，触目惊心。杏儿一阵恶心，赶紧别过头去，心中甚是蹊跷，绵绵雨天之阴秽处，老鼠尸体竟有腐烂。她拾起一根竹条，指着乌鸦："白鹅，白鹅，咬，咬！"

白鹅闻之，笔直扑了上去，乌鸦哗地炸起，天空撒下几根羽毛。白鹅得胜后，迈着八字步，呃呃呃撑着细长的脖子得意狂叫。杏儿冲着小狗与白鹅唬道："都回去！"黄狗摇尾，白鹅嘎嘎叫唤几声，顺着杏儿手上竹竿的方向，摇摇晃晃走了回去。

冬梅道："呸呸！出门遇乌鸦，喜事也会瞎。真晦气！小姐，吾已唾过，已无担忧，可不让该死的败了大伙游玩兴致。"

杏儿不屑笑道："家兄常吟一句，乌鸦饱宿鬼车哭，至今此地多愁云。吾可不惧。大嘴乌鸦虽丑陋贪婪，然不过一偷窃者，引不起霉运，不足挂齿。"

春晖道："小姐，路上泥泞，崎岖不堪，注视脚下为好。"

杏儿目不转睛盯着树枝道："两位姐姐，甚是奇怪，那些干瘪之老鼠青蛙，是被树枝穿过去的，然树梢已长有细枝与绿叶，是如何穿过的？哎呀，黑老鸦倒是真有手段。"

冬梅笑道："小姐观察真切，不过小姐这可高看了黑乌鸦，吾记得痫痫牯相告，此乃伯劳鸟所为，即'东飞伯劳西飞燕'中之'伯劳'。"

杏儿道："东飞伯劳西飞燕？伯劳鸟？冬梅姐见多识广耶。"

冬梅尴尬笑道："吾下人一个，哪里敢说见多识广。小姐年幼便出口成章，诗词满腹，若是男人，真能考取功名也。伯劳鸟，乃痢痢牯吖吖长期观察得知。痢痢牯自小从父养得百鸟，可是一个百鸟通。"

杏儿停住脚步："痢痢牯还真行，要是向他讨教养鸟之方，不会被拒吧？"

春晖道："痢痢牯几代篾匠，家中所编织竹器去县城销售，均得依仗郭家。如今家中贫寒，运费也是郭家所助，此事痢痢牯不知，痢痢牯吖吖自会告知。再说杏儿之美貌，别说本村，只怕满天下也找不出不愿相助杏儿小姐的乃牯（男孩）。"

杏儿啐了她一口："春晖姐真像只多嘴的八哥鸟。"

三人说笑中穿过一片竹林，从背静处拐过菜地，菜地边有一池塘，池塘对过有一树林，前面堆积挖沟排水之土堆，杏儿蹦跳起来，一跃而过，春晖单腿欲跳过，却一脚踏空，趔趄倒在路边湿漉漉的草地上，脸上蹭上污渍，用手一抹，清秀白净的脸，顿呈花猫之状，杏儿与冬梅忍俊不禁。春晖被杏儿扶起，春晖低头在一汪清水上看得自己相貌，也抿嘴笑了起来。

三人之笑声似是炮仗引信，树林中子规鸟率先回应，"布谷，布谷"响个不停，随后百鸟加入歌声，树林随风婆娑起舞。杏儿顿觉"沾衣欲湿杏花雨，吹面不寒杨柳风"之诗意。

杏儿道："只道杜鹃滴血猿哀鸣，殊不知杜宇声中夏令新。"

恰在此时，湛蓝之天空，一对排成"人"字形的鸿雁飞过，远见得山坡下之池塘水面上，扑通而起众多野鸭，盘旋几圈后，尾随鸿雁向北方飞去。体态悠然之天鹅，仰起头轻吻着和煦的阳光，沉浸在春意之中。树林中几只松鼠忽而跳下隐入草丛，忽而钻出急奔。春晖脚旁边突然蹿出一只癞蛤蟆，春晖尖叫一声，路旁之树林中，凤头百灵鸟如同一支利箭，腾地垂直疾飞而上，只留下一串清脆嘹亮的啼声。

杏儿欢喜道："凤头百灵鸟声如同仙乐，绕耳不去。公公说凤头百灵鸟，江西之地，唯在五彩村见得。"

冬梅点头道："痢痢牯说，凤头百灵在武功山草甸上多见。"

春晖道："常听杏儿嘟嚷念叨，年轻时随父去过多地，从未见过似五彩村如此繁多之鸟类，如此多之花草树木。罗霄山莫非是世上生灵之汇聚地？单说鸟类，鸟类有趣与怪异之事，常令她百思不得其解，自嘲已为人母，仍如孩童一般，自称老牟几（女孩）一个。"

杏儿咯咯笑起来，学着母亲的语气说："阴阴夏木啭黄鹂，为何不是春花啭黄鹂？"

冬梅也学着道："鸿雁几时到？江湖秋水多，大雁从何处来？又回何处去？"

春晖接上："天空渺渺，天鹅大雁如何辨别方向？它们真的有千里眼与顺风耳欤？"

杏儿："鹏鹏鸟能击天空，为何又能成浪里白条？水雉如何水上如履平地？褐河乌何以在水中安步当车？"

三人一口气道出杏儿嘟嚷有关鸟类的十几个"天问"，乐得大家前仰后合。杏儿高呼："北冥有鱼，其名为鲲，鲲之大，不知其几千里也，化而为鸟，其名为鹏，鹏之背，不知其几千里也，怒而飞，其翼若垂天之云。吾欲为鲲鹏，鲲鹏展翅九千里。'西当太白有鸟道，可以横绝峨眉巅'这两句，相形见绌了。"

冬梅春晖伸出拇指道："之乎者也，冬梅与春晖听不得懂，但知小姐有志为女中豪杰，梦想化为凤凰一个。不过人之一生，心比天高，多是毕生之遗憾。人无翅膀，终行在地上。"

杏儿大笑不止，捂住肚子道："我也常有此类疑问，然不知鸟类为何能翱翔天空，鸡鸭不能。我即便装上翅膀，恐也不能上天。"

春晖道："鸟有毛，而人无，故而飞不起来，仅此而已。"

冬梅撇嘴道："恐非如此简单。蝙蝠没毛，照样能飞；山里猫狸，毛发又厚又长，可飞不起来。春晖姐姐头发长成三丈，也只能地上蹲着。"

春晖急道："冬梅乃尖牙利齿的牟儿，吾不知，可吾知有人知之。"

杏儿笑道："知之者，恐怕还是春晖姐的痢痢牯哥哥。"

春晖道："痢痢牯熟悉百鸟习性，如同了解自己手上掌纹一样，然细究其奥妙，恐怕一知半解都难成。此人是……"

冬梅捶她："扭扭捏捏之状，卖弄咋哩关子。小姐，村里谁最能干？谁最聪慧？一起玩耍就知此人。"

春晖赶紧点头："可不是吗？村头打谷场乃前年石灰与糯米浇筑，经细磨而成，现已光滑锃亮，是个游戏玩耍的好场地。哎呀，侯三、豆饼、红红、仁泰他们几个，前头招手等着吾等，梁家公子还向这边走来，喊着小姐姓名呢。"

村西路口旁有两亩大小之打谷场，场上此时多为衣着光鲜之幼童，有积沙成塔的，有疯跑追逐的，有翻跟斗的，也有牵着猕猴翻跟斗逗乐的，有执麻绳鞭子抽陀螺的，有甩着胳膊转风车的，还有相搏揪斗，滚出打谷场的，有摇晃着竹管制成的涛手柄，听那叮咚悦耳声响的，还有扎堆观摩用竹片芦苇叶粽叶等编制惟妙惟肖各类虫子与小动物。红红姐姐盯着打谷场上疯跑的妹妹，两个都满头大汗，一边与杏儿挥手致意。

春晖冬梅已是金钗之年，一边盯着杏儿，一边与梁贵的仆人一道驱赶着聚集过来的众多猴子。有垂髫童儿将杏儿拉入竹马队中，杏儿笑呵呵便跟跑起来，手里拎个小竹枝当成马鞭，嘴里喊着"驾，驾"，蹦跳着追逐前面的头马，后面紧随着梁贵与侯三几个。

杏儿身后梁贵，气息喘喘跟不上，渐渐被侯三超过，他猛地踩住侯三的竹马，然后一把将他推倒。侯三跌倒，头磕地上，额头顿时鼓起一大包。他一骨碌爬将起来，刚要发作，看着比他年长几岁又高他一截的梁贵，顿时将骂声咽下，转过身忍气不语。杏儿站住，甚是不满，冲梁贵气嘟嘟骂上一句。仁泰走过来，安抚杏儿几句，也气冲冲道："耍得正有兴趣，何故整出事端？一粒老鼠屎，搞坏一锅汤！"

梁贵骂道："灶神爷跑到院子里，多管闲事。又不是你吆吆，祠堂的宗干，杂事管多了，若你公公为族长里长，只怕你管天管地矣，还不许我等打嗝放屁不成？先管管你老子，老喜欢到我家要三要四，有便宜便占，如今你又管上老子，老子非得骂死你不可！"

仁泰满脸通红，急嚷道："你称自己为吾的老子，吾是你老子，你一家偷鸡摸狗，你吖吖叔伯，全没一个干净人，你也是贼稗子一根，眼睛直瞄着杏儿，不要脸！"

杏儿顿怒，呵斥两个。梁贵与仁泰对骂不止，然打谷场边之草地上，一阵叫喊声吸引了她，便撇开梁贵与仁泰向那边跑去。

喝彩声中，众孩童围观一只竹蜻蜓，只见豆饼哥用力一搓手中的竹竿，猛地向上一抛，竹竿上有竹片削成的两片竹叶，叶片便飞了起来，竟然蹿至一丈多高，引来一阵欢呼。跟随过来的侯三等着前面几个叶片落下，掏出竹蜻蜓，却是三片的叶子，插在一个圆筒内，圆筒里有一线绳，用力一拉，只见竹蜻蜓噌地飙出，瞬间已是几丈高，越过打谷场边的小树林，方才缓缓落在草地上，惊得围观伙伴们瞠目结舌。杏儿欢呼雀跃，一连串叫好，众孩童爆发出一阵喝彩声，吸引得打谷场上的幼童也围了过来。

梁贵跑过来，恶狠狠地抢过侯三手中的竹筒，用力摔在地上，又一脚踩碎，竹筒里滚出几个带齿轮的圆竹片。梁贵不屑道："笨侯三，这分明是你吖吖，篾匠朱老爹做的。你家乃我家佃户，你何能制得竹蜻蜓，在此显摆？众人竹蜻蜓均为自己制的，你羞不羞？"

红红见状道："如是他吖吖制成，也令人惊奇，为何踩破？"

侯三支支吾吾道："此乃晓松老弟拜吾吖吖为师，学艺中自行做成，晓松赠送吾之礼物，的确不是吾所为耶。"说完羞得满脸通红。众人被梁贵驱散，孩童又各自玩耍开来。

梁贵吆喝着聚集大伙围成一圈，作上过家家之游戏。众人推出杏儿与红红妹儿秀芹，乃牯们围之，二人被蒙上眼，手持竹枝转圈，圈外众牯几齐声念念有词，念词声毕，二人手中枝条甩向哪位男童，日后长大便为其妻也。

春晖笑道："乃牯年幼，然知杏儿与秀芹貌美如花，个个期待被竹枝指向，争先恐后围着枝条奔跑。"

牯几们嘴中念词道："点点当当，烂肚烂肠，肠子不开花，点的便是他——丢！"秀芹与杏儿赶紧甩出竹枝。

秀芹的竹枝落在侯三手中，杏儿手中的竹枝脱落，飞向他处，不偏不倚，正落于打谷场外，砸到一人光脚丫上。此人正闷头寻找路上牛屎狗屎与鸡屎，正是侯三吖吖的徒弟林晓松。此情景引得旁观众牯几哄堂大笑。长晓松三岁之梁贵很是气恼，上去一脚踢开竹枝，骂道："一朵鲜花插到一泡牛屎上！狗崽，一身臭气，赶紧滚开！"

杏儿摘下布条，杏眼圆瞪："不许欺人！"

梁贵："欺人？杏儿出格了，为何将竹条丢向穷鬼晓松？"

杏儿道："出格？哪来的格？蒙眼所丢，谁知抛向何处？为何不能抛给晓松哥哥？"

梁贵气急败坏道："本公子道不可便是不可。你乃大户千金小姐，与晓松门不当户不对，难道长大后要嫁与他不成？"

杏儿又气又笑："我长大尚是久远。长大即便要嫁，自然要嫁英雄好汉，你配吗？你急咋哩？"

梁贵喝道："五彩村几百户人家，尚无一家富过你我两家的，你长大不嫁我，难道要嫁与贫寒人家？"

仁泰道："杏儿岂会嫁给穷人家！然村上富裕人家也不止汝一家，为何独嫁给汝？你又笨又恶，照照镜子。癞蛤蟆想吃天鹅肉！"

杏儿脸色一沉："实乃不要脸之词。你仗着家中富贵，平日里好欺负他人，天下就数你可恶之最！"

梁贵气恼，转头对着晓松骂道："下贱的拣粪崽，背着一筐大粪，冲撞我等。我先抽你，看谁还敢护着！"

说完，恶狠狠上去踢了晓松一脚："趴下，你是小马，由我来骑，累死你，方才解恨！"

晓松默默低下头，手脚着地。梁贵得意瞥了杏儿一眼，杏儿冲口骂道："臭梁崽，以大欺小，咋哩东西？呸！晓松哥，岂可跪下？"

骑上晓松身上之梁贵神气活现，狠狠拍了晓松屁股几掌："得儿驾！"

晓松在地上爬了几步，猛地一掀，梁贵四仰八叉滚下，众人一阵惊叫，随后乱哄哄大笑起来。晓松站起来，投下鄙视之目光。梁贵哇哇就地打起滚来："来人呀，臭拣粪的，敢动手打人，这个狗崽子，还不来打他！"

在梁贵的哭叫声中，梁家的几个家丁一边卷袖子一边骂骂咧咧跑过来，有几个抱起梁贵，有几个拎起晓松，伸手就是几个巴掌。晓松的脸顿时红肿起来，梁贵冲上来，令家丁将晓松按倒，有家丁一脚踩住晓松之脸庞："臭拣粪的，老虎屁股也敢摸！"

杏儿惊愕愤怒不已。红红姐姐与仁泰豆饼赶紧上来劝架，红红姐姐被家丁一把推倒，膝盖渗出血丝。仁泰豆饼两个挨上一拳，因不是恶仆对手，面露惧色，只得低头。众人不敢言语，赶紧退避观之。然此时冲进来一个晒得黑漆漆的乃牯，一头将踩晓松之家丁撞翻。家丁正拉着梁贵，两人摔倒在地。梁贵吃了一口灰尘，狂怒不已，仰头寻找撞他之人。只见浑身黑黝黝之乃牯，正是晓松的老庚（朋友）牛牯崽。梁贵暴跳如雷，指着牛牯崽连声喊"打死他"，旁边一家丁飞起一脚狠狠踢向牛牯崽，牛牯崽一闪，这一脚踢在牛牯崽身后一张牙舞爪的家丁身上。家丁哎哟一声，扑通跪下，牛牯崽转身撒腿便跑。

梁贵狼狈不堪，被家丁扶起，大叫："黑狼，黑狼！"一条凶狠狠狗应声跑来。梁贵指着牛牯崽，踢了狼狗一脚，歇斯底里道："黑狼，咬死他！"

身上有许多斑点之黑狗，三角形眼，耷耳朵，火烧头，乃是一只撵山狗。撵山狗凶猛无比，咬上野兽从不松口，有道是"三只撵山狗，虎豹躲着走"，本是看家护院打猎之勇猛之犬，然被梁家喂养，已是五彩村远近扬名之恶犬。恶犬哈拉着舌头，嗖地直扑过去，一嘴咬住牛牯崽短裤头，利爪撕拉着牛牯崽的粗麻布衣。牛牯崽挥手一拳，恶犬松口，又扑上去狠狠咬住大腿。揪打几回，牛牯崽血痕累累，几乎赤身裸体。牛牯崽几拳重击，黑狗鼻子被砸出血花，依然挣脱不开。

梁贵和家丁得意地哈哈大笑起来。牛牯崽大喊："驱蚊剂！"被突如其来之斗殴弄得木呆的红红姐姐闻之，醒悟过来，毫不犹豫掏出一小葫芦，拨开口塞，正想冲上，然又冲出一人，乃是林晓松的另一老庚瘌痢牯。瘌痢牯一把抢去葫芦，冲上前将葫芦中驱蚊剂浇在恶犬鼻子上。众家丁一哄而上抢夺，也有人要去打瘌痢牯，然恶犬呜呜叫着喷嚏不已，终于松开利齿，狂躁蹦跳，被家丁用凉水冲鼻。然瘌痢牯终挨上家丁拳打脚踢，牛牯崽扑过去，用身体盖住倒在地上的瘌痢牯。

凶神恶煞之梁贵，在一边狞笑，突然抽出家丁腰中的尖刀，猛地一窜，刺向被恶仆踩在地上的晓松，口中恶狠狠道："我要你今日三更死，你就活不过五更时！"

现场顿时一片惊叫声，杏儿两眼一闭，心猛地下坠："晓松命危矣！"在这千钧一发之时，一声蛉蛄呼啸，闪过一道金光，又是一片惊叫。杏儿睁眼一看，乃场外一只浑身金色毛发的猴子窜了出来，从晓光脸前不到一指宽处推开梁贵尖刀。梁贵险些跌倒，然手中的尖刀已被金猴抢去。猴子翻腾跳跃，转眼消失，尚有众猴一拥而上，冲梁贵嗷嗷狂叫。众人目瞪口呆，也不知哪个孩童大叫："大人打小孩，猴子也不服！"众人瞪着梁贵，梁贵怔怔片刻后，跺起脚狂骂，令家丁们驱赶众猴，又令砍杀晓松。

冬梅与春晖早吓得瑟瑟发抖，满脸煞白的杏儿怒视着梁贵："以后还想不想跟伙伴们玩？"

梁贵环顾一圈，见打谷场上众孩童个个怒视着他，渐渐聚拢在杏儿身边，发出雷鸣般的怒吼："滚！"

梁贵心惊，顿时泄气，道："与他人玩不玩，我无所谓，只要得跟你玩耍，就可。"

杏儿道："想日后一起玩耍，就叫你家恶仆与恶犬滚出此地！"

仁泰也怒喝道："滚！"

梁贵瞪着杏儿与仁泰，无计可施，只得挥手让家丁撤下，那名叫黑狼之恶犬也夹着尾巴呜呜溜走。又气又急的众小伙伴低声骂着梁贵，红红姐姐扶起了满身血痕的晓松，瘌痢牯怒视着梁贵，脱下身上鸟毛织成的外衣，给牛牯崽披上。春晖与冬梅打着哆嗦拖着杏儿，一个劲儿催促杏儿回家，杏儿执意不肯。

初春之花衣蚊子，叮咬人后奇痒无比。众孩童刚受梁贵等人惊吓，此时才感觉到身上被蚊子咬出了包，纷纷抓痒。豆饼啪啪拍打自己，杏儿也边走边拍打自己，场上拍蚊声一片。杏儿径直走向晓松与牛牯崽瘌痢牯侯三等人，仁泰跟在其后，小声说道："讨厌的蚊子，犹同梁贵一般。要是能一掌拍蚊子般拍死梁贵，何等爽快。杏儿，吾带有驱蚊剂，赶紧洒上，去痒灵得很。"众孩童也围拢过去。

杏儿笑着摇摇手，依然走向晓松，对晓松关切道："晓松哥，以后躲着梁贵一点，谁不知道他霸道骄横，老是欺负穷人。哎呀，这该死的蚊子，我被蚊子叮咬，驱蚊药水带否？

尚未至夏，蚊子为何滋生恁多？"

场上带有药水小葫芦的乃牯与牟几纷纷掏出驱蚊药，梁贵推开围上之人，将一瓶儿塞与杏儿，却被杏儿推开。晓松在梁贵的恨恨眼光中，淡定取过瘌痢牯递上的驱蚊剂小葫芦，从容交给了杏儿，鞠躬谢过，转身就走。牛牯崽瘌痢牯两个跟在晓松身后，侯三挎起晓松的粪篓子，几人似乎冇事一般，笑谈离去。梁贵本想恶言奚落晓松几句，然见杏儿鄙视目光，只得咽下骂声。杏儿本想追问瘌痢牯，鸟儿为什么能飞起，被冬梅春晖拽回。冬梅春晖连哄带拖，杏儿只得懊恼而去。梁贵悻悻然，陡然向众人破口大骂，又冲走出不远的杏儿喊道："迟早为我的堂客！杏儿喜爱晓松，我不弄死晓松，誓不罢休！"众人笑过，一哄而散。

第十三章
闻外事乡绅惊世变，品佳肴郭妪训儿孙

今日之怄气，令杏儿满脸不悦，恐日后出家玩耍不便，春晖与冬梅央求杏儿回去慎言。杏儿刚进郭家大院，便见公公郭弘毅与吖吖郭珏立在院中树枝上悬挂之鸟架前，两人满脸喜色，八哥之噪声，也没像往日一般招郭乡绅厌烦。只见公公喜滋滋端着茶杯，连抿了几口茶水，方笑道："一只母八哥，只可惜少许大了一点，但也不妨，剪去舌端，即能仿效人之言。"

八哥突然道："道可道非常道，名可名非常名。"其模仿杏儿兄泽民之声，惟妙惟肖，令乡绅啧啧咂舌，乐得一直抚须。

郭珏喜滋滋道："前些日飞走笨嘴的鹦鹉，没料到昨日落下来一只巧嘴八哥，天生可模仿人声，令人惊奇。"

杏儿嘟嘴道："前头鹦鹉如何笨拙？定是泽民胡言。那只鹦鹉非泽民饲养，兄长小气之人，常在鹦鹉前念一首诗气恼鹦鹉，咋哩'试玉要烧三日满，辨材须待七年期'，又说'遥闻卧似水，易透达春绿'。那鹦鹉灵气得很，岂不知泽民嫌弃之意？然在我面前，欢天喜地，小嘴吧啦吧啦，只是见得他人，故作沉默，昨日被我放飞而已。"

郭乡绅眨巴眨巴眼，故作惊讶问道："泽民岂有此意？哦，哦，'遥闻卧似水，易透达春绿'，哈哈，'要问我是谁，一头大蠢驴'！"乡绅忍俊不禁，大笑起来。

杏儿气嘟嘟道："此八哥乃泽民重金买来，一来便会讨巧，只怕不是什么好鸟。"

杏儿兄郭泽民从屋里窜了出来："杏儿不得胡言。八哥没来几日，尚未剪舌，然我一念圣贤之词令，便会学说，岂不是神鸟一只，如何不是好鸟？"

郭乡绅见杏儿气恼，笑道："杏儿饲养之鹦鹉，泽民之八哥，我看都是鸟中极品，稀罕之物。"乡绅安抚之时，郭家四爷造访，郭乡绅起身相迎，与郭珏一道进屋与郭家四爷闲话。

郭四爷告知，午前恰巧遇上三僚先生返乡，闲聊几句，得知三僚先生熟悉火铳之制造，甚是欢喜。三僚先生相告，山外天翻地覆，罗霄山区有夷人山寨凭据险要，常年不被官府管束，然近年逐渐被官府出兵攻破。官军火炮，摧枯拉朽，夷人弓箭与关隘阻挡不得，只得臣服大明矣。三僚先生不日将前来拜访郭乡绅，届时，烦请郭乡绅多留意三僚先生之火铳。

郭乡绅闻之大惊。夷人彪悍，远胜五彩村之汉民，如夷人山寨被官兵征服，那五彩村自立之时日恐也不多矣。

郭钰言及三僚先生从外返回，应已考虑周详郭家新祠堂布局等事，新祠堂破土动工也须提上时辰。郭家四爷与乡绅面面相觑，四爷叹曰，夹在夷人与官府之中，五彩村居安思危急，各处围堡尚须加固扩建，休谈祠堂重建矣。

泽民正提着八哥鸟笼在花园中溜达，见门房烂眼伯正展开灶房阿婆的孙儿手掌，口中振振有词，甚是好奇，走上前一瞧，原来烂眼伯正替阿婆孙儿观罗斗指纹评说。他听得有趣，也伸出手掌，烂眼伯细辨之后大惊，抱手作揖道："指纹有艺纹、君纹、臣纹、民纹、奴纹，公子皆是君纹，乃天生尊贵之身。俗话一罗穷，二罗富，三罗四罗披麻布，五罗六罗开店铺，七罗八罗骑白马衙门府，九罗十罗如意人享清福。公子指纹，十罗之全，乃大富大贵之相。哎呀呀，五彩村第一人！"

泽民不屑道："五彩村第一，不过是螺蛳壳内称霸，不足为贵。去岁与仁泰几个论起指纹，皆以为九罗十罗，不如七罗八罗，一生在五彩村如意，不如骑白马在官府得意。仁泰几个尚能在村外骑上矮马驰骋几回，可惜我连驴子也未骑过。"

烂眼伯谄笑道："公子，骑马有何难？你骑在我脖子上，当是骑马一回。改日我引你去村外好生骑上白马，自在一回。"

烂眼伯蹲下，泽民犹豫一下，被烂眼伯挽腿过来，泽民跨上他脖子，神气吆喝一声，烂眼伯边跑边道："公子，长大骑高头大马，架着手中之神鸟，往五彩村遛一圈，何等威风，光宗耀祖也！"

灶房阿婆孙儿跟在其后，大声高喊："骑白马喽，骑白马喽！"

三人冲进前院，劈头遇见郭乡绅与郭钰正送出郭家四爷。郭乡绅顿时斥责道："已是总角年岁，岂能作此垂髫之耍？分明是骄横。圣言道，富贵不能淫，贫贱不能移，威武不能屈，权势不能侵。读得记不得？"

泽民小声嘟囔："记得，然梁贵曾听其公公言，前朝至今，山外大户人家依然奴婢在律，止同畜生，梁贵常将仆人当坐骑，仆人一旦没伺候好，梁贵便随意责骂毒打。仆人犯错，梁家便打，若犯大错，必严惩不贷。梁贵公公教我，无毒不丈夫。同为富贵人家，为何我偶尔作此骑马之戏，却被阿公斥责？"

正在院中与冬梅玩丢沙包的杏儿起身道："贼梁贵的确说过多次，仁泰也说过，仁泰吖吖背后抱怨阿公对家中下人慈善过度。仁泰吖吖曾言，物以类聚，人以群分，我等乃管教他人之君子，君乃上天之民，贫穷者，有难则用其死，安平则尽其力，天下乃君子之所有，非天下人之所有。治天下者，在刑不在德，君子治世，理应壹民、弱民、疲民、辱民、贫民，五者若不灵，杀之。我以为仁泰吁吁一派胡言，然不知如何驳斥。"

郭乡绅切齿道："此乃《商君书》之言，使秦复爱六国之人，则递三世可至万世而为君，谁得而族灭也。后人岂不以史为鉴？"

郭家四爷见郭乡绅气恼，笑道："贤兄家风，勤俭治家，和顺齐家，谨慎保家，诗书起家，为我等楷模。泽民乃小儿骑马之戏耍，贤兄毋须责怪。"

见郭家公公发话，杏儿暗中踢上泽民一脚，泽民赶紧低头道："阿公教导极是，孙儿牢记在心。"

见泽民满眼怯意，烂眼伯惶恐不安，郭家四爷温和道："心之动也，有爱恶是非之用，有忠信仁义之道。有用之信必不愚，有用之仁必不懦，有用之义必不固，别若黑白，人未之知，已自知之，庄子之言谨记。"

杏儿道："阿公出口成章，言及大义，我等受益匪浅，孙儿知错了。"郭乡绅听后，声色方才缓过来，伸手示意，恭送郭家四爷。

看着兄长依然半知半解之眼神，杏儿撇嘴说道："庄子之言，皆是仁义之意，阿兄聪慧，为何呈不明之状？笨驴，怪不得五千字之《道德经》时日许久才倒背下来，尚不如八哥鸟。阿哥井底之蛙，竟拿八哥当神鸟，若见得痢痢牯之鹩哥，只怕惊掉下巴。"

泽民涨红脸道："杏儿方是笨驴，在长辈面前，显得愚笨一点为好。痢痢牯之鹩哥，有何神奇？杏儿见过？"

杏儿道："我尚未见过，然侯三说，痢痢牯家之鹩哥能言善语，其伶俐远胜过平常的八哥鸟儿。"

泽民笑道："常言道百闻不如一见，若我见过，才肯认可。你嘲笑我诵书笨拙，看人容易做得难，杏儿不妨倒背《道德经》一番。我年幼之时，尚不解《道德经》之意，生背死记，七岁能一字不落记下，如今又能全文倒诵，公公与吁吁都称赞不已，为何到了你的嘴中，为何成笨驴一个？你满脸灰尘污垢，从外疯耍回来，冬梅便催你洗濯更衣，你慌慌张张，全不同平时'懒婆娘'之态，且身上尚有血迹，是不是在外招惹事端，心烦意乱，回到家中，冲为兄发泄？我虽不才，然偏不信五彩村庄上，尚有聪慧过我之人。那个痢痢牯之鹩哥，如何比得过家里的八哥？"

杏儿笑盈盈道："在外玩耍，岂有不磕磕碰碰而溅上血迹的？我全身好端端，在外不曾招惹事端。阿哥骄满，大言不惭，自诩五彩村第一，然我以为未必。今日见得晓松哥制得竹蜻蜓，乃鬼斧神工杰作，若是阿哥见得也会惊讶。如今断言鹩哥之巧言不过如此，要见过方可论长短，也好，你我前去痢痢牯家中观看，两鸟比着，届时自然有心服口服者。阿哥只管懒婆娘懒婆娘叫我，然阿哥可知道，有一种鸟也叫懒婆娘？"

泽民道："懒婆娘鸟？兄长的确不知。哎呀，杏儿平时倒不是慵懒之人，长大定是巧妇一个。"

杏儿得意道："阿公眼中之才子，终有不知之物，懒婆娘鸟也不晓得。懒婆娘乃鷉鷉鸟，有扇形之羽冠，姿色艳丽，令众鸟黯然失色，孔雀在它面前也自惭形秽，又称巧妇鸟。多谢兄长，夸奖杏儿为巧妇。"

冬梅掩嘴嗤嗤笑了起来，郭乡绅正返回院中，笑道："恐是杏儿胡言，冬梅何不据实相告？"

冬梅笑道："懒婆娘乃鷉鷉鸟不假，然小姐说又称巧妇鸟，也许听错。痢痢牯说鷉鷉鸟巢里臭气熏天，似乎终生不曾清扫过，小姐还是毋当此巧妇为好。"

郭乡绅哈哈大笑，抚须道："幸有冬梅道破真情，不然老夫也被杏儿花言巧语蒙骗欤。"

郭珏笑道："杏儿迷上鸟儿久矣，去日请教于我，鸟儿如何飞起，我答曰鸟儿有翼，故而飞起，然杏儿笑道，家中之鸡为何飞不高数尺，我竟不能解答。"

郭乡绅惊讶道："记得我童龀之时，也有此问，曾请教过吖吖，吖吖也是如此回答。光阴荏苒，前朝年间大元仿效宋朝恢复科举，南人欢欣鼓舞，袁州城金榜题名者无人不知，广被赞许。有一年年景不错，郭家祠堂便安排新年排演傩戏，此时阿公闻得袁州城有新剧傩戏，心血来潮，便差人带上我等几个偷偷溜进袁州城，观看《鬼节》傩戏等。恰好路过城内一私塾，闻得院中琅琅诵书声，我便一屁股蹲在书院门口也跟读起来，惊动里面的山长王教授。山长出来与我一问一答，诗词歌赋，诸子百书，我无不对答如流。教授惊讶，猜测我乃书香门第之子嗣，我窥教授有心收留，便向阿公提出师从王山长之意，阿公大喜，遂了我之心愿，让我投入王山长门下，攻读经书。王山长乃前朝袁州城秀才，寒窗十年，少年得志，然数次科举不中，只得官府为吏。大元南人地位低下，官场也是失意得很，便在家中设得私塾求生。我在王山长家中，常听山长怀才不遇之叹，曾经诵李白之《上李邕》，'大鹏一日同风起，扶摇直上九万里，假令风歇时下来，犹能簸却沧溟水。世人见我恒殊调，闻余大言皆冷笑。宣父犹能畏后生，丈夫未可轻年少'。我请教鲲鹏为何可飞上天，山长答曰鸟儿有翼，故而能飞。我笑道家中之鸡为何飞不高数尺，山长尴尬，不能解答，沉默许久，叹平常自以为怀才不遇，实则可笑之人，世上未知多矣。大明建立，皇恩浩荡，举有恩科，王山长被荐，喜晋举人，只因年长，无意春闱科举，中断金榜题名为进士之梦矣。山长晋为举人，不肯被候补知县在外，声称当年自己以为学富五车，上知天文下知地理，然被弟子请教，不知鸟儿为何能飞，羞愧万分，有意仿前人之天子失官，学在四夷，告别乡梓与家人，出外遍访圣贤之人，详解鸟儿飞翔之缘故也。只可惜如今不知音讯。无巧不成书，如今孙儿也同此问，然阿公亦不能答矣。"

泽民与杏儿面面相觑，郭珏惊诧不已，唏嘘道："世间竟然有如此奇人。阿父乃五彩村开天辟地第一个秀才，被称为文曲星。孩儿愚笨，自知不才，然泽民聪慧，他日也进城，中得秀才举人，也是郭家之幸。"

郭乡绅点头道："郭家前后数代均以山前村村民身份在山外求学，然如今比不得以往，官府稽查甚严。当年我不受秀才，也是苦于身为五彩村之民，官府均当是流民山匪，想要远离官府保身而已。泽民进城求学，隐姓埋名可以，然科举不得，除非……只可惜杏儿是女儿家，要是乃牯，生长山外，金榜题名恐也可期。"乡绅话锋一转，将无奈吞咽入肚内。

祖孙几个正在院中闲谈，祠堂来人请郭珏议事，郭珏抽身便去，前脚刚走，冬梅进来道："老爷，时已正午，午食已快准备好了，婆婆要杏儿去洗漱干净。"

杏儿盥洗后，婆婆给她换上一身绫罗面衣裤。婆婆瞄了墙上《花开四季》贴画一眼，暗忖孙女比年画中喜人之杜鹃花子都俊俏。她笑眯眯拍拍杏儿手臂："该去进食，全家等候。"

杏儿三步并成两步进得饭堂，见桌上摆放着腊肉炒冬笋、螺蛳炒韭菜、麂子肉焖烟笋、素炒芜菁、老鸭明笋汤、红烧野猪肉等几大碗菜，顿觉饥肠辘辘，欢喜道："今日为何如此丰盛？是咋哩节日吗？"

春晖笑道："不是咋哩节，是泽民哥今日学业有成，夫人特意安排的。知道泽民哥爱吃时令菜，灶房特地去地里割了些刚长出的韭菜等。"

杏儿噘嘴道："家里人都偏心，我背诵了几箩筐多的诗词，不见给我加一道菜；泽民迟迟背诵出《道德经》，公公婆婆便如沐春风。连冬梅与春晖也异常欢喜，待泽民哥远胜于杏儿。"

冬梅与春晖涨红了脸，郭乡绅慢悠悠跨过门槛道："哪里来的新鲜野猪肉？"

杏儿嗯糜道："庄上猎户人家昨日捕杀的，大清早就送来了，言是相谢阿公平日里常替猎户们排难解忧。猎户们还说近些年山里野兽过多，有些野兽跑进村里庄户家里与田地，祸害不断，恐生伤人之事故，求我家炮竹坊多些调制火铳火药，以备打猎之需。阿公婆婆，儿媳一事不明，五彩村猎人众多，为何野兽反而越打越夥？"

杏儿婆婆道："说来话长，五彩村曾与隗竹山寨夷人交战，双方皆伤亡惨重。当年战后与夷人重修约定，双方以横山为界，互不进犯。横山，如今庄上也有称元宝山的，现为隔离区，五彩村乡民与深山夷人若无通告，均不得踏足其内，有胆敢违禁进入者，一旦发现，双方均可肆意射杀。于是十几年来，无人敢私自进去横山，人不进去，自然成了野兽天堂。何况元宝山自古乃虎狼出没之地，野兽繁衍多了，就成了进犯五彩村之祸害，如不防范，甚为恐惧。"

郭乡绅点头："所言极是，恐怕夷人山区也多受野兽袭击之苦，庄上请郭钰相去，恐也为此事。事不宜迟，午后我约上族上几位长老，前去询问，得安排妥当为是。"

杏儿道："午食不等吖吖了？"

杏儿嗯糜道："你吖吖为火药事去找三僚先生了，多日不曾见得三僚先生，又要麻烦人家，尚有些祠堂杂事，恐怕傍晚方得回来。当上宗干，整日忙碌。阿公，为何众人俱称三僚先生不好结识，脾气大得很，杏儿吖吖也惧他三分，恐请求三僚先生相助火铳之事不成。"

泽民婆婆道："当年从山外购回军中火铳火药，在与夷人之战中，成为五彩村制胜法宝。郭家炮仗坊配置火药也得三僚先生相助。如今从外引入新式火铳，更是威力无比。三僚先生虽堪舆之人，然精通火药调制，故而又被称为老火头，只是性情古怪，得费一番功夫方才请得动。"

郭乡绅道："正是，郭四爷相告，江西各地多有技艺出众之工匠，私下改进之火铳，乃采集天下各类火铳之优，其射程准确度倍增，恐官军之火铳也远不及。村上虽有火铳十几把，然射不穿野猪皮毛，恐比不得三僚先生如今所学。天下火铳制作与调配火药之秘诀，都属珍而重之之机密事，三僚先生前年出外，恐费了很大力气才访得新式火铳。若能协助庄上多产些火药，何恐野兽欤！然原先请求三僚先生相助新建祠堂，人家尽心费力，如今又否了他之好意，恐郭钰几个，冇脸再去相请，也只得舍得我这张老脸登门求助。且先开饭，今日美味，馋人不已。"

家人围着八仙桌，见阿公落座动筷，泽民杏儿方才喫起。泽民喫上几口，笑道："今日笋，明日笋，天天食笋，竹笋呕心，厌烦不？"

嗯糜笑道："这么多美食，尚不能令你满意？厌烦笋子之食物？当年你娭几在外，常念道宁可三日无肉，不可一日无笋。等你长大出外至北方，方觉得笋子之爽口鲜美，珍馐可贵。"

郭乡绅道："此话不假。泽民，前朝时期，不仅汉人，就连蒙古贵族也视笋子为美味佳肴。身在异乡，故里一草一木都令人魂回梦绕。"

泽民半信半疑道："晓松说其娭几常言五彩村深山闭塞之地，远不及外面城郭繁华，外面大千世界倒是令人神往。"

杏儿点头道："阿哥所言极是，杏儿圈在大山，湘水县城尚未去过，憋屈得很。"

郭乡绅道："若不是前朝蒙古官兵残暴，我也想率全家居住山外。当今大明朝也动荡不安，比起山外，五彩村称得上世外桃源。然外面世界确实广袤，有朝一日，值得孩儿们云游。"

婆婆道："云咋哩游？泽民娭几心野得很，只身一人，一生在外飘零，吃尽苦头，疲累不堪，历尽千辛方回至故里，叶落归根，冇得过几天安稳日子。咳，天下之大，纷繁复杂，如今外面依然纷乱，泽民志在经书，学而优则仕，婆婆称是；但若走出五彩村之安乐窝，外面世界若如前朝一般昏暗，离家万里又有何好处？"

泽民不以为然道："好男儿志在四方，岂能蜷曲在安乐窝里。阿公，村上长辈每言及山外，只说世道依旧如同前朝一般昏暗，然我以为，五彩村若固守在偏僻之地，恐只知秦汉，不识魏晋。众人痛恨蒙古人之残暴，因五彩村不与外通达，五彩村有几人能详说蒙古人之暴政？公公婆婆可否说来一二，泽民与杏儿细听，感受一番。"

郭乡绅山羊胡须抖动几下，悲愤道："当年蒙古孛儿只斤氏成为蒙古大汗，便踏上灭我前朝南宋之征程。蒙古取得江山社稷后，颁布法令，将臣民分为四等，蒙古人为优民，其后为色目人、汉人、南人。"

泽民瞪大眼吃惊道："同为一国之民，竟还分为三六九等。然庆幸吾等汉人后面，尚有南人为最底层钦。"

婆婆道："谬矣！此汉人乃原女真族国之百姓。前朝南宋之百姓，皆是可怜的南人。"

泽民与杏儿不约而同愤愤道："甚是不平！"

郭乡绅："不平致甚，元朝法令，甲主以上之官府首长，皆由蒙古人担任，尤其军队首长。如实在无蒙古人，则由色目人承当。然蒙古官员大多乃世袭之，可怜汉人与南人，则成其可自由买卖、随意鞭打之农奴。即便为官与富家之汉人，也呈寄人篱下之状，绝大多数百姓，痛苦不堪。为防止汉人与南人谋反，大元法令，禁止汉人打猎，绝不可习武练拳，更不可持有兵器。更有甚者，数家才可共用一把菜刀。也不可集会拜神，做赶集围场之买卖，夜间走路也视为违法。即便后来之科举，汉人登科难度远超蒙古与色目人。唉，汉人莫不苦于元朝之苛政。"

泽民道："听阿公一席话，泽民方晓得五彩村在元朝之时，乃一方汉人安生之地，实为宝贵。"

嗯糜道："正是，五彩村之安宁，难能可贵。然汉人只会自怨自艾，不挨打受欺才怪。外族入侵之时，岂可如绵羊一般，不知反抗？我若男儿在世，定要奋起反抗。"

杏儿婆婆道："儿媳此言，令我记起牛花与阿兰。这两人都是女中豪杰，文韬武略，远胜男子。如阿兰在世，你俩倒是投得脾气。要不是当年与夷人相斗，亲人接连战死，阿兰悲痛之下变得疯癫，否则杀梁三几个地痞者，绝不是盼富，乃阿兰也。"

郭乡绅闻儿媳之言，尴尬不已，撇开杏儿婆婆话题，讷讷道："时过境迁，尽管如今仍有动荡，然毕竟是大汉天下，我等应倍加珍惜。只盼有朝一日，泽民能光明正大考取功名，学有所成，也好安邦利民，造福天下黎民。"

杏儿婆婆笑道："山外乱世，不如安居五彩村，一头牛，三亩地，熏腊肉，木炭火，安乐度日，不羡慕他人。我婆婆曾言，读啥功名，九儒十丐，臭老九一个。"

杏儿道："何为九儒十丐？"

嗯糜道："前朝大元令，人有十等，一管二吏，三僧四道，五医六工，七猎八民，九儒十丐，嗟乎卑哉。"

泽民哭丧着脸道："既如此，何苦十年寒窗？"

郭乡绅摇头道："此乃村上妇人茶余饭后之闲聊，荒唐之言。如今已是大明，有道是，天子重英豪，文章教尔曹，万般皆下品，唯有读书高。历朝历代，理应如此。"

杏儿一口饭喷出，笑道："偌大一个宋朝，富裕强大，竟然被外族称霸。然我不解，元朝时期，天下之汉人久不持兵器，软弱可欺，然五彩村尚可舞枪弄刀，打猎射杀，当年之五彩村民何不以天下为己任，扛起恢复大宋之大旗？不也是躲在深山的缩头乌龟。日后若山外纷乱昏暗，恶人当道，五彩村敢不敢揭竿起义？"

杏儿之语，惊得郭乡绅与婆婆几个瞠目结舌，半天说不上话。婆婆最终回过神来，道：

"阿弥陀佛，杏儿惊吓我耶，这岂是汝小小年纪的牟几之言？出去切不可论及此话题！你等身为长辈也是，少谈打打杀杀之事。如是山外，谈论这些何其凶险！"

婆婆声色俱厉，郭乡绅与杏儿嗯糜如梦初醒，方才意识到今日言多，只得点头称是。婆婆尚不放心，逼着泽民杏儿发誓，在外不得谈论此等话题，且饭后训斥儿媳道："今日杏儿这番话，均来自你平日潜移默化。小小年纪，即便聪慧异常，也不可能如此关心江山社稷。你吓吓那份书札，杏儿泽民跟前，断不可显露。若被泽民读得，乃害他之举。杏儿更当严加看管，长有反骨，红颜命薄，实乃我之担忧也。"

杏儿嗯糜低下头，脑海中浮现幼时随父母在外，见得的无数黎民遭难之景象，悲愤之情涌上心头，却也只得暗自叹息也。

第十四章
评祠堂兄妹论斗拱，迎贵客张家数名禽

次日，泽民听得春晖冬梅之言，痢痢牯家可谓鸟之家，众鸟面前，泽民之八哥的确算不得稀罕。泽民心里痒痒，催问杏儿，可否前去观看一番。杏儿翻了白眼道："为何自己不去央求？何况我也尚未去过。"

泽民碰了一鼻子灰，悻悻出屋。饭后杏儿寻泽民，推门见泽民不在房间，心中大喜，蹑手蹑脚在其房中拿上几件衣物，刚从房间出来，就被架鸟返回的泽民撞见："溜进我的卧室，鬼头鬼脑，双手藏在背后，定是偷了我咋哩东西，还不从实招来！呀，你拿我的衣裤，有何鬼当？"

杏儿撇嘴道："你才鬼头鬼脑！我乃光明正大之举，救助牛牯崽欤。"

泽民道："平白无故，为何要救助于他？"

杏儿只得将前天之经历告知泽民，泽民听后，气得将八哥鸟笼重重放下："梁贵竖子，坏人心术，从小尽干歹毒勾当，前些日子路遇桃花妹妹，还欲非礼，我得寻机教训他一番！不过村里穷人太多，即便牛牯崽被狗撕咬，你单救助牛牯崽一个也甚为不妥，有个缘由为好，被婆婆撞上也好解释。"

杏儿眼珠子一转笑道："我早有妙计。今年年后正月十五跳傩戏时，红红姐姐头上花冠艳丽，令人羡慕不已。痢痢牯家饲养众鸟，定有许多绮丽羽毛，我欲送给牛牯崽衣裤，央求他给痢痢牯过话，帮我做成一个好过桃花姐姐许多之花冠，当是交换。"

泽民笑道："既是借花献佛，那我也有一事，答应我方可拿走衣物。"

杏儿白了他一眼："小气鬼，平日里没少要我的贵重物，我何时提过要求？"

泽民道："好妹妹，举手之劳而已。请你谋个法子，让公公婆婆允许我随你前去，找牛牯崽几个玩耍，顺便能见见被冬梅等赞叹的鹩哥。"

杏儿点头："此话当真？拉钩成交，可不许反悔！"

杏儿前去院中，公公已去祠堂，便告知嗯糜与阿婆，因见牛牯崽等穷人孩童衣不蔽体，

初春寒风中瑟瑟发抖，于心不忍，回来告知阿哥，阿哥欲行善举，将自己旧衣赠送出去。嗯糜笑而不语，眼看着婆婆，婆婆迟疑道："阿弥陀佛，善哉！杏儿与泽民善举，理当赞成，岂有阻拦之理。若阿公问得，就说是我之主张。何况泽民关在家中温书已久，也该劳逸结合。出外行善后，泽民可去田野，尽情欣赏风光之美，也利领悟《桃花源记》中所言之意境，这也是学业所需。"

杏儿兴冲冲返回泽民房间，泽民甚是惊讶，婆婆竟能爽快允许自己外出。杏儿得意道："同为一事，看谁说软。阿婆常教导我等行善积德，我若顺着她说，岂能被否决。只是春晖曾言，牛牯崽几个并不愿意结交富贵子弟，如今领我俩前去，乃是冒昧造访，哥哥须少言为好。哎呀，阿哥书案上摆放一沓纸样，胡哩花哨，看似一张房子图，尚有许多房子屋顶图样，是何机关？"

泽民道："杏儿巧言善语，阿哥自叹不如。若问此图样，乃郭家一直盼望新建祠堂之大概图样，公公与众人商议多次，尚不能达成一致。"

杏儿趴在案上，凝视各种屋顶图案，问道："各类屋顶，从左至右，咋哩称呼？"

泽民道："从左至右，有四阿顶屋顶、九脊殿屋顶、挑山屋顶、硬山屋顶、斗尖屋顶、卷坡顶、盝顶、单坡屋顶以及平顶。其中有屋顶图案，乃混合变化而成。"

杏儿沉思道："单坡顶甚是怪异，平屋顶不利排水，挑山屋顶已是平常多见……"杏儿指着一图，斩钉截铁道，"四阿顶屋顶，九脊殿屋顶，多层的屋顶俱可！"

泽民笑道："好眼力，英雄所见略同。多层的屋顶造型飘逸舒展，犹如鹏鸟举翅。"

杏儿欣然道："屋角飞檐，赏心悦目，似麒麟，像飞鹤，又如灵兽、祥云。哦，前几日阿哥曾吟《诗经》，如鸟斯革，如翚斯飞，莫不就是如此？然屋顶厚重，又伸出檐墙立柱之远，如何造成？"

泽民指着一图，点上屋檐下重重叠叠处："阿妹记忆非凡，我也曾有此不解。瞧此图样，阿公告知，屋顶庞大，然自古工匠巧夺天工，于立柱与横梁交接之处，从柱顶上加上层层探出呈弓形之承重木作。此木作称为拱，拱与拱之间，垫有方形木块，此木块叫斗。拱与斗组合，称为斗拱，斗拱既可承重，又使屋檐向外延伸，斗拱越多，延伸越远，也可使飞檐上翘，形如飞鸟展翅，厚重屋顶顿时轻盈活泼，有呼之欲出之势。唐有诗叹得斗拱，'蚪出燕窠盘斗拱，菌生香案正当衙''攒蹙斗栱无斤迹，根瘿联悬同素壁'。"

杏儿抚掌道："阿哥一席话，杏儿方知乃斗拱之力。举一反三，杏儿以为，亭、台、楼、阁等飞檐，原来全依赖斗拱方成。郭家新建祠堂可设九重斗拱，屋顶延展，方显巍峨壮观。"

泽民点头道："九重斗拱，的确壮观，然当以十一二间总面阔，当心间尚须开阔，词间，梢间，尽间也得拓展，整体方才匀重。此工程浩大，郭家已是捉襟见肘，恐难成愿。"

杏儿："总面阔何意？当心间可是堂房？"

泽民道："面阔乃房间正面，两檐立柱之间距。中间房为当心间，即堂房；边邻为此间，梢间，檐壁间为尽间。单间面阔当以整数或半数，如十尺或十尺半。"

杏儿笑道："此间阿哥卧室有十尺开阔，蹙蹙靡骋之地，虽处裈中。既立郭家祠堂，何必勉强含糊，祠堂之开间，众人聚集，理应二十三十尺之面阔，方能满足众人聚集议事之用，若不如此，不如延后再建。"

泽民"啊"了一声，似是默认杏儿，又道："祠堂之墙，有木墙、竹编条夹泥墙、砖墙、土墙，当取何类？立柱础乃倒栌式，素覆盆与宝装瓣莲之分，当取何类？房屋颜色，有五彩遍装、碾玉装、解绿装……"

杏儿打断泽民，笑道："阿哥将我当成族上管事之判官，然区区小事，岂能难倒杏儿。墙壁之选择，当以冬暖夏凉，故而以砖墙为优；宝装瓣莲之柱础，甚是美观，自然选它。五彩村之房屋，多为本色建造木瓦之本色，仅在墙上涂以白垩，梁柱涂漆也只有黑色，我不知五彩遍装、碾玉装、解绿装等何意，然从词意，定不是拘于黑色等沉重之色。五彩村，当然选择五彩遍装。如何？"

此时只听得杏儿婆婆与嗯糜两人齐声道："妙哉！杏儿言之在理，果断得很，真乃大将之才！"两人一起笑眯眯跨入房间。

泽民哈哈大笑道："大将之才？如今公公与众长老纠结于碉堡修葺或重建之事，杏儿仍惦记修祠堂，乃偏颇之想法。"

杏儿道："碉堡修葺究竟有何用？万里长城挡不住蒙军铁骑，五彩村苟延残喘，不过是各朝各代官府遗漏而已。阿公也言，当年夷人进犯，村人以为一柱岭天险之要，不也被夷人轻易攻下。官府若进攻五彩村，碉堡不过一炮轰之。五彩村若得生存下去，当须与各山寨结盟，免去腹背受敌。"

泽民瞪杏儿一眼道："撇开碉堡，单论祠堂。祠堂乃宗堂，建造之根本，在于契合天圆地方与天人合一之观念，所谓无规矩不成方圆，天圆地方乃规与矩也。金柱、檐柱、中柱、圆柱、童柱等皆可为园柱，梁、枋、檩、掾等皆可四方。天井，四脚方正，上圆象天象规，下方法地法矩。法天象地，天圆地方之意。用斗拱举折之法，造型飘逸舒展，犹如鹏鸟举翅，使本来极无趣、极笨拙之头部，变成整个建筑物之美丽冠冕。凹曲屋面形如人字，天在上，地在下，人在中间，暗合天人合一之根本学说。如今画工之布局，不能达到此意境，阿公甚为不满，尚需三僚先生之新图。"

杏儿婆婆道："孙儿渊博，饱读经书，然杏儿所择图案颜色，正合我意。"

泽民道："宝装瓣莲乃佛教建造之式样，自然寓意深刻；砖墙围砌，也远胜木墙等；五彩遍装，更是明亮艳丽，一去五彩村房舍之沉闷单调，然……"

嗯糜道："泽民为何吞吞吐吐？说来无妨。"

杏儿撇嘴道："然而咋哩？打什么哑谜！"

泽民正襟道："祠堂图案，乃《营造法式》书中各类图案，也有外地工匠推荐之图。原本我与阿妹同一主张，然公公说，砖乃炭火烧成，面阔之巨，须伐高耸之坚硬大树，防止虫啮，得从外地重金购得黄桧。单就此几项，恐去族上一半财富。更有甚者，朝廷律法，民间房舍禁用彩色飞檐、重拱、四铺作、藻井、五彩装饰，一二品官厅堂，只得五间九架，下至九品官厅堂，三间七架，庶民庐舍，不逾三间五架，屋顶禁用四阿顶屋顶、九脊殿屋顶，只能用两厦。宝装瓣莲乃佛教建造式样，然五彩村之乡民崇尚道教。"

嗯糜婆婆顿时不语，面呈苦笑。杏儿不以为然道："公公与阿哥学识越多，越为拘泥。天底下何人约束佛教建筑与道教建筑不得相容？何况五彩村乃山高皇帝远之处，自古从无受官府一丝好处与皇恩，何必遵循他们的规矩？"

婆婆斥责道："杏儿胡言乱语！大家闺秀，倾心女工与琴棋书画为是。身为草民，藐视皇上，乃大逆不道。幸亏生在五彩村，若是山外，岂不成为法外女匪？儿媳定要管教！"

杏儿嗯糜笑而不语，拍打着杏儿出去："阿婆与我闻得泽民杏儿要前去相助穷户，也搜罗了几件旧衣，一同带去。喫过午食，早去早回。"

泽民杏儿三下两下喫完午食，冬梅春晖领着泽民兄妹前去牛牯崽家中。走到门口，只见大门虚搭，空荡荡没个人影。泽民诧异道："哎呀，观得牛牯崽之家，方知五彩村尚有如此穷困人家，可谓家徒四壁。日后须常来救助。"

村里找得许久，也不见牛牯崽踪影。正发愁之际，劈面碰上侯三，杏儿便询问侯三，晓松与牛牯崽现在何地。侯三自告奋勇领着他们向瘌痢牯之家，村北方向之张家冲走去。

张家冲相距郭家冲七八里，然须翻过一座长满油茶树之山峦。登上山顶，便见张家冲四周有连绵竹林，恰似绿色海洋，波澜起伏，一阵风吹过，发出飒飒涛声，气势磅礴。泽民顿感心旷神怡，走下山没入竹林中，仿佛浸泡于绿色天地之中。然杏儿早在冬梅背上睡熟，泽民见冬梅满头大汗，便换过冬梅，背上杏儿。欣赏着竹林美景，泽民不由吟道："盘径人依依，旋惊幽鸟飞，寻多苔色古，踏碎箨声微，鞭节横妨户，枝梢动拂衣，前溪闻到处，应接钓鱼矶。"

"阿哥满肚子诗词，是有感而吟？"杏儿已醒，惺忪中问道。

泽民道："此乃唐代薛能之诗。"

杏儿从泽民背上滑下，揉了揉眼睛道："昨晚噩梦不断，弄得今日困兮兮。阿哥所吟之诗，听来不甚明白，旋惊幽鸟飞，此句是明了的，恐与现实契合不符。这惊涛骇浪般之竹林中，鸟儿惊吓，早就飞去矣。"

泽民闻之，点头称是。侯三笑道："竹林，五彩村房前屋后皆是，为何公子如此稀罕？"

冬梅道："我家公子比不得我等俗人，整日埋首于圣贤书中，难得出来一次，见春色优美，自然会有感吟诗。这是读书之人的兴致啊。"

侯三点头，只觉得听了公子之诗句，似乎眼前景象确实与往日有所不同。几人说笑中走出竹林，见不远处山坳里隐有一座土房，侯三告知，乃瘌痢牯家舍。牛牯崽几个俱在，晓松在一石灰池里浸泡青竹皮，瘌痢牯与其吆吆正编织着竹篓，牛牯崽赤着上身，挽起裤腿，被狗咬之伤口已被包扎。他头冒热气，一声嘶吼，两手掰开碗口粗之毛竹，噼噼里啪啦之裂开声惊得旁边黄犬大叫。牛牯崽抬头一看，方知泽民几个到来，瘌痢牯赶紧吆喝一句，黄狗便冲着来人欢快地摇起尾巴。

杏儿乍一看，掩不住惊诧之情。哎呀，房前屋后，挂着几十个大大小小之鸟笼，屋子旁边，竟然有个用竹条织成的硕大鸟笼，有房子般大小，十头牛在内打转也绰绰有余，一群鸟儿在里面飞来飞去。"天下第一鸟笼！"杏儿欢叫一声，扑上前去。泽民叹道："名不虚传，此处莫不是诗人笔下'春眠不觉晓，处处闻啼鸟'之境。"

杏儿与泽民突然造访，让瘌痢牯全家甚是意外。瘌痢牯嗯糜面对郭家的少爷小姐，语无伦次，双手不知放在何处为好。瘌痢牯的弟弟妹妹吸着鼻涕躲在她身后，探头探脑。瘌痢牯嗯糜返身进屋，告知瘌痢牯婆婆。瘌痢牯满脸通红，扭捏局促。

瘌痢牯，姓张名大明，幼时不知咋哩鸟在他头上屙了一噗屎，铜钱大的一块头皮从此便不生毛发，于是被称为瘌痢牯，久而久之，他人已忘记其真名。

侯三其父虽以种田为生，然喜爱竹编，自觉技艺超群，妄称"篾王"，然见过瘌痢牯家中竹编后，自惭形秽，便改称"蹩脚篾匠"，他人面前，称颂瘌痢牯吆吆为篾王。见瘌痢牯窘态，瘌痢牯吆吆捅了捅瘌痢牯，瘌痢牯方涨红了脸，迎上前去。晓松冲泽民侯三挥了挥手，满脸白灰点，甚是怪异。牛牯崽也招呼一声，低头用脚蹬篾刀抽着竹丝，一根碗口大的青翠毛竹，很快成了一扎雪白的竹丝。

瘌痢牯婆婆从房内喜眉笑眼走出，泽民与冬梅春晖迎着瘌痢牯婆婆行礼，泽民作揖微躬，冬梅春晖下蹲，行万福之礼，齐声道曰："敬叩金安！"瘌痢牯婆婆作揖拱手，也下蹲回礼，连连说道："哎呀呀，早闻郭员外之孙儿从小墨水池里泡大，郭家乃文曲星下凡之世家，孙儿白白净净，斯文得很。"婆婆又冲泽民旁边的冬梅说道，"庄上无人不夸郭员外的孙女美貌异常，今日得见，果然如同传说一般。老妪久未出门，不曾见得小姐贵人，今日得见，饱了眼福欤。哎呀呀，小姐娇嫩得似剥皮的小竹春笋，真像一只……孙儿，汝曾念叨一句咋哩'金屋藏娇'，此句话里之娇，是咋哩美丽鸟儿？"

瘌痢牯涨红脸道："金屋藏娇里之鸟儿，是班犀鸟儿。阿婆，班犀鸟儿美丽是美丽，然嘴上长有刀样角，极像将军头盔，很是威武，毫不娇嫩。"

瘌痢牯婆婆笑道："老妪之意，反正就是天仙女一般秀气。"

冬梅喜滋滋道："婆婆弄差矣，我乃小姐丫鬟冬梅，小姐在鸟笼边。杏儿小姐，过来见过婆婆。"

杏儿立于鸟笼边，转身大声道："婆婆，恭请福安！"

瘌痢牯婆婆放眼打量，赞叹不已："这分明是凤凰下凡！哎呀呀，肯定是耋年岁数之田螺姑娘，降临吾家。"

在嘈杂鸟声中，杏儿耳灵得很，笑着走过来："阿婆，髫年乃是称呼乃牯，牟几乃称髫年。我若是田螺姑娘，哪位是侯官人谢端？谢端从小父母双亡，孤苦伶仃，然晓松牛牯崽与大明哥俱是父母双全，阿婆更是慈祥得很。"

痢痢牯婆婆点头，众人哄堂大笑，黄狗也汪汪欢叫起来。几只孔雀不知从何处跑来，围住穿着一身花衣之冬梅，抖动全身，徐徐开屏，犹如一把碧纱宫扇，又似一团绮丽彩云。泽民叹道："芳情雀艳若翠仙，飞凤玉凰下凡来，红珠斗帐樱桃熟，金尾屏风孔雀闲。"

冬梅红着脸推上杏儿，孔雀依然傲立，杏儿瞪眼视之，孔雀渐渐耷拉翅膀悻悻而去。众人惊讶不已，杏儿得意一笑，瞟了石灰池旁的晓松一眼，径直走向一鸟笼。泽民几个跟上，痢痢牯被牛牯崽一推，也赶紧来到鸟笼旁。

杏儿道："大明哥，满院子笼中之鸟，大多眼生得很，有的似曾相识，然不知咋哩鸟？有的相识，然不知其性，劳烦大明哥相告。此鸟应是画眉，杏儿说得对不？"杏儿指着身旁鸟笼里的鸟儿问道。

痢痢牯眼睛一亮，点头称是。杏儿注视片刻，侧耳倾听画眉婉转的鸣叫声："我猜此鸟眼睛上方清晰之眉纹，似乎画成一般，故而称之为画眉。"

侯三拍手道："杏儿小姐，经你提醒，细看还真是如此。"

画眉突然说道："杏儿，美人！杏儿，美人！"

众人一愣，惊奇不已。泽民道："今日方知画眉也能模仿人音。只可惜我公公早年从袁州城给杏儿购得之鹦鹉已不知去向，要不，必也伶牙俐齿。"

痢痢牯兴奋道："不仅如此，画眉若经训练，可模仿其他鸟声，乃为一绝。咕咕咕咕……"

画眉听了，也咕咕叫唤起来，竟是惟妙惟肖之鸽子叫声。众人拍手叫绝，泽民道："百啭千声随意移，山花红紫树高低。始知锁向金笼听，不及林间自在啼。"

杏儿撇嘴笑道："阿哥，若将画眉放飞林中，岂能如此观察入微？林间自在啼不假，只怕仿不得人声矣。"

泽民尴尬点头，来回观望众鸟笼，信步走到另外一只鸟笼边。众人挪步跟进，春晖道："此鸟为八哥，公子自然熟悉不过。痢痢牯，我家公子来访，想看一看比八哥鸟儿还伶俐之鹩哥。哪一只为鹩哥呀？"

然鸟笼里的鸟儿突然道："讨厌八哥，讨厌八哥！"

泽民与杏儿一怔，杏儿乐道："你为八哥鸟，为何自厌不止？"

痢痢牯笑道："杏儿小姐，此非八哥，乃泽民公子欲睹之鹩哥，两者长相相近，极容易混淆。鹩哥与八哥羽毛皆为墨黑呈光泽，然鹩哥眼至后头，有黄色垂片。杏儿小姐，泽民公子细瞧，可知不同。"

泽民细看，果真如此。然鹩哥沉默不语，泽民逗之，依然不语。泽民笑道："杏儿，春晖，冬梅，何人曾大言，大明家之鹩哥，嘴巧远胜我家之八哥鸟儿？我看未必。"

冬梅点头道："失望得很。侯三，别让公子乘兴而来，败兴而归。"

侯三涨红脸道："瘌痢牯可否令鹩哥显示一番本领，让吾等信服鹩哥强过八哥。"

瘌痢牯点头，将手指放在嘴里，发出笙箫声，鹩哥顿时撩起尾羽，显出叽喳嘀咕之兴奋状，之后清晰道："细嘴的配细脚儿，钩嘴的配利爪儿，长嘴的配长腿儿，扁嘴的配瓣蹼儿。冬梅，俏牟几；春晖，俏牟几；侯三，臭乃牯！"泽民与杏儿，冬梅春晖，目瞪口呆，个个如泥塑木雕，愣愣地杵在当地。春晖怯怯道："其音极像人声，春晖听后，依然不敢信是鹩哥之音。啧啧啧，真是鬼鸟。"

瘌痢牯挥一挥手，鹩哥又重说了一次，杏儿瞪大眼直摇头，泽民啧啧称奇："如此神奇之鸟，岂是鬼鸟，当是神鸟！"

侯三冲杏儿兴奋道："先头吾曾说过，鹩哥能言，堪称盖世无双，如何？"

杏儿点点头："果真如此，应验一句话，山外有山。阿哥，服不服？"

泽民感叹一句："服矣。我乃孤陋寡闻，关在家中，不知大明贤弟陋室之家，竟有如此精彩之世界，今日不虚此行也。"他兴趣盎然指着下一个笼子，"此鸟是……似曾相识，应该是……"

瘌痢牯欢欣愉悦道："此乃芙蓉鸟，富贵人家多饲养，是用来观赏之鸟。"

杏儿目不转睛叹道："芙蓉鸟？清水出芙蓉，天然去雕饰。这鸟浑身金黄色，确实美丽。"

瘌痢牯道："不仅美丽，此鸟也极爱干净，喜欢洗浴，连鸟笼也必须一尘不染。若是脏乱，芙蓉鸟就会急躁而亡。此鸟乃晓松娭毑从福建带回，言此鸟乃万里远洋外异国之鸟。"

杏儿与泽民赞叹不已，泽民道："曾听说过此鸟，然不知远渡重洋而来。原以为此鸟仅美丽而已，不知其竟如此爱洁，不负高贵鸟之名也。"

瘌痢牯领泽民与杏儿从左至右观赏鸟笼中之众鸟，侃侃道："公子，杏儿，请往下看。此鸟为相思鸟……"

泽民道："相思鸟？浅笑留花间，朵朵为君妍。春别秋寒至，片片落君前。轻声与君语，相思情长绵。莫怨花期短，青鸟终须还。"

瘌痢牯："此鸟为黄雀……"

泽民："黄雀？牛大垂天且割烹，细微黄雀莫贪生。头颅虽复行万里，犹和盐梅傅说羹。"

瘌痢牯："此鸟为竹叶青……"转过头看着泽民，泽民迟疑不语。

瘌痢牯："……也称为相思仔鸟。"

泽民恍然大悟："相思仔，夕辉抚慰知回路，却喜留遗物，虫嫩甘饴。急煞追寻，纵把情侣依偎。但听索命凄锵响，绿羽扬、红滴霜梅。怕归来，秋落空巢，三世相思。"

春晖、冬梅与侯三大声叫好，正在石灰池里浸泡竹子青皮的晓松和抽着竹丝的牛牯崽，抬头望之，踯躅不前，见瘌痢牯与杏儿不停朝他俩招手，终于放下手头的耙子与篾刀，围了过来。杏儿白了泽民一眼，道："赞阿哥文曲星一个，阿哥就顺着竹竿往上爬，每只鸟儿都要赋诗几句，不怕从竹竿摔落？我喜爱鸟鸣声，不愿闻阿哥的吟诗声。"

泽民笑道："阿妹嫉妒不是？阿婆赞阿妹为凤凰，阿妹可不得妄想今日百鸟朝凤，我摔下，阿妹依然凡人小女子一个。"

牛牯崽用手指捋着身上汗水，用力甩下，笑道："听不懂公子之诗意，然喜爱公子一鸟一诗，听得心里怪热乎的。泽民公子，在吾眼中就是文曲星再世。"

晓松甩着大汗淋漓的头，接口道："可不是吗？吾等平生头一次一边观百鸟，一边听诗词，稀罕得很。"

泽民迎着杏儿眼神，得意一笑。杏儿指着下一个笼子，脸红问道："适才笼中鸟儿尽是美艳鸟儿，为何此只长着黑乎乎火神头，乍看吓人。这是咋哩鸟？从未见过。"

痢痢牯道："此鸟儿妙就妙在看着吓人。此鸟为去岁所逮，并不常见。去岁秋天，田地里稻蝗猖獗，乡民焦急万分，然不知从何处飞来此鸟，斗稻蝗，啄米虫，比鸡、大雁、蓑羽鹤、麻雀、灰鹤、鸭子等厉害许多。吾吖吖正琢磨此事，如何饲养繁殖此鸟，利处之大，毋须言表。"

杏儿道："俗话道，蝗虫蝗虫，似为凶龙，伏地一滚，粮稼尽耱。此鸟诚为益鸟也！不知如何称呼？"

痢痢牯："吾也不知，问过老者，也无人知晓。吖吖称之为蝗畏鸟。"

众人听之拍手称快，杏儿牵着痢痢牯迫不及待地走向大鸟笼。痢痢牯吖吖正在关闭鸟笼门，泽民道："适才视此鸟笼之巨，已是震惊。临近细瞧，更是惊叹。此乃鬼斧神工之杰作，此大过房屋之鸟笼，竟无一铁钉，恐怕鲁班难为，精雕细刻，巧如天工。伯伯受晚辈一拜！"

痢痢牯吖吖赶紧作揖回礼道："世代生存于竹海中，五彩村童叟皆会织编竹器，家家皆有绝活。吾之篾技算不得超群，绝非稀罕本事，公子过誉了。"

杏儿道："鸟笼里之大鸟，竟有比我还高的。众鸟儿中，天鹅与白鹤乃五彩村常见之鸟儿，笼中最高者，我也识得，乃是黑颈之鹤，其他鸟儿，便识不得。大明哥，为何此笼中既有大鸟又有小鸟？何不分开饲养？呀，从笼中那棵树上飞下几只异常美丽之鸟，羽毛色彩斑斓，熠熠生辉，比孔雀更甚艳丽，与画中凤凰一般。难道世上还真有凤凰？"

痢痢牯笑道："此乃红腹锦雉，确有几分像凤凰，由晓松逮来。这些小鸟尚不知习性，待在小笼中恐难存活，故而留在大笼中。"

泽民道："此鸟从未见过，倒是稀罕得很。"

痢痢牯吖吖笑道："岂止是泽民公子，恐怕村里长辈也无人见过。红腹锦雉之名，也是三僚先生告知。公子小姐，还有一鸟颇为稀罕。那个叽叽喳喳、浑身灰色缎绸般羽毛、鬼灵般之鸟，吾尚不知其名，要不是晓松送来，老夫也从未见过。"

泽民道："晓松，莫非这也是你娌几从外面逮来，或购得之异国之鸟儿？"

牛牯崽突然嘟嚷一句："异国他乡算不得稀罕，红腹锦雉、黑颈鹤全是吾与晓松从魔鬼岭山区捕来。"

第十五章
历千辛火鹰激后辈，有万用赣个为苍生

牛牻崽的一句话令泽民与冬梅几个心中大惊。魔鬼岭，五彩村乡民谈虎色变之地。

冬梅瞟了晓松几眼，晓松脸色似乎也异样起来，她禁不住问："痫痫牯，牛牻崽所言属实吗？牛牻崽与晓松竟敢跨过元宝山，不惧夷人，私自去得魔鬼岭，还安然无恙返回？"

侯三也问道："魔鬼岭是长辈们口中之死人谷，相传凡进去者，难有返回之人，更有甚者，即便从魔鬼岭归来，也带了一身鬼气，几年后死得蹊跷，或成为疯癫之人……"

杏儿略带不屑地说："侯三吞吞吐吐，我替你说出来：晓松即便活着，也是不祥之人。你是想说这个不是？此等鬼话，岂可信耶？何人不知孽龙河从夷人山区流下，也绕过魔鬼岭，河水满载魔鬼岭灵魂，然孽龙河千百年抚育五彩村众生灵，五彩村岂不个个成了不祥之人？"

晓松向杏儿投来带着敬意的一瞥，道："魔鬼岭有何可惧？吾与牛牻崽，随牛牻崽吖吖山中狩猎，追踪一群黑山羊，不知不觉中进得元宝山。那群黑山羊颇有灵性，竟然躲过枪箭，我等紧追不舍，竟被引着绕过夷人山寨，上得魔鬼岭山峰。这些鸟儿，便是在魔鬼岭上捕到的。魔鬼岭乃罗霄山最高山峰，山峰直插云霄，一日四季，甚是神奇。然登至山顶举目瞭望，竟然为平缓之浩瀚草甸，鲜花绿草，长势茂盛，有齐腰之深。吾与牛牻崽扑在草甸上，欣喜不已，然观得前方有鸟，鸟头顶有一簇直立黑色羽冠，甚是惊奇，当时便见得它凌空直上，然后悬浮天空许久，骤然间笔直垂落，如坠箭般砸落地面三四尺时，又乍然翻身拔地而起，令人目不暇接。此鸟边飞边鸣，叫声诡异，时而清脆甜美，时而沉闷嘀咕，吾与牛牻崽奇异之时，此鸟落落大方，飞落在吾俩身边，一点也不惧人，神气十足。牛牻崽与吾，轻易将其抓在手中。牛牻崽吖吖说，那里是传说中的空中草甸，相传乃八仙夏日避暑之地，牛牻崽戏称此鸟为神仙鸟，我称八仙鸟。当时神仙鸟在手，眺望魔鬼岭之死人谷，心中竟无一丝畏惧。不过在草甸山峰下，抓得黑颈鹤、红腹锦雉，可费了吾与牛牻崽一番周折。"

牛牻崽睁大牛牻眼，挺胸昂首，瞟了泽民与杏儿一眼道："有晓松做伴，吾何惧鬼怪。草甸上，放眼望去，无边无际，此等感觉，妙不可言。"

泽民与杏儿几个满脸羡慕，侯三道："何时也带上吾等进去耍上一番，让吾等也领略领略仙境风光。"

泽民闭目道："一望无际之草甸……敕勒川，阴山下，天似穹庐，笼盖四野，天苍苍，野茫茫，风吹草低见牛羊。如今是'风吹草低见仙鸟'了。"

晓松赞道："天似穹庐，笼盖四野。泽民公子一言，恰如其分。当时吾与牛牯崽正是如此感觉，只是苦于腹中无词言表。"

杏儿急道："为何独落下我一个？晓松哥，下次再去，可得叫上我！"

众人哄堂大笑，又转到屋后林中，瘌痢牯将两排大小不一的笼中之鸟细数一遍，杏儿方才知道里面为朱鹮、褐马鸡赤颈鹤、秋沙鸭、黄腹角雉、鸳鸯、苍鹭等十几只珍贵鸟儿。看完之后又返回大笼旁边，冬梅踮起脚尖，与笼中一人多高之黑颈鹤比着，一只老鹰突然飞来，掀起一阵急风，落在瘌痢牯肩上，吓得黑颈鹤与冬梅尖叫一声，黑颈鹤转身撞上鹈鹕、丹顶鹤，引得笼中鸟儿大乱。杏儿骂道："死老雕，别看你长相凶狠，我可不惧你！"

泽民惊讶道："似老雕，然非老雕。毛色纯青，两翼展开近三尺，似神话中天子飞乘之青鸾。莫非正是此鸟？"

瘌痢牯吖吖笑道："青鸾？不知神话中青鸾是何状。然而山区众多老雕，此鸟为其中之一，平常在高山盘旋，鲜来村庄，泽民公子自然少见。杏儿小姐骂老雕为死老雕，然老雕是长寿之鸟，寿命可达七十余载耶。"

一句话惊呆了众人，侯三道："人逢七十古来稀，本以为鸟儿与人相比，寿命更短，今日方知老雕如此长寿！"

瘌痢牯吖吖笑眯眯道："还有更稀奇的。晓松祖上曾有一只火雕，似有神灵附身，庄上人家，至今传颂，可惜被夷人射杀。还有牛牯崽祖上之火雕，当年泽民曾祖父称为涅槃重生之雕。"

泽民与杏儿异口同声："啊？"嘈杂之鸟声中，两人屏声静气，目不转睛注视着瘌痢牯吖吖。

瘌痢牯吖吖道："火雕，实则鹰者。牛牯崽曾祖父饲养一鹰，幼时便戴上铁环，鹰之岁月，历经风霜，四十岁时，本是暮年之状，爪子老化无力，喙已又长又弯，翅膀因羽毛退化，变得沉重笨拙，长此以往必死无疑。有一日老鹰黯然离开，牛牯崽曾祖大哭，一路跟随，爬上悬崖，观得老鹰独立悬崖上，蹭着粗糙岩石，将老化之喙皮一层层磨掉，直至血淋淋完全剥离。更于凛冽寒风中，不再进食，似乎苦苦等待着……"

泽民几个急迫问道："等待食物出现？"

瘌痢牯吖吖摇头道："等待崭新之喙长出。"

杏儿"哎呀"一声，问："牛牯崽曾祖可上前帮其剥离老化趾爪？"

瘌痢牯道："有世代养鹰者，从不帮其剥离。"

侯三道："有无其他鸟儿相助？"

泽民道："非耶，定是老鹰用新喙将爪子上老化之趾爪自行拔掉，在血泊中等着长出利爪。震撼至极。"

瘌痢牯吖吖点头道："泽民公子灵气，所言极是。据后人相传，阿兰曾言，火鹰还须熬过最后一关，即用新趾爪将身上又长又重之羽毛，一根根拔掉，满身伤残中，等待新羽毛长长。有了新喙、新爪，新羽毛，老鹰方能从地狱中复活，展翅高翔，抓捕猎物。"

杏儿闻之，瑟瑟不已，许久吐出一口气，问道："漫长时光，焉知不会痛死，饿死，被风雨毁之？"

牛牯崽冷冷道："前后算来一百五十多天，不喫不喝，仅有意志顽强者方能存活下来，余下便是崭新之三四十年。吾吖吖也是这么说的。"

话音落下，众人皆惊，面面相觑，空气仿佛凝固一般。许久，泽民百感交集道："仅闻凤凰涅槃，浴火重生之传说，倒不知常见之鹰，也是如此壮烈英勇。呜呼，老鹰，凄风淅沥飞严霜，苍鹰上击翻曙光，云披雾裂虹蜺断，霹雳掣电捎平冈。舂然劲翮翦荆棘，下攫狐兔腾苍茫。爪毛吻血百鸟逝，独立四顾时激昂。炎风溽暑忽然至，羽翼脱落自摧藏。"

众人闻之，心潮澎湃，晓松慷慨激昂，脱口而出："如能化成鸟儿，吾定成为穿越云际之鹰！"

杏儿与其他伙伴也大声道："我也自当成鹰！"

瘌痢牯又带众人走进不远处之山林中，仔细聆听，将林中之鸟一一讲解，众人听得伸出大拇指直夸，就连瘌痢牯吖吖也暗中叫好，泽民杏儿，更是啧啧称奇，连称瘌痢牯通鸟语，懂鸟意，莫非鸟神托生？该称鸟主。众人大笑。

瘌痢牯道："另外一处山林尚有好多个鸟笼，不过是平常之鸟儿，可还前去观看？"

冬梅道："来日方长。今日出来已久，该回家了，不然杏儿婆婆惦记，回去又会责怪。"

泽民也点头称是，杏儿道："大明哥哥，只可惜今日不能尽兴，改日再来这百鸟之园。我以为，但凡五彩村平日能见到之鸟儿，尽收于此矣，尚不知天下鸟儿有几多？"

牛牯崽大咧咧笑道："可不是，五彩村弹丸之地，也是鸟之天堂，然而今日见到的，多是留鸟，候鸟不多。瘌痢牯，吾之言可对？"

瘌痢牯道："正是，天下之大，今日所见之鸟，恐怕也是沧海一粟。如今天色已晚，来日随时恭候公子与小姐光临，吾蓬荜生辉。"瘌痢牯斯文几句，全从傩戏戏文学得。

杏儿问道："牛牯崽哥哥，咋哩为留鸟，咋哩为候鸟？"

候三笑道："顾名思义，一年四季留在此地者，为留鸟；南去北往，飞来飞去者，叫候鸟。犹如晓松与吾等，世代留在本地务农，长大难逃此命运，乃留鸟耶；泽民公子，长大金榜题名，出外做官或经商，那就是一只候鸟耶。"

众人皆笑，冬梅催促泽民杏儿上路，杏儿依依不舍，刚想道别，忽然想起花冠之事："几位好哥哥，能否给我编织一个花冠，就像桃花姐姐跳傩戏时戴的那种。"

癞痢牯赶紧点头道："哦，桃花之花冠上装饰的乃翠鸟之翠羽，众人皆说，鸟羽中最旖旎多彩的，当属翠鸟之羽毛。然如此一个花冠，得捕捉许多翠鸟才成，今春恐怕不行，待日后捕捉多了，凑齐翠羽，尚有孔雀长羽、凤凰五彩羽毛等，凑齐做成，超过跳傩戏之花冠，做成后定当赠送。"

杏儿道："哎呀，还须杀死许多翠鸟，折煞人也，那就算了。哦，冬梅姐姐，为何忘记赠送衣裤之事？"

冬梅忙道："光顾看鸟，将此事忘得一干二净。牛牯崽，杏儿惦记去日午前，你被梁家黑狗咬碎衣裤，恐你破衣烂衫，又无更替之衣，今日特送来一整套衣裤，尚有一包袱旧衣。"

牛牯崽黝黑之脸涨红，嘴唇嚅动着，竟不能出声。癞痢牯婆婆道："牛牯崽嘴笨，不知咋哩说谢为好。公子小姐，心地善良，然赠送绸缎之衣，一件价值，便顶上棉布苎麻衣十几件，穷人家哪个穿得出去？不如小姐将家下人之苎麻褐衣给牛牯崽，还实用些。"

泽民道："那好，明日冬梅跑上一趟，给癞痢牯家也送上几套苎麻褐衣。"

冬梅笑道："正好去岁年底家仆换装，留下一大箱半新不旧的衣裳，夏布做成，牢固耐磨，已洗刷晒干，正好派上用处。"

杏儿道："记得也给晓松哥哥一套。哎，还有一事不明，鸟儿为何能飞上天空？鸟儿千里之行，如何辨别方向？为何适才见过百鸟，皆有拉屎的，为何未见撒尿的？冬日里那大雪纷飞，天寒地冻，雪地上为何不见青蛙癞蛤蟆，壁虎毒蛇，然麻雀、鸽子与乌鸦，仍旧蹦跳着出来觅食？"

癞痢牯与牛牯崽咧嘴大笑，冲着晓松乐道："杏儿小姐之问，超过当年晓松。"

侯三道："杏儿为何跟晓松一样，问得稀奇古怪。此有多难？鸟有羽毛，这不就飞上天了，其他的……"

冬梅道："如此简单？恐不是小姐中意答案。"

癞痢牯笑道："晓松曰，河中有水，空中有气，水黾于水面上健步行走，乃水有托力；鸟在风中飘浮，空气也有托力；波浪掀翻船筏，水有冲力；大风吹跑屋顶，气也有冲力；船筏飘浮，乃水之托力与冲力叠加，大于自重耶。鸟儿空中飞翔，乃气之托力与冲力叠加，大于鸟儿自重，鸟儿翅膀与尾毛，犹如船桨与船舵。"

泽民点头道："鹏之徙于南冥也，水击三千里，抟扶摇而上者九万里。"

癞痢牯道："为求其解，晓松观察细致入微。鸟儿之飞羽，中央有羽轴，羽毛末端，空气透明为羽根，上部有羽干，两侧斜生着密密羽支，羽支又侧生小羽支，细看便见，羽支长有极小之钩子，相互间钩连起来，飞羽便成平板状之羽片，托力与冲力倍增。晓松曾用刀划开鹈鹕鸟儿之骨骼，空而坚固，骨骼可贮藏空气，其颅骨长有许多蜂窝状之小孔，定是气囊，用药房之戥子盘秤之骨骼，其重量远不及鹈鹕自重十分之一之半成。犹如此类，鸟儿岂不能空中翱翔？"

杏儿闻之，赞叹不已道："如此深究，可否计算出其托力、冲力，以鸟儿模型，仿制出空中飞人？"

众人大笑，瘌痢牯道："杏儿与晓松天生一对，爱好与性情相投，晓松当时被我曹戏称'鸟魔器'一个，执迷而疯癫，鸟主实为晓松，如今又冒出一个鸟魔器杏儿。"

牛牯崽道："猛地一听杏儿此等疑问，似乎易答，然细想一番，恐难以答出，要不容我曹琢磨出答案后，再告知小姐。晓松聪明绝顶，定不会让小姐失望。晓松，是不是？"

晓松抓头挠腮，与瘌痢牯面面相觑，竟不敢言。泽民笑道："阿妹平日刁钻古怪，诸位毋须见怪。杏儿，已耽搁诸位劳作，就此告别矣。"

言罢拉上杏儿，向瘌痢牯婆婆与家人作揖道谢。太阳已落下半山腰，瘌痢牯婆婆叫瘌痢牯晓松几个送公子泽民与小姐杏儿回家，瘌痢牯几个欣然从之。

离开瘌痢牯之家，几人依然兴致盎然，牛牯崽好奇问道："汝等来时，吾还以为诸位见过去日之竹蜻蜓，是前来拜瘌痢牯吖吖为师，学竹编技艺，以便做成几样精湛竹器，气煞梁贵等。瘌痢牯家可是篾匠世家，吾与晓松已是瘌痢牯吖吖之徒矣。"

侯三笑道："笑话！即便如今泽民家比不得梁贵家日进斗金般暴富，然饿死的骆驼比马大，郭家依然家境殷实，梁家都比不过的。大户人家子嗣岂有去学工匠之技的？"

杏儿道："侯三此言差矣，何必与梁家比较富贵？恶心之言。阿婆曾言，众生平等，无有分别，技不分高低贵贱，心却分三六九等。晓松哥哥，我的确欲要一只你编的竹蜻蜓，可否？"

晓松欢喜道："明日里便可做好，汝喜欢就好。"

泽民道："一个竹蜻蜓，杏儿、冬梅、春晖皆赞不绝口。可见三百六十行，行行出状元。我等生在竹乡，即便是富家人，也能编个竹篮筐子与竹蛐蛐等，篾匠技艺，也是富贵人家之兴趣，当然更有养鸟驯鸟之趣味。只是泽民羞愧，竟不能编织。适才见瘌痢牯家之院里，摆放着琳琅满目之精湛美竹器，然不知如何编成？"

晓松呵呵笑道："泽民公子长在金门绣户，打小两耳不闻窗外事，一心只读圣贤书，破竹编织、插秧收割等，权当趣事听听便可，不必求知。"

侯三自豪道："江西人好走江湖，江湖本领，不耕而食，不织而衣，遨游海内，艺不压身，即便公子哥一个，破竹编织，也当是戏耍之趣。公子有趣味，瘌痢牯与吾皆可详解破竹编织技艺。"

杏儿道："竹编技艺，恐一言两语难以说明。阿哥听百遍，不如动手一遍学得快。然既为竹乡人，各位应熟知竹子用处广泛，何不来个接龙游戏，每人说三个以上竹器，聚而求全，也许是天下竹子用处之大全，也为竹乡人途中一乐。世上有《禾谱》一书，阿哥若记载下来，当是《竹乡竹器之趣》，或许可流传开来。"

众人齐声叫好，侯三道："杏儿小姐年龄最小，从她开始吧。"

杏儿笑道："既然各位觉得有趣，吾自当抛砖引玉，为哥哥姐姐烘云托月。杏儿张口便来，诸位听好耶：鸟笼子里百鸟叫得欢响，引来我杏儿头戴竹圈花冠，骑竹马，吹竹哨，抖动一支竹蝗竹蛇，放飞一对风筝蜻蜓，抖竹龙，点爆竹，踩高升，我曹蒙眼走进竹迷宫，翻腾跳跃荡竹秋千，杏儿演一出摇茶娘，甩一根竹鞭，啪啪啪，为你等牵马坠镫，开路先锋！"杏儿一声吆喝，引得众人喝彩。

冬梅不慌不忙接上："小姐开锣我敲鼓，单表灶房众多竹谱。竹筷子，竹调羹，竹碗，竹盘子，竹铣把（刷锅用的刷子），竹签子，竹夹子，竹刀，竹锅铲，竹篮，竹箩筐，竹饭甑，竹釜，竹笹箩，竹蒸笼，竹笊篱，竹饭莒，竹水勺，竹酒杯，灶上蒸的是竹叶包成之粽子，火烬中烤的是竹筒饭，烹煮烤煎炖，炒的是春笋冬笋糟笋明笋烟笋与小竹笋。文人骚客，婆娘不想，三顿不喫想得欢！"

春晖赶紧开口道："冬梅灶堂烧火忙，锅下噼里啪啦响，烧的是又燥又干之竹子；春晖走出灶房进茶室，笤帚轻扫地，竹刷擦茶碱，沏一杯茶水丫鬟手脚忙。有建城，有罗合，茶铃茶莒，茶叶调羹，竹搅荚，茶铣把，竹茶囊，茶焙，竹茶箱子，老爷的竹茶炉火最红，竹叶青香茗满书斋。走出茶室晾衣裤，一阵风掀翻竹三角架，竹衣杆掉在我脚背上，疼得春晖叫嗯糜，猛踢一脚竹衣架，鸡飞狗跳窜竹林——哎呀，原来竹子是我的亲嗯糜！"众人哄堂大笑，直夸冬梅与春晖细数之悉。

侯三急嚷嚷："该吾出场耶，锵锵锵！冬梅春晖灶房茶室说得全，别的房间该吾言。村东太阳村西雨，吾戴斗笠披蓑衣，左手竹冠，右手竹帽，腰上插把竹雨伞，一屁股坐在竹椅子上。竹榻，竹桌子，竹凳子，竹躺椅，阿吧凳几龛龛上放（小竹凳子放在窗台上），草鞋竹屦肩并肩，竹板竹床头碰头，摇椅晃腚来乘凉。卧室竹床挤得满，晓簟昼簟与夜簟，辨识不得吾发癫。竹篑竹柜竹帘子，竹屏竹几竹夫人，胡思乱想俏堂客，左右竹扇不去热，气中吾挥起竹仗赶蛉蛄——哎呀，蛉蛄打不着，一仗打翻竹尿壶，哎呀呀，斗气不如扯笋去，竹子才是吾吥吥！"

杏儿哈哈大笑，险些岔气。冬梅笑骂道："侯三太着急，年小便惦记堂客，不怕越惦记越难讨，羞不羞呀！"

众人大笑起来。侯三指着晓松、瘌痢牯、牛牯崽三人道："吾晓得汝三人是老庚，同年同月同日生，谁先说？要不按时辰来。"

瘌痢牯整了整衣服，牛牯崽道："本该轮上汝，然篾匠世家，理当押后再说。"

众人抚掌点头称是，牛牯崽挠头道："呃，吾吧，吾磕磕巴巴说几个，汝等不得笑话吾。呃，一根扁担不离身，打狼打虎打鬼神；弓竹做，箭竹做，矛枪竹签和弹竹；呃呃，一根竹子盖栋屋，柱梁是它，楼板是它，门窗墙瓦也是它；呃，竹棚住不长，竹楼长久住，竹馆竹阁竹亭子，竹廊竹堂竹牌坊，刷上桐油存百年，竹庙竹寺拜神仙，竹塔竹墓埋神仙，竹禅佛院，通达来世彼岸。仅有竹篱竹栏杆，隔三差五天，牛牯崽勤修补。竹青皮石灰里泡，捆扎支架风吹不倒，捆绑野猪虎豹不跑。呃呃呃，中间有墩的为竹桥，中间没墩的为竹索桥，吊起来滑的，为独索溜筒桥，水上此起彼伏的，为竹浮桥。嗯，呃，一根竹竿水中撑，竹排颠三倒四顺江流，竹筏直来直去水中游。竹箭穿鱼三尺肥，竹夹夹鳅黄鳝粗，逮鱼小打小闹为钓竿，鱼苟，鱼罩，竹兜，竹叉与箹笓（捕虾用的工具），大小通吃的，为横断河流之竹坝，其心可诛，实则断子绝孙之渔篓。一把竹梯阁楼低，竹燥着火自燃急，牛牯全身蛮力足，一丈竹兜两肩挑。公子念书别着急，吾三宿方至土地庙。哟，哎呀，土地公公原本为一根腰粗之千年竹，竹子是阿公！"

牛牯崽话音落下，众人纷纷叫好。侯三赞道："赖叽（哪一个）哇（说）牛牯崽笨嘴笨言，哇起竹器，妙语连珠，精彩！"众人飞舞手中的竹杖，异口同声叫，"庵堂不叫阉堂，那叫妙（庙）！"牛牯崽呵呵憨笑。

泽民道："该晓松出场欤！"

杏儿点头道："诸位休要闹腾，静场静场，拎起耳朵仔细聆听。"冬梅捂嘴而笑，冲晓松扮个鬼脸。

晓松大大方方道："适才诸位哇得皆精彩，吾搜肠刮肚抖一抖。五彩村之天地冇的哇，吾娭几罗霄山区之感叹，高山峡谷，重峦叠嶂，夹着丘陵，绵延不断；雪山冰川，森林草甸，瀑布飞流，溪潭河湖，错综广布。走一遭，一日四季；看一圈，峻秀奇旷。各位且抬起贵头看一看，山上有轮歇烧火地，陡坡锄挖地，半坡牛犁地，可惜种不得水稻，然稷、粟、梁、麻、麦，茶，花草果树与时令菜，皆可栽种。烧嘎里（完毕）山，锄嘎里土，犁嘎里地，夷人用尖竹竹啄铲播下种，骑竹薅马，背竹覆壳，戴竹臂笼，挥竹耘爪，地上之苗株长得粗，豆角攀竹长，金瓜吊竹棚。再看五彩村，山丘梯田层层驮，旱田旱地竹车转，竹龙昂首来行雨，富家坝田平又肥，竹槽喜灌早晚稻，肩挑革子（竹箕）背竹篓，除草施粪箩筐装，呵呵呵，一把汗来一把米，竹家姊妹全上场，竹戽勺，竹抄杆，竹麦绰，竹麦拢，晒稻簟（席子），竹筅（晾晒稻禾竹架），竹耙子，打谷杆，竹连枷，竹焙笼，竹飏扇，竹筛盘，竹簸箕，竹囤箩筐，点个爆竹万鸟飞，竹筒风敲吓野兽，竹家乡民累弯了腰，脱上三层皮喫不消，青皮乃牯像老翁，新米尚未喫进肚——呀呀，还须手持竹枪捉老鼠！"

余晖下，泽民闻之，脸色凝重，众人皆不语。杏儿道："闻之心酸不已，怪不得古人云，锄禾日当午，汗滴禾下土，谁知盘中餐，粒粒皆辛苦。"

泽民道："晓松适才所述，泽民惭愧得很。水稻是识的，恐其他分不清也，更不知农家器具如此繁琐。"

晓松道："公子终日于房中饱读圣书，自然四体不勤，五谷不分，怪不得公子。多出来田野走动，便知晓矣。"

泽民点头道："今日方知一碗红米饭，由来皆艰辛，半夜呼儿趁晓耕，羸牛无力渐艰行，时人不识农家苦，将谓田中谷自生。"

众人纷纷向泽民投去赞许之眼光，泽民清一清嗓门道："诸位听春锣多欵，似仿得春锣鼓点唱段，我也来凑个趣。呛咚咚呛，呛咚咚呛，咚呛咚咚呛咚呛，打起鼓哎，敲起锣哟，爆竹声中道竹歌。诸位贤兄贤弟，我书房里面呆得久，先把书生臻爱之物数一数，瞻彼淇奥，绿竹青青，何年学操笔，终岁惟箭。咚咚个呛！"

众人大笑，杏儿道："何须春锣腔调？听来怪兮兮，不如平日里所言语。"

泽民点头："也好，我正恐春锣段子生疏，便改成随口直白之语。挥毫落纸如云烟，袁州竹纸色春膏。截竹盈尺探幽深，为筒虚心学老聃。竹戒半尺童生惧，臣心一片赣竹砚，丹心不改天地悲。昌南瓷胎映竹编，万里皇城竹宫灯。天生丽质难自弃，竹笛竹箫竹口琴，笙簧管芦笙号筝，竹板渔鼓切克情，竖琴二胡尽八音。勿讥泽民孤竹空，竹雕一案道乾坤！"

冬梅春晖抚掌大叫，赞美不已，杏儿也欢呼叫妙，晓松几个附和叫好。侯三低声道："冬梅，公子之言，吾等听不太懂，闲暇时给吾等解释一下，学得数句，也是长进。吾可不愿半路丢竹子——损（笋）失矣。"

晓松由衷赞道："山不在高，有仙则名，竹不再多，一句道尽乾坤，妙不可言。羡慕公子识文断字，只是曲高和寡。"

杏儿听众人纷纷夸赞自家兄长，喜滋滋道："侯三兄，过后我将阿哥所言之意，悉数尽解。接龙不可中断，现今就看大明哥喽。"

冬梅道："至此天也说完，地也道尽，我思来想去，不知还有何竹器可述，只怕为难痢痢牯哥。"

牛牯崽与侯三几个齐声道："难不倒他，不信听来。"

痢痢牯腼腆道："吾嫌竹子难做成扁担，各位鲁班公前，痢痢牯开言。嗯，竹子干裂后炉中之闷，便成竹炭，打铁炼钢，全靠炉火竹炭火旺，又将干竹磨成灰，与硝等混合，方成爆竹炸药，火铳弹丸。哎，吾仿一动作，诸位猜是何竹器物？"

痢痢牯弯了下腰，双手有节奏地上下摆动。冬梅破口而出："小竹弓弹兮，棉絮纷欵！"

痢痢牯伸出拇指，然后又做一动作，侯三赶紧说道："经纬杼柚织机，均已竹制，天仙女逊之。"侯三也下一城。

痢痢牯指了指路边树枝上垂吊之虫茧，做了一个欲飞动作，春晖一把捂住侯三之嘴，抢声道："蚕之种忌，蚕浴，蚕房养蚕，破茧，如何离得开竹耶，痢痢牯，余下之动作，吾已猜出，抽丝挑丝，牵经花机，均以竹制。"春晖之言，博得晓松牛牯崽几个一顿喝彩，气急中侯三狠狠瞪上春晖几眼："吾也猜到，春晖有何得意。"

痢痢牯拔了一根灯芯草衔在嘴里，放下手中竹竿，捡起一块石子敲竹竿，又将竹竿插入土中，然后右手前后推拉，笑看着各位。

冬梅春晖侯三皆不知所以，泽民更是丈二摸不着头脑，牛牯崽也一脸迷惑。杏儿咯咯笑道："尚有你等不知道的？晓松哥哥也不知晓？"

晓松挠头道："尚不能确定欤。不知是否与炭井有关联，吾曾下过炭井，哦，瘌痢牯之动作，乃是井下炭古佬衔着油灯，下井道支护坑壁，背着或拖着炭筐，井里竹木之量巨耶。"

侯三道："来回推拉？似乎是在灶房推拉风箱。"

牛牯崽恍然大悟道："吾也下过井，然远不及晓松反应之敏捷。炭古佬下炭井开挖时，若毒气灼人，便将巨竹中间挫空，首尾相连，以抽风机相助，排出毒气。瘌痢牯，对不对？"

瘌痢牯嘿嘿一笑，捶他一拳，笑道："土地爷之蜡台——对！"

晓松道："常听吾娭几言，本省区域，金银铁铜，铅锡磺矾，瓷土朱砂银等，无不依赖采掘。昌南瓷器，享誉天下，先祖冶炼青铜之技艺，恐为天下中独占鳌头。如此说来，赣人技艺之精湛，竹子也功不可没。"

泽民频频点头道："我公公也常赞叹，昌南瓷器盖世无双，有'莹如玉'之美称，时至今日仍是皇家贡品。话回正题，晓松能一语道破，实乃见识多广，我泽民心服口服。不过瘌痢牯适才挤眉一笑，恐怕你等听得大明之动作，又要饶头。"

瘌痢牯笑道："此器物，吾也不会模仿动作，只得言之，前些日晓松询问吾吖吖，手中制作之竹器为咋哩竹器，不知晓松是否记起？"

晓松道："当时，汝要吾回家询问吾娭几，但至今未见到娭几，故尚不知此为何物。"

瘌痢牯道："汝娭几乃本村神仙公，若他不语，无人晓得。三僚阿公从外省回来，讲述蜀地有一地，光映上昭之火井，内藏神气，点火时声如雷神，火焰通耀数十里，以竹筒藏之，竟然可令火焰终日不灭。另有神井，内含卤水，蜀人用竹制吸卤筒，抽气吸水，熬制食盐，名曰卓筒井。汝娭几持各类凿盐井之竹器图样，询问吾吖吖，可否按图仿制造出，至于器具，吾尚不知如何运用。"

晓松道："经汝提醒，记得前些年，吾吖吖也说过此事，不曾想娭几一直惦记，改日问问娭几，可否在本地也寻到神气之源。若采用蜀地之法，于本地开采，熬制食盐，可解五彩村食盐短缺之苦也。"

泽民啧啧惊讶道："着实神奇。晓松，你娭几利民之谋，甚是令人敬佩。"

杏儿拍手道："正是，我等回去定告知阿公，鼎力相助开采山盐。想不到，尚有晓松哥哥不知之竹器。竹之妙用，言不尽矣。"

晓松道："可不，竹子尚有其他用处，瘌痢牯尚未道尽。"

瘌痢牯眨眼道："杏儿所言极是。晓松也曾有奇思妙想，只是不曾讲出。桐油刷竹，用以防腐，挫通各截竹管，倒入糯米黏土，黏土中掺有羊桃腾汁，或松胶，或淮山汁等，搅拌和匀之，三合瓷土，打入土中，几年下来，此竹管恐成石柱，日后坡地上干拦之房屋，也可成高楼矣。"

"此等异想天开，不可当真。吾适才提醒竹子另一用处，原本是瘌痢牯告知的。"晓松自嘲一句，然后指着嘴，冲瘌痢牯一笑，瘌痢牯幡然醒悟："哦，将此妙用丢在脑后矣。

竹管内膜可治喉哑劳嗽，竹精……"

泽民满眼迷惑："竹精是咋哩？"

杏儿咯咯笑道："千年之竹为土地公公，万年之竹便是竹妖怪也。"

泽民道："两神相搏，合而成形，常先身生，是谓精。定是竹子本身初生，利于人精气之物。"

侯三道："公子果然聪敏。竹精，乃新竹管腔内之汁，可医治汗斑。"

晓松道："尚有天竺黄。"

瘌痢牯道："为嫩竹叶卷面而未张开之幼叶，镇惊安神之药也。"

牛牯崽受启迪，也笑道："竹沥。"

瘌痢牯："竹茎用火烤而流出之汁液为竹沥，可清风降火，润燥行痰。"

晓松："竹茹。"

瘌痢牯："淡竹之叶，可消暑解渴。淡竹之茎秆除去外皮后，刮下之一层卷曲丝，称为竹茹，可治反胃噎膈，胃虚干呕。"

冬梅与春晖惊叹不已，道："闻之，方知竹子全身俱为宝也。"

瘌痢牯道："正是，即便碾成粉末，也可化成火炽。听得各位遍数竹子妙用，吾以为竹子进献人类之用，堪称殚精竭力。诸位，再论竹之妙用，吾也殚精竭力矣。"

众人大笑称是，为竹子的大公无私赞叹不已，纷纷伸出拇指。此时，天色已黑，方点上火把，一道黑影闪过，猝不及防，吓得杏儿趔趄倒下，冬梅牵她手，也被拽落，将身边一棵一人高的小竹子压折。牛牯崽眼尖，乃一只硕大竹鼠窜过。晓松赶紧扶起杏儿冬梅，冬梅道："方称赞竹子之大公无私，用处之广，我便压折幼竹，罪过罪过。"

晓松宽慰道："竹子乃鞭根之物，生命力极强，然观此竹，恐非今年破土，似三岁之龄的竹子。"

杏儿睁大眼道："我睁大眼细瞧，依然不敢置信，晓松哥恐怕错矣，三岁之竹，长得如此矮小？"

泽民笑道："雨后毛笋脱壳，天天长高，半载便与吾身齐平。三年之竹，恐成参天大树。晓松乃宽慰杏儿与冬梅之语。"

瘌痢牯笑曰："晓松绝非妄言。毛竹竹笋破土，春雨后疯长不已，夏季来临，便会喘口气歇息，疯长不再赓续，如冬眠一般，四年之内，仅长巴掌不到之高；然四年后，犹如神助，昼夜间便蹿高一尺左右，一月有余，便高高耸立在眼前矣。"

泽民惊讶道："我等终日与竹相伴，然不知竹子其性，可笑可悲。"

杏儿满脸诧异，道："仅知蛇之冬眠，殊知竹子也休眠，怪哉。"

瘌痢牯道："哇竹冬眠，其实乃表象也。地上毛竹停歇长高之四年中，地下之根却从无停歇，已于土壤里盘根错节，延长至极，恐怕有数丈之远。只是其中也有不解之处，比如极少见到树木老死，然一根毛竹六十余载，便叶落寿终矣。"

泽民闻之唏嘘不已："正是，竹子厚积薄发，令人敬佩。我等自称竹乡人，然不知毛竹生长之历程，惭愧惭愧。"

杏儿道："阿哥不必自责，不晓得毛竹其性，也不稀奇。诸位哥哥，世间竹类有几多？"

侯三道："至今不曾走出五彩村，世间竹类如何晓得？然五彩村竹类已足够多矣，有毛竹，凤尾竹，黄竹，楠竹，阔叶箬竹，罗汉竹，青皮竹……"

瘌痢牯点头道："侯三概述全矣，尚有平日扯小笋的小竹。"

晓松面露尴尬，欲言又止，见杏儿满脸鼓励，方笑道："吾吖吖哇过，夷人山区尚有方竹，拐棍竹等。世间之大，论道竹类，五彩村恐只有十之一二。"

泽民道："晓松所言极是，天南地北之古人留下众多竹咏与传说。'住近幽人善卜邻，少陵诗句岂虚文。平生清苦过于我，只合呼为苦节君'，乃是苦竹。天下竹子，皆是圆径，然有西樵山之地，有四方径之竹，传说唯有坚贞不渝的男子才能种活。若迁离方竹，不出三年，竹身便会回复圆形。还有蝉竹，龙竹，金竹，慈竹，木竹，罗汉竹、菩萨竹等。'苍梧千载后，斑竹对湘沅。欲识湘妃怨，枝枝满泪痕'，斑竹之泪有几多，世间便有几多竹。"

晓松道："公子一席话，叹吾辈似乎重复祖先一生，囿于五彩村，螺蛳壳内见不到大世面，终究是一群井底之蛙。"

瘌痢牯叹道："如有朝一日，能出五彩村，周游外界，乃一生之幸也。"

杏儿眼珠一转，道："我无心一问，引得诸位感慨不已。再请教众位阿哥，竹子，为木欤，为草欤？"

瘌痢牯与晓松面面相觑，侯三摇头不语，牛牯崽嗤嗤笑道："晓松，杏儿小姐与汝同出一辙，问出汝当年之疑惑。不知晓松如今是否知晓？"

晓松顿时脸色绯红，道："依然悬疑不解。杏儿小姐乃书香门第，书中圣贤自有答案，且郭乡绅上知天文，下知地理，烦请泽民公子查之，近水楼台先得月，得知后告知晓松几个为盼。"

冬梅道："天色已晚，家中长辈早就惦记。公子，小姐，前方便是村口，就此告别吧。"

泽民遗憾道："今日一游，与诸位贤弟谈鸟论竹，甚是欢心，引出众多感慨。与君一席话，胜读十年书。然泽民有一事相求：日后相见，直呼名字便可，去了公子与小姐之称，以免生疏。泽民与阿妹杏儿，改日再登门讨教，就此话别，道安。"

杏儿点头称是，与众人挥手道别。走不得多远，猛听见晓松几个齐声吼叫："红米饭，竹炭火，神仙不如吾！"

泽民微笑额首，冷不丁问道："冬梅，还不知牛牯崽的尊姓大名？"

冬梅眨眼道："牛牯崽，牛根生；瘌痢牯，张大明；晓松，林晓松。恐牛牯崽瘌痢牯早已忘却自己姓名。山野之地，对姓名不甚讲究，听得老人哇过，前朝南人多无正式姓名。"

泽民点头道："听得如此。元朝蒙古人对南人歧视，连个姓名标记都没有，被视如蚂蚁一般。"

第十六章

谢厚意穷家赠奇珍，报私仇金兰误杀生

望着泽民一行远去，瘌痢牯道："郭家公子，并非孤傲清高之公子。"

牛牯崽道："杏儿也不刁蛮，都是心善之人。"

侯三叹道："我等乡音难改，人家富贵人家，早将'吾'称乎为'我'，'汝'称呼为'你'。不如我等也改了，日后出山，也免得尴尬。"

众人点头，晓松几个与侯三也就此分手。回家路上，似乎身后有异样，侯三惊悚，猛一回头，又见身后空空如也。仰头瞭望，方才还温馨之茫茫夜空，似乎已坠入深邃冰冷的依稀星光中。远方朦朦胧胧，是层层叠叠之山峦。哗啦一声，身旁树林中蹿出几只猴儿，侯三惊出一身冷汗……

"黄梅时节家家雨，青草池塘处处蛙。"杏儿婆婆自言自语，暗自庆幸昨日天晴，衣被晾晒及时。窗外，令人无奈之春雨，又是淅淅沥沥。

杏儿与泽民清晨早起，便督着婆婆差仆人张旺将亲手挑选之旧衣裋褐，送去瘌痢牯侯三几人家里。

杏儿嗯糜道："昨日泽民杏儿归来，叽叽喳喳，好不兴奋。"

杏儿婆婆道："终究年幼，昨日尽性耍疯，由着他们去便是。孙儿言及晓松为求鸟儿展翅飞翔之缘由，如同魔怔一般，竟然剖解鸟体察看。"

杏儿嗯糜忍俊不禁："有其父便有其子。其父盼富兄弟，当年从夷人山区引入水稻，与五彩村之水稻混交栽种，睡在水田旁数月，也如着魔一般，终成正果。其培育的水稻抗伏抗旱，首屈一指。"

杏儿婆婆点头称是。春晖捧着包裹，兴冲冲进来，欢喜道："张旺骑驴快，已归院中，哇衣物已送至各家。只是晓松家中无人，由侯三转交，各家甚是感激。瘌痢牯家还回馈礼物，说是昨晚已经备好，张旺推辞不得。似乎是一小袋米，尚有麻布包裹之物，说是一件上衣。

奇怪，米也不是金贵之物，且送他夏布之衣，他返礼物为衣，不知为何。"

杏儿婆婆道："其中必有蹊跷，拆开查看，便知为何。"

冬梅与春晖七手八脚拆开包裹，但见袋中有红纤米粒，颗颗饱圆，倍于粳米之大。冬梅惊讶道："从未见过这种米，似乎不同于粳米。"

杏儿嗯糜摇头，也甚是好奇。杏儿婆婆呀了一声，惊喜不已道："此乃竹米，甚是金贵。竹子六十花甲一生，仅开一次花，一次结实后，便枯黄败死，结出之竹米，乃稀有食物，满口芳香，竹乡之人也视为稀罕，痢痢牯家真是实在。这另外一件……"

春晖小心撕开麻布包，捧起包袱内之衣，徐徐展开，众人不约而同"呀"的一声，屏住呼吸，室内顿时寂静。杏儿嗯糜更是目不转睛，惊讶地直咧开嘴，又揉了揉眼睛，不敢相信这是一件竹丝衣，但见竹丝纤细伸直，晶莹剔透，细如发丝，薄如蜻蜓之翼。

杏儿嗯糜道："竹子有百用，然不知还可编衣裳。众人曾惜竹子，速成之材，终究难为广厦之栋梁。编的精细之衣，穿戴数次，恐便损之，还是用以观赏为上。"

郭乡绅与泽民闻声走近，目睹礼物，也赞不绝口。杏儿婆婆道："早闻张生被称篾王，竹丝之衣，恐神工织女方能做出，今日得见，老妪一生有幸。"

杏儿嗯糜道："即便仙女，如此细腻精致，恐怕也得一年半载方能编成。真乃巧夺天工之物，可当五彩村之宝贝。痢痢牯家反馈之礼物，过于厚重矣。"

郭乡绅摇头晃脑道："正是，身着竹片夹衣之竹郎，老夫倒是见过许多。至于竹丝之衣，实乃罕见。传闻前朝之时，袁州城内有过一件，曾经轰动一时，也是袁州城不知名人氏编出，令达鲁花赤惊叹不已，盛赞赣人之能工巧匠。当时那件精美竹丝之衣，作为贡品呈献皇家，以后便成为绝迹。相传做竹丝衣之竹，须用高耸入云之石岩山上的单枝竹，一件竹丝衣，恐用无数根单枝竹子方能凑成。袁州城有人赞曰：并刀剪龙须为寸，玉丝穿龟背成文，襟袖清凉不沾尘。汗香晴带雨，肩瘦冷搜云，是玲珑剔透人，浃背全无暑汗，曲肱时印新瘢，衬荷花落魄壮怀宽。挹风香双袖细，披野色一襟团，满身儿窥豹管。此乃真宝物也！泽民他日若能秋闱乡试，于考场穿戴，何惧暑热？好一个篾王！我五彩村真乃藏龙卧虎之地也！"

冬梅道："老爷，尚有竹米一小袋，直如仙米一般。"

郭乡绅视之，心花怒放，抚须道："凤凰非梧桐不栖，非竹实不食，张家平常人家，能收集竹米，莫非红腹锦雉果真是凤凰，或凤凰暗中去过他家？"

冬梅道："痢痢牯婆婆赞杏儿美如凤凰，本就是凤凰生在五彩村，老爷为何盼望外来凤凰？"

杏儿婆婆笑道："冬梅好一张讨人欢喜之巧嘴，然民间传说，竹实出现，乃荒年凶兆。"

郭乡绅道："纯属讹言。若真为荒年，我以为竹实乃救荒食物，凤凰赐予人间之珍馐也。"

泽民沉吟道："梅，探波傲雪，剪雪裁冰，一身傲骨，是为高洁志士；兰，空谷幽放，孤芳自赏，香雅怡情，是为世上贤达；菊，凌霜飘逸，特立独行，不趋炎势，是为世外隐士；竹，筛风弄月，潇洒一生，清雅淡泊，是为谦谦君子。"

郭乡绅点头赞许道："泽民所言，句句在理，我甚是欣慰。人怜直节生来瘦，自许高材老更刚。曾与蒿藜同雨露，终随松柏到冰霜。"

杏儿嗯糜心中暗纠："我儿志向高远，有君子之品质，愿娱几在天之灵，保佑泽民日后光宗耀祖。"

张旺急匆匆进屋，叩首禀报："老爷，山前村的信鸽，衔来信管矣。"

郭乡绅接过竹管，取出纸卷，看完脸色一变，令张旺速去找上杏儿吖吖，然后转身出屋。众人面面相觑，门房烂眼伯进来，面色苍白，慌里慌张。

杏儿嗯糜道："为何惊愕失色？"

烂眼伯道："晒谷场上，丢弃着七八只血肉模糊的猴儿残骸，惨不忍睹。"

众人俱惊，杏儿婆婆红润慈祥之脸，顿时色若死灰，惶恐不安道："这是何人作恶？作孽作孽，五彩村从不捕杀猴儿。金丝猴被夷人视为山神，若被夷人闻之，恐有灾祸。"

众人听得婆婆之言，心中惊颤，泽民与杏儿满脸疑惑，隐隐不安。杏儿脑海中浮现一人，低头不语。

毛毛细雨笼罩大地，侯三软磨硬泡，终于得以换上杏儿家赠送之布衣。嗯糜替他披上蓑衣，侯三脱下，只戴上斗笠，挑上满担之畜粪，心中念叨着杏儿，向田中走去。不知为何他突然想起梁贵，忍不住骂了几句，不留神一脚陷入泥中，费尽力气依然拔不出竹屐。焦虑之中粪桶滑落，溅得满身污秽。他心疼身上的夏布衣裳，环顾一周，见前面有小溪，便走去蹲下，方捧起清水欲清洗一番，后背却挨了一脚，被踹入水中。爬起来一看，梁贵正满脸戾气地瞪着他，身边站立着几个凶神恶煞之家丁。

侯三讷讷道："梁公子，吾不曾得罪汝耶，咋哩瞧吾如此不顺眼，屡屡攻击吾。"

梁贵骂道："下贱的穷鬼，没得罪本少爷？一路上听得你没眼儿猪叫——瞎哼哼，竟敢诅咒我不得好死！"

侯三一惊，赶紧赔笑道："六月蚊子遭扇打——只因嘴讨嫌。该打！"

梁贵一个巴掌呼来，侯三脸上顿时现出五个手指印。"竟敢骂我吖吖与叔伯，咋哩欺男霸女，侵占夷人女子。你那只狗眼视得？"

侯三哭丧道："绝非吾言，也是听得村上传闻，吾嘴贱而已。何况是非终日有，不听自然无。"

梁贵怒不可遏："那你岂不是诬陷我梁家？你去日与杏儿泽民耍了一天，定将此言传给泽民几个听得，罪过大焉！你一个穷讨饭的，觍着脸跟富家子弟套近乎，还讨好骚扰杏儿，其心可诛！杏儿高贵之人，岂能让你等下贱之人玷污？哎呀，身上穿着之衣，我家去日恰巧丢了一件，诸位瞧瞧，是否正是那一件？嗬，装得老实巴交，实则窃贼。你吖吖欠下我家巨额赌债，拖着不还，我只得见你一次，打你一次，打断你肋骨，也不解我恨！"

众家丁异口同声道："可不，去日丢的衣裳，正是侯三身上所穿之衣，此乃老爷去年恩赐吾等的，如今穿在这小子身上，他也配！狗贼牯，恨揍一顿，方得解恨！"

一家丁咧嘴笑道："揍他不如活剐他。侯三，怨不得吾等，既是姓侯，便是猴族之畜牲。今日本想杀猴给人看，正愁抓不着猴子，然偏有此等不长眼之人，自行送上门也。"

侯三欲辩，然家丁扑了上来，他转身撒腿便逃，梁贵呵斥家丁："发咋哩呆，抓来痛打！"家丁尚未拔腿，梁家黑狗闻声飙出，一口咬住侯三大腿，顿时鲜血直流。家丁赶上，一顿暴打，侯三鼻青脸肿，跪下磕头，再三求饶，被逼承认偷窃衣裳，又逼得赌咒发誓，日后再不敢讨好杏儿，也不再与晓松来往，梁贵方才令家丁住手。家丁将侯三扔进泥潭，便扬长而去。

侯三喘着粗气爬出泥潭，身上伤口裹着泥巴，被血染透。不远处林中跳出几只猴儿，瑟瑟发抖地靠近侯三，湿透的毛发贴在身上，呜呜哀鸣。侯三噙着泪笑道："同病相怜，猴兄猴弟，劳烦帮吾拣来竹屐。"

猴子扑通跳进泥潭，递来已经裂口之竹屐。侯三将其费力套进脚上，然竹屐裂口之毛刺刺进脚上冻疮，一阵钻心痛，让侯三泪水直流，他索性用泥巴裹住滴着鲜血的双脚，似乎舒服了许多。斗笠早被扔飞，侯三任凭雨水夹着泪水流进嘴里，一动不动，静待着伤痛消失。良久后，侯三才颤颤巍巍地站了起来。

几位乡里挑着粪桶担子相向而遇，侯三忍住泪水，低头匆匆走过，乡里纳闷不解，想起适才见梁贵领着满脸凶气的家丁离开，也猜出大概原因，只得回头劝慰几句。

侯三一瘸一拐，迎头被晓松、牛牯崽与瘌痢牯三人拦住，晓松也是挑粪去田里积肥，三人满脸惊异。晓松脱下蓑衣，替他披上，几个人关问不断，让侯三的眼泪险些夺眶而出。

牛牯崽道："乃几（哪个）出手如此之狠？"

侯三不语。瘌痢牯："哟里（怎么）回事？"

侯三依然不语。晓松骂道："恶人乃孬人养成，挨上毒打，竟然不敢吱上一声！"

侯三眼里的泪水终是涌出，晓松道："梁贵？"

侯三抽泣道："自己摔倒，怪不得他人。"

牛牯崽急道："还不敢道出实情，肯定是他！欺人太甚，如今去找他评理。"

侯三赶紧拽住他："汝找他，恐怕冇得用。哪一次欺负他人，梁贵肯承认？汝等又冇在现场，何况是梁家黑狗与家丁所为，届时梁贵倒打一耙，哇吾等寻衅找荐，岂不成了吾等之罪？"

牛牯崽再三询问，侯三吞吞吐吐，总算将挨打之事和盘托出。

晓松冷静下来，点头道："侯三所言极是，若冇得证人，出手不得。"

牛牯崽不满嚷道："难道又要忍气吞声，喫上哑巴亏？汝看侯三被殴打得如此之惨，岂能忍得！若忍得不顾，日后便轮着吾等几个挨打也！"

瘌痢牯道："牛牯崽毋急。如现今去找梁贵辩理，势必吵架，不免冲突。吾等四个，梁家家丁数十个，个个如狼似虎，有拳脚功夫，即使牛牯崽一身蛮力，恐也不是对手。我等前去，岂不是提着灯笼拾粪——找死（屎）？此事还得从长计议。"

晓松道："痢痢牯言之有理，然路遇不平，拔刀相助。有仇不报非君子。先把侯三扶回家，我等冷静一下，再商议如何？"

牛牯崽气得直哼哼，见两人不许他胡来，也只好按下心中怒火。他一脚踢飞雨中石子，砰的一声，击中旁边猴群中的一只猴子，要不是晓松满脸笑容，掏出饭团递上，痢痢牯又掏出一把香喷喷的蚕豆，差点引来猴群攻击。侯三吆喝一声，猴群方才散去。

三人将侯三送回，又去田里积肥归来，痢痢牯笑邀晓松牛牯崽去他家商议一番。痢痢牯抵家便径直走向一鸟笼旁，指着笼中之鸟，笑而不语。晓松盯着笼中之白腰文鸟，会心一笑道："哦，算命鸟。"

痢痢牯转头冲牛牯崽嘿嘿一笑，牛牯崽骂道："看似你俩已商议好，何不和盘托出？忍心看我懵懂之状。我是手里无网看鱼跳——干着急。"

痢痢牯道："梓木脑袋——不开窍。瞧！"

痢痢牯打开鸟笼，一声口哨，那只腰身毛发发白之算命鸟，扑腾飞出，直落到晒衣竹竿上。痢痢牯一声口哨，白腰文鸟急速飞来，衔着痢痢牯递给它的一个草纸小包，顺着痢痢牯手上的竹棍上指处，飞至远处一只瓷碗里，在纸包上啄开一洞，纸里草木灰尽泄碗里，然后算命鸟抖动几下，叼着草纸包飞回，落在痢痢牯手上的竹棍上。

牛牯崽方恍然大悟道："我已大体晓得。痢痢牯真是阎王爷敲门——鬼到家欤！"

三人哈哈大笑，晓松递给了算命鸟一颗糖豆。

次日清晨，春雨依旧不歇，烦人透顶。梁贵家灶房下人阿鑫哈欠不断，耷拉着竹屐，端着水盆舀水，然水缸里的水似乎失去往日之清澈。他嘟囔了一句："该死的老鼠。"

近日房梁上老鼠大发骚情，相互撕咬乱窜，房梁上积攒之灰尘纷纷洒落下来，估计昨夜的老鼠又是一场追逐生死之斗。低头看缸中水面上漂浮着灰尘，他用水勺撇去灰尘，依然有些浑浊，顿时恼怒，骂道："啖狗粪的老鼠，一粒老鼠屎，弄脏一缸水，做咋哩又要逼吾去挑井水。清水，为咋哩去挑？梁家上下，没一个好鸟，俱是坏鸟猢狲！千刀万剐的梁老爷，呸，梁坏水，汝母婢也，昨晚又调戏吾堂客，岂能给喝清水，就该喝毒药，令他们烂肚烂肠……"他一边咒骂，一边舀水，朝水盆里吐上几口唾沫。

扒在院墙上之牛牯崽转头小声道："适才我思来想去，村里耍伴多受梁贵欺凌，梁家欺男霸女久矣，我便将玄明粉换成番泻叶粉，泻死梁家一窝害虫。"

墙下痢痢牯诧异道："方才晓松放在草包里的是玄明粉，我也痛恨这家畜牲，便自作主张改换番泻叶粉，你弄巧成拙，又换回玄明粉，傻了不是？岂不便宜了梁贵一家撮鸟，哎呀，肉骨头没拿错欤？"

晓松笑曰："玄明粉足矣，肉骨头就一根，岂能拿错？拉我俩一把，爬上墙头，小心被察觉。"

两人方爬上院墙，飞去的白腰文鸟闻得瘌痢牯的口哨声，嗖地飞回，然已惊醒梁家大院的黑狗，咆哮着冲了过来，牛牯崽赶紧扔下系有绳子之骨头，黑狗腾空而起，一口叼住，险些拽落牛牯崽。牛牯崽一块石子砸下，黑狗惊叫一声，叼着肉骨头跑开，伏在地上，美滋滋啃起来，片刻呜呜几声，四脚抽动几下后，不再动弹。牛牯崽跳下墙，解开绳子，一个纵身，又跃回墙头。晓松与瘌痢牯伸出拇指，直赞牛牯崽武功长进不少，牛牯崽嘿嘿笑道："晓松，此药膏一舔就死，真乃秋天之蛤蟆——呱呱叫。"

晓松道："舔就死，好药名！我曹静候佳音，一场好戏即将上场。"

院中竹林在风雨中的摇曳声，盖住了晓松几个的嘀咕，不到半个时辰，寂静的大院嘈杂声四起，不久，仆人家丁争抢茅厕之叫骂声此起彼伏。一道又尖又细，气急败坏的狂骂声陡然传来："打不死的下等贼胚子，阿鑫，我管家可不是白当的！喝下稀饭，众人尽是拉稀不止，分明是你汤水中下了毒药！咋哩，竟敢狡辩，称水井里有死老鼠？定是你故意投下泻药，报复我等！哎哟，疼死我也，给我打，往死里打……"

棍棒声中，阿鑫满地翻滚。又是一声尖叫声，晓松几个听得清晰，梁贵歇斯底里吼道："黑狗已死，我的心肝宝贝没了！咋哩，骨头上有毒药？定是阿鑫狗奴才所害！给我打，打呀！"

阿鑫哭叫着磕头哀求："黑狗死了？绝不是吾所害，又不是吾喂的黑狗，饶了吾吧！"

梁贵恶狠狠狂骂："你竟敢将血甩在我脸上！下贱奴才，我……我……"盛怒的梁贵操起一刀，直直捅去。

阿鑫大叫一声，仰头倒下。有人上前蹲下查看，之后惊叫一声："公子，他死了！"

梁贵恨恨道："死了？便宜他矣。贱命一条，抵不上黑狗之命！拖出去，喂野狗就是，别脏了院子。"

趴在墙头的晓松三人惊得目瞪口呆，从墙头滑落下来。晓松仰头望着雨中阴冷的天空，久久不语。瘌痢牯含泪说道："我曹本想替侯三泄恨，然无故牵连旁人。阿鑫也是穷苦之人，我悔恨不已。原想报复，殊知旧仇未消，又添新恨……一条命呀！"

牛牯崽狠狠扇了自己几耳光。晓松低沉道："恶人当道，绝不饶也，替天行道！"三人扑通跪下，举起拳头，眼光满含杀气。

倒春寒之时，郭家旧祠堂里的火塘炭火忽闪闪晃动着，郭乡绅身披裘袍，然背上依然觉得寒气逼人。族上祠堂的宗子，宗正，宗司，宗史，宗保，宗干，以及宗祠议事众人，齐集一堂，族里事务，久议不决。

郭家二公公郭璨之子，宗正郭新德道："五彩村近三十年来，过的俱是太平日子，各家族皆积累了一些财富，张家，牛家，梁家祠堂等，均修葺一新，尤其梁家财大气粗，建造的梁家祠堂富丽堂皇，也不顾虑夷人与官府入侵。然郭家祠堂中特地修葺碉堡，以求为五彩村独献其力。梁家祠堂面阔七间，进深四间八架椽，间阔两丈半，袁州城内府衙也望尘莫及。郭家乃五彩村之首，祠堂地盘布局，由三僚先生与匠人画得，仿吉安府庐陵县富田王家村之诚敬堂图样。愚侄以为，窗棂辅作等木雕，更应精湛；斗拱之数，理应多过梁家；尤其间阔，可以三丈，定要压过梁家！"

众人抚掌，纷纷赞许。郭家二公公道："吾猜皇城宫邸之面阔，也不过如此，孽子休要胡言，显得郭家张狂至极。"

郭家四公公郭恺道："气派倒是气派，只是须要毁掉五彩村不少千年古树矣，可惜可惜，其中多由先人栽种，存活几百年，难道要毁在吾辈之手？"

杏儿吖吖，宗正郭珏道："四叔之忧虑甚是。近年砍伐不少树林，几场大雨，山坡垮泄成泥石流，毁掉良田数顷。立柱房梁之巨，又得砍伐古树，然我以为，理当慎之又慎，以免重蹈覆辙，遗害无穷。"

众人点头。郭家二公公道："贤侄郭珏办事周全，吾等甚是宽慰。若祠堂重建，莫衷一是，不如不议，日后再定。至于鼎新变革之事，尤其里长更换，老朽不知，可是弘毅兄与其他宗长几个的主张？四弟与诸位尚有紧要之事，野猪之害须议。"

众人点头，纷纷数说野猪之害大矣。郭家四公公道："鼎新变革之事与弘毅兄无关，前几次与他族相聚，其他各族宗长，均有此动议，我族多人也亲聆得。相对变革之事体，野猪之害小矣。鼎新变革，起于传闻当朝官府招安，近来皇上诏令，夷人土官率所部酋长，入朝京师，诣阙奉贡，然五彩村犹豫不决，已错过时辰。"

郭弘毅点头道："官府之原意，文德以化远人，礼乐教化，同于中国。"

郭家二公公道："自古至今，官府视夷人世居荒服，未尚躬朝阙下，如今京师朝仪，无非领略天子之神圣，使之畏威，再加以抚谕，夷人便感恩戴德，然终究威德兼施，先抚后征罢了。此乃老朽之见，四弟以为如何？"

郭家四公公道："正是，鼎新变革断断续续议了多日，终究应由宗长裁决。自弘毅兄从山前村回归故地，被族人推选为宗长，又是里长，总理一切事务，倡导变革上古宗法，尊祖敬宗，收族之修宗谱，提议新建宗祠，置族田，推行五年民选宗长与议事制，高风亮节，引入外乡规矩，重新修订族规等，吾等无不鼎力相助。郭家家族于五彩村各宗祠里，立于不败之地，威望甚至百年名列前茅，乃郭家众位之功德也。弘毅兄之品德，吾等信服。至于革新变法，得断则断，不断则乱，宗长不必迟疑。"

众人皆望着郭弘毅，郭弘毅沉吟片刻道："贤弟所言极是，自古五彩村偏安一隅，不入户籍，自生自灭，依赖罗霄山区山高天险，我族人彪悍，乡党同心抵御，官府有心无力，鞭长莫及，无可奈何。我五彩村井水不犯河水，官府也懒于征讨。各朝各代，官府苛捐杂税多如牛毛，五彩村因独立而免受其苦。然普天之下，莫非王土，历代历朝均如此。夷人山区，纵横几百里，十分天下，三分夷人居住，六分无人之魔鬼山岭，五彩村仅占一分。近来山前村传信过来，官府欲征讨夷人山区，罗霄山西端面，有其他夷人山寨，已被征服，时日不久，罗霄山东端面，五彩村吾自然首当其冲。官府招安，其动议前来登记户籍，设立衙门分支，自然村落，按里甲制设立，前十年免得抽丁收税等，如不遂，恐一年半载，先截断我山前村之枢纽也，之后定会重兵讨伐，硝烟燃及整个罗霄山区。诸位若欲以往般过得逍遥，必抱着同仇敌忾之决心，与官府针锋相对，且必有连年战火，另须五彩村各宗族达成共识，一致对外。鼎新变革，改朝换代，须得万分谨慎。"

众人闻之，鸦雀无声。郭家二公公满脸忧虑道："今非昔比，官府火炮利器难以抵抗，如与官府一战，吾等毫无胜算，得另想他法。如今之计，当以软绵化解之策为上。官府招安，祠堂重建，乃五彩村之根本大计，如今却原地打转，左右为难，太公公以为如何？"

白发苍苍之郭家太公公郭弘志道："宗长弘毅与郭璨郭恺几个贤侄，所言极是。重修祠堂，乃郭家翘首盼望之事，郭家先人在天之灵也当欣慰。然有大敌当前，不得不推迟此事。若论官府招安，天下如五彩村情形者，不计其数，自古水来土掩，兵来将挡，何须惧怕？吾等不必理睬官府招安，也不归顺。祖上之土地田产，决不可失去。元朝如此，明朝也该如此。吾不负苍天，苍天自会保佑。"

听了此番言论，众人面面相觑。郭家二公公道："太公公德高望重，吾等不理招安便是。然太公公，里长之选，您以为如何？"

太公公道："五彩村几百年来，仿汉制早已自成里甲制，各族不管大小，均为一甲，宗长为甲长，由甲长推选里长，后改为社长，今又改回里长。然百年至今，一直由郭家承担社长里长。如今弘毅意欲退隐，其志向在于兴办私塾，推举郭珏或康德担任里长之职责，也多次征求诸位意见，其他族长支支吾吾，恐有异议。然依祖上规矩，里长者，得由各甲商榷，共同推选。里长品德才能应为众人所服，总理五彩村大小事务，劝课农桑，理其司讼，导民以善，以平贸易等，若无差错，可为终身制。如今有其他数位宗长私下提议，要将里正改为五年一选，此事万万不可。吾族任里长久矣，举事公平公正，五彩村其他家族往年从无怨言，不知为何，如今屡屡提议要将吾祖里长撤换？其中必有蹊跷，老朽也懒得追问。然梁家势力日益壮大，其心捉摸不定，诸位不可忽视。其欲染指里长之心，路人皆知。近年传言梁家与各宗长来往密切，又多次出山，在山前村也置得田地，不可不防。依老朽之意，族长依旧由弘毅承担，里长事务繁重，可由年轻力壮者担当，满足弘毅兴办私塾之愿，届时从郭珏与康德两人之中挑选便是。"

众人纷纷点头。郭弘毅道："太公所言极是，我自然拥戴。"

郭家二公公、四公公也表示赞成。太公公抚须道："郭珏与康德，历练宗正久矣，同为郭家后代，要多为弘毅分忧解难，以杜绝他族非分之想。里长一职，断不可流落他家。山前村于五彩村乃咽喉重地，对外贸易、几十户之虚名户籍登记等全依赖于他。早有村规约定，各族出外，须得协商确定，梁家专断独行，乃挑战村规之威，如今又提里长之选，导致各族心生嫌隙，恐生变数。另外老朽尚记得，当年梁家逃难至此，立誓遵守一切乡规民俗，保守一切秘密，也签过生死之约，如今口是心非，实在可恶。然梁元臣信誓旦旦，三番五次央求郭家众人摈弃前嫌，恳求弘毅收他孙儿为徒。吾思族长应以大局为重，收他孙儿为徒，好好教育，也许日后能有所长进，弃恶从善。也可断了梁元臣生乱之想，确保五彩村依然如故。适才又听得诸位所言，山前村多有色目人流窜至此，依老朽之见，色目人也在前朝颇受磋磨，吾等好言好语，与人方便，一顿茶饭，劝走便是。"

郭弘毅道："太公公与诸位兄长乃族中长老，弘毅自然遵从。我等执事，一并加紧执行。"

郭康德道："尚需诸位商定其他事务。近来野兽危害庄稼，已成大患，每至秋时，庄上三成田地俱毁于野猪糟蹋，可恶可恨之极。村上众人皆望同力屠杀，已解日后之患。"

郭家四公公道："所言甚是，理当为民除害。老朽以为野猪多为元宝山窜进，猎取元宝山之野兽，方为治患根本。事关夷人，应与他们商定妥当，否则违约跨过老虎摊，恐又生战事。五彩村能与夷人沟通妥当的，唯有小鬼家盼富。当年盼富杀人后逃进夷人山区，夷人竟能收留，只因有传言称，盼富为夷人后裔，甚至有人称其为夷人之金猴孙儿。里长可委托盼富前去夷人山区，传达五彩村围猎之消息，且所得猎物可与夷人分羹一杯，加赠盐巴药物布匹，夷人定不会为难五彩村也。"

郭康德道："四叔所言极是，夷人崇拜金丝猴，敬为山神，夷人山寨之泥扒封盼富兄弟为金猴孙儿，可见盼富兄弟极受夷人青睐。如商量妥当，日后围猎，也须小鬼家出力。小鬼家种田是一等好手，打铁也是一等好手，打猎所用钢索铁套，还得由盼富兄弟锻造。然盼富家一贫如洗，作为酬劳，可否给他一些粮食薪火，另外送他一身体面衣裤？这样去夷人山寨，也不会丢了五彩村的体面。"

郭家二公公颔首道："吾儿思维缜密，做事周全。小鬼一家身世不凡，当年牛花与阿兰，俱是奇女子，文武双全，其孙儿要是如牛花一般，必是旷世奇才，只是听说个性叛逆得很，可惜可惜。"

郭家四爷道："传闻阿兰之孙晓松曾被梁家孙儿欺负，受难之时，竟然有金丝猴出手相助。汉人不以为然，以为巧合，传到夷人处，便是说得如同神话一般。被金丝猴相助，乃是山神保佑之人，夷人寨民，无不对其顶礼膜拜。"

郭弘毅点头道："如此甚好。委托小鬼之事所需之盐巴布匹，就由我祠堂出了，免得其他祠堂说我祠堂小家子气。给盼富家的粮食薪火，也由我家独自承担。"

众人纷纷说好，郭乡绅令人添些柴火，众人这才察觉议事完毕，赶紧起身捶腰。郭家父子送走众人后，关闭房门说话。郭珏道："方才二公公义正辞严，然风传梁家近些年来与二公公走动频繁，梁家还将美貌女子送到二公公府上，名为丫鬟，实则难以启齿。重选里正之事，说是其他族提议，实则二公公与梁家勾结之举，只是太公公与四叔等众人，尚且蒙在鼓中。"

郭弘毅摇头叹道："是也非也，珏儿心知肚明，装聋作哑便是。郭家祠堂主事者，都是些墨守成规之人，唉，已经由不得我也。君子坦荡荡，小人长戚戚，早些年，郭家诸位叔公背后多有责怪我之言。梁家不仁不义，到处敛财，众人心中不平，怪罪我家为当年之事庇护梁家，以致养虎为患，难以扼制。众人提议里长之选，此乃缘由之一，也有发泄不满之意。"

郭珏道："此缘由我早已知晓，那么其他之缘由……"

郭弘毅道："另者，我为宗长，又是里长，五彩村自成一国，我就犹如国之重臣一般。治国之道，富民为始，为人臣者，以富乐民为功，以贫苦民为罪。几百年来，五彩村遵循此古训，然至今日，有奇谈怪论甚嚣其上，称为臣者，理应驭民，其术有五：壹民，弱民，疲民，辱民，贫民。意欲剥夺民之财富，抢字为上，强者为尊，就犹如蒙古抢夺天下一般。其五术与抢夺之论调，村中大户人家原本嗤之以鼻，如今私下却极为赞同。类似言论，实出梁家。梁家原本官宦世家，通晓官宦之术，如今山外逃入五彩村之难民，多被梁家收留，然沦为驱口。梁家举族规法令，随意草菅人命，他族干涉不得。有大户人家欲效仿梁家，被我与众长老斥责而龟缩。五彩村之有权有势人家，恐只有我家对这'驭民五术'不能接受，自然招致非议，不足为怪。"

郭珏笑道："阿父何以排斥驭民五术？"

郭乡绅道："五彩村虽偏僻之地，但也不是刀耕火种、茹毛饮血的化外之人。小鬼种田，张家编筐，牛家狩猎，郭家采矿，或为交换，各得其所。五彩村冇得之物，须对外采购交换，五彩村生计得存之根本，首先须承认小鬼张家等人的劳作。个人拥有财权，方得众人集合生存之所需，继而有规矩秩序、道德礼仪。若剥夺其财富，或不承认其所有权，小鬼张家便无生产动力，生计崩塌，社稷如何运转？人类何以发展？抢夺为上，杀字当头，成其一时，不可一世，故而尊重白丁之生命权，允许其拥有财富，保留其经营所得，乃人类存续且向上之根本也。"

郭珏心头一颤，众人皆说吖吖过于仁慈，然其心思深邃，乃曲高和寡而已。只是吖吖轻视人性之恶，记得先人有言，家国用《诗》《书》、礼、乐、孝、弟、善、修治者，敌至，必削家国，不至，必贫家国……郭珏不愿多想，又问道："阿父，官府若再来招安，如何应对？"

郭弘毅沉默许久，抚须道："顺其自然，以静制动，留给后人为上。"

第十七章

备围猎林家锻精铁，设埋伏三友话仵熊

郭珏忙碌之后，独自闷闷回家，途中又遇上太公公，郭珏作揖道："小辈请安。有一事请太公赐教：村中所用之人，何人为上？"

郭家太公公笑道："梁家不仁，但吾将古人商鞅之至理名言，赠送于今后之里长：国以善民治奸民者，必乱至削；国以奸民治善民者，必治至强。"

郭珏大惊，作揖谢过。望着颤巍巍踽踽而行的太公公背影，郭珏心中甚是感慨：太公公已耄耋之年，早年长期蛰居于山前村，见多识广，机智多谋，为五彩村默默立下功劳，然也是太公公，当年以极低价格买下郭家在山前村的田地，也不劝阻曾祖父郭至刚的袁州城之行。郭珏甚是好奇，若太公公为里长，当年与夷人之战，终局如何？旧事不可溯，细思五彩村之史，犹如华夏之史，命运多舛也。

牛牯崽与晓松猛拉风箱，炉膛旺火将小鬼与堂客、盼富、牛牯崽吖吖等众人的脸庞映得通红。牛牯崽吖吖牛匡烈道："郭家祠堂送来的炭块，经久耐烧，火力得劲，火势畅快得很。五彩村之黑炭原归众人所有，村人可自在挖掘，如今几口炭井俱被庄上大户人家占有，其中两眼好井，皆归梁家了。短短几十年，沧桑巨变，铁匠苦兮！"

小鬼道："匡烈所言，刺痛众人。本是天赠五彩村苍生之炭，却被大户巧取豪夺，村人多次讨要，然胳膊拗不过大腿。唉！"

牛匡烈道"幸得大山未被占有，不然穷人柴火也冇得，每每想起，气愤不已。德璟叔，其他祠堂也有送来炭饼，只是颜色发黄，估计炭中掺入的泥巴多了些，火焰顶不上劲，冶化钢水不得。哎，为何吾等打成之铁器钢具，远逊于德璟叔锻造的器物，明明生料一样，何故？"

牛牯崽道："可不。晓松、瘌痢牯与我，用上我家制作的套子、夹子、夹剪，一年半载后，不是锈糟，便是被野兽挣扎拧坏，然公公做的，猛兽从未拧坏逃脱过。"

小鬼笑道："锻造功夫，我有幸得铁匠丈人指点，又有铁匠女儿亲自操锤。其中翘楚，乃是我的堂客。"

晓松婆婆摇手道："锻造之技，用心便可学得，也不是多难的技艺。"

牛匡烈笑道："我打造的套子，对付本村山区的野兽绰绰有余，然不知为何，对付不得夷人山区窜来的野兽。三僚先生也曾赞叹夷人之地的野兽，其凶猛狡黠，远非本地野兽可比。三僚先生曾戏言，外地之野兽，前世也是野兽，而夷人之地的野兽，是由狡诈的人投胎而成，所以我等猎户应对无力。见得德璟叔的套子夹具，方知我等技艺之拙劣低下。匡烈愚笨，实不相瞒，曾多次蹲候火炉，仔细观察，也不明差距之究竟，到底有何天机奥秘？"

众人哄笑，晓松婆婆道："有咋哩天机奥秘，只是熟能成巧而已。生料皆同，然配量不同，结果大相径庭。凡冶铁成器，过程大体相同，取已炒热生料毛铁锻造，最好用之方炉，炒毛铁乃化成铁液，其意在脱去铁液中炭质。其后反复锤锻，重量损耗一成，乃脱去腐质之铁皮，待全力去得铁中之杂质，方能成钢。然过程细节，千差万别，单拣搅合铁水一事来哇，看似非关键程序，匠人多忽视之，众人搅和铁液，依照常用之法，取用柳木棍，然柳木棍搅合时，燃烧灰烬，又为炭杂质矣。"

牛匡烈恍然大悟道："哦，该用熟铁棍搅和，当真是差之细微，谬以千里。受您点拨，方知其中奥妙，一生受用。为何我等方炉是砖土搭成，敞开炉膛，以利观察生铁，然今日之方炉上，为何时不时加上炉盖，炉膛似是掺有瓷土的防火土做成？难道毋须观察生铁，不惧炸炉？"

小鬼呵呵一笑："我堂客做的炉膛，的确为五彩村一绝。锻造中炉膛的聚热，留热，肉眼观察生铁之色，乃匠人基本功夫，须三者协调。我反复试验，琢磨日久，只要生铁、炭燃等量控制妥当，加不加炉盖，均无障碍，也可避免炸炉。尤其生铁液化，加之炉盖，液化时辰能缩短不少。拣料，烧料，锻打，定型，抛钢，淬火，回火等，尤以淬火最为要紧，打菜刀，生铁烧到发红，回火回到发蓝，须二次淬火。若打刀具，用得烟炭，刃具涂上泥浆，先用烟熏一下，均匀加热至刃口殷红，迅速置于冷水中，等水沸腾之时，犹豫不得，拿出刀具，放在红炉中烤干，淬火即已完成。好的淬火工技，铁器表面应为青黑色，并有光泽。若有斑点，为淬火温度过高；如温度过低，为灰黑色或蓝色，拙劣之废品矣。出炉之铁器不同，大小不同，盐水、清水和油里淬火之次数也不同，最终化铁成钢欤。贤侄，言之易，动手难，冰冻三处，非一日之寒，绝非一蹴而就。今后炼铁锻造铁器时，多按我堂客的锻造口诀程序，多次操练，自然能了如指掌。"

牛匡烈闻之，心中感激不已。打铁秘诀，工匠十有八九是秘而不宣，绝不外传的。

盼富道："常言道，只要功夫深，铁杵磨成针。阿父，光阴宝贵，打铁须用心不假，然有些手法与生铁配量等，得千百次操练方能掌握。我曾思阿父阿母若能口述，求人记载下来，诸位按此配量与要义操作，岂不是减少了学徒琢磨的次数与时辰？即便常人，也能一学便会，有心者也能依此方法提高技艺。"

牛牯崽咧嘴笑道："此法可好，瘌痢牯吖吖编织竹器，手法快如闪电，编的竹器种类，又琳琅满目，晓松一学便会，然我费九牛二虎之力，也久学不得，学至后头之编织，又将前头编织之法遗忘之，尤其竹器复杂，繁琐编织下来，记得过程模模糊糊，丢三落四，如有图示，岂不省心，免得问得瘌痢牯烦心。"

牛匡烈频频点头道："盼富兄弟的主意绝妙，根生阿公在世时，也是庄上首屈一指之猎人，尤其大楠竹做的套竿，野猪力气再大，也挣脱不开。我吖吖手把手教我，可造油丝制套，复套，翻套，连环套，洞口套，拦河套，吊套等各类狩猎套法，然一旦弃之或长久不习，年高岁暮，恐忘得干净，若无后代接驳，技法便已遗失。若有人记载描绘下来，使此技艺不至失传，我心欢喜。"

晓松点头道："牛牯崽之法甚好。就如栽田种稻，冇得多年血汗，年年脱上几层皮，难以琢磨出优稻；饲养百鸟之技，冇得几代积累，也掌握不得鸟性。单靠师徒或父子口口相传，一是偏差大，二是成长慢，悟性迟钝者，难以成器。若能按文照图，省心省力，聪慧者或可革新提高技艺。"

小鬼道："固然是好，然庄上冇得几个读书识字之匠人，下九流之工匠活，焉能央求读书人为你费上许多工夫书写？何况若不精通，也书写不得。工匠精通技艺，然有几个识字者？盼富的阿兰嗯糜，倒是能文能武的劳作者，可是世上稀有矣。"

晓松道："公公，炉中铁器已烧成深红色，火候足矣。"

小鬼道："幸亏孙儿提醒，火候已至，别光顾闲扯，大小锤手，操锤！"

盼富与牛牯崽吖吖持锤，小鬼掌铁夹，往掌上吐上一口唾沫，便扬锤砸来。小鬼扯开嗓子唱道："嗨哟嗨，打铁打到正月正，户户春联挂龙灯；打铁打到二月二，土地老爷迎春龙；打铁打到三月三，映山红火野菜灵；打铁打到四月四，清明雨打水稻壮；打铁打到五月五，雄黄粽子过端午；打铁打到六月六，姑节（编者注：民间俗语"六月六，请姑姑"。六月六又称"姑姑节"）骄阳水车蹬；打铁打到七月七，仙女下凡'双抢'忙；打铁打到八月八，拜月团圆树中秋；打铁打到九月九，思亲登高菊花酒；打铁打到十月十，层层梯田黄金阶；打铁打到十一月，茶籽爆裂花二茬；打铁打到十二月，雨雪茫茫鬼门关。嗨哟嗨，打得铁砧火星灿！"

众人跟随吼叫，大地似乎震颤不已。一番叮叮当当响后，一口气打完一副套夹，小鬼将淬火后的套夹又插入炭火中，众人忙得大汗淋漓。

换成盼富掌锤，盼富也仰声唱道："张打铁，李打铁，打把剪刀送姐姐。姐姐留我歇，我不歇，我要回家学打铁。一打金鸡来报晓，二打鲤鱼跳龙门，三打桃园三结义，四打四季保安宁，五打五子来登科，六打禄位要高升，七打天上七姊妹，八打神仙吕洞宾，九打五龙来治水，十打童儿拜观音……"

锻打淬火，众人放下锤子，牛牯崽乐道："我嗓子快喊哑矣，然畅快淋漓！"

牛匡烈道："一身大汗，甚是舒坦！盼富兄弟，闻得里长为围猎之事，期盼你前去夷人山寨游说，然我以为全无胜算。夷人憎恨汉人，岂能允许汉人独自在元宝山围猎？"

盼富点头道："里长提及此事，也令我惊诧，但转头思来，未经尝试，如何先肯定此举必败无疑？里长之言，是为乞求全村的丰收与安危，我也当明知山有虎，偏向虎山行。"

牛匡烈道："里长主张元宝山围猎，实出众人的意料之外。夷人也许误会，汉人将借围猎之名而突袭山寨。即便此事可行，野猪一旦受到惊吓，仓皇中渡过孽龙河，围猎之网岂不形同虚设，前功尽弃？冇得夷人配合，里长围猎的奇思妙想便成虚妄。贤弟此行，任重道远。此去夷人地，贤弟又要带上晓松一同前往，可得当心山路，陷阱套夹等。夷人的巡逻探子也不知认得你否，我担心夷人横蛮，上来就是一顿黑枪，贤弟千万当心。"

盼富道："匡烈兄之言，盼富甚是感怀。我已做得动身准备，黑枪倒是不惧，然夷人能否应允，实无把握。喜在夷人山寨，盐巴奇缺，郭员外早已放出信鸽，待山前村明后日盐巴运来，我等携带前去，作为见面之礼，夷人见赠厚礼，谅不会过于为难。庄上早已传开，里长之选，争夺激烈，乡里无不期盼郭珏继任。郭乡绅里长之围猎壮举，利及众人，然图谋不轨之人，恐从中作祟，揣袖看笑话，暗盼围猎之败。我等贫穷人家，心中自有一杆秤，为己之利，理应舍命相助歃。"

晓松道："庄上富家子弟，独泽民与杏儿对我与牛牯崽等泥巴崽子友善，单冲泽民与杏儿之友情，我也得去夷人山区走一遭。何况梁家常常侮蔑我等，又称我家为鬼魅人家，既然我是鬼崽子一个，何惧之有？伯父毋须担忧，我平安归来，还要跟随伯父骑马打猎呢。"

牛匡烈笑道："心急喫不得热豆腐，晓松已拜师学竹编，学得一二，再跟我持枪打猎，也不迟矣，围猎也是大人之举。"

晓松道："阿婆，吖吖，阿公，前年冬季，我与瘌痢牯欲跟去打猎，你们言我年幼不允，去年依然不允，今年机会难得，我岂能错过。去日郭员外与吖吖交谈，反复强调此次围猎要义，然常听伯父之言，春搜，夏苗，秋猎，冬狩。春季乃野兽繁衍的生育期，故春季不猎狩，乃是打猎人之规，此乃顺应天地。郭员外上知天文，下知地理，为何此番反其道而行之？"

小鬼道："一盛一衰而已，野兽繁殖，数量惊人，春季打猎，灭得母野猪，杀一扼十。"

牛匡烈道："郭珏也上门叮嘱过我，匡烈有幸被里长点将，自然倾尽全力。郭珏一顿摇头晃脑，又是咋哩'三乐'，尚有老子之言，听得我云里雾里，可怜我一句也冇记得。晓松牛牯崽几个当时在场，也乐不可支。"

牛牯崽笑道："正是，孔夫子放屁，文气冲天。"

晓松笑道："郭珏叔吟的诗乃《弹歌》：断竹，续竹，飞土，逐宍。'三乐'者，大丈夫在世，乐事有三，天下太平，家给人足，一乐也；草浅兽肥，以礼畋狩，弓不虚发，箭不妄中，二乐也；六合大同，万方咸庆，张乐高宴，上下欢洽，三乐也。然其二乐为至乐也。他称的'老子'，非其父郭员外，泽民与杏儿讲过，读书之人，多引古时圣贤者'老子'之言。老子言，五色令人目盲，五音令人耳聋，五味令人口爽，驰骋畋猎，令人心发狂，难得之货令人行妨。"

晓松摇头晃脑，模仿里长口气动作，惟妙惟肖，众人哄堂大笑。

牛牦崽道："晓松去日也如此复述，一夜过去，我一两句也不曾记得，然晓松记得一句不落。"

晓松道："记是记得，然其中意思，我是弯扁担吹火，一窍不通。"

晓松嗯糜道："三乐者，似皆为帝王贵族之乐。丰衣足食，白丁之大乐也。"

牛匡烈惊讶道："早知晓松聪慧，竟能过耳不忘。庄上至今传颂，当年阿兰姐妹乃是文曲星下凡，晓松实有这对姐妹花之遗风，实乃林家之大幸。晓松如能进得私塾，学得书写，你公公吖吖，痢痢牦吖吖，我等一身技艺，也许能得以记载留存，以利后代。"

小鬼叹道："孩子聪慧，可惜我家家境贫寒，不能求学，这是命中注定，不提也罢。"

元宝山原称横山，因三十年前夷人自横山袭击五彩村，汉民视为"横来之祸"，觉得横山之名不吉，加之山中有峰，状似元宝，于是改称元宝山。元宝山脚，孽龙河盘曲宛转，奔腾咆哮，将夷人与汉人之地区分得泾渭分明，无人踏足此地，便成了野兽的天堂乐园。老虎滩近年不知怎的，多有巨树倾倒，相互重叠，竟然在滩上架起了一座天桥，使野兽能自在来去矣。

牛牦崽与晓松痢痢牦几乎同时一觉醒来，耳边依然是淅淅沥沥的滴水声，满天的雨花，笼罩四野，梅雨季节，岁岁如此。雨花如极致纤细的绒毛，如烟似雾，缠绵悱恻，将天地连成白茫茫一片，举目潇潇，让人顿感凄凄冰凉。

元宝山溪水潺潺，古木参天。去日夜晚，晓松几个挑了一处杉木松树林，安顿下来。此时已是清晨，他们蜷缩在临时搭成的草窝里，手脚俱麻。

晓松与痢痢牦见无动静，便站立起来，伸拳踢腿，活络身板。牛牦崽依旧躺着，眼珠子骨碌碌望着眼前的松树。雾霭般的雨中，枝叶纹丝不动，雨水顺着嫩针越聚越大，终于垂滴下去，牛牦崽张嘴接住。松林中夹杂着杉树，牛牦崽自言自语："人以群分，物以类聚。松树与杉树，俱是笔直挺拔，针叶刺尖，却不是冤家不聚头，偏要聚在一块儿生长。"

痢痢牦仰头望天空，也嘀咕道："罗霄山的梅雨季节，理应从立春后算起。今年雨季，不会因雨打黄梅头，八九十日中，毫无日头吧？晓松，常言水往低处流，为何空中之雨水，却能轻柔地浮在空中？"他看一眼还躺在地上的牛牦崽，又笑道，"山区春之清晨，天寒得很，牛牦崽呆子一个，躺在树叶上，竟然冇觉得冷。"

晓松冷得禁不住战栗，过来抱住痢痢牦取暖，也笑道："牛魔器，鸟儿哟里飞起，雨花便如何飞的。我俩快冻僵矣，然牛牯崽单衣一件，不惧天寒，也安然无恙，真如牛犊一般。牛牯崽，名副其实的一头牛，从未见过水牛惧怕冰雪天，果真皮厚毛糙，好处多欤。"

牛牯崽一骨碌爬起，笑骂道："你俩嘀嘀咕咕，绝冇得善言。既怕冷，为何死皮赖脸要来围猎？如今诅咒天寒，不如骂上老天几句。泽民那几句酸不拉几的诗，哟里哇的，咋哩柳树人家写的，晓松？"

晓松笑道："柳树人家？哦，泽民讲过，乃姓柳名宗元之诗人，我也不晓得何方人氏。其人写的诗曰：梅实迎时雨，苍茫值晚春，愁深楚猿夜，梦断越鸡晨。海雾连南极，江云暗北津。素衣今尽化，非为帝京尘。我问过泽民，说这位诗人乃是失意之官吏。诗之意境，泽民大体是讲明了，然我有不明之处。皇帝老子所待之地，为何远不如我等乡土，在柳宗元笔下，皇帝的京城，似为漫天灰尘。"

痢痢牯道："我等井底之蛙，仅凭听得古人一句话，断不出皇帝京城的好赖。罗霄山区好个述，泽民不是也常抱怨，说罗霄山雨季漫长，抑郁得很。"

晓松点头道："抱怨甚矣，哇咋哩'三日雨不止，蚯蚓上我堂。湿菌生枯篱，润气酿素裳'。听他吟此诗，我等白丁也知其意，也晓得吟诗者的心绪。"

痢痢牯羡慕道："晓松聪慧，听言知会。庄上富家公子，仅泽民善待我等，尤其观鸟后，泽民杏儿与我等来往颇多，所吟梅雨之诗词，尚有几首，晓松可否记得？诗歌中尚有插秧之词。"

晓松道："乃是杏儿吟的诗：梅霖倾斜九河翻，百潢交流海面宽，良苦吴农田下湿，年年披絮插秧寒。痢痢牯所言极是，自打观鸟后，泽民杏儿常趁他家大人不在，寻来观看我等农事之作。"

牛牯崽笑道："正是，然泽民开口闭口便是诗词，酸不拉几，熏得人晕。不过泽民诗中的山水，酸也舒心得很。古人诗句，字字道出山水梦境，惬意得很。"

晓松道："正是，经你一说，倒勾起我识字的欲望。杏儿前几天笑说，我等众人，算上祖辈，几代人琢磨竹子，方拢共说出竹子的几种用途，然前几天，杏儿从府上找到一本书，配有诗画，以往众多才子佳人短短几句诗词歌赋，早将竹子性情用途，写得明明白白。还有一本古书，将笋子各种喫法也写得清清楚楚。我等众人，忙碌着费尽心力，不如杏儿一书在手。"

牛牯崽与痢痢牯闻之，吐舌笑道："四个白丁瞎子，说着竹子还沾沾自喜，自鸣得意，幸亏泽民与杏儿告知，否则日后看到此书，岂不丢人丢到娭毑家。"

晓松笑道："算不得丢人，泽民惊叹，我等归拢竹子之品行用处，与书中记载多有印证，且我等身临其境，叙述得深刻生动，胜读其书百遍。何言丢人欤？"

牛牯崽嘿嘿大笑，仰头又倒下，猛见得天空一对鸟儿从树林上方悠然飞过，惊讶道："仙鸟，腿上系有布条！痢痢牯，似是你家的鸟儿，为何飞来元宝山？"

晓松抬头观望，自言自语道："鸟儿飞翔姿态轻盈优雅，头红若胭脂，一簇蓝黑色之羽冠，清晰可见，白色长尾飘然摇曳，仿佛仙子之白纱，美妙绝伦，真乃山中飞仙。痳痳牯，此布条是我系上的，今日围猎，放飞这鸟是何意？"

牛牯崽又爬起来，恍然大悟道："仙鸟是在草甸被捉的，草甸百年不被人类骚扰，清静平安之处，才有仙鸟生存。仙鸟飞在元宝山上空，说明此时的元宝山是百兽天堂，无人气味也。"

晓松道："正是。痳痳牯吖吖说过，仙鸟性情机警，白昼群起而觅食，雄鸟护佑雌鸟，十分警觉，如有异常，便尖利大叫。故而仙鸟安详飞翔之处，便是无危之所，野兽能坦然行动。五彩村大队人马潜入元宝山，早已惊动众兽，埋伏久之，百兽方略安返回。如今痳痳牯吖吖放飞仙鸟，在天空悠然飞翔，野兽望之，放下戒备，郭珏叔布下迷魂阵，野兽就不知不觉中落入被围猎之大网。如今方知痳痳牯吖吖昨夜姗姗来迟，原来是摆弄鸟儿去了。"

痳痳牯得意一笑，仰头倒下，又嘘的一声爬起，远方似有大野兽的动静，三人赶紧隐于树后。只见左前方那座山坡的竹林中，隐隐约约现得一兽，慢吞吞迈着内八字步，终于走出竹林。胖嘟嘟，头圆尾短，丰腴富态，三尺多高，头部与身体之毛色黑白相间，如非黑中透褐之毛发格外分明，恐为雨中移动一团雾气。

晓松小声道："黑雄？棕熊？灵猫？"

痳痳牯："竹猫，似是竹猫。"

牛牯崽斩钉截铁点头道："正是竹猫，也有叫竹熊的。"

晓松："竹猫不在竹林中待着，跑至山下平地上干吗？它仅喫竹，难道还喫草？"

牛牯崽瞥他一眼："不知晓？"

晓松："确实不知。"

牛牯崽"欲知乎？"

晓松点头。

牛牯崽神气活现道："求我一番，方可告知。"

痳痳牯笑道："难得牛牯崽当上一回老师，得意之状，如同小牛犊撒尿，畅快得哼哼直叫。"

晓松恭恭敬敬作揖道："晓松弟子行得大礼，只求知晓竹熊为何下山喫草。牛兄若是告知，今日后便是春耕，晓松必前往你家帮耕，如何？打虎英雄之子，请开尊言，愚弟洗耳恭听。"

牛牯崽心满意足道："心诚得很，只是本就应相互帮耕，为何以此作为交换而求知？然晓松向我行大礼，实乃难得，哈哈哈。徒儿们仔细倾听，常人以为竹熊仅喫竹子，其实不然。竹猫本是常见之兽，然五彩村人口增多，竹熊领地缩小，只得远离人之村落，至我辈便成了稀罕之兽矣。竹熊除喫竹子为主食之外，也喫杂草与树枝叶等，只是喫得极少。除了这些，天上之斑鸠，地上之竹鼠，俱为竹熊口中之美食。尤其竹鼠，乃是它的美味佳肴，一旦找到鼠洞，竹熊兴奋异常，张嘴向洞里哈气，用前爪使劲拍打，或挖洞抄家。其哈出之气，臭气熏天，竹鼠忍受不住，冒死蹿出，竹熊一反平时之愚笨行态，以迅雷不及掩耳之势，迅捷一拍，就可将竹鼠抓住，塞入嘴中，大快朵颐。"

痢痢牯趣道："牛牯崽似竹熊，狩猎潜伏时憨态可掬，一旦打猎，动如逃兔。牛牯崽吖吖，果真熟悉百兽之性。"

晓松道："呀呀，长得见识，谢师解惑。如今竹熊下山可是觅草而喫？"

牛牯崽道："不像，我以为它下到山谷中，是为了找水而饮。瞧！"

远处，竹熊已走出竹林，径直走向一溪，趴在溪水边畅饮一番，伸展四肢，拍拍肚皮后，便慢悠悠向山上竹林蹒跚折回。

痢痢牯满是遗憾道："竹熊娇憨可爱，抓几只回去饲养如何？看似胖猫，性格温和，不会伤人。"

"养只竹熊？养得百鸟，尚有耗尽你家食物？一头竹熊日食量之大，晓得不？自己尚不能喫饱，养你个鬼头！"牛牯崽笑骂道。

晓松道："有此心固然可喜，然此次围猎，有令在先，且不说竹熊珍贵，连野羊、魔子、麋鹿、野鸡、野兔等，一概不许伤害，老虎豹子、豺狼山猫等，更是不可擅自猎捕，只能捕猎野猪。出村之前，里长与各宗长不是反复叮嘱过？"

痢痢牯垂头丧气道："罢了。然今日我等跟来打猎，却被安置在此，手中的火铳瞄了又瞄，可惜放不响喽，男儿冲锋陷阵的豪气，已折去一半。"

晓松喃喃自语："人的眼中，竹熊是野兽；竹熊眼中，人是野兽。天地不仁，以万物为刍狗。"

牛牯崽笑道："称晓松为鬼崽，冇得冤枉，真是鬼话连篇。世上自然以人为大，如何以万物为刍狗，便是天地不仁？"

痢痢牯问道："刍狗是咋哩狗？牛牯崽可知？"

牛牯崽支支吾吾，痢痢牯讥笑道："刍狗乃下贱之狗，晓松之言，你又不明其意，为何讥笑？笨驴。"

晓松苦笑一声："前些年元宝山尚有大象出没，如今见不得一头，恐是人类毁灭大象家园所致，我娭几常作此叹，然我不知其意。人类与野兽，都是世上之生灵，人越来越多，野兽则日渐消失，我以为人有朝一日或许也会被消灭。"

痢痢牯与牛牯崽面面相觑，笑骂开来："本就是人喫人的世间，晓松为何出此怪言？"

第十八章
险象环生横山遭难，死里逃生晓松遇仙

　　"咋哩回事？原本以为打猎之时，杀声惊天动地，刺激精彩得很，然困在此地等候，如此无趣。"红红姐原本蜷缩在落叶堆中，此时掀开身上的油布，直起腰来。她头戴插满野花之斗笠，斗笠下是一双清澈的大眼睛。

　　牛牯崽道："五彩村鲜有牟几跟来打猎的，红红姐真是巾帼英雄一个，非要跟来，被拒后便装扮成乃牯，混入人群之中，然尚未围猎，便嫌寂寞。红红姐，打猎若沉不住气，只怕连只野鸡也逮不着。再说今日断不同往日，不是单打独斗的猎户打猎，可由着性子胡来。围猎之时，须众人协作，听号令行事。"牛牯崽边说边塞给她两个糯米艾粑粑。

　　瘌痢牯瞪了红红一眼："若不是你，我几个早就架着黑雕，牵着猎狗，直捣野猪老窝去了。你装扮成乃牯，被众人识破，害得我等猎手为了陪伴保护你而远离猎场。"

　　红红气哼哼道："拉不出屎怪茅厕！你等尚未长大，自然被拒，为何怨我？又岂敢央求你等护卫，我也不依赖别人。牟几咋哩？砍柴种地扯猪草，织布绣花采草药，哪样没干？木匠铁匠榨油匠，姐姐我一身当全，猎手又算咋哩？牛牯崽会打虎，我就会擒豹。你等瞧不起牟几，若有利器在手，乃牯也未必胜过牟几。把火铳拿过来！"她几口吞下艾粑粑，噎得涨红了脸，一把拽过瘌痢牯手中的火铳，瞄着晓松几个，手指虚扣着扳机。

　　牛牯崽赶紧上前，掰开红红姐的手指道："红红姐姐，休要冒失，晓松与瘌痢牯操练火铳多时，也常瞄不准，你初次持枪，伤不着野兽，反将我等伤着，可如何是好。围猎之时，即便我牛牯崽能击中，然此火铳也未射杀过野猪，那野猪皮厚，身上又有鬃毛，蹭上多层松树油脂，一般弹丸也不易射入。这是晓松娭几改制的火铳，恐只能对付小野猪。何况那野猪鬼精鬼精的，三尺深的土里，如埋藏了松果核桃等物，它也一嗅便知，人的汗味，九丈远也嗅得到，手中火铳一响，万一把野猪惊动了，朝我们这边冲撞来可怎么好？要知道春季里的野猪最易被激怒，它那尖锐獠牙，能挑穿花豹的肚皮，连老虎也不敢轻易招惹此时的野猪大将军，何况人哩。人若逃跑，它也穷追不舍，跑上几十里都不带喘气的，红红姐细胳膊细腿，如何躲得开？野猪冲来一撞，水桶粗的杉树咔嚓断裂，红红姐小身板，岂不就被挑上天空？可不是吓唬你，当个猎人，实在危险至甚！"

红红眨眨眼道："说得邪乎，毕竟是愚蠢野兽，岂能斗过人？庄上众人皆说晓松娭毑改制的火铳锐利，你却说得如此不堪，究竟锐利在何处？"

牛牯崽道："火铳，又是猎器，又是兵器，岂有牟几也感兴趣的，说你怪胎不假，原本绣花纳鞋，近年却喜欢弄枪舞刀。此火铳是晓松娭毑改造的，比其他火铳长了许多，瞧仔细一点。"

红红姐查看一番，点点头道："是不一样，比突火枪强。"

牛牯崽笑道："突火枪乃长竹竿火枪，内部装填火药与铁砂、碎瓷片、石子等混合物，威力远胜矛枪，然早已成古董之物。突火枪的'儿子'为飞火枪。飞火枪的'儿子'，为单弹丸火铳。再有'儿子'，为多弹丸火铳。多弹丸火铳可喷出一百多颗弹丸。身粗之大火铳，称之为火炮，晓松娭毑在外面见过，火炮爆炸时，其声如山崩海啸，可远传百里之外。传说被火炮击中的敌人，百人皆糜碎无余。只是火炮的精度极差，哑火炸膛事故时常发生。此火铳，射程有一百五十多步，可以连发弹丸，尚不轻易哑火炸膛，这还不够厉害？此乃晓松娭毑根据外面买来的火铳自行改制的，名字叫……晓松，叫咋哩？"

晓松笑道："娭毑火枪！"

红红啧啧称奇，拿着火铳爱不释手，羡慕道："有此娭毑火枪，我也敢闯龙潭虎穴，成为无愧的猎人。今日我定要持此猎枪，尝一尝猎人猎得野物的滋味！"

晓松几个哈哈大笑，晓松道："红红姐，女猎人，村里倒是有，然你这个岁数的女猎人，冇得。你敢闯龙潭虎穴，心中不惧？"

红红不屑道："家有半碗米，岂当炭井鬼；你想死伤早，就当炭古佬。我乃炭古佬之女，相比之下，打猎之举，算不得危殆。野兽凶恶，能凶恶过井霸的梁蝎子？碳古佬死都不惧，何惧野兽？"

众人默然。红红姐的祖上原本有六七亩旱地水田，然家道中落，又防守野兽不得，每至秋日，常在一夜间，地里庄稼就被野猪拱得稀巴烂。尤其前几年，因庄稼歉收撂下饥荒，被梁家哄骗，借下滚利谷子，谷子滚谷子，一担变成十担，哑巴吃黄连，最终无力还债，不得已将田地给了梁家抵债。因尚有余债，红红的公公与吖吖被梁家逼得下井，以工顶债，先后死在井下，尸首都被塌方后的大水冲走。可怜红红的姐姐桃花，今春又被掳去梁家当了丫鬟。家无兄弟，红红姐便与婆婆和嗯嬷一道，寄居风雨飘摇之寒窑，甚是凄惨。幸有晓松与牛牯崽几个好心人家，帮其一道挑起重担，艰难度日。

晓松拔出腰刀，割下一块被烟熏得焦黑锃亮的麂子肉，递给红红姐。此时前方十几丈之外，被野猪拱成的低洼泥潭边，插有十几个光怪陆离的稻草人，乃是晓松几个与红红姐做的。稻草人耷拉着脑袋，脸上是黑煤做成的眼珠子，被毛毛雨打湿，从眼眶中稀拉拉流出几道黑泪，模样瘆人。稻草人手中持有风车，风车偶尔转动几下，敲打竹筒，发出有气无力的哒哒之声，给大山里添上几丝神秘焦灼。雨中的山林里，几只猴子跳跃飞荡，追逐打闹中见得稻草人，仿佛猜出人类的围猎意图，蹲在树枝间，向外探头探脑。然痫痫牯带来的鸟笼散布于树林，响起了清脆的鸟鸣，溪流水边，又飞来白鹭、蓝冠噪鹛、长颈白鹤、反嘴鹬等鸟儿，轻盈落下，又惊慌飞起，原来有野羊、麂子、黑鹿等也向溪流走来。只是它们走上几步，又犹豫地停下脚步，环顾四处。眼尖的牛牯崽在草丛中看到匍匐的花豹，心下大惊：从昨晚至今，众人潜伏在此，竟无人察觉到有花豹这种猛兽，纳闷的是，花豹好似也未察觉到十几丈外的密林中藏有人类。不知前方灌木中，可否藏有老虎。春季的老虎豹子，凶狠异常，晓松揪心不已，猫腰想去知会撵野猪的猎人们一声，却被牛牯崽拽住。

牛牯崽道："何须走动？"他两手一合，发出一串野山雉求偶之声，密林中乡里也发回嘎嘎大叫的野鸭声。

痫痫牯笑道："牛牯崽，何不模仿野猪发情之声？我曾猎过野鸡野兔，也伏击过野羊麂子，只是尚未打过野猪，不知如何寻找野猪。你可晓得？"

牛牯崽道："你将'可'字去掉。猫狗各有各的生存法子，喫咋哩？卧榻何处？天敌是乃几？何处寻食？何处屙屎撒尿？先弄清楚，找它何难！"

红红姐撇嘴道："都是废话，先弄明白，如何弄明白？牛牯崽哇的一番话，如山顶上丢鞋子，云里雾里。"

牛牯崽涨红脸道："红红姐以为我不知？门缝里瞧人，将人看扁欤！各位竖起耳朵听，野猪喫咋哩？咋哩都喫！天上飞的，田地种的，土里活咯的死咯的草，根，野果，无不喫。饿时，喫毒蛇野兔，老鼠鹿崽子；饿急，小豹崽子，小豺狗，人崽子，也敢袭击。鲜肉，喫；腐肉，也喫。尤其像红红姐白嫩好模样的肉，更是让其垂涎欲滴的美味。"

痫痫牯与晓松捂嘴大笑，红红一拳锤向牛牯崽："牛牯崽，你哇野猪就是，为何将姐姐牵连上？哇野猪之食性，言过其实。喫毒蛇，岂不毒死野猪？"

晓松与痫痫牯挤眉弄眼，牛牯崽讪笑着尴尬不已，红红姐得意地对牛牯崽弹了个脑瓜嘣。此时晓松公公小鬼与几个乡里猫腰走来，小鬼小声道："远远便听得你等叽叽喳喳，瓦沟里滚胡桃，咯咯咯个冇完。若惊扰了野兽，围猎哟哩得成。方才听得红红哇野猪喫毒蛇不得，野猪咬毒蛇，倒是不假，但野猪有一副百毒不侵之肠胃，饿极时，毒蛇蝎子也照喫不误，有何稀奇。"

红红道："依公公之说，倒是错怪牛牯崽了。然不知猎人如何寻得野猪？"

一乡里阿叔道："红红为女子，却好奇于狩猎野猪，着实少见。野猪乃群居野兽，成群觅食流窜，自然留下明显踪迹。野猪选窝，喜在山坡向阳且干燥的树林里，屙屎拉尿，会在旁边一个固定之地，日久积粪厚得很，苍蝇与臭蛆，成蜂成团，铺天盖地，树林中喫虫的鸟便多矣。猎人远处观察喜爱喫虫的鸟，凭此寻找，常不会踏空。何况有猎狗相助，可寻味追踪。"

晓松道："此次围猎，举全村之力，为何不趁热打铁，斩草除根，灭净元宝山的野猪，以除后患？"

另一乡里道："世间万物相互依存，灭净元宝山的野猪，野猪之天敌老虎豺狼便缺了食物，冇得野猪，虎豹豺狼便袭击村庄之牛羊，甚至祸害到人，然五彩村无力尽除百兽。百事得其道者成，万物得其平衡生。"

晓松牛牯崽等齐声哦的一声，沉默下来，领悟此言奥义。小鬼道："俗话哇，过了惊蛰节，春耕不能歇，农月无闲人，倾家事南亩。春耕农忙，若不是野猪毁田毁地过于猖狂，庄上也召集不来众多乡里，齐心协力围猎。围猎，须耐心埋伏，几个时辰后，天色挨近黄昏，便是野猪出来觅食之时。昨日已探得前方山脚下之泥潭与草地常有众兽前来饮水歇息，也见得附近野猪常来之地。一旦围猎开始，众野猪会被驱赶至此，早已挖有不少陷阱，陷阱周围下有铁套，以防野猪窜逃，草丛中埋有竹签排，且系有花枝为标记，你等靠近时，一定要小心慎重，别误伤自己。"

一老伯仍旧放心不下，不厌其烦道："各祠堂皆有猎户队，各自围猎一两个山头，你等别乱串到其他祠堂的围猎山头，因陷阱套夹布置与标记不明，伤者自负。郭家祠堂围猎队已传来音讯，寻找到众多野猪，野猪被撵逃跑时，一般会沿着熟悉的路径，然猎狗与众人依不得它，必设法围堵，天空有猎户放飞的黑雕，低空飞掠疾追，力逼野猪进入我等设好之通道。山下通道两边燃起桐油浸泡之火栏杆，可防野猪四窜，然留有缺口，放掉其他野兽，一旦野猪也从缺口流窜，众人持火圈及时扑上阻拦，并放炸雷恐吓，逼它乖乖就范。若掉下通道中陷阱，或被套夹竹签夹住，野猪挣扎之时，切不可动枪，更不可用尖枪捅它，撒网捕捉就可。如有大野猪冲来，或有野猪从陷阱蹿出，一定避开，此时的野猪是亡命之徒，暴躁凶猛，切莫忘记自身安危。牢记牛牯崽吖吖反复叮嘱的事项，你等留在此地，切勿走动，实在无聊，届时可在此放鞭炮助阵……"

牛牯崽嘟哝道："一猪二熊三老虎，千万当心，公公，我等耳朵听出老茧矣。"

痢痢牯也嘀咕道："费劲驯养黑雕，打猎时却不让我放雕去，真无趣。"

晓松低声道："唠叨咋哩，还不住口。"又对那几位叔伯说，"诸位阿公，我等谨记，在此安静等候便是。"小鬼等人见晓松四人应诺，方安心抽身而去。

三个多时辰后，光亮渐衰，一只响箭呼啸着窜向远方山顶，于空中炸响。晓松几个浑身一震，翻身跃起，红红姐白皙脸庞霎时涨红，瞪着眼睛，屏住呼吸。又有七八道流星般的响箭直冲天空，一个个大火球炸裂，过后不久，又是一道流星划过天空，格外耀眼，一团团彩色浓烟向四周喷射，紧接着，元宝山发出阵阵轰鸣，天地震颤。

红红抑制不住兴奋，问道："为何又是响箭，又是彩色焰火？"

牛牯崽道："响箭乃本祠堂猎队发射，通告众人，准备放出猎狗与投掷炸雷，驱赶窝中的野猪。彩色焰火，乃是雨中之烽火也……"

红红眨眨眼笑道："此乃五彩村领衔的烽火头，召令通告各山头与各祠堂猎队，围猎正式开始矣。"

瘌痢牯道："红红姐一点就通，可惜猴精之侯三与豆饼几个终是胆小，畏惧不来，倒是来了一位柔弱样貌之女子。红红姐，令人刮目相看！"

晓松笑道："错错错，红红姐外柔内刚，桀骜不驯，村上何人不知？倒是仁泰与侯三缺席，实属意外。"

红红道："我私下听得，侯三吖吖欠下赌债多矣，整日东躲西藏，有人瞧见梁贵时常带人满村追着侯三讨要。父债子还，怕是此时侯三也躲了去，如何来得？"

晓松摇头道："赌博，罪大恶极，沾赌便毁了一家，实为可恶。就怕侯三兄弟遭到不测，令人担忧。嘀，瞧！"

牛牯崽与瘌痢牯起身远眺，即刻间，山坡上俱有烽火蔓延，四面八方传来轰隆巨响，烟火笼盖了天空，爆炸声连成一片，呈山崩地裂之势。众人欢呼起来，郭家祠堂猎队围猎之山头雷爆声声，百只猎狗狂吠，野兽惊叫，群山沸腾，众鸟扑腾着翅膀乍然惊飞，天空上霎时乌压压一片飞鸟，又即刻隐入满天的烟雾中。

密林中有人吹起竹哨，晓松几个动如脱兔，从密林中冲出，跟着前面众人扑向溪边。一连串的炮仗炸响，水边的野兽与鸟儿早跑得无影无踪。晓松几个将稻草人拔出，用杂草埋在地上，众人于栏杆上挂上稻草束，也堆上干竹枝叶等柴火，其上撒上硫磺粉，然后纷纷后撤，屏息静气躲在栏杆不远之花丛草后。很快就有持火绳油杆、长矛梭镖、牛角叉与炸雷的猎户赶来，也有攥着牛筋网的，尤以端着单发与连发火铳之人，神气十足。众人皆急切迎候即将到来的野猪大军。

须臾间，山坡上树枝摇动，红红瞪着前方，紧张兮兮，见树枝晃动剧烈，不由冲口道："冲下山矣，快点火呀！"她一声惊叫，打破了大战前令人窒息的沉闷。

牛牯崽回头瞪着红红，急声嚷道："不许你上来，为何不听？大眼迷糊，那是野猪吗？"

乱哄哄冲出来的野山羊、麂子、四不像等，惊慌失措遁入通道，被众人驱赶，从围栏空隙与敞开的缺口跑散，也有沿着通道狂奔而落入套夹的，随后冲出十几只豺狗与狼，它们两眼闪着幽光，狂奔中另有一种从容有序，从栏杆缺口逃窜。狼群后竟然跟有野狸子，野狸子乃喜寒之兽，牛牯崽揣摩应是从元宝山高山之巅受了惊吓跑来。此时天上几只黑鹰穿过乌云，突然俯冲下来，狼群顿时惊慌四散，让红红惊叹不已。

牛牯崽："瘌痢牯放飞黑鹰，本用来驱赶野猪，如今却想用它们捕捉豺狼，真是忘乎所以。前头黑鹰是你家驯养的，差点让咱们功亏一篑。"

瘌痢牯道："咋哩眼神，我家的黑鹰，比不得眼前的鹰雕硕大，这分明是野鹰。其翅膀足有三尺之宽，豺狼见之，岂不魂飞胆丧！"

牛牯崽道："仔细辨认，果真不是，野鹰真是凶悍无比。晓松，我记得泽民观看黑鹰时念过一首诗，哟哩念咯？可否记得？"

晓松略一沉吟，道："记得。凄风淅沥飞严霜，苍鹰上击翻曙光。云披雾裂虹蜕断，霹雳掣电捎平冈。耄然劲翮剽荆棘，下攫狐兔腾苍茫。爪毛吻血百鸟逝，独立四顾时激昂。炎风溽暑忽然至，羽翼脱落自摧藏。"

瘌痢牯与红红闻之，似懂非懂，拍手称好。此时听得一人吆喝"点火"，围猎栏杆几个缺口被众人快速堵上，栏杆上的稻草柴火轰然燃起。

有乡里斥责道："红红、晓松几个，多次叮嘱不得靠前，还不退回安全处！"晓松几个见乡里执意不许，只得转身退后。

几人将红红姐安置在围栏外几丈之远的草丛后，为了以防万一，还留下火铳让红红姐护身，之后转身跑回狩猎前线。此时已有野猪冲出山坡树林，乌压压一大群，前方之野猪嚎叫着撒腿狂奔，獠牙扫过树杈，树杈纷纷折断。众人三下五除二，终将陷阱恢复，被套夹套住的野山羊、麂子、四不像等也被松开，驱赶而去。野猪群后，远远有众多猎人追击，嘶哑吼叫声中，似乎筋疲力竭，然不忘扔着炸雷。火光四射，污泥四溅，草地砸出一个个窟窿，猎狗狂吠，与野猪不远不近，凶狠对峙。

晓松几个蹲下观望越来越近的野猪。它们龇牙咧嘴，眼神惊慌，锋利的獠牙上挂满树枝草叶，身上沾满污泥。通道之栏杆似两条火龙，熊熊燃烧，其中的硫磺在燃烧时发出恶臭，野猪避之，在栏杆通道中依贯狂奔，扑通掉入陷阱，踩中套夹，动弹不得。只是竹签伤不得皮厚的野猪，跑至半路，几头野猪突然向旁边栏杆冲去，小鬼率众赶紧举火铳对着野猪砰砰射击，有几只中枪翻倒，然前头一头野猪，连中七八枪，依然一头撞向栏杆，直至被烟火燎得直蹦，才终于栽倒，血溅如柱。后面众野猪见状，只得沿中间通道奔窜，不多久，扑通扑通，掉入前端陷阱中。

野猪群中，落在后面的野猪幼崽声声哀叫，被俯冲下来的猎鹰抓起。转眼之间，四五个陷阱竟然被野猪填满，后头的野猪踩踏着陷阱里的野猪一跃而过，可惜又重重摔落在前方陷阱。围栏外，众人不敢贸然靠近，只能吼叫着，助阵追击的猎狗猎人。有十几只野猪侥幸逃出陷阱，却接二连三被猎人抛出的绳索套住，被火铳射中双眼，翻身倒下。用围巾捂着鼻子的乡里不听劝阻，急切涌入围栏内，欢呼雀跃不已。

就在这时，人群中一阵惊呼，又有一群野猪被牛牯崽吖吖等猎户驱赶，冲出下山来，向通道里的众人撞来，众人惊呼中跳出围栏，可惜有几条猎狗被野猪的獠牙挑上天空，鲜血直流。领头的雄野猪忽然停了下来，一双血眼直瞪瞪盯着栏杆残缺的火龙，突然怒吼着向栏杆撞去。众人惊慌中朝着野猪开枪，又急忙甩出炸雷，惊叫着往后散开。炸雷刚刚扔出，只听咔嚓几声，栏杆被野猪撞得稀巴烂，野猪像泄洪一般冲出围栏，直奔而去。

"不好，野猪冲着红红姐躲藏的地方去了！"晓松大惊失色，一把甩下网绳，转身就跑，愣神的牛牯崽被网绳绊倒在地，被其拽倒的瘌痢牯也摔得满口泥沙，一时醒悟过来，大声喊："拉着红红姐，跑往前面河里！"

牛牯崽急道："胡说，野猪水性甚好，赶紧跑往前面的樟树林，樟树林！"

红红姐见野猪袭来，慌乱中抓过火铳，冲着野猪砰的一枪，谁知竟没打中，毫发无损的领头野猪暴跳如雷，直朝红红撞了过去，晓松从旁边飞扑过去，将茫然失措的红红姐推开，野猪獠牙贴着晓松后背，险险擦过，惊得他一身冷汗。砰的一声，野猪獠牙插进前面的树干，足有三寸之深，野猪狂怒挣扎，抽出獠牙后，又冲跑向树林的晓松与红红追来，后面尚跟着一群暴怒的野猪。

晓松拽着红红冲进树林，东兜西转，将众野猪耍得团团转，不是扑空，便是将树干撞得砰砰作响。领头的雄野猪更加狂躁，紧追不舍。晓松猛然回身，双肩扛起红红姐，红红缓过神来，敏捷地爬上一棵一人多粗的樟树。晓松又一个急转，躲过雄野猪致命獠牙的袭击，一顿狂跑。然两头雄野猪依然紧跟不放，转过几道弯，晓松猛见前有一根垂落树藤，一个纵步抓住老藤，纵身一荡，便跃上前面一棵樟树的枝丫上，野猪刹不住脚，一头撞向大树，咔嚓一声，折断了一根獠牙，疼得暴跳起来，另外一头野猪竟然双腿趴在树干上，气哼哼瞪着树上。这边，红红惊魂未定，放声尖叫："晓松，你在哪里？"慌乱中，竟然顷刻已爬上两丈多高，树下已被野猪团团围住。

晓松喘着大气，瞧着树下不依不饶的野猪笑道："撞呀，树比你身粗数倍，撞不死你。树下看不得远，不如上树瞭望，爬呀，笨猪！不会？光瞪着我急眼不是？哎呀，此树高耸入天，竟然比村东的老樟树高大过许多。笨猪两头，待在树下吧，我懒得与你等斗气，我往上爬去矣，风光在上也。"

晓松爬了一会儿树，四下眺望，脚下之樟树，浓郁得令人瞠目结舌，举目望去，树冠之枝梢湮没在雨雾中，眼前娇嫩的树叶，油性瓷腻，香气浓郁，散发出驱虫之清香。晓松自小在樟树上玩耍，依然感叹此遮天蔽日的巨大樟树。往下一看，严严实实之枝叶，早已挡住野猪，只闻得野猪的狂躁叫声。晓松估摸着自己已爬到五六丈之高矣，然至此，主树干向四周散开，伸出三根巨臂，形成三尺多宽之凹窝，上面堆满厚厚的残枝败叶。晓松不肯歇息，又爬上树的分叉，恐已有十几丈之高矣。虽然是分枝，依然粗壮，一人不能合抱。灰褐色的树皮上有深沟纵壑般的裂纹，彰显岁月，有一根树杈已然腐朽，被滑溜溜一寸多厚的苔藓包裹。晓松暗忖，此树恐有千年之古矣。

此树之庞大，顿令晓松感叹自己的渺小，突然想起红红姐，不知红红姐可脱离了野猪袭击？晓松灵机一动，想到拽根老藤，溜去旁邻之树，不就可撇开野猪？他扯过一根粗大的老藤，用力一拽，然不知老藤缠绕的上方一根大腿粗的树枝，内芯却已腐败，只听咔嚓一声，已被拽折，树枝砸下，幸亏晓松躲开，然脚下一滑，连同折断的树枝重重砸在主树干树杈的窝凹处。晓松拽住老藤，未被摔伤，然眼冒金花，听得身下刺啦一声，晓松裹着窝凹处的残枝败叶，重重摔落下去，似乎落入黑乎乎的树洞中，若不是缠绕老藤，恐晓松的小命不保矣。随着砰的落地声响起，晓松已不省人事。许久后，树洞外红红与牛牯崽等人匆匆走过，焦急的呼喊声，也渐渐远去。

也不知过了多久，晓松在寒冷中醒来，不由得双手抱肩。此类树洞，晓松见得多矣，不是蟒蛇之窝，便是野兽栖身之地。他伸手摸去，身上身下都有陈叶残枝，哎呀，竟然多是竹叶。他身上疼痛，又冷又饿，没一会儿又沉沉睡去。睡梦中只觉天地白茫茫一片，然前面飘飘然走来一人。晓松懵懵懂懂，见那人竟是杏儿，她飞奔过来，笑眯眯道："哎呀，幸亏老天保佑，晓松哥摔落十几丈，竟未伤筋动骨。我阿公说得对，《易经》上曰，作善降祥，作不善降殃趋吉避凶。积善之家必有余庆，积不善之家必有余殃。"

晓松一脸困惑，请教道："何为积善？"

杏儿自言自语道："益于他人为善行。积善之意，应是如此？"

晓松不语，心中依然疑惑："为何梁贵家多行恶事，然未见其殃？恶有恶报不得，心善之人，也多遇灾难。"

一阵阴风扫过，晓松头上似挨了一竹竿，有个空洞洞之声道："听得吗？求人不如求己。"

"何人袭击我？"晓松一个鹞子翻身，然不见其人，再回头，杏儿已不知去向。

"哎哟，竟能在软塌塌的树叶之上，来一个鹞子翻身，可见本是个自强之人，何须竹精贤弟用竹竿提醒？"另外一个空洞之声，似从天际传来。

"前些日子，晓松与众人念上竹经，吾之生老病死，无一不被几人说尽，吾有得隐私一般，羞吾不止。人类用吾喫吾，烧吾毁吾，即便励志崛起，尚须用吾鞭策，吾烦恼透顶，所以跟踪晓松多日，无奈敲打不上，今日趁其神志虚弱，方得得手，当是报复之乐。樟树精贤兄，冒昧造访贵府，恳请谅之。"竹精一副天籁之声。

"贤弟击打晓松，这一竹竿，恐惊醒几位爷神。然晓松贵体，凤凰来仪，麟趾呈祥，贤弟莫要再骚扰为好。贤弟赶紧随吾而去，还他一个清静，也保吾一方平安。"

又一阵阴风吹过，晓松打了个冷战，从梦中醒来，狠狠敲打自己，方知已不在梦中，又记起一切。他抬头欲找洞口，然眼前漆黑一片，估计已是深夜。他哆哆嗦嗦站起，小心向前迈去。黑暗中响起一阵奇怪叫声，晓松蹲下身纹丝不动，屏息细听，哎呀，他突然兴奋起来，几乎冲口而出："金丝猴！"

有得错，正是金丝猴的叫声。晓松脸上浮出笑意，一阵暖意涌上心头。见他昏迷中冷得发抖，替他在身上盖树叶的，定是金丝猴。牛牯崽曾说，金丝猴警觉异常，如果它在树林中歇息，旁边绝无可能存有其他猛兽。他闭眼往后一躺，放下心来，金丝猴之进口，便是天亮后的出口。

吱吱啾啾之声，近在耳边，晓松睁开眼睛。眼前晃动着金丝猴毛发的光亮，晓松心中大喜，天色已渐渐转明。能看到树洞之口，高高在上。此时望去，犹如雨天的前夜，天上悬挂一轮朦胧圆月。晓松眼睛早已适应黑暗，晨曦微亮，依稀可辨金丝猴的身影，似乎有七八只。凝眸细瞧洞口，两尺多宽，自上而下，略呈螺旋状，洞壁反射着淡淡幽光。晓松思忖，必是金丝猴满身灵性，抠出洞口并蹭磨得锃光瓦亮。树洞下端并不着地，距地三尺多高，也不是室顶，晓松记得，树洞大概五六丈之高，若直落下来，不死便残，绝不是金丝猴进来的洞口，只是四周昏暗，晓松不敢贸然摸洞壁寻查，怕洞壁上附着毒虫蝎子。

晓松索性一屁股蹲在洞口下唯一有朦胧光亮处，猴子们惊叫着躲开，之后鸦雀无声。晓松学着金丝猴的叫声，发出吱吱啾啾几声，金丝猴顿时欢叫起来。晓松双手合十道："谢过诸位金丝猴兄弟，谢天谢地，幸亏晓松落入金丝猴洞，若落入其他野兽之窝，不被咬死，也得被臭味熏死。金丝猴乃洁净之兽，怪不得山越之人视为山神。"

一猴向前跨出几步，伸手指着晓松腰身。晓松一摸，摸到了佩戴的腰刀。他恍然大悟，扒开身下之树叶，将树叶朝一个方向抛去。金丝猴呼啦啦聚拢上来，学着他的样子，将树叶树枝扒向一边，转瞬间划拉开一丈见方，露出泥土石子的空地。晓松从树枝堆里抽出一根胳膊粗的樟树枝，又找到几根油茶树枝，在金丝猴目不转睛的围观下，做了一根樟木钻火木，又解下腰带，与油茶钻火棒一道配成一副钻杆。钻火木一侧挖有若干小洞，晓松抓过一把干燥的竹叶，放入洞底的流灰槽中，用脚踏住钻火木，将钻火棒插在小洞内，拉动钻弓，钻火棒便嚓嚓旋转起来，少时，便见火星四溅，槽中竹叶冒出一丝烟来，渐成浓烟。他赶紧轻轻一吹，轰的一声，一团火花蹿起，惊得金丝猴尖叫着腾身四散。晓松笑道："聪慧的金丝猴，既会提示我燧木取火，为何又惊骇惶恐？难道是叶公好龙？晓松我火光在手，先观洞口。哎呀，远望洞口，风中摇晃，似为活板，可自由开启？如此巧妙掩饰一番，尚可挡雨，断不敢信是金丝猴所为，然可惜你等再神奇，也不会钻木取火。"

火光下，金丝猴耀眼夺目，柔软的金色长毛披散下来，犹如一件金黄色的披风。猴子脸上泛着一层淡蓝色荧光，朝天鼻翼上，是机灵闪烁的一双蓝宝石般的眼睛。此时晓松惊讶觉察，金丝猴的尾巴修长，毛发蓬松，与其身子长短相仿，怪不得常见金丝猴悬枝荡起，空中翻腾，一跃竟然有四五丈远，动作之轻盈优美，如金色精灵穿梭在绿影婆娑的树林中，令人神往不已。常人喜爱金丝猴的性情温和，动作优雅，尤其山越之人，将金丝猴视为山神。金丝猴尊老爱幼，有"孝兽"美名，因其采摘到野果之类的美味，会先传递给蹲在树顶的老猴先食，余下方才依次分食喫之。

洞室远比晓松的猜测大过许多，竟不是树洞，而是石洞一般，洞顶高低不一。晓松点上几根油茶枝火把，照亮四周，震撼无比。这不是梦境吧？晓松用袖口擦拭眼睛，依然不敢相信。四周平整的青岩石壁上，赫然有七八幅栩栩如生、色彩绚丽、逼真得如同浮在空中的图画。晓松情不自禁走上去，用手抚摸，方知画在壁上。但退回一丈多远再看，又像是画在空中，异常鲜活。中间的图画上是一个人面猴身的怪异动物，仿佛立于晓松跟前，眼神深邃，盯着晓松双眼，仿佛能穿透晓松的五脏六腑。他的眼睛眨了一下，又一图漂浮过来，绘着七八颗圆球围绕一个数倍大的圆球，旋转不停，周而复始。中间的圆球通红耀眼，也在旋转。晓松看得目不转睛。再一张图上，画的是阳光明媚之春天，一望无际的田野上，水稻青翠茂盛；下一幅图，乃夏日炎炎下，水稻正绽放花蕊；再一幅，乃秋高气爽之天空下，稻穗金黄色沉甸甸的。细瞧其他几幅，有蓝天白云，雪山森林，起伏山丘，河川瀑布……呀，不正是夷人山区的景象吗？晓松惊得目瞪口呆。还有一幅图，群峰横空出世，以傲视苍穹的雄姿，襟冰披雪，耸立于乱雪纷飞之中，天地间白雪皑皑。再一图，狂风暴雨，雷霆闪电，山崩地裂，波涛汹涌向他袭来。这分明是罗霄山区之过往烟云。晓松触目惊心，一屁股坐在地上，众猴也惊叫一声，匍匐在晓松身后。最终一幅图画，乃是一本金色之书，熠熠生辉，徐徐翻开，工工整整排列着几段稀奇古怪的符号与文字，绝不同平时所见的汉字，也不同于前些日子，晓松随吖吖去夷人山寨，看到的泥扒手中竹简上的天书文字。

第十九章
三问天星图终解惑，多风波山魈夺金书

晓松怔怔发呆，金丝猴似乎与他心有灵犀，也低头深思。洞中寂静，只有油茶枝火把燃烧之声。恍惚中，晓松似乎看见，几位远古装扮、白发飘飘的仙长，于一块巨石上，徒手开凿洞穴，又轻轻一抹，洞室壁便如镜面一般光滑。之后，他们尽情挥毫书画，又将一金书镶在洞顶。一阵微风，撩起仙长的长发，满天的花蕊落在巨石上，刹那间一棵幼苗茁壮成长，晓松惊讶时，已长成参天大树。遒劲之樟树根如同几条巨龙，盘旋着吞噬了那块巨石。又有一山精鬼怪，锋利爪子的手指从树顶往下一挫，便使树干之洞与巨石洞室贯通。那山精鬼怪一回头，变成适才的人面猴身的怪异动物，他哈哈一笑，声音竟是先前晓松梦中的樟树精之声。原来如此，晓松如痴如醉，不能自拔。

"何方来的孺子？文雅秀气，身如玉树，眉宇间似藏有无数疑惑，原来是问天之子，林晓松。呵，一万年的寂寞，终究有人撞进洞中矣。"人面猴身的动物倏然不见，一团雾气飘然而至。

晓松醒悟过来，起身作揖施礼，问道："樟树公公，方见您一指挫穿树洞之举，是何等英姿，为何如今化为一团飘忽雾气？后生唐突，叨扰神仙，实乃意外，敬请谅之。"

"樟树公公？哈哈，非也，吾乃韶光公子。竹精树精猴精等，倒是见得，其腐朽老态，不值一提。莫说唐突，此洞中无一丝生气，吾孤独至极，无聊透顶，理应致谢于汝，让吾今日见得憨态可掬之金丝猴，开心不已。汝天生好学求知，为答谢于汝，吾可解析汝的三问，然汝只须回复吾的一问，可否？"

晓松欢喜道："岂有不允之理？晓松开门见山，请教公子：众人脚下之地，称为世上，载有花草树木，山川江河，禽兽生灵，广袤无极。然世上的全貌，晓松以为不似先人的'天在上，地在下，天为阳，地为阴，天圆地方'之说。请问公子，这'世上'究竟何状？"

韶光公子曰："方才漂浮之图，乃吾变幻而成。汝吃惊的大小圆球旋转之图，便呈汝所谓'世上'的全貌。遥望星空，星辰浩渺，汝等脚下，也是其中一星，如今人间，有人

称为地星。地星仅是数不胜数星球家族的一员。图中光耀之球，便是白日，或称日轮，也可称为太阳。图中围绕它旋转的七星，乃是水星、金星、地球、火星、木星、土星、天王星、海王星，八个星球，自成一体，被称之太阳系。观其图，便观地星之全貌耶。将太阳系家族放入星空，犹如沙漠中一颗沙粒；再远视之，仅是辨认不得的微粒而已。"

晓松惊讶至极，以致呼吸急促，面红耳赤。"'天地世上'，原来在韶光公子口中竟然如此渺小，微不足道。如此推想，渺小的东西，岂可忽视其存在耶？遽然记起好友泽民曾言辛弃疾之诗句，'万事几时足，日月自西东。无穷宇宙，人是一粟太仓中'。"

韶光公子曰："晓松年少，何作此叹？有人也曾感叹，寄蜉蝣于天地，渺沧海之一粟，哀吾生之须臾，羡长江之无穷，挟飞仙以遨游，抱明月而长终。"韶光公子身形晃动一下，那太阳系图又现出。

晓松目不转睛盯着太阳系图道："观此图可知天地之运行轨迹，然不知人类之命运轨迹又如何？"

韶光公子笑曰："此乃晓松的第二问。人类之命运轨迹，有其道，也无其道。放入孤立之小道，遵循兴致衰，生致死，纯洁致混沌，有序致无序，不可逆转。犹如地星，宇宙造出，当初绝妙无比，美轮美奂，然至今日，千疮百孔，终将走向灭亡。正如老子所叹：'天地不仁，视万物为刍狗。'"

晓松心中一惊，原来这话竟有如此深意。"为何"两字尚未吐出，赶紧吞下，忍不住脱口又问："晓松有亲者多人，为何是杏儿现于眼前？"

韶光公子哈哈大笑道："直抒胸臆，由衷之言，甚好！世间本由微粒子构成，即便知觉与思维臆想，也是微粒子之功效。微粒子有纠缠本性，本质相同的两颗粒子，相互影响，虽相距遥远，当其变幻之时，另一粒子相应变幻，纠缠至甚，便有感应，此乃两情相悦之感应。人也是一颗粒子，各俱个性，然聚离分合，均构成苍生属性，千差万别，变化无穷。"

晓松一脸茫然，听到"两情相悦"之词，陡然脸红，心中难以平静，再欲问时，韶光公子道："三问已过，轮换吾问汝也。"

晓松道："韶光公子有如神明，也有疑惑？"

韶光公子道："人类终极之问，不，宇宙终极之问，汝可曾想得？"

晓松吃惊道："晓松脑中有无数之问，然终极之问，不曾想过。"

韶光公子苦笑道："孤独。承载宇宙的虚空，究竟何物？空间，空间何意？吾千亿年之求索，求索不得，情以何堪！"

晓松一愣，失笑道："甚是简单。划拉一下，便是空间。"

韶光公子不语。晓松沉思道："空间便是时光？"

韶光公子道："时光仅是虚空，冇得任何意义的标记符号而已。"

晓松不语。韶光公子怅然道："路漫漫其修远兮，吾将上下而求索。问世间，空间为何物？直教吾生死相许。君应有语，渺万里层云，千山暮雪，只影向谁去？呜呼！留下金书，天下奥秘，俱在其中。问天之人，毁天不得，然毁地狱者，问天之人，呜呜……"韶光公子号啕大哭，将镶在洞壁上的金书取下，放在地上。晓松愕然，然韶光公子泪水落地，火星四溅，晓光之手被火星燎着，疼得哎哟一声，顿从迷糊中醒来，韶光公子早已隐去矣。

晓松捡起金书，书中符号文字，均不认得。倏然记起夷人泥扒曾讲，几十年前山寨有一金书，甚是神奇，后被扔进孽龙河，也不知是此书不是。

此时的晓松，蓬头垢面，失魂落魄，魔怔般怪笑几声，地上插着的油茶树火把掉下灰烬，落在脚面上，烫得晓松跳起，一个劲甩腿。众猴怯生生望着他，晓松低头一看，跟前地上摆放着一大堆竹笋、嫩枝叶与芽苞、花蕾、松塔等物。原来是晓松迷糊之际，猴子外出采摘，为他备下食物。晓松感激地冲金丝猴露出笑容，赶紧扎了几把火把，用余火点燃，众猴顿时热闹起来，一只毛茸茸的小猴学着他点燃树枝，然而轰的一声，蹿起火苗，燎着了它的毛发。晓松眼疾手快，将幼猴身上的火苗扑灭。众猴吱吱啾啾乱叫一阵，远离躲开，又爱又恨地瞪着火把。晓松脸上挂着歉意笑容，向众猴抱手作揖，将尚未点燃的火把放在身后，殊知众猴也抱拳作揖，晓松被逗乐，开心大笑。他捡起松塔刚要掰开，树洞里忽然传来一阵阵嗡声，似乎叫唤"五通，五通"，众猴吓得脸色俱变，顿时一窝蜂跑向洞口。先是一只壮猴纵身一跳，抓住洞壁一条垂藤，翻身抓起老猴，依次是幼猴，母猴，殿后乃一只精壮之猴子，转眼间众猴窜上了树洞。晓松赶紧扑灭火把，用脚踩灭余火灰烬，确认无疑后，一个翻腾，伸手抓住老藤，窜入树洞，脚踩着突槽，也登上了洞口。此时已是黄昏，抬头望去，金丝猴消失得无影无踪，晓松猜测猴子均已攀上树冠矣。

晓松举目一望，又是一个阴雨天，眼前茫茫一片，整片樟树林，犹如厚厚一道绿色屏障，将远方堵得严严实实。树下已无野猪，晓松抓住一根树藤溜下，离地尚有两丈之遥，哎呀，猝然见得一兽，竟是一只花豹。花豹头上尚有血痂，满脸灰黑。晓松顿时毛发乍立，一手死死攥住树藤，悬在半空，一手下意识拔出腰刀。花豹此时也发现了晓松，见他一身的绿色苔藓，模样古怪，手中腰刀发出幽幽惨淡之光亮，眼中顿时也现出迟疑之色，不敢贸然进攻。一人一兽对峙了半刻，晓松连豹子舌头上之倒生小刺、几绺抖动的胡须都看得清清楚楚。就在这千钧一发之际，不远处蓦然传来怪叫声，正是方才吓得金丝猴逃窜的声音。晓松与豹子同时哆嗦一下，豹子转身一跳，跃出两三丈远，瞬间消失在密林中。

晓松一身冷汗，诧异不已。花豹绝少白天猎食，今日出来袭击猴子，着实怪异，莫不是那日围猎，令元宝山大乱，花豹的猎食时辰也乱矣？他爬回树枝上，尚未缓过气，哎呀，又见一兽，吓得他汗毛倒竖，脸色刷白。不远处之树杈上，竟然跳上一只硕大的山魈，其威严之状，远胜虎豹。

晓松见过猕猴、叶猴、红面猴、山黑叶猴等，却从未见过山魈。但山魈之丑，早已烙在心中，一见便知。此兽与牛牯崽吖吖的描述一模一样，头大面长，眼小而傲，脸颊蓝紫有深皱，腹部发白，尾巴极短而向上。晓松失声哆嗦道："这两天，撞鬼了！纠缠不放，弄得我一惊一乍，我不疯才怪！"

山魈眼露蔑视，冲他龇出尖利长牙，状极凶猛暴躁，一声吼叫："闭嘴！交出金书！"

晓松震惊得险些掉下树枝。这山魈竟然能发出清晰的人声。他下意识地瞄胸一眼，不敢乱动，那山魈微微一笑，翻身一个筋斗越过晓松头顶，闪电般从他怀中掏出金书。却听砰的一声巨响，山魈犹如铁塔落地，十几个人方能合抱的巨樟也跟着颤抖不已。山魈回头冲晓松怪异一笑，化成人面猴身，扬长而去。

晓松毛骨悚然，脚下一滑，掉落在地，依然怔怔。良久，树冠上的金丝猴纷纷溜下，簇拥着他哇哇乱叫，他方才醒悟过来。山魈是何怪兽？为何能发人言？它抢去金书又是为何？怪不得村上的老人称山魈为五通，又称七郎哥，传说其常仿人声而迷惑人，今日得见，不知祸福。晓松摇摇头，冲金丝猴跪下，磕了三个头，然后在猴子们的目送下，向树林外走去。

去日晚间，牛牯崽瘌痢牯两人执意相伴着晓松阿公在围猎处蹲候，两人坚信晓松无恙。一日过去，已是黄昏。晓松刚走出樟树林，就被依然在找他的牛牯崽瞧得。牛牯崽与瘌痢牯惊喜欢叫，抱住晓松不放。闻声赶来的小鬼喜出望外，满含泪花，将晓松拽过，上下打量，见他安然无恙，赶紧向天空发射响箭。族上众多乡党尚在四处寻找晓松，片刻，四处有响箭回应，牛牯崽与盼富等领着众人围拢过来。众人都长舒一口气，此次围猎总算有惊无险。

晓松在众人追问下，讲述昨夜被野猪追得狼狈不堪，躲在悬崖上嗜睡不醒。众人笑着摇头，都说自己年轻时，也曾一觉睡得一天一夜。牛牯崽吖吖一声吆喝，众人抬着晓松，兴高采烈打道回府。走出五六里，就见一道闪电，将天地照得鲜亮，远处传来轰隆一声巨响，浓烟升起，须臾间火光映红了半边天空。乃是晓松之前待过的樟树密林，恐是被雷电击中，燃起山火矣。众人默默瞭望，然倾盆大雨骤然而下，又将那山火浇灭。众人在雨中看着，只觉惊诧。春季鲜有暴雨，怪哉怪哉。

回到老虎滩，已是夜中，郭珏领着几位族长在孽龙河边等候。红红与杏儿飞奔过来，啜泣着紧紧挽住跳下筏子的晓松，晓松顿时满脸绯红。杏儿低声在晓松耳畔说道："昨晚梦得晓松哥掉落樟树洞中，金丝猴，众妖怪，甚是瘆人，不知是梦是真？"

晓松猛吃一惊，痴痴望得杏儿，讷讷道："非耶，梦矣。"

听完牛牯崽吖吖讲述的晓松失踪前后经过，郭珏与族长们呵呵笑着，称赞晓松舍己救人，不惧猛兽。此次围猎，众人虽多少有点皮肉之伤，然行满功圆，共有五百四十多头野猪被猎捕，其中五十多头被放回元宝山。此乃开春好兆头，众人欢喜鼓舞。

郭珏与康德冲着牛牯崽吖吖、小鬼与盼富等人作揖道："自此围猎，全仗牛兄谋定，真不愧为独占鳌头之猎人，堪称猎神。青黄不接时，猪肉正解众人饥寒。然尚须兑现对夷人之承诺，野猪要取一半赠给夷人，烦请盼富兄前去相送，表达五彩村之善意。远亲不如近邻，永不着硝烟，便是双方百姓之幸。另外，农耕春忙，育秧大事，尚需小鬼伯父劳力费心。"

牛牯崽吖吖呵呵憨笑，小鬼赶紧回礼道："栽田种地，乃我等农夫本分，郭员外客气。老夫有礼，回谢郭珏、康德两位贤侄，也谢过诸位长老贤兄。"

翌日，郭珏吩咐庄上选了两头膘肥体壮的野猪，宰杀干净，送至晓松家，犒劳晓松全家围猎之劳。其中一头，由晓松一家代劳，酬谢晓松娭毑三僚先生改制火铳、配置火药之功。晓松嗯糜满心欢喜，催盼富赶紧动身送去。晓松娭毑住在廖家冲，一来一去，三四十里路程。晓松嗯糜左手提着竹篮，装得都是时令蔬菜，右手提着几只野鸡野鸭。晓松前头肩拉，盼富后头推着独轮鸡公车，装着沉甸甸的野猪肉与腊麂子肉、腊鱼等。

独轮鸡公车吱吱呀呀叫着，山路崎岖，走不得几里，几人已是满头大汗。盼富带上滑轮，撇开原路，独辟蹊径，陡峭处找上一棵树，系上绳索，组成一副把杆吊轮，将车与野猪等吊上吊下，越过陡峭山坡，省得七八里路程。晓松也学得把杆吊轮之妙用。拐过一座山，廖家冲已在眼前，几只欢叫着摇尾扑来的黑狗黄狗早就唤出娭毑娭姆，晓松舅舅全家也欣然招手。

娭姆见得外孙，甚是欢喜，摘下晓松头上的斗笠，不顾晓松浑身泥水，一把搂过，端详着晓松的脸道："过完年后，也不来娭姆处过元宵十五，娭姆很是惦记。多日未见，晓松长高了许多，只是瘦骨嶙峋。哟，手上老茧又长了一层，小小年纪蛮懂事的，田里一把好手，我的好外孙！"晓松舅妈在后撑着竹伞，也捏了一把晓松紧绷绷的胳膊，伸出拇指。晓松娭毑一手握着小茶壶，笑呵呵招呼盼富。晓松舅舅赶紧帮着盼富卸车。晓松娭毑晚年得子，当儿子是宝贝一般，自然不许参与围猎，晓松舅舅朝盼富遗憾一笑。

晓松娭毑抿上一口茶道："庄稼田里有得出息，忙活一年，大丰年景也只得勉强糊口而已，有个天灾人祸，饱三餐饥三餐的，倒不如跟上娭毑，端上罗盘，出外堪舆。晓松已是学习占卦算命与风水本事的年纪，将来谋生也容易些。若年少出外，见得世面，也好摆脱面朝黄土背朝天之命运。"

埃姆不悦道："死老头，喫田螺咯，满口歪嘴邪说！汝一年到头出外鬼混日子，何时挣过银两回家的？记吃不记打，在外不是挨打，便被狗咬？不也是拖着病躯，惨兮兮回来的？外面何地之好，可胜过五彩村？学算命，你己之命，尚不知晓矣，何来知晓他人未来？笑话不是！"

在孙儿面前被骂得够呛，晓松娭毑尴尬不已，连喝几口茶，恼怒道："好汉不与泼妇争！茫茫沙漠见过乎？辽阔大草原见过乎？繁花似锦之街市见过乎？一望无际之大海见过乎？"

娭姆破口大骂："屎坑里浸死的鸭子，嘴硬不是？沙漠大海可充饥乎？每次回来时，想起外面艰辛，皆是哭天抹地。你不是常叹，走过千山万水，哪里都比不得故里的山水？外面穷人多如牛毛，当牛做马被奴役，动辄惨遭毒打，砍头吊死，甚至有被剥人皮者，残酷至极！老头子真是好了伤疤忘记疼，为何家里待不上几日，脚板又痒矣？"

娭几叹口气道："此话倒是不假。外面世界凶险，暗无天日。五彩村穷户人家喫的，好过外面贫瘠之地的富人在年节日喫的。我见过外面许多穷苦人，全家只有一条裤子，卖儿鬻女不得，在灾年常常饿死。五彩村穷人再穷，也不轻易被富人宰杀，而前朝大元时，汉人于蒙古人眼中真如草芥一般，每思极恐。唉，不说矣不说矣。此次围猎，贤婿如何说动夷人？"

盼富道："我与松儿牵上三匹马，驮着盐巴布匹等，临出门，郭乡绅令人牵来一驴，驮的是一套昌南精美之瓷器。如今夷人山寨的寨主与泥扒，乃我当年的耍伴，见了自然亲热。寨民捧着盐巴，女人抚摸花布，爱不释手，满寨子的人都很是欢喜。尤其昌南瓷器，寨民从未见过，以为天物，惊叹不已。其中有一瓷瓶，薄如纸般，透明如镜，上描有猴子图像，栩栩如生。山越人祭祀之山神，不是天上的神仙，乃是金丝猴也，花瓶便被当成宝贝。何况围猎的野猪，分之一半，何乐不为乎？"

娭几频频点头，又抿了一口茶道："此举投其所好，郭里长甚是英明。贤婿，你曾外祖父本是猎户，当年与夷人相争，被夷人致伤，受泽民太祖父相助，去县城疗伤，乃是你祖上第一次走出山林。可惜遭遇不测，虽有郭家变卖田地相助，仍然命丧山外，甚至连累当时的郭乡绅也丢了性命。是故郭家乃你家世代恩人。那时我父也随郭家出外，处理后事，方知其中实情。我见得城郭繁华精彩，常年出外走动，将稀罕事与物件相带回故里。昌南精美瓷器，在城里也是金贵之物。我在外常遇得福建客商，念叨昌南瓷器十分抢手，出洋运至他国，十倍巨利不止，以至于远渡重洋、置生死不顾、一心求利者络绎不绝也。祭拜猴子为山神，也不稀奇。有一年我寄居袁州城的佛寺，闲得无聊，与老丈诵佛论经，方知佛教来自天竺国，天竺国也举国祭拜猴子。那老丈一生，对猴子多有观察琢磨，自称写得一本《猴经》，讲与我听，甚是怪异也。"

娭姆道："啰里啰唆，冇人有兴致愿听你的狗屁猴子经。晓松孩儿恐早就饿矣，晓松，盼富，洗漱后快进屋喫饭。"

晓松道："娭几可否边喫边讲？猴子经，听来稀奇，甚是吸引我也。"

晓松娭几抚摸胡须，朝娭姆得意一笑。

不多久，七八碗农家饭菜端上，有腊肉笋干、焖野猪肉、野鸡肉焖菌子、炖山蛙、时令蔬菜等。众人落座八仙竹桌，晓松娭几道："也罢，外孙既然有兴致，我便絮叨絮叨那《猴经》。那老丈自称走遍千山万水，见过无数猴子，翻阅过众多书籍，细细数来，世上猴子种类，多达四十三种。然大千世界，尚有无数人类未踏足之处，估计未被记载的更多。此四十三种猴子，秉性大相径庭，相貌也大不相同，大体分为有尾猴与无尾猴……"

娭姆笑道："无尾，如何称得上猴子？猴子捞月，尾巴卷着树枝荡来荡去，方可去捞月。无尾，只得在地上走来走去。"

晓松道："娭姆，无尾之猴，我也多次见过。"

晓松娭几道："可不是。就会瞎插嘴，五彩村的堂客婆娘，唯独你最为凶悍。我问你，你见过几多猴子？猴子整日在你面前晃荡，你可知猴子寿命几多欤？"

娭姆瞟他一眼道："冇喫过肉，还冇见得猪跑？五彩村，除传说的山魈，还有咋哩猴子未见的？山外的猴子，我自然见不得，然猴子之寿命能有几多不同？难不倒我！猴子十几岁寿命而已。"

晓松娭几笑道："呀呀呀，见识短不是？猴子种类不同，寿命不同，平常多见得五彩村的猕猴、叶猴等，二十多岁寿命而已。然老丈查阅书籍，有记载称，有卷尾猴之寿命可达五十岁矣！"

众人惊讶，盼富道："侯三吖吖似通猴性，也曾言见过，有寿命四十多岁的耄耋老猴。"

晓松娭几道："五十多岁，本已稀罕矣，然老丈曾听得色目人说遥远的国度，常有活过一百二十多岁之猴。"

众人更是惊讶，面面相觑之时，三僚先生抽身去方便，娭姆道："在外弄不回一吊钱，弄回来一吊奇谈怪论矣。"

晓松嗯糜道："吖吖年岁已高，精力差上许多，日后不出门为好。"盼富点头附和。

晓松娭几折回落座，意犹未尽，将猴子之体貌特征，表情，声音，进食，睡眠，打斗，交配，生养等习性，讲得头头是道。晓松听得津津有味，就连娭姆也不插嘴矣。晓松舅母在灶房喂完晓松的几个表弟表妹，探头进来，欲替众人添些米饭，见众人听得入神，便转身退出。

盼富道："如此听来，猴子如同传说之野人习性，与人的野性大致相同。"

晓松娭几道："所言极是。猴与人，本为同根，那老丈以为，如今猴性，乃远古的人性，只是猴性历经漫长岁月，渐有变化，变化不大者，依然为猴，变化大者，已为人矣。"

晓松道："哪几处变化？"

晓松娭几道："远古的猴子，乃森林灵兽。猴子爬行树木之中，上肢向上摘果，须直立站立，敏捷得很，长此以往，脊椎渐渐掰直。然猴子牙齿咬不得坚果，也许受坚果落在石头上破碎的启发，渐渐学得用石块砸果。天地间闪电引起大火，森林毁坏，逼得猴子走出森林，寻找其他食物。岁月悠悠，今日的猴子已学会使用石头砸果壳，直立行走与广泛寻觅食物矣。"

娭姆道："滴水穿石，磨杵成针，岁月可变化一切，有猴子依然是猴，有猴变得人性，为何？"

娭几笑道："猴子的变化，那老丈与我争论不休。老丈以为，直立行走的猴子，先行一步，知道野火中被烤制的食物，滋味远胜过生喫。次数多后，直立猴子便学会留下火苗，便是猴性减少、人性增加的关键一步。然我以为，猴子脱去毛发，也最为关键。猴子裘皮外套，乃上天赠予之体肤，因拥有裘皮外套，猴子成为恒温之牲灵，可适应酷暑严寒。然脱去毛发，只得依赖自己制作之衣物生存，恐是猴子变化为人的重要一步。再有便是围猎。猴子弱小，本是凶兽口中之食，然猴子联合起来躲避，反抗，对抗，逐渐进攻，甚至围猎其他动物，在此过程中猴子的表情、声音、智力等急速发展。更为重要一步，乃猴子之情感进化，已不再是野兽的交配，而是有了情感，这就是猴子转化为人的最关键一步矣……"

娭姆骂道："老不正经！喫菜喫菜。"

三僚先生哑然不语，众人忙拾起竹筷进食。喫上几口，晓松问道："听得猴子经，原来人是从猴子转化而来。"

晓松舅舅笑道："我以为当然。侯三家养得几个猴子，模仿人的行为惟妙惟肖，抬杠子，摘油茶，传书信，翻跟斗等，那三岁小孩也不如猴子伶俐。入夜，猴子歇息于树上，然天天变换树木，拉屎拉尿也在树上，故从无臭气熏它之扰。然侯三家的猴，被训成窝居，也学会只在一隅排泄。如此下去，恐怕此类猴子也将成人也。"

晓松说道："人间沧桑变化，令人惊叹。原来之突火枪，已演进为如今之连发火铳；原来水稻只能种一季，如今山上的梯田，也可种植两季水稻矣。照此下去，将来人也可天上飞翔，水下游动，土中穿流。届时吾等'直立猴子'，恐怕不叫人矣，乃神人也！"

众人哄堂大笑，纷纷点头称是。晓松又问道："娭几，外地可有种植水稻？"

娭几笑道："为何问得水稻？山外之地，自古就有水稻。北方之地，我鲜有见到，但广东行省、江南等地，栽种水稻多矣。"

晓松道："我以为外地栽种的水稻，乃五彩村流出，而后才遍及多地欤。"

盼富笑道："此话谬已，魔器之言。"

娭几一愣道："孙儿，为何作此猜测？水稻源于五彩村？不敢妄自定论，然罗霄山之野生水稻旺盛得很。五彩村高山洞穴中多有先人的悬棺，悬棺里面的木炭灰中，常找得古时残留的水稻谷子。也可大胆设想，五彩村为水稻原生地之一。几年前，我外出途中遇得盗墓人，那盗墓人乃色目人，吹嘘从本省余干、新建等地挖得青铜器，有鼎、鬲、盘等器物，十分精美。色目人直叹，赣地莫非是上帝出生之地。上帝，乃是色目人最尊崇的神灵。可见我们赣地，人杰地灵。再说水稻的种植。郭乡绅家中藏书多矣，曾听他说，有一本《禾谱》，乃宋代人写成。何地最先栽种水稻，估计书中自有说法。嗨，识文断字之人，天文地理，古往今来，无所不知。孙儿欲知水稻的起源，可请教泽民。我家是穷苦人家，几代劳累，仍大字不识一个。如能识文断字，你等种植与工匠技艺，也可记载下来，即便贫穷，也为后世留下谋生之道，也是财富。"

娭姆道："刚聊猴子，如何又说起读书识字？东一榔头西一棒子，唠唠叨叨九车话，冇听得一句正话。然读书识字，倒是一句正言。当年阿菊阿兰识文断字，林家家境渐好，只是到了盼富这辈，又成文盲。晓松孙儿聪慧，可不许再走盼富的老路耶。"

晓松娭毑又起身去茅厕。晓松嗯糜道："能读书识字，自然为好。为何吖吖消瘦不已，频繁上茅厕？可是肠胃不好？"

娭姆道："村里郎中不知，吖吖在外，倒是问过杏林神医，说是消渴症。怪病，唉，猴子倒是进化成人矣，然猴子不得消渴症，人高明许多，人之怪病也多出矣。"

娭几返回，晓松嗯糜又问起让晓松读书之事，晓松娭几苦笑道："求郭乡绅之时，想得家贫，晓松忙于种田，求郭乡绅教晓松识字一事，只得吞下。"

晓松嗯糜也不好多言，一家人又念叨春日栽种等事宜。春耕农忙，不敢久留，晓松舅舅在车上放上一筐糯米糍粑，又从地里摘得一筐蔬菜，盼富一家便起身。三僚先生久久拉住晓松，依依不舍。一家三口挥手告别，走得半路，晓松嗯糜方知筐中有三两银子，定是吖吖暗中所赠。

第二十章
勤春耕听雨品茶花，急生变侯三遭大难

时光如梭，转眼一个春秋。

村东北方向，油茶山脚下，孳龙河边，有十多顷之水田，乃五彩村最为肥沃平整的几块水田，原本为五彩村多家据有，然如今已有一半已是郭家二公公家与梁家所有。正月十五后不久，大山依然萧瑟，然一簇簇红花草于田间茂盛。这草的草叶紫得鲜艳纯净，草茎梦幻般窜长。它伸展小懒腰，浅倚着冰冷的黑淤泥，嫩茎上开着一朵朵带霜缀露的小红花，宣示着春天的到来。

盼富长长"吁"的一声，前头沾满黑泥的水牛，极不情愿地停下脚步。它骄傲地回头望去，方才硕大的一块红花草地，已被它踩在泥土下，犁铧深翻的黑泥整齐翻滚，远远望去，如一排排巨大的鱼鳞，反着黑油油的亮光。水牛看着主人满意的目光，尾巴忽悠悠甩了一圈，又调皮抽打着自身，溅了盼富一身泥水。盼富轻抽它一鞭，呸呸吐着嘴里的泥水。晓松与牛牯崽赤脚踩在泥里，正奋臂扬起锄头，将田埂边的杂草锄落。

牛牯崽放下锄头，喘气道："红花草，真神奇，每年都被锄完，然每年头一个盛开，长满了整个水田。难道是风刮来的草籽，还是鸟儿衔来的？难不成，是鬼播的种子？可惜，红花草最终皆化为肥料矣。"

晓松道："可不是如此。有自然生长的，也有鸟儿播种的，早春一来，便成燎原之势。老人说，一年红花草，两年田泥妙，着实令人惊叹。我吤吤尝试着将野生的红花草改成人力栽培，红花草就长得更加肥壮。"

牛牯崽喜道："红花草肥力壮了，我等翻泥可浅些。边角之地，一锄一锄翻挖，费尽力气也。"

盼富走过来道："累了便歇息吧。"

牛牯崽道："不累。伯父，春季雨水紧相连，浸种春耕莫迟延。岂敢歇息。"

盼富点头赞道："牛牯崽，勤劳得很。农事繁重，大人也汗流浃背，你不停挥锄挖地，不知疲倦，还是歇歇为好。红花草肥力再好，也不是耕田的关键。春耕深一寸，可顶三遍粪。"

小鬼扎着草绳，准备下田扶犁耕田，接过话来："可不敢浅耕一分。水稻娇嫩，你糊弄它，乃糊弄自己的肚皮。春耕不肯忙，秋后脸饿黄。牛牯崽和晓松毕竟年轻，太过劳累恐伤身，明日还要去帮村里几家孤寡老人耕地，先喘口气吧。"

晓松与牛牯崽在沟里草草洗濯了一下，解下蓑衣，仰面躺在上面，任凭毛毛细雨落下。深深吸上一口气，红花草的青涩气味沁人肺腑，令人神清气爽。晓松道："若是晴日，田地更美。天晴，是此时我满心唯一的祈盼。"

牛牯崽笑道："你唯一祈求是晴日，然我祈求有三，三美，贪心过你。"

晓松："哦，有何祈求，且为三美？"

牛牯崽道："学得育秧，为首要之美。自小跟着大人种田，耕田耙地，浸种，催芽，育秧，插秧，耘耥，施肥，除草，挑水灌溉，双抢，收割，脱粒，扬晒，入仓……无不经历过。然浸种，催芽，育秧之阶段，我吘吘等尚不得要领，常百思不解。同一箩的稻谷种子，同一时段用稻草包好浸入水中，然总是发芽不一，与你公公培育的谷苗相比较，芽弱苗瘦。何时学得你阿公与你吘吘的育种之技，也成为村里的育秧人，播种时，喫一块肥肥嘟嘟的腊肉，大口喝一口谷酒，气壮山河般喊上一声'出秧喽'，此乃种田人的大美也！"

晓松笑道："种之以时，择地得宜，用粪得理，乃先人总结的种田之要务。然免去大海捞针般选得优壮的种子，也是当中要务。将气温水温土温等，纳入育秧必须担忧之事宜，也是要务。即便施肥，榨油枯饼也分品种，各类豆浆等肥效不一，土性各异，出秧苗须蘸酱之石灰，与骨灰必须相宜。此不是几年之栽种便可全部知晓的。犹如打猎，常人难以成为你吘吘一般胆略过人、一支火铳敢独闯虎山熊岭的猎手。你的二美呢？"

牛牯崽道："辛勤劳作终年，然不得饱食三日。尤其我的兄弟姊妹，尚在长身体之年，我阿婆常叹，半大小子，喫死吘吘矣。何时可同富人家一般，不为三顿饭愁死个人，此乃第二美。"

晓松点头："这也是我向往的。三美呢？"

牛牯崽不语，嗤嗤笑起来。晓松咯吱他，逼他说出。牛牯崽躲闪不已，只得笑道："好兄弟相逼，那我说出来，你不得怪我。"

晓松瞪眼道："牛牯崽平时心直口快，如今却扭扭捏捏，哪里像猎户牛牯崽的英雄气概！"

牛牯崽止住笑道："第三美呀，再来一次围猎，英雄救美，回到村里，有美人相扑，有杏儿牵手抵耳私语，何等令人羡慕！"

晓松一愣，顿时脸红。牛牯崽一个鱼打挺跃起，躲过晓松一拳，两人追打疯跑，笑声回荡，双双摔于泥水中。抬头便见得不远处，杏儿与春晖冬梅三个，蹦蹦跳跳走来。杏儿见之，诧异问道："为何在泥水中摔跤？这泥猴两个，可称为侯三的兄弟，侯四侯五耶。你俩在泥水中翻滚，练的咋哩功夫？"

冬梅笑道："想必是猴子打滚功。啊呀，晓松脸红如猴子之腔，哈哈哈。"

晓松与牛牯崽狼狈不堪，赶紧爬起。牛牯崽道："我乃堂堂猎人，雨中操练搏击之术，日后好擒拿野兽。你这大家闺秀，不在厅堂里赏花读书，为何来此淋雨？"

春晖拍手道："你俩练得铁骨钢筋，便可对抗梁贵手下几位如狼似虎的家丁，灭其威风。梁贵平时作恶多端，仗的便是那几个黑心家丁的高强武功。"

冬梅道："花开季节，莫提恶心人，扫了小姐的兴致。牛牯崽，我等出外，踏春赏花，不为淋雨，而为听雨。顺便扯上几把小笋，回去用猪油煸炒，神仙闻得味，也会寻来讨喫。"

牛牯崽笑道："梁贵手下家丁，个个仗势欺人，尤以吴德最为凶狠狡诈。这小子身手不错，实不相瞒，我原忌惮于他，但如今不惧。冬梅所言甚是，提猪狗不如的梁贵咋哩，坏了好心情。冬梅，此地除了红花草，便是油茶花，别处可能鲜花怒放，香气四溢，何故偏来此地？此地只好闻水田大粪肥料的臭味欸。况且，只有淋雨者，哪来咋哩听雨人？"

冬梅笑道："大路朝天开，哪个捆我脚。你耕种的水田，乃是杏儿小姐家的，有钱难买愿意，小姐欢喜，想来便来。牛牯崽俗人，大字不识一个，断不知听雨之意。哎呀，小姐，几日不出门，油茶花开得鲜艳，何不采花，吸吮甜蕊？"

杏儿瞟晓松一眼道："说得是，待我采上几朵。"

冬梅道："晓松牛牯崽两个，眼瞎不是？坡陡泥滑，还不助我等爬上茶树！"

晓松涨红脸，洗净手脚，众人手牵手爬上陡坡，选了一棵盛开花朵的油茶树，折下几根芦笙草，抽出管心，草茎便成了一根细细的吸管，拽低树枝，踮起脚，将芦笙草茎插入油茶花蕊中，如蜜蜂吸吮，吮过几朵油茶花，又在花瓣与叶片中寻得几块茶饼，细细咀嚼。这滋味有些苦涩，春晖苦着脸，呸呸吐出。晓松跃上树枝，树枝晃悠悠弯下，又晃悠悠将他托起，他摘下几瓣乳白色已是爆皮的茶饼，递给刚爬上树的杏儿。杏儿捏着茶饼，朝天照去，茶饼似玉无瑕。她依依不舍地咬下一块，顿觉满口清香甜脆。

杏儿欢喜道："怪不得有人称之为王母娘娘心仪的仙果。杏儿突发奇想，茶饼可是来自天庭？其他树花只开一茬，然独有油茶树之花，一年花开两茬。且油茶树上有的花瓣与树叶一般，长久挂在枝头，变异成果肉，与其他树迥然不同，别有一番生存之道。"

晓松笑道："杏儿的疑惑，是感悟生命的多样，我也曾百思不得其解。同为猴类，有为猕猴、金丝猴的，也有变化成人的。只说竹子，就有毛竹，楠竹，黄竹，湘妃竹，还有四方管的方竹。水稻，出粳米，糯米，呈白色，也有黑色，红色的，稻谷各异。即便没有生命的矿石，可为铜，铁，锡等，铁又锤炼出生铁、熟铁与钢矣。大千世界，着实变化无穷。我思天地中，定有一只无形的手，左右天地，摆弄宇宙，而芸芸众生，皆为混沌之人。"

牛牯崽笑道："为何近日越发野话鬼话连篇？难不是去年围猎时躲野猪，一人在悬崖上过夜，撞过鬼也？"

冬梅也笑道："元宝山有诡异悬崖，这倒不假。若在元宝山见着鬼，那鬼恐是夷人装扮而成。我家老爷说，围猎之前，夷人好装神弄鬼，吓唬去元宝山偷猎的汉人村民。庄上乔老叔公，当年进元宝山偷猎，回来便说看到过有夷人模样的鬼，被吓得疯疯癫癫。小姐莫怪冬梅嘴碎，小姐也曾自言自语，说过与晓松同样的疯话。"

站在树上的杏儿笑骂道："你等俗人，岂能理会我思索之意。晓松哥哥适才那番话，正是我迷惑不解之处。天地奥秘，断不是神话传说那般，一言两句，道之不清。哎呀，远处传来狗吠，一人急慌慌走来，似瘌痢牯哥哥。他为何一副惶恐模样？"

众人回头一看，果真是瘌痢牯，前面尚有瘌痢牯家的小黄狗。瘌痢牯一脚陷入泥水中，费力拔出，走上几步，又陷入泥水中。瘌痢牯索性拔出陷在红土泥中的竹屐，深一脚浅一脚地跑来，一脸焦虑："晓松的预感，果真不假。侯三几日不见，竟失踪矣。我一番打听，豆饼说侯三前些天夜里，梦游一般，木呆呆向村外走，看似是去了孽龙河方向。侯三家中哭天抹地，也不知他去了何处。"

冬梅与春晖闻之，面呈惧色。春晖道："中邪不成？为何围猎之后，野猪少得可怜，然村上离奇失踪与死去之人多矣？"

晓松道："正是，甚是奇怪。瘌痢牯，既然侯三兄弟向孽龙河边走去，何不沿河寻找？待我知会阿公一声，我等这便去寻。"

晓松等人三步并成两步返回田里。晓松阿公与吓吓脸色凝重，当即叮嘱他们小心前去寻找。晓松又劝冬梅携小姐赶紧归府，冬梅顾不得路上泥泞，匆匆带杏儿离去。

孽龙河从元宝山涧咆哮泄出，狂暴如蛟龙，一口气越过廖家冲五六里后，摇身化成酣睡般的长龙，缓缓流经郭家冲，之后又呈狂躁之势奔流不息。

晓松三个深一脚浅一脚赶至孽龙河边。河边红土被毛毛细雨浸透，如糯米粥一般黏胶，一脚下去，竹屐便陷入其中，小黄狗呜呜犹豫着摇尾巴，也甚难前行。瘌痢牯蹲下，将小黄狗放入背篓中。晓松与牛牯崽索性抛掉拽裂的竹屐，行进速度顿时快了许多。一路寻找了几里地，也不见异常。

又寻了多时，背篓里小黄狗猝然狂吠，三人抬头，便见前方孽龙河边，有一棵伸进河中一丈多深的大柳树，枝条晃动不已，隐隐约约，见许多猴子在树上跳跃，还传来猴子呜呜叫声，听着颇为悲哀。晓松等赶紧朝那柳树奔去。走近一瞧，甚是奇怪，树下十几只猴子围成一圈，瑟瑟发抖，任凭晓松几个高声吆喝，众猴依然不散。晓松心里咯噔一下，拨开众猴，只见前面有一具脸朝地的僵尸，应是男尸体，大概总角岁数，几乎赤身裸体。尸身被河水浸泡得浮肿发白，依然吸附着十几条蚂蟥，还缠有水草。晓松小心翼翼地将尸体翻过来，"哎呀"一声大叫，三人同时跌坐在地——正是侯三兄弟。

晓松怔愣半天，放声大哭。瘌痢牯与牛牯崽也早已泣不成声。众猴围着他们，嗷呜低号。牛牯崽认得这群猕猴，侯三自小常与它们为伴，不时投食喂养。

晓松止住哭泣，站立起来，朝河滩边的田埂上走去，细细查看。毛毛细雨冲刷不去田埂上的杂乱脚印，其上有猴子脚印，也有人的脚印。痫痫牯查看了一会儿，嘟囔几声，抬头与晓松对视一眼，返回侯三尸体边，见他脚踝上有多处撕裂伤口，后背也有撕裂伤痕，似被野兽袭击，掉入河中而溺水身亡。两人疑惑不已，又沿着柳树周围走上一圈。田埂上残留着竹扫把胡乱扫过的痕迹。三人终在田埂上的杂草下，寻得多人留下的脚印，清晰明了。

田野上的乡里，闻得晓松三人的哭声赶来，看到这一切，皆又惊又恐。众人抬着侯三尸体向村里走去，后面跟着一群毛发湿漉漉、哭叫不已的猴子。

尚未进村，侯三婆婆、嗯糜与家里几个兄妹就迎了上来，哀哭不止。乡里众人也是痛惜不已，各家大人不由紧紧搂住自家的幼孩叮嘱，水患无情，断不可私自下水。几位长者闻讯赶来，查看一番，聚在一旁商议。一人疑惑道："不知河岸上的咋哩野兽，竟去撕咬侯三的脚踝。侯三狂逃，失脚掉入河中。可侯三水性极佳，小泥鳅一般，岂会轻易淹死？"

有人道："天下的事，非常理可测，要不怎么说'善游者溺'？"

"我以为是水中有怪兽，侯三在水边行走，被怪兽拖入水中……"一人摇头说道。

另一人道："水中怪兽？莫非是水猴子所为？据说水猴子于水中，力气是人的几倍，侯三水性再好，也难以抵挡。观他身上与脚踝上的撕裂痕迹，也许是被水猴子的尖锐指甲锉撕拉裂，甚是恐怖！"

众人闻之，个个惊悚。但一白发苍苍的老者道："此事细思，尚有疑处。水猴子常潜水底，拨水草穿梭，以鱼虾为食。除非饿急，才敢袭击野兽与人，将其拖入水底，用淤泥敷满野兽或人的七窍，使其窒息而死，再吸食其血液。据说水猴子喜爱喫人的眼珠与耳朵，尤喜吸食脑浆。然侯三几乎完尸一具，我以为，断不是水猴子所为……恐为钓水鬼所为！钓水鬼乃是投水自杀或意外而死的人之鬼魂，徘徊故里，化成水鬼。钓水鬼耐心潜伏水中，引诱或强迫经过之人落水而死。钓水鬼将其当作自己的替身，有了替死之人，便可投胎转世，摆脱地狱之苦难。我祖上有传闻，五彩村被钓水鬼引诱而死的人，几乎清一色都是完尸。依老夫之见，去岁以来，村上莫名失踪之人，都是被钓水鬼诱惑，失足跌落河中的。今日侯三之难，定是此情形又重演也。"此话落下，众人鸦雀无声，面面相觑，纷纷点头称是。

人群中又一公鸭嗓道："我看未必，还是水猴子所为。水猴子突袭后，侯三掉入水中，惶恐抽筋，或被水草纠缠而溺死。有人见侯三近日常梦中夜游，夜游时有其喂养的猴子在旁跟随。猴子见侯三被水猴子袭击，又掉入水中，定是持棍将水猴子赶走，故侯三身上未被水猴子撕咬，然猴子救人不得，侯三终究死去，又被众猴捞上河岸。孽龙河流经元宝山，河边野兽众多，水猴子生存极易，便不会窜入五彩村来觅食。若不是郭珏别出心裁，去岁开春搞出一场春季围猎，水猴子冇得食物，焉能狗急跳墙，跑到村里来伤人？近年来五彩村接二连三有人失踪，都是因为水猴子或者虎豹豺狼喫人。郭珏违背天理，祸害众人，乡里永无宁日，早大难临头矣！"

此公鸭嗓便是梁贵家武艺高强的家丁吴德。他话音刚落，旁边众多的梁家家丁与佃户便高声附和，甚至群情激昂，痛斥郭家霸占里长之位久矣，行事劣迹斑斑。有人出声质疑，吴德与其他家丁便上去谩骂推搡，顿时乱哄哄一片。晓松与牛牯崽、瘌痢牯痛斥吴德，吴德恼羞成怒，挥拳打来，不想晓松与牛牯崽、瘌痢牯丝毫不惧，挺身对打，吴德竟然占不得上风。他眼见打不过晓松等人，只得转身躲开。郭家祠堂的人拽出晓松几个，梁家家丁也在骂骂咧咧中停手。

晓松向众人道："水猴子也好，钓水鬼也罢，一个活人被袭击落水，死者口鼻腔里必有黏膜体液留下的白色污渍。尸斑未呈淡红色，皮肤尚未皱缩，定是人死后不久之状。身上如有膨胀与鸡皮疙瘩，常为刚死之人，又被投入冰凉水中，皮肤受冷水刺激，毛囊猝然收缩而致，又因身体被水浸泡而浮肿。侯三如真被水猴子拖下，慌忙之中两手乱抓，水草泥沙无不嵌入指甲缝中。然侯三指甲中有黑渍，却不是水中的泥沙，侯三断不是水中溺死。而从身体浮肿然无鸡皮疙瘩之状，可以推断，侯三不是死于河中，而是先被人杀死，后被抛尸于孽龙河中，身上的水草，也是他人为之。而且他尸身之上，有些不是水草，而是绳丝，断不是水猴子弄上去的。"

一席话如石破天惊，全场嗡声四起。牛牯崽掩饰不住愤怒眼神，瞟了吴德一眼，吴德眼中闪过一丝慌乱。牛牯崽厉声道："春天围猎，分明是利于众乡里的一桩益事，居然被别有用心之人侮蔑为违背天理！此乃造谣滋事！水猴子本以水中鱼虾为食，孽龙河鱼虾众多，乡里抓鱼钓鱼网鱼，自有分寸，以鸬鹚捕鱼也是浅尝辄止。然梁家一再不顾乡约，暗中饲养众多鸬鹚，贪得无厌，放纵鸬鹚在水中吞叼大小鱼虾，致使五彩村孽龙河段，上下十几里之鱼虾急剧减少。竭泽而渔，乃断子绝孙之举耶！侯三兄弟即便是被水猴子所害，此罪过，也应是祸害孽龙河之人承担！"

牛牯崽一言，犹如晴天霹雳，顿时激起千重浪，众人又围了上来，怒视吴德等人。

吴德后退，脚步凌乱。有长者喊道："晓松与牛牯崽句句在理，我等听得明白，各位乡里早就对梁家之行径气愤不已，也曾驱散鸬鹚。里长也三令五申，捕鱼不许赶尽杀绝，然梁家表面上允诺，暗里却置之不理，依然我行我素。如今他们又将侯三兄弟之死，污蔑为围猎所致，岂不是胡说八道？侯三死得蹊跷，追溯起来，这两年五彩村不少人失踪消失，甚是蹊跷，然而每当出事，就会有人将罪因归于郭里长。此次理应查明真相，为侯三报仇，为民除害！"

众人纷纷赞同，都道绝不能放过凶手。吴德的脸一阵红一阵紫，火冒三丈，瞪着晓松道："你等乳毛未退，竟然胡言乱语！照你的说法，侯三又是被何人所杀？侯三生前与人无怨无仇，只爱与你等玩耍争斗，难道不是你等斗气翻脸，心存怨气，故而加害之？"

瘌痢牯气急道："侯三后背有淤青，像是被会铁掌神功之人震伤；脚踝伤痕，是绳索所勒。故而猜想，侯三是被武功高强之人一掌震死，又被捆绑塞进麻包，背至河边，丢入河中。

我等看过现场留存之脚印，鞋底乃是皮扎革老翁底印，尚有布鞋底印，断不是竹屐或草鞋底印。试问，何人能穿布鞋与皮扎革老翁焉，何人又会铁掌神功？"

此言一出，众人不禁纷纷看向吴德脚下，正是习武之人爱穿的鹿皮底革鞋子。吴德见众人目光不善，脸上故作镇静，然眼中晃过一丝惶恐，被众人察觉。

此时有人大声咳嗽几声，众人方才知晓，诸位族长俱立于众人之后。康德上前抱起侯三，呆若木鸡。梁家老爷铁青着脸，阴森森道："布鞋皂鞋，乃富贵或官家人所穿，皮扎革老翁鞋子，也常为小富人家所着。你等莫不是以为侯三是被富人杀害？郭珏、康德两位主事之人，如何断之？两位可也是着布鞋之人。"

梁家老爷说完，阴鸷的眼神扫过众人，众人中胆小之人低头避之，然晓松挺身与他对视。梁家老爷心中惊悚，晓松瞳眸深邃，仿佛能洞察世间百态，摄人魂魄，如此年纪，眼神竟如此犀利，绝非等闲之辈。

郭康德仍是无动于衷，郭珏则面无表情，道："方才得知，有人胡乱猜测侯三死因，然我以为水猴子与钓水鬼等皆为无稽之谈。晓松几个与侯三感情笃厚，绝不是杀他之人。天网恢恢疏而不漏，侯三等人死亡与失踪之案，终将大白于天下。天已黄昏，诸位乡里请尽早散去，让吾等商议侯三后事也。"

众人见郭珏发话，又有各族长的严厉眼神，顿时四散。晓松等人背上侯三，扶着侯三婆婆，作悲而去。吴德等家丁见梁老爷径直转身，也跟在后面，悻悻而归。

梁府大院，第一道门不叫头门，被称为梁府广亮大门。朱红漆，垂花式样，尚有倒座房与旁门，下马石，一对石麒麟，气势恢宏。一条青石板中路贯通庭院，头门后影壁二门，仪门，大堂，经曲径，进得二堂，花园，其后便是内宅。内宅之后，一片树林，再接古木参天之山丘，新造的大堂金碧辉煌，雕梁画栋，飞檐彩拱，门口放有堂鼓，是梁家会客之堂。二堂乃梁家书房，是梁老爷处理事务之堂。

梁老爷头也不回，径直跨进大堂门槛，吴德跟在后面，脸色发白，进门扑通跪下。梁老爷回头，满脸诧异道："贤侄为何下跪？"

吴德磕头："奴才有罪。"

梁老爷道："此话从何说起？你又何罪之有？赶紧起身。"

吴德跪在地上，浑身哆嗦，竟不能言。早有仆人点燃灯火，梁老爷缓缓落座于披有虎皮之太师椅，身前暗红锃亮的长案上，摆放着文房四宝，大印，令箭，惊堂木，令旗。案两旁摆满一溜云牌，锣，伞，旗，扇与官衔牌，甚至有"肃静"与"回避"牌等仪仗。案后悬挂一幅图画，画上有状如獙犬而有鳞，其毛如彘鬣之动物。它脚踩着满堆金银，眼神贪婪，张着血盆大口，欲将头顶上那一轮红日也吞下去也。此图乃梁家祖传，《山海经》中吞日兽的画像。

梁老爷瞟了一眼吴德，沉吟道："大点声。你何罪之有？"

吴德战战兢兢道："奴才罪该万死！我罪有三，一罪为常引诱众公子与梁贵少爷在外嫖妓过夜，几次险遭不测，瞒过老爷。"

梁老爷："哦，贤侄对犬子与孙儿拳拳之心，老朽深知，能够谅解。"

"其二大罪，乃贪心太过，养了百十多只鸬鹚。鸬鹚叼鱼太欢，以致如今河中鱼情衰落，白丁怨恨不已，我也后悔莫及。"

梁老爷："呵呵，此乃犬子所为，你只是替罪羔羊，何必瞒我？且小事一桩，不足挂齿。"

"三罪，乃是私自做主，惩罚侯三。只是忙中出错，留下痕迹，给老爷添乱了。"

"哟，敢作敢为有担当，真大丈夫也！然我亦以为，此举非你所为。贵儿，别躲在后面，畏缩不前，令人不齿！"梁元臣忍无可忍，威严呵斥。

梁贵躲在大堂门外，探头探脑，被公公呵斥，只得尴尬笑着，走近嚅嗫道："我，我……吴德之勾当，我不知也。"

梁老爷三角眼跳动几下，持起家法令箭。梁贵扑通跪下，道："阿公，不是孙儿的错，全是吴德之主张！"

吴德捣蒜般磕头："侯三之事，全是奴才所为，与少爷无关！"

梁老爷大怒："吴德祖上几代，于我府上当差，忠心耿耿。吴德贤侄每日陪伴你，从无纰漏。家下众人皆知，侯三父子非奴役驱口，生死由不得梁府。人命大事，他们断不会自作主张！竖子贵儿推卸责任，令人心凉！日后如何还有忠心之人追随于你？实在令人失望！"

吴德闻之，感动得泪流满面，竟不能言。梁老爷一声吆喝，令家人与奴仆齐聚大堂，然梁贵之父与叔伯俱不在家中。梁老爷更加恼怒，家人也不敢询问缘由，个个低头不语，唯有梁贵嗯糜惊叫着阻挡，被梁老爷呵斥。令箭甩下，梁老爷的三妻六妾与众儿媳假装哭天抹地，转头掩嘴暗笑。梁贵被竹鞭重重抽打，要不是吴德用身护住，早已皮开肉绽矣。

梁老爷唉声叹气，令众人退下，单留下吴德。他苦笑道："侯三之死，思来想去，庄上也无可奈何。脚印而已，不足为据。何况康德私下与我有些交情，我梁家对郭家祖上又有恩，侯三之死，贤侄毋须担忧。此有几坛杏林汾酒，金贵得很，拿去两坛，烫上几壶，今晚压压惊。"

吴德嗜酒，自然喜出望外，千恩万谢，捧着酒坛退出。

梁老爷回头面对画像，怔怔良久，方自言自语："贵儿，真是多此一举。你遣吴德多次跟踪侯三，侯三假装夜游，实则通过被他驱使的猴子，给他那东躲西藏的赌鬼吖吖暗中送食物也。侯三吖吖，欠债太多，然不足为死。要弄死他，我与你吖吖叔伯，早弄死他矣，何须用你动手！侯三吖吖，饲养猴子一辈子，其对猴子之摄心术，如同魔障般，可随意驱使猴子。五彩村藏龙卧虎，奇人甚多，但会此摄心术的，唯有侯三吖吖。如用此摄心术对付人，又当如何？侯三吖吖之秘技，本想逼他传授于我，若能如此，其欠下之赌债，我可全免矣。可惜天不助吾，贵儿年轻气盛，不过被侯三顶撞几次，竟至于杀人以解戾气。先祖，你传下宝图，乃贪心喫太阳，不孝子孙元臣，不敢深思。我这几个犬子，资质平庸，原本指望贵儿，不想依然令人失望。吴德啊吴德，你将危难引入梁府，我送你汾酒，是知你嗜酒如命。此酒过量饮之，必死无疑。之后我便声称，是你自己从梁家偷窃了这药酒两坛，自寻死路。休要怪我无情。侯三乃郭康德之私生子，康德心狠手辣，岂肯罢休？郭珏已是里长，看似忠厚，实则外柔内刚，其狠劲远超其祖上。事情暴露，你不死才怪！"

内宅乃梁家的禁地，非梁家家眷不得擅自入内。内宅门两旁，有雁翅镗，虎尾棍，金头玉棒等刑具，曾有下人大意闯入，尝试过两旁刑具后，再无偷窥梁家女眷的胆量。

梁老爷穿过曲廊，来到梁贵卧室，梁贵尚在众嬷嬷的哄劝声中叫痛不已。他见梁老爷到来，顿时不敢号丧。梁老爷将众女眷赶出去，对梁贵语重心长道："五彩村未经开化，本是蛮夷之地，村民依祖上之规行事，多是亡命徒之后裔。梁府家规，出得大门，然到了庄上便行不通，你不可在外嚣张跋扈。你妄自杀得侯三父子，以为天不知神不晓，郭里长何等精明，恐不会轻易放过此事。我甚惧因此事，牵连出过往。现如今明朝大局渐渐安稳，我一生追求，乃走出大山，归至庙堂，光祖耀祖。我已老矣，贵儿断不可学你几位兄长，游手好闲，整日滋事。梁家家族的夙愿，我寄予你也，你断不可再与穷人斗狠，胡作胡为。富贵生不仁，沉溺致愚疾，竖子不足与谋，唉！"

梁贵忍住哭泣，似懂非懂道："孩儿记住便是。只是侯三，穷鬼何其无礼！在欠我家赌债的赌鬼们面前，竟敢声称要钱有得，要命一条，岂不藐视我家？孩儿便杀鸡给猴看，看看乃几胆敢欠债不还！我本安排周密，殊知侯三尸体竟被众猴子捞起，真是人算不如天算。只是今日晓松几个找得尸体，吴德为了择开自己，竟然出言攻击里长，以致引火上身，真是愚蠢透顶！吖吖冤枉我也！"

说完，梁贵又号啕大哭起来。梁老爷闭目不语，他着实惦记吴德几个在河边留下的脚印，当务之急，为防患郭珏与康德查到梁家头上，应让那几个家丁赶紧烧掉鞋子。没有了物证，此事就是吴德与侯三吖吖博戏结怨，吴德私下妄为，梁家最多落个管教不严之罪，自家孙儿毫发不损。

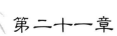

第二十一章
行天道猕猴锄大恶，思进取夷寨绑贤能

"再饮一碗！"吴德一手抱着酒坛，一手紧紧搂住红红嗯糜不放。

"撒手，死酒鬼！"红红嗯糜涨红了脸，但费尽吃奶之力，也挣脱不开。

吴德淫笑道："撒手？我看上的女人，我几时撒手过，你又如何逃得出我手心？别说你这残花败柳，就是黄花女子又如何？红红呢？一并唤出来伺候老子！可惜桃花姑娘已被我家老爷受用，我喫不得一口。哼，今日还有梁老爷赏赐的酒，美酒佳人，好不快活！喝！不醉不歇！"

吴德仰头饮下一碗酒，又将碗猛地摔于地上，一把抱起红红嗯糜，踢开卧室门，将她丢在竹床上。

客堂饭桌上的油灯忽闪着，窗外几道黑影窜过。红红两个年幼的妹妹在屋外哇哇哭泣，然哭泣声淹没在竹林的摇曳声中。五彩村村民分散居住，何况红红家居住的郭家冲，仅有几户人家为邻。听得妹妹的哭声，被几个乡里强拽住的红红发狂般挣脱跑来，抓起地上的篾刀，冲进屋里。几个乡里也赶紧跟了上去，刚进门，就听见红红的惊呼。

只见吴德满脸血污，从卧室踉跄跑出几步，扑通倒下。他身后跳出五六只龇牙咧嘴的大猕猴，它们手持石头，嘶吼着疯狂地砸向吴德的脑袋。吴德挣扎了几下就动弹不得，竟一命呜呼。猴子们仍不停手，眼看吴德尸身要被砸成肉酱矣。

红红等人看得心惊胆战，半晌有人反应过来，冲猴子吓唬了几声，猴子们这才如梦初醒般停下手，扔掉石头，纵身跃上窗台离去。红红和妹妹们跑进卧室，抱住已被吓傻的嗯糜，放声大哭。这时，一群乌鸦呱呱落下，有两只硕大乌鸦跳跃几步，低头衔起吴德的皮扎革老翁鞋，扑棱棱飞走。剩下的乌鸦则争先恐后叼起吴德的血肉，如鬼灵般消失在黑乎乎的雨夜里。

雨中，里长郭珏默默将草席盖在侯三吖吖身上。侯三吖吖的尸体终被猎狗在孽龙河柳树林地下嗅得。今日破晓，有路过侯三家的村民，一声惊叫，划破郭家冲的天空：侯三婆婆、嗯糜与弟妹连同家犬，均吊死在屋前古樟树下。郭珏与康德等人再三确认，应是侯三全家自杀。郭家二叔公四叔公等众人赶来，看着已被放在地上的一排尸体默默无言。郭弘毅叹道："死都不惧，何惧活也！"

郭里长站立起来，将手中乌鸦衔来的鞋子丢于火盆中，点点头，似附和阿父之叹，又冲众乡里挥挥手。旁边村民赶紧噼里啪啦放起炮仗，是为驱逐吊死鬼也。里长惘然。吴德被猴子砸死，乃天意乎？站在他旁边的康德看着侯家的尸体，一阵心酸，眼前浮现出侯三嗯糜年轻时的音容笑貌，欲哭无泪。郭珏瞟了站在远处的梁元臣一眼。

转眼便是夏时。

是日黄昏，晓松几个弯腰割稻，一口气忙碌了两个时辰，累得不行。晓松丢下镰刀，光着上身，趴在稻禾上一动不动，后背被晒得爆皮，皮翘卷起，一块黑一块白，甚是醒目。短裤头上，白色汗渍斑斑。旁边树上的蛉蛄吱吱叫着，时不时洒落下液汁，落在晓松灼热的后背。晓松道："舒坦！乃几洒水，可惜少也。"

旁边牛牯崽早已累得躺倒，听他此言，不由憨笑道："累得如懒狗一条，气也懒得喘，尚有力气说笑。乃几会费力爬起来，为你洒水消暑？做梦。"

痢痢牯伏在树桠上笑道："我不是懒狗，是我竖起鸟儿撒的，乃是童子尿。晓松与牛牯崽，尝到冇？祖传秘方，专治晒脱皮。"

晓松与牛牯崽腾地跃起，同时骂道："恶心不恶心？揍他！"两人一把揪下痢痢牯，按倒在地。牛牯崽笑道："晓松，逮个癞蛤蟆，将癞蛤蟆背上黏黏答答的汁液涂在他身上！"

晓松道："好巧，脚边正趴着一只，逮住矣！我这就将癞蛤蟆黏液给他涂上！"

被按住动弹不得的痢痢牯大叫："两位老庚，方才是诓你们呢！什么童子尿，乃树上飘落的虫子尿！饶我吧，叫两位一声好兄长，饶过我痢痢牯！"

三人正在嬉闹，小鬼肩扛着扁担走过来："累了一天，尚有力气打闹。给主家割稻，可不敢偷奸耍滑，出工不出力。何事嬉闹不休？"

晓松道："阿公，最后一块田也割完了，躺下歇息了一会儿。树上飘落水花，甚是凉爽。"

小鬼笑道："我估摸有虫子袭击树上的蛉蛄，蛉蛄遇险，常急促地撒尿，用来减轻体重，以便快速起飞，逃窜保命。蛉蛄本是直肠子一个，随时可排泄。平时吮吸树的汁液，如尚未吸收消化，撒的尿依然是树汁，是不是黏性十足？"

三人同时"哦"的一声明白过来。痢痢牯道："哎呀，我吖吖也曾说过，蛉蛄尚能预测天色。此虫奇异，知晓天之脾气，是能掐会算的天色预测师？"

小鬼道："你吖吖言之不假，蛉蛄餐风饮露，吸天地精华，故能知大地之性，被称为天地神之信子。蛉蛄产卵于树枝树皮中，所产之卵，至次年六月中孵化成幼虫，落于地面，随即钻入土中，于是开始漫长的潜伏。据说蛉蛄不知春秋，短则一年，长则数年，一场透雨，阳光照射，蛉蛄依地气变化，俟时机成熟便钻出地面。今日之蛉蛄尿液，恐是几年前的树汁欤！"

晓松三人听得大眼瞪小眼。小鬼道："讲过闲话，歇息过了。如今双抢日子，主人家已备好饭菜，犒劳我等。我等捆好稻秸，垛码齐整，挑着往回赶，趁夜凉爽，辛苦几趟便可完工矣。"

晓松几个赶紧忙碌起来，就着暮色，挑着一人高的稻秸扎，在田埂上健步如飞，你追我赶，汇入挑谷晚归的人流，将小鬼远远甩在后面。放下担子，晓松返回接替阿公，牛牸崽便见得前方忽闪闪三四盏灯笼，乃是泽民杏儿兄妹两个带着仆人赶来。

"为何迟迟不见你等返回？少爷与杏儿小姐恐有意外，非亲自前来不可。牛牸崽不饿吗？再不回来，只怕灶房里只剩下洗锅水矣！"仆人眼尖，离了三丈远便开始叫嚷。

见牛牸崽与瘌痢牸无恙，泽民与杏儿放下心来。杏儿问道："晓松哥呢？"

瘌痢牸道："后面赶来的便是。"

小鬼大步流星走来道："晓松几个一口气割完三块田的水稻，歇息了一阵，又要趁月明星亮之时，在地里将割完的稻秸捆扎，码放晾晒，方才挑去晒谷场。劳累小员外与小姐惦记，晓松几个，快快道谢！"

晓松道："泽民杏儿，担子在肩，不好作揖，只言谢矣！"

泽民道："理应我与杏儿致谢才是。农作劳累，数日不歇，恐伤筋骨。已是月升，明日再干就是。"

牛牸崽闷头道："客套话不多讲矣，肚子已是咕咕直叫。晓松先去谷场卸下稻秸，我等速去喫饭！"

仆人笑道："牛牸崽，双抢时节，就是再抠门的人家，也不会苛待种田好手！杏儿小姐准备了大块腊肉，大碗谷酒，郭员外还叮嘱灶房，特意给你等做了娃娃鱼炖豆腐。哎呀，担子沉甸，谷穗饱满，得益于去岁春上围猎。无野猪祸害田地，今年已是丰收年景，农家人莫不大喜。快快赶回，保你几个酒足饭饱矣！"

众人听得有好酒饭，顿时口生津液，脚下加快了步伐。杏儿欢喜，跑在前头，忽然回头问道："水中游的是鱼，多为无手无脚者，为何独娃娃鱼有脚？"

众人停顿了一下，无人能答。瘌痢牸道："水蛇也是水中游的，也无手脚，然无鳃，不是鱼儿。故在水中游的，只要有鳃，不管有无手脚，皆可称之为鱼。"

牛牸崽闷声闷气道："我最笨，然以为瘌痢牸之言有失片面。鳝鱼，鲇鱼，肺鱼，泥鳅等也无鳃，可也叫鱼。也许当初只晓得水中游的，全称之为鱼的先人，见得有限，世界之大，哟里晓得也有有手脚之鱼耶？"

泽民笑曰："正是。我阿公从外地归乡，常道山外有山，本地有之，外地却无，且从无闻过，外地有之，我等乃不知，此类情形多矣。细细想来，当初各地之人俱为井底之蛙，犹如华夏的古人，圣贤无数，称天下苍生生存之本，俱依赖五谷，然五谷乃为麻、黍、稷、麦、菽，竟然无稻谷之名，岂不可气？最先称呼五谷者，应是北方人耶，北方古人，不知南方水稻。五彩山偏远之隅，外界不知，五彩村的先人，也不知外界神奇之地。"

晓松好奇问道："神奇之处多乎？"

泽民沉吟半刻道："神奇之处，不胜枚举。我阿公说，外地读书人初来五彩村，都会情不自禁吟诵《桃花源记》。"

晓松问道："难道外面无桃树，他们稀罕桃花的鲜艳？"

杏儿咯咯笑道："谬也！《桃花源记》，乃古人陶渊明所作文章。"

晓松笑道："有何神秘？不妨听来。"

泽民道："此文甚美，我吟诵一番，与诸位同赏。"清清嗓子，道，"晋太元中，武陵人捕鱼为业。缘溪行，忘路之远近。忽逢桃花林，夹岸数百步，中无杂树，芳草鲜美，落英缤纷，渔人甚异之。复前行，欲穷其林。林尽水源，便得一山，山有小口，仿佛若有光。便舍船，从口入。初极狭，才通人。复行数十步，豁然开朗。土地平旷，屋舍俨然，有良田美池桑竹之属……杏儿，以下可记得？"

杏儿微微一笑，接着背诵："阡陌交通，鸡犬相闻。其中往来种作，男女衣着，悉如外人。黄发垂髫，并怡然自乐。见渔人，乃大惊，问所从来。具答之。便要还家，设酒杀鸡作食。村中闻有此人，咸来问讯。自云先世避秦时乱，率妻子邑人来此绝境，不复出焉，遂与外人间隔。问今是何世，乃不知有汉，无论魏晋。此人一一为具言所闻，皆叹惋。余人各复延至其家，皆出酒食。停数日，辞去。此中人语云'不足为外人道也'。既出，得其船，便扶向路，处处志之。及郡下，诣太守，说如此。太守即遣人随其往，寻向所志，遂迷，不复得路。南阳刘子骥，高尚士也，闻之，欣然规往。未果，寻病终，后遂无问津者。"

瘌痢牯道："杏儿，我佩服得很，只是'实心竹子吹火——一窍不通'。能否解析一番，让我也大体晓得咋哩回事呀。"

晓松也点头，泽民笑眯眯地看着杏儿，杏儿三言两语，将《桃花源记》简要讲述了一番。小鬼啧啧赞叹道："小员外与杏儿小姐才高八斗。陶渊明真乃神作也，我等泥腿子俗人，闻后亦为之动容。文中所述桃花源的绮丽风光，我以为多半与五彩村相吻合。"

牛牯崽与瘌痢牯也为泽民兄妹大声叫好，唯晓松默默无声。杏儿问道："晓松哥哥，为何不置一词？"

晓松迟疑半晌，在杏儿的催促下，方道："我以为陶渊明文中所写，非这世间的人与物，乃为鬼蜮之地，仿佛是孤魂野鬼寄居的鬼村。"

一言既出，众人皆惊，都目不转睛地盯着晓松。泽民道："晓松为何出此惊悚之言？"

晓松道："适才杏儿所言陶渊明其人，虽'心远地自偏'，然心志犹在，失意之人不满官府黑暗但无力干预现实，只得借助臆想的大同境界，寄托美好之愿景。桃花源里至善至美，乡民淳朴，无相斗倾轧，无税赋之苦，无战乱之灾，此令人神往，然现实间绝非如此。一个打渔为生的人，常年漂泊生存在桃花源附近的江河之上，恐怕闭上眼，来往路径也了如指掌，偶尔迷路是有的，然迷途至新奇之地，即使他不知，难道世人不知？从未听得传说，岂不怪异？一个山洞，文中所述不过几百步，何以让桃花源与世隔绝？五彩村有高山峻岭，悬崖峭壁围护，至今无路通达外界，尚与外界联系不断，何况别处？故而我以为陶渊明写的，乃孤魂野鬼游荡飘落之所。"

泽民闻此言，惊讶无语。一阵风吹过，众人不禁战栗。杏儿紧紧抓住晓松之手。小鬼笑道："五彩村，乾坤朗朗，花团锦簇，平日风高日丽，断不是神鬼所在。《桃花源记》，闻之只当一乐也。挑起担子来，走吧！"

半夜，酷热难当，泽民辗转反侧方才入睡，然又被几声尖叫声惊醒。他心中疑惑，一骨碌爬起，趿拉着竹屐走出房间。院中已熙熙攘攘，众人乱哄哄的，皆朝一个方向仰头观望。远处屋顶蹿起火苗，将天空烧红。这时有下人告知，乃梁家大院着火矣。郭乡绅也走出卧室，吩咐众人携桶挑担，前去帮助扑火，又叮嘱泽民，不得前去观看，以免出意外。

回至卧室，泽民更是翻来覆去难以入睡，索性走出房间。忽听见前院传来脚步声，是吖吖郭珏，还有一人，两人低声商量着什么走进书房。泽民刚开始以为吖吖在说救火事宜，然转念一想，为何不在大堂议事？于是悄悄跟上，于窗外往里一瞧，见来人似是晓松的娭毑，三僚先生。

郭珏捋了捋衣裳，深深向晓松娭毑鞠躬道："伯父乃神仙一个，断事如神。伯父壮举，五彩村民莫不感谢！"

晓松娭毑赶紧回礼道："梁家十恶不赦，我不仅是替里长去除心头大患，也是替五彩村许多冤魂伸冤矣。去年围猎后村里数人失踪，侯三一家，桃花被梁家家奴凌辱等，始作俑者都是梁家，我早该出手。今日之举，理当归功于里长的决心。"

郭里长道："本想公开决裂，然梁家与村里多位族长已有千丝万缕的勾结，其中包括我家叔公。郭珏投鼠忌器，幸亏伯父一招妙计，使神鸟投放自燃之物，神不觉鬼不晓，在下佩服之至。此举杀一儆百，想必无人再敢在村里放高利贷，开设赌场，五彩村终于风清气正矣。"

晓松娭毑道："弄一个自燃剂，小菜一碟。然世上绝无神不知鬼不晓之事，今日之火，也不知能不能烧死那些该死的恶鬼。侄儿切切记得，将此事烂于肚中，何况令尊郭乡绅仁慈，若为他知晓，恐生罅隙。"

郭里长点头："伯父嘱咐，我定牢记。家父迂腐，今日梁家恶行，与家父心慈手软、多年纵容大有关系。日后五彩村有难，小侄依然求助伯父歘。"

晓松娭毑道："我乃一介游民，日后有事，里长吩咐便是，我定是不遗余力。已是三更，老夫告退，里长早点歇息。"

泽民站立窗外，闻之怔怔不语，心头已翻江倒海。郭里长未惊动下人，穿过后花园，从后门送出晓松娭毑。三僚先生一身黑服，即刻隐入黑暗之中。

泽民木然转身，猛见得杏儿立于其后，面含笑意注视着他，捂嘴示意他回房睡觉。泽民惊讶，杏儿看来也听见了吖吖与人的对话，竟毫无惧色，顿感羞愧。杏儿牵着泽民，将他送回卧室，看他渐渐入睡，方才光着脚丫，蹑手蹑脚回屋。

晓松弟妹两个呼啦几口吃完碗底的菜叶米饭，跳下饭桌，腰间系上鱼篓，拿起挖铲与竹钓竿，用荷叶包好一堆蚯蚓，拖出带有倒刺的竹笼。那竹笼有人的腰身粗，三尺多长，竹篾编成，两端大小不一，是围鱼常用的渔具。弟弟妹妹一个劲儿催促哥哥晓松，晓松道："作咋哩？天已黑，岂能钓鱼？"

晓松妹妹晓云嚷道："哥哥不得装糊涂，不准耍赖！钓咋哩鱼？当然是去捉泥鳅黄鳝！"

晓松弟弟晓石还是个拖着鼻涕的小鬼头，也跟着道："阿公哇哩（说过），黄鳝已肥美，夏日夜晚，极易捉得！"想到黄鳝肉质鲜美，似乎一股香气扑来，晓松弟妹同时吞下一口口水。

晓松笑道："你俩一身臭汗，尚未靠近，早熏跑泥鳅黄鳝，哟里捉得？"

晓松弟弟愣住，一脸茫然道："狗都不嫌，黄鳝嗅觉岂能灵过狗鼻子？"他嗅了嗅自己的破旧衣袖，冲哥哥一个鬼脸。

晓松婆婆乐呵呵道："夏令之补，黄鳝为首。小暑时令后的黄鳝，赛人参哩。黄鳝泥鳅产籽期皆已过去，可下田捕捉矣。鬙年幼儿，正是发育之时，是该捉些黄鳝来补身体。不过娃崽年幼，不晓得捉黄鳝的法子。堂郎，穿戴起来，带娃崽去！"

晓松公公小鬼道："堂客放心，我随同前往。山村里娃崽，理当学会摸泥鳅，捉黄鳝。庄上人家一代传一代，长者手把手，将捕鱼之技传授给娃崽。不过竹地笼乃溪水或沟渠中捕捉鱼虾之用，偶然能捞得黄鳝泥鳅。而且竹地笼将鱼虾一网打尽，乃断子绝后之举，祖上早就传下，只可得挑些大的，余者放回水中。切切记住喽！"

晓松几个赶紧点头称是。晓松赶紧扒拉几口饭，下了饭桌，拽着弟妹出了门。

夏天晚间，夜空上繁星点点，照着闷热里躁动的千虫万畜。晓松弟弟头一次跟着阿公出来捉黄鳝，兴冲冲跑在前头，大声唱道："手捏青苗种福田，低头便见水中天，六根清净方成稻，后退原来是向前！"

小鬼问道："呵，跟谁学唱？听来蛮有意境。"

晓松妹妹晓云道："双抢插秧时，杏儿闹着要跟着哥哥插秧，被他人劝阻，杏儿便在田埂上吟唱此诗，我学得后，教会阿弟耶。杏儿说，曲词是从书中学来。"

小鬼道："杏儿乃书香之家的富贵小姐，却对桑麻农活如此有兴趣，也是少见。"

晓云笑道："可不是吗？杏儿小姐懂得好多农活曲子哩。阿公，其中一曲插秧歌，怪有趣味，我唱给阿公听：田夫抛秧田妇接，小儿拔秧大儿插。笠是兜鍪蓑是甲，雨从头上湿到胛。唤渠朝餐歇半霎，低头折腰只不答。秧根未牢莳未匝，照管鹅儿与雏鸭。"

小鬼笑道："此位诗人，定是种田佬出身，或是喜爱桑麻之人，不然岂能写得如此贴切。也许是杏儿公公郭乡绅之作吧。"

晓云又道："耕田乐，耕田苦。乐哉乐有年，苦哉不可言。春未至，先扶犁。霜华重，土气肥。春已至，农事始。鸡未鸣，耕者起。泥汩汩，水光光。二月稻芽，三月打秧。五月收花，六月垂垂黄。再熟之田始有望。三月打秧，六月薅草。一熟之田，九月始得获稻。近路畏马，马食犹寡。近水畏兵，兵刘何名。上官不待熟不熟，昨日取钱今取谷。西邻典衣东卖犊。黄犊用力且勿苦，屠家明日悬尔股。"唱完道，"哎呀，阿公，要不是杏儿说此曲词来得古怪，是她梦中学得，引得我好奇不已，我怕是一半也记不得矣。"

小鬼沉思道："小妹一口气能背诵下来，也是了不得。莫非杏儿在梦中遇上神仙指点？凭此一曲，足可称之为神农仙女矣！"

晓松弟弟晓石道："阿公，我曾问杏儿姐，黄鳝是鱼还是蛇，杏儿就不晓得。杏儿回家问她哥哥泽民，泽民也不晓得，还去书中查阅答案，也有得。"弟弟得意地瞟了晓松与姐姐一眼。

晓云笑道："黄鳝是鱼是蛇还用问？红红姐幼时以为黄鳝为蛇，不敢去抓，众耍伴莫不嘲笑。红红姐平时敢跟乃牯摔跤斗狠，然见得老鼠鳝鱼等，仍不免惊恐。若黄鳝真是蛇，乃牯也慌张，可见黄鳝非蛇也。"

晓石听得，挺胸骄傲笑道："牟几天性胆小，着实比不得乃牯。即便水蛇，我也不怕！嘻嘻，黄鳝在牟几眼里是蛇，在乃牯眼里就是鱼矣。哎呀，阿公，不用地笼，黑夜中又不垂钓，又不带铲子挖洞，哟里捉黄鳝？"

晓松道："弟弟不见阿公腰上别着竹夹子吗？"

晓石停下脚步，不解问道："哦，夹子？"

晓云朝晓石一脚踩去道："好狗不挡道，别东问西问，等一会儿用心观看，照阿公手法抓鳝鱼就得！"

晓石跳起，轻轻踢了姐姐一脚："就挡你了，貌似你晓得一般！"晓松妹妹挥手抓去，弟弟却似一条泥鳅，从她手中滑过。弟弟边跑边嚷道："还想捉泥鳅，人且抓不住，笨！"

晓云懊丧道："瞧你逃得过此次，逃得过下次不成！前些日，一把大天火没烧死梁老爷与梁贵那贼牯，然梁贵几个恶兄，不也是蹊跷死去。此乃天意，梁老爷与梁贵作恶多端，岂能再次躲过天意的惩罚？"话音未落，晓石脚下一滑，摔了个狗吃屎，逗得晓云哈哈大笑。

村西南有十几块梯田，夜间鲜有人来此，鳝鱼众多。晓松兄妹光脚踩在田埂的绒绒青草上，甚是惬意。趁着朦胧的月光，爷孙几个登上梯田，在几块田中挑选。天上星星似乎也眨着眼睛，观看晓松几个捉黄鳝。晓松公公停下脚步道："此处远离村上，平常少有人来捉黄鳝，就在此地捕捉。点上火把！"

赤脚踩入水田，黑乎乎的淤泥钻过脚趾，凉凉痒痒，一种奇异的舒适感溢满心头，拂去闷热，令人神清气爽。晓松妹妹眼尖得很，惊叫一声："快看快看，好奇怪，黄鳝如同有看见我等一般，浮在水面一动不动。"

火把光照下，看得鳝鱼十分清楚。蓄水只有拳头深的稻田底部，一条条黄鳝躬身弯曲伏在禾兜边，偶尔有一两条鳝鱼懒洋洋蠕动几下，大部分黄鳝则不为所动，圆圆的头露出水面，微微张开尖嘴，似乎在仰望星空。阿公伸出竹夹子，嗖的钳起一条，旁边的黄鳝一点未受惊吓，依然乐悠悠的，毫不戒备。晓石好奇道："鳝鱼随水波涟漪晃动，依旧躬着身子懒得游动，毫无危机感，真是蠢货。"

晓松眼疾手快，夹起来一条筷子长的黄鳝，晓云也夹起几条。孩子们兴奋尖叫声，享受着收获的喜悦，大山顿时热闹喧嚣起来。

晓松道："原先捉过多次黄鳝，然从未如此轻松，阿公好眼力，选的地方好。"

晓云咯咯笑道："阿哥，我琢磨为何黄鳝如此好捉，你听是不是如此：夏日夜晚气候炎热，黄鳝也耐不住，钻出泥洞，在水草、石缝、稻禾底下乘凉消暑。牛牯崽哥哥说黄鳝视力极差，是靠嗅觉和触觉活动。青蛙在水中叫唤，震动致水波泛起涟漪，我轻轻夹起黄鳝，即便动静大些，黄鳝也以为是青蛙或虫子所致，故漫不经心。"

晓松赞道："机灵，能悟出其中奥秘。"晓松丢开竹夹子，慢慢伸手浸入温热的稻田水中，以迅雷不及掩耳之势掐住一条硕大的黄色鳝鱼，直往上提。哎呀，足有一斤多重！鳝鱼如麻花一般缠着晓松手背，在弟妹的欢叫声中，晓松慢慢将其放进篓子里。大黄鳝在篓里翻腾不止，惊得竹篓内的黄鳝一阵绞动。晓松张开五个指头罩住篓口，晃一晃手，鳝鱼们便安静下来，在里面慢慢游动着，泛起一层白色泡沫。

晓松弟弟欢喜道："这大鳝鱼，一条足够烧出一盘鲜美鳝肉矣。阿哥，为何这条鳝鱼是黄鳝，其他多为青黑色？"

晓松公公把那条大黄鳝又抓出竹篓，道："黄鳝本是个肉食者，喜食蚯蚓、小鱼、落入水中之蚂蚱等。黄鳝长大，非一年半载的时光，三四年的黄鳝，也才三四两重，只有拇指粗。长到四年后，黄鳝似乎不再长矣。这条黄鳝一斤多重，估摸乃是生长多年的老黄鳝了。老了，便不会鲜嫩，喫来品尝，肉质发柴，腥味很重。还是把这黄鳝精放回水中，令其寿终正寝吧。"

扑腾一声，大黄鳝入水，溅起水花。它嗖地向水稻田深处游去，很快就消失得无影无踪。晓松公公沉吟道："黄鳝是蛇是鱼，也讲不清楚。说它是鱼，可它像蛇一样冬眠；说它是蛇，可它遍身无鳞。最怪之处，是它雌雄可转。瞧，竹筷子长的，全是雌性，呈青黑色，然产卵之后，它便逐渐转成雄性，额头上会现出一个'王'字，其身也转为黄色。黄鳝以黑暗为伴，白昼蛰伏洞中，夜晚出来觅食，生性如鬼一般，真是古怪生灵。"

晓松自以为捉黄鳝多矣，然对其知之甚少。他睁大眼睛仔细在竹篓中扒拉着，盯着黄鳝额头那个"王"字，若有所思道："竹子，油茶，黄鳝，虽是不同之物，但有相同之处。仔细想来，世上其实是无序的，似乎万物处在不停的变幻中，然变化无穷，又是这世上的基本秩序……"

黑夜中晓松公公看了晓松一眼，眼神深邃。自己年少时也常感慨世间的无常。爷孙俩默默相视，摇头无语。晓松弟妹甚是诧异，不知公公与兄长为何如此感慨。晓石意犹未尽，小声对姐姐说道："姐，阿哥尽说一些鬼话，不如多捉些泥鳅吧？"

晓云手捏晓石的脸笑道："满篓子黄鳝矣，莫贪心。捉泥鳅，等明后日吧。"

小鬼醒过神来，说道："是该返回了。溪流洗脚去，回家喽！"

晓松兄妹从软乎温热的稻泥中拔出脚来，黏糊糊的泥巴被清冽的溪水冲刷着，十分凉爽。

皎洁月光逐渐暗淡，微弱星光下，大山轮廓渐渐隐去。蓦然间，远处有哗啦啦的响声，似是草丛里的野鸡被惊飞。小鬼赶紧将晓松兄妹从水中拽起，提醒他们不要出声，一起躲在树后。远处跳动着一串火把的光影，在黑夜的树林中格外醒目。小鬼满心蹊跷，火光为何朝背离庄上的方向飘动，难道庄上有众人朝此赶来？

火光映衬下，那一队人很快走近，小鬼大惊，那些竟然是脸上有着刀刻般皱纹的彪悍夷人。队伍中有几人被五花大绑，晓松弟妹方要脱口而出"吖吖"，便被公公与晓松一把捂住了嘴。

被绑者，是晓松牛牯崽与杏儿的吖吖三个。只见他们跟跄前行，离晓松躲藏处不远，牛牯崽吖吖突然扑通躺下，盼富与郭里长也随即倒下，嘴里呜呜叫唤不停。

"赖在地上不肯走？屁股底下放上几条毒蛇，看你等走不走！"众夷人哄笑开来，立在晓松吖吖身后的夷人从竹篓中抓出一条一尺多长的黑黄蛇，火光下，黑蛇眼睛幽幽闪亮，吐着长长的信子。晓松认出来，这是土蝮蛇，有剧毒，一口咬上，能毒死一头水牛。

"四弟，勿要胡闹。尊敬的泥扒，寨主，瞧那尊贵的郭里长躺在地上呜呜叫唤，定是有事相求。我等急匆匆从五彩村撤离，一路疾奔，早已远离汉人的郭家冲，也是疲惫不堪，不如就地歇息一番，顺便听听郭里长有何诉求。此地已是偏僻之处，周围也无人烟，毋须担忧汉人矣。"

晓松认出来，被称为"四弟"之人，乃是隈竹寨子的阿笃叔，规劝四弟的则是阿加叔，两人皆是登山如履平地的猎户。阿加叔躬身请示的威严老者，正是隈竹山寨泥扒拉古扒时。拉古扒时是山寨的泥扒，也是寨主，一肩双挑，是之前寨主阿福公的外孙。

"阿加言之有理。传令下去，就地歇息。郭里长，我等冒犯在先，隈竹山寨的拉古扒时向你赔罪。"拉古扒时嗓音浑厚，与阿加一道蹲下，将郭珏、盼复身上的绳索解开，又将堵住他嘴的杂草掏出，还递上水袋。里长呸呸吐出口中杂草，接过水袋，喝了几口水。

"拉古扒时泥扒，你我束发相交，感情笃厚，你竟然翻脸不认人，哟里无故捆绑我等！"晓松吖吖盼富忿忿不平，嘴里的草根尚未吐尽，就冲拉古扒时劈头一拳，阿加赶紧挡住。

郭里长扫过盼富一眼，冷冷说道："几十年来，五彩村信守承诺，与隗竹山寨井水不犯河水，如今为何不由分说，抓捕我等？"

牛牯崽吖吖刚被解开绳索，就猛地摔倒了几个夷人。众夷人赶紧撒网，重新擒住牛牯崽吖吖。牛牯崽吖吖挣扎道："里长！这些年五彩村多有兵伐夷人的时机，然令尊不许，屡屡错过。如今夷人神不知鬼不晓，将我等捉拿，真乃奇耻大辱！五彩村众乡里仁慈之心，不做不义之举，即便围猎，也相送一半猎物，只求相安无事，然好心无好报！今日夷人背信弃义，无惧遭天地报应。夷人听着，若灭不了我，我日后定当灭了夷人！"

阿加怒不可遏道："相安无事？我寨子受五彩村之害惨矣！五彩村的恶人，剥皮刀剐，也不解我恨。盼富兄弟当年落难逃至隗竹寨子，拉古扒时泥扒的娱几，慈悲为怀，力排众议，将你收留，可还记得？五彩村围猎，你传达五彩村之提议，隗竹寨子也顺了其意，然而你们……"

阿笃恨恨道："交换的盐巴，为何掺有沙石？为何卖给我寨子假药，药性全无？为何使诈，诬骗寨民钱物？为何暗中掳去山寨崽妹子，充当驱口？"

郭珏大惊，疑惑道："绝非可能！每次交换盐巴药物，唯恐隗竹山寨挑剔，五彩村小心翼翼，足斤满两，全是优等货物。暗中掳得山寨崽妹，更是无从谈起！"

拉古扒时泥扒道："阿加阿笃，桥归桥，路归路，伤害隗竹山寨者，非五彩村里长与善良乡里，猪血豆腐不可一锅煮。已是打听分明，恶事都乃五彩村梁家所为。郭珏里长，明人不说暗话，愚兄冒犯诸位，也不是因梁家之恶，迁怒他人，我山寨更不会滥杀无辜，实乃我寨子苦思冥想之下策。此事更与盼富兄弟毫无牵连，我只是借人，仁兄勿要担忧……"

牛牯崽吖吖怒道："冤有头，债有主，梁家之恶，老天爷已有报应，虽不能尽意，然你等自去追杀梁家人为是，为何捉拿我等？借人？分明是将我等当作人质！"

郭里长满脸疑惑，拉古扒时泥扒肃穆道："五彩村失踪之人，皆是欠梁家赌债者，被梁家杀害。然梁家编造谣言，说这些人是被我隗竹山寨掳去，或被鬼喫去。诸位仁兄，细听我言。我山越人与汉人之恨，已是几百年之久，然越汉纷争，至今依然无解。当年我娱几收留盼富弟，一为秉心仁厚，二则欲通晓五彩村之事。盼富弟道出五彩村之实情，方知郭家仁义，梁家凶恶，五彩村实无意与隗竹山寨交恶。去岁初春，贵村围猎，我等在横山暗中观察，甚是震撼。实不相瞒，我也曾亲临贵村，方知所闻不如亲眼所睹。汉人田地，五谷丰腴，远胜过隗竹山寨；五彩村之火枪，威力数倍于山寨土枪，围猎部署周密，叫人佩服；汉人穿戴，比我等华丽舒适；汉人之寿命，远超我越人；汉人之社稷构架，优越之处远多于隗竹寨子矣。今大明朝多犯罗霄山区，有色目人与其他寨子人逃来我寨子，所言证实，隗竹山寨已是岌岌可危矣。”泥扒意味深长地瞟了阿加等人一眼。

阿加羞愧不已，脸已涨红，心中方才晓得泥扒之言与其说是说与汉人听，不如说是为了给众夷人听。阿笃讷讷道：“泥扒，如相机夺回五彩村，隗竹山寨可重回天堂！”

拉古扒时泥扒似乎未曾听得阿笃之言，苦笑道：“然我越人几十年安于先人谋得之状，不思进取，夜郎自大，以致渐成蛮人一般。在汉人眼中，实则愚昧不堪，近亲繁衍，怪病横生。隗竹山寨如不鼎力革新，跟随汉人脚步，必灭于旦夕之间，此绝非危言耸听。我娭几曾言，隗竹村当年偶得外人弥成汉，堪称智者，与我越人朝夕相处，多有指点；后有奇才鬼子从天而降，兴我农工之技，隗竹寨子得以摆脱刀耕火种，于乱世中立身生存数代。可见打铁还须自身硬，只有强者才不被大明朝轻易攻得。我无奈出此下策，欲从五彩村借得郭珏与盼富、牛根生三位贤者，祈求贤者不遗余力，教诲山寨，传授汉人文字经书，让我山寨可仿汉人之制，学汉人农工医之技，战伐之谋略，以求世代得以生存。愚弟恳求诸位仁慈，施以义举，苍天在上，绝无残害之心。待我越人迎头赶上，状况与五彩村持平，隗竹寨子的大门，自然打开，与汉人相通相融为一体，必有千秋万代平安。我等跪下相求矣。”扑通一声，拉古扒时泥扒跪下，众夷人齐刷刷跪下，随泥扒朝郭里长三人叩拜，郭珏几人目瞪口呆。

郭珏心中早已翻江倒海。夷人如此，然五彩村也是如此。世代游离于世外，如被华夏祠堂抛弃一般。泥扒之言，对牛牯崽吖吖和盼富也有所触动，然被夷人从五彩村掳走，实难气平。盼富缓缓说道：“若要人不知，除非已莫为。我等失踪，你就不惧五彩村举兵讨伐？”

泥扒笑道：“我借你等，本是秘密，即便泄露，郭家世代深受乡里爱戴，令尊德高望重，乡里投鼠忌器，必不敢造次。况且我早申明，梁家多施恶行，已为乡里之大敌，梁家三个孽子恶霸，对隗竹寨子犯下屡屡罪恶，不除之，何以面对寨子父老？我已替天行道矣，绝非天火所为。念梁家长者年迈，梁贵年幼，姑且饶之，未曾赶尽杀绝，以示我越人之宽仁，也警示五彩村对越人心怀不轨者。仁兄何惧耶？”

郭里长吃惊不已，方知梁家几人不是被大火烧死，梁元臣老贼与梁贵侥幸逃得，原来如此。他仰头长叹，怒视泥扒道：“我等如不从你，又当如何？”

牛牯崽吖吖与盼富不约而同道：“大丈夫可杀不可辱，绝不与你为谋！”

泥扒身后闪出一人，此人虽为夷人装束，然掩盖不住色目人之面容。色目人向泥扒鞠躬道：“圣明大人，这几人顽劣不化，劝他何用？小人斗胆谏言，何不仿前朝蒙古人，不投降者，皆尽杀之！如今五彩村郭家冲等地，防卫不严，均可遣人深入，吹撒蒙汗迷气，汉人酣然入睡，我等速战速决，其他边远之处的村民即便醒悟过来，我等早已占据。机不可失，大人！”

阿加阿笃被色目人一言鼓动，见泥扒不语，便向天空射去响箭，远处黑夜中，顿时亮起一串串呼应火光。阿加道：“泥扒，再射一箭，埋伏之众人开杀戒矣！”夷人已磨刀霍霍。

泥扒摇头不语，凝视着郭里长。里长眺望寂静村庄，仰头长叹："郭珏，前世无德，人生易尽朝露曦，世事无常坏陂复。你等粗鄙计谋，必遭五彩村全力抵抗。只是五彩村御敌，杀你一千，自损八百，两者俱损，便是三十年前的灾难重演。若大明朝官军此时来犯，五彩村不攻自破矣。罢了罢了！"

里长郭珏合上双眼，低头无语。今晚本独在书房，忽有一箭穿信射入，言及牛牯崽吖吖与盼富有机密要事相告，自己大意，只身前来，路上被夷人所掳。牛牯崽与盼富皆是暮色独在回家路上，被夷人轻易抓得，实在出乎意料。

见郭珏等人不再反抗，泥扒一挥手，夷人一拥而上，将他们架上了马，扬鞭催马而去。泥扒转身，朝躲在树后的小鬼爷孙鞠上一躬，作揖道："长辈，晚辈有礼了。我已在梁家留下书信，梁家掳去的越人，请悉数送回，相应赔偿。参与抢掳的汉人，那晚也被我尽数宰杀，也请转告乡里，远亲不如近邻，越汉终为一家。我立誓，五彩村如有不义之举，我也不沾里长几个一滴血，然定祈求众神灵，驱赶村里的魑魅魍魉。老天爷作证！"

小鬼浑身一震，脱口而出："天地仁慈，为何灭我？"

泥扒哈哈大笑，策马而去。晓松三个齐声尖叫："吖吖！"尖叫声如同一把利剑，伴随一道闪电划破黑穹，传来隆隆惊雷。小鬼紧紧拽住晓松三个，大雨滂沱中，泪水如注，篓子里的鳝鱼，早已溜散。天地迷离，一时不知身在何处……

第二十二章
正家风杏儿答刁奴，师长技泽民读奇书

国不可一日无君，家不可一日无主。郭康德顺理成章，补位里长，当即力改防守夷人之要塞工事，又添巡逻乡勇，全村在忐忑不安中度日。梁元臣更是惶恐，依照夷人书信，乖乖照办，只多不少。但他私下散尽半数家财，暗中赠与太叔公、郭家二叔公四叔公等，乐得太叔公几人合不拢嘴，康德等人也再不追究梁家之罪行。原来梁元臣的三个孽子，半路买通脚夫，暗中调换交给夷人的盐巴药物，元宝山上，又强掳前来偷猎的夷人妹子与娃崽子。孽子之举，梁元臣的确不知，自叹命中该有此难。晓松牛牯崽泽民几个，如热锅上蚂蚁，无计可设。

幸而五彩村这一年安然无恙，一切如故。

又到秋日，打谷场上，刚扫拢最后一袋稻谷，众幼童便一窝蜂涌上，翻腾戏耍。晓松妹妹晓云帮着阿哥扛上谷袋，擦去头上汗珠，今日总算忙完。有瘌痢牯妹子小芳，又叫苦菜花，前来郭家冲学室内栽种蔬菜，之后被村里的牟几邀请，一同在打谷场玩耍。碰上晓云，几个牟几便围成一团，相互猜谜。晓云猜出几道谜底，他人惊讶晓云聪慧，胜者出题，晓云笑道："刀砍无痕，箭射无洞，打一物。"

苦菜花眨眨眼，拍打脑壳后兴奋叫道："猜出来矣，水！对不？该我出题。呃，听明白哈——兄弟俩，隔山住，至死见不着。打一……"

苦菜花尚未说全，晓云便嗤嗤笑道："我也猜出来矣，左右耳朵！"

众人醒悟，纷纷称是。苦菜花哎哎笑着，自叹不如，催着晓云出题。

晓云低头想了想，神秘一笑道："冬天绿，夏天黄，嗓门大，尾巴长。打一物。你等平时常见之，不是人来不是畜。"

苦菜花几个满脸困惑，沉默许久，哭丧着脸，求助围观的大人。大人们东一句，西一句，均胡乱猜着，晓松妹妹频频摇头，昂首挺胸，甚是得意。杏儿与冬梅走过来，众人求助于她，

杏儿不假思索便道："孽龙河。"

众人哑巴着嘴，随后恍然大悟，纷纷点头叫是。此时红红恰巧路过听得，放下竹篓，不悦道："此谜算不得杏儿猜出，冬梅方才向她努嘴提示。"

冬梅脸红辩道："红红，你高看我也。我是提示杏儿，小心蚊子叮咬。"

杏儿冲红红姐姐友善一笑，挥手驱赶蚊子，红红冷笑道："我出一题，烦请杏儿妹妹猜猜。"

杏儿道："红红姐平时劳作辛勤，何来如此兴趣？若红红姐姐有兴，杏儿自当奉陪。"

红红道："杏儿天资聪颖，在五彩村牟几里面数一数二，果真不惧猜谜。仔细听来：臣心一片磁针石，不指南方不肯休。磁针石是咋哩？"

冬梅诘问："此为猜谜？"

杏儿眉头跳动一下，道："红红姐冇见过三僚先生手中的磁盘？"

红红微微一笑道："人生自古谁无死，留取丹心照汗青。汗青是咋哩？"

红红连着追问，杏儿诧异不已。红红姐甩下一串"谜语"，背上竹篓，面无表情拔腿便去。杏儿满脸疑惑，不知红红姐为何给她难看，追上问道："红红姐，有话请讲。"

红红停下脚步，转过身来。夕阳余晖下，杏儿瞅着满脸汗珠的红红姐，骤然想起"竹喧归浣女，莲动下渔舟"诗句，泽民曾称其纯净之美，飘逸之美，质朴之美，用在红红身上，竟如此贴切。

红红凝视杏儿，也惊叹杏儿之美，莞尔一笑道："杏儿小姐不仅聪慧，且美如天仙，我为牟几，忍不得也多看上几眼。近来我扯猪草时，常遇得你嗯糜伫立在孽龙河边，撇开丫鬟，独自一人，面朝夷人山区，手持一本书，喃喃自语。记得你嗯糜常念道的几句诗，有一句，'瘴雨蛮烟，十年梦，尊前休说'。我乃一介农女，不明其意，然也知你嗯糜眷念你吖吖，其情深厚。晓松吖吖等也同被夷人掳去，已是一年有余。听得前些日子，仁泰吖吖又差人前去与夷人交涉，只是苦于找寻不着进山之路，无果而回。然我以为此是虚言，实乃村里有人不愿救出郭珏里长。杏儿聪慧，何不为你嗯糜排忧？另外，晓松家比不得郭家，家贫如洗，冇得晓松吖吖，生计更是困窘不堪矣。"

杏儿霎时脸色剧变，冬梅哭泣道："红红冤枉我家小姐，杏儿小姐哭得死去活来，要不是我等拦住，恐早去夷人山寨矣。杏儿虽未长大成人，然已体会世态炎凉。本家叔公，仁泰吖吖，自杏儿吖吖被夷人掳去，便急不可耐抢夺里长之职，陡然间，五彩村情势巨变……"冬梅抽泣着竟不能语。

红红姐满脸愧疚，替冬梅擦去泪花。冬梅又道："自仁泰吖吖取而代之，成为新里长，常见其与四叔公拜访我家太老爷，急赤白脸唠叨救援杏儿吖吖不得。太公公上门，也道无可奈何，如今更是连救援两字都不提起，只念叨咋哩当朝官府新政，五彩村理应归顺当朝。太老爷未曾点头，然今岁之夏末，五彩村便改朝换代矣，如今仁泰吖吖，真成为官府任命的里长。我瞧仁泰吖吖，热衷巴结官人，不遗余力，岂会理睬杏儿吖吖的安危？"

红红顿时不语，杏儿道："杏儿虽闺房小女，然心中明白，五彩村自古天高皇帝远，从不与官府来往，然太叔公、二叔公、四叔公与仁泰吖吖等众人，每每大谈大明国如日中天，又有山前村多次传话过来，官府欲将五彩村统一编入卫所。我阿公心存犹豫，梁家已暗中串通仁泰吖吖与几个族长等，一心投靠官府。久居山前村的众长老，也早已与新里长沆瀣一气，康德叔暗中率梁元臣几个奔赴袁州城，做成此事。五彩村乡里，已归顺为大明子民矣。"

然杏儿不知，前些日子，阿公出山，得知五彩村依大明新政，只要携带进贡礼物与山区特产参拜官府的，为显示皇恩，官府会数倍甚至十数倍赏赐归顺之民。这些赏赐理应分配村里众人，然其利已归于里长几个。郭弘毅回来与太公公说起，太公公奉劝弘毅闲话少谈，弘毅方知已无力回天，回府叹如梦境一般，五彩村千年旧制，竟轻而易举被改写，如融雪般消失，村民也竟如此冷淡，哪里还有从前之彪悍血性？莫非走出大山，与外相融相通，乃民心所向？

前些日子，杏儿见阿公宴请里长，恳请里长递话官府，遣人接洽夷人，搭救吖吖。然里长漠然，含混不清。阿公只得向天哭泣矣，感慨世间沧桑巨变，也许顺潮流者昌，逆潮流者亡。

红红见杏儿不语，安慰道："杏儿不可就此沉沦。亲人之安危，岂可求助官府？远水解不了近渴，晓松娱几三僚先生说过，官府，不是民府，自古不欺压民众的，便不是官府耶。此里长，非原先之里长，岂可信欤？时不过多久，征税官吏之刀斧，便架上五彩村民肩上矣，可怜五彩村乡里尚自糊里糊涂，苟且偷安！"

红红姐朝庄上不屑地瞟了一眼，转身而去。杏儿心中暗服，红红姐顶天立地，绝不是懵懂无知的村姑。

已近傍晚，杏儿回到家中，见嗯糜呆呆立在一堆落叶前，便轻轻依偎着她，泽民入院见之，也默默立于嗯糜旁边。泽民轻声问道："嗯糜，为何每次问及阿公搭救吖吖之事，阿公便长吁短叹，果真无计可施？相较于夷人，五彩村兵强马壮，更何况现在还可求助于官府，仁泰吖吖何虑之有？"

嗯糜苦笑道："依得太公公、二叔公等人之言，乃为投鼠忌器。何况夷人已有蒙古与色目人相助，早已不是原先的夷人。再有，康德里长声称派去探子，然无不个个灰头土脸返回，如何进得夷人山区？再有阿公顾忌，烽火一起，两败俱伤，此乃二叔公与梁家乐见之后果，若是烽火一起，你吖吖愈加凶险矣。"

泽民道："若说夷人谋害吖吖，几无可能。然蒙古人作战凶狠，诡计多端，汉人谈之色变。要救回吖吖，得先顾虑蒙古人与色目人不是？岂有此理。听得嗯糜手中有娱几手札多卷，嗯糜也常叹，娱几之手札，几乎乃一卷蒙古神勇奇史，何不给孩儿一阅？泽民知己知彼，从中学得用兵之道，以其人之道，还治其人之身也，或许有助搭救吖吖耶。"

嗯糜叹道："如此之举，犹如远涉千山万水去救火而已。何况你阿公曾经阅过那些手札，只惊诧于蒙古人的残暴，其中多有恶劣手段，切切不可当作成功的谋略，更不得记载传世，嗯糜岂可拿出来给你阅读。五彩村被大明官府征服，阿公说是大明官府之策，盖蛮夷非威不畏，非惠不怀，然一于威不能感其心，一于惠不能摄其暴，惟威惠并行，此驭夷之道……"说完，嗯糜垂泪不语。

杏儿杏眼圆睁，道："阿公怕东怕西，咋哩非威不畏，非惠不怀？救得吖吖，何患咋哩陈规陋矩！"

春晖扶着杏儿婆婆来至院中，见杏儿满脸不服之状，嗔道："五彩村已归顺大明朝，外面大户女子，自小修习女德，为求长大嫁得金龟婿，杏儿抵拒不从。如今杏儿又抵拒何人何事？"

杏儿噘嘴道："婆婆，外面女子大门不出二门不到，不会读书写字，眼光封闭，恶俗不堪，我五彩村女子何必从之？"

婆婆瞪了杏儿一眼，杏儿不敢再顶嘴，赶紧随冬梅回屋洗漱。

泽民怅然，也赶紧回到书房，黑暗中望着窗外发呆。半个时辰后，春晖在外连叫几声也不应，春晖推窗探头道："咦，没人，喫饭哩，会去何处？"春晖纳闷向外寻去，门房烂眼伯正在悬挂灯笼，满脸谄媚道："春晖，冇见得少爷外出呀？"

春晖哦了一声，便转身折回，被烂眼伯小声叫住："春晖姑娘，有好事相告。"

春晖瞟他一眼道："你有咋哩美事？"

烂眼伯神秘兮兮道："春晖想一本万利吗？若从我之事，捱不过两年，便可享受荣华富贵欤！"

春晖瞪了烂眼伯一眼，道："哎呀，大白天做美梦？老鼠掉入米缸里？"

烂眼伯笑道："春晖小姐莫要惊奇，有一桩美事，还真不是做梦喫糖——想得甜，实则不费咋哩力气，便可挣得大钱。"他偷偷瞄了一眼满脸不屑的春晖，嘿嘿笑道，"晓得咋哩是翰脱钱吗？"

春晖迷惑，迟疑道："咋哩汗多钱？"

烂眼伯低声道："你借我一锭银子，一年半载，便还给你十锭；八年十年，便还给你一千多锭。如何？"

春晖闻之，怒目而视，冲口骂道："狗嘴里吐不出象牙来！咋哩美事？烂眼伯，麻子掉枯井，坑人不浅的事，也讲得出。你说的，岂不是羊羔息吗？高利贷，梁家几个公子当年放过，害得庄上十几户人家家破人亡。太老爷深恶痛绝，劝其悬崖勒马，然梁家一意孤行，最终引来夷人，几乎灭了梁家全家，墙壁上留下血书，斥其罪行之一，不就是羊羔息高利贷吗？你灶堂里馋猫一个，记喫不记打，自行找死，他人拦不住，毋须拉上我一个丫鬟。若被太老爷晓得，不打断你的腿才怪嘞！"

烂眼伯见春晖翻脸，赶紧低声道："求姑娘低声。春晖姑娘毋须大惊小怪，实话相告，你也毋须小看我一个门房，然有庄上人不知，我却知的事。郭康德当上里长后，梁家仿前朝高丽人贿赂大元皇族之策，献上自家美貌妻女，二叔公便常与梁家走动，还从梁家学得放翰脱钱之法。梁家唆使里长，邀官家人私下一同勾当。梁家称早在前朝，蒙古人与色目人就有此举，乃是故技重施，本不是稀罕事。尤其前朝有色目人贵族，依其权利，余贷全域，人莫敢负。春晖，此等大利之事，何人拒绝得了？世间偏有我家太老爷如此古板之人……"见春晖怒视，烂眼伯吞下了劝告之言。

"哎，春晖磨蹭咋哩，赶紧过来！"此时，春晖见冬梅朝她招手，便狠狠瞪了烂眼伯一眼，一路小跑过去。冬梅道："要你请公子喫饭，你倒是跑去与烂眼伯打野哇（聊闲话）去了。"

春晖忙笑道："公子不在房中，便去门房询问公子是否外出，跟他打咋哩野哇。"

冬梅道："公子在房中呀，你眼大却盲软，不与烂眼伯打野哇，为何见他一个劲儿哈腰点头笑着，似讨好于你？"

春晖哭笑不得，便将方才之事告知："姐姐，人不可貌相，烂眼伯连高丽人贿赂皇帝的事都晓得。高丽人是何许人呀？"

冬梅道："吾也不晓得，等会儿私下问问泽民公子，不就晓得矣。"

刚丢下饭碗，杏儿便急着回屋绣花。嗯糜诧异道："白昼不肯绣，入夜倒要绣花，古灵精怪。"

婆婆笑道："杏儿，不恋琴棋，单喜书画。针线缝纫，纺织刺绣，浆染拼布，剪花茶艺，烹煮厨技等女红当中，偏好刺绣茶艺，称不得大家闺秀。不顾体面常往外跑，成何体统？尚未长成，便满嘴忧国忧民，此乃闺阁小女乎？儿媳须看管着。"

杏儿嗯糜笑道："婆婆自小便溺爱杏儿，至今我也管她不了。解铃还须系铃人，婆婆严管便是。冬梅春晖，还不给杏儿端去茶水。"

冬梅春晖点头会意，提着茶壶，拿着驱蚊香柱进得杏儿房间。灯下，杏儿手捏绣针，一动不动。冬梅道："已是秋日，尚有如此多的烦人蚊子。此油灯太暗，小姐，待我添上蜡烛。"

杏儿道："蜡烛金贵，从山外购来不易，多点上一盏油灯即可。"

春晖惊讶道："小姐如今也介怀柴米油盐之事了，婆婆若知晓，定是欢喜。"

杏儿笑道："五彩村终究不是世外桃源。方才春晖与烂眼伯所谈之事，不正是例子？"

春晖尴尬笑道："小姐锐眼一双呀。"

春晖冬梅两个七嘴八舌，将喫饭前烂眼伯所说之事，竹筒倒豆子，一个不留，吐得干净。杏儿冷笑一声："我阿公尚在，他们便如此胡作非为。嗯糜曾言，我娓几走过千山万水，也赞叹五彩村虽游离于官府之外，然自成一体，并不封闭，得以远离世间之战乱，海清河宴，乡里自得其乐。如今一头入了大明朝，这些人竟明目张胆将世间之大恶，当作生财之道。不过短短时光，前朝那些糟粕便成泛滥之势，五彩村悲哉！"

冬梅点头道："可不。有一事不明：烂眼伯所说高丽人，为何许人？"

杏儿鄙夷道："我娭几弱冠时，已是满腹才华，加冠不久，便独自出外游学，辗转各地，有幸为翰林院架阁库杂事多年，一门心思搜集前朝的真切史记，并成书札，大明朝建立十几个春秋，方归得五彩村，带回来满柜子的书札。我不知高丽人，然娭几手札中肯定有详述。我如今便去请教嗯糜。"杏儿拿上绣花花样，径直走去。

杏儿嗯糜闻之，诧异道："杏儿为何劈面询问高丽人？"

杏儿笑道："方才房间绣花，蓦然记得嗯糜曾言，前朝达官贵人，时兴穿戴高丽人衣帽，其衣服上常绣得花样，皆以金达莱为美。孩儿不知，心血来潮，故而讨教。"

嗯糜哦了一声，打开木柜，端出一樟木箱，边开锁便道："我记得你娭几书札中，有服饰札记，内有高丽金达莱图案，一看便知。金达莱花，华夏也有，也称为杜鹃花。书札里记载高丽国乃我华夏国北方之蕞尔小邦，自古朝贡华夏，前朝时也为大元之附属国。高丽人长相倒是与汉人一模一样，蒙古鄙夷之，就连前朝皇上忽必烈，也甚厌恶此国。高丽人深感危机，想出一计，只是……"

杏儿道："高丽人想出计策，设法灭蒙，举兵进攻大元？"

嗯糜噗嗤笑道："非也，乃举国搜罗美女。"

杏儿一愣，笑道："兵强者，攻其将，将智者，伐其情，将弱兵颓，其势自萎。利用御寇，顺相保也。美人计！自古便有之。"

杏儿嗯糜点头又摇头，似笑非笑道："高丽官府精心训导美人，成为能歌善舞，婉媚而有心计之人，被高丽官府当成觐见礼物，进贡大元，被大元皇上恩赐百官，多充当达官贵人家的婢女。然神奇之处，高丽婢女其后多为主人的侍妾，因得宠，竟能夺嫡为正妻，以致京城达官贵人之中有一股邪风，高官贵族必得高丽女而成名家时尚，再其后一发不可收拾，皇宫女官也多为高丽人，自此高丽国转危为安矣。"

杏儿闻之，唏嘘不已道："匪夷所思，然此举也不新奇。古来国弱，与异国皇帝和亲，乃异曲同工，都是软弱耻辱之计策。"

嗯糜又道："高丽女子舍身远离乡梓，为的是本国利益。此计被娭几称为温柔侵华之策也。书札记载，汉人军也吃尽高丽人的苦头。有大元红巾军能征善战，曾兵至高丽都城，高丽大臣俱跪迎大军，并纷纷献出女儿姐妹，为红巾军将领之妻妾，还鼓励民女与红巾军军士通婚，以致红巾军上下将士与高丽人恣情往来，偎红倚翠，陷入温柔陷阱。时机一到，高丽王一声令下，高丽人之大刀，便将视高丽人为至亲的红巾军，杀得片甲不留矣。唉，汉军一笑为红颜，命丧黄泉浑不知。"

杏儿惊讶道："高丽人竟以女子之身，换来安宁。"

嗯糜叹道："小国之悲，为求生存，可不择手段。可我想不出妙计，散尽钱财，也无法从夷人处换回你可怜的吖吖。"嗯糜悲戚，流下泪来。

杏儿苦笑道："嗯糜，如能救得吖吖，可将我当作高丽女子，如何？"嗯糜破涕而笑，弹了杏儿脑壳一下，翻动着发黄书札，找到一图，上有高丽女子衣服上刺绣的金达莱图案。

杏儿端详一会儿，道："这金达莱花，不就是映山红吗？"她沉吟片刻，又道，"我知嗯糜想念吖吖，杏儿必想出办法，救回吖吖。嗯糜莫要悲伤，女子并非只能如高丽女子一般，作为和亲工具。花木兰也是女子，上阵杀敌，谁能小觑？古人言，唯女子与小人难养也，真是糊涂话。冇得女子，何来男子？大凡祸害来之，那些所谓君子便将祸根推在女子身上，实则无耻无能。不管男儿女儿，都当自强不息。我同嗯糜讲，前些日子晓松曾潜入夷人山区，远望吖吖几个无恙，嗯糜且宽心。"

嗯糜惨然一笑："杏儿孝顺，宽慰嗯糜，然我晓得，晓松前去夷人山区打探是真，瞧见你吖吖为假。里长也曾遣猎户前去，均无功而返。当年你被毒蛇所困，一群孩童俱畏惧不前，惟年幼的晓松挺身相救，以致被毒蛇咬伤，其心善也。可惜传言，晓松为夷人子嗣。"

杏儿道："又是此言。夷人又如何？"

嗯糜叹道："自古非一族之人，其心必异。晓松家几代都是勤快农人，农工之技娴熟，然万事分已定，浮生空白忙，终究贫穷，唉。"

杏儿恼怒道："嗯糜何出此言？嗯糜也不是至纯汉人后裔，如今不也是与吖吖同呼吸共命运？"

嗯糜一愣，随即涨红脸，笑着将杏儿搂进怀中，道："也罢也罢，我知女儿心意，不再反驳就是。"

次日清晨，杏儿翻身起床，来至门房，见烂眼伯于房中闷头抛掷骰子，嘴里尚且念念有词："一片寒微骨，翻作面面心，自从遭点染，抛掷到如今……"

杏儿一言不发，踹门而进，劈面便抽了几鞭子："不知郭府的家规？《禁绝十三条》，其中染指赌博者，该当何罪？我唤你清扫院子，竟不吱声，躲在房中，偷懒耍奸！"

烂眼伯被抽得满脸血花，惊恐道："我年老耳背，小姐的唤声，我一点未曾听得。"

杏儿冷笑不语，又是一鞭，烂眼伯扑通跪下："我，我知错，饶我一回吧！"

杏儿嗯糜、婆婆等人，闻得烂眼伯鬼哭狼号，纷纷赶来。有下人偷偷笑出声："烂眼伯，你惹乃几（谁）不行？偏要惹杏儿小姐，自认倒霉吧！"

烂眼伯哭丧着脸道："乃几敢惹杏儿小姐？只是在房中玩耍骰子，小姐唤我清扫院子，我充耳不闻，惹得小姐恼怒，劈头盖脸一顿鞭抽。倒霉，该打，倒霉，该打！"众人哄堂大笑。

杏儿婆婆斥道："听来倒是杏儿鲁莽？你仅是玩骰子？说出实情，我可轻饶你，嘴硬或诳骗我，必动家法论处！"

烂眼伯见杏儿婆婆虎着脸，伏地哭道："呜呜，四舅婆，我岂敢有诳骗之言？前些日子，我被二叔公家中下人唆使，参与几次博戏，谁知输得精光，欠下一屁股赌债。昨儿村头树下，有人吹嘘梁家公子掷骰子出神入化，要风得风，要雨得雨，我便随去赌场观看。那梁公子手持筒子，上下挥舞，一声六点，便是六点；要骰子叠成柱子，果然骰子相叠；一句蛟龙甩尾，骰子便首尾相连，可谓随心所欲。看得我眼花缭乱，当场便拜他为师，以图在掷骰子博戏中，还本盈利。"

杏儿嗯糜惊讶道："你长梁贵四十多岁，竟然倒伏参拜这小儿为师？"

杏儿婆婆怒不可遏："毋须称我舅婆！出了五服，算不得沾亲带故。博戏乃民间之大恶，十赌九病，久赌成疾，赌桌乃陷阱一口，乃几能逃得恶运？赌徒最终个个输光赌资，鬻儿卖女，又赔上堂客，落得孑然一身。衣衫褴褛众人讥，手脚肮脏骨肉离，不信且看乡党内，贪赌丧命几伤悲。郭家家规《禁绝十三条》，你该背得滚瓜烂熟。凡参与博戏者，则笞；不止，则大笞；再不止，则逐出；执迷不悟者，解腕之，不得轻饶，逐出祠堂。"

烂眼伯瘫在地上，哭天喊地，抹眼哀求道："大慈大悲的四舅婆，我一时糊涂，念我初犯，念当年与夷人相斗时，以命相救郭家，念我终身为郭家的奴才，饶过我一条贱命！"

杏儿婆婆道："郭家大院容不下赌徒，打上十大板，逐出大院，便去磨房帮工罢了。尚赏你一口饭喫，磨房清静，远离赌场，望你洗心革面。至于你之博戏欠债，我自会找二叔公处理。"

烂眼伯千恩万谢，挨过板子，啜泣着拾掇个人物品，一瘸一拐，离开郭家大院。

杏儿婆婆惆怅不已，闷闷不乐道："人心不古，世风日下矣。杏儿年幼，然是非分明，教训得及时，若不制止，只怕郭家百年清白声誉，毁于一旦，再不得安宁清静。"

杏儿嗯糜也点头称赞。杏儿偷偷指向院外，泽民眨眼会意，笑道："婆婆，嗯糜，今日一大早，孙儿孙女见此违背家规之恶心人，心情烦躁，欲出外散心。"

杏儿婆婆道："泽民近来终日待在书房苦读，出外观景透气，令气脉通达，婆婆自然同意。冬梅春晖跟随杏儿同去，勿要走远。"

喫过朝食，泽民与杏儿便匆匆离开大院。杏儿背上包袱，直奔听风书轩而去，又令春晖前去邀请晓松几个。泽民不知其意，半路方知杏儿欲去听风书轩读上一本奇书。

村东山坳上古木参天，遮天蔽日，山顶有一棵樟树，几乎笼盖了半个山头，就着几条树杈处，早被村人搭出一台，当是瞭望台，足可容四五人盘腿落座，下棋品茶，弹琴读书，杏儿称其为听风书轩。

泽民首次来临，杏儿煞有其事，备好香茗茶水，台上摆上几样点心，用几块鹅卵石压着一大摞书册，举目瞭望。泽民心旷神怡，喜滋滋道："杏儿，立于台上，捧书闭目，静听风声，再看四处风景，如立于山岚之巅，欲为鸟儿展翅飞翔，不正是应了一首诗耶？"

杏儿道："凤凰出东方，翱翔于四溟。凤鸣如箫声，凤舞天下平？"

泽民笑道："妙，才思敏捷！"

杏儿道："杜甫先人，七龄之年，便思即壮大，开口咏凤凰，致君尧舜上，再使风俗淳。"

泽民："杏儿揪心于世俗民情，然二叔公、康德里长非尧舜也，我等何必自寻烦恼，忧国忧民，且听风览景便是。我吟一首，杏儿听得：时维九月，序属三秋，潦水尽而寒潭清，烟光凝而暮山紫。俨骖𬴂于上路，访风景于崇阿。临帝子之长洲，得天人之旧馆。层峦耸翠，上出重霄。飞阁流丹，下临无地。鹤汀凫渚，穷岛屿之萦回。桂殿兰宫，即冈峦之体势。"

冬梅正在树下煮茶，闻之赞不绝口："公子出口成章，随口所吟之辞赋优美非凡。"

泽民笑道："冬梅何时成马屁精耶？此乃先人王勃之作。"

杏儿眯眼笑道："冬梅姐可不是春晖姐，哥哥一双臭脚，春晖姐闻之，也称香耶。冬梅姐是在模仿春晖姐不是？今日杏儿邀哥哥一同前来，阅读娭毑之手札，然哥哥满心游山逛水的兴致，冲口便是王勃《滕王阁序》，好不惬意。"

"手札？呀，杏儿从嗯糜处偷来的？相较手札，观赏风景的兴致已退避三舍。阿公要晓得此事，恐大大生气。"

"阿哥若心痛公公，管好口舌便是。闲话休说，这手札你读是不读？"

"那还用问，娭毑的手札，我早就惦记不已。"泽民满眼发光，兴奋至极。

杏儿笑眯眯道："你先读上一遍，再与我等叙述一遍，可否？"

泽民笑道："杏儿懒惰，邀我听风，实则自己听书。罢了，念杏儿偷书劳苦功高，自然为兄者的该当讲与妹妹听。"泽民急不可耐，取下那几块鹅卵石，打开书卷。

杏儿眨巴眨巴眼道："昨夜与嗯糜闲话，知晓成吉思汗之西征，乃开天辟地之举。阿公饱读诗书，也常提及大元朝之奇。自然当从娭毑手札的序言伊始读起，再是大元蒙古军西征的札记。"

泽民点头，一头埋入书中，屏气凝神，目不斜视。杏儿晓得哥哥笃学不倦，过目不忘，希冀与兄长常常讲谈，是事半功倍之读书巧法。杏儿悠然荡起秋千，仰头远眺天空。

第二十三章
听风轩共读西征史，十里亭结识外路商

约莫一炷香的工夫，泽民拍腿大叫一声："威哉，叹为观止也！杏儿称之为手札，实则为笔记。原本只晓得娥几在京城谋生，今日方知娥几曾于前朝翰林国史院编修官，兼司徒府掾杨博的手下当差。娥几曾跟随杨博、铁木儿花等大人，奉诏出使安南、西域伊利汗、钦察汗等国度，提交国书，责以大义，议定税贡之礼等。笔记上记载，娥几原本意将手札编纂成书，却遭遇突变而弃。手札包含娥几涉足之州郡的山川，人物礼乐，异政殊俗，故塞遗逸等，尤其记录得成吉思汗西征的全貌，逐日编记，已成二十二卷。然杏儿取来的笔记仅有十七卷，尚有几卷，恐已遗失矣。"

杏儿满脸遗憾道："我昨晚取出，尚未翻阅，遗失的书札，也许藏于他处，来日再找。司徒府掾，是否为三公大司徒佐理之职？阿公为何责令嗯糜严藏娥几笔记？"

泽民点头："司徒府掾，正是三公大司徒佐理。笔记序言中，多有娥几为大元军西征所作歌功颂德之词。如今已是大明朝，汉人极其痛恨蒙古军，此手札中赞颂蒙军，岂不是反书耶？留藏已是冒天下之大不韪，焉敢昭然示人。等晓松几个前来，不可告知是娥几的手札，仅称乃是《史记》记载的掌故便可。"

杏儿点头，方知阿公的难言之隐。此时传来春晖的叫唤声，杏儿转头，瞧见晓松几个急匆匆赶来。泽民将书札放入随身的包袱当中，杏儿见之，也不好吱声。

晓松坐下，道："要不是春晖姐及时赶来，我等便上山去拣茶籽矣。杏儿邀我等听前朝有趣的掌故，不知有何精彩？"

泽民道："你等听完后，也许会感叹蒙古军的西征，为天下壮举。孛儿只斤铁木真，成吉思汗，真乃盖世无双耶！"

瘌痢牯问道："西征？孛儿只斤铁木真，成吉思汗，是何人也？"

泽民道："成吉思汗乃前朝太祖，蒙古帝国可汗，可汗即蒙古人对国王的叫法。"

晓松笑道："哦，是众人常念叨的前朝蒙古皇帝。"

牛牯崽抿嘴笑道："蒙古人姓名，与汉人迥异。成吉思汗，咋哩意思？"

泽民笑道："铁木真，蒙古人，宋高宗绍兴三十二年，金世宗大定二年，于蒙古草原出生，尊号为成吉思可汗。此蒙古之音，意为拥有四海之大的酋长。"

晓松笑道："一个草原之人，却梦想拥有四海，定是儿时常在梦中见得大海。梦境常出其不意，未来也出其不意。不知五彩村乃几与夷人山寨寨主，梦境中是否见得浩瀚四海，来日是否有率兵出山，马踏九州的可能。"

泽民哈哈大笑："怕是晓松贤弟的凌云之志。正是，天下英雄不问来处，也许有朝一日，我辈之中也有青史留名的枭雄。众贤弟落座，有茗茶一壶，瓜果数碟，闲话少说，且听我追溯蒙古军三次西征。今日单表第一次西征。"

晓松几个赶紧正襟危坐，仰视泽民。

泽民抿茶，娓娓道来："百年之前，大宋，蒙，辽，金，西夏国等诸国，并存于世。其后大蒙古国征西夏，灭金，宋诸国，大一统为大元国。铁木真，即成吉思汗及长子拔都等，举兵西征，戈伐异域。首次西征之初，蒙古军征伐西辽，当地百姓箪食壶浆，扫榻以迎，战事极为顺畅，灭西辽满载而归。此后成吉思汗与强大邻国花剌子模订立友好盟约，然花剌子模国后来屡屡撕毁盟约，数次杀戮蒙古使团，成吉思汗大怒，率军讨伐，灭花剌子模四十万大军。花剌子模国元气殆尽，几近消失耶。"

瘌痢牯迷糊道："西辽国，花咋哩剌子模国，听得我如坠入云雾之中。"

泽民一怔，尴尬笑道："花剌子模国，估摸是按其发音命名。"

牛牯崽打趣道："花剌子模，听得似花朵繁多之国。"

春晖蹲在旁边，见泽民茶杯已空，赶紧续满茶水。盘中点心，早被晓松几个一扫而光。泽民端起茶杯抿上几口，清清嗓子道："请听后续，成吉思汗攻击花剌子模国同时，令爱将哲别与速不台两位将军率兵向钦察国宣战，其意在试探，殊知一发不可收拾，其军纵横捭阖，游刃有余，钦察国大败。战至钦察国与阿塞拜疆国交界处，蒙军趁机又进发阿塞拜疆，再攻击那故而只国。诸位，其国名之意，待我今后知晓，再向诸位告知，往后听得明白便是。阿塞拜疆之阿答毕——阿答毕也是国王之意——犹如惊弓之鸟。俗话说，两军相遇勇者胜，蒙古军凶狠，阿塞拜疆守军瞬间土崩瓦解，蒙古军势如破竹，继而乘胜越过险峻的太和山岭，直奔邻国阿速国，又插入钦察国深处，阿速国与钦察国只得联袂相抗。哲别将军策划计谋，瓦解阿速国与钦察国联军。可怜阿速国遭受空前浩劫，钦察国陷落，蒙古军轻取两国，骄人之战绩，震惊四方。然此时蒙军前方，有斡罗斯基辅王国，此时国内纷争，诸侯割据，已分裂成基辅、斯摩棱斯克、若夫哥德罗等十几个公国，面对蒙军入侵的危急时刻，各公国联合，并收罗钦察国的残兵败将，共同抗击蒙古大军。两军决战于迦勒迦河，蒙军察觉出盟军各自为战的破绽，便诱敌深入，分化瓦解，包抄围堵，大败盟军。是以哲别将军率兵长驱直入斡罗斯，烧杀掠夺，斡罗斯国惨矣。然令斡罗斯人蹊跷的是，绝望之际，蒙古军竟然旋即撤兵，班师归巢。至此，乃蒙古大军的第一次西征记前半段。"

众人听得心驰神往。瘌痢牯一脸憧憬道："我生不当时。傩戏中有唱词，金戈铁马，气吞万里如虎。哎呀呀，开疆扩土，驰骋四海，何等雄壮！"

牛牯崽捅捅他，笑道："只可惜心比天大，命比纸薄，至今离不开五彩村巴掌之地。"

晓松道："泽民将蒙军第一次西征说得如此精彩，着实不凡。蒙军攻城拔寨，惊心动魄，然……"

杏儿接过话笑道："然听得讲述，简练倒是简练，只少了些趣味。"

泽民点头道："史记比不得戏剧，自然枯燥些。方才我仅说了序言，其后还有详细描绘。我先展开蒙军西征的轮廓，再细细嚼之，如此宏大之战争，浩繁之画卷，定是惊奇，迷茫，神秘，严酷，残暴，精彩纷呈的历史过程。"

杏儿肃穆道："我阿公说过，灭人之国，必先去其史；堕人之枋，败人之纲纪，必先去其史；绝人之材，湮塞人之教，必先去其史；夷人之祖宗，必先去其史。述往以为来者师也，取胜之大略。"

晓松"咦"了一声，沉思不语。牛牯崽急道："杏儿之乎者也，我如何明白？"

"杏儿小姐之言，我大概知其意，是要从历史中读取成功与过失，也许从中可以发觉奇思妙想，好相救吖吖们不是？"瘌痢牯一语道破，杏儿神态庄重地点点头。

牛牯崽肃然起敬，问道："泽民，西征后续呢？"

泽民道："刚才所叙，乃前日匆匆阅读一遍后记得的，再往后，得容我细细回忆，在肚中叙述一遍，方能讲述。你等莫急。"

晓松赞道："公子过目不忘，如此晦涩史记，读上一遍，便叙述如此清晰，令人惊叹！"

杏儿笑道："此乃郭家读法，用心便可，算不得兄长的才能。"

泽民点头道："杏儿所言极是。言回正传，各位听好。是年冬季，蒙军主帅拔都，率部长驱直入斡罗斯南部，连克别列亚斯拉夫、契而尼科夫两城，继而围攻富裕之乞瓦城，遭城中军民殊死抵抗。拔都亲率大军，冒死猛攻，终于攻下。城陷，本应杀戮守军，然拔都念敌军主帅忠勇，饶其性命，留下史上佳话。蒙古大军继而西进，乃迦里赤国，其国王闻讯，早逃之夭夭，蒙军兵不血刃，占领其域，后兵侵波兰国。次年年初，攻击波兰国皇城克拉科夫城受阻，蒙军死伤惨重，拔都大怒，蓄力复攻，终究破城，屠城后火烧全境毁之。此后挺兵至西里西亚国，波兰军、西方教民之十字军、条顿骑士团盟约联合，数万之军汇集于都城弗罗茨拉夫，誓与蒙军决一死战。"

瘌痢牯叫道："公子所言的西方各国，听来天书一般，闻所未闻。"

泽民瞟他一眼道："西方之世界，本公子也不晓得。佛教里的几个菩萨，五彩村村人天天念经，也无人晓得。"

晓松笑道："瘌痢牯别打岔，记得是西方一个国便是。听公子往下讲述，知道蒙军西征如何大胜为好。"

泽民润嗓子再道:"西方教民的十字军、条顿骑士团盟约联合,数万之军,汇集于都城弗罗茨拉夫,誓与蒙军决一死战。蒙军诈败,盟军忘乎所以追击,陷入蒙军埋伏圈。蒙军骑兵冲入敌阵,犹入无人之境,盟军大败。然后蒙军分兵一部,主帅记不得其名,志在波兰国里格泥志城。然有誓死不屈波兰国之军民,蒙军久攻不下,气急败坏焚烧其左右村庄,仍难破城,无奈中悻悻撤兵,转而攻击莫纳威亚城。其守城主帅英勇,谋略在胸,蒙军终尝败绩,全线溃退,以致主帅阵亡,余部仓皇逃去,前去投靠拔都主力,聚而侵入匈牙利国。一路攻城拔寨,至都城佩斯城郊,数次激战,蒙军故伎重演,正面攻击,背后包抄,左右夹击,大败匈牙利大军,乘胜攻下佩斯城堡,尽屠其民,纵火而去。拔都遣部追击匈牙利国王,至奥地利与克罗地亚,沿途烧杀抢掠。匈牙利国王四处躲藏,蒙军苦苦寻找不得,遗憾不已,只得引军回撤,与主力会合。此时蒙古皇帝窝阔台可汗骤然谢世,死讯忽至,拔都壮志未酬,率军东还,归途于钦察草原,建立金帐汗大帝国。"

泽民端起茶杯,一口饮尽,牛牯崽大叫道:"泽民公子可歇息片刻,只怕再讲多些,我等张三李四早已混淆,分不清东南西北矣。"

痢痢牯也赶紧点头:"正是,一口吞只鹅,难以消化。泽民公子,蒙军屠城,赶尽杀绝,残忍至极。可蒙古人我也曾见过,也有多出一只眼睛,多出一只手,与我等同样身材,为何如此神勇?莫非西方人个头小,或笨拙不已?"

杏儿摇头道:"非也,色目人与西方人属于相同种族,个头矮小吗?我看还高过汉人些许。笨拙吗?也未必,色目人鬼心眼多过汉人。蒙古人神勇,乃是天生之性,似乎为战而生,为战而存,为战而延续后代。蒙古,自古便是汉人朝廷之忧患。'居延城外猎天骄,白草连山野火烧,暮云空碛时驱马,秋日平原好射雕',便是蒙古人平日之状。"

晓松道:"泽民公子,蒙军如此神勇,为何守不住华夏社稷?蒙军攻城,如同旋风一般,还好屠城,斩草除根,这是为何?史记中可有详解?"

泽民道:"晓松之问,恐我阅尽史记也难以解析。论及屠城,倒不是斩草除根,史记记载,每次攻陷城池,蒙军也有不杀之人。"

众人惊讶。痢痢牯道:"美人不杀?"

牛牯崽道:"达官贵人不杀?"

晓松道:"投降之将士不杀?"

杏儿道:"妇孺与学者不杀?"

泽民摇头笑道:"非也,唯有工匠不杀。不仅不杀,尚收留其家人,且与本族民众一视同仁。圣者不杀,留下为谋士。"

晓松面面相觑,似乎听错一般。泽民自言自语道:"夷人为何掳走我吖吖几个,莫非蒙古人与色目人献计于夷人,让其重视谋士与工匠,故伎重演?"

众人尚在思索，树下冬梅却已大声喊道："公子，小姐！仁泰，梁贵几个朝此走来，莫再谈论蒙军西征，免得生出事端。"

杏儿道："一个老鼠屎，搅坏一锅粥，呸呸！"

牛牯崽道："谈论前朝往事，也会惹事？来就来吧，怕他不成！"

晓松道："牛牯崽，听劝便是。"

泽民笑道："来日方长，也许下次讲述，有细微之处，更觉有趣。牛牯崽，远离小人，不与恶人缠斗，不与小人执仇。宁与高人争高下，不与烂人论短长。"

杏儿笑道："兄长，既然如此，你大声背诵《大学》或《中庸》，晓松几个帮我修葺台子。梁贵仁泰厌恶经书，听得不久，自然告退，我等也打道回府矣。"

众人齐声笑道："妙，照办就得！"

泽民笑眯眯立起，摇头晃脑大声道："仲尼曰，君子中庸，小人反中庸，君子之中庸也，君子而时中，小人之反中庸也，小人而无忌惮也……"

梁元臣望着窗外凋落的花园，有些心灰意冷。孙儿梁贵痴迷博戏，一心想去城中柜坊比试身手；去岁三个儿子连同几个家丁，一夜之间俱被杀死，墙上留下血书，痛斥其罪行，若不是自己恰巧携梁贵外出，举家被灭矣。直至今日，梁家上下依然胆战心惊。从血书看，那三个逆子对夷人犯下不可饶恕之罪。可即是作恶，必然极为隐晦，夷人前来复仇，难道五彩村有夷人的卧底，与夷人通风报信？梁元臣想起此事，脊梁骨依然觉得凉气逼人。当夜府邸被烧，幸亏乡里救助及时，不然梁府早已灰飞烟灭矣。他狠狠扇了自己一耳光，难以排解心中恐惧，十分烦躁失望，不禁一脚踹翻云牌。噼里啪啦声中，那些仪仗、锣、伞、旗、扇与官衔牌等纷纷倒下，他突然自省，道："决不可倒下，不然梁家覆灭矣！"大难不死，必有后福。他强撑起躯体，嘶哑低吼一声，唤进孙儿。

"今日为何又气煞师长？五彩村能聘来的师长，俱被孽子气走。竖子！朽木不可雕也！整日沉溺博戏，不给你皮肉之苦，你不成体统，人头畜生！"

梁贵嬉皮笑脸道："师长？分明是饭桶一个，骗吃骗喝而已。五彩村能成为我师者，阿公为何不请来？你若聘请得，孙儿自然臣服，必当咂哩刺股，凿洞偷光，不耻下问。"

梁老爷闻之，一阵心酸，斥责道："念书七八年，竟还将'引锥刺股''凿壁偷光'念错。一个草包，有脸说'不耻下问'！你心目中可以为师者，乃郭乡绅，然我多次登门拜访，次次被他婉拒，我又能如何？过些日子，我欲进城寻找名师，你也离开五彩村，外出苦读一番，以图他日金榜题名，光宗耀祖也。"

梁贵笑道："城中柜坊多矣，孙儿离开阿公管教，不担心孙儿沉溺其中？郭乡绅婉拒，其中缘由，一则阿公未能投其所好，其二未能明其大义。"

梁老爷讶异道："投其所好，郭乡绅有何癖好？"

"泽民之功名，思子之心切，嗜书如命，桩桩皆为郭乡绅命脉。满足其中一味，足以显示梁家之心诚。郭乡绅自以为贤者，教谕后人岂能推辞？"

梁老爷嗯嗯两声，抚须道："言之有理，然而不得，如何？"

梁贵狡黠笑道："再找里长说和，他是愿见五彩村多一位寒窗苦读之人，还是愿意多一位祸害乡邻的魔头？浪子回头金不换，岂有婉拒之理？香不白烧，经不空念，厚礼相送，里长便是公公手中牵着的一头驴矣。"

梁老爷眼睛一亮，道："理是此理，然里长绝非笨驴。孙儿已经有些懂事矣，我也深感宽慰。郭乡绅心头泽民之功名，救子之心事，我且无能为力，然嗜书如命，我可投其所好。明日即进城，费心搜罗书籍。"

五彩村的货运，原靠的是乡勇充当担夫背客，由各祠堂共同支付酬金，然各祠堂有纷争，郭珏看得商机，自立马帮，其利之大，梁元臣深知。有其他祠堂欲与梁元臣组建马帮，只是里长康德掌握审批路引，绕他不得，梁元臣便撇开他人，私下与郭家二叔公共同入伙，由练家子陆秋儿充当马帮的马锅头，取名"顺百阜"马帮。

翌日，梁元臣请郭家二叔公要来路引，点上多名武艺精湛家丁，由陆秋儿领衔，当是马帮初次试手出山。马背上驮了野兽皮毛、黄精麝香等珍贵山货，尚有几桶桐油与生漆。马队爬山越岭，日月兼程，风尘仆仆走向县城。三日后，越过邻近山前村的山岭，梁老爷早已累得气息喘喘。山路路亭张贴官府榜文，提醒路上行人，近来强盗山匪频出，不可大意。此时天色已晚，梁老爷当机立断，放弃去山前村歇息的打算，窝在附近山洞，安眠一夜。

一夜无恙，翌日旭日东升，陆秋儿吆喝一声，众人启程，从山前村旁边经过。走上官道，平坦开阔，行人也逐渐多了许多。路人多为南来北往的客商，挑担肩扛手提，马拉驴驮牛载俱有。本地农夫赶集，使的是一溜烟独轮车，咿呀咿呀叫唤着，匆匆忙忙赶路。梁老爷骑驴多时，腰酸腿痛，众仆人与马帮脚夫也筋疲力尽，见前面有十里亭，赶紧下来歇息。

亭外草地上，人声鼎沸，陆秋儿将梁老爷扶进亭子，然亭中小憩的客商已东倒西歪，挤作一团，见有新来的人，也懒得挪动。秋儿只得搀扶着梁元臣，挑得亭外一石头坐下。亭子内一面善客商见之，令其仆人站起，又笑着挪动让座。梁老爷作揖谢过，落座后令秋儿端上凉茶，又将携带来的山区野果递给客商。

"鄙人姓梁，本地山区五彩村人氏。老夫冒昧，听阁下赣语生硬，当不是本地人吧？莫非是福建人氏？"梁老爷作揖笑问。

"兄台好耳力，愚弟乃福建客商耶，五十有三，姓陈名福，在江湖行走谋生，南腔北调皆会些。亭外马队便是我家马帮。愚弟妄言，兄台一看便是大户老爷，哎呀，此圆长饱满之果实，奇异美味，齿颊留香也。"客商陈福尚未喫完，又拿上第二根。

梁老爷乐呵呵道："此乃山中野果，名叫十月炸，城里人稀罕得很。陈君再尝尝此果，本地叫牛屎香。"

牛屎香巴掌大小，黑乎乎的，如鹅卵石一般，一口咬下，入口即化，滋味酸甜。梁老爷又道："论起此果，有些奇特。唯有五彩村山区出产此物，人工栽培从未成活，浇肥便死，只得任其自由吸取天地之精华，十年结一次果。平时尚未熟时，早就被野兽摘去，只有野兽上不去的悬崖峭壁，尚能遗漏一些，被山民攀援摘得。此果虽不如十月炸香甜，然有奇效，乃是壮阳之物，鹿茸片、菟丝子、淫羊藿、锁阳、杜仲等，药效远不及牛屎香也。"

陈福惊讶不已，拱手道："有幸食得此稀罕的仙果，不虚此行，愚弟谢过。"

陈福马帮的三四十个脚夫中混有几个色目人，另有几个，虽穿着男儿服饰，也掩饰不得俏丽女子容貌。梁老爷饶有兴趣地问道："福建遥远之地，陈君的货物捆绑严实，定是易碎之物。陈君贩去，当有厚利。可否相告，愚兄贸然求教。"

"法不轻传，道不贱卖，不瞒梁公，往年贩卖布匹、盐、海味干货等到江西，从江西换出大米黄丝、土漆茶叶、蜂蜜中草药等，尤其稻谷与桐油，官府需求巨大，其利厚耶。我们福建的富贵人家，皆勤于经商，然巨富家，乃出海的经商者。海外渴求华夏之物，尤其瓷器运至他国，其利十倍也。"

梁老爷道："桐油厚利，愚兄也知，然由官人把持，我等只能偷偷做些小营生，铤而走险，贪些薄利。听陈君此言，出海买卖交易之盈利，数倍于海内，那贤弟为何来到江西，舍大求小？"

陈福笑道："昌南瓷器。"

梁老爷哦一声，反应过来："昌南瓷器精美，乃上贡皇家之物，一般客商也购买不得，陈君可是谋此营生？"

陈福抚掌笑道："梁公所言极是。昌南瓷器精致无比，如运至西洋各国，价值陡长百倍。如今昌南瓷匠也立窑烧瓷，比不得官窑。然民间匠人技术也精湛，烧出瓷器，精美得很。"

梁老爷暗暗大惊，笑道："哎呀，我为赣人，竟然不知，惭愧。如此厚利，平时也未曾听得有福建客商来赣西贩运的，为何陈君来到本地？"

"福建来往江西，山高路远，还有山匪；若走海路，风大浪大，十出九死。贩卖昌南瓷器，亡命之徒的营生而已。此次原本不走此路，然原路强盗猖獗，只好另辟蹊径，舍近求远，只图一个安字。"陈福苦笑一声。

"陈君马帮中，为何雇有色目人，还有女脚夫？"梁老爷看了一眼陈福的马帮。

陈福道："说来话长。前朝灭亡时，众多蒙古人随元顺帝远走蒙古，留下不计其数的色目人。色目人多无一技之长，只得颠沛流离，沦为流民。原于军中服役的色目人及其后裔，早习惯了刀口舐血，正适合充当刀客镖师。他们要价奇低，又听命于雇主，远途客商甚喜雇佣之。我来时路上，有脚夫镖师得疟疾身亡，恰巧遇上眼前这几位色目人，其状惨兮，有口喫就得，我便填补入马帮。路上遇过几伙强盗，全仰仗他们得以平安。兄台可知，大明有令，蒙古色目人，均不得同族嫁娶，汉人又不愿娶蒙古色目人之女子为妻，可怜这些异族女子，多为汉人小妾，或沦为奴婢，奴婢生下子女，依然为色目人。然偏远南方，传宗接代为大，顾不得官方之律法。有南方客商相机牟利，从北方低价买来蒙古色目人之女子，转手贩到南方山高皇帝远之地，其利远胜过贩卖火铳硝药也。也巧，我于昌南时，见有北方客商出售几个西域女子，价格低廉，马帮中色目人大概惺惺相惜，劝我买下，带回福建，寻得正当人家，凭此美貌，即便翻上十倍价格，估计也有人出价。将其嫁出，远胜过其在北方为奴为婢，当牛做马，也是救人一命，胜造七级浮屠之举。这不，我就悉数买下矣。"

梁老爷唏嘘不已："哎呀呀，竟有如此奇闻趣事，山中闭塞，我乃井底之蛙，陈君一席话，愚兄长见识矣。"

两人絮叨一阵，陈福道："已打听得，县城离此，尚有一天多路程，与兄台相见恨晚，不如结伴而行，也相互有个照应。梁公乃本地贵人，愚弟仰仗矣。"

梁老爷笑道："正有此意。途中正好向老弟讨教贸易之道，又可说笑，也不寂寞。"

前方又是崎岖之路，马帮缓慢而行。天空渐渐飘起秋雨，行不多远，路上泥泞不堪，一道闪电，驴惊失蹄，梁老爷一头栽倒，左腿磕在路间青石上，起了一大块青紫淤血，疼得他龇牙咧嘴。有个刀疤脸色目人赶紧上前，殷勤扶起，为他推拿按摩一番，搽上膏药，梁老爷疼意顿减去一大半，竟能正常行走了。

陈福伸出拇指，赞许刀疤脸道："沙弟手法了得，推拉治疗，熟稔得很。"

刀疤脸谦卑道："做刀客镖师多年，自然会些。"

梁老爷道："谢过谢过，抵达湘水城，老夫必有厚谢。哎呀，全因我摔倒，给各位添乱，耽搁不少时刻，尚有四五十里泥沼路途，赶紧上路要紧。"

众人继续前行，天空雾霾阴沉，秋风秋雨淋湿衣裳。摘下斗笠，用力甩出雨水，陈福惆怅望着前方。

梁老爷道："陈君莫要慌张，若避开官道，走上小径，可省去十几里路程，只是得穿过十里密林。还须一番辛苦，咬咬牙一口作气，月升前过了密林就有客栈，可弄些热汤去去寒气。"

陈福点头："兄台所言极是，原本想天黑前进城，如今被风雨耽搁，只得到前头早些打尖过夜。热汤去寒，正合众意，明日再进城不迟。"

第二十四章
引狼入室梁家中计，鸠占鹊巢痛失油坊

十里密林，古树参天，被深秋大雨洗刷，显得残败凌乱。密林中倒伏之腐烂树干发出腥臭，弄得众人从心底冒出凉气。树林深处传来几声野兽哀号，令人毛骨悚然。马锅头秋儿嘀咕一句："此地阴气重重，速速走出为好，恐有不测。"

梁老爷不以为然道："此地靠近县城，能有咋哩强盗劫道，秋儿过虑矣。"

有道是怕甚来甚，话音刚落，从天突降几张大网，马帮前头数人连人带马，尽被收入网中。树林高处，呼啦啦荡下一伙凶神恶煞之人。陈福心中一惊，怪哉，此趟贸易一路匪徒多矣。回头一看，后面也蜂拥前来一伙强盗，托枪拽棒，弯弓插箭，竟持有二三十杆火铳之多。强盗头上裹着清一色黑布，腿绷兽皮靴，哎呀，绝非乌合之众。梁老爷心中慌张，然故作镇静道："此地距离县城不过三四十里，光天化日，竟然有明目张胆拦路打劫的，定是亡命之徒。陈君，小心应对为是！"

后面众匪里走出一喽啰，眼光停在陈福脸上，道："陈帮主，一路劳顿，其他马帮越走人越少，陈帮主的马帮倒是风生水起，越走人越多。"

陈福面无表情，点头称是，看来自己已被这伙强盗盯上多日矣，竟浑然不知。这种流窜强盗，最难对付，十个遇上九个亡，此番大祸临头矣。那山匪道："陈帮主毋须恐惧，劫财不劫人，留下货物，你等转身离去便是。"

陈福跨前一步，笑道："嗬，癞蛤蟆打哈欠，好大的口气。敢问英雄山号？"

众匪嘎嘎怪笑，那喽啰瞪眼道："陈帮主让人耻笑不是？身为马帮头，闽赣贸易之径有几条？径上有几多碰杆？敢走夜路之客商，岂有不知？帮主绝非无头苍蝇，胡乱四窜，从昌南出来，你等舍近求远，兜一大圈返回福建，不就为躲避我等，竟然不知我等山号？哼，马帮中尚藏有几个美人，我等光冲着这几个美人，也会紧追不舍。闲话少说，留下买路钱就是！"

众匪吼道："少跟他啰嗦，扎棒子（捆上）就是，短利子（割舌头），吹灯笼（挖眼），

- 201 -

宰根子（杀掉），看他服不服！"众匪徒举刀端枪，步步逼近。

"休得无礼！"一声低沉，众匪闪开，簇拥上来一位彪形大汉，豹头环眼，虎须倒竖，一看便令人望而生畏。一杆浑铁钢枪拎在手中，如拎一支竹竿，背上一支火铳，来者满脸笑容："在下坐不改名，行不改号，双枪笑天虎也！"

陈福心中大惊，故作镇定道："久仰久仰，即是黑钱，又为红钱棒客，上杠子，抽脚筋，拔皮子，点天灯好吧嗒，吊举者，无不谈虎色变，道上称笑天虎为劈党第二，无人敢称第一！"

笑天虎仰头哈哈大笑道："原来不是野山鸡，道上行话熟稔得很。陈帮主过奖矣，我笑天虎趴壕多日，马眼子费心，到底有幸撺上福建数一数二的马帮，不虚跑一趟。"

陈福道："落在笑天虎手中，自认倒霉罢了。然盗亦有道，穷人，经书人，出家人莫抢。此老伯与几个山里农夫是我路上遇得，求众豪杰放过他们，勿要违背规矩。我的货物奉送一半，保我等无恙，他日便是并肩子，即便成不得友人，也井水河水两不犯。"

笑天虎阴阳怪气笑道："山里农夫？一看衣装，不知那个山脚旮旯出来的土鳖富人，陈帮主红口白牙诓人，泥菩萨过河，自身难保，尚充好汉。道不同不相为谋，扯淡并肩子，岂能合我（一条道上）行舟。世上无道，无道方为世上之本欤。放下手中条子，劈水翅股暗青子等（棍棒刀剑暗器），一概交出，如说半个不字，休怪我摘飘儿把子（砍头杀人），杀无赦！"

陈福道："笑天虎上线开扒（在此抢劫），不怕鱼身上有刺，卡了喉咙？"刀疤脸沉着脸，挺身而出，持刀护住陈福，众镖师与脚夫也围拢过来。

笑天虎笑道："你等只有片子（刀），我等持的喷火（火铳），片子快，弓箭与喷火（火铳）快？陈帮主不是土鳖，岂有不知？还不束手就擒！猴儿们，给我拿下！"

一声令下，众匪持剑端枪，步步围上，一匪急慌慌中失手走火，砰的一声炸响，陈福身边一脚夫中弹，倒下一命呜呼。众匪诧异，有匪上前一脚踹之："老大尚未下令生虫子（开枪），狗伢子竟然开火拿梁子（杀人）。"

被踹到的狗伢子连声道"有罪"，赶紧爬起，偷窥着笑天虎，然笑天虎熟视无睹，狗伢子方嘿嘿一笑，又持起火铳来。

陈福脸色煞白，怒道："劫财不杀人，杀人不劫财，两者皆要，为何出尔反尔？"

笑天虎道："我方才说了，世上无道，何曾出尔反尔？你等唯一之路，放下刀枪，若不，再开杀戒！"

梁老爷扑通跪下，浑身哆嗦，竟不能语。陈福叫道："且慢，我令镖师解下配刀弓箭，交出飞镖暗器等，货物留下，我等离开便是。"

笑天虎仰头哈哈大笑："早就如此，何必死上一人。"

陈福吆喝一声，人群骚动起来，众镖师迟疑着放下刀剑。陈福递给刀疤脸沙君一个眼神，沙君摇头，脚下平移，顷刻挨近陈福，陈福诧异不已。此人移步，全身纹丝不动，如同脚下之地缩近过来。只见沙君嘴唇张合，其声犹如附在陈福耳边一般，竟是隔空传音之术："帮主，笑天虎是无信誉之人，放下刀枪，估计我等一个也活不成，不如放手一搏。我看匪徒手中的火铳多为单发火铳，再快，也只有一枪，仓皇中装弹不便，我等只要行动迅速，许能转危为安。帮主只须用我的斗笠护住身子便可，我斗笠中有厚实牛皮，刚才那一枪能穿过斗笠，然其力衰矣，打在身上，不会致死。"

陈福低声道："正合我意，有沙君之勇，我等豁出去矣。"

旁边匪徒见他俩神态古怪，破口骂道："嘀嘀咕咕，图谋不轨？先喫我一枪托！"他挥起火铳，狠狠砸向陈福，陈福就地一滚躲过，捡起大刀，翻身跃起，挥臂大吼："众镖师，拼了！"

陈福出刀于眨眼间，一刀捅去，那拿枪的匪徒几乎被刺透。沙君以霹雳之势掷出匕首，犹如一支利箭，划过一匪脖颈，鲜血登时飙出。沙君翻手又掷出一把匕首，此次是袭击笑天虎，笑天虎眼疾手快，举枪相挡，哐当一声，匕首砸在枪头，冒出火花。

"生虫子！"笑天虎怒吼一声，砰砰砰，一排火铳炸响。陈福竖起斗笠，遮挡躲过，身边七八个脚夫、镖师已然倒下。沙君大声叮嘱色目人络腮胡子，护住梁公与西域女子等人。他翻身狂吼，持剑拼杀，两伙人以命相搏，势崩雷电，利镞穿骨，惊沙入面。梁老爷与西域女子躲在树后，被络腮胡子与陆秋儿及自家几个拳师护住。匪徒见之，转头攻向他们，络腮胡子与陆秋儿只得闪出。络腮胡子乱发狂舞，眸若冷电，手持的大刀寒光一闪，几个匪徒手中的刀剑已齐刷刷断为两截。众匪惊讶间，又是一道寒光，尚未反应过来，已身首两处矣。梁老爷躲在后面，也被溅得满脸是血，他心惊胆战，几乎站立不住。再看沙君，面目狰狞，犹如入无人之境，一双银剑上下飞舞，血光溅起，匪徒头颅噗噗落地。然寒光一闪，笑天虎一枪刺来，沙君就地一滚，又躲过笑天虎回手一枪矣。

笑天虎气急败坏，挥舞手中钢枪劈头砸去，被秋儿的大刀挡住，咣当一声，双方刀枪震落，秋儿疼得龇牙咧嘴。笑天虎伸手一拳，秋儿被打得一口鲜血喷出，转身溜走。笑天虎环顾四周，大吃一惊，一百多山匪，转眼间已无几人。原以为自己是青铜木做扁担，砸个地瓜而已，殊知是嫩竹竿砸钢球，竹竿不折才怪。他仰天苦笑，大意得很，阴沟内翻船矣。笑天虎扯下背上的火铳，纵身一跳，呼啸一声"扯呼"，便向山林深处狂奔而去。众匪丢枪弃甲，一窝蜂撒腿便逃。

陈福怒吼："蟊贼，哪里逃？"腾起直追。沙君惊叫道："帮主莫追！"

话音未落，笑天虎已反手一枪，陈福一闪躲过，然秋儿扑通倒地，半个耳朵被炸去。笑天虎又是一枪，"连发枪！"陈福惊叫，心口已被炸开，仰面倒下，嘴角鲜血直流。那一瞬间，笑天虎仰天狂笑之影，凝固在陈福仰望天空的双眸上，立时气绝身亡。沙君拾起一支火铳，从容装弹，砰的一声，笑天虎应声栽倒，众镖师赶上，乱刀将他剁碎矣。

陈福马帮的众镖师与乡里脚夫抱尸号啕大哭，悲恸不已。梁老爷惊魂未定，默默伫立旁边，也陪着挤出几滴眼泪。梁府拳师与家丁，也死去五六个，其他多有受伤。所幸梁老爷无恙，梁家的货物也几无损失，色目人镖师无一伤亡。良久，梁老爷道："人已逝去，节哀致敬。诸位以后如何打算，我理当倾力相助。"

陈福一家奴抽泣道："驮载货物的马匹早就惊散，恐难以找回。如今当务之急，须买得十几口棺材，厚敛死去之人，也须卖掉西域女子，以免途中再招来是非。我等披麻扶灵，回乡报丧矣。"

梁老爷道："也只好如此。老夫感念陈公救命之恩，薄资相赠，聊表心意。那西域女子，老夫出资十倍买下，省得诸位市邑劳顿，也可免去官府稽查，如何？"

陈福的几个仆从都道："梁公买得，最好不过。梁公仁义，我等甚为欣慰，下人谢过梁公矣！"

梁老爷转头问道："沙君与诸位，今后如何打算？"

沙君道："我等本是浪迹天涯，遇得陈公，过几天温饱日，已是感谢不尽。然救驾不力，如随行去福建，无颜面对陈公家人，只好在此告别。"

梁老爷道："滴水之恩，涌泉相报，沙君真君子也。诸位，如不嫌弃，不妨随我进山。老夫山里有些田产，也筹算着组建马帮，沙君在外飘零，不如加入我的马帮，帮我打理杂事，如何？"

沙君面露喜色，几个色目人也点头愿意。沙君作揖道："我等愿追随梁公，今后用得上我等，定会万死不辞！"

络腮胡子等色目人也纷纷躬身行礼，梁老爷赶紧扶起道："沙君，诸位，先在前面客栈屈身几日，救助伤者，好生歇息。待我进城打理完家事，定会返回相邀，一同回五彩村。"

翌日深夜，沙君与络腮胡子悄悄离开客栈，潜入密林，一声狼嗥，呼啦啦唤来一大群色目人，个个目光炯炯，身手了得。有几人押着一女子，那是个西域女子，虽衣装凌乱，然不失高贵风度。络腮胡子骂道："早已叮嘱，小心伺候公主，为何弄得公主如此狼狈？他日沙指挥使成了大王，公主便是王后之尊，你等巴结不上，后悔莫及！"

沙君道："贤弟休要斥责众人。一路昼伏夜行，路上不是崎岖山径，便是潮湿深林，他们带着公主，能暗中跟随，已是不易。诸位兄弟辛苦，我等本假扮福建马帮镖师，筹划在县城歇息一番，问得进山的路径，再借故辞开福建客商，踅摸拐进罗霄山区，然天助我也，半路冒出个五彩村的梁老爷，已允诺带我等进山矣。众位兄弟，梁老爷进县城打理杂事，几日后方返回，我等勿要心焦气躁，只安心留在密林养精蓄锐。启程前自会相告诸位，一路务必留心我等留下的暗号标记，小心跟进。我等几十人之众，潜伏为安，勿要显露，小心驶得万年船。"

众色目人嗯嗯应着，俱盯着沙君带来的鱼肉食物。沙君一摆手，众人一哄而上，狼吞虎咽，大快朵颐。络腮胡子端出几碟食物，早已饿极的公主也看了过来。沙君隐隐一笑，递上竹筷，公主犹豫接过。

村北山坳，油茶树下，晓松几个围着泽民，听他讲书。

泽民道："自第二次蒙军西征告竣之后九年，早已继位大汗的长孙蒙哥重播西征之鼓，令其弟旭烈兀挂帅，操场练兵，以备长征。次年秋季，十万精锐浩浩荡荡出征，然另辟蹊径，放弃祖上西征方向，向察合台汗帝国进发。察合台汗帝国闻讯，惶惶然不可终日，思前想后，只得选择臣服纳贡矣。蒙军旗开得胜，继续向西挺进，然受阻于木剌夷国，相机变化，杀入波斯国地域。其国之秃温城，守军拒不投降，旭烈兀率军强攻，可怜秃温城举城被屠矣。蒙军又急速回头，与木剌夷国再次交手。然木剌夷国拥兵自重，凭险据守，蒙军一时无计可施。旭烈兀恐伤亡过大，故围而不攻，欲待其弹尽粮绝。木剌夷国独木难支，只得束手投降。逾年秋天，蒙军再进攻信奉伊斯兰教的报达国，报达国国土宽阔，然其国君大臣患得患失，游离于和战之间，蒙军兵至，猝然应战，旭烈兀左中右三翼攻击，首次小战，便水淹敌军达万人也。报达国兵退入国都巴格达城，巴格达城城墙坚固，然不敌蒙军炮机的猛烈轰炸，蒙军又抛出火油，灼烧无数民房重库，五百多年之古城，毁于一旦。蒙军大肆屠戮军民，尸横遍野。之后蒙军挺进幼发拉底河，到达叙利亚帝国，其民众惊慌，四处逃窜，蒙军趁机攻克叙利亚国的哲几赖特城、伢发而斥城等，然其国的阿颇勒城守将勇猛，蒙军血战七昼夜，方将此城攻下。蒙军死伤不少，气急败坏，残忍屠城，四处悬挂尸首，叙利亚举国震惊。其后叙利亚诸城多不战而降，偶有抵抗，也尽数被灭。其都城大马士革此时苦于黑死病，只得打开城门，举城受降。蒙军安民告示，秋毫未犯。蒙军稍加休养，乘胜挺进，攻击埃及国圣城耶路撒冷。埃及国举全国之力，誓于圣城共存亡，有道是哀兵必胜，首战，埃及军民全歼入侵的两万蒙军精锐。旭烈兀大惊，权衡左右，又吝惜蒙军兵力，故止步不前。蒙军宣告，西征大功告成，至此西征骤然停止矣，然其后旭烈兀也未速撤，安营扎寨，于此建立伊利汗王朝，后人无不盛赞。尤其有汉人文人墨客，赞叹旭烈兀为世界王子也……"

"世界王子？"晓松几人异口同声重复道。

牛牪犇傻乎乎问道："何为世界？"

杏儿道："苍穹宇宙，便是世界。"

牛牪犇点头。瘌痢牯情不自禁道："我若是蒙古人，也生在昔日，定会跟随成吉思汗，异国征战，建功立业。"

牛牪犇笑道："先不论建功，这国那国，不知方位，瘌痢牯定会走丢不可。我听得糊涂，只记下'屠城'两字，难道心狠手辣，毫无人性，是蒙军取胜之根本？"

晓松笑道："泽民公子曾讲过，大秦帝国之崛起，也是灭六国，立帝国，似乎历史惊人相似。秦始皇就如成吉思汗，征伐数国，足迹远至祖先不敢踏足之地。我以为成吉思汗，世界之王，名副其实。可惜世界之王的成吉思汗，也不知世界之大，世界之情形耶？"

杏儿神情庄重，道："一段蒙军西征史记，晓松哥哥已追思往昔，放眼世界，然近在咫尺的夷人山区，我等尚不能踏足，吖吖等人尚不知生死，无法相救。我等切不能好高骛远，应以当下之急为重。"

痢痢牯点头道："杏儿，稍安勿躁。我知杏儿之意，是要从蒙军西征历史中汲取取胜之法，相救吖吖。"

泽民道："不错！众人拾柴火焰高，我等一起筹划，也许有一奇谋。"

晓松道："三个臭皮匠，顶个诸葛亮，正有此意！"

痢痢牯道："牛牯崽言蒙军取胜之道，在于一个'狠'，然不仅如此，我以为尚有一个'奇'。"

杏儿点头道："正是。蒙军作战，兵无常态，水无常形，围攻一国一城，往往掘地洞，凿冰封，游历惊涛咳浪，穿越广袤沙漠，出其不意，攻其不备，令敌手防不胜防。"

泽民道："于是乎，我等可穿越夷人山寨东北方向的死亡谷，攀登雪山，从天而降，潜入夷人山寨，或从孽龙河溯流而上……"

痢痢牯接过话来："河中潜游至七块岩之地，夜间装扮猴儿，翻过几座山，晓松在隈竹山寨待过数日，自然可从容摸进夷人寨子，再发联络之声。牛牯崽平时打猎时，与其吖吖早有呼应之信号，寻找起来，自然方便。"

泽民问道："何时动身？"

痢痢牯道："寒冬腊月，冰天雪地，黑熊蛇虫冬眠，树林穿行相对安然，从雪山滑落，披上白布，无人能辨，孽龙河枯水之际，也利逆游而上。大年三十，时令最佳。"

牛牯崽笑道："痢痢牯头上疤亮，只怕水中行不多时，水猴子早就将我等喫光。从雪山处进去，虽路途遥远，然则可行。死亡谷无非魑魅魍魉多些，戴上傩戏面罩，带上火铳，桃木剑，炮竹，桐油，多备下晓松家的驱虫药丸，又有晓松鬼人一个，魑魅魍魉奈何不得我等。此次'西征'为相救我吖吖等人，我愿为急先锋！"牛牯崽举起拳头。

痢痢牯举起拳头道："西征！"

晓松、泽民、杏儿也同时举起拳头道："西征！"

晓松道："西征，仅为救人，不得杀戮。"

众人点头："正是。"

痢痢牯道："已是深秋，如今赶紧忙完家中农事，也好腾出精力，早做筹备。"

晓松道："如今当务之急，便是上山收茶籽，晾晒茶籽，榨茶籽。家家一年的食油，全赖此时劳作。"

泽民背上竹篓道："玉茗花香，朵朵蜜甜，青裙素面佐秋韵；山茶油润，清香至纯，金液琼浆任蕙肴。我与杏儿一同前往。"梅与春晖赶紧上前，取下泽民肩上的竹篓，众人一路笑声，攀上油茶山矣。

晓松、牛牯崽、瘌痢牯三个，背着盛满油茶籽的竹篓，去往村南小河边的郭家榨油坊，路上兴奋估量着堆在榨油坊的茶籽，能榨出几坛子的茶油。

每年此时，村里人早出晚归上得茶山，一心多摘得茶籽。尤其晓松几个，今年更是七八天的披星戴月，竭力采撷，以图多送几筒茶油给村中孤寡老人食用。喜在今年油茶籽收成尚可，晓松几个收获比往年多出三成。晓松似乎望见在沸腾的茶油中，炸得金旺旺的年糕，煎得香气四溢的鲫鱼。往年头茬油，均在郭家榨油坊开打，然走在路上，晓松疑惑不已，去往榨油坊的路上，见不到挑着油茶籽的乡里。离郭家榨油坊已不远，却未听见油坊帮工赵家父子那低沉有力、撩拨人心"嘿哟嘿哟"的号子声。晓松满心奇怪，小心翼翼推开油光发亮之木门，浓郁醇香的茶油香扑鼻而来，房中有人，然不见榨油坊的赵家父子俩。牛牯崽愣头愣脑喊道："赵叔，赵叔，我等来打油呀。咦，乃里（哪里）去耶？"

房中五六个身穿黑衣的大汉，面孔陌生，个个鹰钩鼻子，眼眶深凹，面无表情。其中一位脸上有刀疤的汉子，冷冷问道："瞎叫咋哩，打油不是？"

此人说的"咋哩"相当拗口，难道是外乡北方佬？村里曾来过官府衙役，北方人便是此种口音。郭家榨油坊为何有北方外乡人？晓松迷惑中，冲刀疤脸点点头。

刀疤脸道："那榨油机锤石重千斤，你等抢得起？你们几个，家中大人呢？东瞧西望咋哩，岂不知赵姓父子已被辞退矣，油坊如今由我等打理，然我等只管看守，不管打油，操弄榨油机，还须你等自行出力。"

牛牯崽咧嘴道："毋须几位阿叔劳心费力，我等几个早就抢锤打过油矣。"

见刀疤脸扫来疑惑眼光，牛牯崽轻轻拎下晓松背后竹篓，足有七八十斤重。瘌痢牯自豪道："盘碾、锤撞、碾籽、磨粉、蒸粉、踩饼、上榨、插楔、压榨，直到接油，打油道道工序，我等哪有生疏的？"

刀疤脸半信半疑道："蚊子吞老虎，好大的口气！麻秸做笛子，可吹不得。转起袖子，露一手瞧瞧！"

此话晓松三个听得明白。眼前的榨油机粗三尺，长约一丈半，梓木做成，木槽内已装满茶籽麸饼，尚未进桩，也不晓得是哪一家撂下的。晓松几个一言未发，在油槽一侧熟稔装上木楔，晓松抓住锤头，一声"开打"，牛牯崽与瘌痢牯两个，便"嗨"的应声，弓着身子，抓住撞杠。随即"嘿哟嘿哟"的清脆响亮号子，穿过榨油坊四壁，惊得屋外树上打盹的猴子竖起两耳，兴奋荡起。撞锤悠悠荡起，砰地撞于油槽的进桩上，震得那几个黑衣人抖动了一下。几次猛撞后，晓松赶紧在油槽中又塞进一块木楔。

另外一位络腮胡子黑衣大叔道："嗬，力气不小，为何停了下来？"

晓松道："老叔，我等早与赵叔约好，今日轮到牛牯崽家打油，早些日子，我等便将晒好的油茶籽挑来，放入房脚那几个竹仓内，现如今仓内为何空空如也？"

刀疤脸脸一沉道："进来先不问工价，便嚷嚷要打油，又称有油茶籽早些日子存于此处，看来你等不知，头三天前，榨油坊姓郭，现在已姓梁，主子变了。那些物件，你找姓赵的要去，我与他楚河两界，分明得很。我有言在先，用此榨油机打油，老规矩已变，如今加价矣，门口挂了价牌，你等眼瞎不是？不识字的白丁毛孩，径直进来，不管不顾。"

晓松诧异道："此榨油坊为郭家祠堂世代公产，如今为何姓梁？杏儿吖吖当里长时重修榨油坊，由我等几个的吖吖出工出力，榨油机是三人合抱的粗壮梓木做成，还是我阿公想出的法子，冬天泼水成冰溜子，众人从山上拖来。建成之日，与郭家祠堂约定，十年内我等几家均免费打油。赵叔走之前，冇将此情形相告几位阿叔不是？若不信，你可询问如今的里长，当时他也在现场，可证实矣。"

刀疤脸转脸不语，那个络腮胡子嬉笑道："为何姓梁？因一位大美人交换得来。里长之父见得西域美人，惊得眼珠子掉下，梁家要什么不给？"

刀疤脸后面一人怪笑道："几位细崽，以前之事冇得人交代，你等说挑来茶籽，茶籽上面也没刻字，如何证实是你家的？废话少说，打油就得交钱，要不，赶紧滚蛋！"

牛牸崽气愤道："油茶籽上面冇刻字，然五彩村竹筐各家各异，向来都是自行存取，也无人偷他人的茶籽，为何无人相告？榨油坊咋变成梁家所有？即便转为梁家，原来众人存放的茶籽，为何不见踪影？"

络腮胡子讥笑道："一张嘴便有约在先，我也一张嘴，冇得！不单冇得，你等往年还欠下工钱，还未要你等偿还呢。可有契约？有，持之，去找郭家里长讨说法，冇得契约，空口无凭，那就滚蛋，大爷不耐烦跟你等理论。"他一脚踢飞牛牸崽的竹篓。

牛牸崽气得跺脚，络腮胡子又打来一拳，牛牸崽猝不及防，被打得一口血喷出。牛牸崽大怒，一脚飞起，络腮胡子被踢得连连后退。那插话的黑衣人阴着脸笑道："方才榨油撞杆时，见此乳臭未干的小崽子，拎一百来斤砸锤，如拎小石块，冇想得还会野路子的拳脚功夫。兄弟且慢，大爷陪他耍几招。"

他两指捏起一颗青色油茶籽，油茶籽咔嚓一声，被他捏成几块细瓣。

晓松赶紧抱住牛牸崽道："对不住阿叔，小儿几个有眼无珠，冒犯在先，赔罪赔罪，茶籽也不要，我等离开便是。"

瘌痢牸上前，也用力拽着牛牸崽，一道往外走。

出得屋外，牛牸崽气哼哼道："怕他个鸟？为何拦住我？满篓子油茶籽，还被强盗扣下！我等去抢回来呀！"

瘌痢牸道："呆子，你一脚能踢死头牛，然方才一脚踢下，络腮胡子冇伤得半根毫毛，如此功夫，岂能与他交手？"

晓松道："幸亏冇伤到他，不然我等命危矣。两指捏碎茶籽，只怕只有泽民看的书中，才有人如此。这几个色目人着实可骇，我等不知深浅，赶紧离开为好，好汉不吃眼前亏。"

三人哭丧着脸，闷头往回走。瘌痢牯道："今晨出门，途中听得乡里与几位叔公扯着嗓子咒骂里长，裘马声色，不知廉耻，原本好端端的山庄人家，如今道德败坏，人心不古。当时我尚迷惑不解，适才迎头一棒，方知梁家厚颜无耻，令人发指。倘若早些晓得榨油坊变故，我等也早些取回茶籽，七八天前还与泽民见过面，恐泽民也不知此情形。辛苦许多天，上山摘来的茶籽，莫名其妙有得矣。这可好，还须远道攀山越岭，上山摘茶籽，不然一年间锅中无油，日子如何过得？天杀的里长跟那什么狗屁西域美人！"

晓松道："西域女子，也是苦命人，救其水火之中，方是豪杰所为，为何受难人糟蹋受难人？我等设法抢回自己的茶籽，才是要事。"

瘌痢牯脸红道："晓松所言极是，我也是被色目人气昏，糊里糊涂矣。"

牛牯崽道："此仇不报，日后梁家家丁骑在我等头上屙屎屙尿，梁老爷更加作威作福耶！我牛牯崽拳脚，五彩村同年几人能敌？就此趴下服软，吞声忍气，色目人岂不鄙视我汉人？"

瘌痢牯愤慨道："可不，泽民哇崖山海战之时，激动异常，尚落下眼泪，我等无不愤懑。今日榨油坊之斗，尚分不出胜负，然即便斗败，也决不可成为五彩村的崖山海战，我等理应学得蒙古人一样，去掉怕字，狠字当头，不然白听泽民蒙军西征的典故矣。"

晓松点头道："甚是，息怒息怒。怒则愚，静则智，丧气话莫讲，斗气话也莫哇（说）。然色目人哇我等口说无凭，我等确是只得喫哑巴亏。得设法叫色目人主子梁贼，或里长认账，此事方得了却。"

牛牯崽撇嘴道："近些年，梁家着火，又差点被夷人满门屠杀，梁家猜疑你林家勾结夷人，早恨之入骨，如何肯承认无名茶籽是你家的。里长如今被梁家收买，岂肯相帮我等？"

瘌痢牯苦笑："正是，茶籽上有刻字，刻了字，我等也不认得，不喫哑巴亏又能哟里（如何）？色目人明目张胆地抢，被抢的我等，倒像小人一般，无从声张。"

晓松道："色目人也可怜，当年蒙古国强盛，众多色目人之国被灭，色目人成丧家之犬。不过可怜人必有可恨之处，蒙古人如今与昔日色目人一般，也成为丧家之犬。"

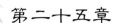

第二十五章
榨油坊惊现无名尸，梁元臣密谋郭里长

"哇你呆，你还真是个痴子，居然同情强盗。近朱者赤，近墨者黑，与泽民杏儿结为耍伴老庚，个个变成斯文人，也不知是好是坏。"不知何时，红红立于其后，满脸汗珠，身边担子，挑着两簇子满满当当的茶籽。

瘌痢牯道："红红姐，你是鬼是人？为何一下子到了我等跟前？"

红红抿嘴笑道："与你同类。俗话哇初生牛犊不畏虎，你等斗不过色目人，又无计可施，在这又议论起蒙古人，还兴致勃勃，羞不羞？榨油坊被梁家占有，郭家四叔公昨日与里长交涉不成，被里长话里藏话奚落一番，气得不行。幸好郭家有个旧榨油坊，破是破一些，修修补补，倒是凑合能用。杏儿公公向众人承诺，杏儿吖吖当里长时所允之事，他全兑现。晓松，我已备好几担子茶籽，郭家榨油坊尚未预备齐当，正须邀你等前去瞧瞧，可否出力相帮，若已修补好，便可打油。赶紧替姐姐挑上，随我去帮郭家拾掇拾掇，打出来之茶油每家一份，不过打油之劳作，还要你等出力。"

晓松："红红姐，我等再穷，也强过红红姐家许多。三个大丈夫，如何让红红姐救济？何况我家中尚有几筒去岁的茶油，周济瘌痢牯与牛牯崽，也可度过一段日子。"

瘌痢牯道："晓松家年年周济我等，今年油茶为大年，起早贪黑采茶籽，本想早日榨油，回报晓松家，然遇得今日变化……如此一来，也只得依靠晓松，红红姐毋须担忧。"

红红笑道："咋哩与我生分，要不是你等多年帮衬，我一家老小岂能活到如今？姐姐早将你等视为家人。一家人不哇两家话，走，先去榨油坊。"

见红红姐执意如此，晓松三人便应允着挑起担子。绕过几个山头，远远便见得杏儿家的榨油房烟囱，只是已没昔日吐着巨龙般的滚滚黑烟，只有几只秃鹫在其上空盘旋，房子旁的大树上，落着一大群乌鸦。

瘌痢牯惊道："为何有许多秃鹫与乌鸦？"

牛牯崽笑道："呆子，山区秋日，若秃鹫稀少，倒是稀罕。榨油房边尚有磨谷房，秃鹫乌鸦闻味扑来，有啥稀奇？"

杏儿家老榨油坊位于村南山下，在水流湍急的小河旁。河水翻滚着流向孽龙河。榨油坊旁边是磨谷房，却是半新的，前些年由晓松吖吖盼富主持建得。河水从一条长形水槽泄出，以雷霆万钧之势，冲击磨房圆盘水车的水筒，带动几百斤重的石磨转动。磨房靠水端的墙壁有望水窗，穿过一条绳索，拨动水槽处的插水板，驾驭冲击水车的水量，掌控石磨的转速。磨谷房建成当年，乡里无不叹服，称之为水神磨房。晓松吖吖也想改造旁边的榨油坊，借水力免去人工撞木榨油之苦，然郭里长不允，保留原状，意在练就郭家众人的筋骨。现如今新的榨油坊被梁家巧取豪夺，老榨油坊又被起用。晓松几个黯然地走进榨油坊。

旧榨油坊比新榨油坊矮小许多，房顶已长满杂草，四面透风露光。坊内隔成四大间，往年外间堆满茶籽竹筐，码放着各家油桶与茶饼。往里一间为灶房，灶台上三尺大铸铁锅上，置放宽大木甑，用于蒸煮碾碎各类油料。在中间房中，静静躺着被油浸透，又被时光打磨，锃光瓦亮之榨油机，昔日打油场景浮现在晓松几人心头。晓松与牛牯崽吖吖领着众人打油，挥汗如雨；晓松将熟蒸之碾碎油料撮起，用稻草裹成圆饼；牛牯崽一声吼叫，踩踏结实，癞痢牯再用竹篾条捆扎。油茶熟料饼被码成一排备存，牛牯崽吖吖两手一夹，将十几块油茶熟料饼放入榨油机上榨油槽，吖吖几个高喊着嘿哟嘿哟的号子，牛牯崽吖吖只身一人，单手推起砸锤，大吼一声，砸锤呼呼生风，猛击震动，整幢榨油坊都跟着上下晃动……晓松想到此情景，不禁咧嘴笑出。再往里一间，乃存柴火杂物的库房，兼为打油人的临时卧室。然此时，房中猝然响起"老鼠，老鼠"的尖叫声，猛见得泽民、杏儿与冬梅等几个家仆仓皇逃出。

癞痢牯道："泽民公子，杏儿小姐，为何蓬头垢面，一脸灰尘？"

杏儿大叫道："郭家榨油坊重启，我等先来清扫，方进得房里，便闻到臭味，费力推开关得严实的库房门，又窜出一窝硕鼠，令人惊魂不定。"杏儿一点不奇怪晓松几个到来，似乎早已知晓，在此等候。

癞痢牯笑道："公子小姐比不得我等种田人，我等不是挑粪，便是积粪，乃几（哪个）不是臭气熏大？此等脏活，公子小姐何须亲自打扫？"

冬梅掸着杏儿头发上的灰尘，瞪眼道："此话尚有些良心。为何姗姗来迟？"

牛牯崽道："不问问我等为何来此？郭家祠堂的新榨油房，为何已是梁家所有，还由色目人把守？好生奇怪。"

泽民苦笑道："土木工程，不可擅动，郭家新祠堂雄伟宏大，几间大殿尚未盖成，然祠堂已无力营造，欠下债务多矣，尤其欠梁家巨资。里长无奈，将榨油坊抵债。"

癞痢牯冷笑一声："只怕抵欠债是假，抵风流债是真。"

晓松赶紧岔开道："我等早出晚归，上山摘得茶籽，本想等榨油事毕，得空听泽民公子再讲蒙军西征的撒马耳干战役，花剌子模人如何出动战象，蒙军惨败，汉人大将郭宝玉献火攻之计……"

牛牤崽喜道："火攻？"见红红瞪他，赶紧吞下后头的话，只将遭遇色目人刀疤脸的事，三言两语告诉泽民与杏儿。

冬梅道："牛牤崽英勇，敢与色目人交手，纵使冇斗赢，也正告色目人，汉人不是那么好欺的。我家老爷宅心仁厚，泽民与杏儿亲自摘下几篓茶籽，想要看众人喊着号子，甩着膀子打油的场景，新榨油坊不成，便督着郭家大院一大半人来此打扫修补，可苦了我等下人。磨房平时有烂眼伯值守，本以为毋须打扫，然瞧此状，费上七七四十九块茶饼，也去不尽这些陈年油腻。你等来得及时，房内还有不少柴火与残油烂谷，估计也有成堆死老鼠，就归你几个清扫。哎呀，烂眼伯也不知死到那里去矣，狗改不了吃屎，一到干活，就不见人影。"

红红道："理当由我等打扫。用郭家榨油坊，感谢还来不及。公子小姐旁边歇息，我等早点弄完，还须请教公子，价牌上几个字如何写。"

杏儿笑道："哪有咋哩价牌？我阿公哇哩，原本咋哩样，如今依然，只是自行打油，郭家分文不取，但有些人不准进来。"

晓松几个心头一热，话不多说，拿起笤帚忙碌起来。

然不多久，库房里传出一阵乱叫声，郭家仆人张旺慌慌张张跑出，惊叫："小姐，哎呀呀，可不得了！库房柴火下，掩埋了多具人的尸体！"

泽民吓得跳起："乃里（哪里）来的尸体？出了咋哩事？哎呀，咋办？"

杏儿镇定道："勿须惊慌，我先进去瞧瞧。"

晓松几个淡定走出，晓松道："杏儿，勿进为好。死者面容尽毁，其状非今日所害。共有十三具尸体，非本地人的穿着打扮。"

泽民怔怔不语，杏儿道："赶紧去村里找里长与四叔公几个，也通报阿公一声。快去！"张旺答应一声，一溜烟去耶。

一个时辰后，杏儿阿公、里长、二叔公、四叔公、祠堂宗正宗干等几人黑着脸从屋里走出。四叔公道："庆幸被害之人不是五彩村的乡里，似乎也非山前村之庄户，衣着打扮，也不像袁州府之人，怪哉。贤兄以为如何？"

杏儿公公道："惭愧，我孤陋寡闻，贤侄以为……"他看向康德。

里长康德道："死在贵府，为何询问愚侄？五彩村至今只有叔公被称一句乡绅，何必自谦？"

宗正郭新道："依在下看，庄上唯有里长与梁老爷见多识广。不如请梁老爷来一趟，也许能认出这些人是何方人氏。"

二叔公恨恨瞪里长一眼道："为何为难乡绅？竖子！郭新之言在理，也只好如此。"

里长点头，着宗干郭宝速去往村里。约莫半个时辰，梁老爷牵着狼狗，昂首挺胸跨下竹轿，里长赶紧上前作揖，陪着进屋验尸。不多久梁老爷走出，抚须道："依老夫之见，穿衣打扮像是云南人氏，肤色也像云南人。不过老夫只是猜测而已，还请里长定夺。"

四叔公惊讶道："云南人来此偏僻之地是为何？着实奇怪。十几条人命，不知须不须报官？"

里长康德道："五彩村一亩三分地，我等自行处理便可，何必惊动官府？若引来官府，平白添上许多麻烦。官府断不出其中缘由，定会判为五彩村人所为。此事出在郭乡绅家，郭家众人有嘴也说不清。依大明律法，郭乡绅若被判罪，又会牵连到郭氏宗族。郭乡绅乃我长辈，我为郭家祠堂欠债一事，将榨油坊抵债给梁家，众人已对我大为不满，然我无私无畏，天地可鉴。可此事若是报官，便是不仁不孝不智之举。即便官府找来，我等也须极力推脱，倒要去找他们？何况近日纳税官对我五彩村虎视眈眈，正愁抓不到把柄。"

梁老爷道："的确如此。官府原本允诺五彩村免征赋税，如今却要反悔。报官，岂不是给官府契机？不如将尸体沉入孳龙河，就当此事冇得发生，诸位不得外传，同时命乡勇加倍防范，保护村民。我虽郭家外族，然十多岁便来到五彩村，受郭家恩荫庇护，尚未报答，向天立誓，绝不外传！"

众人面面相觑，也无他法，只得默默点头。郭乡绅平白无故遇此祸事，跳进黄河洗不清，心中既气愤，又疑惑，且遍寻不着烂眼伯，只得强自忍耐，面上还要感谢这几位心怀叵测的人。里长见郭乡绅点头，便道："既然如此，在场各位辛苦一趟，将尸体沉入孳龙河，由水猴子吞噬，死者消失，我等安心。此事毕竟诡异，我会设法应对，诸位放心。庄上各祠堂宗保，恢复巡更之举，对外称防患夷人。眼前几位不知何家令郎？也须立誓，将此事烂在肚中。"

晓松心中暗骂，仁泰吖吖装作不认得自己，人模狗样，耍弄威风。杏儿嘟囔："有此必要吗？"被公公喝住。晓松与牛牯崽、瘌痢牯只得立誓。五彩村遗风，立誓者，海岳尚可倾，口诺终不移。

众人七手八脚，将尸体装进麻袋，又用竹席子裹好。宗干郭宝领人将现场清扫完毕，又撒上石灰，淋上雄黄酒，方扛上尸体向孳龙河走去。走在半路，郭保道："呀，方才走得急促，似乎有件死者外衣弃在窗外树下，冇将之埋入土中。"

宗正郭新气不打一处来，张嘴骂道："孱头萝卜秧子，一点事也干不利落。愣着咋哩，跑回取来，塞入席中，与尸体一道丢下河中！"

郭宝唯唯诺诺。晓松知道，郭宝大哥是憨厚之人，平时常关照穷人家。见他跑上跑下，已是疲惫不堪，晓松便道："我脚快，我去取来。"

郭新笑道："也好，劳烦晓松跑上一趟，快去快回。"

牛牯崽本与晓松两人扛着席子捆，郭保接过手，晓松转身撒腿便跑。

晓松急匆匆赶回，离房不远，忽见库房尚有人影，不禁心中疑惑。半个时辰前，众人皆离开，如今有人在此，难道是烂眼伯返回？然非一人耶。

晓松放轻脚步，悄悄贴近屋后窗下。哎呀，屋内竟是里长康德与梁老爷，房前隐约有人放哨。

梁老爷道："里长心细，屋外果真有遗漏的血衣，幸亏里长捡得，以免生出事端。"

里长道："郭新年轻，嘴上无毛办事不牢，毛手毛脚，丢三落四。梁伯，恕我直言，今日此事，必与色目人有关。难道梁伯不知？"

梁老爷急道："我对天发誓，若晓得此事内情而隐瞒里长，必遭断子绝孙之厄运！我从山外聘得色目人，他们乃是老夫救命恩人，一路相伴，不离左右，从未见过那几个死者。老夫确信，死者与我聘来的镖师无关。五彩村哪一件事能逃过贤侄法眼？死者或是夷人遣来的刺客，死于非命，被庄上人埋于此地，嫌疑人自然与郭乡绅家脱不得干系。不过今日之事，让老夫大有山雨欲来风满楼之感，只怕后事万般险恶，我等须齐心协力。老夫老矣，郭乡绅迂腐，四叔公等平庸，五彩村万事还须里长掌舵。里长，伺候令尊的那西域女子，可还满意？"

里长嘿嘿一笑道："梁伯既然发此毒誓，又称与此无关，我心甚慰，必得好好稽查此案。然我自信，五彩村无人能掀大浪矣，只是此事过于奇异……"

两人沉默一会儿，梁老爷道："老夫还有一事不明，里长为何拒绝官府前来纳税？"

里长咦了一声，问道："为何不该拒绝？"

梁老爷道："你为里长，官府纳税之事，还不得靠你出力？俗话说人为财死，鸟为食亡，雁过拔毛，天经地义。为大明朝办事，皇上也会睁一只眼，闭一只眼，何必拒之？"

里长哦了一声，道："自古以来，五彩村没纳过税。如何征税，愚侄也不懂。"

梁老爷笑道："此有何难，我自然会鼎力而助。"

里长肉笑皮不笑，嘿嘿两声，梁老爷诣媚笑道："贤侄放心，我一分不取。"

里长道："梁伯提醒的是，我再斟酌斟酌。今日老伯之指点，愚侄获益匪浅。日后老伯有事，吩咐便是。"

梁老爷诡秘一笑道："我之求助，贤侄不知欤？"

里长叹道："休怪侄子多言。令公子们暗中强抢夷人美貌女子，耍也罢了，为何口风不紧？还自以为神不知鬼不晓。夷人没灭你全家，已是不幸中之大幸。现如今梁伯要我以解救杏儿吖吖等人为名，遣人前去刺杀夷人山寨寨主，火烧山寨，公报私仇，难为我也。何况郭乡绅再三不许刺激夷人，以免夷人相害郭珏等，我怎敢轻举妄动。"

梁老爷扑通跪下："知我者，里长也。竖子作恶，父之过也，我当该死。当初不如被夷人所害，如今留下老夫与孙儿两条贱命，备受煎熬。老年丧子，人生三大不幸之一也，岂能有仇不报？且定有村里人参与杀害我儿，老夫岂能放过？里长暗中保护小鬼全家，老夫已探知，此事的确与小鬼一家无关，里长毋须担忧我对他家下手。里长，夷人自古与五彩村为敌，是你之敌，也是我之敌；有他无我，有我无他，里长岂能忘记此中道理？五彩村人下不得手，我请色目人来，不也是为了却五彩村数百年之忧患？请里长三思！"

里长不语，满心泛起憎恨，又悔不当初。为报侯三之仇，他曾精心筹划，然迟疑不决，他知道梁元臣猜得自己报复之心，本想等梁家懈怠时寻得时机，杀梁家孽子，出得恶气，然半路杀出个程咬金，夷人抢了先机，屠戮梁家。然夷人不尽其意，留下此贼孙儿梁贵，如今时过境迁，梁贼早有防患矣。

梁老爷偷窥一眼，阴恻恻道："里长放心，我卖田卖地，当了全家财富，也不须村里出一毫银子。老夫一人做事一人当，绝不牵连村上。色目人刺杀夷人寨主，与五彩村冇得干系，可推得一干二净。另外还须里长借出火铳与弹丸。俗话说礼尚往来，我听得里长盛赞庄上红红的美貌，老夫也设法相谋，将红红送与贤侄当丫鬟，为你暖床捂脚，如何？里长扪心自问，老夫为里长鞍前马后，尽心效力，又背上众多黑锅，早已是舍身忘我，何况即使夷人加害郭珏，岂不有利于贤侄？我与里长，实是一条船上之客。"梁老爷跪下，泪水潸然。

里长皮笑肉不笑道："梁伯多虑矣，我无心从中作梗。冇得我点头，你请来之色目人，岂能在榨油房落脚？罢了，待我细思，只是急促不得。"他扶起老泪纵横的梁老爷。

梁老爷道："此事天知地知。里长，我孙儿顽劣不化，盼改邪归正……"他将想让梁贵拜郭乡绅为师一事告知里长。

里长爽快道："郭乡绅深明大义，令孙迷途知返，我为何不鼓励呢？经历今日之事，郭乡绅欠我一个大人情，我前去央求他收梁贵为徒，这点面子他还是会给的。然恕我多言，色目人刺杀夷人山寨寨主后，应当除之，以绝后患。"

梁老爷一愣，略有所思道："里长提醒得是。"

里长道："此刻宗正领着众人，乱哄哄前去河边，我须速往查看，梁伯回府歇息罢了。"

梁老爷千恩万谢，告辞出去。晓松听得，赶紧悄悄溜开，插岔道折回半路，又返身迎面碰得里长与跟从，说明来意。里长心中担心，脚下如飞，晓松一路小跑，紧跟其后。里长暗叹晓松矫健之状，感慨后生可畏。

孽龙河河水滔滔，被绑上石块的尸体入水，早就不见踪影。处理完毕，里长率众人离开，泽民杏儿带着家仆一同返家，红红也与晓松等告别，闷闷不乐扬长而去。

晓松三人躺在河滩上发呆，半晌后痢痢牯一个鲤鱼翻身跃起，晓松瞥他一眼道："看来痢痢牯已谋算完。是何计谋？速速道来！"

痢痢牯压在晓松身上笑道："你胸有成竹之状，也速速从实招来！"

牛牯崽扑上，笑道："我懒得想，你俩诡计多端，说来小爷听听。"

三人窃窃私语，而后仰头大笑。牛牯崽在河滩上刨开一坑，两手一抱，将晓松瘌痢牯投入其中。晓松与瘌痢牯满嘴是沙，呸呸吐着追打牛牯崽，洒下一串笑声。

深秋的傍晚，秋风瑟瑟，凄凉孤独，落叶被风一吹，挣扎着扭动或旋转，不肯落下。树林间积着半尺深枯叶，掩盖了一条曲折小径。凭着记忆，牛牯崽前头开路，瘌痢牯与晓松紧紧跟随。

三人穿着厚底草鞋，走在路上，几无声音。晓松突然止步，小声道："出来吧，为何鬼鬼祟祟跟着？"

"谁鬼鬼祟祟了？要问你们，躲躲藏藏，是要做何勾当？"五彩村耍伴豆饼闪出，不满道。

牛牯崽嘘道："豆饼咋呼咋哩？我与晓松出去打猎，与你何干？"

豆饼低声道："打猎？休要蒙人，我心知肚明。咋哩时候我畏惧过？挨上色目人拳头的，我也是其中一个。可恨的色目人暗中损坏其他祠堂榨油坊，全村几百户人家，今年恐都得去梁家榨油。梁家独霸其利，我气不过，今夜欲只身偷袭恶人，教训一番，打不过也得吓死他耶。方才瞧得你几个鬼祟之状，料定你等也是前去复仇，何不同去？"

晓松笑道："君子不为偷袭之举，我等前去，取回我等的油茶籽便可，也无意伤害色目人。豆饼哥只身一人，只怕尚未挨近，就被察觉，如何偷袭？"

牛牯崽举起蛇篓子，又牵出几只猴子，他肩上还站着一只装扮成无常鬼的猕猴；瘌痢牯手持迷药竹管，晓松也拽着两条狼狗。

豆饼霎时气馁，口中嘟囔："装神弄鬼，也不是君子之举。"

瘌痢牯笑道："冇听过成吉思汗之壮举？兵不厌诈，为求胜利，哪一种手段没使过？正义之举用邪法，邪法也正；邪恶之举用正法，正法也邪。"

豆饼吃惊不已，与泽民结为老庚者，三日不见，当刮目相看。

晓松上前，与豆饼哥相抱，低声道："敌强我弱，悄然行之，走！"

郭家祠堂的新榨油坊，原本择地离庄上较近，然建造时，制造榨油机的巨大梓木运送艰难，只得在离梓木较近的偏僻之地修建。牛牯崽自小打猎，早就谙熟潜伏之术，晓松几个跟随着他，神不知鬼不觉，远远蹲在榨油坊外的树林中。先放出两只猴子，猴子在树林中纵跳，一串竹管声响起，色目人果然埋下了机关。片刻就有两个色目人闻声巡查，见得被树藤缠住而倒挂的猴子，骂骂咧咧，一刀砍断树藤，猴子慌乱逃走。色目人草草接上树藤，转身而去。

晓松目视色目人的足迹，沿其路径，悄悄贴近榨油坊，藏于近处的灌木丛前，又放出两条狼狗。狼狗穿过灌木丛，又是一串铃铛声。可见色目人狡诈，埋下如此多机关。两个色目人匆匆赶来，见得被乱绳缠住，仰头嚎叫的狼，一人惊恐道："豺狼狡黠，竟然从灌木林中潜伏进来，幸亏防备，不然被狼群围困偷袭矣。"

说罢，那人举刀砍向狼狗，被另外一人拦住："此地奇欤。水稻水稻，本应水中生长，然此地稻谷，三成生在旱地，我走南闯北，未曾见过。此地的豺狼，非同外地，我瞧不出此狼是否为头狼，若是，万万砍不得，群狼定会纠缠，不如驱赶，房外院中篝火烧旺，群狼自然隐去。"

色目人举着火把，挑开绳索，野狼低鸣着转头跑去。色目人也懒得再精心布置绳索，给屋外篝火添上不少柴火，听得树林中猫头鹰的惨叫声，三步并成两步，赶紧回到房间。

第二十六章
起贼兵沙崇华叛乱，救三宝义兄弟善行

月亮躲进云里，榨油坊油灯显得越发昏暗。豆饼低声道："听色目人的鼾声，料早睡死矣。赶紧动手吧？"

晓松嘘了一声，指了指榨油坊左边。豆饼看向那边，见一个人影正趴在窗下，其后隐约还有几人，眨眼之间，后面几个猛踩在窗下那人肩上，腾地而起，悄无声息跃上三人多高的屋顶，惊得晓松几人目瞪口呆。世上竟然有此高超神功。一人轻轻挑开窗户，朝屋里抛入一物，不多时满屋奇异香味，飘至屋外，晓松几个闻之，也觉得晕晕乎乎，眼神有些迷离。好在牛牯崽警觉，随身带着百毒解醒丸，一人口中塞入一丸，咕嘟几口水下去，晓松几个神清气爽了许多。此时屋里鼾声渐息，窗下趴伏之人两手一掰，窗栏杆咔嚓一声被拗断，然后翻身进屋，一连贯动作，行如流水。

"将军，六个已全被放倒！"

屋外顿时燃起数十根火把，将榨油坊四周照得通亮，数人簇拥着一位魁梧之人从林中走出。

此人的几个手下矫健冲入房中，然惊叫数声，没了声响，最后进入的两人一步步倒退出来，架在他俩脖子上的，是两柄滴着血，幽幽透着冷光的剑。那个络腮胡子色目人手持双剑，逼着他俩一步步挪出。他身后是刀疤脸色目人。其余几个色目人围在刀疤脸身旁，竟是毫发未损。

刀疤脸沉着脸，阴鸷扫视着门外众人，冷笑一声。络腮胡子用剑拍拍其中一人质的脸笑道："小子，身手倒是敏捷，只是记性不好，记不得爷爷的计谋，岂能栽倒在你等手上？"

院中魁梧之人冷冷道："三弟胡儿有恩于沙崇华，也有恩于你太鲁铁木尔，还请放过三弟。"

晓松几人暗自点头，原来那人质之一叫胡儿，跟这几个色目人有旧。那刀疤脸色目人叫沙崇华，络腮胡叫太鲁铁木尔。只听这太鲁铁木尔道："贤弟三宝为何舍命追来？三宝聪敏，然易容术拙劣，再如何乔装打扮，也能被人一眼瞧破，非汉人耶。"

三宝道："惭愧。不知几位兄长为何弃了云南衣饰，入得江西之地？"

太鲁铁木尔："愚兄汗颜。就算避走如此偏僻险峻山区，三宝也能寻来。"

三宝微笑道："比起我出生之地云南，罗霄山区算不得险峻偏僻。何况兄长与我情深，心有灵犀，即便远在天涯海角，冥冥中自有上天指引，就如雨燕南归，毋须寻找也能相见。"

刀疤脸沙崇华冷笑道："三宝贤弟深受燕王殿下青睐，昔日在燕王府，好于藏书楼阅读书籍，又常听燕王府学识渊博的天下名士授课，现如今青出于蓝而胜于蓝，燕王盛赞三宝，内侍中无出其右者。三宝贤弟既已为贵人，为何千里跋涉，眷顾我等鄙陋之士？"

太鲁铁木尔跟着嘲讽道："当年明平云南之战中，我等抓获马和，也就是如今的贤弟三宝，其时情形历历在目。贤弟哭哭啼啼，声称乃布哈剌国王穆罕默德之后裔，令尊哈只曾经跋涉千里，朝觐麦加，与我等同为色目人。我等念你是色目贵族后裔，苦苦央求傅友德与蓝玉将军免你一死。别的俘虏皆被杀，只有贤弟服了宫刑，充当军中秀童，留下一命。想不到风水轮流转，如今贤弟成了声名显赫的三宝太监，倒是我等，该向贤弟乞求活路了。"

三宝面无表情道："我祖上移居天朝，数代至我，早就为华夏子民。孝悌忠信，礼义廉耻，我日日三省自身。先君臣，后父子，乃做人之根本。君之视臣如手足，臣视君如腹心。燕王待你等不薄，你等在军中加官晋爵，全靠燕王恩赐，为何功成名就，反有背叛之举？你等盗取金银，劫持他国献于燕王府的贡女，意欲何为？我念你等恩情，只要交回贡女与财物，我自会设法劝说燕王，饶你等不死。"

太鲁铁木尔倨傲道："大内各路高手俱为我等手下败将，你令我等交回金银与贡女？"

三宝太监嘿嘿笑道："禁卫军之神机队如何？曾经被外国使者誉为天下第一军，贤兄几个人正当壮年，不会轻易遗忘，可曾记得比试那事？"

络腮胡子太鲁铁木尔恼怒道："昔日军营比试时，我等尚未熟悉新式火铳，然也名列前茅，算不得丢人现眼！"

三宝道："此话不假，贤兄着实神勇。神机营配备的火铳威力无比，盖世无双。殊不知今日偏远之地五彩村，竟也拥有火铳，其威力不亚于神机营的火铳。想必五彩村的神枪手多矣，不知贤兄比试过没有？"

太鲁铁木尔一愣，恶狠狠道："东一榔头西一棒子，如何论起此地情形？五彩村的拳脚，我已有领教，不过一放牛崽尚有几招脚下功夫，勉强看得过去，其余不足为惧。待我收拾过你等，自会屠了五彩村！"

刀疤脸沙崇华道："铁木尔，好汉不提当年勇。三宝贤弟既然知道我等身手，如今敢率兵前来，必是早有准备。"

三宝点头道："还是兄长英明。请往四周看，你等已是笼中之囚矣。"

沙崇华与太鲁铁木尔张望一下，三宝周围是刀剑手，而四周房顶上，竟已立满了弓箭手，弯弓搭箭，瞄准他们几个，就待三宝一声令下，把他们射成筛子。

沙崇华狞笑道："三宝贤弟，前几天你派来捉拿我的兵士，已是我刀下之鬼，只是仓促间来不及填埋，被五彩村山民发觉，的确有些麻烦。实不相瞒，愚兄确实没想到你等来得如此之快。不过此时鹿死谁手，尚未可知。"

三宝心中一惊，不禁抬头望去，屋角一棵大樟树猛弹出一根钢索，犹如一柄巨剑，霎时将屋顶的弓箭手拦腰斩断，扑通扑通摔落在三宝眼前，残躯还咕噜噜冒着血水。四周刀剑手举刀进攻，被三宝太监喝退："且慢，小心有诈！"

话音刚落，一群黑衣人犹如猫儿一样从四周的樟树上跳下，落地无音，个个用火铳对着三宝及其刀剑手。沙崇华阴恻恻笑道："三宝贤弟不知与时俱进，不携火铳便想捉拿我等，太过自负。我猜你是担心持枪过来，路上过于招人耳目，毕竟此行隐晦得很……"话至此，他似乎突然醒悟过来，不再吭声。

三宝笑道："贤兄会意。此地离五彩村不远，周围尚有人家，火铳一响，既惊动了我的援军，又惊动五彩村，贤兄岂敢下令开枪？"

沙崇华讥笑道："要不试试？惊动五彩村又何惧？灭了你等，我再行屠村便是。倒是三宝贤弟故作镇静，你何来援军？还不放下刀剑！"

三宝："五彩村村民与你无怨，沙指挥使为何殃及无辜村民？"

沙崇华嗤笑道："惺惺作态。你以怨报恩，就不怕天打五雷轰？"

太鲁铁木尔狠狠扎了胡儿一剑，一脚将他踹回三宝那边："我等不愿欠下当年征战时，三弟救命的恩情。饶你一命，快快离开！"

三宝沉默不语。铁木尔喝道："我数三下，不放刀者，格杀勿论。一……二……"

千钧一刻，三宝太监无奈道："且慢！我等放下刀剑便是！"

太鲁铁木尔不敢大意，领着手下收拢刀剑，将三宝的兵士驱赶到一块儿，令他们伏地趴下。他猛然从人群中拽出一人，惊讶道："咦，此人乃五彩村郭家下人，为何在其中？哦，怪不得王府亲兵来得如此之快，原来有这厮报信！"

被拽出的人正是烂眼伯，早就吓得浑身发抖。胡儿恨恨道："烂眼伯自诩五彩村的百晓者，为何瞒下五彩村提供火铳给叛军之事，我等许给你的银锭还少吗？"

太鲁铁木尔哈哈大笑道："他如何晓得我等之事。我等将你的王府兵尸体，藏在他磨坊边的破旧榨油坊中，他能晓得？"

沙崇华道："此事树上猕猴晓得，然早被我抓来，连同梁老爷派来伺候我等的丫鬟，一起宰杀，生啖火烤矣。梁贼居心叵测，将西域贡女当成礼物孝敬里长之父，又逼我等为其刺杀夷人。此人不善，敢诓诈我等，我杀其家人泄愤，梁老贼狗命一条，暂且留下，来日非将其活剐，倒挂剥皮！"

胡儿闻之，恶心不已，喝道："兄长已入华夏礼仪之邦，然顽劣不化，饮毛茹血，蛮荒野人一般，不以为耻，反以为荣。真是江山易改，本性难移。悲哉！"

沙崇华笑道："茹毛饮血又如何？蛮荒野人又如何？正是被汉人视为北方大草原的蛮夷野人，纵横万里，铁蹄之下，汉人莫不臣服。去岁曾听得翰林王景鸿大人叹曰，有天下者，汉唐隋宋为盛，然幅员之广，咸不逮元。汉梗于北狄，虽不能服东夷，唐患于西戎，宋断送于蒙古大军。若元，则起朔漠，并西域，平西夏，灭女真，臣高丽，定南邵，遂下江南，而天下为一，功高秦始皇。叹其地北逾阴山，西及流沙，东尽辽东，南越海标，西征世界，洋洋数国，犹如囊中取物也。此乃文明与富裕之汉人能开创乎？"

三宝正襟道："沙兄曾师从保心鉴大经师，此人学问极高深，也是奇人一个。然兄长谬也，翰林王景鸿也曾论大元之灭亡，有《惊回首·环宇罡风一百年》，为何不语？忽必烈帝业如此辉煌，然最终也沉于华夏之浩瀚海洋，不过昙花一现。"

沙崇华一愣，沉默片刻，话锋一转道："江山代有才人出，如今世间，刀枪为王。"

三宝笑道："难道兄长还想落草为寇，当山大王？或背叛大明，复兴大元？"

铁木尔嚷道："放牛娃能夺得江山，推翻大元，我等为何不能仿效？有罗霄山区一方天地，自立为王，官军算个鸟！"

三宝一愣，恍然醒悟，仰头长叹道："原以为你等贪图美色财物而已，殊知几位仁兄竟有如此凌云之志。怪不得兄长前几年四处打探，好与那赣人堪舆之士交谈。罗霄山区，的确是藏龙卧虎之地，易守难攻，百万大军也奈何不得。然此地与世隔绝，明为割据，实为退守，难道兄长们打算避居在此，永不入世？"

铁木尔嬉笑道："终究一死，有何不可？"

烂眼伯脱口而出道："赣人，堪舆，晓松娭毑？"

刀疤脸一把拧断烂眼伯脖颈，道："此厮多嘴！哼，可惜不能邀赣人堪舆者入伙，非我族类，其心必异。三宝与我等同为色目人，何不追随我等，干一番惊天动地、彪炳千秋之伟业？那燕王拥兵自重，是为大明之患，早晚遭殃！"

"敢问兄长，是要在此地建立独立王国？"

沙崇华道："华夏自西汉丝绸之路开通后，西域阿拉伯、波斯、大食等国客商纷纷而至，举家前来，早就成为土生蕃客。尤其蒙古军西征，不计其数的波斯人、阿拉伯人迁徙来华。这些人先为探马赤军，后随地入编，皆称之为色目人。可惜大明朝建立，色目人一年不如一年，境况惨兮。此时我举臂高呼，自创一国，天下色目人莫不响应耶。我等先落脚在罗霄山区，三宝贤弟也晓得，此地官军轻易进犯不得。我等在此招兵买马，再图成吉思汗之宏伟大业欤！"言未尽，沙崇华与太鲁铁木尔等，俱已陶醉在向往之中。

三宝太监听得惊心动魄，然不动声色，冷冷道："我从道而不盲目从君，从义而不迂腐从父。道不同不相与谋也。"

太鲁铁木尔恼怒道："兄长何故浪费口舌？休要劝他！马和此厮早就皈依佛教，数典忘祖矣。三宝，呸，马和，天堂有路你不走，地狱无门偏要行！既如此，休怪我等无情！"

太鲁铁木尔一把揪起一位王府亲兵道："将援军实情告知，饶你不死！"

亲兵啐他一口，太鲁铁木尔暴跳如雷，一刀将其心脏剜出。他连杀三人，然无人屈服。太鲁铁木尔气急败坏，持刀走向胡儿。胡儿猝然跃起，用头猛撞太鲁铁木尔，激怒中的铁木尔，竟然未躲得胡儿迅雷不及掩耳之势的一撞，砰的一声，两人皆头破血流。胡儿劈手抢夺旁边色目人手中的大刀，后面几个持枪的色目人惊愕中扣动扳机，砰砰闷声，几团火花从枪口冒出，众人皆愣。太鲁铁木尔大叫："梁老匹夫，竟敢使诈，给我等臭火药弹丸！"

胡儿吼叫一声："还愣着干吗？还击！"

醒悟的亲兵纷纷翻身跃起，抢夺刀剑，一场血战顿时爆发。利刃穿骨，血飚扑面，刀剑光芒被鲜血黯淡，场面血腥。潜藏在灌木丛中的晓松等人，只看得目瞪口呆。

太鲁铁木尔低吼一声，一掌击飞一王府亲兵，飞起一脚，榨油坊一尺多厚的土墙壁轰然倒塌，屋顶一根一人粗的檩条震落，被他飞起一脚，犹如一支利箭向三宝太监撞来。几位护卫一把推开三宝，有亲兵躲闪不及，被撞飞一丈多远，血肉模糊，倒地身亡。

豆饼按捺不住，低声问道："北佬叽哩哇啦，讲些咋哩？多半听不明白，晓松懂否？"

晓松小声道："刀疤脸一伙为叛军，三宝一伙为燕京官军。叛军抢夺他国进贡燕王的财宝与贡女，藏于我五彩村，妄想灭我五彩村与罗霄山区的夷人，占山为王，还要召唤天下色目人前来，建立色目人之国。"

痢痢牯和牛牯崽惊讶无比，晓松又补上一句："梁家将我村的火铳交给色目人，而且还是废弹火药。"

豆饼道："定是里长允许的，殊知梁家神通广大，竟然与叛军携手，妄图残害乡里。"

此时传来几声惨叫，晓松望去，赤手空拳的亲兵几乎俱被砍杀，胡儿被两叛军夹击，左手胳膊几乎被砍断。胡儿右手抓住自己左胳膊，竟生生将左臂拽断，反手一掷，砸中叛军双眼，一股鲜血夺眶而出。三宝太监一脚将屋檩挑起，一掌击去，屋檩重重撞在几位举刀砍向胡儿的叛军身上，那几名叛军顿时大口吐着鲜血倒下，抽搐死去。然几把大刀已经架在三宝太监脖子上矣，身中数刀的胡儿倒在地上，挣扎着向三宝爬来，口中吐着血，喃喃道："胡儿愧对大人……"

太鲁铁木尔上前一剑，砍下胡儿头颅，将头颅挑在剑尖，一步步逼近三宝。他将头颅抛出，击中三宝双腿，三宝扑通跪下，然瞬间腾起，又被众人刀剑逼退。太鲁铁木尔奸笑道："跪下吧，三宝终究不是男人矣，武力衰微。"他在三宝胸前划拉两剑，鲜血渗透出来，然三宝岿然不动。太鲁铁木尔凶狠骂道："看你的骨头硬，还是我的刀硬！"

铁木尔正要挥刀，沙崇华在他身后道："刀下留人！"

太鲁铁木尔道："为何？此厮还不当杀？"

沙崇华道："王府亲兵行为诡秘，又不惊动官府，其中定有隐情，留下三宝审问。我等赶紧清理现场，救护伤者，断不可像前几天留有后患。将尸体沉于孽龙河河底为好，孽龙河离此较远，迟疑不得。"

被五花大绑的三宝太监双眼俱蒙，口中被塞，被押在樟树边，又挨上一棍，早已昏死过去。此时叛军火把已熄灭大半，树下昏暗，押看的叛军生怕三宝死去，刚要跪下给他涂上金疮药，骤然间一头栽下，一声未吭，已身中两弩箭。此时牛牯崽连发弩箭，箭头上涂抹麻醉药膏，足可撂倒老虎。悄无声息中，晓松几个将三宝太监拖走。

沙崇华叮嘱完清扫之事，转身朝樟树下望去，黑乎乎的似有异样，心中顿感不妙。走近一看，三宝太监果然消失矣。他拔出昏迷军士身上的弩箭，细细端详，心里咯噔："来者何人？不像官军的弩箭……不妙，三宝太监狡诈无比，果真留有后手！"立起转身，急令众人速速清扫，赶紧消散。

昏暗山洞里，蚊子似乎早已闻着美味，一团团地在洞顶游动。已是子时，一丛丛杂草将洞口掩盖严实，偶尔风吹草动，有跳动光线透出，也转瞬间融入黑漆漆大山之中。

"有刀伤口，有箭伤口，三宝太监厮杀中，自己拔出毒箭，如同拔刺一样，有刮骨疗毒之勇。遇得我等，尽管放心，牛家祖传专治刀枪的神药，咋哩毒箭，皆可消除其毒，减轻疼痛。"牛牯崽嘟囔几句。

三宝太监早昏死过去，牛牯崽掰开他的嘴，灌下解毒药。三宝施了易容术，看不出本来面目。牛牯崽擦拭着他口中流出的药水，弄得他面目全非。

晓松从洞边直起了腰。洞里毒蛇，千脚毒虫，蝎子等，凡是肉眼能寻得，悉数尽灭。豆饼与痢痢牯在外砍了几捆柴草，钻进洞中片刻，痢痢牯便做好一个舒适的躺卧之处，让三宝睡下。

"山中有好几处短暂火光，定是那些色目人在四处搜寻，非置三宝于死地不可。但是大山之中，他们如何有我们熟悉？我放上猴子在洞口观望，牛牯崽安心替他治疗就是。"痢痢牯一边说，一边与豆饼相互扫落一头乱草。

豆饼道："不单寻找三宝太监，那几个色目人骂声不断，哇咋哩被梁老爷耍弄，全是臭弹丸，恐连夜去梁家报复。"

痢痢牯笑道："狗咬狗，一嘴毛，乐见其成。"

晓松道："哎呀，恐色目人狗急跳墙，滥杀无辜。快，我等速回村里报信！"

痢痢牯拦住晓松，苦笑道："事发突然，后悔冇带鸽子出来，带的乌鸦老黑，也早已放飞，只得我跑上一趟。晓松，仅有你听得明白北方佬的话，留下为好。"

牛牯崽笑道："速去速回，弄些喫的回来。你返回前，去泽民家借上火铳与弹丸，切记！"

痢痢牯嘟囔一句"多嘴婆婆"，拨开杂草，消失在夜幕之中。

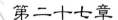

第二十七章

烈少年临死无惧色，苦命女托梦誓复仇

痢痢牯走后，洞口的猴子往洞内扑腾着，晓松不敢大意，将猴子领进，与豆饼轮换着蹲在洞口。已是二更，牛牯崽渐渐打起盹来，一头倒在地上，猛地惊醒，起身揉眼，见晓松还在洞口，便催他回洞内："猴子机灵着很，你何不让猴子守门，歇息一番。"

晓松道："也好，我进洞中瞧瞧三宝太监。"

他返回洞中，见三宝呼吸平稳匀称，便安下心来。豆饼惊醒，晓松道："你们守着，我出去弄些水，替他洗漱一番。这大花脸，看着好生怪异。"

刚要迈腿，昏迷的三宝太监似乎微微张开眼，拽住他的衣角，嘴里念道："……隐隐聚若雷，嚼肤不知足，皇天若不平，微物教食肉……"

豆饼惊讶："醒了？嗨，晓松，他哇些咋哩？"

三宝太监眨眨眼，身上麻醉之感已消去不少，环顾四周，眼光在晓松脸上稍稍停留，笑道："是五彩村的后生郎？在下三宝，感谢诸位搭救之恩。"

"我是晓松，他是豆饼，这位是我的好兄弟牛牯崽。"晓松边说边掏出药瓶，洒在三宝身上，三宝顿时感到一阵凉意，身上被蚊虫叮咬之处似乎立即清爽痊愈，他心下暗暗赞叹此药神奇。

"大人不必隐瞒，我等昨夜暗中观看，已知晓你等身份矣。刀疤脸沙指挥使，络腮胡子铁木尔，胡儿三弟，尚有你三宝太监。那刀疤脸欺人太甚，又因你言语之间相护我五彩村，我等才冒险搭救。"晓松开门见山，言辞恳切。

三宝面呈一丝尴尬，沉吟道："既如此，我也不瞒你们。铁木尔等人是穷凶极恶的亡命之徒，五彩村必遭飞来横祸。然事已至此，我会极力挽救。梁家给予叛军假弹丸，我以为贵村已有防备。"

"五彩村乡里也不是喝风的纸糊人，晓松，怕个球！"牛牯崽在一旁扬起脸道。

晓松道："昨晚一战，我等从旁观之，那沙指挥使等人一招一式极为简练，然招招直取要害，此等功夫断不可小觑。泽民讲书时提过，蒙古西征，其军中武术便是如此风格，绝无繁琐招式，实战性极强。五彩村民间拳脚，难以匹敌。即便乡里们手持火铳，如与这伙人仓促交战，恐也是输多赢少。"

三宝太监心中猛吃一惊，此地不是闭塞之地。他满口赞道："小小年纪，竟知蒙古军西征之史，五彩村真藏龙卧虎之地也。昨夜我匆匆看得贵村榨油、磨谷之器械，其精巧程度远超他处。贵地似乎有郭守敬、黄道婆一般的能工巧匠，真是出乎意料。"

晓松问道："郭守敬、黄道婆是何人？"

三宝肃穆道："郭守敬乃前朝的太史令、昭文馆大学士，上知天文，下知地理，精通五经，算术水利，其编著的《授时历》，直至今日，他国争相引用之，天下学者，恐无出其右者。黄道婆乃松江府乌泥泾人，织造之术精湛无比，纺织机便出自她手，故而被天下称为女神也。"

牛牯崽插嘴道："昨夜听色目人说你是默罕默德之后裔，还有什么'朝觐麦加'？我等听得稀里糊涂，能否详细告知。"

三宝太监面色不悦，瞪他一眼："此乃圣人圣地，为何问得？欲晓之而崇敬之？"

晓松道："大人见谅。我等乡野莽夫，孤陋寡闻，连郭守敬等中国人尚不晓得，何况外国之人？昨夜你们讲的许多言语，我等都不甚明白，然五彩村荒蛮弹丸之地，无处可请教。今日幸而认识大人，闲暇时可否指教……"

守在洞外的猴子突然叫唤起来，晓松等人赶紧匍匐在洞口草丛下，只见远处草丛中的雉鸡等禽鸟乍然惊飞，山下一队人马走走停停，还传来骂骂咧咧之声。等他们再走近些，晓松与牛牯崽大吃一惊，正是那些色目人，他们还推搡着被五花大绑、浑身血迹斑斑的痢痢牯！

一色目人凶狠问道："崽子，将三宝太监藏于何处？"

痢痢牯道："我再次哇一遍，我，山里篾匠娃，天未亮出门，因公公腹痛不已，急慌慌去请村里郎中。你等平白无故，为何绑我？"

"带着弓箭与佩刀找郎中？"

"山里人岂有黑夜穿行山林，不带防身刀剑的？"

啪啪几声，痢痢牯挨了几记耳光："还不肯说实话！再不从实招来，老子割了你的耳朵！"

痢痢牯倔强不答，色目人恼怒，一脚将他踢倒，举刀便砍，被一旁的沙崇华拦住。

"休得鲁莽。此人是昨日那几个打油崽子中的一员，看弩箭标记，定是这些人劫走三宝。山中洞穴无数，搜人如大海摸针，然从他的来路推断，定是此左中右三座山中躲藏。不如兵分两路，先左右搜寻，如未找到，便速返回，再搜面前这座山。此崽子嘴严，我在此询问，若天亮前再不开口，杀了便是，我等另做打算。"

众叛军依令分成两股，陆续进入左右山中。沙指挥使望着眼前山坡，天空深邃微白，满山黯然神秘，惟有映山红等灌木摇曳着发出声响，共鸣着小溪的流水声。他渐渐迷糊起来，睡意渐浓，旁边几个侍卫也趴在石头上，开始打盹。

晓松低声道："时机难得。牛牸崽，左边两个归你，豆饼哥对付右边两个，中间刀疤脸几个，我射之。先发信号给瘌痢牯，再将蛇放出，待他们中箭后，我等抢出瘌痢牯便跑，不可恋战。"

然不知何时，三宝太监匍匐在后，将晓松按住，道："且慢！沙指挥使久经沙场，狡诈不已，先探之，若的确无疑，再动手不迟。沙指挥使及旁边几人归我，晓松助豆饼。"

牛牸崽点头，匍匐向前，发出纺织娘虫子的叫声："轧制轧制，吱吱吱吱。"而后放出毒蛇。瘌痢牯听得，眼光一亮，脸上浮现一丝不易察觉的微笑。他悄悄后退两步，藏在色目兵身后。晓松、牛牸崽、豆饼三人同时端起连发弩，待瘌痢牯发出纺织娘的暗号，便扣动扳机。就在此时，瘌痢牯身后青石发出声响，似乎是刀剑剐蹭石头之声。瘌痢牯眼角余光扫见色目兵的脚后跟，原来狡诈的色目人佯装酣睡，实则眼睛四下观望，警觉得很。

瘌痢牯突然"哎哟"大叫一声，又连连惊恐道："蛇！蛇！"

卧在青石之下的众色目兵猝然腾起："何处有蛇？"他们惊恐地举起火把，四处找寻，然也不见蛇的踪影。

瘌痢牯笑道："溜走矣！恐已经躲在青石下。"

石头后的色目兵恼怒，一人上去便是一拳，骂道："小子信口胡说，分明是捉弄我等！"一色目人在瘌痢牯脸上划拉一刀，鲜血直流。

瘌痢牯趁机大叫："你们十几个人欺负我一个，算不得本领，不如单个较量！"

沙崇华一摆手，色目人一拥而上将瘌痢牯按倒，啪啪抽了两耳光。沙崇华冷笑一声，瘌痢牯虚构毒蛇，暴露埋伏之人，应是在提示同伙。那么十有八九，他的同伙就藏在眼前山头。他下令让七八个叛军用竹竿拨拉着灌木杂草，排成一行，向上搜来，搜至半山坡，至晓松埋伏处不过三丈多远时，一色目人惊叫起来，原来已被毒蛇咬上，另外几个色目人也惊恐大叫："有鬼！有鬼！"

搜山的色目人纷纷退回，被蛇咬伤之人脸色苍白，呼吸急促。沙崇华命人给他服下蛇药。瘌痢牯笑道："此处是蛇山，早就提醒过你们，非要好心当作驴肝肺。"

沙崇华道："看来蛇山不假，然非鬼山。"他随手几个耳光，喊鬼的那几个叛军脸上便多了五个指印。一叛军咧嘴哭道："大人，绝非虚言，小人刚刚清晰见得一鬼，青面獠牙，甚是吓人！"另外几个也纷纷点头称是。

瘌痢牯噗嗤笑道："蛇山，也是鬼山。"不过是猴子戴了面具而已，瘌痢牯心中直叹侯三家驯服的猕猴，用之得心应手，又得意自家傩戏面具的精湛逼真。

沙指挥阴恻恻地一笑，伸出两指，冲瘌痢牯轻轻一点。一色目兵会意，抽出佩刀，上前摁住瘌痢牯，狠狠地剜去了他的左眼。色目兵举着刀尖，将上面戳着的血淋淋的眼珠交给沙崇华。

"山民小小伎俩，也敢在我面前卖弄。你的一条命，与我也不过是蝼蚁一般，想取便取。"

瘌痢牯痛得嗷嗷直叫，血污满面。他颤抖着捂住左眼，口吐鲜血吼道："杏儿巾帼不让须眉，她常吟诵的几句诗，我倒今日才明白：年少万兜鍪，坐断东南战未休。天下英雄谁敌手……我瘌痢牯虽是五彩村小小山民，但绝不是你能随意践踏的蝼蚁！为子当如辛弃疾乎！"

他猛地击向面前的色目兵，色目兵捂住眼倒下，然一道亮光劈面而来，沙崇华掷出的匕首，正中瘌痢牯眉心。瘌痢牯踉跄几步，向前扑通栽倒，用最后一口气挣扎着翻过身，握着拳头，怒视天空。

一色目兵过来查看被他击倒者，发现那人竟已气绝。"一拳致命，寸拳？这种传说中的死拳，半大崽子竟然会使。"

沙崇华立在瘌痢牯的尸体边，默默不语。瘌痢牯直到死去，依然瞪视天空，毫无软弱屈服之状。这山里少年的性子竟如此刚烈。沙崇华后背突感一阵阵凉意，叹道："五胡乱华之后便无汉人，即便大明建立，也鲜有汉人雄风。三僚先生之言历历在耳，想不到五彩村隔世之地，尚存汉人遗风也。"

晓松咬着牙，泪流满面，嘴角已流出鲜血。三宝太监面无表情，双手捂住豆饼与牛牯崽的嘴，手被他俩咬出深深血痕。夜幕即将撤去，沙崇华发出指令，搜山的色目兵耷拉着头陆续退回。太鲁铁木尔回来之后满脸铁青，瞥了一眼瘌痢牯的尸体道："犄角旮旯俱搜遍矣，仍不见三宝太监踪影，不会是在眼前这座山里吧？"

沙崇华摇头道："我已搜过此山的大半区域，毒蛇众多，只山背后未曾搜寻。若三宝藏在面朝我处的山坡中，恐早惊动蛇蝎，然我留在此观察一个多时辰，皆无动静。除非他们藏在山后，只是已错过时机矣。"

铁木尔道："远处已有犬声，似有农夫或猎人临近。大人，我等已暴露无遗，不如破釜沉舟，或进攻五彩村，或突袭夷人山寨？"

沙指挥使摇头道："皆不是上策。攻击五彩村，几无可能，梁老爷与里长将我等发配在榨油坊，远离庄上，本就是防患于我；给梁家的弹丸，也是假弹。幸亏一路跟踪，方知五彩村军械库之地。昨夜我等以迷药迷倒军械库守卫后，偷得火铳，然康德留有心眼，已临时将弹丸另藏他处，我等仍然只有梁元臣那厮给的假弹丸。也许是梁元臣依然心存怀疑，待我等正式出发，才将真弹丸交予我等。如今五彩村军械库守卫苏醒，若发觉火铳被偷，此时进庄之路，定有岗哨。那里长康德，阴险狡诈之人耶。前年我遣出几个细作，其中也有令弟，从两广之地潜入罗霄山区，至今杳无音信，也不知死活。梁元臣也只是从他人嘴里听得夷人山区有我族之人与蒙古人，苦于无法接洽。我等初来乍到，面对汉人与夷人，

– 227 –

两者相权，当取轻者，方可以最小代价取胜。此次梁元臣令我等前去刺杀夷人泥扒，我本想借机探得进夷人山寨之路，然而他竟不知。据说进夷人山区之路，诡异得很，近来我也派去多名探子，探子声称离找到进山的密径，仅差咫尺，在一个三岔路口，止步不前。那三僚先生是赣地袁州人，理应是此地人耶，整日吹嘘他故里山区是神幻之境，如今我已经体觉出其妙。可惜为防他泄露我等机密，已将他秘密处置矣，如今五彩村、夷人山寨之实情，已无法问得子丑寅卯。"

太鲁铁木尔道："梁元臣曾说过，五彩村唯有堪舆老头之外孙林晓松，熟悉进山之路。他父亲也是人质之一，被抓紧夷人山寨。不如引诱或逼他带路，这林晓松应会答允。不如附近抓上一人，带我等前去林家抓获晓松，岂不是上策？"

沙指挥使苦笑道："若能带路，进山解救其父，晓松早就领人前去矣。不正是投鼠忌器，恐人救不得，倒先丢了其父性命。晓松家不知此理，郭乡绅家岂会不知？不过贤弟此计可行，找到晓松家，以他其他家人性命要挟，晓松便不得不去了。"

铁木尔点头道："大人英明。我已派去狗子几个前去捉拿梁元臣，相逼交出弹丸，也不知是否得手。五彩村虽不足为惧，然村人若是手持火铳，龟缩城堡与我等对峙，怕最终引来官军，到时就不好脱身矣。等捉来林晓松，大人令藏在孽龙洞穴的众人赶往村南，与狗子一行会合，一路往西，从背后偷袭各处防守夷人的巡更乡勇，便可从容撤离五彩村。已是五更，事不宜迟。"

沙崇华一声令下，将癞痢牯尸体草草掩埋后，一行人便向村里走去。

三宝太监这才松开手。晓松闻得娓几被害，忍声抽泣，差点背过气去，三宝赶紧按穴位解救，又低声劝慰不已。

晓松与牛牯崽突然止住哭泣。三宝太监迎着他俩的猜疑眼光，坦然笑道："要下毒手，你等命早亡矣。听得叛军之言，五彩村巡更之人大难临头，何不速去村里与周围邻近住户报信？我与三位恩公就此一别，只求三位恩人将我之事烂在肚中，亲人也不得相告。三宝大恩不言谢矣，日后自有官兵前来剿灭这伙色目人，替你等报仇！"

三宝太监爬起，深深鞠躬。晓松含泪点头道："苍天在上，我等与癞痢牯，豆饼兄弟，必将信守承诺，将今夜相遇之事烂在肚中。"

三宝拱拱手，翻身离去。

豆饼道："去往村里的路上，定有埋伏，牛牯崽你要小心，绕道前去。晓松，你赶紧回家报信，得空也去周围人家报信。我前去暗中搭救那络腮胡子截获之人。"

豆饼言毕，便撇下晓松与牛牯崽径直跑开，晓松与牛牯崽不敢耽搁，也分头前去。

昨日杏儿执意从榨油坊跟随众人到河边处置无名尸体，之后见晓松几个躺在河滩，本想留下，却被冬梅等拽回，心中闷闷不乐。晚饭后记起牛牯崽红红姐等家中断油，便吩咐冬梅灌上两竹筒茶油，随张旺给两家送去。因瘌痢牯家远，又备下一筒茶油，预备明日再送。张罗完毕，已至亥时，烦闷不能睡，去园中溜达，见泽民也在园中。泽民见杏儿郁郁寡欢，想办法逗她开心，眼珠子一转道："娸几书札中有一奇异掌故，杏儿可有兴趣一听？"

杏儿翻白眼道："有何奇异？说来一听。"

泽民便令春晖掌上灯，拉她在石桌旁坐下，道："书札记有梨园轶事，前朝有位文人，姓关名汉卿，平日里玩的是梁园月，饮的是东京酒，赏的是洛阳花，攀的是章台柳，喜围棋，会蹴鞠，爱打围，会插科，会歌舞，会吹弹，会咽作，会吟诗，会双陆。自称天赐浪子一个，不是阎王亲自唤，神鬼自来勾，三魂归地府，七魄丧冥幽外，其间才不向烟花路儿上走……"

杏儿噗嗤笑道："怪人一个。"

泽民道："可不，其人著有杂剧《感天动地窦娥冤》，情节曲折感人。"

杏儿好奇道："兄长请详细讲讲。"

泽民道："《感天动地窦娥冤》，说的是东汉故事。有一位穷书生名叫窦天章，家徒四壁，为还蔡婆婆借他的银子，实在不得已，将女儿窦娥抵给蔡婆婆做童养媳。没过几年，窦娥的夫君早死，窦娥临终发下血染白绫，天降大雪，大旱三年之誓愿……"

泽民将故事细细讲完，杏儿早已哭成泪人一个，抽泣道："关汉卿分明以古讽今，针砭前朝之黑暗。"泽民点头称是，此时张旺冬梅凄凄惨惨地走来，见杏儿哭泣，放声大哭。

泽民惊讶道："杏儿听戏哭矣，你等又未听得，为何大哭？"

冬梅哭道："公子，小姐，红红姐的嗯糜，还有妹妹兰兰，前些日子病重。红红姐家中贫穷，无钱购药，救人心切，无奈借下高利贷，不知为何被中间人七拐八拐，将自己抵给了梁家为奴，今日傍晚时被梁家家丁上门抓去，强行按下指印，签下死契，竟是将她当作物件，转手送给不知咋哩人为妾。红红姐誓死不从，被梁家毒打，可怜红红姐方才一根绳儿上吊自杀矣！她嗯糜闻讯，与兰兰哭得死去活来，上梁家哭闹，又被梁家赶出，回到家中，两人俱服毒身亡！"

泽民闻之，手中茶杯落下，哐当破碎，惊讶悲痛，竟不能语。

杏儿恸哭道："午后方与红红姐告别，不料竟是最后一面耶！命运如此不公，红红姐平日里与晓松几个比亲兄妹更亲，晓松晓得，恐悲切发疯！窦娥冤，红红姐比窦娥更冤，更恨耶！"

婆婆与嗯糜闻讯赶来，也哭了一场。夜中风寒，婆婆令冬梅将杏儿扶回房间。

杏儿昏昏入梦，迷迷糊糊中，满山大雾。杏儿赤脚，披头散发，忽见雾中飘来一团黑影，恍惚是红红姐。她脸色惨白，泪水如梅雨时节之房檐雨水，滴滴答答不停，掉在鹅卵石上，顿时化为气雾。红红姐姐泣不成声，哀道："人间悲苦，我更甚之，我自踏入冥门，阳间血染白绫，天降大雪，大旱三年。"说完，她的身体便悬浮起来，渐渐远去。然骤然一人窜来，面色凶狠，细看竟是梁元臣。他伸着一双流着鲜血的骷髅手爪，向红红姐抓去。杏儿大叫：

"红红姐，当心梁贼！"想要飞身上去相救，然浑身软塌塌，双腿竟不能挪动一步。晓松陡然冲出，持剑向前追去，那骷髅手爪忽地反转，向晓松劈来，晓松天灵盖碎，脑浆迸出。杏儿惨叫一声，从床上滚落。

冬梅被惊醒，趿拉着竹屐跑进来，将杏儿抱住叹道："只听见你一直叫晓松，痛骂梁元臣，可怜。这真是日有所思，夜有所梦。"

杏儿咬牙切齿道："梁家着实可恨，不替红红姐出了恶气，也枉我与红红姐相交一场。"

冬梅急道："杏儿，你不可胡来！"

杏儿道："杀不得他，还吓不死他？"

杏儿低声对冬梅说出她的计划，两人便忙碌起来，片刻便扮成两个青面獠牙的母夜叉，黑夜中悄悄溜出郭家大院，背上一包袱鞭炮、炸雷、迷药等物。到了梁家大院外，杏儿挑中一棵大树，噌噌爬了上去，计划在树上用弹弓将鞭炮炸雷送入梁家院内。冬梅躲在树下，突然一双手将她抱起，还紧紧捂住其嘴。梁家大院的几只恶犬顿时狂叫起来，有人急匆匆赶来，敲开了梁家大门。

第二十八章
五彩村乡里遭劫难，盘陀国公主遇救星

郭家四叔公天亮不久，便登门拜访里长康德。康德与那西域女子销魂一夜，尚未洗漱。二叔公闻讯，披着衣衫过来迎候，劈面问道："贤弟神情慌乱，所为何事？"

四叔公道："昨夜为何将郭家祠堂的新式火铳调配给了梁家？"

二叔公一惊，尚未答言，康德已趿拉着鞋踏入客厅，不悦道："梁家与我商议组建马帮，梁家借火铳让手下的色目人镖师操练而已。这也不是侄子一人所为，是昨日傍晚祠堂众人商议后决定的，只是当时寻不到四叔，也令宗干转告，定是宗干忘了。四叔，有何不妥？为防不测，我还特意在火铳内装了废弹，左右只是操练而已。"

四叔公跳脚急道："几支火铳？我听说祠堂的一半火铳都被借去矣！恐怕其中有诈！"

里长顿觉不妙，胡乱穿上衣裳，点了几个精壮家丁，就要出门。四叔公拽住康德，说还有一事，康德甚是不耐烦道："不就是红红牟几之事？已有宗干郭新几个前去打理。四叔，大小要事，应捋得清，此事以后再议！"

康德撇下四叔公，匆忙朝梁家赶去，半路碰见梁家的轿子，梁元臣见了里长，神色慌张地跳下轿子，道："大事不好！昨晚我管家执里长的手令，前去军械库借了两支火铳，然天亮时，军械库守卫慌里慌张来我府上敲门，我方知晓，军械库守卫一夜昏睡，被黎明时换班的守卫用凉水才浇醒。换班的守卫心存狐疑，提议开库查看，方知军械库中火铳少去一半，故前来我府询问借去的火铳是否有错。我顿觉定有事端，令人赶去榨油坊寻找色目人，然不见人影，榨油坊也倒塌半边，现场血迹斑斑，分明昨夜有一场厮杀。我不敢耽搁，速来禀报。"

里长与后面跟随而来的二叔公大惊，半日无语。二叔公骂道："发咋哩呆，赶紧下令！"

里长黑着脸，从牙缝里迸出口令："吹号，敲锣，发响箭，生烽火硝烟！召集各祠堂族长，集合乡勇，速告官府，乡民俱速去各宗祠防堡躲避！"

牛牸崀与晓松分手后，择路绕行，跑至一山岗上，突然飞来一支劲箭，射中牛牸崀小腿。牛牸崀猝不及防，翻身跌倒，呼啦啦滚下陡峭山坡，头撞在一块岩石上，顿时昏死过去。他滚下山时带起的残叶，哗啦啦倾下，将他的身体盖得严严实实。色目兵追上，四处瞭望，找不到人影，只得漫无目标乱射几箭，骂骂咧咧地离开。

　　晓松抄了近道，朝家狂奔。阿公年岁已高，晨曦前多半已在田地中劳作，然年幼的弟妹尚在昏睡之时，若色目人堵上门，嗯糜和弟妹无处可逃。他突然停下脚步，想起来应燃火报警，给村里发警报。他暗暗叫苦，记起火石落在山洞里。离此最近的乡里，是羊角坪的两三户人家，色目人极易找到此地。他转身朝羊角坪跑去，然刚拐过一座山包，就远远听得一声声惨叫。片刻后，借着月光，见色目人匆匆离开。晓松躲在一块大岩石后，见色目人远去，忐忑潜入羊角坪，只见羊角坪几户人家，一人未剩，全倒在血泊中，肢体支离破碎，天空弥漫着血腥味。晓松踉踉跄跄跪下，眼前一片空白，悲怆间听得屡弱呼唤："晓松，晓松……"晓松循声望去，是羊角坪的住户刘老伯。他扑了过去，抱起血泊中刘老伯。刘老伯断断续续道："快，回村报……"

　　话未说完，刘老伯已然咽气。

　　晓松默默立起，擦干眼泪，转身便向灶房走去。他点起一堆篝火，捡起了刘老伯家中的大刀，向色目人追去。

　　沙崇华率兵朝黎明前的五彩村赶去。此时已有勤快人家升起了炊烟，竹林小径，竹叶沙沙作响，让他想起"秋风起兮白云飞，草木黄落兮雁南归，秋风萧瑟天气凉，草木摇落露为霜"的诗句，莫名伤感不已。有探子报信，前头似乎有两个猎户，正朝庄上走去。沙崇华下令捕捉，俩猎户被逮个正着，原来是梁元臣派去夷人山区的探子，蔡三蔡四兄弟。他俩奉命打探去夷人山寨的秘径，然仅差几步，已能看见山寨炊烟，却如进入魔障一般，转来转去，又回到起点。

　　沙崇华咧嘴一笑。他身经百战，夷人山区的障眼法对他来说不足为惧，若赶得此处，逢山开路，架桥过河罢了。刀枪之下，蔡三兄弟唯唯诺诺，返身为色目人带路，众人赶往村南集合地。前去捉拿梁元臣的色目兵恰好赶来，他们未抓到梁元臣，却押来两个小女子，令沙崇华好生奇怪。此时，太鲁铁木尔也赶回来。

　　沙崇华道："可拿到了什么人？"

　　太鲁铁木尔懊丧道："遇见两个村人，方欲捉拿审问，杀出一人搭救，村人惊慌中称其豆饼，已被我一刀剁成两截。那两个村人誓死不从，尚伺机逃跑，也被我以箭射杀，只得空手前来。"

　　沙崇华道："贤弟不必懊恼，已抓住梁家探子，尽可为我等带路。"

　　被色目人抓住的杏儿与冬梅从话语中猜到了晓松等人的遭遇，悲愤不已。

蔡三惊讶道:"杏儿小姐?为何被押来至此?"又向沙崇华道,"这位乃是我村郭乡绅的孙女。"

沙崇华惺惺作态道:"遣你等前去搜寻弹丸,恭请梁老爷一道去夷人山区,解救郭小姐父亲等人,为何反倒把人给绑起来了?快快解开,以礼待之。"

色目兵道:"我等在梁家院外树上看到她俩,不知何故,扮成女鬼吓人。因寻不见那梁老爷,特意把她俩抓回来询问。"

被松绑的冬梅,活动一下手腕后,赶紧上前为杏儿揉着肩膀,愤愤道:"你们分明有不义勾当,还想诓骗我们,休想从我们这里问出话来!"

蔡三讨好地向沙崇华道:"村里人皆知杏儿与晓松相恋,两情相悦,若用杏儿诱出晓松,大人何愁进不得夷人山寨?五彩村唯有晓松与其吖吖,晓得进山寨之密径。"

冬梅撇嘴道:"你们想去山寨偷袭夷人?痴心妄想!"

太鲁铁木尔捏住冬梅的脸笑道:"小女子半夜装神弄鬼,敢偷袭戒备森严的梁家大院,方为痴心妄想。如今不与你计较,蔡三赶紧带路,前去晓松家,捉拿晓松。"

冬梅疼得流出眼泪,怒目而视,不肯求饶。杏儿急声道:"蔡三,你敢暗算晓松,日后我杏儿定灭你全家!"

太鲁铁木尔大笑:"已是囚徒,还如此凶狠,威逼他人,你逞哪门子强?"

杏儿蹙眉道:"君有难,杏儿有道义耳!"

太鲁铁木尔笑道:"这小女子乃大家闺秀,竟然还有三分侠骨义胆。小姐长得犹如天仙一般,连丫鬟也如此美貌。我偏要你带路,若嘴硬不从,我就杀了你的俏丫鬟!"

杏儿怒斥:"放开你的脏爪,别玷污了冬梅姐!"

太鲁铁木尔哈哈大笑,拎小鸡一般抓过冬梅,撕开冬梅上衣道:"玷污?你倒提醒了我……"他伸手抓住冬梅头发撕扯,冬梅痛得几乎昏迷。

杏儿冲了上来,一口咬住太鲁铁木尔手臂,被他猛地一甩,撞上旁边树干,顿时头破血流。太鲁铁木尔又飞起一脚,踢向冬梅,被沙崇华一把拽住,道:"贤弟莫要鲁莽,你这一脚,丫鬟还不五脏俱裂?"

沙崇华话音未落,太鲁铁木尔"哎哟"一声,一块石子如飞镖一般,击中他的脚踝。众人大惊,回头一瞧,不知从何处跳出一半大小子,横握一把大刀,冷视着太鲁铁木尔。

杏儿惊叫一声:"晓松哥!"

晓松低沉道:"放了杏儿冬梅,我跟随你等前去!"

杏儿道:"晓松哥,不可!"

蔡三兄弟不约而同道:"晓松真是年少情重,哎呀呀,令人起敬!"

太鲁铁木尔笑道:"原来是你,昨日的打油小子。了不得,有胆识!"

晓松道:"动身之前,你们要立誓,放过杏儿与冬梅,且不得伤害我吖吖,杏儿吖吖与牛牯崽吓吓的性命。"

沙崇华狡黠笑道："不光是个情种，还是位孝子。行，我允了，绝不伤害他们一根毫毛。你放下大刀，举手过来。"

晓松道："你让他们先放了杏儿与冬梅！"

太鲁铁木尔笑道："这两个人间尤物，岂能舍得？现在你手无寸铁，我们便不放人，你又能如何？"

晓松将刀架于脖颈："我便自刎。"他轻蔑一笑，"我可不信蔡三等人能探明进山之路，即便摸到山寨外围，也定会被察觉。夷人泥扒识得蔡三，知道是梁家家仆，岂能猜不到你等之来意？早刀枪相候矣。到时你等在明，夷人在暗，沙指挥使未必能占多大便宜。"

沙崇华猜疑的眼神瞟向蔡三蔡四，他俩嘿嘿干笑，尴尬低头，分明是认了晓松之言。沙崇华道："想不到你小小年纪，倒颇有心计。"他向太鲁铁木尔挥手，"贤弟，放了这两个丫头。"

杏儿哭泣道："晓松哥哥，我不走！"

晓松道："杏儿，休要糊涂，赶紧离开！"

太鲁铁木尔上前，将杏儿推开："好一个痴情小女子。再不走，我可要反悔了，到时候你即使想走，也由不得你了。"

杏儿还要扑向晓松，被冬梅死死揪住。晓松吼道："冬梅，拽走杏儿，不可耽搁！"

冬梅使出吃奶劲头，方将杏儿拽开。眼望着冬梅将杏儿拉向村里，越走越远，晓松放下刀，色目兵一哄而上，太鲁铁木尔狠狠扇了他几个耳光，晓松半张脸顿时浮肿起来。

这时，另一队人马匆匆赶来，其中还有几个面目清秀的西域女子，见到沙崇华纷纷躬身致敬。

沙崇华道："众人已聚齐，出发！"

此时五彩村上空响箭升起，烽火俨然，色目人一行虽有七八十人也不敢贸然进犯，只得转向孽龙河的老虎滩。所幸村外只有为数不多的巡游乡勇，很快被色目人或赶或杀地解决。沙崇华从容登上了元宝山，查看地形。

夷人山区千峰万仞，或叠嶂，或兀立，怪石嶙峋，或卧榻之状，或凌空之势，坡陡谷深，飞瀑悬泻，上之穹隆接天，下之厚重住地。色目人一行，恨不得多生出四脚，攀越峡谷山峰。几日之后，色目人早已师劳兵疲，人困马乏。

是日，乌云密布，寒风乍起，转瞬间冰雹噼里啪啦砸下来，众人赶紧躲起，趁机歇息一回。山区之天，孩童之脸，不出半响，阳光又穿过淡淡云彩，将光芒洒于群山。

几日下来，晓松已知晓那些西域女子中，有一位皇室公主。他平生第一次见得皇室贵人，自然充满好奇。

此时，那公主立起身来，闲庭信步一般，款款前行，后面跟随几位侍从。拐过悬崖壁角，见太鲁铁木尔立于一块岩石上，沙崇华正与几人俯首在舆图上比画。再往前十几步，十几丈的峭壁之下，一条河流奔腾咆哮，狂放不羁。河水砸在岩崖上，浪花飞溅，溅起一团团水花。河流轰鸣，脚下的岩石也与峡谷江流一起震动。

太鲁铁木尔吟道："观夷人峡谷，两岸连山，略无阙处。重岩叠嶂，隐天蔽日。石崖峭险，森林茂密，幽径堑道，自成一格也。真有一夫当关，万夫莫开之势。"

沙崇华见公主到来，便放下画笔，将图交给旁边侍从，笑道："此地众多山岚，蔡三兄弟与晓松也不知其名，正是千山鸟飞绝，万径人踪灭之地。也许人类于舆图上，得由我首次命名。"他指点着那些山峰，对铁木尔和公主一一数道，"我欲称之为百尺峡，鬼见愁，上天梯，千尺幢，一指峰，苍龙岭等。"

太鲁铁木尔佩服道："兄长自幼攻经史，长成亦有权谋。都说那三宝太监满腹经纶，依我看，兄长出口成章，能文能武，远胜三宝耶。"

沙崇华哈哈大笑："贤弟过奖了。此地高山险峻，然利于建业立国，古时蜀国，正是如此。待进得山寨，屠了夷人，我等便如一颗钉子，死死钉在华夏腹地，又如一颗种子，深深扎根华夏的肚脐眼上，立自由之王国，广招天下同胞，一棵参天大树，定会枝繁叶茂！"

公主暗忖："沙崇华等人状似草莽武夫，实则文武兼备，可惜都是蛇蝎心肠，来日只怕是华夏之大患。"

这时，不远处传来喧哗之声，那些色目兵不知何故，又对晓松拳脚相加。公主不悦道："一路上不是骂便是打，这又是为何恼怒，责骂痛打，不肯停手？"

旁边一个色目兵回道："那汉人兔崽子，竟然唆使我等射杀野猪，火烤喫之。"

公主劝道："不知者无罪也。乡野之人，不知伊斯兰教义，何必怪他？"她让侍女将晓松叫近前来，亲自解释，"晓松，伊斯兰教义，视猪乃不洁净的秽物，以后休要再言射杀野猪为食。"

那些色目兵还指着晓松骂骂咧咧，沙崇华与太鲁铁木尔还在查看地形，毫不在意。公主带着晓松离开众人，又让侍女拿来水盆手巾，让晓松擦掉脸上的血污。

晓松涨红脸，不禁问道："公主来自万里之外，为何听得懂本地语言？我见公主每至悬崖，必驻足观望，公主应当心脚下，避免失足坠落。"

公主苦笑道："我也奇怪，踏足江西地界不过十几日，竟已大体听得懂江西方言。小兄弟好心，毋须担心我寻短见。只是我自幼从师，喜爱中华经书，一心向往汉人社稷的至美境界，不想终于来到华夏，却做了人家的阶下囚……"她一言未尽，美丽高贵的脸上滑过一丝悲戚。

晓松见状，赶紧转移话题："五彩村有才子泽民，也曾讲过社稷之论。泽民曾言，圣人毕生追求的社稷，乃高者仰之，下者举之，有余者损之，不足者补之。甘其食，美其服，安其居，乐其俗也。”

公主惊讶道："你小小年纪，出身乡野，竟也懂圣贤，知大义，实出我意料。汉人社稷的至美境界，乃孔子曰大同的境界。大道之行也，天下为公，选贤与能，讲信修睦。故人不独亲其亲，不独子其子。使老有所终，壮有所用，幼有所长，鳏寡孤独废疾者，皆有所养。男有分，女有归，货恶其弃于地也，不必藏于己，力恶其不出于身也，不必为己，是故谋闭而不兴，盗窃乱贼而不作。故外户而不闭，是谓大同。晓松对此有何见解？"

晓松摇头道："不敢苟同。孔圣人之大同世界，引人入胜，却是镜中月，水中花，可望不可达。能框住财主有势者之飞扬跋扈，各族白丁能平等视之，官人少贪腐，勤劳者不饿肚皮，守法者不被欺，战事休矣，无强盗土匪，无高利贷赌场，男女同尊……五彩村世代避居高山之中，之前无外敌入侵，无官府赋税，也不是此等人间天堂，更遑论他处。"

公主默默无语。倒是旁边路过一色目兵，嬉笑着说："什么孔圣人，不如我之一言。"

晓松惊讶看他，那人得意道："能一剑在手，拥有一屋子财宝与满院子可鞭抽的驱口奴人，这才是我拥戴的社稷，才是人间天堂。"

公主鄙夷一笑，眼光看向晓松。晓松对那色目人无话可说，只问道："公主，何为伊斯兰教义？每言及伊斯兰，色目人便念念有词，虔诚欢呼。晓松孤陋寡闻，愿闻其详。"

公主道："众色目人几乎皆信奉伊斯兰教。此教须念经参拜，只是伊斯兰教徒讲究念礼课斋朝之五功，一日五礼拜，晨礼，晌礼，晡礼，昏礼，宵礼。礼拜又有拜外六件天命，拜内六件天命。你所见色目人的念念有词等，便是拜内的程序，念赞主词并抬手口诵真主至大，端立，诵经，鞠躬，叩头，跪坐，六件完成，方为一拜。"

公主与晓松默默行走，见那色目兵落后一丈多远，公主小声道："一旦进得夷人山寨，色目人便会大肆屠杀，切不可大意。色目人出尔反尔，恐会加害你与你亲人。"

晓松悲戚道："实不相瞒，我吖吖几个被夷人劫持后，我的确多次前往夷人山寨，然夷人已阻塞原道，原有的关隘，已悉数崩塌。在那之后，我从未进得夷人山寨，回村声称见过吖吖等，乃是安慰众人之言。"

公主大惊，急促道："切不可道出实情，一旦道出，命丧旦夕。怪不得你一路东张西望，我早知你寻机逃走之意，我也早有此意，本想求助于你，然色目兵终日看守，寸步不离。晓松，若你踟蹰不前，沙指挥使便会生疑，到那时可是凶险万分。"

晓松还要说话，后面色目兵已赶上，推搡着他，命他去前面带路。公主看着晓松的背影，眼含关切。

次日巳时，穿过森林，又登至一山顶，顿时豁然开朗。蓝天白云，晴光万里，色目兵众人都站到阳光下，尽情晒着，以去除满身的馊臭。

蔡三兄弟如释重负。山脚下不远，便是三岔路。三岔路，岔路上再岔路，其实是五条路，其中一条通向无名洞，无名洞深邃险峻，蔡三进洞探过，一条翻滚着浪花之阴河，终断了他的冒险前行。另外两条，均穿过一片茂密森林，再其后，有大片沼泽地，乱岗树林，似为迷宫，蔡三徘徊无数次，甚至见过远山后天空有炊烟升起，似靠近夷人山寨，然如进了迷魂阵一般，左转右转，无法绕过。

太鲁铁木尔道："晓松，上前带路！"

晓松爽快点头，大步流星。众人跟着走了一段，沙崇华突然勒令停步，拽住晓松："你久不来此，为何无半点迟疑，竟能如此确信？"

晓松笑道："均按图标行之，有何担心？"随着他手指方向，沙崇华看到前头那棵珙桐树的树干上，果真有三角图形，岁月将它化成伤疤，早就没了人为刀刻的痕迹。往后找了几棵大树，果真也有。突然，太鲁铁木尔激动得抖动嘴唇，跑至一水杉树下，抚摸着一个树疤喃喃道："骆驼图……终于寻到矣！"

沙崇华上前查看，频频点头道："你兄弟活着，此乃他留给我等的指引！"

众色目人精神大振。午后不久，他们已走出迷宫森林与沼泽，过沼泽之时，晓松神情怪异，沙崇华毫无察觉，还言幸亏留下晓松，方才如此顺利。又翻过一山岭，远见前方高山峻岭，最高顶峰乃一巨石，如一人伫立，高耸入天。众人看得呆若木鸡。一条云雾腰带，犹如人裁般齐整，横在山半腰。云雾下方，青翠山中，隐隐闪现夷人山寨。

沙崇华与太鲁铁木尔等人如同入了魔障，久久注视夷人山寨那腾起的一缕炊烟。晓松说："此处乃是佛岭。翻过前面山峰，越过一条河，便是夷人山寨。"晓松示意向西，太鲁铁木尔领着众人要走，被沙崇华喝住："恐有夷人戒备！离开此道，左前方似有一羊肠小道，不如改道而行。"

众人戴上草环，背上插满树枝，潜行于山林之中。即使如此，因人数众多，也惊动了鸟虫。一串串蝉声"知了知了"地响着，向东方飞去。太鲁铁木尔小声骂道："已是深秋，尚有如此之多的知了，真如三僚先生所言，罗霄山，妖孽之地！"

晓松道："深秋此虫子多矣，不必奇怪。"

公主"哎呀"小声惊叫，晓松眼尖，一个箭步上前，用竹竿扫去，两只癞蛤蟆扑通跃起，仓皇逃走。蔡三小声道："诸位小心，此癞蛤蟆有毒，沾上它背上的黏液，不死也要半残。晓松，快给公主擦上解毒药膏。"蔡三丢过一根小竹管，晓松接过，用手蘸取药膏，发出熏人气味，色目人捂鼻避开。

晓松将公主衣袍撩起道："公主勿要惊慌，涂抹上药膏便可无恙。"

公主见旁边无人在意，低头小声道："事不宜迟，还不寻机逃走？"

晓松低声道："之前我屡次经过三岔路，然过不得沼泽，今日却畅行无阻，且三岔口处也无夷人防守，必有蹊跷，务必小心。待会儿过桥时，我会滑落河中，公主须挨近我，见机行事，随我逃离。"

公主点头，刻意提高声调道："真乃良药！涂抹上去，疼痛已消去大半矣！"

此时众人已走入山谷。山谷中水气氤氲，众人如腾云驾雾一般。放眼四周，雨雾蒙蒙，早隐去一切。沙崇华问晓松："夷人山寨尚有多远？"

晓松道："云雾之大，早分不清东南西北矣。然记得前面山后有一条河流，过河不远，便可抵达。"

正如晓松所言，傍晚时分，翻越前面山峰，云雾渐散，果然见得眼前横亘着一条汹涌湍急、浊浪滚滚的大河。沿河寻找一番，河流窄处，有一棵大树倒伏在河面上。众人踩着树干依贯过河，河水溅起的浪花，扫过树干上空，几个西域女子恐惧，公主也犹豫不前。沙崇华欲抱起公主，被公主挣扎摆脱，躲至晓松身后。晓松牵着公主行至河中央，大树咔嚓一声裂开，前方几人摇晃着，惊魂未定。晓松趁机"哎呀"一声，一把扯住公主，栽入河中。众人惊呼，趴在树上捞人，晓松与公主早被河水吞没，不见踪影矣。

咆哮翻滚的急流中，晓松不顾一切地紧紧拽住公主。两人被河水与断木残枝裹挟，如箭般冲下，随波逐流。不一会儿，前方河床断矣，晓松赶紧大叫"飞流直下"，震耳欲聋之水声中，晓松与公主随着水流坠落，公主紧紧抓住晓松，闭目咬牙。两人重重落入一个深潭。许久之后，二人才从水底浮出，深深呼吸一口。晓松惊讶道："公主坠落当中，竟无半点恐慌，真难得也。"

公主抓住晓松手臂，一边踩水，一边吐水，缓了片刻，方笑道："猛然间心脏似是跌出胸膛，呛上数口河水，早就忘记恐惧矣。此瀑布壮观，可惜平生第一次撞见，却是日头西下，一片昏暗，不得好好观赏。记得古人描绘庐山瀑布，宛若白鹭群飞，雪浪翻流，又如鲛绡万幅，抖悬长空，万斛明珠，九天抛洒。不知明日见得，是否如此。"

晓松笑道："公主危难之中，尚有如此闲情雅致，实在不凡。待水势缓和，赶紧上岸，明日再观景色。"

第二十九章
巧脱险姐弟结金兰，遇幻影古丽丧夷寨

两人费尽九牛二虎之力，方才爬上岸。躺在河滩上，公主问道："我俩逃出魔掌，然夷人危难，不敢想象。色目兵若过得河，定要屠杀夷人，应当设法给夷人报信。"

晓松笑而不语，公主道："情形危急，为何乐而不语？"

晓松笑道："蔡三走得一条异径，导入迷宫般森林乱岗。其径我走过数次，密林中记号，也是早年间跟随吖吖进去时，被夷人押着，见记号而行。去岁走入，止步于沼泽，更别说关隘已。听说过海市蜃楼乎？"

公主道："书中读得，乃海上幻景。我在家乡沙漠，也常见得。为何提及？"

晓松道："今日视得之夷人山寨，乃佛岭中的海市蜃楼而已。我在夷人山寨，便听得此奇景，原以为难得一观，殊知今日有缘相见。真正的夷人山寨，还不知道隔了多少座山。"

公主啧啧称奇："如此说来，蔡三为我俩逃脱，立下头功。如今我们位于何处？"

晓松道："当年随父进山，为观佛岭幻景，曾与几个小伙伴私自来此河边，也在河上那棵卧倒树干掉入河中，也被冲进此深潭，有惊无险。记得不远处有一洞，回去后，夷人听得，惊恐不已。"

公主好奇道："已是平安返回，为何惊恐？"

晓松道："山寨长者叮嘱我等，佛光幻景，可遇不可求。然此处乃夷人禁区，是因为魔鬼山就在左近也。"

公主翻身坐起，睁大眼问道："魔鬼山，有魔鬼？"

晓松道："魔鬼山，魔鬼山，有人进去无人还。"

公主道："是传言还是实情？你不是平安返回了？"

晓松坐起摇头道："魔鬼山，山中有何凶险，无人能知。然山下又有死亡谷，人若误入其中，几乎无人能活着走出。寨民曾追猎一只大狗熊，狗熊逃进山中，然不久就仓皇窜出，忽然栽倒，一命呜呼。远望死亡谷，山势怪异，难以言表。怪石嶙峋，瞭望顿觉不寒而栗。

寨民尚未走进山谷，便见瘴气四溢，感受到阴森慑人之死亡气味。山谷前虎豹狗熊、狼獾野猪等尸骨横陈，满目苍凉。曾有三四十名无畏村人，仗着手中锋利刀剑，结伴勇闯魔鬼山，终究无一人生还。夷人传言，山中有人头兽身之怪物，以人兽为食，见人更是喜爱不止，百丈之远，轻轻一吮，人便被吸进肚中，犹如消失一般矣。色目人一旦过河，往左将面临夷人神出鬼没的围歼，往右便是魔鬼山矣。"

公主大惊，脱口而出："死亡谷、魔鬼山如此诡异，你是抱了必死之心，将色目人引去。视死如归，实为可敬。色目人以为我俩被水冲走，又见得山寨，必是急于攻占，一时间也不会前来搜寻……愿上天保佑苍生！"

晓松道："公主之意，上天保佑何人？"

公主一愣，噗嗤笑道："苍天保佑善人。"

晓松道："苍天有眼，公主勿须担忧。"

公主拭去泪水道："即使平安无恙走出夷人山区，返回五彩村，我也是死路一条。"

晓松惊讶："公主何出此言？"

公主道："我俩已是生死之交，理应相告。我姓名乃是克孜古丽，年十六，不幸生在王室，家中排行最小。华夏西北有一片荒川，乃我家乡，盘陀国。盘陀国有一地，名曰葱岭。汉人去往波斯等国往来贸易，必经葱岭。昔日波斯王，一日梦得自己脚下升起月亮，甚为迷惑，有圆梦人解梦，言王将从东方迎娶一位女子为妃，此乃神谕。于是波斯国使臣携巨金，跋山涉水，前往华夏中原求亲。次年，华夏秦国公主和亲出塞，途径葱岭，恰逢去往波斯国途中发生战事，便滞留葱岭。迎亲使臣为求安然，于一座孤峰上安营扎寨，待太平时开拔再行。数月后，不料发现公主已有身孕，使臣十分惊惧，下令严查公主受孕之根由。公主贴身使女被严刑拷打，将实情吐出，每日午间，有一束光自太阳落下，进入公主卧室，公主沐浴在日光中，遂有身孕。使臣惊诧，万般无奈，公主此时既不可嫁与波斯王，也不能送还秦国，只得留在葱岭矣。于是山下筑城建宫，自立为国，拥戴公主之子为王，国号为盘陀，意为山路之国，子嗣被称汉日天种，乃汉公主与太阳神之后，公主被称为汉土之人。"

晓松起身作揖，恭恭敬敬道："盘陀国公主，原来是秦帝国皇室血脉，失敬失敬。为何前来华夏？"

公主回礼道："说来话长，我祖上先人，凡女辈，出生时辰皆同与始祖母出生之时辰，自幼起，梦中常见始祖母的陈年旧事，即便经历几百年的先人，梦醒后所叙，与史书之记载也如出一辙。更为神奇的是，皇室公主若在日月同辉时立下咒语，诅咒所恨之人，被恨之人必神秘死亡。王室对此秘而不宣，时至今世。大明国明太祖第五子朱橚，曾被流放云南，后为吴王。流放期间，灾害频繁，当地百姓生计苦不堪言，常用草根树皮果腹，吴王便励志救苍生于水火当中，著有医药专著《普济方》，后又亲自领人种植草药，加以记载，又成一部《救荒本草》，以利民众寻找食物。去岁初，吴王派人前来盘陀国收集药方与物种，父王陪同，酒后失言，将秘事泄露，来使大惊，以为我是巫女，回去添油加醋，不知怎的，那朱家便向我父王重金求亲。能与大明朝联姻，父王岂能错过？最终将我嫁与吴王胞弟，燕王朱棣。岂料今年赴亲之时，我却被燕王府派来迎亲的色目兵劫往江西，与我同来的侍女、使者，悉数被害。我早有寻死之心，然一路被严加看守，幸遇贤弟，才侥幸逃脱。前些日子，色目人遭人袭击，便是燕王派人一路追杀，我暗中留意，那燕王所派之人，不单追杀色目人，也欲置我于死地。其中缘由，一则厌弃我被那沙恶人玷污，身份尴尬；二则，燕王与盘陀国结亲，恐是燕王私下结交外国之举，如今事败，要杀我灭口欤。如回到五彩村，那官军接到密令，焉能容我？"

晓松惊讶道："世上竟有如此离奇之事，若不是公主亲叙，实难相信。克孜古丽公主，不必惊慌，我当舍命相护。日后藏于夷人山区，追杀者欲寻到你，就如同大海捞针一般！"

月光下，晓松口吻豪迈，让公主潸然泪下。她拉住晓松道："苍天为证，我与晓松，结为姐弟，从此我克孜古丽在这深山之中也有亲人相伴欤。"

晓松忙道："公主金贵，我岂敢高攀？公主之情谊，我必不相负！"

两岸悬崖峭壁间，传来阵阵野兽嚎叫，身后不远处，有野兽从草丛里蹿出，一头扎入水中，两人一惊。晓松扶起公主，小心走入潭边峡谷，寻找上次与夷人来此玩耍，遭遇险情躲藏之石洞。陡然一道闪电炸雷，将峡谷照得明亮，顷刻间，大雨倾盆而下。天可怜见，晓松匆忙之中竟顺利找到了那个山洞，两人赶紧爬进洞中，归拢一些乱草，几块石头，晓松击石生火，在篝火边整理出一个歇息之处。此时已是深夜，见雨势渐小，晓松爬出洞，在雨中河滩上寻摸着，闪电下，竟然有野山羊、麂子等尸体，新鲜得很，应是山区大雨突至，被泥石流冲进河中淹死，又被河水冲上河滩。晓松大喜，找了一只野山羊扛进洞中，用尖利石头割下羊肉，火上炙烤。公主也不讲究，两人大快朵颐。饱餐一顿后，筋疲力尽的两人渐渐昏睡过去。

待公主醒来，晓松依然酣睡。公主环顾四周，见这山洞为壶形，口小内大，洞顶似有几丈高，乳白色石笋千奇百怪，形似石猴石虎等。公主起身向洞内走了一段，洞顶忽高忽低，左右宽窄不一，宽处够十几人牵手，窄处仅一人可行。洞中有洞，也不知其尽头。

晓松正睡着，忽听见公主惊惧尖叫："有鬼！"从山洞内匆匆跑出。晓松赶紧起身，见公主已捂着胸口倒在地上。晓松连忙将公主抱至洞外河滩上，凉爽微风吹过，公主渐渐缓过神来。

晓松道："公主可是做了噩梦？"

公主摇头道："方才在洞内，洞壁突然浮现一猴，龇牙咧嘴，露出尖尖利齿，嘶吼着冲吾袭来，凶神恶煞，不知为何，引得我心下剧痛。"

晓松道："那洞中石笋百样，加上地方狭小，烦闷憋气，难免产生幻觉，窒息心悸。"

公主迷惑道："那猴体型巨大，有鬼魅面孔，鼻梁鲜红，颔下一撮山羊胡子，头部掩映于绿毛之中。"

晓松惊道："山魈？此地危险，速速离开！"

两人快步如飞，翻过山岭，一路寻得野果，幸而不曾忍饥挨饿。登顶观望，已是悬崖边上。一条河流在脚下咆哮，瞧其流向，已非昨日离开之河流，此乃夷人口中之豹江。举目瞭望，对岸山峰悬崖边探出一人粗之松树，挺拔傲立，距此大概三丈远。晓松寻得一棵大树，解下腰带，一头系上石头，一头系上三指粗之青藤，用力抛出，石头穿入对岸松树枝桠，几个翻转，晓松轻轻一撤，腰带便系于粗树枝上。晓松溜索过涧，公主犹豫不前，晓松道："有山魈！"公主大惊之下，效仿晓松动作，两眼一闭，往前一蹿，尖叫声中，被晓松一把抱住。

晓松赞道："公主真乃非凡之人。此处之陡崖，猴子也发愁，豹子见得也掉泪，山羊无下脚之地，首次溜娄很（荡藤，溜索等），过郭吹（藤桥，独木桥，天梯等），公主毫无畏惧，犹如老练猎户般从容。"

公主笑道："哪里哪里，谢过晓松之赞。"

松树上方杂木丛生，省得不少力气，两人抓住杂木，攀援登上山顶。公主放眼远眺，白雪皑皑之山峰秀丽挺拔，皎洁晶莹。公主叹道："我故乡也有青草覆盖之原野，深邃蓝天与璀璨星空，然大多荒无人烟，相比中原，真乃蛮荒贫瘠之域。"

晓松道："我娭几走南闯北，颇有见识。他常言，沙漠多有风沙，确凿乎？"

公主道："风季日，来往之路只得分开，切不可相对行路。"

晓松诧异道："这是为何？"

公主笑道："君不见走马川行雪海边，平沙莽莽黄入天。轮台九月风夜吼，一川碎石大如斗，随风满地石乱走。同径而行，恐连人带马，被风吹起相撞尔。"

晓松一听，连连惊叹，真是世界之大，无奇不有。公主又叹曰："老天将天下最美之地，赋予华夏苍生矣。"

来到山脚下，已是亥时。晓松路上抓了几只山龟，放到火堆里烤焦，用脚板薯叶包上，外用泥巴包裹，再用烤热之泥土焐熟。撕开后香气扑鼻，热气腾腾，两人饱餐一顿。公主道："色目人眼拙，身在神奇之地，却不知晓神龟美食。书中言，解将火种种刀圭，火种刀圭世岂知。山上长男骑白马，水边少女牧乌龟。想不到在罗霄山，河鳖竟然生于乱石当中。"

晓松笑道："此乃山龟，非鳖也。"

公主"哦"了一声，笑道："南来本欲破邪说，纸灯灭处难分雪。踏著秤锤硬似铁，错认乌龟唤作鳖。"

晓松舔舔嘴唇道："山龟最好的烹饪之法，是先用茶油爆炒，再放上桂皮八角焖烧，配上方磨出的晚稻粳米，香气四溢，神仙也垂涎欲滴。"

公主微微一笑道："说到茶油，五彩村之榨油机与磨坊机械构思巧妙，能节省七八成人力，神奇无比。听说这些机械皆出自你长辈之手，晓松自小熏陶，也熟悉农工之技。你何不仿效明朝的吴王朱橚，拜五彩村各位匠人与农夫为师，著写一本农工技法之大全，我愿助你一臂之力。如果书成，他日我带回盘陀国，定能造福故乡百姓。"

晓松道："实不相瞒，我娭几也是如此期望，盼我记载罗霄山的桑麻技法，得以流传下去，尤其五彩村栽种水稻之技，若向外地推广，有利于苍生，乃积善积德之举耶。公主今日的建议，与我娭几不谋而合。我阿公与吖吖，本是五彩村育秧之人，又有农工之技，言传身教也方便。愚弟若能得公主教诲，其幸大焉，请先受愚弟一拜。"

公主也赶紧回礼，流泪道："我，克孜古丽，远离父母故国，不能尽孝尽忠，然若学得汉人万般技，引入桑梓，教化万众，国盛民富，也是孝义之道也。"

两人立下宏大誓愿，群山呼啸，似乎天地呼应，令两人心境难平。已是夜幕降临，寻得一洞穴，扯几把干草铺地，喫一捧时令百果，泉水灌得半饱，伏在篝火旁，迷迷糊糊睡去。

半夜时分，公主忽然立起，洞口悠悠飘进一小女子，浑身湿透，跳动火光下，依然可见其美丽异常。小女子目不转睛盯着公主，脸上一行泪水流下道："老天有眼，我投生于人世间，虽相貌迥异，然清秀可人。"

公主诧异，赶紧行礼道："姐姐何人？为何深夜至此深山？若是狐仙，请受克孜古丽一拜。"

来人止住哭泣道："哦，如今我已是克孜古丽，哎呀，地上躺着……"她浑身颤抖，扑至晓松身上，"鬼子，鬼子，醒醒，我是阿菊呀！我落在七块岩水中，方知已回到故里，冥冥中找寻过来，死亡谷中，见得众多色目人尸体，令我提心吊胆。幸有金丝猴旁边相告，鬼子无恙，指向此处，你果真在此，不知阿兰妹子又在哪里……"

阿菊哭泣不止，公主跪下，将她从晓松身上抱起。阿菊颤抖着，亲吻着克孜古丽额头，突然将她推开，倏然不见踪影。

公主吃惊不已，忽察觉身后有动静，回头看见又有一少女出现，影影绰绰地立在她跟前，那少女微笑道："我乃五彩村杏儿。洞外天空异象，日月合璧，五星连珠。传闻公主乃神灵，能知未来，请问公主，晓松哥此行是否安然无恙？"

公主道："日月合璧，五星连珠之时，我盘陀国王室之女血统起誓，能够诅咒所憎恶之人无疾而丧。燕王向父王求亲，其目的就是让我帮他清除与他争夺皇位之人。我不愿诅咒无辜之人，而那些害了我的色目人已有报应，故而我放弃诅咒，于今夜祈祷苍天，希望护佑贤弟晓松，一生平安，遇难成祥。杏儿小姐可放心，晓松必将安然返回你身边。"

杏儿含泪跪谢，飘忽而去。公主正自惊讶，忽然又见得父王满脸欢喜地走来，劈面便道："我儿古丽，昨夜为父梦见光明无量天王，天王称罗霄夷人山区藏有绝世三宝——金书，西藏国印玺，宇宙秘钥。金书，黄金制成，得之查阅，可知人类与谷物之起源。西藏国印玺，是手掌大之玉，传说是和田玉，实则产自西藏最高山峰之宝石，得此印玺者，可社稷永固，独霸天下。宇宙密钥，乃一银色方盒，开启此盒，可尽知天下一切。既然我儿已至罗霄山区，何不设法夺来？我儿既与燕王结为百年之好，若能得此三宝，我儿与燕王便像天上的玉帝与王母一般，万世为尊也。"

公主泣道："若夺三宝，必有阴谋诡计，血流成河。夷人山区的民众友善朴实，儿不忍伤害。"

父王叹道："妇人之仁……"

话音未落，突然蹿出一恶鬼，定眼一瞧，乃是沙崇华。沙崇华奸笑着一掌拍来，父王脑浆崩裂，惨叫着消失。沙崇华又向公主袭来，公主慌乱躲避，不慎摔倒，一群金丝猴围上，用芭蕉叶掩住她的身体，公主感觉自己慢慢变小，化成一只知了，一声鸣叫，飞向天空，后又化成海鸟，在大海上高高翱翔，之后落在异国他乡，又化为异国之公主……

次日公主醒来，默默不语。晓松纳闷，连唤几声，公主才回过神来，问道："贤弟，此处可有地名叫作'七星岩'？"

晓松诧异道："公主何以晓得？七星岩在夷人地界，离此地倒是不远。"

公主摇头，自言自语："杏儿，我已认得。鬼子，阿菊，阿兰，又是何人？还有金书，银色方盒，西藏印玺，又是何物？"

晓松大惊，盯着公主疑惑不已，"公主知道我的长辈们？还有金书银盒等，都是我家的机密。"

公主道："我是从梦中知道的。其中深意，连我也不解。难道，我前世也生活于罗霄山？否则怎么会认识那些已亡故之人。"

晓松想起围猎时在树洞里做的离奇之梦，也陷入沉思。那一晚的经历已刻在他脑海里，从未与他人说过。他不再追问公主，因为知道这些奇异之事找不到合理的解释。

两人用泉水洗漱后，边走边摘些野果果腹，继续向隗竹山寨前行。此时离山寨不远矣，只是前方竹林密密匝匝，晓松不知该如何穿越。陡然间蛉蛄声声，几十只蛉蛄排成一串，向右方飞去。公主大喜道："此乃神灵明示欤，我们快快跟随。"

两人随蛉蛄而行，那蛉蛄飞至前方，见公主追得气喘吁吁，蛉蛄戛然停于树干上，似乎在等候公主。公主大喜，两人加快脚步，转过几道弯，越过几道坡，穿过一片桃树林，蛉蛄倏然不见矣。前方是突兀山峰，路的尽头则是奇怪峭壁，中间裂开一缝，两壁间狭长深邃，仅容一人侧身挤过。公主刚要前去，被晓松一把拽住："且慢！此处似夷人关隘，关隘处皆有机关，未经夷人答允，恐砸下乱石。只是奇怪，依然不见色目人，不会是去了魔鬼岭吧？"

两人潜伏许久，终不见动静，晓松只得扯开嗓子吼叫，依然不见夷人回音，只有响亮回音。忽见得一条蚺蟒，三丈多长，从石缝间缓缓挤过，两人惊愕不止，赶紧跟上。仰望长空，蓝天仅存一线，只怕若非正午，一丝日光也不会透过。

公主挤出裂缝，感慨道："云里石头开锦缝，从来不许嵌斜阳。何人仰见通霄路，一尺青天万丈长。"

所幸过得夷人隘口，前面便是通途，只是一人也未见得，晓松好生惊奇。脚下已踏上隗竹山寨的梯田，又看见对面山坡的夷人山寨，公主长舒一口气，又紧张又兴奋。

公主四下观望，道："晓松贤弟，山寨全貌恰似一朵莲花。昨日你说，攀上山寨后头的雪山，观望角度最佳。从雪山俯瞰，山寨恰如一朵美丽的花，别有一番景色。如今近处观之，老树擎天，石壁如屏，林木布阴，百鸟婉转，已是令人陶醉欤。正如你所言，隗竹山寨有众多千脚落地房，土墙房依山就势，错落有致。那座高大之木楞房，定是泥扒等尊长居住的……"公主忽然停住话头，他们走近梯田，才发现田里的杂草已有一人多高矣。

晓松与公主面面相觑，再细看山寨，唯有风声，毫无犬吠鸡鸣、炊烟袅袅的人间景象，更不见弩弓不离身，长刀不离腰的寨民身影。两人忐忑不安。山坡间沟壑上有竹木搭建的栈桥，晓松小心翼翼踏上，那栈桥摇摇欲坠，似乎要散架一般。溪流边磨坊的风车，已垮塌四散。两人登上石阶，路过村头的几棵老樟树，看见山寨的寨门也已坍塌。前方一棵似是被雷电击中过、已灼烧焦黑的红豆杉，腐朽糟透，轰然倒下，惊起无数飞鸟，掠过大片桫椤树林，飞向深山。寨中崎岖不平的石板路上杂草丛生，众多四脚蛇正相互追逐着。一群猴子见到晓松与公主，躬身跳上树梢，呆呆地看着久违的人类。柔软的藤蔓悄无声息地爬上残破不堪的竹木土墙房屋，转过几排房子，有一间铁匠铺只剩断壁残垣，院子里杂草丛生，土墙屋顶已经坍塌，露出摇摇欲坠的杉木房梁，梁上垂下吐着芯子之蛇，令人毛骨悚然。其他千脚屋东倒西歪，墙倾梁颓，再往后陡然见得一木楞房，尚自傲然挺立。此房屋便是方才在山坡上远望时，见得的最高房屋，乃泥扒寨主居住之地，然木门上的土漆已斑驳脱落，只剩下几缕行将褪尽之红，游移于皱纹般的裂缝里。木楞房的窗户上，蛛网密布。晓松推开大门，屋里光线昏暗，散发着浓浓的腐臭味，此房恐已成野兽的栖息之所。两人捂住鼻子退出，怔怔发呆，无尽恐惧，笼罩全身。公主禁不住战栗，道："夷人迁徙他处，为何不留下只言片语？究竟人去何处矣？"

晓松面对寨子，大吼几声，未见一人应答，惊悸道："夷人岂能凭空消失？大山，风儿，乃几可相告？"

两人失魂落魄，晓松一阵恍惚，前面似乎有吖吖的身影浮现，然大叫声中，吖吖又陡然消失矣。公主赶紧扶住晓松，然心中惊异，越来越甚。路边树上突然跳下一只巨兽，向两人袭来。晓松尚自昏昏沉沉，公主大惊之下，拦在晓松身前。只听"砰"的一声，公主已被巨兽砸到天灵盖，脑浆迸裂，当场身亡。晓松定睛一看，那巨兽竟是一只山魈。山魈一击得手，又来袭击晓松，晓松飞起一脚，山魈就地一滚避开，向晓松身后张望一下，竟飞快退走。不远处，一支羽箭瞄准晓松，正要松弦，却被人按下。射箭人回头，三宝太监冲他摇摇头。三宝默默盯着晓松与公主，见公主已身亡，便一挥手，带着一行人悄无声息地离去。

晓松抱住公主尸骸，放声大哭："痢痢牯！豆饼哥！刘老伯！公主！"短短几日，他已失去众多亲友，积攒在心中的痛苦一起暴发，哭得撕心裂肺。众猴子向他围聚而来，狂吼："五通！五通！"狂风乍起，阵雨袭来，天空中霹雳一声，一道闪电击中路旁老树，晓松心力交瘁，昏死过去。众猴找来芭蕉叶，覆盖在晓松与公主身上，围坐守护，满脸悲戚。

数日后，野人一般的晓松终于穿过沼泽与密林，一头倒在三岔路的草丛中。已在此地找了数日的杏儿与牛牯崽一声惊叫，急匆匆地扑来，身后跟着五彩村的众位乡里。手持火铳的里长康德长舒一口气，总算找到人矣。他返身一巴掌，打得梁家的家丁昏头转向。

几日后，三宝太监面色冷峻，一刀扎入一名军士的脖颈。此人那日在隗竹山寨乔装成山魈，刺杀了公主，还想要杀掉晓松。三宝一脚将他的尸体踢入翻滚的孽龙河，擦净匕首，默默伫立。跟随而来的军士，俱染上瘟疫，只得由他亲手一一解决。他转身离开，走不得数丈，忽然回眸，又叹息一声，遗憾终不敢进得魔鬼谷。被沙崇华劫去的财宝，三僚先生吹嘘的金书银盒，西藏印玺，日后又成传说。美如仙女的克孜古丽公主惨死，实在可惜。燕王私下结交盘陀国，欲借公主相害太子的秘密，随着孽龙河的滔滔河水，化为乌有。五彩村，但愿此生不再相见……孽龙河边的金丝猴，悄悄看着三宝太监在云雾中渐行渐远矣。

第三十章
送冬酒杏儿斥纨绔，采莲藕晓松得银盒

郭家大院，杏儿卧室中。冬梅往火盆内添上木炭，杏儿尚缩在被窝里，打着哈欠道："鬼天，骨头都冷酥一般！"

冬梅笑道："已烧上两个火盆矣，难道再添上一盆？"

杏儿笑着摇头。

冬梅又道："顺百阜商队上次从外地带回又轻又白的新丝，称为棉絮，做成的冬衣与睡被垫褥，远胜兽毛粗麻织得的褐布衣袍，甚至那丝麻绸缎也逊色得很。里长家的公子仁泰与梁贵几个公子，皆穿得棉衣，整天在人前炫耀。不知年前商队回村，是否能带回棉丝絮。"

杏儿点头道："棉絮棉布从外地贩来，便是精贵之物，的确是御寒佳品。冬梅姐又不是不知，前些年公公从外购回的少许棉布，仅够给兄长与我做上几件衣裳，然无棉絮的棉被与冬衣，杏儿依然挨冻。以后公公再无出山，又厌恶康德与梁家，再没提起此事。如今阿公与康德关系似乎缓和不少，阿公已拜托康德叔购回棉布棉絮。此次商队回来，若得棉絮，便可做得厚实棉被。以后冬梅姐姐与春晖，冬夜可与吾共榻，暖暖和和，岂不乐哉？"

冬梅道："我家中寒酸，年幼时冬天都在冲壳子睡觉，睡醒后浑身难受得很，如今在郭府已是享受。小姐对我厚爱，然主仆有别，冬梅岂敢造次。谢过小姐矣。"

杏儿道："冲壳子是咋哩？"

冬梅笑道："钻进稻谷壳堆里睡觉，如同野人一般。"

杏儿噗嗤笑出："晓松与牛牯崽，岂不正躺在壳子里？"

冬梅道："已过巳时，穷人家娃崽早就忙碌上矣。前些日子，痈痈牯吖吖随马帮出山，去县城里卖些山货，货尚未卖出，就遇上官吏在集市向流贩征税。痈痈牯吖吖趁官吏索要旁边小贩税银之机，拎起背筐便走，不幸被官吏逮住，打个半死。虽有乡里将他背回，但一来二去路上七八日，差点死在路上。不光冇得卖山货的银两，还欠下一屁股药钱，可怜如今躺在床上，家中无米下锅。牛牯崽与晓松倾力相帮，也是杯水车薪。昨日碰上晓松

妹晓云，才晓得为攒几个铜板，晓松与牛牯崽执意去池塘采藕。天寒地冻，在冰水里劳作，岂不冻伤？我叮嘱晓云回家劝阻，晓松尚未长大成人，冰天雪地，如留下病根，得不偿失矣。"

杏儿一骨碌爬起："痢痢牯与晓松他们是刎颈之交，劝也毋用。痢痢牯吖吖性子又拧，连我阿公相助于他，都被婉言谢绝矣。冬梅姐，喫的可生热食物，有否？"

冬梅道："麻椒辣汤，喝下，一身出汗。然大冷天，即使端去麻椒辣汤，也冻成冰矣……哎，有了，老冬酒！春季播种时，育秧人下水前，都要喝上几口，可以暖身。"

杏儿喜道："速去灶房取上一罐老冬酒，再在泽民房中找出《幼学琼林》书籍，我赶紧给晓松送去。"

冬梅哭丧着脸道："大雪天出去？哎呀，夫人不打断我的腿才怪。两个月前，我陪小姐半夜偷偷溜出，婆婆与夫人一直追问，我只字未提，夫人责骂，还被罚长跪。小姐如今又要私自出去，出得乱子，我小命非丢不可！"

杏儿道："次次被罚，次次被我阻挡矣。有我这把保护伞，冬梅有何惧怕？"

见杏儿执意要去，冬梅只得问道："为何还要携带书籍？"

杏儿笑道："冬梅姐唠唠叨叨，也不动下脑筋。冇得书，晓松读什么呢？"

冬梅笑道："小姐勿怪。出了这么大的乱子，痢痢牯，豆饼哥，说没了就没了，婆婆夫人自然担心，冬梅也吓得缓不过来。夫人哇她自小也是胆大，然生出个你这个小魔头，天不怕地不怕，岂敢不管紧些呢？"

杏儿瞪眼道："冬梅姐快去准备，杏儿饿得很，吃罢饭，还得去私塾一趟。"冬梅无奈，只得照办。

郭府私塾院内，众学童追逐叫喊。郭乡绅去祠堂议事，由泽民领着学童温习，学童全然不睬，扔下书本便在院里嬉戏打闹，雪球飞舞。

梁贵见杏儿进得院子，放下雪球，挡在杏儿跟前，矜持吟道："孟冬十月，北风徘徊，天气肃清，繁霜霏霏。鹍鸡晨鸣，鸿雁南飞，鸷鸟潜藏，熊罴窟栖。钱镈停置，农收积场，逆旅整设，以通贾商。幸甚至哉，歌以咏志。"

杏儿惊讶道："三日不见，刮目相看。梁公子，果然浪子回头金不换。"众学童围上前来，纷纷向杏儿问好，又将雪球砸向梁贵。

梁贵一边躲闪，一边道："杏儿小姐为何手持《幼学琼林》？我等皆知杏儿三岁启蒙，《三字经》《百家姓》《千字文》《幼学琼林》《千家诗》《弟子规》《声律启蒙》等早已滚瓜烂熟，《笠翁对韵》《广韵》《尔雅》《说文解字》等无一不通，尤其切韵、平仄、对仗之功课深厚，无不赞叹。如今手持《幼学琼林》，难不成尚须复读，温故而知新？"

杏儿推开梁贵，漫不经心道："此乃志于科举，求取功名之必读书目。其他书籍，梁公子通晓否？"

梁贵亦步亦趋跟上，摇头晃脑得意道："我家诗礼传家，切不可小觑于我。应试科举，以四书五经为根底，诸子百家，经史子集，无所不包，非得十年寒窗不可。四书先读《大学》，次读《论语》，然后《孟子》，殿后读《中庸》。五经乃《诗经》《尚书》《礼记》《周易》《春秋》……"

杏儿瞥他一眼，道："先学《大学》，以立……"梁贵支支吾吾。

杏儿道："次读《论语》，以立……"梁贵还是答不上来，尴尬不已。

里长康德之长子仁泰在旁边讥笑一声，凑近杏儿道："先学《大学》，以立其规模；次读《论语》，以立根本；然后《孟子》，以激其发越；然后《中庸》，以尽其精微也。梁公子于杏儿面前卖弄，岂不是班门弄斧，布鼓雷门？"

杏儿撇嘴道："我原以为你两个是一丘之貉，不料仁泰果真长进不少。说你俩半斤八两未免委屈了仁泰，梁贵半斤，仁泰八两多一点。"

仁泰哈哈笑道："有杏儿此言，我乐得翻跟斗矣。"

杏儿甩下他二人，进得屋里，径直于泽民桌前翻出几本半新的《三字经》与《说文解字》等书，拿起便走。泽民追出，院外拦下道："杏儿糊涂，正如梁贵仁泰所言，科举之路，四书五经之后，尚有《老子》《庄子》《韩非子》等贤文必读。阿公曾言，尚须研读众多兵书、农书、律法、政论等书籍，方能在科考策论时，信手拈来，言之有物。另外六艺杂学，礼乐数御书射，缺一不可，至于吟诗作对、绘画篆刻等技艺，更是多多益善。十年寒窗尚且不够，贫家子弟谋生已是不易，岂有工夫攻读？杏儿一时兴起，要教晓松读书，然你将至豆蔻之年，女大当嫁，又能教他几年？此非长久之策。"

杏儿笑道："晓松哥聪慧异常，若能识文断字，比起走科举之路更有作为。阿哥，你的袍子，我借用矣。"

泽民还要再说，杏儿笑着抱起书和袍子，匆匆跑开。

瑞雪兆丰年。今日大雪，康德看着改造完的宅门，十分欣悦。旁边梁老爷吆喝着几个工匠，扒开积雪，清扫完毕，有工匠在石头拱券门放线，走上十来步，转身自信道："勿用丈量，九尺九。"

有人偏要抬杠，拉开软尺复核，里长凑近一瞧，惊讶道："九尺九，一丝不差！果然名不虚传。"

梁老爷嘿嘿一笑道："城里雇来的匠人，自然见多识广。张石匠，这风门有何讲究？"

张石匠道："回老爷，近些年来的冬天愈发寒冷，城里大户人家无不将宅门改造，大门外另加风门，以避凛冽朔风。正应得《阳宅天元经》，风门通八气，墙空屋阙皆难避，若遇祥风福顿增，若遇杀风殃立生。风门的拱券，九尺九之宽，城内人家也不多见。不瞒诸位，此砌筑技艺，我也是从色目工匠处学得。"

里长点头赞叹："我地闭塞，不知山外稀奇之事。色目人建筑技艺高超，学得技法，一招鲜，吃遍天，自是不愁生计矣。"

梁老爷冲工匠喝道："盖得好，我亏待不了诸位！"

众工匠纷纷道谢，梁老爷与里长嘱咐几句，便向外走。里长道："已近年关，商队也该回来了。家中与村上诸多事务，尚要打理。"

梁老爷道："早有信鸽传信，商队已在归途。昨晚大雪，进山不易，定会耽搁一些时光。好在商队获利丰厚，腊月小年之前，里长的分成，老夫亲自奉上。"

里长哈哈一笑道："然有传言，各地马帮商队日后将有官府介入，看此情形，官府意在驾驭民间的贸易也。梁公得有应对之策。前去搜寻夷人山区的人马也传来消息，隗竹山寨依然空无一人，十分诡异，只得封为禁区矣……"

两人絮叨着向郭家祠堂走去，已召集了各族长，商议年前众事。

村东池塘边，雪中的小北风似针刺人，晓云跺脚道："鬼天，地都要被冻裂缝！我鼻酸头疼，两脚就像两块冰，先点上一堆火烤烤。"

晓松道："不要你跟来，偏要跟来。一九二九，喫饭温手；三九四九，冻破椎臼；数九寒冬，哟里不冷？不过白雪堆禾塘，明年谷满仓，毋须责怪老天爷，尚须感恩。年关之前，采得莲藕要紧。"

阿公小鬼道："正是。转眼便是年关，莲藕乃冬季贫富人家必备的菜，更是年节仅有的时令菜之一。尤其此池塘的通心白莲，色白如雪，壮如臂，汁如蜜，嫩脆甜爽，生吃堪与鸭梨媲美。郭乡绅曾赞曰：冷比霜雪甘比蜜，一片入口沉疴瘥。庄上大户人家，均等候此藕过节，年前制成藕粉桂花糕、藕粉圆、藕丝糕等点心，水晶藕、香糯莲藕、油炸藕合等过年佳肴。里长康德去岁抄来一药方，能治心热烦躁，除口干、散积血，用的就是此藕加上薄荷菜豉浓煎作羹，效果奇佳，里长前两天就催我采藕，今日寒冷，我单独下塘即可，你俩接应便是。"

牛牯崽道："阿公，我等年轻身壮，不惧寒冷，岂有让阿公下塘之理？阿公在旁边指点便是。"

晓松与牛牯崽堆上柴火，熊熊火焰腾起，众人围坐烤火。牛牯崽妹妹牛根青道："晓云姐，对面有大片芦苇，去那边采撷芦花，回家可填充被子与冬衣。添上芦花，衣物能暖和许多。"

晓云道："兽皮为衣，多年后笨重油腻，冬天穿着，不便行动。竹子树皮可制衣，可惜只能用于盛夏，且经不得磨损。稻草蓑草，棕毛棕叶可制蓑衣，仅为雨器。苎麻产夏布，火麻、蕉麻、亚麻也可制褐衣，然衣料粗糙，穿着刺痒难受。养蚕抽茧可制衣，然昂贵且御寒欠佳。蜘蛛网丝，一碰就断。藕断丝连，其丝可否捻成细线，再搓成细绳，纺成织布？"

牛牯崽笑道："晓云奇思妙想，若能纺织藕丝衣，那还不成了天上的仙女？眼前落雪，犹如蚕丝一团，仙女可将它抽丝，织出冰衣。"

晓云笑道："用冰凿出一件冰衣便是，何故抽丝？"

小鬼哈哈笑道："养蚕抽丝可纺绸缎，种植莲藕也可抽丝，五彩村的阿兰当年也多次尝试过，确实可以捻出细丝，只是费工费力。且一筐莲藕，方能搓出一根线绳，纺织成衣，可遇不可求也。不过晓云能有此妙想，也难能可贵。"

晓松道："正是，听说外乡有一女子黄道婆，家境贫寒，成年累月起五更，纺织劳作，然黄道婆心灵手巧，勤劳好学，喜爱琢磨纺织技巧，造出新式纺织机，犹如神机，纺织速度数倍于旧式纺织机也。真乃奇女子也。"

晓云笑道："阿哥，我听得春晖姐姐唱的谣曲，黄婆婆，黄婆婆，教我纱，教我布，两只筒子两匹布。春晖请教泽民哥，泽民哥问过仁泰，仁泰问过他吖吖，里长问过官人，官人回城请教县丞，方知黄道婆其人其事。官人说黄道婆将纺麻的旧式单锭手摇纺车改成一套三锭脚踏纺纱车，操作省力。如今有富饶的财者，率居工以织，纺织作坊，杼机无数，佣工皆聚四方无籍之徒，作坊里南北向列，每日不下数百织工，手提足蹴，皆苍然无神色，虽食无甘美，而亦不甚饥寒。为何织工劳甚，而乐不离去？官人说，织业虽贱，然日佣为钱二百钱，织工衣食于主人，而以日之所入，可养其父母妻子，以致乡梓成衣被达天下之地。然黄道婆之机，主要纺织为棉丝。棉，由福建沿海地引入种植，棉布厚实柔软，经久耐用，极为适合劳作之人穿用。春晖姐言，外面许多平原地也开始种植棉花欤。阿公，若阿哥与我出山去作坊做织工，一来赚钱，二来可将纺织机与技艺，尤其棉花栽种引入五彩村，岂不是大功一件？"

牛牯崽赞道："心有大志，恐又是一个黄道婆。我定跟随晓云而去！"

牛根青道："我也要跟晓云姐姐去！"

晓云又道："我娥几曾言，明朝恢复汉唐服饰，上承周汉，下取唐宋，杏儿小姐的衣着乃城内时兴的样式，花冠裙袄，大袖圆领，纽扣取代系带，新颖考究。短衫长裙，腰上系着绸带，裙子宽大，穿上百褶玉裙，尤其显得端庄高贵。我若出外，再学缝工，回来教会众牟几，个个都如杏儿一般打扮，美丽无比。"

牛牯崽兴奋不已："晓云妹妹，何不年后便动身前往？"

晓松道："五彩村乃山区，口粮地尚不够，焉能能种植棉花？晓云高不过扁担，我岂能忍心妹妹为披星戴月的织工？若我与牛牯崽离开，家中老幼，还有痢痢牯一家又当如何？倒是妹妹想学缝工，可以求泽民家的画工画出样纸，照着学习。为兄年前多干一些，多采苎麻去换来夏布，晓云仿制便是。"

晓云被晓松说得没了兴头，不满道："阿哥向来是想干就干，为何阿妹欲做之事，兄长偏要阻拦？"

小鬼笑呵呵拍拍晓云道："长大便知，何为兄长？"晓云噘嘴不语。

牛根青笑道："外乡人讲话，姐姐听不懂；姐姐咯哇（说话），外乡人又听不懂，姐姐如何出得去？"

牛牯崽点头道："出山，先得跟杏儿小姐学得鸭子语，方能与外人交谈。不学的哇，最远走不出湘水县。晓松也是跟泽民与杏儿学得几句，远胜过我。"

晓云咯咯笑道："咋哩鸭子语，是雅语，我娭几便会，读书人也会。若是出外，我自然要学得一些。"

烤一阵火，暖过身子，晓松与牛牯崽穿上笨重的山羊皮衣，咕咚灌几口老冬酒，便开始采藕。小心翼翼踩在冰上，牛牯崽大喝一声，一锄头下去，冰面上溅起白沫，震得虎口发麻，只得改用尖嘴锄头在冰上凿出几个口子，放上竹管炮仗，只听轰隆几声，冰面碎裂。牛牯崽与晓松跳入水中，两脚在泥水里上下踩着，当脚在水底触到藕枝后，晓松抓住藕节，脚下用力一踩，一块鲜藕便从根上断下，再用脚尖一顶，将鲜藕挑出水面，同时抓上一块黑泥，糊在藕上断口处，以免灌进水去。如此中空的莲藕，便一根根浮在水面上。

小鬼用抄篓将水面上的莲藕捞起，牛牯崽忽然"哎呀"一声。小鬼见牛牯崽滑进水深处，身上皮衣的上口敞开，险些灌入冰水，赶紧伸出竹竿，牛牯崽双手抓住，从淤泥中拔出双脚，挪步至水浅处，又一阵忙碌。晓松与牛牯崽快要冻僵之时被小鬼拖溜上来，先不靠近篝火，喷上药酒，使劲搓上一阵，待身体逐渐活络开来，又搓上一遍，全身发红，手脚自如，方凑近篝火烤热。如此反复下水采藕，上岸烤火，两三趟过去，浅水区的莲藕几乎采尽，晓云与牛根青也冻得小脸发紫，背着满篓子的芦花，回来烤火矣。

晓云挑得一根莲藕，在水中洗濯干净，掰成数节，众人大口嚼之，只觉鲜美爽口。晓云笑道："去年年前采藕，我也递给杏儿小姐一块，杏儿喫后道：冰丝欲断鲛人缕，琼液疑含阆苑霜。平常的莲藕滋味，从富家小姐嘴里道出，便是另一番意境。"

晓松笑道："杏儿倒不是富家气，近朱者赤，近墨者黑，是郭家改不了的文人味也。忙碌采藕一个多时辰，尚不足六筐。热腾腾米汤喝矣，冰丝也咬断，大雪也不下矣，赶紧采藕去！"

晓云赶紧替他俩扎紧皮衣上口，晓松与牛牯崽扑通跳入深水处，手脚并用，努力劳作，采藕速度明显快过前头。牛牯崽一根接一根拔得顺手，其妹大声叫好，晓云也赶紧为兄鼓劲。

晓松对牛牯崽道："实不如你也，恐一般大人也比不过你。"

牛牯崽笑道："力不如我，然你的拔藕器若做出，恐我远不如你矣。"

晓松道："尚未做成，不知能用否。哎呀！"

牛牯崽道："咋哩？"

晓松道："脚下碰到一坨硬的东西，不知何物，碰之越陷越深。过来试试！"

牛牯崽挪近，用脚触碰，也迷惑道："难道是硕大蚌壳？"

晓松道："浑浊之水，也瞧不清，索性潜入水中捞出。"

话音刚落，晓松一头扎进冰水里，咕嘟咕嘟，水面冒出气泡。少许时晓松露出水面，手中捧着一物，在水中划拉几下洗净，竟是一银色盒子。两人哆哆嗦嗦爬上冰面，晓云赶紧用衣袍给二人裹上。

那是个四方盒子，一寸半见方，通体银色，犹如方正的银锭，表面光洁无瑕，沉甸甸又似一整块钢锭，或是暗河的阴木。小鬼端详许久，找到一条细缝，费上九牛二虎之力，依然掰不开，用刀尖又插不进去。晓松气得将盒子砸在石块上，不想却将石块砸裂。小鬼觉得蹊跷，便将银盒收起。不远处，有一拨采藕人赶来，与小鬼几个打过招呼后，也点上一堆柴火。又有一拨采藕人与验货人赶来，后面跟着杏儿冬梅，尚有仁泰与梁贵。下坡时，梁贵与仁泰故意滑倒，撞翻提着酒罐的冬梅，酒罐破碎，散发出阵阵酒香。前面的采藕人回头，只叫可惜。杏儿气恼，嘴唇哆嗦，小脸发白，也只得冲仁泰梁贵骂上几句，扶起冬梅。

旁边的采藕人赶紧迎上，满脸堆笑，欲请仁泰于篝火边烤火。梁贵跟上杏儿，一步不落，向晓松等人围坐的篝火走去。梁贵谄媚笑道："夏日池塘，接天莲叶无穷碧，映日荷花别样红，如今在枯黄芦苇映衬下，满眼荒凉。殊知看似毫无生机的淤泥深处，却蕴藏着一种白皙的自然美味，白莲藕。莲花生于污泥而一尘不染，中通外直，不蔓不枝，深受众人喜爱。杏儿小姐犹如一朵莲花，高贵素雅，梁贵既敬佩，又倾慕不已。"

仁泰推开迎候者，转身跟上杏儿，在旁边讥讽道："杏儿毋要理睬梁贵，方才路上，梁贵窃窃私语，言咋哩莲藕白嫩如杏儿之臂，贵儿恨不得含于嘴中，分明浪荡子一个！"

杏儿转身冲梁贵骂道："癞皮狗！"飞起一脚，驱赶梁贵，然脚下一滑，差点摔倒。

仁泰赶紧扶起杏儿，温柔细声道："玉雪窍玲珑，纷披绿映红，下有并根藕，上生同心莲，生生无限意，只在苦心中。仁泰自小之心，杏儿晓得。我吁吁年前，挑个吉日拜访贵府，欲与你公公商议，定下仁泰与杏儿的连理之约。"

杏儿大怒，一把推倒仁泰，破口大骂："一对狗货，趁早死了此心！"转身向晓松处跑来。

梁贵恶狠狠喊道："杏儿早晚嫁进梁府，若有夺爱者，我必打断他双腿！"

仁泰立起吼道："我与杏儿早已为指腹为婚，有阻碍者，必定让他家破人亡！"

众人被这场变故惊呆，不敢言声。杏儿拽起牛牯崽便向池塘走去，牛牯崽诧异中，被杏儿一把推入冰水中。杏儿满脸肃穆，大声道："诸位作证，仁泰，梁贵仔细听清：跳入水中，能打赢牛牯崽的，我年满十五岁时，一定嫁他！若仁泰与梁贵皆赢过牛牯崽，我便同时嫁于两人为妻，轮着伺候！"

众人听了这番言论，更是震惊。杏儿索性扑通跳入水中，小鬼和晓松赶紧下水，想拽杏儿上岸，然杏儿挣脱开，执意待在水中，等候仁泰梁贵下水。冬梅急得哇哇直哭，牛牯崽哈哈大笑，冲着梁贵与仁泰大叫："跳呀，小爷在此等候！"

仁泰与梁贵面面相觑，凛冽寒风中，两人脸上滚下豆大汗珠，迟疑地脱下衣袍。仁泰两眼一闭，扑通跳入池塘，两脚陷于淤泥中，费力挪上几步，浑身哆嗦，怪叫不停，只得转身爬上冰面，被小鬼抱住，重新披上袍子。梁贵踯躅不前，在众人的哄笑声中又穿上衣袍，狼狈不堪，悻悻溜走。

晓云与冬梅伸手，急劝道："杏儿小姐，赶紧上来！"

杏儿冻得战栗，嘴唇青紫："上去可以，但晓松哥必须答允杏儿一件事。"

晓松道："一百件事都答允！快快上岸！"

杏儿道："从今日起，晓松要正式拜泽民与我为师，前去私塾潜心读书，闲暇时光回家劳作。"

晓松不语，牛牯崽闷声道："念书自然是好，然桑麻劳作离不得耶。"

晓云含泪道："杏儿小姐，我当牛做马，也替哥哥分担，让他有空读书！"

晓松上前，一把抱过杏儿，将她推至水边。晓云几个赶紧拽上已快冻晕的杏儿。杏儿大哭，见晓松依然未答允，又要跳向水中，晓云赶紧替哥哥应允矣。

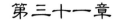

第三十一章
鞭春牛假吉土藏祸，㧎年鬼破蒙礼迎新

泽民推开杏儿闺门，道："三更灯火五更鸡，正是男儿读书时。黑发不知勤学早，白首方悔读书迟。杏儿逼我闲暇时为晓松之师，我已答允，晓松得行拜师之礼。为何鸡啼三巡，第一天拜师礼，便迟迟不见人影？"

冬梅正在为杏儿整理衣服，转过头微笑道："昨晚晓松来过，今日腊月二十四祭灶节，里长给他与牛牯崽两家派活，一大早便砍柴去矣。我见公子已熟睡，不敢打扰，本想今日清晨告知。"

泽民点头道："世间何物催人老，半是鸡声半马蹄，无可奈何花落去，似曾相识燕归来。糊里糊涂，又至祭祀灶公时。"

春晖从门外进来，给泽民披上一件衣服，道："今日未时，祠堂有鞭春大典，黄昏祭祀灶爷，晚间尚要㧎鬼。公子一心念书，废寝忘食，不知俗世繁杂事务。晓松定要忙碌一整天，公子只得择时再教授。"

泽民不悦道："鞭牛与他何干？孰轻孰重，晓松岂有不晓得之理？"

杏儿缩在被窝内笑道："兄长以为悠悠万事，莫重于圣贤之书，鞭牛也敢怠慢之。"

泽民道："我也不是不食人间烟火，岂能不知迎春鞭春乃村上大典？社稷以农立国，即便皇上，也得以身作则，年前行鞭打春牛之典礼。"

杏儿掀开被窝道："鞭打春牛，为何择时冬季？"

泽民道："祭祀的春牛，乃塑土为牛，腊月鞭牛，出土牛以除寒气，春牛健壮，五谷丰登。"

春晖赞道："公子满腹经纶，天上地下，无不知晓！"

冬梅道："土牛身旁，还塑有一男一女，即农夫农妇，各执耒耜。土牛被鞭打破碎后，村民纷纷争抢，抢得土牛身上落下的土块，抓上一把土牛肚中泄流出的五谷粒，回家将土和水涂上大灶，将谷粒放入种子里，用以祈祷家中富裕，来年丰收。"

杏儿起床，穿上裘衣，笑道："祠堂鞭牛，我也去执鞭抽打抽打，然不知嘴里念叨何词？"

春晖道："往年由老爷手执柳条鞭打春牛，如今由里长康德执鞭矣。唱词是：迎来芒神，鞭打春牛，一打风调雨顺，二打国泰民安，三打五谷丰登，四打六畜兴旺，五打万事大吉，六打天下太平。小姐想鞭打春牛，土牛是冇得资格，也只能年后，春播种田时，抽打水牛矣。那时还真是鞭打春牛矣！"

杏儿道："也罢。哎，晓松牛牯崽上山砍柴，我等去祠堂，替他两家抓上几块春牛土块。"

冬梅欲言又止，春晖道："杏儿小姐待在家中为好，祠堂乱哄哄的，杏儿去了，仁泰几个又要滋事生非。"

杏儿嘿嘿一笑，冬梅笑道："春晖有所不知，如今仁泰梁贵见到小姐，就如老鼠见到猫，老实得很。不过小姐，夫人已嘱咐我等全力预备今晚的祭灶之事，实在繁忙，不能陪同。春牛土块，理应男丁去抢，杏儿去了，岂不是让泽民公子难堪？"

泽民道："正是。天也大亮，我先去书房矣。"

走出屋外，春晖见四周无人，小声问道："冬梅，你平日里争着外出，今日为何阻拦杏儿小姐前去观看鞭牛？"

冬梅道："晓得'讨替'不？"

春晖纳闷道："自然晓得。横死的人变成厉鬼，回来找替身，以便转世为人也。杏儿小姐与讨替又有何干？"

冬梅道："横死者的冤魂前来讨替，自然引诱其生前最为痛恨的人。今年庄上厄运不断，横死者众多，又有不明身份者在五彩村离世，至今不知何故。前些日子，里长与梁家请来道士作法，禳灾补运，道士胡言，须请横死者亲近之人，于腊月二十三半夜，去横死者坟墓前，祈求横死者放过众人矣。祈求完毕，还须点上篝火，晓松更须燃篝火三堆，阻挡那些在夷人山区屈死之人变作厉鬼。痢痢牯与红红姐等人都与晓松交好，感情笃厚，今年，晓松生不如死，为何迟迟不肯读书，乃心中悲痛，故少言寡语，整日于忙碌中惩罚自己也。"

春晖恨恨道："道士胡言，恐是里长与梁老爷之意。此番恶意，晓松可得小心应对。葬着横死者的坟墓之山多有虎狼野狗，又是隆冬季节，野兽雪地里寻食不易，极易袭击人也。"

冬梅道："昨晚里长突然令人前去晓松与牛牯崽家，道士胡言，今晚讨替，可与死者灵魂相见，砍柴招魂，自然由晓松牛牯崽两个来做。晓松糊涂，一听得可与红红姐痢痢牯等灵魂见面，不管不顾，一口答允，今晨定是拔腿砍柴去矣。我阻拦杏儿外出，是怕小姐得知晓松的境遇，情急之下，又干出惊人之举。"

春晖道："冬梅考虑周详。只盼晓松与牛牯崽两人，莫要再惹怒梁家和里长，今日千万莫要再出事。"

"晓松哥从不招惹他人，只因聪慧过人引得嫉妒，我又喜与他相处，仁泰几个，自然恨之入骨。如今虽是多事之秋，你们也莫要担忧。晓松哥与牛牯崽乃金刚之身，百害不侵！"

杏儿的声音响起，冬梅春晖都是一愣，回头才知杏儿立于她俩身后。春晖赶紧离去，冬梅默默望着杏儿，忐忑不安。虽然杏儿面无表情，但冬梅暗下决心，今日无论如何得看护好她。

黄昏时分，杏儿婆婆道："灶公与灶婆自去岁除夕，至今年之腊月二十三日，日日观察家人之言行。腊月二十四日，灶王便须升天，至玉皇大帝御座前上奏，报告郭府一年之善恶德行……"

杏儿笑道："是故，郭家便用丰盛的贡品犒劳灶公公，用糖瓜粘住灶公灶婆的嘴，以求他上天言好事。玉皇大帝听其言，才好定下郭家之吉凶祸福也。"

杏儿婆婆笑道："婆婆老矣，啰里啰唆，惹人厌烦。杏儿，男不拜月，女不祭灶，你切不可进灶房。"

杏儿道："我偏要进去，灶公能奈我何？"

杏儿婆婆无奈一笑，只得转向春晖："春晖，泽民请回春牛的吉土，是否已和水搅细？"

春晖赶紧道了一声"都已备齐"，又朝冬梅使了一个眼色。冬梅悄悄跟她出来，春晖努嘴示意手中的春牛泥块，冬梅茫然不解，小声道："咋哩？"

春晖道："土块何色？"

冬梅："土黄色呀。"

春晖道："今日鞭牛，何人不知春牛为火牛？火牛何色？"

冬梅恍然大悟道："火牛应为红色，土块也应是红土块。泽民公子有抢得春牛土块，跟去的仆人又不可代替公子去抢，他人又不得将抢得的土块转送公子，只能两手空空地回家。泽民公子敷衍婆婆几句，是将路上胡乱捡来的土块塞给我俩矣。"

春晖道："用此土块和水，岂不是糊弄灶公公？日后祸福，实在难料……"

冬梅噗嗤笑道："求神拜佛，信则有，不信则无。贫穷虔诚者，其运也难以转变。杏儿小姐不信神鬼，婆婆也从不怪罪。春晖，此事何须说破？若怪罪下来，我一人承担便是！"

春晖急道："我也毫无推脱之意，只是心里总有些忐忑……"

冬梅又安慰她几句，两人便去准备祭灶矣。

香三支，红烛一对，茶三杯，泽民小心翼翼地从神龛里请下灶神。灶神用竹根雕得，郭乡绅与泽民一道擦拭干净，将芽糖涂在灶公灶婆神像的嘴上，又向神像敬献松柏与冬青。三叩九拜之后，将灶公灶婆与松柏冬青树枝扎成一捆，投入灶火中，又将竹篾扎成的纸马纸牛羊等依次放入。泽民塞得急些，一股浓烟窜起，郭乡绅赶紧用嘴贴近轻吹，轰的一声，火焰熊熊，差点燎着乡绅。泽民与公公恭恭敬敬，小心挑起柴火，将灶公灶婆燃尽，嘴里不停念叨："东厨司命九灵元王定福神君，上天言好事，下界保平安……"

杏儿被婆婆与嗯糜摁在门外，杏儿笑道："世上变化无穷，岂有鬼神左右之？求人不如求己也。我只是想一睹灶公灶婆烧得灰烬时，有何奇异景象。"

杏儿婆婆吓吓急道："冲撞神仙矣！求神仙饶恕！老身管教无方，孙女年幼无知……"

杏儿道："婆婆为何阻拦？杏儿只是告诉灶公，去年杏儿买了许多糖果，一年尽行善事，托泽民祈求苍天，保佑盱盱平安。为何灶王失信！"

嗯糜的眼泪夺眶而出，道："杏儿胡言，只是救父心切，一心盼望灶王显灵……"嗯糜说不下去，只得安抚婆婆。婆婆气急，不由自主紧紧搂着杏儿。

祭完灶已是亥时，门外传来一阵阵锣响。杏儿闻声跳起，从门后拿出棍棒。婆婆惊讶道："又抽咋哩疯？"

"拘年鬼也！岂有不去痛打勾魂鬼的？"杏儿呼呼舞棍，一声大吼"慢刀急棍撒手铜"，一棍从泽民鼻尖掠过，吓得泽民连连后退。

婆婆喝道："打勾魂鬼，也是乃牯干的，一个女儿家，打打杀杀，疯疯癫癫，莫不是中了邪？"

泽民笑道："婆婆莫要责怪，杏儿清醒得很。杏儿，打勾魂鬼时，棍法耍何招？"

杏儿道："起势梅鹿扬尘土，仿似风雨迷眼珠，夜叉劈腰砸千斤，左右闪打破千军！"

泽民笑道："这是什么招式？我却不解。"

冬梅笑道："听得四句，一招一式，正是牛牯崽独创的猴棍。"

婆婆嗔道："整日与乃牯打闹，疯癫顽皮，岂是我们诗礼人家的闺秀？"

嗯糜笑道："杏儿舞起棍来，倒有几分英姿飒爽。不过虽有勾魂鬼敲门，也不可用力击打，那鬼都是人扮的，打伤了可不好收场。"

杏儿竖眉道："装扮勾魂鬼的，皆是众人心中品行底下之人。若此人是由里长自己承担，何不借机教训一番？"

婆婆道："如今里长与梁贵主事，又是征税，又是开赌场，还堂而皇之放高利贷，闹得村上鸡飞狗跳。今日拘年鬼，也不知里长选的何人扮鬼。"

杏儿愤道："自然是好吃懒做，偷摸耍赌之人！恶鬼当道，我必棍棒伺候！"

说曹操曹操便到，院门被敲响，杏儿奔去，冬梅提着灯笼赶紧跟上，被婆婆拽住："拘年鬼不得光亮，勾魂鬼见光便会消失。泽民，赶紧拦下，领几个男仆，比画一下便可。"

院门打开，门外立着两个勾魂鬼，乃黑白无常。惨淡星光下，一个脸上涂抹成青面獠牙，头戴黑帽，身穿黑衣，一个脸色阴白，嘴里吐着猩红色的长舌头，头戴白帽，身穿白衣，十分狰狞恐怖。不等黑白无常开言，杏儿跃起，劈头就是一棍，黑白无常一愣，摇身闪过。杏儿大声道："家中若有野鬼，我自当捉拿。然郭府老幼明德惟馨，怀瑾握瑜，乃正大光明之家！你等善恶不明，黑白不分，来我家作甚？杏儿从不畏惧鬼魅，棍棒伺候！"

一棍扫过，黑白无常仰面倒下，呈一命呜呼状。杏儿恼怒道："棍棒尚未挨着，两个便装死，敷衍我也！"又是一棍砸下。

黑无常也不躲避，"哎哟"一声，杏儿听着耳熟，大惊道："为何是牛牯崽哥哥？"

那白无常是晓松，晓松赶紧扶起牛牯崽道："我黑白无常奉阎王指令，前来勾魂索命，然深知郭家品行高尚，早就撕毁勾魂令矣。"

杏儿道："晓松哥哥，你二人为何要做此等差事？分明是有人成心为难你们！"

泽民愤愤道："庄上狗彘不若、狐鼠之徒多矣，为何单挑善者充当勾魂鬼？我等不服！"

杏儿抚摸牛牯崽伤处，方才察觉晓松与牛牯崽已是伤痕累累矣。杏儿愧疚道："你俩为何打不还手？"

牛牯崽道："抲年鬼自来就是这个规矩，只可躲闪，岂可还手？杏儿小姐勿要担忧，我与晓松不是泥塑纸糊的。"

杏儿道："管它咋哩规则，平安为上！我跟你们去，护佑你俩！"

春晖道："不可！跟上即被勾魂鬼勾得，今年命丧矣！杏儿小姐断不可跟去！"

晓松道："正是。尚有二十几户人家，就此告辞矣。"

晓松鞠躬致谢，往下家走去。出了郭家大门，牛牯崽恨恨道："穷人家均轻轻一棍迎之，唯独大户人家，似有默契，个个凶神恶煞。定是仁泰父子暗中作祟！"

晓松苦笑道："皆因我而起，连累你也。前面七八家过后，便是里长家，须想法子小心应对才是。"

果不其然，到了里长家，大门一开，就有几条恶狗狂吠。仁泰领着几个家丁，劈面便是几刀，晓松缩头躲过，牛牯崽举竹竿相挡，咔嚓一声，竹竿截成两段。牛牯崽大惊道："只可一至两名家人打抲鬼，为何众多家丁也动手，还用真刀？我俩如何得罪于诸位，竟下此死手！"

仁泰阴恻恻道："你有得罪于我，然有人得罪矣。癞蛤蟆喫天鹅肉，竟然觊觎杏儿，岂能放过！规则乃我定也，即便打死，一担米赔上便可。给我打！"

晓松与牛牯崽左支右挡，渐处下风。晓松见势不妙，吼叫一声"起"，抓住旁边树枝，纵身荡起，跃上树桠，蹿上树顶。仁泰气急，令人放箭，全然射不着。仁泰气急败坏，嚷嚷纵火烧树，引来的围观者也是敢怒不敢言。终有一老者颤巍巍走出，道："已过半支香火矣，又犯规用上真刀，祖上规矩不可冒犯。再往死里打，黑白无常还手，便是正当防卫矣。"

众目睽睽之下，几个家丁讪讪将刀放下。晓松与牛牯崽满身是血，跳下树来，冲老者躬身致谢，从容离去。

黑黢黢的山岭里传来几声猕猴的哀嚎，晓松与牛牯崽返回途中，前面树林里猫头鹰惊飞，晓松被牛牯崽一把推开，两支箭擦着他俩的手臂钉到身后树上。晓松仰头大笑："天不灭我，阎王奈何？"

两人低吼一声，朝箭射来的方向扑去。几个蒙面黑影扔下武器仓皇逃走，其中一人身形低矮笨重，似是梁贵。晓松冷笑一声，捡起地上的弓箭，拈弓搭箭，那身矮之人应声倒下。牛牯崽甩出打狗棍，又一蒙面人一个趔趄栽倒。然二人还是差了几步，蒙面袭击人夺路而逃。远处传来小鬼与晓云、牛牯崽家人前来迎候的唤声，牛牯崽恨恨道："背后偷袭，胆小鬼！"

次日清晨，小鬼打开院门，却见门外立着泽民与杏儿冬梅春晖一行人。泽民上前作揖问安，道："不请自来，前来教授晓松兄弟。"

小鬼赶紧让众人进来，欢喜不已，用袖口擦拭竹椅好几遍，方请泽民杏儿落座。晓松肩膀吊着药带出来，见了泽民杏儿，单手行礼。泽民杏儿不知晓松昨晚遇袭，还以为是昨晚柯年鬼之伤，晓松说无大碍后，杏儿心里一块石头落地。晓云早在院里摆好竹桌竹椅，端上茶水，顺势坐在晓松边上。

泽民道："今日开笔破蒙，本欲去繁就简，然杏儿坚持，开笔礼一步不落。欲事之无繁，则必劳于始而逸于终。礼义之始，正容体，齐颜色，顺辞令。仪式正式开始，第一项，先向大成至圣先师孔子跪拜！"

杏儿立起，展开孔子画像，沉稳一声："跪——"泽民伏地，晓松与晓云跪下，跟随泽民向孔夫子行三跪九叩礼。

杏儿又道："教授立——"

泽民立起，杏儿道："学童跪，一跪三叩——"晓松恭恭敬敬行之。

杏儿道："学童谨记，一日为师，终身为父。然泽民教授，实在年轻，学童称兄长便是，日后成车笠之交。"

晓松向泽民鞠躬："弟子谨记，刻骨铭心。"

杏儿道："杏儿代学童林晓松，向教授敬献束脩。"杏儿从怀里掏出红绸子小包，掀开，里面是一根金簪子。

晓松赶紧摆手："晓松寒酸，拿不出金银，然阿公也早已备下束脩之礼。"

小鬼捧出一件皮子道："雪山银貂，前些年由晓松亲自猎得。老夫手把手教得晓松，硝熟为裘，虽比不得城内衣铺，然晓松尽心漂洗过。请泽民教授笑纳。"

泽民双手接过。杏儿道："正衣冠，学海沐浴，心无旁骛。"

春晖端上已注满清水的木盆，杏儿掏出贴身梳子，晓松望着清水里的影子，梳理乱发，手放入盆中，搓洗手心手背多次，洗净后甩手，杏儿又掏出手帕替晓松擦干。

杏儿道："朱砂开智——"冬梅端上笔墨盘，内有毛笔与朱砂盒。杏儿拿起毛笔，用朱砂于晓松眉心处点痣，冬梅道："学童开窍——"

春晖示意晓松立起，向杏儿鞠躬致谢。杏儿立身道："林晓松学童，再行叩礼，破蒙礼仪毕——"

晓松恭恭敬敬再行叩礼，杏儿道："由教授开讲首节功课，弟子聆听，我与冬梅春晖晓云旁听。"

泽民咳嗽一声，道："今日第一堂课，乃《千字文》开篇。世间有了嫘祖，人类才穿起遮身盖体之衣裳；有了仓颉创造文字，人类方有文明。《千字文》一书，乃南朝时，事郎周兴嗣，用一千个不同的字编写之文，四字一句，对偶押韵，便于记诵，各地均以此为学童启蒙之书。我开蒙时也用此书，三岁始，阿公让我死记硬背，即使不知其意，然幼时记得，以后才知其妙，如今镌刻于心，用之得心应手矣。然晓松年长，开蒙晚矣，识字时就不应死记硬背，更应同步明其意，事半功倍。晓松先跟我读一段，然后我逐句解析。天地玄黄——"

晓松与晓云无应，杏儿提醒："跟着念，天地玄黄——"

晓松晓云方才反应过来，怯生生道："天地玄黄——"

杏儿笑道："心无他念，心里与眼睛里，唯有千字文，大声读出就是。"

晓松与晓云直起腰，大声道："天地玄黄——"

泽民道："宇宙洪荒——"

"宇宙洪荒——"

泽民逐句领读，重复数遍，晓松已能连贯背诵。杏儿又令他从后复读，晓松果真倒背如流。晓云也如此大声念出，泽民惊讶道："晓云过目不忘，一览成诵，怪不得春晖常赞晓云心灵手巧，瞧过一遍衣样，竟能模仿出七八分。"

晓云涨红脸，道："我能念出，然一句也冇弄懂。"晓松也点头附和。

泽民笑曰："自然，古之学者必有师。师者，所以传道受业解惑也。人非生而知之者，孰能无惑？惑而不从师，其为惑也，终不解矣。然泽民为师者，独创教授之法，由学童先悟其文，惑处请教，师生两人，互助领悟也。"

杏儿拍手叫绝："万事须己运，他得非我贤。纸上得来终觉浅，绝知此事要躬行。"

泽民道："学而不思则罔，思而不学则殆。读书伊始，须记三到：心到，眼到，口到。"他递给晓松晓云一人一支毛笔，蘸上清水，于青板地面上，写上"天""地"两字。晓松晓云照葫芦画瓢，歪歪扭扭写出，晓云喜滋滋瞧着自己平生第一次写出的字，后又照泽民之字，写上"玄""黄"二字。

晓云兴奋道："头一个字乃是天，然后地字，后面为玄黄。我头上是天，脚踏为地，然不知玄黄何意。"

晓松大概知晓，然说不明白，泽民道："天乃青黑色，地为黄色之意。"

春晖疑惑，插嘴笑道："天乃青黑色不假，然地应是绿色。"

泽民点头道："春晖此处疑惑，很是可贵。寰宇大地，颜色各异，华夏之正统文章，多出自北人，北方大地多呈苍黄之色。"

众人点头，方才明白。泽民又写上"宇宙荒洪"四字。

晓松更是摇头，晓云一脸茫然。泽民道："上下四合为宇。古人以屋房顶边为宇，源于观白蚁之巢，巢内甚是复杂，如上下四方天地之间。后造出宙，江河之舟舆所极覆者，似整个苍穹，古人又在四合后，赋予流动之舟，以宇宙成天地，更为贴切。后演绎为宇宙二字，上下四方曰宇，往古来今曰宙，宇为空间，宙是时光，空间与时光之总和，便是宇宙。望古之际，四极废九州裂。天不兼覆，地不周载，火炎炎而不灭，水浩浩而不息，洪之本义是大水，荒之本意，为长满野草的沼泽地，两者合成，乃混沌与蒙昧之状态，便是荒洪。"

众人一片寂静，似乎置身于天地之始，举目无穷，混沌无极。

杏儿道："盘古于混沌中开天辟地，天地混沌如鸡子，盘古生其中，万八千岁。天地开辟，阳清为天，阴浊为地。"

泽民笑道："混沌，乃虚空生宇宙，宇宙生元气。古人因阴阳定消息，立乾坤以统天地也。乾坤安从生？有太易，太初，太始，太素四个阶段。然细思不然，浩渺乾坤，岂有始终？故而天地之初，实为假题矣。"

晓松啧啧称道："人不学，不知天地。今日方知以前犹如蝼蚁，愚昧无知。"

杏儿道："听兄长解析，我往日所学，蜻蜓点水而已。"

泽民立起，又写上："日月盈昃……"

转眼已是隅中时，泽民还在讲解："……玉出昆冈，昆冈乃华夏西北的昆仑山，为神仙所居之地，相传王母娘娘之洞府，便处西昆仑之上，更以出产美玉而闻名。"

话音刚落，便听得远处牛牯崽兄妹叫喊。晓松称今日是癞痢牯家中石灰窑灭火的日子，他与牛牯崽早已约定前去帮工。泽民道："今日《千字文》教授至此足矣，闲暇时晓松记得温习，明后再寻时机授课。"

晓松与晓云恭恭敬敬鞠躬谢过。小鬼道："已备下粗茶淡饭，还望公子不嫌弃，将就用一点。"

春晖赶紧插嘴，说郭府年前佃户交租事宜需公子回府帮着打理。泽民赶紧立身，谢过小鬼之请，杏儿不肯回去，闹着要去癞痢牯家中观看鸟儿，泽民只得依她，留下冬梅陪着，带着春晖赶回。

杏儿问起癞痢牯家中境况，小鬼道："张家遭难，雪上加霜。之前被梁家拿去城内出售的竹器，梁家又赖着不给货款，年节肯定难过。前些日子我叫晓松送去一袋粳米，恐早已喫完。家中尚有一些稻谷，喫饭后，我领着晓松前去磨房，冲壳臼米，也好再给张家带去一袋粳米，捎上一筐用新米做出的粿条，糯米饼。牛牯崽帮我出力，留在家中扬谷，明日我还须去臼米，牛牯崽家里也缺米矣。"

风车呜呜响起，晓松晓云摇着风车忙碌不停。杏儿伸手，摸着风车口流出的稻谷，不解问道："稻谷干燥饱满，为何吹出如此多的瘪谷？"

晓云道："杏儿小姐，不论旱稻，单论水稻，最好的稻谷，也要九成实谷，一成秕谷。风车中之稻谷，乃新开垦的贫瘠梯田所产水稻，恐只有六成实谷，四成秕谷。"

杏儿笑道："为何一年四季，农家风车常响个不停？"

晓云道："家家喫米，然只得贮藏稻谷，喫完大米，又须冲壳臼米。冲谷之前，风车扬谷去空壳，谷子经石臼春后为细糠，又须风车风筛扇净，才出大米矣，自然风车不停矣。"

牛牯崽出去挑谷，杏儿问道："平日里牛牯崽抢着干重活，为何今日留下扬谷？"

晓云小声道："稻谷去壳，麻烦得很，晒得不干，或臼米用力过猛，谷粒皆碎。阿公与阿哥心细，调接磨房的水锥，远胜牛牯崽矣。"

晓云眨眨眼，又道："说到磨房臼米，我娭几说，外地稻谷去壳用砻，去皮用舂，颇为繁琐，远不如五彩村的水锥，去壳去皮一体也。"

杏儿道："稻谷脱粒，为何有的在田中用木桶抽打，有的在晒谷场牛拉石磙，尚有石板上摔打的？"

牛牯崽进屋，接过话："挑运难矣，晒谷场又少，只好就地脱谷；晒谷场牛拉石磙，省力不少，然砸破谷胚，来年育秧惨矣。若要留作来年种子，最好石板摔打。"

杏儿笑道："惭愧，日日食米，然不知其中辛苦。"

晓云道："杏儿小姐外出歇息吧，已是满身谷壳。"

一个多时辰过去，小鬼与晓松搭乘乡里的马车归来。众人赶紧行动，路上想起瘌痢牯，晓松心中难受，低头不语，晓云几个也是满含眼泪。牛牯崽叮嘱众人，进得瘌痢牯家中，万万不可提及瘌痢牯。

第三十二章
寒冬至奸商逼绝路，无德行豪门丧人伦

依然是那片竹林，小径边溪水静静流淌，杏儿心中酸楚不已。瘌痢牯吖吖张老爹闻声挣扎起来，瘸腿走出，瘌痢牯的小弟妹满脸污秽，手脚呈紫色，乃冻疮伤口糜烂，欢叫着扑向晓松与牛牯崽，两眼紧盯着晓松背上的米袋。晓云放下竹筐，内有粳米粿条糯米饼、迎新的桃符等，晓云随瘌痢牯大妹苦菜花赶紧进屋生火造饭。屋里传来几声号叫声，又是几声病痛呻吟声，杏儿听得毛骨悚然。苦菜花道："吓着小姐矣，然勿要惊慌，阿婆自哥哥逝去，便整日无语，时常号叫哭泣。嗯糜卧病在床，疼痛难忍，便呻吟不止。"

杏儿道："为何不去医治？"

瘌痢牯吖吖惨笑道："两人也不知得上何病，家中贫困，无钱医治。只祈求能熬过年关。"

杏儿不忍，赶紧跑出去，想去鸟园子观鸟，被苦菜花拉住："杏儿小姐，家中无力饲养，吖吖前两天已将鸟儿放飞，独留下一对鹦鹉，本想托晓松哥年前送给小姐。"

杏儿低下头去，不禁泪水涟涟，跟着晓松去了石灰窑。想起之前，瘌痢牯吖吖躺在床上，晓松与瘌痢牯、牛牯崽等挑着青石，与好心的乡里一道立起石灰窑。如今瘌痢牯吖吖虽然万般伤心，毕竟已能从床上爬起，心中宽慰不少。杏儿问道："一家大人均病殃殃矣，为何依然立窑烧石灰？"

晓松道："篾匠编织，篾片须泡在石灰水中，才能韧性十足，经久耐用，故篾匠家家皆烧石灰。瘌痢牯吖吖一心盼望病愈后，赶紧破竹织篾，卖得几个钱，不想拖累众人。"

几个乡里陆续前来，竹棚下，由泥垒成胖墩墩的竖窑，高不过六尺，窑身早已冷却，杏儿好奇问道："石灰如何烧成？"

晓松道："我跟随众人立窑，此窑内垒碗口大小青石一层，煤饼一层，铺薪其底，灼火燔之，煅烧七日便成。瘌痢牯吖吖哇，炭火冷却，便可破窑取之，若青石已呈白色，白里透绿，略有微缝，为上等石灰。弱等成为矿灰，面上白斑斑者，乃未烧酥石块，称之为窑滓灰。"

众人燃起柴火，烤火暖身后，围着窑子，用竹子搭出架子，点上三支香，磕头敬土地公公。噼里啪啦放上鞭炮后，人站立在架子上，窑子泥巴外层已被火烤出无数裂缝，用铁铲一翘，哗啦啦剥开掉下，众人双手裹布，捡起石灰块，用箩筐吊下，挑入旁边的山坡洞内。洞中石灰下，须先用干燥竹子垫高，在其上将石灰块一块一块码放整齐，再用谷壳木炭覆盖。见杏儿满眼迷惑，牛牯崽道："石灰置于风中，久而自会吹化成粉，故得储藏，用时以水浇之，自热水沸，石块酥散，冷却成膏状。石灰用途极广，砌筑，造纸，染色等，均离不开石灰。刚开垦的瘦田，用石灰沤草，加入油茶饼，几年渐成肥田。"

杏儿赞道："牛牯崽哥哥懂得真多。"

一乡里阿叔接过话来："石灰尚有怪异用途，牛牯崽可知？"

牛牯崽挠挠头，道："怪异用处？实在不知，请教老叔。"

乡里阿叔神秘道："石灰可取人性命，杀人不见血。"

众人听得纳闷，放下手中活计，齐聚到火边，听那阿叔道："张老弟进城，被官吏索取钱财，还殴打致重伤，村上商队回来告知，那几个殴打者均被抓获。"

晓松摇头道："我等欲听石灰如何杀人不见血，为何转言痴痴牯吖吖之事？阿叔，官官相护，伤害者也是官吏，官府岂会抓得？商队里阿叔乱哇咯，传言不真。"

阿叔道："头次听得，我也不信，然商队的人哇得有鼻子有眼，听后方晓得戏里有戏。原来殴打张老弟者，为一班市井无赖，佯装官吏，专挑生客与山里人欺诈蒙骗，常为非作歹，致伤者无数，且有几条命案。势力一大，百姓敢怒不敢言。"

众人又"哦"了一声，牛牯崽恨恨道："原来如此，那些恶厮有碰上我，若碰上我，非打断他们腿不可。阿叔，这跟石灰杀人不见血有何干系？"

阿叔笑道："的确扯远了。有一宋朝的典故，也是一群市井无赖，常常为非作歹，其中一人，光天化日调戏一民女，被民女丈夫斥责，怀恨在心，第二日民女丈夫蹊跷死去。众人皆怀疑是流氓作恶，然仵作验尸，毫无损伤痕迹，仅脸色微显黄白，与病死无异。仵作只好称其怪病致死矣。然死者邻居中，有一泥瓦匠，平日与死者交情甚厚，心中不平，又有邻居几个，见得夜幕中那个流氓曾背着一包袱，去过死者家中，且房中一股石灰味道。泥瓦匠找上仵作捕快，告知其中秘密，仵作大惊，捕快连夜抓来流氓，现场将水倒满木桶，放入石灰搅拌，然后用绳索绑住一狗，将狗头按入水中，片刻即死，死后以清水洗净，但见狗身上竟然全无绳索绑勒痕迹。原来水中放有石灰，石灰见血即止，而身上淤血也因石灰尽解。泥瓦匠熟知石灰特性，又有邻居作证，那流氓扑通倒地，全然认罪矣。"

杏儿听得头皮发麻，另一乡里阿伯道："这典故我大约记得，只是之后有官吏将自己做下的敲诈百姓之罪，也全然推给此流氓矣。"

杏儿道："竟有这样的事？"

阿伯道："人心不古。往年张老弟等编织的凉席，内掺麻丝，质软吸汗，凉而不冰，温而不燥，实乃佳品。由郭家收购，篾匠尚能养活家人，如今被梁家的顺百阜商队收购，货银常被拖欠，且压价极低。张老弟执意跟随商队进城卖货，明显是打探行情，梁家岂不恼怒，恐是那梁家与市井流氓勾结，将张老弟打个半死，杀一儆百。"

众人面面相觑，默默无语。远处忽然传来瘌痢牯妹妹的一声惨叫，众人赶紧跑过去，原来是苦菜花于灶房取柴火，被蜈蚣咬伤，伤口红肿，疼痛不已。晓松赶紧帮忙涂上药膏，牛牯崽见潮湿柴火底下，有众多蜈蚣、千脚虫、蟑螂、蚂蚁等，赶紧取来几块石灰，浇上凉水，石灰顿时噗噗炸裂，升起一团团热气，渐渐化成石灰粉末。他俩又在灶房各处，连同茅房一一撒上石灰粉，刺鼻呛人味道升起，然驱虫灭害矣。

冬梅帮苦菜花将黄豆炒熟，冬梅脚踩铁轮子，将豆子碾压成豆粉，晓云也炸出糯米饼，烧出一锅粿条面汤，众人吃得如风卷残云。有乡里阿叔舔尽碗中残羹，赞道："晓松公公被称为稻神，的确名不虚传。小鬼叔种出的水稻与糯米，奇香无比，尤其晚稻新米，一口喫得五大碗。今日之糯米饼，色泽焦黄，软糯可口；粳米粿条筋道，食之只怕日后想起，也会垂涎三尺。"

众人七手八脚又忙上一阵，将石灰窑与石灰洞收拾便当，瘌痢牯吖吖千恩万谢，执意送给每个乡里由瘌痢牯弟妹编织的凉席、竹椅子与草鞋等。乡里几个推辞不得，只得欢喜拿上，唱喏告辞。晓松牛牯崽见天色已晚，趁瘌痢牯吖吖进屋时，放下凉席便抽身而去。

晓松等人翻过山岭，来到瘌痢牯坟冢家前，不远处，乃是红红姐全家之墓。晓松等扒去残雪，培上新土，在坟前摆上米饭年糕等，哭泣念叨瘌痢牯，红红，豆饼，又想起下落不明的吖吖，放声大哭。晓松擦去眼泪，默念克孜古丽公主，于是又执三炷香，伏地三拜。众人烧上纸钱，杏儿晓云哭泣声中，牛牯崽扔下鞭炮，晓松含泪拽杏儿晓云离去。

已近春节，五彩村家家户户掸拂尘垢蛛网，用石灰水将黑黢黢的墙壁刷得亮堂，富户家里更是擦门抹窗，清洁器具，拆洗被褥窗帘，洒扫六间庭院，疏浚明渠暗沟。苦菜花领着弟妹，将恶臭的脏污、垃圾杂草等点火燃尽，灰烬埋入土中沤为肥料。

忙碌几日，便至岁除之日，喜是久违的晴日，瘌痢牯吖吖被苦菜花唤醒："吖吖，是日岁除，该贴上桃符欸。"

瘌痢牯吖吖迷惑道："桃符？"

苦菜花道："前几天晓松牛牯崽哥等来家帮工来时，也送来泽民公子书写的桃符，尚有灶公灶婆像，我已贴上灶堂。"

瘌痢牯吖吖方才记起，赶紧爬起，苦菜花又从房中背出婆婆与嗯糜。嗯糜满脸灰黑，然被晨光映照，脸上渐渐现出几丝红润，似乎有了些精神。婆婆在日头底下，痴痴望着忙碌中的苦菜花。苦菜花弟弟从大门上揭下褪色的旧桃符，欲要撕碎，婆婆突然说道："不可！只可烧成灰烬，埋于土中。"

自瘌痢牯死后不肯说话的婆婆突然开口，让瘌痢牯吖吖惊喜不已。苦菜花噙着泪水，连连点头答应，瘌痢牯吖吖展开桃符问："去岁桃符，我记得写的是'一元二气三阳泰，四时五福六合春'，横批乃'十全十美'。我大字不识一个，今岁桃符何言？"

苦菜花道："冬梅姐姐交给我时，念过几遍，我虽记不全，其意是晓得的，大体是'冬去春来，寒尽花开'之吉利话。"

瘌痢牯弟弟刷上糯米浆，一家人欢欢喜喜将桃符严严实实贴于门框上。瘌痢牯吖吖左瞧右瞧，满意点头道："苦尽甘来，但愿如此。是日岁除，梁家总该支我一些货款，我前去讨要，顺便给林家与牛牯崽家送去一些冬笋。家里尚有几个鸟蛋，昨日我又从溪沟里摸得一桶螺蛳，又抓了几条刀子鱼，尚有邻居家送来的野兔子腊肉，也分出一份送去。有得晓松家送来的大米，这年关也过不得。小花领着弟妹，照顾婆婆嗯糜，我早去早回，祭祖后一家团圆守岁。"

瘌痢牯吖吖走后，苦菜花抱柴烧水，给婆婆嗯糜洗漱净身，又烧得一锅热水，让弟弟妹妹洗澡。妹妹撩着水，欢喜嚷道："过年矣，过年矣！哎，阿姐，年是咋哩？"

苦菜花摇头，旁边竹榻上嗯糜咳嗽一声，苦菜花赶紧将她扶起。嗯糜仰头迎着透过窗户的日光，也不惧刺眼，慢言慢语道："相传古时候，每到年末最终一日的午夜，山里便窜出一只四不像的恶兽，名字叫夕，专喫村里的幼童。土地公公也无奈，然土地公公有一童子叫年，年见恶兽从不喫猴子，好生奇怪，便暗暗观察，认为恶兽惧怕猴子屁股的红色，更怕霹雳电火，便告知土地公公。土地公公大喜，将计就计，令年放上爆竹，又贴红色纸张，果真恶兽大骇，年驱赶走恶兽矣。有游魂野鬼见得，便托梦给亲人，以后流传开来，每至年末，百姓便请来年，过驱夕之难关。久之，驱夕变成除夕节，红纸变成春联矣。"

苦菜花笑道："原来如此，怪不得桃符用的是红纸，鞭炮也是用红纸包裹着。"

日中，弟妹叫唤肚子饿，苦菜花也不应声，弟妹嘀咕道："天天稀汤寡水，不是干煸冬笋，便是腌菜干菜水煮菌子，喫满一肚子，反而更加肚饿。"

苦菜花安慰道："家中仅有十多斤米矣，有米汤喝，已是不易。等吖吖回来祭完祖，一桌子鱼肉米饭，你可放开大喫，此刻忍忍便是。去扯些野草，喂上小羊与鸡。"

弟妹嘟嘟嚷嚷，背上竹篓悻悻而去。苦菜花方才想起一事，拎出几个篮子，将尚有潮湿的树鸡、松蕈、香蕈等菌子晾晒开来，进屋洗净萝卜、莲藕、葱蒜等，从缸中拃出腌菜，沙中拔出豆芽，菜地里拨开残雪，采得一棵白头菜，杂物房土盆中，割下一把韭黄，昨晚井水泡上的干菜尚剩下不少，苦菜花又偷偷藏得几颗鸡蛋，林林总总数来，荤菜素菜，已是十大碗矣。苦菜花心中欢喜，打算先煮上一锅菜汤，以解弟妹的饥饿，心中美滋滋等待吖吖的归来。

午饭时候，弟妹腹中空空，饥饿难熬，然望汤不食。婆婆也推开菜汤，哭泣两日未见得一碗米饭，已是眼冒星花。嗯糜道："兴许吖吖讨回银子，购得大米，正在回来路上。小花不要吝啬，要不先煮上几碗粿条面汤，让大家填填肚子。"

苦菜花只得劝慰婆婆勿要哭泣，现去煮上面汤，尚存一些晓松哥送来的粿条，大家喫上一小碗，垫吧几口。婆婆眼巴巴道："尚有糯米饼，我闻见香味矣。"婆婆被日头晒得难受，哀嚎起来，苦菜花只得抱婆婆与嗯糜回屋。

苦菜花从灶台洞内，端出好不容易藏留的粿条，煮成粿条面汤，又放上昨日泡好的树鸡菌子，分成数碗给弟妹，又给嗯糜端去，单独端给婆婆一份糯米饼与粿条面汤，仅留给自己洗涮锅子的半碗面汤底喝下。她心中惦记吖吖，便出门去竹林路口观望。

痢痢牯吖吖走一段，歇息一会儿，终于将冬笋送到林家。小鬼欣慰张老弟初愈，又送给他一罐大米酿成的老冬酒。痢痢牯吖吖又去过牛牯崽家，尚未赶到梁家，便见路上几个乡里激愤不已，嚷嚷着找里长评理，原来也是梁家拖欠货款的讨债人。梁家大门紧闭，十几个乡里怒吼着拍着大门，等上许久，梁家管事与家丁几个终于露脸。管家梁大道："诸位乡里，勿要急躁，商队回来之时，大雪弥漫，有脚夫滑落悬崖，梁老爷仁慈，安葬抚恤花费不少，耽误乡里结账矣。然外省天灾人祸，城内涌入乌泱泱的灾民，马帮的货物悉数被灾民乞丐抢去，诸位的山货也滞留于城内，折半卖给城内店铺，也只卖出一半，只得一半货款，另一半等店铺卖出，方能收得。然货款尚未焐热，又被官府强行征去三成，用以安置灾民。梁老爷亏大矣，然心里惦记众人，四处筹集，今日先还给每家一成货款，其他也只能等候。至于亏损，还望诸位共担……"

管家梁大尚未说完，便被愤怒叫骂声掩盖。众人忿忿不平，齐声抗议。梁大道："商队的脚夫，多半为乡里邻居，可询问他们是否如此。"

突然有人道："外面的事，我管不着。赊账拉走货物，亏损为何由我等承担？今日除夕，尚等着结账买米过年，如不给，我等也不回家。梁老爷不敢出来，是否心虚？"

众人顿时一阵吼叫，冲向前去，与管家家丁推搡扭打起来。有人操起张老爹背篓中的瓦罐，砸向正持棍棒殴打乡里的家丁，人未砸着，然罐子破裂，酒香四溢。众人一惊，顿时停了下来，一哄而上，抢破碎瓦罐里的残酒喝。张老爹于推搡中挨得几脚，赶紧退出人群。

里长家中早有人报信，门前也集聚数人，嚷嚷请里长主持公道。里长出来，应诺一定给众人一个交代，众人方转回梁家。

仁泰道："吖吖既然应诺，为何慢吞吞不出家门？"

里长道："熬至众人无奈，难事方能易解矣。"

仁泰道："梁家可恶至极。城里有灾民不假，然货物早已暗中卖出，梁家与店铺、官吏伙同演戏，骗得众人，然骗不过吖吖。"

里长点头："梁家自然不敢瞒我。滑落悬崖的脚夫乃他家的驱口，梁家谎称是外乡人，摔下已死，实则暗中关在自家牢狱中，其他乡里脚夫俱被蒙骗，还个个感激梁老爷如数结清工钱，自然替梁家说话。梁家这一手，真是名利双收。"

仁泰嘿嘿一笑，道："吖吖将卧底派去充当脚夫，每次回来告知货物价格，与梁家管家之言如出一辙，只怕吖吖中了梁家的反间计矣。吖吖还是早早防备梁家为好。"

里长康德不语。仁泰又道："官府也信不得。之前称五彩村可免税数十年，然不过一两年，就前来征税。县衙差役如狼似虎，连吖吖都敢威逼。苛捐杂税重矣，百姓生计困顿，怪不得略有天灾，灾民就如此之多。长此以往，五彩村物产丰富之地的乡民，怕是也得汇入乞丐灾民中。"

康德道："仁泰危言耸听，不可妄加揣测。前一次县衙派出粮长、衙役们前来五彩村，吖吖依你的计策，找人在夜中装扮饿死鬼、吊死鬼，粮长等人胆战心惊。在外乡人眼中，五彩村本就是诡异之地，看见野鬼，更添恐惧，次日就赶紧溜走矣。其他官吏也不敢再来，仁泰为五彩村立下功劳，吖吖甚是欣慰。"

仁泰道："吖吖将计就计，代粮长征税，也获益匪浅。只是糊弄官府，此乃权宜之计，恐那知县大人信不得五彩村的鬼神，来年还须另想他策。吖吖，年后正月十五，村上傩戏演《柳毅传》，杏儿扮演龙女，那梁贵贿赂郭家祠堂宗干，竟然要在郭家祠堂的傩戏中演柳毅！"

康德冷笑道："梁贵狂妄，仁泰中意的，他也敢觊觎？"

郭家四叔及几个宗祠长老在大门外等待，里长穿戴完毕，方携众位尊长前往梁家。

众人左盼右盼，终于等来里长，人群骚动。梁老爷哭丧着脸出来迎候，双方又是一番声嘶力竭的争吵。郭家四叔公与几个长老咳嗽几声，众人无奈，只得同意由里长裁决。

里长威严扫视众人，道："一个多时辰后，家家皆须祭祖，各家都有本难念经。乡里生计不易，梁家大户人家，理应救助，先不计较亏损，拿出两成货款，以助各家度过年关，其他年后再商议。梁家须万分努力，尽早讨回货款，不负众人期望矣。"

众人面面相觑，沉默片刻，长老纷纷叫好，众人也只得点头。梁家管家梁大拿出算盘，众人排成一队，张老爹分得几张大明宝钞，心内估摸着价值白银几两，揣着感激，恭恭敬敬向里长鞠上一躬，赶紧离去。

众人走后，梁家大院清爽许多，仆人便砍下松树枝两支，梁老爷于院中插上。

梁贵的细妹（妹妹）不解，问其婆婆，公公为何只插两支松枝，婆婆叹道："家中有几个男丁，便插几枝。"

婆婆领着众多女眷，在室内外遍撒松针，细妹又问："祭祖有何讲究？"

有位堂姐撇嘴道："不就是大门开着，八仙桌上悬挂先人的图像，桌上摆放木牌位，五碟干果，供奉的菜色要五畜俱全，用大盆大碗盛着。公公率全家老幼，燃香点烛，洁祀祖祢，男性为前，以次列于先祖之前，先跪拜，诵祭词，要祖宗全然保佑梁贵耶，有得我等的一句吉利话。之后，全家的宝贝，阿公的心头肉，唯一的子孙梁贵，独自上酒祭拜。祭祀毕，放三个炮仗。哼，祭祖祭祖，与我等何干？"

婆婆瞪眼斥责道："今日年三十，不许哇气话。赶紧洗漱去！"

梁家老幼俱焚香沐浴净身，个个穿上新做的棉衣，尤其梁老爷的几个小妾，穿上城中做的新衣裳，个个喜笑颜开。梁老爷于房中背诵祭词："梁氏后裔子孙谨祭告于梁氏太始太宗，暨历代列祖列宗之尊：乾坤浩浩，梁氏泱泱，繁衍生息，山高水长，根深叶茂，居住川冈，历代祖先，义正垂芳，亲睦江西，泽荫千房，盛备酒馔，请酌请尝……"忽听外面吵闹，梁贵婆婆气呼呼进来道："老爷，得管管丽丽！泼妇吵闹不休，祭祖时竟要与我共处一列。"

梁老爷恼怒："又未生养，如何敢与大娘同排祭祖，成何体统？"

堂客恨恨道："你这第六个小妾丽丽，声称已怀有梁家骨血矣。"

梁老爷大惊，冲口而出："久未同房，何来骨血？"

堂客"咦"了一声，狐疑望了老爷半晌，嘴唇抖动，道："难道是贵儿，天呀……"

梁老爷怒气冲冲走进梁贵房间，伸手便打了梁贵一掌。梁贵已然明白，笑道："那夜晓松冇打死我，今日大年三十，公公打死我就是。公公既然已知，孙儿也不藏掖。阿公曾言，前朝蒙古人，父死后，子除生母之外，其他姨娘均可为妻。丽丽乃我三叔偷偷养在外的小妾，三叔早亡，丽丽理应伺候于我，为何阿公暗中收为小妾？"

梁老爷骂道："我等乃汉民也，为何仿效愚昧之举？孽子！"

梁贵诘问道："既为汉民，阿公干得，为何孙儿干不得？"

梁老爷噎得说不出话，差点背过气去。他这个孙儿梁贵，名为孙儿，实则亲儿。然儿子与梁贵生母均已死去，也就无法查证，梁元臣自以为瞒得好，其实梁家上下人等多有知道此事的。梁元臣气得唉声叹气，梁贵已经若无其事出屋玩耍矣。

张老爹揣着大明宝钞，惦记着家中老小，一心欲购置一袋大米。然庄上商铺早已打烊，无处去买。张老爹闷闷不乐，恰好撞见远房侄儿。侄儿乃原郭家祠堂的马帮脚夫，家中尚有大米，张老爹求购一小袋大米，侄儿热心肠，一口答应。见到大明宝钞，侄儿不忍说道："阿叔去过城内，为何不知纸币极易贬值？恐过不得多久，几成废纸一沓矣，年后赶紧换成通宝或银锭才是。"

张老爹背着侄子相赠的大米，回家途中，想起梁家给的纸币，心中郁闷不已，一个劲儿责骂自己糊涂。此时已是日落西山，临近家的竹林中光线昏暗，忽见一人倒于地上，抱起方知为女儿苦菜花，已是手脚冰冷，毫无气息矣。晴天霹雳，张老爹顿时如堕地狱，放声大哭，抱着女儿冲向家中，院中便见苦菜花的弟妹躺在地上，均已气绝。又冲进房中，堂客与嗯糜也已撒手人寰，嗯糜口唇青紫，眼球充血，口中尚有糯米饼，分明是噎死的。进得灶房，灶洞中端出瓦罐，尚有剩余的粿条；砧板边有一碗，碗底有昨日泡发的树鸡与菌子残羹。他突然醒悟，痛哭道："全是吖吖害死你们！忘记高温潮湿，藏的粿条岂不变质？久泡的树鸡，已成毒药矣！糯米饼为老人杀手！我悔矣，为何不叮嘱孩儿几句？"他大叫一声，昏死过去。

月光冷冰冰照着大山。老鼠从瘌痢牯吖吖脸上爬过，他苏醒过来，挣扎爬起，怔怔无语。许久后，他烧上热水，将一家人尸体擦洗干净，默默将尸体俱背至石灰洞中，扒开石灰堆，将尸体一一平躺放上，覆盖石灰，又盖上席子，从屋里提出一桶火药，坐在洞中，怪笑一声，掏出大明宝钞点燃。轰隆一声，山洞崩塌，大山似乎摇晃震颤几下，远处传来一阵阵鞭炮声，久久不绝。

从郭家祠堂归来，杏儿闷闷不乐，嗯糜问冬梅缘由，冬梅道："祠堂祭祀，仁泰窜至小姐身边，叽里咕噜一番，杏儿小姐被气得不轻。出来问之，小姐不语，然有人告知，仁泰胡言，咋哩'野有死麕，白茅包之'。若不是在祠堂上，恐杏儿早一个巴掌扇去矣。"

杏儿嗯糜闻之，忿然作色道："这是《国风·召南》的《野有死麕》，仁泰真乃卑鄙无耻之徒。"

除夕晚膳，满席佳肴，杏儿食之无味。春晖端上一盆红烧鲤鱼，杏儿伸筷欲夹，婆婆笑道："其他菜品，都可大快朵颐，唯独此鱼，乃为摆饰，碰不得矣。留下整条鱼，寓意来年富贵有余。"

杏儿道："忌讳恁多，也不见大富大贵来临。祠堂祭祀，更是繁文缛节，尊卑分明。祭祖也罢，尚须祭神，倒不如废除这些虚礼，还更自在些。"

杏儿公公道："礼有五经，莫重于祭。祭者，志意思慕之情也，忠信爱敬之至矣，礼节文貌之盛矣。士君子安行之，官人以为守，百姓以成俗。"

杏儿道："然荀子曰，凡天地间有鬼，非人死精神为之也，皆人思念存想所致也。"

泽民道："孔子也曰，未能事人，焉能事鬼。敬鬼神而远之。人之性恶，其善者伪也。"

公公不悦道："浴兰包粽念忠臣，千古不亡湘水身，当日楚王憎逆耳，随将一国殉灵均，节分端午自谁言，万古传闻为屈原。"

泽民与杏儿，顿时无语。杏儿公公道："荀子曰，治之经，礼与刑，君子以修百姓宁。明德慎罚，国家既治四海平。荀子与儒家主张大相径庭也。"

婆婆道："孔夫子打哈欠——满口书生气。这是饭桌上，你当是学堂欤？"

杏儿嗯糜笑道："泽民，杏儿孝顺，今夜守岁，只能讲吉利话，讨个口彩。"

婆婆笑道："尚未到守岁之时，孙儿先饱食一顿为是。"

春晖眨眼问道："最后一道佳肴为鱼，之后为何便是守岁？"

泽民道："除夕之夜，一则别岁，酒食相邀；二则分岁，长幼聚饮，祝颂完备；三则馈岁，各相赠送；再则守岁，终夜不眠，以待天明。一夜连双岁，五更分二天。"

杏儿笑道："可不。暮景斜芳殿，年华丽绮宫。寒辞去冬雪，暖带入春风。阶馥舒梅素，盘花卷烛红，共欢新故岁，迎送一宵中。"

众人抚掌喝彩，唯有公公眼角垂泪，呆呆望着几案上的一双筷子与空碗。泽民心中明白，阿公惦记吖吖。他心中酸楚，赶紧冲杏儿道："杏儿，请上公公婆婆，-嗯糜，随我院中放炮去！"杏儿点头，放下碗筷，拽着公公婆婆走出门。

小鬼早就邀来牛牯崽全家共度除夕。已是子时，晓松牛牯崽及几个弟妹，手持竹管，一边敲一边喊："吾为傩，击竹管，驱疠鬼，闻管声，烦恼轻，智慧长，寿命增。岁月不居，时节流转，寒冬即过，大地复苏，生机盎然……"

庄上一片欢呼，炮仗声声，惊天动地。晓松与牛牯崽忽想得吖吖、瘌瘌牯、红红、豆饼等人，不禁流下热泪。晓云不忍视之，丢下竹管，默默望着大山，心中叹道：希望这无尽的黑夜，赶紧过去……

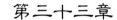

第三十三章
比试夺魁展露天资，夜谈立志万里之行

阳春三月，五彩村已是姹紫嫣红。梅雨季节，天空放晴，村里的学堂便歇息一日。然此时荡秋千，放风筝，摔跤，斗鸡，戴柳，斗草的，多为富裕人家的子弟，穷人家孩童仍忙得四脚朝天。

仁泰与梁贵等七八个纨绔子弟，将众孩童轰出打谷场外，占地蹴鞠。他俩卖弄招数，时而一个旱地拾鱼，时而一个拐子流星，引得众人喝彩。

梁贵踢得大汗淋漓，气喘吁吁道："仁泰，家中有《宋太祖蹴鞠图》仿品，记得上有一诗：韶光婉媚属清明，敞宴斯辰到穆清。近密被宣争蹴鞠，两朋庭际角输赢。可否仿宋人之耍法，组成齐云社，戏耍一番？"

仁泰停下，满脸遗憾道："毕罢了歌舞花前宴，习学成齐云天下圆。乡野之地，比不得城内富贵子弟，辄携樗蒲，院内蹴鞠之后，酒肆里拥妇女酣宴，何等惬意！"

梁贵笑道："不如各府出艳丽丫鬟，一同蹴球，彼此各率一队，摆上球门，按进得风流眼的多寡之数，将丫鬟赏对方伺候几日。"

仁泰淫笑道："妙，成矣，一言为定！"

郭家大院内，仆人挥着锄头除着花园中杂草，时常停下弯腰拔草。冬梅路过，好奇问道："好端端的一支箭，为什么拔去？"

仆人道："冬梅小姐，可知一支箭草的俗称？"

冬梅摇头，仆人道："阴阳花。"

冬梅惊讶道："花朵火红艳丽，阳气得很，为何称阴阳花？"

仆人小声道："一支箭草怪异得很，喜好阴处，叶子茂盛时不见花开，花开时期，叶子全枯萎掉落，犹如人鬼两世不能相见，故称阴阳花。当年杏儿吖吖稀罕一支箭花的艳丽，令人在自家院子栽种后，当年便被夷人掳去，郭家从此衰落。我思前想后，还是拔去此草为好。"

正说着，杏儿与泽民带着春晖走过来。

杏儿道："三月踏青下院来，春衫阔袖应时载，折花都隔山前雨，直到黄昏未得回。三月踏青，何处花开最妙？"

仆人忙接话道："回小姐，而今桃花，李花，梨花，油菜花争相开放，然映山红山坡上最为好看。"

杏儿又问："农夫忙甚？"

仆人道："春分已过十几日，此时为稻谷浸种育秧期，农人挑粪堆肥，以备插秧。茶芽吐翠之际，也正是采茶的好时机。"

杏儿道："今日天色煞是喜人，梅雨时节日头金贵，杏儿已征得嗯糜允许，兄长不如一同前去踏青赏花？"

泽民摇头道："我略感风寒，尚有文章未读完，冬梅陪着便是。"

春晖暗中噘嘴，冬梅笑道："公子，可否让春晖一同前去？"

泽民诧异，瞟冬梅一眼，点了点头。春晖嗔道："冬梅多嘴矣！"

冬梅回屋赶紧拿上几本书。踏青是半真半假，定是又去找晓松。晓松应在田里，踏青教书两不误。春晖欢喜得紧跟着冬梅，冬梅一比画，春晖会意，暗中揣上三把袖刀，方出大门，春晖便劝杏儿小姐也随身藏好一把刀。杏儿诧异，见冬梅二人恳切的目光，便也接过一把袖刀。主仆三人连着几次驱赶大白鹅，大白鹅仍然死死跟着不肯离去，冬梅踢它一脚，方才摆脱。小花狗撒腿跑在前，扑向路边花蕊上的蜜蜂，反被蜜蜂袭来，吓得小花狗汪汪叫唤，转身逃去。村口树上的几个猴子，翻着跟头跃下树，跳跃着向打谷场跑去。

梁贵正踢得兴起，一抬头看见杏儿与冬梅春晖，顿时一阵慌乱，脚下的健色（皮球）被仁泰抢过。仁泰使了一个眼色，将健色踢给耍伴郭宝，并与梁贵并肩，用身遮住。郭宝狠狠一脚，健色越过两人，不偏不歪正击中春晖鼻梁。春晖捂住脸，眼前星花乱迸。冬梅气恼不已，杏儿瞪眼视之，刚想张口大骂，却被冬梅拽走。三人低头无语，只是加快脚步离开。然郭宝隐于人后，又飞起一脚，砰的一声，一块石子砸于冬梅脸颊，顿时鲜血直流。杏儿大怒，回头抱住地上健色，佯装恐惧。梁贵迟疑片刻，冲旁边玩闹的猴子破口骂道："瞎眼烂货，瞎投石块，砸得冬梅出血，畜生实在可恶！"

梁贵一声吆喝，其他人醒悟过来，赶紧移开盯住郭宝之眼神，纷纷捡起石子泥块，愤愤然砸向猴群，众猴嗷嗷逃窜。仁泰走近，安抚冬梅几句，接过杏儿手中的健色，冲郭宝一个鬼脸，示意他离开。

杏儿突然拔出袖刀，直扑过去，刀尖顶住郭宝下颌道："何故挑衅伤人？"

郭宝急道："猴儿所为，为何赖上我？"

杏儿道："五彩村的乃牯敢作敢当，想不到郭家竟生出你这种怂蛋！"

郭宝涨红脸道："乃几是怂蛋？不妨打开窗户说亮话，今日之事，缘由杏儿小姐离经叛道，祭祀不拜神，还常可怜穷鬼并施以恩惠，平日里清高傲慢，对我等不理不睬，故而心生不满，杀鸡给猴看！"

杏儿道："大路朝天，各走一边！就凭你，还想管我的事？"

梁贵上前劝道："杏儿，郭宝与你同族同根，何必刀刃相怼？郭宝毕竟是乃牯，真若交手，你岂不喫亏？"他掰开杏儿手中袖刀。

郭宝趁机一拳挥来，杏儿躲闪不及，倒在地上。

"你以为吾等怕你？今日就以拳训戒。郭家祠堂之叛徒！"郭宝恨恨嚷道。

仁泰赶紧拽住郭宝："杏儿也是你打的？她可是我未过门的堂客！"他反手抽了郭宝一个耳光，郭宝顿时蔫声细语，不停求饶。冬梅春晖赶紧扶起杏儿，杏儿推开冬梅，挥手一刀，在郭宝脸上留下一道血印。杏儿又冲仁泰骂道："装咋哩？乃几是你未过门的堂客？贼货！"

杏儿骂声未落，持刀又刺向郭宝，仁泰手疾眼快，伸手推开郭宝，杏儿刺空，反手又是一刀，仁泰挡上，袖刀插过仁泰手臂，仁泰哇哇大叫。梁贵大叫："郭宝，二楞子，招谁不行，偏要惹母老虎！"杏儿冷笑一声，持刀又冲了过来。

冬梅与春晖扑上，抱住杏儿，村人也纷纷劝道："一个庄上的，抬头不见低头见，何必结仇？"冬梅春晖拽住杏儿，匆匆离去矣。

郭宝惊魂未定，小声骂道："杏儿出手太狠。仁泰此番英雄救美，演戏倒是逼真，然被杏儿一眼瞧破。呸，我还挨上一耳光，被杏儿划上一袖刀矣！"

仁泰笑道："以后郭宝若要演英雄救美，我也挨你一刀，绝无怨言！"

梁贵道："杏儿一闹，弄得众人无意蹴鞠。方才瞧得杏儿似是去踏青，尚带书籍，怕是又去田头给穷鬼晓松授课。杏儿宁可被臭粪所熏，也不愿与我等来往，难道我等皆不如穷鬼？"

郭宝恶狠狠道："晓松若是满腹四书五经，岂不天地倒转！梁贵之言，使我气不打一处来。不如我等前去当面羞辱晓松一番，气煞杏儿，也解今日之恨！"

众人同声叫好，放下健色，叫嚣着向村外走去。

走出村外，满眼春色；杏儿心情渐渐好转。村外之梯田，犹如阶梯一般，一级级地拾级而上，杏儿触目生情，吟道："童孙未解供耕织，也傍桑阴学种瓜。"

杏儿从长辈处也知五彩村有雷鸣梯田。所谓雷鸣梯田，因希冀雨水雷鸣般灌溉而称之，如今为求大水灌溉，先人按十之二三比例修筑陂塘，高处梯田，用高转筒车将坡塘之水引上，可谓水无涓滴不为用，山到崔嵬尽力耕。田埂单薄，依靠茅草、映山红等灌木、葛藤之类植物的根系维固，每至冬至，五彩村便有一景，满山大火映红天空，以火去除杂草的景象，甚是震撼。

春上一块块梯田早已灌水，在日光与远山薄雾映衬下，泛出不同色彩。山丘如诗如画，杏儿想起有人曾赞道：梯田层层通山雾，远山渐隐连天幕，田埂火后春草绿，田埂相叠成阡陌。

牛牯崽与晓松于上下相邻的梯田里，各执一牛，正在犁田。乡里熊牯与晓云等几人在田埂忙于培土除草，驾驭水牛的吆喝声与耕田歌此起彼伏。杏儿三人远远便听得牛牯崽与晓松等扯起嗓子唱道："哎哎哎，我是扛弩弓的牛牯崽，我是背长刀的熊牯，我是持猎枪的晓松。啊啊啊，不登山岗猎豺狼，不去峰口捕麋獐，不攀悬崖摘仙草。哎哎哎，牵着瘟神黑水牛，扛着闪亮大犁刀，一脚踩进梯田里。啊啊啊，走啊走，哎哎哎，弗要偷懒，嚯嚯嚯，转角哇，水牛黑哥，你该只瘟神，弗要神经，等下一牛梢子拂过去，你呀不服咋哩。禾草满槽，青料够饱，一犁田就偷懒。犁田不深，水稻长不高，年末冇收成。喫咋哩喫，哎哎哎，走啊走啊，天空又会落雨！瘟神快点呀，犁出泥鳅黑鳝鱼，犁出蟋蟀绿拐子，犁出线虫红马蟥。哎哎哎，转角呀，犁了尚要耙田，耙田后面耖田，弗要哇我狠心，下有七八十块丘田，生成就是犁田命，牛眼瞪我冇屁用，我本是农夫属于田。嚯嚯嚯，瘟神瘟神不喘气，犁田完了好栽秧。嚯嚯嚯，转角呀，月亮婆婆出来矣，皮粗肉厚不忍抽，嚯嚯嚯……"

冬梅与春晖笑到岔气，杏儿笑道："鬼哭狼嚎，煞是痛快，要不我等也嚎叫几声？"

春晖兴奋点头："唱对花歌！"

杏儿提议道："春晖姐，不妨来几首诀术歌。"

春晖点头道："那先来一曲《春龙调》。"她捋直乱发，仰头唱道，"哎嘿！晓松，牛牯崽，熊牯家，你是不是龙家？我乃石匠一名，我乃铁匠一个，凿一对白玉石牛鼻环，打一副铜牛架铁犁头，编一根虎须牵筋，套一环龙骨脖索，左边驾一头铁水牛，右边驱一头铜黄牛，叱叫扶犁高举鞭，春忙杏儿去犁田。哎哎哎，龙家，牛儿把你住之水塘犁翻，谷子将汝耍之江河填满。哎哎哎，龙家……"

春晖的歌声戛然而止，因为发觉坡下竹林丛边，仁泰一行正驻足倾听。杏儿也看见了他们，蹙眉骂道："难缠鬼，竟然跟来矣！"杏儿向上跑去。

梯田下，郭宝道："春晖的歌喉果真如翠鸟一般，悠扬婉转，又如竹子火中爆裂之清脆，真真好听。"

仁泰摇头晃脑道："昆山玉碎凤凰叫，芙蓉泣露香兰笑。想不到一个丫鬟的歌声竟如此美妙，难得难得。"

梁贵恨恨道："一丫鬟唱个破曲，也值得你们这般称赞。仁泰，若不是我等前来，杏儿恐怕也要为晓松轻歌曼舞了。我等还不上前与他较量？"

郭宝瞥梁贵一眼道："咱们一会儿是文斗，还是武斗？"

梁贵道："叫家丁一哄而上便是，何须我等动手！"

众人皆不出声，仁泰道："杏儿在跟前，让家丁动手，岂不又遭杏儿奚落？武斗，晓松有熊牯与牛牯崽相帮，恐杀敌一千，自损八百。我等高贵之体，岂能与之相搏？还是文斗为上。"

郭宝道："众人当中，梁贵喝墨汁的年头最久。既要文斗，理当由梁贵承当主将，我等助之。"众人纷纷点头赞同，梁贵还要推拒，被仁泰一脚踢去，梁贵只得讪讪而上。

众富家子弟蜂拥至晓松犁田的田埂上。晓松、牛牯崽与熊牯已看到他们，停下手中的活计，挡在杏儿冬梅春晖身前。仁泰道："晓松，毋须剑拔弩张，杏儿见得我等，也无须害怕。"

杏儿拨开晓松，跨前一步，不屑笑道："死皮赖脸，一再骚扰，难道我还怕你们不成？"

仁泰谄媚笑道："杏儿误会矣。郭宝自觉冒犯杏儿，心中懊悔，恐杏儿被人蒙骗，特邀我等前来护佑。"

郭宝恬不知耻，凑上前笑道："可不。你们脚下的水田，皆是我家的田地，熊牯乃我家的佃户。晓松与牛牯崽是猴子屁股发痒，乃里都去放屁，为何又来给熊牯家帮工，还在我家田里，嚎叫得如同锯木头一般难听，玷污了我家良田。我上来阻止晓松的号丧，熊牯家又有死人，更恐族妹杏儿被你等劫持，特地前来护佑杏儿！"

杏儿道："此水田乃晓松祖上传下，何时又被你家拥有？熊牯家几时又成了你家的佃户？"

牛牯崽气愤道："去岁村上死伤众多，村上摊派抚恤，又有徭役与苛捐杂税等，晓松公公除了自家一份，又替我家缴上，又要厚葬瘌痢牯全家，家中已是一贫如洗，只得将仅有的三亩水田卖给他家矣。"

郭宝得意笑道："原来杏儿不知此事。也罢，日后多与我家往来，自然能多晓得些。"

杏儿道："咋哩税？"

仁泰笑道："大明赋役法，以黄册为准，册有丁，丁有役，田有租，比起前朝，大明乃休养民生，轻徭薄赋矣。我吖吖千方百计，将税减为官府额度之三成，汝等还要抱怨，真是不知好歹。"

晓松道："我等听得，五彩村原本摊派税费，仅是五彩村之徭，然无官府的捐税。如今水田税，官府之岁办，派办，杂派，水脚钱，口食钱，库子钱，寺庙之神佛钱，种田须交禾苗捐，石匠得交打岩捐，渔夫交划船捐，猎人交火铳捐，杀猪宰羊有屠宰捐，添丁进口有落地捐，嫁娶有新婚捐，死了尚需棺材捐等，凡此种种，仁泰竟然哇是轻徭薄赋？"

杏儿急道："我年幼，但即使五彩村的长辈也从未听闻这等规矩。皇上天高地远，我等不交便是，官府能奈我何？怪不得村人皆说，五彩村不如原先快活安宁。"

仁泰道："杏儿莫急。我吖吖也是征求过各长老族长的意见，最终归顺了大明朝。原先五彩村偷生于世，井底之蛙般苟延残生，如今得以光明正大在世间立身，再不用为盐巴布匹等紧要货物担忧矣。杏儿公公为何倾力教授泽民？杏儿相助晓松，不也是盼他日后金榜题名？五彩村融入大明朝，乃是好事一桩！"

杏儿刚要反驳，郭宝道："五彩村刁民，少见多怪，嫌官府税赋重，可这是官府征税，里长也无可奈何。然寺庙的神佛钱等，确不该出。寺庙又不在本村，我等一生也去不得一次，交咋哩神佛钱？至于种田须交禾苗捐，石匠得交打岩捐等，仁泰吖吖已对官府抗拒不交矣，少发牢骚。今日春光明媚，怨气太重伤身，不妨来点趣事。杏儿人前人后常夸晓松聪慧异常，晓松又拜泽民为师，想必学有所成。我有一提议，今日让梁贵与晓松比试一番文采，若晓松赢得，是岁晓松家的徭捐，由梁贵家负担一半，另一半由仁泰和我承担，如何？"

杏儿道："输了如何？"

郭宝道："徭捐自然还是晓松自行承担，另外将此山顶往下，二十三块梯田，俱扒开豁口，流干尽水后，晓松重新踏车灌水。"

杏儿摇头道："晓松只读过《千字文》《百家姓》几本书，梁贵已读书十年不止，如何公平？晓松与牛牯崽耕田锄地辛苦不堪，你等不劳而获，逍遥自在，有脸让晓松陪你们消遣。"

梁贵嘿嘿道："泽民曾在学堂上吹嘘，他背诵文章，晓松于旁边听得一遍，就能记忆犹新，一字不差背诵。我等也不刁难于晓松，春晖手中持有《道德经》，今由我等读上三遍，晓松若能背诵出一百句，便算晓松赢矣。若晓松不敢比试，岂非是说泽民撒谎？而且晓松时不时挨近郭家学堂旁听，私塾乃我等几家共同出资，晓松旁听，岂不是不劳而获？"

众人起哄叫好，仁泰道："如不敢应战，休怪众人耻笑！以后也不必再去郭家学堂听书了！"

牛牯崽道："晓松，别理睬他！屎蚊子嗡嗡叫而已。"熊牯也轻蔑一笑。

众人哄闹，郭宝道："村上传杏儿闲话，乃痴情女子骚牟几一个，竟将朽木当栋梁，一个臭农夫崽子也视为俊才，实在可笑。今日比试是假，测试是真，晓松敢不敢应战？"

晓松往前一步："杏儿，士可杀不可辱，即便输了，晓松也无怨言。"

梁贵眼中闪过一丝慌乱，仁泰郭宝等纷纷跳入水田，将梁贵推出。梁贵手持《道德经》，皮笑肉不笑道："仔细听来。《道德经》曰，道可道，非常道，名可名，非常名。无名天地之始，有名万物之母。故常无欲，以观其妙，常有欲，以观其徼。此两者同出而异名，同谓之玄，玄之又玄，众妙之门……"

杏儿骂道："耍赖！背诵经书，岂能如此口齿不清？分明是使诈！让我来读！"

仁泰道："杏儿领读也成。梁贵读之，五遍；杏儿读之，两遍。"众人叫好。

杏儿欲争辩，但晓松拦住，示意她开始。仁泰从梁贵手里拿过《道德经》要递给杏儿，杏儿傲然拒绝，将《道德经》朗朗背诵完毕。众人目瞪口呆，鸦雀无声。

晓松心中称颂杏儿："气质美如兰，才华馥比仙。南国有佳人，绝世而独立。"

郭宝梁贵等人也是暗暗赞叹。仁泰心中五味俱全，悻悻道："郭乡绅诗书之家，名副其实。杏儿要不是误入歧途，本应是一位大家闺秀。有妇谁能似尔贤，文章操行美俱全。"

梁贵低头暗忖："轻罗小扇白兰花，纤腰玉带舞天纱，疑是仙女下凡来，回眸一笑胜星华。哎呀，若能占有杏儿一回，也不枉此一生。咳！"

牛牯崽、熊牯等人大声喝彩。熊牯赞道："一个杏儿，气煞众鬼！"

梁贵气急败坏，大叫："杏儿背诵《道德经》时，一字一句，实乃拖延！不能让她背诵两遍，还是让仁泰来读！"

郭宝与仁泰赶紧点头称是。晓松哭笑不得，大声道："我来复读，诸位照本察验：道可道，非常道，名可名，非常名。无名天地之始……持而盈之，不如其已。揣而锐之，不可长保。金玉满堂，莫之能守。富贵而骄……"

杏儿大声叫停："正好一百句矣，一字不差！"牛牯崽猛击泥水，乐得不行。冬梅与晓云等也是喜笑颜开，熊牯哈哈大笑道："晓松已赢矣！"

仁泰几个面面相觑，梁贵恨恨道："哪里有一百句？尚差许多。"

晓松也不理睬，继续背诵道："……自遗其咎。功成身退，天之道也……圣人不积，既以为人己愈有；既以与人，己愈多。天之道，利而不害。人之道，为而弗争。全文毕。"

众人俱寂，仁泰呆若木鸡，嘴巴大张，此时丢入几颗茶果，恐他也无反应。郭宝不知如何是好，不肯认输，又挑不出错，忍了片刻，终于愠怒道："啰唆！我等冇得耐烦查对晓松之背诵，然我乃听得有许多错句！"

梁贵甚是气恼，怪声怪气道："定是他先前背诵过，早已记得烂熟矣。须另外选上一文，重来！"

牛牯崽故意跌倒在水田中，手舞足蹈道："一字不差！晓松是奇才鬼才，杏儿慧眼识珠！"溅得晓云冬梅几个满身泥水。

杏儿望着晓松清秀刚毅的面孔，露出柔和笑容。梁贵仁泰等人看在眼里，更是恼怒。梁贵眼珠子一转，狞笑道："岂能落败而去！文斗不成，得来武斗。"

熊牯道："武斗更不怕你，随时奉陪！然春忙犁田，耽搁不得，可否另选他时？"

仁泰恨恨道："君子动口不动手。蛮人匹夫，不与你等纠缠！"

梁贵突然抢过晓云手中的锄头，疯子一般，挥锄挖掘田埂。仁泰几人大声助阵，梁贵一脚踢去，田埂垮塌一处，梯田顿时水泄如注。

熊牯气急，一拳挥去，打在梁贵脸上。熊牯还要打他，被晓松抱住。牛牯崽赶紧手刨淤泥，堵上缺口。仁泰撒腿便跑，身后呼啦啦跟着一群狼狈之徒。梁贵脚下一滑，重重跌入坡塘，被郭宝骂骂咧咧地救起。

熊牯道："我大字不识，然今日真是解气，晓松弟果真是文曲星，如有神助！"

晓松道："岂有神助，只是先前听泽民讲掌故，前朝元太祖成吉思汗嗜杀成性，然有汉人丘处机面见成吉思汗，在雪山以《道德经》论世间之道，言上善若水，水善利万物而不争。兵者不祥之器，非君子之器，不得已而用之。恬淡为上，胜而不美，而美之者，是乐杀人。夫乐杀人者，则不可得志于天下矣。成吉思汗闻之，醍醐灌顶，便有'止杀令'之美传。晓松甚是纳罕，故而泽民早就让晓松接触《道德经》矣。"

杏儿笑道："今日前来，也是哥哥前些日子哇起，晓松哥喜爱《道德经》，我特意送来此书，方知晓松哥已牢记在心。"

晓松道："记是记得，然不明其意，理解浅薄，不知其中的深奥。"

杏儿道："蒙古大汗一生喜爱结交雄才，至窝阔台汗，更是如此。他麾下的俊杰，居首的当数耶律楚材。此人是汉化的契丹人，深知华夏文明的博大精深，窝阔台汗听信其言，以儒治国，定制度，议礼乐，立宗庙，建宫室，创学校，设科举，拔隐逸，访遗老，举贤良，求方正，劝农桑，抑游惰，省刑罚，薄赋敛，尚名节，斥纵横，去冗员，黜酷吏，崇孝悌，赈困穷等，才有了大元朝的独霸天下。"

众人听后，赞叹不已，个个敬佩杏儿，分明是文曲星下凡，若是科举应试，岂不金榜题名。

杏儿非要犁田，冬梅帮手，扶着犁头喊："吁，吁，驾——"水牛哞哞叫唤几声，一步不前，杏儿一鞭子甩去，牛儿反甩牛尾，溅了杏儿一身泥水。众人哈哈大笑。

春季月明，泽民，杏儿，晓松与牛牯崽及其弟妹们，皆躺于草坡。田间萤火虫忽上忽下，在夜幕中增添了许多梦幻色彩。弟妹们央求："阿哥们，索性讲上一段鬼故事。"

牛牯崽道："鬼故事，得有晓松讲。"

晓松笑道："那就讲一个钟馗的故事。钟馗专好啖鬼，是日诞日，其妹送他寿礼，帖上写得'酒一坛，鬼两个，送与哥哥做点剁，哥哥若嫌礼物少，连挑担者是三个'。钟馗看毕，命左右将三个鬼俱送厨子烹之。担上鬼对挑担鬼哇：'本是死鬼，何苦来挑担子也'。"

众人拍掌哈哈大笑，晓云曰："阿牛哥，若你是钟馗便好，村上梁贵几个隔三差五伤害我等，侮辱我等为穷鬼，实则梁贵是欺凌鬼也，妹子把他送给你当礼物。"

泽民对梁贵厌恶至极，说道："依仗家中巨富，便横行霸道。今日我也讲上一段祝寿故事。凤凰过寿，百鸟朝贺，唯蝙蝠不至。凤责曰：'你居吾下，何故傲乎？'蝙蝠曰：'我有足，属于兽，贺你何用？'又一日，麒麟生辰，蝙蝠依然不至，麒麟责怪，蝙蝠曰：'我有翼，属于禽，何以贺之？'麒麟与凤凰相会，言之此事，相互感慨曰：'如今世间恶薄，偏生此等不禽不兽之徒，真个无奈他何矣。'"

杏儿闻后，抚掌笑曰："多行不义必自毙也。"

牛牯崽冷笑道："常言道，好人命不长，坏人活千年。昔日与夷人相斗，泽民太祖父为救全村老少，舍弃多半田产，如今的富贵人家岂有这等好心？梁贵家中坑蒙拐骗，倒是愈发富裕，村上许多人家，争相献媚。"

晓云道："今日月亮皎洁，不说恶心事，别坏了月亮公好意。"

众人点头称是，于是杏儿讲起嫦娥月兔桂花树的神话。众人听后，无不注视着天空中镰刀般的银月。杏儿道："天穹遥远，目不能及，天宫诸神，距离九霄之上，何其大，遐思不得。"

泽民笑曰："《婆娑论》说天，虽有三十二种，然其居住，仅二十八重。九霄云上有须弥山，山脚往上四千由甸，有坚手天，每往上加倍，便有一天，至三十二倍，有四天王也。再往上四万由甸，便是须弥山顶，距离四万由甸，有喜见城，即忉利天，常人所云天宫也。"

晓松问道："由甸是何计量？"

泽民答曰："耕地黄牛，走上一天的距离。"

众人各自点头，心中盘算黄牛一天的行程。晓松又问道："天宫几多神仙？"

泽民笑道："数天上星，一颗星便是一位神也。"

晓松又道："天上星星，绝无可能数得清。"

杏儿道："世上无绝对之说。然我以为，绝对之说可成立。"

众人不解问之，杏儿道："宇宙无尽头，便是绝对之说，若成立，那世间绝对理解不得空间为何物。"

众人不语，晓云道："杏儿小姐所言极是，若宇宙有绝对尽头，尽头外又是咋哩？"众人思之，纷纷点头称是。

众人仰望天穹，旁边几个弟妹唱起《数星星歌》："数星星，数星星，星星眨眼亮晶晶。今夜点，明晚点，月月年年数数精。数成十，数成百，千千万万数不清。"

晓云问杏儿："杏儿小姐，上次与牛牯崽哥哥数数，数至亿便数不下去。亿后面是何数？"

杏儿笑曰："万后面便是亿，其后是兆、京。"转头问泽民，"京后面是何数？"

泽民笑道："京后面是垓、秭……"然后也说不下去，问道，"晓松，令外祖操堪舆之业，你定会知晓。"

晓松道："我娭毑倒是经常教授矣。秭之后便是穰、沟、涧、正、载，其后也不知晓。"

杏儿继而问道："最大之数，可知？"

晓松不假思索道："极。"

泽民笑道："佛语也称'那由它'，意为不可思议的无穷，恰似远方，无穷无尽。"

众人听后，心驰神往。泽民道："远方，妙不可言。读万卷书，行万里路，令人向往。"

杏儿道："正是，烟波浩渺的洞庭湖，滚滚奔腾的长江黄河，水天一色的大海，风沙弥漫的沙漠，令人心情激荡。"

晓云拍掌欢快道："泽民哥哥，若是远行，请带上我。我未曾踏出五彩村，久居山谷，甚是渴望见得大海沙漠，长江黄河。"

杏儿道："晓松哥眯眼不语，莫非是无志于万里之行？"

晓云笑道："我娭毑早将外面世界刻在阿哥脑中，阿哥梦中已是周游各地，常在家中偷偷练习雅语。我嗯糜哇，阿哥长大怕也是游子一个。"

牛牯崽弟妹也嚷嚷要跟去，牛牯崽道："去去去，不是乃几皆可去，肚子喫不饱，哟里远游？已是夜深，赶紧回家歇息，养足劲头，明日田里送粪施肥。"

郭乡绅已是出山数日，去到湘水县城等地，除贩卖山货，访同科旧友，还要去采购书籍。临走时拜请郭家四叔公与其他祠堂的夫子，代为教授郭家私塾的学童。四叔公等人的才学远逊乡绅，那些顽皮学童便渐渐撒野，整日捉弄教授，气得四叔公索性关闭私塾。仁泰与郭宝等便占上打谷场，日日聚众在雨中蹴鞠。

这日梁贵手痒，领着几个家丁，想邀仁泰前去打谷场博戏，忽见熊牯挑着粪桶在前面走，扁担左右晃悠，那桶里定是满载人畜秽遗。想起前几日与晓松比试时曾挨了熊牯一拳，顿时气上心头，便找来仁泰等人商议。

梁贵道："前些日子，你等将我推出与晓松比试，本想羞辱晓松，捉弄杏儿，然事与愿违，弄得兄弟几个反被羞辱，情何以堪！数次与晓松交锋，我等每每落败，这是为何？"

郭宝道："文斗，有杏儿，我等肚中墨水，尚不够杏儿一口唾沫；武斗，牛牯崽乃晓松帮手，又有熊牯几个。单说牛牯崽一人，就能将我等三人打趴下，如何斗？"

梁贵摇头，仁泰问道："梁贵以为如何？"

梁贵狞笑道："我以为落败的缘由，在于我等心中皆有一个拦路虎。我等自幼饱读诗书，满肚子的仁义道德，犹如自戴枷锁。牛牯崽再勇猛，敌不过我家中的拳师；手脚再硬，硬不过暗中的刀剑。致晓松于死地，犹如踩死一只蚂蚁，不费吹灰之力。然每每心生此意，心中拦路虎便出来横加阻挠，倒不如前朝蒙古人随心所欲，想杀便杀，岂不快哉！"

仁泰严厉道："不可如此。如今五彩村的粳米已被官府作为皇家贡品，须悉数上缴。庄户人家不杀耕田犁地的牲口，晓松牛牯崽虽可恶碍眼，却类同我等家中种田的牲口，打骂皆可，然不可杀害。若宰得好用的牲口，五彩村如何交得出贡米？"

梁贵奚落道："仁泰，一日被蛇咬，十年怕井绳。既为里长之子，岂能虎门出犬子？"

郭宝道："乃几是犬子？仁泰俱过何人？"

梁贵嘿嘿一笑："只怕与熊牯单个交手，仁泰便不敢。"

仁泰咬牙切齿道："我晓得梁贵心眼多矣，然老虎不发威，当我是病猫，如今便去找熊牯。我等几个，非将熊牯打趴下不可！"

在村东山脚，仁泰等人追上熊牯。后面还有晓云等一行乡里，俱挑着粪桶与榨油枯饼。郭宝猛地瞧见晓云，惊讶其美丽娟秀，竟也不亚于杏儿，于是提高嗓门吆喝："闪开！"

梁贵几个嚣张推搡，山间小路狭窄，挑担人纷纷贴着路边避开。郭宝路过晓云时，故意一个趔趄撞上晓云，与晓云一道跌在路边水田中。晓云满身泥水，郭宝爬起骂道："瞎眼婆，为何扁担卒然横扫过来，令我躲闪不及？新棉衣弄得臭烘烘，晓云赔我新棉衣！"

有乡里道："分明是郭宝跌倒，撞落晓云，为何怪罪晓云？"梁贵几个怒骂，推搡乡里，乡里赶紧躲开。郭宝拎起晓云，叫嚣不停，梁贵几个一哄而上，又将前面闻声转身，挑着粪桶走回的熊牯堵上。

梁贵喝道："臭狗挡道，滚开！"

熊牯愤怒道："你等为何如此横行霸道？郭宝，放开晓云！"

梁贵一脚踢在熊牯大腿上，熊牯纹丝不动，梁贵如踢在树干上一般，疼得嗷嗷直叫。熊牯扔下粪桶，溅起粪秽，仁泰与几个富家子弟衣裳上都进上几处污浊，仁泰顿时破口大骂："臭狗找打！"

　　仁泰一摆头，梁贵家丁涌上，群而殴打熊牯。熊牯一拳砸去，竟将一家丁手中的棍棒砸折，那家丁虎口震麻，怯怯往后退步，被仁泰一脚踢上前，恰好一头磕在粪桶檐口上，喫得一口大粪。众家丁大怒，发疯一般攻击熊牯。一虎难敌群狼，熊牯被众家丁按在水田里，呛了几口粪水。郭宝还揪住晓云，扡上一勺大粪，令其喝下。晓云奋力挣扎，一口咬住郭宝左臂，郭宝疼得嗷嗷直叫，用膝盖猛击晓云。熊牯猛地扑过来，一头将郭宝撞出一丈多远，又一个鱼打挺跃起，挡在晓云身前："晓云，跑！"

　　晓云撒腿便跑，熊牯与数人对峙，冷不防被后头梁贵家丁一箭射中大腿，扑通跪倒。梁贵狠狠一棍，将熊牯击昏，家丁一拥而上，踢断熊牯几根肋骨。梁贵咬牙切齿道："晓云，躲得了和尚躲不了庙，追！"

　　梁贵领着众人到处寻找晓云，从村里来的一个家丁贴耳告诉梁贵，晓云溜回家中，她家也不见晓松与牛牯崽。梁贵大喜，仁泰不语，梁贵与郭宝便大声骂着，率家丁直扑向晓松家，破门进去便开始打砸，还猛揉晓松的嗯糜与弟妹。晓云被打得遍体淤青，晓松嗯糜哭着答允赔上新棉衣，梁贵等人仍不罢手。小鬼被梁贵家丁押回，小鬼抱住晓云跪地求饶，然梁贵还是不依。泽民与杏儿闻讯赶来，泽民气得满脸发白，浑身哆嗦，说不出一句话。杏儿大怒，要上前痛揍梁贵，却被冬梅春晖死死抱住。幸亏郭家的老仆人张旺赶来，好说歹说，并赔上银两，又向仁泰求助，仁泰这才假惺惺劝说几句，梁贵与郭宝方才罢手。

　　傍晚，牛牯崽与晓松从水田归来，得知此事，愤怒地操起棍棒要找梁贵等人算账，被小鬼拽住。"我家与牛家俱为佃户，若与郭家梁家结怨，只怕日后种田也不得，失去生计矣，岂不是全家自寻死路？胳膊拧不过大腿，何况有泽民与杏儿担保，日后互不追究。若是一闹，庄上无人再敢护佑我家，里长给你俩定个罪名，郭乡绅又不在，你俩如何应付？"

　　晓松手中的棍棒哐当落地，他抱住晓云，眼睛血红，说不出话。

　　牛牯崽愤怒道："为何世间黑白颠倒，奈何不得恶人！"

　　小鬼悲戚道："正不容邪，邪复妒正，善有善报，恶有恶报，不是不报，时辰未到！"

　　晓松道："垄上扶犁儿，手种长腹饥。窗下织梭女，手织身无衣。老人常言，生来如此，命中注定，我不信得。富人家贪得无厌，骄奢淫逸，对土地巧取豪夺，以致我等穷人上无片瓦，下无立足之地，当牛做马，养肥财主，还须感恩戴德，求大户人家给予租地种田。地主不灭，我等日后愈发困苦矣。天地不仁，以万物为刍狗；圣人不仁，以百姓为刍狗，是逼我等揭竿而起。"

　　小鬼骂道："郭乡绅也是大户人家，乃善人也，郭宝乃郭乡绅的侄孙，怎可记恨？揭竿而起，此念断不可有。你娭毑曾言，古今多少农夫暴动，皆以均田亩，安良除暴，替天行道而号令天下，然造反者，又成帝王将相矣。我以为你娭毑句句在理，造反者夺得社稷，变成帝王将相，江山依旧，世道依然艰难耶，天下始终有我等贱民。你阿兰婆婆以为，唯有致力农工之技，加之仁义道德的官吏，我等才有温饱。孙儿有幸得郭家的教导，不可忘恩！"

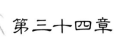

第三十四章

抒新见乡绅得高徒，接密报里长送亲子

次日清晨，晓松与晓云前往郭家大院道谢，并言愿以酬工报答昨日搭救之恩。泽民恼曰："如此报答，将我等的情分置于何地？你欲报答，便专心于圣贤书，他日金榜题名，飞黄腾达，便是最佳报答。晓松记住，君子报仇，十年不晚。"

杏儿嗯糜点头道："泽民所言极是，应潜心研读，不为外事干扰，以待来日。听说晓松天资聪颖，将《道德经》背得滚瓜烂熟，然不明其意。不如让晓松这就背诵一遍，泽民为之讲解。"

晓松遵命，起身将《道德经》一字不落背诵了一遍。

杏儿嗯糜心中暗暗吃惊，杏儿果真慧眼识人。她含笑望着泽民，泽民抑扬顿挫道："前之道，乃生成宇宙之本源与实质也；后之道，意为，道若可以说，便不是永恒常在之道，绝非世间常俗之道……"

晓松道："致虚极，守静笃，万物并作，我以观复？"

泽民摇头晃脑道："尽力使心灵至虚寂之境，使生涯清静笃定，便当万物一起蓬勃时，我便可以观察万物往复循环的道理。"

晓松迟疑道："致虚极，守静笃……我以为，'静'字改成'情'字更好。"

泽民问道："为何？"

晓松沉吟道："大道言情，远胜于静。"

泽民与杏儿惊讶，不禁细细品味此话之意。泽民盯着晓松双眼，顿时醍醐灌顶，笑道："你早已明理，诓我不是？罚你山上采野莓果，我嗯糜与杏儿皆喜爱喫之。"

送出晓松，泽民回到书房，口中仍念念不休："致虚极，守静笃，万物并作，我以观复……大道言情，远胜于乎。"

杏儿婆婆闻之，笑道："《道德经》一文，泽民年幼便倒背如流，弄得家中仆人丫鬟也会诵上几句，为何今日反复吟之？"

杏儿嗯糜笑道："与晓松温故而知新。"

杏儿道："婆婆，'致虚极，守静笃'，'静'字改成'情'字如何？"

婆婆笑道："圣贤之言，岂能篡改！一个情字，俗也。然公公明后日归来，可向公公讨教。"

翌日，郭乡绅返回家中，外出事务均已打理妥当，一家欢喜。郭乡绅问起泽民功课，泽民一一作答，郭乡绅甚是满意。杏儿向公公讨教《道德经》改字之疑惑，郭乡绅闻之，不以为然，然视杏儿肃穆之状，闭眼思之不语。

杏儿晓得阿公有所触动，笑道："晓松哥的意思是，万物之大道，理应守情，动情而专一，直至顿悟提高，而非死寂不前耶。"

郭乡绅心中诧异，一本《道德经》，次次读之，次次有新的认知，然晓松之意，更是新颖。

杏儿问道："阿公教导，春秋战国时有诸子百家，百花齐放，老子《道德经》乃华夏万经之首，中华经义之基石。《道德经》之道，言指万物宇宙的本义，然《道德经》重在人与人的相关干系，为何忽视人与自然之关联？"

公公道："杏儿之问，可是晓松之问？人类至今，万事皆玄，玄之又玄，域中有四大，而人居其一焉。道大，天大，地大，人亦大。人类探究天地万物之道，皆为感，知，行，和，同五字，便是体道，知道，行道，以至和谐大同。苍生理应以《道德经》为圭臬，化育自然界中一切，农尽地利，工取神巧，兵以制暴，名以命物，阴阳协天地，纵横处万国，都是道的具体外化，绝非忽视人与自然之关联耶。"

泽民道："老子被尊为道家的鼻祖，称老子天尊。圣人孔子曾问道于老子，深为折服，赞叹其犹龙耶，真我师也。故我以为，内圣外王，均以老子之主张，为中华贤者的最终理想。公公，对否？"

郭乡绅道："泽民所言极是，小国寡民，使民有什伯之器而不用，使民重死而不远徙。虽有舟舆，无所乘之。虽有甲兵，无所陈之。使民复结绳而用之。甘其食，美其服，安其居，乐其俗。邻国相望，鸡犬之声相闻，民至老死不相往来。此主张，贤者穷其一生之所求矣，何等极乐之境！"

婆婆道："小国寡民？秦灭六国大一统矣，为天下称赞，为何圣贤又推崇小国？"

郭乡绅道："一派胡言！小国非独立自封之国。国乃邦也，《周礼》言，大宰之职，掌建邦之六典，以佐王治邦国。以经邦国，以安邦国，以和邦国欤？"

婆婆翻上白眼道："你一生言行，必称行王道，以仁爱之，以德服之，以柔化之，如今如何？五彩村独守所谓小国寡民，官府不费吹灰之力，五彩村便皈依大明朝欤，故而小国寡民，世外桃源，乃童龀的天真罢了。"

郭乡绅恼怒道："夏虫不可以语冰！正因不遵圣贤之道的人多矣，才礼崩乐坏，天下纷争。晓松诵《道德经》，便悟其意，尚有灵气，远胜执迷不悟者！"

婆婆笑道："晓松聪慧过人，只可惜与《道德经》之道，风马牛不相及也。"

郭乡绅道："大道之行也，天下为公，选贤与能，讲信修睦。故人不独亲其亲，不独子其子。吾愿亲自教授晓松，分文不取！"

婆婆道："小鬼听得，自然感激不尽。然他家贫寒，尚需晓松劳作。再说晓松读书，小鬼只图其日后精于农工之技艺，别无他求。"

郭乡绅抚须道："顺其自然。"

杏儿大喜，登门告知，郭乡绅邀请晓松于日落闲暇时，去郭府挑灯夜读。

郭宝与梁贵，虽有杏儿家作保，日后与晓松互不记仇，然恐惧晓松报复，日日缩在家中，命家丁严守保护。半月过去，听得晓松见到梁家家丁，只是低头匆匆而去，便以为晓松终究害怕，于是更加狂妄，在学堂吹嘘已将晓松与牛牪崽两个刺头打服。仁泰讥笑道："怕的是你俩吧，至今不敢独自外出。"

已是盛夏，梁贵手又痒痒，邀仁泰郭宝几个晚上去郭家新祠堂中博戏。仁泰几个点头答允。梁贵与郭宝依然带上去晓松家砸闹的家丁放哨守卫。

夏日炎热，几人玩闹一阵，更是满身大汗，便吩咐熬上绿豆汤，煮上消暑茶，饮下方才凉爽许多。众人渐渐神思恍惚，纷纷趴下，鼾声四起。五六个家丁也困得不行，垂头迷糊睡去。

藏在一边的晓松笑道："牛牪崽家的晕虎药太灵，熊牪，我和牛牪崽帮不得你，该你上场矣！"

熊牪笑道："我割漆的出身，百毒不侵，若不是你拦住，我早上动手去矣！"

牛牪崽道："迷魂药效只得一个多时辰，赶紧！"

熊牪抱起一捆树枝，笑道："半个时辰便够。"

熊牪将生漆树枝放在梁贵、郭宝以及众家丁身上，拿起他们的手搓吧树枝，又用树枝涂抹他们的脸与脖颈，手臂与大小腿，完事之后又将树枝收起。三人呵呵一笑，出了院门，在门外碰上紧张兮兮的泽民，晓松拱手致谢，并告知梁贵行踪。

其后三日无话。到了第四日，梁贵、郭宝与众家丁突然个个皮肤红肿，燥热作痒，继而生出丘疹水泡，糜烂流水，头疼脸肿，以致呼吸不得。家人请来郎中，郎中诊断，乃生漆中毒，问起家中是否近来油过土漆，梁元臣摇头，然梁贵称前几日在郭家新祠堂温书，梁柱似乎上漆不久。郎中点头，继而开药，然郎中的药方药性温和，久不见效。便有人提议，若想快速解读，须去求割漆人熊牪吖吖，他家定有土方子。

然熊牯吖吖进山去矣，只有熊牯晓得土方子。梁家说上一箩筐好话，熊牯不给方子，却给了药物。外敷的是狗屎鸡屎与韭菜米粉拌成的药膏，内服的是人尿羊尿与鱼腥草蒲公英等做成的药粉，连服七日，方病痛消去。

梁贵病愈后走出家门，忽见晓松、牛牯崽与熊牯三人说笑着挑着担子从他面前走过，担子上是几捆生漆树枝，顿时一震，从心底泛起胆怯与悲哀。难道老天保佑这些穷鬼，自己终究斗不过晓松与牛牯崽？

入秋，本应秋高气爽，然这几日秋雨绵绵，山区已呈萧瑟凄凉的景色。一只信鸽扑棱棱落下，里长康德取信阅毕，脸色阴鸷。仁泰问道："吖吖，何事烦懑？"

里长道："县城密信，有恶徒写匿名信送到官府，密告我与粮长勾结，偷税漏税，巧钻漏洞，逃避军役等。粮长闻讯，已在恐惧中自缢身亡。如今他死无对证，吖吖侥幸躲过一劫矣。"

仁泰怒道："何人居心叵测？非查出不可，治他死罪！"

里长摇头道："此事却难。密信上曰，那匿名信字体潦草，错字众多，似粗野农夫所为。"

仁泰道："五彩村识文断字之人不多。若说刚开始学写字的，似只有晓松与几个学童。且慢，吖吖，五彩村无军户，何来逃避军役之说？"

里长道："孩儿可还记得户籍登记之规则？"

仁泰点头："自然记得。五彩村归顺朝廷之后，依大明律法，户籍登记造册。吖吖曾言，幸得郭乡绅指点，方知其中奥妙。《大明律》户籍分为四等，第一等为宗室，包括皇室与宗藩，毋须承担赋税役，皇亲国戚有犯，有嗣君自决等特权。第二等为官绅，只须承担部分赋税役。第三等为庶民，第四等为贱民罪奴。贱民非平民，一入贱籍，世代俱是也。庶民户籍又分为民户、军户、匠户、灶户四种，均为世袭，子随父籍，不得轻易更改。然如平民子弟科举入仕，或与皇族联姻等，可向户部申请，更改为官绅户籍。若诈冒脱免，避重就轻者，杖八十。其官司妄准脱免，及变乱版籍者，罪同。其令四民，务在各守本业。医、卜者土著，不得远游。皇恩浩荡，五彩村唯我家与郭乡绅两家，特批为官绅户籍。"

里长点头道："仁泰，五彩村亦农亦工亦匠者多矣，然当时户帖已改为黄册，户帖从上而下，而黄册制正好相反，是各户填写，甲长审核，甲长再上交于官府。我采纳郭乡绅建言，五彩村无军户，无匠户，更无灶户，全村老幼无怨言。五彩村偏于夷人山区一隅，无江西填湖广移民之虞，然大明朝战事不断，尤其今年北征沙漠之战，举国征兵，官吏依黄册向军户下令征兵，军队服役乃苦差事，军户苦于连年争战，已经无丁可出。官吏无奈，只得行贴军凑军之举矣。贴军凑军，实则由民众承担耶，五彩村实在躲不过矣。"

仁泰怔怔，道："十人出征九不归……"

里长道："正是，即为里长，当以有消灾之策。自古破费消灾，徐粮长与他人勾结，仿他地做法，原本五彩村缴纳的费用，被他用来从大户人家廉价买来驱口罪奴，冲抵军户服兵，从中贪利巨矣。偏他时运不佳，被举报本来无惧，然恰遇督察院御史巡视，实在畏惧。密信告知，官府已派出众位官吏前来五彩村，一来稽查税费，二为户籍登记在册更新，稽查是否有假，三是无论户籍，依然征兵充数，若交不得差，恐拿我问罪。唉，最令人头疼的是，仁泰郭宝几个同宗兄弟已过束发之年，此次恐在劫难逃矣。"里长言毕，垂头含泪，心中酸楚。

仁泰的公公郭家二叔公趿拉着鞋子，走入室内，冷笑一声："这举报的小人，恐是梁家。当年的黄册，由康德你独撰，官府皆听信钦，梁家费尽心机，然你终未给予梁家官绅户籍，此为一也。尚有夷人杀戮梁家三子，梁家始终疑是你借刀杀人，一直耿耿于怀，此为二也。征税与签发路引等，你又大权在握，尤其把持桐油土漆等官府紧要货物，又要独家熬制硝盐，梁家分不到半杯羹，自然怀恨在心，此为三也。就凭这三件事，梁家也不会让你好过。"

里长惊讶道："原来梁家早已盯上我。这可如何是好？"

仁泰公公道："你身为里长，遇事如此慌张，倒不如仁泰从容。你勿要担心，天高皇帝远，在官府眼中，五彩村终究为蛮夷之地，绝不会为几个银子为难五彩村。官府来人，我等伺候周到便是。军户之民，流离军伍，官府甚忧，然五彩村民风彪悍，老幼习武，官府一直鼓动五彩村贴军凑军，组成火铳兵队，以解国家之急。何况战事关系华夏江山之安危，征兵绝非虚张声势。大明朝一百多户设一里长，然五彩村五百多户人家，独立里长一人，可见官府对你寄予厚望。你凑够人数便是，何故与官府作对？至于仁泰与郭宝等孩子，这几日避避风头，悄悄进山打猎消遣，躲过众人。届时官吏进山，急于征兵，定是即征即走，不会拖延，我等只声称仁泰因外出治病，不能服兵役，官府也无奈，乡里众人面前，我也心安理得，只是日后须小心应对梁家。"

里长听后，顿时清爽许多，欢喜道："当局者迷，旁观者清，吁吁一席话，孩儿醍醐灌顶。事不宜迟，仁泰今晚就约好郭宝等人，明早动身进山！只是进山之后，千万要小心野兽。"

仁泰无奈道："说走便走，苦兮！孩儿山里生，山里长，虽不是猎人，也随公公等猎过野兽，吁吁不必挂念孩儿。征兵时若能将梁贵、晓松与牛牯崽等捉去，也解解我心头之恨！"

仁泰公公道："糊涂。捉去梁贵，便暴露我家早就得知官府征兵消息矣。梁家能举报我家，定是与官吏有勾结，恐他鱼死网破之。若捉去晓松与牛牯崽，日后无林家的粳米，你吁吁又如何向官府交贡米？君子报仇，何急一时！"

是日定昏，晓松离开郭府，牛牯崽身披蓑衣，持刀在院外等候。晓松道："白昼劳累，夜间排水，毋须陪同。"

牛牯崽道："明枪易躲，暗箭难防，雨夜更须当心，豺狼灭我之心不死。"

小雨淅淅沥沥，两人摸黑夜行。溪水潺潺，沟内的水草被捋得滑溜，偶尔弹出几条刀子翘嘴银鱼。路上早已泥泞不堪，路边树林里一片漆黑。两人加快脚步向村外走去，牛牯崽骂道："讨厌无尽的秋雨，闹得须夜夜去田里排水。"

晓松笑道："有谚语称，南有万担粮，北有秋里坳。然秋雨不绝，便为灾害。"

牛牯崽道："持续阴雨，稻谷恐灌浆受阻，稻株倒伏，稻穗发芽霉烂。"

突然一声狗吠，引起村里群狗一阵呼应。牛牯崽喜道："恒雨少日，日出则犬吠。"

晓松摇头道："视明日是否起雾，久晴大雾必阴，久雨大雾必晴。"

牛牯崽点头道："天晴赶紧晾田。哦，看此情形，尚须烤田，田面干裂，稻谷方能挺立。"

晓松从田里归来，狼犬扑上，摇尾舔着晓松脸颊。晓松推开狼犬，一头栽入床上，酣然入梦。

天地摇晃，晓松心如刀绞，站立不稳，被牛牯崽与瘌痢牯轮换背着，忽见夷人突袭，进村抢粮，顿时硝烟再起。有梁贵与族人在晓松吤吤背后指指点点，诬陷盼富勾结夷人。盼富怒吼一声，只身跳入阵前，乞求夷人退兵，被夷人数箭穿心。小鬼哭泣，前去抢夺盼富尸体，混战中，仁泰郭宝砍下小鬼首级。晓松悲愤交加，持刀跃起，却被一人一把拉住。定睛看时，那人竟是克孜古丽公主。她往上一指，天空一个火球砸下，仁泰郭宝顿时化成一缕青烟，灰飞烟灭。梁贵怪叫一声，举枪对准杏儿，晓松不顾一切要扑上挡住，然一脚踏空，惊叫一声，从床上跌落。

小鬼与晓松嗯糜闻声进来，嗯糜哭泣道："整日浸泡于雨水当中，全身滚烫，大汗淋漓，已胡言乱语矣。"

小鬼道："毋须慌张，我去采几味草药，熬上一剂，服下便可无虞。"

次日天亮，雨滴声早歇，杏儿推开窗户，乐道："终于雨停矣。苍穹似被厚厚的丝纱包裹着，朦朦胧胧，近在咫尺的树木，竟然若隐若现。浓雾令我有伸手触摸的冲动，似乎可一把将天地之雾，尽攫手中。"

冬梅道："眼前浓雾散去，山上定是秋日云海奇观，宛如仙境一般。"

杏儿道："大雾漫天，遮天蔽日，似天地亲密无间矣。置于其中，世间仿佛只剩我一人，更有'回首来路已茫茫，行行更入茫茫里'的感慨。昨晚入梦，梦中几个村人不知何故，掉入烟雾缭绕的深渊，若隐若现。我恐是晓松几个，急慌慌追上，被一道闪电晃了眼，神志清静后，眼前一片茫然，然怀之盒传出声音，仔细听来似蝉声。我赶紧掏出怀中盒子，乃晓松从藕田捡来的银盒，竟变成透明盒子，清晰见得内有玉叶，上伏有一只金蝉，似以极细的金丝掐成，做工精致，如同活体一般。那盒子如梦幻般渐渐消散，金蝉突然张翼鸣叫，化成一缕青烟，留下'五通五通'的声音。之后，我眼前又是一片漫天云雾，不知身在何处。"

冬梅眨巴眼睛道："日有所思，夜有所梦。金蝉玉叶，乃传说里悬棺中的宝物葬品，是山神娘娘的遗物。盒子由晓松所得，小姐惦记晓松，自然梦里相见。晓松风雨田中劳作，昨晚读书时脸色有些异常，恐是感了风寒。"

杏儿埋怨道："何不早言？待我煎钵汤药送过去。"冬梅点头称是，跟着出去，陪同杏儿熬制汤药。

仁泰几个神不知鬼不晓地于村外碰头，仁泰忍不住嘟噜一句："大雾弥漫，天助我也！"

郭宝道："昨晚神神秘秘，匆匆唤我等今晨伴你进城治疗，还不得外传，现今见你身体健壮，为何又改成进山打猎？幸好刀枪俱带矣，你葫芦中卖的是咋哩药？"

仁泰道："不便告知，诸位跟上便是，事后恐你等要跪下相谢我。大家悄悄行动，不可惊动村人。"

见仁泰一脸肃穆，众人俱不吱声，悄无声息向山里行进。

翻过一座山，周围已无人烟，郭宝憋不住，一屁股坐在地上，道："已行至无人之境，歇息一下，再进山打猎。仁泰也该告知我等去何地。"众人也纷纷倒入草中，唯仁泰站立。

仁泰道："去元宝山的麋鹿山。此次出门狩猎，非同一般，你等长辈已叮嘱，全听从我安排，须在元宝山躲藏几日。"

郭宝不屑道："麋鹿山山势平缓，麋鹿、毛冠鹿、水鹿、猪獾、黄猄、麂子众多，然灌木丛中也有豹猫、小灵猫、云豹、老虎等凶兽，我等又不是能闯龙潭虎穴的猎户，何必冒此风险？倒不如去元宝山旁边的阴山黑龙潭，只多一日路程，然悬崖峭壁上常见岩羊。黑龙潭后的山坡，野山羊与四不像众多，水边洞穴中娃娃鱼肥腴，虽也有老虎鳄鱼等凶兽，然人迹罕至，我等先将草丛中老虎用火驱赶，自然安全得很，我以为应去黑龙潭。"

一人惊叫一声："蛇！"弹跳起来，手中甩出一条长蛇，浓雾中只显一条黑影。

众人皆蹦起，仁泰轻蔑笑道："一条蛇而已，胆小如鼠。"

那人恼道："突然触碰到银环蛇，你无惧？"

仁泰道："银环蛇固然有毒，然从不主动攻击人也。"

郭宝道："谬已，一条无毒菜花蛇而已。"他捏住蛇头颈，在仁泰眼前晃动。仁泰定睛视之，乃玉斑锦蛇，自嘲道："呀，有眼不识金镶玉，此乃美女蛇。"

众人嬉笑道："杏儿耶？"

仁泰不解问道："何人将杏儿称为美女蛇？"

有人道："梁贵贼称之。"

郭宝道："梁贵那厮称我等为眼镜蛇，五步蛇，竹叶青等，均为一等一之毒蛇也。"

"为何？"

郭宝涨红脸道："兄弟几个与梁贵博戏，欠下一屁股债，梁贵讨之，我等拖欠，便被他骂作恶蛇。"

仁泰怒道："我视梁贵为菜花蛇也。"

有人问道："为何？"

仁泰道："一里菜花蛇，十里无毒蛇。杏儿虽为孽障，然终究是我郭家族妹，梁贵恶斯垂涎三尺，一朵鲜花岂能被他摧残？"

郭宝将手中的美女蛇远远一掷，点头道："仁泰所言极是，我等何不去阴山抓上几条菜花蛇，剥皮火烤？菜花蛇肉最为鲜美！"

仁泰道："郭宝之言甚合我意。赌债，偏不给梁贵！"

众人欢呼，似乎雾气正渐渐消散，便跟随郭宝向阴山走去。行至日入时，头顶天空已是湛蓝，极目远眺，前方阴山山巅依然隐现于浓浓雾霭中。山脚幽深峡谷，升腾着神鬼莫测的氤氲水汽，如梦如幻。脚下山坡绵延下去，便是广袤森林，林中灰蒙蒙一片，光怪陆离的雾气，在微风中像帐幔一样来回摆动。郭宝吆喝一声，群山回荡，袅袅不绝。众人兴趣盎然，皆狂叫不已，引得万物呼啸。齐膝深的草丛里，秋虫呢喃，森林中似有隐隐涛声。

仁泰忽然惊喜叫道："麂子！"前方突如其来的几只黑麂子，好奇地望着众人，跳跃几步，远远停下，从容地嚼食青草。

仁泰笑道："麂子神态稚拙，易于捕猎，其肉鲜美，其血大补，远胜人参神仙草。"说罢，解下火铳，却被郭宝拦住。

郭宝道："欲猎麂子，众人从上往下合而围捕，令其疲惫不堪，从而生擒之。"

众人纷纷称是，仁泰道："此猎法何人不知？然腹中饥饿，宜速战速决。"

郭宝笑道："心急喫不上热豆腐。火铳散弹丸硌牙！"

言罢，众人呈围合之势朝麂子追去，几只麂子左扑右蹦乱成一团，惊慌当中一溜烟朝坡下窜去，穿过一人多高的草丛，一头蹦起又落下。众人纷纷扑上，却不知那草丛下乃是泥沼，个个陷入，赶紧拔腿爬出，再望麂子，晃晃悠悠，竟一头栽倒。众人也觉神思恍惚，渐渐昏晕过去。郭宝尚有几分神智，恐惧万分，惊叫一声："瘴气！"接着便似他人一样，全身冷战，呕吐挣扎，渐渐一动不动矣。仁泰一句未答，趴在他身边，渐渐昏迷过去。

梁贵告假几日，仁泰郭宝也说要去城里找郎中疗疾，郭乡绅懒得问及，见学堂上还有几人，便依然执尺授课。

日正回到书房，见张旺与堂客、儿媳等人满脸焦灼，才知晓松患了风寒，高烧胡言，杏儿已去林家探望。郭乡绅一听，也要前去，被张旺拦住。

张旺道："老太爷，万万不可前去，只怕杏儿小姐也暂时回不来矣，尚要滞留在外。"

郭乡绅诧异道："为何？"

儿媳哭泣道："晓松高烧胡言，似是瘴疬，恐杏儿传染，我去陪伴杏儿！"

堂客道："不幸中之万幸，杏儿被林家阻于屋外，应该不会被传染。然小心为上，让杏儿在外观察半日为好。"

郭乡绅道："五彩村一岁无时不瘴。春日青草瘴，夏日黄梅瘴，六七月曰新禾瘴，八九月曰黄茅瘴，秋日水土尤恶，以黄茅瘴尤毒。常人将风寒发热头痛、瘴气、疟邪等皆称为瘴疠，实则谬已。晓松是如何症状？"

张旺道："老太爷，下人慌张，尚未问得明白。"

郭乡绅一言未发，拔腿便去，张旺赶紧跟上。郭乡绅转回，唤上泽民，堂客拽住不放，郭乡绅道："既为郭家子嗣，岂能放弃亲去诊断瘴疠的机会？"

三人匆匆来至林家，晓松公公小鬼慌忙迎出，杏儿与冬梅跑至前面，欢喜道："晓松哥已退烧矣，神志清醒！老天保佑！"

郭乡绅撇开众人，进房俯下身来，听晓松呼吸匀称，把脉又知脉象正常，再看脸色已呈红润，舌苔也无异样，悬着之心方才落下。

小鬼跟进来作揖谢道："有劳乡绅挂念，林家感恩不尽。"

郭乡绅道："药罐中有豆豉，银花，连翘，荆芥，薄荷脑，竹叶等，此药可治高烧？"

小鬼道："乡绅慧眼，此汤药乃温药，早先见孙儿高热汗出，舌苔黄糙起刺，大便不通，甚至胡言乱语，故清热方剂中配用大黄芒硝等，猛药以通大便，泻下热结，使邪热从下而去，速达去火退热之功。"

郭乡绅作揖道："早闻贤兄擅长治愈瘴疠，今日有幸得见，果真独到。"

小鬼谦逊道："田中劳作，风里来雨里去，发烧风寒实乃平常，自己在先人方剂上，胡乱琢磨的拙方。"

郭乡绅与林家人寒暄一阵，见晓松无恙，心中大悦，携杏儿泽民等告辞。

五日后天刚放亮，里长康德便满脸惊慌急匆匆闯进郭府，见得乡绅便鞠躬作揖道："有要事相求，还望叔公救我！"

郭乡绅惊讶："有何事令贤侄如此慌乱？"

里长道："有一自称新任粮长的外人，踉踉跄跄进村，倒在村口，被乡里抬入祠堂，被抢救醒后，我才知其后还有数位官吏，是跟随督查巡史前来五彩村，然在半路，个个呕吐不已，全身发冷，面色苍白，口唇发绀。众人忍着，拼命翻山越岭向五彩村靠近，然多位已发高热，神志不清，全身酸痛，呼吸急促，尚有出现抽搐者。幸亏新粮长症状尚轻，故只身前来村中报信。"

郭乡绅大惊："此乃五彩村开天辟地从无遇见的情形，何事令官府如此兴师动众，前来蛮荒偏僻之山村？他们分明是得了疟邪。"

里长哭丧着脸，三言两语将老粮长贪污，连同征兵一事道明，乡绅方才知晓里长的焦虑。官吏前来五彩村，路上得了疟邪，明面上可以验证里长归顺大明朝时恐吓官府之言，五彩村有诡异瘴气，十人到罗霄，九人难回家，然也有故意传染瘴气或救治不力的罪名，官府或许怀疑五彩村是借瘴气躲避税赋，里长难逃其咎。

杏儿婆婆愤愤道："五彩村已是里甲制，有里长，甲首，里书等人，为难之时，为何扯上我家闲云野鹤之人？"

里长道："我村之制，里有长，甲有保，乡有约，党有老，俾互相纠正协助，使民醇俗美，不让成周。叔公既为官籍，又为乡绅，乡绅须受命之时则忘其家，临阵之时则忘其亲，击鼓之时则忘其身。患瘴疠之初，本村郎中尚可应对，然官吏们已病入膏肓，郎中也束手无策。传闻叔公有治愈瘴疠的奇方，叔公若不出手相救，日后官府怪罪下来，叔公又岂能脱得干系？"

屋外忽传来梁老爷的号啕大哭声，郭乡绅又是诧异不止。梁老爷踉踉跄跄闯进门，扑通跪在郭乡绅脚下："我家孙儿梁贵也在其中，已大汗淋漓，体温骤降。求郭乡绅慈悲，救我孙儿一命！"

乡绅诧异道："为何贵儿也在其中？"

梁老爷哭泣道："孙儿得知仁泰几个孩子进城，以为他们是装病，实则花天酒地去也，故而也佯装得病，死磨硬泡去了城内，谁知半路遇上官吏，被抓个正着，充作向导，引官吏来此。他与几个家丁，俱已染上瘟疫矣！"

里长也扑通跪下："救人一命胜造七级浮屠，小侄磕头相求叔公！"

郭乡绅赶紧扶起里长，道："贤侄勿怪老夫，这几人已患疟邪数日，老夫也回天乏力。然可推荐一人，也许还有一丝希望。"

里长与梁老爷不约而同道："何人？"

郭乡绅道："晓松公公，小鬼也。"

梁老爷顿时无语。里长康德道："那还是有劳叔公前往相求，我知林家受叔公恩惠多矣。"

梁老爷道："晓松公公乃深明大义、不计前嫌之人，如能治愈贵儿，我家必有重谢。"

郭乡绅道："罢了罢了，赶紧随我去。"

郭乡绅与里长带着车马匆匆出门，梁元臣也慌忙跟上。他们在田中寻到小鬼，又是拱手，又是作揖，小鬼听后，低头不语。里长焦躁催促，被乡绅拦住。小鬼缓缓说道："曾与亲家闲聊，岭南闽广等处瘴气盛矣，有冷瘴、热瘴、哑瘴之分，当地有土著人针刺疗法，疟邪发一二日，以针刺其上下唇；病已入里而濒死者，刺病人阴茎而愈。但此法未经证实，老夫断不敢称能够救得……"

里长道："死马当作活马医，如今顾不得矣！"他一把将小鬼与乡绅推上轿子，纵身跃上马背，扬鞭催马，众人向村中疾驰而去。

三日后，官府众人终于从阎王府门前折回。里长如释重负，小心伺候。数日后督查巡史最后一个病愈，闷头不语，新粮长早已好得利索，领着督查巡史村上走上几遭，见乡民对里长与乡绅敬爱有加。尤其郭乡绅，满腹经纶，与督查巡史对上脾气，已成至交。乡绅邀上巡史农田秋游，见众人忙于梯田水车，巡史才知秋雨连绵，百姓繁复排水引水之辛苦，山区的生存艰辛。里长陪同巡史进山打猎，虎豹俱得，巡史心花怒放。

新粮长被梁老爷等暗中塞与金银，到巡史跟前替五彩村好言，又有熊牯等近百名火铳兵被征，稽查一事便轻描淡写抹过。临走之时，巡史尚邀郭乡绅进城一酌，再论春秋。

官府人既去，里长赶紧遣人至麋鹿山寻找仁泰，然响箭放上无数，也不得见仁泰郭宝等人。派去的家丁找不到人也不敢回村，只好在山中漫无目标地转了三日，最终惴惴而归，被里长拳脚相加。赶紧又牵上狼狗折回山中，被引着向阴山方向而去。次日于森林边，泥沼旁草丛中，只发现了火铳刀枪弓箭等物，正是仁泰郭宝等人的。家丁们眼前一黑，差点昏死过去矣。

第三十五章

露锋芒英才连高中，遭诬告贤良陷囹圄

又是一年，夏季农忙季节，杏儿几日不见晓松，恐其劳累不堪，又怕其中暑，便煮上绿豆汤，提罐前往田头寻找晓松。有几位老人见了，便道："晓松午前帮我家收割稻谷完毕，与牛牿崽一道去河中冲凉去矣。晓松心善，常年匡助帮衬我等老朽之人。"

杏儿来至河边，见牛牿崽正在大樟树下呼呼大睡，晓松木呆呆盯着脚踏水车。杏儿笑道："何事令你痴呆？"

晓松道："骄阳似火，一把镰刀收割稻谷，弯身直腰，直腰弯身，农夫辛苦至极。你看那水车叶片从下往上，循序渐进，丝毫不乱。依此之理，若置上固定滑杆，安上滑动的长短叶片刀放于稻禾脚边，人直立踏之，刀刃锋利，一片片收割，岂不轻便？若上梯田，负重艰难，依此之理，将叶片换成滑动小车，上置粪桶或禾秸秆，上下自如，就可减轻农人之辛苦矣。"

牛牿崽已醒来，听见此话翻身跃起："如此，便无人称赞我壮牛一般，力拔山兮！"

杏儿笑曰："不如此，你便成驼背老牛矣。"

牛牿崽喝下一大碗绿豆汤，笑道："我成驼背无惧，只怕晓松驼背，有人伤心矣。绿豆汤甘甜爽口，快哉！"

杏儿道："如此好的绿豆汤也堵不上你的口。晓松哥何不赶紧动手尝试？我随你去铁匠铺子锻造叶片刀。"

三人次日便做出一把脚踏镰刀，摇摇晃晃间，稻禾哗啦啦倒下。杏儿等欢喜异常，泽民领着几个铁匠观之，反复琢磨调整改进，用之愈发得心应手矣。满村欢声雷动，人人喜笑颜开。郭乡绅竟然好几日立于田边观看，也不催促晓松读书矣。

次年，郭乡绅见晓松四书五经已读熟，便逐句讲解。喜在晓松与泽民相伴多年，经常听他讲书，幼时又有堪舆的外祖父，加之禀赋过人，聪慧勤恳，此时学业突飞猛进。

又过了一个春秋，晓松之才学已远远胜过郭乡绅的几个富家弟子矣。孔孟之道，老庄

之理，墨家学说，法家理义，汉代经典，宋明理学等无不熟读，尚懂少许魏晋玄学矣。每至大礼，郭乡绅便令弟子反复朗诵《礼记·大学》："古之欲明明德于天下者，先治其国，欲治其国者，先齐其家，欲齐其家者，先修其身，欲修其身者，先正其心，欲正其心者，先诚其意。欲诚其意者，先致其知，致知在格物。物格而后知至，知至而后意诚，意诚而后心正，心正而后身修，身修而后家齐。"

是年秋季，有友人相告，下月白鹿书院举办官会，请得翰林院名士与御林军将军莅临。省内读书人欣然前往，郭乡绅也要携泽民、梁贵等弟子去白鹿书院，便邀上晓松。晓松嗯糜见郭乡绅家道也渐衰微，便求助娘家。舅舅爱惜外甥，见面便道："外甥游学，定当相助。然四书五经皆废书耶，倒不如随我手持罗盘，补贴家用。"

娭姆骂道："孙儿随你拨弄臭罗盘，断不是正路，出外装神弄鬼，也不怕断子绝孙。去岁算卦胡诌，被人棍棒伺候，体无完肤，怎么全然不长记性？你吁吁外出，至今未归，也不知是死是活。若你再唆使孙儿，我岂肯答允？"

晓松道："为何四书五经皆废书？"

舅舅道："世间都称儒释道乃为华夏精髓也，然我已在江湖走动，见多识广，用心琢磨，以为不然。儒释道乃旗号牌坊，民众贫穷，大字不识，世间理义来自口传俚言谚语与民俗也，你曾背诵《论语》，曰：'上好礼，则民莫敢不敬，上好义，则民莫敢不服，上好信，则民莫敢不用情。夫道如是，则四方之民襁负其子而至矣，焉用稼。'我以为此太不公，天理何在？是故，孔夫子之言，我绝不信奉，什么君君臣臣，王侯将相宁有种乎？"

晓松惊讶，无言可辩。娭姆叹口气道："学而优则仕，然学成文武艺，货与帝王家。明日变卖几亩薄地，给孙儿当盘缠。穷家富路，前程为大。晓松，日后要多孝敬你苦难的嗯糜也。"

几日后，晓松将家中托付给牛牯崽，随郭乡绅清晨启程。

走出三十里山路，杏儿从路旁窜出。郭乡绅又气又急，杏儿却笑道："古有花木兰从军，女子为何不能游学？阿公安心便是，我已在家中留下书信，告知婆婆嗯糜矣。"郭乡绅无奈，只得令她女扮男装跟随。

匡庐奇秀甲天下。匡山，长江岸边拔地而起，峭壁悬崖，瀑布飞泻，云雾缭绕，春山如滴，夏山如翠，秋山如醉，冬山如玉。天下名山寺占尽，匡庐净土法门之地，然系砍伐俊秀竹木而建，晓松不以为然。十年树人，百年树木，五彩山因砌筑城堡，用来抵御外侵，毁林不断，以致几座山几乎光秃，暴雨冲刷，梯田垮塌，数十年尚未恢复原状。尤其因此引起的泥石流，让五彩山的乡里不堪回首。

白鹿洞书院乃几进几出的大四合院建筑，白墙黑瓦，屋顶为人字形硬山顶，颇为清雅淡泊。早年间因朱熹与陆九渊等曾在此讲学辩论，已成天下理学传授中心。院外不远处有天池寺，供奉文殊菩萨，有时隐时现，闪闪烁烁之"佛灯"，令人奇异。再有佛塔，耸立于龙首崖。

郭乡绅见得众多同窗好友，自然欢喜异常。只是遗憾未见一位挚友，即石门书院的山长，石门先生。他俩见解不同，遇上必得相辩，然两人皆是正人君子，惺惺相惜。当年求学时，郭乡绅的虚假身份石门先生晓得，然严守其密，甚至替郭乡绅隐瞒。

开讲第一日，乃本省几名白发苍苍的学者讲授程朱理学，唯心之理一元论。晓松第一次外出，颇感新奇，因教授口音生僻，听似懂非懂。请教泽民，泽民告知，唯心之理一元论，以为理或天理，乃自然万物与人类的根本法则，万事万物各有一理，然源于天理。提倡存天理，灭人欲，天理构成人的本质也，是故人间伦理道德，应为"三纲五常"。"人欲"为超出维持人的生命需求，而违背礼仪规范的行为，与天理相对立也。唯心之理一元论，反对一切异端思潮。晓松再观众人，个个昏昏昭昭然，仅知摇头晃脑，点头附和矣。

次日日升，有两位大人莅临，皆头戴乌纱帽，着宽大袍服，一位袍服的补子上绣有孔雀白鹇等花纹，牙牌为"文"字，一位则绣有虎豹熊罴等，牙牌为"武"字。讲习场上一阵骚动，皆知前者乃翰林院修撰张学士，后为右军都督府李姓武官都督同知。

李大人出言便让人耳目一新。他慢条斯理，从成吉思汗铁木真说起，如何统一漠北，建立大蒙古国，几代努力，攻灭西辽，西夏，花剌子模，东夏，金国等。再金戈铁马西征诸国，忽必烈取《易经》"大哉乾元"之意，改国号为"大元"。元军在崖山海战大灭南宋，最终安定天下。其后出兵蛮夷诸国，也有耻于战败的几次战役。然李大人话锋一转，痛斥元朝入主中原，乃华夏百年倒退，优劣倒置，天下悲剧也。因元朝政变频繁，治国始终未上正道。官府腐败，权臣干政，各族冲突不断，遂失去天下民心，自然得改朝换代。当今圣上顺应民意，替天行道，建立大明朝，后又北伐，驱逐元廷，攻占北平矣。讲得惊心动魄，令人热血沸腾，引得众人阵阵喝彩。晓松泽民几乎一字不漏，刻于脑中矣。

午后申时，张学士见现场肃静下来，站起吟道："归来饮马长城窟，长安道旁多白骨。问之耆老何代人，云是秦王筑城卒。黄昏塞北无人烟，鬼哭啾啾声沸天。无罪见诛功不赏，孤魂流落此城边。当昔秦王按剑起，诸侯膝行不敢视。富国强兵二十年，筑怨兴徭九千里。秦王筑城何太愚，天实亡秦非北胡。一朝祸起萧墙内，渭水咸阳不复都。"

众人窃窃私语，有人大声道："此乃唐代王翰之《古长城吟》。"

学士含笑点头，又吟道："长城万里长，半是秦人骨。一从饮河复饮江，长城更无饮马窟。金人又筑三道城，城南尽是金人骨。君不见城头落日风沙黄，北人长笑南人哭。为告后人休筑城，三代有道无长城。"众人听毕，鸦雀无声。郭乡绅与几个友人面面相觑，惭愧低声道："不知何人所作……"

见无人回应，张学士道："此乃前朝郝经所作《古长城吟》也。郝经，字伯常，前朝翰林侍读学士。虽为忽必烈的谋士，然其主张足令后人探究深思。大元灭宋，实则依郝经的计策。郝经主张：'今日能用士，而能行中国之道，则中国之主也'。……宋儒理学，别于先前儒学，郝经以为道学本为儒学，儒学之发展，兼收并容，以理为本，以法为末，法常自立。郝经《时务》之言，天无必与，唯善是从，民无必从，唯德是从。今日我抛出郝经的文章及主张，望诸位点评。"

张学士言毕，犹如一石激起千重浪。讲学三日后，官人尽去，而经学之人不肯离去，辩论激烈矣。尤其论起元朝之弊，数人回顾元朝兴起，带来滔天杀戮，至今遗患无穷。蒙古人西征中，将一批批色目人作为战俘征进华夏，现如今皇上又仿效唐宋之法，去岁开辟专供穆斯林居住的区域，有供行聚礼的清真大寺，汉人不得入内。而色目人性情古怪，又不与汉人通婚来往，长此下去，定会与汉人争夺生存权利，已成隐患。也有不以为然者，声称华夏乃泱泱大国，宽容为先，可以教化异族，使其融入华夏也。众人各执己见，争吵不休，晓松等人听得似懂非懂。

郭乡绅与本省一行人围坐讲谈，晓松问道："道教早于他教出现，何故如今外来之佛教盛行？"

几位学者议论后回答晓松，元朝之前，道教为翘楚也。然至元朝，有各教大辩论，佛道相争，儒教居中公正也，处罚为"僧人无据，留发戴冠"，"道士负义，剃头为释"，而此时佛教辩士攻击道士欺国，敢为不轨。蒙古大汗忽必烈恐道教势力太大，偏向佛教，是故道教由盛转衰。此后道教又不迎合统治者，且老子之理，软弱无力，大明立程朱理学，实乃儒学精髓也。

晓松又将宇宙由微粒子构成之说，请教诸位，那几位学者皆不以为然，以为此乃异端邪说，不屑与晓松辩论之。泽民在旁边，冲晓松摇头苦笑。

次日，讲学方才落幕。主家以本地特产款待众人，银鱼、凤尾、针鱼及鲢、鳙、青、草、鲤、鲴等百鱼宴，令人齿颊留鲜，回味无穷。郭乡绅相识新友陈智，乃是景德镇的一名山长，归途中盛情邀请郭乡绅转至景德镇一聚。

景德镇原名新平，昌南镇，宋真宗景德元年，因镇产青白瓷质地优良，遂以皇帝年号为名，称景德镇。历代皇帝都派员至此监制宫廷用瓷，设瓷局、置御窑。景德镇之瓷器造型优美，品种繁多，有青花瓷、玲珑瓷、粉彩瓷、色釉瓷，无不至精至美。尤其以白如玉，明如镜，薄如纸，声如磬著称天下。

陈智将郭乡绅等众人引至一官窑。此窑烧制卵白釉瓷器，胎体厚重呈失透状，色白微青，难得一见。而青花和釉里红等彩瓷，乃出自元朝年间此窑之创新也。众人惊讶，窑工甚是得意，自称黄金匠人。

景德镇店铺林立，南来北往之客商熙熙攘攘，热闹非凡。杏儿买得一对惟妙惟肖之瓷人，皆身着绿衣，一个捧盒，一个持荷花，乃和合二圣。她暗中塞给晓松一个，晓松徒然脸红矣。梁贵瞧见，恨恨瞪视。郭乡绅身上盘缠渐渐告罄，赶紧领着弟子回乡。众弟子方兴未尽，恋恋不舍。

晓松将至束发之年，次年便恰逢科举县试，为二月童子试。年末县衙门礼房报上名，填写姓名籍贯与三代履历，再与四个同考童生成"童子结"，连环作保。郭乡绅的弟子当中，泽民晓松的学识远超梁贵，梁贵自小嫉妒晓松，便暗告官府，晓松吁吁盼富杀人之事。然知县令人查实，此事并无实据，又有郭乡绅好友廪保，故未听信其言。郭乡绅自始至终不知梁贵诬陷。

天佑泽民晓松，揭榜日，泽民乃县案首，而晓松与梁贵也同时考中秀才。郭乡绅高兴得老泪横流，而梁老爷则大摆酒席三日，深谢郭乡绅。

四月府试，泽民又是府案首。晓松院试又输于泽民，与梁贵同为进学，换装蓝袍矣。

次年又是子年，泽民等赴省城贡院八月秋闱乡试，泽民桂榜提名为解元，晓松名列其后，同为举人矣。泽民心花怒放，村头狂呼："万盏美酒浸衷肠，乘醉聊发少年狂。风流多被风吹散，我独一人欺霸王。踏碎九霄凌罗殿，何须弯弓射天狼？今日把酒邀明月，一片诗情在汪洋。"梁贵此次落榜，旁边闻之，心存嫉恨。

喜讯传至郭府，杏儿笑道早料到如此，已变卖首饰，加上体己钱两，差人送去晓松家中，答谢官府差役，置办喜宴，相谢村民矣。

傍晚晓松登门磕头跪拜恩师，郭乡绅喜不自禁，道："余下尚有许多事宜。知县有讯，明日前来贺喜，此事耽误不得，我已令人置办酒席矣。"

杏儿嗯糜道："杏儿也将至及笄之年，婚姻大事，本该父母做主，然你与杏儿两小无猜，青梅竹马，八字又合，尚且与令尊大人说好。现父亲大人在上，依得两小儿心意，趁春风得意，择日喜结良缘也。恳请父亲答允。"

郭乡绅喜道："正合我意，岂有不允之理？"

晓松欢喜异常，然杏儿笑盈盈道："诸位尊长在上，请听孩儿一言。晓松哥志存高远，倒不如明年会试金榜题名后，再花好月圆。即使晓松哥落榜，孩儿也不会移情别恋。届时再考，或求得学正，或候选一官半职，全由他自主矣。即便依晓松祖父之愿，一生致力搜集农工之技，编撰成书，我也无悔，定是乐此不疲，从旁襄助也。"

众人惊愕，然又会心一笑。杏儿本就是奇女子，从小就有主张，自然依她。

光阴似箭，转眼挨近次年春季里的二月会试。鹅湖书院有年前私会，由鹅湖书院山长讲学，又有府学大人主讲八股范文，鹅湖书院邀郭乡绅携弟子前往。

郭乡绅欢喜，携泽民晓松梁贵等弟子欣然赴会。然晓松是日出门之时，突然心中似乎被钢刀刺穿，剧痛不已，连呼不好。不多时果真传来噩耗，晓松舅舅在外堪舆途中，被山匪袭击，受到惊吓，因在北方水土不服，辗转回乡，病逝在湘水县城。娭姆伤心悲楚，次日也随之西去也。悲痛中晓松全家匆匆奔丧，错过鹅湖书院之会。

鹅湖书院位于袁州明月山里。书院原本在袁州城内，后有袁州府巨富商贾出资，历经十余年建成，去岁方才迁来。书院仿白鹿书院，规模更为宏大。泽民到了书院门前，叹道："法律贱商人，商人已富贵；尊农夫，农夫已贫贱矣。"

梁贵不屑瞟上泽民一眼，泽民又道："农不出乏其食，工不出乏其事，商不出三宝绝，人富而仁义附焉。"

郭乡绅沉吟道："士人以耕读为良善，反之不事耕读者，多为乡里游手好闲者，商人重利轻义，被士人所睥睨，口道圣贤仁义为荣，而以言利为耻。然有商贾为官府捐资，为国纾难，理应赞赏。"

梁贵闻之，踌躇不前，恨恨瞪着郭乡绅与泽民的背影。

明月山，因有西汉之仰山古庙而闻名遐迩。魏晋时道教祖师葛玄与葛洪曾于此修仙炼丹。唐代佛教禅宗五派之一沩仰宗创始人慧寂禅师在此建太平兴国寺，自此，佛事绵延不息。明月山巍峨壮观，有茫茫云海，山野天池，尤其绝壁惊人、怪石争奇、苍松斗妍、山花织锦之"四绝"，令人惊叹。郭乡绅以为明月山之山魂，乃古树参天的红豆杉。梁贵望之，满心思念杏儿，心中悲叹："红豆生南国，春来发几枝，愿君多采撷，此物最相思……"

郭乡绅对佛教不感兴趣，众人在书院翻来覆去温习，实则温故知新处不多，也就兴趣索然。研习完经书后，府学大人主讲八股文，无非破题、承题、起讲、入题、起股、中股、后股、束股八部分，还叮嘱学子，须用中正文风写作，四副对子平仄对仗，万不可用风花雪月的典故，亵渎圣人。又重点讲述王鏊的《百姓足，孰与不足》八股范文。

府学离开后，鹅湖书院山长提议，数位举子模拟会试，出题为《君子疾没世而名不称焉》。端详诸位之文章，山长皆不满意。几个白发举子已是屡考屡败，说起会试，长吁短叹。一人道："会试乃八股文，僵化死板，只怕泽民年少得志，才思敏捷，也会困惑矣。"

泽民才识过人，自然也大发议论，道："会试局限于四书五经，出题不越雷池一步，尚答卷要仿宋人经义，古人语气，仅依指定之注疏答题，不许有己之见解，是故灵气与才思埋没，束缚思想矣。倒不如元朝的科举，元朝科举，可自在阐述，方显真才实学。"

郭乡绅与几个长者点头笑而不语，之后又是模拟会试，温习经书。

两旬之后，便近年关，郭乡绅拐道去往湘水县城，筹办过节事宜，又备好送给小鬼家过年的礼物，还欲去拜访县丞与友人。在大街上恰好碰上相识的官府差役，此人正要去五彩村送信给郭乡绅。郭乡绅与泽民受邀，前去县衙议事。

郭乡绅以为是商量会试事宜，便在县城找个客栈安顿下来，兴冲冲走进衙门，被县丞与几位不曾相识的官人迎入，县丞也不引见生人。寒暄过后，县丞问起赴京会试之事，郭乡绅一一作答，县丞便言本县父母官理应资助。郭乡绅答谢，疑惑县丞态度含混，吞吞吐吐。

泽民在一旁道："关于会试，学生还有些困惑，想要请教大人。"

县丞面无表情，问道："何事？"

泽民道："会试内容局限于四书五经，形式呆板，考生不敢出格，为何不革新？可效仿前朝，让应试者能够直抒己见，显示真才实学。"

县丞脸上肌肉跳动数下，赶紧岔开话题，又寒暄数句，将郭乡绅与泽民送出。

出门后，郭乡绅纳闷道："今日怪哉，县丞李大人声色怪异，又有得实事，为何邀请我来县衙？"

话音刚落，迎面走来一伙差役，也不言语，出手便将郭乡绅与泽民捉拿。泽民嚷嚷："为何抓人？我等何罪之有？"

一差役冷笑道："鹅湖书院，群聚党徒，妄议朝政，攻击朝纲！"一道枷锁，将郭乡绅与泽民俱下监狱。

梁贵，众多举子，鹅湖书院山长教授一个不剩，齐聚监狱，分别关押，个个捱不过拷打，捏造一大串罪过，俱推在山长与郭乡绅、泽民身上。山长捱不过毒打，一头撞死，郭乡绅此时跳进黄河也洗之不清，一嘴难辩众人。县丞狱中密会郭乡绅，开口便是："此一时彼一时，当年匡山讲学，官府允许，经人传播，声名远扬，然有居心叵测者告发张学士，言其妄议与攻击皇上的国策，全家被查，连累了本省官员。"

郭乡绅听后，仰头长叹。今日郭乡绅如同张学士一般，有恶人诬陷，又有众人招供，其中缘由，县丞也甚是蹊跷，然也无可奈何。

晓松舅舅的灵柩还在湘水县城，晓松携牛牯崽来县城处置舅舅的丧事，因仵作验尸，衙门画押等琐事，拖延数日，尚未回去。县城处处议论郭乡绅之案情，晓松闻讯大惊，赶紧上下走动，然县城官人唯恐避之不及。晓松结交官人甚少，只得心中暗暗叫苦。猛然记得昔日督查巡史孔大人曾至五彩村，与郭乡绅相见恨晚，曾邀郭乡绅在县城雅聚，县丞作陪，自己中举后，也曾与县丞来往数次，故夜中登门拜访。县丞哭丧着脸，将昨日会见郭乡绅一事一一道明。有恶人将泽民于鹅湖书院之言，告发至江西布政使司，布政使司来人稽查，县丞还来不及相告郭乡绅，泽民又心直口快，当着布政使司官人面，又陈述一遍对八股文及会试的弊端，惹下祸端。大明朝律法严苛，妄议朝廷，定是犯罪。明日发案，定是入狱，或流放，或凌迟，并极有可能殃及全家，然告发者得封赏矣，告发者定是鹅湖书院中听得泽民之言者。晓松闻之，赶紧谢过，匆匆离开矣。

牛牯崽带着晓松环城一周，城门已关，只得夜中从城内环城河偷渡。牛牯崽又在城外弄来两匹快马，两人翻山越岭，日夜兼程，从县城至五彩村，恐是史上最短时间赶回，也用去三日。黑夜中两人悄悄翻墙跳入郭家大院，将杏儿从睡梦中叫醒。杏儿大惊，婆婆嗯糜闻之，嚎啕大哭，惶惶然竟无一人有主意，还嚷嚷着要求助里长。倒是杏儿喝住众人，低头沉思后道："绝不可求里长康德。"

杏儿嗯糜止住哭泣，似乎醒悟，点头称是。晓松道："正是，从布政使司出文，若恩师被判罪，缉拿人员至此，快也得五六日，然由信鸽传信，由里长协助捉拿恩师家人，今明两日便大难临头。如今不得慌张犹豫，我之意三十六计走为上计，请婆婆定夺！"

杏儿道："幸亏晓松赶早一步，又未惊动村人。天下之大，已无我等立足之处。如今只有夷人山区，才是避险逃难最为妥当之地。"

婆婆泪流满面，讷讷道："如今我等已是亡命之徒，与其死无葬身之地，去蛮夷之地当野人，已是万幸。哀哉！我已老矣，愿留在此与你公公共患难。杏儿与儿媳赶紧上路，不可拖延！"

杏儿嗯糜领着杏儿冬梅春晖，尚有几个贴心家仆，给婆婆跪下，挥泪告别。老仆张旺誓死留在郭府照顾婆婆。晓松与牛牯崽领着众人，悄悄离开村庄。夜黑风高，也不敢点燃火把，只得摸黑向西奔逃，半夜三更，已远离五彩村矣。杏儿嗯糜累得上气不接下气，几个家仆架着夫人，早已筋疲力尽。杏儿突然停下，众人一个个趁机倒在路边草地上直喘气，晓松也只好就地歇息。

杏儿道："晓松哥，牛牯崽哥哥领我们前去夷人山区便可，你如今赶紧返回县城，一来处置娭姆舅舅的后事，二来还须打探阿公的案情。"

晓松不语，牛牯崽道："杏儿言之有理，返回县城，尚可稳住官府与告密者。晓松毋须顾虑，夷人山区我也熟悉路，只是得约定日后接头地点。"

晓松思忖一会儿，道："也只得如此。若里长追查，不见杏儿，也许判断杏儿逃往夷人山区隗竹山寨，然七块岩之处，五彩村无人知晓，来往五彩村也容易些。在树上刻着三角，留下记号便是，我会索记号寻找。"

晓松跪下，将杏儿托付于牛牯崽，杏儿含泪将晓松推出，转身拽住嗯糜，向夜幕中奔去。五彩村炮竹声隆隆响起，晓松忘却今日已是除夕，小鬼尚在亲家处，焦急等待晓松扶灵柩而归。

晓松不敢归家，只得夜行昼宿，匆匆赶回县城。他装扮成猎户，沿街叫卖兽皮，到了县丞府前正踌躇，忽见数人探头探脑，又有一人被院内仆人轰出。晓松忙跟上，听得被轰出者自称鹅湖书院山长家仆，听说山长已去，号啕大哭。其余探头探脑者，想必是被下狱者的亲戚好友等，过来打听案情的。他们个个哭丧着脸，唉声叹气，于僻静处小声议论。

晓松凑近旁听，方知郭乡绅与几位鹅湖书院的教授皆被押往袁州城，其中年少者泽民，因受不得惊吓，已是神神癫癫矣。可怜其公公郭乡绅，将罪过一人承担，受了不少罪，好在湘水县众多读书人纷纷恳求县丞官吏，私下打点牢狱头，能让入狱者少吃点苦头。当时被抓的许多举子与梁贵已被放出。有人称知县遇上此事也是苦笑，已尽力相助。此案关系重大，恐郭乡绅与泽民的最好结局，也是流放，所幸不至株连九族，仅牵连家人矣。

是夜，晓松翻墙进得知县家中，将知县李大人吓得脸色苍白。言及案情，与白天听的大同小异。李大人规劝晓松，切不可牵连进去，赶紧赴京会试，留得青山在，如有翻身之日，日后再报答郭乡绅。到了京城可去寻找一人，乃昔日督查巡史孔捷大人，此人刚直不阿，也许从他嘴里，可打探出是何人陷害郭乡绅。

　　晓松流下热泪，拜别李大人，出门举目，竟无可去之处，只得在桥洞下蜷缩。思来想去，在袁州城也无计可施，仰头长叹，已是叫天天不应，叫地地不灵矣。

　　晓松无奈返回五彩村，方知官府书信也已传至五彩村。杏儿婆婆在悲痛中悬梁自尽，梁贵举家外出，声称因是郭乡绅弟子，恐再受牵连，外出躲避，请乡里宥恕。里长郭康德与郭家二叔公声色俱厉，警告村民不得骚扰郭家，不得落井下石。由郭家祠堂出资安葬杏儿婆婆，并对官府声称杏儿与杏儿嗯糜俱已染病病亡，因怕传染，两具尸体已被投入孽龙河。前来捉拿的官差，半信半疑，只得悻悻归府。

　　晓松哭泣，冲众乡里跪谢，里长坚意资助晓松前去京城会试。晓松磕头谢过众乡里，于夜中离开了五彩村。

第三十六章

难别离赴京师赶考，登鬼船闻京师旧事

　　两日后，晓松于夷人山区七块岩处，相会杏儿与牛牯崀。晓松将郭乡绅等人的案情据实相告，为免杏儿悲痛，隐瞒了泽民疯癫与婆婆之死。杏儿与嗯糜抱头哭得死去活来，众仆人在旁边垂泪不止。

　　月色皎洁，方觉已近正月十五。月色中杏儿振作起来，将嗯糜扶起。冬梅与春晖早已做成几样饭菜，以石块当桌子，众人团团围坐。饭毕众人望着篝火，昏昏欲睡。

　　杏儿与晓松对坐，沉默半晌，道："已是上京最后期限矣，晓松哥须赴京会试。"

　　晓松道："我心已决，咋哩会试，我本乡野农夫，功名于我，不过粪土。既无力相救恩师，我决意与杏儿相留于此，将一生心血制成一把雨伞，为杏儿遮风挡雨，男耕女织，快活一生。"

　　杏儿投入晓松怀抱，抽泣不已，摇头道："男耕女织，此乃美好幻景也。杏儿自小跟随晓松哥田中栽种，铁炉旁执锤，剖竹子编织，早已体察其中艰辛。五彩城避世多年，仍逃不过繁重赋税，夷人山区又岂会例外？晓松哥与杏儿儿时向往的老有所依，幼有所养，男耕女织的生活，终究是水中之月矣！"

　　晓松点头哽咽道："昼出耘田夜绩麻，村庄儿女各当家，童孙未解供耕织，也傍桑阴学种瓜。民风淳朴，日出而作，日落而息，老有所依，幼有所养，真的只存在于幻想之中？"

　　杏儿叹道："世上的不平，可揭竿起义，然重建咋哩社稷，圣人不知，我等困惑。我以为晓松哥出山，科举为官，也许能为一方百姓谋福。况且晓松哥有广搜天下农工技艺的愿望，如能金榜题名，更是一道事半功倍的捷径。这也是我阿公多年的心愿，如能高中，也许有朝一日，能为阿公阿哥洗雪冤情。晓松哥，你不可囿于儿女情长，速速赴京会试。我杏儿生是晓松哥的人，死也是在黄泉路上，等待晓松哥！"

　　晓松咬破嘴唇，猛摇头道："杏儿，生死相伴，毋须多言，海枯石烂，我绝不离弃！"

　　杏儿大哭，杏儿嗯糜咳嗽一声，叫过身旁的冬梅，小声叮嘱了几句，冬梅流泪点头。杏儿嗯糜走过来，给杏儿披上一件袍子，注视着晓松道："寒冬腊月，夜中冰凉，瓦罐内水已沸腾。冬梅，倒两碗蜂蜜水来，给杏儿晓松喝下，去去寒。"

冬梅哆嗦着端上蜂蜜水，恰好牛牯崽醒来，见冬梅盘中放着两碗水，笑道："冬梅，天寒地冻，冷醒我矣，可否让我先喝一碗热水？"伸手便取过一碗，咕嘟一口喝下，"哎呀，蜂蜜水，甜矣！谢过冬梅。冬梅姐为何流泪？"

冬梅道："风吹来灰烬，迷了眼睛。小姐与晓松，请喝水。"

杏儿端过碗递给晓松，晓松道："杏儿先喝。"

冬梅道："一对恩爱鸳鸯。这碗糖水，是杏儿小姐的一片心意，晓松赶紧喝下，不然牛牯崽又要抢喝。我再端来一碗糖水给杏儿小姐便是。"

杏儿亲手将碗送至晓松唇边，深情望着晓松饮下。牛牯崽在一旁哄笑，冬梅道："牛牯崽不要起哄，五彩村妹子众多，中意乃几，赶紧托人说媒，也甜甜蜜蜜共喝一碗糖水。"

牛牯崽哈欠道："好困！堂客……晓云……"嘟囔几句，呼呼入睡。

晓松笑道："哎呀，牛牯崽瞌睡虫爬至我肚子里矣。杏儿，我替你盖上……"话未尽，人已倒下，呼呼酣睡。

杏儿诧异道："牛牯崽与晓松果真是穿着一条裤子长大的，连困觉也相连也。哎呀，晓松哥为何今日反常，仰天入睡，难道……"杏儿疑惑回头，望向嗯糜与冬梅，似乎明白过来。一行热泪滚下，她方知自己冷静与果断的性子，是传承自嗯糜耶。

翌日，日头晒醒牛牯崽，他摇醒晓松道："晓松，为何不见众人？"

晓松哈欠道："就在附近……"然起身环顾四周，不见一人。他俩放声叫唤，却无人回应。晓松急出了一身冷汗，便要到处寻找，被牛牯崽拽住。牛牯崽在晓松躺处捡起一纸条，尚有一行血字："晓松哥须赴京会试。杏儿。"

晓松抖动双肩，大哭不止，牛牯崽默默无语，也不劝阻。待晓松平静下来，牛牯崽方道："杏儿等人刻意躲避我俩，我以为杏儿之意，也是她一家人之意，如今定是难以寻找。也许杏儿是经过深思熟虑，晓松倒不如依得杏儿，赴京赶考。杏儿性子刚烈，如我们一味寻找，只怕她会越躲越远。"

晓松道："夷人山区诡异难行，若无人引领，恐生存不易。杏儿等终究过不得茹毛饮血的日子，早知如此，我悔不如昨夜应允，也好妥善铺排。"

牛牯崽道："晓松毋须顾虑，有我在。要不得几日，杏儿定会前来打探，若是见你依旧在此，恐她仍不愿相见。不如我俩回去，四五天后，我再来此处，送来食物便是。"

晓松无奈，一步三回头，依依不舍而去。

春闱会试原本在二月，此次会试，因京师大兴土木，延至三月下旬。晓松算计，尚有一个多月的时间。又遵知县大人叮嘱，不离官道半步。驿路笔直宽阔，几乎无山匪骚扰，进城有会馆，路上有驿站，执举子赴京会试的火牌，驿站吃喝免费。晓松晓行夜宿，直奔九江府，深感大明如旭日东升，气象万千。

九江，乃扬子江襟带中流，自古车舟要冲之地，本是座水城，如今春雨满天，更觉景象新异。三大茶市有其名，四大米市有其位，尤其江广为产米之区，北方等省采买补仓，九江关乃必经之路。商贾汇聚，人文荟萃，七省通衢，迎八方宾客，被冠为不夜之城。晓松无心游览，抵达过夜，次日便登上官船，前往京师。烟雨绵绵中，晓松深切体会到"孤帆远影碧空尽，惟见长江天际流"之意境。天空雨势渐大，脚下晃荡，扬子江上风波翻滚，晓松晕得翻江倒海，恐胆汁吐尽，躺在船舱内呻吟不止，竟昏死过去。

夜中，晓松醒来，一人惊喜道："阿弥陀佛，终究醒来矣。"

模糊中，一黝黑船夫过来查看，晓松依稀记得是登船时认识的船老大。船老大笑道："举子乃旱鸭子一只，幸亏如今风平浪静，不然恐将心肝呕吐出。"

船老大旁边，一和善中年人笑道："当年我头一次坐船，遇上风暴，也是如此，恨不得跳入水中淹死就是。经历过后，再遇风浪，便不惧矣。烦请船工烧来一碗热汤，举子服下便安。"

船舱中闷息，晓松被抬至甲板上。晓松喝下热汤，挣扎着爬起，作揖谢道："不才林晓松，谢两位老叔搭救之恩。"

船老大道："你昏迷中吐得一塌糊涂，幸亏遇上好心人张兄，替你洗涮一番，你谢他便是。船头还须忙碌，两位慢聊。"船老大说完离去，晓松冲他背影行礼。

中年人张兄笑道："出门在外，谁人没有小灾小难？举手之劳，何足挂齿。愚兄张松，辛弃疾乡梓人氏。你我姓名中皆有个松字，刚才那位船老大自称老松，我们三人恐前世有缘。"

晓松作揖道："兄台乃饶州府口音，辛弃疾乃山东济南人氏，何故……"

张松笑道："辛弃疾在饶州担任过转运使，饶州人敬重他，在外均称辛弃疾同乡，以致赣人各地都将家乡典故与辛弃疾联系起来，着实乃江西老俵。"

晓松一愣，笑问："辛大人乃抗金英雄，自然广受传颂。愚弟孤陋寡闻，不知为何称呼江西老俵？"

张松打量晓松几眼，道："贤弟一心俱在圣贤书上，定是等候官船时，也不曾去过九江江矶寺。当今圣上曾攻打九江城而兵败于鄱湖，被元军一路追杀，慌不择路逃匿到江矶寺，寺中老和尚心怀怜悯之心，出手搭救。圣上在此寺休养后，离别之际，见该寺庙十分破旧，便对老和尚说，我若大事得成，你来找我，我当重修庙宇，再塑金身。若有人拦阻，你便称是我的江西老俵，定无人敢拦。几年后，老和尚记得此言，去京师觐见圣上，被侍卫一路阻隔，和尚便一而再，再而三称呼自己为圣上江西老俵，最终惊动圣上，圣上果真兑现承诺。如今京师人见得江西人，便自称江西老俵矣。"

晓松笑道："圣上难时，受人之恩，后涌泉相报，真乃流芳百世之佳话。"

张松道："贤弟，我替你擦洗时，冒昧见得指引火牌。贤弟年少得志，令人敬佩。然赴京会试，其他举子早已动身，你为何姗姗来迟？"

晓松道："一言难尽，被家中琐事耽搁矣。兄台也是赴京会试？"张松着短衣，裹头巾，庶民着装，然登官船者，多戴四方平定巾的官冠，晓松猜测不出张松身份。

张松哈哈笑道："读过几年私塾，止于童生，如今四不像一个。庶民不得穿靴，贤弟见我足蹬靴子，又着庶民服装，故辨识不得矣。愚兄乃乡中副乡约，算不得官吏，与船老大有些交情，又跑的官差，故登上官船矣。"

船老大又折回，接过话道："张兄，你自小从江西迁居安徽，途经江西数次，为何不寻得时机，回乡瞧瞧？"

张松苦笑道："大明律法，迁徙后，有亲戚关系的乡里必须分开居住，且不许返回家乡。我偷偷归返，若被人察觉，岂不人头落地？咳，记得幼年随祖父从饶州府出发，沿昌江顺流而下，在鄱阳湖边的瓦屑坝集中，然后登舟北上，之后便是安徽巢湖的乡民矣。如今故乡的模样，在我脑海中早已模糊，倒是瓦屑坝，成众人嘴中的乡梓矣，我等乃瓦屑坝后裔。"

船老大道："可不是，多有官吏在船上谈论外地人填湖广之史。曾听得汉川官吏言，元末川沔一带，烟火寂然，至明初仍是土旷赋悬。若不从外地迁徙人口，恐如今依然荒凉之地也。"

张松点头道："我等迁徙之人，虽有乡愁，也只得举头望明月矣。"

晓松拱手道："萍水相逢，得两位救助，已是感谢不尽。兄长们视我为故乡人就是。"

船老大点头道："四海之内皆兄弟。晓松，婚否？去过应天府否？"

晓松摇头道："尚未娶妻，平生第一次去金陵。"

船老大诡秘一笑道："只怕来去非一人矣。"

晓松诧异问道："前辈何出此言？"

张松笑道："你不曾见过九江府风景，然扬子江船埠情形是见过的，有何感慨？"

晓松道："扬子江上船只众多，记得船埠上停泊货船四五十条，除载大米等外，还载有城墙砖头，木材，毛竹，石灰，熟铁生铁，桐油生漆等。恐扬子江沿江各城营造繁忙也。"

船老大道："眼神敏锐呀。有几条前往京师的花船，未曾见得？"

晓松摇头道："花船？载花木之船？"

船老大哈哈大笑："果真是个雏儿。替他擦洗时，见他怀中有瓷器小人，定是女子相送之物。可怜天下痴心女子。秦淮河两岸，水阁争奇斗艳，歌楼酒肆林立，河中舟船穿梭不息，游船画舫灯火通明，浓酒笙歌，轻歌曼舞，丝竹缥缈。京师之脂粉，妩媚风情，袅袅多姿，令天下文人才子无不流连其间，英雄气短，抛弃江山也在所不惜，何况家中糟糠？只恐痴情相守的女子哭瞎双眼矣。"

不知何时，一不惑之年的官人来至船头，接过话茬笑道："老松，昔日风流倜傥之举子，竟然为了一个歌姬抛弃美好前程，甘为船夫艄公几十年，在扬子江中寻找那小女子的下落，着实令人唏嘘。”

船老大肃然道："昔日若不是你领我去秦淮河边，我何以至今？金榜题名又如何？你不也是风里来雨里去？昔日营缮清吏司内府造作鸟官大人，如今王府家中匠人鸟头子一个。说来也巧，松青官人，名字中也有一个松字。"来人与老松是旧友，见面相互打趣。

船老大欲将晓松张松引见，松青笑道："登船时便已知晓，官船上唯有晓松一人无意眷顾花船上之烟花女子，老松昔日之赌言，怕是输矣。"

晓松好奇道："赌言？"

张松笑道："算不得赌言，只是老松感叹，天下男子，有不愿逗留秦淮河畔者，他便不再寻花问柳矣。"

松青道："老松少见多怪，京师秦淮河边，坐怀不乱者也是有的，然我放言，京师石头墙前面不折服者，我未曾见过。若有此人，我便匠人池里洗手，挂墨斗而去，一心寻花问柳矣。"

张松与老松，不约而同点头道："松青大人此言不假，我等信服。"

见晓松一脸疑惑，张松道："耳听为虚，眼见为实。晓松抵达京师，会试后定要走遍京师，便自有感受。如今留下三分悬念为妙。夜已深沉，请回舱歇息。"

众人点头，起身回舱矣。晓松一头倒下，便昏昏睡去。

雪后的阳光格外刺眼，晓松醒来坐起，船舱内竟然空无一人。眺望船舱外，江水浩浩荡荡，两岸白雪皑皑。晓松迷惑，默默走出船舱，见船头迎风站立一人，身姿纤弱，长发飞舞，竟是个女子。晓松迟疑不前，那女子忽然冷冷说道："都是行路人，有何忌讳？"

船后走出一人，耳顺之年，肤色黝黑，自称是船长陈阿大。晓松惊诧，迷糊中方记起自己从梦中醒来，梦中的艄公乃是老松。

见晓松吃惊表情，陈阿大咧嘴笑道："举子晕船晕得邪乎，在船上昏睡了一天一夜，要不是孤凄埂小姐，举子恐命丧扬子江矣。"他拎着一把茶壶，径直走过晓松，将茶壶搁在船头的茶几上。船头尚有几把竹椅，虽说是官船，却俨然成私船一般。

晓松跟上，冲女子鞠躬道："在下林晓松，一介布衣，乃袁州府山人，谢孤凄埂小姐救命之恩。请小姐留下芳名，日后晓松前去答谢。"

那孤凄埂小姐转过身来，面孔被一张轻纱遮住："布衣出身的举子？恐受尽苦难矣。同是天涯受难人，相逢何必曾相识。倒是奴家应谢林公子才是。"

晓松问道："小姐为何谢我？"

孤凄埂小姐笑道："我乃晦气之人，刚从九江上船时，有人认出我，借口风大浪高，转至下班官船，一百多人只剩下我俩和我的几个跟班。公子若也忌讳鬼气阴森之人，可在下一站下船，换下一班官船。"

晓松微笑道："此船清静宽敞，远离嘈杂，岂不美哉。晓松昏迷，全仗小姐搭救，本是恩人，只恐无以为报。小姐若不嫌弃，我定是一路陪伴。只是，晓松冒昧，想请教小姐之名，是有何深意？"

孤凄埂小姐苦笑道："我籍贯乃饶州府，家父自小学得堪舆之术，出走江湖，后投在刘基麾下。刘基字伯温，博通经史，尤精象纬之学，动则仰观天象，察列宿之经纬，验日月之光华，替圣上出谋划策，三军往无不克，被圣上钦点，为大明卜宫选址，筹划主持京师都城的营造。我父精通堪舆之术，故而为刘大人之得力助手。京师初步建成，圣上率其子及左右群臣登上紫金山，观察都城之气派，得意问群臣，都城建得如何？群臣极尽溢美之辞，唯独王子朱棣语惊四座，称若在紫金山上架大炮，炮炮击中紫金城。圣上闻之，仔细一看，不禁出了一身冷汗。城周山峦起伏，东面钟山，南面雨花台，北面幕府山等重要制高点，皆留于城外，此乃城防之大忌。圣上因此记起宫城曾出现前昂后洼之灾害，又因刘基与富豪沈三万交往过密，便对他怒恨有加。回宫后，圣上令太监给刘大人送去一盘橘子，刘大人惊慌不已，知皇上怪罪自己筹划失当，送桔子乃剥皮抽筋喫肉之意。但是，名为刘大人主持京师营造，实乃圣上内断，刘大人不敢尽言。只得留家父一人与朝廷周旋，刘大人全家连夜逃入茅山避祸。后来我家获罪，俱被下狱。京师太平门外的玄武湖边，有主宰刑杀大权之三法司，刑部，都察院和大理寺，其监狱区域，哭声日夜不绝。监狱被称作天牢，通向天牢那段太平堤，被称为孤凄埂。当日，东厂锦衣卫押送我家，行至孤凄埂，天空一团火球砸下，锦衣卫与家人皆遇难，唯独我被灼烧后幸存，被传为孤凄埂公主。依大明律法，天火幸存者，当豁免死罪。我后被圣上任命为营缮清吏司内府造作监官，因为女子，又因我的同僚多有莫名死去者，故被众人称为鬼人。后因众人惧怕，我被遣出皇宫，现为京师仵作。"

晓松听后唏嘘不已。此时船夫与孤凄埂的三名跟班端上几盘酒菜，三人围坐一桌，陈阿大端茶道："旅途仓促，只得弄上几碟小菜。以茶代酒，混个茶足饭饱。"

孤凄埂摘下面纱，面容异常美丽。然出乎她意外，晓松毫无惊讶的神色，只是看着桌上饭菜。陈阿大笑道："林举子，有得人与你抢食。杏儿小姐吃不了几口，你可尽情饱餐。"

晓松霎时停住手中筷子，呆呆望着孤凄埂道："杏儿？"

孤凄埂笑道："奴家本名陈杏儿。倒是想起来一事，公子怀中瓷器女娃娃上刻有'杏儿'二字。莫非送公子瓷器的人也叫杏儿？"

晓松脸色通红，默默不语。饭毕望着黑黢黢的江面，晓松喃喃自语："巢湖饶州移民乡约张松，老松船老大，松青大人，陈杏儿……"

陈阿大与陈杏儿大惊，陈杏儿颤抖问道："公子，何时见得张松与松青大人？张松乃家父发小，同窗三年，前些年我随父去巢湖见过。松青乃是家父。"

陈阿大也急问道："林举子何处见得老松？正是家父，也是松青大人挚友。"

晓松将梦中与张松几人相遇的境况道出，陈阿大放声大哭，陈杏儿也哭泣不止，半晌后才解释道："林公子与我等有缘，或是通灵之人……昔日张松叔受众人所托，求助船老大老松，将乡里遗骸暗中偷运回赣，被官府追杀，不得不沉入扬子江，然老松等人下落不明。陈阿大苦苦寻找，皆不见音讯。如今他们一起托梦给公子，定是已遭遇不测。我等乃不孝子孙，下船赶紧去龙王庙跪拜，多烧纸阴钱币，愿尊长们在天之灵安息。"

陈阿大悲伤不已，恰在此时，一鸟船从旁边飞驰而过。鸟船上悬挂带有"回避"二字的灯笼，格外醒目。陈阿大痴痴望着鸟船，陈杏儿道："此乃鸟船，也是官船，头小，船身长直，除设桅篷外，两侧有橹二支，有风扬帆，无风摇橹，行驶灵活。篷长橹快，船行水上，有如飞鸟，顺风顺水时，日行四百里，逆水时也可日行百里，为锦衣卫捕快等专用船。当年老松叔便是一名鸟船纲首，下有十四名船夫。如今睹物思人，不免感伤。"

陈阿大瘫在甲板上，被陈杏儿与晓松扶回船舱。待陈阿大睡下安稳，两人方才返回船首。

晓松道："早闻京师环城皆江，四方往来，省车挽之劳，而乐船运之便。见得扬子江上无数船舟，俱奔向京师。此番扬子江之行，方知乡里之舟，乃如小鱼小虾一般，只是江面上船种类颇多，皆不相识，小姐如此熟悉船舟构造，请于指教。"

陈杏儿点头道："公子若有兴趣于舟船构造，陈阿大自然熟悉不过，我也略知一二。京师应天府造船坊众多，船坊除造得海船外，还造内河用漕船、湖船、战船、黄船、巡船、渔船等。皇家造船坊中，设龙江提举司、帮工指挥厅等，下有细木作、艌作、铁作、篷作、油漆作、索作、缆作七个作坊，工匠一千多户。我俩足下的官船，构造大体与漕运船体相同，底长七丈二尺，底阔十一尺。漕运米船可载三千石，官船可载四五百人。官船由运军建造，与漕运船制式尽同，第窗户之间宽其出径，加以精工彩饰而已。待陈阿大闲暇时，公子可请教于他。"

晓松惊讶道："京师果然气派，一个造船坊竟然有千户工匠，如此推算，营造京城恐需百万之众。"

陈杏儿道："正是，无百万之众，也造不得石头城来。"

晓松作揖道："梦中松青大人再三叮嘱，去得京城，定要用心观摩，小姐可否详细说说京城的样貌。"

陈杏儿一愣，叹道："昔日有西洋人抵达京城，前来赠送西洋国的稀罕物眼镜，连连惊叹京城之宏大繁荣，直赞乃世上第一大城，更惊讶瓮城的奇妙。家父临死之前，也为参与营建而骄傲。"

晓松捧上茶水："当真有如此繁华宏伟？"

说起京师，陈杏儿如数家珍："越王勾践在此筑城以来，史上曾称此处为金陵，秣陵，建业、建邺、建康、白下、升州、江宁、集庆，如今改称应天府，依钟山，临长江，历来为兵家必争之地。东晋初年，历阳内史苏峻之乱，大军攻入都城建康，东晋宫室被焚毁，建康满目疮痍。梁朝末年，侯景之乱，大火焚烧民宅，营寺，楼馆，城门，又引玄武湖水灌入城内，糟蹋得一片狼藉。隋朝灭陈，隋文帝杨坚下诏将建康荡平并耕垦，建康都城遂化为一片废墟。南宋时，国之根本在东南，东南之根本在建康，建康府居民达几十万之众，繁华昌盛。然金朝大将金兀术率领大军南下攻宋，攻克建康，金兵掳去金银财宝后，纵火烧城，全城化为灰烬。大明建立，应天府成为京都。京师之地自古有龙蟠虎踞之美誉，然史上一再经历毁城，圣上痛定思痛，都城营建初始，一改以往城墙取方形或矩形的旧制，而是依山脉水系之走向筑城，得山川之利，空江湖之势，为独具立体防御之军事要塞，固若金汤。"

晓松道："原来如此。京城竟有如此波澜壮阔的历史。"

陈杏儿道："兵者，国之大事，死生之地，存亡之道，不可不察也。京师之营建，依据天上三垣，二十八宿之星宿聚合，遵循天人合一，中国即天下，天下即中国之朝纲，人穷其谋，地尽其险，天造地设，分宫城、皇城、内城和外郭四重。"

晓松惊叹道："城中有城，宫中有宫，我等进城，定是眼花缭乱。"

陈杏儿笑道："我亲历京师营建过程，辗转城中，也不敢断言其方位。单就一个宫城，南北长达五里，东西宽达四里，平面呈长方形，坐北朝南，分前朝三大殿，后廷六宫。宫城城墙上，开筑城门有午门、左掖门、右掖门、东华门、西华门和玄武门。其外郭城周长一百八十里，开有十九座城门，为栅栏门、江东门、驯象门、小驯象门、安德门、小安德门、凤台门、夹岗门、上坊门、高桥门、沧波门、麒麟门、仙鹤门、姚坊门、观音门、佛宁门、上元门、外金川门、双桥门。"

晓松听得两眼放光，啧啧称奇，忍不住问道："杏儿小姐津津乐道之瓮城，有何奇妙之处？"

陈杏儿道："此乃刘伯温大人最为得意之处。京师城墙之聚宝、三山和通济三座城门，各有城墙四道，每两道之间建有空间，称为瓮城，战时有防守藏军与存放军事物资之用，可藏兵三千人以上。每座城门都有内外两道门，外面一道，从城头上放下来钢制千斤闸，木质再加铁皮，做得两扇大门，坚不可摧，火炮奈何不得，可挡千军万马。西洋人曾惊叹，乃世上之杰作，天下最坚固的城门。"

晓松连称奇妙，兴奋中冲陈杏儿作揖道："不才自小酷好工匠之技，会试后，央求小姐领我游览四城！"

陈杏儿笑道："官吏多嫌弃我为不祥之人，然女子为仵作者，我乃破天荒第一个。城门守军士兵多与我相熟，自然畅通无阻。公子若有此乐趣，我定当尽地主之谊。"

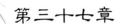

第三十七章

世情险恶幸逢良友，雪中会试幻遇恩师

余下数日，三人聚在一起，陈杏儿将京师各处讲得清晰明白，令陈阿大惊奇不已。陈阿大已去过京师无数次，仍然瞎子摸象一般，知其然不知其所以然，听得杏儿一叙，方才知道个中奥妙，只叹怪不得圣上钦点陈杏儿为官。

官船每至各城船埠，差役官吏上下络绎不绝，然肯留得船上者，寥寥无几。晓松方知陈杏儿不祥之名早已远近皆知。陈杏儿自嘲为瘟神，陈阿大咧嘴笑道："与杏儿结交，心地善良者安然无恙，心怀鬼胎者，自然如老鼠见猫，唯恐被杏儿窥破贼心。"

晓松向杏儿告知身世，又打听孔捷大人。陈杏儿叹道："郭乡绅之案，算不得冤情。批评圣上钦定的科举之策，乃是大忌，不被问斩已是皇恩浩荡矣。孔大人命运多舛，众人无不替他可惜。当朝之驿路，远超前朝，从京师出得十条驿路，驿站、递运所、急递铺，将天下结成蛛网一般，宣上德，达下情，防奸宄，诛暴乱，驭边疆。然不法客商与驿丞勾结，贩运货物，牟取暴利。孔大人执命巡视，遭人设计陷害，已被皇上赐死。我此行正是将孔大人的尸骸骨灰送回其故乡，巴蜀之地。"

晓松听后，心如刀绞。陈杏儿安慰道："孔大人定是冤死，风传其挚友王景鸿大人为其喊冤，我也略知一二，回京后定会收罗证据，替孔大人伸冤。"

晓松扑通跪下，磕头谢过。

客船抵达应天府下关船埠，映入眼帘的是几艘巨船。晓松目不转睛，陈阿大笑道："此乃海船，较小者乃倭国海船，大者乃闽广两省的海船，首尾各安罗经盘以定方向，船行何方，行至何国何岛，罗经盘针指示昭然。船上舵工水手，其见识与魄力卓然超群，非鼓足勇气所能成耶。"

晓松惊诧道："罗经盘，堪舆用之？"

陈杏儿点头道："是也不是。日后我领贤弟拜访船坊船师，其中奥妙详聊便知。众多外夷访客无不感叹，华夏之船舶，当属天下最优。"

晓松道："这些船舶构造精妙，曲线吻合精密，真乃鬼斧神工之作。可见船坊之工匠技法高超，如有神助。"

"工匠的确有神助，若无，岂能突破人类极限？船舶由无数部件围成，烦琐部件的建造依赖算法，算法便是其万能之神。"陈杏儿用手指蘸着水，随手写出两个符号，问道："林公子可能算出？"

晓松摇头道："《九章算法》只学得一些皮毛，粗陋得很。小姐所写，晓松只知为阿拉伯数字，但不明所以，晓松惭愧。"

陈杏儿点头道："算术，非举子会试科目，贤弟不懂也是正常。然此算题早已超过《九章算法》的深度，是由工匠师广采天下算法，编成一书，用在造船上。不精通算法，当不得工匠师也。"

晓松惊讶不已道："真有如此神奇？"

陈杏儿道："读《九章算法》，多会加减，乘除算法往往放弃，遇此依赖算盘也，其中如何算得，几乎不再深究。粗糙算法，不求缜密。造船算法烦琐，如用简约之法，差额放大，便造不出精密部件，故须加减乘除。平方、立方的式子，加以笔算之法则，方能应对工技之需。"

晓松问道："平方立方，闻所未闻。学得杏儿小姐所说算法，大约需要多久？"

陈杏儿笑道："船坊工匠所需计算，仅为算术的一部分，最少要三年五载方能学得，迟钝者恐十年八年也一头雾水。何况算术无穷尽，恐无人敢称通晓此术。"

晓松满面绯色，一副尴尬之态，陈杏儿便道："我之言是否冒犯林公子？"

晓松连连摇头道："非也，只是羞愧不已，今日方知自己孤陋寡闻，见识甚少。科举的原意，乃为朝廷选得英才，以后治理国家，然华夏英才，推崇修身养性齐家平天下。修身养性，以科举考义为主，八股文更是将四书五经定为唯一。我乃举子，然对于天下最先进之算术丝毫不通，即便文章做得好，金榜题名，我的才华见识也远落后于时代，不能为国家社稷之才。人类知识犹如海洋，八股之害，甚于焚书。人类之史，我以为归根到底乃三条主线，人与人，人与鬼，人与天地。人与鬼，因认识有限，暂不可当真。人与人的关系历史分为两类，一即统治与被统治者的历史。官与民，贫与富，劳动与享受者，皆为统治与被统治者之关系。二便是民族间与国家间的人民相处之史。从古至今，远交近攻，合纵连横，圣贤论述，帝王取舍，谋略多矣。然人与天地的关系，虽圣贤也有所论及，然重视程度远远不够。刀耕火种，棍棒相斗，至如今米粮高产，船舶一日千里，火炮之威，无不证实农工之技乃推动人类前行的根本动力，将来或能影响甚至决定人与人之相处法则。宇宙之大，人类已知的知识仅是沧海一粟，圣贤对于社稷之论，尚无定论，唯有农工之术与道，方是人类共赢之道，我当一生求索。会试后，晓松欲拜杏儿小姐为师，潜心学习算术。万望小姐收我为徒！"

杏儿闻之，甚是震惊，拱手道："杏儿虽为女儿，然久居京师，广闻名师释经讲义，而林公子之见，骇人听闻，独树一帜，实属新颖。然公子科举乃是头等大事，断不可掉以轻心，不然自毁前程也。公子切记。"

下船后，陈杏儿便被几个差役请去，似是商议某凶案。三人就此告别，陈杏儿差一人张跟班，领着晓松前去江西会馆。

已是午时，街道上人烟稠集，熙熙攘攘。晓松背着竹筐，东张西望，目不暇接。张跟班笑道："林举子，勿要慌张，可放心走。应天府脚夫十万之众，混在脚夫中，若不是头上之冠，着实难以区分，乞丐贼子倒不理会你。若要观望，秦淮河两岸，三山门、聚宝门、江东门一带更是繁华。城里几十条大街，几百条小巷，琳宫梵宇，碧瓦朱甍，恐上千座不止，大小酒楼与茶社，也有两三千余处。夜幕降临，聚宝门旁一条街道，两边酒楼上明角灯笼足有几千盏，照耀得如同白日，走路人毋须带灯笼。满街酒香扑鼻，大宫之内法酒，京师之黄米酒，绍兴之豆酒、苦蒿酒，高邮之五加皮酒，多色味冠绝者，若山西之襄陵酒、河津酒，成都之郫筒酒，关中之蒲桃酒，中州之西瓜酒、柿酒、枣酒，博罗之桂酒……恐林举子皆未见过，来日方长，可慢慢领略。"

街上小摊小贩在叫卖画像泥塑瓷神，晓松笑道："在我故乡，考生无不请来魁星画像与魁星泥塑，张贴魁星图，以求魁星保佑，金榜题名。"

旁边窜过一小贩，闻之笑道："举子，我出一联，你若对得上，便送上泥塑魁星一尊。"

张跟班笑道："狗蛋，捣乱不是？你大字不识几个，竟然出联求对？"

狗蛋瞥他一眼："前些日子，我认得一人，乃翰林院王景鸿大人。他从我手中请去一尊魁星后，随口念了一联，我记下来，让众多前来光顾的举子应对，竟无人能答。不知张兄陪同的举子，可有兴趣一试？"

旁边有读书人路过，听见要对对联，也兴趣盎然，驻足倾听。

晓松笑道："请出对。"

狗蛋道："卖魁星，买魁星，亏心不买，亏心不卖。"

围观的读书人皆是一愣，低头不语。狗蛋神气十足环顾四周，见众人都低了头，便又望向晓松。

晓松微笑，指着边上的胭脂铺微笑道："真胭脂，假胭脂，焉知是假，焉知是真。"

旁边几个读书人齐声叫好，狗蛋惊奇道："为何叫好？"

张跟班道："狗蛋，你听不懂，我们却是听得出，林举子对得甚好，甚妙！"

因遇上才思敏捷之晓松，为沾上文气，围观者纷纷购买狗蛋的魁星泥塑。狗蛋心花怒放，拽住晓松不放，片刻手中货物告罄，狗蛋乐呵呵从筐底掏出一瓷神送于晓松。那瓷神女子形象，着锦衣，头戴花冠，花冠中隐隐显得一个"文"字，手弹琵琶，骑五色云龙。

张跟班骂道："为何给一个乐妓塑像？晦气。"

狗蛋笑道：“你可真是狗嘴里吐不出象牙！此乃市面上新出的文曲星瓷神，畅销得很。我进货无门，只抢到这一个。”

张跟班道：“文曲星乃老态龙钟之男子，为何如今变成女子？”

晓松笑道：“《七曜神禳灾法》中所写文曲星便是如此，执文字，披头散发，颜如少女……”晓松将那文曲星瓷神拿在手上细看，忽然呆住，那塑像，俨然是杏儿的模样！

狗蛋笑道：“文曲星是何样貌，我也不知。传说昌南瓷坊画工，前些年见得一青年，虽是女扮男装，但依然可看出是美貌如仙、灵气逼人之女子，便依她的样貌画出样本，塑造出此文曲星瓷神。”

张跟班道：“原来如此。咦，这瓷神的相貌，倒是有些像我家小姐……”

张跟班与晓松皆目不转睛看着瓷神，同时喃喃自语一声“杏儿”。晓松的眼泪几乎夺眶而出。

江西会馆地处京师水西门内大街，行至此处，张跟班介绍道：“会试当前，四方举子于京师聚，其乡各有会馆，平日为同乡官僚与缙绅、客商聚会之地，如今给举子们歇息，多半会免收住宿费。林举子只需亮出指引火牌，店小二自会安排。”

那会馆的店小二见晓松穿着普通，迟疑不前。账房瞄过一眼，咳嗽一声，张跟班用眼瞪之，店小二方才笑脸迎上：“公子可是袁州府的林举子？”

晓松放下竹筐道：“正是，林晓松投靠乡梓会馆，烦请店家关照。”

店小二似有难言之隐，小声道：“林公子，倘不见责，权借一步说话，小人有实情相告。”

晓松与张跟班不明就里，只得跟他出去。转到房角僻静处，店小二道：“哎呀呀，掌柜早留得天地号房间，免费提供给举子住宿，然林举子姗姗来迟，掌柜以为林举子投亲靠友去了，便未再留房间。会馆平日就客商众多，现下再无空铺了。林举子，休怪我家掌柜。”

张跟班嚷道：“天地号房间冇得，通铺也有的？”

店小二赔笑不语，张跟班骂道：“别省会馆，有举子下榻都是求之不得，想不到江西会馆竟如此吝啬短视，可叹可悲！”

店小二涨红脸，吞吐半晌，苦笑道：“实不相瞒，有举子来京师，顺路贩来众多货物，占据了数间客房，尚未会试，生意已做得风生水起。林举子尚未抵达，已有举子相互勾搭，流连忘返于旁边妓院，还传言林举子的恩师已陷囹圄，恐受其牵连。近日又说，林举子与那‘孤凄埂公主’勾搭，昨夜聚众正告我家掌柜，决不可让林举子住进江西会馆，以免他们沾上晦气，会试失利。我们掌柜不敢得罪众人，只得请林举子海涵。”

晓松无语。张跟班闻之，气得脸红脖子粗，嚷道：“此处不留爷，必有留爷处！若不避讳男女，可去我家小姐府上居住。我们小姐善心，家中收养了众多孤寡老幼，只恐打扰举子温习功课，才想让您到这会馆中来。既然他们嫌弃举子晦气，我们小姐也是出名的不祥，正好来我家居住，只怕会试的时候举子的名次比那背后刻薄之人还要靠前些呢！"

晓松已是感谢不尽，拱手道："我家中贫寒，虽有乡里资助参加会试，朝中也给予十七两纹银，只是亲朋好友遭难，已将盘缠花用干净。冇得陈杏儿小姐施援，我恐流落街头矣。"

张跟班将晓松领回仵作府中，几个童子欢喜不已。陈杏儿因忙碌，尚未回府，然托人带话，告诫家中众人不得打扰林举子温书。第二日陈杏儿回家，又将收养的孤寡老幼接出，别院居住，让晓松安心温习。

明日便是会试日，临时借居在火神庙的陈杏儿唤来张跟班，询问晓松近况。

张跟班道："林举子初到灯红酒绿之地，本以为他会像其他举子一般递交名帖，拜访名士，结交权贵，或是流连于酒肆妓院，然林举子一头埋入经书中，大门不出，二门不迈。"

陈杏儿点头道："难能可贵。会试当前，众举子无不探听主考官两位总裁，十八位阅卷的同考官是何人，即便结交一两个监考的号军、杂役、伙食厨子，也是有用处的。"

张跟班笑道："这帮举子，多少心存作弊的念头。"

陈杏儿微笑道："科考严密，作弊乃是铤而走险之举。阅卷前，经严苛的弥封，眷录，对读后，方可将试卷交到考官手中，是'三无'的考卷：无姓名，无标记，无纰漏。即便考生在答卷上留下痕迹，然有主考官复查，实则比登天还难。"

陈杏儿拿出几个大食屉，两人分装出数个瓶罐。张跟班迷惑道："小姐向来出手大方，为何林举子进去江南贡院科考，只给他备下一些熏肉咸菜？"

陈杏儿笑道："会试期间，举子须在号舍关九天，吃喝拉撒都在里面，中间不得离开贡院。若带的食物馊掉，恐吃坏身体，那时叫天不应，叫地不灵，不如只备下些熏肉咸菜，糯米团与炊饼馍馍，虽口味一般，然能久放不坏。食物倒罢了，倒是担忧林公子选择何本经书作为策问文章的本经。往年科举，举子中依据《诗经》者多，治《春秋》者少。治《礼记》与《春秋》，文章字数和难易程度远超《诗》《易》《书》。尤其《春秋》的微言大义，常令平常学子知难而退，依其为本经的举子试卷，难得考官的赏识。若林公子选的本经不好，又遇上刁难考题，易被考官视为黜落劣文。"

张跟班劝慰道："是福不是祸，是祸躲不过。若有真才实学，林举子何惧之？只是一事不明。小姐如此珍视林公子，为其用心探听科举的琐事，为何林公子托你探听其恩师的案情时，你一口回绝？我听得应天府曾有过此等案子，最终也不了了之。"

陈杏儿叹道："的确，应天府的王举子曾非议科举，轰动一时。然王举子乃圣上乡梓淮西人氏，其祖父拥有丹书铁券，又是军中武将，圣上念其祖上功劳，予以赦免。然与王举子同案的另外几个举子，无不治罪，流放他乡。郭乡绅一介草民，申诉不得。我倒是听说揭发晓松恩师的，是他的乡里与同窗，因未曾中举，嫉恨同门而告发恩师。唉，此事断不可告诉林公子，否则他定是愤起弃考，回乡报仇，非毁了前程不可。"

张跟班忙答应了，又神秘道："曾听得圣上因杀不得有丹书铁券的武将，只是迁怒他人，将两县臣民杀戮殆尽，真有此事否？"

陈杏儿瞪他一眼："此话传不得，出门慎言！你赶紧回去，嘱咐林公子安心科考，下回见面，愿称他为林贡生耶。"

杏儿言毕，不知想到什么，喃喃自语道："白苎新袍入嫩凉，春蚕食叶响回廊。禹门已准桃花浪，月殿先收桂子香。鹏北海，凤朝阳，又携书剑路茫茫。明年此日青云去，却笑人间举子忙。"

张跟班心中平添一丝酸楚。陈杏儿芳心，此时全然在晓松身上，若晓松金榜题名，岂不……他唉声叹气，挑上担子，脚步沉重，给晓松送去会试用品。

　

春闱会试，在江南贡院。开考前一日寅时，举子始入贡院，人数众多。神情淡定者，多是国子监的监生，府学生员出身之举子。前后两道仪门，重复搜身。晓松松开盘结的头发，解开身上的衣服，摘下头冠，褪袜脱鞋，耳朵也被察看，从上至下，内内外外，无不被仔细搜寻一番。所带的食物更是严苛检查，咸肉切片，糕点破碎，米袋重装。砚台，毛笔，字圈，茶铫，烛台等一一不落，官府严防有举子心存侥幸，携带舞弊小抄。每人发给三支蜡烛，保暖铜壶。直到傍晚月升之时，晓松方才进得长五尺，宽四尺，高八尺，鸽笼子般的号舍。号门即刻关闭上锁，晓松苦笑一声，怪不得有人曾叹：闱屋磨人不自由，英雄便向彀中求，一名科举三分幸，九日场期万种愁。负凳提篮浑似丐，过堂唱号直如囚。袜穿帽破全身旧，襟衣怀开遍体搜。

已是三月下旬，依然天寒地冻，奇冷无比。监考的号军与杂役，冻得搓手跺脚，来回走动。贡院的号舍有两千多间，连成数十排，因恐火燎，不得生火，众举子惨兮，个个夜中冻醒，一心期盼会试赶紧结束。

科考的前两场，是经义论、判、诏诰、表等，晓松从容应对，下笔一气呵成。转眼便是第三场的经史时务策论，题目是《御夷》，晓松酌句阅读。

"昔列圣之相继，大一统而驭宇，立纲陈纪，礼乐昭明，当垂衣以治，何自弗宁，少壮尽行，内骚华夏，外戍八荒，中国之势，诎于夷狄，九州之地，尚未全服，朕不敢自逸，而政未加善，牝马胎驹于行伍，旌旗连岁于边陲，此御夷好杀而有此欤？抑蛮貘欲窥而若是欤，观之往事，亦是艰矣，今欲罢，乘机绝远戍，垂衣以治，又恐蛮貘生齿之繁，不数十年后为中国之大患。当此之际，振国以图治四方之安，道将安出？当有常治之王土，知古今，明治乱，子大夫之职也，尔诸文士论之，以妥夷人，朕将亲览焉。"

晓松抚题，久思不敢提笔。治理国家，不易之事，其中治理夷人之策，尤为敏感。强势与软弱，若不平衡，国不稳也。单就华夏的西南，历史就颇为复杂。晓松记得《史记·西南夷列传》《华阳国志》皆有记载，西南之中，在昔有夷越之地，滇濮，句町，夜郎，楪榆，桐师，嶲唐侯王国以十数。战国时期，为与秦国争霸，楚顷襄王派将军庄蹻远征滇池地区。因归路为秦所夺，庄蹻遂留居滇池，以其众王滇，又分侯支党，将士派驻各地，庄蹻及其所率部众变服从其俗，化血缘纽带，建立社稷，开各族融合之先。然其后天下又不安，尤其元朝，将各族分为四等，等级严苛，冲突激化，民不聊生，怨声载道。官府武力镇压，然非长久之计，元朝短命灭亡，也为佐证。当今圣上建立明朝，对西南夷人多有优容，以仁义统治，因地制宜，军事派驻，封赏酋长，世袭继承，或以宗教治理，愿为华夏之臣民者，与中原子民一视同仁。大明治夷之策，深得人心。

次日，晓松方才下笔，旁征博引，下笔如神，洋洋洒洒，一气呵成，然写完读之，文章多是阐述古今之策，对当今朝廷只有歌功颂德，绝无新意。再观圣上的策问，恐不单指华夏之内的"夷"，更在华夏之外的"夷"。然对外之策，晓松孤陋寡闻，不知从何下手。顿时泄气不止，将文章撕成一团，随手抛于号舍角落。

四方诸夷，皆限山隔海，僻在一隅，得其地不足以供给，得其民不足以使令。若其不自揣量，来扰我边，恐当朝也视彼为不祥。彼既为中国之患，而我兴兵轻犯，自己亦不祥也。

晓松仰头见得满天雪花飘然而至，陈年往事一一涌上心头，怅然叹息。忽听旁边号舍有考生呼叫监考杂役，是要沸水沏茶泡食，热水烫脚，才记起已是黄昏，顿觉腹中饥饿。

有监考号军与杂役巡来，晓松也要些沸水。杂役见晓松手中拎着一袋米粉，笑道："林举子手中的食物，不曾见过，这是何物？"

晓松道："此乃家里携带来的阴米。糯米盐巴水煮熟后晒干，喫时用热汤一冲，即可饱腹，乃是不易腐烂之食。"

杂役闻得"阴米"二字，心中不快。天子科举，竟然喫阴米，此等忌讳也不知？早有赣地举子暗中拜托杂役，设法慢待晦气的晓松，杂役便称忙不过来，拖延着久不送来沸水。晓松一心想着策问试卷，糊里糊涂大口喫下咸肉，又喝下大碗冷水，待杂役送来半温之水，泡化阴米后，晓松大口喫饱，不久便觉腹中绞痛，身上冷得发抖。不久头脑发热，迷迷糊糊，竟昏迷过去。

"晓松，去过多次考场，紧要之时，何以如此慌张？"郭乡绅笑眯眯地立在晓松号舍前。

晓松脸色苍白，满头大汗道："恩师，不知为何，弟子满心惶恐，猝然间已忘记八股行文，故而惊慌。"

郭乡绅哈哈大笑道："天子脚下，气场震慑，诸多人惊慌失措，脑袋中空白一片，不足为奇。晓松，将头埋入雪中，让自己冷静下来。我将百年之后的一八股范文摆在桌上，你照此行文便是，如此文章结构，考官阅后，恐拍案叫绝。"郭乡绅言后，倏然不见。

晓松大惊，依得郭乡绅，哀求监考官吏出得号舍，一头扎入一尺多厚的雪中，果然片刻冷静下来，又用雪擦脸，返回号舍，读起桌上的范文。

范文题目：《生财有大道，生之者众，食之者寡，为之者疾，用之者舒，则财恒足矣》。

全文如下。

平天下之财，以道生之而已。——此乃破题。

夫财不可聚而可生，而生之自有大道也，可徒曰"外本内末"乎？——此乃承题

且平天下者，而权夫多寡有无之数，宜非王事之本务也。不知生民有托命之处，无以给其欲则争。两间有不尽之藏，无以乘其机则散。惟不私一己而以絜矩之意行其间，所为导利而布之上下者，诚非智取术驭者之所能几也。——此乃起讲

吾为平天下者言生财。——此乃入手

财本无不生也，财一日而不生，则万物之气立耗，而生人即无以自全，知其本无不生，而长养收藏，可以观阴阳之聚。财亦非自生也，财一日而不生，则万物之精易散，而大君于是乎无权。知其不可不生，而盈虚衰旺，可以调人事之平。——此乃起股

生财固有大道焉。——此乃出题

求珠于渊，取璧于山，开天地之未有以夸珍奇者，非生也。夫民有衣食之利，而金玉夺之，贫与富相耀，私而不能公矣。大道以正其经，而不通难得之货，不作无益之器，饮食以为质，与天下相适于荡平焉。关市有征，国服有息，竭间阎之力以称富强者，非生也。夫国有维正之式，而商贾算之，子与母相权，暂而不能久矣。大道以定其规，而不损下以益上，不夺彼以与此，制节而不过，与天下相安于中正焉。——此乃中股

大道而精言之，则与性命相孚。以不贪为富，以不蓄为宝，清心寡欲，既以清生财之原而由是，措之则正，施之则行，百官万民，群拱手以观圣天子之发育。道之所为，无欲而通也。大道而广言之，则与天地相参。裁成其有余，辅相其不足，仰观俯察，既以博生财之途而自是，天不爱富，地不爱宝，人官物曲，咸奋发以赴圣天子之精神。道之所为，大亨而正也。——此乃后股

于财之未者而生之，生于天，生天地，生于人，而实生于君。《周礼》《周官》，具见圣人之学问。于财之既生者而益生之，益而生，畜而生，节而生，即涣而益生。官山府海，只为霸国之权。——此乃束股

晓松读上一遍，点头道："弟子谨记矣。读过方才记起八股文的行文结构，然恩师如何得到三百年后的范文？"

外面传来踏雪之声，晓松抬头望去，惊诧不已。一女子亭亭走来，着装怪异，脑后梳髻，紧身衣裙婀娜多姿，裙摆有分叉，衣上镶得精致花边，分外好看。她还穿着一双鞋子，后跟颇高，不知名目。见晓松疑惑，女子笑道："晓松哥为何惊讶？我乃杏儿。"

晓松打量一下，见果真是杏儿，方才转惊为喜，笑道："杏儿，真的是你！你怎么这身着装？这难道是外夷服饰？"

杏儿笑道："我因梦见有小人相害晓松哥，赶紧从西洋赶来护佑，见你无恙，方才宽心。晓松哥为策问所苦，杏儿不才，在外学得几句，请晓松哥记下，也许有助。"

晓松跃起，研墨执笔。杏儿道："夷人的称呼，起于远古圣人。夷狄之人，也称外国人。中原之人每每谈起，颇为鄙薄。然杏儿去过西洋数国，以为宇宙之大，断不是以中国为中心，千山万水之外也有强国，其史辉煌，盖不输华夏，岂不也可视中国为夷狄?

"华夏圣人自古视夷狄为忧患，然我以为，大明理应仿效元朝之策，积极取他民族之长，不可固步自封。昔日蒙古人僻居荒漠，然发扬其民族的扩张精神，以敢为天下先的勇气，尊儒学，融于华夏，进而称雄天下。我归来的路上，见华夏衰败，被西洋诸国欺凌，心中凄凉。如今西洋诸国强盛，我以为善师西夷者，能制西夷，不善师西夷者，外夷制之。夷之长技有三，战舰，火器，养兵练兵之法。若能为我所用，华夏必将重新崛起。

"论起文化，当以中学为内学，西学为外学，中学治身心，西学应世事，不必尽索之于经文，而必无悖于经义。如其心圣人之心，行圣人之行，以孝悌忠信为德，以尊主庇民为政，虽朝运汽机，夕驰铁路，无害为圣人之徒也……"

晓松听得糊涂，心中着急，放下毛笔，大声问道："杏儿，我孤陋寡闻，华夏如今强盛，为何称之衰败? 何是汽机，铁路?"

杏儿笑而不语，转身消失在白茫茫雪雾之中。晓松抬脚就追，一脚踏空，顿时栽倒，昏迷过去。

第三十八章
林晓松失意科考场，陈杏儿魂归燕子矶

不知过了多久，晓松醒来，痴痴不动。远处烟雾升起，遮天蔽日，转瞬间将天地烧得彤红。晓松披头散发，蹒跚在断壁残垣之间，看到火神庙里燃起熊熊大火，惨叫哭声不绝于耳。晓松见陈杏儿全身着火，正要冲过去相救，猛然间冲出一群举子，端着一盆盆炭火，照着晓松正面泼来。晓松大叫一声，轰然倒下。

几个监考号军惊讶不已。一人道："林举子疯疯癫癫，一会儿笑，一会儿哭，喊着什么杏儿，又说什么三百年……那陈杏儿家突发大火，已被火烧死矣。可他在这号舍里又是如何得知呢？咦，他的策问试卷倒是已经写完了。"

另一监考者道："今日天色极冷，不知多少个举子都冻成了傻子，有何稀奇。幸亏林举子已写满几页纸，策问似乎完毕，也近会试结束时。哎呀，他的额头热得烫手，赶紧送至医馆！"

监考官唤来受卷官，众人当面弥封糊名，将晓松的试卷交给受卷官，盖上戳印后，送至弥封所。弥封官将试卷折登，弥封，糊名，编号，交誊录所。众人七手八脚忙碌完毕，监考官令杂役拾掇出晓松的私物，将他送出江南贡院。

医馆在江南贡院外不远。晓松暖和过来，又服下几副汤药，已渐渐清醒。病房中躺着众多会试中的冻伤者，晓松听旁边一人轻叹道："八股立，三场设，举子集，贡院塞。覆压九千余号，不见天日。行台北构而西折，直登文场。一位主司，各谨关防。头炮警众，二炮开阁，听点传呼，争先捷足。各抱考具，铺陈紧缚。挨挨焉，挤挤焉，凳脚篮头，猝不知为何人跌落……"

此人年近半百，北方口音，一副落寞之状。晓松坐起，作揖道："不才林晓松，江西袁州府人。尚未公榜，阁下为何作此落第之叹？"

对方作揖回礼道："愚兄王青，陕西人氏。贤弟年轻，老夫却已是多次会试，自知又是名落孙山，所以叹息。贤弟考试如何？"

晓松道："前两场自觉尚可，只是最后一场，胡乱涂抹，全不成八股文也，求兄台指点。"

王青摇头道：“可惜可惜。第一考场起始，考官审阅答卷，一人要审阅两三百卷之多，五日后，又是第二考场答卷审阅，忙碌三日，又得审阅第三场的试卷。第一第二考场的答卷审阅，拢共六日，至第三考场试卷审阅，考官个个疲惫不堪。科举三场之制，本应无轻重，然考官的精力实有不逮。贤弟若第三场中规中矩，便可占得先机，可若不成八股文，或被判为黜落劣文。”

晓松道：“考官阅卷，有何章程？若有不服，能申诉否？”

王青笑道：“主考官有权调阅试卷复检，然所有答卷俱呈上去，时间紧迫，主考官要看详批，定名次，成草榜，尚须复审一遍初步定为贡生的答卷，岂有空闲复审其他人的试卷？贮堂中，卷宗堆积如山，搜阅甚艰，偶一差错，又得一番重来，程序上绝不可出得一丝差错。贤弟即便申诉上去，岂有人理会？”

晓松苦笑一声，王青又道：“举子在第三场作策论文章，只苦于无真知灼见，鲜有八股文体出错的。贤弟年少中举，即便会试中慌张，出此差错，岂不怪哉？贤弟昏迷时，我于旁边听得医官之言，不是冻病犯糊涂，也不是癫痫，甚是奇怪。医官猜测，贤弟是在会试中喫得迷药，才引起身体不适。”

晓松大惊，赶紧浑身摸索一番，钱袋尚在，衣物笔墨等丢在床边，然咸肉咸菜罐子与阴米袋子早不知去向。王青笑道：“贤弟怀疑有人在食物中下得迷药，或有人在号舍中将食物掉包，只可惜如今无法查找。医馆内乱哄哄，人来人往，贤弟又无书童，钱财细软没有丢失已是万幸，其他必难以寻回。赶紧躺下再睡上一觉，醒来就可离开此地矣。”

晓松愣愣倒下，昏沉睡去。发觉有人轻轻拍打，晓松猝然惊醒，张目观望，医官一张笑脸，张跟班立于旁边。

医官道：“林举子脉象平稳，已是病愈。这位张官人自称是你的好友，前来接你。”

晓松大惊，十天未见，张跟班似乎变了一人，一头黑发全然变白，憔悴不已，满脸悲伤。谢过医官，晓松冲睡梦中的王青鞠躬，惴惴不安离开医馆。

张跟班背上晓松的杂物，步履蹒跚。晓松更是诧异，连连追问，张跟班号啕大哭，好不容易缓过气来，才哽咽道：“林举子入贡院的次日夜晚，我家小姐府上突发一场大火，火势炽烈，府上十几口人无一幸存，可怜小姐也……”

晓松如同五雷轰顶，呆立当场，说不出话。

张跟班道：“我也疑惑……天寒地冻，家中储存有几垛取暖的干柴，然小姐乃机警之人，既然走水，怎会毫无察觉？难道是小姐收养的孤儿与老人，夜中昏睡时不小心燎着了衣裳？我赶至现场查看时，只看到一片灰烬，小姐抱着一孩童，倒在门前惨死，或被烟窒息，无力推开大门。然大门早已被扣死，越想越让人害怕……”

晓松回过神，道：“小姐身为仵作，平日可有得罪什么人？”

张跟班道：“我本是乞丐，自幼被小姐收留，在其家中长大。小姐外表孤傲，实则极为善良，哪里有憎恨小姐之人？只是前些日子，小姐也不知在哪位大人面前，替林举子言及的那位孔捷大人喊过冤。孔捷大人之案情牵涉驿路，难道是因此得罪了某些人？"

"小姐尸骨葬于何地？"晓松擦去眼泪。

"我与小姐生前的几个好友，前几天操办完小姐的丧仪。小姐乃京师官人，大明朝的第一位女子仵作，自是引人注目，然官府有令，丧仪从简，小姐又无家人，免去写殃榜讣告。现将杏儿小姐下葬在燕子矶，离此二十多里路。"

"京师礼仪，前去扫墓，应如何着装？"

张跟班道："尚不出三七，应天府的风俗，死者家人与同宗成员，须着丧衣。另外，由丧家给吊者送布，吊者始制而服之，若无送布，服丧之人穿着日常衣服便可。"

晓松在市面上购得丧服、香火、米酒、纸钱、鞭炮与供奉的食物，两人在路边胡乱喫过，晓松披上丧布，张跟班见之泪喷，也赶紧披上丧服，雇上一车，摇晃着朝京师北方驶去。

"为何将小姐葬在燕子矶？"

"杏儿小姐在燕子矶出生，当年圣上率军攻城，依军师刘伯温之计在此登陆。当时还是杏儿父亲为圣上的龙舟系上的铁索，圣上一战定江山，意义非凡。以后每至秋高气爽时，老爷都会抱着杏儿小姐跟随刘伯温大人在此饮酒赏月。"

燕子矶凸立江面，山石嶙峋，三面临空悬绝，矶下惊涛拍石，汹涌澎湃，因远眺似石燕掠江，展翅欲飞，因此得名。燕子矶总扼大江，地势险要，故而为万里扬子江第一矶。距离燕子矶不远的路上，众多行人携带香火前往，其中多有身着粗布袍服，上面打着补丁的男女丐户。虽着丧服，然晓松头上的四方平定巾可表明其书生身份，张跟班的青色布衣，外罩红布马甲，腰系红织带，一看便知是官府差役。众人默默闪开一条道，让晓松与张跟班先行。

晓松问道："燕子矶可有出名的寺庙道观？"

张跟班道："有一个小庙，敬的是九天玄女与观音菩萨。奇怪，今日又不是烧香日，怎么有这么多人。"

旁边一位渔民打扮的老者认出张跟班，两人相抱，感慨不已。张跟班引见晓松，原来此人也是杏儿父亲的故交，听闻晓松乃杏儿的莫逆之交，顿对晓松热忱不已。

张跟班问道："老拐叔，为何众多贫穷人俱往燕子矶上香？"

老拐道："亏你是被陈家收留长大的。众人闻知杏儿小姐不幸遭难，是前去上香祭拜的。"

晓松惊讶道："为何众人不忌讳杏儿的身份？"

老拐道："那些富贵人家自然忌讳，然穷人家极是喜爱陈杏儿。杏儿散卖家财，赡养孤寡老人，抚养流浪孩童，为民仗义执言，做下一桩桩善事，广受赞誉。应天府的丐户闻知杏儿遇难后无不哭泣，称杏儿小姐为九天玄女再世，观音菩萨转生，这些天络绎不绝，前来祭拜。"

然众人被阻于燕子矶的前方。晓松等人挤到跟前，见一队官兵半押半护着众多携老扶幼的百姓，他们挑担背筐，神情悲惨，似是举家举村逃难。晓松不解问道："这些人似犯人又不似犯人，这是要去哪里？"

老拐道："林举子晓得大迁徙否？"

晓松点头道："老拐叔说的是大明初年，朝廷从江西等地迁徙人口至鄂蜀之事？"

老拐摇头道："林举子所说，是前次大迁徙。如今的大迁徙，乃从苏、松等江南各地，山西等全国十几个省府，迁百姓去往西北各地。"

晓松道："兴师动众，规模甚大，难道是为填补西北战役后，白骨露于野，千里无鸡鸣的残破城邑？"

老拐道："正是。不仅如此，大明战事不断，尤其圣上发师北上，征战蛮夷，追剿故元势力，以去华夏千年之大患，然伐后之地空虚，久为荒芜之地，恐日后又成北狄之地，故圣上令众将士留守，屯田戍边，并迁江南山西陕西等地的民众前往居住，希冀日后实为汉人之地，以图大明千秋万代。"

晓松道："从富裕之乡迁往大漠之地，民众岂不怨声载道？"

老拐道："圣上此举，先是将举国的犯人充军戍边。后出其不意，官兵团团包围所选中之地，不论男女老幼，富贵白丁，一个不留，俱迁移北方。刀枪之下，百姓不得不依从，岂敢口吐怨言。只有被迁移百姓的外乡亲友，牵衣顿足，拦路哭喊。然官府也给予迁徙百姓不少好处，免费提供农具，种子，耕牛等，减免赋税，迁民附籍，任其开垦，亩数无定额，所开垦田亩，永归其家。大迁徙已有多日，官府挑选已在西北安居乐业的百姓，回原籍向乡里宣讲迁往西北之利。如今百姓迁往西北，便平静许多矣。"

前面的迁徙百姓已经走远，滞留人群松动奔走，晓松远见迁徙者江边登船，又问道："他们为何登船而行？"

老拐道："若走陆路，恐一年半载方可抵达。江南湖泊河流纵横发达，沿着浙漕，湖漕，河漕，闸漕，卫漕与白漕，如今称为大运河者，前后三千多里。若从此地登船，十几天即可抵达北平府，换乘官车，一两月便可至西北绝大多数边境矣。"

晓松感叹道："怪不得陈杏儿小姐曾言，江西、两胡、江南等地五谷熟，借漕渠之运，天下百姓便丰衣足食。"

老拐笑道："再过几日，燕子矶如林举子身份的，比比皆是。"

晓松道："为何？"

老拐笑道："大运河由官府出资维护，来往漕运与军事相关人等可免闸费，应试的秀才举子等前来乘船，也可免去昂贵闸费。一条船上只要有两名应试者，就不用船家缴纳过路费。深谙此道又须出行的富人便邀请秀才举子登上船只，路上包揽吃住，读书人搭个顺风船，又可免费吃喝，何乐而不为？"

晓松微笑，连连摇头。不知不觉中，晓松三人随着人群来到杏儿墓前。

早有几百人在此磕头烧香，晓松与张跟班颤巍巍跪下，向众人磕头致谢。祭拜者一批接着一批，直至夜幕降临，众人方才散去，只留下晓松、张跟班与老拐等七八个人。他们搭起窝棚，点起篝火，老拐煮了一锅烩食。饭毕，黑夜中走来众多道士与和尚，围着杏儿的坟墓念起经来。念经声如催眠曲，不久，晓松便昏昏睡着。

夜中子时，晓松被一阵惊叫声惊醒，火光下，张跟班倒在跟前，脖子上鲜血汩汩直流，已然断气。众人默默围在旁边，老拐叹息："问世间，情为何物，直教生死相许？"

晓松扑上，抱起张跟班大声哭喊："为何如此？"

老拐流泪道："昔日陈杏儿与他人从洪水中救得张跟班，自己险些滑落水中。张跟班乃流浪孤儿，从此被陈家收留，倾慕杏儿，自己取名跟班，发誓终生伺候小姐。杏儿自幼聪慧过人，刘伯温大人极为疼爱，常亲自教授，二人不是父女，然胜过亲生父女。杏儿才华冠绝，可惜身世多舛，张跟班只为情故，虽死不悔也。他自尽之前举止奇怪，连连在你身前磕头，喃喃自语对不住你，说他在咸肉阴米中混入了杂物。又言林公子回去，当心恩师的一个弟子，你的恩师，便是被这个小人所害。我还未听明白，就见他喊着杏儿的名字，一头撞在石头上，根本来不及阻拦。唉，天下之情，莫大过男女之情。曾听得传言，当年成吉思汗攻城拔寨，势如破竹，眼见占领中原之际，忽然拨转马头，千难万苦，远道西征，只为一个情字驱使，欲去寻得梦中美人……"

晓松抱着张跟班的尸身，放声大哭。众人莫不叹息。

余下几日，晓松依旧守在陈杏儿坟墓前，答谢前来悼念的众人，又好生将张跟班埋葬在杏儿坟墓之后，老拐始终陪伴。交谈中方知老拐乃刘伯温的旧部随从，隐姓埋名在此等待刘大人。估摸着已近张榜日，老拐劝晓松回京师查看，晓松摇头。再过三日，陈杏儿后事已了，老拐寻得一客商友人，晓松便搭乘其船返乡。当天夜晚，老拐听得有官人前来寻找林举子，赶紧躲起，远远望去，那人身着便服，器宇轩昂，是翰林院的王景鸿大人。听得林晓松已离开京师，王大人怅然若失，悻悻而归，老拐唏嘘不已。

湘水县新知县刘大人乃浙江人氏，进士出身，早闻晓松出身贫寒，学识渊博，是赴京师会试的几个举子之一，十分钦慕。过了揭榜之日，猜晓松已名落孙山，便差人给郭里长，待晓松回乡后，请来县衙门一叙。

晓松刚返至山前村，便被进城的里长康德截下。康德连连催促晓松，晓松只得跟随里长赴官府。康德备下厚礼，又在县城备好酒菜，携樽挈盒而来。傍晚时刻，有衙吏迎上，将二人引入知县大人府邸。里长单腿下跪，晓松拱手，知县赶紧扶起里长，主客寒暄几句，又谈及应天府的繁花似锦，气势辉煌，令人向往。仆人进来相报已备下酒席，两家菜肴合成一块，摆得满满当当。主客就席而坐，有学正几人作陪，相谈甚欢。晓松酒浅，三樽后面红耳赤，因心中惦记杏儿，难免有落寞之色。

刘大人道："林举子少年中举，已是不凡。虽会试落榜，然不虚此行。梅花香自苦寒来，只要继续苦读，终能金榜题名。"

晓松道："愚生不才，本是桑麻农户的人家，不敢有非分之想。"

学正点头道："今非昔比，昔日圣上求贤若渴，贤人君子有能相从立功业者，以礼用之，又连下荐贤令，凡民间俊秀，才思敏捷，有学识才干者被举荐，充任郡县官府中书。如今朝廷文臣皆由科举而进，非科举者勿得与官，科举之路，几乎游庠监生才可畅行。生员入监者，贡监；官宦人家入监者，荫监；举人入监，举监；捐资入监者，例监。除监生外，还有科举生员。刘大人爱惜人才，已设法举荐林举子入国子监，为国家输送栋梁之才，我老夫也极是羡慕。"

晓松拱手道："谢过刘大人美意，然晓松自知朽木一块，中举乃瞎猫碰上死耗子而已。春闱会试，强者如云，两千之众，也就三百者可为贡生。愚生已有自知之明，不做黄粱美梦矣。"晓松又苦笑道，"弟子此次会试，深知科举艰难，不再妄想。功名之事，等诸浮云，性命之图，危若朝露，今后愿把酒问天，看花踏月，烹一壶好茗，栽三亩仙稻。此生足矣。"

刘大人叹息一声："贤弟趁势落篷，又深藏若虚，着实令人敬佩。若是如此，我伺时向吏部上书，举荐贤弟候补为官。如今圣上英明，翰林院广招赋闲的举子，集中学得大明律法与治夷新法，分成数队，赴边疆与国外，宣讲华夏文化，以示朝廷的包容之心与皇恩浩荡。宣讲之士，俱赐以翰林院待诏身份，从九品。此乃天下举子之大幸，贤弟以为如何？"

晓松立身，连饮三樽，作揖谢道："不才受皇恩厚矣，理应为国效力，然……"

里长截下话道："然在途中，已与晓松贤侄商议过，五彩村将仿府学办一个学堂，以晓松为主，筹办乡学。今日斗胆趁此机会，祈求刘大人与学正援助。"

刘大人一愣，旋即哈哈大笑，举杯笑道："人各有志分，何可思量。郭里长如此铺排，恰到好处，也是为社稷着想，甚欣慰也。"

离开知县府邸，晓松低头不语，里长赔笑道："贤侄休怪我自作主张。贤侄之意，我早已猜知，一是想要寻找杏儿，二是想寻访郭乡绅下落，以报恩师之情。然我既为里长，也欲兴办乡学，造福一方。晓松若为教授，日后不受官府监督，可随你意，也可以游学为名，四海畅行，岂不一举两得？"

晓松道："谢过里长好意。"

康德里长狡黠笑道："然仍有一事相求。我欲将家中一半土地，过户与你，望贤侄准允。"

晓松疑惑，里长笑道："实不相瞒，当上举人可以为官，然仅是教喻主簿之类的官吏而已，外放个小县担任知县的，实为罕见。倒不如弃官，为举子的，可豁免赋税徭役。我欲用你的举子身份得些好处，获利也分你三成。"

见晓松不语，里长又道："过户土地中，有杏儿家田产。因恐郭乡绅家中土地俱被官府收缴，我早暗中将郭乡绅家中一半土地，私造买卖契约过户，又有郭家祠堂几位长者手印，如今晓松助我，也是救助杏儿泽民也。不过此事万万不可泄露，梁家歹毒，如果知道此事，必然又举报陷害。我猜测郭乡绅下狱，也定是梁贵那贼子所为。如今梁家早已躲在外面，行商数月，只是无实据，一时奈何他不得。"

晓松点头，里长又道："方才出门时，学正私下叮嘱，贤侄万万不可学那郭乡绅，虽洁身自好，品行端正，然也脱离实际，泥古不化，充不得社稷栋梁。"

晓松道："学正所言，我定当遵从。"

第三十九章
辞乡里出山寻故旧，杀重围归乡血染衣

牛牯崽望眼欲穿，与晓云在村外等候晓松。自晓松走后，牛牯崽在夷人山区苦苦搜寻，然杏儿等人渺无踪影，牛牯崽只得瞒过众人，去袁州城打探。在途中碰得几位乡里，得知里长已知郭乡绅案情，也知郭乡绅近期启程，流放地是西北荒漠，里长已前去送行。然赶至袁州城，方知前几日已被押送出去，里长也没见着郭乡绅。乡里劝慰牛牯崽返回，然牛牯崽依然去了袁州城，幸亏同被流放教授的弟子友人尚滞留在城门外啼哭，牛牯崽上前询问，从其口中方知，似乎见得有清秀男子领着数位家人，不远不近，尾随郭乡绅等犯人，猜得是其亲友。那清秀男子衣衫褴褛，然举止气度不凡。所带数人中，有一中年妇人，似为外夷之人。牛牯崽一听，便知那清秀男子是女扮男装的杏儿，拔腿便追，可追寻数日，仍不见郭乡绅、杏儿等人的踪影，又不识路，只得含泪返回。

听得杏儿下落不明，晓松怔怔不语。牛牯崽愧疚道："我愚笨不已，又言语不通，知难而退，心中着实沮丧。"

晓云道："牛哥哥已是尽心矣，毋须自责。杏儿小姐何等机敏之人，心中眷恋兄长，远送一途，便会回来等候兄长会试回乡。如今不见人影，也许已在归途。阿哥，阿公嗯糜都在家中焦急等候，兄长赶紧回家，报声平安为是。"

牛牯崽背上晓松的行囊，晓云拽着晓松，往家中飞奔。

晓松见回家之路似乎有异，迷惑道："这是去往何处？"

晓云拍拍头道："方才只顾说要紧的，尚未告知阿哥。前些日子，郭家四叔公上门，一再劝阿公搬去杏儿家中住，又催牛哥一同前去。阿公开始坚决不从，然郭家四叔公称，此乃受郭乡绅的委托，由我家帮其看管宅院。我猜实则郭家四叔公等人正直，以防小人用不义手段霸占郭家宅院，所以求我等帮着看护矣。"

晓松愕然，冲口而出道："四叔公考虑极对，无论如何，得为泽民杏儿守住宅子。"

三人赶回，郭家四叔公等乡里闻讯赶来。进得郭家大院，郭家老仆张旺见到晓松，扑通跪下，老泪纵横，似乎盼回郭家主人一般。晓松公公与嗯糜皆憔悴不堪，尤其公公小鬼，一头白发，已是步态蹒跚矣。

　　众人围着晓松，七嘴八舌追问应天府的情景，晓松心中甚是感谢乡里之善。晓云端出几碟点心，称是阿哥从京师购回。晓松一愣，从京师返回，一路并不曾购得点心，定是离开燕子矶时，老拐为他拾掇竹篓行囊，暗自相赠京师糕点。自己一路脑中萦绕杏儿，竟始终不知，晓松暗自苦笑一声。

　　二叔公捻起一糕点道："昔日三僚先生也曾从应天府带回多样糕点，曾言应天府糕点有几妙：齑可照面，米饭油性照人，馄饨汤可注砚，醋可作劝盏，湿面可穿结带，饼可映字，寒具嚼者惊动十里人。尤其状元糕，状元豆，状元饼，色泽诱人，入口妙不可言……"

　　晓云又端出一盘黑瓜子，瓜子散发出一阵奇香，众人不识，抓上几粒放入口中咀嚼，只觉满口芳香。四叔公视之，方记得乃应天府的炒货，外夷瓜子，顿时伤感不已，哽咽道："郭乡绅曾给我此等外夷瓜子，说是马陵瓜瓢中的种子，瓜来自外国，原为宫内佳品，后在应天府栽种，流入民间，其瓜子被制成抢手点心。三僚先生称，应天府有商家加盐干炒，顿成天下一绝，被称作外夷瓜子。放入嘴中一润，轻轻一嗑，一豁两瓣，嘴嚼其肉，鲜香微咸，越喫越有味，令人欲罢不能。如今我等在此嗑外夷瓜子，然族兄已被流放西北修筑长城也，悲哉！"

　　五彩村乡里无不感念郭乡绅的恩德，众人默然神伤。晓云道："晓云足不出村，尚知西北荒凉之地，古有孟姜女哭长城。长城万里，然广袤天地前，也无法阻止匈奴屡屡践踏中原。如今为何劳民伤财，再筑长城，岂能阻挡游弋的千军万马？"

　　四叔公道："晓云所言极是。五彩村修建围堡，尚挡不住火炮轰之。老夫不知天下有多大，然知其理同状。修筑长城，分明是华夏蜷缩，将来恐被动挨打矣。"

　　晓松道："恩师流放之地，乃西北荒漠。昔日有人写边塞诗：峡口大漠南，横绝界中国，丛石何纷纠，赤山复翕赩。远望多众容，逼之无异色。崔嵂岝孤断，逶迤屡回直。晓松不才，尚不知其地详情，然在此恶劣之地构筑长城，必是军事要冲。明朝疆域，东起高丽，西据吐蕃，南包安南，北距大碛，南海千里长沙、万里石塘尽入版图，呜呼盛哉。然高处不胜寒，圣上不敢有一丝懈怠。华夏如今两大外患，称为南倭北虏。圣上多次兴兵出征北方，然依旧有残余的蒙军，远离华夏建国，恐又重演南下侵扰，甚至灭我华夏的悲剧。居安应当思危，只是长城抵御北虏的功效，着实值得考量。"

　　牛牯崽笑道："修长城有何鸟用？不如学得元军，以攻为守。森林百兽之中，岂有虎豹筑巢的？"

　　众人闻之，个个摇头。小鬼道："先莫谈国事，郭乡绅一把老骨头，且不言在荒漠之处受难，我担忧他亦受不得押解之苦。晓松，滴水之恩应以涌泉相报。晓松定要追随而去，设法救助恩人。"

晓松含泪跪下："阿公教导极是。本顾虑阿公年事已高，家中贫穷，一来二去，不知何年能回，不能尽孙儿之孝，又无力养家，心中悲楚。若我出外，只得将一家老小托付给牛牯崽兄弟与众乡里。"

牛牯崽跪下道："我兄弟两人，早已是生死相托，晓松尽管前去。你有满腹学问，即便是天涯海角的路途，也难不倒也。早去早回！"

四叔公流泪道："五彩村受郭乡绅恩德者众多，均可帮忙照应，晓松无须担忧家中之事。"众人纷纷跪下，甚是至诚感人。

正是春忙之际，晓松不忍离去，打算留在家中下田耕作，待农事消停以后再动身，小鬼却连连催其上路。是日尚未破晓，晓松嗯糜含泪送晓松出村，小鬼与牛牯崽在村口再别晓松，晓云浑身湿透，站在山头，望着远去的阿哥，喃喃自语："山中相送罢，日暮掩柴扉，春草明年绿，阿哥归不归？"

晓松夜以继日赶往袁州府，经同年引见，识得袁州府司狱史鹏大人。其人恰逢押送郭乡绅狱吏返回，晓松心中甚是不安，史大人如此快就回到袁州，难道是郭乡绅路上遭遇不测？晓松邀请史大人与押送差役在杏花酒楼相聚，相送厚礼。老冬酒三樽饮下，史大人道："林举子毋须悲虑，如今流放去往西北的犯人，先集中押往南昌府番夷卫所，也无甚牢狱之苦，之后均充军去西北。盖以大明边境，恐甘肃最远，亦劳役最重。甘肃乃抵御蒙军藏兵前沿，也是西域数国进攻中原必经之地，官府意在甘肃仓山大漠等地筑起万里长城矣。我敬佩郭乡绅为人，早已托人关照乡绅，路上无人敢殴打欺凌。只是到了西北之地，则鞭长莫及矣。"

司狱之言，让晓松心中宽慰不已。他拿出应天府的文曲星瓷人，请押送吏细看，问是否曾在郭乡绅身后，见过如此相貌的人。押送吏笑道："林举子所言之人，恐是郭乡绅的家属，均在通缉之中，躲还来不及，岂有让我等见得，自投罗网的？林举子不如询问沿途的叫花子，有叫花子专门阻拦犯人与押送者，声称同是天涯沦落人，送水送食物，实则有亲友躲在后面，请叫花子代劳而已，我等对此也是睁一只眼闭一只眼。林举子前去问得他们，恐有线索。"

晓松大喜，赶紧敬酒，众人酩酊大醉。送走史大人与押送差役后，晓松连夜赶往南昌府。路上盘查路引甚严，也没见到几个乞丐，经打听方知官府如今正在捉拿闲杂人员，充作修建长城之劳丁。有人说在新喻曾见得多位乞丐，晓松闻之，便向新喻赶去。

已是五月，临近傍晚，烟雨中，远处农舍朦胧，炊烟袅袅，水涨池满，驿路旁稻田蛙鸣四起，幼苗在梅雨中笔直挺立，叶上凝聚水珠，浑圆剔透，在夕阳下闪着晶莹之光晕。看驿站路碑，已是江西的新喻地界矣。星光不负赶路人，泥泞之路，三日奔至此，已是不易。路上行人稀少，此处前不着村，后不着店，倒是山洼不远处，有几棵参天大樟树，树下相对干燥，可燃火过夜。然晓松不敢大意，犹豫着是否调转马头，再回之前的客栈过夜。

此时两个挎篮子的女童突然从杂木林中窜出，尖叫着奔逃，身后跟着两条狂吠的恶犬。眼见她们即将被狼狗扑上，晓松策马，毫不犹豫冲上去，一个水中捞月，操起地上一竹竿，挥杆便砸，从恶狗嘴下救下两女童。他问女童家在何处，然两女童皆是哑巴，只得点起篝火，从背筐中取出食物分给她们。看着她俩吃得津津有味，晓松疲倦坐下，想歇息一会儿，不想猝然间后脑挨了一棍，晓松两眼一黑，砰然倒下。

晓松被凉水浇醒，睁眼视得自己身在一个山洞中。洞不高，显然是原有洞穴被扩掘，尽可容七八人。地上黑黢黢的，是黑灰土烬与碎陶片、木炭碎块，整个洞穴犹如火烤过一般。洞壁悬挂着七八具尸骸，阴森可怖。晓松正自惊愕，忽见方才救下的那两个女童正坐在对面，冲他嬉笑，晓松方知落入圈套矣。

女童旁边有几个年过花甲的老人，浑身发臭，长得凶神恶煞，在火把下尤显得面目狰狞。他们都有鹰钩鼻子，深凹之眼，显然都是色目人。坐在晓松旁边的几个孩童与年轻人俱为汉人，一个流着鼻涕的乃牯，依然在翻看晓松的背筐。一色目人见晓松苏醒，冲着一人大叫："帮主，这小子醒矣！"

洞口一人转过身来，冷笑道："我等浑身恶臭，穿着破烂，世人从不正眼相看，算不得稀奇。稀奇的是，此人被押入鬼山墓穴中，醒后看见洞内尸骸，依然不喊不叫，镇定自若，非同常人。"

晓松心中一惊。新喻的拾年山也称鬼山，是墓葬之地。相传中元节时，鬼山的魑魅魍魉结队出行，得见者不死既伤。此处乃不吉之地，世人避讳。

晓松笑道："帮主谬赞。请教帮主，贵帮可是丐帮？"

帮主迷惑道："正是。客官黑夜独行，我以为你定有紧要的事，然你不像客商，又不像匠人，亦不是农夫，一身白丁衣，到底是何人？"

晓松拱手道："在下乃袁州府的行脚夫一个，有要紧的口信要送。主家令我前去新喻报信，又兼有寻人之责。离奇的是，我这一路也不曾见到一个贵帮之人。不想今夜有幸，误入贵帮宝地，真是天可怜见。"

帮主道："官府如今正大张旗鼓捉拿游民，前去西北修筑长城，你自然见不到几个乞丐。主家不用书信，仅是传递口信，定是上不得台面的事。"

晓松道："岂敢岂敢。主家的友人乃一乡绅，因言犯事，连同孙儿，被官府流放西北。主家一亲眷，乃新喻的石门书院山长，桃李满天下。听说乡绅至此处时，石门书院的山长曾援助乡绅。不知诸位是否知道这几人的下落，如能告知，定当厚谢。"此时，那个流着鼻涕的乃牯已从晓松的箩筐中翻出瓷神文曲星，晓松便补上一句，"还有，那乡绅的随从中，有一人与此文曲星长得一模一样，诸位可曾见过？"

帮主道："那乡绅可是姓郭，袁州府湘水县山前村人？同行的有鹅湖书院教授，尚有几个其他犯人？"

晓松心头一喜，道："正是。"

帮主哈哈大笑："我丐帮，天下奇事，无所不晓。石门书院山长李寅，字孟敬，号称石门先生，无人不知。其李家大院夫子堂，也是新喻第一祠堂。他虽不是科举出身，却是皇上钦点的征士，勤于笔耕，听说撰有《石门集》一千多书卷。前一个月，石门先生听闻郭乡绅受难经过此地，特在路边设宴相送。我等在旁边，观得一清二楚。两人是高山流水，一世知音，已在新喻传为佳话。然听得郭乡绅一行过扬子江时，不幸遇上风浪，翻船落水，无人生还。音讯传来，石门先生大为悲戚，至今郁郁寡欢。前几日，有一伤残返乡的军户，披麻戴孝经过此地，途中时不时哭喊郭乡绅几声。我等赶紧告知石门先生的庄上乡勇，乡勇以为此人是流民伪装，逃避充军，押回庄上审问，方知他真的是郭乡绅的乡里，自称熊牯。他返乡过扬子江时，遇见一押送犯人的差役，此差役曾与他一同参军，好心相告郭乡绅与其孙泽民的死讯。熊牯遂披麻戴孝，悲戚返回。石门先生闻之，顿时大放悲声，那熊牯也哭晕过去，之后病发，我好心将其收留。可怜他一百名从军的乡里，只剩下他一人得以返乡。"

晓松如五雷轰顶，肝胆俱裂，颤抖问道："那与文曲星相貌相似之人……"

帮主叹道："也是奇遇，我也曾碰到此人。前些日，新喻番夷卫所官军上路巡查流民，我等赶紧隐藏，见得一行人哭丧悲戚，失魂落魄走来。官军前去盘问，也不知为何，竟然扭打成一团，官军砍翻他们几个人。一中年女人抱住一官军哭喊：'杏儿快跑！'却被一刀捅死。被称杏儿的那人，正与这文曲星面貌相似。这人被另外两人护住，尚未跑得几步，就被官军追上。其中一人被官军一刀砍死，另一人手持一包，火光一闪，轰隆一声，竟将自己与几个官军炸得血肉模糊，同归于尽。那杏儿哭喊着'春晖'，转身逃走，官军乱箭齐发，杏儿的同行者中有数人奋不顾身，挡在她前面，统统被箭射倒。幸而离河边不远，那杏儿跳入河中，官军赶上，又往河中乱射几箭，骂骂咧咧，似乎不见尸体。可怜这一行人，死后犹如野狗般被抛在路边。次日我等不忍，掘地相埋，收尸时吃惊不已，方知死者七人中，有四人女扮男装，个个年轻，相貌奇美。熊牯恰好赶来，见得尸体，浑身哆嗦，大叫'夫人，冬梅，春晖'，哭得昏天黑地。熊牯醒来后口中一直念着杏儿，疯疯癫癫，踯躅河边，路上见得乡勇巡查，竟然抢刀与乡勇相拼杀。哎呀呀，他真乃勇士，连杀十几名乡勇，可惜官军赶来，一虎难敌众狼，被数枪穿透胸膛。临死还仰头长啸，说'杏儿小姐，哥死不瞑目，寻找不得你耶'。唉，真是可叹……"

晓松听得心中大恸，一口血喷出，扑通倒地。众人面面相觑，帮主叹道："世上终有此痴情之人。"

边上一独眼色目人问道："帮主，我等贩卖过无数人，此人分明是秀才童生。那死去的杏儿乃大家闺秀，能眷恋杏儿者，绝非一般人。"

帮主道："细细搜查，将他身上的银两取走，留他一条性命。明早我等赶紧离开此地，逃进龙虎山便是。赶紧歇息！"

半夜时分，那独眼色目人爬起，一刀取了帮主性命，拎起包袱。众乞丐惊醒，持刀棍与独眼人对峙。那独眼人道："我等跟随帮主多年，乞讨得来的财物几乎被他一人独吞。明日离开此地，帮主定会以躲避官府捉拿为由，遣散众人，或独自开溜，我等竹篮打水一场空。既知如此，倒不如先下手为强，杀了帮主，平分财物。"

那流着鼻涕的乃牯吐了一口唾沫，道："独眼龙，你想分一分眼前的银两，就哄我等离开，那是做梦！之前帮主藏起的巨财，你定是晓得藏于何处，妄想独吞？我老家在黄河边，如今洪水泛滥，回去也是饿死。依我说，不如我等依然结伴，拿上帮主藏起的财物，前去袁州府湘水县五彩村。熊牯哇过，躲在夷人山区，官府能奈我何？眼前这秀才，不如依然卖给兰财主。兰财主家中有煤井，又有火药坊，正缺人手，可卖个好价。这么多钱，也足够我等路上花用了。"

众人纷纷点头称是，那独眼龙势单力孤，只得嘿嘿笑道："英雄所见略同，我等毋须迟疑，赶紧掩埋帮主，灭尽火把，绑上秀才，连夜上路！"

郭家祠堂的家丁黑皮、猫拐几人跟在牛牯崽和晓云身后，神情紧张，东张西望，迟疑不前，宗干郭保一脚踢去，骂道："五尺汉子，竟不如晓云这个女子。有牛牯崽领衔，何惧之有？"

黑皮尴尬笑道："冇得恐惧。不过是沿路美景，引人入胜。我等整日守祠，出来见了五月的山景，方知外乡人为何感叹我乡风景之美。"

晓云、郭保纷纷点头称是。

猫拐苦笑道："可惜我等不是来游山逛水的。宗干，奇了怪了，为何最近老虎肆虐？官府派来巡查五彩村的两个官吏，被老虎撕咬，仅剩两个脑袋矣。又有色目人乞丐一行七八人，俱被老虎撕碎。可我等祖上有训，只要不招惹虎爷，虎爷极少袭击人。可气这些人被老虎咬死，官府倒是把气撒在我们头上，严令五彩村剿灭老虎，消除虎患。宗干，五彩村自古以为，凡虎狼之在山林，犹人之居城市，龟鳄游戏水中，各有各的依托。古者至化之世，猛兽不扰，恩信宽泽，仁及飞走，不得妄捕山林，如今竟要灭尽，岂不是违背天地之意耶？"

郭保道："何故忧心忡忡，牢骚满腹？里长吩咐，打上两三只虎，送去官府敷衍便可，以后再有虎害，便言是从他地窜来的。山前村至五彩村百多里曲折山路，如何能将猛兽剿灭干净？今日出来猎虎，诸位万不可大意。晓云，你为何非要前来？五彩村壮汉多矣，传出去，官府岂不笑话我等。"

晓云笑道："女子又如何？传说那渤海县刘平带着妻儿前去枣阳，途中夜宿河岸，半夜忽然冲出一只猛虎将刘平拖走，其妻胡氏惊醒，抽刀追上老虎，刺破虎腹，杀死猛虎，从虎口救得丈夫。那胡氏可以杀虎，我晓云如何不能？"

猫拐道："古有胡烈妇挺身而出，杀虎救夫，如今老虎猝然袭来，恐晓云挺身护住的也不是我等，而是牛牯崽。"

众人哄堂大笑，晓云脸色绯红。

已是黄昏，林中果真传来老虎的低吼声，众人赶紧潜伏在石头后，盯着林间小径。不久，一只头圆耳短、四肢粗大、全身橙黄遍布黑色横纹的老虎映入眼帘，前额的黑纹，颇似汉字中的"王"字，更显得异常威武。老虎多在夜间觅食，极爱捕食食草蹄物，前方树间，早系有几只黑羊，正咩咩叫唤。黑羊闻见老虎的气味，惊恐至极，拼命挣扎，然怎么挣得脱绳索？老虎伏低，慢慢潜近。虎的嗅觉、听觉、视觉皆异常灵敏，攻击猎物时，先是取其背部，将猎物拖倒在地，然后锐利的犬齿紧咬猎物咽喉，直至猎物窒息死亡，方才松口。牛牯崽等人在等待老虎跃起之时那一刹那，虎迎面暴露出腹部，颈脖下便是心脏位置，趁机攻击，可一枪毙命。若非一枪毙命，被激怒的老虎瞬间便能扑至猎人身上，将猎人扑倒咬碎。故猎手几人，多枪同时开火为好，以求务必击中。此时低伏的虎已成跃起之势，然倏地收身，转头一纵，逃之夭夭。老虎定是察觉到了危险。

牛牯崽听得身后有声，转头见郭保几个已于恐惧中悄悄后撤，如今撒腿而逃矣，唯有晓云还在持枪瞄准，见老虎已逃，牛牯崽回头，便收起了枪。

牛牯崽又气又笑，今日又是一场空矣。虎的活动范围极广，明日搜寻，又得费上一番功夫。晓云垂头丧气，牛牯崽安慰她几句，两人前去解开几乎吓呆的黑羊。然黑羊猛然四窜，牛牯崽骇然，以为又来了猛兽。两人赶紧回身防守，但见小径上踉踉跄跄走来一人，蓬头垢脸，衣衫褴褛，右手举着火把，左手一根打狗棍，身后还背着数根火把，浑身恶臭。

牛牯崽立身道："原来是个乞儿。"

晓云疑惑道："此时尚有余晖，这人却点着火把行走山路，看来颇为熟悉抵御野兽之法，恐为山里人。披头散发，见不得其脸，应是刻意回避路人。"

牛牯崽持枪大喝一声："来者何人？"

来人似乎浑身一震，顷刻惊叫一声："牛牯崽，晓云！"言罢扑通倒地。

晓云尖叫一声："杏儿小姐？"

夜中，牛牯崽与晓云悄悄将杏儿背回郭家大院。见到小鬼与晓松嗯糜，杏儿泪如雨飞。众人听得杏儿嗯糜、冬梅、春晖等人的噩耗，悲痛不已，哭成一片。

小鬼含泪道："杏儿饥肠辘辘，又污浊不堪，且忍住悲痛，赶紧造饭，梳洗。"

晓松嗯糜止住泪水，起火造饭。晓云烧得几锅热汤，为杏儿洗漱干净。

喫饱喝足，杏儿便将前情一一道出。原来杏儿等人躲于夷人山区，泪眼望着晓松踏上赶考之路，方才离开。因杏儿嗯糜整日啼哭，思念泽民，杏儿等便女扮男装，众人装扮成客商，潜入袁州城，打探祖父和兄长的消息。待郭乡绅等流放之日已定，便一路远远跟随。后来引起官军怀疑，过来盘查，杏儿几个支支吾吾，拿不出引信，便被官军扣押，要将他们充作劳役。后又察觉杏儿等人是女扮男装，要将她们几人卖去妓院。杏儿怒不可遏，挣扎逃离，可怜嗯糜等人不幸遭难，杏儿被春晖冬梅冒死相救，虽挨了一箭，侥幸跳入河中，得以逃出。漂流一夜，在赣江被渔夫救起，伤愈后只身返回新喻嗯糜等人的遇难之地，夜中扒开多座新坟，在一坟墓中寻见已半腐的嗯糜等人的尸骸。哭过三日，将尸骸重新埋过，又做好标记，方夜行昼宿，穿行山林返乡。

晓松嗯糜哭泣道："我儿前去寻找杏儿，本想救助恩师，岂知如此！如今路上危机四伏，尚不知我儿安危。"

小鬼道："孙儿身为举子，已是官家之人，又机灵得很，毋须多忧。杏儿仍是官府通缉之人，再不得贸然出去。人心叵测，自今日起，杏儿隐藏家中，等待晓松回来，再从长计议。"

第四十章
叹世间除恶难除尽，憾良缘离散多波折

当年入秋，梁贵捐纳入袁州府学，为廪膳生员。梁府宴请里长与村里长辈几个宾客，里长醉酒，戏称梁贵为"蝗虫秀才"，以后可捐纳入监为贡监，再不成上马纳粟为冠带。梁贵磕头称谢："谢阿叔指点，官府要是捐官，定捷足先登。"

宾客散去，月色皎洁，梁贵搂过婢女，见那婢女眉眼长得有三分杏儿的神色，梁贵猝然推开婢女，怔怔发呆，先唤杏儿，又唤晓云。那婢女甚是气恼，道："人苦不知足，既平陇，复望蜀，我姿色肯定不如杏儿，岂不胜晓云？如今见了晓云，也似魂丢一般。"梁贵大怒，一脚踢去，婢女猝不及防，直飞出去，撞得头破血流，不敢吱声。梁贵眼前浮现出晓云模样，如今的晓云，惊为天人，梁贵每见之，心旌摇曳。哎呀，牛牯崽今日已去孽龙河放排舟，梁贵想到此处，顿时淫火中烧，取出迷药，藏好匕首，着一袭黑衣，悄然出院。

小鬼已是皓首之年，常年劳作，身板硬朗，应了郭乡绅之言，劳其身者长寿，安其乐者短命，盈缩之期，不但在天，养怡之福，可得永年。二叔公等众多老者，早齿牙动摇，垂垂老矣。即便盼富失踪，小鬼依存希冀，鹤发童颜，耳不聋，眼不花，只是去岁郭乡绅受害，今年晓松时乖运拙，杏儿一家不幸，陡然间精神矍铄之人变得神情恍惚，渐感衰老。是日迷糊，夜中已是醒来数次，醒来自言自语："前三十年睡不醒，后三十年睡不着。唉，为何晓松一去不复返？"

忽闻后院狗吠几声，心中疑惑，持棍出房，见张旺、晓松嗯糜皆披衣挑灯走来，两人也是觉得蹊跷。平常狗吠后，白鹅也会狂叫，院中八哥鸟常会叫唤"贵客到，贵客到"，然今日白鹅与八哥息声。此时后院又传来几声狗叫，小鬼"嘘"一声，张旺与晓松嗯糜会意，赶紧灭灯。

三人赶紧朝后院奔去，只见院墙根处，黄狗黑狗俱躺在地上，口吐白沫身亡。三人顿感不妙，慌慌张张又去前院，见那白鹅与鸟笼中的八哥，也早僵硬死去。小鬼"哎呀"一声，想到来人已潜入院中，定是冲杏儿或晓云而来。晓松嗯糜刚想大叫，小鬼连连摇手，怕那贼人狗急跳墙，伤了人命。

晓松一家与牛牯崽兄妹几人原本住在下人房间，杏儿一家住的正房，依然保持如初。杏儿这几日躲在家中，憋闷不已，今夜晓云便到杏儿闺房中陪伴。那穿黑衣的贼人到了杏儿门前，想用刀挑开门栓，不想门栓早被晓云暗加一插，贼人费尽全力也挑不开，只得捅破窗纸，用竹管吹进迷魂气。小鬼三人正好撞见黑衣人，张旺怒喝一声，一棍击去，咔嚓一声，棍子砸偏在门框上，登时折断。黑衣人大惊，翻身一脚踢来，小鬼持棍挡住，砰的一声，两人都是踉踉跄跄，险些跌倒。张旺乱舞断棍，扫落黑衣人蒙面头巾，月色中见得分明，小鬼气得哆嗦："梁贵崽子，欲行不轨……"

猝然间，梁贵一刀刺来，正中张旺心口。张旺一口血喷出，梁贵又是猛刺几刀，小鬼扑通倒地。晓松嗯糜哭叫着扑来，梁贵挥手一刀，血花四溅，晓松嗯糜也气断声绝。下人房中，晓松弟弟与牛牯崽弟妹闻得打闹声，点起油灯。梁贵拔出匕首，拔腿就逃，迎面撞上懵懵懂懂的晓松弟弟晓石与牛牯崽弟妹三人。黑夜间猝然窜出满身满脸是血的恶徒，晓石三人心惊胆战，放声叫喊。疯狂的梁贵早恶从胆边生，迎头甩出石灰，趁众人呛鼻之际，一人给了一刀。三个孩子惨叫倒地，血流满院，梁贵仓皇逃去。

半夜三更，迷药效果渐退，杏儿与晓云苏醒。两人挣扎爬起，闻得血腥，心中惊骇，开门查看，大惊失色。阴森月色下，血泊中倒着三人。两人蹲下看清倒地之人，如同被电击一般，霎时脸变灰色，心脏似乎停止跳动。许久后，晓云尖叫道："阿公！嗯糜！"又怒又急，顿时昏厥。杏儿颤抖着，拼尽全力抱住晓云，将她放在地上，然后跌跌撞撞朝前院走去。猛然间，几只乌鸦呱呱叫着飞起，杏儿迟缓着不敢迈步。前面地上，隐约躺着三人，杏儿跪下，看清是晓石等人。晓石手指边，模模糊糊写有三个血字，擦眼辨别，看出是"梁贵"两字。杏儿默然，泪流满面。她狂掐自己几下，转身走进房中，将自己的私物藏好，又掀起箱柜，取出火铳刀剑，迷药袖标等，冷静得自己也出奇，然后在晓松阿公与嗯糜身前跪下，磕头后转身决然而去。

黎明时分，猝然响起一阵密集火铳声，紧接着锣声大作。里长康德被惊醒，出房便见村东上方火光冲天，照亮天空，似是梁家大院着火。不一会儿宗正郭新前来报信，果真是梁家大院。里长连忙带人前去，至梁家大门前，只见大火肆无忌惮，吞噬着整个梁家大院，浓烟弥漫，传来一阵阵尸体的烧焦臭味。梁家的几个女眷与七八个护院与仆人逃出，满脸惊惧。梁家仆人曾前去搭救梁老爷，然踹开房门，见得梁老爷倒在地上，早已身首分离，房中火油味呛鼻，熊熊火焰灼烈。也有仆人冲进梁贵房中，见得梁贵倒在血泊中，毫无声息，身上已着火。仆人赶紧往他身上泼了几桶水，背出院外，刚放在地上，身后屋顶轰然塌下。

五彩村村民默默围观，无人前去扑火。里长怒骂几句，众人面无表情，远远躲开，仍是冷漠相对。里长也无计可施，眼睁睁见得梁家大院熊熊燃烧，再不见一人逃得出来。宗干郭保相报，梁家死者大半，除梁老爷与梁贵外，其余均是被火铳射杀，而梁家驱口无一伤亡。梁家私设的刑堂和牢狱般的驱口住圈，早被烧个灰烬，然驱口锁链俱被打开矣。更奇欤的是，被射杀死去的，全是村里众人心中憎恨的梁家恶徒。里长内心升起恐惧，郭保嘿嘿一笑道："里长，梁贵下身被割，然身上的刀口与下身的伤口，显然不是一人所为，真是奇怪得很。"

里长惊讶，凶手定是一伙，梁家家丁众多，然无一人还手，凶手尚能来去无踪，实为罕见。郭新悄悄走近道："大事不好，郭家大院除晓云与晓松婆婆外，皆被杀身亡。晓松婆婆哭得气断声绝，惨不忍睹。昨夜有人听得郭家大院似有短暂哭喊声，以为梦魇。梁家护院有人见得大火中一黑衣蒙面人满身血迹，鬼鬼祟祟在院中游窜，不久后逃离，还挨了护院一石块，惊叫一声。护院道听声音，似乎是郭家的杏儿小姐。"

里长倒吸一口凉气，沉默片刻道："点火者定是梁家院中之人，极为熟悉大院，护院也是嫌犯。他们编造出杏儿之事，是想用死人为自己顶缸。晓云既然幸存，可有何言语？"

"晓云哭泣不已，似有人施了迷药，她昨夜昏迷，也未看清行凶者。醒来便见如此惨祸，哭得死去活来，待牛牯崽回来，尚不知如何发作。"

郭新已是满脸泪花，家丁黑皮匆匆赶来道："哎呀呀，救出的梁贵身中数刀，一眼被剜，身上烧得焦黑，还以为已经死了，方才竟然缓过气来，尚留得命在。"

郭新大吃一惊，冲口道："何不烧死？"

黑皮嘿嘿笑道："正是，老天无眼。"两人见里长黑着脸，偷偷相视一笑，不敢再说。

晓云悲戚至极，然不见杏儿，大惊不已，方记起昏迷前杏儿出得房间，又知梁家大火，便晓得是杏儿所为。她跪在阿公阿婆、嗯糜、阿弟、牛牯崽弟妹身边，几度哭昏过去。晓云与杏儿早有约定，若有不测，就在昔日大樟树上的听书轩里碰头。是夜，她悄悄出门，果真发现杏儿藏在浓密树荫上。两人相抱，啜泣不已。

杏儿恨恨道："我潜入梁府，见得梁贵正在擦拭身上的血迹，我逼问中，他持刀刺来，被我反杀。我蹲下辨别梁贵的鼻息，不见他呼吸，方才离开，不想梁贵竟然诈死。悔之没割下他的头颅，大仇未报。如今错过良机，再想复仇，恐怕暴露身份。"

晓云道："梁贵那厮不知被官府之人藏于何处，醒来定会穷凶极恶报复小姐。小姐不如逃进夷人山区，等待阿哥与牛牯崽回来。"

杏儿摇头道："如今逃进夷人山区已非上策。里长恐已盯上牛牯崽，如有照应，必会牵连你等，如无照应，我独自在山区躲藏，也甚是艰难。且晓松外出寻找我，至今未归，定是有难，须去救援。我打算离开五彩村，扮成道士。牛牯崽曾言，晓松恐前去新喻石门书院，那书院的山长乃我阿公的挚友，其人刚直不阿，弟子广布，甚有势力，晓松也许前去拜会过。我先求助石门先生，打探晓松行径，也暂时在那里安身，日后晓云也可去那里寻我。待牛牯崽回来，务必要安抚住他，不要鲁莽，待晓松归来，再作打算。"

杏儿背上背篓，两人紧紧拥抱，黑夜中挥泪告别。

几日后牛牯崽归来，听闻家里遭遇横祸，五内俱焚，一拳锤在碗口粗的杉树上，竟然将树锤断。他口吐鲜血，一头栽倒，晕厥了三天三夜，方在晓云的啜泣中渐渐苏醒，心中油煎火燎一般。

牛牯崽日日昏睡，就是醒来也是伤心糊涂，常常在夜间长啸，在郭家大院中寻找故去的亲人。晓云实在不忍，只得带他搬出郭家大院。

郭家四叔公恐郭家大院落入旁人之手，赶紧迁入，住不上三月，便于夜间倒地身亡。四叔公家眷哭泣着迁出，郭家祠堂众人又请湘水县城城隍庙的道士，在郭家大院连做三场法事。郭家二叔公心中着实惦记郭家大院，里长虽是不安，但不敢违逆父亲之意，只得带着家人迁入。住了不到三月，正逢酷暑，当晚二叔公携仁泰之弟仁赢，在后院花园老樟树下乘凉，西北猝起黑云，天空一道闪电，炸雷声响。康德正在房中惊叹"雷车动地电火明，急雨遂作盆盎倾"，忽听院后传来惨叫声。里长拔腿赶去，只见老樟树下几人倒地，头颅肿胀，衣服焦裂，大张着嘴巴，惨不忍睹。原来阿父与幼子，已遭雷击身亡。

里长跪下哭道："天，已不眷我！地，已不顾我！人，已不容我！"

郭府大院已是凶宅，无人敢进，遂乱草丛生，蛛网密布。牛牯崽与晓云拜得天地，结成连理，返回郭家大院矣。

杏儿只身出山，寻找晓松。她戴道巾，着平冠黄帔，足登云袜与十方鞋，手持拂尘，背筐，手上一抖，传来三清铃铛声。袁州府尚有古风，不诵经而穿道服者，为寄褐，可娶妻生子，但不得居住宫观，道士儒生着装互通。杏儿途中遇上儒生，凭《道德经》《庄子》《淮南子》，可从容应对，碰上道士为寄褐者，便用《灵宝度人经》虚心请教。儒生面前作寄褐，寄褐者面前，便是儒生，走得一路平顺。

是日，因歧路误入临江府清江古镇。清江古镇乃天下闻名的药都，南来北往的客商都在此求购"升仙丹"。市上酒肆中，众多客商一边传说聂友射鹿的典故，一边饮着"四特土烧酒"。嘈杂人流中，杏儿忽被强光晃眼，无意望去，旁边"广聚轩"酒肆里临窗一桌上，坐着几人，其中两个似是外地客商之状，俱是色目人，正聚精会神听一当地人摇头晃脑地讲古，然一外地客商，脸上有一青斑，手中把玩着一银色盒子，正是此盒反射日光。

杏儿的心怦怦直跳，这盒子，与晓松当年从藕田泥中捞出的银色盒子一模一样。杏儿走进酒肆，挨着那两个色目人坐了下来，也胡乱点上几道小菜。旁边听得真切，其中一人是福建客商，虽然是色目人，却是汉人姓名，叫作王越。杏儿记得昔日跟随阿公庐山之行，从福建读书人口中得知，福建泉州府史上，海外夷人众多，番坊连成数片，然前朝元末年间，泉州肆虐长达十年的"亦思巴奚"之乱导致全城生灵涂炭，以外夷人家破人亡、出逃海外告结，番坊荡然无存。然如今仅过去数十年，外夷人重返泉州矣。

只听那色目人道："在下福建客商王越，初次造访贵地，只闻通天仙山乃道教圣地，然不知通天仙山的典故。宁公子可否给我等详细讲讲？"

原来那讲古的当地人被称作宁公子。宁公子道："离此不远有一山，叫阁皂山，重峦叠嶂，林青竹翠。住在这山里，夏眠须盖被，寒冬鲜有冰。道教灵宝派鼻祖葛玄曾来此，因喜山川秀美，在此结庐建庵，潜心布道，广收门徒，采药升炼九转金丹，救死扶伤，删集《灵宝经浩》，撰成《祭炼大法》《灵符秘录》后，在此羽化成仙。唐高宗御赐阁皂山为道教的'第三十三福地'，与龙虎山、茅山并尊为道教圣地。阁皂山与那葛仙翁的传说，本地还有很多。相传有一日，玉帝宴请众仙，葛仙翁位列末座，众仙娥翩翩起舞。其中有百草仙女因美貌遭人嫉妒，被人使拌，脚下一滑，摔下高台。葛仙翁施展神通，瞬间救下仙姑。那嫉妒者恨恨一脚踢翻座椅，座椅掉下天庭，于是人间就有了一座形似椅子之山峰。后葛仙翁也遭人陷害，被贬下凡间，恰巧在阁皂山修行，那百草仙姑在天上闻之，暗中在阁皂山腹地撒下百种草药种子，供葛仙翁炼丹制药。葛仙翁靠这里的草药炼制了九阳金丹，烧出了四特土烧酒。奇就奇在，四特酒非阁皂山的泉水不香，九阳金丹，非百草园的草药不灵。历代文人墨客，包括朱熹、文天祥等名家，都曾在此登山览胜，流连忘返。后人皆称此处道教福地，乃仙人游憩之所，也是通天之境，祥瑞多福，故阁皂山也被称通天山矣。"

众人闻之，无不称赞。那色目人王越诡秘一笑，道："听说通天山的九阳金丹，共七七四十九丸，广治百病。其中有一丸，称为壮哥丸，被誉为'升仙丹'。不知如何炼成？张兄可否谋得？在下愿高价求购。"

"阁皂山灵宝观道士为皇宫烧炼金丹，建坛设醮，其金丹秘方，无人知晓。然灵宝观的壮哥丸，我自有门道谋得，只是须等候几日。另外……"

王越急道："宁公子为何吞吞吐吐？大可不必担忧鄙人的财力。"

宁公子笑道："实不相瞒，我稀罕兄台手中的银色小盒。近来新纳的小妾，不爱金银珠宝，倒爱一些稀罕之物。我见兄台的银盒犹如铜镜，清晰照人，拿给小妾，定然欢喜。这样吧，我用四颗壮哥丸与换兄台的银盒，如何？兄台应该有所耳闻，四颗壮哥丸，价值数两黄金矣。"

王越喜出望外，拱手道："君子一言，驷马难追。成交！"

宁公子又问："敢问兄台，此银盒从何处得来？"

王越小声道："我从新喻的刘财主手中购得。刘财主酒后吐真言，道去岁从黑道上购得一死犯，竟是一童生，姓名熊福生。因其名与我丈人同名，故而记得。此物就是从这熊童生身上搜得。"

宁公子摇头道："作孽。刘财主家大业大，背后却总干这种勾当，如被官府晓得，恐生事端。"

王越笑道："宁公子毋须杞人忧天，我虽是外地客商，也知那刘财主财大气粗，颇有权势，与官府都有往来。我也不瞒你，因是儒生，我对那熊童生心存相惜之情，已高价从刘财主那里将他赎出，随商队送往福建。我家祠堂里的私塾正缺少教授，让他去充任，也算我积德之举。"

宁公子点头称赞，两人又约好交易地点，拱手作别。

杏儿暗自擦掉眼泪，感慨终于得知晓松下落。那银盒是晓松收藏之物，既然是从身上翻出，此人必定是晓松，但不知他为何化名为熊福生。杏儿赏了小二几个铜板，问清宁财主与福建客商王越的住址，决定暗中跟随王越，去福建寻找晓松。

自古入闽难，若诗仙李白踏足闽地，绝不只感叹"蜀道之难，难于上青天"，也会惊讶闽道不比蜀道易矣。唐代《淳熙三山志》记载闽地"西路旧无车道抵中国，缘江乘舟，戛荡而溯，凡四百六十二里，始接邮道"。杏儿一路隐秘跟随福建客商王越，先抵达江西铅山河口古镇。古镇货聚八闽川广，语杂两浙淮扬，舟楫夜泊，绕岸灯辉。再往前行，渐渐坎坷崎岖，路如绳索般狭小，遍布碎石，货物负载者，虽系当地土人，犹侧足然后能行。经分水岭，抵达崇安，已是筋疲力尽，行人俱欢呼，总算可登船矣。杏儿已是感受到闽道之盘迂陡峻。闽江船舶川流不息，此乃江西进闽唯一的两条路之一，依然崇山狭流。乱石布水面，急滩险绝，篙师不敢大意，一旦失手，铁船亦碎。路上又遇匪警，舟又停泊几日，走走停停。杏儿在颠簸呕吐中抵达延平，身心疲惫，换乘大船，终闽江渐渐开阔，水流平缓，尚有一夜，便可抵达福州水口矣。

入夜，王越与一位龚姓客商在船首小饮数杯，有美人伺候。回头望去，后面客船早已挂上灯笼，两人相视一笑。货物众多，他俩雇上一船，不紧不慢领先那客船一段。

原来他们早已察觉，一直有位美貌儒生在跟随他们的商队。王越已派人安排好，让杏儿所在客船上的船老大等看好杏儿，如有异动，立马捉拿。此时后面客船灯笼信号告知，小儒生安在，一切未有变化。他令人挂上灯笼摇晃几下，后面客船上也有人也回应摇晃着灯笼。王、龚二人只觉得那美貌儒生已是囊中之物，哈哈大笑。

客船上，众人正围着船老大谈天说地。杏儿也凑前旁听。

一船夫道："福建北有仙霞岭，西有武夷山，南有博平岭，峰峦耸立，悬崖峭壁，陆路为危途，边境蜿蜒，与邻省几成隔绝之态，偏居海隅。海上风涛，变化莫测，让人思之惴惴，中原之人视闽为蛮夷之地也。"

另一船夫接话道："昔日福建封闭，如今建造船舶之大，又十分坚固，能够远航外海，闻名遐迩。福建省外夷人也多，以至于境内除佛教、道教的庙堂，还有波斯教、基督教等的教堂。"

船老大冲杏儿拱一拱手，道："莫谈国事。这位真人，我等莽夫于佛教、道教等教义全然不知，更不晓得其中差异。福州城内有道观，供奉三尊神称为三清天尊，请问这'三清'是何意？"

杏儿拱手道："三清天尊，乃玉清元始天尊，上清灵宝天尊，太清道德天尊。道教之'道'，乃宇宙之元始，宇宙又生元气，元气构成天地，阴阳，四时，然后化成万物。故'道'乃虚无之系，造化之根，神明之本，天地之元。'道'演绎为洪元、混元、太初三个世纪，起自无生，生乎妙一，再化为三元三气，就是这三位至高无上的天尊。玉清元始天尊居上位，上清灵宝天尊次之，太清道德天尊居末，即民间传说的太上老君。"

众人点头称"受教"，船老大感谢杏儿，令人泡上福州的柏岩香茗，亲自端给杏儿。此时夜已深，杏儿小饮后，只觉头脑昏沉，便回舱房睡下。

客船飞快赶上王越的货船，两船靠近，货船船舷上，王越递来一袋银子，船老大清点后，船夫几人小心搬过来一个草袋子。王龚二人赶紧接过，扛回船舱，解开草袋，内中杏儿依然昏迷，容貌俊美，世间罕有。王越看着看着，呼吸急促，正想抱起杏儿，突然一把利刃顶住其胸，杏儿飞起一脚，正踹上那位龚姓客商的裤裆，那人哎哟一声昏死过去。杏儿又是一脚，将王越踢倒在地。

"跪下！清江镇上酒肆里，见你俩淫笑，便知贼货一伙。那客船的船老大与你们暗中商议，嘀嘀咕咕，我早就看清有诈！"

杏儿狠狠踩住王越的脑壳。

王越挣扎道："阴沟内翻船而已，然你不敢杀我，不然，那银盒的主人便寻不着矣！"

杏儿冷冰冰道："你俩一路买卖妇孺，奸淫民女，罪该万死，还以为我会饶你？"杏儿甩出袖刀，正中那龚姓客商脖颈。眼见其啊啊两声，鲜血汩汩冒出，立时身亡。

王越吓得哭起来，道："仙女饶命，我不敢相瞒，必定告知你银盒主人下落！"

杏儿方挪开脚，王越猝然跃起，拔出一刀刺来。说时迟，那时快，杏儿翻身躲过，顺手操起油灯台一击，王越仰面倒下，脑浆迸裂。然与此同时，杏儿也扑通倒地，一只毒箭正中其肩。在她身后，货船艄公与两个船工，轻手轻脚跳进船舱，将杏儿绑起。

其中一船工撕下假胡须，道："我以为是火家（富人），然开条子（抢女子）得手，尚是直把（道士）耶？"

那艄公解开头巾，一头青发飘下，冷漠道："一个识文断字，二八年岁的美貌女子，千里孤身寻找银色盒子的主人，也是我辈中人。只可惜她年轻气躁，功亏一篑，断了线索。我山头正缺此等有见识有手腕的女子，远胜财宝。诸位花花（众姐妹）以后盯紧一些，严防扯呼（逃遁）。传令花花，插了（杀人）后面客船几个并肩子（同行）就是。"

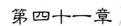

第四十一章
久别重逢游子归乡，萍水相逢商贾中计

"巴山楚水凄凉地，二十三年弃置身。怀旧空吟闻笛赋，到乡翻似烂柯人。"伫立在孽龙河边，晓松伤感不已，又吟道，"白发虽未生，朱颜已先悴。人生讵几何，在世犹如寄。"

已是阳春三月，漫天毛毛细雨，田野里百花盛开，姹紫嫣红。忽听得笛声悠扬，不远处两只水牛甩着尾巴，慢条斯理走来。牛背上的一对小童似是姐弟，神清气定，执笛吹着一曲《鹧鸪飞》。晓松目不转睛，微笑盯视。

前面牛背上的男童瞟他一眼，放下笛子道："牧童骑黄牛，歌声振林樾。意欲捕鸣蝉，忽然闭口立。"男童两腿一夹，水牛立在晓松跟前。

后面牛背上的女童也持笛道："谁家玉笛暗飞声，散入春风满洛城。此夜曲中闻折柳，何人不起故园情。"

男童打量了晓松一番，道："阿姐，你猜这是何人？"

女童冲晓松微微一笑，道："士庶巾服方头鞋，像是读书官人。面如死灰无人色，气息游离筋骨露，乃受难之人。听他方才吟诗作叹，似是五彩村的故人。"

晓松大惊，颤抖道："阿叔正是五彩村的故人，林晓松。八年在外飘摇，方得回到乡梓。你俩小小年纪，虽芒履布衣，仍明亮洁净，仪貌不凡，又是何人？"

两孩童同时惊叫一声："阿舅！"从水牛背上跌落。三人拥抱恸哭。原来这是晓松阿妹晓云与牛牯崽的儿女，女儿叫坚贞，七岁，儿子名坚强，五岁半。

二童哭泣一会儿，争先恐后向晓松讲述家乡情景，晓松方知离家后家中的悲情。

晓松拭泪道："昔日我贪图功名，以致家破人亡，罪莫大焉。又少不经事，被恶人加害，手铐脚链，做了五年井下炭工，九死一生，惨不回首。又在山洞中做了三年火药师，也是身陷虎狼之窝。这八年我于刀刃上行走，在鬼门关被拽回无数次，求生不成，求死不得。若不是设计将罪恶相报于官府，又以死鼓动众劳工暴乱成功，阿舅已是黄泉道上的孤魂野鬼矣！"

坚强举拳道："阿舅，大丈夫岂有受欺凌而不愤然还击的？有仇不报非君子，嗯糜哇家中的悲切，均因梁贼而起，我与那梁贼不共戴天！待我练成孳龙神功，定去灭此恶贼！"坚强翻身跃上水牛，姿势矫健。眼见他小小年纪，身上已然有了功夫。

"西门秦氏女，秀色如琼花，手挥白杨刀，清昼杀雠家。罗袖洒赤血，英气凌紫霞。何惭聂政姊，万古共惊嗟。阿弟，孳龙神功是传说中的终极武功，只是远水解不得近渴，待嗯糜查出梁贼去向，坚贞我必定轻取其人头。"坚贞轻轻一抖笛子，手中豁然多出一刀，挥手甩去，河滩上碗口大的鹅卵石竟被这管刀断成两截。原来坚贞小小年纪，袖刀功已是炉火纯青。

坚贞向晓松笑道："这是嗯糜为我锻的刀，阿舅以为如何？阿舅，闲话少叙，快与我等回家。嗯糜与吓吓盼望你多年，如今见到，恐欣喜若狂。唉，吓吓终日半疯半癫，惟有教授我和阿弟武功时，才有几分清醒。"

坚强点头道："嗯糜一向温柔，惟有向我们授课时，异常严苛。嗯糜十分惦记杏儿舅母，曾多方查找，一直渺无音讯。如今阿舅归来，舅母仍无下落，唉，嗯糜心中必定悲喜交加。"

晓松内心犹如被巨石重重撞碎，止步不语。坚贞坚强搀扶阿舅，坚贞道："阿舅，去岁上山猎虎，嗯糜于虎口中救出郭新叔，为此丢了一条腿，但嗯糜也不曾流过一滴眼泪。"

坚强道："阿舅，嗯糜是女子，尚且如此坚忍，你更应振作，大丈夫有泪不轻弹。如今五彩村六成水田，尽归康德公公，我为他家的牧牛童；吓吓嗯糜，为他家的种田佃户。虽然家中贫穷至极，嗯糜依然哇，住回老宅，斯是陋室，惟吾德馨。今年正月间，康德公公老来得子，儿子满月酒时，一大杯老冬酒饮下，猝死矣，其堂弟郭新叔为新里长。新里长哇，应天府皇城，皇上也换了。"

坚强东扯西扯，想要转移晓松注意力，然而晓松依然步履踉跄，面容沉郁，不见一丝喜色。

坚强灵机一动，道："吓吓哇，阿舅有勇有谋，文武双全。吓吓教我们的孳龙神功，招式混有虎豹、熊狼捕猎时的动作，也加入阿舅幼时自创的鬼拳。我虽未学得精要，但也能粗略演示给阿舅看。请阿舅指点！"

坚强站定，打起神拳，身姿矫健，虎虎生风。晓松看了一会儿，就听坚贞欢叫道："阿弟住手，吓吓嗯糜，已立在前方田埂上矣！"

拄着拐，背着背篓的晓云摘下斗笠，久久瞩目。后面挑着粪桶的牛牯崽也循声向他们三人望来。良久之后，晓云惊叫一声："阿哥，是人是鬼耶？"惊喜之下，跌落在水田中。

祭扫阿公、嗯糜等人的坟墓时，晓松悲痛之下，几近昏厥，只得被牛牯崽背回老宅。尚未痊愈，晓松便执意去稻田育种插秧，整日劳作。好在经晓云悉心调理，身体渐渐复原。

里长郭新多次前来探望，告知晓松，那刘财主劫良民为劳役一案，全省惊动，以致圣上朱棣盛怒，令江西官府严查。袁州府知府委托湘水县知县前来慰问晓松，知县又恭喜晓松，说官府要委任他为万载县的主簿。然里长又有消息，昔日的鸿儒，新喻石门先生李寅，其得意弟子黄子橙曾力主削藩，靖难之役后被新帝降罪，祸连十族。晓松恩师郭乡绅与石门先生是挚友，里长委婉相劝晓松，谨言慎行。再有梁贵贼子，昔日捐资为例监，终科举无望，变卖家财，三年幕学，不知用何手段，投靠上抚州知府，做了知府的师爷，如今也跟去福建矣。晓松谢过里长，对外声称此生无意庙堂。

晓松回到家乡，然终日怔怔之状。令晓云惊喜的是，随着晓松归来，牛牯崽渐渐清醒，与常人无异。这真是祸兮福之所倚，福兮祸之所伏，一切变换尽显无常。牛牯崽将孽龙神功倾心授予晓松，又用精钢锻成腰刀送他防身。晓云细心编织出棕麻蓑衣斗篷，其内缝入里长郭新相赠的五两银子，又为晓松备下油衣。坚强常见吖吖与嗯糜暗中垂泪，不解询问坚贞："阿舅归来，理应欢喜，为何吖吖与嗯糜如今悲悲切切？"

坚贞道："蓑衣，油衣，是温热多雨之地必备之物。腰刀刚柔相济，易于隐藏，便于突袭。阿舅明明是读书人，吖吖却将孽龙神功传授于他。阿弟，你真猜不到这是为何吗？"

坚强恍然大悟："阿舅要出远门，吖吖嗯糜不忍分离。可阿舅为什么一定要走？"

坚贞道："去找杏儿舅母。"

坚贞与坚强偶听得阿舅与吖吖交谈，昔日阿舅在新喻拾年山遭难时，与几个人一起被当牲口卖给了刘财主。这几人中还有一秀才，与阿舅一见如故，其名宁小松，与阿舅姓名相仿，乃清江镇人氏，是夜路中被劫来的。当时被卖搜身时，晓松将一银盒藏在已被搜过身的宁小松身上，却不知二人立刻就被分离。前些日子阿舅想起此事，已在官府探知，清江镇首富宁财主其弟宁小松，当年被劫持失踪，便前去清江拜访宁家探问。宁财主记得清晰，他是从一位福建色目人客商，叫王越的手中购得此银盒，而这王越则是从刘财主处购得银盒。想必是那刘财主恐泄露实情，便胡编了一个名叫熊福生的人，用来蒙骗那王越。晓松说起相貌特征，宁财主方知那"熊福生"便是其弟。早知如此，宁财主便杀去刘财主家要人了。

宁财主与王越交易之后，再也不曾见过此人。他还记起，当时酒肆中有一年轻儒生也待在王越附近，似在观察。他见那人貌美，似乎是女扮男装。坚贞推测，这人必是杏儿舅母，因见银盒，便打算跟随王越，去寻找阿舅。而阿舅既已知道舅母的行踪，也必定要去福建寻找的。

坚强瞪大眼睛，问道："咋哩银盒？从未见过。倒是夜中常见阿舅擦拭一瓷人，嗯糜哇是景德镇出产的和合二圣。和合二圣是何方神圣？"

坚贞笑道："和合二圣，乃一男一女，象征夫妻和顺。阿舅日日看着此物，必是在思念舅母。"

坚强道："阿姐，我要跟随阿舅去福建，找回杏儿舅母。"

坚贞噗嗤笑道："阿弟离开五彩村，东南西北也找不得，岂不添乱？前些年嗯糜与吖吖出去寻找阿舅等，尚未出得袁州府境就迷了路。还是等我们再长大些，才能帮上家里。"

坚强噘嘴，不敢反驳，只哼哼几声。

这一日，那清江镇的宁财主来信，江西去往福建道上的匪患已被官府剿清大半，特邀晓松一同前往福建，寻找亲人。宁财主已经动身，在江西铅山等候汇合。

晓松将书信揣在怀中，闷头无语。次日便是五月初五端午节，破晓之时，晓松荷锄而出，晓云追出道："阿哥，今日端午，牛歇谷雨马歇社，人歇端午不须哇（说）。不如你也歇息一日，村上尚有龙舟赛。"

晓松道："端午到，种菜忙，粮不够，瓜菜代。手上有粮，心中不慌；地里有菜，不怕饥荒。阿公以前常哇，端午晴，裕丰年；端午雨，泪涟涟。今年小心歉收。我去菜地锄草，之后去稻田放水。"

晓云道："坚强坚贞早已去菜地，何须阿哥再去。一个多月后，新米下来，阿哥又能尝到自家的芳香新米。阿哥留在家中，与我一道包粽子……"

牛牯崽拽回晓云道："晓松，依你就是，早去早回。我备下老冬酒，等你回来。"

院门上挂上菖蒲，坚强道："五月初五过菖节，百般虫蚁皆消灭。"

房门上插上艾叶，坚贞道："天师骑艾虎，鬼魅入虎口，蒲剑斩百邪。"

灶房里晓云燃起芝麻秆，锅内炒着芝麻，道："噼噼啪啪，涩婆（跳蚤）蚊子冇一只。"

坚强将朱砂画黄纸符贴于门上，问道："阿姐，仲夏端午祭祀屈原，阿姐教我包粽子！"

坚贞将雄黄酒洒于四周墙角，道："嗯糜哇烧热药水，恶月恶日驱避邪祟矣。我俩汤沐后，涂擦雄黄酒，腰系五彩线，颈佩香袋，嗯糜会手把手教你洗粽叶，熬粽叶，包粽子，蒸包子，煮鸡子（鸡蛋），剥蒜子，炸油果子……"

晓云用油布包裹衣袍，放进背篓，流泪唱道："屈原生下五姊妹，一娘住在花园洞，二娘住在杏花苑，三娘不知哪里去，四娘飘海入西天，五娘……"

翌日凌晨，坚强坚贞酣睡，晓松与牛牯崽相对跪拜，晓云捂住嘴，潸然泪下。郭新里长赶来，也扑通跪下。晓松与三人挥泪告别。

宁财主前去福建寻找亲弟，也趁机带上商队随行。路上两月有余，宁财主与晓松化名张晓乾张晓坤，一路走来，小心翼翼。至福建延平府南平镇，知晓此地乃商贸军事重镇，绝无匪徒之顾忌，两人总算卸去心头悬着的一块巨石。西关船埠正在卸装货物，尚需重新雇佣货船，难得清闲半日，两人便漫步镇上。

街道两侧是纵横交错的大小巷道，中间均由青石板铺成，块块光滑，光洁如镜，两边铺鹅卵石。街道随形就势，九曲十三弯，宛如一条腾空欲飞的青龙。街道两旁，高墙窄巷，古朴幽远，本地建筑中夹着数栋略带西洋风格的民宅，挨挨挤挤。

晓松感叹道："壁剪裁天地，地幽碧落奇。巷深苔藓盛，天小白云稀。"

宁财主点头道："此镇，天地狭小耶。"

前有一蹒跚而行的拄拐老者，闻之仰头吟道："延平非足下所言也。延平据险控扼，经略江西浙江等，拣将进取，航船合攻，通洋裕国。延平乃天地之大，岂是狭小之地？"

晓松沉思不语。老翁笑道："听两位客商语音，似是江西客商。一路艰难行来，有何感慨？"

宁财主道："老人家高见，我俩正是江西人氏，从江西东进福建后，只觉山脉高峻雄伟，层峦叠嶂，犹如一道血色高墙，不可逾越。昔日西汉大军入闽，路径有三：出梅岭，即江西南城，越过杉关，再沿富屯溪而下。出武林，也是此次我等的路径，自江西铅山越过崇安分水关，而后沿崇阳溪而下。出若邪，由浙江龙泉越柘岭，入福建浦城，再沿南浦溪而下。悠悠岁月至今，进入福建路径依然如此艰难，让人感慨。"

晓松道："贤兄学识渊博，福建之地貌与历史竟能三言两语道尽。这一路走来，甚是艰辛，若不是亲眼所见，实难相信。延平'仰则观于天象，俯则观法于地'，两溪汇合，独占闽江干流鳌头。城扼于山，溪乱于石，其巅崖律崒，急流惊湍，山川清明伟丽为东南冠。只是……"晓松欲言又止。

老翁哈哈大笑道："两位皆是青年才俊，谈吐不俗。你既欲言又止，我便替你说出：八闽之地，自古东南阻海，西北负山，山林居其九，田亩仅一分耳。民众困于山林，惟务稼穑以为生业，然地狭人稠，土壤瘠薄，尽耕治为陇亩，田亩所产不敷民食一季，只得仰粟于外。然山高路险，山匪呼啸，商贾每每不通，为生甚是艰难。"

晓松道："老人家所言极是。在下故乡乃江西罗霄山地，虽物产丰富，仍须与外界互通有无。"

老翁点头道："天地运转，万物变化，福建东南阻海，然如今建造的海船，早已将海洋死路，开拓成一条生路。外夷者纷纷涌入福建，福建民众也纷纷漂洋出海，运输货物日盛，如此下去，一旦寻找到谷物大国，可解八闽之苦。海洋运输威力，远胜陆地，故而有航船合攻，通洋裕国之潜见。两位客官虽着民服，然气度非凡，非等闲之人。老夫之言，不足为他人道也。"老翁说完，拱手告别，转身颤巍巍而去。

晓松与那宁财主沉默不语，闷头前行。忽听得一阵锣鼓喧天，眼前豁然开朗，原来已至东门闹市矣。

此处有延平府石戏台，也是神庙戏楼。石戏台原为关帝庙的附属物，关帝庙是武庙，如今正逢剿匪告胜，各路官军前来祭祀，香客如云。官府正庆贺盛会，请来数家梨园班演戏，剧帮纷纷亮出"十八棚头"（保留剧目）与专用唱腔曲牌，宾客满棚，人头攒动，盛况空前。

恰好有福建梨园戏《双剑化龙》，宁财主常与闽人来往，能听懂只言片语，大体晓得戏的典故。典故从西晋司空张华被杀，雄剑去向不明而起，到雷华剑跃延津，雌雄"双剑终合，化作神龙"，寓意阴阳和合，亲友团聚，平安吉祥。

正听得有趣，忽然旁边传来一声惊呼："哎呀，我的银袋，为何不见？"

呼喊的那人头上裹巾，身着黑麻布袍子，腰扎布带，五十开外，一双光脚丫子，似为船夫之人。他哭丧着脸，在身上摸索。

宁财主大惊，不由也摸上怀中银袋。哎呀，也不知去向矣！晓松环顾一周，一矮小之人神色慌张，正往外挤。晓松猛记起此人，方才是从旁边挤过来的，于是大喝一声："贼子，何处逃？"

那人做贼心虚，推开众人仓皇逃去，一头扎入巷道。晓松等人紧追不舍，眼见就要抓到，窃贼猝然撒下一把黄豆。黄豆在光洁的青石板上犹如滚珠，晓松与宁财主不提防，摔了个仰面八叉。然一道黑影空中划过，后面的赤脚船夫如虎飙平地，腾跃落下，飞起一脚，窃贼踬倒在地。船夫长年累月光脚行船，于风浪中练出颠簸不倒的功夫，黄豆滑他不着。船夫从窃贼身上搜出两个钱袋，宁财主眼尖，其中一袋正是自己之物。宁财主被晓松扶起，一瘸一拐走去。船夫脚踏窃贼，丢过银袋道："客官请检查，钱物少否？"

宁财主接过查看，钱财一文不少。船夫啪啪几个耳光，打得窃贼嗷嗷直叫，一个劲儿求饶。宁财主赶紧说道："财物既然不少，这窃贼面黄肌瘦，一身破旧，也是可怜之人。我乃商贾，路上不轻易结仇，和气生财，还请恩公放过他。"

船夫这才松手，道："客官宽宏大量。贼子，赶紧谢过客官，下次再犯，落入我手，必断你手！"

那窃贼跪下千恩万谢，一溜烟跑去矣。船夫拾起斗笠，也不言语，转身便走。

宁财主道："恩公，请留下大名！今日全仰仗恩公，不然损失惨矣。奉上三两银子，以表谢意。"

船夫道："客官出手阔绰。我身为艄公，一年风里来，雨里去，行船下来，仅够一家糊口，三两银子便是巨财矣。然我也是被窃之人，算不得路见不平，拔刀相助，不过是顺手替你抢回所窃之物而已。无功不受禄，岂可受用？"

宁财主拱手道："恩公行侠仗义，又如此高风亮节，令我敬佩不已。在下张晓乾，他是我阿弟张晓坤，江西人氏，愿交结恩公，顺便请教米市行情与航行之事。"

船夫道："两位客官有礼了。世人皆叫我八公，客官既不见外，也称我八公就是。八闽之地，米船三日不到，市价必然骤涨。如今官军剿匪，货船多被征为军用，以致米市行情大涨，客官如贩卖大米，从江西运至此，利润十倍不止。要是运到福州，又可翻倍矣。"

宁财主笑盈盈道："实不相瞒，在下从江西千辛万苦，运来一百担谷米，除去脚夫人工等路上费用，赢头不大。不如运至福州，尚且可以多赚几分。恩公既然是艄公，可否协助我等将货物运至福州，其利分成，如何？"

八公面露为难之色："哎呀，不是八公不愿相助，实是福建山匪、江匪、海匪猖獗，官府有令，闽江船只无一例外，均须核查，有官府核准批文方可行船。我所有的不过几条猫雀小货船，均被官府征用，此次也是运输军用物资至此，三日后便要返回福州，空舱不大，押送官军也不知……"

宁财主大喜过望，笑道："有钱能使鬼推磨，官军等上下打点的费用，自然由我出，劳烦恩公从中撮合。大恩不言谢，自有厚报！"

八公依然不吱声，宁财主围着左右作揖，那八公才勉强道："罢了罢了，我便去问问。明晚西关船埠旁边的顺丰客栈，旁边有棵老茶树，树下见面，届时再定。"

八公走后，晓松道："贤兄，货物中尚有火药等物，委托刚刚结识之人，又是猫雀小货船，是否过于轻率？"

宁财主笑道："贤弟，我江湖飘荡多年，本应十分谨慎，然今日之境况，岂有可虑之处？何况战事几乎已鸣金收兵，如今盈利正是高点，谷米赶紧脱手，拖延不得。何况我身边还有带来的十几名拳师，应能保我二人无恙。"

晓松道："愚弟心中惴惴不安，恐有闪失。"

宁财主道："赶紧赴福州，寻找亲人要紧。艄公船夫多做此类生意，贤弟毋须多虑。"

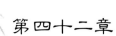

第四十二章

杀富济贫江匪有义，阴差阳错痴侣殉情

南市的达三江客栈。

八公迈进房间，那位面黄肌瘦的窃贼迎上，两撇假胡须只撕下了左撇，露出白皙皮肤，竟是个妙龄女子。她笑嗔道："八姐如今打耳刮子，手劲越发拿捏不准矣。我九妹乃是你亲妹，脸颊本来无肉，只怕脸皮也被亲姐扇裂了。"

八姐抚摸九妹脸颊，心痛不已："阿姐吹吹，消些痛楚。阿姐也是无奈，那两个江西客商都是练家子，尤其那弟弟张晓坤，轻功高强，我要不演得真实些，如何让其相信？好在青皮橄榄，先苦后甜，大鱼上钩矣。只是几件急事，尚须赶紧与杏儿商定，不知杏儿是否已赶来。"

九妹推开八姐道："阿姐，那两个江西客商方进西关船埠，我等便跟踪探听，张晓乾虽谨慎低调，然是一方豪富。抵达第一日，便去花春楼妓院选得头牌，多半是为富不仁者。家乡亲友正饥火烧肠，岂能错过此次张客商带来的谷米？那些商队护卫容易对付，倒是其弟不动声色，沉默寡言，不知深浅。阿姐，尚有何许要紧事，必得与杏儿相谋？那郭杏儿不冷不热，居心叵测，每次官府剿匪，我紫苏帮便为她失去一两位姐妹，也就阿姐还护着她！我等扣留她八年，又未帮她寻找她那青梅竹马之夫，她必对我等心存怨恨，还与她商量什么！"

八姐道："我姐妹出生于莆田贫寒人家，自幼苦不堪言，七八岁被人口贩子拐卖，当牛做马，食不果腹，尚未成年，早被恶人糟蹋，后落入山匪狼窝。若不是以命相搏，自立门户，早白骨一堆矣。然斗大的字，我俩相识的，堆不满一筐，见识粗浅，怎能与杏儿相比？"

九妹哭泣道："阿姐，莫再讲矣，阿妹心酸不已。"

八姐道："自认得杏儿，方得仰望天空，俯瞰山川，也方知日月星辰之行。杏儿博文广识，即便终日抚摸的竹子，我等也不如杏儿知其那百般的妙用；杏儿虽为富家小姐，然对于水稻栽种的精通，连乡里老农都要折服。栽种水旱稻田后的丰产，老农无不折服。千军易得，一将难求，若不是杏儿的妙计，我紫苏帮早如其他山匪、江匪一般，被官军剿灭矣。杏儿千里寻夫，我等也算倾力相助，只是恐其人不在福建，所以至今杳无音讯。我也承诺杏儿，剿匪风平浪静后，让她重归江西，再寻其夫。杏儿之冷，是因为我等滥杀无辜；杏儿之热，是因为我等多杀不仁不义、作恶多端的权贵。杏儿嫉恶如仇，智勇双全，此次劫取谷米是为救济莆田苍生，若杏儿得知，正合她意，岂有不尽心襄助之理？"

九妹点头，"我紫苏帮如今多行侠义之事，杀富济贫，替天行道，可是因为阿姐听了杏儿的主张？"

八姐道："我与杏儿无数次议论，何为理想世界。天下大同，乃镜中月，水中花，定是不可求得。世间若有能框住有势者的飞扬跋扈，能让各族白丁平等相待，守法者不被欺，无强盗土匪，无高利贷赌场，无战事纷争，男女同尊，人间便是天堂矣。这岂不是我紫苏帮之理想国？"

九妹闻之，甚是震动，道："阿妹我以小人之心，度君子之腹矣。莆田乡梓的倭患虽不成规模，然屡屡侵扰百姓，以奸淫屠杀为乐事，无恶不作。倭寇过后，鸡犬不留，惨不忍睹。莆田有一青年女子被倭贼抓去，迫奸不从，大骂倭贼畜牲不如，舌头竟被倭寇割断。倭寇犹如虎狼野兽，残忍至极。如今莆田三年水灾，颗粒无收，饿殍遍野，然官府充耳不闻，放任自流。我已探知，江西抚州赴任兴化府知府的狗官刁伯端，与其幕师朱贵……哦，那幕师原名梁贵，定是干下伤天害理之事，才改名朱贵……他俩已被倭寇收买，暗中与倭寇沆瀣一气。几处村庄被倭寇袭击，狗官拖延发兵，以致有几百村民被害。然今年官府大力剿匪，狗官刁伯端不知为何，摇身一变，又成了剿匪功臣，然倭寇早逃之夭夭矣。阿姐，劫谷米运去莆田时，我等分兵一路，前去兴化府，暗中灭掉那狗官，伸张正义可也？"

"江西人氏梁贵？哎呀，那似是杏儿仇人！杏儿闻之，必定仗剑而出。九妹，此事尚须保密，以免杏儿分心，扰乱此次劫粮行动。我等的猫雀小货船，如今依然不可在闽江航行，拖延几日，恐引起江西客商怀疑。漕运船老大等人无不倾慕杏儿多年，若杏儿求其私下贩运谷米，又能分得一杯羹，那几人必定答允。然如何铺排，须与杏儿计谋。"

此时传来暗号声，有人推门进来禀报："杏儿已到！"八姐大喜，起身相迎。

是日夜晚，晓松辗转反侧，夜不能寐。临近五更，一阵凉风吹过，杏儿飘然而至，抚摸晓松脸颊，哭道："死生契阔，与子成说，执子之手，与子偕老……"

晓松恍惚中紧紧搂住杏儿，道："于嗟阔兮，不我活兮，于嗟洵兮，不我信兮……"

杏儿推开晓松，久久凝视，忽然猛扑上抱紧晓松，一口咬在肩头，又推开晓松，洒泪而去。晓松大哭，从梦中惊醒，但见得左膀肩上还留有牙印，血痕尚未凝结。晓松哭泣不已，起身后闷在房间，食不甘味。

又至夜晚，寝不安席。五更之时，依然目不交睫。忽窗户徐徐打开，一团云气弥漫，杏儿翩然来至晓松跟前，扑进晓松怀中哭道：“入我相思门，知我相思苦，长相思兮长相忆，短相思兮无穷极……”

晓松双手合抱杏儿，满面泪水，道：“重来已是朝云散，怅明珠佩冷，紫玉烟沉。前度桃花，依然开满江浔。钟情怕到相思路，盼长堤、草尽红心。动愁吟。碧落黄泉，两处难寻……”

杏儿大哭，又是一口咬住晓松肩头，洒泪而去。晓松哭喊追出，一脚被门槛绊倒，头上磕出血来，登时昏死过去。右肩上，昨日的牙印血痕尚未下去，又添新血。

宁财主听见动静，赶来查看，慌忙将晓松扶起置于床上。见他脸色绯红，呼吸急促，全身发凉，心头一惊。赶紧请来郎中，银晃晃长针扎下，晓松呼吸渐渐平缓。又灌下汤药，晓松出了一身热汗。郎中大喝一声，一掌击在他胸脯上，晓松大叫一声醒来。

途中常见晓松端详和合二圣瓷人，宁财主知道他是为寻找心爱之人而愁闷，摇头不语。宁财主惦记雇船之事，安顿好晓松后又出外奔波，希冀早日抵达福州。

入夜，晓松清醒如常，眼瞪得滚圆，又是五更，晓松忽见得一黄纸于空中悠悠盘旋。晓松道：“杏儿，如已罹难，化为冤魂，就将黄纸落在阿哥身前，阿哥必定替你复仇。”

晓松闭眼久立，猛然睁开，不见黄纸，颤抖转身，那黄纸赫然醒目。晓松泪下，久跪不起。

次日后拂晓，十几艘漕运官船一溜出港。闽江两岸山峡耸峙，江水湍急，宁财主不敢大意，久站船头瞭望，见装有谷米的船紧挨其后，一切正常，方才长舒一口气。猫雀小货船换成了漕运大船，依押运军官之意，手下拳师均扮成官军与船夫。漕运的几个船老大，巴结着八公，船老大与官军谈笑风生，令宁财主安心不少。官军首领乃是福建井尾澳水寨的一名中哨哨官，姓肖名飏，剿匪期间，被派来押运货船，统兵一百多人。午后日入时，他邀宁财主与晓松、八公等人聚在船舱，讲古闲聊，天上地下，无所不谈。

晓松已知肖飏自幼精读“武经七书”，骑马习武，也饱读四书五经，话题转至商贸，肖飏问及宁财主贩卖之物，宁财主道运来稻谷，欲贩回雕版印书。福建雕版印书，选用的是纹质细密坚实的福建木材，如梨木梓木等。福建家刻、坊刻盛极，印刷精美，贩回出售，其利厚也。肖飏读书人，熟悉雕版印刷工艺，便侃侃而谈，晓松和宁财主甚是投缘。

八公窃喜。装船时目测，宁财主运来的谷米不止一百担，而是六百担。八公推开漕运艄公，亲自端来酒菜与香茗。宁财主趁机献上一罐四特土烧酒，然肖飏称押送期间，不得饮酒，宁财主便将酒给他留下，连连称赞肖哨官严谨称职。晓松谨慎，起身要上一壶滚水，亲自沏茶，献上的是江西土茶，乃晓云清明节前摘取的野茶。肖飏饮后称赞气味如芝似兰，茶香慢慢从鼻端沁到咽喉，清澈幽远，回味无穷。晓松赶紧拿出一包野茶献上。

晓松道：“肖哨官治兵严明，令我敬慕不已。闻得福建沿海倭寇猖獗，艄公几个盛赞肖哨官为国出征，斩敌无数。可否详叙？"

肖飚道："福建倭寇众多。我从水军，与倭寇大小战役已经历一百多起。去岁初，我军例行巡查，我尚是一名火长（船长），在莆田海上猝遇倭寇。我军百十余人，贼寇四五百之众，鏖战几个回合，大败贼寇。倭寇死者两百多人，余众遁去。"

八公惊讶道："官军如此神勇，令人敬佩。我也曾遇上倭寇，那些人都是亡命之徒，战力甚强。"

肖飚笑道："我水军海战，也是在摸索中长进。如今杀敌，有犁沉与接舷战两种战法。我军船坚炮利，两船相撞，倭寇船碎，此乃犁沉战法。然接舷战法更具威力，当敌在百步之外，我军先用火炮轰之，百步之内用鸟铳，五十步之内用火箭，三十步之内用飞天喷筒，再近则用弓箭标枪。两船相贴，将士越船，用火药桶、火砖与刀枪杀敌。敌船帆篷被烧，逃窜不得，只得束手就擒。我军还有快船，桅上装置坐斗，可远距离哨探瞭望，用喇叭灯笼报警，我军赶紧抢占上风。就算倭寇使用火器，占了下风，也是自焚其船。莆田海域一战，便是如此战法。"

晓松闻之，拍案叫绝："快哉，我军神勇！既然我军如此威武，为何不大军征伐？索性灭了倭寇老巢，将其国土归于华夏，以绝后患！"

八公装作惊叹不已，起身续茶。恰好宁财主的仆人送来滚烫热水，八公接过茶壶，转身一刹那，已撒落藏在指甲里的蒙汗药。他笑盈盈地给众人倒茶，感叹道："晓坤贤弟所说不差，那倭寇骚扰百姓，灭其老巢，正合我意。老夫要是年轻二十岁，也当提刀跃马，从军为国出战。"

肖飚苦笑道："此乃圣上所思所虑的国之大计，我等岂可妄言？如今朝廷实施的是禁海令，渔民商船断不敢远航，只得偷偷为之。唉，诸位只知道从军的荣光，然不知水军的苦楚。我乃军户出身，深知一人从军，养不得随军眷属温饱。军官贪污腐败，常拖欠克扣士兵军饷，以致逃兵不断。实不相瞒，如今官军走私货物乃寻常事，甚至有官军暗为海盗。我曾愤之，因深受其苦，也只好洁身自好。只是忧虑，福建土地贫瘠，粮食等依赖贸易，海上贸易之传统，更是延续了几百年。福建造船技艺发达，又有祖传的航海之技，如能建造庞大灵活的商船出海贸易，便可有利于福建百姓的生计，然……"他欲言又止，不肯再说下去。

晓松道："海上战舰皆出自军中造船厂？"

八公笑道："晓坤贤弟乃一商人，为何对造船有如此兴趣？"

宁财主道："阿弟从商乃受我强迫，其志在工匠之技。实不相瞒，阿弟为此放弃科举，一心行万里路，阅尽天下工技之法，欲著成一书，以利天下苍生。"

肖飚拱手道："怪不得晓坤贤弟谈吐不俗，失敬失敬。此等志向，也是鸿鹄之志，更令人敬佩。如欲学造船之技，贤弟可弃商从军。贤弟读书之人，正是军中所需，我愿为你引荐。"

晓松拱手道："愚弟诚谢肖哨官。此次来闽，除经商外，还欲寻找失散多年的表哥表妹。他们早些年曾随福州客商进得福建，待家中事毕，再来拜请肖大人指点。"

宁财主道："正是。寻找表哥表妹，乃我家族心愿。诸位如能相助，我愿散家财相报。当年带走我家表亲的福州客商，说是姓王名越，脸上有块青斑……"

八公心中一惊，问道："我曾偶遇一福州客商，脸上有青斑，三十开外。他身边有一妖艳女子，自称是那客商表妹，然我视之，实为客商路上买来的小妾。那女子乃福建口音。"

晓松失望，摇头不语。肖飏道："抵达福州之后，我等相助贤弟，设法访查，休要灰心。哎呀，此时又是细雨蒙蒙。传令下去，江面烟雨弥漫，赶紧挂上灯笼，鸣锣提醒众船。已近黄昏，前面不远便是竹林山寨，到时船队靠岸停泊。呵，江西土茶酽矣，我有些晕眩，还请八公替我多多费心。"

宁财主与晓松此时也打起了哈欠。晓松挣扎着披上蓑衣，跟跟跄跄走出船舱，便软绵绵倒下。八公走出，推他不醒，心中暗忖："杏儿掐算准确，不知半个时辰，是否能抵达竹林山寨前方的虎跳湾。"船老大向八公点头，伸出拇指，两人会心一笑。

见谷米船上又升起一灯笼，螺号传讯，船上拳师仆人俱已被酒水迷昏矣。船老大一声令下，众船夫无不奋力摇橹。谷米船上的七八名官军早已被船老大买通，此时俱聚在船舱内饮茶。八公将宁财主和晓松等搬进后船，纵身一跃，跳进后面船头，与前面的船老大拱手告别。

谷米之船于雾中偏离船队，岸上传来螺号声。八公知已抵达虎跳湾矣，赶紧停靠江边。九妹率众潜伏，见船只挨近，对上螺号，众人一拥而上，将宁财主与晓松等人背下船，又将稻谷卸下，留下五十担谷米以谢众官军，又赠送纹银五十两，众官军欢天喜地而去。

浓雾过后，肖飏也已醒来。各船俱在，平安无恙，只是江西客商与八公等人皆不见矣。有下官来报，八公等人已回至谷米船，恐浓雾不散，又怕风雨致使闽江停航，见得有福建商队路过，便将谷米高价卖给了路过的福建客商，拿了银子，改陆路去福州矣。他们还留下谷米五十担，二十两纹银，酬谢官军。肖飏心中狐疑，然下官个个信誓旦旦，己方又无损失，还得钱得米，只得点头，默默无语。

江边树林中，一阵夜风吹过，晓松醒来，转头见宁财主等人个个反手被绑，嘴中被堵，庆幸自己饮茶前暗中喫下一颗御毒丸，未曾深度昏迷。他身穿蓑衣，不便被反手捆绑，那些江匪只将他的手脚绑在身前。身边堆着船上众人的行李私物，尚未被拆。看守他们的江匪，正叽叽喳喳聊天，说的全是闽语，晓松听不明白，只听出来这些江匪都是女子。她们查出谷米中尚有珍贵药材与火药，越发兴奋，摘下头巾，又笑又跳。晓松悄悄伸手，把嘴里的水草拔出，又在身旁石头上蹭断手上的绑绳，解开脚上的绳子。宁财主就在他身旁，他行动自由后几指按下宁财主的穴位，宁财主渐渐清醒。

却说杏儿前夜噩梦，梦中见得晓松，啼哭惊醒。醒来便一直郁郁不乐，总是叹息，反复念叨："瘴雨蛮烟，十年梦，尊前休说。"

八姐见她大非往常之态，只得令她在此次劫粮时统领外围。此时杏儿率人在虎跳湾外面布下警戒，蹲守等候，待月升时传来暗号声，依然懵懵懂懂，经旁人提醒，方领着后援众人匆匆赶去，见面便与九妹激烈争吵。

八姐闻讯，赶紧上前解劝。九妹道："官军千叮嘱，万叮咛，赶紧将这些江西客商拖走，偷运到海上剁烂，做成被倭寇袭击之状，只因他们在过关卡时，是在官府登记过的，不杀便会留下隐患。如今杏儿执意留下他们的性命，还说要将他们留在帮中，岂不荒唐？"

杏儿道："盗亦有道。我帮与江西客商无冤无仇，已劫获其稻谷火药与药材等贵重物品，尚要其命，紫苏帮岂不成了魔鬼帮？经官府几次剿匪，我帮伤亡也不少，何不将他们纳入，壮大实力。至于关卡登记之事，设法应对便是。"

两人面红耳赤，争执不下。

八姐犹豫不决。本不忍杀人，然恐生出事端。正在为难，远处忽传来打斗叫喊声，又是火铳炸响的动静。一姐妹踉踉跄跄跑来，扑倒在地禀报："那江西客商醒来，不知怎么解开了绑绳，正大开杀戒！"

原来那宁财主松绑之后又悄悄解开了众拳师的绳索，众拳师清醒后出其不意，偷袭女匪，赤手空拳竟也撂倒了几个。晓松大喊着"休要其命"，然女匪们已经回过神来，举枪乱放，一场厮杀迫在眉睫。八姐率人赶来支援，宁财主一声呼啸，众拳师赶紧护住他，且战且退，逃往江边。此处毕竟是女匪们的地盘，恐地形不明，葬送于此。

火把下，见到横七竖八的姐妹尸体，八姐怒喝："众姐妹听令：赶上前去，不留活口！"

一排火铳手涌上，砰砰声中，宁财主的拳师们纷纷倒下，剩下几人只得躲在乱礁石后，拼死相持。八姐令众姐妹甩出火砖炸雷，一阵爆炸声后，九妹一勇当先，率众姐妹一拥而上。可怜那众多拳师，被炸得血肉模糊，仅存的几人，也只能作困兽之斗。另一块礁石后，宁财主仰头苦笑，晓松满脸是血，用手随便一抹，面目全非，解下蓑衣，搀扶起受伤的宁财主。

此时八姐与杏儿已带人赶来围住二人，朦胧月色下，八姐与九妹满脸狰狞。宁财主认出她俩，激愤不已。他猛地拽过身边死去拳师的火铳，举枪便射，却是一记空枪。惊呼当中，九妹一步跨上，挡在八姐身前，也举枪扣下扳机，然枪被旁边蒙着脸的杏儿举起的枪杆碰歪，打中了飞身挡在宁财主身前的晓松肩头。晓松手中的火铳砰的一声，九妹应声栽下。宁财主悲愤中猛推晓松，吼道："跳江逃走！"话音未落，一声炸响，他胸前血花绽开，八姐的火铳弹无虚发，已将他身上轰出一个窟窿。杏儿搂住栽倒的九妹，大叫一声，拔出她身上刀套中的五步亡毒袖刀，反手掷出。一道冷光，跪在宁财主身前的身影一震，扑通落江。见晓松被咆哮浪花卷走，众女匪皆松了一口气，此人已中九妹毒刀，不淹死也必毒发身亡。九妹袖刀上的毒，无人能解。

八姐抱住九妹尸身，哭得天昏地转。众人恸哭不已，杏儿抹去眼泪，令众人忍住悲伤，赶紧拾掇现场，恨恨中一脚踢开旁边一背篓，里面的物品四散，一瓷器砸在礁石上，咣当一声破碎。月下见得，似是瓷人。

杏儿心中狐疑，举起火把照之，发现竟是景德镇出产的和合二圣瓷人，边角系有玉坠，上有一个杏字，乃杏儿昔日亲手所刻。再看江边留下的蓑衣，一刀切开，内有银元油衣，油衣上有"林晓松"三字。杏儿失声惊呼："晓松兄！"又痛又急，晕死过去。众人惊讶，不知所措。

八姐止住悲泣，抱起杏儿，指掐人中，良久后杏儿醒来，冷静异常，抚摸八姐脸颊问道："那宁财主身旁落江之人，八姐可知是何人？"

八姐道："他脸上有血污，我也是过后想起，此人是那江西客商张晓乾之弟张晓坤，长相清秀。口音与其兄似乎不同，张晓乾常夸其弟，乃饱读诗书之人。"

杏儿道："那张晓坤多大年纪？可是二十五六岁？"

八姐道："正是。他常披一件厚蓑衣，蓑衣上镶有五彩云图。出远门者身上皆有号记，想是用来标记其故乡之名。对了，听得张晓坤志在收集天下农桑工匠之优法，欲著成一书，以利天下苍生与后代……"

杏儿颤抖，仰天哭喊："晓松兄！是我害了你！苍天啊……"口中竟喷出鲜血。八姐赶紧为她点穴止血，紧紧搂住她，也落下泪来。

杏儿指着晓松落水的礁石，八姐搀扶着杏儿伫立其上。远山凝重，月光惨淡，翻滚江水将月色卷得支离破碎。

杏儿流泪吟道："……更能消，几番风雨？匆匆春又归去，惜春长怕花开早，何况落红无数。春且住，见说道，天涯芳草无归路。怨春不语，闲愁最苦，休去倚危栏，斜阳正在，烟柳断肠处……"

语毕，她猛将八姐推开，悲泣一声："晓松，我之夫君，杏儿追随来也！"纵身跳入湍急汹涌的河水中。

八姐仰面长泣，跪下不语。

一年半后，福建井尾澳水寨大门前，把总肖飏身旁立着总旗林晓松，威武庄严。一白发苍苍的女子，手捧一领蓑衣，蓑衣上赫然是一对破碎的和合二圣瓷人，是前来负荆请罪的八姐。肖飏不明就里，惊呼："八公？"晓松见了那瓷人，踉跄着往前扑去。

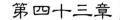

第四十三章
行万里随军下西洋，露锋芒良兵遇良将

明朝永乐三年六月，明成祖朱棣命钦差正使总兵太监郑和，副使王景鸿，于成治，赍捧诏敕，出使西洋各番国，抚谕远人。郑和统帅官校，旗军，船工，通事，医官，买办，书手等，共二万八千余人，出使西洋。

郑和，小名三宝，又称三宝太监，因昔日至死不渝追随燕王朱棣起兵，又在靖难之役中战功赫赫，加上身材魁梧，知兵善战，更为如今圣上朱棣所赏识与器重，军中威信无人敢比。

是日，三宝太监郑和率领船队，从应天府浩浩荡荡启航，历时一月有余，抵达福建长乐河阳港。早就在此等候的福建省大小官员与当地百姓，观此盛景，赞叹不已。

郑和舰队中帆樯林立，逶迤十里。四十余丈长，十七八丈宽的主船气势雄伟，其后有宝船，马船，水船等大小船舰六十多艘。这浩荡船队，就如水上飘动的一座都邑。万众欢呼声中，船上万炮齐发，以示敬礼。沿海闽人多见过海战，依然捂住己耳，惊得目瞪口呆。举城欢庆，巍巍中华，傲视天下，百姓无不瞻仰。

郑和乃谨慎之帅，并不忘乎所以，停泊之日，便补充给养，修理船舶，将众多福建的水军编入舰队，加以操练，又张榜招募通事译官。喜在福建沿海招来的船夫水手，业已训练到位。苦于航海途中缝补浆洗的细微琐事，也破例招上一百多位五十来岁的老妪。茫茫海上，最惧无新鲜的蔬菜瓜果，以致众人患上海洋水手病，减员无数，然有当地老渔夫，献上远航生存之法。在海上种芽菜，只须备下干绿豆，想喫之时，仅用淡水少许，一两天便茁生出壮苗、肥嘟嘟的绿豆芽，加上咸菜泡菜与绿茶，数月无忧，可保全员无事，去了郑和的一大心病。舰队整日采买，各式各样之货品，川流不息向船上搬运，大小琐事，一一想到，各类人员，纷纷就位，可谓万事俱备，只欠东风。

某日，军中福建船夫观得天象，说后日必有东北风吹来，郑和这才设宴答谢当地官员富绅，尚有白丁数十人，以谢数月的劳军与相助。众人欣然前往，宰杀牲口，给答谢宴添上佳肴无数。各桌七荤八素十五碟，熙熙攘攘，人声鼎沸，丝竹之声不绝于耳。参宴者席间觥筹交错，争论九桅船的宝船，可张几张船帆，甲板上的艉楼，有几多层。众人惊叹宝船船舱内外的各式布置，富丽堂皇，头门，仪门，丹墀，穿堂，库司，皆是雕梁画栋，象鼻挑檐，不一而足。酒席间福建省布政使司携三司官员向郑和敬酒，见郑大人喫得欢心，尤其那一碗云南粉蒸羊肉，一人喫了大半碗，布政使心中大喜。此菜色是他一早吩咐当地知府，安排厨子备下的，果然得了郑大人的欢心。

酒香人酣间，只听得噼里啪啦一片作响，已是深秋，却蚊子肆虐，众人纷纷拍打。知府令人点起蚊香，然无济于事，郑和大人也被叮了几口，奇痒难耐。想到航行诸国，气候闷热潮湿，蚊子苍蝇之类必然猖獗，不免有些烦恼。郑和笑道：“飘摇挟翅亚红腹，江边夜起如雷哭，请问贪婪一点心，臭腐填腹几多足。”

布政使也被蚊子叮了几口，十分尴尬。知府赶紧递上一个小葫芦，赔笑道：“各位大人，且试试本地自制的防蚊药水。”

众人倒出药水涂抹上，顿感一阵凉爽，痒意全无。郑和大喜，询问药名产地，知府告知，药水由驻军中一士兵配制。“此人由井尾澳水寨把总举荐，姓林名晓松，乃江西人士，举止气派，非凡夫俗子。此人从军是为了学习造船之技，然在海上剿匪也奋勇当先，深受军营中人爱戴。如今在军中充任火药师，经他调配的火药，威力加倍。尤其是他独创的水雷，虽尚在研制中，然震惊卫所。此人从军时间不长，下官正想破格提拔。大人要是看得上，下官赶紧叫他多配制一些药水，献给大人。”

在座的那王景鸿闻得林晓松之名，心中一惊，差些失声。郑和“哦”了一声，放下竹箸，问：“何为水雷？”

布政使道：“此物神奇，于水上漂浮，碰撞船只，可轰然爆炸。斗大一枚水雷，足可炸毁一艘军舰。”

郑和暗喜道：“那林晓松可在府上？叫他前来。”

知府点头，赶紧叫人唤来晓松。

甫一照面，郑和心中一惊。此人似曾相识，其言谈举止，从容淡定，相貌清秀坚毅，一看便是读书人。郑和问道：“马船载得军马众多，舱内气味令人作呕，蚊子苍蝇臭虫扑面，有抽风补风等手段，然效果不佳。你调配的药水，能否驱散蚊虫？”

晓松行礼道：“回大人，有草药名为九里香，花香浓郁，四季常青，一人多高，苍蝇臭虫避之，然其喜通风之处，放入舱内种植，得费些功夫，可盆养便于移动，日间挪至甲板照晒太阳即可。”

郑和“哦”了一声，又询问火药保存、水雷研制、军需辎重仓储等事，再问舰上旗语、灯语、锣鼓语，响箭鸣炮及火流星等信号，晓松对答如流。

郑和大喜，赏酒三杯，目送他离去。副将王王景鸿笑眯眯点头，布政使道：“大人，此人如何？”

郑和向布政使拱手笑道："确实是人才。恐怕我要夺人所爱了，欲征他入舰队，请布政使大人与知府贤弟，忍痛割爱。"

布政使欢喜道："国之重事，能出一力，下官只觉无上荣光。为祈求大人一路平安，顺风顺水，百姓乡绅纷纷请求，将河阳港改名太平港，欲自筹经费，建造三宝塔，保佑大人及大军此行顺利。"

郑和等人无不感动。郑和率众将起立，举杯一饮而尽。

舰队出海之日，蜂拥而至的人群在江边苦候。水船装满淡水后，在众人欢呼声中，着一领簇锦蟒龙战袍的郑和将军，率将士列队于甲板之上，威风凛凛。一声令下，三声炮响，海船按照旗语号令，次第升起船帆。宝船巨大，起锚，张帆，操舵，二百多人吼叫声中，方得扬帆起航。岸边鼓乐声起，鞭炮齐鸣，欢声雷动，此起彼伏。

郑和舰队出使目的国，有爪哇，苏门答腊，苏禄，彭亨，真腊，最终古里等国。船队呈飞燕展翅形编队航行，战船列队外围，乃铁壁屏障，马船水船等居其中，确保安全无虞，舰队核心乃是旗舰福船，是钦差正使郑和的主帅舰。官兵们在水上训练多日，加上舰船之大，在船上生活自如。几日之后，郑和下令往深海航行。深海航行，毋须弯绕，便可省得不少路程。谁知海洋之水，不同于江河近海，又遇上狂风暴雨，这才晓得，面对海洋，巨船如此渺小。首次出海的官兵，真是生不如死。好在舰队里有众多习惯远航的船工水手，故化险为夷，伤亡不大。只是这一颠簸，船上非水军出身者，日日晕船，恶心呕吐，甚至难以进食。郑和身边一书手，实在受不得这份苦难，竟然一头撞死。郑和震惊，感叹如今的一众读书人，只求通过科举求取功名，却因缺少历练，心智不全者，受不了一丁点磋磨。然舰队中有不少太监宦官，因出身贫寒，自小入宫，反而颇为坚韧，吃苦耐劳。但这些人要么只是粗通文墨，要么目不识丁，难以顶替书手之职。郑和只得亲力亲为。各舰禀告，舱中军马也死伤不少，郑和于是下令，命舰队近海航行，待人马适应后再渐渐深入海洋。

舰队一鼓作气，拜访了占城、爪哇、三佛齐、旧港、苏门答腊、满剌加、苏禄、彭亨、锡兰等地，颇为顺畅。也曾途遇战事，郑和从容指挥，战无不胜。比如锡兰战役，华夏一百骑兵，奇袭锡兰国王宫。舰上数炮齐射，锡兰五万军队丢盔弃甲，无不俯首称臣。锡兰国王赶紧献上舆图，幸得郑和太监善待。还有掩盖国籍的海盗，竟然前来挑衅，郑和谈笑声中，打得对方叫苦不迭。不到两个时辰，五千海盗死伤大半，而我军无一伤亡。这海匪头目自叹晦气，挑谁斗狠不行，非选上天兵天将，自感孤陋寡闻，夜郎自大矣。明军虽大获全胜，却不犯各国秋毫，被赞为仁义之师，大展泱泱华夏之威风。

是日，风平浪静，郑和舰队如往常一般行驶。五月的天气已十分闷热，船板上躺着几十位百无聊赖的士兵水手，正光着身子晒太阳吹海风。舰队前方海面上，有几个黑点渐渐变大，舵手叫撩手仔细打量。撩手久望，称是几个岛屿，然海面上薄雾渐起，螺号警讯声顿起，甲板上众人赶紧归队入舱，各司其职。船队渐行渐近，离得最近的岛屿不过几百丈之远，岛屿上渺无人烟，似乎是几个荒岛。撩手再三确认后，旗语报告上去，后面的舰船旗兵依次传讯，郑和下令，不改航线，继续前行。

舰队绕过无人小岛，呈前后掩护之势，依贯而过。殿后的舰船不紧不慢跟着，只是到了无名岛时，舰上的撩手察觉与前面舰队成了死角，不敢大意，小心瞭望。

殿后的是艘战座船，长二十四丈，宽十丈，是六桅帆船，又称多橹快船。配备铜制盏口火炮十门，船上三百余人，手持碗口火铳、鸟嘴铳、喷筒、火砖、炸雷、烟罐等火兵器无数，又有钩镰枪、大刀、砍刀、标枪和弓箭等冷兵器，虽比不上主船与宝船的配置，然实战中，此舰战斗力最强。船上官兵由舰队中排名第三的都指挥，于成治大人指挥。

话说此船上的撩手见绕过海角后，前方传来报平安的螺号与锣鼓声，顿时放下心来，舰队又改为飞燕展翅形，殿后战座船慢慢跟着，远落在舰队之后。撩手只觉手痒，惦记着下去耍麻雀儿牌，早无心观望矣。

麻雀儿牌，乃舰队路过江苏太仓时，补充上舰的当地水军带来的游戏。这些水军逢得空隙便聚在一起玩耍，渐渐传至众人，也不知是哪个船上的军爷，又在原来的玩耍法则上改进不少，更添趣味。这戏耍渐变为赌钱之乐，令人如痴如醉，玩牌者几天几夜也不愿罢手，即使旁观者也猴急火燎，恨不得挽袖而上。

说来也巧，因那于大人昨夜违纪饮酒坏了肠胃，此刻跑去如厕，由总舵长临时充当火长，撩手见指挥不在，索性跳下瞭望斗，声称小解，扬长而去。撩手走后片刻，后头的小岛旁，突然驶来七八艘战舰。战舰不大，但风驰电掣，直奔舰队殿后的船只。

战座船的后甲板上空，乌压压地跟着一群海鸥。甲板上的水手看到海鸥，知道此时已距离海岸不远，也不管它们，仍随意躺着。海鸥越聚越多，铺天盖地，犹如屏障一般，阻住了船上官兵的视线。待刀架上脖子，官兵才知海上强盗从天而降，刚要惊呼，便被海盗一刀抹了脖子。

船头的总舵手陈毛虾，终年漂在海上，本是个尽职之人，见撩手撒尿不回，恨恨扯着嗓子狂呼几句后，总觉得有些异样。沉吟片刻，便叫醒正在瞌睡的另外一名外甥，也是撩手，令他爬上高处的瞭望斗，观察打探。那撩手嘟嘟囔囔，被总舵手踢了一脚，吓得赶紧从甲板上爬起来。林晓松正提茶壶走过，晓松平常极是尊敬陈毛虾，时常倾听陈毛虾远航的经历，与陈毛虾脾气相投，两人已是忘年之交。晓松见那撩手不情不愿，便放下茶壶，要替他攀上桅杆。总舵手冲外甥嚷道："看看人家外乡人，学问多过牛毛尚不满足，只要航行之技，皆抢着学，一年之中，舵工、班碇、水手、民梢、木铁杂工、旗手、阴阳生等职都能胜任矣，即便让他当个火长，也是绰绰有余了。等人家来日升为指挥，你依然是撩手一个。你要不是我外甥，我早就赶你回家种田去矣！"

林晓松刚爬上几步，便被陈毛虾外甥拽下："晓松，我阿舅唠唠叨叨，你莫听他的。舵工水手，不过都是出汗的下人，被人吆喝。你多教教我，等我来日当上阴阳生，才好堵住阿舅的嘴。"

陈毛虾操起芭蕉扇作势要拍，外甥冲他做了鬼脸，攀上桅杆，瞭望四周，看到了船尾群鸟后的几只快船，大吃一惊。一阵哭叫声传来，已发现甲板上的几个强盗，正追杀光着屁股的明军士兵。外甥倒是镇静得很，持螺便吹，冲着总舵手阿舅镇定报告："敲锣警报！海盗跳上船来了！"

陈毛虾一声令下，晓松操起木槌，敲响锣鼓。晓松边敲边问："方才听得前方螺号，报海上平安，片刻间却冒出海盗，难不成他们是从天而降？"

外甥道："船尾有几条三角三桅帆船，定是从旁边岛屿中扑来！"

晓松大吃一惊道："传说胡尔克船，便是纤细的三角帆船船型，在礁石密布的浅水上，来去方便，逆风行驶也能有极高航速，配上三十多对桨手，更是如虎添翼。旁边岛屿几里之远，瞬间赶至，恐海盗的船速是橹船数倍。定要拿下一艘，拆开探究一番！"

外甥笑道："如今火烧屁股，你还想着造船！"

晓松笑了一声，毫不犹豫摸出长刀，道："我去迎敌，挡住海盗前来袭击指挥舱！"藤牌也不拿，操刀便冲了上去。

螺号大作声中，船舱里之官兵、通事、医官、捕盗、撩手、船工水手等，纷纷提刀持枪，从各处冲了出来。甲板上，众海盗身材高大，狰狞狂叫，冲在最前的黑脸海盗凶猛异常，一刀一个，瞬间斩落好几个明军士兵。其后紧随着众多强盗，个个刀刃沾血。见晓松领头冲来，黑脸海盗嗷嗷怪叫，举刀劈来。晓松横刀相迎，只听咔嚓一声，海盗的大刀断为两截。黑脸海盗也不知使了什么蛮力，震得晓松虎口发麻。断刀飞起，戳进旁边的木柱中，刀身依然震颤。晓松乘胜追击，一刀划过，黑脸强盗颈脖登时添了一道血痕。晓松刀尖一转，又将后面的强盗胸口扎出窟窿。孽龙刀法，于飘逸中变幻无常，对手甚难挡住刀口所向。晓松瞬间手刃两人，明军士气大振。

晓松轻蔑笑道："什么鸟刀，光天化日之下，竟敢偷袭我军！"海盗们见势不妙，且战且退，然押后的海盗从容不迫，已重新排兵布阵，躲在船尾，一排排利箭齐刷刷射来，一时间竟将明军压制下去。众官兵用盾牌挡起一道墙，后面的火铳箭弩等狂风暴雨般反击，可惜还是有十几名士兵与船工被海盗劫持而去。海盗将俘虏推在最大的那只海盗船上，赶紧划桨立帆，丢下六七十具同伙的尸体仓皇逃去。郑和闻讯大怒，哪里肯放过海盗，号令于将军率橹船呈战斗队形追剿。

海盗船速度极快，直向附近岛屿飞奔。此时的战座船显得硕大笨拙，转向间，海盗船逃窜已远。于大人微微一笑，知道海盗狡猾，岛屿浅水处满是暗礁，欺我船大吃水深，追击不得。他沉稳伫立，一声令下，战座船上的火炮发出怒吼，炮火避开那只主海盗船，将其他海盗船炸得火光四起。主海盗船赶紧转向，然转向后，炮火依然在前，逼得其无法行驶。但仍有几只海盗船，仗着船只轻便，还要逃窜。于大人怒道："传说胡尔克船海盗船镶上铁板，坚固无比，在火炮中也可丝毫无损，我偏不信，必要炸得它粉碎！"

陈毛虾道："于大人，何不用上我军的新炮丸？"

经他提醒，于大人这才想起林晓松灌制的炮丸。郑和舰队的火炮，早已从传统的实心炮丸改成内填炸药的可爆炮丸。那晓松就是个火药鬼手，船上换装了不少填充他配置的火药炮丸。

"即刻换上！"于大人一声令下，晓松亲自操炮，只听轰隆一声，看那满天轰起的碎屑，便知海盗船已被炸得四分五裂。又是轰隆隆一串炮声，众人欢呼，众海盗船已船毁人灭。那主海盗船上的海盗们狗急跳墙，将被俘明军杀尽，弃船跳海。明军橹船疾风般赶至，对着海面上疯狂逃窜的海盗射击，海面上浮尸一片。主海盗船上仅存的海盗，眼看被俘，个个自尽身亡。于大人赶至，见主海盗船汩汩冒着水泡，渐渐沉没，船上被俘的明军士兵船工，已被杀害。于大人令众将士设法打捞官军尸首，默默看着主海盗船沉入大海。

战事过后，于大人因贪酒误事，负荆请罪，自降为宝船底下马舱里的马夫。林晓松因杀敌有功，被擢升为战座船火长。逃岗撩手按军法处死，郑和整顿军纪，之前的懈怠之风顿时荡清。晓松作战勇猛，谦虚好学，且文笔过人，没几天又被升为福船上的行走书手，郑和特命他闲暇时走动各舰。

又过三日，恰逢天气晴朗，郑和太监率全军在甲板上列队，仪仗队鼓乐齐鸣，升起蛟龙大旗。三声炮响，官兵齐呼："西洋西洋，古里古里！"此时舰队过了婆罗洲，早就进了西洋，正驶向此行最后一站古里国。明军上下无不兴奋激动。

当晚郑和与王景鸿等众人商议，赍捧诏敕，出使古里国，明军理应像到爪哇、苏门答腊、苏禄等国一般，三军齐整，声势浩大。应精心挑选将士，演示骑兵包抄、步兵突击、步骑合击等项目，展示我军的虎威炮、骑兵火龙枪、火龙车等武器，令古里国军民叹服，以示明军威武。然有人提议，既已至最后一站，更应提高规格。众人纷纷献策，晓松一一记下，心中感叹沙场将军也精通出使礼节，知晓异国风俗，真乃胸怀大志之英雄。

深夜，船舱内灯火通明，郑和等将领依然伏案研习海图。郑和不经意抬头，看到一旁的晓松眉头紧蹙，在看一册书页，便询问他看的是什么书。

"启禀大人，前些日子的海盗船沉没之前，于大人令人捞取海盗船残骸，拾得一纸半页，其中记载似是航海历程，我与多名通事推敲译出，仍然未曾读懂。另有战事分析，尚在整理之中。"

郑和好奇，令晓松拿出共读。郑和阅得仔细，还反复念起其中一段："……古里往阿丹回程开船，甲寅三十更平法塔喇山嘴，看北斗五指半，灯笼星十指，单卯廿五更平莽角双儿，水四十托八十……"众人围拢一团，交头接耳，不明其意。

王景鸿深思后道："前方就是古里国，须防备海盗又来骚扰。古里之方位距离，与我等原来算计，大致相符，惟水托数字还须实地测量，以图宝船等大船可以靠岸停泊。前几日的海盗训练有素，进退有序，绝不可轻敌。好在我军火炮威猛远胜过去，晓松研发的火药更换及时。只可惜水雷数量太少。"

郑和欣慰道："晓松确实是难得一见的火药天才。我军武器锋利，全赖铸造高明，西洋各国铸造技法，远不如我。近身相搏，火铳因须填充弹丸，还有哑弹、爆筒等情况，占不得便宜，反倒是箭弩掷枪实用些。火炮威力巨大，但射程有限，海战中还须多用战座船与橹船贴近轰之。我回顾近几次大船搏战，巨船远轰，快船逐之战术，乃是法宝。孙子兵法，兵无常势，水无常形，能因敌而取胜者，谓之神也。然至雾天，近海作战，巨船火炮之优势尽失。王大人，我军战法，还须据此作出调整，以备不测。我已撰写《新操练条例》，内有众位将士的不少创见。就请你参考晓松的战情概析，进行编改。"

王景鸿道："大人礼贤下士，虚怀若谷。说起火药，不知晓松进行了何种改造，竟使得炮丸威力倍增。"

晓松谦虚道："不敢揽功，此乃我家乡的火药方子，我只是稍加改动而已。"

郑和似乎记起往事，笑吟吟问道："早闻江西宝地被誉为火药之乡，名副其实。"

晓松迟疑片刻答道："火药之乡？下官孤陋寡闻，未曾听说。只是故乡崇山峻岭，矿产丰富，金银铜铁，朱砂硫磺，样样都有。自古便有掘炭烧瓷，采朱炼丹之技。一方山水，造就一方生存之术，江西有制作火药之秘术，也是必然。"

王景鸿笑道："硝石之性至阴，硫磺之性至阳，阴阳两神物，相遇于无隙可容之容器中，便会爆炸，是为火药。"

晓松点头道："硝石硫磺，加上草木灰制成火药，是采矿的利器，也许是江西采矿人家偶然制得，又经后人发扬光大。硝石原本为西北独有之物，如今四川、山西等地也大量生产，熬土制硝技法早已盛行，助长了民间的火药制造。为求厚利，民间火药作坊众多，相互之间竞争激烈，常有爆炸之殇，人死房塌也不肯罢手。火药之中使用的普通草木灰，如今已改进为青杨、枯杉、桦根、蜀葵、毛竹根、茄秸之类，尤其是江西本地产的箬竹，是火药佐灰之中最燥之物。江西的油茶树烧成的木炭，因含油量多，经久耐烧，磨成粉末制成火药，威力更加巨大。后人还尝试在火药当中掺入各种东西，药性各异。火药之中，硝石主直，硫磺主横，各类混合成分配比，各家自有秘方，现今又制出什么毒火，神火，烂火，喷火，法火等火药式样，令人目不暇接。"

众人听得聚精会神，王景鸿抚掌赞曰："不愧是火药之乡的子弟！那毒火、神火等有何不同？请详细讲讲。"

晓松喝了一口凉茶，道："毒火，以白砒、卤砂、金汁、银锈、人粪混合制成，其性之毒，闻名便知。"

一书手道："白砒、卤砂乃剧毒之物，此等药料制成弹丸，令人胆寒。只是制作此毒弹丸，是否过于荼毒生灵了？"

一火长立刻斥责道："战场之上，你死我活，那倭寇猖獗残忍，何时怜惜过我国百姓？休要胡言乱语！"

书手被斥责，方知自己确实迂腐，低下了头。郑和正襟危坐道："壮志饥餐胡虏肉，笑谈渴饮匈奴血。有此等气魄，有精湛武器，何恐大明江山不保？三宝惭愧，多年征战，自恃了解百般武器，今日才知火药的奥妙无穷。弩斧刀剑，各有门道，有晓松这样的能工巧匠，乃社稷盛事。已是三更，你等早些就寝。"

王景鸿回至舱房，拿出晓松撰写的《战役概析》看了几页，迷迷糊糊进入梦乡。

只见船舱忽然飘起大雾，不知为何，郑和也进了船舱，与王景鸿聊起晓松。王景鸿夸赞不绝，道："登船之初，不少人晕船，苦不堪言。晓松将自己捆绑于船舷之上，任凭波涛汹涌，咬牙坚持。几天下来，似鬼门关走上一遭，终于可以在风浪船上行走自如。晓松身上有些功夫，身手不错，却也略带邪性，让人捉摸不透。"

郑和忍俊不禁："我也有所耳闻，晓松科举落榜后行走江湖，习武交友，学得各派拳脚功夫所长，自成体系。据说他还会变些戏法。较量起来，连那于都指挥都不是他的对手。实不相瞒，我与他似曾相识，只是记不得往事，也不敢追认矣。"

王景鸿笑道："大人，我与晓松照面之时，也有似曾相识的感觉。大人关照晓松，路人皆知。此人身具神功，又通笔墨，大人自然偏爱。不止大人，连福建的几位水寨把总与知府也都对他赞誉有加。他上船没多久，谦虚好学，不耻下问，航海之技已学了个七七八八，实是聪慧过人。"

郑和道："听说晓松是年少中举，何故转了路子，着实令人不解。"

王景鸿道："据说他出身于江西罗霄山区，家境贫寒，受尽欺凌，全家披星戴月，半农半工，聊以度日。后遇上恩师资助为学，科举落榜是因为家中遭遇了变故。后至清江镇投靠亲戚为商，其中曲折，大人恐不知。"

郑和一震，似乎陷入回忆之中，自语道："昔日罗霄山区之行，难道是他……"

沉默片刻后，郑和叹道："早年间，江西罗霄地区洞寇猖獗，官府鞭长莫及。若晓松出身贫寒，有人愿意收他为徒，资助他读书，定是视其聪慧敏捷，堪当大任。"

王景鸿点头道："正是。晓松的恩师悉心教导，携其书院游学。后县试府试，这恩师的孙儿与晓松连连高中，可谓少年得志。"

郑和啧啧称赞："这江西罗霄山区，果然是物华天宝，人杰地灵。"

王景鸿点头附和。一阵夜风徐徐吹来，王景鸿与郑和不觉走到船首，远处林晓松领兵操练棍棒刀枪，招式怪异。郑和看得哈哈大笑，问："王大人可知晓松科举失利的缘由？"

王景鸿犹豫一下，道："大人既问，下官岂敢隐瞒。那年皇恩浩荡，增设恩科，天下举子欢欣鼓舞。然天有不测风云，晓松那位恩师郭乡绅，参与鹅湖书院的一次论辩，批评八股文死板僵化，束缚才智，后被人举报，锒铛入狱。晓松年轻气盛，经此打击，惦记恩师心切，于那会试答卷上，竟然随心所欲，畅所欲言，自然名落孙山。然其文轰动一时，官府慈悲，终未追究其罪，然下令其终生不可再参与科考。"

郑和怔怔，半晌后才缓缓说道："节义可敬。"

王景鸿怅然道："翰林院多人私下叹之，可惜朝堂上少了一匹良驹。然晓松心甘情愿弃学从农，又浪荡江湖，其志向不明。他曾跟随江西清江巨富商人，入闽寻找青梅竹马之妻，也是那恩师郭乡绅的孙女，后被一伙江匪伤害，跳入江中，幸得水军相救，伤愈后从军。如今看他有志于造船航海之技艺，剿匪也是骁勇善战，满腹学问，又亦正亦邪，军中无不叹服。水寨把总笑其读书人风骨中，总有三分江湖之士的气味。"

郑和笑曰："赣人好学，不拘于儒释道，以博学为尚，堪舆，探矿，星象，医卜，梓匠，术数，杂耍戏剧等无不涉及，三教九流尚著书立学，秀才举子也从不鄙视。走多识广，博采众长，推陈出新，维新变革，为江西土风。此番下西洋赠送各国之礼物中，有各类精美瓷器，乃江西景德镇历代陶瓷大家苦心研制，堪为国礼。故而江西昌盛繁荣，其赋粟输于京城，为天下最。晓松身为江西子弟，难免如此。"

王景鸿连连点头，暗暗赞叹郑和对天下之事明察秋毫，实乃朝纲栋梁。

忽听得船上雄鸡打更鸣啼，已是五更，操练水军的螺号响起。王景鸿猛然惊醒，才反应过来自己方才是在睡梦中跟郑和有了这番交谈，眼神直勾勾发愣。

他是去岁听得林晓松其名，认出晓松便是他当年去燕子矶寻找过的举子。那时他身为考官，读罢江西举子林晓松的策论，震撼不已。然梦中郑和大人似乎也曾与晓松相识，不知何故。梦境怪异，他也不敢打听上官之秘事，只在心内默默猜测。阵阵困意袭来，他神思渐渐涣散，很快睡去。

第四十四章
悍海盗雾中劫宝船，敏公主绝境遣密使

"鱼都上钩了，呆着做甚？快提鱼竿，快！快！"

坐在船舷钓鱼的晓松从沉思中惊醒，忙忙举竿。鱼竿弯成月圆，可惜啪啦一声，断为两截，眼前一条肥硕海鱼溜之大吉。晓松沮丧叹道："嫩竹子做成杆，终成不了大器！"

出言提醒的是于成治。他嬉笑道："尚未婚配，你那杆枪举而不坚，不断才怪。"

晓松气不打一处出来，瞪眼嗔道："大人宝刀不老，然烟波浩渺的海洋，非将军厮杀的战场，也是一把废刀！"

两人哈哈大笑，晓松作揖："恭喜大人升作马监，不久必将恢复副指挥使之位。"

于成治笑道："我一生于军中拼杀，最推崇赏罚分明。我既犯了军规，甘愿领罚。郑大人仁慈，军中马监月俸与军校相差无几，我一介犯官，肝脑涂地也不足为报。"他从怀中掏出书簿，"我等所写的西洋之行书记，我烦请王大人斧正，王大人欣然答应，还将我等所作合而为一。哎呀，我从马舱出来，弄得书页中尽是马粪臭味矣！"

晓松作揖道："大人辛苦。晓松能得到诸位大人的指点，实乃三生有幸！"

于成治叹道："廉颇老矣，尚能饭否！想做的事很多，已是有心无力。言归正传，贤弟在札记中记录鱼虾鳖蟹种类，又探问潮汐浪啸的来处，是立志探索海洋奥秘？然海洋鱼虾种类多如牛毛，恐非一年半载之功，贤弟如何愿意在这些事上费工夫。"

晓松道："乾坤之大，一本《山海经》远未覆盖。婆罗洲东为东洋，西谓西洋。我等一路驶来，先小西洋，后大西洋，前方那没黎洋，过了那没黎洋，不知何洋？华夏为天下六合，天下之外为四夷，四海之外为诸夷。天之包地，犹壳之裹黄。天圆如张盖，地方如棋局。天圆地方，华夏据中央。至此我越发糊涂，如今我等足下之海洋，也可谓立于中央，那万里之外的华夏，岂不又成了东夷之地？我思天地无头无尾，绵延相接，任何一处皆可谓中央，那天地岂不恰似圆球一般？同为一洋，何故有大潮小潮？下了西洋，西洋水色时而蓝，时而绿，时而红，时而棕黄，变幻莫测……凡此种种疑问，岂不值得我等穷极一生去钻研？"

于成治连连摆手："罢了罢了，无穷无尽之问，圣贤不知，文曲星也未必晓得，何必自寻烦恼。人生在世，如白驹过隙。君子之学，博于外而尤贵精于内，论诸理而尤贵达于事。贤弟须不忘初心，抛开纷扰，专攻热衷并精通的农工技艺，方能有所成就。"

晓松沉默片刻，道："大人凿凿之言，如醍醐灌顶，我心中轻快许多矣。乡梓哩话，万事通，不如一事精。此后我必专心致志，收集沿途诸国的农工技法。我有愚公移山之志，有道是皇天不负有心人。"

此时，船甲板上传来一阵惊呼。原来海面上一条条海鱼破水而出，一尺多长，长梭模样，迎着翻滚浪花腾空飞翔，一次疾飙几十尺，如满弓箭矢，追风掣电，令人目不暇接。鱼群很快远去，激起浪花，恰似繁花盛开，壮观震撼，令人久久难忘。

于成治赞叹道："今生有幸，得以观此神奇之鱼。这是何鱼？"

旁边一福建口音的水手道："回大人，此鱼我国海域中也有，只不过今日规模之大，实属罕见。我父辈称其为飞鱼，传说见得此鱼，必能飞黄腾达。"

晓松笑道："老哥又来说笑了。前些日遇见的鱼像漂浮小岛般大，鼻孔喷着壮观的雾状水柱，时而翻滚掀起波浪，时而垂直跃出水面几丈，欢快高歌，无比逍遥，你却声称见到此巨鱼必晦气倒霉。如今我看你不也依然生龙活虎？"

于成治笑道："既是说笑，也是吉兆。周公解梦，也说梦见鱼能够飞黄腾达，何况我等今日亲眼所见此展翅飞翔之鱼，岂不正预示了必将乘风破浪，一路顺利！"

晓松笑着点头。众船工水手听得，也欢喜不已。又一福建水手欢欣鼓舞说道："大风大浪，我等有何所惧？郑和舰队，船坚如磐石，大海之中如同螃蟹一般，可横行霸道。尤其船上还有威震四海之火器营，可谓天下无敌！什么妖魔鬼怪，魑魅魍魉，见了我等也要望风而逃！"

已近午时，海风渐大，天色昏暗起来。福建水手纷纷道："老天忽热忽冷，乍晴乍阴，闷热难耐，观那云彩，天将变化。日出胭脂红，无雨也有雾，定是大雾之天。"

于成治道："福建水手终年在海上谋生，识得风雨，贤弟不妨多讨教，记录在书，日后定然有用。我要赶紧安顿马匹，就此话别。"说罢两人匆匆分手，众人也四散而去。

果真被福建水手们言中，傍晚大雾弥漫，船舱外伸手不见五指。郑和召集王景鸿、晓松等人到主舰议事。

晓松道："此大雾恐不是两三天内便可消散的，适才查看，海道针经尚且可行，不知夜晚牵星板能否作为？"

火长摇头道："牵星板有局限，遇过数次雾天，星斗不见，水罗盘难以定准航向。出洋一年有余，未曾经历如此浓厚大雾。"

郑和沉吟半晌，问道："晓松以为如何？"

晓松道："雾大罕见，无头乱驶，乃为下策，唯有暂时锁航。各船落下帆布，随波逐流，舰队也可朝同一方向浮漂，尽量避免相撞。"

郑和又看向王景鸿，王点头，道："为免不测，请大人早做决断。"

郑和着令下去。雾天信鸽、灯笼皆失功效，只得依赖铜锣、喇叭、螺号等传令。

王景鸿又道："如此大雾，恐海盗趁机偷袭，各舰哨兵须加派人手，小心提防。火把浸油，号声加密，官兵刀不离手，枪不离身，火器营留意弹丸不要受潮，勿用水雷，恐误伤自己。船四周多布置防撞探杆等，舰队要进入战备状态。"

郑和赞道："景鸿兄铺排周到。即刻起你我轮番歇息，养精蓄锐。也不知这大雾何时才能散去，恐怕旷日持久。"

王景鸿沉默片刻，道："异国海盗狡诈奸佞，凶狠歹毒，大人，能否将于大人从马厩召回，让他戴罪立功？"

郑和笑道："我早有此意。晓松赶紧去请于大人，再有，令陈毛虾速来，协助我等决断气象变化。"

每遇大雾，舰队之中必有误伤。此次大雾经久不散，已历时三天，将士们弓弦紧绷，不敢松懈，然船只相撞难以避免，官兵有雾中跌倒的，有误以为海盗上船而乱开枪的，也有憋在船舱郁闷自杀的，令郑和等人筋疲力尽，备受煎熬。

福船上有多位福建船工，多次下过西洋多次，深知婆罗洲洋与那没黎洋甚少大雾，不知为何会有多日浓雾，难道是冲撞了海妖？众人私下传言晓松懂些道术，福建船工便请求总舵陈毛虾去请晓松作法，祛灾祈福，但晓松不允。

这一日晓松打开舱门，浓浓雾气扑面而来，瞬间将他吞噬。忽然众人一哄而上，将他抬到一铺设好的船舱，强拥着他一起跪拜。晓松定睛一看，桌上摆放着两座石像，右边是一白须老翁，左手持轮，右手执扇，乃风神方天君；左边为一乌髯壮汉，左手执盂，内盛一龙，右手若洒水状，乃雨神陈天君。

晓松愕然笑道："为何跪拜两神？"

有人答曰："外面雾气之大，要得云开雾散，一场疾风便可，或雾气凝结为雨，故拜风神雨神。"

晓松无语，只得依着众人洗脸净手，上了九炷香，三叩九拜。众人见他嘴中念念有词，料定他有神奇咒语，便也跟着跪拜。

晓松笑道："既已拜了神仙，烦请诸位让开，让我作法。"

众人纷纷退后，让出一块空地。晓松裁了几张黄纸，画了几张符篆，点过几人，将符篆分别贴在他们脸上，令其各拿上铁链、雷公锤、木剑、琵琶、纸伞、竹蛇，自己扮作钟馗，舞动起来。只见晓松气势汹汹，砸锤甩链，铮铮作响，颇为神秘诡异之状。众人不明就里，跟着上蹿下跳，船舱闷热，没一会儿就大汗淋淋，气喘如牛。只听晓松厉声道："急急如律令，如来顺吾，神鬼可停廖。如若不顺吾，山石皆崩裂。念动真言诀，天罡速显形，破军闻我令，神鬼摄电形！"

众人跟唱起来，船舱内喊声震天动地。事毕，众人纷纷称赞晓松道术高明，热闹了半日方才散去。

当夜三更过后，雾气似乎减小不少。于成治与晓松正在巡视，见到雾气消散，都轻松了不少。于成治笑道："贤弟的法事果然见效，真是精诚所至，金石为开，钟馗显灵。"

晓松笑道："于大人说笑了。鬼神之事，信则有，不信则无。洪水泛滥，年年求神，神却不睬，还是要人工疏淤筑坝，才能得以避灾。佛道讲究善有善报，恶有恶报，然好人短命，坏人长寿，我叹世间哪有鬼神。我随众人胡闹，无非是聊以安慰，坚定信心，让众人燃起希望，此望梅止渴之策也。然当时用干草纸已测出湿度渐低，乃雾散的征兆，也是巧合罢了。"

于成治笑道："贤弟这一闹可震惊了全舰，连王景鸿大人听说，也称赞贤弟法术高明呢。"

晓松哈哈大笑。说话间已到船首，一顿锣鼓号角声，众人费了一番周折，方才点清整舰船数，虽舰队不知首尾，可喜无一丢失走散。于成治大喜，叮嘱一番，令巡逻值守万分小心，方才返回。

郑和主帅之舰乃庞然大物，其结构布局与战座船大为不同。甲板上巡视一周，须半个时辰。此时已夜深人静，舱内士兵、医官、书手在睡梦中的呼噜声此起彼伏。晓松突然一阵心悸，停步捂心，于成治见他呼吸急促，关切问道："晓松，你有何不适？是否需要请医官过来？"

晓松满头大汗："大人，适才我仿佛看见一片红色雾气弥漫，不知何故，有些心惊胆战，十分不安。"

众人环顾一周，并无异样。于成治也不多问，护着晓松去兵舱内歇息，然而兵舱外的空旷甲板上，原本三步一岗，五步一哨，现却不见士兵的踪影。于成治心里顿时咯噔一下，大叫不妙，三步并成两步，朝兵舱奔去。

兵舱内静得出奇，灯笼飘忽阴森。于大人推门进去，见舱内官兵皆无声无息卧在床上，不知死活。蹊跷的是，官兵身上皆无半点伤痕血迹。晓松冲上前去摸他们的脉搏，发现大半已死，那些昏过去的人，气息也是越来越弱。于成治大叫："糟了！"拔刀便向二层冲去，跟着他进来的军校已发出警报。

于大人边跑边喊："绝不是洋金花蒙汗药、夜来香迷气等，能置人死地，必是朱砂丹，水银气！投毒者心狠毒辣，下了死手！"

晓松道："朱砂水银致死，皮肤上必有红斑，口腔溃烂。我适才看过死者，无此症状，那必是水银气！到底是何人，竟能携带毒气上船……"

— 369 —

晓松话未说完，船上已是杀声四起，果真是海盗来袭。那些海盗本想趁着大雾先投毒杀人再抢夺财物，没想到在第一层得手后，蹑手蹑脚刚到第二层，楼下就杀声四起。海盗们见已经暴露，索性踹撞舱门，明火执仗开始杀戮。于成治与晓松赶至二楼，见官厅早已被火光照得通亮，松香火把似乎已将雾气驱散。原来二层的几名明军军校十分机警，入睡时依然身着战袍，刀不离身，听得警钟声，飞身跃起，已与海盗厮杀起来。于成治与晓松迅速参战，交替掩护，手中火铳已是撂倒了三五个海盗。混战中，军校俱冲至郑和与王景鸿舱前，这两人也已披挂上阵，被几位太监监使、通事等团团护住。海盗瞧出端倪，一窝蜂朝郑和猛扑，晓松等将士奋力搏杀，那二三十个海盗被前后夹击，狂呼乱叫，又岂是训练有素的明军官兵的对手？郑大人令通事喊话："放下刀剑，束手就擒者不杀！"

虽大势已去，海盗们仍在垂死挣扎。有几个海盗竟全然不顾性命，嗷嗷叫唤，砍伤了几位太监监使，扑到郑和跟前。王景鸿大喝一声，飞身而上，将围攻郑和的海盗连斩两人，转身挡在郑和身前，被刺中两剑。郑和左右劈砍，挑开已近王景鸿胸前的海盗大刀。于成治和晓松此时不敢开枪，恐伤己方。见海盗杀红眼，晓松怒吼腾起，从海盗头上越过，双刃掷出，冲在前面的海盗，仰面中刀倒下。晓松落地，一个鱼打挺跃起，顺手抓起地上的刀，反手插入又一海盗的心口。然与此同时，那海盗手中之刀也刺中了晓松。于成治大喝一声："闪开！"郑和一把按倒王景鸿，明军哗啦伏地，一排火铳炸响，于成治等人手中的火铳将剩下的海盗一一射杀，化险为夷。

郑和抱起晓松，见他浑身是血，然不伤筋骨，放心不少。于成治令众将士护住郑和，率几个亲兵向三层神堂和四层议政厅杀去。

早有将士赶来，与于成治的人马会合，片刻剿灭了负隅顽抗的海盗。于成治不敢大意，号令全军，仔细搜查每条船，每间舱房。

不多久传来一阵惊呼，有将士从神堂厅神坛桌下，搜出四五个海匪，押到郑和等将士跟前。其中有两个海盗长相怪异，不同于其他黑发鹰鼻凹眼的海盗，竟然金发碧眼、肤色白皙。见了这几个被绑来的海盗，将士们分外眼红。尤其几位在混战中失去同乡的军校，已是雷霆之怒，哪由得劝阻，举刀便砍。于成治赶紧呵斥止住，然已仅剩一老叟矣。将士们依然咬牙切齿，拳打脚踢。

那老叟跪在地上瑟瑟发抖，惊恐喊叫："好汉饶命！老夫哈里，也是被海盗所劫！"众人听得清晰，这人竟是我华夏福建口音。郑和太监细细打量，这老叟长得白白净净，足下着鞋，与那些海洋上晒得漆黑、光着脚丫子的海盗确实截然不同，便令人将老叟与适才擒得的俘虏分别关押起来。

第二天清晨，云开雾散，众将士依然心有余悸。舰队戒备森严，严防死守，海盗如何踩点，只袭击福船？海盗是如何悄无声息摸上宝船的……郑和携于成治、晓松等人，提审那名叫哈里的老叟。

哈里，其姓名实则长得拗口，全名为阿卜杜勒·拉赫曼·奥斯迪那·哈里，阿卜杜勒是家族名，拉赫曼乃是父名，奥斯迪那是出生国度名，哈里乃是其本名，众人便简称其为哈里。他已近古稀之年，高鼻深目。那没黎洋西边岸端有众多国度，其中有奥斯迪那国，奥斯迪那，意为盛产牡蛎的国度。奥斯迪那国比邻数个国家，彼此皇室之间多有联姻，以致民间富豪也多联姻，以促进贸易通畅。哈里是奥斯迪那与法南西国的混血儿，精通多国语言，华夏话也会听说，只是中文识不得几个。

哈里说，奥斯迪那国与邻国原本相安无事，孰料近年来，有个叫作里奥的小国，其国王荒淫无道，罔顾人伦，去岁欲将奥斯迪那国国王的达丽雅公主，强行纳为妃子。那达丽雅公主今年年方二八，早许配给邻国奥牙里国的王子，里奥国王年长她五十岁有余。今岁金秋，里奥国王派来精锐之师，强行迎娶达丽雅公主，声称如若不从，举兵伐之。呜呼，奥斯迪那及奥牙里国都畏惧如同虎狼的里奥国，只得忍气吞声，装作顺从。

却说达丽雅公主自幼深受父王喜爱，被视为掌上珍珠，女工针黹，从不碰及，而是学习圣贤著作、琴棋书画、天文地理、骑马射箭。其年幼时常随父王临朝听政，睿智沉稳，文武百官无不称赞。达丽雅公主听闻那里奥国国王欲强纳自己为妃，泰然自若，退了与奥牙里国王子的婚书后，一面大张旗鼓置办嫁妆，一面秘密组织宫廷禁卫军，决意背水一战，发誓宁死不屈。只是奥斯迪那国的宫廷禁卫军军纪散漫，不堪一击，实在难以克敌。达丽雅公主得知古里国与强国华夏已有书信贸易来往，又知华夏的无敌舰队即将来到古里，便密令哈里前往古里国，求助华夏大军，助她一臂之力，共同抗击里奥国。即便华夏大军无法出战，也盼华夏能派遣一位虎将前来奥斯迪那国相助。达丽雅公主深知，三军易得，一将难求，如华夏虎将前来，必给予爵位，倾举国之力相谢。

众将军听了这等故事，面面相觑。于成治道："巧舌如簧，谁会信你！即使是真的，你为何又背叛公主，与海盗匪徒沆瀣一气？"

哈里连连摆手，面露愧意："前几月启程之后，老朽糊涂大意，途中遇上渔船，然上船之后才发现是海盗。因年老且通晓多国语言，海盗留我一命，逼我入伙，实为无奈。"

郑和道："那些海盗又是何许人也？"

哈里道："那没黎洋中有一群岛，位于古里国与奥斯迪那国中央，一百年来，岛上始终被海盗盘踞。这些海盗有个名号，叫高兰巴大若思，意为'天呀真厉害'。这些海盗原本不袭击过路官船，也不敢袭击武力强大的商船，然近年来不知为何胆子壮了不少，时常对过路船只骚扰抢劫。这伙海盗的头目与我同名，凶狠残暴，杀人如麻。沿海各国对他们恨之入骨，奈何海盗头子着实狡猾，多次合力围剿，却奈何不了他。"

众将士嗷嗷大叫，甚么鸟号，高兰巴大若思，竟敢袭击大明舰队，定要活剐了他。

哈里老泪纵横道："前些日子，这伙海盗与若丝国水军海上交战，俘虏了不少若丝国官兵。若丝国乃古里国邻国，与贵军拜访的苏禄、锡兰等国常有来往，知道有来自富饶华夏的郑和舰队，船上宝物众多。若丝国水军曾装扮成海盗偷袭大明舰队，然全军覆没。海盗哈里老贼知道贵国舰队船坚炮利，但利令智昏，观气象早知大雾来临，决意孤注一掷，冒死抢夺宝船。那个在阵前呼叫号令的，便是海盗头子哈里的嫡亲儿子，至于他们是如何攀上贵军宝船的，我也懵然不知。"

于成治问道："这伙海盗已经横行了百年，想必他们的老巢里也有无数宝贝了？"

哈里不安道："大人猜测的是。听海盗吹嘘，他们岛上有百年间抢夺来的金银财宝，堆积如山。其中有佛顶真骨一块，大如拳掌，乃佛教至高无上之圣物，诸国国王梦寐以求……云云诸事，老夫已告知诸位将军，不敢藏掖半点。可怜老夫辜负了达丽雅公主的托付，如今奥斯迪那国定已百姓遭殃，生灵涂炭。我家中老小十多口，想来未必可以保全性命了……老夫央求大悲大慈的明军，前去海盗老窝剿匪。贵军火炮威力巨大，必定势如破竹，直捣黄龙，剿灭海盗，易如反掌。老夫替苍生百姓，下跪磕头矣！"

哈里匍匐在地，磕得头破血流。郑和听说岛上有一块佛顶真骨，大吃一惊，心中已是翻江倒海。于成治赶紧扶起哈里，问道："海盗早知我军火铳威力，为何此次劫了火铳，却弃之不用？几条海盗船为何在偷袭失败后，不顾同伙，溜之大吉？"

哈里挤出一丝笑意，手指身旁一明军士兵手中的火铳道："在首层甲板值守的贵军士兵被海盗俘虏，逼问火铳用法，然贵军士兵视死如归，俱不应答，海盗也无可奈何。再者，海盗也恐火铳响声惊动贵军，情急之中，只得捡起贵军的刀剑使用。贵军的刀剑锋利，海盗从未见过这等兵刃，已是心花怒放，故而弃用火铳。这次来了两条海盗快船，偷袭失利，另一条便弃人而逃。那些海盗哪里有什么道义，惊慌之下自顾不暇，当然是逃走保命要紧。"

众将军此时方知海盗不会使用火铳。明军如今使用的火铳，装弹后须先扣下靠栓，再扣机方可扣动。于成治令卫兵将哈里押走，郑和又亲自提审了其他俘虏，证实了哈里之言。奥斯迪那国内，哈里之名比比皆是，同名同姓者也众多。众俘虏皆稀罕海盗窝内的金银珠宝，对佛顶真骨却不以为然，只是金银珠宝藏匿之地，无人知晓。郑和不露声色，令人好生看押俘虏。

众将军聚在议政厅商议是否前去海盗老巢，众说纷纭，莫衷一是。郑和心中踌躇，委决不下，辗转反侧，彻夜不眠。次日升堂，召集众人再议。众武将皆言，遭遇若丝国水军偷袭，已是奇耻大辱，又遭高兰巴大若思的海盗夜袭，更是羞辱难当，众官纷纷请战。

郑和还是未下结论，而是命侍卫从病榻上请来了受伤未愈的王景鸿，问他有何建议。

王景鸿沉吟半晌，道："圣上雄才大略，承高帝之志，遣郑和大人与我等出使西洋，乃为扬威德于域外。海洋外交，乃华夏开天辟地之创举。圣言在耳，要我等祗顺天道，循礼安分，不可欺寡，不可凌弱，庶几共享太平之福。然海盗作恶多端，日渐猖獗，乃天下一大祸害，纵容漠视，天理不容，恐非大臣事君之道也。且我大明百姓多有信奉佛教者，如能迎佛顶真骨回国，必定为万众所盼，何乐而不为耶？"

郑和又看向于成治，于大人道："愚将极为认同王大人之言。下官说句大不敬之言，佛顶真骨终究是骸骨一块，那海盗宝藏更令人动心。此番出洋，朝中有人私下议论，道劳民伤财，盖无益也。若是取了财宝，不也能稍稍平息此番议论，堵了那起子小人之口？一举两得！"

郑和哈哈大笑，道："诸位所言，甚合我意。若那哈里所言不虚，去海盗岛屿剿匪，小股军力便可。王将军伤重未愈，就烦请于成治大人带兵前去，为国分忧。兵贵神速，切不可恋战，取了财宝和佛顶真骨，便可鸣金收兵。至于探访那没黎洋西海岸数国，领兵支援奥斯迪那公主之类，不可轻易答允。我先在古里国等候诸位的捷报，若三月过后，我已启程回国，锡兰国乃是我等必经之地，那一年半载之内，我等便于锡兰国会合。若战事不利，也请于大人早下决断，尽快回程。"

王景鸿道："于大人须留心哈里，此人毕竟陌生。总舵陈毛虾经验丰富，林晓松文武双全，可与于大人一同前往，必能多多襄助。"

郑和沉吟片刻，道："令石虎都指挥为于大人第一副将，升为指挥；擢升林晓松为千户校官，为于大人第二副将者；擢升陈毛虾为分舰队总火长。"

于成治郑重道："二位大人的嘱托，下官牢记在心。此番前去，定不辜负！"

当日，海上分兵之令下达，全军紧锣密鼓筹备。王景鸿单独召见晓松，宣讲此番出征的使命。

方闻晋升千户的喜讯，然晓松淡定自若，宠辱不惊，王景鸿心中暗赞。他询问晓松伤情，见无大碍，释然道："海盗偷袭失利，有余孽逃窜，后患难测，然此去海盗岛屿剿灭匪巢，定然艰巨。我军不过恃国家之大，火炮之力，却也大意不得。兵骄者灭，另不战而屈人之兵，善之善者也。"

晓松登船已一年有余，对王景鸿这位威严的儒将一直敬佩有加。无数次回忆往事，内心翻滚，百感交集，但再三思量，只得将思绪埋于心底。此番单独面见王将军，原本想要诉说旧事，但转念一想，海上分兵，前途不测，也许从此之后就天各一方，此时相认，陡增伤感而已。于是按下澎湃的心潮，只叩首道："下官谨记大人教导。"

王景鸿又道："圣上登基之后，曾遣使臣到安南、暹罗等国，携带文绮纱罗等织品，赐给敕书及王印。此次我等跟随郑和大人，持玺书下西洋，皆因西洋近国已航海入贡，然远者犹未宾服，所到之国，皆颁赐诰、印，在各国宣读圣上之敕谕，劝告各国循理安分，庶几共享太平之福。若你等剿匪顺利，可见机前往探访那没黎洋西海岸数国，宣示大明王朝之实力。古里乃富庶之国，地理位置优越，当巨海之要冲，也是海上紧要的贸易港口中心，各国船只皆在古里国停泊，补充淡水与食物。古里，也是我等此次西洋之行的终点，郑和大人全心铺排，如履薄冰。圣上赏赐古里国的茶叶、丝绸、瓷器等，本不敢分配出来，然郑和大人计较再三，分出三成，以利你等西行。郑大人知道你是举子，满腹经纶，命你担当宣讲的重任，你千万不要辜负这番使命。"

晓松肃穆道："大人之重托，下官自当鞠躬尽瘁，不负众望。然在下远不及大人的才华，尚且我科举所学只有四书五经，甚为狭隘，如今行万里路，方知先前的才疏学浅。华夏之洋洋学识，我仅取一瓢，然此一瓢，也有无数疑义不解，恐宣讲时糊涂，玷污我华夏英名。今遇良师，请大人不吝赐教。"

王景鸿笑道："学无止境，有何疑义，可讲来共研，切磋一番。"

晓松作揖道："我在汉人眼中，乃是夷人，在色目人眼中为南人。华夏族群众多，然我至今不知汉人的终究来历，可悲至极。"

王景鸿沉思道："追究汉族的来历，翰林院也曾几度争论不休，如今方才达成共识。远古之时，华夏本是各部落自处一方，如同散沙一般。炎黄部落经历千回厮杀，于黄河流域逐渐出众，至夏商周三代时，已成大势，取自夏朝而得名华夏族。华夏族长期与东夷南蛮西戎北狄各族群厮杀交融，立于不败之地，又从各族吸收精华，得以发转壮大。至春秋战国时，华夏族已是融合了各民族的共同体。秦汉四百年，华夏包容并蓄，一统天下，因汉朝强大，声名远播，华夏族便又称作汉族。"

晓松闻之，震撼不已，朗声道："我华夏族始终坚守儒家之仁义，包容并蓄，想来如今的鞑靼、瓦剌、琉球、高丽、暹罗、撒马儿、满剌加众多藩属国之民，如能与我大明朝多多贸易往来，也必然渐渐与华夏族融合共存矣。"

王景鸿哈哈大笑，道："但愿如此。《诗》云，华夏邦畿千里，惟民所止，肇域彼四海，又《书》云，东渐于海，西被于流沙，朔南暨声教，讫于四海。大明王朝当立于世间，汉民临天下，推古圣帝明王之道，以合乎天地之心，王化与天地流通，凡覆载之内，举纳于甄陶者，体造化之仁也。盖天下无二理，生民无二心，永垂万世。"

晓松拱手，又问道："儒释道，是否乃华夏文雅之精髓？"

王景鸿笑道："正是。但'文雅'之词，可改为'文明'二字。人类一切知识，心生而言立，言立而文明。"

晓松听之，琢磨"文明"一词，甚是贴切，王景鸿大人果然高明。

王景鸿又道："阴阳之说，崇德尚群，中和之境，天人合一，都可视为华夏文明之范畴，华夏独特的农工之技，文字，兵法等，也是文明之要义。我以为农工之技，乃文明进化的动力，人类生存之根本。"

晓松惊道："文明进化的动力乃农工之技……王大人之学说，令人醍醐灌顶。有石器，远古人狩猎能力倍增；有铁器，犁田锋利，粮食产量增加，人类生活翻天覆地；有了火炮，千步之外可克敌制胜；有了远航舰队，才能在惊涛骇浪中远达万里……大人之说新颖无比，下官日后定细细思量。"

王景鸿微笑点头。

晓松又问道："若在外，有我以为更优越之文明，如何应对？"

王景鸿道："晓松恩师因出言不慎而遭殃，然时过境迁，圣上英明，如今各教并存，欣欣向荣。华夏文明，本是各地域与各族文明长期交流融合，整合为一体之文明。此多元一体之文明若排斥外来学说，天朝社稷必然崩塌，华夏终会四分五裂。佛教来自西域天竺印度，在华夏教徒众多，又发展出禅宗，净土宗，华严宗等。是故华夏绝不盲目排斥异族，农工之技，更应如此。师夷长技之惠，择其善者而从之，择其不善者而改之。他山之石可以攻玉，人类之进化，本是由简至繁，由低至高，由陋至精，由劣至优的变化，何故固步自封耶？"

王景鸿大人一言，振聋发聩，直击心怀，晓松与之相见恨晚，立起鞠躬又问："下官不明，西洋之行止于古里国，然那没黎洋之岸，已是天竺印度远方，我等视为远国，为何常听得称为忽鲁谟斯？"

王景鸿叹曰："忽鲁谟斯，乃前朝福建商客的称呼。福建商客曾冒死至此，然海盗猖獗，强国刀枪相对，屡屡被阻，无不遗憾返回。传说忽鲁谟斯之滨，已是西域人之境矣。你等若登上其域，或目击耳闻，或四处询访，其风俗民习等均可以汉言番语记录，悉凭通事转译，编撰成篇。尤其舆图与书籍，必要搜集收罗，实为珍贵。"

晓松想起此去也许浪迹天涯，与明军天各一方，尤其即将与王景鸿大人分别，心中顿时伤感，沉吟不语。王景鸿举起茶杯道"断不是风萧萧兮，易水寒，壮士一去兮不复还。此去探虎穴，入蛟宫，仰天呼气兮，成白虹。我只盼得众人得胜而归，班师回朝。劝君更尽一杯酒，西出阳关无故人。"

晓松不禁泪流满面，双手捧杯道："寒雨连江夜入吴，平明送客楚山孤。洛阳亲友如相问，一片冰心在玉壶。"

王景鸿也泪眼道："与君离别意，同是宦游人。海内存知己，天涯若比邻。无为在歧路，儿女共沾巾。"

第四十五章
聚虎船众议《山海经》，剿匪巢冒进失主帅

郑和舰队于成治副指挥史，率副将石虎指挥、承监少监数人，林晓松千户、陈毛虾火长等一千五百将士分乘两艘战座船，一艘马船，一艘水船，若干橹船不等，日夜兼程，直奔高兰巴大若思海岛。

于成治、石虎与晓松等彻夜商议战术，领兵在甲板上反复演练，以求万全。

这几日海上偶遇帆船，无不震惊于大明舰队之浩浩荡荡，俱远远避开，相安无事。

是日中午，忽见得前方有两船，船上悬挂画有骷髅的旗帜。于成治命哈里与两俘虏上桅杆辨认，俱认出正是逃窜海盗。于大人一声令下，众将士各居其位，严阵以待，十二张帆俱升起，舰队如同快马加鞭，紧追不舍。

那海盗船不知何故，时至今日，依然幽灵般在海面游荡，此时被追，发疯般向西驶去。眼见得就要追上，那海盗船忽然转向。明军舰队岂肯放过，也随之转向，而后叫苦不迭，逆风航行，只得落下船帆。让于成治等人吃惊的是，海盗船虽在逆风中，依然航速不减。郑和舰队，号称天下无双，此时却只能望洋兴叹。俘获不成，只得炮轰，轰隆隆炮声中，海盗船船毁人亡，待明军赶至，已沉没海中，海面上漂浮着破碎的船板与帆布，尚有众多残破的尸骸。于成治后悔不已，炮火太猛，竟至无人生返。

于成治问道："那海盗船逆风仍能快速航行，是有何机关？"

晓松道："我军所造船只，俱是四方硬帆。方形帆最优之处，乃是能够最大化利用风。十二张帆的宝船，日速可达一百三十海里。然海盗船多为三角船帆，为了逆风航行，海盗船将横桁系挂在桅杆上，三角帆前后呈三角形倾斜挂在桅杆上，然横桁并未固定于桅杆上，只是用绳索系于桅杆顶端，横桁向前下端倾斜，如此使得后部分的帆可兜住更多的风。同时正是系挂的缘故，整个船帆可在船的横位上做大幅拉转，甚至拉到它与船本身之长轴线上，形成一线之状。如此三角帆便可逆风航行。且船只的主桅杆毋须太高，逆风中海盗船可成'之'字线航行，转角极小。然我大明方形帆船，走'之'字形须落帆逆风航行，转

角两倍之大，远不如海盗船灵便。要不是有火炮，海盗船便可在我等鼻子下溜走。"

众人闻之，啧啧称奇。石虎道："山外有山。海盗纵横，定有其妙。既船只不同，海盗导航之技，难道也有不同？"

陈毛虾道："大人所言极是，导航乃航海者生存之必需。我等一生于海上漂荡，仗的是世代相传的气象与方向口诀。渔夫船工在我国海域观海洋日出，日中，日入，则知阴晴，验云气，毫发不差。'海燕忽成群而来，主风雨''电光乱明，无风雨晴'等口诀，在此海域依然可信。然'早看东南黑，午前雨势急，暮看西北黑，半夜有风雨''风雨潮相攻，飓风难将避''七月上旬来，争秋莫船开；八月半旬时，随潮不可移'等口诀，至此西洋，全不生效。故而舰队西洋之行，如同探险，需且行且摸索。海盗观测气象，也是如此。至于观测方向，海盗如同我民间渔夫一般，依靠仰望日头与北极星的船上方位，只要将北极星保持在索具上方既定位置，大体可辨方向。俘虏交代，海盗船上船工另有简易的手掌法，也称为'伊斯巴法'，即伸出手臂，四个手指之宽度被认为四个'伊斯巴'。船工认为一个整圆圈里，有二三四个伊斯巴。正北航行，北极星便在'一'的伊斯巴位置处，以此推断方位。现如今海盗船上还用一种叫作卡迈勒之机具，由牛角或木头组成小平行四边形，尺寸约为两三寸，中间插入一根绳子，此物与我军的牵星板类似，只是远不如我牵星板精确矣，不过也远胜伊斯巴法。"

晓松问道："牵星板尚属新颖，海盗没有此物，不足为奇。然福建客商多年航海，指南针早已普及，为何此处海盗却不知晓？"

众人也都好奇，陈毛虾摇头道："这个……我也不知。"

哈里在一旁插嘴笑道："此海域多为晴朗之日，海上航行，方向用日头与北极星测定，简易可行，且几无差池，何必舍易求难。卡迈勒的机具，也是海盗抢夺而来，只备于极端情况下使用，以求出奇制胜。"

众人咂舌点头，石虎道："原来如此。真是一方山水养一方人。"

晓松沉思道："我大明大型方帆桨船，早已是海战中的主力，然火炮一轮齐射，不免炸死桨手，折断长桨桅杆，桨帆船不毁便残，无法俘虏而为我所用。橹船小些，较为灵便，然比起狭长的海盗船，依然笨拙。若采用海盗船型，加以放大，使用灵巧易转动的硕大三角帆，搭载我军的几十门火炮，逆风之下，依然高速。加上我军先进的指南针与牵星板，无论进攻，撤退，或奔袭，躲避火炮，都游刃有余。岂不是乘风破浪、攻无不克、战无不胜之舰队？"

众人一愣，齐声叫好。石虎将军禁不住猛拍晓松肩膀，大声赞许："我以为此船称为虎船为好，可作为福船之利剑！"

他这一拍，晓松痛得龇牙咧嘴，石虎方才记得晓松负伤。众人哈哈大笑，于成治下令舰队转航，依旧向海盗岛屿前行。

哈里见晓松刀伤未愈，便掏出一小瓶，称是刀伤药膏。晓松推辞，哈里见其心存疑忌，借刀在自己手臂上划拉出一寸长的伤口，涂抹刀伤药膏，称三日便可使伤口愈合，只是涂抹后奇痒无比，需要忍耐。

于成治半信半疑，给晓松敷上此棕色药膏。哈里笑道："尽管疼痒难消，然不碍林将军在甲板走动，不误作战。"

原来此药膏乃哈里祖传秘方，专治刀枪之伤，取自五味药材，其中有不死的深海蠕虫。此虫怪异，雌雄合体，可自行繁殖；又有一种树汁，乃索科特岛上独有的形如伞状的龙血树的血色树汁，若将人的尸体泡于此树汁中，可七日不失一丝血气；还有海洋中之千年巨龟的卵巢，此龟大如澡盆，十分罕见；再有海岛上的猎蜥骨髓，此猎蜥足有一人粗长，即使被剁成两截，过不得几日也可恢复原状；最后一味，便是海洋中的灯塔水母，据说此物可以让人返老还童，长生不老。此五位药混合鱼油，还可制成丹药，哈里曾祖父因服食这种丹药，到了一百二十岁高寿，仍然健步如飞。

于成治与晓松听后啧啧称奇，感慨天下之大，无奇不有。忆起当年秦始皇发童男女数千，入海求仙，寻长寿药的记载，猜测徐福等人遇上的莫非也是有此丹药的海盗匪徒乎？

众人兴趣盎然，由此谈及《山海经》。于成治笑道："远航无事时，曾与郑王二位大人议起《山海经》。此书怪哉，至今不知何人所著。王大人曰，此书卷七海外西经，有奇肱国，国民皆一根胳膊，三只眼睛，眼睛有阴阳，一阴在上，两阳在下，夜间用阴，日间用阳。其国能造奇特之飞车，国民皆乘之远行。大禹伯益乘龙到奇肱国见之，惊诧万分。飞车用紫荆柳棘编成，中置许多齿轮机关。飞车可升可降，可进可退，且可旋转，每个时辰可走四百里。因国人有阴阳眼睛，便可日夜兼程，珍惜时光，故国人皆长寿百岁以上。大禹拜见奇肱国老者，对其惊叹不已，然老者连连惊叹，久仰中华礼仪之邦，奇肱国之飞车乃人力所为，远不如华夏之龙可腾云驾雾，自愧莫如。"

晓松笑道："我幼年偷读此书，为此手掌挨过恩师的许多戒尺，今日遇上哈里，方知世上真有长寿药。只是奇肱国之飞车，恐依然是传说。若果真有那飞车，西洋军才是天兵天将，与其交战，明军定然惨败矣。"

哈里点头，道："幼时随祖父出海，救得一漂泊于海面之人，便是华夏人氏。他在我家留得数年，贵国福建语言，便是他教授于我。其自称粗鄙渔夫，然所述贵国日常之事，却足以令我惊奇。中华奇伟，我敬仰之心久矣。老夫有幸识得华夏天朝的将士，才知与贵国相比，敝国差距之大也。可否容许老夫在船上走动，瞻仰贵军船只的辉煌，满足我多年心愿？"

众人哈哈大笑，于成治道："战事来临，万事烦心，择日可由晓松陪同，内外走动。"哈里连连道谢，弯腰退下。

次日清晨，于成治、石虎与晓松陈毛虾等聚在甲板上议事。说话间，头上有海鸟飞过，于清脆的鸣叫声中滑过一道道弧线。众人喜悦，皆知已近海岛。

远方茫茫海洋的尽头，显露出芝麻大的海岛，随着航行，于视野中渐渐变大。

于成治号令水陆两军再次排兵演练，众将士穿梭跑动，在甲板上飞奔。又有万鼓齐擂，隆隆军鼓中汇入将士的呼啸声，显得排山倒海，势不可挡。

晓松紧盯着远处海岛，陈毛虾笑道："看山跑死马，看岛航三天。老夫以为，到那海岛附近，非一日航程不可。赶紧请来哈里。"

哈里等人证实，至海盗岛屿已不远矣。众人便回船舱，轮流就寝，养精蓄锐，舰队于三更停泊。

昼夜安宁，一觉醒来，日出扶桑，展眼望去，水波闪烁，更觉天低宇宙宽。前方岛屿，星星点点，如同翠绿宝石浮在碧蓝海洋上。

于成治一声令下，舰队启航。旭日缓缓东升，那海盗也已发现明军舰队，派出了探子船，但这种探子船既无火炮，航速又慢，只能远远跟在明军舰队之后。

海岛渐渐显露真容，哈里指着那座最大的岛屿，说是海盗老巢。哈里与俘虏告知，海岛层次分明，礁石海滩与沙滩开阔，后有树林，再接平缓庄稼地，庄稼地外，炊烟袅袅升起处，有海岛集镇，再往后，便是密林，一直绵延至山腰之中。在船上瞭望，岛上苍翠葱郁，背靠连绵山峦，山峰耸立，那悬崖峭壁洞中，疑是藏宝地，或海盗首领歇息处。远远停在岛屿海湾的海盗船舶，早已得知华夏大军压境，远远避开，唯有一两艘快船迎面赶至，距离十几丈远，竖起一面面黄旗，又射来数支响箭。明军尚未放下橹船，海盗已调头向岛屿方向飞奔而去。被俘的海盗翻译其叫喊之言，说是令明军返航，不然必有一战。

明军舰队严阵以待，一场大战迫在眉睫。海盗没有火炮，然被俘海盗常年在船，岛上敌情，无人知晓。于成治不敢大意，命令舰队停泊于岛外，远远观察。海上突然传来一阵呼喝之声，原来是七八艘怪异恐怖的海盗船，船上海盗们挥舞刀枪，狂吼乱叫，大有恐吓之意。于成治坐镇战座船指挥舰队，令舰队迎面驶去。大明舰队对峙海盗船，犹如鲨鱼吞噬小鱼的气势，海盗船赶紧掉头逃窜。但见那海岸沙滩上，有半人高的石头垒成的防护墙，其后密密麻麻站满了蹦跳怪叫的海盗。防护墙前，竖立了十几个支架，支架上面黑乎乎一片，不知挂的是什么东西。被俘的海盗告知，乃渔民在海滩上晒的海货。

陈毛虾点头笑道："海匪所言不差。这确似扶桑故里晒些海带海藻的情形，然家乡渔民晒海货，是平摊在地上，竖挂的不多。"

须臾间，传来一声声海盗螺号声，那前来挑衅的几艘海盗船急速升起风帆，犹如野兽扑来。于成治依旧按兵不动，传令下去，先礼后兵，命旗号兵立于船首，呼啦啦张开几面大旗，上有哈里用奥斯迪那文书写的几个大字："华夏国友善来访，敬请接洽"。于大人又令被俘海匪俱站立船首，齐声高喊："华夏礼拜，毋须刀枪相对！"

殊知海盗们竟不理睬。双方距离七八丈远，众海盗伏在船上，于成治与石虎将军看得清楚，心中蹊跷。猝然间，海盗船上传来一声刺耳的金属号声，海盗们顿时跃起，齐刷刷举弓，万箭齐发，一团团火焰冲着明军舰队射来，站在船头喊话的俘虏纷纷中箭，无一幸存。明军将士们早有准备，以藤牌躲挡，无一伤亡，只是手忙脚乱赶紧灭火，显得十分狼狈。

既然这些海盗敬酒不吃吃罚酒，于成治下令冲锋。众橹手奋力划桨，战座船率先冲出。战座船首端尖如楔，底部削如刀，船体设有舭龙骨，可缓冲风浪中的摇摆，两舷尚有几道纵通的木枞，以增加纵向结构强度。船体又设置多道水密隔舱，提高了战座船的抗沉性。战座船在深海中破浪航行，云帆高张，昼夜星驰，犹如骏马驰骋草原，是大明舰队的骄傲。战座船对阵海盗船，恰如牛刀宰鸡，咔嚓一声，撞得海盗船人仰马翻，海盗们呼啦啦掉入大海。明军静静望着未被撞翻的海盗驾船仓皇逃去，掉入海中的匪徒泅水逃回，明军也不射杀。

沙滩上有几座木制栈桥，战座船因水浅停靠不得，船工们只得放下铁舵，让战座船远远停泊。于成治不顾众人劝阻，跳上橹船，留下石虎指挥炮营。众橹船飞鸟一般直冲向栈桥，岸边海盗一边惊讶，一边十几二十人分成一组，三下五除二，便摘下支架上的海带海藻掩饰物，急速转过头来。于成治暗叫一声"不好"，方才醒悟，原来那支架如同华夏的襄阳炮，是海盗用来防御的武器。

襄阳炮，也称旋风炮车，乃人力抛石机，多人一同拉下杠杆一边，抛射另一边的石弹，石弹可射至二十几丈之远，砸地三尺，所击无不摧毁，适用于攻城拔寨。于成治赶紧发出后撤军令，可惜已然太迟，百十多斤重的圆石，铺天盖地砸落下来，幸亏于成治与将士们躲闪敏捷，伤亡不大，只是橹船甲板上被砸出十多处盆大的窟窿。其他橹船的将士尚未反应过来，数船被击翻，众多将士被砸身亡，海面上漂浮起汩汩血团。

陈毛虾面颊被溅飞的木块划过，皮开肉绽，晓松赶紧掏出剩下的哈里药膏替他敷上。于成治大怒，咬牙切齿吼道："海盗实在可恶，逼我出手！"举旗命令战座船的火炮即刻开炮。

刹那间，战座船喷出火花，天崩地裂，浓烟四起。爆炸声极为剧烈，大海仿佛都在颤抖，沙滩似乎在爆炸中下沉。沙滩上的海盗炮车顿时被击碎，海盗们也死的死伤的伤，鲜血浸透沙滩，腥气弥漫天空。海盗们顿时如同身处地狱一般，哭叫哀号声四起，幸存者踩着断肢残躯逃窜，高兰巴大若思，此时方知大祸临头。

于成治令旗一指，十几条橹船似脱缰野马，纷纷冲上沙滩，明军无不奋勇向前。有少许海盗还试图抵抗，然明军几声火铳响后，纷纷举刀投降。于成治又令陈毛虾率众船工从战座船里运来众多将士登岛，待副将石虎、通事等人拥着俘虏哈里淌水走上沙滩，于成治与晓松早已扫除残敌，将俘虏的海盗绑押起来。众多将士协助医官，救助那些尚未断气的海盗。

于成治默默站在防护墙前，防护墙前横七竖八，堆满尸骨，惨不忍睹。哈里告诉众人，这些都是海盗往年所劫之百姓，海盗残忍，对待战场俘虏，俱剜心剥皮，令人发指。晓松咬牙切齿，说今日来替天行道矣。

于成治转身挥手，声声军号响起，旌旗猎猎，战鼓雷鸣，将士们精神抖擞，个个威风凛凛。于成治举剑，志在拔得头筹，攻克海岛。

逃进密林的海盗惊魂未定，几个小头目吆喝着，拳打脚踢，令逃军返身冲杀，众匪望着沙滩，迟迟不动。有些海盗心生疑惑，大明之军为何放弃追杀，反而开始救助敌方伤员？早埋伏在密林中的海盗与众多海盗骑兵，对溃败逃回的海盗们投以轻蔑一笑，一海盗头目连斩两个不愿冲锋之喽啰，大吼一声。骑兵纷纷跨马，倾巢而出，有了密林后的增援，顿时汇成乌压压一片，呼啸着冲向明军。

海盗人数之多，早超于成治的预料。见海盗骑兵快马冲来，挥舞的马刀透着森森冷气，大明军前排的火器兵沉着应战，一排火铳响起，海盗骑兵纷纷倒下。火器兵放枪之后，后退闪开，一排连弩箭手跨出一步，顿时万箭齐发。其后又有众盾牌手，跟进一步，举盾牌构筑挡箭墙，秩序井然，从容不迫。海盗虽然如海水般冲来，奈何明军弹丸箭矢之密，威力之劲，盾牌之坚，顿时瓦解了其攻势。撞上盾牌的海盗骑兵头破血流，被明军勾刀手斩于马下。箭雨之下，就如秋风扫落叶，海盗留下一片尸体，马匹四散。

于成治不慌不忙，再令旗手指挥火器兵与弩箭手交替，尚未三个回合，海盗骑兵已死伤惨重，然其后的海盗狂叫杀至，踏着前面倒下的同伴身躯，依然如潮水般涌来。于成治一声令下，明军步兵排山倒海地冲向海盗，兵刃相接，咔嚓声中，海盗刀剑尽折，惊悚不已。明军以一当十，渐成肆意追杀之势。众匪始料未及，即刻溃败，只恨自己少生两条腿，连滚带爬，向密林狼狈逃去。

是役不过半个时辰，明军斩敌一千有余，夺得战马一百七十多匹。明军当中，长于马上驰骋的将士者众多，于大人尚未赶上，众将士已一跃上马，摩拳擦掌，只待将军一声令下，乘胜追杀，直捣黄龙矣。

被明军护着的俘虏哈里满脸刷白，惊得目瞪口呆，怎么也想不到如此骁勇善战的海盗，在明军面前竟是如此不堪一击。他身旁的通事察觉到哈里脸上闪过一丝痛苦，心中吃惊，然哈里已举臂高呼："一鼓作气追穷寇，莫要止步！"他这一喊，竟一呼百应，明军杀声惊天动地，逃匪听得胆战心惊。

于成治恐密林中有埋伏的海盗，下令鸣锣收兵。有将官折回，不解道："士气正旺，何不趁热打铁，一气呵成，剿灭海盗？"

俘虏哈里也道："于大人顾虑树林中有埋伏，或设有暗道机关，然追杀至密林前的折回将士言，海盗逃入密林中，乱如一锅粥，绝非提前有布置之状。老夫以为贵军羁留于此，缩手缩脚，恐错失良机。如让匪徒逃进山中洞穴，携财宝和佛顶真骨逃之夭夭，岂不有负郑和大人所托？适才海盗明知与贵军交战是鸡蛋碰石头，然敢以死相拼，或许是缓兵之计，以战拖延，好掩护其他贼匪将财宝转运他处。如果如此，贵军岂不功亏一篑？众多海匪逃回山中，更是日后大患！"

于成治眉头紧蹙，委决不下。副将石虎沉吟片刻，道："观得密林西端便是开阔的庄稼地，若为求稳，可令骑兵沿海滩西行，绕过密林，突击后面的村庄集镇。待骑兵走后半个时辰，确认无恙，再以小股步军进得前面密林探路，我率军随后接应。"

于成治权衡再三，同意了石虎之言。一声令下，将士们旋风般冲出，骏马如飞，流光似箭，片刻绕过密林，果然见得众多海盗逃向集镇。将士追杀过去，刀起头落，直杀得路上的海盗血花四溅，哭爹喊娘。众将士冲进村庄集镇，直叹晚来一步，此时十室九空，许多被海盗掳来的年轻女子，已被海盗屠杀，满街都是血腥味，只留下老弱妇孺惊恐蜷缩，或抱着尸首号啕大哭。将士们牢记军令，对百姓秋毫不犯，只仔细搜寻街头巷尾的残留海盗。

沙滩上，众将士立马待命。俘虏哈里请缨，愿与晓松千户同为探路先锋。于成治率大军殿后，心中隐隐不安，急唤晓松过来，再三叮嘱："不知密林中是否有陷阱，你等搜寻逃匪，要注意密林中是否有陷阱、藤圈、尖筏、撞木等机关暗器。前几日下过大雨，林中湿漉，故无海盗火烧密林之忧。密林后有开阔庄稼地，再是深山老林，一直延伸山中。深山老林遮云蔽日，更须谨慎。务必要备好火把。你伤未痊愈，我甚为担忧。"

晓松拱手道："下官与众将士谨记大人的叮咛。哈里药膏神奇不已，我伤已愈，无碍杀敌，谢过大人关心。"

天空响箭乍起，骑兵报信，出师平安。于成治暗喜，令明军分前后两股，小心追杀上去。晓松领兵杀入树林，有负伤后行动缓慢的海盗瘫在密林中，被明军悉数俘虏。晓松挺进两里多深，明军毫发无损，于是传信，于成治方令大军跟进。

晓松率众跨过庄稼地，沿小径挺进山中密林，小心搜寻，然至深处，发现有多处隐蔽陷阱。晓松自小跟随牛牯崽吖吖打猎，于林中的暗器机关无不熟悉，海盗设置的陷阱等，他视为拙劣之技。俘虏哈里甚是惊讶，没想到晓松竟长于山战。

小径被数段壕沟阻挡，恐是海盗得知明军来临，临时挖成。再穿过几里，便隐隐约约见得众多海盗东一堆西一腿地盘腿歇息，也许是等待林中布设的机关发作，在静待倾听明军的惨叫声，忽见得明军悄无声息追来，又是大吃一惊。不少海盗惊慌中又往密林深处逃去，晓松急令缩编队形，紧追不舍。追不得多远，前方豁然开朗，一片不大的荒芜杂草地上，明军一顿火铳，撂倒十几个海盗，其他海盗还在往山上逃窜。晓松犹豫，俘虏哈里道："兵贵神速，海盗已是草木皆兵，何不趁热打铁？"

晓松略一思忖，下令继续追击。然山上的密林已成无穷无尽的森林，眼前都是些粗壮参天的诡异植物，遮天蔽日，显得阴森恐怖。林中弥漫着飘忽的浓雾，又有无数色泽艳丽的昆虫，不知名目，更添诡异，以致明军越走越慢。

恰在此时，晓松心口一阵疼痛，癔症一般，眼前浮现出众多鬼魅，脚下一绊，跌倒在地。倒是这一跌，令他顿时清醒，环顾四周，俘虏哈里已不见踪影。晓松心下大骇，急令将士止步，四下散开，就近寻找。

石虎将军率军跟在晓松后面，相距不过百十丈远，得知俘虏哈里失踪后，心中一惊，忽记起王景鸿大人交代，要小心哈里。又有通事相告，哈里在见明军取胜时，脸上表情怪异，似是悲痛。石虎与他人合计，此地危机四伏，着令前方晓松赶紧撤出森林。殊知军令尚未发出，森林上空便飞过一群大鸟，大鸟磔磔鸣叫，林中参天大树的浓密树冠上，顿时倾泻不明粉末，落在半空，如一团团红雾，刹那间将森林吞没。明军一个个呛得鼻涕眼泪横流，喘不过气来，须臾间已成睁眼瞎。四周呐喊声猝然响起，一张张绳网铺天盖地落下，石虎连同周围六七十个明军将士，悉数被罩在其中。

石虎一口咬破嘴唇，自知上当，后悔莫及。想来是那俘虏哈里作祟，竟然让明军吃了这么大的亏。晓松惊闻，立马率兵救驾，已是晚矣，被杀明军有四十多人，树下鲜血满地，且不见了石虎将军。

树林静寂得可怕，只能听见树叶落地之声。谁也没想到，转瞬之间，战场竟已颠倒。见旁边有几棵大树，晓松猜测，树上有洞穴，树底挖有暗洞，通于他地，海盗藏在其中，窥探明军，伺机抓获我军首领，从洞中转移矣。急令众人攀树，果真如此，见旁边几棵大树皆有树洞。晓松亲率将士跳入洞中，令后面将士牵着他手中一绳，跟随前行时猫着身子，屏住呼吸。

晓松昔日被劫，在炭井劳工时，乃从死人堆里爬出，早练就一双夜视眼，可在暗处视物。如今洞中摸去，感觉此洞远胜炭井，要不是牵着众人，自己定是如履平地。走不到几十丈远，已听得前面洞中人声切切，又见光影，便悄无声息摸近。只见前方是一个高大的洞穴，海盗们举着明晃晃的火把，将洞穴照得雪亮。被绑的明军，有的依然在挣扎反抗，海盗恼羞成怒，已连杀几个。石虎将军被几个海盗押着，正蹲在地上。晓松等人抢步入内，手中的火铳响成一片。众海盗还没看明白，便已中枪倒下，见了阎王。

石虎摇头笑道："晓松贤弟，为何赶尽杀绝？留下一人为好。"

一明军恨恨瞪着海盗尸体，道："休怪林将军，我等手中火铳，已不听使唤矣。"

晓松在洞中搜寻一番，已无海盗，往前不远，发现洞口，众明军从洞中爬出，见是森林中开阔之地。晓松吓出一身冷汗，若有海盗埋伏在此，突然出击，打明军一个前后夹击，明军惨矣！石虎赶紧带兵后撤，尚未赶回沙滩，传信兵已急慌慌冲来，道于大人在沙滩莫名失踪！

众人大惊失色，急忙赶至于成治失踪之地。半个时辰前，于大人闻知明军占得集镇，又送来缴获的几箱金银珠宝，心下狐疑，为何如此轻松，难道海盗闻风丧胆，已逃之夭夭？见沙滩边有几棵大榕树，树下极是阴凉舒适，便命亲兵于树下支桌，煮起茗茶，沉思不语，静候战报。四边护兵游弋，然树冠陡然间落下红色粉末，亲兵一个个被呛得鼻子喉咙炽热，睁不开眼睛，待红雾散尽，众将士方才察觉于大人连同通事，已凭空消失矣。

石虎指着旁边那几棵大榕树道："海盗故技重施，只是这次是单冲着于大人来的。"

石虎与晓松率众跳下树中之洞，走不得多远，前边已被海盗用巨石堵住。石虎急得团团转，众人群情激奋，怒吼着要冲向密林，被晓松喝住。此时盲目冲进，打虎不成，恐反被虎伤。石虎召集众将，商议对策。

第四十六章
李代桃僵诡计终破，相逢恨晚闻道突亡

　　于成治被五花大绑，推至山脚，由葫芦吊车吊着，缓缓升起，从悬崖上不知名的碧翠树木中穿过，晃悠悠到了半山腰。押送他的海匪撩开紫藤绿萝，豁然显出洞口。立于洞口，环顾周围，只见左右两山，绝壁如屏，攒峰若剑。正面远方，乃无边无际的海洋，明军舰队，沙滩上的将士，村庄集镇尽收眼底。于成治暗暗称奇，好一个"猿接臂而饮水，鸟怀音而入云"的宝地。回头再看，洞小乾坤大，足可藏兵数百人，洞里有哗啦啦的流水声。于成治被推入洞内，仰头望洞顶，足有三丈之高，洞内宽四五丈。他不禁叹道："真硕人之考槃，神仙之窟宅也！"

　　"于大人临危不惧，被绑至此依然泰然自若，不愧为天朝之将官。"

　　身后传来阴恻恻的声音，于成治转头，定睛一看，大吃一惊。此人是俘虏哈里，还是海盗头子哈里？

　　哈里被身后十几个海盗毕恭毕敬簇拥着，落座于石台宝座。于成治心下依然疑惑，打量一眼，此人除了与俘虏哈里服饰不同，着实瞧不出长相声音的差异。心中懊悔顿生，定是落入这个海盗头子精心设计的圈套矣。

　　哈里挥手，一旁的海盗们赶紧替于大人松绑，并端来椅子与靠垫。哈里高高在上，审视着台下的于大人，于成治毫不示弱地回视。

　　哈里微微一笑，道："我袭击贵军，兵败被俘，急中生智编了一套说辞，贵军竟然确信无疑，举重兵远涉重洋追索到此，却奈何不了我，贵军主将反而成为我阶下之囚，当真好笑。于大人为何到了这般田地，还毫无惧色？"

　　于成治道："我大明军闻知此处海盗横行霸道，作恶多端，故前来讨伐，乃为民除害，替天行道。早年间我华夏之民出海贸易，均止步于那没黎洋，皆因常被猖獗的海匪抢劫打杀。我华夏大军，早有意前来剿匪。害我华夏者，虽远必诛。我虽被你俘虏，但外面还有我天朝大军。你等自取灭亡，我又有何可惧？"

哈里哈哈大笑道："我竟不知高兰巴大若思的威名，已是远播重洋矣。于大人所谓的为民除害，替天行道，冠冕堂皇，实则是闻得我岛上有金银珠宝，罕见佛骨，心生贪婪，前来抢夺。老夫以佛骨作饵，将你们引入岛上，如今你们是赔了夫人又折兵，居然还振振有词。"众海盗见哈里大笑，皆跟随大笑，哈里令人翻译，众海盗更是赞叹不已，敬佩哈里之胆色。

哈里大笑之中，眼眶里噙满泪水："大明朝乃天下的翘楚，为此，老夫铤而走险，于大雾中摸上贵军的主舰。可怜我钟爱的两个儿子，皆被明军所杀。我之苦求，天不应我便罢，为何加害于我？我诅咒天塌地陷，以报此大仇！"

于成治唏嘘道："你若稀罕我大明的丝绸、瓷器茶叶等，可派遣使者前来我国，圣上早有恩旨，来朝觐见的岛国首领，皆有赏赐。再者，也可派商船前来公平贸易。为何要做那偷鸡摸狗的勾当，夜中抢夺，以致兵戎相见？"

哈里抹去泪水，仰头大笑："我欲取，你会给吗？鱼和熊掌，我欲全得！我稀罕贵军的牵星航术，奇妙无穷，无此牵星航术，我如何远度重样，拜访贵国？我稀罕贵国的火炮，一门火炮，竟能定战役胜负，威力无比；我稀罕大明的舰队，规模之大，可谓海上之城，能够续航数月，简直是世间无比；我稀罕贵国景德瓷器之华贵，世人视之，无不惊叹！我一直以为华夏的绫罗绸缎，乃天上仙女所织；贵国的饕餮盛宴，乃人间至味！我稀罕贵国的锻造技艺，刀剑锋利，难以匹敌；我稀罕贵国的《孙子兵法》《山海经》，贵国文明，博大精深！我惊奇大明军出洋日久，众将士清心寡欲一年有余，然军队尚能秩序井然，不可思议。我惊奇贵军的晓松千户，文武双全，样样精通。我甚至稀罕贵军的麻雀儿牌戏耍，精妙绝伦，令众多将士在大战之前依然恋恋不舍，乐不思蜀！"

于成治笑道："我倒是惊奇你这番直抒胸臆。幸亏你手下的虾兵蟹将听不懂华夏语言，由得你讲这些长他人威风、灭自己志气的言语。你一番苦肉计演得天衣无缝，我甘拜下风。然有几件事迷惑不解，还请你不吝赐教。"

哈里："何事不解，尽管说来！"

于成治欲言又止，舔舔嘴唇，哈里示意端上一杯酽茶。那茶杯似是大明舰队之物，乃是海盗抓获于大人时，因稀罕桌上的茶杯，顺手牵羊。于大人口干舌燥，一口饮尽，笑道："沙滩榕树树冠上落下的红色粉末，到底是何物？"

哈里诧异："于大人精于军事，竟不食人间烟火。此物唤作辣椒，辣椒粉末与石灰混合之，可令人咳嗽流泪，暂时丧失战斗能力。"

于成治道："惭愧，从未见过。只听闻此物可食，却不知其是可以迷人眼的毒物。"

哈里讥笑道："贵国物产丰饶，竟不产辣椒。嘻嘻，想不到天朝大军，竟败给我岛上的小小辣椒。"海盗们不知所以，也跟着哄堂大笑。

于成治冷笑道："胜负尚未分出，你切勿得意忘形。"

哈里狞笑道："败军之将，还敢趾高气昂。今日一战，又损我一儿两孙，使我岛上一千多勇士捐躯，即使将你千刀万剐，也不解我恨。明军失了主将，又不知我岛上地形机关，已是我瓮中之鳖。我不计前嫌，给你们一条出路。于大人及所有将士，只要愿意投奔于我，均可与我岛上貌美如花的年轻女子婚配，为我岛屿繁衍后代。我愿拜于大人为国相，凭贵国的舰队，可轻易征服附近小国，我等共同建立崭新国度，共享荣华富贵。于大人可在此大展宏图，实现大同世界之毕生理想，何乐而不为？"

于成治失笑道："你等杀人越货之流，安能建国立业？要杀要剐随你便，休要妄想。我丹心一颗，自向大明，岂会与你同流合污，蛇鼠一窝？"

哈里不以为意，笑道："于大人倒是嘴硬得很。天色已黑，我等歇息便了，明日再论。我被贵军所俘，贵军也曾善待于我。与大人交往数日，也知大人乃仁义之辈，来而不往非礼也，我也不会加害将军，自然加倍款待。望将军享用了我之厚待，能乐不思蜀。"

于成治被海盗蒙眼押下，于洞中辗转迂回，被引入旁洞。

摘下眼罩，于成治看到此洞中有十几个木箱，有几个木箱已被掀开，里面装的皆是金灿灿明晃晃的金银珠宝，方知此洞原为藏宝之洞。揣摩旁边的其他山洞，也是如此，只是此洞被临时辟为牢房。惊讶间，又有两人被海盗推搡进来，一个老叟，又是哈里，另一个是一位妙龄女子，似乎是这老叟的婢女。

于成治惊讶不已，揉了揉眼睛。这一位哈里着装发型与适才的海盗首领哈里迥然不同，他束手站在一旁，脸上尽是惶恐畏怯之色。

于成治愣了半日方才想起来，海盗哈里曾说，这个岛上的匪首与他同名。莫非他不是编瞎话，真有此人，只是二人张冠李戴、互借身份而已？此二人长得如同一人，必有牵连，难道是孪生兄弟？

那老叟见于成治满脸惊诧，似乎醒悟过来，用一口磕磕巴巴的福建话解释道："大人明鉴，我不是海盗。我乃奥斯迪那国的学正，虽与此处的海盗哈里是孪生兄弟，但我从未做过恶事。我叫若里，是海盗哈里之弟。大人是东方人士？莫非来自传说中的华夏舰队？大人身份尊贵，是如何来到此地的？"

于成治一听，恍然大悟，苦笑道："听阁下之言，我心中疑惑顿解。贤兄与那哈里长相相同，然神气截然不同。鄙人于成志，知天命之年，系大明朝郑和舰队的将官，奉大明天子之旨意，下西洋拜访西洋诸国。阁下的身份，海盗哈里已透露一二。据说阁下为奥斯迪那国的出使与通事，正要前去古里国，可有此事？"

两人正衣，弹冠拂去尘土，互相作揖稽首。若里三言两语介绍了自己身份，正是被国王公主派遣，到古里国迎候大明军，恭请明军大将前去相助。于成治道明自己的遭遇，若里一直劝慰于大人，待海盗狱役端来座椅，婢女为他们倒好茶饮，两人落座交谈。

若里道："此岛名为鲨鱼岛，归属奥斯迪那国。我家族三代皆为海盗，占据此岛屿，横行海洋。我幼年时，父亲曾劫过一艘福建商船，俘虏了一个名叫张君的华夏人士。东方华夏国，乃传说中的天朝上国，家父如获至宝，将人带回岛屿，好好款待。张君读过几年私塾，家父便请他做了我和哈里的老师，故而我俩都会说华夏语言。只可惜张君思念故国，没几年就郁郁而亡。我深受华夏礼仪道德的教诲，执意洗心革面，与父兄反目，逃离海岛至奥斯迪那国，被奥斯迪那国王特赦为民，平日做些通事的活计，赚得银两，也能养家糊口，悠闲度日。我兄哈里所言不假，因通晓华夏语言，我被公主达丽雅赏识，此次派我前去古里国搬兵拜将，一心想请来传说中的天兵天将相助公主，可惜计划被海盗得知，将我劫来此处，成为阶下之囚。古里之行已是我的痴心妄想矣。我兄哈里，接过祖上衣钵，雄霸海洋一方，自幼听得家师张君的赞叹，钦佩蒙古军三次西征的壮举，一心效仿，竟然自立为王，号为高兰巴大若思，志在先夺奥斯迪那国，再取他国。广聚匪徒，穷兵黩武，凶残至极，多年图谋暗杀奥斯迪那国国王，好取而代之。虽屡屡受挫，然越挫越勇，只是苦于势单力薄，且又年事渐高，长叹其志不得。闻得华夏舰队来临，又得知舰队坚船利炮，兴奋异常，便突发臆想，心存侥幸，以致敢冒犯华夏之舰队。"

于成治听后，感叹这兄弟二人真是猫鼠不同眠，虎鹿不同行。又问起佛顶真骨，若里大笑不止，以致岔气，旁边婢女连忙为其捶背抚心，方才顺过气来。若里笑道："此乃上月被俘时，我为求得一命，胡诌的一句瞎话。此物藏在公主手中，撺掇哈里去逼问公主，让公主以'佛顶真骨'换回我老命。达丽雅公主何等聪慧，一听此言，就应明白是老夫的脱身之计。造出一个'佛顶真骨'，岂不是易如反掌？我那老贼阿兄半信半疑，想不到未去诓骗公主，倒去诓骗了你们，真是……"觑于大人脸色一阵红一阵紫，尴尬至极，若里忙收了笑音。

两人陷入沉默。此时进来一人，端着茶水，站在一旁。他约莫三十来岁，身材彪悍，于成治认出来，此人方才站立在海盗哈里身旁，似是他的心腹之一。若里介绍道，这人是岛上的监狱长贾拉里。贾拉里笑着跟若里说了几句话，方才躬身退出。

若里向于成治笑道："哈里老贼，又想出计策，令我与于大人商议。他让我回到奥斯迪那国，欺骗公主说我古里之行顺利，不仅请来明军之将，且明军应奥斯迪那国的请求，遣出舰队，已剿灭高兰巴大若思国的海盗，得胜前来，献上海盗之岛财宝，可助达丽雅一臂之力，令里奥国退避三舍，不再侵犯。另外请奥斯迪那国派出使者，执圭捧帛前去华夏国，拜见大明圣上，以求赐冕旒。如此之言，奥斯迪那国定会确信无疑。若于大人答应同谋，达丽雅公主必然亲来迎接明军舰队，届时贵军中埋伏海盗，一举捉拿公主，再进军奥斯迪那国。仗着贵军的火铳火炮，定是所向披靡，克无不胜，哈里便能一举成为奥斯迪那国的新国王。如此荒唐的计策，全是阿兄的臆想。他还想好了退路，若大人不依此计，可否留给他一船，另外派出林晓松千户一人便可。只要大人同意，哈里便可放回大人，另送巨额财宝，一百多位美女，于大人可平安打道回国。"

于成治仰头哈哈大笑，满脸鄙夷之色，道："想来是老天欲灭其人，故先令其疯狂。"

若里面色凝重："正是。然大人若是拒绝，恐凶多吉少。老夫实情相告，此岛逃之甚难，四周沧波万里。如不投降，必死无疑。除设法拖延，无计可施矣。鲨鱼岛实乃龙潭虎穴，明军又人生地不熟，羁留缠斗，难以速胜，久之困乏，必被哈里各个击破。老夫斗胆劝谏，大人不如设法劝退明军，打道回府，留下一船与林晓松将军，此乃保全明军代价最低之策。请于大人三思！"

于成治道："我死不足惜，只是有负郑大人嘱托。我军神勇，岂可折服于海盗？"于大人神情坦然，若里暗暗赞许，真不愧为天朝将官也。

两人交谈甚是投机，全然忘记身边的妙龄女子。那女子低头沏茶奉上，若里方才想起告知于成治，此女名叫露西，乃海盗哈里送给于大人的婢女。于成治细细打量，见此女蛾眉星眼，鼻梁笔直，玉齿朱唇，肤色白皙，身材窈窕，恰似出水芙蓉。若里令露西出去要些点心鲜果，酒水饭菜，于成治方才觉得已是饥肠辘辘，浑身酸痛。

进来几个狱役，骄横地向露西吆喝，被赶来的监狱长贾拉里痛斥。贾拉里对于大人与若里行礼致歉，乞求二位大人谅解，又叽里咕噜地对若里说了一番话，这才一路小跑，亲自去操办酒席。

露西乃古里国人氏，也是富户千金，有贵族恶少逼亲，露西不从，其父被贵族陷害，面临牢狱之灾，只得举家逃出，前往里奥国，投奔早年嫁到里奥国的姨母。谁知道房漏偏遇连天雨，逃亡途中遇上海盗，虽然露西父亲如数奉送过路费，然有海盗窥见露西，见其美貌，海盗便起意要留下她。露西父亲坚决不从，率领儿子和护兵拼死抵抗，可惜战败，露西兄弟战亡，父母被杀，唯她因美貌，留得性命，带回海岛已有数十日，整日沉默不语，以泪洗面。前些日子，露西被令伺候若里，十几日下来，若里惊叹于露西的聪敏。她有过目不忘之能，也通晓华夏语言，其天赋才华，不在若里之下。

说话间，狱役们摆上一大桌酒菜，监狱长贾拉里赔着笑脸请于大人与若里上席。若里笑道："酒席丰富，劳烦贤侄费心。陶壶斟美酒，木碗贮佳肴。我族不得饮酒，我以茶代酒，相陪于大人。请于大人开怀畅饮，毋须顾忌我等。"

于成治与他二人碰杯，一饮而尽，又招呼露西道："既是阶下之囚，莫分尊卑，一起用餐便是。"

几杯酒后，贾拉里从身上掏出一纸，上有一人画像，递给于成治看。于大人一看，惊讶不已，活生生一个林晓松，如同映在镜面一般，丝毫不差。贾拉里道此乃依照哈里的口头描绘，由画师所画出的，可是林晓松？于成治不语。

见于成治面现惊奇之色，若里道："此乃西洋画师之作，于大人见笑了。想必是其画技远不如贵国画师？"

于成治摇头道："我不知西洋画师的画法，然其画法，独特新颖，其逼真远超我国的画作。"于大人知晓其意，哈里是要传令于海盗，与明军作战时，若见得晓松，俱不得伤他耶。

若里忽然放下茶杯，双眼噙泪，于成治问道："贤兄何故流泪？"

若里道："我那胞兄禽兽不如，凶残至极。今日令我劝降于大人未遂，我猜不过明后日，便是我的死期。我已年近七十，早知固有一死，然尚有一夙愿未了，心有不甘。"

于成治道："何至于此！贤兄勿要悲伤。然到底是何夙愿，愿闻其详。"

若里道："家父在我幼年时曾得到一卷奇书，然无人能识其文。待我长大之后，认识了书中文字，却又不懂其意。老夫卷不离身，游学于奥斯迪那国朝野上下多年，也无人能释。近来，得知达丽雅公主的太傅博学多才，原本打算在此次差事后，前去请教与他，然事与愿违，眼看是无法回国矣。此书乃希腊文所著，偶有西方客商来临，我携书拜访，也都是摇头不解。有学者告知，此书乃希腊天才学者毕达格拉斯的著作，能读懂之人甚少。据悉此书可解天地之奥秘。我也曾穷尽所有，欲达西方游学，然每每半路而归，天不助我也，痛心悲哉！荣华富贵，金银财宝，高官厚禄，皆不如弄懂此书，令我舒心也。被擒拿下狱是于大人的不幸，然是我的大幸。能够相识大人，乃上天有眼，眷顾于我。我想写几个文字与符号，拜请于大人阅示，乞大人不吝赐教也！"若里掏出书卷，翻开一页，随手蘸些酒水，照葫芦画瓢，于桌上写了几句文字，画上几个图案，又写上一串符号。

于成治站立起来，左瞧右瞧，半晌后向若里鞠上一躬，遗憾道："羞煞我也。我熟读《后汉书·西域传》，然其中也并无关于此人此书的记载。以前听色目人谈及野史，西洋人研习中空图案，甚是精妙，贤兄所画图案，我以为当属此类范畴。华夏之工匠技艺，也常绘类似图案，以便制作，我军中林晓松千户对此最为熟悉。如若他在，见到此书，必然欢喜。"

露西见若里满眼遗憾，心有不忍，轻声说道："两位大人，恕小女进言，此书乃希腊国的《数论》。"

于成治与若里转头，满眼疑惑。露西面色微红，缓缓说道："不瞒二位大人，我家几代商贾，多年与外国商人做买卖，其利颇丰。家兄好学，父亲便请得学识渊博的西方贤者教授于他，我于旁边也学得几成。毕达哥拉斯乃几百年前的希腊哲贤，精通数字，对奇数、偶数、素数、完全数、平方数、三角数等研习精湛，也是几何学的开创者，伦理教学的圣人。其箴言称数字乃宇宙万物之本原，研习数学，不单实用，还可探索宇宙奥秘也。若里大人手上的书卷是希腊原文，乃世上稀罕之物，也许是贵国的孤本，然非教义解释，故十分难学。小女自小跟随西方学者研习，对于《数论》略知一二，可大体讲述。"

听说面前之女可解毕生疑惑，若里兴奋异常，几乎说不出话。于大人笑道："踏破铁鞋无觅处，得来全不费工夫。"

若里连连点头，命贾拉里撤下茶杯，换上大碗，咕嘟嘟满上一大碗酒，擎碗向露西道："露西小先生，请受老夫一拜！这《数论》中到底写了些什么，请赐教为盼！"

贾拉里还没从惊讶中缓过神来，若里已经将一整碗酒饮下，仰头大笑。殊知这一笑，竟呛得他面红耳赤，暴眼充血，继而四肢抽搐。露西、于成治与贾拉里慌得手忙脚乱，赶紧抢救，可惜若里终究气绝身亡。

众人呆若木鸡。想到人生苦短，难得一笑，竟然赔上性命，生命如此脆弱，露西号啕大哭，于成治也唏嘘不已。

贾拉里面如死灰。若里死在他眼前，他难辞其咎，大祸临头矣，也只得赶紧上报，然瞒住实情，全然不提《数论》等，只因满心怜香惜玉之情，想要护住婢女露西。他将责任全部推到若里身上，说他为了劝降于大人，为博于大人欢心，破戒献酒，以致在陪酒中猝死。

哈里正在审讯被俘的明军通事，闻讯又惊又恨，押着通事匆匆赶到。

其弟死去，哈里竟无半点悲戚，只是阴恻恻地扫了于成治、贾拉里与露西三人一眼，一摆手，两个海盗上前对贾拉里噼里啪啦一顿耳光，贾拉里被打得嘴角流血也不敢喊冤。

哈里令人将若里的尸首抬出，转身狠狠盯着于成治，拔出佩剑，对着身边的明军通事一通猛刺，道："若不从，明日也是如此！"又凶狠地瞪了露西一眼。

于成治毫无惧色，哈里无计可施，只得悻悻而去。

哈里走后，露西依然哀恸不已。于成治道："死别已吞声，生别常恻恻，海岛虎狼地，军中无消息。臣今在罗网，何以有羽翼。水深波浪阔，无使蛟龙得。小姐乃有情有义之人，然逝者已逝，还请节哀。"

众人离去，洞中唯有于成治与露西，露西遂跪下道："小女今夜被海盗献于大人，小女死不足惜，然灭家大仇未报，不敢撒手人寰。于大人替天行道，也许可助小女一臂之力。"

于成治沉吟不语，露西又道："大人不信任露西，露西也明白。大人请听我言。贵军虽神勇，然远道而来，处境陌生，尤其黑夜，对阵擅长夜袭的海匪，贵军占不得便宜。何况此处海盗已经营百年，前来剿匪之军，无不折兵损将，铩羽而归，皆因此岛机关暗道重重。贵军火炮虽然威力无穷，然登岛近战，定会陷入泥潭。我甚担忧贵军今夜占据集镇沙滩，夜中必遭海盗反扑。不瞒于大人，贾拉里等几个海盗头目，为争夺我，已大打出手。其中有一海盗头目名叫苏美尔沙欣，曾背地里对我说早已对哈里恨之入骨。大人若能使一缓兵之计，设法拖延，待露西从贾拉里等处探听到海盗的暗道机关，以私奔为由，与苏美尔沙欣一道投奔贵军，或将机关暗道布置图，设法传给贵军，贵军即便知晓一两处，也可从容以此为突破口，令海盗整体防御崩溃。小女露西与海盗有不共戴天之仇，愿为贵军效犬马之劳，恳请大人三思！"

于成治暗道，此女果真如若里所说，乃希腊美神与智慧神共存的化身。他点头道："小姐之计，我以为可行，只是委屈小姐矣。劳烦你快快打听出海岛的暗道机关所在。至于今夜，我早与手下商议好，绝不轻易在岛上歇息，小姐不必忧心。"

两人方商议妥当，突然一旁的财宝木箱中传来响动，一人掀开木箱跳出。于成治始料未及，哈里的小孙儿也通晓华夏语言，藏在木箱中，他们的对话已然全部被偷听到矣。计划败露，于成治眼睁睁看着海盗们将露西押走。

第四十七章
英雄殁血战鲨鱼岛，避毒疫又遇亡命徒

　　昨日之战，虽剿灭一千多海匪，也占得集镇，然主将被俘，实为奇耻大辱。石虎审问海盗，询问妇孺，然被俘的海盗中无一头目，这些小喽啰仅知一些无关紧要的机关暗道，妇孺百姓更是懵然不知。哈里率众躲在山中，岛屿军情不明，因恐海盗偷袭，岛上水井小溪等又均被下毒，依照先前的决断，石将军夜前令三军退避三舍，除骑兵隐藏在海滩的一处密林中，其他将士皆回撤至舰船，离岸停泊。

　　次日辰时，石虎率将士重整旗鼓，船工奋力摇橹，舰队逼近沙滩。放眼望去，岛上匪徒密密麻麻，都聚在沙滩上。哈里着实厉害，一夜招来岛上所有匪徒，自沙滩纵深至森林边，军马嘶鸣，万众呼啸，气势汹汹。沙滩后、密林前赫然竖立几十门旋炮机，沙滩防护墙后，筑起三道人墙，均列于昨日炮火线一丈以外。被俘明军均押在阵前。

　　两军对峙一刻，明军信使乘橹船高呼着"两军作战，不斩来使"，单身登上沙滩。哈里传令，唤他上前。

　　明军信使道："奉我军石虎将军之令，前来劝告贵军，放下屠刀，归还于大人与被俘明军，大明军可偃旗息鼓，退避三舍，交还贵军被俘人员，也承诺保全岛上性命。"

　　哈里皮笑肉不笑，道："且问得手上的刀枪，可应允否？贵军主帅于大人已身中剧毒，无我解药，一日后毒发必死，贵军已无回天之力，快快举手投降，可饶你们不死！"

　　哈里一招手，十多名被俘明军被推出，里面还绑着海盗苏美尔沙欣。几名刽子手上前，狂笑着炫耀了一番杀人技艺，一把尖刀如同庖丁解牛，游刃有余，血呼啦剥下苏美尔沙欣的人皮，刀尖挑着尚在跳动的心脏，扔到明军信使面前。明军信使身边俱是苏美尔沙欣的五脏六腑，浓稠的血水四处蔓延，阵阵腥味扑鼻而来，信使满脸苍白，几欲晕倒。

　　哈里微微一笑，又摆头示意，于成治被推搡上前。哈里冷笑道："于大人昨夜一番怜香惜玉，反间计美人计都用上了，然还是被我识破。如今你已无计可施，就请下令，让明军弃暗投明，登岛投诚！"

信使爬上前，抱住于大人双腿，放声痛哭。于成治羞愧不已，闭上眼睛，片刻又睁开，双眼通红。他狠瞪信使，冲口便是故乡浙江温州的俚语，似乎骂了信使几句，然后改用福建话大声呵斥："我等华夏子民，若不得胜归朝，必是一死。我思前想后，倒不如留在此地，凭火炮舰队，有享用不尽的荣华富贵。你快快回去传令，放下刀枪，由石虎将军领头，依次上岸，从此以后，就做高兰巴大若思国臣民。呜呼，哈里国王，万岁，万岁，万万岁！"

于成治喊着口号，向哈里鞠躬，被俘明军顿时惊愕，回过神后，纷纷大骂于成治。哈里哈哈大笑，傲慢看着明军信使，信使浑身哆嗦，在海盗们的嘲笑声中狼狈退下。

信使哭着返回，向石虎等人报告情况。石虎与晓松听后，大叫一声："于大人！"双双跪倒。原来于成治说的是家乡俚语，语速极快，唯信使能听懂。于大人说，佛顶真骨乃哈里之诈言，他不愿被俘受辱，也无计策可逃脱，大战宜速战速决，拖延不得，令石虎等众将士以炮火猛轰鲨鱼岛。

陈毛虾听后，浑身颤抖。石虎立起，脸色铁青，拔出利剑，牙缝中蹦出几个字："传令，开炮！"

与此同时，于大人在沙滩上仰头高呼："向我开炮！"

被俘明军突然醒悟，随着于大人高呼："向我开炮！"

哈里大吃一惊，随后大笑道："明军橹船配置的是碗口铳与盏口铳，射程有限。即便战座船上大型的虎蹲炮与石榴炮，昨日的射程也仅一千二百多米，抛石机一般，不足为惧。如今我军距离明军舰队一千三百多米，火炮能奈我如何？"

哈里正洋洋自得，忽听得明军舰队炮声隆隆，炮弹已然落到沙滩上。哈里不知自己对明军火炮的了解仅限于皮毛。此炮丸已非昨日的旧弹丸，新弹丸由晓松改制，用的是烈性火药；火炮也不是昨日的铁制虎蹲炮，而是哈里从未见过的铜制火炮，射程可达两千五百多米。信使一来一去，早丈量明白矣。今日之火炮，能够覆盖沙滩前后的海盗与旋炮机，铺天盖地的炮丸轰隆隆爆炸，山崩地裂。哈里尚未反应过来，便被炸得稀烂。岛上硝烟弥漫，遍地都是海盗的残肢断腿，汩汩鲜血流积成洼。

昨晚明军已收缴了岛上十几条海盗船只。火炮声中，明军众橹船与缴获的海盗船，向沙滩飞快驶去，将士跳下船来，怒吼着冲向敌阵，沙滩上尸首遍地，早就分不出敌我矣。陈毛虾也领着船工水手提刀杀来。待明军冲到敌前，明军舰队的火炮止住，两军相遇，分外眼红，已被炸得昏头转向的海盗方逃开炮火，又遭到明军步兵的枪击，倒下一大片。剩下的海盗慌忙回撤，组成防线，纷纷举起犀牛皮盾牌，顷刻间组成盾墙，奈何仍是挡不住明军密不透风的铁蒺、喷筒及火箭。海盗垂死挣扎，又抛出辣椒石灰包，然明军早有对策，将浸湿之布巾裹于头上，毫发无损。此时海风吹来，红雾粉末竟然飘向敌阵，海盗自作自受，叫苦不迭。

鲨鱼岛的一处礁石滩之后，有密林连绵数里，石虎昨晚暗施险着，将缴获的海盗军马与明军军马汇合在一起，藏在礁石滩后，重兵保护。海盗昨日被明军打得丢盔弃甲，哈里害怕明军的火炮，不敢走近海滩一步，更不敢夜袭。海盗远望明军声势浩大地撤回海上舰队，却不知明军已悄悄埋伏下骑兵。今日明军步兵冲击海盗第一道防线时，明军骑兵奉石虎之令旋即飞至，冒着海盗的箭雨与密林前旋风炮抛出的石头，用血肉之躯杀开一条通道。在雷鸣般的马蹄声中，明军骑兵撕裂敌阵，将海盗的旋风炮掀翻，海盗们哭爹喊娘，顿时作鸟兽散。骑兵后面，步兵又已赶至，海盗们拼死挣扎，然明军越战越勇。

哈里的孙儿厄兹蒂尔克接过帅旗，指挥剩余的海盗拼死抵抗。他似是赌上老本，除密林中埋伏的海盗外，几万之众已倾巢而出。

此时石虎已将于成治的尸首找得，他擦干泪水，令人将于大人的尸体抬下，举剑怒吼，带兵冲杀。晓松拦他不住，赶紧一跃站立马上，瞭望全局，大叫一声："石将军，不好，海匪正在围攻水船！"然石虎已杀入敌阵，未听见晓松的叫喊声。晓松望见二十几条海盗快船从其他岛礁的山洞里驶出，径直扑向明军舰队。战座船上火炮虽猛，然海盗船上抛洒烟火，遮掩船身，快速挺进。被击中的海盗船连连爆炸，燃烧起熊熊大火。晓松心中惊骇，敌船分明装满油料石蜡，企图破釜沉舟，冒死撞沉我军的战船。海盗们顶着明军的火铁藜、喷筒、箭雨，用冲钩劈进明军战船，再以铁索拴住，点燃油料，轰然中一团团火焰乍起，战船顷刻陷入火海中。失去水船，海岛淡水又被海盗下毒，明军已无退路，何以久战？日后又当如何回国？

晓松暗暗叫苦。房漏偏遇连天雨，海盗们输红了眼，密林中埋伏的海盗潮水般杀出，赶来救护哈里的孙儿。海盗们一拨连着一拨，踏着同伴尸首冲了上来，将厄兹蒂尔克团团护住，簇拥着他向密林逃去。然哈里孙儿突然止步，见明军主将杀来，转身怒吼冲向石虎将军，石将军也大吼一声，纵马率兵迎上。石虎左手持火铳，右手挥刀，海盗顷刻间倒下数人。厄兹蒂尔克也连劈两名明军士兵，怒吼一声，众海盗纷纷朝石虎将军掷出手中标枪，只听噗嗤一声，一支标枪扎透石虎胸脯，将军仰头倒下，气绝身亡。晓松赶来，飞身扑下，抱起将军狂呼，然将军鲜血溅满晓松脸庞，已相救不得矣。

晓松悲愤交加，倏然跃起，从背包里掏出七八颗石壳手雷。此手雷由晓松与火药师昨晚制得。明军火药师一年前就已制得手雷，只是甩出引爆，常为哑弹，恐下西洋海上寂寞，带上一百多手雷壳，依然在海上试制。昨晚见林千户急于搭救于大人，料到今日定会短兵相接，便将手雷情形告知晓松。晓松大喜，当夜与火药师调配火药做出，也不知手雷威力，原本用于今日尝试。此时晓松悲痛之下，抓住手雷绑绳奋力抛出，手雷经高速旋转，风驰电掣地掠过众海盗，落在正要撤离的厄兹蒂尔克身边，只听一声轰响，厄兹蒂尔连同其身边的海盗，俱被炸得血肉横飞。

见哈里孙儿已死，海盗瞬时如洪水决堤，一泻千里。嗟乎，两军对垒，竟成一家屠戮，刹那间，海盗被血光吞噬，已分不出东西，上天无梯，下狱无门。明军刀下，海盗头颅纷纷滚落，剩下的抱头鼠窜，一窝蜂逃向密林。

晓松不敢耽搁，赶紧审讯被抓的海盗，再三确定密林中埋伏的匪徒已尽数倾出，欲全力搭救哈里孙儿。此时逃窜的海盗已自顾不暇，无力抵抗，晓松便令众百户长分兵多队，由自告奋勇的被俘海盗与军犬引导，追进密林，骑兵依然突驰集镇，搜寻海盗。众明军穿过密林，果然未见埋伏，追进山中，各队遥相呼应，搜寻周围山中洞穴，一个多时辰，找到暗道机关多处，也有十几处藏匪洞穴，火攻烟熏，逐渐攻克。有几队明军会合于哈里藏宝洞之山脚下，众将士仰头见得半山腰中隐约有洞口，若不是俘虏指引，着实不易察觉。

俘虏相告，昨日一战，海盗已成惊弓之鸟，哈里其他儿孙已携众家人于昨晚逃之夭夭，不知去向，藏宝洞里与集镇上，搜得的财宝甚少。哈里狡兔三窟，藏宝之地始终是秘密，乃晓松意料之中。部分海盗已无心恋战，纷纷夺船向深海逃去，明军也无力追之，任其逃窜。

从集镇返回沙滩，已是日落沧海。清点战场，海盗死伤达万人，被俘万人，明军战死将士两百有余，水船被毁。晓松心中悲凄，将于大人、石将军残躯与众位战死的明军士兵合葬。

陈毛虾于墓前泣道："壮士泪，英雄殁，吾心伤悲，莫知我哀，山河永寂。"

晓松悲痛吟道："黑云压城城欲摧，甲光向日金鳞开。角声满天秋色里，塞上燕脂凝夜紫。半卷红旗临易水，霜重鼓寒声不起。报君黄金台上意，提携玉龙为君死。"

众将士无不悲痛，洒下热泪。

已是月升，晓松下令众人救死扶伤，审押战俘，安民告示，于集镇和礁石边上安营扎寨，生火做饭，不敢大意。晓松铺排周全，连密林中也布下暗哨。将军中大营驻扎礁石边，夜中亲自参与配置手雷火药，以便后战。

一夜无事。次日，将士来报，村庄地下搜得充盈的粮草，众人甚是欢喜。再报，岛上水井湖泊小河，均被毒药所染。陈毛虾笑道，有何惶恐，用铁锅熬制卤水，蒸馏得淡水便可。继而再报，军中多名有"爬山虎"之称的勇士，攀岩上去，突袭了两个处在半山腰的洞穴，又灭残匪三四百之众，只是仍不见财宝，倒是缴获不少水罐。申时，信鸽传讯，攻打其余岛屿之明军进展顺利，惟有一伙残匪躲于山头，据险对抗。明军大怒，众人扛去火炮，狂轰滥炸灭之。几队明军深入山中森林与海岛尽头，也只见得几股零星海盗，旋即捉拿。审讯得知，其余海盗夺船逃离矣。晓松心下暗松一口气，才觉一日未食，方端上饭碗，便见医官急匆匆走来。

"禀报林将军，昨日中箭将士当中，有二十几名伤者伤口红肿糜烂，军中创伤药膏敷上，也不见其效。观其伤口，发黑恶臭，定非平常的箭伤。伤者高烧昏迷，上吐下泻，我等医官商议，恐似毒箭害之。然穷极我军的医治手段，也未见其烧退肿消，病症越发严重矣。"

晓松赶紧前去视察。只见伤者口腥额热，腹泻中昏迷，酸臭弥漫。众医官束手无策，被俘的海盗也俱摇头，无人晓得这是何毒，都猜测是哈里家的独门秘药。晓松佯作镇定，但心焦如焚。

有医官嗫嚅道："大人，下官以为，此病有黑死，尸注，伤寒，病气，天花，白喉，沙虱等病的症状，何不试用炼丹圣祖葛仙的神仙丹？也许能有效果。"

一医官怒道："糊涂！葛仙之神仙丹乃九烤竹盐丹，虽可清肠排毒，然只能治伤寒之疾，别无医效，我军早不用此药矣。即便病急乱投药，想用此药医治，然此地何处寻找竹子？众人须另想他法。"

医官们彻夜不眠，合计能用的解毒药方。晓松焦头烂额，身心疲惫，一夜无眠。

翌日卯时，外面传来爆炸声响，晓松披衣提枪冲出，只见泊在海上的粮船浓烟四起，少顷火借风势，燃起大火，众人奋力扑救，以致面容俱黑，眉发半焦，粮船方熄去大火，然损毁严重，面目全非，冒着余烟。

晓松恨得满眼喷火。粮船乃四千料巨船，是舰队粮草弹药辎重总库所在，又称马船。值守官兵捶胸顿足道："昨日收缴海盗众多粮食，其中有新磨成之麦子粉末，又有时令蔬菜。将士们连日臭鱼烂虾吃腻了，极喜炊饼汤面，今早便于马船灶舱押着几个海盗揉粉醒面，海盗扬起粉末，舱内外充斥弥漫，不知何人引火，顿时爆炸，舱内人员九死一伤。下官知错，任由将军惩罚也。"

天不助我！

晓松闭上眼睛，心下惊骇。近来每遇大难，常有心悸之症。自下西洋后，心痛癔症俱有，只怕会不幸葬身于此，成为远离故土亲人的孤魂野鬼。

尚未回过神来，一医官满脸惊慌前来禀报："中毒者伤重之人腹股沟腋窝肿胀，全身乌黑糜烂死去；轻伤者则呼吸渐弱，两眼痴迷，面目肿赤，燥热难熬。军中感染者日渐增多，甚至少许医官及伺候病人的杂役，也觉胸闷头痛咳嗽，盖似感染病毒也。"

晓松闻之，两眼发黑。陈毛虾额头沁出汗珠，颤声喊道："当年故里瘟疫，十室九空，恐怖至极耶！"

晓松仓促为帅，虽历练不足，然自知责任重大，决不可慌张。他心下再三权衡，令副将张斌率兵抢运马船可用之物，安排士兵继续进山剿匪，令陈毛虾领十几人跟随一位医官山上采药。自己与其他医官，率众将病者移至村庄，隔离医治。

本地郎中与军中医官合计，开了一张药方，在金银花、连翘、山豆等清热解毒的草药之中，再添上蜂蜜、毒蛇、蝎子，尚有几种本地的虫子，煎煮成药，死马当成活马医。

三日捱过，纵使千般努力，然瘟疫愈发肆虐。杂役们早已麻木，木木然将逝者的尸体弃于海内，惊恐不安的将士远离被隔离的村庄，总是臆想自己已被传染瘟疫，狐疑相觑，惶惶不可终日。

陈毛虾道：“这是着了海盗之巫蛊了。挨刀砍脑壳之蛊，水淹火烧不死，犟得很。”

一医官叹道：“医师加百毒，熏灌无停机。灸师施艾炷，酷若烈火围。诅师毒口牙，舌作霹雳飞。符师弄刀笔，丹墨交横挥。我等医官黔驴技穷，不妨试用最后技法，以通古斯巫术解蛊。众将军以为如何？”

副将张斌道：“不可！从军多年，每遇战事，求神拜佛，何时如意而得志矣？通灵萨满的通古斯巫术乃异端惑众，绝非良策。大人着令医官设法尽医治之术，方为正道。”

晓松思前想后，令张斌率岛上健者五百余人，备好粮草淡水，带上财宝，驾驭战座船火速离岛，驶向古里国。也许古里国有解毒驱疫良策。众医官与杂役留下，与自己共同抗疫。岛上若峰回路转，柳暗花明，便在瘟疫过后，将马船修缮一新，再驾船赶去，于古里国相聚。谋事在人，成事在天，愿老天保佑，此乃周全之策。

张斌与陈毛虾坚决不从，誓言与林将军同存亡。晓松挥手道：“军令如山，不得违抗！时光宝贵，如今正与死神赛跑矣，犹豫不得，听令去罢！”众将含泪退下。

是日子时，火把将沙滩照得通明，一声炮响，副将张斌率五百将士与岛民，列队向林将军与留下的将士岛民行礼告别。全场寂然无声，舰船离开之际，副将张斌大声道：“天涯流落思无穷，既相逢，却匆匆。携手故人，和泪折残红。为问东风余几许？春纵在，与谁同！”

船上船下，众将士眼含泪水，岛民们哭声一片。晓松不忍视之，转身伫立。良久回头，舰船已消失在夜幕之中。

此时一人默默站到晓松身旁，乃船舵把子陈毛虾也。晓松大惊道：“为何抗命，留在岛上？”

陈毛虾作揖道：“我与将军早结为忘年交，若不嫌弃，愿与将军同生共死！”

晓松噙泪跪拜：“陈伯义也！”两人洒泪拥抱。

又过了数日。天昏地暗，老天残忍，对明军与岛上苍生毫无怜悯，瘟疫猖獗，官兵与岛民尽数感染，病死殆尽。尸首横七竖八，无人掩埋，满岛恶臭。最后一名医官拼尽全力爬上礁石，仰头默念：“我已尽心，然瘟疫甚强，林将军与陈将军也已染疾，小人以死相求老天爷，让二位将军得以活命。天佑我大明军！”合手祈祷，滚落大海。

如今岛上只剩下气息奄奄的晓松与陈毛虾。两人早无悲戚，多日不曾进食，倒于海边礁上，望着大海，仿佛临于万丈深渊。晓松昏昏然大叫：“于大人，恩师，父母大人，痢痢牯，杏儿……我来也！”

大海喜怒无常，狂怒时可吞噬天地，温柔时如同慈母般，涛声像拍着婴儿的襁褓，哄他入睡。此时风和日丽，礁石上突然响起清脆的惊叫声：“哎呀，尚且活着！”

晓松恍惚中睁开眼睛，眼前的朦胧身影，似是杏儿。他的心犹如被撞了一下，又如被沸水淋烫，竟直愣愣跃起，吓得杏儿惊叫一声，晓松又仰面跌倒。杏儿手疾眼快，一把紧紧拽住，然晓松昏沉沉又阖上眼……

又过一个时辰，和煦海风渐渐催醒晓松。他睁开眼睛，首先见到的是陈毛虾那满是皱纹之脸，然后是面颈长有脓疱疮疖、显得十分怪异的一男一女。在他们不远处，还有几人似在忙碌着归拢明军船上剩余的物资。

晓松目不转睛地看那女子，含糊不清道："杏儿？陈伯，我是在梦中？"

那女子羞红脸道："陈伯，林将军莫非病入魔障？"

陈毛虾含泪笑道："从灵境中醒来，自然两眼呆痴。晓松，非是梦境，阎王嫌弃我俩，斥责我俩未尽职责，将我俩一脚踹出了阎罗殿。将我俩拽出黄泉路的，乃是这两位义人，贾拉里阁下与露西小姐。"陈毛虾冲那一男一女再次鞠躬致谢。

旁边之女子道："林将军，陈伯，理应是小女子感谢贵军，替我报了海盗灭门之仇。"说着敛衽向二人施了一礼。

晓松惊讶，这女子看似是西洋人士，为何竟会说华夏语言？此人来自何方？

原来若里死去那晚，贾拉里被哈里训斥责罚，关在牢中，惶惶不可终日。待两军大战正酣时，关押贾拉里的几个海盗原本是贾拉里的部下，被他说动，将他放出，几人意图乘船外逃。然贾拉里舍不得露西，便又去把狱中的露西也放出带上，匆匆下山。然海盗兵败，海边船只早被明军收缴，贾拉里隐藏的快船也早被其他海盗偷走，贾拉里只得与海边的另一股海盗裹成一伙，挟露西返回山中，躲在极为隐秘的洞穴中，夜行昼伏，巧妙躲避明军的围剿。几十日过去，山洞中已弹尽粮绝，虫叮蚊咬，饥饿难当。剩下的这几人无不脸脖长疮，面目全非。他们小心翼翼从高处瞭望沙滩礁石，集镇树林，既不见烟火燎起，也不见明军搜山，只看到乌鸦满天，海滩上皆是重叠尸骨，尸体腐烂的恶臭飘至山中，遂下山小心探寻，方知海岛与明军船上早无活人。

一夜过去，他们清晨在海边礁石缝狭中找到二人，细瞧之下，大吃一惊。其中一人乃哈里命画师所画中之人，林晓松。察觉到两人尚有鼻息，贾拉里拔刀便砍，被露西拼死阻之。露西道："大人，哈里一心想要东方华夏国的船舶枪炮，以岛破人亡的代价幸得，然我等无一会使。若杀眼前仅存之人，华夏的舰队与枪炮岂不成了废铜烂铁一堆？再者，哈里曾言，若得林晓松将军，几乎等同于老天相助。大人若能说服林晓松辅佐于你，又有了明军的舰队枪炮，何愁不能自立为王，光复大业？"

贾拉里闻之，心中一震，垂手弃刀。手下几个喽啰也附和露西之意。贾拉里思忖一会儿，又摇头道："华夏的舰队，已有数船逃离鲨鱼岛，若瘟疫过后杀回，我等定是明军刀下之鬼。"

露西道："若明军真的杀回，有眼前两人足矣。此人既被哈里看中，那也必是明军中的重要人物，有他在手，可与明军谈判。大人，同是天涯沦落人，相逢何必刀枪对。不如合成一处，寻找生机！"

贾拉里想想，露西之言有理，便命她照顾此二人。陈毛虾早从昏迷中醒来，暗中窥探，虽听不懂海盗对话，然观贾拉里脸上表情，已知大意，心中一块石头落地。贾拉里吩咐手下喽啰，从明军舰队取来粮食，升火造饭。露西将几碗鱼汤稀粥给陈毛虾喝下，陈伯顿时元气大增。他撬开晓松嘴唇灌下米汤，但晓松依然昏迷。

待晓松苏醒后，陈毛虾将情形一一告之。露西在一旁也作些补充。晓松从露西之言中，听到于大人与若里的事，顿时觉得与露西更为亲近。原来哈里死后，海盗由哈里孙儿厄兹蒂尔克统领，厄兹蒂尔克狂妄歹毒，所率亲兵射出毒箭，乃哈里都不敢使用的"魔鬼毒箭"。据说此毒暴虐，几日之内能够吞灭一国之众。厄兹蒂尔克见明军武器强大，人数众多，为了报仇，丧心病狂，想要与明军同归于尽，由此引来海岛灭顶之灾。

贾拉里也疑惑，他与露西等人临阵逃脱，远离众人，方免瘟疫。然明军中唯晓松与陈毛虾大难不死，甚是奇怪，莫非晓松真乃天选之人？贾拉里乃是哈里远亲，伺候哈里多年，知晓些哈里家中秘密。前些年，海盗远航打劫，俘虏了几个里奥国人氏，乃是配制毒药的妙手，尤其精于诡异的化金术。哈里令其改制祖传毒药秘方，苦心钻研了数月方才成功，抓来俘虏尝试，中毒疮口糜烂，继而生出怪病，其毒性与传染性令人胆寒，哈里称其"万人亡"，人体接触便染之，七步之内，可隔空传染，又有相应"百不侵"的药丸，可御可解此毒。贾拉里疑惑问道，莫非二位服用过"百不侵"？晓松与陈毛虾相对一笑，默不作声。

贾拉里等人生怕染上瘟疫，又恐海盗踅摸返岛，思前想后，三十六计走为上计。如今，投奔奥斯迪那国最为妥当。因人少无法操纵巨船，只得烧毁沉没战座船马船等，拣些必用物品，海盗人手一条火铳与刀剑，只是弹丸早被晓松倾入大海。备足淡水，晓松怀中藏着军旗。翌日清晨，十七人分乘两条橹船，升帆离岛，朝奥斯迪那国方向而去矣。

第四十八章
战船玉碎义士魂归，登临异国睹物思亲

　　敷上晓松给的药膏，贾拉里与露西等人脸颈上的脓疱一日便消去，虽有肿痕，然渐露真容。露西竟是个如花似玉的妙龄女子，贾拉里三十来岁，满脸胡须，眼神游离，阴沉寡言。两船不前不后，顺风急驰。贾拉里与露西相对而坐，风力正劲时，贾拉里请晓松与陈毛虾放下船橹，几人东拉西扯，互相学习语言。一个说"之乎者也"，贾拉里惊呼"卖吾待吾死"，露西笑着向林陈二人解释，贾拉里说的是"我之老天爷呀"，惊奇于华夏语言之繁琐。而晓松也奇怪西洋语言之复杂。华夏不管时辰男女，均用"我"之一字，然贾拉里的语句中，光"我"便有八九种发音，据时不同，发不同音；性别不同，发音也不同；同样都是"我"，因性别不同，文字也不同。晓松请教露西，露西称高兰巴大若思及奥斯迪那国，原本以大食人为主，然近百年来，西人渐多，人种混杂，文字也更为复杂。贾拉里卖弄的是西文才华，一来二去，晓松也学得几句大食言语。只是回味中，西人文字发音有其独特韵味，准确性竟也不亚于华夏言语。

　　晓松询问古里国的风土人情，露西一一作答。贾拉里一心询问火铳用法，晓松大大方方教之，海盗们顿时对晓松放松了警惕，甚至对他大有好感。捱过三日，众人离奇海上竟不见其他船舶。又过不久，忽见远方一只船舶映入眼眶，众人又喜又惊，奋力摇橹。过了一个时辰，陈毛虾面色凝重道："晓松贤弟，瞭望过去，恐是张斌将军之舰船，落帆顺风漂流之状，想必凶多吉少。"

　　晓松叹道："陈伯所言极是，我也如此判断。张将军理当往古里国而去，除非遭遇不测，不然必不会反其道而行。"

　　晓松与陈伯垂头不语，贾拉里遂令众人拔出刀剑，小心翼翼靠近。

　　明军的战座船已是无头巨龙一般，左右摇晃，飘荡在浩渺的大海上，靠近呐喊，无人应答。贾拉里令人抛出飞虎爪，登上船舶，放下绳梯，晓松等忐忑不安登船。果真不妙，船上死气沉沉，找遍全舱也不见一人。露西眼尖，见指挥舱桌上，用石块压着一信笺，上面写道：

"张斌顿首百拜：吾奉林将军之命离岛，牢记不辱使命之责，然吾等将士，终未躲过疫疬之追杀。张斌无能，有负林将军嘱托。如今仅存吾等十人喘息苟存，不知何人为殓葬者，恐尸骸病毒染于前来寻找的林将军与众人，或殃及异国他乡的苍生，是故毁掉火炮火铳，将缴于海盗岛上之金银财宝留下。财宝箱下埋有炸药，解开华夏之孔明锁，便可搬走百宝箱，以求财宝留给华夏之人。我等集体投海赴难，聊表为国捐躯之心。祈佑陛下万寿无疆，林将军等平安无恙，大明版图永固。大明永乐五年六月，郑和舰队张斌书。"

露西默默流泪，众人相顾无言。晓松落泪，提笔于舱壁上奋书："岁暮阴阳催短景，天涯霜雪霁寒宵。五更鼓角声悲壮，万里西洋影动摇。野哭千家闻疠伐，夷歌数处起渔樵。卧龙登舰终黄土，人事音书漫寂寥。"

露西熟读华夏典籍，却不知道晓松这是改写了华夏诗人杜甫之诗作，然知是悼念追思之诗。正在此时，只听一声巨响，船舶震颤，原来其他海盗在底舱中搜得财宝箱，惊喜若狂。见有铁链绑住，尚有一把奇怪的锁头，箱子上写有中文，海盗也顾不得请来露西与晓松，便用斧头砸开锁头，刚费力拽开锁链，财宝箱下面的炸药便被引爆，在场的九名海盗被炸得粉碎。

见船舶被炸出一个窟窿，海水直冒，贾拉里原本想在船上休息一日，此时只得跳下战座船，将剩下之人集中到一橹船上，另一橹船凿沉，继续前行。林晓松与陈毛虾满面悲痛，露西也不敢多言。贾拉里从战座船上获得许多精美瓷器碗杯，两眼发光，沉浸在狂喜之中，东问西问，只有露西回答他几句。

贾拉里与露西扯了一会儿，转头冲陈毛虾笑道："贵军珍藏的瓷器如此精美，我等从未见得，恐奥斯迪那国王也不曾见过。早知郑和舰队赠送各国的瓷器价值连城，今日一见，真是名不虚传。比起此宝，哈里岛上财宝，也不过区区小数也。"

晓松与陈毛虾此时悲戚万分，何来兴趣对答理会，贾拉里说了几句，见无人回复，便也讪讪躲到一边。是日午时，风云突变，狂风中小船竟然倒驶，等到风帆落下，瓢泼大雨中，巨浪滔天，贾拉里叫苦不迭。只见前方巨浪顶上，豁然出现了明军的战座船。惊涛骇浪之中，战座船如此地扎眼，令人刻骨铭心。战座船忽被推上十丈高的浪尖，又猝然跌入浪底。惊心动魄中，众人瞥见战座船于空中翻转，倒扣着砸入海中。战座船上几只小型快船于空中散落，几个跟斗后也砸进水中，又神奇地从水下蹿出。晓松两腿紧蹬船帮，任凭风浪，犹如贴在船上一般，一个铺天盖地的浪头袭来，橹船飞上半空，又砸入水中，几根桅杆折成两截。陈毛虾是浪里的鸬鹚，一手紧抱得桅杆，一手死攥着食物袋不放。晓松从浪中蹿出，见陈毛虾幸免于难，转头寻找露西。贾拉里被海水呛得半死，也是他命不该绝，慌乱中抓住两根船桨，漂于海上。只是露西仍在水中挣扎，晓松不顾危险，冲她游去。陈毛虾一脚踢来漂浮的船板，晓松一手紧抱住露西，一手将船板揽于胸前。同船的另外几个海匪，已不见身影矣。

也不知过去多久，风浪渐渐平息，陈毛虾早见得不远处有一条从战座船上掉落的小船，反扣着漂浮于水面。他游过去后，费力将小船顶翻过来，又捞上几根船桨，将船划来，拽上晓松与露西。晓松也接过一根船桨，两人七手八脚划船，又将贾拉里拉了上来。露西吐出满肚海水，才发觉身上已被船板扎破，晓松替她包扎好伤口。贾拉里直叹，从阎王手中捡回一条命矣。众人食物袋尚存，但唯有陈毛虾与晓松身上还系着葫芦，留有淡水，贾拉里与露西的葫芦早已被风浪卷走。

此时已是六月，然夜中依然冰冷，四人冻得直抖。幸而于船板下舱内，寻见叠得整齐的被油布包裹的帆布，裹于身上，能稍添些暖意。

四日后，食物袋已空。陈毛虾将最后剩的三张面馕分成四份，贾拉里狼吞虎咽自己一份，又趁露西不备，抢下她手中的面馕，一口吞下。晓松愤而怒斥，被露西劝住。贾拉里索要晓松葫芦中之淡水，晓松叮嘱一人一口，贾拉里点头称是，然咕嘟咕嘟灌下好几口，晓松抢下葫芦，摇晃听声，已所剩不多。晓松将葫芦递给露西，又将自己的面馕撕开一半给她，将她挡在身后，不让贾拉里抢她的食物。贾拉里恶狠狠地瞪着晓松，然不敢造次。

此小船乃战座船的救助附船，桅杆为承插式，可灵活装卸。贾拉里目视陈毛虾与晓松装配桅杆，再叹华夏造船工技之精湛。众人饭毕升帆划桨前行，中午，天空掠过海鸟，众人举目四望，心中狂喜。贾拉里自言自语道："信天翁，船舶鸟。再有一两日航行，也该至海边矣。"

到了傍晚，众人疲惫不堪。饿得眼冒金星的贾拉里丢下船桨，仰头躺倒，直喊全身酸痛，令露西操桨划水。露西伤未痊愈，也只得捡起船桨，被陈毛虾拦住。

陈老伯道："今夜天空漆黑，路途难料。"

晓松也已疲倦至极，倒头歇息。不多时，陈毛虾与晓松鼾声大起，露西将帆布盖在两人身上，伏在晓松旁边，沉思不语。

贾拉里忽地坐起，蹑手蹑脚掀开陈毛虾身上的帆布，摘下葫芦，却被露西发现，轻声喝住。

陈毛虾与晓松同时惊醒。贾拉里冒出一句生涩的福建语，央求陈老伯让他呡上一口淡水。陈毛虾与晓松俱摇头不允。不知离岸多远，淡水珍贵，需要小心分配。贾拉里目露凶光，猛从腰中拔出小刀，架于露西颈部，怒吼道："不给，杀她！"

陈毛虾愤怒道："放下刀，万事好商量！"

贾拉里哇哩哇啦大叫一通，令露西翻译，听后奸笑道："我干渴难当，若不愿多给，就将露西那份给我，明日我等奋力划桨，应能抵达海边。若我食言，明日可杀露西，喝其鲜血解渴，就当是还你淡水，两不相欠！"

露西脸色灰白，颤抖哭泣："小女累赘，死不足惜。林君陈伯，小女无以为报，唯有一死谢之！"

晓松突然指着贾拉里身后大叫一声："呀，卖吾待吾死，委而博而都（来船）耶！"

贾拉里大惊，转头回望，晓松以迅雷不及掩耳之势架开他手臂，一把拽过露西。

露西惊魂未定，躲到陈毛虾身后。

贾拉里气急败坏，冲口骂道："华夏人使诈！露西，你与他们勾搭，难道愿意沦为异族？爷救你于囚笼中，尚与你几夜共度，怜惜你的美貌，权留你一条狗命也。爷先取这两人性命，回头再让你跪下求我！"

话音未落，一刀猝然刺向晓松。晓松摆拳挡开，小船摇晃不休，不料贾拉里翻身腾起，回手又是一刀，这次刺的竟是露西。陈毛虾挺身护着露西，来不及躲闪，被刺中胸膛。贾拉里拔出匕首，恶狠狠又朝晓松刺来第二刀。说时迟那时快，晓松飞起一脚，贾拉里被踢下小船，扑通落水。露西哭叫着陈伯，拾起船桨猛砸贾拉里的脑袋，鲜血与脑浆汩汩冒出，贾拉里在水中蹬腿死去。

晓松抱起陈毛虾，见他气息微弱，心如刀绞。陈毛虾抱起葫芦递给晓松，含笑合眼，竟无半句言语便撒手人寰。露西跪下，悲泣不止。晓松放声大哭："天地不仁也！"

露西懂得晓松的悲哀，不单是哭陈伯，也是哭泣整个舰队的灭亡，悲哀傲视天下的郑和舰队，竟然折戟于蛮夷小岛的毒箭下。昔日的高台轰然倒塌，让晓松心痛不已。

晓松抱住陈毛虾的尸体不放，一夜哀思，以致昏厥。露西任船飘荡，次日日升，晓松憔悴不堪，悲切不肯进水，露西恐其求死，冲他跪下，哭着哀求道："陈老伯于你我恩重如山，实乃再生父母也。然人死不能复生，我等永生追忆，予以祭祀，才算对得住老伯。海盗曾强迫我服侍于大人，我身上已有了于大人的血脉。林将军既然救得露西，想必也不愿于大人的血脉就此湮灭。若无林将军，露西如何得存？"

晓松浑身一震，半天无语，后慢慢坐起，将陈毛虾的尸身擦洗干净，掏出保存的郑和舰队军旗，将尸身裹住，缓缓沉入海中。

露西垂头悲戚许久，倏然间眼角余光瞥见几道白影，仰头便见悠然飞翔的信天翁，心中狂跳。举目远望，天边跳动黑影，乃是海岸线。露西惊喜得流出眼泪。海鸥，海燕，海雀，红喉潜鸟……众多种类的海鸟纷纷出现，忽然仿佛一道闪电划过，乃鲣鸟从高空垂直扎入海水中。晓松看得呆住，莫非这是陈伯的魂魄唤来的海洋精灵？

露西惊喜道："若见得矶鹬，海鸭，鲣鸟等，便可抵达海边矣。"

两人立刻操起船桨，拼命向前划去。然午后天空阴霾渐渐浓厚，云雾遮天蔽日，唯留有海燕穿梭云雾中，犹如精灵。天空黑云翻滚，霹雳一声，露西心惊胆战，哆嗦着扯过帆布，盖于依然奋力划桨的晓松头上。

两人一日尽力划桨，后来累得躺在船板上昏昏睡去。也不知过了多久，晓松醒来，嘶哑道："夜里漆黑一团，我俩饥饿难当，若再奋力一搏，也许能抵达海岸。"

露西也苏醒过来，挣扎着坐起，惊呼一声："看，看，灯光，灯光！"

晓松哆嗦着爬起，看到远处跳动的灯光，不敢相信自己的眼睛。嗟乎，果真是那没黎洋尽头乎？两人面面相觑，绝不是梦！露西惊喜哭笑，两人同时捡起船桨，拼尽全身力气向灯光冲去。然小船动弹不得，两人才知小船已是着落在海滩礁石之后。两人搀扶着摇摇晃晃下了船，走不得几步，终气力泄尽，倒下昏死过去。

黎明时刻，礁石上的露西晓松二人被海浪推涌，终于醒来。露西于晨风中坐起，见腿边浅水中，几条海鱼穿梭，一条似团扇人脸般的魔鬼鱼，慢悠悠甩着尾巴，似乎冲着两人好奇而笑。身边礁石上的水窝里有些小鱼小虾，露西肚中饥饿难当，伸手捞出鱼虾，用礁石砸碎，生吞下去。露西递给身旁的晓松一小撮鱼肉，晓松一口吞下，更觉腹中饥饿，又捞出几条小鱼，两人大口咀嚼，相视一笑，又歇上一阵，方才互相搀扶着向岸上走去。

岸上山坡一片荒芜，远望高耸灯塔边，有炊烟袅袅，似有人家，有估摸十几里路之远，两人不敢贸然前往。方才喫得几条鱼虾，不足填牙缝，炊烟倒像馋虫，又勾起两人的饥火烧肠。寻得一池水，先喝了个水饱，然后在荒山野岭里就近寻找食物。

沿着一条小径走上几里地，也不见一块庄稼地。忽然露西欣喜蹲下，打量着一棵藤苗。藤苗上长有许多绿叶，露西将藤苗的根刨出，却是一个拳头大的红色茎块。晓松摇头，不识此物，露西一边拂去茎块上的泥土，一边笑道："林将军自称出身于桑麻人家，岂会不识此物？"

晓松道："异国他乡之物，的确不识。露西故里有此食物？"

露西点头道："也是，天地之大，不识之物多矣。此乃婆塔图，春季栽下果实，长出藤苗，春季采其苗藤上一根嫩叶栽下，又可长出藤苗，藤苗根部，秋季便可采挖一窝手掌大小、圆长条的果实。秋末未被掘出者，次年便长出新嫩苗。我手中之物，乃其根茎，即采即可食也。"

露西揩净泥土，递过一块给晓松。晓松接过，正在端详，露西已迫不及待大口咬之。晓松赶紧劝道："我俩久饿之人，不宜先食粗糙的食物，否则气胀命危。"遂寻一处干净地，用石头将婆塔图捣碎如泥，和着溪水一同吞下，只觉口中温润甘美。又转身找上几个婆塔图，露西道，可惜生不得火。晓松微笑不语，捡些柴火，击石生火，露西看得钦佩不已。露西将婆塔图放入火中，半个时辰不到，婆塔图表面焦黑微裂，揭开来，内瓤是嫩红色，煞是喜人。一股香气窜起，令人垂涎欲滴。露西捡起一块，香气四溢，热气腾腾，两人轻咬一口，只觉粉细软腻，齿颊留香，五脏六腑熨帖不已。最后一块，露西久久舍不得吞下，晓松直叹冠绝天下之食物。

见一块婆塔图足有半斤，晓松记起露西方才称婆塔图栽种极易，便兴趣盎然地问道："一顷地能产几多婆塔图？何类土地适合种植？"

露西笑道："我四季常食，也见过婆塔图生长，然不知晓此物栽种的细节。林君莫急，荒地长有婆塔图，恐是路人遗漏在此，野生长成，其他地方定有人栽种，伺机寻得农夫问问便知。莫非林君依然惦念农作？若对婆塔图有兴趣，他日回去华夏，可带回桑梓栽种，也算是奥斯迪那国一行的记忆。"

露西此建议确实不错，晓松连连点头。两人歇息良久，回过精气神来，顿觉全身伤处疼痛。晓松环顾四周，见远处半山腰的植物茂盛，便拽起露西上山采药。不多远有大片鲜花怒放，后接灌木树林，百鸟欢唱。露西心神欢畅，竟然忘掉伤痛，流连于姹紫嫣红的花草间。晓松在后，看着露西在花草树木中的一颦一姿，俨然杏儿再世。杏儿的音容笑貌历历在目，令他魂牵梦萦。

露西猛然转头，晓松赶紧转过头去。见晓松仰头张望不语，露西跟着细瞧，却找不出什么稀罕之物，便不解问道："何事专注？"

晓松道："眼前此树怪异，松柏难分。"

露西笑道："此树何奇之有？高老树，在古里国乃常见树种。"

晓松点头："我故里柏树遍野，此树与华夏柏树不同，其球果大如鸡蛋，形似花苞，树上树上悬挂，散落满地。其果蓝绿棕褐黑紫色俱有。天下之奇，变幻无穷，如同天下苍生，殊域同宗，其形差异多样。"

露西笑道："异国他乡所见的草木，皆与故乡迥然不同？"

晓松摇头，指着远处一片茂盛树林道："此地的杏树便与故里的杏树一样，只是故里的杏果，大多酸得倒牙。"

露西笑道："我是初次到奥斯迪那国，然观得天地，如同古里国一般，夜间穿棉衣，午时可赤身，夏日干燥清凉，日晒光照达半日多。古里的夏末，有漫山遍野的杏果，色泽亮丽，个大肉厚，清香饱满，用手捏一捏，肉质紧实而有弹性，蜂蜜一般香甜，还有幽幽奇香。尤其晒成黑杏干后，口感丝滑醇厚，入口软绵，令人口齿留香。"

晓松新奇道："黑杏干？莫非古里国的杏果，尚有黑色的？"

露西道："黑杏干由黄色杏果经日晒而成，果肉甜蜜，乃因含糖极高，晒干便是焦糖本色。以人工去核，软糯绵香，休闲时刻为小零嘴，又可制作美味汤羹，尚能制成糕点茶点，老少皆宜，生津开胃，活血补气。古里的黑杏干，美味无双，冠绝天下，远方之国，莫不前来大量采购贩运。家父曾言，杏树的适应性较强，黏土沙土均可生长。杏花虽不如玫瑰华丽，朴实无华，然报以硕果累累，乃甜蜜之实，故给我取的小名，便是杏儿。"

晓松大惊，心如潮水，自语道："出身高贵，然从不娇贵。自小刺头深草里，而今渐觉出蓬蒿。时人不识凌云木，直待凌云始道高……"

露西见他神色恍惚，大声问道："林君睹物思情，怕是勾起思乡之意。有桑梓的树木，看似平常，然神奇不已，才能令林君没齿不忘。"

晓松回过神来，笑道："桑梓的树木，没齿不忘者多不胜数。樟树，油茶树，桐油树，杉树等，皆是如此。家乡最常见的当属竹子，然在高兰巴大若思的鲨鱼岛与本地，皆不曾见过。"

露西点头道："我华夏的教授曾言，竹子乃华夏四君子之一，其高大远胜杏树，四季翠绿，然茎干中空。我对竹子知之甚少，不知它还有何稀罕之处？"

晓松道："故里遍地是竹子，实在平常得很，然非木非草，不柔不刚，实为奇异。家乡民众衣食住行，皆离不开竹子。宁可食无肉，不可居无竹。无肉令人瘦，无竹令人俗。竹子品种繁多，长相各异，然其性相同。生，百笋齐发；形，潇洒飘逸；体，婀娜多姿；色，青翠欲滴。桑梓故人当有愧于竹。食者竹笋，庇者竹瓦，载者竹筏，爨者竹薪，衣者竹皮，书者竹纸，履者竹鞋，真可谓一日不可无此君也。论起种竹，食竹，用竹，爱竹，赏竹，咏竹，画竹，可一生追求。君子叹其根生大地，吸取甘泉，天生有节，顶风雪战严寒之大无畏，坦诚无私，朴实无华，不苟求生存之境，横枝云梦，叶拍苍天，及凌云处依旧虚心，高风亮节。实乃君子楷模。"

露西听后，唏嘘不已，渴望有朝一日得见。晓松则想起昔日与痲痢牯、牛牯崽、泽民、杏儿几个，纵论用竹食竹，顿时眼眶湿润，愁思黯然，心中叹道："万里孤云，清游渐远，故人何处？寒窗梦里，犹记经行旧时路。连昌约略无多柳，第一是难听夜雨。漫惊回凄悄，相看烛影，拥衾谁语……"

晓松恐露西瞧见自己泪眼，仰头眺望天空，霎时惊讶无比。天空上几只大鸟正在盘旋，悠闲自在，然双翅一动不动，似云彩般轻盈飘浮。晓松情不自禁道："鲲鹏展翅扶摇直上九万里，莫非《齐谐》志怪的著作者，也来过此地，见过此鸟乎？"

露西也抬头瞭望，半晌道："此乃阿普陀思巨大海鸟，展翅宽一丈有余，冲云贴浪，翅膀仅扇动一次，可翱翔半个时辰有余，一生飞行不辍，日行千里，寿达六十余载。阿普陀思五六岁时，相觅伴侣，一雌一雄致老相伴，从不分离。若一方逝去，另一方每岁必回来寻觅，百姓称其为夫妻鸟……"

晓松闻之，感叹世上难寻如此真挚弥坚的情感，直叹世上神奇万物，令人心驰神往。又想起往日与泽民杏儿谈论凤凰涅槃、浴火重生的传说时，曾感慨痲痢牯家的鹰，重生之壮烈，自言自语道："凄风淅沥飞严霜，苍鹰上击翻曙光，云披雾裂虹蜺断，霹雳掣电捎平冈。今日得见阿普陀思海鸟，一生飞行不辍，岂不是传说中的青鸾？"

露西笑道："林君多愁善感，是否因为想起了桑梓的旧友，尚有在梦中时时挂念的杏儿吧？"

晓松低头不语，撇下露西径直走去。露西微笑追随。半个时辰后，晓松将采来的几味草药洗净捣碎，敷于露西伤口上，又让她嚼了一株七叶一枝花的草，味道苦涩难当，然晓松称之利于止血祛症，良药苦口。露西认出几样草药，其中有旧时家中栽种的凌霄花，惊奇不已。昔日教授口中所说的华夏神农尝百草典故，果然不假。而晓松被明军众人称赞，果然名副其实。林将军奇人一个，草木花卉，信手拈来，便是一副药剂。

敷上草药，露西渐生困意，迷糊过去。晓松去林中采来野果蘑菇，点上篝火，烤熟蘑菇，叫醒露西。喫得半饱，晓松询问辣椒，露西称古里国的田头菜地，处处可见辣椒。秋天摘取后晒干，磨成粉末，便是让明军吃了大亏的辣椒粉末。晓松笑道，如果在辣椒粉末中掺入硫磺粉，灌入炮丸中，或许可令千军万马之敌，瞬时失去作战力。

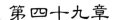

第四十九章

佳人改装路遇侠客，知己相交亲赠纸笔

一觉醒来，旭日东升。露西梳洗后顿觉神清气爽，偷偷窥视晓松，欲言又止。

晓松道："何事烦恼，不妨说来。"

露西方才直言："林君，之后意欲何为？"

晓松道："我等萍水相逢，遭此劫难不死，必有后福。卿本佳人，日后若遇上好人家，必能一生顺遂。是故你应去里奥国投奔你的姨妈。我追随郑和大人，奉旨下西洋，原为通好他国，奉天命告示各国，天君怀远以德主天下，开辟海洋贸易，天下庶几共享太平之福。因诏书国书、丝帛瓷器等皆失，完成国事，几乎已无可能也。然既来之，则安之，虚心取他国之长，撷诸国翘楚的桑麻工技之术，也是大有可为。日后编成书籍，有朝一日归国，供百姓用于生产，也算不负故里众多长辈的期望也。"

露西感慨道："林君落难，尚且忧国忧民，肺腑之言令人感动。然林君为虎落平原，恐被犬欺；我即便自夸为凤凰，也是落毛凤凰不如鸡。我姨妈与故乡古里国两头皆山高路远，去之不易。林君救人救到底，可携小女子一道浪荡江湖，我全仗林君庇护而生存，当牛做马，以为回报。另异国他乡，人生地不熟，林君言语不通，寸步难行。奥斯迪那国与古里言语大同小异，林君可当我为拐杖扶手。我擅长贸易，你我二人合力，攒钱买得大船，再雇用船夫水手，林君归期可待。我追随林君，愿为华夏之民。"

晓松原本不愿拖累她，如今露西一番披肝沥胆之言，让他颇为动容，赶紧点头答允。如今腹中空空，先得找寻食物，两人便向集镇走去。途中两人合计，恐从无华夏人到过此地，晓松猛然显露街头，或引起人群骚动。好在晓松与露西兜里均有几枚哈里抢得的奥斯迪那国的金银币，露西自告奋勇，先去集镇打探，求得填腹之食，晓松留在山中等候。

露西收拾一下身上衣物，离开晓松，半个时辰后便见得稀落房舍。访得几户农家，只见每家都是家徒四壁，只剩老弱病残。几个老人告知，村里青壮男人今日皆去城堡，因被征为短期苦役矣。城堡近日有重大事项，官府搜刮民脂民膏，大兴土木，街区修葺一新。

本村为马克立村，原是海边茂盛森林，鸟类天堂，然城堡年年修葺，以致众多森林被伐光。村里破败不堪，露西不忍视之，也不敢多问，踌躇一番，依然上得大道继续向前。

路上行人渐多，熙熙攘攘，露西随人流走进一处集镇。集镇上各色店铺俱全，此时车马喧嚣，人头攒动，然路旁也有不少悲泣乞讨者，甚至有身负枷锁、明码标价待出售的少女及黑人。露西不禁驻足观看，有穿金戴银的富人欢欢喜喜，廉价买得少女与黑人。大概回到家中，少女可为新娘小妾仆人或丫鬟，黑人则被当作奴隶甚至牲口使唤。有少女和黑人的家人目视亲人被买走，哭得死去活来，惨不忍睹。露西不忍再看，低头离去。

采买食品、衣物与引火石等杂物后，露西赶紧回去。然听得街上议论纷纷，似乎城堡里明天有个竞选活动。露西拐到另外一条街上，腹中饥饿不堪，突然闻得烤制麦馕的香味，不由加快脚步，寻摸上去，看到不远处便是食店。忽见一约莫舞勺之年的男孩，在店里抢得两个麦馕，撒腿便跑。后有店主大汉执鞭咒骂，紧紧追来，飞起一脚，将男孩踹倒在地。男孩摔在地上，嘴里依然嚼着食物，全然不顾身上之痛。店主狂抽鞭子，男孩皮开肉绽，然街上行人无不漠视，绕道而去。露西于心不忍，上前满脸赔笑，劝店主大汉饶过男孩。那店主十分蛮横，一个耳刮子扇来，把露西也打得满嘴流血，只得退避一旁不语。此时几个客商模样的人恰好骑马路过，大喝一声，纷纷跳下马拦住店主。其中两个年轻人甚是愤怒，大声指责店主不该以大欺小，那店主却依然耍泼怒骂，还作势要打那两位年轻人。那位个子稍高的青年很是英武，闪电般揽住店主拳头，往下一掰，店主痛得大叫，连连求饶道："小本生意，经不起夜夜被偷，天天被抢。我若不凶蛮斗狠，便是刁民懒汉口中之餐！诸位不信，询问街坊便是。好汉饶我一回，磕头谢之！"

见许多围观者点头称是，高大青年旁边那位长相清秀的少年道："两个馍馍麦馕，换得一顿皮肉之苦，两个相抵。兄长，且放过此无赖罢了。"清秀少年眼光扫过四周，露西与其照面，两人皆愣。两人容貌相仿，似姐妹一般。店主见那英武青年已松开手，慌忙爬起，溜之大吉。那男孩捡起麦馕，磕头道谢，瘸腿离去。

露西正要随众人散去，却被那几个客商追上。清秀少年道："贤弟留步。我等见你身体羸弱，竟不畏残暴，路见不平，敢于出手相助，想必拳脚功夫厉害，何故被欺反而懦弱忍之？"

露西答道："若是一切随他去，便是世间自在人。"

清秀少年若有所思道："烦请贤弟详叙之。"

露西道："世间有人欺我，辱我，笑我，恶我，轻我，贱我，如何处置？圣贤曰忍之，让之，由之，避之，耐之，不要理之，再待时光且看之。相信因果，相信善良；恶有恶报，善有善报。"

那位英武青年在一旁笑道："贤弟此话谬已。纵容犯罪，乃是罪业也。强横霸道者，皆是怂包软蛋一再忍让纵容，才更加嚣张跋扈。你之言论，可谓是自欺欺人，自我安慰，岂不可笑？"

话音未落，他突然拔刀砍来。此举甚是出乎意料，众人皆惊呼，露西已呆若木鸡。千钧一刻，刀刃猝然停于露西脑门。

见露西面无惧色，青年哈哈大笑："真是武功青涩之人！路见不平，拔刀相助之人有之，但行好事，莫问前程之主，我乃头回遇上。不知阁下是呆子还是枭雄豪杰，然真乃英雄气概也！"

露西哭笑不得，泰然处之。

清秀少年瞪眼道："疯子，不可鲁莽，惊吓贤弟！贤弟大度，切勿与他计较。我才疏学浅，方才贤弟所说似乎是佛家弟子的言论。贤弟两眼紧盯麦馕，恐是落难于此，缺少盘缠。今日相识也是有缘，这些银币不成敬意，请贤弟笑纳。"

此人应是富家公子，出手就是两枚银币与一把第纳尔，引得众人哗然。露西接过，谢道："雪中送炭，实乃厚恩。烦请公子留下姓名宅号，日后必当登门拜谢。"

清秀少年道："日后若有缘再见，彼此便是熟友。但行好事，莫问前程。我观贤弟，即使衣衫褴褛，鸠形鹄面，也掩不住非凡气度，定有出头之日。就此别过！"言罢吆喝一声，与兄长率手下纵马而去。

待露西买来食物衣帽，赶回与晓松约定的汇合地，晓松已去过海边寻找逃生时乘坐的快船。喜小船尚在，费力一番，将小船沉入礁石之间，又捉来十几只海蟹，其蓝色蟹腿展开，竟有一尺多宽。露西欢喜道，此兰花蟹肉嫩膏肥，闷于土中烤就，鲜美异常。又有露西买回的馍馍麦馕，牛羊熟肉，摊在草地上，两人狼吞虎咽，风卷残云，大快朵颐。

饭毕，露西俏皮一笑道："林君，奴家带来三样物件与你，烦劳猜测。"

晓松笑道："小姐笑容狡黠，这三样物件想必不是食物财宝。嗯，莫非是兵器？"

露西摇头。晓松又猜测几次，依然不是。最后，露西掏出一根鹅毛，晓松疑惑，又展颜道："原来是千里送鹅毛，礼轻义重。"

露西忍俊不禁："林君，请仔细看。"

晓松方才认出，带着一丝不解道："此乃天鹅翎毛。为何羽毛干表管里已去油脂，如此透明？"

见晓松疑惑，露西愕然笑道："林君饱读诗书，然此书写之笔，为何不识？莫非林君不识西方之笔？"

晓松甚是惊奇，一根鹅毛竟可以成笔。此笔比起华夏之毛笔，更为轻盈。

得文房之物，自然喜不自禁，晓松欣喜道："的确宝贝也。然如何书写？"

露西乐津津掏出一个小瓶与一沓纸道："尚有墨水与蔡伦纸两样物件。"

晓松细瞧之后，道："小姐称此为蔡伦纸，莫非是购自华夏？如若不是，也是仿效华夏技艺所制。瓶中的墨汁与华夏墨汁相似。华夏墨汁是骨胶或松树胶香与炭黑混合，燃薪烘胚数日方可制成，小姐的墨汁是否也是如此？"

露西笑道："纸张应是由华夏传来，造纸之法也传自华夏，至今大同小异。然此墨水制造的工艺，与华夏截然不同。此墨水制法起自炼金术，由绿矾与橡树的瘤粉末混合，倒入葡萄酒与树胶，经无花果树枝搅拌，便奇妙变化为黑色墨水矣。古里国的文人骚客，无人不知。"

晓松道："炼金术之奇妙，我早在舰队中便已听闻。无水土便无法兴农牧，无金木水火，便无法冶金制陶也。金，木，水，火，土五行，乃构成世界万物的元素。水火金木土于彼此交互作用，运动变化之中，演化出世间万物也。华夏五行学可解释世间万象。"

露西道："然我以为，变化之技，称为'化学'更为妥帖。希腊圣贤德谟克利特曾曰，万物之本原，乃原子与虚空。原子乃不可再分的物质微粒；虚空，乃原子运动的场所也。事物发散出来的原子形成影像，影像再作用于人的感官与心灵而产生认识。如今林君一言，让我甚迷惑原子学与五行之学的差异。不过我认为水火金木土，于彼此交互运动变化，也可称为化学，然如何相互作用变化，露西确实不知耶。原子乃眼见不得，只能意会之物，是否炼金术中，真有神灵的哲人石也？"

晓松不由对露西刮目相看，其才高八斗，机灵古怪，与杏儿何其相似。原子说，其奥义与微粒说如此相近。希腊国，德谟克利特，化学……如此新奇。晓松追问道："何为哲人石？"

露西笑道："哲人石又名点金石，然从未见过，传说唯有圣贤之人才能制造。"

晓松抚掌赞曰："化学，妙不可言；原子学深不可测；哲人石，德谟克利特等，皆是我感兴趣之说。露西小姐当真学贯中西！"

露西羞涩一笑。晓松兴致勃勃，用鹅毛笔蘸着墨水在纸上一试，果真得心应手。又写上几行字，喜悦道："此笔令人惊喜得很。露西如何想起购买羽毛笔？"

露西笑道："林君曾于船上闲谈，道好记性不如烂笔头。林君有意记载，收录天下农工之技，岂能无笔无墨？"

晓松心头一热，好一位红颜知己！

露西又将集镇所遇之事详细告诉晓松。二人猜测，那两位富贵公子，绝非等闲之辈。露西已打听出，此地乃奥斯迪那国基什姆半岛地域，半岛首府即前方城堡，基什姆城堡。此处乃数万人之城郭，辖方圆几百里，有一城十镇，无数村庄。半岛多为猎渔为生的渔夫，因海盗猖獗，多有滋扰，受害者众多，胆小者再不敢出海打渔。渔夫近年无奈，返回耕地，又为耕种田地的农夫。明日城堡有竞选城堡堡长的盛事，定是热闹非凡。

晓松甚是好奇，官府衙门官吏，自古乃天子任命，岂有竞选之荒唐事？

露西道："城堡堡长，也是半岛最高长官，原为世袭制传承，去岁年末，堡长已近期颐，溘然长逝，其子孙皆好赌成性，骄奢淫逸，被众人所诟。国王依得半岛贵族众人，下文废黜其世袭传承，推出遴选制，由岛上百姓自主选拔岛主。近日城堡与附近民众搭建平台，铺路筑桥，平整广场，张灯结彩，忙得不亦乐乎。"

晓松笑道："平生首次听说官府衙门由百姓商定，天下奇事一桩。何不速速进城堡，明日观此新鲜怪事。"

晓松脱下明军衣装，换上露西买来的当地服装，用长巾裹头遮面，扮作大户人家的哑巴仆人。背上旧衣包袱，两人向城堡进发。

异国他乡风光旖旎，令晓松心旷神怡。遇得几个路人，全身肤色黝黑，晓松心中大惊。《山海经》中记载的黑人，"虎首鸟足"，然路遇的黑人，虽身高体大，从头至脚肤色黝黑，唯牙齿白净，但除此之外，与华夏之人的四肢手足并无太大差别。晓松频频偷觑，露西小声戏道："林君少见多怪，古里国也多有黑人。你当黑人是怪人，可若你脱下长袍，当地人未曾见过东方之人，众人必定也视你为怪人。华夏人白净光洁，几无毛发，如被女子见得，必青睐不止。"

说话间便到了城堡附近的集镇。晓松出海经历数国，然从未下船去游览异国集镇，如今集镇上熙熙攘攘，全然不同于华夏，自然新奇不已。在街上闲逛一个多时辰，见得黑杏干、椰枣等蜜饯，买来品尝，果然奇香甜蜜，不由吃个半饱。又寻得其他食物，一一品尝，大为赞叹。

已近傍晚，见得客栈，便前去投宿。然城堡近日规定，外来人员无类似华夏路引的身份证明，店主不得接纳，除非有本地人担保。两人只得退出，又找了几个客栈，均被婉拒。露西沮丧不止,两人在街头正无可奈何,露西突然眼前一亮: 前面不是那偷取麦馕的男孩吗？男孩眼尖得很，遇上恩人，磕头称谢。露西问起身份证明，男孩一口答应，将露西当成是远方亲戚路过此地，由其祖母作保，若有两个第纳尔的保费更好。露西欢喜不已，跟着男孩寻得歇息客栈，男孩又找来其祖母。露西交了保费，又与男孩约定，明早由他领去广场，观看竞选盛事。

次日阳光晒上面颊，露西与晓松起床洗漱用餐。尚未咽下米汤，便见店主催促住宿客人赶紧吃完，熄火封灶，打烊关门，城堡民众纷纷涌上街头，前去广场参与城堡选事矣。

男孩早早于门口等候，领着晓松露西，七拐八拐便进了广场。此时人声鼎沸，人群摩肩接踵，足有几万人之众。男孩左推右挡，挨了好几次皂役棍棒，方领得晓松露西挤到前头，便听到一阵阵喝彩声。但见得广场搭有庞大的彩台，台上一人，手舞足蹈，慷慨激昂。刚讲话完毕，又上来一人，戴着一副玳瑁眼镜，斯文优雅，声音抑扬顿挫。后面之人听不清楚，台上说一句，台下立有传话的差役，大声依次传话下去，整个场面倒是秩序井然。台上两边坐着众多长老，似是监察判官。老者身后站立各镇各村荐举的贤才。晓松哪里听得懂，又是装的哑巴，心急不得，露西又不便多言。晓松使个眼色，露西会意，摸出两个第纳尔，烦请男孩前去采购午食，在客栈等候，余下钱算作跑腿费。男孩欢天喜地离去。

露西小声耳语："我适才问过旁人，各村与集镇均可推荐被选人，男女不限。然识文断字，身强体健，能征善战，德才双全者，方可入选，尤其智慧者与圣贤者优先。历经层层筛选，才筛出今日这最终十几人竞选者，再由这些人公平竞争岛主之位也。竞选第一关，被选人上台叙述其作为半岛岛主的治理之策。被选人无不引经据典，广采民意，形成今日口中文章。"

晓松问道："治理之策，当是针砭时弊，民意最为关心之政。"

露西道："听得旁边人议论，竞选者几乎均谈及教派争端与剿匪之事。半岛自古港口便利，诸国贸易往来频繁，思想交流与宗教传播颇为发达。然因教义不同，彼此冲突不断，以致战事频发，各派势均力敌。近年半岛烽火渐熄，百姓苟延残喘，更加向往太平也。是故被选人皆曰和平共处之意，以联手共对哈里海盗，然苦于无良策，忌惮哈里兵多势众，引得台下公民皆嘘之。"

晓松小声问道："公民？这是何意？"

露西一愣，道："公民的准确解释，我尚一知半解。我以为公民之意，有异于平常百姓。在籍且无犯罪，被赋予法典应许权利的人，方可被称为公民。"

晓松听后品悟，笑道："我等旁观之人，不是公民矣。露西，台上宣讲者还有何高论？"

露西道："余下便是如何解决缺粮少衣的百姓疾苦。近年来因海盗滋扰，渔业贸易衰败，自然阐述如何设法复兴贸易之计，其余便是些农作之事，比如减少麦地耕作，普及婆塔图种植，兴盛农牧之类的话题。"

晓松问道："为何普及婆塔图种植而减少种麦？"

露西笑曰："昨日不知，方才被选人称婆塔图的产出，十几倍于麦菽也，尚旱地沙地等劣地皆易种植，收获方便，岂不妙哉？"

晓松惊讶，冲口而出："不可思议，神奇的婆塔图！"言毕方才察觉声音过高，忙降下音调，"如能引回华夏栽种，必利于苍生民众。我定要在此学会种植婆塔图！"晓松警觉环顾四周，见旁人无心留神自己与露西的谈话，心下安然。

第五十章

观竞选场外论试题，遇恩人把盏思报恩

两人说话间，全场骚动起来，竞选进入第二关矣。三声鼓声后，司仪官于万众瞩目中宣告由考官宣题，共五题。竞选者排成两列，均间隔三尺多远，落座之后各自在纸上答题，又快又对者胜。台下观者不得喧哗。

其后一宣题官沉稳迈步上台，宣读第一道试题，大声重复两遍，全场闻之，众人轰动，被差役大声吆喝压下，众人纷纷交头接耳。有一好事者跳出，兴奋异常，大声嚷嚷知晓试题的答案，被闻声赶来的士兵拿下，押出场外，广场顿时鸦雀无声。然宣题官宣告第一题作废，重出一道。露西附在晓松耳边，小声转告第一道试题题目如下：

某味海鲜汤里，活鱼或活虾必有一味，然须同时满足后续规则也。甲：如有活虾，则必有活蟹。乙：活蟹活鱼至多仅一味。丙：若有活鱼，必有海螺。丁：有海螺，必有活蟹。据此指出该味海鲜汤里含何种海鲜也。

晓松微微一笑，即刻附在露西耳边道："活虾与活蟹。"

露西闻之惊喜不已，夸道："林君的应答，又对又快，可见林君逻辑学功夫深湛。"

晓松诧异道："逻辑学是何类学识？我仅直思，不依赖逻辑学。露西胸有成竹，敢将自己作为考官确定对错，岂不更是才思敏捷？"

等上片刻，台上竞选者交出答案，考官当众大声宣示正确答案，广场上顿时响起一片嗡嗡声。露西与晓松相视一笑，果真无错。然台上竞选者，有几个哭丧着脸，垂头懊悔答错矣。

晓松忽见露西面有异样，问道："方才为何频频回头？有旧识之人跟着？"

露西道："身后似有眼盯着，然观察一番，全是陌生人也。"

晓松笑道："露西毋须惊慌，没做亏心事，何惧鬼敲门？专心一点，宣讲第二题矣。"

场上一片寂静，宣题官读了题目，露西翻译道：

"哈比儿希是半岛城堡人家的女子，初犯偷窃，偷了家族内他人的财产。依《半岛法典》

如何处置？"

晓松道："此乃家事，何故由官府审判？我故里若有此事，均有宗祠处置。华夏《唐律疏议》与大明朝的法律，也未曾涉及此类偷窃也，露西以为如何？"

露西笑道："我也不知《半岛法典》。须待台上考官的答案揭晓。"

考官宣示答案，哈比儿希被逐出城堡。露西与晓松闻之，反应不一，尚未交谈，台上考官由此又出一题。

哈比儿希被逐出城堡后，尚有后话。哈比儿希不甘心被驱逐，潜回城堡，与他人通奸，被人发觉而逮捕。依《半岛法典》如何处置？

晓松笑道："此妇屡屡犯罪，理当惩罚。通奸之罪，若在故里按宗法处置，该浸笼投入河中。"

露西微露愠色："男女皆为上帝子民，然男子娶妻后，可宠幸女奴，可随意弃妻，可将妻子抵债，家中财富也仅由男子继承也，窃以为不通天理，有违公平！"

晓松大惊，尴尬到无言以对，只得静待考官的宣示结果。然出乎露西意外，答案与晓松所说大同小异，哈比儿希被投入河中。

露西面露不悦，然此题尚未完毕。考官又说：

"哈比儿希被浸河中，然大难不死。哈比儿希水性极好，漂流于河水中挣开绳索，被河水冲下，搁浅于沙滩，得以逃生，然不幸又被抓。依《半岛法典》如何处置？"

晓松与露西面面相觑。两人紧盯考官，只见考官叩拜天地，大声道："哈比儿希幸存，此乃奇迹，乃神的旨意！依据法典，赦免其罪，且可返回城堡，自主谋生也！"

台上只有几个竞选者长舒了一口气的。这些人对《半岛法典》一知半解，自然连蒙带猜，试题揭晓答案后令全场轰动，久久不得平息，晓松两人也唏嘘不已。

又听得鼓声，宣题官立于台前，广场上倏然肃静。第三题乃是四句话，分别道出是何位先知圣贤所言。那四句名言分别是：

甲句："我与世界相遇，我自与世界相蚀，我自不辱使命，使我与众生相聚。"

乙句："对象之意系作为存在者之存在者，对象系诸第一原因与本原。"

丙句："物质宇内系永恒也，不可创造之，然真主安拉系永恒，人之灵魂不灭也，定系永不轮回，岂有死者复活之说？"

丁句："学识纵使远于华夏中国，竭尽全力当往求知。"

台上竞选者大皱眉头，冥思苦想，晓松也一脸懵然。

露西先于竞选者轻松答道："这是古希腊国的先哲言论。前面两句是苏格拉底、亚里士多德之言，后两句是阿拉伯帝国的伊本·西拿、伊斯兰先知穆罕默德两位圣贤的箴言。"

晓松对露西大为赞叹，然台上的竞选者似乎无一人答对。考官揭晓答案，竞选者无不垂头丧气。露西又是全部答对，晓松伸出拇指连连夸赞。

第四题宣读后，全场人皆是张口结舌，台上竞选者也是大眼瞪小眼。晓松问露西："你是否听错？我观台上台下，众人皆是一个表情，懵懵懂懂。即使出题人也是满面迷惑。如何秤出空气之斤重？定是错题！空气岂有重量乎！"

露西眨眨眼，面露得意之色，莞尔一笑道："我甚是奇怪，半岛几同沙漠，学识如此贫瘠。我先祖阿尔哈兹尼，其著作《智慧之秤》里对此明明叙述详细。阿尔·哈兹尼一生孜孜不倦，探索世间真理，发觉空气也有重量，后又将阿基米德的浮力定律当成一杆秤，运用于空气称重上，空气密度随高度不同而异，依照浮力定律可解答的。"

台上竞选者个个臊眉耷眼，满脸羞愧，无一人交上答卷。考官也是照本宣科宣读答案，一竞选者问其考官如何演算，考官知其然不知其所以然，支支吾吾，引得全场轰然大笑。

晓松摇摇头，此等试题，闻所未闻，然又对露西多了几分敬佩。

到了最后一题，万人仰望宣题官，他咳嗽一声，对于现场气氛甚是满意，反复重申最后一题含有两道小题，竞选者可选择一题或两题作答，自然又快又多者取胜。试题一出，全场嗡嗡声四起。台上有冥思苦想者，也有欣喜若狂之人。

露西撇嘴一笑，晓松暗自惊喜，笑道："我关公面前耍回大刀耶。第一题是今有雉兔同笼，上有三十五头，下有九十四足，问雉兔各几何？此乃华夏《孙子算经》一书中鸡兔同笼趣题，假如让鸡抬起一只脚，兔子抬起两只脚，尚有四十七只脚，笼子里兔比鸡之脚数多一条也。是故脚与头的总数之差，岂不是十二只？乃是兔子只数也。"

露西一听，用手掩嘴笑道："着实有趣！解答无错。林君，第二题是否也有结果？"

晓松羞愧道："我也曾跟人学过算术，但不精通，解答算题从不得心应手。愚兄笨拙，烦请贤妹露西赐教。"

露西道："贤兄虚怀若谷，聪慧异常，然不曾学得数学演算的法则，算时迟缓也属正常。一个数的三分之二，加上此数的一半，再加上该数的七分之一，又是加上该数本身，合起来拢共是三十七也。问此数为何数。此题出自古埃及，原本计算过程冗长费事，然数学演算进化，用一元一次方程演算，片刻就可得出此数为十六点零二有余。鸡兔同笼用一元一次与二元方程式法则，皆可求出。用此法解鸡兔同笼题，无论如何变化，全然不惧，顷刻答出。"

晓松兴致盎然，口中变化几次数目，露西果真不费吹灰之力，用心算即刻答出。晓松突然想到陈杏儿，自己曾想拜她为师学习数学演算，然遗憾未能学成，陈杏儿便不幸遇难。晓松正自伤感，忽听台上一阵欢呼，总算是有三人答全两题，台下也有算对者，答案一出，全场跺脚击掌，欢声雷动，经久不息。众兵丁齐声吆喝，总算将喧嚣平息下去。

考官复出，临时增加一题，宣示完毕后，广场众人皆可举手作答，答对者奖励银币一枚，并可入衙门当差，领有俸禄。在此处，一个银币足以购置面粉十袋，因此全场轰动。三声鼓声，所有人支起耳朵，唯恐落下一字。

世界中心之庙堂安放黄铜板，上插着三根宝石针，梵天创世时，于其中一根针，从下至上，放下由大到小之六十四片金叶，此乃梵塔也，不论白昼，值守僧侣，照梵天不渝法则，将金片于三根针上移动，一次移动一片，然次次小片得放置大片之上，俟所有六十四片金叶从最初之针移至另外那根针上，世界瞬时霹雳一声，梵塔与庙宇，众生与世界瞬时消灭，众生同归于尽也。假设一秒移动一次，问多长时间方可移动完毕。

宣题官读完题目，大众哗然后陷入一片寂静，耳畔呜咽之风听得清晰，细思极寒。呜咽之风，如同末日数之不尽的逝者怨灵，肆无忌惮撕咬吞噬尸体之声。恰在此时，广场几棵枯死大树上，那些突然落于枝丫的寒鸦一声声悲凉啼叫，仿佛诉说着世界末日的苍生悲哀。远处的钟楼大钟，那猩红色的长长的时针此刻格外刺眼，在众人眼中，俨然是两把锋利的时光剑，几乎刺穿众人胸膛。"当，当，当……"钟声乍然敲响，众人不由自主地哆嗦一下。

晓松见旁边众人脸色陡然惨白，失笑道："当风声为死神脚步声，乌鸦叫唤为死神的召唤，所以有如此惨状。有何恐惧？着实怪异。何处为世界中心，岂有人说得明白？我即世界，世界即我，我便是世界中心。然考题为世界中心的庙堂，岂不是指我心？故那根银针多久移动完毕，随我心而定，不就是投掷骰子？"

露西一笑，小声道："狡辩不是？亏林君来自佛教徒众多的华夏之国。世界中心，佛教以为乃印度贝拿勒斯之地，此乃著名先知鲍尔的世界末日题也，结果为五千八百亿年。露西自幼时便经常接触此类智慧题演算，恰巧今日用上。世人的确不应恐惧，只是疑惑，考官为何出此与佛教有关之题？"

晓松点头赞成，然心中震惊，小小针面上摆放金叶，竟需五千八百亿年之久，难以想象亿年为多久之时光。晓松此时惭愧不已，不比不知道，华夏的举子在露西面前差距之大，令人汗颜。晓松满脸钦佩之色，对露西作揖道："受教矣。"

过得片刻，考官再三征询，全场依然无人应答，只得悻悻宣告竞选进入最后一关，沙场比武。此言一出，全场即刻人声喧嚣，人群骚动。众人转身退后，台前闪出一大片空地。众人让出一条通道，便于安放箭靶，竞选者纵马奔驰射箭。

稍后一阵鼓声，台上众长老与考官等皆立身恭候，似有朝廷的两高官亲临。两位高官与长老寒暄几句，与众人前后落座。大小将弁、考官监吏分列两旁。露西晓松挤得额头冒汗，花了五个第纳尔方换得两个靠前的位置。但见教场里俱是全身戎装的将士，问起旁人，方知考官已经告知，经过前面两关竞选，最终留下优胜者五人。这五人率领各自军士，分成红蓝紫黄白方队，各队摆开阵势，彩旗猎猎，战鼓喧天，威风凛凛。四周百姓，为自己中意者呐喊欢呼，喧嚣声此起彼伏，震天动地。

沙场比武，先是骑射。所用弓力轻重，竞赛者各自于监箭处自主领用。晓松定眼细瞧，比武的弓箭与海盗哈里所持弓箭大同小异，用的是紫杉木背衬长弓，硬木四翼，平槽舍口铁头箭。晓松经与海盗实战，知其威力远逊于大明军的复合弯弓。此时五条箭道上，十丈外之地，早摆放齐当彩牌木坊，木坊上悬三个拳头大小的婆塔图，当成彩球箭靶。一声令下，选手们个个纵身上马，飞奔中拈弓搭箭。万众呼声中，竞选者离靶十丈外，一连三箭依次射出。那白旗队三箭齐中彩球，引来城堡民众与拥护者欣喜若狂之喝彩，旗开得胜。

撤去彩牌，此后便是助跑投枪。叶形尖头长矛足有一人多长，辅以投枪器，竞选者憋足一口气，狂奔中大喝一声，用尽力气振臂投掷出去，矛枪于空中呼呼飚过，七八十步之后一头扎下。晓松道："弃枪、标枪取材造制易也，战时理应盾矛兼用于一身，弃枪攻盾牌防，腰携刀剑续战，然弃枪投掷全无准也，是故弃枪、标枪非如今之主流兵器。"

露西笑道："外行看热闹，内行看门道。林君军中大将，深知兵器优劣，必多感言。"话音落下，便听得众人一片哗然，原来城堡外一集镇的红旗队此局得胜，引来一阵阵欢呼雀跃。

第三局所用兵器，晓松甚是陌生。骑士全身铠甲，手持二十来斤、一丈长的铁木合成之骑枪，骑道边相隔两丈之远，三棵树上，各树俱倒挂一只活蹦的麻雀，骑手单手持枪，纵马奔驰中不得停顿迟缓，须一枪刺中麻雀，使之毙命，刺中且刺死多者取胜。蓝色队来自远方一村庄，竞选者心急中率先跃马，眼中的麻雀看得清晰，一枪刺出，麻雀挣扎，可惜偏于枪头擦身而过矣。骑手赶紧收枪，然用力过猛，骏马越过第二棵树木，面对第三只麻雀时，心乱焦急中，又是一刺空枪也。冲过去恨恨扔枪，懊恼不已。后面几个刺中一只或一无所获，唯有那红队选手梅开二度，三只小鸟个个被他挑落。晓松禁不住伸出拇指替他欣然也。

众人喧哗中，军中奏响震慑人心的鼓乐，台上将军号旗舞动，各队军士在竞选者的引领下，鱼贯进入教场。教场阅兵，五军亮剑，气势磅礴，看得民众热血沸腾，万众齐吼，晓松赞曰："独立扬新令，千营共一呼。"

但见红旗队领头，操练棍操，虎豹军士梢把兼用，身棍合一，力透棍梢，抡、劈、戳、撩、舞花的棍法，尽显"棍打一大片"的特性，四周叫好声铺天盖地。蓝队演绎斧操，用的是海盗斧。哈里一战，晓松早就领教过，斧法极简，然有劈山之势，极其威猛。紫队一套怪异刀术，令晓松眼花缭乱，仔细观摩，实则依靠拳脚功夫，只是手掌上套有三刃卡达，似是匕首，然其有一护手，三面刀身，刺劈时可抖落变形，成三个方向击刺也，诡异无穷。再是黄队的链枷操，白队的战锤操，晓松也都熟悉。链枷顾名思义，铁棒头上有链条连接钢球，钢球若砸中敌人头部，可打碎其头骨。战锤上有尖锄，可穿透甲胄。与哈里一战，大明军便已领教。操练军士一招一式刚劲有力，雄壮勇武，此时在旁观看，晓松眼中浮现出明军与哈里之战，一时热血澎湃，满脸赤红。猛听见露西叹道："宁为百夫长，胜作一书生。"

晓松见她豪情逸致，为场上将士抚掌大笑，一口流利的华夏语，顿时想起杏儿，心中伤感不已。此时一顿振聋发聩的擂鼓声，将晓松的思绪拉回教场，万众呐喊，各位判官断定此局黄队夺得魁首。

是此竞选项目完毕，未等考官揭晓，欢呼声早就雷动。白队略略领先红队，总计分数独占鳌头，摘得桂冠。白队的统领乃基化姆城堡的穆斯林选手，生得铁面虬须，虎背熊腰，侯朝廷高官赐予权杖后，振臂一呼，其声如洪钟，铿锵有力，博得满场喝彩。满场百姓喜气洋洋，狂呼跳跃，全然不顾其他队耶。

露西与晓松微笑看着尽情欢呼的民众。露西笑道："视其三军威猛，一副骁勇善战之状，然遇上哈里海匪，败多胜少，更别说与大明军交战，恐一触即溃。若各国观得贵军除暴安良的剿匪一战，岂不叹为观止？若是井底之蛙而不求上进，早晚被坚船利炮所灭，时不待人也。"

晓松笑道："露西小姐对明军青睐有加，难免过誉，实不敢当。若单兵相搏，大明军士身矮力弱，交战便处劣势。大明军骄绩，全仗坚船利炮，刀剑锋利，战术得当，军心振作等诸多因素。然两军作战，天时地利人和，缺一不可也。今日所见所闻，胜读十年书，我以为明军自骄天下，然不知天下已非我所知之状。知己然不知彼然，恐盲目作战，不敢言必胜矣。露西小姐，不知不觉中天色已晚，肚里叫唤，先去寻些食物填饱肚子。"

一句话点醒露西，两人相视一笑，方记起委托男孩购买的午间食物。两人离开依然沸腾的广场，露西总觉得背后有人跟踪，然偷觑数次，也没见到那人踪影。此时万人空巷，街道行人依稀，晓松低头不语，一路回味着赛事的精妙。华夏自古以来，何曾听说官府衙门之人是由百姓选拔的？被选者深受百姓爱戴，自然一呼百应。

露西见晓松沉闷不语，以为自己方才处处占先，引得晓松不悦，顿感歉意，扯住晓松衣角，小声问道："华夏风俗礼仪，讲究妇人须有三从之义：未嫁从父，既嫁从夫，夫死从子。九嫔掌妇学之法，以九教御，妇德，妇言，妇容，妇功。华夏男外女内，男人在外当官主政，从军服役，种地打猎，经商贸易等，女人家内主中馈，务蚕织，生儿育女，孝敬公婆。大门不出二门不迈，不许涉猎外事，若有违反，似乎牝鸡司晨。丈夫有德便是才，女子无才便是德等华夏众多礼仪风俗，我也知一二。今日露西沾沾自喜，浮夸卖弄，林君勿怪。"

晓松笑道："丈夫有德便是才，女子无才便是德，此语未必是真。我出身之地，山高皇帝远，几同与世隔绝，女子三从四德，男女大防之礼教，乡民内心视为沉疴痼疾。我以为女子通文识字而能明大义者，固为贤德，然不可多得。德重于才本是华夏的信念，不分男女。男人以德为本，宁舍才而有德，故谓男子有德便是才。然今日之竞选，我似乎感觉男子无才便缺德，缺才便难立世。露西小姐以后断不可妄自菲薄。以后我俩兄妹相称，今日露西阿妹的满腹才华令愚兄大为震惊，然不知从小如何受教。"

露西躬身道："能与林君兄妹相称，露西求之不得。至于古里国的幼子受教，却无定式，各家不一，然女子极少从学，露西只是特例。家父入的是基督教，露西去不得昆它布场所。哦，'昆它布'是古里国的初级教学场所。然家父偏爱，露西便在家入学，学得七艺，尤以西方之逻辑学，数学、天文学为主……"

忽听见一阵马蹄声从身边呼啸而过，一队人纵马跑至二人前方，猝然急停，马嘶扬蹄时跳下，昂首迈入前方富丽堂皇的明月客栈。露西惊讶抬头，那几人尽管换了装束，然露西一眼认出，正是昨日赠与银币者。

晓松道："哎呀，天下竟有如此蹊跷之事，那队人里有一灵巧清秀男子，长相与你极为相似。受人点滴之恩，理应涌泉相报。今日偶遇，不妨前去询问高姓大名，以图来日报答。看，出入明月客栈者，皆衣着华贵，前呼后拥，似是官府驿站，戒备森严。我俩此等寒酸，又无人引入，可惜造访不得。"

露西笑曰："实不相瞒，昨日一照面，我也是一激灵。然我与那公子天各一方，长相相似，纯属巧合而已。看那公子器宇轩昂，必是大富大贵人家出身，如今若投桃报李，也无实力，冒昧造访巴结，必遭鄙薄。方才路人言今晚或许解除宵禁，全城狂欢，客栈定会放松警戒，我寻机进入客栈中，给店里小二哥一些好处，打听得那位公子的来历便是。待日后发达，再谢他不迟。海盗哈里之猖獗，基化姆半岛犹如切腹之恨，又无可奈何，渔民受海盗之害大矣，十几年来不敢远航打渔捕捞。然本地无人知晓哈里海盗已被灭，留给我俩一个天赐良机。我俩手头尚且有些本金，明日起设法租船，雇人出海，定会鱼虾满舱，再设法运到皇城销售，定是几倍巨利。几趟下来，发达暴富，何愁不能回报那位公子？贤兄所言之驿站，我领会是衙门官人下榻之店，然前面明月客栈，又见得巨贾商人出入，官府之人住进店里也须登记，一查便知。若那公子为商客，只要得知其商号，以后寻找起来也是方便。"

晓松大喜道："穷则独善其身，富则达济天下，理应先告知本地官府与百姓，海盗哈里已被歼灭，还众人一个安平海洋，让百姓早日摆脱贫穷困境！我俩不可独得其利，回去修书一封，偷偷投入官府衙门，报告一声便是。"

露西满脸惊讶，想起华夏的仁义两字，顿时频频点头，自觉狭隘之心，满脸羞愧。华夏之品德，君子重义轻利，小人嗜利远信，利御小人而莫御君子矣。

两人回到客栈也不见男孩身影，本客栈已不生火造饭，只得返身出去寻找酒家食铺矣。

就近找得一食铺，依伊斯兰教规，教民不可饮酒，以致食肆平常并不售酒，然今晚特免禁酒令，其他教民可购。露西告知，酒是葡萄酒，晓松曾未尝过，露西便购得一杯，晓松好奇品尝，只觉口味香甜，也无酒力，晓松笑曰甜水。见众人载歌载舞，饮酒狂欢，晓松难以置信，这多教混居之国，异教民众和睦相处，不管何教民当选，均令民众欢欣鼓舞。

两人离开喧嚣的街道，拐进一条偏僻街巷，见有食肆升起纸灯幌子，上有明晃晃的"大唐酒家"四个字，是一家大唐风格的酒店。晓松大喜。落座后露西胡乱点上几道菜肴，店小二端上一盘椰枣与一壶不知茶名的茶水，先请两人品尝歇息。露西好奇问起酒店的店主，店小二告知，此乃百年老店，原来店主去过古里国，见古里国贵族嗜好大唐风味的餐馆，便回来仿效建造，也请来古里国大厨，生意原本红火，只是海盗之害，使城堡商客大减，百业萧条，酒店也渐渐败落，如今多是些本地菜肴。店中唯有晓松与露西两位客人，露西坐下歇息，方觉伤口尚有些疼痛，晓松惦记今日回去后替她敷上草药。

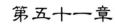

第五十一章
千钧一发城堡惊变，拔刀相助漏夜传信

说话间，见窗外街巷远处走来一伙人，一窝蜂涌入酒店，其中几人隔着露西一桌坐下，也是胡乱点上几道菜，便低头不语。露西见他们不时偷瞄晓松与自己，顿时如芒在背，然见晓松闭目养神，露西也只得沉默以对。恰在此时，一只老鼠从厨房窜出，众目睽睽下，直跑到露西脚边。露西惊叫一声蹦跳起来，双手紧紧抓着晓松，两人险些翻倒座椅。旁边那几人岿然不动，只是瞟来一道道异常警觉的目光。倒是门口那一桌，有人惊慌中翻起长袍，摸向腰间的手刃，见露西旁边那几人纹丝不动，便也悻悻落座。

晓松与露西尴尬一笑，幸好店小二端上面食，两个吃完之后匆匆离去。此时华灯初上，满城歌舞升平，然两人无心观看。晓松问道："露西为何惴惴不安？"

露西道："方才酒家里进来的那几个食客，个个鬼鬼祟祟，诡秘异常，然手臂上皆系有白丝带，丝带上装饰有一条眼睛的毒蛇，长袍里还藏有三刃卡达……"

身边行人川流不息，露西闭口不言。晓松吃惊不已，迎面走来的不少人，胳膊上均佩戴单眼毒蛇标志，看似漫不经心，实则都是去往大唐酒家的。露西欲言又止，晓松示意她不要出声，两人疾步如风，走到偏僻处，露西道："今日城堡必有一场风暴。"

晓松点头道："正是。街上尚有推车挑担骑马的毒蛇帮之人，朝其他方向走去，大唐酒家只是他们的会合点之一。这些人人数众多，又个个暗藏长短兵器，城堡今晚定有一场腥风血雨。大战来临，殃及百姓，我俩赶紧回去再做打算。"晓松猛然想起大明军中的供为司，谈虎色变的锦衣卫，也许"毒蛇帮"之人，是奥斯迪那国的锦衣卫。若是如此，方才以为的兵变，岂不是杞人忧天？身在异国他乡，情势着实不明。

两人回到客栈，推门大惊。只见房间凌乱，包袱不翼而飞，只有露西购买的鹅毛笔、纸墨与草药尚在。晓松道："包袱里仅有平常旧衣，丢了也不可惜。只是我那明军制服，窃贼定会稀奇不已，恐我俩身份已泄露矣。不怕贼偷，恐贼惦记，免不掉有麻烦骚扰接踵而来。"

露西道："林君所虑极是。且不论林君的将军制服，就是林君的绸缎内衣，以为平常之物，然于此地民众，实乃稀奇华贵之衣。普通民众未曾见过华夏之衣，古里国曾有见过者，感叹唯有天人，方可织出如此细密柔软的绫罗绸缎。若窃贼将包袱献给官府，定有人识得乃华夏衣装也，按图索骥，我俩麻烦不断。但愿那毒蛇帮只是一个抢劫团伙，盯的全是巨贾豪富，而非兵变……哎呀，昨日购买衣物，给店主碎银时，碎银由银币砸烂，我出手大方，当时就感觉到店主的异样眼光。也许彼时我便被当成有钱人，进城后又被跟踪。我尚且如此，不论抢劫或兵变，那富家公子兄弟，均大难临头也！速去相告，规避横祸！"

晓松赶紧扎好包袱，离店径直走去明月客栈。果真如露西所言，此时明月客栈热闹非凡，露西帮着厨房工搬运食物而混入客栈，遇上饶舌的店小二，三言两语便得知那公子乃高贵客商，来自皇城，极是神秘，适才结账离去矣。具体姓名，店小二也不知晓。晓松与露西只好到街上寻找，依然欲将危情相告。街上狂欢人群载歌载舞，摩肩接踵，城堡似欢乐海洋矣。两人走过几条街，不见其踪影，只得默然走回，然心里着实忐忑不安。忽见街上驶来一辆载薪的马车，马车伪装盖无破绽，驾车者俱是佩戴单眼毒蛇标志者。马车路过二人身边时颠簸几下，晓松看见柴火中隐约露出刀枪。晓松心知必有异动，拽住露西，赶紧闷头往回赶。未进客栈，早听闻店主的大声嚷嚷。原来店主喝得酩酊大醉，被人抬回，然一路叫嚷，与人拼酒，晓松才知官府的守卫也多有饮酒而醉者，心下更是吃惊。回到房间，草草收拾了一番，暗中将一封短信塞入店主怀中，信上告知哈里海盗被灭的实情，也未署名，当是街上行人托付店主转交官府。两人结账后离开客栈，在街上临时雇来马车，急慌慌走至城堡门，城堡今夜果然取消宵禁，两人弃车奔出城堡。

离开城堡不过片刻，就听见身后城堡内杀声四起，人们哭喊连天，顷刻间满城烟火弥漫，将夜空照得通亮。不远处看守城堡大门的卫兵被突然袭来的一群人砍杀殆尽，杀声刺耳。晓松与露西赶紧躲到路边，又见逃难人群如同潮水般涌至城门，人数太多，竟然将截杀者冲倒。他们逃出城堡后，哭喊着乱叫乱窜，不久便有骑马者追出，朝着人群举弓箭胡乱射杀，人群中有惊吓绊倒的人，引得人们相互踩踏，死伤不计其数。有骑兵执弯刀冲来，弯刀落下，一颗颗人头扑通掉地，鲜血喷出，瘆人腥气弥漫开来。骑兵手臂上的白丝带如此刺眼，晓松与露西没想到这毒蛇帮竟然如此明目张胆地在大街上残杀平民，罪莫大焉。

恰在此时，露西似是听得"哈里强盗"几个字眼，只见一矮小之人身中几箭，跟跟跄跄倒于露西跟前。定睛一看，正是那天偷抢麦馕的男孩。男孩咽气前告知露西，那些佩戴毒蛇标志之人声称隶属于哈里海盗团伙，夜袭城堡，叫嚣着要屠城，残忍无比。

骑兵砍倒几人，便又折回，迎着城堡涌出的人潮杀去。晓松与露西躲在暗处，思量这毒蛇帮哪里是什么哈里海盗团伙，分明扯着虎皮做大旗。隐约见得城堡里逃出一队人马，与前堵后追的毒蛇帮匪徒杀成一团，被追杀者拼死一搏，终于杀出一条血路，冲晓松这边冲来。露西眼尖，惊叫道："正是那几个皇城客商，富家公子兄弟！"

火光中，几个矫健彪悍的随从，护着那兄弟俩左挡右支，然毒蛇帮帮众紧追不舍，双方杀得惊心动魄。终究是敌众我寡，那公子兄弟两个方冲出包围，然一阵乱箭，将他俩射落马下，挣扎着尚未爬起，两个追兵赶至，狂笑着举起弯刀。千钧一发之际，晓松啪啪甩出两枚流星石子，击中追兵脑门，那俩追兵猛然仰身翻倒，摔落马下。晓松一步赶上，一拳一个，送他俩去见了阎王。晓松手脚不停，从地上拾起弓箭大刀，搭箭便射，箭无虚发，后面几个追兵被打了个不提防，纷纷栽下马来。更远处的追兵们见晓松骁勇，大惊失色，不敢再追，纷纷掉转马头逃窜。

　　晓松唤出发愣的露西扶起这两位公子，只见他俩虽然中箭，所幸并无大碍，依然神志清醒。那个面容清俊的少年毫不慌张，态度依然从容；其兄长忍住箭伤疼痛，推开晓松，翻身上马。晓松与那清秀少年共骑一马，露西骑术颇佳，将方才追兵骑的马牵过，翩然跃上，几人扬鞭狂驰，一溜烟消失在夜幕中。

　　几人在月光下一口气穿过一座山岭，早就甩掉后面的追兵，见夜色朦胧，四下无人，便勒住缰绳。富家兄弟中年长的那位已筋疲力尽，从马上坠落。晓松与露西忙下马将其扶到一边，交谈片刻，才知今夜兵变实情。

　　今夜兵变者，正是被废黜半岛岛主原本的继承人，是城堡堡主的几个儿子。他们与戍边军营勾结，沆瀣一气，假冒哈里海盗团伙，实施暴动，杀戮百姓。而这两位"皇城客商"，自称是表兄弟，哥哥叫桑若斯，弟弟叫阿莱。桑若斯称他们家族世代在半岛经商，家中颇有财势。那阿莱冷若冰霜，对晓松的华夏脸孔也毫无好奇之意。

　　见这兄弟俩箭伤难忍，无力前行，晓松在附近寻得隐蔽山洞，将二人扶进山洞，把坐骑也牵进密林中藏好。晓松在桑若斯与阿莱的惊讶目光中钻木取火，点起一堆篝火。好在草药尚足，露西将草药取出备用。桑若斯取出一把刀柄镶着宝石的匕首递给晓松，晓松将刀刃在火上烤过，将桑若斯后背的箭头剜出。他一声未吭，然额头有豆大汗珠滚下。取出箭头后，桑若斯端详一下，仰头大笑："不幸中之万幸，此箭无毒！"

　　阿莱手臂、肩头中了两箭，桑若斯用刀帮他挑开血痂，褪下少许上衣，露出肩头，阿莱咬住一树枝，晓松一刀下去，阿莱不由吐掉小棍，疼得大叫。待倒刺箭头剜出，阿莱疼得昏迷过去，手里还紧紧攥着露西的手臂，露西忍住疼痛，满头大汗。桑若斯查看箭头，也是无毒之箭。露西从衣服上撕下布条为二人包扎。处理完伤口，晓松将阿莱平放于地上，长舒一口气，庆幸这兄弟俩性命无忧矣，众人皆倒下歇息。

　　稍歇了一会儿后，桑若斯坐起，看到露西摊开的包袱中尚有纸张笔墨，脸上浮出笑意，冲晓松道："我兄弟两个，乃格画里姆城阿莱商号的家人。格画里姆城乃是本国的国都皇城，阿莱商号贩卖地毯布匹与海货等，在奥斯迪那国各城均有商号。基化姆城堡那些叛乱贼子早已认出我兄弟，这才追而不舍，恐其不会轻易死心，依然妄图绑架我俩，趁机勒索家父的巨财。我与阿弟负伤在身，已是疲惫不堪，无法骑行。我欲修书一封，求助最近商号，烦请贤兄为我送信。自此向北一百里地，有个穆斯塔法帕夏镇，若走密径，不过六十多里。镇上有个阿莱贸栈，进去将信送给左脸颊上长有一颗红痣之人，那便是店主艾哈卖德。顺便带上我的匕首，他见后自会认得。艾哈卖德得信必会带人赶来相救。贤兄相貌乃大唐之人，又是义士，有佛语为'救人一命，胜造七级浮屠'，若蒙搭救，日后我兄弟自有厚报！"

桑若斯言毕，拜倒在地。晓松赶紧扶起，露西一句一句转译二人言语。晓松道："公子重伤在身，不必拘礼。我确是大唐之民，以后若有机会，必定将我之来历详细告知。二位公子昨日救助露西之情，我尚未言谢，然心怀感激，定不负公子所托，我俩这就动身。我俩走后，公子须万分小心，在洞中藏好，切勿被歹人发觉。"

桑若斯取过笔墨，快速书写一封信笺，晓松揣入怀中。桑若斯又将去那镇上的密径告知晓松，两人相拜告辞。出得洞口，晓松用树枝乱草将洞口掩饰一番，恐马嘶暴露，将三匹马俱牵走。其中一马背上堆得几捆油松干柴，又备上几根火把。晓松与露西翻身上马，消失在山林密道之中。

夜色朦胧，树高林密，晓松沿着桑若斯所说路线，摸索着往前赶。按照桑若斯的叮嘱，避开大路，林中有玫瑰花树标记，乃阿莱商队的密径。翻过几座山，又是一片森林，刚进去不久，前方出现幽幽光点，马惊撩蹄，险些将露西掀落。晓松心中暗暗叫苦，只见那几个光点渐渐显形，竟是绿色眼睛的七八头恶狼。它们龇牙咧嘴，前腿下蹲，臀部后倾，发出低吼。再往后看，还有一群尖牙白森森的灰狼，正试图围攻二人。晓松反手一刀，那驮干柴的马背上落下几捆干柴，晓松俯身点火，一团火焰轰然而起，尾随众狼戛然停步，迟疑不前。晓松又是一刀，马受惊纵身一跳，直往前冲，一团火光向群狼扑去。晓松掏出几块石子，呼呼甩出，流星石子直击恶狼之眼，恶狼惨叫几声，瞬时惊散。晓松与露西扬鞭催马，大笑着呼啸而去矣。

穿过森林，不久便上得大路，前方一马平川，观看明月，尚在亥时。两人马不停蹄，快马加鞭，一个时辰不到，正如桑若斯所言，见得房屋密集，便是穆斯塔法帕夏镇。夜幕中远远便见阿莱商栈的硕大尖顶房，两人径直找去，敲开大门。

半夜敲门声急促，伙计忙乱开门，尚未穿戴整齐，长痣的店主艾哈卖德已趿拉着鞋子披衣跑来。见了晓松的异国相貌，艾哈卖德连连晃头，还以为自己仍在梦中。晓松见他脸颊有痣，确认身份后，便将桑若斯的信件与匕首交给了他。艾哈卖德读完信，惊得脸色煞白，让晓松与露西稍作憩息，自己跑里跑外，片刻间，已集合了几队彪悍人马，号旗猎猎，列阵壮观，秩序井然，乌压压一片。艾哈卖德全身铠甲，威风凛凛，所率护卫也是个个虎豹雄风。晓松心中惊讶，这是商号护卫队？竟是训练有素的军队。

晓松与露西翻身上马，带着这队人马风驰电掣，向半岛疾行。见露西的马已疲惫，落在后面，一彪悍骑兵于马上轻取露西，背上狂奔。露西挣扎不得，直叫晓松，晓松两腿一夹，坐下骏马紧随在她身后。

翌日破晓前，晓松引领众人穿过狼袭之地，却不见狼的尸体与余火灰烬，顿觉森林诡秘。阴沉而惨淡的月光笼罩四野，马蹄声击破森林静谧，远处一声狼嚎，引来四方众狼引颈长嚎，令人毛骨悚然。艾哈卖德称此地为野狼谷，本地人极少敢走此路的，两个外地人黑夜穿过此地而安然无恙，想必非同常人。又穿过一处山林，前方应是桑若斯与阿莱藏身之地，晓松收缰勒马，众人呼啦啦急停。艾哈卖德令人屏息静听，前方山林中，猫头鹰乌鸦等鸟类惊慌乍飞，隐隐传来狗吠马嘶，艾哈卖德推测叛军由军犬引导，前来追捕。晓松听此声音，恐叛军离桑若斯藏身之洞不远，再细听，远方已有马蹄声震颤山谷，定是叛乱大军闻讯后赶来。

艾哈卖德依晓松计策，兵分两路，一路留下，待信箭升起，众人便摇旗呐喊，烟火四起，动静越大越好，似千军万马前来；一路人马赶去前方，搭救桑若斯与阿莱。艾哈卖德令人弃马步行，两百多人悄声潜进，晓松与露西前方领路，半个时辰左右，见得众叛军满山吆喝，似乎军犬嗅出桑若斯的血迹味道，叛军兴奋得狂呼乱叫，三四百人之众的叛军正朝山洞方向搜去。艾哈卖德一声令下，率先射落离洞口数丈远的几条军犬。疾风暴雨的利箭下，叛军纷纷倒下，然叛军训练有素，躲闪中即刻稳住阵脚，判断突袭之军方位与人数。艾哈卖德令部下从树林草丛中跃出，似猛虎下山，蛟龙出海，奋不顾身地扑到叛军当中，一场恶战便昏天黑地厮杀开来。

空中信箭哨响，埋伏起来的阿莱商号顿时军号角声大作，军旗猎猎招展，杀声四起，其势如天摧地塌，岳撼山崩。叛军皆惶恐失措，狐疑中踌躇不前，以为陷入围攻，只得拼死一搏。山坡下，长剑与弯刀铿锵飞舞，长矛与投枪空中相撞，战士们发出嘶吼，转眼间已是尸横遍野，树枝间挂着滴血残肢。困兽般咆哮的叛军已知为首的是艾哈卖德，领头的几声怪叫，率人围攻艾哈卖德，将他身边卫兵杀了个片甲不留。情急中晓松数箭连发，方解救艾哈卖德出来。艾哈卖德大吼一声，率兵反冲，此时叛军瞧出端倪，丢盔弃甲，狼狈逃窜。外围的叛军开始进攻，事先埋伏好的阿莱商号军以一敌十，沉着应战。

晓松与露西从洞中救起桑若斯与阿莱，众人背着伤残将士匆匆离去。艾哈卖德传令前方将士且战且退，叛军尾随追杀过来，见森林茂密诡秘，不敢深入，艾哈卖德率众从容撤退。见阿莱昏迷不醒，军中郎中又不知何时走失，艾哈卖德又惊又急。半路有人来报，艾哈卖德昨晚令人向官府相报叛军兵变，官军已浩浩荡荡前来剿灭。桑若斯听后面无表情，着令前去肃反的官军屠杀叛军，不得放过一人。行至大道，早有马车相候，晓松露西相伴阿莱坐于车中，渐渐睡去。

晓松醒来已是亥时，天空漆黑。桑若斯与阿莱全身燥热，阿莱尤甚，额头烫手，然马车依然在路途之中，晓松的草药又落在山洞中，艾哈卖德焦急万分。晓松劝慰他几句，命点起火把，就地寻找草药。此时远方传来马嘶蹄声，火炬划破夜空。艾哈卖德大喜，此乃接应官军赶来，内有医官。医官请来晓松，小心翼翼解开阿莱敷着草药的绷带，见伤口已化脓发黑。医官惊吓得哆嗦几下，汗珠滚下。晓松不解，箭头无毒，已用草药敷上，为何还会发黑化脓？医官询问晓松所用草药成分后，告知箭头其实带毒，桑若斯未曾察觉而已。幸亏晓松的草药止住毒性发作，不幸中之万幸。

医官用清水轻轻清洗伤口，继而以药酒涂抹，见晓松目不转睛，解释是要先消毒，晓松微笑不语。俟伤口阴干，医官用一条绷带绑紧阿莱手臂，使前臂膨胀，再用一把露西翻译为"柳叶刀"之轻便小刀，割开阿莱手臂上凸起的血管与伤口，黑血汩汩流出，见血色转为红色后，再涂抹药膏，称其有止血效用。晓松请教，医官道此步骤为静脉放血。此后医官手捏细针白线，如缝补衣裳般将伤口缝合，再撒上药粉，内含发霉麦饼之屑。露西笑称此麦饼称为"面包"。最后用干净绷带裹上伤口，将阿莱放平躺下，裘被盖之。

又将桑若斯的伤口也处理好，医官擦拭汗水，言伤已无大碍，要小心破伤风的症状，观其症状，改日再敷上万灵药膏，伤口便可愈合，艾哈卖德与众人闻之大喜。

露西称晓松曾经有过刀箭之伤，也曾用过糖蜜之状的药膏，可是医官所言的万灵药膏？医官笑称观其伤疤方知。晓松露出伤疤，医官观之大吃一惊，原来疤痕几无。此医官所用的万灵药膏也呈蜜糖一般，乃由蚯蚓、烘烤毒蛇皮、海洋动物等二十多种成分混合制成，制作方法精妙，成分精确到克，因能治疗多病，故称万灵药也。然不知替晓松医治的医官，用的是何种药膏。

晓松又请教静脉、克的含义，医官详细告知，晓松方知医官对人体器官的划分更为精确，其重量计量单位也远小于华夏的斤两，而伤口竟然可用缝补衣裳的手段，甚觉震撼。医官以为晓松是在质疑自己医术，惶恐告知军中医官皆按《医学规则》治疗，自己的医治无半点差错，若有瑕疵，请晓松指点。晓松赶紧解释，因未曾见过如此医治之术，方才询问，并非质疑也。

经过医治，桑若斯与阿莱的伤情确实大为好转。晓松惊叹西方之医术与明军医术如此不同，各有神奇。中医有望闻问切四诊，观人的五脏六腑、经络关节、气血津液的变化，判断邪正消长，进而得知病情，经中药与针灸，或推拿按摩、气运食补的治疗，使人体阴阳调和而病愈。西方医术则更为细化精确，疗法更广，令晓松耳目一新。桑若斯带伤忙碌，前方传来战报，基化姆城堡叛乱已被平息，可惜当选的堡主已在兵变中命丧，令人扼腕。城中百姓经过叛乱，仅存一半。晓松与露西闻之悲痛不已。

桑若斯与阿莱依旧一脸深沉，唯独对晓松与露西嘘寒问暖，关怀备至。队伍前行，沿途多为荒凉沙漠与黑色土丘。晓松不曾见过大漠，然此时记起唐代王维《使至塞上》之中两句"大漠孤烟直，长河落日圆"，未曾在华夏见得此景，倒是在万里之外的异国他乡体会到了诗中意境，颇为感慨。

一路前行，远方渐显青翠墨色，众人终于走到绿色大地，顿感赏心悦目，可惜已近黄昏。见晓松喜悦，桑若斯下令就地驻扎，以便晓松能尽情观赏国都远郊的风景。翌日启程，一路景色迷人，然不见有庄稼田地，艾哈卖德告知，田地多在城西，城东多为国王苑地。

黄昏前，众人终于进得国都皇城。但见鳞次栉比的高楼林立，殿堂楼阁的巍峨壮观，虽皆高耸入云，然风格迥异。晓松顿想起当年京师之行。见晓松目不转睛，艾哈卖德告知，国都历史悠久，因年代不同，教民不同，故建筑风格有异。此时车队分成两股，艾哈卖德奉命伺候晓松露西，车队拐过几条街，进得一若大庭苑，早有侍奉官与两名通事于门口恭候。晓松与露西下车后，见庭院豪华，欣然四顾玩赏。晓松出身贫寒，即便后来中举，也未曾享受富贵。晓松再三唏嘘，赞曰："鱼鳞屋兮龙堂，紫贝阙兮朱宫。"

露西虽出身于大富之家，也惊叹此处宫殿的金碧辉煌，笑曰："美哉轮焉，美哉奂焉。能否比得上华夏之皇宫？露西幼时曾与教授闲谈，华夏富贵人家多建有楼阁台榭，转相连注，山池玩好，舞榭歌楼，穷尽雕丽。有人感叹，殿堂光闪闪贝阙珠宫，齐臻臻碧瓦朱甍，宽绰绰罗帏绣帷，郁巍巍画梁雕栋，几同天上仙境。林君，今日所见，两国宫殿孰美？"

晓松笑道："各有其妙，异曲同工也。露西如此熟悉华夏文明，堪称华夏通。若不是相貌不同，真以为是华夏子民。"

露西道："我已是林君阿妹，林君如何又当我为外人？几日奔波，劳累疲惫，当务之急，是找热水洗浴一番。"

晓松笑道："深有同感。"

露西翻译给艾哈卖德，他赶紧令旁边的侍奉官去安排。不多时，十几位妙龄女子捧上男女衣物，艾哈卖德道："阿莱主子叮嘱下官尽心伺候二位，尤其露西小姐，我等须更加用心。"

露西诧异道："好一双锐利的眼睛！恕我直言，阿莱也是男扮女装，不是皇亲国戚，便是高官将相家的女眷，莫非是位公主？"

艾哈卖德哈哈大笑，未经露西翻译，晓松也猜出大概。

第五十二章

暗潮汹涌宫廷论史，炊金馔玉群贤结交

男女之浴场分为两处，侍女们带着露西离开，艾哈卖德支走侍奉官与通事赛义德，亲自伺候晓松洗浴。但见浴室华丽无比，百十人共用也宽阔有余。先是衣帽厅，次为抹油膏厅，正厅中间是汤池，左右两厅是凉水池与蒸汽间，与油膏厅相连的为按摩室，尚有活动筋骨的大厅与出恭间。墙柱镶满玉石板，墙头柱帽式样繁复，地上尽铺带有镶嵌画的细腻石板。精致壁龛里，雕刻精美。冷水温汤，皆从地下管子输来。皂胰花精喷香，令人飘飘欲仙。晓松被搓洗一番，神情大爽，浸泡热水中，顿感人生得意须尽欢，晕晕乎乎，妙不可言。也不知过了多久，方被艾哈卖德轻轻摇醒。

晓松不禁吟道："高高骊山上有宫，朱楼紫殿三四重，春寒赐浴华清池，温泉水滑洗凝脂。"

通事不知其意，然端详晓松神色，意会是赞誉之词。艾哈卖德是见主子之喜而喜，见主子之悲而悲之人，顿时津津乐道浴池的便利，称国内有无数公共浴场，规模十倍于此浴室者，比比皆是。尚有华丽装饰，老少皆宜，乃令人流连忘返逍遥之地。

晓松惊讶道："举城公民皆有洁净风气，实在难得。"

通事赛义德道："浴场本来源自古希腊，千年间交互往来，东西两方习性风俗融合，浴场被大众接受，是故广为普及。"

晓松道："我记得华夏自古便有记载，五日则燂汤请浴，三日具沐，其间面垢，燂潘请靧，足垢，燂汤请洗。浴用二巾，上晞下绤。出杅，履蒯席，连用汤，进蒲席，衣布晞身，乃屦，进饮。如今华夏佛教僧人，尤重浴场洗漱，寺庙内建有大池，洗佛日晨时寺鸣健椎，令僧徒洗浴，以法水洗其心垢，平日以除身垢，然沐浴方可侍奉佛事。圣人孔子沐浴而朝，官人贵族无不仿之，已成千年官场礼仪。百姓浴场还可挠背，梳头，剃头，修脚，芸芸众生皆以洁净为贵为荣。今日西人洗浴之法看似繁琐，实则舒适，由此可见西人喜爱沐浴，精心设置，一日劳累，得此洗濯，神仙一般，顿去疲倦。"

晓松一席话，揭开赛义德话匣："阁下不知，今不如昔。如今西方诸国民间甚是污浊，

即便王宫贵府，也是脏污狼藉。格画里姆城有来自弗兰西等国的访学博士与贸易商人，无不羡慕我国的干净浴场。弗兰西人无不自嘲，国内自诩浪漫优雅，贵族衣着华丽，皇宫金碧辉煌，然乡村肮脏，城堡街道臭气熏天。遑论民众，就连国王，一生也仅洗三次澡，一是诞生日，二是大婚日，三则是入殓时，令人不解。有女子终生不浴者，竟然被册封为圣女。"

晓松惊讶道："如此荒唐，着实令人费解。西人与西方诸国之情形，我知之甚少，弗兰西国，何方何地何国皆不知晓，不敢妄议，然此国奇异，难道不知洗浴之舒适乎？"

赛义德又道："正是。且皇宫与贵族府邸，竟无出恭之室，置一个木桶当成粪桶而已。华丽至极的枫丹白露皇宫里，盖无下水道与出恭间浴室，以致百官于壁炉门后、墙壁与阳台上、宫中甬道之石头上、宏伟之迎宾台阶上，随地出恭净手。贵族富豪城堡内，也大致如此，大街小巷更是污秽不堪。因民众甚至国王身上臭气熏天，无奈只得依赖香水驱之，商人见得商机，潜心研制芬芳香精，是故法兰西的香水为天下翘楚也。"

晓松十分惊讶，连连摇头，艾哈卖德笑道："我也曾听过此类传闻，然通事未免言过其实，令人难以置信。西人擅长油画画作，油画写实，观画实难相信竟至如此。"

一个多时辰，晓松浴出来，穿戴整齐。等上片刻，露西在侍女陪同下款款走来。但见得露西修眉凤目，玉齿朱唇，面若出水芙蓉，身似春风袅柳，兰麝冰桂之香馥透入肺腑，淡雅脱俗之华贵令人神往心醉。晓松惊叹不已，陡然想得李白几句诗："云想衣裳花想容，春风拂槛露华浓。若非群玉山头见，会向瑶台月下逢。"

晓松与露西被邀，前去牙提丝克宾馆夜食，其食物乃时令水果，李子干，无花果，开心果，杏仁，烤鹰嘴豆，烤南瓜籽，葵花籽，核桃和榛子等坚果，葡萄，杏与桑葚的干果浆，尚有晓松在路中食过的，由羊肉，大米，洋葱碎，大蒜碎，胡萝卜丁等焖制的羊肉手抓饭，时令鲜果与坚果。其中几种，晓松在基化姆城堡见过，然首次品尝。

众人席地而坐，围坐矮桌周围，厨师出来，向众人祝愿，赛义德与艾哈卖德也回复几句。露西翻译，厨师说的是"祝你胃口好"之言，赛义德等回答"非常美味，厨师厨艺高超"。晓松与露西困意渐起，草草食之。

当夜，露西执意与晓松共寝一室，艾哈卖德无奈，晓松也只得依她。月色皎洁，如同梦幻虚景，晓松独自躺下，辗转反侧，夜不成寐，直到黎明之前方才入梦。

深夜，赛义德匍匐禀报："主人，两位远方客人，一男一女，男者自称大明国人士，姓林名晓松，二十七八岁，身高一米七左右。女子艾米娜，又叫露西，恐是天主教民，自称林晓松之妹，然依口音推断，乃古里国人，十六岁上下。林晓松脸色红润，全身光洁，肤如凝脂，似乎吹弹可破，身无异味，令人惊诧。身材虽不高大，然用力之时，也是筋骨强壮，言谈之中对本国及周边国度甚是陌生。露西绝代佳人，仪态万方，理应是出身高贵之人，相貌与阿莱极为相似，侍女言其仍是处女之身，且三句不离林晓松，似乎对林颇为倾心。检验包袱，内有林晓松的旧衣，不像民服，似是大明国的军装制服，其他尚不了解。"

主人面无表情道："大明国？赛义德可知是何国度？"

赛义德道："下人仅从若里恩师处得知，大明国的前朝乃大元国，位于本国东方的万里之外，古称华夏，也称大唐，疆土与国民是本国十多倍，其势力可达阿勒曼尼亚，塔纳斯河流域，暹罗占婆印度数国。大明国国内多尊奉儒释道，民族众多，出产华丽的绫罗绸缎和精巧瓷器，被视为天物。大明国民众喜爱的饮料以树叶泡成，略带苦味，然喝下之后满口清香，称之为茶。制造的兵器锐利，尚有雷霆万钧的火器。侍女问起露西大明国之情形，露西称大明国之人肤色白皙，衣着华丽，民众相遇均抱手致礼，以右手抱左手，意为相互包容，实乃礼仪之邦。其国山清水秀，土地肥沃，河流湖泊纵横，城池林立，可谓天堂之国也！"

主人道："大明国原来是久闻的大唐国，早知华夏乃礼仪之邦，高贵之种族，富裕之国度。阿勒曼尼亚，塔纳斯河又是哪里，儒释道是何教义？"

旁边有一随侍的学者，名为阿勒夫，恭敬答道："尊敬的王后，阿勒曼尼亚，塔纳斯河，恐是古里国的叫法。阿勒曼尼亚乃如今的神圣罗马帝国，塔纳斯河处于莫斯科大公国。儒释道，似乎是佛教的一种……"

主人摇头唏嘘，慢条斯理道："各有信仰，信则有，不信则无而已。华夏疆域如此广袤，却是如何统治的？"

赛义德道："恩师若里曾从华夏之人，说那华夏国王的统治，似乎是中央集权，国王直接管辖全国，详情不明。然林晓松曾与露西言，华夏战火，未曾停息，尤其华夏北方，战事连绵，以致华夏修建城墙抵御北方游牧民族之袭击，长达一千里格……"

阿勒夫吃惊不已，脱口而出："一千里格，岂不是五千公里？华夏国土之辽阔，真令人叹为观止！"

赛义德道："主人，若提及一国，便知大明国矣。"

阿勒夫满脸狐疑道："赛义德所说，莫非是蒙古国？"

赛义德点头道："正是。"

阿勒夫怔怔道："蒙古国的首领成吉思汗，被称为'上帝之鞭'，他麾下的铁骑践踏之处，百姓流离失所，城池无不夷为平地，实在令人可畏。"

王后旁边是亲王鲁特，他皱眉道："在下不明，达丽雅公主为何有此奇想，请来大明之人，怕是引狼入室。"

王后道："有何不妥？"

鲁特道："阿勒夫博士方才称大明国前朝也叫蒙古国，古时也叫大唐国，在下方才想起三百年前，逊尼派阿拔斯王朝哈里发卡伊姆，为扼制拜占庭帝国，进而灭法蒂玛王朝，突发异想，与塞尔柱人结盟，又请赛尔柱人图格里克率兵入境，然阿拔斯王朝最终成为图格里克的傀儡，被迫承认图格里克为苏丹，拜其为世界东西方之王。"

王后笑道："鲁特之言甚是在理，理应防备大明国来者反客为主。不过鲁特亲王此时将那林晓松与赛尔柱人图格里克相提并论，是否过虑了？"

鲁特道："王后陛下有所不知，防人之心不可无。那塞尔柱人起源于乌古斯部落，据说就曾经是华夏北部的突厥游牧民族，与林晓松的祖先或有相同血脉。"

鲁特一言，震惊众人，阿勒夫也禁不住打个冷战，不敢再言。王后不动声色道："大明国虽国力强盛，然与我何干？即使来者不善，也不过只有一人。一木不成林，如能为我所用，岂不妙哉？何况林晓松又是阿莱的救命恩人，不可慢待。阿勒夫，亲王所说阿拔斯王朝的典故，也应当引起警惕，回去见过太子公主，必要留意提醒。"

阿勒夫道："在下遵旨。"

一夜醒来，艳阳高照，露西附在晓松耳旁将晓松吵醒，两人同去吃早餐。早餐丰盛令人咋舌，依然由艾哈卖德与赛义德陪同，侍奉官详细介绍了奥斯迪那国的饮食与礼仪，此地民众习惯一日两餐，早餐于晨午之间，第二餐于日暮时分。

早餐丰盛，远胜过昨日晚餐。赛义德告知，本地民众主食多为玉米饼、麦饼与豆类。富裕人家常食烤肉，肉是牛羊肉、鸡鸭鹅肉、鸽子肉等。案台上摆放得琳琅满目，有奶酪，橄榄，西红柿，涂抹在新鲜面包上的黄油果酱等。尚有七八碟泡菜，被称为开胃小菜。奶酪品种繁多，令露西也咋舌不已。晓松以为面包比起烤馕更加松软，其外观金黄，麦香扑鼻。露西笑曰，面包为富裕人家的主食。鸡蛋又分水煮与油炸，或与辣椒混合做成小菜，且有沙拉，一种由多种新鲜蔬菜拌着橄榄油制成的菜肴。本地蔬菜品种多不胜数，秋葵，豌豆，辣椒，青椒，番茄，锦葵，胡萝卜，黄瓜、菊苣等，令人眼花缭乱。晓松尝过辣椒，辣得连连吐舌。番茄红彤彤模样，招人欢喜。荤菜有烤肉，各种鱼类如凤尾鱼，鲣鱼，海鲈鱼，鲭鱼，沙丁鱼，海鲷，海虾，贻贝等，或被烧烤，或被油炸，或被水煮，花样繁多。晓松奇怪赛义德等人不食螃蟹，也不多问。转过几个案台，吸引晓松眼球的是烤全羊。一只肥嫩羔羊，除去皮毛，掏空内脏，塞满大米饭与葡萄干，杏仁，橄榄，松子等干果与调料，然后置于火上烧烤，烤熟之后又嫩又香，味道鲜美。尚有各种煲汤、时令果品与干果，冰冻果子露，特供的葡萄酒，柠檬水，各种发酵饮料。餐具名贵，银光闪闪，勺子柄上都有珠宝装饰，极尽奢华。餐后还有玫瑰水用来净手。

侍奉官见晓松喫得尽兴，言犹未尽，又喋喋不休论起宫廷的饮食礼仪。"宴会来宾均以餐桌围坐，宫廷礼仪规定了用餐的细则、餐桌等级排列以及就座顺序。即便是面包，也分三等，高等级的面包供给国王及其亲属，高阶官员，先知等享用；中低等的面包，供给等级次要之人。宫廷的面包糕点，有圆面包，鹰嘴豆面包，甜面包，皮塔饼，伊玛目面包，烤饼，各种类型的百吉饼，脆饼，糕点等。面包等烘焙食品中，御厨加入了芝麻，乳香，八角，牛膝子等香料与草药，或者鸡蛋，茴香，羊油等辅料，依据人员等级的不同来调配。国宴中有红鲻鱼，海洋鲑鱼，剑鱼，多宝鱼和蓝鱼等贵重之鱼，蛤蜊，螃蟹，牡蛎，龙虾，章鱼，扇贝也有。当然，王室成员在宴会上不吃牛肉和山羊肉。国宴采用来自希腊等国的小麦，巴尔干与瓦拉几亚国的绵羊，埃及的大米，克里米亚的黄油，塞浦路斯的糖……以小盘子分装的方式，让桌上每个人分享。客人通常每次只吃几口菜，喫得太多会被认为是失礼之举，用餐时间不可太长。"

晓松听得饶有兴趣，感叹奥斯迪那国物产丰富。今日早餐，炊金馔玉，水陆毕陈，蔚为大观。一顿早餐直至黄昏，又接晚餐，晓松只觉撑肠拄腹。歇过一夜，又是丰盛早餐，晓松饭毕起身作揖告辞，称有事在身，断不敢久留，诚表谢意。艾哈卖德诧异道："阿莱事先嘱咐，林君的恩情似海洋之深，尚未回报，岂可让林君告辞而去？断断不可。"

此时外面传来响动，一队人马驶来，类似大明国的御林护卫。原来是奥斯迪那国王宫卫队威风凛凛，簇拥着几辆装饰精美的马车进得院内。艾哈卖德几个赶紧跑出，众人低头弯腰，排列整齐，恭立于马车前面。只见几位美貌侍女扶着一位衣裳雅致的清秀女子下车，几位大臣尾随在她们身后。这女子生得羞花闭月，沉鱼落雁，露西不禁赞曰："此女本应天上有，何故飘落到凡尘。"

来者何人？阿莱是也。她似是伤愈，步履轻健。

晓松小声道："换了行头，重归阿莱公主本来面目。此女看似温柔娴静，优雅大方，实则英气内敛。露西，你俩真像一对姐妹。"

众人躬身，齐声道："阿莱公主，早安！"

公主向众人浅浅一笑，点头示意后，径直向晓松与露西走来，稍稍屈膝，微提裙摆，行女子之礼。晓松与露西作揖回礼。

公主道："小女达丽雅，化名阿莱，乃当朝国王厄兹蒂尔克的嫡亲小女。家兄桑若斯乃太子也，我兄妹两人，先请林君原谅前几日的隐瞒。当时身处险境，实是不得已也。"

晓松想起哈里的孙儿也叫厄兹蒂尔克，可见哈里阴险用心，道："公主不必挂怀。我乃华夏大明国之民，至此实出意外，进屋必详情相告。义妹露西乃古里国的民女，也请公主殿下体谅我俩隐瞒身份之举。"言毕晓松行抱拳之礼，露西行躬身之礼。

达丽雅公主与露西相视一笑，神色中带着几分释然。公主令几位大臣在外等候，携露西与晓松进得厅中，三人落座，彼此将身世经历等来龙去脉陈述明白。公主前几日一路猜测晓松乃大明国之人，如今听晓松道明情由，依然惊愕不止。那海盗哈里之弟，通事若里，正是受阿莱派遣，出使古里国的。达丽雅公主得知晓松乃大明郑和舰队的一名千户校官，阴差阳错来到此地，顿时感到命运之神奇。日思夜盼的天朝将军果然从天而降，她不由得摘下天鹅绒圆锥形高尖帽，郑重向晓松行鞠躬之礼，晓松也起身鞠躬回礼。

三人相见恨晚。公主听得露西逃婚遇难，一路艰辛，与晓松数次死里逃生，感动得泪水涟涟，悲喜交加。她揩去眼泪，着令一个大臣即刻进宫禀报太子殿下，今晚待国王外巡回都后，即刻将大明国使者到访的音讯，禀报父王，选吉日以国礼相迎晓松。另加急向国王建议，速发水军，前去高兰巴大若思之岛，处理收回岛屿的琐事。

大臣走后，有人进来相报国王的口谕，公主闻之大喜。晓松方知，公主已与太子商定，推荐艾哈卖德出任基什姆半岛堡主，千里加急上报在外巡视的国王，如今已蒙圣旨批复。公主再三叮嘱，令艾哈卖德即刻启程，前去帮助收复高兰巴大若思海岛，为国镇守边关。晓松与露西告知岛上详情，恭喜艾哈卖德荣升堡主。艾哈卖德依依不舍与二人告别，相逢时日虽短，却已与晓松成刎颈之交矣。

艾哈卖德离去后，公主令众人进来，主宾依次而坐。公主为露西和晓松引荐礼仪大臣，即类似于大明国司礼监的莱兑费；国立学院博士、太傅莱比卜；博古通今的伊本·阿勒夫博士。莱比卜金发碧眼，原本为弗兰西国大学教授，年轻时游学至此，已在奥斯迪那国定居三十多年。阿勒夫博士鼻梁略带弯曲，眼凹深，络腮胡子，肤色黝黑，身材瘦高，一身白衣服，头戴白色头巾。莱比卜已过花甲，阿勒夫乃古稀之年。阿勒夫称太子百事缠身，委托他前来致谢晓松救命之恩，待事情忙完，会亲自前来。晓松与露西谦虚了几句。公主介绍莱比卜与阿勒夫博士，称他们二位为格画里姆大学的"姆但里斯"。晓松虽听不懂，但理解为"姆但里斯"应与大明国国子监的助教之位大体相同。

达丽雅公主道："久仰大明国盛世威名，我久闻大明舰队不远万里前来造访古里国，甚是惊奇大明国的用意。林君，阿莱才疏学浅，可否请你讲述大明国之用意，以及国内情形？"

晓松道："我大明圣上遣郑和大人率浩浩荡荡之舰队，访问西洋爪哇，苏门答腊，苏鲁，锡兰等数国，郑和大人持玺书至西洋诸国，皆颁赐诰印，在各国开读我圣上之敕谕，宣讲华夏文明，广播圣上'庶几共享太平之福'美意，称各国皆可执圭捧帛而来朝，梯山航海而进贡。倘若来我大明朝，皆予赏赐。我华夏邦畿千里，惟民所止，肇域彼四海；大明王朝傲立于世间，推古圣帝明王之道，以合乎天地之心。华夏之文明，盖世无双，尤其农工之技，可为世界文明进化之核心，人类共存之根本。"

达丽雅公主道："小女倾慕大明国历史悠久，地大物博，民富国强。然奥斯迪那国比不得大明国，有执圭捧帛拜访大明之心，却无抵达大明之力。大明舰队可征服海洋，小女愿闻舰队之详。"

晓松道："郑和舰队有宝船，马船，水船等大小六十多艘，帆樯林立，一字排开，逶迤十里，船队犹如水上飘动的一座都邑。舰队人员三万余人，大福号的宝船有四十余丈长，十七八丈宽，可载五千料。船有四层，船上九桅，可挂十二张帆，锚重几千斤，动用二三百人才能启动航行。经过各国，各国俱赞叹为世界之最。"

阿勒夫询问华夏"五千料"是何计量单位，换算后称，载重足有两千五百吨。众人惊呆，面面相觑。宝船之巨，竟不似凡人之功可以营造出来的。达丽雅公主方才领略晓松适才所说"华夏之文明，盖世无双，尤其农工之技，可为世界文明进化之核心"，并非虚言。

公主问起晓松何故辞行，晓松便将郑和与于成治大人当时的约定和盘托出。如今太子与公主已平安无恙，晓松归心似箭。露西原本要去投靠里奥国的姨母，如今既已是晓松义妹，便称愿意追随晓松前去华夏。公主笑道，林君与露西小姐之心愿，皇宫众人必会相助，一艘舰船而已，不必忧虑。然近来本国内忧外患，外省造反频发，年老父王尚披盔甲前去平叛，只能请晓松在宫中多耐烦几天。待战事平息，举国安定，阿莱愿亲自陪同晓松，前往大明国。

露西说起若里与海盗哈里是孪生兄弟，莱比卜与阿勒夫不禁流泪。原来早闻若里有一奇书，尚未得见，便成终身遗憾。公主追思往事，也不禁颇为感伤。

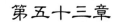

第五十三章
赴晚宴评各国建筑，观教堂品中西文明

　　说话间已近黄昏，晓松已品尝了多次当地风味，恐他腻烦，公主便令调换其他风味饮食。众人前去十里外的皇家松林驿园用膳，此乃为西人下榻之宾馆。众人应声而起，登上马车便出了庭苑。见街道上点缀着姹紫嫣红的不知名花卉，一尺多高，团团簇簇，挨挨挤挤，其色由深至浅，花形似杯，晓松从未见过，贪看不已。公主笑道："此乃郁金香也，被国内民众誉为花中皇后，然早过时节。待明年时节一到，花苞一起绽开，争奇斗艳，瑰丽无比，将大地妆扮得像块熠熠生辉的织锦。那景象美丽无比。"

　　阿勒夫在旁笑道："郁金香被视为胜利与美好之象征，送于异性，也可作为爱之表达；赠给友人，便是友情恒久的祝福也。"

　　晓松闻之，啧啧称奇。又见前方街边一片树林，林中留有空旷之地，偌大如军营教场，然其中只孤零零立着几排四方规整的石房，乌鸦盘旋其间，凄悲啼鸣，似是诉说此地的往昔，甚是阴森。晓松顿时默然，如同昔日卧在鲨鱼岛的礁石上，耳畔听到的怨灵呜咽之风，令人惶恐不安，毛骨悚然。晓松以为此为军营驻扎之地，达丽雅公主告知，实为瘟疫隔离之地，晓松蹊跷不解。

　　公主道："六十年前，奥斯迪那国瘟疫爆发，十城九空，好似世界末日。瘟疫始于何时何地，至今不知。患疾之人的症状，浑身哆嗦，体感冰冷，头剧痛，腹股沟或腋下显有肿块，继而发热谵妄，昏迷不醒，呼吸衰竭，皮肤出血，快则两三日，多则四五日，必亡故矣，死后皮肤常呈黑紫色。西方诸国也曾爆发此疫，西人称之为黑死病。西人扼制瘟疫之策，乃是将患疾之人聚集，让其远离人群，避免疫情传播。如今西人又称之为鼠疫，因传播瘟疫之罪魁祸首，乃老鼠与跳蚤也。此疫反复，为防患于未然，故备有此地，以期快速斩断瘟疫之传播。房中时刻备有干净饮水与粮食药材等，我国公民即便饥饿不堪，也不去盗取。富裕之年，举国赠送粮油医用之物，皆放在此处。唉，瘟疫，海盗，战事，乃悬于我国苍生顶上的三把利刃，呜呼哀哉！"

晓松与露西听后，万分凄楚，深感天灾人祸之无常也。晓松道："佛教叹人生犹如无边无际的苦海，苦乃是人生的真实本相。诚哉斯言！"

露西也感慨道："家父曾言，人生在世，如身处荆棘林中，心动与心静，皆能体会世间诸般痛苦也。"

众人沉默，马蹄声清晰入耳。前方远远显出基督教堂房顶，直插云霄，教堂边乃松林驿园。晓松问道："此地清真寺与基督教堂，为何都是穹顶拱券？莫非其建造之本意，都乃一心向上？"

露西莞尔一笑，道："此地文明发源于底格里斯河与幼发拉底河之间，美索不达米亚平原，希腊先知称两河之间为新月沃地，其域木材与石材匮乏，多以黏土芦苇建造土坯房屋，仅于门洞上用木材券拱为梁，住宅寺庙宫殿皆是如此。几千年东西方战争不断，语言文字，建造技艺，风土习惯等彼此渗透，大食古国，尤其波斯帝国全然引进所征服之国的建造技艺，加以杂糅而成此建造风格。西方建造技法始于古埃及，然古埃及自古犹如新月沃地，多为土坯房屋，然石头富余，后烧制土砖技法问世，其建造技法全然变化，砖砌筑拱券，石条板承担梁柱，砖石叠起，造型高耸。因信奉上帝，是故大兴土木，建造越来越高的穹顶拱券建筑，有接近天堂之意。"

公主与阿勒夫等人惊讶于露西的才华，公主笑容可掬地问道："前方乃基督教堂，露西小姐作何品评？"

露西笑道："前方教堂，度其形貌，应是哥特式风格。哥特式教堂于古罗马教堂上基础上发展而成，然古罗马教堂庄严沉重，而哥特教堂多采用彩色玻璃材料，光亮璀璨，闪烁的大窗与更高更尖的穹顶，使教堂更添明亮轻快之感。"

公主满脸笑容，对露西赞不绝口，然脸上闪现一丝冰冷，回头又问晓松："华夏大明国的建筑，与我国建筑可有不同？"

晓松笑道："迥然不同。我国既有土坯之屋，又有干栏竹木房，甚至也有石块砌筑、窑洞穴居的。然其中主流房屋多为砖木建造，殿堂多有斗拱、雕梁画栋等装饰。讲究人因宅而立，宅因人而存，人宅相扶，感通天地也。"

公主与阿勒夫等人似懂非懂，皆满口惊叹于华夏建筑之形式各异，技法丰富，期盼一睹为快。此时马夫一声吆喝，已至松林驿园矣。

公主问道："林君有何喜爱之食？"

露西抢着答道："辣椒！兄长家乡无此菜，至此尝过，走火入魔一般，每餐必食之。"

众人哈哈大笑。

晓松平生首次尝试西式之餐，惊讶于西人食物的风味，牛乳汁竟能做成色香味俱全的糕点，牡蛎等海鲜竟可生吃，风干的猪肉可用刀削成片块生吃，别有风味。海鲜，牛羊肉排，鱼排，大块盛于盘中，全用刀叉切割。尚有食物须手抓进食，晓松手上沾染油腻，甚觉狼狈。

面包烤出时，香气扑鼻，晓松依然对其情有独钟。时鲜水果于火中烤出，蘸盐啖之，也是风味独特。公主与几位臣子殷勤款待，上下周全，众人皆盛赞厨子厨艺。来自弗兰西的莱比卜更是满脸喜悦，尽情享受家乡风味的美味佳肴。

达丽雅公主手擎镶嵌宝石的华丽酒杯，频频向晓松敬酒。虽是香甜的苹果酒，几杯下去，晓松几乎醉倒，引得露西掩嘴而笑。

晚宴过后，莱比卜与赛义德依照公主吩咐，陪同晓松与露西返回住处。晓松洗漱一番后，顿时清醒，向莱比卜道："羞愧不已，不胜酒力。依稀记得公主后面几日的安排，然仍醉酒恍惚，还请先生提醒。"

莱比卜笑道："公主希望阁下好生在宾馆歇息，等待太子安排，待国王回宫后，会择日召见林君。公主令老夫前来打听大明国的礼仪，也向阁下宣讲本国礼仪，以免双方失礼。等待之日，由老夫与阿勒夫博士两人，全程陪同阁下在国都闻名遐迩的景区游览，不知林君是否同意。"

晓松抱拳谢道："初来乍到，喜得先生教导，岂敢不从？若无先生的指教，恐鄙人不得从容朝拜贵国国王，尚有若国王有所问，也不知如何奏对。至于游览，在下求之不得。"

莱比卜道："林君聪敏坦率，器宇轩昂，国王必定赏识。觐见国王，谅无差错。然天威咫尺，又是初次朝见，毋要慌乱才好。贵国乃天朝上国，讲究礼仪，我等惶恐，自明日起，要烦请林君详加解释，便于礼官安排觐见场面。太子与公主有令，除王宫重地外，国都对林君不设禁区，老夫已知林君喜好，自会布设周全。"已是月升，莱比卜就此告别。

后面几日，莱比卜与阿勒夫带着晓松各处走动参观。

这一日，从奥斯迪那大教堂出来，阿勒夫与莱比卜谢过主教与几位工匠，向晓松行抱拳礼，而后又与晓松行拥抱贴面礼，双方道别，两驾马车各自而行。

莱比卜见阿勒夫沉默不语，笑道："阁下方才在教堂内纵论不止，为何转眼间沉默寡言，是在深思何事？"

阿勒夫道："数日与林君相处交谈，此人来历与学识日渐清晰，不知为何，我依然疑惑。"

莱必卜吃惊道："哦？"

阿勒夫道："我曾阅读《肇始与历史》，据那书上所写，大唐人多属二神论者，素姆那派（信奉轮回之说），文明核心乃礼仪道德，宗祠之制。君君臣臣，父父子子，君要臣死，臣不得不死，为忠；父要子亡，子不得不亡，为孝。祭拜祖宗与太阳月亮星辰水火。另有《伊本·白图泰游记》，著者伊本·白图泰八九十年前去过钦察汗国，察合台汗国。华夏国就是华夏元朝之时的钦察汗国，察合台汗国也是华夏的鞑靼军西征后建立的。书中记载华夏国所产精美瓷器，巧夺天工，钱币不仅使用银锭，市面尚用纸币，钱币由蔡伦纸制成，甚是奇妙。华夏还以黑乎乎的石头当成燃料，令人惊叹……"

莱比卜笑道："的确如此。纸币，煤炭的使用，华夏早于西方各国许多年，着实令人惊叹。"

阿勒夫道："不止如此，华夏国的东南方有刺桐港口，船只如梭，游人如织，恐是世界最大海港。置身于此地，恍惚如处于世界之中心。华夏人心灵手巧，农工之技令人赞叹，民众温良，治安极好。大食各国与华夏贸易来往，历史悠久。我看过不少涉及华夏的古籍，查阅过众多地理学的记载，方知中国，中国海，丝绸之路，中国船等的确切意思。依我之意，应该请求阿达卜（宫廷学院）与格画里姆大学搜集涉及华夏的所有书籍，知己知彼。最近幸得一本《马可·波罗行记》，对华夏的介绍颇为详尽。马可·波罗，亚平宁半岛人，恐是西人到访华夏的第一人。"

莱比卜眼睛一亮，道："亚平宁半岛人，也算我弗兰西国人。实为惭愧，我竟然不知尚有此人此书。敢问博士，这是何时的著作？"

阿勒夫道："此书才传至我国不久。马可·波罗也是一百年前到过华夏，那时还是大明朝的前朝，元朝时期，华夏称西域诸国人为色目人。马可·波罗出身于威尼斯商户，以色目商人的身份，在华夏待了十七年，回国后有人根据他的口述写下《马可·波罗行记》。书中记载了马可·波罗去过的许多地方，可惜马可·波罗交往之人，几乎全是色目人，由色目人讲述的华夏，难免还有偏差。书中主要记述大元朝各地物产，贸易，集市，交通，货币，税收等，尤其珍珠，宝石，香料，盐业等商品贸易，涉及大元行政事务与战事的不多。尤其我最想知道的蒙古军三次西征，皆一笔带过，甚为可惜。"

莱比卜也满脸遗憾："华夏称呼波斯之地为'大食'，然西方各国几乎不知华夏。老夫也是至此方知华夏国之皮毛，神秘遥远，令人向往。记得《苏莱曼东游记》中曾有感叹，世界上有四个国王，首位为天方之国王，乃尊贵、富裕、豪奢之国王，是无与伦比的宗教之主。次之乃中国国王，再是罗马国王，第四位乃穿耳孔人的身毒国王。然作者对身毒国王颇为轻视，对中国国王则极为褒扬。书中写道，当时的巴格达城，乃是中国国王赠送的礼物，是以大唐国都长安为蓝图建造出来的。我也曾闻天方之人，将大地形状比作一只巨鸟，中国为鸟头，身毒国为右翅，易萨为左翅，麦加、汉志等天方国与埃及为胸腹，北非为尾巴，显然此乃天方国人的争荣夸耀之说。时过五百年，大明国已是世界强国。可惜老夫垂垂老矣，无力横渡法尔斯海，拉尔海，哈尔干海，笛罗海，石叻海，军突弄海，抵达中国，去游览华夏胜境也。"

阿勒夫唏嘘道："我又何尝不是到了古稀之年，即便时光倒流，无中国大船，此七海也是艰难之途。我等对于华夏的了解，仅能从先人记载中寻找，然华夏之正史，大明朝如何建立，蒙古鞑靼与大明国有何关联等，一无所知。我曾旁敲侧击询问林君，然他似乎回避，或者不甚知晓。只因我对华夏当今之事知之甚少，故而心中惶恐，无高明的谏言进于陛下。另外，大明国的臣子忠君，然数日下来，林君并不怎么提起明国皇帝，似乎更精通于农工之技，令人好生不解。钦察汗国，察合台汗国，窝阔台汗国，伊利汗国本是鞑靼帝国范畴，大明军为何漂洋远航，舍近求远，兜一大圈去古里国宣威？"

莱比卜点头道："阁下所虑极是。林君闲暇时，多次询问我国桑麻工技，尤其在教堂参观之时，穷追教堂的营造之法，比如玻璃如何熬制，浮雕如何雕刻，教堂拱券如何构成等，分外细致，还对教堂的油画与音乐赞叹有加。据老夫推测，林君从军之前，本是农夫工匠，且技法高明。然艾哈卖德告知，林君智勇双全，恐非一般将士。郑和舰队远赴西洋，其中的将官可谓百里挑一，忠君之思想理应根深蒂固，林君却并未表现出如此言行，令人疑惑。至于今日大明国之情，尚有时间，我等可多询问林君，想来陛下也会谅解。博士阁下，可否改道先去贵府，让老夫借阅《马可·波罗行记》一书？"

阿勒夫点头应允，又叹道："先人有圣训，知识虽远在中国，亦当求之。我国幸得林晓松，东方大明帝国疆域广袤，物产丰盈，交通畅通，城邦数不尽之，港口川流不息，且有成吉思汗三次西征，纵横天下……但愿我等能早日知其底细。"

晓松平生第一次参观哥特式大教堂，震撼无比。离开之后，依然回头瞭望，耳边萦绕着由几百根管子组成，须七八个人操作的管风琴发出的天籁之音。原本对宫廷音乐一窍不通的晓松，感受到和音的美妙悦耳，如痴如醉。露西道："林君为何对教堂恋恋不舍？"

晓松叹道："有幸游览此地教堂，感受颇深。我学识浅薄，在教堂内走马观花，众多讲解，我听得一头雾水。众人言必称古埃及，希腊，罗马，弗兰西等，我几乎全然不知。华夏称此地为天方各国，原以为这里就是世界之西方，如今才知，天方各国不过是世界之中部，西方还有诸国，我等几无了解。脚下大地，无边无际，东南西北，终不知首末也。"

露西笑道："林君之口吻，与阿勒夫、莱比卜博士如出一辙。你们三个真是相见恨晚，高山流水遇知音也。"

晓松道"这两位博士，当是我师。露西也是我师之一，可多与我讲些西方诸国之事，晓松洗耳恭听。"说罢，朝露西作了一揖。

露西侧身避开，笑道："林君所言，岂不羞煞我也。古里国在华夏所称'大食'之地。我也是至此方知奥斯迪那国一半在大食，一半在西域之地。本地人对西方文明之了解，远超我也。"

晓松道："我不知阿勒夫博士所言的古罗马修道院，不知罗曼与拜占庭教堂的营造，不知巴西利卡式空间布局，不知哥特式建筑取代罗马式建筑，会被称为时代的进步。我不知市民意识与市民文化，不知解放公社的含义，不知莱比卜博士为何隐约憎恨西方的基都教会，称基都教会控制民众的一切，违反人性而禁欲，让民众听天由命……"

露西笑道："且休说教会之事，林君如今可能从众多教堂中认出哥特式教堂？"

晓松笑道："我也归纳出几点。哥特式教堂往往大门朝西且是尖形拱门，屋顶高耸多尖塔，此乃区别于其他教堂的最显著特征。长方形房中有三大厅，中舱与左右舷舱，形成拉丁十字架的布局。且有多根柱子合成一根束柱，玫瑰花式镶嵌彩色玻璃的长窗等，都是哥特式教堂之特征。先不论哥特之寓意，我惊叹于教堂的拱券支撑，承重的飞券与不承重之蹼，犹如华夏的斗拱，然构成远胜华夏房屋的跨度，高耸的墙壁与尖塔。我大明国的殿堂几乎全为木造，哥特教堂则全由石造，石块砌筑之精巧，其外立面造型复杂繁琐，内部装饰华丽唯美，比起华夏宫殿也不遑多让。露西有所不知，华夏房屋讲究聚气，故而多用小窗，房间里采光便受限制；而哥特教堂那万紫千红的玻璃窗，随着阳光照射，五彩缤纷，光彩夺目，让人见了心情舒畅。我一路都在思考玻璃制造的技艺。华夏瓷器巧夺天工，然仅用于制作器皿，西方之玻璃可做器皿，又可用于房屋建筑。我在华夏时，也曾见过来自西方之玻璃眼镜，方知玻璃还可将视线放大缩小，颇为神奇。若能学得玻璃制造之法，融合以我国瓷器之制作技艺，岂不更臻完美？"

露西尚未答言，一旁随同的赛义德先笑道："阁下才高八斗，却虚怀若谷，不耻下问。论起玻璃，阁下与莱比卜博士志趣相同。莱比卜也曾有奇思妙想，将玻璃制成放大镜，可见得肉眼辨别不出的微粒；制成望远镜，可窥天空的星辰。阿勒夫博士听后，极力赞成。阿勒夫的学问，莱比卜的藏书，在国都无人不晓。阁下与阿勒夫、莱比卜两位学界泰斗，彼此赞不绝口，来自世界东西中三国的智者齐聚一起，纵论文明，此乃前无古人之举，定会留下青史佳话。"

晓松震惊道："放大镜，望远镜？真乃奇思妙想！若能造出此探知天穹万物的利器，恐人类认识突飞猛进，又是一方世界矣！"

赛义德道："莱比卜博士的藏书犹如一方宝库，依然如饥似渴，搜集于天下。博士年轻时从弗兰西国至此，欣喜异常，惊叹我国竟多有部西方诸国的失传古书。"

晓松惊喜道："在下对西方之文明一无所知，莱比卜博士的书库乃是宝库，若能让我一阅，或许可使我对西方世界多些了解。这等藏书宝库之于我，便如在沙漠中突遇一汪清澈湖水！"

露西道："林君之言，恐也是莱比卜博士之言。莱比卜对华夏文明也是如饥似渴，遇上林君，定然也是欣喜若狂。"

晓松突然记起教堂里的精美石刻，便问露西："教堂内的石雕精美绝伦，有些展现的是一年十二个月，农工每月生产的景象。我记得郑和舰队的王景鸿大人曾言，我大明蜀地有大足石窟，乃华夏唐朝起凿制，至今已集儒释道三教的精华。王大人曾赞叹，石窟中的佛像与菩萨像体态多变，神情潇洒，纹饰繁丽，雕工精湛，与此地教堂的石刻，异曲同工。只可惜我未曾游览大足石窟，不能亲身一见。然王大人也说，华夏的石窟石雕由西方传来。今日在教堂一览，方知西方石刻如此博大精深，没想到我远离家乡万里，却也了了未游大足石窟的遗憾。"

露西与赛义德听了晓松这话，知道他又有思念家乡之意，忙附和几句，转移了话题。

晓松将那教堂石刻又默默回味一阵，突然想起一事，便问道："露西，方才出门时，我见你对门口七个异教徒模样的人像雕刻目不转睛。其中有一个，你更是看了半天不肯移步。那人是何方神圣，有何过人之处？"

露西道："林君，可记得我曾说起的数学大师毕达哥拉斯？我看的便是他的雕像。我从小读其书，见之如真人一般的石雕，自然感慨万千。"

晓松惊讶道："当然记得。此人曾说，数是万物之源，数字构成世界，与我华夏五行之说大相径庭，倒是与我幼时曾听得的'世界由微粒构成'之说，有七分相似。哎呀，若莱比卜的放大镜造出，可观物的最小内质，届时各类学说方知真假矣。"

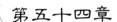

第五十四章
拜谒皇室宣扬国威，参观珍品求知若渴

马夫"吁"的一声，晓松等人便知马车已抵达住处。门口有礼仪官莱兑费等候，告知晓松明日国王召见，请他早些歇息，还递给他一个包裹，内有晓松的大明军服。原来露西与达丽雅公主在基什姆城堡相见后，公主便派出细作跟踪露西，从露西住处偷出包袱，只是当夜因暴乱受阻，回到皇城后，公主已知晓松与露西的真实身份，便命人物归原主了。

当夜，晓松伏案记载，露西笑道："莱比卜博士收集书籍，林君也受此启发，记载游历中的所见所闻，实为可贵。林君若不嫌弃，露西愿助一臂之力。既被国王召见，想来林君一时半刻也走不成矣。归国之日，更是遥遥无期。"

晓松点头道："也好，多待几日，可对大食与西方文明多些了解。我既在此地，岂能离得了露西？知我者，露西也。"

翌日清晨，晓松与露西被侍女唤醒，沐浴朝食。晓松穿着大明军装，露西则穿戴本地女装，由司礼监莱兑费率礼仪军在庭中迎候，登上宫廷军的华贵马车。这几日官府捷报广传，今日举国欢庆太子桑若斯收复曾被哈里海盗霸占的鲨鱼岛的大捷，沿途百姓夹道欢呼，盛况空前。桑若斯傲立于马车上，向万人挥手。晓松和露西的马车跟在太子的车队后，一个时辰左右，便见前方依山就势的蜿蜒红色高墙，沿墙耸立十几座碉楼，晓松一看便知，墙内为国王宫殿。

沿着洁白无瑕的丹陛石阶拾级而上，每隔一段石阶，便有一个丹墀平台，雕刻着精美的神话与山海图案。觑见殿院两边附有笔直的券廊，院中央有巨大的水池，内有三匹骏马雕像，与真马等身，惟妙惟肖。宫殿金碧辉煌，墙壁上也有无数浮雕。晓松低声称赞，每一块石头都似透着灵性。露西听了笑曰，此宫殿是凝固的音乐。晓松低声吟道："俯皇都之宏丽兮，瞰云霞之浮动。欣群才之来萃兮，协飞熊之吉梦。仰春风之和穆兮，听百鸟之悲鸣。壮哉！"

宫殿各院，彩旗猎猎。守院的礼仪将士昂首挺胸，英俊帅气，军乐礼号，奔放嘹亮。觐见宫殿门口，执事大臣领税官、司礼监、法官等大臣列为一排。晓松跟随桑若斯，与众人抱拳相见，各大臣双手抱胸，鞠躬回礼。

晓松暗忖，此地的执事大臣，地位似乎如同华夏一人之下，万人之上的宰相，其他官员则类同大明朝吏、户、礼、兵、刑、工部的大吏。国王厄兹蒂尔克与王后萨曼莎携诸位王子公主，皇亲国戚等一同在列。王后萨曼莎是罗马贵族后裔，金发碧眼。国王则是一位面相和蔼之人。达丽雅公主立于国王身边，向晓松微笑颔首。

觐见国王之礼并不繁琐。晓松依大明军拜见郑和指挥长之礼仪，行两拳相抱之礼，左步上，合掌于左胸，右步上，合掌于右胸，一共九步，声音洪亮道："华夏大明国郑和西洋行舰队千户校官林晓松，拜见奥斯迪那国王陛下，祝国王与王后万岁，万岁，万万岁！"

皇宫众人未曾见过如此礼仪，甚觉新奇。通事官将晓松的祝词翻译过来之后，国王与王后欢喜异常。国王伸出双手拥抱晓松，与他行贴面礼，又行双手抱胸礼，再行抱手礼。王后也行抱手礼，晓松行吻手礼。诸位大臣均行抱手礼，再鞠躬行握手礼。晓松与公主等人互致注目礼。礼毕，全场静立，执事官颁布国王的嘉奖令后，又高声赞颂桑若斯灭匪之功绩。露西向晓松小声笑道，哈里之匪众，已被桑若斯邀请大明军一同剿灭，国王特此表彰。然执事大臣又宣读另外的颁奖令，授予大明国郑和舰队千户校官林晓松及其妹露西为奥斯迪那国荣誉公民，赐庭院一座，金银币若干等。晓松鞠躬致谢，军鼓声震天动地，觐见之礼便完结矣。

此后众大臣退下，国王亲自陪同晓松与露西前往王宫宝藏之殿，达丽雅公主，执事大臣，桑若斯，阿勒夫，司礼大臣及莱比卜与赛义德等随后。

莱比卜颇为惊讶，因宝藏之殿只有外国国王来访才开，据说殿内藏宝无数，有各朝各代文物，东西诸国的金银财宝。所藏文物之史，上溯可至六七千年之久。进入殿内，中间之物是镇馆之宝，乃是几块破损的雕刻石碑。国王带着晓松从左至右一一观赏，由阿勒夫与桑若斯进行讲解。细观那镇馆之宝，见石碑上只有一行字迹。桑若斯豪迈道："碑文之意为，吾率勇士，远征四夷，夺城池，获珍宝，无可数计。敢反抗者，吾必焚城，使成灰烬。此碑留存久远，百年前由我国先人挖掘找到。此段碑文所述之史，本国史书上都不曾有记载。我推测此为祖先千年之前的辉煌功绩，后人多为帝王霸气所折服也。"

晓松心中一惊，此文口吻与带领蒙军三次西征的成吉思汗颇为相似。

阿勒夫道："殿下所言极是。此乃应是慕碑铭，然是帝王口吻，可惜无法考究其年代。据其石刻文字揣摩，应距今五千年以上。出土的其他石碑铭文，也有仿效此文风格的，上有记载年代，可推测此碑为母本。此碑的背后，理应有后续文章，大概意思是，国王陛下乃神之化身，安努为人类福祉计，赋予帝王权力也，令其发扬正义于世，灭除不法邪恶之人，使强不凌弱，使其有如太阳神，昭临黔首，光耀大地。如今实为可惜，此碑之背后字迹已泯然不见，徒留千年猜测。"

桑若斯喜悦道："阿勒夫博士学识渊博，推断想来不假。先祖神勇，方有我国国民之神武精神。千年来，我国不惧西方的十字军，东方鞑靼军也闻我国威名，止步于千里之外。林君，敬请移步，这里还有一块石碑，也是千年之碑。上面的雕刻文字，乃是我祖上颁布的法典。尽管清晰文字甚少，然这则法典表述清晰，国王乃是至高位上的判官，城堡平常的诉讼官司，得由卡鲁、贵族与塔木卡等人合议审判。"

达丽雅公主恐晓松疑惑，便解释道："卡鲁乃城堡的最高行政长官，塔木卡乃商贾之意。"

晓松惊讶道："审判团中竟有商人，可见商人在贵国自古以来便有尊崇地位，然华夏有士农工商之说，商人地位低下。奇哉，东西之国，差异巨大！"

往下又有石碑，上面雕刻的是一幅图画。画面中有树林，一男子用弯曲细管从罐中吸吮，一人蹲于牛腹之下，尚有一人立于石板砌筑的灶台边劳作。晓松见而沉思，达丽雅公主解释道："此图描绘的是市井景象。一人吸吮葡萄酒，一人是挤奶工，灶台是制作面包的台子。或许我祖上是首位创造葡萄酒之人，也是首次制作出面包及奶制食物之人。"

晓松道："观此浮雕，似乎贵国远古之时乃青葱广袤之地，为何如今风沙荒芜？"

晓松问得唐突，众人顿时哑然。阿勒夫耸肩摊开两手，表示自己也不知答案，尴尬笑道："许是安努惩罚人类乎。"

国王厄兹蒂尔克自嘲道："我祖上可随便饮酒，然今日世间多行禁酒令，朕也不解。世事变化，不是凡人可以预料的。"

众人点头称是，又挪步至下殿。馆中悬挂有几幅油画，颇为醒目。其中一幅题为《斯宾巴哈达智慧馆》，由本国商人捐赠。此商人斥巨资从国外购得此画，赠送国王，被国王视为珍宝。传说此乃百年前罗马画匠所画。全画以纵深展开的高大建筑拱门为背景，中心有透空的层层拱门，似乎直通遥远天际。极其神圣的大厅上，聚集着装束各异的众人，似乎正在情绪热烈地争辩。阿勒夫一一讲解，图中有花拉子密，格林比尔，伊本西耶，阿维森纳，拉齐，伊壁鸠鲁等先知。图中两侧壁龛里，分别供奉着希腊智慧女神雅典娜雕像，音乐之神阿波罗雕像，其后接摩邻国古时贤圣者，有苏格拉底，尔托勒密，柏拉图，亚里士多德，毕达哥拉斯，米开朗基罗等，神色各异，栩栩如生。然画角一人，桑若斯与达丽雅也不知是何人。莱比卜笑称，乃油画匠本人也。众人哄堂大笑。

晓松伫立在画作之前沉思，罗马画匠之技艺，令人瞠目结舌，画中的人与物如此逼真，实为难得。晓松以为画中云集各朝各代、东西各国的贤者，洋溢着百家争鸣的气氛，寓意高远，凝聚着人类智慧之精华。

阿勒夫点头称是："此画取自被摩邻国称为萨拉森帝国、华夏称为黑衣大食国的鼎盛时期之史。黑衣大食国极其开明，国王主动吸纳各国文明，尤其马蒙在位之时，优厚礼待各国学者，可自由研讨。国都巴哈达城内营建大学，规模罕见，内有气势恢宏之藏书馆，藏书浩如烟海，收集天下经典书籍，有古斯宾国、古希腊、古罗马、古印度与华夏等国的著作，被誉为智慧馆。当时的巴哈达乃世界上最大都市之一，百货汇集，万商云聚，欣欣向荣。"

晓松不禁神往，问道："如今巴哈达的智慧馆可还在？"

阿勒夫叹道："三百多年前，塞尔柱突厥人攻陷巴哈达，智慧馆逐渐衰败，许多藏书不知去向。一百五十年前，巴哈达又被蒙古帝国所灭，摧毁了存世五百年的智慧宫，藏书荡然无存，底格里斯河被丢弃的书上墨水染为黑色矣。几百年来，萨拉森国自乱不止，又深受摩邻国与东方突厥侵扰的灾难，突厥化的奥斯曼帝国、帖木儿帝国等兴起，巴哈达智慧馆已成追忆！"

晓松一愣，面呈尴尬，随后深深叹息。

达丽雅公主催众人移步，行至最后，见一宝贝，国王喜滋滋道："此乃达丽雅新近献上之物，乃仿制林将军的大明军服也。"

阿莱脸上绯红，国王哈哈一笑。晓松道："若陛下喜爱，在下回去清洗干净，双手奉上。"

桑若斯连声道谢，阿勒夫道："宝藏之殿美中不足，尚缺少华夏的白金器皿。白金器皿天下闻名，烦请林将军日后设法相赠。"

晓松诧异道："我知黄金器皿，然从未听说华夏有白金器皿。敢问博士，这是何物？"

达丽雅公主笑道："白金器皿乃大明国之瓷器。传称其质地如同白金，故有此称。"

露西道："幼时家中以藏有福建出产的精美瓷器为荣。华夏瓷器流传大食诸国，拥有者甚为光耀，当时以为福建瓷器即华夏瓷器，长大方知华夏瓷器之最，乃大明宫廷瓷器，福建瓷器不可同日而语。阿勒夫博士私下问过我，然我只知皮毛。林君何不详细为我等讲解一番，愿闻其详。"

晓松笑道："大明国烧制的白金瓷器，用的是白垩土也，华夏可生产出仅有五六处，北有真定定州、平凉华亭等地，南则福建泉郡德化、徽郡婺源等地。然合并数郡，不敌江西饶郡产的景德瓷器。景德瓷器作坊，分为官窑与民窑，官窑乃皇宫专使监造也，即便一点瑕疵，均当面毁之，不得流出一片。景德瓷器原为白玉一般，如今工艺技法进化，瓷器不止白色，窑变而成宣红回青新瓷，成多色之器皿矣。景德白瓷素有白如玉，明如镜，薄如纸，声如磬之称，后装饰有青花、釉里红、青花玲珑等一十有余之品种，尤以青花、粉彩产品为大宗，各国争相品赏以为神奇。陛下日后可遣人随在下前去与郑和大人会合，在下会向郑和大人禀报，如舰队宝船中尚有景德瓷器，便是赠与陛下，又有何不可。"

国王听后喜出望外，急切之情溢于言表。达丽雅公主微笑着搀扶国王离开藏宝之殿。

此时宫中已备好国宴，三遍鼓擂，众大臣欢呼声中，国王携晓松落座于西式宴会，各取所喜爱之食，君臣融乐，歌舞升平。桑若斯与达丽雅不离晓松左右，尽心款待。王后暗暗观察晓松，尽管早知露西与达丽雅长相相似，仍大为奇异，攥住露西的手不放，国王附耳低语几句，王后方知几近失态矣。

入夜，晓松记载一日经历，放下鹅毛笔，兴致勃勃邀露西延续《赫左儿·艾夫萨乃》之阅读。露西笑问："林君，我对华夏略有所知，然我以为，大明国民对于国外情况知之甚少。林君以为如何？"

晓松笑道："我从军之后忙于杂事，对于他国了解，确实支离破碎。郑和舰队的王景鸿大人与几个礼仪官曾对我讲过一些。今日参观，阿勒夫博士对我说此地曾经属于大食国疆域。自古以来，华夏与大食国常有来往，然今日几乎断绝。王景鸿大人曾言，唐玄奘《大唐西域记》与杜环《经行记》中曾有对大食国的记载。宋元时期，大食国的商人被民众称为胡商，大量来华，福建泉州大食国之人曾高达数万，在城内建造多处清真寺，时有'缠头赤脚半蕃商，大舶高樯多海宝'一说。大食国，华夏也有人称为天方国，将大食国之人称为天方人，或者色目人。有书中记载，大食国之女子衣裳鲜洁，容止闲丽，几同大唐时的仕女，然又有不同之处，'女子出门，必拥蔽其面。大食之人，无问贵贱，一日五时礼天，食肉作斋，以杀生为功德。'民众崇尚节俭，断饮酒，禁音乐，葬唯从俭，几同华夏墨者之徒，有富足之地，粳米白面，不异中华。尚出产玻璃与琉璃。大食国的琉璃，烧炼之法原与中国相同，只是多加一料，所产琉璃更为贵重。我至此感叹，奥斯迪那国土地所生，无物不有，四方辐辏，万货丰贱，锦绣珠贝，满于市肆。华夏古人惊奇于大食国有可容数万人之礼堂，每七日，王出礼拜，登高座为众说法。只是几百年前，中国尚有工匠织匠，机匠画匠金银匠等不远万里来到大食国，然今日奥斯迪那国却难觅华夏之人矣。"

露西欢喜道："原来大食国在华夏人心目中不是蛮夷之地，也是文明之国。今日阿勒夫博士感叹，此地文明离不开华夏之人。"

晓松问道："哦？博士何出此言？"

露西道："博士说，华夏的蔡伦纸，乃是中国工匠赠与大食国的宝贵礼物。大食国远古记事用的是泥土板、羊皮或木板，后袭古埃及发明的莎草纸，尚有摩邻国发明的羊皮卷与牛皮卷，然中国工匠传授的蔡伦纸，制造成本及书写效果远优于莎草纸、羊皮卷与牛皮卷，故而方便传播医术、天文、数学等方面的先知著作等。正因如此，所以说中国纸对于本地文明发展功不可没。"

晓松感叹道："华夏造纸术远渡重洋，在异国他乡掀起了文明的巨浪。今日见过奥斯迪那国的文明，若引回华夏，定也会掀起波澜壮阔的革新。"

次日，晓松与露西移居国王所赐宅子。此宅颇为僻静，街坊不知宅子主人。宅内衣食用具一应俱全，男子与女子所用空间截然分开，客厅作坊归于男子，起居之处则封闭起来，外人不得窥见。露西执意改成晓松华夏旧居的格局，欲雇工匠拆改修缮，然登门拜访的莱比卜与赛义德通事阻拦道："其形依然，用之随汝，何故烦恼乎？"

晓松道："正是，何必麻烦。"

四人于客厅落座。莱比卜盛赞宅子装饰精巧，室内廊道四圆心券构思精巧，券形门窗上的透雕，华丽精美，木柱雕饰纤秀巧妙，犹如自然长成，感叹此宅恰似一首美妙动听的乐章。晓松在教堂游览时曾感叹和音的悦耳，然不知音理，也听得露西感叹皇宫是凝固的音乐，不得其深奥真意，故向露西与莱比卜博士请教。

露西笑道："音乐乃时间的艺术，音乐语言及其他要素，须按韵律学与逻辑学要义，组合形成优美完整、和谐协调的旋律。音乐语音与其他要素组合，乃音乐的比例与结构，乐曲有陈述，巩固，发展，终结的形式结构，可使乐曲奇妙无穷，令人如痴如醉。建筑最讲究结构形式，各类材料依照数学的计算，力学之理，组合形成美感匀称、严谨统一的空间，比例与结构是其灵魂，风格造型，比例尺度，重复变化，色彩均衡，其建筑结构的法则与音乐异曲同工。音乐与建筑，看似风马牛不相及，实质息息相通。是故建筑乃凝固之音乐。"

莱比卜抚掌称赞道："露西真乃奇女子也！前些日子，露西小姐说起各国建筑的奇妙，推崇哥特式教堂，令我等耳目一新。方才一席话，入木三分，在下佩服！"

露西羞涩一笑，晓松道："在下这些天游览教堂，只注重推敲其工技，对于教堂风格寓意、发展历史等一无所知。今日莱比卜博士既然说到此处，可否详细与我等讲述一番？"

莱比卜连连摆手。赛义德道："我自小便在教堂边长大，也不知哥特式教堂来历。今日也愿闻其详，望博士不吝赐教！"

莱比卜方道："推辞不得，只好卖弄。然老夫肤浅，仅为一家之言。大食国以西，千年以前，有强盛的罗马帝国称霸地中海，后一分为二，为东西两部。西罗马帝国亡于百年后，灭亡西罗马帝国者，乃是其北方蛮夷地的哥特人。然哥特人未曾建立大一统帝国，西罗马帝国被分裂成无数小国城邦。城邦小国，闭关阻塞，自给自足，各自为政，老死不相往来，然基督教义于诸邦国早已深入人心，故而教会的势力逐渐壮大，权利财力与日俱增，不仅拥有土地，甚至拥有军队。教会推崇禁欲，认为人应顺从天意，那些人文学识与理性思维更是应该摒弃，故全面禁止阅读先知著作，抛弃古希腊以来的书籍，天下苍生只须全身心服从教会。教会一家独言，令天下窒息……"

晓松道："华夏历史上也曾焚书坑儒，真与这段历史如出一辙。今日听得博士细说，令人震惊不已。"

莱比卜点头，接着道："时光漫长，水滴石穿，民众终究意识到理性思维与人文精神，利于天下苍生，这种意识之转变，也体现在教堂风格上。教堂原本是城堡重心，各地标志，建筑多效仿古罗马的拱券结构。古罗马教堂以严厉裁判者耶稣为主，沉重肃穆，巨大繁复，令人畏惧上帝；而新市民意识转变之后，哥特式教堂则以仁爱的救苦救难圣母为主，还予人之尊严，灵巧轻盈的尖塔，高耸的拱门，彩色的玻璃，乃是光明、向上、希望的象征。"

露西道："先生站在历史高山之顶，见识果然高明。露西以为哥特的风格，不仅吸引万众敬仰上帝，更是驱使万灵洞察人间本身矣。"

露西一语道破天机，晓松顿有醍醐灌顶之感，甚是以结交阿勒夫、莱比卜与露西为大幸，几人学识不在王景鸿大人之下，顿生敬仰之意，不由感叹海内存知己，天涯若比邻。晓松继续问道："为何史上多有蛮夷之国战胜富裕文明之国的例子？华夏史上也有五胡乱华之苦，宋朝屈辱面北称臣，适才听博士讲罗马帝国历史上，也曾遭到野蛮部落的侵袭蹂躏。"

莱比卜道："老夫也曾无数次感慨，纵观人类史，原本富裕文明之国度，战败于蛮荒小国的比比皆是。想来富裕之国，其民众致力于农工商经邦立世，耻于抢盗，盛世民众饱暖思淫欲，贪图安逸享受，以致军队惰于操练，社稷疏于战争的筹备。然饥寒起盗心，蛮夷戎狄生存条件恶劣，只能依赖抢夺得以存续也。是故历经岁月，尤其擅长战事，俟时机成熟，举兵伐谋，胜算远大于富裕邻国。故而一而再，再而三，劣胜优汰，愚昧之国战胜文明之国。悲哉！"

晓松思量半晌，道："先生所言极是。蛮夷之兵残忍至极，令敌手胆寒，怯于交战，也是有的。然深究另一原因，蛮夷军队经验丰富，吸取改进战事之策，战事之器，战事之术，如此一来，在战场上，蛮夷之兵反而有先进之军事，而富裕之国则沦为战场之蛮夷矣。纵观东西历史，终究优淘汰劣，此为天下潮流。"

莱比卜琢磨晓松之言，点头道："林君之言颇有新意，仔细思来，确是优胜劣汰。"

露西笑道："两位所见略同，追溯其史，归于如此意义，古罗马人不暇自哀，而后人哀之，后人哀之而不鉴，亦使后人而复哀后人也。"

晓松与莱比卜听闻此言，都称赞露西睿智。莱比卜夸露西之智慧与达丽雅公主不相上下。

第五十五章
畅所言互荐圣贤书，救孤苦世间无桃源

　　莱比卜来自弗兰西国，出身于落魄贵族之家，年幼好学，初冠时被誉学富五车，后立志出外遍访圣贤，而立之年游学至此，被奥斯迪那国国人善待。他惊讶于奥斯迪那国藏书之丰富，且有幸结识博学多识的阿勒夫博士，遂留在此处，一头扎进浩瀚书海，如饥似渴，一读便是数十年。如今年已古稀，仍精神矍铄，嗜学如命。他受阿勒夫推荐，公主拜为太傅。莱比卜见公主聪慧异常，长叹此女应是天上人，疑是雅典娜投胎来人间，又与公主投缘，故尊重爱惜公主犹如自己的眼睛一般。见露西才华不在公主之下，又对晓松如此倾慕，暗暗思忖公主之情路坎坷，不由连连叹息。

　　晓松见之，以为博士尚在痛惜西方各国的衰败，略加安慰，然莱比卜猝然老泪纵横，痛骂邻国国王乃是恶霸，怜惜一朵艳丽玫瑰即将被淫棍毁之，斥责举国无人挺身而出，愿以己之命，换公主的幸福，只能祈祷公主早日摆脱困境，盼望帕修斯从天而降，英雄救美。

　　晓松听得甚是无语，露西则流露出哀怜同情的神色，恐先生气极伤身，忙转移话题。

　　露西问道："小女有一事不明。博士已是学富五车，又藏书无数，为何不落叶归根？"

　　莱比卜一声叹息："一生之不幸生于斯世，一生之幸来于此国。桑梓故里，先人所著书籍尽失，可读之书，寥若晨星，思想禁锢，苍生愚昧，而奥斯迪那国，书盈四壁，左图右史，浩如烟海，学派百花齐放，思潮百家争鸣，其医学，哲学，数学，化学，天文地理等各学，皆远胜西方耶。老夫在此一生致力于收集与攻读新旧书籍，然远不能及，故而滞留于此。曾有意返回故国，然被国王挽留，又被几个大臣进谗言，处处拦阻。且故国依然封闭黑暗，若携古籍返回，性命难保。因此老夫有一愿望，俟公主出嫁后，我孙儿学成，届时一家老小冒天下之大不韪，将收集的书籍引回故国，供家乡学者追本溯源，发扬光大。且如今既遇林君，岂可错过探知华夏文明之美事？赶也不走矣！"

　　晓松拱手笑道："晓松遇上博士，犹如沙漠中遇上清泉，也是三生有幸。若博士不嫌弃，晓松愿拜阁下与阿勒夫博士为师！"

莱比卜大喜道："我今日前来，正有此意，也是阿勒夫兄长之意。我等数人，以后互学，互为师长，也互为弟子，各扬其长，可广探古埃及、古希腊、两河流域与华夏之历史与文明。如何？"

晓松闻后，大喜过望，顿时立起道："老师在上，受晓松一拜！"

露西笑道："岂可丢下露西？我也一拜！"

莱比卜忙道："使不得，使不得。如此一来，老夫也向林君与露西一拜！"

三人相互挽起，惺惺相惜，相见恨晚，心里早成神交矣。

晓松提出，先从莱比卜藏书中挑选几本先知古籍，由露西领他读阅。露西也连声赞同，兴致盎然。莱比卜点头道："苏格拉底先知虽无著作，其言论观点必知之。再有柏拉图的《理想国》，其后应是《荷马史诗》，希罗多德之《希波战争史》等。欧几里德的《几何原本》乃智者必读，须有教授指点为好。阿勒夫博士也颇为推崇这几部书。林君踏足奥斯迪那国，恰逢《历史绪论》出版，国内学者争相阅读，执此一书，可通晓古往今来。著者伊本·赫勒敦，以翔实史料，察古今之变，究治乱之理，将萨拉蒂，即被林君称呼大食诸国与民族，研之详尽，阿勒夫阁下盛赞伊本·赫勒敦的《历史绪论》为人类社会学的开山之作。我久仰华夏四书五经之盛名，然欲求蒙古军征战天下的秘诀，不知林君可有推荐。"

晓松笑道："博士费心推荐之书，我定要一一拜读。若说蒙古军之秘诀，我尚不知。然华夏兵书，莫出《孙子兵法》之右。我先为博士书写几章，待露西翻译后，可供阁下阅览。"

露西请教道："摩邻众国有泰勒斯，赫拉格利特，巴门利特，毕达哥拉斯等众多先贤，为何博士推苏格拉底为首？"

莱比卜微微一笑，道："无知即罪恶。"

露西一愣，莱比卜又笑道："智慧意味着自知无知，认识自己，方能认识人生。"

露西会意，道："此为苏格拉底之言。未经审视之人生，虚度之人生。知之越多，才知知之越少。我唯一知之，乃我一无所知。"

莱比卜向她投来赞许眼光，又道："认识自己，凡事勿过度，知道美德，方有道德。"

露西道："世上最乐之事，莫过于为理想而奋斗。为善至乐之乐，乃是从道德中分娩而出。为理想而奋斗者，必获此乐，因理想本质本含有道德之价值。"

莱比卜道："美德即是知识，哲学的观念，我不只是雅典的公民，我也是世界的公民。"

露西道："我懂博士之意，泰勒斯之言，水是万物之源。赫拉格利特之言，火是万物之源。毕达哥拉斯则以为万物皆数。克赛诺芬尼之言，某种元素当是万物之本原。众多先贤皆探讨求索自然与宇宙，唯苏格拉底看重人之本身，探询人性，人类本身存在的价值。博士之主张，崇苏格拉里的智慧，剥离人与神，摆脱上帝主宰一切之神本论的桎梏，转向人本之道！"

莱比卜笑而不答。晓松震惊于苏格拉底之言，尤其美德即知识之说，顿觉耳目一新。露西见他一脸惊讶，便问他的感受，晓松笑说华夏圣人之言，与西方先贤颇有相通之处。

知人者智，自知者明；中庸者，中道而行，不偏不倚；人不学，不知道；道可道，非常道，名可名，非常名，无名天地之始，有名万物之母……莱比卜闻之，赞叹不已，希腊苏格拉底与华夏诸子，生于世界东西方两端，其观点主张却如此相近，实在神奇。晓松与露西也唏嘘不已。

此时仆人端上食盘，其中香气扑鼻的，乃是烤制婆塔图。莱比卜笑道："我府上往来之人，仅有我与几个孙儿喜食烤婆塔图，不知林君也爱此物。"拿起一块，吹着热气。

露西掩嘴笑道："博士也爱此食？露西已饥肠辘辘，先尝为敬。"露西一口咬下，烫得眼泪流出。

晓松讲起往日登陆之事，莱比卜方知华夏无此食物。晓松笑问如何栽种，莱比卜连连摇头，道："早过春暖花开，不是播种之际。明日一同去田间寻得农夫一问便知，顺便夏日一游。"

露西拍手称快，晓松也一口应允。

三人尚未啖毕，此时外面吵吵嚷嚷，仆人前来禀报，有本地几位富贵人家的管事，结伴持帖登门拜访。晓松愕然，初来乍到，非亲非故，何故来访？莱比卜笑道，富人嗅觉灵敏，无利不起早。晓松方知对方有黄鼠狼给鸡拜年之举。露西令仆人婉拒，然管事传话进来："常言道，除天堂之门，金子可叩开任意之门。主人何故闭门谢客？"

露西恼道："黄金砸门，就不算滋扰了吗？"

赛义德与仆人出外应付，口舌费尽，然诸位管事依然央求赛义德传话进来："岂敢滋扰。愿结交阁下共谋财路，故而邀请林君一聚，恳请明日赴宴，畅谈合作事宜。林君岂能与财富为敌？"

晓松道："有道是穷帮穷，富帮富，麦糠不能做豆腐。如此执拗，到底所为何事？"

仆人出去，不一会儿又回来道："城内传开主人得国王所赐巨资，故而愿结识远方贵人，以谋划合作放贷之事。恐主人初来乍到，人生地不熟，愿代其劳，一本万利。"

赛义德笑道："这几个富人，也是相识之人，城内贵族富商皆结盟放贷，不足为怪。"

晓松皱眉道："高利贷，我大明国俗称印子钱也，其害无穷，令无数家破人亡，痼疾毒瘤也，百姓痛恨无比，断不可为。"

露西也道："高利贷自古便有之，也不知起源，利滚利如同雪球，殊知华夏也兴此业耶？家父也曾放过高利贷。"

莱比卜道："问起高利贷起源，来自犹太人也。此乃钱生钱的暴利，如同牛羊生崽，生出财富，老夫故里，也是人人憎恨高利贷，视之为公民头上的利刃。"

晓松愤愤，道："我华夏受印子钱之害，教训惨矣。北宋年间，宰相王安石针对遇贵量减市价粜，遇贱量增市价籴的呆板旧有常平仓制，激愤于高利贷对平民的迫害，推出常平新法的青苗法革新。青苗法将常平仓、广惠仓的储粮折算为本钱，以百分之二十之年利率贷给农夫与工匠，希冀自耕农贫户得以生存而不致家破人亡，又为朝廷开源，民不加赋而国用足，终究强兵富民。相较于民间一倍利息的高利贷而言，朝廷的两分利看似甚低，然民间出举财物，其以信好相结之人，月所取息不过一分半至二分，其间亦有乘人危急，吏缘为奸，至大于倍息的结果，原本是救民之法的青苗法，变成害民之法的高利贷，贫苦百姓纷纷破产，甚至普通百姓与富户也逐渐走向破产，加剧土地兼并，百姓苦不堪言，天怒人怨。可见朝廷百分之二十之年利率，也是害人的印子钱。何况人心不古，操作者必从中谋取不当之利。世间公平，理应以劳而获，似一块土地，无耕作何有收获？牛羊生犊，土地岂能生出土崽？高利贷乃巧取豪夺、不劳而获的典型恶业，故而应视其为洪水猛兽，岂能与虎谋皮，同流合污？"

露西尴尬道："家父曾擅长运营高利贷，如今看来乃欺诈之术，罪过罪过。露西烦请赛义德出去交涉，以所赐财宝已赠送清真寺或基督教堂为由，打发那几位管事便是。"

晓松点头道："假不如真，明日就将陛下所赐钱财捐给官府，设法周济穷苦人家。赛义德可劝说那几位管事回去禀报各家主人，是否愿意与我等一同捐赠。"

莱比卜道："万万不可，捐给官府，乃对陛下不恭也。救助贫苦的事倒是善行，不过也得从长计议。"

赛义德出去，片刻回来禀告："世上熙熙，皆为利来。适才众管事听闻林君打算，顿时作鸟兽散也。"

晓松等不由苦笑，唏嘘不已。饭毕，莱比卜与赛义德叮嘱几个仆人好生伺候露西与晓松，就此道别。晓松提笔记载，又书写《孙子兵法》至深夜。

次日辰时，莱比卜与赛义德如约前来，只是赛义德举止怪异，牵来几头驴子。

露西不解，骑马远快于驴子，何故放弃骑马？

莱比卜告知，富贵人家多骑马，衣着光鲜，农夫见得，恐心存芥蒂，远离于我等。另外高头大马在乡村田野十分招眼，此地农工贫民，均骑驴代步。我等衣着平常，混在人中，来去悄无声息，图个平安。公主叮嘱，外出平安为重。

露西闻之有理，挑些破旧衣裳与晓松换上，带了几个机灵的仆人，众人便从后门悄悄离去。

已是盛夏，众人出得西城门，便见不远山坡上一垄垄的金黄麦地，光辉夺目。晓松诧异，西方的麦菽之熟，比故乡迟许多。莱比卜也是惊讶，这些年春天来得迟，冬季寒冷，比起他年幼之时寒冷许多。

众人踏足田埂，伫立于田间，感受夏风吹拂，满眼麦浪翻滚，十分壮观。抚摸一根根蓬乍乍的麦芒穗头，想到再过些时日，这些麦穗便如串串金色的汗珠，抚慰人心。置身于金色的麦海，闭上眼睛，听得麦穗互相碰撞的声音，众人深深呼吸带着麦香味的空气，顿觉心旷神怡，痴迷沉醉。

莱比卜询问晓松华夏农作之事，晓松道："华夏社稷以农作为重。农，天下之本。富民者，以农桑为本。食者生民之原，天下治乱，国家废兴存亡之本也。天子唯劝农业，无夺其时，唯薄赋敛，无尽民财。如此，富国安家，不亦宜乎？"

莱比卜闻之，沉思不语。赛义德问道："听得阁下之语，华夏的民众中，商人地位不高，人投生与执业，由不得自己，生来富贵与下贱已定。可是如此？"

晓松道："华夏自古便有士农工商之排序。为官者与读书人地位最高，读书人学而优则仕。其次为农夫，再为工匠，末为商人。人分九流，帝王，圣贤，隐士，童仙，文人，武士，农，工，商，商人也是位列末端。商人卑之曰市井，贱之曰市侩，不得与士大夫伍。大明国民众执业既定，甚难改变，贫穷富贵，生而如此。当然，此天命也不公平。"

众人闻之大惊。赛义德嗫嚅道："无商不富，无商不兴，无商国则不立。四海为家，经商牟利，乃民众夸耀的才略，富商巨贾与贵族同荣。华夏怪哉，不知所以。"

莱比卜又问些华夏农作的技巧，晓松津津乐道家乡栽种五谷之法，亩产收成，莱比卜惊讶不已。单论三季水稻与小麦，亩产收成远超埃及水稻与奥斯迪那国小麦，华夏农作之技高超，令他赞叹不已。

见莱比卜惊讶，晓松说道："不知本地农作究竟如何，无对比，不敢称孰优孰劣。"

露西问道："田野劳作，颇为辛苦，为何林君还有乐在其中之感？"

晓松笑道："华夏有诗为证：怡然自得小农家，环境清幽处处花。屋后青山看野鹤，村前绿水戏鸣蛙。姜丝料酒烹田豕，蒜末香油炒米虾。无虑无忧真惬意，人生过隙懒伤嗟。"

露西等人听后，连连称妙。众人边走边聊，渐往山区深处走去。只见山里房屋疏落，麦田也不成片，气温也低了很多，只是依然不见栽种婆塔图的田地。此间的温度不似华夏同一时节，而是类似春天的温度，一阵山风吹过，略有寒意，驴子也战栗几下。路边的农居越发破烂不堪，前方山坡地里见得有几个老农，劳作疲惫，正聚在一起歇息。这几人个个瘦如竹竿，面目黧黑，衣衫褴褛，身边还有一群孩童，更是衣不蔽体，几乎是赤裸着于泥土坑中戏耍。

见晓松几个默默走来，农夫惊慌不安，竟有人蜷缩到一旁瑟瑟发抖。随行的仆人微笑着前去安慰几句，那几位老农才略略安心，带着好奇的目光打量着晓松等人。

露西便问起栽种婆塔图之事，农夫皆笑道，距离种婆塔图的时间已过三个多月了，继续往内走，翻过几座山，便可见栽种婆塔图的地块。

此时已近中午，晓松等人将携带的牛羊肉等食物取出，分给众农夫与孩童。老农惊喜得流下泪水，孩童啖之如虎狼。老农只喫数口，将剩余食物藏于怀中，又纷纷从陶罐内掏出干红辣椒与煮熟的婆塔图，回赠晓松等人。晓松啖得辣椒，眼泪鼻涕顿出。莱比卜相告，农夫贫穷，为节省食物而常食辣椒，也是出于无奈之举。

农夫见露西等人长得清爽白净，纳闷他们为何询问婆塔图的栽种。赛义德摇头，一时不知该如何回答。老农也不深究，带着友善微笑，将栽种婆塔图之技详说了一番。

严冬过后，俟初春天暖一些，首先挑选上年留存的婆塔图，于向阳背风且土层深厚肥沃的土壤，精细整地，当作育苗床地。土中婆塔图薯头朝上埋下，略低于土面便可，间距均匀，以达到齐苗。上盖以树枝保暖，也避酷热。十几日后，新芽苗壮，长成半尺高的嫩苗时，剪苗而不拔苗。剪苗后当天或次日，晴天便可移栽种植，再追肥施水。亩栽三千株较为合理。小满时节，乃栽种的最佳日期也。

晓松问道："栽种婆塔图，平时如何施肥？"

农夫告知，平日施草木灰肥，肥水不可太勤，切记抑制苗藤疯长，以免薯藤生长过旺而不利根系果实。另须防止野兽刨啃。婆塔图喜温，适于各类土壤，然沙土栽种的果实，囊中香蜜，质量上佳。栽种婆塔图与栽种小麦等作物相比，更为轻松，尤其收割时，无须可丁可卯，迎合天时，故农夫对此作物颇为青睐。

见晓松问得详细，莱比卜笑道："莫非林君打算置地为农庄庄主，甘做农夫？"

晓松笑道："晓松受国王恩赐，心中感激，然坐吃山空，岂非不美。我出身贫寒，自以为擅长桑麻农作与工技，若有薄田几亩，一生农作，也是美哉。不知婆塔图收成如何？"

老农道："若赶上丰产之年，婆塔图亩产可达四千多斤。农事乃一分汗水一分收获，春华秋实……"农夫见晓松仔细聆听，又将其他紧要事项不厌其烦地相告。

晓松道："既然婆塔图丰产，为何众老伯面如菜色，身体单薄，衣衫褴褛？也不见有精壮农夫。"

一句询问，引得众农夫心酸不已。一农夫眉宇间凝固着悲楚，老泪流至唇角，双手拍打蜷曲的双腿，愤愤道："贱民乃日出而作，日落而息，农事全依赖天耶，然天地不仁，非涝即旱，蝗虫肆虐，十年九灾。即使丰收之年，庄主加重地租，留于家中之炊，不得饱腹。那婆塔图食之香甜，然常食则胀腹烧心，断不可充当唯一主食。农夫劳作一年，终不得一顿全麦净饭。尤畏苛捐杂税，乃是悬在我等头上血淋淋的大刀，落下之后，家破人亡。为何不见精壮农夫于此劳作？皆因无力缴得近几年之重税，纷纷外逃，也有逃税而被官府绳索勒去者。现如今，能安然食得婆塔图与野菜，已是庆幸之人。有更悲惨者，比如庄主家中的黑人奴隶，劳累病死的不计其数……"

晓松听得瞠目结舌，赛义德气得吹胡子瞪眼，却被莱比卜劝阻。

另一农夫苦笑道："世间便是如此，世道乃如此混蛋！"

晓松心中酸楚，想起故乡的民谣：种田者啖米糠，磨面者啖瓜秧，编席者睡土炕，晒盐者喝淡汤，泥瓦匠住草房，纺织娘没衣裳，棺材木匠死路旁。

晓松几乎冲口而出："嗟乎！天下乌鸦一般黑，华夏大明盛世，何尝不是不耕而食，不蚕而衣！"

地上蹲着的一老农忽然立起，哭泣道："各位善人，可怜旁边衣不蔽体的孩童，皆为父母双亡的孤儿，如今依靠我等养活。我等老矣，恐有心无力。前些日带他们进得城内，头插草标，欲将他们卖出，也可寻个地方糊口，救得他们的性命，然卖儿鬻女者太多，等候多日，始终无人问津，只得又将他们领回。我等尚且苟延残喘，只悲哀这些孤儿，自生自灭，恐挨不过秋冬。央求诸位大慈大悲的善人，权当买下小犬，救人一命！"

莱比卜与露西不忍视之，眼泪夺眶而出，将身上银钱掏尽，扭头离去。赛义德擦着眼泪，掏出囊中钱币，叮嘱老农购买一年半载的口粮，用以救助孩童。晓松身无分文，尴尬抱起一个孩童，称过后会来救助，欲脱下外袍相赠，却被仆人劝阻，只得匆匆告别。

回家途中，忆起幼年的贫困生活，晓松潸然泪下，情不自禁吟诵："卖炭翁，伐薪烧炭南山中。满面尘灰烟火色，两鬓苍苍十指黑……牛困人饥日已高，市南门外泥中歇……"他自认为家境贫寒，然见得当地穷孩，才知自己童年已算不得悲催。

露西听晓松吟诵华夏诗文，便询问何意。晓松向众人解释后，众人皆感慨普天之下，人生之艰难。露西宽慰道："贫富乃上天所定。记得家父曾吟：宿命须同一洞天，相逢孰处故依然。不知堕落青衫底，何日尘泥是了缘。博士以为如何？"

莱比卜点头道："宿世是穷客，前身应劳力，嗟险阻，叹飘零，人何以堪，命中注定也。"

晓松道："兴，百姓苦，亡，百姓苦。长风破浪会有时，直挂云帆济沧海……"

众人不语，待露西翻译后，品赏其意。晓松扬鞭催驴，卷起一路风尘。

第五十六章

访大学思乡生感慨，论军政考古解近难

　　一连数日，晓松闭门不出。莱比卜送来《理想国》《荷马史诗》，阿勒夫送来《知识论》等书，晓松回赠《孙子兵法》。

　　《荷马史诗》，林晓松爱不释手。但他认为《理想国》乃官府给百姓灌下的迷魂汤，不敢苟同。阅读《知识论》，虽有露西翻译，又当半个老师讲解，晓松仍有迷惑之处。听说阿勒夫在格画里姆城大学主事，莱比卜也是大学长老会成员，晓松便与露西前去，听阿勒夫讲解《知识论》。

　　格画里姆城大学坐落于城北湖畔边，建筑巍峨高耸，引人注目。大学校园内树木葱郁，湖光山色，风景迷人。赛义德介绍称讲宗教课的教授为谢赫，着教堂神父装束，其他教授学者则身着大袖宽袍。大学由长老会下的校长主事。长老会的会长阿勒夫今日亲自陪同晓松与露西参观，众教授与学子十分纳罕，胡乱猜测，这几位莫非是尊贵外宾？

　　阿勒夫见晓松前来求教，甚为兴奋。众人围着阿勒夫席地而坐。听了阿勒夫引经据典，旁征博引的讲授，晓松方知《知识论》之深意。柏拉图的《泰阿泰德篇》定义知识须是真实且被相信其为真实，苏格拉底以为尚且不够，需缘由或证实，柏拉图又综合表述为"被证实且真实"的信仰。

　　露西被阿勒乎指点后，颇有收获，也可逐句讲解《知识论》。依大学教学之法，课后师生就地讨论，各抒己见。晓松受益匪浅，感叹道："初极狭，才通理，温故而知新，豁然开也。仅知识两字，贵国先知与摩邻国的圣人便苦思冥想，月下推敲，穷极深究尽释义，然留下先应验后应验之争，着实难能可贵。"

　　华夏来宾有如此感慨，奥斯迪那国众学者无不为阿勒夫的渊博学识而骄傲。

　　晓松又问格画里姆城大学之史及教学之道，陪同晓松的大学校长自豪道："格画里姆城大学创立至今已有两百年之久，本是仿埃及艾孜哈尔大学而立。艾孜哈尔大学继承希腊先知之志，尊重自由，尊重人性，尊重人之思想，以先知的遗言为座右铭，故而天下闻名。

如今格画里姆城大学处处以艾孜哈尔大学为榜样，思想几无禁锢，学派林立，学术自由，有本国藏书量最丰富的图书馆，近千名学子纷至沓来，求学深造。依照教授考核，大学可授予学子学士、硕士、博士的学位。"

晓松道："华夏学子须经府试院试，乡试春试等，官府授予生员、举人、贡士等位分。然贵国大学，竟可自行授予学士硕士博士等学位？在下听来，实是惊讶。不知贵大学的教授，都精通何艺？"

校长道："原以圣训学，文字语言与写作，法律与社会意识形态研究等为主，后世界观学说与社会意识形态简称哲学，大学还设置文学、医学、法律、神学等学科，涵盖东西方知识，后形成七艺的教学，即文法、修辞、逻辑、数学、几何、天文、乐理。本大学几十年励精图治，大胆鼎新，学术突飞猛进，今非昔比，又增添拉丁语等语言、建筑、画作等学科。哦，如今炼金术也成一门学科，学成可应用于化学、军事、农技、纺织等方面。此举可谓开创天下之先。"

晓松闻之，新奇不已。华夏学堂的学科设计，远不如此地大学涵盖之广。初闻拉丁语，不禁问道："为何学子皆学拉丁语与数学？"

校长道："摩邻国流传之著作，皆为拉丁语。拉丁语起源于罗马，昔日罗马帝国扩张，拉丁语广泛流传，后又随基督教的流传而普及，可以说是众国学者的通用语。数学乃各科之基石，即便文学学子，也不可缺失数学方面的训练。阿勒夫博士有句名言被广泛流传：数为百技万术之先导，技术又是哲理之先导，哲理又提升数学与技术，三者共鸣，得出宇宙真知。大学学者皆以为此言乃探知真知的箴言也。"

晓松频频点头，甚是赞同格画里姆城大学的教学，尤其是对数学的推崇。晓松暗忖，拉丁语好比华夏古代的"雅言"，宋元时候的"正音"。

阿勒夫道："校长阁下，实用教学利于民众，固然可喜，然我以为最紧要的，终究是思想。万物以人为灵，哲学理应以窥探人性为始，以人为中心，发现自我，认识自我，此乃延续古希腊之中心哲学也。"

晓松闻之惊讶，方知莱比卜为何以苏格拉底先知为先，阿勒夫为何推荐《知识论》。阿勒夫主张，官府全不得干预大学，终是教化为民，此言论在华夏定是异端邪说。

晓松饶有兴趣问道："曾听得露西讲述逻辑，至此方知贵国大学也如此重视逻辑学。"

阿勒夫点头道："众所周知，摩邻国的文明，自古便是契约的文明，我国至今也是如此。契约必须由独立自主之个体方能签订，因此契约社会必尊重个体人性之自由。契约讲究确定性原则，契约方必对某超越性、决定性、不可更改的永恒不变原则十分重视，自由便是懂得原则而遵循原则。希腊先知的独到之处，便是出用事物自身内在实质来推理，是演绎之学，进而得知确定性原则。推理演绎便是逻辑学，逻辑学是捍卫自由的锐器，又是世界观，可铸造自由人性之理想。"

晓松闻之，沉默不语，内心默默咀嚼阿勒夫博士之言，然对于自由之神圣与可贵，尚未完全领会。

校长询问华夏的学校，晓松道："华夏自古重教，大明圣上视为国策。中央有国子学，各省有官办府学，州学，县学，各地有宗学，社学等。社学多为私塾，我故乡也有书院。凡是社学中优异者，可进县，州，府学。县州府学杰出者，可以岁贡选贡等途径，进入国子监求学。"

校长又问华夏的教学，晓松道："大明官府办学，为育才与教化。治国以教化为先，教化以学校为本。官学又分文武，文学皆以儒学为主体，四书五经为重；武学以武技与军事为重。至于医学，阴阳学，营造之法，农桑麻之技，似乎不登大雅之堂，仅以师徒口耳相传而已。官学学堂，仅为传授学识之地，师者与学子均不得议政。然社学的书院，兴起'风声雨声读书声，声声入耳；家事国事天下事，事事关心'的风尚。读书者，学而优则仕。三教九流，读书为上。"

众人皆惊讶，晓松道："大明人才选拔，乃科举之制。学子十年寒窗，金榜题名，以求一官半职，此为读书者的正道。科举考试，在儒学的四书五经中命题，学子不得有个人见解。答卷的文体格式，须用八股文，与贵国的自由风格截然不同。"

众人面面相觑，内心颇为不解。如此强盛之国，思想却如此狭隘，难不成思维也受禁锢？受禁锢之民族，又如何有坚船利炮，能够横扫天下？岂不怪哉。莫非此乃林君之妄言？

莱比卜匆匆赶来，与众人招呼。阿勒夫问道："莱比卜一脸怏怏不乐，莫非计时器又有差错？"

莱比卜道愁眉苦脸道："又有齿轮脆崩之恼。"

阿勒夫道："大明船队远洋航行，定时日，有计时的机械，博士何不请教于林君？"

莱比卜道："我正有此意。林君，大学内有几个学子，闻得罗马城有计时器，置于钟塔之上，也欲造出计时器。然苦思冥想，多次试制，仍屡屡失败，造出的计时器，计时半日，时光偏差达一个时辰，今日又因铸造的齿轮咬合而崩裂。老夫请教林君，大明计时器之情状。"

晓松道："一寸光阴一寸金，计时之法，人类自古之追求。华夏先人便有'定之方中，作于楚宫，揆之以日，作于楚室'的圭表，后有日晷，皆依赖日影长短与朝向而测时。圭表日晷定四季，辨方向，然苦于天空的雨雪阴晴。继后有依流水与流沙的刻漏与沙漏计时器，也有油灯钟、蜡烛钟、燃香的柜香漏等计时器，也仅用于短时之测。再有先圣张衡造浑天仪计时器的传说，是在密室中用漏水驱动，然至今失传矣。三百年前，诞生水运浑天仪，依水力激齿轮，通过无数齿轮连杆传动，令其自转，昼夜一周，测定时间，也可观日升月落星宿的运行，至今观者无不叹服其制作精妙，测定朔望与报告时辰之准确。我华夏元朝时有郭守敬郭太史，独创大明殿灯漏，也是用水力驱动齿轮，可一刻鸣钟，二刻鼓，三铊，四铙，自动报时。大明舰队计时，乃是灯漏、目测日记、沙漏与柜香漏等共用。至于齿轮，我故乡的水车、风车、榨油坊与磨房多用齿轮，多为硬木与青石所造，铁齿轮也有，可用十几年之久。贵校的计时器也以水力驱动齿轮而运转？"

众人闻晓松所说大明殿灯漏，无不怦然心动。莱比卜道："依日光而计时，我国也有日晷，如今按二分点新法计算而造，更为精妙。今日的计时器，乃效仿罗马城的钟塔，利用绳索悬挂重锤摆动。大明殿灯漏计时精确，设计精妙，我等遗憾不能一睹而快。林君可还记得其结构？"

晓松叹曰："贵校的计时器利用锤摆驱动，真乃另辟蹊径，令人惊叹。大明殿灯漏，我仅是见过，不知其结构，实为遗憾。然在下也曾锻造风车磨坊所用器具，可助贵校锻造铁齿轮，出得一臂之力。"

众人大喜，校长千恩万谢。晓松还欲拜访大学的医学教堂，走过医学教堂楼后一隐晦山洞，校长介绍其名曰解剖室，晓松震惊不已。解剖尸体，乃对死者之大不禁，此处竟可堂而皇之摆上学堂？晓松想要进去参观，校长不敢做主，待阿勒夫点头后，校长撇开众人，独将晓松与露西引入。

校长告知，解剖学的设立也历经千辛万苦，为此甚至有学者献出生命。然桑若斯与达丽雅公主以为古代埃及法老的尸体尚可为木乃伊，解剖自己以永存自己，也不是罪孽。古罗马时期有医学家盖伦，便有解剖著作，何况解剖死囚，弄清人体结构，才是查清病因与掌握有效治疗最有效直观之法，故力排众议，设立解剖室，供几个军队医官与学者研究。

校长问道："两位可知自己有多少块骨头？"

晓松与露西面面相觑，这如何晓得？

校长笑道："成年人有 206 块骨，本地之人皆如此，只是不知华夏人的骨骼是否有异。学者曾有'肝是静脉的发源地''心脏中隔，血液可自由通过'等观念，如今以解剖验证，才知俱是谬误。"

从医学教堂退出，晓松一直两眼发愣，痴痴看着众人，被露西撤着衣角，方才醒悟，已是逛遍校园。晓松与众人依依不舍告别。返回途中，晓松长叹短息，脑海中浮现王景鸿大人昔日对诸国文明之见解，感叹此地的大学生机勃勃，令人耳目一新，浸于其中，如沐春风。西方的大学如此持久繁荣下去，成千上万的英才辈出，华夏若不自省，假以时日，领先世界之地位，早晚被西方超越矣。

次日，桑若斯太子携执事官塞汗·阿赫斯卡，阿勒夫，莱比卜，赛义德与几位军中将领一同来访，晓松赶紧出门迎候。

桑若斯道："林君，大明军神勇，所言哈里海盗团伙被灭，已被证实。艾哈卖德差人来报，我军轻易登陆高兰巴大若思岛，未见一个海盗。如今举国张榜捉拿哈里团伙的流窜匪徒，各地有报，有小股海盗已悉数被我军歼灭，隐藏他地的哈里家人也被搜寻抓捕，已成囚徒。

我军审讯之中，海盗谈及大明军，无不恐惧畏服。大明军真乃天兵天将，一顿火炮火铳炸响，海盗顷刻兵败，众匪无不逃遁！"

执事官塞汗·阿赫斯卡道："如今天下强兵，无出大明军其右者。我等已知林君为明军舰队的统帅，文武双全，运筹帷幄，决胜千里之外，都道得林君者，可得天下。奥斯迪那国有幸得遇阁下，且阁下大义，为桑若斯殿下与达丽雅公主的救命恩人，命中注定与奥斯迪那国前世有缘。实不相瞒，我国有难事相求。想必阁下早知，我等期盼阁下再施援手，救达丽雅公主于水火之中。那千刀万剐的里奥国王残暴狞恶，觊觎本国久矣，奥斯迪那国与众邻国深受其害，无不痛恨。阁下也已知里奥国王欲强娶达丽雅公主，可惜我国军力衰弱，恐对抗不得，又不忍看公主和亲之耻，羊羔落入虎穴。放眼诸国，皆因国力衰微，俱臣服于里奥国淫威之下，年年进贡财宝美女，敢怒不敢言，早不堪忍受。我等暗中出访，诸国均盼联盟，愿暗中相助我军举兵对抗里奥国王。然千军易得，一将难求，老夫磕头乞求阁下出任我军将军，出手相救达丽雅公主！"

言毕，他仿华夏三叩九拜之大礼，朝晓松叩首，阿勒乎与莱比卜等人也一同跪下。

晓松赶紧扶起众人，道："君子见义不为，无勇也。舍身取义、见义勇为乃君子之美德。天下有道，志士仁人，无求生以害仁，有杀身以成仁，君子为维系正道，纵死侠骨香，不惭世上英，岂能旁观躲避？"

露西将晓松之言转译，众人大喜。桑若斯道："小王代父王与母后，向林君致以万分谢意。父王之前担忧对抗引发两国交战，百姓遭殃，故而挥泪应允和亲。我为太子，与朝廷各大臣岂肯偷生，为万民所不齿！众人意已决，头可断，而不可屈，身不可辱，我国上下同仇敌忾，绝不屈服于里奥军！悠悠我国，生生不息，风雨卓立，砥砺不畏强暴。舍妹达丽雅亲自赴外招募壮士，明日竣事，即刻返回，届时必定登门拜访。达丽雅好为军机，期待与林君一道商议出兵之事。桑若斯已拜读林君誊写的《孙子兵法》，信心大增，望阁下辅佐我与达丽雅，依明军之法组建新军，调教出神勇三军。阁下可放手指教，届时与我一道统领三军，与里奥军拼死相搏！"

桑若斯率众将走后，执事官·阿赫斯卡留下，与晓松商榷组建新军事宜。阿赫斯卡告知，组建新军，乃达丽雅公主原本的主张。阿赫斯卡询问大明军的组成，晓松道："明朝军队的编制，主要由卫所军、边军和京军三大营组成。卫所军乃各省与各军事要地设立的驻军。边军乃国界处戍卫边境的军队，乃训练有素、装备精良之军。京军乃拱卫国都的禁卫军。大明京军有三大营：五军营，三千营，神机营。三千营为骑兵，乃京军中快速机动军。神机营乃掌管火器的新式特殊军。五军营乃各省选调出的精锐部队。三大营环守于国都，若随圣上出战，神机营居外，骑兵居中，步兵居内。"

阿赫斯卡啧啧称赞，又询问大明国社稷构成。晓松告知，大明率土之滨，莫非王土，皇帝地位至高无上，其下设殿阁，然内阁实为皇帝传旨当笔的协助，皇权具体操办的机构，有吏，户，礼，工，刑，兵六部。吏部乃管理文官之机关，掌品秩铨选之制，考课黜陟之方，封授策赏之典，定籍终制之法；户部掌全国疆土田地，户籍赋税，俸饷及财政事宜；礼部掌典礼事务，学校科举之事及藩属和外国来往之事；兵部掌管武官选用，全国之军卫，乘载、邮传之制；刑部主管全国之刑罚政令，审核等，然重大案件，须与管稽察的督察院，掌三法司制的大理寺共同参办；工部职掌全国土木水利兴建，器物制造，官办矿冶纺织等。大明划分十三布政使司区，另设南北两直隶，俗称十五省，全国实行为省，府，州，县四级行省制，行省为承宣布政使司，然布政使司仅主管民政，有提刑按察使司掌刑狱，都指挥使司掌军政，合称都，布，按三司，遇大事由三司会商。

阿勒夫问道："俗世权与神权如何处置？"

晓松道："神权止步社稷殿堂之外。"

众人听后，无不纳罕。阿赫斯卡道："大明国偌大的疆土，俱为王土，成千上万的官吏皆臣服于皇上，实为不可思议。此等中央集权，世上也只有华夏如此登峰造极，令人叹为观止。"

晓松笑道："贵国社稷与大明有何异处？"

阿赫斯卡道："迥然不同，天渊之别。我国国王虽集政权、军权和神权于一身，然政令常常不能抵达多地。奥斯迪那国国土，沙漠草原、山区与平原各占三成。沙漠草原之地，多为游牧部落占据，几乎游离于官府管辖之外。山区与平原多有私人领地，仅有沿海之地为王权所统治，由王上钦派总督或城堡堡主管辖。王权之制，被称为艾米尔之制，艾米尔由国王亲自任命，统帅一方，其他地域多为世袭宗法领主之域，自成一体，有私人军队。国王之下，设政务，军务，税收，学正，礼司，宗教等各部大臣，辅佐国王，宫廷军队直接听命于国王。由于部落之间，部落与领主，甚至与国王之间冲突不止，虽有国之名，实为各部落各城邦各领主之联邦，岂敢与大明相媲美。真教人不得不羡慕大明国皇上之至尊地位！"

阿勒夫道："奥斯迪那国的现状，国虽统一，实则分散，严重阻碍国之强盛。喜桑若斯太子壮志雄心，志在振兴强国，也极力铲除私人军队，强化王权，为奥斯迪那国之大幸。林君对此可有良策？"

晓松道："我国古时也曾四分五裂，秦朝灭六国，实现天下大一统，全依仗武力。然时至大明，国内依然有武装割据，民族冲突。大明圣上以为效仿元朝出兵弹压，只会战乱频发，故陈纲立纪，威德兼施，招抚为主，救济斯民，文德以化远人，礼乐教化，同于汉人。因地制宜，因俗而治，对西南之夷人，诏令蛮夷领主土官率所部酋长等，入朝京师，酋长或部落长等人，世居荒服，未尝躬朝阙下于京甸，见京师繁花似锦，酋长甚是惊讶。又去校场阅兵，隆隆炮声，明军猛如虎狼，酋长自叹不如，无不臣服。于是官府在西南各地设置土司，隶属兵部，诣阙奉贡，土司也须纳税，官府置千卫所，若不从，改土归流，即朝廷派遣有任期限定、非世袭、非土著的地方官，且统帅千卫所。对西北之地，尊重百姓宗教信仰，封原宗主为法王，代办官府之责，官府提供其必需之物，然官府得置千卫所，民众愿为大明之民的，与中夏之人视同无二。此法甚得民心，民族和睦矣。"

众人闻之，唏嘘不已。阿赫斯卡感叹："我国兵力远不如大明，然威德兼施，也是大明的宝贵经验。文德教化，以德服人，此乃高明之举。下官必向桑若斯殿下谏言，在革故鼎新，建立新政体的过程中，多方借鉴大明之政体，取其精华，东为西用。"

晓松好奇问道："建立新政体？大人可否详细说说，要建立何种新政体？"

阿赫斯卡道："此政体由桑若斯殿下亲率格画里姆城大学几位青年才俊制定，经辩论与探究，取名为君主平等制政体。国王为一国的元首，王位为世袭终生制，然王权须受议会监督，议会由领主、贵族、教会与市民阶层共同组成。议员由选举而出，军队统一，由国王亲任统帅。全国划分为十个行省，均实行艾米尔制。艾米尔由国王提名，议会商讨，一半通过便可。"

露西笑道："君主平等制政体，实则削弱领主固有特权，携民众打破封建割据局面。部落贵族与众领主等岂肯坐视大权旁落？"

众人哑然，阿赫斯卡闷闷道："一切皆有可能。然重在国王有一支强大无敌的军队。"

晓松道："封建割据，乃民众与国家之大不幸。建立新军勇兵，着实重要，然得民心可得天下，王上理应重视民众疾苦，与民众同仇敌忾。官府如今苛捐杂税，使民众苦不堪言，何以得到民众的拥戴？"

阿赫斯卡仰头长叹一声："战事纷争使然！一个哈里海盗团伙，举国百年不得安宁，国库空虚。王上何尝不想让民众休养生息，安居乐业？故而明军灭哈里，乃奥斯迪那国之大幸！"

阿赫斯卡与众人离去，留下两个箱子，乃桑若斯太子与达丽雅公主赠送的金银珠宝。门前已有军士值守，无关人士，即便贵族富豪，均不得前来叨扰。

第五十七章

华夏史数说枭雄传，军事论镜鉴后世师

次日清晨，艾哈卖德差人送来大筐时令海鲜，还有晓松钟爱的大米与天竺国的珍贵茶叶。晓松询问来者：基化姆半岛是否已恢复停滞的海上贸易？来者点头称是。海上贸易不仅涵盖国内，也是各邻国之间互通有无的重要形式。依目前势头，不过数月，定能恢复以往的繁华景象。半岛之贸易虽由阿莱商贸货栈独家经营，然岛民也因官府减免税赋的政令受益。战事平息，百姓安居乐业，一派欣欣向荣。露西猜测，达丽雅公主垄断贸易，赚取暴利，定是为新军积攒酬军之资。

晓松喜盈盈食过米饭，就见达丽雅公主与莱比卜等前来拜访。见公主风尘仆仆，一身戎装，然精神振奋，晓松大为欣慰。

公主一眼瞅见台案上《理想国》与《知识论》等书，笑道："知识越多越迂腐，谦谦君子的论述，不是行伍人之好，林君也应适可而止矣。"

莱比卜大笑道："我记得清晰，'知识越多越迂腐'，此乃多年前国王斥责纸上谈兵的败将之言，执意舞枪弄棒的公主用此教诲几个弟妹，老夫听得不悦，常与公主讨论此言。林君是否诧异公主何出此言？公主曾道：'见之，证实，尚须信也，方为知识，其论谬也，心想悟道为何不成知识？心想，见不着，可信也不可信，尚且无法证实，岂能就被排除于知识之外？我以为《知识论》其书，尚须完善。'"

听毕莱比卜之言，晓松方知阿莱公主早有所悟。

主宾几个依次落座，晓松恭维道："久闻公主殿下学识渊博，为天下才女的翘楚，今日殿下数语论《知识论》，鞭辟入里，果然名副其实。"

公主矜持笑道："好一张讨巧的甜嘴，不像林君之言。阳春之曲，和者必寡，盛名之下，其实难副。林君，在下前来拜访，不论学问，惟要探寻华夏史记中的丰功伟绩，鳌头独占的枭雄传奇。"

晓松笑道："华夏历史悠久，烽火战事恐不计其数，其中不乏超古冠今之战争。殿下所指，鄙人不明，不知殿下所指哪位鳌头独占的枭雄传奇？"

公主笑道："人类上下几千年，也是一部几千年之战争史，随口便可提及天下诸国混战的传记，如希波战争，亚历山大大帝东征，罗马波斯战争等，皆纷呈复杂，气势恢宏。然近百年来登峰造极的战争，独推蒙古军三次西征。若论当今的新颖战事，当属林君大明军与海盗哈里之战也。"

晓松道："宁为太平犬，不为乱世人，战事引发民生疾苦，哀哉！纵谈天下之战，蒙军西征确为翘楚，然多为传说，并非正史，在下也只是略知一二。"

公主道："野史也是史，野史或更近真史。林君以为精彩处，若能引人感慨思考，以史为鉴，就算是传说又有何妨？"

晓松已被勾起满怀回忆。樟树上，油茶下，水塘边，泽民纵论蒙古军三次西征，晓松记忆犹新。遂一一讲述成吉思汗如何统领三军，首战花剌子模，鏖战三年，逐城分割攻击，灭其四十万大军，再战钦察国，继而乘胜越过险峻之太和山岭，直奔阿速国。

晓松滔滔不绝，讲了一个时辰，听得众人惊心动魄，唏嘘不已，无不感慨历史的严酷与无奈，蒙古大军的神勇令人胆寒。公主瞪圆了眼睛，时不时插嘴询问。听得蒙军直奔太和山岭，阿莱公主道："太和山岭，可是如今的高加索山？"

莱比卜点头道："正是。高加索群山高耸，乃东西方之屏障，想不到蒙古军竟能轻易跨过。"

有侍女添续茶水，露西招呼众人用些糕点水果。莱比卜左手端起粗陶茶盏，右手执茶盖，轻叩几下茶杯沿口，撮嘴轻轻吹了吹气，抿了抿嘴唇，盖上茶盖，便静静等候晓松再述。公主已知莱比卜博士从晓松处学得饮茶，便微笑凝望着茶叶在热水中缓缓舒展，也仿其小口饮茶，只觉一股香气扑鼻，有些淡淡清苦味，茶香沁人心脾。虽非华夏的茶叶，也是茶香氤氲。

晓松放下陶杯，接着道："然阿速国与钦察国残孽结盟抗击蒙军，蒙古军哲别大将设离间计，瓦解了阿速国与钦察国的联军，阿速国战败后遭受空前浩劫，蒙古军又一次取得骄人战绩。蒙古军继续前行，前方乃是原斡罗斯基辅王国，可惜斡罗斯基辅王国诸侯割据，已分裂成基辅、斯摩棱斯克、若夫哥德罗等十几个公国，此时闻知蒙古大军前来，仓皇联合结盟，并收罗钦察国残兵败将，以十倍之众，共同抗击蒙古军……"

公主不禁叹道："十倍于蒙军，以逸待劳，又是本土严阵以待远来之军，兵法曰不策疲乏之兵，蒙古将领率军攻击，岂不是以卵击石？"

晓松笑道："殿下所言极是，然蒙古军经过短暂的养精蓄锐，与斡罗斯基辅王国联军决战于迦勒迦河。蒙军派出探子，又收买对方将士……哲别与速不太将军察觉盟军各自为战之破绽，便使出诱敌深入，分化瓦解，再施包抄围堵，声东击西之策，联军果然中计……蒙军尽情杀戮，大败盟军，蒙古大军长驱直入斡罗斯诸国，烧杀掠夺，血流成河，可怜斡罗斯诸国几如堕入地狱。然在地狱中挣扎之际，蒙古军突然不动色色，匆匆离去，也不像班师归朝，斡罗斯人方得喘息，庆幸大难不死，万众祈求上帝，蒙军再别返回。"

莱比卜喃喃自语道："蹊跷蹊跷，绝非蒙古军善心大发，如此仓促撤兵，定有缘故。哲别与速不太将军乃战神阿瑞斯再世，这两位将军，仅一位降临于我军，也是奥斯迪那国之幸。"

晓松道："撤兵的缘故，遗憾得很，在下不知。野史传说众多，然不知其真实情形。"

公主笑道："不知也好，留给后人胡乱猜测，更添奇异。然万众祈求上帝，也仅是聊作安慰，哪能有什么效用。曾有一人向菩萨祈求，愿脱离困境，菩萨也不言语，只伸出左手，将大拇指弯曲于掌心，另外四指展开，继而左手抱住右拳，作揖而去……"

众人不解，连露西也迷惑，晓松笑而不语，赛义德连连催问何意，公主笑曰："菩萨说我也无法，求人不如求己也。"

众人哄堂大笑，公主催促晓松再讲述蒙古军西征之事，晓松道："时光飞逝十六个春秋，成吉思汗溘逝后，继位者为第三子窝阔台汗，也是一位志在开疆扩土之帝王。他令诸王之长子，各领其军，合而为西征大军，统帅为成吉思汗的长孙拔都，由老将速不太辅佐。经过筹备，次年拔都率十五万大军出征，首战不里阿耳公国，不费吹灰之力大胜，屠城掠财后再次进发钦察国，然一年有余，与其拉锯交叉之战，蒙军使出浑身解数终灭其国矣。逾年，又使假道伐虢之计策，攻克里海与太和山岭之北诸地，剑指斡罗斯。已是入冬，天寒地冻，蒙古大军顺手牵羊歼灭摩尔多瓦小国，再图也烈赞国，也烈赞国三军骁勇善战，又是冰天雪地之时，得知蒙军畏寒不前，撤兵回国，大喜过望，前去迎敌之军撤回城内，谁知蒙军瞒天过海，出乎意料地攻至也烈赞国地域。成吉思汗之弱子蒙哥亲身上阵，经七个昼夜之血战，攻破也烈赞国国都。斡罗斯人悲哀惊叹，上帝之鞭再次降临，哀其不幸也。翌年初，蒙古大军兵分四路，再攻其他城堡，趁斡罗斯王国内讧间隙，趁火打劫，势如破竹，连破克罗姆，莫斯科，罗斯托夫等十几个城池，尤甚大破弗拉米基尔城时，纵兵杀掠，可怜娇贵之公国国王妃嫔，与城中贵人拒降，皆殒命于火海矣……"

公主闻之，一脸悲戚，恨恨瞪着晓松，莱比卜也连连摇头叹息，暗暗扯了一下公主的衣角，公主方才醒悟，晓松仅是讲述历史而已。公主满脸歉意，亲自沏茶，央求晓松再续西征故事。

晓松品茶之后擦拭嘴唇，继续讲道："是年冬季，蒙军长驱直入斡罗斯南部，使出调虎离山之计，攻克别列亚斯拉夫城……大军继而西进迦里赤国，蒙军擒贼先擒王，派出重兵直奔国都，并放出口风，只抓迦里赤国国王，不害其民，迦里赤国国王吓得魂飞魄散，连夜逃之夭夭，蒙军兵不血刃占领其域，再兵侵波兰。……次年年初，攻波兰国克拉科城，蒙军破城，怒烧全城，将其毁之。此后挺兵至西里西亚，波兰军、十字军与条顿骑士团联合……实不相瞒，原听得十字军与条顿骑士团，不知何军，还是露西告知的。波兰军、十字军与条顿骑士团的十万之军聚在都城弗罗茨拉夫，誓与蒙军决一死战，蒙军诈败，盟军大喜，忘乎所以追击，陷入蒙军之埋伏圈，蒙军骑兵冲入敌阵，犹如无人之境，刀起头落，盟军数万人悉数毙命，哀号动地。然都城弗罗茨拉夫难攻，蒙军明修栈道暗度陈仓，分兵一部，攻击里格泥志城，意在围点打援，然弗罗茨拉夫城守军窥破其诈，又有里格泥志城誓死不屈的军民……蒙军久攻不下，死伤惨重，此乃蒙古大军西征首败。"

众人闻之大喜，莱比卜禁不住乐极而泣道："西方之国，终有英勇之将士！"

公主道："波兰军，十字军，条顿骑士团，比起斡罗斯联合军，定有高明之处。林君，蒙军一路攻打也死伤不少，再遇败仗，是否要鸣锣收兵，打道回府？"

晓松道："非也，拔都主率大军，依然西进，兵至匈牙利国，一路攻城拔寨。至匈牙利国都佩斯城郊，数次激战，各有死伤，蒙军正面攻击，背后包抄，左右夹击，匈牙利守军早知蒙军狡诈，每次防守皆以为蒙军有变，然蒙军一再故伎重演，匈牙利守军身心俱疲，最终大败。攻下佩斯城堡之蒙军，尽屠其民，纵火而去，拔都遣部追击匈牙利国王至奥地利与克罗地亚，沿途烧杀抢掠，幸而匈牙利国王躲藏消失，蒙军寻找不得，遗憾引军回撤，与主力会合，再图攻击，各国无不心惊肉跳。然蹊跷得很，蒙古军忽然又启程回撤，各国大喜，无不庆幸也。"

众人皆惊骇，莱比卜道："世上竟有如此雷同奇事，历史重演？古希腊哲学家赫拉克利特曰，人不能两次踏进同一条河流，蒙军重踏其河，然则一切皆流，无物常住也，此乃为何？"

晓松笑道："为何撤兵，我也不知。"

公主道："我以为斡罗斯国不暇自哀，而后人哀之，后人哀之而不鉴，亦使后人而复哀后人也，是故，前车之鉴，当以警示，利于今朝后世也。"

莱比卜道："追溯往事，我以为东罗马帝国遭受拜占庭东十字军东征，与蒙古大军西征左右夹击，东罗马帝国几近土崩瓦解。蒙古大军万里之遥，铁马金戈，犹如一场闪电战，征伐西方世界，所向披靡，战无不胜，犹如摧枯拉朽的洪水，势不可挡。据林君所言，蒙古大军每攻克一城便屠城，十家已烧九家室，一时草死木皆枯，惨不忍睹。蒙军推倒城堡，铲平城市，宫阙民宅皆化为尘土，城墙脚下，尸体堆积如山，血腥弥漫，诸国莫不闻风丧胆。窃喜我国远于昔日蒙古大军攻击路线千里之外，偏安一隅，有幸躲过灾难矣。"

赛义德道："灾难深重，也引得战败国的百年之问：自以为拥有铁甲骑士，天下雄兵之欧城，为何不堪万里远征、疲惫不堪的蒙军一击？"

公主道："我以为千年以来，各国之战事中，最值得研习讨论的，便是林君讲述的蒙军西征。其战术千变万化，出其不意，虚虚实实，真乃诡道也。恐当年被蒙古大军践踏之国，会觉得这些骑兵乃是从天而降之灾祸。"

众人无不点头。此时侍女于门前徘徊，公主闻得海鲜味道，顿觉饥饿。通事禀报，是艾哈卖德快马相赠。公主笑骂："这狗奴才，全然忘记主子矣，先惦记上林君，倒显得我等似外人一般。"

众人大笑，方觉已近黄昏，仆人点起蜡烛，露西催促侍女赶紧端上菜肴。

公主道："海鲜虽美，然饿其体肤，利于聚精会神聆听蒙古军西征史，烦请林君接续。"

晓松笑道："一日讲述，尚未进食，精神恍惚，若晚餐不得，海鲜便成宵夜矣。第三次西征，我留待以后再续，当是悬念，公主以为如何？"

众人正听得入神，晓松却戛然而止，众人甚是意犹未尽。公主笑道："我知林君之意，下次须等艾哈卖德送来时令海鲜，方得再叙。此事不难，以后林君所需尽言之，阿莱自会满足林君。"

众人大笑，只是莱比卜依然追问西征以后事宜，晓松惨然笑道："蒙军西征，开疆扩土，疆土十倍于原来也。又建立察合台汗国，金帐汗国，伊利汗国，窝阔台汗国，然大元朝短命，延续不过百年。传闻金帐汗国与伊利汗国，兄弟两国内讧不已，骨肉相残，豆萁相煎，如今这些国家仿佛从华夏百姓眼中消失一般。千秋功过，待后人考之评议也。"

达丽雅公主道："蒙军所使之计策，见证于林君《孙子兵法》中。今日方知林君为何推荐此书。我观《孙子兵法》开篇，'兵者，国之大事，死生之地，存亡之道，不可不察也'，寥寥数语，甚是震撼。然书之核心，'兵者诡道也，用兵之法，全胜为上，知己知彼，百战不殆，攻其不备，出其不意'等谋略智慧，字字真金，相见恨晚，令人受用无穷。然阿莱不明，兵者诡道，岂不与华夏仁义礼智信之美德多有冲突，为何华夏后人仍奉其为瑰宝？"

晓松笑道："作者孙武，成书于一千年前，华夏春秋时期。春秋以前，各国之战多为君子之战，礼乐征伐自君子出，讲究秉持仁义道德，君子不重伤，不擒二毛，不逐北，不依阻隘，不鼓不成列，古者逐奔不过百步，纵绥不过三舍，是以明其礼也。春秋晋楚邲与泓水之战，留下'吾不如大国之数奔也''不能趁人之危'等和谐战例，如今视为奇闻异事。终春秋二百四十多年间，车战之时，未有杀人者累万者的战役。"

众人闻之，啧啧称奇。达丽雅公主不屑道："此等和谐之战，古板，僵化，愚蠢，甚是违反战争的无情本质。"

晓松道："战争本是马革裹尸，哀嚎遍野，残酷至极，不择手段的战斗，《孙子兵法》横空出世，虽视为礼乐崩坏的象征，然归纳谋略大法，还原战争之本源，道尽战略之真谛，故被后人视为兵家圣典，制胜法宝。孙武被尊为兵家至圣，百世兵家之师。"

公主与莱比卜频频点头。莱比卜疑惑道："从兵不使诈，到兵不厌诈，君子之战，猝然至《孙子兵法》的兵者诡道也，孙武之思维，何以跳跃蜕变？"

晓松道："孙武乃世家出身，自幼饱读经书，尤其深受《易经》的教化，华夏春秋前，已有《军志》《军政》《司马法》等军事经典著作。孙武融会贯通，提炼升华出《孙子兵法》，绝非横空出世，空穴来风。"

莱比卜问道："《易经》是何书？孙武领会《易经》的精髓，以致写出《孙子兵法》？"

晓松道："易经，阐述天地世间万象变化的华夏古老经典，乃诸经之首，大道之源，华夏文明的总纲。成书时间至今为谜。后人猜测，许是在三皇五帝之前，距今几千年也是有的。"

众人闻之，无不惊叹此乃天书。莱比卜询问晓松可否记诵写出，愿以百本珍藏之书，交换《易经》。晓松点头，公主笑道："夫子吝啬。既是华夏文明的总纲，当以大学之珍宝藏书交换，阿莱也愿一睹为快。成吉思汗定是饱读《易经》，《孙子兵法》的计策才用得驾轻就熟，得一书而奠定平定天下的基石。若非如此，蒙军何以纵横天下，让世人为之胆战心惊？"

众人沉默，思绪又至蒙军昔日的西征。晓松心中惊诧公主君临天下之气度，真乃人间枭雄，奇女子也。

第五十八章
持蟹螯公主问兵法，整军务侯爵受贬黜

　　仆人轻步走来，示意露西是否开餐，露西方得醒悟，笑道："借华夏古诗聊表其意：古台摇落后，秋日望乡心，野寺来人少，云峰隔水深，夕阳依旧垒，寒磬满空林，惆怅南朝事，长江独至今。将军彪炳千秋，然百姓遭殃，如今牵连我等饥肠辘辘。诸位别为古人叹息感慨，俟酒足饭饱，再发议论如何？"

　　晓松笑道："善哉！我平日无心的念诵，露西好记性，竟记得一字不差。正是，三百年间同晓梦，钟山何处有龙盘。天下之事，道不明清浊也，仅有眼前晚餐，乃是第一急迫事矣。"

　　公主道："千古兴亡多少事，皆随风而去。致力不得今朝国事，则被后人视为羞耻。国之栋梁，若每一昼夜不曾起舞，便系对生命的辜负。然此时我顺林君之意，即刻进食也。"

　　众人顿时纷纷起身，来至餐厅，依华夏的风俗，在八仙桌团团落座。公主惊讶道："牡蛎，自古淋上柠檬汁生吃即可，今日盖以青翠葱花，加鲜红辣椒清蒸，恰似一朵盛开之花，令人不忍食之。色香味俱全，妙手生花，妙不可言。"

　　仆人道："此乃林主子亲自嘱咐，灶堂所试做得。奴婢平生第一次如此烹调牡蛎，也不知主子是否满意。"

　　莱比卜笑道："本地男人不下灶堂，女人不上厅堂，林君之府上随心所欲不逾矩，也是一番风景。殿下先请。"

　　公主伸手抓过海蟹，全然没有了公主之矜持。众人哑然失笑，陪着公主细嚼慢咽，品尝晓松以另类烹饪之法烹调的海鲜，吃得津津有味。公主用餐巾抹过嘴唇，笑道："你等奇怪眼神，当阿莱没看见不是？殊不知饱汉不知饿汉饥，我这几日一路狂奔，又废寝忘食，才有此等饿相，毋须奇怪。仓廪实而知礼节，衣食足而知荣辱，阿莱今日体察得'温饱足而知礼仪'矣。"

　　众人忍俊不禁，露西笑道："公主啖得欢喜，我等也欢喜不已。"

公主道："林君，蒙军西征，我尚有重重疑问，如鲠在喉，不吐不快。"

晓松道："殿下赐问，鄙人之浅见，供公主鉴析。"

公主道："蒙军西征，屡屡赢得大胜，何为取胜的第一成因？"

露西道："蒙军屠城，残忍血腥，敌手因此胆怯，毫无斗志矣。两军相遇，勇者胜；两勇相遇，无畏者胜；两无畏者相遇，残忍者胜。露西以为，残忍乃其第一成因。"

晓松道："慈不掌兵，情不立事，义不理财，善不为官，成吉思汗所率之军，无不臣服。然其残忍之性，不是胜利之根本。"

莱比卜道："林君所言极是，不过狠劲的确重要。有善良之辈，陷于斗架被害的危险境况，依然顾虑重重，不忍伤害敌手耶？两军作战，置敌于死的狠劲，为胜利之重要成因。然纵观人类全史，蒙军的残忍，算不得唯一。因此老夫以为，残忍并非蒙军制胜之第一成因。老夫尚不知，蒙军如何度过万里之遥？即便个个骑上骏马，然人马总有憩息之时，据林君所述，兵贵神速，蒙军为何可长驱直入，每每如同插上翅膀，以迅雷不及掩耳之势袭击敌手？另外，军马未动，粮草先行，然山高路远，依常理而言，蒙军辎重无法保障。"

公主点头道："夫子所言，也是阿莱疑问之一。"

晓松放下手中的兰花蟹，从容笑道："华夏民族多矣，蒙古之民，非农耕定居之汉民，乃游牧族落，逐水草而居，捕猎为其生存本领。蒙古人在风驰电掣的马背上长大，马便是蒙古族在无尽草原上的生存依赖。一个蒙古牧民，可数日骑马不停歇，能睡于驰骋之马上而不摔落。一人有数马，一为主骑，其余为从骑，轮换骑乘。蒙军西征，将士个个自带干粮，马背上驮有数个皮囊，装有淡水、酒与火油，故不惧冰封雪地。皮囊可做渡江筏子，因此不惧江河汹涌。腰上别着油布袋，内有肉松……"

公主问道："肉松为何物？"

晓松道："肉松乃由牛羊鲜肉所制，百十来斤的牛羊鲜肉，最终只得一斤，呈干状蓬松之态，紧压至巴掌大小，极易随身携带。饿时揪出少许，如同啖得几斤牛羊肉。另外，西征军队的食物，主要依赖大肆劫掠，也靠射猎野物得以补充。不得已时，饮马乳以解饥渴，绝境之时，以人命为重，可宰坐骑而食。是故蒙军可不起烟火，长途远征，后方辎重少之又少，将士轻装作战，无后顾之忧。蒙古高原之马，马匹虽不高大，然结实粗壮，头部粗重，胸廓深长，关节处肌腱发达，四肢有力，又不畏严寒，下马不系，无一逃逸。战马灵性，上马奔腾一百里，蒙马竟不喘息。故而蒙军无步兵，皆为骑兵，机动灵活，日行千里，两军相遇，转眼之间，敌人尚未准备完毕，便遭灭顶之灾，蒙军自誉为闪电战矣。疆场上动辄上万军骑，如海水巨浪袭来，铺天盖地，所向无敌。"

众人听得瞠目结舌，惊呆许久。公主道："西方骑兵也甚英勇，十字军铁甲骑兵，雄冠天下，拒马的兵器也是万分锐利，军马高大矫健，其速度绝不亚于蒙古军马，为何仍败于蒙军？"

晓松道："我军于成治大人也曾提及蒙军西征之史。据他所言，殿下所谓十字军骑兵，乃金属甲胄重甲骑兵，冲锋陷阵威力无比，然极不灵活。蒙军骑兵分为轻重甲骑兵，轻骑身披皮甲，轻快机动，克己冲击力弱之短，扬骑兵迅速灵活之长，适合迂回包抄，突然袭击，由点及面，侧面穿插，诱敌深入，由重骑兵围而冲击重创。胜券在握时，可似豺狼般穷追不舍，战败时，又如鼠般溜之大吉。混战交错时，以快掣慢，以更快击快。敌众我寡，蒙军好集中优势兵力，分割歼灭，直至全灭敌军，绝不以硬碰硬，杀敌一千，自损八百也。综叙蒙军的战法，战术灵活，扬长避短，多以出其不意，攻其不备，且用战术发挥极致。万物达极致，其神奇顿出，威力倍增。战术的细节往往决定成败。是以'机动灵活'，鄙人以为乃蒙军制胜法宝之一。"

晓松一席话，引得众人齐声喝彩，顿时个个抓起兰花蟹大啖，席上咀嚼声一片。公主沉思片刻，又问道："如己无骑兵优势，面对对手的强大骑兵，步兵何为？"

莱比卜道："十字军常遇此境况，我以为反其道而行之，以步兵之优势，破骑兵之劣势。可惜老夫不知破敌的用兵布局，是以请教林君。"

晓松笑道："博士说得极是。华夏宋朝时，有民族英雄岳飞大将，便有以步兵大败金兵拐子马的神奇战例。金兵精锐骑兵，身着厚重坚固之铠甲，可敌箭雨刀枪。三个骑兵一组，以牛皮带子连接，互为掩护，故称拐子马，威力无比，锐不可当，宋朝官兵吃尽苦头。然岳飞独创一法，令官兵手持麻绳札刀，迎战骑兵，潜伏不动，专用麻绳札刀绊马腿，砍马蹄。那拐子马连成一体，一匹马跌倒，其余二匹马便拽成一团自撞，尤其阻挡身后骑兵，宋军便趁乱奋起攻击，大破金兵。"

公主喜道："依次推敲，我以为我军可绑索长矛，阻挡敌之骑兵！"

晓松道："与哈里的战事中，我已见过哈里的战法。然长矛对付骑兵，仅能向前一个方向，且长矛太长，手持笨拙。岳飞的札刀，如今早已演进成钩镰枪，更为轻便灵活，前后左右均可砍杀。"

公主大喜，莱比卜唏嘘不已，道："如此便可去心头之患！"

晓松笑道："然绑索钩镰枪阻挡敌之骑兵，远非上策，乃不得已而为之。此短兵相接，我军自然不可避免伤亡之巨，优先之法，应以弓箭兵阻敌于几十丈外，如此我军胜而不自损。"

公主连连点头："此战术我军早已知晓，然骑兵风驰电掣，弓箭手自顾不暇，林君可有良策？"

晓松道："贵军的弓箭乃单体长弓，我大明军为复合弯弓。复合弯弓射程数倍于单体长弓，且弩弓已成连发，其威力远胜弓箭。弩兵与弓箭兵合二为一，箭雨之下，敌骑兵恐十有八九，不死既伤，难以躲过。"

公主等人惊讶无比。若有大明的弩兵，弓箭兵，何惧对手的骑兵？然晓松诡秘一笑，道："大明弩兵与弓箭兵布阵，也有缺陷。对手早知箭雨严密，骑兵冲锋时飘忽不定，又在马腿裹上铠甲，骑兵持盾，几人一股，散开冲来，也可闪躲得箭雨，转瞬间我军弓箭手危矣。"

公主与莱比卜一愣，不约而同问道："若是此情形，如何应对？"

晓松一口牡蛎下去，其辣无比，张口喘息，公主赶紧起身端来茶水："林君辣红眼矣，被辣一呛，服下冷水便可。林君说到紧要处，戛然而止，让我焦急得很，快快喝下水继续说罢。"

露西笑道："殿下，莫要光顾兵法，先吃饱再听林君讲述，好戏也不怕三遍锣。"

晓松饮下茶水道："正是，心急啖不得热豆腐。殿下若带兵作战，遇到上述情形，须排兵布阵，可从容应对。"

公主哈哈一笑，紧问道："何种阵法？"

晓松答道："鱼鳞阵。"

公主又问："鱼鳞阵？可否详叙？"

晓松笑道："顾名思义，此阵如同鱼鳞，层层叠之，密不透风，无懈可击。欲知其详，日后奉告。"

公主嗔道："为何又是下回分解，定是嫌海鲜送得少，故留下悬念，以此挟持。恐林君也不知如何应对，留着日后冥思苦想出解决之法，敷衍我不成？"

晓松道："激将法用得尚好，但我今日还是不讲明为好，留下众人猜测。如没猜错，殿下更关注蒙军如何攻城，关心大明的坚船火炮。"

达丽雅公主大吃一惊，诚恳道："林君果然非同一般，洞悉人心。大明军的火炮，恐是世上独一无二的首创，西方各国誉为天神天兵的雷霆锐器，即使固若金汤的城墙，刹那间也灰飞烟灭。火炮如何制造？自是各国日思夜盼之物，无不期盼持有此神器。我以为蒙军西征，取胜的第一因，乃是拥有火炮。"

晓松笑道："火炮，说来话长，得由火药论起。殿下相赠大学的所有藏书，又将解剖密室向我开放，我岂有隐瞒火炮之理？日后一定详细告知。只是殿下一言有误，火炮非蒙军首创，据史料记载，华夏宋朝时便有火石炮，乃火炮鼻祖。不过工程兵，乃蒙军一大独创。所谓蒙军好屠城，其实不然。每次攻下城池，城中工匠全都留下性命，充于蒙军军队工程兵中。"

公主眼睛一亮："何为工程兵？"

晓松道："此兵种专用于制造与维修兵器，马车等，战时修路架桥，攻城时掘洞于城下，以火药轰炸，配合火炮，一同破城。"

阿莱惊道："火药与工程兵有开山辟路的威力，实为惊叹。"

莱比卜唏嘘不已，道："蒙古军奇思异想，出乎意料。除善于用兵，兵器锐利外，老夫以为，蒙军齐心协力，也为制胜的主要原因。"

晓松点头道："博士慧眼，入木三分，一语道破天机。骑兵之优，兵贵神速；计策之优，兵不厌诈。然计策用得最为纯熟的，当数成吉思汗。成吉思汗来自蛮荒之地，天寒地冷，想要安身立命，必得你死我活，不受道德约束。故而诈降、造谣、放火、挑拨等诡计，只要行之有效皆可。"

公主点头道："兵无常势，水无常形，人无常态，事无常规，因敌变化而变化，因此而取胜者，谓之战神。"

晓松道："殿下英明，果然聪慧过人。"

莱比卜道："蒙军远道而来，人生地不熟，然行军作战有如神助，其中有何奥妙？"

晓松哈哈大笑："今日诸位之询问无穷无尽，若不应答，恐诸位不会饶过晓松，我索性有问必答，无论对错。兵法曰，知己知彼，百战不殆。蒙军出征之前，常重金招募各类人士，潜入欲征战的国家，将对方的地形地貌，人口军事等打探清晰，其军民的军心也一一探听清楚，征战之时，也随时更新讯息。这些人于敌国中，还可瓦解敌军，刺杀敌军首脑，散播虚假信息，致使对手军民惊慌混乱，畏缩不前，其手段无所不用其极。此乃蒙军成功的重要成因，尤其蒙军统帅，喜好亲力亲为。"

公主等人恍然大悟。原来蒙军在对手阵地，有无数顺风耳、千里眼，不胜才怪。公主又问："依林君之言，蒙军纪律严明，行动一致，然军中有各色民族，信仰不同，统帅如何平衡？若不屠城，占领之地的民众又不肯皈依其教，蒙军如何收服民心？攻城略地后，如何建立帝国？"

晓松道："蒙古族原信奉萨满教，成吉思汗志存高远，胸襟开阔，尤其尊崇华夏的儒释道，效仿华夏汉族的敦厚，提倡兼容并蓄，宗教宽容，故不加约束，百姓信仰自由。大元朝百姓信奉佛教，道教，萨满教的俱有，蒙古贵族中也有改信喇嘛教的。听闻有些国家，只因对方与己信仰不同便大开杀戒，实在不可理喻。"

平地一声惊雷，谈及宗教冲突，公主张口结舌，不知如何作答。莱比卜与赛义德面面相觑，怫然不悦。然晓松一副气定神闲、泰然自若的模样。

露西急忙道："不知者不怪，林君无意冒犯，仅是道听途说而已。"

晓松笑道："诸位休要责备，鄙人尊崇天地，对佛教敬而远之，对其他教派知之甚少。常言道，不知者，忌讳少也。殿下以为呢？"

公主长睫毛下的眼眸骨碌碌一转，飘忽莫测，顾左右而言他道："林将军，本国之军与里奥国军相对，皆以为以卵击石。然欲抵抗里奥国百万大军，林君以为，我军有何当务之急？"

晓松凝眸沉思，灯光下黑亮的眼睛波澜不惊，须臾仰头笑道："战事对抗，须依赖全国百姓之力，然国王以公主和亲，在百姓眼中，似乎乃国王家中私事，若公主悔婚，也与百姓无关，然悔婚引来里奥国之非难，百姓不明其中利害，难以同仇敌忾。恕我直言，百姓民不聊生久矣，里奥国王固然昏庸无道，加难于贵国，然危害最终转嫁给百姓，百姓于现今的困境上雪上加霜。如欲对抗里奥国，须告知百姓，唤起民众，将里奥国长期压榨，此次又欲侵害的实情告示于天下，言明反抗里奥，是为将国内百姓从贫困疾苦中解救出来。

此告示一出，民众必能与王室同仇敌忾，其斗志犹如火山喷发，滚烫岩浆，磅礴之势，可排山倒海，谁能阻挡！"

公主深沉道："林君之意，阿莱全然意会。本国税赋繁重，以致百姓倾家荡产。我也曾谏言，愿为百姓减免徭役，赋税改制，将战事与天下百姓的福祉紧密相连，休戚与共。"

晓松闻之，肃然起敬道："殿下明智，博士常赞公主自幼非凡，有雄才大略，有志于组建新军，整顿朝纲。我以为殿下若能将改制付诸实施，励精图治，国家必将欣欣向荣，人民拥戴，到那时十个里奥国国王，又有何惧！"

公主嫣然一笑，道："林将军，阿莱尚有一问，请将军抚心对着苍天回答：昔日蒙军陆上西征，今日大明国郑和下西洋，都有开疆扩土之意。若大明王朝海上称霸，林君会不会也是侵略者的先锋探子？"

晓松一愣，哈哈大笑，起身举手，庄重对天发誓道："苍天在上，大明国郑和舰队至西洋各国，绝无恶意，贵国上下，大可不必有一丝顾虑。林晓松如有半点虚言，天打五雷劈。公主今日为百姓谋取利益的承诺，我也牢记在心，请苍天为鉴。"

公主起身，向晓松鞠躬道："达丽雅在此也郑重承诺，誓为天下苍生之福祉，尽心尽力。今夜痛快，听君一席话，胜读十年书，可谓醍醐灌顶。战争乃是双方聚合之力的较量，缺一不可。天时地利人和，全局之实力，乃是成败的第一因素。林君以为如何？"

晓松点头道："在此基础上，若为正义之战，即便敌众我寡，敌强我弱，然正义一方必胜！"

公主频频点头，道："正是如此。林君，阿莱今日多谢你了。已是半夜，赶紧安眠歇息，明日敬请诸位随我去军营视察。今日已是疲劳至极，我到露西房间歇息。"

公主也不知会露西，径直走去，然又回头道："林君，《易经》与《孙子兵法》，他日可否详叙？再有，我已在大学挑选多人，欲拜林君露西与赛义德为师，学习大明国语言，还望各位不吝赐教。"

莱比卜喜道："老夫也甚有兴致学习华夏语言。"

晓松点头，公主心满意足离去，边走边脱下戎装，其身形俊秀，晓松一瞟，转过头去。露西小声赞曰："双眼秋波闪，酥胸玉兔颠，腮似飞红霞，美若维纳斯……"

众人窃笑。晓松道："诸位，请于陋室歇息便了。"

已至三更，恐回府惊动家人，莱比卜与赛义德等索性留下过夜。

露西卧榻于公主身边，猛听得她夜间梦呓"晓松，林君"，不由心惊，翻来覆去，终不曾入睡。

次日午时前，公主被惊扰醒来。听见客厅隐隐传来哭泣之声，便唤侍女伺候起床。穿戴完毕，来到客厅，见晓松几个已端坐在内，旁边立有头破血流的仆人与侍女。侍女发束凌乱，衣衫撕裂，哭泣不止。公主惊讶，何事所致？仆人哭诉，原来两个厨娘昨夜卯时方歇，今日仆人与侍女两人代其出外采购，归途中遇上一伙地痞，食物悉数被抢，仆人遭到毒打，侍女被劫至树林，惨遭轮奸。地痞临走还放下狠话，不得声张，否则便要其全家性命。

露西早已气极，脸色煞白，浑身哆嗦，说不出话。莱比卜与晓松、赛义德俱攥紧拳头，默然伫立。门外几个守卫，已提刀等候指令。公主冷笑一声，令快马传唤都城治安官速至。露西安慰仆人侍女，众人方才散开各自洗漱。

一个时辰左右，本地治安官跟随治安大臣法赫，慌里慌张一头撞进。治安官扑通跪下道："下官该死，此乃下官失职所致。已缉捕捉拿地痞，乃新近冒出的一伙陌生泼皮流氓。下官谨听殿下之旨，当如何发落？"

公主面无表情，冷笑道："青天白日下，官府人家尚不能安然，那百姓岂不更糟！何以至此？"

治安大臣法赫怯怯道："回禀殿下，城中常有好吃懒做之无业游民，或犯罪出狱者，如同丧家之犬，拉帮结派，画地为界，偷鸡摸狗，无事生非，或猥亵强奸妇女，或暗中组局赌博，甚至逼良为娼，强迫卖淫等，无恶不作。官府多次惩罚而不能禁。城市还有权贵富商，彼此尔虞我诈，勾心斗角，泼皮地痞早熟知其中微妙，纷纷充当权贵富商的鹰犬爪牙，有了这些靠山，拉帮结伙，无法无天，甚至能够逃脱官府惩罚。因他们有人撑腰，也无人胆敢前去清扫浊流，治罪剿灭，以致普通人家也畏惧泼皮三分。下官今日豁出性命，道出真情，望殿下明察秋毫，扼制恶棍帮派崛起。如今泼皮帮派混得风生水起，然下官素尸位素餐，自感不安，也因治安不力，终日受辱。愿追随公主，扫荡罪恶之风！"

公主冷冷瞟他一眼，法赫会意，朝治安官点头示意，即刻就有几个泼皮被推搡进来。其中的泼皮头目依然梗着脖子，嚷嚷是何人如此大胆，敢惹他们几个，斥责众人赶紧向其求饶，否则就要诛杀府上所有人员。泼皮个个骄横跋扈，瞪着公主，气势甚是嚣张。

公主不动声色，闭目养神，法赫执匕向前，慢慢割下几个泼皮的耳朵，将他们耳朵穿成一串，挂在治安官脖颈，回头再望公主，公主依然闭目不语。在泼皮们野猪般的号叫声中，法赫一摆手，治安官瞪起红眼，眉毛竖起，执斧于院中，将七八个泼皮尽数砍下头颅，然后扔下刀斧，向公主跪下。

晓松阻拦不得，满院下人吓得脸色蜡黄，嘴唇发白，公主却微笑着，漫不经心对法赫道："今日之事，本由你等依法办事，然乱世当以重刑，须杀一儆百，显示本宫剿灭地痞流氓的决心。切记，回去不可声张，如同无事发生。如查出你与流氓帮派有染，定是死罪，株连九族，定当不赦！"言毕挥手令治安大臣等退下。

那法赫满头大汗，心惊胆战，赶紧上前，想与治安官等将尸体拖出，却被公主止住，只得讷讷而出。

都城阿莱货栈的店主早在外面等候，得令进来参见公主，公主令其通知全国货栈的成员，暗中与各地治安官一道调查城市村庄众流氓恶霸与狱中罪犯，登记名册，记实在案。店主与众人诧异，不明其意，以为公主要大开杀戒，店主满脸刷白。

莱比卜道："有道是人善被人欺，马善被人骑，光脚之人不惧穿鞋之人，是故城市地痞流氓罔顾法令，全无人性，欺软怕硬，不择手段，恰如一班恶鬼。当年老夫初来乍到，也深受其苦，公主殿下早有耳闻。今日以暴制暴之举，有心制伏天下的流氓地痞，实在英明，为善民出一口恶气，但愿今后夜不闭户，海晏河清，此乃百姓之福，我替百姓欢呼！"

晓松道："博士所言极是，地痞流氓由来已久，其害无穷，古今中外，概莫能外。然我以为，无地无房者为流，无业者为氓，偷窃者为盗，抢劫者为匪，危害国家者为贼，阴谋社稷者为奸，外来侵犯者为寇。流氓者，也许是工匠，也许是佃户，也许是寒门，殿下为何不分出青红皂白，而是一竹竿打死一船人？"

公主笑道："林君所言极是，诸位得令退下，速办便可，我自有分寸。"

店主不语，向公主鞠躬致敬，转身而出。公主令守卫将泼皮几个的尸体换成守卫与仆人的服装，又率晓松等人隐身于马车队里，只留下一侍女，午后嚎啕大哭并报官，对外宣称府上一家俱是商户人家，全员被匪伤害。晓松与露西几个随公主离去，从此消失在此地。晓松着全新军官的服装，露西则装扮为侍女。晓松也不知去向，只管跟着公主。

达丽雅公主率众马不停蹄，在太阳落山前赶至城外山中军营。其实此军营公主也生疏得很，只是几年前曾随父视察过，如今怕是面目皆非矣。公主早有突发奇想的主张，又与国王与桑若斯商定，也已告知军务大臣，只是尚未将决定通告兵营，今日直奔而来，众人茫然。

兵营门口，两个士兵早已下岗，装着便装，哼着淫荡小曲，正挑逗过路的两个村姑。公主令仆人前去通报，仆人便装，靠近门口，清晰听得哨兵正哼唱淫荡小曲："红日头，下山坡，哥妹脱衣进被窝，妹妹问哥想干啥，哥道给雀找个窝……"

路过门口的村姑脸红躲避，低头匆匆走过。仆人朝地啐了一声，上前一个耳刮，将那哨兵打得晕乎。值守哨兵见状，刚想拔刀相助同伴，忽见其后是全新将官着装的达丽雅，赶紧收声，挺胸行礼。仆人令其一人进去禀报，另一人挨上耳刮子，一看势头不对，小声讨好仆人，见着校官服装的赛义德走来，便大声问好。赛义德恶狠狠瞪他一眼，哨兵再不敢吱声。

军营里的军团长阿道夫侯爵，闻知似有女将军驾到，心中不安。举国唯一的女将军，就是达丽雅公主。他不敢耽搁，忙率副将法哈德等人迎候上去，果真见到公主殿下，然不见军务大臣，其后随行人员多不认识，经引见方知有大明军将领林晓松。

公主递过国王的宝剑，与阿道夫侯爵身上佩戴的宝剑花纹吻合，阿道夫赶紧单腿跪下。依本国之规，执此剑者，犹如面见国王，即便是军务大臣，也得听命于持剑者，何况这是公主亲至。阿道夫侯爵毕恭毕敬，不知所以，忐忑不安，只得加倍小心陪着公主。

公主进得大门，便向阿道夫侯爵询问军营情况。阿道夫禀报，此城东兵营非宫廷禁卫军，乃宫廷直辖第四步兵军团，主要承担国之战事，而非维持秩序的地方军，平常由军务大臣代国王巡视，直接听命于国王。军队编制结构，步兵纵队由小队、中队、旗队、连队、大队、军团六级组成。十二人为一小队，三个小队，加一个十二乘的骑兵小队，一个三驾马车的辎重小队，共六十人为一个中队，以此类推，外加投掷攻击大队，数个侍卫队，杂役，医官等辅助人员，有万人之众。

军团以长弓箭为战斗主力，步兵与骑兵混合之旅，乃桑若斯前年提倡，仿十字军编制而成。公主听后不语，令阿道夫率众人来至教场。阿道夫令号兵吹号擂鼓，黄昏突击检阅军队的操练。顿时战马嘶鸣，尘土飞扬，战旗猎猎，列队时刚劲有力的号令声此起彼伏，不多久满场列队整齐，昂然肃立。公主细观军团，方知重甲骑兵极少，投掷机破旧，公主心中酸楚，失望不已。说是一万之众，然实到者仅有五千，尤其教场中间，豁然缺一方队。

久等未见军士，阿道夫尴尬不已，公主再令吹出战集结号，依然无果。值守官速去催促，然三百多人马，半个时辰后才姗姗来迟。公主面无表情，阿道夫侯爵面如土色，校场上下一片死寂。公主冷笑一声，阿道夫侯爵便令副将前去捉拿迟来的旗队长。

顷刻正副旗队长被捆绑上来，方知此旗队长等人沉溺于赌博，正在兴头上，又是侯爵侄儿，平日里极是散漫，自然不会理会集结号声，要不是再三催促，恐懒得来校场操练。他们尚不知死到临头，嘴里还在痛骂阿道夫的副将法哈德。

阿道夫侯爵黑着脸庞，上前挥鞭痛击，那几人皮开肉绽，浑身是血。副将法哈德率众跪下求饶，然公主不语，阿道夫侯爵只得令军法官伺候侄儿几个三十军仗，公主仍然不语。军法从严，耽搁于出征号令半个时辰，可视为战场逃兵，已是死罪也。军法无情，阿道夫侯爵必挥泪斩之，莱比卜赶紧令人押下，交由军法惩罚。

阿道夫侯爵不敢懈怠，令三军依军典操练，然操练军队穿插混乱，漏洞百出。公主蹙眉叫停，挥袖而出。阿莱货栈早有密报，阿道夫侯爵年岁已高，精力已衰，平时暮气十足，贪图安稳，训练敷衍，纵容侄儿中饱私囊，克扣粮饷，嫖赌淫逸。尤多次恐于剿匪军令，出征也是畏首畏尾，剿匪征战敷衍。

公主连夜修书一封，奏明国王，谏言阿道夫侯爵应告老还乡，其侄儿依军法斩首，擢升功绩在身，严于律己的副将法哈德为主帅，向军团补充新近招募来的士兵，其中有格画里姆城大学近五年来结业的学子兵一千之众，扩充为两个军团，由林晓松将军按大明军战术训练，鼎新军典，改善军器，操练三军，争分夺秒，全力备战。

次日巳时，国王准奏。公主阅后，欣然告知晓松。

新官上任三把火，主帅法哈德依晓松建议，结合本军实情，将步兵与骑兵分开，骑兵集合于旗队层级，骑兵又分成轻重甲队，军团所有骑兵可随时合成骑兵纵队，刀枪手与弓箭手可相互变换角色。当务之急，快速提升骑兵乘数，重新制作大小型投掷机等。法哈德励精图治，整旅历卒，夕寐宵兴，以致搦朽磨钝，全军上下勠力同心，桑若斯太子与达丽雅公主甚是欣慰。

公主令人暗中招募能工巧匠，与晓松一道钻研，仿大明国的弯曲复合弓箭很快制成试用，惊呆法哈德等将士。然晓松尚不满足，领着学子兵与工匠反复改进，精雕细琢，弓弦采用筋腱，弦头环采用马尾绳，力度倍增，箭尾形改为鸭嘴状，便于扣住弓弦。再一试用，其距可达百丈之远，法哈德欣喜若狂，嘉奖研制人员，继而于大明弩的原型上，又研制出可连发四箭的转扬助力弩。其弩神奇，设箭头箭尾瞄准基线，以致百发百中，又配上尖锐箭头，五十丈之远，可穿透铁皮铠甲。桑若斯与达丽雅闻讯前来观之，瞠目结舌，惊喜交加，惊叹新创的兵器高明精湛，晓松等人真乃能工巧匠。

赛义德与露西加紧教导通事，众通事又整日跟随晓松，学得大明的语言，水平突飞猛进。晓松也随时向他们学习奥斯迪那国的言语，进步飞速，已经可以独立与当地人略作交流。桑若斯请露西模仿达丽雅公主的言行举止，露西用心揣摩，不过一月，已经模仿得惟妙惟肖，以致仆人都难以分清二人。此后露西便移居王宫，整日于王府走动，与国王和王后朝夕共处，又常着朝服随国王升殿，金阶闻奏，尤其在御前会议上，与太子桑若斯一唱一和，律吕相宜，痛陈时弊，力推税制改革，让利于民。然王叔鲁特亲王等人针锋相对，极力阻挠。好在有桑若斯的心腹权臣，多位公爵，侯爵等贵族，每每于关键时，高呼桑若斯的主张英明，国王权衡定夺，终是桑若斯太子的鼎新大政成文颁布，举国推行矣。

闲暇时光，露西又出入珠宝市肆，定制豪华嫁妆，为和亲大婚全力以赴，举国无人不知。露西本富贵人家出身，见多识广，气质高贵，每次出行，其衣饰式样很快就受到国内富家千金小姐们的追捧，风靡一时。有音乐师遵公主之命，写出朗朗上口的歌曲，于街头小巷，乡村农舍中快速传遍，歌曰："什么狼，什么虎，里奥狼，里奥虎；抢我地，掠我粮，霸我女，烧我房；快吹号，快擂鼓，痛击恶霸里奥虎。举弓箭，磨刀枪，杀死凶残里奥狼……"歌谣传遍国内外，百姓受里奥国之害久矣，抵抗里奥之心，顿时如熊熊烈火，现出燎原之势。

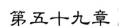

第五十九章
制火药古里购硝石，临边境里奥强迎亲

　　一月有余，军团集合，操练蒙古军的阵法。太子桑若斯，达丽雅公主，军务大臣等闻讯前来视察。

　　蒙古军鱼鳞阵法，前有数排重骑兵，后为数排轻骑兵，其后再列五排平行的弓箭刀枪手，横队相距甚宽。队伍向前推进时，由骑手传令兵传送消息。步兵方阵里，有负责瞭望的马前卒兵进行哨探。当敌我双方越来越近时，位于后面的数列轻骑兵突然穿过前两列重骑兵，向敌手发射弓箭，进行袭击。保持队形不乱，轻骑兵射箭之后，依次退于重骑兵之后。经过第一波密集打击，敌阵常会动摇，若敌阵溃散，重骑兵即刻发起冲锋，步兵掩杀过去，气势如虹；若敌阵仍然稳固，则再来一波射击，如此反复，只待敌阵溃败。各类信号，白昼有信号旗，夜晚有灯光。作战中，各队骑兵迅速紧靠，中间冲击，借助烟幕尘土或山坡树林，埋伏的两翼骑兵向侧翼冲去，绕向敌手两侧与后背，实行包抄，围而歼灭。若有辎重马车，可快速布下抛石机阵地，给予对手致命打击。

　　桑若斯与达丽雅看得兴致勃勃，连连夸赞，道："轻骑兵的骑射，克劲敌于转瞬之间，尤其连发弩箭，令敌手防不胜防，耗敌至精疲力竭。强弓硬弩的骑兵，果然所向披靡。大明战法果然名不虚传。林君，大明国的弩，想必是历史悠久之物。"

　　晓松道："弩最初出现于华夏春秋时期，当初机巧虽工，然其力绵甚，所及二十余步而已，多为民家防窃之具，非军国之器。然至秦始皇征战六国时期，弩箭已成步兵与骑兵的首选兵器。如今大明国的蹶张弩，力可达二石，腰开弩可达十石，以铁为矢，一弩十矢俱发，故而连弩杀伤广矣。若铁簇涂以射虎之毒，发矢若中人马，见血立毙。轻骑对付聚合的步兵，效力极佳。"

　　桑若斯问道："华夏一石力气，作公斤几许？"

　　法哈德道："回殿下，相当于六十公斤，可轻易穿透锁子盔甲矣。"

　　众人咂舌惊叹，只是阿勒夫叹息，似乎略有遗憾。桑若斯请博士言之，阿勒夫道："蒙军鱼鳞阵严密无暇，攻防自如，林君仿制的大明弩箭，更是威力无比。然有学子兵精通十字军东征之史，十字军当初由重盔甲骑兵与步兵组成，与突厥人交战中，突厥人如同蒙军一般，鱼鳞阵远胜十字军方阵，战术灵活，轻骑兵强弓硬弩大显身手，防御战中又常袭击敌方的辎重，十字军每每惨败。然吃一堑长一智，屡败中，十字军终熟悉突厥人的战术，也学得弓弩箭的攻守，更创制出自己的弩箭与弩炮。弩炮分轻重弩炮，轻弩为手持弩，也称十字弓，其力气也达六十多公斤；重弩为车弩炮，威力可达十几石。十字弓之箭，相比大明之箭，短粗不少，弩机上设有望山，精准程度远胜大明之箭，即便从不接触弩的农夫，只须练习一个时辰左右，便能运用自如矣。比起其他弩箭，我以为十字弓威力更大。十字军运用徒步弓箭手与轻弩炮，对付突厥人的轻骑兵，绰绰有余矣。里奥之军，若得十字军真传，双方对比，我军优势不大，只不过其弓箭弩枪已远不如我。众学子兵已研究并复制得十字军弩炮的构造，并绘制出图，我今日献上，望殿下试制，并采纳组建弩兵的建议。"

桑若斯大惊，不解问道："既然此弩有如此威力，为何当初未能流传下来？"

阿勒夫叹道："十字军主力乃是骑士。合格的骑士，须从七岁时便开始严格训练，历时十几年，反复锤炼，方能受封为骑士。骑士若轻易被十字弓夺去性命，十几年艰辛努力付之东流，骑士的脸面与自尊断然无存。十字弓乃借助器械之力，西方尊尚英雄以人力为美，故而各骑士团纷纷向教会呼吁销毁十字弓，并保证不再使用，各贵族也极力赞同。教皇不得以颁布法令，将十字弓视为邪恶兵器，并严禁其用于战场中，除非是征战于异教徒……"

桑若斯道："不可思议，匪夷所思，若博士不为我解析一番，我定当是愚昧之禁，与华夏的《孙子兵法》之精髓背道而驰。林君，为何目不转睛看这十字弓图，又有何奇特？"

晓松笑道："可是我眼晕，为何我无论从何处看去，学子兵的十字弓画作，十字弓箭头均朝向我，令人畏惧。此图如何画成？甚是奇怪。"

公主笑道："林君有所不知，学子的画作，运用空间几何的线性透视，也是绘画透视原理，画面上的一切，均聚在一个特定点上，也称视线灭点，创造深度错觉，以光线的巧妙辅助，有观者自身心理矫正，即心理机制对视觉变形之还原，达到无处不在的凝视效果。如今又有创新，二次透视的绘画更是神奇，能使观者如身临其境。"

晓松道："原来如此！贵国的大学真乃孕育龙凤之地，大学学子个个身怀绝技，令人惊叹。十字弓的样图，图像逼真，如同实物悬挂于眼前。青出于蓝而胜于蓝，众多学者教授培育出优秀学子，有他们的齐心协力，何愁我军不能出神入化，以弱克强耶？"

桑若斯大喜道："学子们寒窗苦读十年，如今国家有难，挺身而出，令人欣慰。各位，十字军已是百年前之往事，虽里奥军未必得十字军的真钵，我等决不可小视。里奥军也许洞悉蒙军战事的精妙，博士之言甚为在理，小心为是。另学子之谏言，岂有不采纳之理？"

法哈德点头道："学子兵的谏言，下官即刻铺排。殿下，即使里奥军熟稔于蒙军的鱼鳞阵法，林君也有应对之策。不妨往下续看。"

令旗一举，法哈德请桑若斯等继续观看"引蛇出洞"阵法。此战法来自蒙军西征，当年蒙军先燃起大火，烟幕中派出一支骑兵，凶狠攻击，佯败后撤，引诱敌人尾随，其溃逃撤退可能会持续数日，待敌人发觉之时，已落入蒙军之陷阱，无路可逃矣。

桑若斯等人渐悟其中奥秘，惊叹其变化无穷，顿时群情振奋。桑若斯情绪激昂，自信如此便能与里奥军一搏。然公主依然担忧国力衰弱，尽举国之力，也仅有眼前的两万精锐人马，且新型弓弩箭与投掷机尚在秘密赶制。公主顾虑重重，恐全国宫廷军团与戍边军团，总共二十来万军队，不敌百万虎狼的里奥敌军。

公主突发奇想，央求晓松领众制作大明火铳火炮。晓松支支吾吾，未能应允，桑若斯也连连摇头。时间紧迫，举国冶炼，方能勉强赶制出刀枪，火铳火炮乃是水中月，镜中花，可遇不可求也。

公主执意恳求晓松，晓松无奈道："此路不通，另有他法。遍地石材，可试制地雷手雷。地雷手雷乃变相的火炮，制作方便，采石极易，然火药……"

桑若斯与公主大喜，桑若斯道："三条腿的蛤蟆寻不着，两条腿的石匠，本国可招募成千上万！明日便贴出招募声明，佯装修建王公府邸，三日便可招募数千人矣。"

晓松笑道："……然不知制作火药之料，如硝石与硫磺等，贵国是否出产。"

桑若斯与法哈德等人顿时大眼瞪小眼。以硝石与硫磺制作火药，闻所未闻，几人顿似一盆凉水浇下。公主也郁郁寡欢，忽然想起大学的化学师生，也许会有办法，便匆匆催桑若斯离去，路上遣人速去恭请大学的化学教授。

回到宫中，露西与莱比卜恭候一旁，见公主与太子苦闷，便问缘由，公主将火药之虑道出，莱比卜道："殿下，硫磺毋须忧虑。硫磺乃一味矿物质药剂，名家药坊便可制作。然硝石之物，老夫确实不知，恐一般作坊也无人懂得冶炼。"

桑若斯闻之，不免唉声叹气，达丽雅也满脸郁闷。露西道："露西出身商贾人家，祖上从事海上贸易久矣。古里国盛世之时，国王心怀天下，开舟舶继路，商使交属之繁荣先河，更有慕名而来的华夏人。华夏帝王好诸国称臣纳贡，我祖父有锡兰国友人，当年便自称外夷使者，赴华夏拜见国王，得华夏元朝皇帝的欢心，且被赐予重礼，其中便有'魔火'。在华夏福建海港，又有商友相赠的礼物，其中便有炮仗，乃驱邪逐瘟神恶鬼的凶器，也可当是嫁娶、进学、升迁的喜庆响物。归国后次年，这位锡兰国友人来贺我祖父六十大寿，送来的礼物中便有魔火与炮仗。燃起魔火，夜空五彩缤纷；炮仗噼里啪啦，响声震动天地，众人交口称赞，顿成当地的美事，广为相传。父亲以为大有商机，便设作坊，致力于制造炮仗，请来药师仿制，但仅知硝石硫磺和木炭混合能引起燃烧与爆炸，然无配方。前几年几次研制，药师均死于火药爆炸，最后一次露西亲眼见得，药师被炸得面目皆非，惨不忍睹，家父方垂头丧气心死矣。然古里国火药原料硝石的产地，露西早知。露西写明地址，公主何不差人执此前去购买，顺便打探大明军舰队讯息。林君忠殿下之事，定也归心似箭，若能打探一二，便于林君日后安排。也烦请前去露西家中，打探露西当年躲藏在外的家叔，是否幸存。"

桑若斯闻之，满脸喜悦："甚好，只是快船来往也需两个月，时间紧迫，庆幸尚可留有火药制作时机。事不宜迟，我修书一封，致古里国国王请求照应。阿莱货栈今晚遣人即刻启程！"

公主心中欣喜若狂，然不动声色道："露西小姐所嘱托，我自会安排，阿莱货栈也会照办，连同小姐在里奥国的姨母，我也会设法暗中联络。露西小姐适才一番言语，也是阿莱近日的打算。本国原本也是优待各国商贾，然苦于哈里海盗猖獗，才与各国断了贸易。现今已无此大患，正好可恢复之前的海市。原来的贸易止于近海，何不借此恢复与古里锡兰等国的远洋贸易，甚至与东方各国的商业往来？依我之见，不如招募船商于诸邦，自具船者，给予本金，将本国珠翠、象齿、骇鸡犀等珍宝，熏陆胡椒腽肭脐各杂物，博易诸国的粮食布匹、铁铜矿物等，回帆依次抽解，其所获之息三七分成，官取之七，自备商船者，官取之三，然后听其货卖，往来互市，各从所欲，岂不皆大欢喜？"

桑若斯点头称赞，当机立断，说办就办。此刻，大学化学教授等人也急匆匆赶来，闻公主的研制火药之意，个个摩拳擦掌，跃跃欲试。早闻蒙古军西征，蒙军火炮的威名，传说摩邻西国，早已秘密研制出火药矣，今日若得林君指点，众教授自信定能制成。

公主欢欣鼓舞，令众人守口如瓶，即日秘密前去军营，与晓松会合。

法哈德将工匠围于秘密之地，昼夜赶制弓箭刀枪，也有石匠隐蔽山中开采岩石。晓松教授众人制作地雷与手雷的外壳，整日灰头土脸，如泥土中滚将出来的野人一般。喜在法哈德依晓松写成的军训步骤条文，刻苦训练，将士可更为娴熟运用大明新型复合之弓，赶制的十字弓，将士也运用自如矣。训练场上，将士跳跃奔跑，无不虎虎生风。

是日，太子桑若斯携露西、莱比卜等人于邻城督查税制鼎新事宜，归途突遇蒙面匪徒刺杀，卫队拼死奋力护主，匪徒杀死七八个卫兵后，见大势不妙，不能得手，一声急促呼哨，倏然隐退，无一伤亡。桑若斯大怒，然不知何人所为，只是卫兵清晰闻得，匪徒临走前咒骂太子减免税赋的政令。桑若斯猜测，定是因为改革触犯贵族富豪的利益，引得富人群体极为不满，以致有心怀不轨者操纵此次刺杀。

然莱比卜疑惑道："刺客似早有安排，埋伏街边，为何舍弃暗箭而贴身厮杀，张扬闹腾，岂不事倍功半？"

桑若斯点头道："先生言之有理。那刺客身着不同衣裳，貌似平常，易于隐藏，然不惧混乱当中误伤同伴，故应是彼此极为熟悉之人。他们一招一式，一看便知出自同一师门，全然不同于寻常的流氓地痞。匪徒刺穿马车，我跃出之后，众匪刀刀不离我左右，显然是冲我而来，绝不是市井鼠辈所为。然海里虾米掀不起大浪，不足挂齿，查清便是。蚍蜉焉能遮住太阳光辉？杀不死我的，只能让我变得更强大！"

达丽雅公主不动声色，令阿莱货栈暗中稽查，布下天网，尤令密查阿道夫侯爵与其亲近旧将，然苦无结果，阿道夫侯爵关门谢客久矣，其亲近旧将对于军中严苛训练，虽有怨言，然也疲于应付，确与刺杀事件无半点瓜葛。阿道夫侯爵等人本有劣迹，桑若斯恐终会生乱，遂命法哈德设法，将阿道夫侯爵及其五十余名旧将安上罪名，下大狱后秘密处死。阿道夫侯爵妻女，均被收为太子府上的奴婢，供其享用。法哈德从此深得桑若斯信任。日后，晓松操场演练，却见军官面孔大变，又有众多军官失踪之传闻，不明其因，法哈德也不愿道出实情，晓松甚是震惊，心中隐隐不安。

又过十日，好事不出门，坏事传千里，里奥国国王卡德雷耶闻知桑若斯与达丽雅公主遇刺，恐夜长梦多，速遣使者与近卫军一行抵达都城，又送来厚金，声称达丽雅公主与里奥国国王早有婚约，如今大婚在即，刺杀公主，如同有人藐视里奥国国王，甚至是与里奥国宣战。为保达丽雅公主无恙，特派出里奥国近卫军百名，即日其充任公主侍卫，婚期提前，自使者抵达格画里姆城起两月后，达丽雅公主启程，里奥国有十万大军于边疆迎候。另望奥斯迪那国严查，缉捕元凶。

奥斯迪那国国王厄兹蒂尔克听后，内心气急，然殿堂上神色自若，对里奥国使者以礼相待。桑若斯则严词厉色，据理相争，绝不接纳里奥国的近卫军，要求使者速将近卫军撤回，我国自会严保公主平安。至于缉拿凶手，本是分内之事，已在全力调查，婚期毋须提前。何况公主嫁妆尚未备齐，里奥国大军压境，武力相逼，难道是要抢婚？士可杀，决不可辱。

里奥国使者见桑若斯太子盛怒，又寸步不让，只得退步，权当里奥国国王之心怀大度，答应将近卫军撤回。

阿莱货栈密报，刺客乃里奥国派出的骑士团所为，苦于无真凭实据，奈何不得。前些时日，太子桑若斯曾于朝上言语激愤，反对达丽雅和亲，又力主振兴之志，此言传至里奥国，国王闻之，恨之入骨，将桑若斯视为眼中钉，必欲除之而后快，刺杀未成，也是敲山震虎。桑若斯惊出一身冷汗，自知鲁莽，宫中有里奥国的眼线，必有重臣与里奥国暗中勾结。恐里奥国国王依然贼心不死，桑若斯只得前去国宾馆，向里奥国使者示弱致歉，并信誓旦旦，绝不拖延婚期，又以重金美女赠送使者。里奥国使者便修书一封，言万事无忧，添油加醋美化厄兹蒂尔克国王与桑若斯太子的美意，还说相送达丽雅公主出嫁者，有德高望重的阿勒夫博士，送亲之后，还会留在里奥国讲学一年，此乃里奥国之大幸。信件加急送出，桑若斯悬在心头之石落下，自此上朝，御前会上谨言慎行，且深居简出，加强警卫。

是日，桑若斯撇开众大臣，与达丽雅、执事官阿赫斯卡、法哈德、莱比卜等人密会。谈及里奥大军压境，桑若斯与公主忧心忡忡，莱比卜更是如坐针毡。

法哈德道："殿下，如今第四军团扩军与装备告罄，士气正旺，何惧之有？"

桑若斯道："如今只得依赖第四军团两万之众，对抗里奥十万虎狼。虽我军战力提高，以少胜多，依然无十分胜算。火炮神勇，然造出火炮却无火药，令人惴惴不安。"

莱比卜道："殿下，山重水复疑无路，柳暗花明又一村。大学化学教授等人已在山中寻得硝石，量虽不大，但也能派上用场。且前去古里国者，必将满载硝石而归，尚有近两个月，船到桥头自然直。"

桑若斯苦笑道："但愿如此。即便运回硝石，如短期内造不出几杆火铳，几门火炮，仅有一门火炮，我也欣慰。然不见硝石，我度日如年。里奥国那老贼若依然执意将婚期提前，或起疑心，仓促应战，岂不被动？"

法哈德道："殿下，下官以为，应当设法在里奥国制造混乱，令其焦头烂额，无暇顾及我等，再设法拖延婚期，岂不从容得多？再说射人先射马，擒贼先擒王，何不以其之人道，还治其人之身？若能隐秘刺杀里奥国国王，岂不正好化解危机？即便不成功，也给他乱上添乱！"

桑若斯叹道："我已隐瞒父王，多次派人刺杀矣。然里奥国国王近卫军极为严密，卡德雷耶行程又飘忽不定，我派出之刺客多次无功而归。老贼狡黠无比，倘若打草惊蛇，令老贼隐蔽更深，定会识破刺杀缘由。何况前来我国的探子众多，画虎不成反遭其害，此计策只得弃之。"

达丽雅公主笑道："第四军团，以一当十。何况举国之兵力有二十万之众，依照新军典赶紧从严练兵就是。史上以少胜多，以柔克强者，比比皆是。前人能行，我军为何不行？桑若斯心中应有雄兵百万之勇，我自有妙计在胸。林君言恃国家之大，矜民人之众，欲见威于敌者，谓之骄兵，兵骄者灭。祸莫大于轻敌，轻敌几丧吾宝，故抗兵相加，哀者胜矣。"

桑若斯听公主一席话，神情大振。常言道众志成城，无坚不摧，顿携起达丽雅，直奔父王之宫。桑若斯与达丽雅将计策和盘托出，国王半晌沉吟不语，终究颤巍巍点头。

阿莱密令阿莱货栈出兵，将全国已登记在册之流氓地痞等，三日内悉数密捕。执事官阿赫斯卡秉桑若斯之口令，即日起停止探监，对外均声称将监狱之罪犯移出至水利工地，在水利工地上简单训练两周，由宫廷军第一军团接管，地痞流氓均被充军矣。之后，组建阿普陀思军团，阿普陀思乃战无不胜之意。第一宫廷军改为阿普陀思第一军，有一万之众。罪犯之军改成阿普陀思军团第二军，原治安大臣法赫转为第二军的主帅。宫廷第四军团，改为阿普陀思第四军，由法哈德统领，第三军暂缺。阿普陀思军团主帅与第一军主帅，由桑若斯兼任。各地治安官与监狱官吏也被从军，均擢升军官，在第二军服役。达丽雅公主从第四军团挑来将士，辅佐治安大臣。阿普陀思整军于半月后外调，暗中向边境进发。

是日拂晓，一支商队模样的行人离开都城，商队由达丽雅公主、林晓松、赛义德、法哈德等几位将士与众侍卫组成，一路避开集镇，披星戴月，日夜兼程赶至伏科库立原野，进入与里奥交界边境的重镇多卡城。边境军团镇守主帅乃公主堂兄伊马斯侯爵，早与众将士伫立城堡外等候。

伊马斯侯爵不惑之年，久经沙场，以沉着冷静、谋略在胸著称，然早年间，伊马斯侯爵率兵抵抗里奥国侵略，三次惨败，尤记当年耻辱。近年来里奥国边境军挑衅不断，时常越境烧杀抢夺，致奥斯迪那国军民死伤无数，伊马斯心头滴血，然只能遵照国王指令，忍气吞声，加之兵力衰弱，故一再忍让，全军心中愤懑不已，只盼一战。

伊马斯侯爵曾多次上书国王，主张扩军备战，然屡次被否，转而密信桑若斯太子与达丽雅公主，表示绝不屈服于里奥国，时刻盼望桑若斯太子鼎新治兵，择机决断，与里奥军殊死血战，以去多年的国之屈辱，告慰边境冤魂。桑若斯太子闪烁其词，只劝他严厉治兵就是，伊马斯半信半疑，几近失望。见里奥近卫军傲气十足从眼前踏进国境，更是心急如焚。前日接得加急快讯，心中大喜，料太子与公主心中已定乾坤，自有惊喜，今日得见达丽雅公主，果真如此。公主与伊马斯侯爵一拍即合，言不在多，计策妙矣，抵抗之决心必将鼓舞军心。当夜，公主也不停歇，伊马斯侯爵亲自引领众人，视察里奥军拟定迎候公主的路径，次日折回，众人又商议，法哈德将军与晓松最终统一策略，伊马斯侯爵一一谨记，并查缺补漏。侯爵与晓松相见恨晚，安排周密，公主旁听，心神安定，有晓松伴随，似乎不惧天塌地陷。

次日，见安排妥当，达丽雅公主叮嘱，即日起内紧外松，严查里奥国探子，伊马斯侯爵心领神会。公主与晓松等人依然乔装商队，告别伊马斯侯爵，沿奥斯迪那国与里奥国交界线，继续前行勘察。

高山峻岭，沟壑险崖，江河湍急之处，皆易守难攻，断不会成为两军交战之处。四日后，走至被称为山羊垭口的山脊尽头，山脊戛然而止，与对面高山对峙，垭口豁然开朗，为杂草丛生的荒凉乱石坝子，垭口境内外皆为大漠。众人自上俯视，此处一马平川，若里奥军千军万马奔袭，骑兵可直抵奥斯迪那国深处。此处虽距都城遥远，然再无翻山越岭之苦。两国边境军，因地处风沙之地，皆为象征性驻守，实质边关重镇，均退避三舍。奥斯迪那国的边关重镇，是相距山羊垭口三十多里的奥德路城关，公主召见在奥德路城关率军镇守的阿普杜拉将军，询问边关实情。阿普杜拉将军据实相告，验证伊马斯侯爵言之凿凿，若有一战，里奥军理应于此进攻，绝非妄言。

阿普杜拉随行保护，公主再往东南前行三日，仍然是高山峻峭。已是傍晚，将士禀告，早过了与里奥国交界的边境百多里，此地沿山脊往前，是与波西米亚国交界的边境矣。公主方才止步，打算折回山羊垭口，细细勘测完毕后再返回都城。于是就地歇息过夜，欲明日抄近道去山羊垭口。

第六十章
吉米尔轻敌入陷阱，达丽雅亲征获首捷

次日清晨启程，撒开山道，沿山下小路行走。近午时，见远处边境山下一片郁郁葱葱，阿普杜拉将军告知，此处森林连绵百里，鸟语花香，风光甚好。公主兴起，信马由缰，率众往前，十几里路碧绿不断，众人心旷神怡。忽然见得远处村庄浓烟四起，隐隐传来厮杀之声，公主大惊，纵马前往，不久便见到逃难的村民，有好心者哭着劝告商队一行速速离去逃命。公主细问才知，山的另一边是邻国波西米亚，已有三年大旱，今年又是久旱无雨，民不聊生，众多难民蜂拥至奥斯迪那国。阿普杜拉将军说道，波西米亚境内沙漠占据七成，本就贫困，又深受里奥国的欺凌，其国官府只得对民众苛捐杂税，横征暴敛，以致饿殍千里，哀鸿遍野。有村民哭诉，去岁起波西米亚灾民经官府怂恿，越过高山沙漠，前来我国乞哀告怜，卖儿鬻女，我国边境村民心慈施舍，然边境村民虽无干旱之灾，也是贫困潦倒，饥寒交迫，又不忍心驱赶波西米亚灾民，即使被灾民哄抢粮食，也仅是劝阻。谁知那些嗷嗷待哺、啼饥号寒的波西米亚灾民，今日竟大肆抢夺，杀戮边境村民，恩将仇报。

达丽雅公主听后大怒，不顾劝阻，打马前去，众人赶紧追随，顷刻陷入众多灾民的围攻之中。晓松连连叫苦，阿普杜拉将军与众侍卫护住公主，有灾民持刀朝公主恶狠狠砍来，侍卫怒喝几声，刀起刀落，几个灾民双手被砍，然全无畏惧，还是一波波冲来，凶悍无比。公主含泪叫停侍卫，夺路纵奔。有灾民扯下侍卫，夺过刀枪，跃马狂追。法哈德、阿普杜拉将军、晓松与众侍卫阻击，却见公主于疾奔之中跌落马下，身后的侍卫也被射下马来。晓松与几个侍卫架开灾民之刀，不顾一切抽身，策马追来，赶至公主坠马之处，却不见公主身影，惊得毛发乍立，四散寻找。法哈德大怒，令侍卫大开杀戒。众侍卫杀声阵阵，削去围攻灾民的头颅，犹如收割秋日的向日葵一般。灾民哭爹喊娘，方才停止追击，一窝蜂返身逃去矣。

半个时辰，晓松与赛义德于山坡密集草丛中，终于找到脸色发白，已近昏迷的达丽雅公主。公主似是在滚落躲藏中，又遭毒蛇叮咬。公主令赛义德避开，唤晓松救护。晓松挽起

公主裤腿，将伤口处的蛇毒吮吸吐尽，又寻来草药敷上，方背着公主返回。

法哈德归拢众人，见达丽雅公主昏迷，带着众人于夜色中向边关城堡疾奔而去。公主途中醒来，方知自己被绑在晓松背上。

有晓松相伴，公主心中涌起无限情愫，哭泣着用华夏语言说道："林君与我长相守耶！"

晓松道："公主聪慧，竟已学会大明国语言矣。伤病在身，毋须多想。"

公主哭道："我之意，林君以为如何？"

晓松笑道："乌舍凌波肌似雪，亲持红叶索韬略，还卿一钵无情泪，恨不相逢西洋时。"

公主戛然止住哭泣，锤晓松一拳道："林君的诗句，阿莱如何晓得？阿莱于华夏语言还生疏得很，林君故意念诵诗句，欺我言语有限耶？"

当夜，法哈德与阿普杜拉在奥德路城关安置好达丽雅公主后，由阿普杜拉领兵出城，前去平息灾民的暴乱后，一日返回。此时公主已无大恙，法哈德下令启程，三日后潜回都城。途中公主道："国难危机之时，转移危机的良策，乃对外战事也。闻知里奥国今年春季大旱，若不出意外，定会举兵侵入他国。我国若军民一心，乃正义之战，正义之战，终究取胜！"

晓松道："正是。我国《心术》一书有语，凡兵上义，下义，虽利勿动，非一动之为害，而他日将有所不可措手足也。夫惟义可以怒士，士以义怒，可以百战。又有《道德经》曰，民之饥，以其上食税之多，是以饥。民之难治，以其上之有为，是以难治。民之轻死，以其上求生之厚，是以轻死。"

公主听了赛义德磕磕巴巴的翻译，总算领会晓松之言，似有所感，半日无语。晓松腹中经书众多，世上难事，仿佛总有应对之言，华夏文化果然博大精深。

十一月初，里奥国的迎亲队伍路上遇到大雨，受阻停歇，令桑若斯与达丽雅担忧的战役之备，有如神助，一切如期完毕，火铳也造出一百多杆。然望眼欲穿的古里国硝石，依然姗姗未到。明后日里奥迎亲团队便将抵达，达丽雅公主仰天长叹，无奈留下晓松等人继续等候，亲率两千第四军将士，整个第一军、一半第二军将士秘密前往多卡城。法哈德率领的第四军团与一半第二军组成的大军，也伪装身份悄然启程。

公主离开次日，古里国的硝石方至，众人狂喜之后又大失所望，原来古里国的硝石矿山在洪水之中俱被毁灭，运来的硝石，仅是在民间重金收集而来的，数量少且质量不堪。郑和舰队的情形，倒是人人皆知，舰队轰动古里国，郑和舰队如期返回矣。最令人惊喜的，是奥斯迪那国使者遣人暗中探访露西旧宅，得知露西叔父躲过劫难后，也在四处寻找兄长一家，双方竟然在旧宅旁边相识。得知露西幸存，叔父泪水涟涟，欲变卖家产，与露西堂兄搭乘商船，前来接回露西。

露西又惊又喜，泪如雨下，更加牵挂叔父全家的安危。桑若斯劝慰露西，阿莱货栈早有安排，自会接济，解救其叔父全家，毋须忧虑。鉴于硝石之少，晓松苦笑中再三思量，

- 485 -

连夜配置火药，赶制出三百枚手雷便急匆匆骑马上路，连夜追赶达丽雅公主。一路狂奔，在边境多卡城外一百里处与公主相会。闻知硝石的情形，公主泰然自若，令众人严阵以待。

里奥国迎亲使者巴迪亚伯爵已率一千人马，声势浩大地抵达格画里姆城。礼仪大臣莱兑费也率一千之众远道相迎。是日大吉，深秋灿烂，王宫张灯结彩，乐鼓齐鸣，贵宾如云。露西乔装成达丽雅公主，去雍容华贵之装，着紧身褶皱克特式裙子，去四方头巾，戴宽边精致镶花草帽，显得超凡脱俗，美丽动人。举城百姓扶老携幼，万民空巷，前来观礼。

奥斯迪那国举国闻名的阿勒夫博士，不顾年高，亲自送嫁，三十乘的马车里，载满国王与王后为公主准备的嫁妆。厄兹蒂尔克国王盛赞年岁如己的金龟女婿，依依不舍，挥泪目送达丽雅公主乘车而去。除十位侍女外，公主仅带十位侍卫。

里奥国使者巴迪亚惊叹嫁妆中有纯金制作的镶宝石战刀，皮革靴子，头盔，马鞍，革带等。公主嫁妆中，尚有海盐一袋，红罗五百匹，金一千两，银十万两，百张波斯上乘之地毯，玉龙冠，绥玉环，古里国的珠冠，波西米亚国的花梳子环等无数珍宝。公主所乘马车累珠嵌宝，涂贴金器，华丽无比。巴迪亚行拜舞大礼，山呼奥斯迪那国国王王后安好，便催促阿勒夫博士与公主动身。达丽雅离开城门时叫停，伏地跪下，双手捧起泥土装入水晶香瓶，泪洒衣襟。城门将士无不跪地恸哭，举城百姓尾随相送，人人泪洒惋惜。

奥捏普罗河宽阔汹涌，将伏科库立原野分成两截，里奥国吉米尔公爵于十月率三万大军强行渡过奥捏普罗河，马踏奥斯迪那国境。伊马斯侯爵遣人前去抗议，被羞辱而回。侯爵为示胆怯，令边境军退避三舍。

吉米尔公爵曾跟随卡德雷耶国王征战波西米亚、奥斯迪那等国，开疆扩土，战功显赫，为国王近臣，奉命率军迎候达丽雅公主。公爵以为大军迎候公主，实为荒唐，讥笑出此计策的大臣胆小如鼠。如今的里奥国国力强盛，出兵压阵，多此一举耶。

吉米尔公爵本就是骄横狂妄、刚愎自用之人，常称奥斯迪那军若见里奥大军，定会抱头鼠窜。如今见奥斯迪那国边军闻讯后撤，哈哈大笑，因伊马斯侯爵曾是其手下败将，内心极为藐视伊马斯侯爵。吉米尔公爵扎下军营，布下岗哨，仅留三千将士值守，其余将士整日胡作胡为，一副闲散之状。

是日信鸽传讯，迎亲的车队离此尚有三百多里路程，吉米尔公爵估摸三日后方能抵达，至此一百多里时再令军队集合也不迟，便依然懒散等待和亲车队前来。

古拉姆近卫军，由严酷训练的奴隶兵组成，也称死士兵，随时准备为国捐躯，乃里奥宫廷军中精锐。里奥国迎亲之侍卫，俱从古拉姆近卫军中挑选。巴迪亚使者所率的迎亲卫队中，有兄弟两人，卡夫与卡万。他二人出身贫寒，家有十几口人，全然依靠兄弟两人的军饷度日。去年家中祖父与父亲，一个病死，一个累死，近日祖母连同母亲、弟妹几人，无一不染病垂危。村上托人告知兄弟，家中等待治疗费用，然兄弟二人囊中羞涩，虽向众友借得银两，依然捉襟见肘。正愁眉苦脸时，被卫队长阿巴斯引诱参与二十一点赌博。兄弟俩初始犹豫，见有人且夕间获暴利十倍，怦然心动，期盼也能侥幸得幸运之神眷顾，总比去借高利贷好上百倍，于是半推半就中参与其中。刚开始确实鸿运高照，然而一旦得利，岂肯罢手，三日昏天黑地，可怜输得精光。两人又气又急，只得借上高利贷后匆匆回家。然抵达之日，便是全家病死之时。兄弟二人捶胸顿足，懊悔赌博耽搁救治，只得咬牙忍耐。后来有友人告知，赌局乃卫队长阿巴斯暗中操纵，高利贷也是其堂兄巴迪亚使者所放，场上所有对赌之人，皆是训练有素的高手老千，岂能不输？卡夫与卡万咬牙切齿，对阿巴斯与巴迪亚又怨又恨。

今日露西于城门处下车跪拜，恰好卡夫与卡万在旁，窥见达丽雅公主的美貌，如同被雷电击中，心猿意马，魂不守舍，脑中整日萦绕公主的一颦一笑矣。兄弟二人私下说笑，被凶如虎狼的追债者相逼，天天喘不过气，如能劫持达丽雅公主，加上马车内价值连城的财宝，即便只能与美人共度一日，也不虚此一生，不枉做一回男人矣！

他二人暗中说笑，恰被路过的百夫长校官贾拉德男爵听得。贾拉德以战功受封男爵，然因刚直不阿，在军中屡屡被欺，早有反叛之意，听闻二人之言，心动不已，三人合谋，相机行事。如能得手，日后占山为王，过上自在生活，免得在军中煎熬，也省了战死疆场的担忧矣。

奥斯迪那国边境渐行渐近，三人揣度，尚有一日多便可抵达里奥国境。恐错失良机，贾拉德于途中歇息时，告知卡夫兄弟，已说动五十有余军士，暗中发誓相随，于今夜系上白色头巾，听从贾拉德号令动手。

贾拉德趁安营扎寨之时，如往常一般于军营灶堂帮厨，在饮水热汤中撒下迷药。巴迪亚与达丽雅公主的卫队喝下，必昏迷半个时辰。届时如往日一般，声称护卫巴迪亚使者巡视，劫持达丽雅从容逃离，毋须惊慌。

此时伊马斯侯爵亲率一千蒙面精锐，已悄悄潜伏至迎亲队周围。依既定计划，今夜执晓松制作的吹筒，夜中匍匐向前，潜入迎亲军中，与露西的侍卫接头后，迷晕近卫军，内应外合，全歼灭之，再通告里奥国，绝不和亲出卖公主。然执筒人方挨近，就听见迎亲队伍中杀声四起，夜色里窥见里奥国的近卫军相互厮杀，顷刻间硝烟四起。伊马斯侯爵大惊，不知所以，赶紧率军悄然挺进，然探子尚未返回，厮杀声渐渐消停。执筒人躲在隐蔽处，听见不远处有一里奥士兵禀报："已擒住达丽雅公主与阿勒夫博士，巴迪亚使者已受挟持，令近卫军放下刀枪，近卫军均听命于我。命巴迪亚使者回禀的书信，已系于鸽子上放飞。贾拉德男爵还有何吩咐？"

贾拉德男爵答道："将达丽雅公主与阿勒夫等人捆绑押入车上，好生看管。卡夫兄弟，万万不可伤害巴迪亚伯爵，日后大有用处。信鸽传信告知国内，奥斯迪那国言而无信，半路悔婚，使大军残杀我国近卫军，我等顽强抵抗，至死不从。只是我顾忌巴迪亚的书信，国内会不会信服。如今我等速离，躲在偏远之地，坐山观虎斗！"

卡夫笑道："不如假戏真做，除有用之人留下，其他均砍杀就是。现场做成我军被奥斯迪那国边军残杀之状。吉米尔将军离此不远，我遣人前去报信，将军自会令人前来救助我等。若我等今晚不惊动奥斯迪那国边军，前来救助之人，自然会认为是奥斯迪那国边军所为。援军要是见得巴迪亚伯爵被杀，岂不更为真实？"

贾拉德男爵大喜道："卡夫所言实乃妙计！传令下去，秘密处死众人！"

探子返回，伊马斯侯爵得知情形后大惊，沉吟片刻，令众将士悄悄围上。

卡夫卡万以为，屠杀尚蒙在鼓里的一千多人使团绝非易事，便瞒住众人，令人生火造饭，汤水中撒下迷魂药，令众人前来领取食物，称饭后即刻开拔。伊马斯侯爵看得真切，待里奥使团自相残杀之际，一挥手，众将士如出山饿虎，一顿冲杀。贾拉德男爵等人稀里糊涂，成为伊马斯侯爵刀下之鬼。可惜护卫露西与阿勒夫的侍卫个个赤手空拳，半数在混战中战死，幸而露西与阿勒夫无恙。见全灭里奥近卫军与使团，伊马斯侯爵即刻放出信鸽。桑若斯太子接信后，心中狂喜，即刻启程，赶往伏科库立原野，仅一至二日路程而已。达丽雅公主接信后大喜，率众亲自迎接伊马斯将军。

次日，吉米尔公爵派去迎接巴迪亚使者的分队，听闻达丽雅公主美貌，鬼使神差般提前赶去，然急慌慌赶回，吉米尔公爵大惊。再三询问，多人证实现场确有巴迪亚等人的遗骸，而达丽雅公主早无踪影。前去接洽之人又证实，巴迪亚伯爵等人的惨案，发生于晨晓之前，庆幸晚到两个时辰，避免了被惨杀。

吉米尔公爵脸色巨变，怒不可遏，即刻披挂上阵，欲与奥斯迪那国宣战。众副将纷纷劝阻，说道小打即可，尚无国王指令，擅自发起两国战争乃是死罪。

吉米尔公爵狂笑道："美人得，不取其疆土；美人不得，国王有令取其疆域。何虑之有？"

遂号令三军，排兵布阵，欲以摧枯拉朽、排山倒海的气势，一鼓作气，踏平伊马斯所率边军阵地。达丽雅公主与伊马斯侯爵刚返回军营，前方便传来急报，里奥国悍然出兵，硝烟滚滚，前线猝不及防，丢盔卸甲，死伤惨重。

公主大吃一惊，本想先发制人，偷袭制胜，岂知反被对手先发偷袭，狠狠咬上一口。恐失首道防线，一万多将士危在旦夕。公主赶紧翻身上马，与伊马斯侯爵等亲临第二道防线，随后而来的两千多第四军团将士，早憋了一肚子气，嗷嗷直叫，誓与里奥军一决雌雄。

吉米尔公爵在三军欢呼雷动中登上高台，眺望敌阵，只见乌压压一片奥斯迪那国大军正在前方对峙。传信兵来报，敌方伊马斯侯爵领一千骑兵在前，达丽雅公主率五万大军殿后，其军容不整，排兵布阵也甚无章法，显然是临时拼合上阵，全然一群乌合之众也。

吉米尔狂笑道："此等鸟军，说是五万之众，实则不足一万之勇，用来壮胆尚且声弱，岂不是前来送死？"

麾下众将纷纷请战，一小将挺身而出，愿率一千重甲骑兵先锋冲击，若不击溃奥斯迪那骑兵，必提头来见。众将观敌方阵形，还以为如同当年一般，里奥重骑兵粗狂彪悍，矫健勇猛，奥斯迪那国骑兵定是缩头缩脑，两股战战，与里奥军相较，乃是螳臂当车，自不量力。

吉米尔大喜准之。但见一千里奥国重甲骑兵犹如洪水般泄出，众将士山呼海啸扑去，大有一口吞噬奥斯迪那国骑兵之势。伊马斯侯爵令旗一举，万鼓齐擂，奥斯迪那国一千重甲骑兵瞬时为之一振。今非昔比，奥斯迪那军迥然不同，与以前有天渊之别，毫不畏惧，策马迎战。

里奥军顿时也鼓角齐鸣，骤然之间，两边万众吼叫助威，风中军旗猎猎招展。滚滚沙尘中，军马引颈甩鬃，昂首嘶鸣，马蹄声隆隆，杀声震天动地。铁甲碰击，肝胆震裂，刀刃相格，火星四溅，狰狞面容前，刀剑飙出鲜血。原野被悲壮笼罩，两军骑兵绞战，一时竟分不出胜负。

吉米尔大惊，冷笑一声，又令一千重甲骑兵杀出，犹如狂风巨浪，平地席卷而去。原野上数千匹军马奔腾，气吞八荒，声震寰宇，犹如山崩地裂，刹那间打破战场的平衡之势。交战之中，有奥斯迪那骑兵转身逃窜，顷刻间溃不成军。尚待增援的奥斯迪那国一千多骑兵见势不妙，竟随伊马斯侯爵一起弃阵而去。

第三防线，由阿普托斯军团与边境军合成防守，重骑兵在前，阿普托斯军团第二军在后。阿普托斯军团第二军，乃地痞流氓组成的痞子军，再后，便是第一军与边境精锐军。达丽雅公主与晓松等人于高处观战，见里奥骑兵多为重甲骑兵，兵器依然是长矛和重剑，马匹也身披铠甲，徒步士兵则用长弓、短剑与盾牌，虽有投掷机，然此时如同废物。公主心中大喜，里奥军不思进取，与我军交战，兵器钝矣。

阿普托斯军团的重甲骑兵一触即溃，痞子军尚未交战，见前方骑兵战败，顿作鸟兽散，被监狱官治安官转成的军官饬令："达丽雅公主督战，何人敢跑！"众人不敢后退，硬着头皮应战。然奥斯迪那骑兵溃逃，竟然马踏自军，又不知何人高呼"达丽雅公主逃矣"，顷刻间一传十，十传百，痞子军一哄而散，转身刺杀治安官与监狱官，恨不得脚底抹油，脱兔般向后逃逸。

兵败如山倒。吉米尔公爵眺望对手溃逃之势，听得阵地狂呼达丽雅公主已逃，仰头大笑，传令大军压上，只管追杀，活捉达丽雅公主者，重奖之外，赐达丽雅公主的美侍女为妻妾。吉米尔狂笑之中翻身上马，亲率全军杀去。三万之众，如疾风骤雨之势，撼天震地，长驱直入。全军高呼，誓要踏平对方的阵地，直取伊马斯的人头。

伏科库立原野因奥捏普罗河水多年泛滥，土地割裂，沟壑纵横，岗峦起伏，原野延伸至一片沼泽地，中间有唯一道路，绵延数里，蜿蜒曲折，然两边有无数茂密树林。里奥军擅长重甲骑兵冲散敌军后，大军掩杀，骑兵两面包抄全歼敌人的战术。此时里奥重甲骑兵杀入痞子军中，犹如踏入无人之境，一排排痞子军倒下，尸横遍野。痞子军丢盔弃甲，一窝蜂跟随第一军团往后逃窜，逃窜之路，弯弯曲曲，有人慌不择路，窜入沟壑。里奥重甲骑兵见此情形便分开两队，呈包围之势，冲入两边沟壑，欲求断其后路。达丽雅公主的身影，在潮水般的逃兵中忽隐忽现，众里奥骑兵见得，岂肯放过，于是死咬不放。

众侍卫连斩数名痞子军逃兵，簇拥达丽雅公主夺路窜入沟壑之中，里奥大军狂叫着捉拿公主，也冲进沟壑。此时两国大军，十有八成，渐渐没于原野沟壑与沼泽矣。冲入沟壑的里奥骑兵，在沟壑中晕头转向，敌军在眼前，然飘忽中厮杀不得，渐醒悟过来，然为时已晚。

空中十几只哨箭炸响，道路边，树林内，草丛中，土岗上，无数绑索抛出，钩镰枪倏然突刺，里奥重甲骑兵笨重不能闪躲，一头栽下，发出巨响。伊马斯的边军与阿普托斯第一军的将士犹如从天而降，从隐藏处涌出，纷纷补刀，里奥骑兵尚不知所以，便呜呼哀哉，葬身血泊之中。痞子军见之，顿时胆壮，纷纷捡起刀枪，返身拼杀。四面八方的箭矢似乎长有眼睛，冲入沟壑的里奥步兵还不待反应过来，便追随倒地而亡的骑兵去也。

原野上追来的里奥步兵与从沟壑内逃出的里奥骑兵撞成一团，踩踏无数，吉米尔公爵狂呼大叫，方才立住阵脚，已是死伤惨重。待骑兵依次退出沟壑，于逃跑中猝然返身，潮水般杀向追来的奥斯迪那军。里奥军毕竟长年征战，经验丰富，战场形势很快反转，奥斯迪那军且战且退。危机之中，空中忽然飞来黑乎乎圆滚滚的石头球，带着死亡之气息，呼啸落下。里奥军诧异之时，只听轰隆隆一阵阵爆炸声，震耳欲聋。原来是晓松研制的手雷爆炸，惊慌失措的里奥军士兵无处藏身，早被炸得身首异处。里奥军不识此物，还以为天兵雷霆发怒，无不惊骇，顿时溃败。紧接着从沟壑中又冲出一队队奥斯迪那国的轻骑兵，手中俱拿着十字弓箭。乌泱泱追上来的奥斯迪那步兵，手中也都是弓弩，箭矢铺天盖地，里奥军一片片将士中箭，倒地哀号。

吉米尔公爵大惊，连杀了几个逃兵，依然阻挡不住里奥步兵潮水般的溃散。他旁边的侍卫冷静判断，将已兵败的战场情形相告，吉米尔一口鲜血喷出，只道大势已去。众侍卫拼死护卫，只得率重甲骑兵突围而去。

早有达丽雅公主率领的第四军团两千轻甲骑兵包抄过去，已抵达奥捏普罗河渡口，断了里奥军的后路。吉米尔公爵率几千人之众死里逃生，正庆幸终于摆脱奥斯迪那军的追兵，忽见奥斯迪那军骑兵浩浩荡荡迎来。伊马斯侯爵横刀立马，冷冷相望吉米尔。伊马斯侯爵身后高处，一奇美的少女傲然伫立，旁有众人众星捧月般簇拥。从众人高呼声中，吉米尔公爵方知此乃达丽雅公主。吉米尔公爵与其相遇，分外眼红，持刀策马冲来，众将士也跟随怒吼直杀过去，然相距甚远，便见奥斯迪那的骑兵聚合一道，黑压压一片箭雨射来，里奥军十有五六中箭，纷纷从马上栽下，非死即伤。众里奥骑兵聚集，组成盾墙，拼死救护吉米尔公爵。公爵一挥手，里奥步兵也组成弓箭阵反击，然奥斯迪那骑兵突然推出十几门弩炮与轻型投石机，呼啸的弩箭与碗口大的石头，将里奥军的盾牌穿透砸透，连同盾牌之后的里奥军士兵，头颅也被石头砸得脑浆崩裂。吉米尔公爵身中数箭，一命归西。

晓松与达丽雅公主立于高处观战，晓松见战局已定，便要策马提刀杀出，被公主阻拦：

"林君，踏碎九霄凌罗殿，何须弯弓射天狼？胜负已定，由着将士建功便是。"

晓松瞭望战场，此时已是傍晚，残阳如血，落日的余晖洒在原野之上，厮杀声渐渐消逝，也听不见奥捏普罗河的咆哮声。晓松叹道："瀚海沙漠的春夏，向来姗姗来迟。当内地早已草长莺飞，姹紫嫣红，沙漠仍然萧瑟一片，似乎所有生灵尚蛰伏于严冬酷寒间。内地酷暑难耐时，立于沙漠，我心存困惑，疑戈壁滩的春天何时才能来临，却不想春天倏然来临，尚未细细感受一番，盛夏又至。"

此时战火已熄，伊马斯侯爵也策马来到晓松与公主身旁，观看战士打扫战场。他听到晓松的叹息，尚未明白，就听公主笑道："林君叹的是大漠，然此地算不得大漠。林君之意思我已明了，今日伏科库立原野之战，洗雪我国百年国耻。今日一战，将催来国运之春天。伏科库立原野原本是水草葱郁，草木茂盛之地，我国终将复兴昌盛，如同原来的伏科库立原野一般生机勃勃。"

伊马斯侯爵恍然大悟道："公主殿下所言极是！林君，托你吉言，戈壁沙滩沧桑巨变，春天必将来临！今日之战，林君的手雷扭转乾坤，功不可没。也幸亏有露西冒充公主，迷惑了里奥军，令我军军心大振！"

晓松摇手道："手雷之威，振奋军心，然算不得定海神针。此战乃太子与公主运筹帷幄，侯爵与众将士奋不顾身，算不得在下的功劳。说起沙漠戈壁，我有一问：沙漠与戈壁到底有何区别？大漠离此不过五百里，为何一个是原野，一个是大漠？"

达丽雅公主笑道："林君，戈壁沙漠的春秋短暂，诚如此也。具体说来，由细沙覆盖的地表称为沙漠，由无数砾石散布，地势平缓的旷野，称为戈壁。前者几无生命，而后者常生长草丛，灌木，荆棘也。戈壁非天然形成，因几百年来人类滥伐森林，垦荒，战争而造成。若伏科库立原野树木伐尽，便也成大漠矣。"

晓松道："殿下学问深厚，叹我才疏学浅，远不如殿下博文广识。山羊垭口幸而为戈壁而非沙漠，否则草木稀疏，不利于隐藏，请君入瓮，绝非易事。今日此地硝烟已灭，当须赶赴山羊垭口，想来里奥军也知兵贵神速。"

提及山羊垭口，众人沉闷不语。今日之战，我军数倍于敌，胜中存侥幸之因。严酷之战，恐即将来临。

公主道："正如林君所言，里奥军骁勇善战，作战经验丰富，虽固步自封，兵器不如我军，依然不可小觑。何况戈壁之战，有利于里奥骑兵。方才纵论戈壁隐蔽的弊端，让我深感焦虑。伏科库立原野之战，不是摸了老虎屁股，而是击痛老虎，拔了虎须，里奥国王那老贼闻之，定是恼羞成怒，暴跳如雷。此乃里奥军百年首败，卡德雷耶必要率百万大军出征，荡平我国，一雪前耻。早有探子来报，里奥国内大军似乎已有预料，正朝我国行军。诸位以为，何处会成为里奥侵入之地？"

伊马斯侯爵道："伏科库立原野之战，我军虽胜，也损失近两万之众，阿普陀思军团第二军，折兵损将达十分之六。喜在阿普陀思军团第一军与我边军精锐依然尚存，此乃不幸中之大幸。里奥军号称百万，虽有虚张声势之嫌疑，但从以往之战来看，里奥军出战，动辄十万以上之众，我等决不可掉以轻心。里奥军猛将如云，又身经百战，与其一战，定是血雨腥风，对手败上一两次，里奥军依然强悍，然我军破釜沉舟，来不得半点闪失。里奥军再向伏科库立原野杀来，真假难辨，然我以为，最大的可能性依然是在山羊垭口。"

晓松道："下官赞同伊马斯将军。将军远见卓识，洞悉无遗，里奥侵入地必是山羊垭口。桑若斯太子与公主殿下英明，早有备无患。伏科库立原野，我军依然厉兵秣马，枕戈待旦，无数草人伫立，又有马尾系着笤帚来回跑动，滚滚灰尘似有千军万马，里奥军绝不敢重蹈覆辙。山羊垭口原有五六万边军，法哈德将军率第四军团两万之众，法赫第二军的两万将士，太子已密令宫廷第三军团汇合，十几万之众，严阵以待，然远非胜券在握。兵力有限，只得置之死地而后生！"

伊马斯侯爵道："喜在伏科库立原野近期又有暴雨来临，洪水泛滥，必是易守难攻之地。除非里奥国王固执，在此驻军，俟水退再攻。果真如此，我伊马斯率边军与阿普陀思军团，依然可抵，届时我军援军早已抵达矣。望殿下早下决断，可留第四军团两千将士，带走阿普陀思军团第二军前去应战。"

晓松道："伊马斯将军所言极是。兵不厌诈，里奥军向伏科库立原野进军，也是佯攻，掩人耳目，声东击西，实则在山羊垭口侵入。"

达丽雅公主将垂落的长发挽入头盔当中，斩钉截铁道："伊马斯兄长，就拜托你在此镇守一方。桑若斯随后会至此犒劳三军，须声势喧嚣，露西与你麾下将领陪同桑若斯视察防守阵地，须作神秘之态。若里奥军攻击，桑若斯早抱马革裹尸的决心，又好以雷霆之势一招致胜，急于求成，你等须全力劝阻，切不可硬战。依原定计策虚战便是。第四军团两千将士，我留下随伊马斯冲锋陷阵，仅带走三百名此次战役中的老兵前去山羊垭口军营之中，将与里奥军作战的经验言传身教。前车之辙，后车可鉴。如今大战来临，我不敢耽搁，传令下去，即刻启程，向山羊垭口进发！"

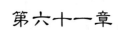

第六十一章
擒敌首坑道出奇效，惊崩逝两国暂休兵

黑夜中，达丽雅公主与桑若斯太子擦肩而过，各奔其位。公主率晓松、赛义德等将士夜以继日，赶至山羊垭口军营。镇守此处的阿普杜拉将军、法哈德将军、宫廷第三军团的莫森·穆罕默迪将军与法赫将军率众迎候。公主不曾停歇便前去视察，见三军已做好战斗准备，将士们群情激昂，誓与阵地共存亡。公主欣慰不已。第三军团众将士见得公主，欢呼雀跃，晓松心中暗暗吃惊于众将士对公主的爱戴臣服。法哈德将军笑着小声告知晓松，民众爱戴达丽雅公主久矣，公主一向尊重各族民众，举国皆知达丽雅公主的美貌，今日有幸得见，纷纷惊叹比传说还美，岂不兴奋？出乎晓松意料的是，莱比卜博士与格画里姆大学校长等也前来助阵，令公主与众将更添豪情万分。

登高眺望，戈壁景色粗犷豪迈，雄壮辽阔。地平线上天地相融，盛日下一丛丛沙柳，胡杨树，沙棘，仙人掌与仙人球，风滚草，骆驼刺，尚有晓松不识的花草，点缀着戈壁的荒芜。映照深秋的尚有五颜六色的残花，为原本沉寂的大漠注入灵魂。晓松暗叹：老干虬枝历沧桑，新芽嫩叶任风霜。羌笛无须悲声扬，大漠岁寒守旧疆。

达丽雅公主问道："前方探子有何军情相报？"

法哈德道："里奥国潜伏在我国御前会议的内线，恐已将桑若斯太子的军事布局密告给里奥矣。现有里奥传来的密报，说里奥军集结朝我国而来，只是不知目标为何地。我已派出探子去前方边境观察，边军依然如往常一般巡视。"

公主道："何不设法令众探子装扮成波西米亚难民潜入里奥国？我边军如往常一般反而反常，伏科库立原野之战才终结，我边军理应增强边境巡视，尚有军队驰援。"

莫森·穆罕默迪道："桑若斯太子已令增援军队出发，正于途中前进，声势浩大。公主殿下的计策实为高明，令探子乔装成难民，里奥国必定难以察觉。在下即刻安排加强边境巡逻，探子可从他地偷越边境，进入里奥国。"

公主点头道："诸位，里奥军狡诈无比，我等不得大意，须处处留心。三军埋伏于此，以逸待劳,静观其变!"

返回军营途中,晓松请教莱比卜道:"为何说沙柳为大漠灵魂?"

莱比卜道:"大漠贫瘠缺水,娇贵树木难以生存。沙柳得以生存,全凭顽强的求生欲,将根系深扎于石土之中,长达十几丈,依然渴望延伸至水源深处。沙柳生命力极强,形如火炬,干旱旱不死,牛羊啃不死,刀斧砍不死,沙土埋不死,水涝淹不死,有此'五不死'之特性。世间艰苦的环境,时常孕育出伟大的生命。"

晓松听后唏嘘不已,感叹道:"宝剑锋从磨砺出,梅花香自苦寒来。"

赛义德将晓松之言翻译过去,莫森·穆罕默迪叹道:"林君数语,其意精妙。再过一个时辰,夕阳西下时,林君可观得'大漠孤烟直,长河落日圆'之景。"

晓松笑道:"恐翌日为'大漠风尘日色昏,军旗半卷出辕门'耶。战场艰苦险恶,莱比卜博士等人何故执意前来?"

莱比卜道:"我等已被规劝多次,然阿勒夫博士高龄,依然坚守在伏科库立原野,与太子共同作战,曰此战乃国命之战,胜则存,败则亡。老夫我虽不能横刀跃马,然有一腔热血,前来助战,给予将士必胜信心。再者,又带来众多硫磺硝石,可制上千枚手雷,为大战献上微薄之力。"

达丽雅公主闻之大喜,拜托晓松赶紧回营房配置火药,晓松自然应允。半夜,公主与法哈德等巡视阵地之后,直奔火药房。众多学子兵已然熟稔,在晓松指点下早已配制完火药,众人又在手雷石壳中灌入火药、铁钉、辣椒等物,明晨便可完工一半。

见晓松神不守舍,公主笑道:"林君莫不是心系露西之安危?有桑若斯在,露西必定安全。且伊马斯侯爵也是谨慎机警之人,林君大可放心。"

晓松向公主报之以感激眼神。有探子深夜来报,里奥国的边军,依然如往常一般漫不经心地巡逻,只是有几伙骆驼商队,黑夜也不歇息,直奔边境而来,甚是可疑,定是里奥军的探子。

公主吩咐众将勿要惊动,以免打草惊蛇。山羊垭口的军营增多,恐暴露兵力部署,法哈德欲将黑夜巡逻的骑兵撤回,晓松阻拦道:"兵力加强乃属正常,我边军略微紧张,更显自然,若如往常般散漫,里奥军探子反而生疑也。不如令骑兵仍像昨日般巡逻,只是潜伏之军须静默藏匿,决不可有灯火,也决不可让里奥的骆驼商队踏入边境半步。"

里奥国王卡德雷耶年已古稀,然身壮如牛,狡黠如狐,勇猛如虎,此次吃了全军覆没的败仗,且是出自自己最信赖的部下,常胜将军吉米尔公爵,真乃万箭穿心般刺痛,暴怒不已。他只知完败,不知败因。巴迪亚的信鸽来信,边军、探子的禀报,各自不一,潜伏在奥斯迪那国的细作也杳无音讯。然盛怒之后,转为窃喜,之前出战无名,此乃天赐良机。半年多来,各路音讯纷至杳来,奥斯迪那国国王厄兹蒂尔克,一把宝刀,尚未出鞘便已老,忍字当头，同意和亲换取安宁。然其国太子桑若斯愤愤不满，欲翻脸悔婚，背信弃义，后慑于里奥之威，终于同意和亲。然就是这个乳臭未干、少不更事的太子，如今革新政体，铲除异己，扩军备战，又率军歼灭哈里海盗团伙，举国震慑，恐其羽翼渐丰，实为心腹大患。有本国细作随同桑若斯太子在军营巡视，见新军操练，虽远不及里奥军，然长进不少，里奥军绝不可大意。

立在达丽雅公主画像前，卡德雷耶国王怦然心动，神魂颠倒。北方有佳人，绝世而独立，一顾倾人城，再顾倾人国。然倾城与倾国，佳人难再得。于是主意已定，升帐点兵，亲自挂帅，统领三十万精锐大军出征，携带无数投掷机，意在长驱直入，攻下格画里姆城，一举踏平奥斯迪那国，将其收为里奥国的疆土。

次日半夜，三军悄无声息出城。卡德雷耶传令下去，不得惊扰百姓，直奔奥斯迪那边境。然三日后，国王犹豫不前，静等探子回报。夜晚，汇集各路音讯。伏科库立原野，探子亲眼见得桑若斯太子与达丽雅公主巡视三军，奥斯迪那国已在此处埋伏重兵矣。而山羊垭口近来兵力也是倍增，其后边关城堡，似乎也有五六万之众，军营也驻扎于边境处。然奥斯迪那国还有重兵潜伏于伏科库立原野。里奥国国王卡德雷耶再三权衡，桑若斯所在之地，定是奥斯迪那国判断的里奥军主攻地。何况若至山羊垭口，里奥军须翻山越岭，路途遥远，桑若斯绝想不到里奥军会舍近求远。思来想去，卡德雷耶国王终下令兵分两路，一路五万人马，向伏科库立原野扑去，声势浩大，唯恐世人不知，其实军中马尾系有笤帚，虚张声势为百万大军也；一路由自己亲领，夜行昼宿，向山羊垭口疾速进发，唯恐惊动民众，更当心奥斯迪那国的众多探子也。一旦大军抵达边境，便以迅雷不及掩耳之势出击，以求出奇制胜也。

是日辰时，奥斯迪那国山羊垭口边军军营炊烟袅袅，忽见三千里奥重甲骑兵如风一般袭来，奥斯迪那国边境巡逻军措手不及，仓皇应战，不多时便战败溃逃。有奥斯迪那国其余几股巡逻骑兵似闻声赶来增援，汇合数百骑兵，喝止溃逃之军，竟然前来堵截。里奥军不屑一顾，迅速回击，敌方果然一触即溃。奥斯迪那边军狼狈逃窜之态，令里奥国王卡德雷耶生疑，恐追击中遭遇对方埋伏，便令重甲骑兵先小股冲击，试探山羊垭口如无敌军埋伏，再使重甲骑兵乘胜追击，痛击穷寇也。三军接得通报，随后快速跟进，只道己方二十五万大军，就是一人一口唾沫，片刻也淹没前方奥斯迪那边军的军营矣。

里奥重甲骑兵狂追，几十个落单的奥斯迪那国骑兵被斩落马下。刚追得五六里远，便听见奥斯迪那边军军营号角大作，依稀有无数人头攒动，似乎是闻敌情后慌忙集合。距离已近的里奥骑兵看得清晰，奥斯迪那边军一个个衣衫不整，惊慌之中尚未列队完毕，见前方巡逻骑兵逃来，后有铺天盖地的里奥骑兵追赶，顿时鬼哭狼嚎，慌作一团。

里奥军不知这是阿普陀思军团的痞子军与边军故作惊慌，又呈贪生畏死的怯懦之态，故意引诱，与里奥骑兵短兵相接，且战且退，渐成一窝蜂逃窜之势。方才拼死抵抗的奥斯迪那几百骑兵见势不妙，也汇入逃跑洪流。

里奥骑兵冲在敌阵当中，落在后面的奥斯迪那国边军于绝望中拼杀，大喊救命。此时从军营深处冲出奥斯迪那边军骑兵，人数、兵器与里奥骑兵旗鼓相当，两军顿时搅成一团，杀得天昏地暗。边军步兵趁机撒腿逃向相距五六里远的第二驻扎军营。第一军营与第二军营之间一马平川，第二军营的炊烟都清晰可见。里奥重骑兵越战越勇，奥斯迪那骑兵渐处下风。有人呼喝一声，率先掉头逃窜。真乃千丈之堤，溃于一蝼蚁之穴；百尺之室，焚于一突隙之烟。奥斯迪那边军顿时如鸟兽散，丢盔弃甲，溃不成军。里奥骑兵冲进军营，尚有老弱病残等来不及逃走者，被里奥骑兵砍杀干净。更有里奥骑兵纷纷跳下马，抢夺军营财物，被赶来的旗队长喝住。里奥三千重甲骑兵旗开得胜，高呼："卡德雷耶陛下万岁！""里奥军战无不胜，攻无不克！"卡德雷耶国王傲立于军车上，睥睨着狼狈不堪的奥斯迪那国逃军。

有探子禀报，前方奥斯迪那第二军营临危不乱，排兵布阵，枕戈待旦。卡德雷耶气定神闲，亲临前方久观敌阵，沉吟不语。两副将在旁小声嘀咕，一人道："战事进展顺利，陛下为何犹豫不决，鸣金收兵？当初千叮咛万嘱咐，大漠之地一马平川，我军当一鼓作气，迅猛冲击，直捣黄龙，此乃英明之举。对方四五万之军对垒，挑战数倍的我军，乃兵家之大忌，正中我意。对方以步兵为主，以己之短，对我之长，我军占绝对优势，何不速速歼灭之！"

另一副将摇头道："对方统帅，乃勇克吉米尔公爵与哈里海盗的达丽雅公主，绝非等闲之辈，必然深知将军所言兵法的长短利弊。一马平川，我军视为平途，然对方诡计多端，四周沙柳丛丛，可潜伏千军万马。又有藏兵无数、坚固非常的奥德路城堡，虽有十几里之远，然对骑兵来说，近在咫尺。守城之道，无恃其不来，恃吾有以待也；无恃其不攻，恃吾有所不攻也。此乃王道，敌将岂有不知？敌军可进可退，攻防自如，若城堡大军倾出，岂不中对方请君入瓮、关门打狗的计策？临阵应变，陛下英明，小心驶得万年船。"

"哈哈，将军多虑矣！前方戈壁平坦，胡乱长有零零散散的胡杨沙柳树木，更有低矮的花草灌木，是否藏兵，一目了然。敌军漫山遍野地逃窜，我军在后直追，不曾见得一兵一卒埋伏。至于奥德路城关，即便倾巢而出，也正合我意，引蛇出洞，我军猛冲猛杀，免得日后攻城之苦！"

两副将话音方落，各路探子陆续回来，禀报敌阵左右方并无埋伏，奥德路城堡大门紧闭。也审问过多名方才捕获的俘虏，俘虏俱称前几天从外地调来，于奥斯迪那边军之部署一无所知，曾周边溜达，所见仅是花草树木，也未挖壕沟、陷马坑等。何况开阔之地，壕沟与陷马坑几无可能阻挡骑兵的进攻；蒺藜、鹿角木、拒马枪等防御障碍，虽有，也仅是摆设而已，防不得人数众多的重甲骑兵。

卡德雷耶国王心中大喜，机不可失，便令重甲骑兵在前，再是车载投掷机，弓射方队紧跟，步兵大军在后。预备骑兵大队呈锥形挺进，又有骑兵分两翼，包抄敌后。其战术称为"圈羊围剿",卡迪雷耶甚是自信,一万里奥重甲骑兵有雷霆之势,前方奥斯迪那国四五万之众,片刻便显出乌合之众原形,重压之下,奥斯迪那军岂不望风而逃?卡德雷耶之圈羊战术屡试不爽,屡战屡胜,两翼骑兵可逼迫奥斯迪那逃兵慌不择路,最后只得归拢一团,我为刀俎,人为鱼肉。即便敌军逃进奥德路城关龟缩抵抗,二十五万精锐之里奥大军,一日便可踏破城墙矣。卡德雷耶冷笑一声:"达丽雅公主再有回天之力,也无法扭转乾坤!公主与奥斯迪那国,必要二者兼得!"

里奥军重甲骑兵狂风巨浪般袭去,奥斯迪那三千轻重骑兵齐声低吼,悲歌慷慨,一场惊心动魄之战瞬时爆发。莱比卜等人隐藏观战,脸色惨白,不忍视之。晓松立于达丽雅公主身旁,不动声色。

莱比卜道:"我军骑兵已半数倾出,殊死拼搏,终敌众我寡,节节败退。步兵杀上,我军依然阻挡不得敌军锋芒,以命相拼,死伤惨烈。何不鸣号,速速撤离,以免阵地上的边军覆灭……"

公主铁青着脸,冷笑一声:"卡德雷耶老贼也不过如此,一生仅有三板斧,圈羊战术有何新奇?博士毋须焦急,恶虎尚未吞下钩子。"

里奥重甲骑兵长枪刺杀,弯刀砍劈,猛冲猛打,与奥斯迪那骑兵搅成一团。另有里奥骑兵冲出,顶着枪林箭雨,直冲奥斯迪那边军步兵方队。奥斯迪那边军阵形被里奥骑兵冲得七零八落,边军哭爹喊娘,竟然无视号令,抱头鼠窜,弃阵而逃,恨不得两腿快于马之四腿,可怜被那里奥军骑兵肆意杀戮。全军已是羔羊待宰之状,毫无还手之力。裹血力战的奥斯迪那骑兵仰头长叹,只得且战且退,掩护步兵朝奥德路城堡逃去。里奥车载投掷机赶上,逃在后面的奥斯迪那步兵,被石头砸得血肉横飞,血流成河。

里奥国王欣喜若狂,见奥斯迪那军确实溃不成军,方令射出响箭,倾三军杀进。踏过血流成河之阵地,奥斯迪那军士兵尸体遍地,浓浓的血腥味与痛不欲生的惨叫充斥戈壁滩上,令卡德雷耶复仇之火更为炽烈。见胜利已在眼前,卡德雷耶令大军变为方阵快速跟进,队形不得过长,以免乱了阵形。突破敌人阵地,乘胜追击中务必稳扎稳打,大军决不可自行截成数段。分出部分步兵,前去绞杀奥斯迪那逃兵。前方重甲骑兵见奥斯迪那边军逃兵四散,依然全力追杀断后的奥斯迪那国骑兵矣,双方斗得昏天黑地。奥斯迪那骑兵被斩落无数,剩余的恐陷入里奥大军包围之中,终于放弃抵抗,不顾一切地向奥德路城堡逃窜。卡德雷耶令骑兵放弃追杀四散的逃兵,与大军一起,朝奥德路城堡杀去。

莱比卜道:"我军溃败,使我惊悸不已,不敢催促公主发令撤退。上次听得有大鱼鳞阵,林君可否详解?"

晓松笑道:"大鱼鳞阵,综合鱼鳞、鹤翼、八卦、长蛇等阵型为一体,通常有数十人或上百人精锐小股骑兵,先于阵前侦查与警戒,与敌军相距几里甚至几十里时,予以试探并挑衅,迷惑激怒敌军,引得敌军倾出。我军正面对垒相杀,重甲骑兵为大前卫,其后为削马腿之步兵，令敌重甲骑兵陷于瘫痪。弓兵与刀剑步兵跟进，再其后跟进左前卫与右前卫，左右前卫之后再有左右两翼，重重叠叠，一浪高过一浪，将敌军合而剿之。前卫搜寻敌军，两军交战之时再有机动骑兵，于宽广之四周，全力寻找敌军软肋与破绽，发起进攻。骑兵迅疾敏捷，彼此呼应，十分奏效，一旦与敌军接触，全军急速如众狼扑上，歼敌于瞬间。"

莱比卜道："今日排兵布阵为何法？"

晓松道："想我幼年之时，全村村民倾出，山中围猎，请君入瓮，关门打狗。但愿今日里奥巨兽，也能听我调遣。"

达丽雅公主道："失之东隅，收之桑榆。舍不得孩子套不住狼。林君，大戏巨幕拉开矣，八仙过海，各显神通。传令，收网！"

法哈德等众将见里奥大军相继进入包围圈，心急如焚，只盼公主一声令下。如今终于等到公主一声号令，为之一震，开战口令即刻传遍全军。顿时，里奥军十几丈之远的两边，众将士用滑轮掀开上有灌木与覆土的盖板，亮出长达数里的坑道，恰如两条巨龙翻身，将里奥大军左右相夹。将士又升起无数扭力抛石机，朝里奥军大军的方队砸下如满天星般的火油弹丸，里奥军顿成一片火海。火球之后，又是箭雨，无数里奥军将士犹如油锅内煎炸之蚂蚁，一命呜呼。前方奥斯迪那军的逃窜骑兵，猝然停下，返身绕开前面阵地的蒺藜、鹿角木、拒马枪，又躲开隐蔽的陷马坑。后边追来的里奥重甲骑兵与来不及逃的少数步兵，纷纷掉入坑中，被尖木穿透。巧妙埋伏的无数奥斯迪那兵犹如地鼠一般，从地洞中窜出，纷纷举起威力远超里奥军的长弓、十字弩，箭矢铺天盖地射出。尚未掉进陷马坑的里奥骑兵纷纷被射落，后面涌上的里奥步兵顿时前拥后推，跌成一团，相互踩踏，死伤无数。重甲骑兵犹如沸腾油锅里乱窜之鱼，刚躲过空中砸下的火球，又被逃出无望的奥斯迪那步兵拼死拽住。

奥斯迪那军有一负伤将军，拽下中箭的里奥骑兵，翻身立于马上，高声急令奥斯迪那尚未逃开的边军聚成一团，向旁突围。垂死拼杀中，火球似乎长有眼睛，避开奥斯迪那边军而落。奥斯迪那落在敌阵的边军与痞子军逃兵，在火海与几十万敌阵中滚雪球一般越聚越大，神奇地杀出一条血路，杀出重围矣。只可惜那立于马上的将军，被里奥骑兵一枪刺中，尸首被奥斯迪那军士兵拼死拽出战场矣。

藏于山羊垭口的奥斯迪那三千多轻重骑兵与六千步兵冲出，封死里奥军退路。卡德雷耶大惊，智者千虑，必有一失，然鹿死谁手，犹未可知。里奥军虽大乱，然卡德雷耶一声令下，大军慌乱中重新列队，顶着箭雨向四周突围。里奥骑兵冒死冲进坑道，想要为大军开路，然坑道如此之宽，根本无法纵越，叫苦不迭中被索绳钩镰枪放倒，骑兵被刀枪扎穿。密密麻麻的里奥步兵被投来的手雷炸得呆若木鸡，里奥军很快便巨厦崩塌，靡旗辙乱，已是溃不成军矣。奥斯迪那密不透风的弩炮，就如一盆凉水，将躲开天上砸来的火球与石头，正庆幸弓箭射程有限，聚集在两坑道中间苟延残喘的里奥军之侥幸火苗扑灭。达丽雅公主的传令兵令旗一举，边军阿普杜拉将军、第四军团法哈德将军与莫森·穆罕默迪将军，各令其军，从四周跃出坑道，杀入敌阵。原先四处逃窜的奥斯迪那兵又返身杀入，此时，返回的奥斯迪那骑兵冲入敌阵，追杀漏网的敌骑兵，敌阵里遍地开花一般，重甲骑兵被团团围住。又有藏兵坑掀开洞口，一支支奥斯迪那军跃出，内外呼应攻击里奥军。里奥军早无斗志，纷纷弃刀枪而降。

卡德雷耶国王与麾下众将士陷入重重包围当中，仍挟两百多奥斯迪那俘虏与奥斯迪那军对峙。众将士闪开，达丽雅公主微笑迈步走近，一脸从容。里奥军早知达丽雅公主之美貌，如今见得，依然惊叹。

卡德雷耶临危不乱，镇定自若道："我妻达丽雅，果真有倾国之美。如今阴沟内翻船，后生可畏。然我意外，一个小女，一夜之间，哪来的天兵天将？"

公主笑道："我也意外，卡德雷耶陛下远不如画像中英俊年轻，莫非是画师有意为之？"

卡德雷耶一副将道："我军惨败，然死不瞑目，求知败因。"

法哈德道："将军有何迷惑？在下愿为你释疑。"

"埋伏的贵军，所用之弓弩刀枪，何以威力数倍于我？是何神器，能够凌空爆炸？"

法哈德指着格画里姆城大学校长道："校长博士领众学子兵，研制出复合长弓，十字弩与弩炮，扭力之投石机炮。工匠刀剑锻造，得益于高人指点，其刀剑削铁如纸，贵军的兵器远钝于我矣。凌空爆炸之物为手雷，乃战神阿瑞斯赐予我军灵感所制。"

卡德雷耶的副将哀叹一声，拔剑自刎。

又一副将问道："大漠十几里的藏兵坑道如此巧妙，又有可容纳几百士兵的独立坑，贵军如何挖得？"

莫森·穆罕默迪将军请出晓松道："此乃华夏大明国的林晓松将军，曾在地下百米挖矿多年，对开凿竖井、斜井、斜巷、平巷等颇有心得，对坑道内通风、排水、提升、照明、坑道支护等技法了如指掌。又有无数工匠组成工程新军，数周以攻山、烧暴的取沙石之法，一周前从容挖成。若用火药爆破，更为神奇。开凿之法先不明示，给阁下暂留悬念。今晨得知贵军侵入，我军方才潜入坑道，坑道内利用井口高低不同所产生的气压差，可得自然风流，埋伏几日无忧。"

副将摇头道："骗不得我等！一周前匆匆挖成，坑道上花草树木为何如此茂盛？难道此为梦境，天助贵军？"

阿普杜拉将军笑道："林将军曾随我桑若斯殿下剿灭哈里海盗，哈里海盗在森林中空地上挖得可藏军一千的独立坑，上有覆土几尺，洞口乃是可移动盆栽。林君学得此法，用于此战而已。至于茂盛花草，依然是学子兵所为。沙棘红柳的移栽成活，实为神奇。沙葱移栽，浇水下去，三日后呈绿油油之状。盐木仅杯水，一个时辰便可发芽。九死还魂草，吸水便枝叶舒展，翠绿可人。有此茂盛花草树木，藏兵坑道的隐蔽，自然天衣无缝。实不相瞒，我也感叹，鄙人戍边大漠多年，竟不如学子们对大漠花草的洞悉。"

那副将闻之，仰天长啸，也举刀自刎。

卡德雷耶国王喷出一口鲜血，持剑伫立道："以少胜多，不足为奇。然达丽雅公主一介女流，竟能使得全军如此齐心协力，令人惊叹。敢问公主是如何令众将臣服的？"

达丽雅公主道："我国军民苦于里奥国淫威久矣，得道者多助，失道者寡助。寡助之至，亲戚叛之；多助之至，天下顺之。算不得达丽雅的道法高明。"

卡德雷耶国王沉吟不语，缓缓闭上眼目，猝然挥刀，欲求一死。众人惊骇，千钧一发之际，晓松弹出一石，卡德雷耶手中宝刀哐当落地，被一拥而上的法哈德、莫森·穆罕默迪、阿普杜拉三将同时扑倒。卡德雷耶仰天长叹，令里奥军弃刀投降。

此时已是黄昏，晓松随医官救助伤兵，见不远处的奥斯迪那军正在残杀被俘的里奥军，连劈带砍，刀斧卷刃，伏尸数万，血光满天，戈壁滩几乎成为肉酱板，以致五颜六色的花草都被染红。战马哀嘶中，见到天空盘旋无数巨雕，远方尚有豺狼蛰伏，野兽正对着俘虏们的尸体垂涎欲滴。阴兮兮一弯明月升起，映得戈壁滩更似人间炼狱。

晓松急呼，已是俘虏，不得滥杀无辜。莫森·穆罕默迪将军道："桑若斯太子早有令在先，里奥军每攻破一城，皆杀战俘，大肆屠戮百姓。我军以其人之道，还治其人之身，有何不可？何况七八万之俘虏，无粮可食，放虎归山，必有后患。"

晓松去请法哈德将军出面制止，法哈德笑道："闻华夏蒙军西征，皆要屠城，林君领兵征伐哈里海盗，一万战俘无一幸存，何故今日阻拦？"

晓松哑然。哈里之战俘尽死于瘟疫，奈何无人肯信，此时有口难辩，陡然想起长平之战的典故，白起坑卒四十万，"赵卒反覆，非尽杀之，恐为乱"，只得掩面而归。

众人簇拥达丽雅公主巡视战场，公主面无表情，突然问道："战后，诸位认为何为首要之事？"

法哈德道："今日之战，应记入史册，请求格画里姆城大学校长为此执笔。"

大学校长惊喜，连连允诺。莱比卜道："战事砍伐树木无数，恐土地沙化为荒漠，愿献尽家财，招募农工，植树造林。"

阿普杜拉将军笑道："早闻林君厨艺精湛，华夏美食令我神往。假如有幸尝试，也是三生有幸，胜过庆功宴矣！"

莫森·穆罕默迪将军道："我请求林君暂居我处，传授《孙子兵法》于我等！"

晓松道："两位将军青睐华夏美食与《孙子兵法》，我当精心烹制，也可详告《孙子兵法》之浅见。博士造福子孙之举，我也愿相助。然在此之后，我请求殿下允许我告辞归国。"

达丽雅公主点头，缓缓笑道："各有所需，终各有所得。然阿莱此时盼林君能吟诵一首华夏古诗，咏叹战争，让我等记入史册。"

众人喝彩称好，晓松略加沉思，道："垭口长云暗大漠，孤城遥望戍边关。黄沙百战穿金甲，不破里奥终不还。"

通事为晓松翻译之后，众人击掌叫好，意犹未尽，请求晓松再吟一首。晓松笑道："葡萄美酒夜光杯，欲饮琵琶马上催。醉卧沙场君莫笑，古来征战几人回？"

公主与众将闻之不语，仰望大漠，月色下脸色皆有变。晓松请辞在先，后又以诗暗讽，公主顿去胜利喜悦，悻悻而归。

晓松沉吟道："利镞穿骨，惊沙入面，主客相搏，山川震眩。声析江河，势崩雷电。……无贵无贱，同为枯骨，可胜言哉！鼓衰兮力竭，矢尽兮弦绝，白刃交兮宝刀折，两军蹙兮生死决。降矣哉，终身夷狄；战矣哉，暴骨沙砾。鸟无声兮山寂寂，夜正长兮风淅淅。魂魄结兮天沉沉，鬼神聚兮云幂幂。日光寒兮草短，月色苦兮霜白。伤心惨目，有如是耶。"

莱比卜见晓松嘴唇翕动，便暗自询问他念的是何诗词，晓松直言以告，博士闻之潸然泪下。

进犯伏科库立原野的五万里奥军虚晃一枪，于边境对峙。桑若斯太子听闻山羊垭口大捷，狂喜异常，号令三军，两路突袭里奥军。里奥军仓促应战，惨败告退。桑若斯率众跨进边境十五里，欲乘胜追击，被伊马斯侯爵以死相谏。单兵突入，兵家大忌，桑若斯只得原地驻扎，严阵以待。

里奥军兵败山羊垭口，举国震惊，又再败于伏科库立原野，国内众人无不沮丧。里奥国太子，卡德雷耶·托普坦盛怒，又领三十万大军日夜兼程，亲临战场前线，斩领兵进犯伏科库立原野的统帅，誓要血屠奥斯迪那国，然被众人劝阻，只得陈兵相持。

狱中卡德雷耶闻之，仰天哭诉道："竖子，其心可诛，逼我死也！"之后咬舌自尽。

潜伏于奥斯迪那国的众细作，不知卡德雷耶实情，奥斯迪那国诸多王公贵族也仅知里奥国王被俘。里奥国举国祈祷，愿天主保佑国王平安，更有群起激愤者，纷纷指责托普坦太子无能无为。托普坦太子万般无奈，差使者急匆匆赶来，愿以三座城池交换父王，恳求桑若斯太子鸣金收兵，再立互不侵犯合约。桑若斯太子暗喜，得寸进尺，一副眼馋肚饱之态。托普坦太子只得又遣使者，只要父王平安无恙，愿再敬献两座城池。

众人哗然，托普坦哭道："父子情深，城池可贵，然父王更宝贵！"

托普坦太子之忠孝，获得举国称赞，桑若斯太子反而犹豫不决。若里奥国知晓卡德雷耶已死，托普坦太子定会毫不犹豫发起战争，不如趁此时机，先签下盟约，答允收五座城池后，偃旗息鼓，韬戈偃武。桑若斯认为里奥军无力再犯山羊垭口，令达丽雅公主率第四军团速来驰援。

于是两国签下合约，托普坦太子求见父王，桑若斯以未收城池为由拒绝。然签合约之时，桑若斯率伊马斯侯爵等心腹爱将出席，其中一人，夜晚被里奥的细作诱出，被托普坦派遣的刺客制伏，临死前道出卡德雷耶已死的实情。

次日清晨，托普坦太子令全军突袭，猛打猛冲。幸而桑若斯早有应对之策，故伎重施，于怯战中反击，里奥军连连告败。托普坦太子痛定思痛，令全军步步为营，浅尝即止，见好就收，以小胜累大胜。奥斯迪那军不敌，死伤惨重，退至多卡边关。达丽雅公主率第四军团赶至，锐不可当，里奥军大败。桑若斯太子狂喜，令法哈德率军趁热打铁，攻占一城池，也是得胜而归，然公主劝阻不成，桑若斯果真于原野上陷入里奥大军包围之中，依仗兵器之优，鏖战七日，方未被里奥军歼灭，然已近弹尽粮绝。桑若斯焦急万分，声嘶力竭，全军危在旦夕。

达丽雅公主驰援之际，依林晓松的主张，带来里奥军军服装备，尚有里奥军马五百多匹。伊马斯侯爵令边军夜中捕获数位里奥士兵，探听里奥军情形。五百多人乔装成里奥军，桑若斯太子与伊马斯侯爵、林晓松抱拳告别，月升之时佯攻突围，硝烟四起，伊马斯率众趁乱溜出，押着战俘，风驰电掣，卯时赶至里奥粮仓辎重军营。正是熟睡之际，熊熊燃烧之大火映照下，里奥守军呆若木鸡，不知为何四处着火，不知为何昏睡，有晓松的猛火油，又风助火势，又有呛人的辣椒粉，里奥军欲救不得，粮食辎重全毁矣。回途之中，伊马斯侯爵又令在水井、湖泊、河流撒下剧毒，扬长而去，直奔城池，在城中散播里奥宫中内讧消息。各王子早就对王位虎视眈眈，已有宫变之心也。

里奥军大乱，托普坦太子更是心急如焚，包围圈不攻自散。伊马斯与桑若斯内外呼应，一顿猛攻，托普坦太子无力回天，只得眼望桑若斯率军杀出重围。托普坦太子无心恋战，退至边境，两军对峙，各自喘息。

露西见晓松安然无恙归来，抱住哭泣不已。桑若斯太子与达丽雅公主抵达军营，亲自慰问伤者，又令将校每日亲巡医药，侯爵间往临视，若弃治伤者，救助不力，皆量事决罚，气未决而掩埋者，尽斩。太子又下令，各级须尽力做好医治，将士战卒者，依教规行事埋葬，不得敷衍，好生安抚。

然太子与公主接到加急密信，父王厄兹蒂尔克闻伏科库立原野初次取胜，仰头大笑；又闻山羊垭口大胜，欣喜若狂；再闻伏科库立原野，桑若斯领兵越过边境痛击里奥军，竟喜极乱舞，以至于泣不成声。前几日闻知桑若斯与达丽雅深陷敌军，又惊又急，喷血气绝。阿勒夫博士得知国王崩逝，竟然不吃不喝，在国王灵柩旁安然逝去。桑若斯与达丽雅得讯，顿时放声痛哭，以致昏死。

桑若斯与达丽雅半夜醒来，有将来报，边境里奥大军匆匆撤离，恐托普坦太子急于回宫继位矣。桑若斯与达丽雅、伊马斯等众将连夜商榷，也令三军悄然后撤，静观其变。三日无恙，两军不宣而停战，实为大幸矣。法哈德依太子令，将第四军团一半人马移交伊马斯侯爵边军，再有书信，令阿普陀思军团一半人马归山羊垭口边军，其余人马各自回归国都兵营。

铺排妥当，桑若斯与公主方才返回格画里姆城。离别之际，伊马斯侯爵暗中拜托晓松，多助达丽雅公主。两人挥泪抱拳，公主不忍视之，扬鞭而去。

第六十二章

谈殡葬再提原子论，著新书重修华夏史

晓松与露西回到国都，见人群肃穆，满城泪洒，举国悲痛，心中沉痛不已。吊唁国王后，婉拒了移居宫中的邀请。晓松与露西傍晚欲前往阿勒夫家中吊唁，被司礼监告知，次日可前往格画里姆大学吊唁。

莱比卜感叹阿勒夫博士，一生穷极学问，终生未婚，早有遗言，薄葬即可。阿勒夫为桑若斯太傅，太子等人因战事耽搁出席葬礼，也无人怪罪。阿勒夫之墓，在王宫旁边富丽堂皇、气势雄伟的格画里姆清真寺。此寺建于七百年前，清真寺东南角为奥斯迪那国穆斯林先知陵墓群，早成为奥斯迪那国穆斯林的景仰圣地。阿勒夫之棺，头东脚西放入穴中，希冀阿勒夫在地下也可见得旭日东升。晓松听得司礼监之言，感叹不已。

桑若斯太子依学子请求，在格画里姆大学知惠馆前草地上树立墓碑，墓碑正面，雕刻阿勒夫博士头像，头像下方，有阿勒夫博士之名言：“数为千技万术之先导，技术又是哲理之先导，哲理提升数学与技术，三者共鸣，得出宇宙真知。”墓碑背面，雕刻国内外七八位著名先知的头像，天文图、星象图、花拉子米代数公式符号，且有一条华夏龙的图案，意在奥斯迪那国广泛吸收东西各国的文明，创造出光辉的文化。龙之出处，是因大学学子曾闻晓松称龙为华夏化身。

从格画里姆大学出来，众人依然心情沉重。达丽雅公主邀晓松、莱比卜、露西同乘一车。公主问道：“林君，大明国殡葬，有何仪式规矩？”

晓松道：“大明国民族众多，各地风俗不一。即便人口占据多数的汉族，南北风俗也大不相同。大致以死者入土为安，葬前净身等规矩也相差不多。大明国的殡葬礼仪实为繁琐，死者的葬礼又分埋葬仪则与居丧仪则，等级分明，形式繁缛甚至残酷，民间以宗祠一体料理。”

公主问道：“有何繁琐之处？”

晓松道：“皇帝之殡葬，我仅从传说中知晓一二，不敢胡言。然故乡山寨有南越夷人，信奉金猴为神，山寨夷人的殡葬，死者为大，村人无不吊唁，哀号动天，悲戚震地。亲人

为死者洗身，明火烧尽死者生前的衣食器物，以烧纸扎房屋牛羊等，纸糊金宝银锭与冥钱，以便死者于阴间生计自如。丧葬殡礼举交魂仪式，死者亡灵重归金猴之地，祈求祖先收留。棺木土葬，死者家人有丧食大宴。父亡，子守孝三年。如今汉人又有'接二送三'的招魂，点主开吊，僧尼诵经，道士超度，吹吹打打，锣鼓喧天。葬后圆坟，七七祭祀，再百日，周年，清明扫墓追思等。"

公主诧异道："依林君所言，大明国的殡葬实为繁琐，然林君为何还称残酷？僧尼诵经，道家超度，我知僧尼为佛家，道士为道家，华夏各教派相得益彰，令人神往。"

晓松叹道："华夏古时的丧葬，最残忍莫过于活人殉葬。先民以为人死后，灵魂便在冥间，墓葬乃是墓主阴曹地府的居所，事死如事生，事亡如事存。殉葬的活人，供墓主死后在阴间奴役驱使。大明朝前朝之大元朝，更是大肆鼓励民间殉葬。夫亡，妻妾以身殉葬，旌其门。皇帝有三宫六院七十二妃，以后宫活人为皇帝殉葬，史上屡屡发生。殉葬的妃嫔宫女被称为'朝天女'。朝天女死后，被割开头皮，注入水银，嘴里也灌入水银，可防腐消霉，容颜如鲜。"

达丽雅公主睁大双眼，细眉跳动，惊愕道："活人殉葬，摩邻国史上也有，时至今日，仍觉骇人听闻。华夏文明高度发达，竟然藏污纳垢，实为恶习，不，简直残忍至极，实为罪孽！我等于战场出生入死都气定神闲，然闻活人殉葬，仍是心惊肉跳，毛骨悚然。"

露西愤道："毫无人性，实为华夏之耻！"

晓松点头，问道："本国的丧葬之礼，是否多为从简？"

莱比卜道："正是，上帝面前，灵魂平等，我国国民多为简丧薄葬。丧礼肃穆，王公贵族，平民百姓，莫不如此。"

晓松不解问道："王公贵族之葬礼也是从简，为何如此？"

莱比卜道："根据教民之信仰，人生来有罪，活着必须赎罪，死后灵魂方能升入天堂。灵魂升入天堂，必须屏息静气，故而丧葬须静穆安宁。"

晓松道："生命宝贵，为何轻视肉体？"

莱比卜哑然，沉思片刻道："西方浸染于古希腊文明，也许轻视肉体的理念，来自古希腊先知苏格拉底之言。苏格拉底以为人之死亡，如同无梦之睡眠，肉体毁灭，然灵魂永恒，死亡无畏耶。"

达丽雅公主道："伊壁鸠鲁，古希腊的无神论者，不信上帝，不信天命，不信灵魂不死之学说。他以为世界由原子和虚空构成，灵魂也由原子组合。以其学说，肉体无非原子组合，人死后，灵魂因原子消散而消散，人再无感觉，死与我们无干，因凡是消散，皆无感觉，而凡是无感觉，皆与我们无干。灵魂不存，肉体何惜。故而阿莱以为，西方的无神论与无信仰者，也认可重视灵魂、轻视肉体之义。"

晓松惊道："我祖上有云，世界本由微粒子组成，微粒子可无止境细分，竟与伊壁鸠鲁之原子学不谋而合！我至今依然不知虚空，不知原子大小。原子如何本有情感？若原子与虚空重新组合，生命与灵魂岂不永存？"

莱比卜道："有神论与无神论之纷争至今不息，恐永无定论。重视灵魂，轻视肉体，然无论何种信仰，决不可弃尸荒野。"

晓松道："我以为身处战乱之际，民众尤其需要安宁与希望。我先祖有云，君子敬而无失，与人恭而有礼，四海之内，皆兄弟也。即便信仰不同，也应相互尊重，相互包容，毋须厮杀相争，兄弟相残。若有一天，世界无贫富贵贱之分，世界大同，何需宗教，世间一切不过皆是原子的微粒子耶。"

晓松之言，对于达丽雅公主和莱比卜而言过于惊世骇俗，莱比卜苦笑一声，不作应答，公主如不曾相识般，怔怔盯视晓松，惊讶晓松为何有此等言论。教派无争，国无战事，安平盛世，无分贫富贵贱，天下合为一家，世界大同……此等妄想，令人好生失望。公主丧父之后满身悲戚，晓松不争之言，更令公主悲哀，只当晓松梦呓之语。马车已到王宫，公主默默下车，径直离去。露西心酸不已，瞪晓松一眼，晓松不以为然。

厄兹蒂尔克国王在世时，对待各教教民一视同仁，从不厚此薄彼，民众和睦相处，对国王也颇为爱戴。厄兹蒂尔克国王的国葬在即，众人无不悲伤惋惜。

晓松与莱比卜前往王宫瞻仰国王遗容且行送葬之礼，露西欲往，被婉拒之。

王宫中众人聚集，王叔鲁特虽已近而立之年，然相貌英俊，浓眉下目光似乎灰冷，打量晓松之时，倏然飘过几丝令晓松不安的眼神。此乃能窥探灵魂深处、慧黠多端的眼神。晓松找不见达丽雅公主，莱比卜告知，依教规不能哭泣叩拜，故女性不得前来。达丽雅公主与父情深，数次悲戚昏晕，憔悴不堪，被劝阻之后，公主愤怒不已，执意前来祭拜，引起骚动。神父无奈，桑若斯只得将公主安置于送葬队伍的末尾。

万人肃立，只见神父于棺椁上洒三次圣水，领众人齐声吟咏《圣咏》。棺椁中厄兹蒂尔克国王一副骑士装束，令晓松不解。莱比卜低声告知，国王身为骑士，执剑在手，以示意用刀剑守护基督，希望灵魂能被庇佑。

棺椁被抬至教堂，埋葬于教堂之中。下葬前行亡者的弥撒仪式，教堂鸣钟，以示年龄与性别。桑若斯太子等王室众人为表哀悼，弥撒仪式长久不绝，令晓松、莱比卜与赛义德昏昏欲睡。晓松掐上自己的胳膊方才清醒，不由询问赛义德，神父喃喃言语，何词何意？赛义德道："后面众人交头接耳，教堂声音有些嘈杂，我等距神父远矣，不曾听得清楚。然我以为，无非是言亡者的灵魂已冲破牢笼，结束流浪，死者放下沉重包袱，摆脱病症侵扰，不用再担心遭遇危险，也不用再担心祸事发生。所有债务都已偿还，诸般尘缘皆已了断，可回归家园，享受幸福欢快的长眠。"

国葬终于结束，莱比卜感慨："逝者长已矣！"晓松也感叹其言与华夏葬礼上的悼念之语惊人相似，可见哀悼亲人之情，中西俱同也。

此时已是天寒地冻，余下的日子，莱比卜邀请晓松与露西于郊外找寻培植树苗之地，晓松也欲趁机在大学的田间察看野生二粒小麦与粗山羊草人工杂交的小麦生长之情形。不想途中遇刺，有五名学子被害，晓松露西与莱比卜幸而被尾随的一支驼队所救。驼队实为阿莱货栈的伙计，然刺客安然逃脱。桑若斯太子与达丽雅公主闻之大怒，发誓必要查出其中内幕。

格画里姆大学诚邀晓松为其编写著作，欲修辑《世界之史》中的华夏之史。华夏之史乃《世界之史》的重要篇章，若得著成，格画里姆大学的《世界之史》恐成为天下第一史。格画里姆大学将此事禀报桑若斯，桑若斯大喜，在声势浩大的继位仪式后，首次御前会议上，便将重修《世界之史》确定为国事，亲自领衔。

晓松推辞不得，只得放下阿勒夫与莱比卜推荐的名著，提笔书写华夏之史。然提笔方知万般难，他曾读过《战国策》《左传》《春秋》，也读过《史记》《汉书》《后汉书》《三国志》，但《晋书》《宋书》《南齐书》等，仅潦草浏览过，好在一本《资治通鉴》颇为谙习。此时不由暗叹，若是恩师再世，或者王景鸿大人在此，自己便可轻松许多。华夏之史，编年体，纪传体，纪事本末体，国别体，通史等，翰林院更有集大成的泰斗，一己之力又才疏学浅，晓松顿感甚为其难。

莱比卜劝慰晓松，华夏纷呈复杂，浩如烟海之史可避繁就简，浓缩精华，编辑为简史。晓松豁然开朗，又有格画里姆大学从古里等国搜集来的《资治通鉴》，晓松大喜，便潜心回忆梳理《左传》《春秋》等，以《资治通鉴》为原本，夜以继日编著。然全身心浸入其中，竟疑惑丛生。譬如匈奴人，司马迁记载，其为夏后氏之苗裔也，曰淳维，唐虞以上有山戎，猃允，薰粥等称呼，居于北边，随草畜牧而迁徙。然先祖出自桀之子淳维，实则源于匈奴人自行传说，历史无考。匈奴为华夏千年之患，然五胡乱华，南北朝之后，渺无音讯，从人间蒸发，也不知流浪何方，不知是否幸存，不知是否为其他民族。

晓松回顾华夏的史记，乃是中原汉人的书写记载，晓松恩师早已告知，华夏之文明，多由北方人记载，如今自己编著，身为夷人与汉人的后裔，置于历史之长河，回首往昔之史，越发感慨原史记的偏狭，仅以中原为中心来书写中国之史。然晓松无奈，史记已是正传，只得依照记忆与《资治通鉴》照虎画猫。然经梳理温故，又察觉中国之史，常伴随其他民族的演技。胡人一波一波涌来中国，从未中断，然何为胡人？华夏北方的外夷人，与大食国之人可有干系？再者，晓松隐约觉得，中国之青铜器、车马战鼓等，追根溯源，都有外来文化的影子。历史实为惊奇，外来民族深受中国文明的浸润，而中原文明屡次衰颓之际，又因外来民族的侵略而得以激发生机，蓬勃发展。晓松以炎黄子孙身份编写华夏的简史，时常停笔唏嘘不已。

莱比卜早将植树之事抛之脑后，携晓松与露西终日混迹于大学图书馆中。格画里姆大学众教授也苦闷不已，欲编著《世界之史》，然不知脚下大地之状，不知头上寰宇之貌，无一人能画出世界的终究舆图。达丽雅公主一日突发臆想，华夏的郑和舰队可远航万里，我国可助晓松再造巨船，远航周游各洋，遍访脚下大地，探询世界，终可绘得世界舆图。校长笑而止之道："真乃奇思妙想！但以我等残年余力，恐不能抵达华夏，又如何能抵达无穷世界？"

公主笑道："我等虽生命有限，然有子存焉，子又生孙，孙又生子，子子孙孙无穷匮也，脚下的世界又不加增，何苦不能成事？若能长生不老，或向天借得百年，由自己竣事，当然更妙。"

公主一言，引得众人驰思遐想。然校长道："大学的鼎新，多有异端邪说，校外众人议论纷纷，也着实惹怒守旧顽固之士，己备受指责。公主之提议恐被诬陷诟病，还是别再生事为好。"

公主道："校长阁下，桑若斯陛下与我已在御前会议重申，格画里姆大学乃学问的自由圣地，灵魂自由，言论自由，研制自由，可不受陈规陋俗的约束，只须不反叛陛下即可。有何顾虑？"

众人闻之，神情大振，莱比卜更是意气风发。是日恰遇众学子就原子论辩论不休，有学子坚持古希腊哲学家留基伯及德谟克利特之论，认为万物由原子构成，原子独立，不可分也，然有学子挑战此论，道世间万物无绝对之说，不可分割的原子也由更小微粒组成。辩论激烈，各抒己见，莫衷一是。有学子以玻璃眼镜反向研制，造出玻璃放大镜，可观人眼不能辨之细微物，轰动全校。众学子意犹未尽，有志于做出放大倍增之镜，原子终有原形毕露之时。此番辩论，令晓松叹为观止。

莱比卜记得晓松曾介绍华夏的书院，便又向晓松询问大明国书院实情。晓松道："家乡之书院仅主讲父子有亲，君臣有义，夫妇有别，长幼有序，朋友有信的《四书》《五经》，皆是儒家经典。大学与书院，两者全然不同。我以为大学集世间学问于一身，蔚为壮观，格画里姆大学妙不可言。"

晓松赞赏大学，绝非虚言。华夏的书院，望尘莫及，若固守以为华夏为世间翘楚，实在是夜郎自大，坐井观天。

莱比卜叹道："我也有同感。格画里姆大学如今在探索学问方面，引领天下矣"。

晓松内心暗忖，国以民为本，民以衣食为本，衣食以农桑为本。格画里姆图书馆藏书万本，其中不乏农桑工医之技，当年诸位长者谆谆教诲，晓松至今记忆犹新，若《世界之史》编著告竣，便可搜集各国著作，专心钻研天下农工之技艺，采众家所长，撰成一书，回馈桑梓也。

桑若斯国王多次询问编著情况，其意在竣工之日，兼聘晓松为军师。然有传言，晓松意欲辞行，只是早被达丽雅公主否决。晓松编辑华夏之史时显露的思乡之情，莱比卜一目了然，桑若斯陛下若心中不舍，须设法留住林晓松矣。

是日天晴，晓松与露西外出，与莱比卜研讨《世界之史》稿本，恰遇满城戒严，三步一岗，五步一哨，行人脚步匆匆，满面仓皇。晓松与露西不明所以，察觉风云突变，大有山雨欲来风满楼之势。两人赶至莱比卜家中，见莱比卜家仆人亦神色慌张，询问莱比卜，然莱比卜也不知何事。莱比卜连问夫人有何事发生，莱比卜夫人身为王室成员，也是一头雾水。莱比卜夫人平日风风火火，又好与宫中来往，见莱比卜与晓松甚是关切，便不管三七二十一，假以觐见堂姐王太后与问候达丽雅公主之理由，前去宫中探听。

夫人走后，莱比卜与晓松、露西谈及《世界之史》编著事宜，莱比卜笑道："万事开头难，世界之史起于何时何事，一直争论不休，至今尚不能达成共识。"

晓松道："各国各族史记不一，口说无凭，仅依世代口口相传或神话传说，不足为信。依赖地下挖掘之物，又因各国风俗不同，也有弊病。"

莱比卜道："正是。我以为应划定一个时间点，无实物确证，无文字记载的文明之史，俱称为远古文明，其特征是以神话传说，或世代口口相传的之史为特征，辨析区分为待考证之史便可。此时间点后，又以公认纪年体系为记载。晓松以为如何？"

晓松点头："诚然为好，然何为公认纪年体系？"

莱比卜道："摩邻各国与大食数国，均用公元纪年法矣。公元纪年法乃耶稣出生之年算起，以前的年份，为公元前某年，以后之年份，为公元某年，但无公元零年。公元纪年法如今在我国，是官民皆用的日历系统，准确又可靠。"

晓松道："耶稣出生，为华夏西汉平帝元始元年，华夏传统历法为阴阳历，干支纪元法，每六十年为一个周期。我以为华夏自从盘古开天地，至今从未中断，故以此为史记时点，也算确凿。"

莱比卜道："也是一种法则。林君所言华夏从不中断的文明，正是诸位学者惊讶之处。国家分分合合、生生灭灭，其他古国，厘不清岁月变化，时代变迁，彼此激烈辩论，国家无法确定地域，甚是烦恼。"

露西笑道："我以为，以文明种类作为史记线条记载为好。"

莱比卜道："露西与我不谋而合。除未知地域外，纵观如今人类历史，不外乎地中海的克里特文明，古埃及文明，米索不达亚文明，以及东方天竺文明，然有学者因对华夏文明知之甚少，一直将华夏称为东方天竺所属的神秘文明。阿勒夫博士曾经多次质疑其说，若晓松的华夏史记中，能够阐述华夏文明与天竺并不相同，我以为还是将华夏列为独立文明为好。"

晓松大笑道："中国虽经历五胡乱华，汉人几乎灭绝之惨，依然岿然立于世间，岂可附属于他国文明？"

莱比卜点头叹道："依我肤见，古国文明之独存，唯有华夏矣，实为珍贵。其中缘由，也只有待后代考证。"

第六十三章
狼子野心亲王谋逆，春风化雨公主怀柔

已是傍晚，莱比卜夫人归来，见莱比卜等人面色凝重，夫人吞吞吐吐，故弄玄虚。莱比卜恼道："你又急我耶，卖关子做甚！若僵着不说，莫说我恼羞。我等猜测，定有事端发生，可是与近日秘传法哈德将军所率第四军团神秘消失之事有关？"

莱比卜夫人噗嗤笑道："呀呀呀，秀才不出门，便知天下事！正是与夫君所言之事关联。如今外面已是满城风雨，众多大臣已被抄家矣！你等依然闷在家中不知。"

莱比卜大惊道："果真如此？世上没无因之果，也没无果之因，无风不起浪耶，究竟有何大事？"

莱比卜夫人笑道："天下奇事多，今年尤其多，听完我揭示惊天大秘密，你等不惊奇才怪！"

晓松笑道："何事称得上惊天大秘密？"

莱比卜夫人道："说来话长，十年前先王厄兹蒂尔克不明事理，将王叔鲁特挚爱之女子苏菲纳为王妃，然王妃为痴心女子，始终心系鲁特亲王，矢志不移。鲁特亲王被其感动，两人暗中勾搭，竟然不满只做露水夫妻，鲁特亲王有了篡权为王的野心。依鲁特计谋，前几年苏菲王妃暗中买通国王身边的一个贴身侍女，每日在国王饮食中略微下些砒霜，长年累月，便成剧毒。恰逢桑若斯太子战事之紧要关头，国王忧思过度以致毙命。宫中太医心存疑惑，然无确凿证据，不敢言声。宫中有一仆人乃贪得无厌之人，此时见此侍女炫耀财富，便设法勾引侍女成奸，侍女似醉如痴时吐露真情，仆人方知财富来自王妃暗中所赐。这侍女也是个多情之人，竟将钱物尽供那仆人挥霍。然痴心女子负心汉，那仆人又与其他女子厮混……"

莱比卜撅起山羊胡子道："言简意赅，废话少说！"

莱比卜夫人下颌略微抬起，鼻翼快速翕动几下，斜睨丈夫道："休要插嘴！我费力叩问，方得细节，细节有助于夫君与林君以毛相马。言归正传，侍女后来得知心上人乃是个风流轻浮之人，处处留情，当夜气急败坏问罪，并与其争执。争执之中，那仆人恼羞成怒，竟将侍女掐死，草草掩埋。呀呀呀，可怜此小女，赔去财富，又搭上性命矣！次日清晨，见侍女消失，宫中守卫各处寻找，终被狼犬嗅出尸首，牵出仆人。又在侍女卧榻处搜出毒药，其毒性与国王毙命的症状吻合，而侍女转赠那仆人的财物，正是王妃之物。桑若斯得知，不动声色，欲密捕王叔。原本风传王妃与亲王暗中勾结，然鲁特亲王早已掌控宫廷直辖第二军团，又无真凭实据，故桑若斯不敢立下决断……"

莱比卜急道："啰里啰唆！亲王现今如何？"

莱比卜夫人甚是不满道："你若再多嘴，我便闭嘴。"

晓松微笑道："果真奇哉，竟如此曲折复杂。"

莱比卜夫人道："可不是吗？话说厄兹蒂尔克国王命硬，久毒不死，鲁特亲王忍耐不住，索性图谋宫变，将桑若斯与达丽雅一网打尽。殊不知公主此时已经潜出，桑若斯太子又领军抗争里奥，鲁特亲王大喜，心想与里奥军作战，岂不是以卵击石？于是按兵不动，坐山观虎斗，待桑若斯太子兵败，再趁机以救世主身份，举事登上国王宝座。然人算不如天算，太子大获全胜，力克里奥军，而厄兹蒂尔克国王猝然去世。王后于悲愤中沉着计谋，暗中调入阿莱货栈人员，将王宫包围得铁桶一般，外人全不知国王去世耶。鲁特亲王得知国王死讯之时，桑若斯已率大军班师归朝，鲁特亲王只得私下狂怒，气急败坏。早得知桑若斯起用林君，此番大胜，又得益于林君的新武器与计谋，故迁怒于林君，刺杀林君未果，见桑若斯陛下追查甚紧，只得赶往第二军团，相机谋反……"

莱比卜抖动胡子道："可恨至极，连老夫也不放过！"

莱比卜夫人道："权力面前，六亲不认，何况你与林君是异类。那亲王也是能耐，其亲信在官府盘根错节。是日，有密探举报司礼监莱兑费为鲁特亲王的心腹，桑若斯陛下不动声色，令执事官阿赫斯卡无意将苏菲王妃被捕的机密，以及关押地址透露给他，莱兑费果然中计，匆匆遣人禀报鲁特亲王。然鲁特不知苏菲在狱中毫不松口，只称财物乃侍女偷窃，毒药或是桑若斯夺权心切，指示侍女所为。她还道宫中侍女仆人的差遣调派，早由桑若斯暗中操纵。那时太子染指宫中事务，此情形无人不知。桑若斯陛下听得苏菲王妃的口供，暴怒非常。如此一来，鲁特亲王的勾当几乎毫无把柄。更糟的是，苏菲王妃恐自己承受不住酷刑而松口牵连鲁特，竟然一头碰死，至死不肯道出亲王。可怜那王妃艳若桃李，痴心一片，也算是位奇女子了。鲁特王叔闻知苏菲王妃被囚禁，焦虑之下竟亲自率第二军团心腹将士冒死劫狱，欲相救王妃，再举事夺位。这鲁特亲王多谋然不善断，又未经风雨，难成帅才。然我叹鲁特亲王与王妃不枉相爱一场，也着实令人起敬。可惜鲁特劫狱失败，只得连夜逃向第二军团驻地，众心腹爱将或战死，或伤重被捕，审问之下，一切阴谋昭然若揭。鲁特逃进第二军团，桑若斯陛下恨极，令法哈德率第四军团前去平叛，又令阿莱货栈将士连夜抓捕亲王的亲信大臣。无数大臣被牵连，遭满门抄斩，连军事大臣也未能幸免。法哈德大人所率的第四军团已今非昔比，皆是军中精锐，鲁特深知第二军团无法对抗，又想出毒计，对外宣称桑若斯陛下乃君士坦丁第二，欲独尊国教，取缔其他宗教，令天下非国教教徒举旗共反之。此言一出，各地果然有信奉其他宗教的领主大举反旗，一路向都城杀来，恐过不得多久，战事酣矣。达丽雅公主临危受命，明日即将出宫处理此事。公主一向得各地领主尊敬爱戴，她主张向众领主示好，消除误会，平息谣言，安抚天下非国教教徒。"

众人不敢插嘴，莱比卜夫人终于絮叨完毕。晓松与莱比卜大惊失色，面面相觑，尤其莱比卜惦记公主安危，急得在厅上团团直转，口中祈祷战事顺利，又叹自己不知如何出力，相助公主。他不由分说拽上晓松，欲进宫中协助公主，晓松智勇双全，总有计策。

晓松也是焦虑不安。公主只身前往，令人提心吊胆，然若自己仓促前往，恐劳而无助。故不言语，闭目沉思。

莱比卜夫人与露西依然叹息苏菲王妃的命运。露西道："苏菲王妃翩若惊鸿，空谷幽兰，惊艳脱俗，可惜红颜命薄。问世间情为何物，直教人生死相许。"

晓松睁眼问道："为何国内民众畏惧君士坦丁大帝？"

莱比卜道："罗马帝国原本为多神教国家。君士坦丁大帝于公元三百二十四年重新统一罗马帝国，为帝国唯一之王。一次率兵前往罗马途中，光天化日下见得天空异象，一个十字光芒，脑中又闪现神的启示，'靠此符号，你必成胜利者'。受神灵启示，君士坦丁成为第一个归顺基督教的罗马大帝，又签署《米兰敕令》，承认基督教徒同其他异教徒一样具有同等的信仰自由权，允许民众自由选择宗教信仰。"

晓松笑道："天空异象？此乃我华夏古今皇室惯用的招数。皇权神授，听之可笑，然民众信服。"

莱比卜道："《米兰敕令》被别有用心之人解读为只尊一种宗教，废黜其他宗教的敕令，然实情并非如此。《米兰敕令》在于尊重各教，视各教教民皆为平等公民。只是谣言四面流传，越传越荒谬，令普通民众恐慌。"

露西道："不如我等以毒攻毒，将计就计，既然那鲁特亲王宣称桑若斯乃'君士坦丁第二'，我等就将《米兰敕令》之典故广泛宣讲，尤其是宗教信仰自由，对教民一视同仁的内容，以正视听。如此一来，桑若斯废黜其他宗教的谣言，必不攻自破，自然瓦解前来围攻之军。"

晓松大笑道："露西真乃国之军师也！然仅凭我等几人，众口难辩，不如多多书写印刷《米兰敕令》，在大学找些各教派的学子为宣讲员，随达丽雅公主出征。"

莱比卜大喜，道："此乃妙计也！哎呀，情形紧急，烦请夫人再去宫中，将我等之计策禀报公主。"

莱比卜夫人笑道："实不相瞒，公主此刻正盼望我返回宫中，只是桑若斯陛下之战事……"

晓松笑道："必有一战。然叛军是困兽挣扎，桑若斯国王亲临战场通告叛军，前来支援第二军团的各地领主已归顺国王，听得此言，又大军压阵，第二军团恐无斗志，鲁特亲王若不被手下将士出卖，便为大幸矣。"

一切如晓松所料，前来支援鲁特亲王的各地领主带兵气势汹汹杀向都城，途中被达丽雅公主拦截，公主诚恳解释，又请百多位各教派大学学子宣讲《米兰敕令》，宣传桑若斯陛下的惠民主张，让众人切勿听信叛臣鲁特之言。各地领主方知被骗，顿时谢罪，领兵而返。桑若斯陛下率兵围剿第二军团，第二军团凭险而守，双方各有死伤，然鲁特亲王气势已灭。有大学学子装扮成怪异骑士，在阵前点起火堆，用化学之技制造防火混合剂，涂抹全身，于是怪异骑士从熊熊烈火中从容而过，看得众人胆战心惊。又用玻璃器具在烈日下制造天神幻影，酷似桑若斯国王。几道亮光闪过，"桑若斯国王"被一群骑士簇拥，只见他一挥手，骑士们口吐火焰，吞剑履火，现场还有乐器演奏出恐怖之音……此乃学子向晓松学得中国的幻术，原本用于戏耍，如今也派上用场，在阵前演练一番，敌我双方的将士无不震骇，纷纷跪地叩拜神圣的桑若斯大帝……不多久，亲王鲁特五花大绑，被第二军团的投降将士推到阵前。

晓松闻知第二军团投降的经过，哭笑不得，恳请达丽雅公主善待降者，公主应允。

晓松释怀，回至家中闭门谢客，心无旁骛，继续编著《中国简史》，每晚由露西念书，读各国之史。东西国远古之史，仅闻几册，晓松便爱不释手。

是日，莱比卜与夫人登门造访。久不得见，莱比卜夫人劈面便问："露西小姐为何满面疲倦？有何烦恼？"

露西道："每日入夜，林君喜爱露西读旧本《世界之史》。我本未读过此书，只得先行读阅，译成读本，林君颇为痴迷，阅读量日盛。我不敢耽搁，以致有些疲累。"

莱比卜道："读书之道，不必求多，在于采选；不必求快，在于吸取。应劳逸结合，循序渐进。"

露西点头道："博士教诲在理。我观《世界之史》，囫囵吞枣，多有疑惑之处，今日得见博士，正要向博士请教。"

莱比卜笑道："露西小姐博闻广识，颖悟绝伦，只怕老夫力不从心，不能解惑耶。"

露西道："若博士不能，恐我日后难遇解惑者矣。博士，我以为克里特文明深受古埃及文明的陶染，克里特神话众多，均有古埃及半人半兽之神的痕迹，比如古埃及狮身人面的斯芬克斯，鸟头人身的智慧之神若斯，豺头人身的死神阿努比斯等。古天竺文明有婆罗门教与吠陀教，乃雅利安游牧部落的信仰演化而成。因不知华夏文明，我不敢妄言置评。敢问博士，古埃及文明，可是人类至今所知的文明中，最古老之文明乎？"

莱比卜道："若从旧本《世界之史》来推断，露西所言极是。然古天竺文明令雅利安游牧部落向往不已，可见天竺之前定已有发达文明，因其文明几乎中断，不敢断言其文明落后于其他文明耶。再言两河流域文明，也未必能断定其起源先于古埃及。据《圣经》记载，希伯来人始祖亚伯拉罕，出生地是乌尔城。依《圣经》之意，乌尔城乃人类文明起源地，因为乌尔城有通天塔，也称月神南纳之塔。据说远古之时，风神恩利尔爱上女神宁利尔，两神恩爱结合，遭众神震怒而被放逐，女神宁利尔产下月神南纳。关于月神南纳之塔的传说，至今不绝，人类起源，与通天塔息息相关。因此，不敢妄言各地的文明，孰早孰晚。"

晓松笑道："华夏的文明，可追溯至夏商周朝以前，然夏朝如何？我才疏学浅，也知之甚少，岂敢狂论各国文明的迟早？露西初读世界之史，惊奇各国文明的共性。各民族先祖的创世之说，俱为神话；各民族先祖祭祀，皆是国之盛事；各民族先祖的文字，几乎都是由象形图起始；各国的北方落后游牧民族，皆侵扰压迫南方富裕民族等。此共性引得我好奇不止。史记令人眼花缭乱，兴衰成败令人叹息，内中穿插跌宕起伏、引人入胜的典故，令我刻骨铭心，不忍释卷。"

莱比卜笑道："日后林君读完《世界之史》，恐也会有北方落后游牧民族常侵扰南方富裕民族之感。摩邻国之史，有维京人，有日耳曼人，恐无异于华夏北方的匈奴人、蒙古人。"

晓松正惊讶莱比卜所言，莱比卜夫人插话道："哎呀呀，那乌尔城远在天边，维京人日耳曼人早成历史，你等只顾惦记书上这些故事，何不顾及现实？今日前来，我尚未相告林君如今军中的情形。桑若斯国王任命法哈德统领第二军团，鲁特亲王麾下之将士共五千之众，均被血腥残杀。法哈德又率军突袭之前参与叛乱的领主，几近屠杀。达丽雅公主听从晓松主张，前去劝阻，然被陛下斥责，公主负气回宫。晓松对公主不闻不问，真真令我失望。"

晓松闻知大惊："我忙于写作，两耳不闻窗外事，实在不知。陛下为何如此？"

莱比卜笑道："我曾闻林君之言，慈不掌兵，义不掌财，情不立事，善不为官。古往今来，卧榻之侧岂容他人鼾睡？桑若斯陛下之举，不为过也。"

晓松哑然。窗外大雪纷飞，众人皆凝视皑皑白雪，晓松吟道："洁野凝晨曜，装墀带夕晖。集条分树玉，拂浪影泉玑。此诗乃我华夏唐太宗之作。"

莱比卜赞道："善言情者，吞吐深浅，欲露还藏。"

晓松道："唐太宗贞观之治，任用贤能，从善如流，视民如子，不分华夷，被各族民众尊为'天可汗'。"

莱比卜道："林君之意，期盼桑若斯陛下为明君典范，开创奥斯迪那国之盛世？"

晓松叹息不语，又怅然道："已是年末，糊里糊涂，只知公元纪年，然忘得华夏阴历是哪一日了。"

莱比卜道："林君惦记时日，莫非有何挂念之人或挂念之事？"

露西道："林君乃惦记除夕之夜，追思祭祖。"

莱比卜"哦"了一声，无话可说，携夫人踏雪而去。露西叹道："乱山残雪夜，孤独异乡人。"

再三日，晓松昼夜未睡，《华夏简史》一气呵成，写至元朝立国，戛然而止，弃笔倒下，三日赖床不起。梦中依稀见得先祖，父母兄妹，痴痴牤牛崽牤等。杏儿也飘然而至，口中呢喃，身旁一群麻雀叽叽喳喳。杏儿洒泪，转身飘然而去。晓松惊叫而醒，怔怔中捶头，清晰记得，杏儿梦中询问晓松：阴历大年三十日，为公元何日？晓松叹息，不知所答。

忽听得窗外传来露西的欢呼之声，晓松出门看时，只见天空依旧零零洒洒飘落雪花，露西率女仆院中扫雪，支筐撒谷，捉得几只麻雀。露西脸色红润，闻声转身回眸，晓松看得痴了，冲口而出："杏儿……"

露西惊喜道："林君苏醒矣！"

晓松回过神来，苦笑道："周公解梦，众麻雀叫，主大吉；见麻雀，皆主不吉；梦麻雀，此为小人成群之象。常人梦之，小心谨慎，不至为小人所忌。我为何有此一梦……"晓松无奈叹息，忽记起郑和舰队众水手痴迷的麻雀儿牌戏耍，顿时来了兴致，用硬木粗糙制得一副麻雀儿牌，教会露西与几个仆人。众人着魔痴迷，主仆几个斗得昏天黑地。相邻的莱比卜夫人因不见晓松仆人进出忙碌，前来探问，方知众人正沉溺于麻雀儿牌。莱比卜夫人甚觉新奇，尚不熟悉玩牌规则便上桌加入。莱比卜久不见夫人归府，前来催促，于牌桌边看了一会儿，便也如夫人一般，沉迷于游戏之中。众人沉溺于此，昼夜不停，只玩耍得个个蓬头垢面。

桑若斯国王与达丽雅公主听闻晓松编著《华夏简史》完毕，然不见晓松与莱比卜身影，甚是纳闷，询问方知此二人最近痴迷于麻雀儿牌，又气又急。桑若斯国王召见晓松，令其进宫讲解麻雀儿牌的游戏规则，又令执事官阿赫斯卡等人学习，一起戏耍。起始宫内有一半人称此戏无趣得很，批评晓松与莱比卜玩物丧志，然玩得熟练之后，桑若斯国王与众人早将批评之言忘得干净，也两眼专注于手上的麻雀儿牌矣。

麻雀儿牌之游戏在宫中迅速风靡，一发不可收拾。达丽雅公主哭笑不得，是日下午，公主领着格画里姆大学的数学教授，强进桑若斯国王的棋牌厅，令人唤出晓松。原来格画里姆大学的几位数学教授已由公元纪年演算出中国阴历。教授对晓松解释道："公元纪年，十进位制，天支也是十进位制，六十一个轮回，两者必有对应，公元后之年，4，5，6，7，8，9，0，1，2，3各数，对应天支之甲，乙，丙，丁，戊，己。十二地支庚辛壬癸等，为十二进位，虽较为繁琐，也可对应……"

晓松搓手顿脚，瞄着房内棋牌桌道："结果如何？"

教授道："阁下，我絮叨几句，依据分除余数法与差数定位法，可推出中国阴历，精确至某年某月某日。又翻阅《马可·波罗游记》等书籍，可推定公元1275年，乃元世祖至元十二年，马可婆罗从罗马至中国，依次推算今年的中国阴历大年三十日，恰在今日！"

晓松无语，叹息转身，又进牌局。达丽雅公主大怒，骂道："华夏以祭祀为重，即便天子，莫不慎终追远，时羞之奠。林君知理，本该于今日祭拜列祖列宗，为何沉迷戏耍？真乃朽木不可雕也，粪土之墙不可圬也！"

棋牌厅内众人不敢言语，达丽雅公主痛彻心扉，将晓松揪出，亲自陪同其回家祭祀，又罚晓松与莱比卜回家面壁三日，只奈何不得桑若斯国王。国王笑呵呵，也不生气，竟然陪林晓松回府，待他祭祀先祖后，再战麻雀儿牌局。

众大臣摇头暗叹，老国王去世，后人悲哀，理应静默追思，有传言日盛，里奥国三军备战，虎视眈眈奥斯迪那国矣。然桑若斯整日与晓松、几个执事官沉溺于麻雀儿牌赌博，如痴如醉，丧失进取之志，又常常不理朝政，不问民情，斥责里奥军备战的传言乃妖言惑众，满朝大臣不敢多言，私下甚是不满。然麻雀儿牌之游戏，已是举国风靡，牛骨头制得的麻雀儿牌，已经一牌难求。民间疯传歌谣：曾闻古训戒赌博，谁知麻雀可丧邦；边境若是遍硝烟，王骑麻雀返仙乡？

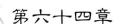

第六十四章

强所难公主出闺阁，生罅隙国王起疑心

是年五月，里奥国托普坦国王亲率二十万大军，突袭波西米亚国，攻无不克，波西米亚举国惊慌失措，哀叹国弱必亡，然里奥军剑锋一转，大军铺天盖地向奥斯迪那国袭来，又是剑指山羊垭口。

可怜里奥军悲剧重演。桑若斯国王早在奥德路城关及广袤的原野上领兵埋伏，布下天罗地网，里奥军惨败，桑若斯领军紧追不舍，连克里奥十城。里奥国献出三千美貌女子，桑若斯国王方才偃旗息鼓，班师回朝。

里奥国托普坦国王如何晓得，此乃去岁华夏除夕那一晚，桑若斯国王与达丽雅公主陪同晓松守夜时，三人共谋的计策。桑若斯痴迷麻雀儿牌局，丧失进取之志，又常常不理朝政，乃至军纪涣散，俱是假象，连文武百官也蒙在鼓中。此计策瞒天过海，托普坦国王也只得叹服矣。

桑若斯国王得胜而归，满城欢腾，万人空巷，百姓聚集凯旋门，欢呼雀跃，迎候国王，万民纷纷跪拜。桑若斯陛下神勇，犹如战神，百姓无不膜拜。次日，桑若斯宣召林晓松、露西与莱比卜夫妇进宫，赐林晓松公爵爵位，设立国家学部，莱比卜官拜学部大臣，为侯爵爵位。

莱比卜夫妇与林晓松等人受封之后，返回府中。莱比卜长吁短叹，欲言又止，莱比卜夫人则直言相告，转达国王桑若斯与长公主达丽雅之意，感谢露西小姐对国王和公主以及奥斯迪那国的帮助，因战事平息，奥斯迪那国与里奥国边境已恢复互通，打听得里奥国的露西姨母全家早不知影踪，国王对此诚表同情与慰问。国王愿厚礼相赠露西，将她平安送回古里国。

露西的泪珠瞬时簌簌落下，姨母下落不明，令她痛心难平，眼前浮现出姨母亲切的脸庞，更添心酸。众人抚慰之下，露西的心绪渐渐平复。当夜，她于梦中见得林晓松吟诗："亲人已仙游，未呈太平福。游魂于千里，如何度思量……"

露西哭醒，恨恨瞪视闻声前来的晓松。晓松惶惶不安，知她凄苦，百般甘言好辞哄劝，露西方才止住眼泪，

露西多次觐见达丽雅公主，央求公主允许她与晓松一道返回古里国，或依林君愿望，共同返回郑和舰队。然露西愿望破灭，莱比卜夫人告知，桑若斯国王有意留下林君，在奥斯迪那国建功立业。露西也深知，桑若斯国王意欲用华夏兵器武装全军，尤其华夏火炮，国王视为振兴国家之锐器也。露西百般无奈，只得反复发誓，愿终身陪伴晓松左右。见她痴心一片，莱比卜夫人也只得叹息。

再一日，王太后宣露西进宫，讲明意欲将长公主达丽雅下嫁晓松，劝露西与晓松分离。若露西不愿离开奥斯迪那国，太后可将她收为义女，令国王封她为郡主，赐予封地，终生有靠。露西泪流满面，哭泣道："小女与林君已实为夫妻，现已有身孕……"

王太后不悦，道："露西先前曾笑谈声称有那华夏舰队王成治大人之身孕而骗过林君之事，如今怎又故技重施？本宫早已遣人查明，你月事如常，且仍是处子之身。即便你曾与林君结为露水夫妻，也不足以妨碍公主之终身大事。露西，你年纪尚轻，要多为来日考虑。露西与林君，一个冰清玉洁，守身如玉；一个坐怀不乱，君子品行，此乃佳话！如果答允王室的条件，有本宫为你张罗，何愁没有佳婿？"

露西痛哭道："即便林君欲娶公主，为太后驸马，露西也毫无怨言。露西只求当牛做马，充任侍女，相伴林君终生！"

王太后见她执拗，便不动声色，命她留在宫中。过后又想出主意，要将露西强送回古里国的叔父家。

不见露西回府，晓松焦急不安，方欲进宫探问，便被前来的司礼大臣与赛义德劝住，道太后已命露西在宫中留宿。

次日，司礼监与赛义德将晓松请进王宫殿堂，莱比卜于门前迎候。莱比卜与晓松、赛义德窃窃私语："晓松，先王在世时已选中林君为驸马，本想待战后即刻操办婚事，让林君与达丽雅公主喜结良缘，然桑若斯陛下与公主百事缠身，婚事不得已一拖再拖。今日重提此事，林君推辞不得！"

晓松大惊。莱比卜早知露西对晓松一往情深，也略知晓松青梅竹马之眷恋，然莱比卜非世故者，不言此乃平步青云，一步登天之喜事，只说桑若斯陛下早有安排，如晓松执意不从，恐有倒悬之危。

莱比卜说完，不待晓松回答，便将他拉进王宫殿堂。桑若斯国王正在宝座之上等候，莱比卜侯爵与国王行礼，又走至国王身边，再将定亲之事当成喜讯告知晓松，又添补几句，道："这也是达丽雅公主的意愿，桑若斯陛下甚是欢喜。达丽雅公主与林公爵，确是金枝玉叶配英雄豪杰，佳偶天成也！"

晓松满脸通红，道："陛下，在下早已心有所属。我与杏儿，青梅竹马，两小无猜，必

不能娶旁人。而且，在下决意归国……"

桑若斯国王笑着打断了晓松之言："晓松心仪之女子，早已故去，何必念念不忘，耽误自己的终身大事？至于归国，此事休要再提！公爵乃我国社稷重臣，岂可轻言离去？"

晓松无奈，只得找借口继续推辞："公主依教规，不得外嫁异教人士。晓松来自华夏，恐非公主良配。"

桑若斯大笑道："公爵为何这般迂腐？无信仰者，非异教徒。若公爵有意，索性拜入教堂，皈依基督。何况公主有言在先，若公爵不肯皈依，她也不会勉强，仍然一生相随。"

晓松哑然，只得连连摇头。场面一时僵持，桑若斯国王便不悦道："舍妹与你已有肌肤之亲，林君为何如此无情？若林君执意不肯，定令公主心碎，罪过大也！若明日还不答应，留着露西何用！"言罢拂袖而去。

莱比卜与赛义德吓得面如土色。晓松呆立当场，良久之后回过神来，欲出去寻找露西，却被卫兵推回。莱比卜无奈，只得苦口婆心相劝。晓松找来纸笔，写道："天女来相试，将花欲染衣。禅心竟不起，还捧旧花归。"委托卫兵将字条赠与达丽雅公主。

阿莱公主读了赛义德的译文，黯然神伤，哭泣不止。太后冷笑一声，密令将露西、晓松、莱比卜关押进宫中牢狱，当是死囚。

莱比卜夫人进狱中探望夫君，放声大哭。她哀求堂姐萨曼莎太后，让她前去劝告露西，太后准允。

莱比卜夫人与露西相见，抱头痛哭。莱比卜夫人抽泣道："桑若斯国王自小便说一不二，达丽雅公主也是一口唾沫一口钉，如今两人身份贵重，更胜从前，便是金口玉言一般。也仅有林君与露西顶撞不从，尚未治罪，换作他人，不从国王之言，早被视为谋逆，乃大不敬之死罪，不可赦免。达丽雅公主与林君乃生死之交，林君又多次救得公主性命，公主以身相许，也是有情有义，旁人无不称赞，传为佳话。露西小姐知书明理，何必苦苦纠缠？"

露西哭道："露西不是胡搅蛮缠。我与林君，生生死死，未曾分离。我情至甚，海沽石烂。林君与公主的生死情，露西也历历在目，公主钟情于林君，可我也是如此。露西仅求作为侍女相伴林君左右，公主为何不许？"

莱比卜夫人道："普通男子家有妻妾，实属寻常，然露西天仙相貌，蕙质兰心，冰雪聪明，又与公主长相相仿，公主岂不糟心？哪个女子愿意让露西这般明媚鲜妍的少女终日相伴丈夫？何况达丽雅公主主张男女平等，实行一夫一妻制，露西执意不肯离去，难道胳膊能拧得过大腿？再者，林君乃正人君子，为露西之故，屡屡拒绝娶达丽雅公主。桑若斯国王大怒，林君已被下狱，当作死囚。国王有话在先，若林君执意不从，明日推出斩之。露西若真心爱慕林君，难道不该放弃此缘，让林君留得性命？"

露西止住哭泣，异常冷静道："恳求夫人转告公主，露西愿剜一目毁容，只求为林君之婢女，可否？"

莱比卜夫人惊讶之时，露西从地上捡起一棍，血淋淋剜出左目，疼晕过去。莱比卜夫人大哭，双手捧着露西之眼，踉踉跄跄跑至太后与公主跟前。公主瞬时脸色苍白，全身颤动，撕心裂肺哭道："我与露西已是金兰之交，愿为姐妹，相伴林君！"

　　萨曼莎太后心中暗忖，只恐露西之意，留得青山在，不怕没柴烧。若真留下她，日后终是麻烦，然若真除去她，若被晓松知道，定会痛不欲生，迁怒于达丽雅。一时思前想后，颇为踌躇。最终，太后凛若冰霜道："相告露西，露西性命得存，乃是达丽雅舍命相救。夫仁者，已欲立而立人，已欲达而达人。我本要收露西为义女，然露西感恩达丽雅，自愿为达丽雅之侍女。君子抱仁义，不惧天地倾。"

　　林晓松、莱比卜及夫人被允准去探望露西，执事官阿赫斯卡相告实情："露西深恐国王不能释放林君，醒来之后又将另一眼球也生生剜出……幸被救治，性命无恙。达丽雅公主心慈，留下数语应答林君之诗：落花有意，流水无情，禅心已如沾泥絮，不随东风任意飞。公主如今闭门思过，水米不进。然百官震怒，林君露西与莱比卜夫妇不敬王室，再三违逆国王与王后，众人纷纷请求国王依律治罪。国王已下令明日先斩莱比卜夫人，再斩露西，再请林君决断。如能求得公主回心转意，也许尚有一丝希望。"

　　王宫卫队长推开阿赫斯卡，拔出佩剑，顶在莱比卜夫人胸前，恶狠狠道："林君无仁，我等为何有义？先拿莱比卜夫人试刀！"一剑戳下去，莱比卜夫人胸口鲜血汩汩流出。夫人哇哇哭叫，大喊："林君救我！"瘫倒在地，昏晕过去。

　　莱比卜胡须抖动，扑在夫人身上，大哭不止。晓松仰头叹道："罢了，我依公主便是……"一行热泪涌出眼眶。

　　晓松抱起露西，不敢再想露西自己剜去双眼的惨象。莱比卜老泪纵流，眼前突然浮现出一幅画面：自己手持刀子，向露西那湖水一般的眼睛投掷过去。他内心痛苦万分，深觉自己乃是谋害晓松与露西的帮凶。

　　待晓松和露西离开之后，莱比卜夫人从地上麻溜爬起，从袍中掏出一囊，呼出一口气，冲王宫卫队长骂道："下手如此之狠，差点穿透猪肚！害得老娘胆战心惊……"

　　萨曼莎太后闻知此时，泰然自若，见公主面上似有愧色，骂道："何愧之有？不稂不莠，难成大器也！晓松乃大唐人氏，虽身材矮小，然才华横溢，肤色细腻，体有幽香，此乃钟灵毓秀之高贵人种。虽好以《孙子兵法》谋断，性情略有诡异狡黠，然此男儿实则璞玉浑金，智勇双全，我儿岂可拱手相让？我已令礼仪大臣张罗大婚，只是那林晓松已是二十八九岁之青壮男子，与露西相伴，却坐怀不乱……依我之意，先由宫女试婚，验他身体无恙，我儿再与之成婚，可保万全。"

　　达丽雅公主忽地立起，恨恨朝母亲瞪去。萨曼莎太后掩口而笑道："原来我儿心意如此之坚，已是山无棱，天地和，才敢与君绝之状。当真痴情也！"

公主大婚在即，然宫中平静，百官不解，国内贵族王公皆疑心未被邀请参加公主之婚典。打听才知，公主自定主张，婚事从简，移风易俗，按华夏婚庆礼仪，于宫廷内拜天地父母，再行夫妻对拜之礼，礼成，则成夫妻。仪式极简，毋需贺礼。萨曼莎太后于此甚是不满，然公主执意要如此，太后也只得依她。桑若斯暗中喜悦，婚礼俭省，免去巨额耗费矣。此时国库虚空，王宫开支捉襟见肘，国计民生令国王桑若斯焦头烂额。

婚后晓松赋闲在家，与公主颇为恩爱。晓松再三恳求公主放露西回府。公主百般央求王太后，终于被允。露西此时已是一头白发，面目皆非，形容枯槁，身体虚弱。晓松身不由己，抱住露西放声大哭，露西浑身颤抖，竟不能语。

许久之后，露西徐徐道："人生即便是一场悲剧，露西也已形声兼备、栩栩如生将人生演毕，绝不虚度年华；如若追求为梦，也当让梦回味无穷。不可无情致，致使一生寡然。"

达丽雅公主视露西为姐妹，然露西喜怒哀乐不形于色矣。露西摸索着尝试独立生活，苦练之下听觉、触觉、嗅觉灵敏远超常人，后来挂一根棍子便可走出家门。王太后见过露西，心下也暗暗赞叹这女孩心志之坚毅。

时光如梭，晓松闭门谢客，凭记忆编著华夏农工技艺大全，夜以继日，暗中谋划回归华夏之事，然均被公主识破。公主笑道："我之心尚不能成为锁链，系夫君于裙带。夫君今生归国之念都是徒劳，只待死后灵魂回归便可。"

林晓松无奈，思乡之心日盛。公主从国外引入竹子供晓松栽种，以慰晓松思乡之苦。然奥斯迪那国干旱之地，竹子无法成活。公主令人购来毛竹，欲盖竹房，然被晓松婉拒，乐为篾匠，整日编织。晓松编制的竹席光滑凉爽，令公主爱不释手。

恰逢奥斯迪那、里奥等国风调雨顺，然摩邻数国三年大旱，以致大乱，众多难民涌入里奥国。其中青壮年多为故国兵丁，此时便被里奥国征兵，里奥国托普坦国王欲举兵讨伐奥斯迪那国，收复被侵占的疆域。桑若斯国王洞悉此事，召开御前会议商议，众臣同仇敌忾，定下计谋：先让里奥军猖狂，我军养精蓄锐，待战火硝烟燃起，伊马斯与法哈德各率军两路出击，吞灭里奥国。桑若斯新近提拔的格奈乌斯将军前去统领十万边境大军，与里奥军对峙。格奈乌斯将军是执事官阿赫斯卡的外甥，原为法哈德将军的副将，祖上就是骑士，在战场上出生入死，为桑若斯马首是瞻。因屡建战功，被桑若斯国王钦点为第二军团统领，老将伊马斯侯爵被调回都城，接管第三军团。

桑若斯任命达丽雅公主为军务代理，公主整日于各军之中奔波，操练大军。公主举荐露西主持阿莱货栈事务，协助公主重操贸易旧业。阿莱货栈早遍及数国，生意兴隆，财源滚滚。桑若斯又几次下旨，催促晓松复出。

晓松新制出牛羊肉松，取名中华肉松，被军队垄断，成为军需品。他又兴致勃勃将婆塔图碾成粉末，试制成粉条，避婆塔图不易储存之弊。粉条制出之后，命名为中华龙须，因可数年不腐而轰动全国，也被充作军需物品。晓松也在研制火炮，然不是哑炮，便是炸膛，晓松在制作之中曾三次被炸，几乎是从鬼门关逃出，令公主甚为烦恼，命他绝不可再近火炮。晓松叹息，因大明国火炮制造由工部之军器局与内府之兵杖局管辖，乃国之密要，常人难以接触，故无法可想。桑若斯也只得遗憾，然此时已是国库充盈，兵强马壮矣。

是日，阿莱公主陪同桑若斯国王检阅第二、三军团，军队高呼"桑若斯大帝，达丽雅殿下"，震天动地。桑若斯时常检阅军队，每次必随机询问士兵，与其交流。这次桑若斯见一体壮士兵，问道："年为几何？"

新兵挺胸回答："禀告陛下，年方二十！"

桑若斯点头道："入伍几年？"

士兵道："禀告陛下，入伍三年！"

桑若斯道："崇拜哪位英雄？"

士兵道："禀告陛下，我等崇拜陛下，达丽雅公主与林晓松将军，领军攻无不克，战无不胜！"

桑若斯笑夸士兵几句，检阅完毕，盛赞公主与众将军练兵有方。

三日后，桑若斯国王与达丽雅公主、法哈德、伊马斯、格奈乌斯等众将商议迎敌之策，伊马斯侯爵主张众将从《孙子兵法》中汲取灵感，众将不语。公主甚觉奇怪，以往法哈德将军常常会请晓松诠释《孙子兵法》的奥妙，今日为何沉默？

法哈德将军支支吾吾，桑若斯国王笑道："知无不言，言无不尽，何故吞吞吐吐？"

法哈德道："殿下，昔日我请林君讲解《孙子兵法》，听完之后，觉得此书艰深晦涩，其中仅有地形篇与火攻篇可谓实用，其他我以为细节不够，过度抽象，读之寡味，至今似懂非懂。"

达丽雅公主笑道："林君曾言，华夏有《春秋》《左传》《史记》，内中有大量华夏战争之史。《春秋》读之寡淡无味，然《左传》既是史书又是兵书，战争细节，大小的实战案例不计其数。此书详述战事之部署，攻战杀守，粮草辎重等，尤甚神奇的是，还有敌我双方视角之转换，双方攻防得失，读来颇有意趣。故而后人研究兵法，更喜《左传》，言此书比《孙子兵法》更为实用。然谋大局者，不可不读《孙子兵法》，方能运筹帷幄，决胜千里之外！"

法哈德道："《孙子兵法》着实神奇，正如公主殿下所言，其书适用于庙堂之君，对于临阵的将军，用处实则有限。时过境迁，华夏古时与我国当下大相径庭，可谓有天壤之别，再过推崇《孙子兵法》，似有不合时宜之嫌。"

伊马斯道："林君曾言，《孙子兵法》的确不能指导排兵布阵之细节，然我国得意于《孙子兵法》之精髓，三战皆胜。华夏的兵书，终究有利于我军未来之战！"

法哈德道："恕我直言，诸位言必称华夏，似乎过于长他人志气，灭自己威风。我军之胜利，要归功于陛下的英明神勇，岂能是一本华夏古书的功劳？"

格奈乌斯将军道："在下憋闷在心久矣，不吐不快。我虽不曾读柏拉图之《理想国》，亚里斯多德之《范畴篇》，托勒密之《天文大集》等圣书，然饱读《亚历山大远征记》《长征记》《高卢战记》《荷马史诗》《列王记》《波斯战争概论》等，也曾参与格画里姆大学的史诗著作研讨会。《孙子兵法》的歼灭战，十则围之，五则攻之，倍则分之，敌则能战之，少则能逃之，不若则能避之，我等岂有不知？战略之父、迦太基人汉尼拔，中间后撤、两翼包抄的歼灭战同样以少胜多，全歼罗马精锐；马拉松之战，希腊的城邦联军对阵波斯军队，以一当十，希腊获胜；家喻户晓的特洛伊战争、温泉关之战、萨拉米海战，无人不知。西方载入史册之战，数不胜数，不亚于华夏。纵观上述之胜仗，鲜有使偷袭夜袭，瞒天过海，借刀杀人，以逸待劳，趁火打劫，无中生有，隔岸观火，笑里藏刀，李代桃僵，顺手牵羊等诡计的，诡计为人不齿，被世人嘲笑，乃怯弱之举，而非力量之美，丑恶至极！战争，乃两军对垒，唯有实力碾压之冲杀，刀枪互击，你死我活，战至最后一个为止，简单，直接，高效，此乃高贵坦荡之战争，值得被世人传颂……"格奈乌斯将军说得慷慨激扬，脸色酱红。

伊马斯摇头道："将军之言，我不敢苟同。方才将军所言之战，乃是后人所写，多有虚夸之处，甚至牛头不对马嘴，我等可当是传说，切不可作为实战案例效仿，误人误己误国。"

达丽雅公主品出数位将军言中之意。她的夫君林晓松屡建奇功，国中上下竟有"得林晓松者可得天下"之传言，恐已刺痛骄横之人。公主正欲驳斥格奈乌斯将军荒唐之言，然桑若斯国王叹道："华夏之《孙子兵法》深得战争之精髓，兵不厌诈，格奈乌斯将军对其不屑，主张勇猛刚强，以阵地战摧毁敌手，立于不败之地，也不无道理。兵法不同，恐是双方文化差异使然。我固喜巧战，然林君之战术，开山挖地，倾我所有，劳民伤财，众臣颇有怨言。一战下来，国库空虚矣。还是速战速决更佳，绝不可再作旷日持久之战！"

国王话一出口，众将纷纷称赞桑若斯大帝英明无比。

公主心中一惊，方觉格奈乌斯今日之语绝非偶然。伊马斯不语，公主淡然一笑，兄长桑若斯已为王者，自己与其他姊妹，已是臣民矣。

第六十五章
功高震主圣心难测，纸上谈兵君臣离心

里奥国磨刀霍霍，次年六月出兵讨伐奥斯迪那国，格奈乌斯将军领边军迎战，双方约战，两军于里奥国库启亚大漠之地列阵对垒，大战一触即发。格奈乌斯将军自恃兵器之锐，三军之勇，将士之众，以为此战必能势如破竹，一战成名，然里奥军挟难民之勇，背水一战，格奈乌斯将军虽竭力反击，拼尽全力，然兵败如山倒，连丢三城。奥斯迪那国民众歼灭里奥、恢复和平的愿望，瞬间化为乌有。华夏关于"战争"的文字，奥斯迪那国民众已然熟悉，"战"之左半部分为"占领"，而右半部分为"戈"，戈为兵器之意，而"争"字为争夺之意。"占领土地""兵戈相向""你争我夺，你死我活"，此乃战争实质，恐战火连天，会迅速蔓延至国内。举国人心惶惶，不可终日。

伊马斯侯爵权衡大局，心中焦虑，暗自拜访达丽雅公主与晓松。见面后长吁短叹，苦笑道："格奈乌斯将军大败，归败因于我的旧将畏缩不前。桑若斯陛下震怒，原定我与法哈德将军各率一军，包抄里奥军，如今陛下之意，合二为一，要统精兵二十余万，御驾亲征。然陛下之策，两军对阵，简单爽快，然我甚担忧，战情变化恐不遂我愿。即便勉强赢得战争，石锤捣蒜臼，铁锤打铜钎，杀敌一千自损八百，又何来胜利一说？"

达丽雅公主道："桑若斯自小有志于大帝称号，令旗一挥，振臂高呼，千军万马倾出，呈排山倒海，摧枯拉朽之势，才不辱没大帝英名。如今兄长圣意已定，连我也劝阻不得。晓松，面对危情可有妙计？"

晓松笑道："解铃还须系铃人。我军占领里奥国大片疆域，如今土地荒芜，无人耕种。那里奥军兵源，十之四五为摩邻诸国的逃灾难民，正是无处安身。若我国昭告天下，安于开荒种地者，即便外国难民，也先给粮食土地，难民自会涌来，里奥军军心不稳，有可能不攻自破。只是此计策不得明示桑若斯，当可小心提议，当作陛下自己的主张。如此计得逞，不费一兵一卒，战事输赢已定矣。正所谓，用兵之道，攻心为上，攻城为下；心战为上，兵战为下；百战百胜，非善之善也，不战而屈人之兵，善之善者也。"

伊马斯侯爵大喜道:"此计一石二鸟,荒地变良田!陛下以天下苍生为己任,无有不允,真乃高明之计!"

达丽雅公主也喜出望外道:"此刻能说服陛下者,唯有母后。我即刻进宫!"

桑若斯大帝撇下公主与林晓松,亲率第二第三军团与格奈乌斯将军汇合,然按兵不动。早有无数细作潜伏于里奥、波西米亚等国,四处张贴桑若斯大帝的诏书,告谕百姓,有能广植桑枣,开垦荒田者,均可前来奥斯迪那国,只纳旧租,永不通检。有难民听闻消息,径直投奔奥斯迪那当地官府,果真得粮得地,且官府赠与农具种子。此类消息一传十,十传百,里奥军心大乱,桑若斯领军出征,里奥军一触即溃,损兵折将无数。里奥国国王托普坦无奈军中逃兵现象越来越盛,只得叹息退兵。桑若斯大帝几乎兵不血刃,就将胜利旗帜插遍大半个里奥国。国王托普坦带兵躲藏,因恐里奥军埋伏,桑若斯不敢贸然出击,便也鸣金收兵。

桑若斯大帝班师回朝,举国欢庆,通宵达旦,狂欢持续三日之久,然独不见莱比卜与达丽雅公主前来祝贺。桑若斯询问,方知莱比卜欢庆宴会后终日沉溺于麻雀儿牌,国王沉吟,邀其与公主、晓松进宫,一起玩牌,太后萨曼莎携王后塞拉娜依·萨勒卡亚前来旁观。达丽雅公主兴致勃勃,命人送来众多竹器,王室众人看得又惊又喜。王后塞拉娜依·萨勒卡亚道:"竹器众多,琳琅满目,有知晓的物件,然也有众多竹器不知用途。我猜测此乃晓松之作,果然心灵手巧,令众人羡慕不已。"

塞拉娜依·萨勒卡亚拿起一个逼真的竹蜻蜓,目不转睛地玩赏。公主头戴竹圈花冠,满脸得意,手持竹器一一摆在众人面前:"此乃我亲手制得!夫君自称竹乡人,我跟随夫君编织,方觉华夏之竹神奇无比。陛下,今日眼前的器物均由竹子制得。有栩栩如生的竹蜻蜓、鸟笼、竹哨、挑竹蝗竹蛇、风筝等玩耍之物,有竹筷子、竹调羹、竹酒杯、竹碗、竹盘子、竹箱子等灶堂香茗饭桌之物,有竹椅子、竹榻、竹桌子、竹凳子、竹躺椅等房中家具,还有钓鱼竿、鱼钩、渔竹水车、打谷杆、竹连枷等渔具和栽种粮食之物。听夫君说,华夏故里还有以竹为柱,竹为梁的竹房,有竹楼板、竹索桥、竹浮桥、竹排,竹子可为造船造桥盖房之物。竹子还可造纸,竹笛乃美妙乐器。竹之根部易出芽为笋,华夏有曰:宁可食无肉,不可居无竹;宁可食无肉,不可食无笋。无肉令人瘦,无竹令人俗。竹笋乃美味菜蔬,春笋冬笋,糟笋明笋,烟笋与满山鲜令小竹笋,食之不厌。"达丽雅公主不曾食过竹笋,然言及竹笋之美味,似乎凤髓龙肝,八珍玉食也不能及。

桑若斯国王笑道:"达丽雅论竹,妙语连珠,精彩至极,恐是爱屋及乌。一个风华正茂、挥斥方遒、指点江山之巾帼英雄,居然摇身一变,成为女工匠,也不知是奥斯迪那国的福音还是哀音?一根竹子,非草非木,实为怪异,然用途之广,令人咂舌。怪不得华夏人论战,三十六计,计计变化,其兵不厌诈之魂,起自生存之境遇,一方水土养一方人也。达丽雅与晓松,乃国之栋梁,切不可有志于农夫工技,岂不弃牛刀而执袖刀?国之兴旺,士大夫更应有责，莱比卜姆但里斯以为如何？"

桑若斯国王此言一出，达丽雅公主面上不免有些悻悻之色。桑若斯国王不再称莱比卜为博士，而是"姆但里斯"这个官方头衔，令莱比卜略有尴尬，道："陛下，老夫原志于治沙造田，为大地披上绿装，然几年辛勤，终是徒劳无功。让干旱的大漠变为绿洲，乃煎水作冰，也枉费人力物力，我知难而退，荒嬉于麻雀儿牌中，实为惭愧。"

太后萨曼莎道："陛下之意，莱比卜博士应颐养天年，享受天伦之乐矣，不适宜再去做繁重的农活。今日为何不见晓松？言及《孙子兵法》，虽然众臣皆称诡异，然我以为此书发人深省，堪为兵家必读之经典。孙子曰不战而屈人之兵，善之善者也。如何不战而屈人之兵？孙子又曰上兵伐谋，其次伐交，其次伐兵，其下攻城。陛下此次大胜，不正是如此？至于达丽雅今日之竹器，确实精妙无比。竹乃华夏国文人颇为称道之物，竹子空心有节，清丽俊逸，长青不败，潇洒挺拔，乃君子风度，谦虚自持，高风亮节，又弯而不折，折而不断，柔中有刚，令人赞叹。"

达丽雅公主笑道："知我者，母后也。夫君清晨被大学众姆但里斯邀去，讲谈华夏古书。因前几年夫君所述华夏《易经》一书，令众人百思不得其解，故时常相聚研讨。我已令人前去相告，恐已在来宫途中。"

桑若斯笑道："一本薄书，难倒众博士，几年也未读懂？林君向诸位揭晓便可。毋须竹子一般，谦虚自持。华夏之文明，可谓虚虚实实，神神秘秘。"

莱比卜叹道："无意冒犯林君，此书恐林君自己也如雾里看花一般。"

达丽雅道："林君外祖父家，男子世代执《易经》书，以占卜算卦为生。林君自小耳濡目染，理应知晓，然其书著者不明，成书年代不明，有'人更三圣，世历三古'之说，又云：垂皇策者羲，益卦德者文，成名者孔也。华夏玄学流派众多，其中《易经》最为难懂。易道广大，天文地理，乐律兵法，韵学算术，堪舆卜相等，皆源于《易经》。华夏之圣人经典，《道德经》《黄帝内经》《孙子兵法》《论语》等，无不以《易经》为母，故称之为华夏文明的活水源头，然至今无人全明。易有太极，是生两仪，两仪生四象，四象生八卦，八卦生六十四卦，每卦六爻，共三百八十四爻。八卦定吉凶，吉凶生大业。易经之变化，无穷无尽耶，暗合世界万物永远在变化之中。"

众人惊叹不已，桑若斯道："原来《孙子兵法》来源为此书，怪不得如此精妙！只是华夏文明与我国之文明截然不同。"

莱比卜道："华夏的《易经》，林君称为大道之源。《易经》讲的是天地阴阳，乾男坤女，万事对立统一，揭示宇宙生成与人类起源，阐述自然而然的宇宙本性。华夏文明自古至今，自成一体，然细思深辩《易经》，华夏古人数字之技，用的是数学三阶幻方，可以视为太阳运动的轨迹，太极为一年，两仪为雨季旱季，四象为春夏秋冬，八卦为冬至夏至，春分秋分，立春立夏，立秋立冬等，然用数学解析卦序，杂乱无章。《易经》作者思维模式为像素思维，林君笑言，若不从我大学众姆但里斯处学得，恐至今不知《易经》内含辩证数理逻辑，恐那《易经》作者自己也不知，终究是华夏古人的朴素哲学。华夏古人无二进制的阴阳观，无异质同构思维，无分数思维，无层次观念的三才思维，无共轭相生观念的灵感思维等，故《易经》称不得天书神话。只是众姆但里斯以为诡异，《易经》用的是三进制，《圣经》也是三进制，易经前二十八个卦象，与耶稣的家谱相对照，从亚伯拉罕至大卫王，再至耶稣，均是乾卦，竟有如此巧合？《圣经创世记》等书，大量与《易经》巧合，令人惊讶，往后研讨，更令人惊讶，以至于有学者以为人类起源于华夏，世界文明起源于华夏，古埃及，古希腊，古巴比伦，古波斯，古希伯来等文明均是继发性文明……"

众人听得目瞪口呆，面面相觑。桑若斯国王气哼哼道："一派胡言！我大食地域的文明，方是世界之祖！"

正无人敢接话，就听宫外卫队吆喝一声："林晓松公爵到！"

太后萨曼莎笑道："谈古论今，华夏的《易经》，于麻雀儿牌桌上也可见。万饼条为天地人，天地人之大道，世事纷繁乱如麻，一理贯串将由之，不如将麻雀儿牌改名为麻将。"

众人哄堂大笑，皆拍手称好。

次年春季，率军隐藏多年的里奥国国王托普坦，率兵出现在波西米亚国，全然不像两国交战，而是一起演戏一般，被奥斯迪那国细作探知。桑若斯国王听后大怒，道："往年，里奥国暴虐，波西米亚与我国同患难，我国于危难中并不曾薄待波西米亚，本以为两国交情牢固，然世事难料，最信任友邦也背叛我国矣。华夏《易经》有言，万事皆变化不休。波西米亚国背信弃义，认贼当父，当真应了此言。寡人恼怒过后，反而欣喜，波西米亚既行不义之事，就休怪我国不仁也。我国出兵有名矣！"

桑若斯当即诏令众将军前来商议，犹豫中又邀来达丽雅公主。公主见兄长不再邀请晓松与会，叹息兄长身为君王，胸怀却欠广阔，不能上善若水，厚德载物。晓松笑道："陛下麾下猛将如云，智星众多，我虽为军师，然早已有名无实。何况朝中近来有谗言，林晓松多智而近妖，陛下忌讳，我也落得自在。只是今日论战，我担忧夫人直言不如陛下所愿，大煞陛下之兴致。"

达丽雅瞪晓松一眼道："华夏之理，多自相矛盾。道'三百六十行，行行出状元'，又云'万般皆下品，唯有读书高'；道'宁为玉碎，不为瓦全'，又云'留得青山在，不怕没柴烧'；道'知无不言，言无不尽'，又云'沉默是金，敬慎进言'；道'在天愿作比翼鸟，在地愿为连理枝'，又云'夫妻本是同林鸟，大难来时各自飞'。借用夫君常挂在嘴边之言，君子坦荡荡，小人长戚戚。人人好公，则天下太平；人人营私，则天下大乱。武将死战，文臣死谏。只有群臣尽心竭力，桑若斯大帝方得威武。"

晓松啼笑皆非道："此乃夫人负气狡辩。自相矛盾非华夏独有，夫人常言，知识应有产权，然不分享，心里不安，岂不正是如此？然夫人又言'人常添乱于己'，也属自相矛盾。自相矛盾为新矛盾，新矛盾之生灭，人区别兽类之所在也。"

达丽雅公主噗嗤笑出，也不搭腔，乘兴而去。

执事官阿赫斯卡见众将俱在，请出桑若斯大帝。阿赫斯卡将波西米亚之事道明，顿时群情激奋，纷纷谴责，众将无不主张兴兵前去讨伐，誓要踏平波西米亚国。独有达丽雅公主急声道："奥斯迪那国连年内战外战不休，已是伏尸百万，流血漂橹，民众盼望太平日子。尤其是划归我国的原里奥国疆域，其民已是桑若斯大帝的子民。数战则民劳，久师则兵弊，国遇丰年，然民依然贫瘠。兵犹火也，不戢自焚。决不可因里奥国王率兵抵达波西米亚，我国便举兵前去灭波西米亚。此举实在难以服众。"

阿赫斯卡道："殿下所言极是。国虽大，好战必亡。极武者伤。然天下虽安，忘战必危。亡我者不死，岂可马放南山，刀枪入库？波西米亚背信弃义，暗地里接受里奥国王托普坦的金银巨资，招兵买马，乃扩军备战之意，我国不可忽视。兵者，国之大事，死生之地，存亡之道，不可不察也。"

法哈德讥笑道："波西米亚国贫而用不足，兵弱而士不厉，战不胜而守不固，岌岌可危，一推便倾。若容波西米亚扩军备战，我军必伤亡陡增。若战，不如趁早！"

格奈乌斯将军从队列中闪出，道："在下愿纳军令状，领兵五万，三个月不踏平波西米亚，甘受重罚！"

桑若斯大帝道："林君曾言，施恩与人不图报，恩将仇报寒吾心。有朝剑指三军令，南郭之仁难服群。国与国之间就如同人与人之间，最痛心之事，莫过于本应获得善意与友谊，却遭受无情之损害。格奈乌斯熟读兵书，颇有声望，然军中无戏言，望将军旗开得胜，一洗去岁败军之耻！"

四月下旬，桑若斯大帝命格奈乌斯将军领边军十万，前去惩戒波西米亚，波西米亚使者前来告饶，桑若斯大帝避而不见。波西米亚只得应战。奥斯迪那大军越过边境，波西米亚举国之军屡次抵抗，虽砥锋挺锷，拼死相杀，终势力悬殊，兵败如山。奥斯迪那大军势如破竹，如入无人之境，波西米亚军仓皇溃逃，自相踏藉而死者，蔽野塞川。格奈乌斯将军令三军乘胜追击，追至大漠深处。波西米亚俘虏供认，其官兵已风声鹤唳，一有风吹草动，便以为奥斯迪那大军追至，昼夜不敢息，大漠荒芜，死于饥饿者不计其数。

格奈乌斯将军大喜，令大军穷追不舍。是日午后，狂风乍起，远处黄龙飞腾，声如牛吼，闷雷滚动，铺天盖地而来。格奈乌斯将军大惊失色，没想到正赶上春季沙尘暴，急令三军回撤，然已晚矣。乌瘴漫天空，平沙莽莽黄入天，一川碎石大如斗，三军被沙尘暴吞没，众将士苦护格奈乌斯将军，不见血光冲天，但也几欲窒息。格奈乌斯将军方知自己被波西米亚军诱入沙漠无人区。春季此处多发沙尘暴，波西米亚之策，大概犹如当年山羊垭口之战，奥斯迪那国大军围猎里奥大军的情形，波西米亚大军占据天时地利，格奈乌斯将军叫苦不迭。既处逆境，只得咬碎牙往肚里咽。

沙尘暴肆虐六日，狂风渐息，众人从沙丘中爬出，清点人数，只见死伤无数。格奈乌斯将军下令集结，然将士憔悴不堪，折兵损将已达六成，且粮食饮水几无所剩。众人正自衰颓，只听远处杀声四起，波西米亚大军旌旗猎猎，战鼓雷鸣，潮水般袭来，全然不似原先弱兵之态。

格奈乌斯将军眼望波西米亚大军肆意杀来的情景，仰头叹息："哀兵必胜，天不助我！"自知回天无力，拔剑自刎矣。

奥斯迪那全军覆没。战情传回，举国震惊，桑若斯大帝怒不可遏，亲自挂帅，领军三十万，再欲出征。

达丽雅公主进宫谏言："此乃陛下长久盯视深渊，深渊反之回望陛下也。兴兵讨伐，兵连祸结，战事依赖国力，陛下如今重税再起，百姓怨声载道，民不聊生矣，何不缓之？盛怒之时不主事，狂喜之下不许诺。待百姓休养生息，国力昌盛之时再谋兵事，岂不两全？"

桑若斯厉声道："胜败乃兵家常事！帝国之梦，乃我朝历代之追求，不可因一次挫折而弃。以战养战，以战去战之策，我知艰难，然波西米亚国更难。止戈兴仁，枕戈寝甲，妇人之见！"

主张相左，兄妹不欢而散。太后萨曼莎闻之，见桑若斯道："若陛下主意已定，何不封晓松为军师，可为陛下出谋划策。"

桑若斯不悦道："无大明国之锅，难道我国就造不成饭？何况我得密报，里奥国王托普坦与波西米亚国，已暗中遣人结识林君。太后以为，沙尘暴之计出自何人？"

太后萨曼莎怒道："陛下气乱智昏，此乃里奥与波西米亚国离间之计，如何信得？"

次月，硝烟再起，桑若斯国王领三十万之军，气势汹汹再伐波西米亚。然桑若斯与众将骄横，举兵直挺，波西米亚大军闻风而逃。若两军碰上，波西米亚大军往往一触即散，飘忽不定。久战不下，以致奥斯迪那君臣心浮气躁，好在已攻占波西米亚一半疆域，然自己也被波西米亚大军零敲细打，损失五六万之众。双方都疲于奔命，只得休战。桑若斯首次出师未捷，怒将战俘与百姓三十万之众，屠杀殆尽。伊马斯侯爵劝阻不得，心烦意乱，退兵途中大醉，胡言道："桑若斯陛下远不如达丽雅公主英明！"

有密报告知桑若斯，桑若斯大怒，虽生疑心，然不动声色，回至都城，便取代达丽雅，亲自执掌阿莱货栈，且在达丽雅公主府旁密布探子，换上新的卫队。

莱比卜年老，以致时常懵懂糊涂，欲携全家告老还乡。桑若斯挽留不住，重金相送，莱比卜博士拒之，声称仅有一愿望，乃是在牌桌上与晓松露西拼杀麻将，因往年从未赢过，恐成终生遗憾矣。国王桑若斯大笑，赐与重金，并称愿参与其中，与林君一战方休。

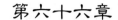

第六十六章
贤博士拼死传消息，义乞丐寻机救恩人

次日，桑若斯携象牙镶玉麻将牌，微服私访达丽雅公主府，与莱比卜、晓松、露西分成东南西北四国大战。太后萨曼莎闻之，携王后塞拉娜依·萨勒卡亚等人前来观战。

莱比卜与晓松已有数月未见。见莱比卜苍老不已，晓松唏嘘不已。露西听声，打的是盲牌，萨勒卡亚相助露西。桑若斯国王赞道："露西眼盲心明，打得一手好牌！此乃四国大战，各位务必尽心。"

莱比卜笑称此乃最后一战，请自家夫人观战不语，由达丽雅公主一旁助力，又笑道："晓松休要张狂！"晓松微笑不语。莱比卜戏言道："麻雀儿牌桌上无父子，若谦让倒是无趣。"

此战昏天黑地。国王桑若斯大胜，露西小胜，晓松小输，莱比卜依然大输。

东西南北一圈戏完，莱比卜与达丽雅一脸苦相，因未曾胡牌。众人也不起身，就在牌桌上啖过佳肴。太后萨曼莎、王后塞拉娜依·萨勒卡亚、莱比卜夫人等用过餐后，困意顿起，仍不肯离堂歇息。

又是一个时辰过去，莱比卜从袋中掏出几个婆塔图，指着婆塔图道："记得林君甚是欢喜此物，烦请公主亲自煮之，也算是我作为公主太傅之告别宴席，又不耽搁戏耍也。"晓松感动至极，太后萨曼莎与桑若斯国王也连声叫好。

东西南北再来一局，四人重燃战火。达丽雅公主手中的婆塔图被侍女接过，公主心生蹊跷，也赶紧进得灶堂。那两个侍女方要清洗婆塔图，被太后萨曼莎喊去，令她俩先上茶。公主趁侍女暂离之际，切开婆塔图，只见内藏纸条，道："伊马斯遭人陷害被捉，罪名是伙同公主谋反。国王正捕捉阿莱货栈的将士，恐屈打成招。请公主见此速离！"

达丽雅公主大惊，不动声色，一口将纸条吞下。见侍女与厨娘进来，便与她们一道将菜品煮熟端上。

国王桑若斯连啖两个婆塔图道："林君的婆塔图粉条虽好，然不及原果实香腻也。"见莱比卜一哆嗦，桑若斯笑道："莱比卜博士岂不是已听牌欤？博士至今尚未胡牌，不可贪大牌，小牌即可。"

莱比卜博士颤巍巍摸上一张牌子，看了一眼，竟然不敢相信，将牌放于眼前再细瞧，山羊胡须不停抖动，两眼发光，大叫道："小牌？岂止也！哈哈哈，我今日第一把胡牌，清一色，一条龙，捉五魁，庄家自摸！哈哈哈！"

众人惊愕中，莱比卜仰头倒下，脸色酱红，身体抽搐，呼吸急促。众人慌成一团，无奈莱比卜很快撒手人寰，咽气之后，依然盯着公主不放，似乎死不瞑目。

莱比卜夫人哭叫之中昏死过去，国王桑若斯惊骇过后也甚是悲戚。达丽雅公主抱住晓松与露西号啕大哭，众人皆痛心垂泪。太后萨曼莎哭泣几声，蹙眉道："儿呀，莱比卜博士是你的老师，一日为师终身为父，我儿何不与晓松露西、赛义德等，将莱比卜尸体搬上马车，送回府邸？先安抚家人，明日再处置后事，以尽师生之情。"

桑若斯国王令众侍卫护送，又令宫医速至莱比卜府邸，救护昏迷中的莱比卜夫人。诸事完毕，国王桑若斯与太后等回宫歇息。离开之际，太后萨曼莎紧紧抱住达丽雅公主，潸然泪下。

天色渐亮，从莱比卜府上出来，回府途中公主一个眼色，晓松陡然伸指点穴，赛义德不防中招，口不能语，动弹不得。晓松与公主同时跃出马车，手中石子弹出，跟随的六个侍卫猝不及防，纷纷中弹倒下。晓松将他们一一点穴，捆上绳索，塞入车厢，公主将露西扶下马车。老马识途，悠悠驶向达丽雅公主府邸。

公主跳下马车之地，正是避瘟疫广场。广场树林，正有一群乞丐蜷缩于此。公主与露西晓松脱下外衣，换上熟睡乞丐晾晒的旧衣。恰巧有送粪驴车经过，公主哭诉昨晚至晚间，被封在城内，央求搭车出城，怀中之食乃家中老母所盼。那送粪工心肠颇好，也将早餐送与盲人露西，正遇城门开开，达丽雅晓松露西藏于驴车之中，顺利出城。出城三里，三人跳下驴车，千恩万谢好心的送粪工，急匆匆离去。驴车之后还远远跟着一队乞丐，尾随着晓松等人，不知何故。

露西边走边说："昨晚莱比卜博士咽气之后，我悲痛不已，阿姐抱住我痛哭之时，若不用指甲在我背上书写华夏夷人之文，无刺痛之感，我恐怕醒悟不得。"

达丽雅道："幸亏平日学得一些晓松故里夷人山寨的奇异象形文字，逃跑与躲藏两个符号繁琐，我恐阿妹不知，只得暗中用指甲刺激。赛义德似乎观得，脸色怪异，只是他应该不知其意，无从报告。"

露西道："华夏夷人之文，天书一般，不是晓松教过，我等如何猜出。赛义德自然迷糊，不敢胡言。"

晓松仰头叹息道："桑若斯清洗阿莱货栈的将士，罪名多为秘密结党，企图谋反。我等这一走，众人性命难保。当年路见不平，拔刀相助，同情弱者一方的桑若斯，谁知他如今已成暴君矣！我等仓皇逃出，可惜了我那费尽心机收集的书籍，还有写完一半的书。"

达丽雅公主叹息道："桑若斯自小曾言，欺我者，我必还之；辱我者，我必杀之。天阻我，我灭天；地挡我，我毁地。如今细思极恐。若无母后，桑若斯早欺天罔地，致使生灵涂炭也。

夫君莫要哀怨，留得青山在，不愁没柴烧，何况是几本书。"

露西道："晓松辛勤撰写之书，我已悄悄放在莱比卜博士遗体颈下。今日哀悼之时，又被我暗中捜出，已揣在怀中。"

达丽雅公主喜道："还是露西机灵，得以保存夫君的著作。此书晓松视为性命。莱比卜太傅，用生命助我等逃离，桑若斯早封锁一切，恐母后偶知桑若斯杀我之心，暗中告知莱比卜，又相告我等，设法逃离。昨晚我灵机一动，方能趁机逃出。"

话音方落，听得身后叫嚣声一片，原来城里驰出一队军马，正沿路搜寻过来。公主叫苦不迭，定是侍卫挣脱绳索，舍命追寻过来。侍卫一路吆喝，要捉拿华夏相貌之人，路上行人纷纷躲避，将达丽雅与晓松露西三人晾在路正中。眼看就要暴露，方才跟在驴车之后的那队乞丐忽然拥来，不由分说便将三人推入路旁臭沟中，给他们管子，可隐在水下呼吸。那臭沟水面漂浮着烂枝腐叶，众乞丐又挡在跟前，瞒过了侍卫追兵。

待侍卫离去，乞丐们捜出三人，把露西架起，一起撒腿就跑。转过几道弯，前面便是山丘矣，晓松认出此方向，乃是当年去寻找的婆塔图栽种之地。

见已摆脱危机，达丽雅公主气喘吁吁停住脚步，满脸谢意。领头的乞丐竟是位小姑娘，晓松看着眼熟。只见那小姑娘鞠躬道："恩人在上，请受我等一拜！实不相瞒，我等也曾被追打，情急之中跳入臭水沟从容躲过，所以才想出此计，只是苦了恩人。我等兄弟姐妹仿华夏之礼，下跪拜谢恩人！"众乞丐纷纷向三人跪拜。

三人大为诧异，那小姑娘眼含热泪道："恩人认不出我等，我等却牢记恩人的样貌。当年有一爷爷、一姐姐与眼前华夏国的叔叔，来山里寻找婆塔图。若无爷爷与华夏叔叔和姐姐的搭救，后面又多次送来食物衣裤，我等村里的孤寡老幼，早就饥寒交迫死去矣。然恩人至今未曾留下姓名，我等今日认出华夏叔叔与这位姐姐，又见官兵追逐，岂会袖手旁观。"

晓松道："前些年莱比卜博士多次让人送来衣物食品，然后来不见你等踪影。博士还多方打听，皆言你等已病死饿死矣。我等知道消息，自责不已。"

小姑娘哭道："恩人搭救之常被恶人抢去，庇护我等孤儿的几位阿公也纷纷过世，我等无奈沦为乞丐，四处流浪。恩人姐姐有沉鱼落雁之貌，早镌刻于心。有一次偶尔街上见得姐姐，前呼后拥，匆匆而过，然我等一眼识得，便在城里流浪街头，心存寻得恩人的侥幸心。适才在广场树林中惊醒，见姐姐与叔叔交换衣裳时，我一眼便认出姐姐，心中又惊又喜，又觉蹊跷，必有事端，便跟随上来。天可怜见，让我等在此相认！"

达丽雅方知其中原委，见众乞丐将她当成露西，也不说穿。小乞丐们围着达丽雅，亲热地叫她姐姐，达丽雅与他们一一拥抱，泪水夺眶而出。晓松恐他们牵连受害，几次道别，然乞丐们执意跟随。为首的小姑娘道："受人点滴之恩，当涌泉相报。"

达丽雅不由叹道："仗义每多屠狗辈，无情最是官宦人。"

寻得小溪，众人洗濯干净，商议去往何处，达丽雅断然道："基什姆半岛！"

晓松沉吟道："树倒猢狲散，墙倒众人推。世态炎凉，曾受公主恩惠者，不落井下石者便少，艾哈卖德出身阿莱货栈，如今未被罢免，恐已非昔日之人……"

达丽雅满脸悲凉道："已无他处可去。桑若斯尚未罢免艾哈卖德，乃顾忌基什姆半岛之税收占全国三成，不过是缓兵之计。"

露西道："桑若斯布下天罗地网，如何前往？"

达丽雅道："翻过山林再行三十余里，就是盛产玫瑰的哈尔费蒂小镇，镇上有一家阿莱货栈。我等傍晚前赶至，可设法夺取马棚中的驴马，然后乔装打扮为乞丐，避开大路，有望急速抵达艾哈卖德府邸。"

众人大喜，即刻动身。到达哈尔费蒂小镇，众人蜷缩于阿莱货栈院外观望，趁傍晚伙计们做晚祷之时，悄悄撬开马棚栏杆，在灶火间放一把火，房舍很快熊熊燃烧，染红天空，马驴四散。在乱哄哄的救火人群中，晓松等人早已骑着马驴溜之大吉。

众人夜行昼宿，向基什姆半岛走去，因身无分文，一路皆靠乞讨糊口。达丽雅给几个小乞丐都取了华夏名字，分别为阿梅、阿兰、阿竹、阿菊、阿露、阿中等，领头乞丐就叫阿箐。露西心中叹道："上帝赐予达丽雅公主智慧、勇敢、矜高、刚强，本是君王之心，然终是女儿身，为情生，为情亡……"

艾哈卖德出身贫寒，束发从军后，因屡有战功，被选入宫廷禁卫军，宣誓为死士，曾为桑若斯太子与达丽雅公主的近身侍卫，后被太后萨曼莎钦点加入阿莱货栈。因其父母死于教派之间的械斗冲突，幼时又目睹苛政带给百姓的无穷灾难，艾哈卖德心中反对苛政。而晓松主张仁政，达丽雅公主倡导教派和睦，故二人深得艾哈卖德的尊敬。前些日听说国王桑若斯冷落达丽雅公主，又接密报，国王令缉拿达丽雅一行，艾哈卖德心中愤懑不平，挂念达丽雅等人的安危，心中焦灼不堪。他邀副将阿卜杜勒·瓦西德与巴塞尔，三人夜中于海边凭栏瞭望，讨论国事。

阿卜杜勒·瓦西德与巴塞尔都忠于达丽雅公主，欲装扮成平民，暗中前去都城，寻机搭救公主。艾哈卖德正与他们小声商议，忽听见不远处众侍卫的吆喝声，据说有小乞丐探头探脑，被捉拿绑来。艾哈卖德颇为惊诧，此时夜深人静，哪里来的乞丐？便命侍卫将乞丐带到跟前。

那小乞丐是个女孩，被带到几个军官跟前并不惊慌，不哭不闹，而是模仿了一段云雀鸟的叫声。艾哈卖德大惊，此乃公主幼时常学的云雀叫声，莫非这小乞丐是公主的信使？他斥令众人退后，与阿卜杜勒·瓦西德和巴塞尔跟随乞丐，迎候从不远处密林中闪出的达丽雅公主。

三人向公主拜倒，眼泪纵横。艾哈卖德道："桑若斯已是暴君！达丽雅公主深受百姓爱戴，军中多位将士曾私下发誓，要拥护公主。我与阿卜杜勒、巴塞尔已有商议，欲通告天下，拥戴长公主达丽雅为女王，建立阿莱公国！"

达丽雅公主仰头长叹："为天下苍生，我等不得不举事也！"

次月，朝政突变，伊马斯侯爵含冤自刎，有将士哗变，率众前来投奔达丽雅女王。桑若斯令法哈德围剿艾哈卖德之军。恐两军作战殃及百姓，达丽雅女王率军民十余万东渡鲨鱼岛，在昔日高兰巴大若思的地盘鲨鱼岛上，建起阿莱公国。法哈德率军进驻基什姆半岛，把那些留守观望、未随公主渡海之民，尽数屠杀。法哈德率军大举进攻鲨鱼岛，屡战屡败，望海兴叹，只得偃旗息鼓。桑若斯下令法哈德返回都城，后被擢升为军务大臣。

鲨鱼岛本是群岛，大小岛屿星罗棋布，宛如晶莹翡翠，镶嵌在万顷碧波上。岛上森林密布，终年苍翠，有奇峻悬崖，只可惜无飞流直下的水帘，少些万马奔腾之气势。云雀、鹭、犀鸟、缝叶鸟、戴胜鸟、夜莺等飞禽栖息于茂密森林，豹子、猴子、白羚羊、野猪等野兽，尽情于山中嬉戏。海岛四周，帆船点点，渔民张网捕鱼。若无战争，百姓可安居乐业，一片幸福安宁之景象。

达丽雅女王立于半山腰雪白的石灰岩上临风眺望。夕阳映照，岩石闪烁着别样之光彩，犹如女王披上神秘光环。举目瞭望，山下的小镇村庄败落不堪，因人口陡增，须砍伐树林用于建造房舍，以致山峦半秃。艾哈卖德安慰道："据战俘说，法哈德的战船，几乎被我军尽数打残，料想数年之内，无力前来侵袭，我国可依靠自己的智慧与辛勤劳动，开荒种地，砍树建房，圈养山羊，修造船只，重造家园。届时海里沙白浪洁，岸边绿树成荫，岛上绿树成荫，花香扑鼻，耳边回响悦耳鸟鸣，一个国富民强的阿莱公国，于此屹立世界！"

晓松道："战争频繁，民不聊生。如今战事已平息，百废待兴，当务之急是满足百姓温饱。眼前的残垣断壁，数年可新，只是半秃的山峦要恢复青翠，必得数十年之久。不如建造梯田，栽种五谷，自给自足，从长计议。"

女王道："如今各岛仅有少数耕田，尚不够自给，然尚有大片荒废之地，可以复耕，不仅自足，且够供应缓慢增长之人口，尚无须开垦生地。莱比卜太傅常言，沙漠荒化，究其实因，乃两分战争，八分地域过分开垦。沙漠化与盐碱化之祸，贻害子孙。鲨鱼岛若开荒种地，极易导致盐碱化而荒芜，不如尽力依其原状，恢复植被。'阿拉伯'一词，原意为沙漠；阿拉伯人，乃生存于沙漠中的贝都因人。我愿子孙生于山清水秀之地，不必再受沙漠盐碱之苦！"

艾哈卖德道："陛下高屋建瓴，高瞻远瞩。再据战俘陈述，莱比卜夫人携子孙举家迁回弗兰西国，仅带回满车书籍。"

达丽雅女王满脸悲戚，沉吟道："太傅与我，几同爷孙之情。太傅一生收集书籍，志在将摩邻国失落之文明完璧归赵。如今太傅夫人实现了他的心愿，不知太傅是否可以含笑九泉。"

达丽雅仰头，见天空湛蓝，成群结队之鸟儿忽而俯冲，忽而直上云霄，心情渐渐平复，笑问晓松："华夏枭雄曹操的《观沧海》，倒是可应此情此景。"

晓松点头，吟道："东临碣石，以观沧海。水何澹澹，山岛竦峙。树木丛生，百草丰茂。秋风萧瑟，洪波涌起。日月之行，若出其中，星汉灿烂，若出其里。幸甚至哉，歌以咏志……"

达丽雅女王仿效华夏商鞅之法，移风易俗，民以殷盛，国以富强，百姓乐用。商贸暂时由官府经营，并下诏均给岛民民田，诸男夫十五以上，受露田四十亩，妇人二十亩……两年休耕轮作者，所授之田率倍之，三易之田再倍之……轻徭役税负，孤寡老幼由官府供给。

第六十七章
演神曲戏台窥天机，入梦境冥府论科学

时光荏苒。三载过后，达丽雅女王令人贸易至古里，方知露西叔父已逝，家中寥落，堂兄弟投笔从戎，海上随军远征，仅取回露西父母及叔婶四人的油画肖像，引得露西悲泣不已。女王令人再访古里，露西堂弟依然杳无音讯，然带回华夏郑和舰队近年又访西洋诸国之讯。女王得知此讯，责令不许声张。晓松仿格画里姆大学，建立岛上书院，自命中华学正，当年的几个小乞丐阿箐等人既收为义子，也充作学子，只盼他们学成之日，便可尽心效力社稷。

达丽雅女王励精图治，复耕荒地，修葺渔船，农工商贸并举，职业不分高低贵贱，军民一体，学业兴盛，高利贷嫖赌等恶习皆禁，举国无教派纷争，国泰民安，渐成盛世，以致邻国众多百姓冒死偷渡前来。

然八年已过，达丽雅女王始终不育。露西令人寻遍诸国神医，仍无济于事。年中，达丽雅女王突发臆想，请来画匠，画得女王与晓松、露西等人之肖像，且依记忆画出父母肖像。晓松对画匠口述父母相貌，却始终画不出。最后是达丽雅女王亲自执笔，历经一月有余，终于将晓松父母的肖像画成。晓松立于父母像前，潸然泪下，哭泣道："瘴雨蛮烟，十年梦，尊前休说……"

再过一月，乃华夏除夕夜。女王身着露西亲手裁制的大明朝女装，随晓松设堂烧香，向祖上牌位祭拜，朝父母画像跪拜。女王又将露西父母叔婶的画像请来，与露西一道磕头祭拜。入夜，晓松情不自禁拥抱女王，行夫妻之礼。

次年深秋，女王难产危命，晓松无助，痛不欲生，双手击树，鲜血淋淋。晓松冲进卧室，紧抱达丽雅，接生婆惊恐不已，在室外颤抖，不知所措。露西冷静吩咐："若母子只可活一人，则舍子保母。"

晓松听见，频频点头道："不可拖延，必要舍子保母。"

达丽雅女王挣扎起来，亲吻晓松后凄苦哭叫一声，责令侍女将晓松拖出，传令艾哈卖德推进接生婆，剖腹保胎儿。艾哈卖德流着泪，用刀顶着接生婆，逼其动手。良久后，一声清亮之呱呱声落地，女王于欣慰之中与世长辞，留下遗言：其子取名林华夏，由露西抚养；命艾哈卖德、阿卜杜勒·瓦西德与巴塞尔三人辅佐其长大成材。

露西泣道："阿姐仙驾前，紧紧攥我之手，给这孩子指腹为婚，约定到其束发之年，娶艾哈卖德公爵之幼女妮莎努尔为妻。待林华夏长大，随他心愿，可率众返回大明国。待晓松百年之后，阿姐与晓松共葬一穴。"

艾哈卖德扑通跪下，泪如雨下，哭泣道："达丽雅我王，在天安息！我必肝脑涂地，效犬马之劳，保林华夏的江山，国泰民安！"

晓松紧抱达丽雅尸身，仰头长啸："达丽雅，我的贤妻，你将远行，我却留在此地……"

鲨鱼岛上山高林密，云雾缭绕。众人合力埋下木桩，晓松义子阿竹已是挥汗如雨。他噌噌爬上木桩，高声道："滴水穿石，不是因其力量，而是因其坚韧不拔，锲而不舍。记得十几年前登岛，几场大战，山林半秃，山河破碎，如今却已青山翠绿，江山如画。"

艾哈卖德道："岁月如梭，韶光易逝。山顶张网，凝结雾气，滴水成涓，旱地改为稻田。林君之创举造福子孙。又在岛上栽种出翠绿青竹，国人观之，爱不释手。竹林饮茶，享受耕田收割之乐，妙不可言！"

晓松道："岁月不待人，我等须勤勉，方能不负时光。"

阿箐笑道："莫道桑榆晚，为霞尚满天。阿父，艾哈卖德阁下，明日七月半为华夏的中元节，我等放河灯，祀母后，焚纸锭，祭祀土地。明晚书院学子演出歌剧《喜剧》，此剧由诗人但丁·阿里盖蒂之长诗改编而成。"

艾哈卖德道："既是中元节，何不演《窦娥冤》以警示世人？为何要演一出嘻嘻哈哈的喜剧？"

阿箐笑道："《窦娥冤》已演过数次，恐观众已看得腻烦。此新戏是从岛外引入，众学子稀罕不已，内容是诗人但丁的梦幻之旅，从人间悲凉凄惨之境，游历地狱、炼狱、天堂，揭示摩邻国之黑暗。此戏非喜剧，将军可有兴致？"

艾哈卖德笑道："若果真如阿青所言，我欣然前往观看便是。"

次日晚，月色朦胧，演出后众人不散，依然沉浸于剧情当中。晓松喃喃自语戏中之词："人不能像走兽那样活着，应该追求知识与美德。此言与阿勒夫博士所言如出一辙，知识即美德也！"

身边七岁的林大明，乃露西所生之子，不解问道："华夏哥，此戏剧好生诡异，看得人眼花缭乱。那地狱为何呈大漏斗之状，又分九层？戏中坏人、鬼怪都是何人？"

林华夏已出落得器宇轩昂，笑道："沙子在大漏斗瞬间坠落，凡生前为坏人，死后灵魂即打入地狱，承受各种酷刑惩罚，故地狱为大漏斗之像。阿箐姐言，戏中地狱与柏拉图的《理想国》描述相同。地狱第一层，有基督教诞生前古希腊罗马先贤，他们免受惩罚，然从第二层到八层，皆为生前犯下罪孽之人。戏中坏人，有罗马暴君尼禄，埃及艳后克里奥帕特拉，匈奴人领袖阿提拉等，也有道德败坏、人性沦丧的政客奸商。我以为善有善报，恶有恶报，生前不报，死后会报。"

艾哈卖德幼女，年长林华夏半岁的妮莎努尔咯咯笑道："名为《喜剧》，本以为是欢喜之戏，然扯出天南地北的鬼鬼怪怪。大人之世界，端的是怪诞无比。"

晓松笑道："东西方皆有人死后存有灵魂之说。应是告诫世人端正言行，多行善事，方可避免死后受到惩罚。"

入夜，晓松目不交睫，露西也寝不安席。已是五更，两人迷迷糊糊之中，雾气袭入房中，贴着地面弥散开去。窗外白茫茫一片，天连着地，地连着天，已是混沌之世界矣。

千年王八万年龟，老龟被一脚踢翻，好不容易缓过气来，听得两鬼嬉笑，睁眼一看，只见两个鬼差穿着相似的露着破洞的粗布衣，只是颜色黑白不同而已，皆是腰间系草绳，脚着蒲鞋，脖子上挂纸锭，腰挂铁算盘，左手持破芭蕉扇，右手持铁索绳链，肩膀耸起，背有一狗皮包袱，头发披散下来，吐着血淋淋的长舌头。这两个鬼差长相相同，都是八字眉眼，蒜头糟鼻，头戴长方帽，二尺来高，一个白高帽上写着"一见生财"，一个黑高帽上写着"你也来也"，原来是黑白无常。

老龟气不打一处来，破口大骂："臭不要脸的老东西，见我一次，踢我一次，祖上缺德十八辈，我诅咒你俩下得地狱！"

黑无常哈哈大笑："我俩本是地狱之鬼，我就是你祖上，骂我就是骂你自己，活得不耐烦不是？"

老龟道："就是活得不耐烦哩！老而不死是为贼，我九九八十一次，求你俩将我收回地狱，缺德的黑白无常，就是不予理睬！"

白无常嘻嘻笑道："老东西，你的阳寿为一万零一百岁，还有九十九岁，尚进不得地狱。老鳖，天堂有路你不走，地狱无门偏要撞，不踢你踢谁？"

老龟叹息："人间看不到天堂，只晓得地狱。天堂太远，鬼门关路近在咫尺。"

黑无常问道："你想象的鬼门关之路，咋哩样子？"

老龟说："车轱辘话，再说一遍。人间传说人与动物死后，先到鬼门关，出了鬼门关，便上黄泉路，路上盛开着只有花不见叶的彼岸花。可怜花叶生生两不见，相念相惜永相失。路尽头有忘川河，河上有奈何桥。走过奈何桥，有一个土台叫望乡台，望乡台边立有孟婆亭，孟婆守候在那里，给每个经过的死灵递上一碗孟婆汤。喝下孟婆汤，一生爱恨情仇，一世浮沉得失，都随这碗汤遗忘得干干净净，今生牵挂之人，今生痛恨之人，来生都是形同陌路，相见不识。阳间的每个人在这里都有自己的一只碗，碗里的孟婆汤，其实就是一生所流的泪。

为了来生再见得今生最爱的人，你可以不喝孟婆汤，那就跳入忘川河，等上千年才能投胎，可见得挂念之人。千年之中，你或许会看到桥上走过今生最爱的人，但是言语不能相通，你看得见她，她却看不见你。千年之中，你看见她一遍又一遍走过奈何桥，那千年孤魂野鬼的煎熬之苦，有谁能受得。千年之后，若心念不灭，还能记得前生事，便可重入人间，去寻前生最爱的人。有道是奈何桥，路遥遥，一步三里任逍遥；忘川河，千年舍，人面不识徒奈何。过了奈何桥……"

黑无常不屑道："老鳖啰唆！颠三倒四，老套之说，毫无新意。只是没想到你老鳖，居然还是个情种。"

老龟翻眼道："我老套？难道地狱有变化？哦，上下无常，非为邪也。是身无常，念念不住，犹如电光暴水幻炎。一旦无常万事休。"

白无常拽着黑无常离去，丢下几句："听说娑婆无量苦，为君一一分明举。风俗淫邪人跋扈，多图圄，命终未免沉冥府。检点恶名看罪簿，因兹惹起阎罗怒，炉炭镬汤烧又煮，争容汝，自家作业非人与……"

老龟道："呸，不是个东西，全是胡说！"说完后合上眼，懒懒洋洋趴伏在石头下。天太旱，好在石缝间尚有一丝湿气。

黑白无常一口气走上三个时辰，见前方有个亭子，亭上刻有"枕中"两字，亭子里空无一人，山风吹来，甚是惬意。两鬼在此歇息，白无常道："枕中亭，此名莫非来源于唐代沈既济的《枕中记》？"

黑无常道："可不是！人间之人，一生追求的最高境界，全在《枕中记》展现。士之生世，当建功树名，出将入相，列鼎而食，选声而听，使族益昌，而家益肥，然后可以修身养性，齐家治国平天下。戏中那卢生，尝志于学，富于游艺，自惟当年青紫可拾，然已适壮，犹勤畎亩，视自己为荒度岁月，生世不谐。遇上吕翁，青瓷枕头一个，于是人生发生翻天覆地的变化，所谓世间四大喜降临头上。美貌天仙般的富家女崔瑶芳，令多少人倾慕不已，却与他洞房花烛夜；金榜题名，遇难时他乡遇故知；就是一个久旱遇甘霖，也被吕洞宾化作一条龙，又有皇上赐予的万亩良田，年年喜获丰收。大全大美之事，令人可望不可求，最终不过黄粱美梦一场。"

白无常感叹道："凡人经吕翁点化，夫宠辱之道，穷通之运，得丧之理，生死之情，尽知之矣。然即便是梦，也令人欢喜，不像阴间我等，无梦无欲。"

虚空中忽传来一句："众生度尽，反证菩萨，地狱未空，誓不成佛。"

黑无常大惊："牛头菩萨面，马面夜叉头，牛头马面辨分明，万籁松闻只鸟啼。讨厌的地狱双煞，为何跟来？"

牛头手持一把铁叉，马面手持一面阔口长刀，阔步走来。牛头作揖道："愚弟见过黑白二位贤兄。"

黑无常道："咋哩事惊动冥府第一缉捕？怕我俩胜任不得？"

牛头道："贤兄多心了。贤兄出发后，冥府接天庭的九道急令，贤兄前去捉拿的孽障身携一物，极为重要，天庭令冥府千万小心，绝对得安全收回，如有损坏或遗失，必拿冥府试问。天庭为求妥帖，这才派我俩前来襄助。"

牛头拿出最高等级的密令，黑白无常看后，异口同声道："哎呀，原来两位是天国翰林院物理博士出身，怪不得被天庭点名，前来与我等一同完成此任务。有眼不识泰山，失敬失敬！"

牛头一口吞下密令，咽下后满脸严肃："事关我等性命，绝不可大意，速去为好。"

四鬼差拔腿疾行，一口气行了数百里，累得黑白无常气喘吁吁。白无常道："牛头马面贤弟，我与黑无常终年在外劳作，天庭与冥府的情形，我俩是孤陋寡闻。二位贤弟常来往于各机关，若见得玉皇大帝，不妨建议改革鼎新，人间死魂的押送，可不可以乘坐车辆，免得大家疲劳不堪。且路上危机重重，一不小心，死魂逃脱，便成了阴阳间的孤魂野鬼，我等就因此失职，以前屡屡被惩罚。"

马面笑道："绝无可能。当初设置冥府，几大原则不可改变，适配人类为第一原则。人间如何，冥府便如何；人间科技发达了，冥府随之改进。阴阳相转，遵循量变到质变的原则，人死后灵魂进入大地深渊，投入冥间地狱。不过两位贤兄请耐心等待，过不了多久，人间便要发生翻天覆地的变化了。"

黑无常惊讶道："贤弟如何晓得？"

马面道："我与牛头刚从天国回来，正好天国研发出时光穿梭机，我俩进得穿梭机试看今后五六百年的情形，哎呀，地球之变化，令人目瞪口呆。人类之异想天开，梦想成真，许多景象如同梦幻，呈现在我俩眼前。天上飞，海底游，地里钻之器物，应有尽有，人类极大解放得自己，免去千辛万苦。无数机器人代之劳作，两人相隔亿万里，瞬间可见。还有时光穿梭机，快过光速，不停运转。我等虽是物理博士出身，在如今天国，不过是科学愚昧者。"

黑无常与白无常笑道："我等不信。上次也是你俩讲的，光的速度快过音速，先见闪电，后听雷声，我等信服。然后又讲，光也有速度，太阳发出光，八分钟左右方能到达地球，光速是自然界中物体运动的最大速度，每秒可达三十万千米，我等尚半信半疑，今日贤弟又说时光穿梭机快过光速？哈哈哈，真是语不惊人誓不休。世上还有快过光速的？再言牛弟的'科学愚昧者'，新词呀，科学是咋哩神秘之学？"

牛头说道："科学是此次从天国学会的新词，大概是探究宇宙万物的本来真相之学。"

白无常不屑说道："哎呀呀，越说越玄幻！宇宙万物的本来真相如何晓得？晓得了，人鬼不皆跳出三界，盘古开天地，女娲抟土做人有何必要？"

牛头马面顿时尴尬不已，也自觉失言。天国的时光穿梭机，只可惜在其中观看时间太短，对未来也仅是窥得沧海一粟，未来之观，视为最高机密，牛头马面回到冥府，从未提及此事，不知为何，今日见得黑白无常，冲口而出。潜意识中，牛头马面觉得应该向眼前两位分享当今科技的最新知识，因为他们与自己一样，是冥府鬼差，支起了冥府大厦。

牛头马面低头闷声前行，可急坏了黑白无常。白无常忍不住道："既然在时光穿梭机待过，别蒙着被子放屁——独吞呀！讲讲内中最有价值之事。"

牛头得意一笑，道："刚才那番嘲笑，我以为两位不感兴趣，还讲它干吗？"

黑无常作揖道："贤弟之言过于玄虚，我俩糙鬼，又无城府，自然惊骇不已，绝无嘲笑之意，愚兄给两位赔礼道歉了。然贤弟已经勾起我的好奇心，要不晓得穿梭机实情，比杀了我还难受。求贤弟告知！"白无常也连连作揖致歉，满脸诚恳急盼之状。

马面叹口气道："送上门的不香，求来的香。穿梭机内中有价值的事太多，就只能满足一人一问了。"

黑无常问道："既然在时光穿梭机里看到有比光速快的物质运动，是咋哩物质？"

牛头道："我也是此次去天国知晓的。黑洞，宇宙膨胀，量子传输，光脉冲，量子纠缠，虫洞穿越等，都比光速快，黑洞可将光吸进洞中，你道快不快？时光穿梭机，发射的是微粒子的快子，神奇之处，其质量是虚数，它的速度将随能量的耗散而无限增加，当它的能量趋于零时，则速度趋于无穷大，最后速度超过光速。快子从一个时光坐标系转换到另一个坐标系的过程中，可能改变时间的顺序，即时间越过或倒流。'年轻女郎名葆蕾，神行有术光难追，快子理论来指点，今日出游昨夜归'，正是这首打油诗所描绘的奇迹。"

黑无常听得两眼发直，几乎一无所知，再细问，牛头笑而不语。

白无常又道："宇宙间的事情太大，我不问。听得刚才说的时光穿梭机中的快子，想起人间争论不休的世界，据说是由微粒子组成。贤弟看到的微粒子，是否可分？"

马面微笑道："微观粒子从大到小，有分子、原子，原子由质子和中子组成的原子核，外环绕电子。再细分下去，最后是基本粒子。而基本粒子，就是我在时光穿梭机中看到的六百年后不可再分割的微粒子的夸克。中微子号称宇宙间的隐身人，威力无比，贤兄手中的勾魂锁与哭丧棒，也有众多中微子。既然贤兄问起微粒子，我只能说，了解微粒子之后，会颠覆人类已知的一切知识与观念。特别是知道宇宙组成的终极密码后，别说人类，就是鬼域或天庭，也能了然于胸。"

黑白无常惊讶无比，同时举起手中之物，端详一番后，黑无常急切问道："此物由天国所制，看似平常之物，然能将阳间之人与动物瞬间捉回阴间。我等猜测了一辈子，今日才知其中奥妙。在贤弟面前，我等白活了一辈子。贤弟，刚才说超光速的微粒子，又说颠覆人类的认识，邪乎得令我窒息。可否透露一点，让我等见识见识，何为宇宙终极密码？"

牛头笑道："透露一点也不妨，说一说量子纠缠、暗物质、暗能量吧。哎呀，两位多问此一句，恐折煞一千年寿命矣。"

白无常道："折煞也行，能知晓宇宙密码也值得，毕竟活得久不如活得明白。顾名思义，暗物质，暗能量，乃我以为看不见之物。然量子纠缠就不得知矣。"

马面笑道："牛兄别糊弄人。实不相瞒，我俩实则也不知晓，请教过天国教授，教授举例说，心灵感应，便是量子纠缠的表征之一……"

话音未落，一道霹雳炸响，四鬼差被震得头痛欲裂，四肢瘫软，等他们从地上爬起来，天庭的时光穿梭机、微粒子、暗物质、暗能量等一切从天国带回的信息，在他们脑海中消失殆尽。他们面面相觑，愣了片刻，方记得任务在身，同时跳起来叫唤："方才发生咋哩？为何全不记得？哎呀，还有任务在身，赶快走，休要耽搁了正事！"

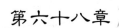

第六十八章
情深重杏儿勇捐躯，义难忘刑天慨赴死

四鬼差闷头又行一千六百里路。只见前面一片浓密森林，原应郁郁葱葱，只因天旱缺雨，又逢虫灾，森林只剩残叶败枝，花草蔫头耷脑，千年咆哮的孽龙河变成呻吟的浅溪，河滩上鱼虾尸体腐臭干瘪，水田裂开的泥巴，犹如四角上翘的豆腐干。人间民不聊生，饿殍满地，满耳俱是啼哭之声。看到有七块岩石凸出江面，鬼差方知快到目的地。翻过几座山，便是五彩村，他们加快脚步。到了五彩村，也是大旱之景，鬼差心情沉重，黑无常道："人间天灾，又是一出出悲惨景象。"

"可不是！"远处传来一声叹息，鬼差定睛一看，两位童颜鹤发，身着蓝袍，头戴平顶金冠，足踏秀履，手持化龙杵杖的老人慢慢走来，这二人正是被人间称为土地大道神祇的土地爷与土地婆婆。土地爷向鬼差作揖道："我公婆两人惊骇不已，有咋哩惊天大事，天高皇帝远之地，竟让四位冥府顶尖缉捕大爷齐聚而至？"

白无常骂道："土地爷，你也是受三界之敕旨，传雷霆之命令，祛邪扶正，降吉化凶，大悲大愿，大圣大慈的镇位真官，通灵夫子，为何见得人间悲惨却无动于衷？名不副实呀！"

土地公婆苦兮兮地刚想辩解，牛头笑道："土地公公岂有干涉阳间之理？别拿他俩出气了。土地公，我等前来缉捕郭杏儿，有劳公公相告郭杏儿的情形。"

土地爷大吃一惊，道："真是好人不长命，坏人活千年。郭杏儿乃本地郭乡绅的孙女，善良美貌，年纪尚轻。郭家世代贤德，又散尽千金救助乡梓，却落得家破人亡，如今只剩下杏儿一人，孤苦伶仃，为何让其早亡，还有天理吗？"

马面笑道："菩萨怕恶鬼，鬼也怕恶人，好人不长命，坏人活千年，哪来的天理？牢骚话少谈！郭杏儿是否藏有一银盒，巴掌大？"

土地婆婆道："哎呀，是林家小子林晓松从藕田摸得，送给杏儿当成玩物，后来失落，也不知去向。自从银盒被挖出，怪事连连。孽龙山的山魈似乎是银盒的护佑神，一直在银盒周围游动，前些年又平白无故冒出一个龙王塔。我也是偶然见得白龙出入龙塔，神龙见尾不见首，那山魈整日趴伏塔上，众人靠近不得。每月十五，乌泱泱一群金丝猴，远远朝塔顶礼膜拜。夜中塔内金光闪闪，我查看塔基，原来塔下埋有那银盒。曾有日游神与夜游神察觉金光，以为宝贝，前来抢夺，被山魈打得遍体鳞伤，落败而去。诸位如今方来寻找银盒，定是日夜游神隐瞒至今，估计还惦记此宝物。奇怪，世人只有杏儿与晓松进得塔内，可安然无恙出来。那只山魈原本是五通兄弟，五通为何流落在此，且待上万年之久，冥府无人晓得，也不晓得银盒为何物。只是昨日稀奇……"

土地公公突然一阵咳嗽，土地婆婆戛然而止，不敢再说，黑无常冷冷道："知情不报，死罪不饶！"

土地婆婆吓得赶紧说道："今晨池头夫人驾到，五通竟然没有咆哮，而是低头，视而不见。"

牛头紧张兮兮道："日夜游神，功夫不在我等之下，这趟差事苦也！五通乃阴阳的怪物，又不受冥府辖制，哎呀呀！白龙不可怕，只是银盒与五通定有瓜葛，眼下又来一个池头夫人，我等如何取回银盒？"

马面苦笑道："五通虽不受冥府辖制，然我等联手，岂有斗他不过之理？虽然阎王见得池头夫人，也要让她三分，然她怎敢阻拦我等执行公务？咦，且说那白龙是何方之怪？"

土地公公道："只晓得几十年前，武功山天空一道金光闪现，天空流星砸落，山峰顶一条白龙腾跃显出，我去冥府查无此龙，就称它为孽龙。哎呀，此龙跳出三界之外，曾化身韶光公子、樟树精、金丝猴等，见林晓松乃善良之人，暗中帮过林晓松无数次，林晓松方能多次遇难不死。此龙来后，五通大怒，与之交手九九八十一次，屡战屡败，只得俯首称臣矣。如今白龙令他往西，他不敢往东。只是与池头夫人有何关联，的确不知。"

众鬼惊讶，牛头猜疑道："五通桀骜不驯，武功高强，竟被白龙收服，其中定有蹊跷。"

"世上本无天知地知，你知我知之事，若要鬼不知，除非己莫为。"身后响起夜叉酸溜溜的腔调，黑白无常等大吃一惊。回身一看，原来夜叉、鬼王、日游、夜游、豹尾、鸟嘴、鱼鳃、黄蜂等阴帅已呼啦啦赶来，城隍爷正在他们之后满脸汗珠地追赶。城隍爷见众鬼差聚集在一起，终于长舒一口气。

土地公婆异常紧张，冥府十大阴帅齐聚，又有夜叉督战，城隍爷亲来，便诚惶诚恐道："一个名不见经传的黄毛丫头，竟能劳动大王与诸位前来？"

红发獠牙，手拿镇妖铃，面相狰狞凶恶的鬼王道："牛头马面走后，天庭又下三道严令，命我等必须找回银盒。阎王爷不敢大意，只得惊动东岳大帝，请示得令，我等齐聚，以保万无一失。"

黑无常将方才了解的情形禀报诸位，牛头阴森森道："黄毛丫头不惧，可惧的是五通，池头夫人，还有那不知来历的白龙，恐是一场恶战。"

相貌妖艳，长有三白眼，半神半鬼的母夜叉哼道："白龙，山魈，孽障而已，我一拳将它们打趴！"

日游与夜游心有余悸道："夜叉妹妹，我等与五通交过手，决不可等闲视之。"

鬼王不屑道："哪一个不是等闲之物？不过知己知彼，百战不殆。白龙，何人知晓？"

城隍爷道："鬼王，在下晚来一步，乃是因为出门时接到阎王急信，让我转告诸位，五百年前，浙江天台山有贫苦农家邢家，有子名邢田，自幼勤奋，凿壁借光而饱读诗书，孝悌忠义为先，宽仁容恕立身，然至而立之年，家中依然贫寒，三亩薄田不足温饱。有一天，天空飞过巨鸟两只，乃是西洋飞来的阿普陀思鸟。此鸟展翅，宽一丈有余，翅膀扇动一次，可浮在天空半日之久。邢田记得《山海经》记载，此鸟一生飞行不辍，日行千里，五六岁相觅伴侣，一雌一雄至死也不分离。若一方逝去，另一方每岁必回来寻觅，又被称为夫妻鸟。邢田见到那鸟，正欢喜惊叹，忽然一道闪电霹雳，将那阿普陀思鸟打落山峰。可怜母鸟摔得浑身是血，又口干舌燥，奄奄一息。恰逢大旱，山中溪水干涸，那公鸟的翅膀也已然摔断，无法寻水，只得将自己的身体啄破，把鲜血喂给母鸟。谁知母鸟尚未救得，公鸟已经血液流干而死。邢田见之，刺臂滴血，方救得母鸟。母鸟伤愈后，哀鸣不已，不肯离去，围绕公鸟尸体盘旋。这一幕，恰好被为南海龙王王后接生返回的池头姑娘撞见，顿生倾慕之情，化成田螺姑娘，与邢田有了一段情缘。然人鬼终是殊途，池头姑娘被冥府强行抓回，可怜池头姑娘一生未嫁，如今被尊称为池头夫人。那邢田被池头夫人暗中保佑，活了四百多岁，一生痴恋池头夫人，终生未娶，两人只能梦中相见。邢田死后，池头夫人哭泣不已，惊动阎罗王，阎罗王方知此事，大怒，亲自捉拿邢田灵魂，然邢田灵魂早化为一条白飞龙，藏身于武功山。也不知为何，阎罗王回来，忍声不语，再不提起此事。你说，蹊跷不蹊跷？诸位完成任务，我也得随大伙回冥府复命，诸位必去喝孟婆娘娘的忘却汤，将此事从记忆脑海中抠出。"

众鬼听了，满心猜疑。白无常道："原来白龙因情长寿，然也并不稀罕，人鬼之情多矣。然是阎罗王的态度，实在诡异。"

夜叉道："阎罗王忌惮池头夫人，据说是因为池头夫人与东岳大帝交情深厚。莫非那池头夫人与东岳大帝也有私情……"

虚空一记响亮的耳光，打得母夜叉四处找不到牙。众鬼惊骇，低头跪下，鬼王恨恨斥道："大不敬之语，尔也敢说，岂不找死！泼妇，平时被阎罗王惯成这样！此事牵连阎罗王与东岳大帝，尔等不可妄言！"

夜叉似乎被打醒，哭道："我嘴贱，该死！池头夫人定是昨夜知道黑白无常的公务，今日领先黑白无常兄弟一步，前来通告相好的白龙。今日我来督战，若有干扰公务者，立斩无赦！"

豹尾、鸟嘴、鱼鳃、黄蜂四鬼差窃窃私语，鬼王道："何事私下嘀咕？"

豹尾道："诸位乃西方鬼族，也许不知我华夏一传说。邢田者，刑天也。"

众鬼闻之，惊讶不已，夜游失声道："刑天，敢与天帝争神，天帝断其首，然奈何不得。

刑天的灵魂，阴阳间神出鬼没，果然来历不凡……"

众鬼面面相觑，俱望着鬼王，待其决断指示。鬼王骂道："刑天惹怒天帝，岂不当场丢命？草莽一个，我等何惧！我等乃是令人闻风丧胆的冥府十帅，一个刑天，就让诸位胆怯？我等前去收了郭杏儿魂后，土地公令大蟒拱倒龙塔，取回银盒。五通等若敢阻拦，杀无赦！"

五彩村的里长郭康德，如今已是身着前胸后背补子上绣有五蟒四爪溪鸟图案、戴着素金顶花翎帽的县丞。他放下狠话，五彩村哪一个求来大雨，就由哪一个来当五彩村里长。然时过三年，里长依然空缺，由郭家六爷代理，郭六爷又是郭家祠堂的宗长。今日郭六爷领着宗保、宗正等，尚有梁大地主家的梁贵公子，梁公子身后还跟着张管家与十几位家丁，众人凶神恶煞扑向林家坳，前去捉拿被道佛寺庙的道士与方丈定为祭祀龙王之玉女，落败乡绅郭家的孙女郭杏儿。有人密报，郭杏儿被林家小子林晓松与伙伴牛牯崽、瘌痢牯、侯三、红红几个隐藏在林家，里长与梁公子盛怒，三年大旱，颗粒无收，眼下需要献祭玉女给龙王求雨，岂可让玉女跑掉？

张管家带人闯进林家，砸锅捣灶，掀桌打砸，林家的黄狗叫唤几声，也被来人几棍子打死。郭六爷与宗保几人躲在房外，看着梁家的恶仆打砸家什，视作无睹。躲在床下的郭杏儿与林晓松弟妹俱被搜出，林家仅有的一小袋大米也被抢走。这伙恶人将晓松弟妹关在屋中，将杏儿捆绑，堵上嘴，骂骂咧咧推搡出院，与刚从水稻田赶回的林晓松、牛牯崽等人碰个正着，围观的乡里越来越多。见家被砸得七零八落，晓松怒火中烧，手持扁担横在路中道："为何砸我家？为何捆绑杏儿？"

张管家嘿嘿一笑，慢条斯理说："正要去水田找你，来了正好！欠债还钱，杀人偿命，天经地义。不砸你家砸谁家？你家欠债，拖着不还，我若不杀一儆百，难道看着众人以后跟你一起欠租抗税？"

晓松一愣，道："近两年久旱无雨，水塘里干涸，河水几乎断流，田里的稻苗都焦枯了，哪一家不是披星戴月，辛辛苦苦从河里挑水才保住水稻没有绝产？去年的收成，我家凑齐五石多，几乎全交租矣，如何尚欠地租？郭乡绅几代仁慈好义，救助贫弱，恩惠农家，如今落败，你等恩将仇报，将杏儿抓为祭祀龙王的玉女，分明是落井下石，司马昭之心路人皆知，图谋瓜分郭家最后的田亩与财产而已！"

梁公子气急败坏，道："郭家家破人亡，全怪郭泽民写的复明反清诗句，什么'驱除鞑虏，恢复中华'，写此等反诗，岂不被抓？死有余辜！我早已查明，村里抗捐抗税之风，就是你林晓松、牛牯崽、瘌痢牯等人领头所为！"

瘌痢牯："呸！郭家被官府所抓，就是被你所害！梁贵，你狗都不如，栽赃诬陷的驴卵子东西！"

张管家道："我不与你扯反诗，先论地租。你家交的五石米，连个欠债的零头都不够。竖起你的狗耳朵，给我听清楚啊。你家租地五亩，按照契约，一年两季，亩产应该是五石半多，每亩应交三石半，五亩一共应交十七石半，因大旱两年多，梁老爷仁慈，让出一半，那每年也得交八石不是？还有多年欠的税，有牲畜税、粪税、孝敬银，花捐，灯捐，车税等，你们分文未交，全由我家老爷与郭六老爷垫付。欠租与欠税，有你公公与吖吖按过手印的几张欠条，你不认账，是想耍赖不成？如今大清朝搞的是顺庄编里，缴税的滚单，清清楚楚，全部留存，由里长领衔，十户一单子，有甲首监督，自封投柜，郭六老爷没让官府拘捕问罪，你等理当感恩戴德矣！大旱年祭祀龙王，又是郭六爷与我家老爷出钱出力张罗的，你等私藏杏儿，就是公然与郭六老爷作对，与龙王作对，与天作对！我不砸你家，你等不知马王爷几只眼？"

张管家掏出一纸，在晓松脸前嚣张晃动着。

牛牯崽道："晓松，我家也有他家的欠条，是被他们强行按上手印的，我们又不识字，说是欠下的高利贷，最后由着他们说欠债多少，家中几亩地也被他们抢走。这分明就是抢夺，我等别理睬这张破纸！"

梁贵骂道："破纸？你好大的胆子！何必一笔笔算账给这些穷鬼听，我早就说了，太客气不成，穷鬼都是敬酒不吃吃罚酒！郭六爷里长，别躲在树后，出来说几句呀！"

郭六爷与祠堂众人尴尬不已，只得显身。郭六爷道："方圆百里已是大旱三年，各村百姓沦为灾民，官府的救助，因你等闹起的抗税风波搁置，官府恼怒，迟迟未下救灾粮食。若不想饿死，唯有祈求龙王下雨，保得水稻，方能让百姓活命。龙塔乃飞来之神塔，我等谨以牲牢之奠，致祭于龙王之神，郭杏儿有幸为献祭的玉女，肩负神圣使命，是郭家之光耀，也满足杏儿终日挂在嘴边的为民造福之愿。再说郭乡绅家欠下梁家巨债，杏儿被抵债为梁公子之妾，梁公子深明大义，献出杏儿为牺牲，已是大义。你等孽障，竟然掩藏献祭之礼，好大的胆！又领头欠债抗税，对抗祈雨，对民作对，不但反大清律法，还想反天规不成！"

晓松愤怒道："你们已经逼死我与牛牯崽、痢痢牯的公公婆婆与父母，除红红姐之外，也逼死了红红姐全家，逼得全村多少人跳河自杀！我们祖居五彩村，每一块田地，都是我们开垦；每一粒米，都是我们的汗水换取；每一栋房屋，都是我们骨血构成！现如今梁家等大户，几乎都是外来门户，为我们五彩村流过一滴汗水吗？耕过一亩田吗？织过一寸布吗？你们巧取豪夺，欺男霸女，抢我土地，五彩村的贫苦人家，谁家没有一本血泪账？村规民俗，大清律法，你等口中的天规，还不是怎么有利于你们，你们就怎么说！我就偏不信咋哩狗屁村规律法与天规！放下米袋，放开郭杏儿！"

牛牯崽、痢痢牯、侯三与红红等人紧贴晓松，齐声怒吼："天道，地道，人噢人之道！我等不服，当以重写之道！"

梁贵提着又细又高的嗓子喊道："天道，地道都敢反？反了，反了，给我打！往死里打！

生死富贵，岂可更改？我为民除害，替天行道！"

梁贵一踹张管家，张管家带着十几位家丁恶狠狠扑向晓松等人，举刀便砍。晓松等人持扁担相迎，一场恶战即起。围观的乡里敢怒不敢言，忍泪低头。

鱼鳃在一旁叹道："田家少闲月，五月人倍忙。夜来南风起，小麦覆陇黄。妇姑荷箪食，童稚携壶浆……"

黄蜂道："相随饷田去，丁壮在南冈。足蒸暑土气，背灼炎天光。力尽不知热……"

豹尾道："但惜夏日长。复有贫妇人，抱子在其旁。右手秉遗穗，左臂悬弊筐。听其相顾言，闻者为悲伤。田家输税尽，拾此充饥肠……"

鸟嘴也是一声叹息："今我何功德，曾不事农桑。吏禄三百石，岁晏有余粮。念此私自愧，尽日不能忘……"

鬼王冷冷道："人类自从诞生之日，便是遵循人喫人之道。晓松几个，岂能改道？"

牛头道："正是。若想改道，也不是没法，得改天换地，将人蜕变，行科学之道。"

黑无常道："牛弟又患书生迂腐病矣。你那科学之道，可望不可即。当然，人类也许终有一日醒悟，走上此道。"

张管家领着众恶仆与晓松等几个半大小子大战半晌，七八个梁家家丁已被牛牯崽打得哭爹喊娘。眼看梁家家丁落败，郭六爷一努嘴，宗保宗正领着七八个乡勇扑上。晓松与牛牯崽、瘌痢牯、侯三、红红姐互相掩护，牛牯崽大喝一声，一根扁担扫去，家丁乡勇纷纷倒地，被打得满地找牙。围观的乡里齐声起哄："好，打得痛快！"杏儿瞅空飞起一脚，踢得梁贵捂着裤裆龇牙乱叫。

梁贵恼羞成怒，从腰间拔出弗兰西手枪，只听砰的一声，侯三中枪倒下，张管家等人也纷纷举枪，牛牯崽、瘌痢牯、红红等人应声倒下。梁贵将枪口对准晓松，杏儿飞身跃起，挡在晓松身前，后背登时被炸得鲜血汩汩而出。晓松大叫一声，扑上抱起杏儿，梁贵又是一枪，晓松垂头倒下。

梁贵冷冷笑道："还是西洋人的枪好用。谁还敢叫嚷相救杏儿？"

在场乡里鸦雀无声。

宗正嚷道："哎呀，不好，杏儿伤重，恐丧性命！"

郭六爷吼道："发咋哩呆呀，赶快抱回，抄近道去朱郎中家中！落气之前，灌上水银，必须确保玉女面目如生，可别激怒龙王！"

鬼王也在一旁急道："黑白无常，别发愣呀，快快吸魂！若杏儿魂魄散去，我斩你俩的鬼头！"

黑白无常这才反应过来，闭目念念有词："奉阎王急急勅令，吾今差役，收魂纳魄，捧回地府。吾乞三魂早降，七魄来临，天门开，地门开，收你魂来。谨请南斗六星，北斗七星，还有一个湛湛青天紫云开，朱李二仙送魂来。三魂出来归我钵，七魄不散护本身。

青帝护魂，白帝侯魄，赤帝养血，黑帝通血，黄帝中主，万神无越，生魂速来……"

二人忙碌一番，收了杏儿的魂魄。马面在一旁道："怨不得冥府令我等全部到场，确保你俩顺利收魂，原来杏儿非同一般，恐那龙王享用不得……"

话音未落，只听人群中传来惊呼，远处龙王塔轰然倒塌，村民惊悚，脸色刷白，纷纷扑地叩头不止。不消片刻，便见刑天、五通、池头夫人一行急匆匆走来。五通狂啸，见得人群，左右手胡乱抓上梁贵与张管家，张口生嚼，血喷如注。人群惊散，只留下晓松等六具尸体。刑天见晓松等人倒在血泊之中，大叫一声："晓松，我被大蟒精围攻，耽搁住了，我来迟也！"抱着晓松的尸身仰头大哭。

池头夫人摸了一下晓松的脉搏，惊喜道："尚有余息！让开，我来救活！"

池头夫人化成村姑，与晓松对口呼吸，晓松脸色渐呈红润，缓缓醒来，忍着剧痛挣扎起身，向池头夫人磕头道："恩人，恳请相救杏儿、牛牯崽等人性命！"刑天也催池头夫人相救。

池头夫人悲戚道："我若能为，绝不推诿。刑天哥，杏儿已被阎王爷生死簿勾名，我只得返回地府，求阎王爷生死簿上改名，替换一人。只是被替换之人，必须心甘情愿替杏儿死去，否则阎王爷也难以更换。牛牯崽几个，几无可能，另外……"

晓松急道："我愿用自己之命，换回杏儿之命！"

池头夫人忍不住泪如雨下，抽泣道："我泥菩萨过河自身难保，天庭冥府绝不会轻饶我矣，捉拿我的众兄弟已来！"

众鬼差闪出，鬼王抱拳作揖道："知道就好。池头夫人，你冒天下之大不韪，与罪犯纠缠不清，死罪难逃。我等平日与你交情不薄，然玉皇之天命违抗不得，夫人休要记恨我等。也麻烦夫人助我奉劝刑天与五通兄弟交出银盒，若能如此，我等友爱依然，绝不为难夫人，回府后我等央求阎王爷，豁免夫人之罪，刑天与五通往日的胡作胡为，也可既往不咎。若不交出银盒，我等今日就要刑天与五通的性命！"

刑天仰头哈哈大笑，五通从怀中掏出银盒笑道："竟敢威胁我！嘿嘿，实不相瞒，我也是奉得密令，守候银盒万年。当年有令，待我守候期限届满，便有白龙前来挑战我，若我与之相斗，九九八十一回合俱败，白龙便是接替我的银盒守卫者。一万年太短，白龙刑天果然如期而至，我与刑天兄弟大战三日，终为他手下败将，今日正好是交接银盒之时。交不交银盒，由刑天决定。我与刑天不打不成交，已成患难之友，我自然护佑刑天兄弟！"

五通言毕，恭恭敬敬将银盒双手捧给白龙，白龙收起。五通撅起屁股，朝鬼王噗噗三屁放出，讥笑道："要取银盒，得问我双拳是否答应！"

鬼王大怒道："敬酒不吃吃罚酒！我等千山万水赶来，五通刑天无视我等，还挑衅奚落。老虎不发威，当我是病猫，今日就打死你个无赖！"

土地公婆刚想劝阻，双方已然爆发恶战，斗得昏天黑地。刑天丝毫不敢大意，紧紧护住池头夫人。冥府十大阴帅久攻不下，众鬼遍体鳞伤，若不是刑天手下留情，早已魂飞魄散。众鬼方知刑天神功之威。土地公婆吓得不敢观望，城隍爷头上挨上一拳，险些丧命，情急中狠踹土地公一脚，土地爷方醒悟，一个响指，招来一条白额老虎，老虎纵身扑上，一口咬上血泊中奄奄一息的晓松。刑天大惊，扑身相救，五通被众鬼缠住，脱身不得，夜叉大喜，与鬼王一道趁机将池头夫人擒住，仰头狂笑。

夜叉冷笑道："刑天，池头夫人痴情，为你甘愿冒犯冥府，如今被我捉住，你救是不救？你若不弃刀受擒，我一刀要了池头夫人的命！"她与鬼王双刀架在池头夫人脖子上，恶狠狠地发出威胁。

众鬼见状停手，那恶虎被土地爷一击虎腔，正要纵身而逃，被五通一掌拍得五脏俱裂。五通又是一掌，土地公婆双双毙命。池头夫人哭泣道："刑天，我的夫君，万万不可交出银盒！若交出银盒，你将万劫不复，化为尘埃矣。你与五通携银盒速速离开，我早已厌烦冥府的腐朽恶臭矣，死有何惧……"她泣不成声，被夜叉用草堵住了嘴。

刑天深情道："我的挚爱阿妹！今日不能保护好阿妹，甚是羞愧痛心。我早发誓，为你死，为你活，岂能置你不顾？"他擦去眼泪，"鬼王，一手交银盒，一手放开我池头阿妹！"

鬼王摇头道："我等不知你与池头夫人之言是否有诈。若放开她，即便你将银盒给了我等，然你不死，我等又不是你的对手，岂不又会被你抢回？你要是对她真情，不如自杀在前，我等以鬼格担保，定会放走池头夫人，让其成为天野游仙，自在快乐！"

刑天嘿嘿一笑："你说的话，人都不信，不如我跟你等去冥府，此事由阎罗王决断，你等便毋须担责。"

五通道："白龙兄有情有义，与兄成为生死之交，我今生足矣。不管兄去何方，我定一路追随！"

鬼王道："实不相瞒，我等得令，有阻扰者，就地灭之，若带你与五通回去冥府，岂不是我等与你俩合谋，将灾难引回地府？阎罗殿上我等还如何保命？"

双方僵持不下，夜叉两眼一转道："我有一法，双方都能免去为难。那林晓松愿意替郭杏儿死，刑天也愿意为池头去死，刑天既去不得冥府，不如将银盒交给晓松，再将搬运银盒的神力移给晓松，晓松凡人俗气，尚未跳出三界，有了刑天之神力，便可过得鬼门关过。待回到地府，我等实情禀报，再央求阎罗王，将生死簿上郭杏儿的名字改为林晓松。一介凡人而已，阎王爷全不当回事儿，应会准许。郭杏儿得救，喝下孟婆娘娘的忘却汤，便可返回阳间。冥府收到银盒，也许也可免去池头夫人之罪，如此岂不两全其美，皆大欢喜？"

众鬼低头沉思，随后纷纷点头。只有池头夫人被绑，拼命挣扎摇头。刑天仰天长叹："罢了，也只好如此，只求池头妹得救，我化为微粒也不足惜。即便化作微粒，我也绝不离弃池头阿妹！"

刑天转身抱起晓松，附在他耳边嘀咕许久，然后深情望着池头夫人，倏然凭空消失。

晓松身体浮于空中，缓缓落下。池头夫人与五通见状，知道刑天已将神力转给晓松，自身消散，顿时泪如雨下。池头夫人昏厥过去，五通一拳砸在自己的天灵盖上，咔嚓一声，脑浆迸裂，倒地身亡。晓松心痛欲裂，蹦起仰天大叫一声："老天爷，睁开你的狗眼！"

天空瞬间乌云密布，如同黑夜。一道闪电，霹雳炸响，一棵十人方能合抱的大树咔嚓一声，上半段一头栽下，险些砸着众鬼。狂风肆虐，鸡蛋大的冰雹劈头盖脸砸下，仿佛天崩地裂。地上寸厚灰尘，轰然扬起，遮天蔽日。龙王塔的牌匾突然砸下，直插入地上，又有一颗夜明珠凭空出现，照在牌匾之上，牌匾上的字迹清晰可见，夜叉念道："九有慈恩普，头衔龙王尊。"话音刚落，暴雨瓢泼而下，干涸的孽龙河顿时咆哮起来。

鬼王叹道："奇怪，飞来的是福建太平港三宝塔顶的龙珠，莫非晓松与刑天，在福建有遗憾？还是他们在西域有什么未了之事，未竟之志？刑天有情，怀生之伦，尽荷明德，死后化为及时雨，还报人间……"

第六十九章
亦真亦幻困陷冥府，不破不立炸灭鬼都

　　鬼城丰都位于华夏四川浩浩万里的长江边，平都群山中，人间叫巴子别都，自古便有"壮涪关之左卫，控临江之上游"之美誉。平都群山起伏，层峦叠翠，丰都镇上石径萦纡，林木幽秀，梵宇层出，乃是人间非凡之地。道教创始人张道陵惊叹丰都："万仞峰峦插太清，麻姑曾此会方平。一从宴罢乘云去，玉殿珠楼空月明。实是三十六洞天，七十二福地之一，紫府真仙之居。"

　　城隍爷久未至此，看得目不暇接。丰都镇上，东北隅还是那座通仙桥，上山路中依然屹立接引殿，多了望乡台、竺国寺、关公庙，其后是千年之久的无常殿、孟婆茶楼、钟馗殿、十王殿、北岳殿与文昌宫、东岳殿、火神庙、雷祖庙。那拐弯处，一片血斑的香妃竹林尚在，依然郁郁葱葱。再往后为三清殿、送子观音殿、千手观音殿、极恩殿、三宫殿、大雄宝殿，之后便是让凡人们魂牵梦萦的奈何桥。过了奈何桥便是三十三阶的石级，其上便是享誉天下的天子殿。只是如今天子殿前，又修了一个百子殿。

　　城隍爷站在城隍庙前，哭笑不得："丰都，已是儒释道的大杂烩，好在西方的诸多宗教尚未传入，不然丰都鬼城成为世界之鬼城矣！我叹炼丹福地此嵯峨，下界无如上界何。若论神仙官府事，韩擒只愿作阎罗。莫是世途机太险，反将地狱号平都……"

　　众鬼瞥他一眼，鬼王道："闲话少叙，赶紧跟上！"

　　前方闪出一鬼，鬼王打量一下，赶紧抱拳作揖："哎呀，惊动温元帅矣！愚弟有礼，拜见温元帅！"

　　温元帅温琼，乃天地闻名"马赵温关四大元帅"之一，东岳大帝十太保排行第一，道教护法神将，真武大帝属下三十六天将之一。他见众鬼无恙，郭杏儿等人的魂魄被押回，急切问道："银盒可带回？"

　　鬼王点头道："已在被押的林晓松身上。"

　　温元帅一愣："为何多了如此多的阴魂？林晓松又是何人？贤弟为何不将银盒揣在自己

身上？"

鬼王叹道："说来话长，见到阎罗王，我自会如实禀报。刑天与五通，已化成孤魂野鬼，在后保送池头夫人与林晓松，我暂时还无法取得银盒。"

温元帅道："也好。鬼门关前，东岳爷等众王已是等候急切矣。"

鬼王等大惊，东岳大帝亲自驾临，真乃冥府开天辟地第一遭。众鬼赶紧各自整理一番，忐忑不安，继续前行。

东岳大帝立于鬼门关前，其后站立李封孚佑，钱封灵佑等十太保。东岳大帝旁边是地藏王菩萨，再是丰都大帝率东南西北中五方鬼帝，阎罗王率秦广王、楚江王等十殿阎王，其后是功曹司之六部曹吏，判官司之四大判官。城隍爷之上司阴曹司诸官，冥府众官等无一缺席。头挽笑髻，身着兰衣，左手提着茶壶，右手执杯的孟婆娘娘位列最后。再往后是众多地狱阴兵与十八层地狱狱吏。

鬼王率众鬼行叩礼，将取盒之经历如实禀告，夜叉又将细节添补上。东岳大帝长舒一口气道："只要银盒取回，万事可变通。阎罗王酌情速办。刑天兄弟，你也不现身，难不成还对我东岳大帝留有戒心？"

阎罗王道："在下遵旨，全力承办！"

众阎王赶紧忙碌一番。杏儿从勾魂器中浮出，转眼又是鲜活得很，与晓松抱头痛哭。地藏菩萨拽住晓松，晓松从怀里掏出银盒，地藏菩萨吹上一口气，银盒渐转透明。众鬼目不转睛，银盒中一黑蝉苏醒过来，张翼伸肢，通体放光。

城隍爷惊讶道："人间常将玉石或黄金雕成或制得通体晶莹、栩栩如生的金玉蝉，放在死人嘴中为玉暝金暝，祈求死而复生，长生不老。然银盒中之蝉，非金非玉，又不似阳间之蝉，何物所制得？"

众鬼面面相觑。银盒之蝉，实在稀奇得很，无鬼识得其中之妙，东岳大帝也不吱声。

阎罗王亲自松开池头夫人的绑绳，潜然泪下道："你我冥府同僚一场，相处为友。刑天与池头夫人之爱，感天动地。已请示过东岳大帝，池头夫人可离开冥府，以后便是自在野仙。我两袖清风，无以为赠，晓得阿妹一生喜爱百花，我送阿妹百花一束，今后阿妹持此鲜花，我闻着花香，便知阿妹的去向，也好探望。"

池头夫人泪如雨下，亲吻鲜花，哽咽不止。晓松哭泣道："池头夫人，杏儿，时辰快到，赶紧离开，不然竹篮打水一场空！"

杏儿抱住晓松不放，阴兵与狱吏地动山摇般地吼叫："交出银盒！"

吼叫声中，一个声音又尖又细，格外刺耳。晓松循声望去，大吃一惊，只见一面目狰狞、尖嘴猴腮之狱吏，正歇斯底里地振臂狂吼。晓松怒问："各位阎王，那个又丑又脏的狱吏，生前为何人？"

一判官阴恻恻道："乃是你的同乡梁贵。"

晓松道："阴间六轮回转自有准则，更要遵循善有善报，恶有恶报的因果。梁贵丧尽天良，无恶不作，为何未被打入十八层地狱，反而成为地狱狱吏？"

判官答道："梁贵生前作恶多端不假，然在世投身为倭，将俘虏的八百美女献祭于我冥府，此乃善举，死后为地狱狱吏，理所应当。阳间善有善报，恶有恶报，或好人不长命，坏人活千岁的例子，都多如牛毛，有何好责问地府的？"

杏儿大怒："阴间阳间，颠倒黑白！如此地狱，老天爷竟然默许，我若回得阳间，定炸毁丰都不可！"

众鬼哈哈大笑，夜叉笑得岔气，按住腹部道："初生牛犊不畏虎，你的小命，乃晓松自愿替你死去而救得，还不速速返回阳间，若惹阎罗王生气而后悔，你与晓松将双双毙命！"

杏儿抱住晓松哭道："我俩曾月下誓言，不求同年同月同日生，但求同年同月同日死。我离开晓松哥，活着有何意义？"

池头夫人身体一震，叹道："人言苍龙劲，花开不当时。本以为执子之手，与子偕老，然命运多舛，梧桐相待老，鸳鸯会双死，孤魂野仙，孤寂难耐，不如追随刑天而去，化成微粒，终可相伴！"

池头夫人一头撞去，就在鬼门关的门上香消玉殒。众鬼猝不及防，呆愣当场，杏儿抢过夜叉手中的短刀，抹脖自刎。晓松惊哭，手中银盒被阎罗王一把抢去。东岳大帝的十太保一拥而上，将晓松按在地上。晓松双眼流出一行血泪，浑身一震，竟将众太保掀翻。晓松跃起，仰天叹道："天理不存，天地不存！"盘腿坐下，闭目诅咒。那银盒砰然裂开，黑蝉吱的一声跳出，一道亮光闪过，地狱崩裂。硝烟散去，地狱也随之消散矣。

东岳大帝跪在玉皇大帝面前。玉皇大帝脸色蜡黄，他身旁立有西王母，其后北极中天紫微大帝，南极长生大帝，东极青华大帝，西方太极天皇大帝等无不耷拉着头不语。西王母苦笑道："冥府惟东岳大帝幸存，实乃不幸中万幸。何方妖孽，竟如此厉害？"

玉皇大帝叹道："人马座矮星系，有几个叛逆之徒来到我银河系世界，躲开我银河系的天庭，将中微子弹暗自带入地球，便是银盒。他们择得武功山上的五通与老鹰，令其先后守候银盒，又传授引爆的密码咒语，待这几人远离地球，到达安全区域，方才传信回来，引爆粒子弹，意图毁灭世界。五通乃万年之精，老鹰死后受得近万年的地狱煎熬，投生阳间为刑天。然此举被人马座矮星系的天庭察觉，急告于我，不幸中之大幸，几个贼子偷错粒子弹，慌乱中将 666 号看成 999 号，装入银盒。若是 999 号，真空气泡粒子弹爆炸，灭的不是地球冥府，而是真空衰变，银河系一切化为乌有，我等岂能在此叹得侥幸？世事无常，刑天附在晓松身上，然控制不得林晓松，林晓松根本不理会人马座矮星系的叛逆指令，引爆中微子弹，毁灭地狱，依了杏儿的诅咒。"

众大帝惊得目瞪口呆，西王母震惊半响，狠狠跺一跺脚，天庭震颤，东岳大帝羞愧不已。

返回途中，东岳大帝忽听得一声"足蹑耶稣古洞天，此身不觉到云间，抬眸四顾乾坤阔，日月星辰任我攀"，打量一番，见是一西方青年立于摩邻国之巅发出感慨。东岳大帝叹道："世界就此改变，从此换了阴阳间。"

"阿妈，为何阿爸长睡不醒？"林大明伏在父亲身边，睡眼蒙眬问道。

林华夏也哈欠连天道："已是一月之久，阿爸梦中挣扎，'杏儿杏儿'叫个不停，阿妈可知杏儿是何人？"

露西垂泪道："阿爸私下常叫你们达丽雅母亲与我为杏儿。夜已深沉，华夏与明儿睡去吧，阿妈守候便可。"

大明摇头道："我睡意已去，不如阿妈像平常一样，再讲一个故事，度过长夜。"

华夏点头道："那我讲一个故事。尧时十日并出，草木焦枯，尧命羿射十日，中其九日，日中九乌皆死，堕其羽翼，故留其一日也。《后羿射日》我记得烂熟，羿请不死之药于西王母，姮娥窃以奔月，怅然有丧，无以续之。每遇皎月，我便月中寻找大羿之妻嫦娥之影。昨日我跟阿爸讲了《阿里巴巴与四十大盗》的故事，盼望阿爸醒来。今日我念咒语'芝麻，开门吧'时，阿爸眼中流下泪水，令我惊喜不已。阿妈，可还有神奇的故事讲与我等听？"

露西略加沉思后道："古希腊有一女人，名叫潘多拉，是大众之神宙斯让火神赫淮斯托斯用黏土做成的，原本是赐给先知先觉者普罗米修斯的。宙斯恐普罗米修斯不纳其礼，令神使赫尔墨斯将她转赠给普罗米修斯之弟，后知后觉者，埃庇米修斯。埃庇米修斯生性愚钝，潘多拉兼具美貌与诱惑，又有爱神阿佛洛狄忒赋予她的令男人疯狂的气味，天后赫拉赐予她好奇心，女神雅典娜给了她无知，教她织布的技艺。潘多拉织出五彩衣装，穿上之后更加鲜艳迷人。神使赫尔墨斯传授其语言天赋，还有说谎的天赋。潘多拉拥有众神所赐的天赋，埃庇米修斯自然心动不已，欣然接受，结为伴侣。不久后，普罗米修斯赠给埃庇米修斯一盒，并反复叮嘱，万万不可掀开此盒。然潘多拉甚是好奇，趁埃庇米修斯外出之时，潘多拉悄悄掀开盒子，然大失所望，盒中无潘多拉所期待之物，而是逃出无数灾难与瘟疫。潘多拉大惊失色，人类本无任何灾祸，生活宁静，皆因病毒恶疾俱被关在盒中。然事已至此，无可奈何，灾难与瘟疫于是降临人间。慌乱与害怕中，潘多拉悄悄关闭盒子，然盒中只留下唯一美好之物，希望。从此即便人类深受灾难与瘟疫折磨，依然心存希望。"

林华夏惊讶问道："宙斯为何要这么做？"

露西叹道："宙斯此举为的是报复当年普罗米修斯造人，以及盗取火种之事。"

林华夏与林大明沉默不语。华夏突然问道："阿妈，听过摩邻国，阿拉伯诸国，大明国的众多传说，我甚是好奇，终有一日，多国文明碰撞，何方将胜出？"

大明笑道："阿箐姐等早有议论。千百年来，摩邻各国愚昧落后，阿拉伯各国旭日东升，大明国如日中天，自然是华夏文明高人一筹。"

华夏摇头笑道：“我以为不可妄下结论。阿爸常叹，华夏文明乃积累于实践，是无数先人的总结，然少逻辑推理，难于复制，又无欧几里得《几何原本》数学精密深邃的演算，后劲不足。有大学学者私下议论，依照西方文明，华夏文明之母《易经》，仅是朴素的哲学，孔孟之道虽被视为国教，然也有其短板。华夏之精神尚未成熟，华夏的历史，不过君主覆灭再生，一再重复，难以进步。华夏五经，乃是常识性的道德，各国皆有，算不得独特高明。学者之言，阿爸闻之，笑而不语，实则默认。”

露西笑道：“尺有所长，寸有所短。学者之言，出于对华夏之史的理解，缺乏整体认识，难免片面偏颇。若世界文明相撞，何方胜出，难以推断。然华夏的文明，自成一体，延续不断，若论包容性与兼容性，其他文明无出其右。”

林华夏与林大明眨眨眼，似懂非懂。大明道：“若将各国文明视为潘多拉盒中之物，各国文明相撞后，潘多拉盒破碎，文明俱泄出，不知何国的文明，会被视为洪水猛兽？”

话音刚落，猝然间大地震动摇晃，有声如雷，露西与华夏大明眩晕不能站立，相顾失色，不解其故。露西一把搂过林华夏与林大明，将他们护在怀中。俄而条桌颠簸，油灯倾覆，房中漆黑，屋梁橡柱，咔嚓错折，鸭鸣犬吠满耳。露西大叫一声：“是地震！快将阿爸抬出房外！”

三人合力抱住仍在昏睡的晓松，跌跌撞撞奔出房门。只听轰隆一声，身后墙倾屋塌。林华夏在晨光中举目，楼阁房舍，灰飞烟灭，街道塌陷，镇上夷为平地，逾一时许，始稍定，横尸遍城，儿啼女号，王宫众人，多半裸而出，惊魂未定，眼前几处倒塌房屋燃起熊熊大火。

林华夏吼叫：“赶紧救人！”

众人方才醒悟，纷纷抬梁撬板，从瓦砾下拖出被困人员，抢救伤者。艾哈卖德、阿箐等人身着寸缕，赤脚奔来，见晓松露西等人无恙，喜极而泣，反身投入抢救之中。

天空忽降倾盆大雨，大明赶紧寻得一条被子盖在晓松身上，打量一下父亲的脸，忽然惊叫一声：“阿妈，阿爸醒了！”

露西一惊，哆嗦着摸着晓松脸颊，泪流满面，哽咽着说不出话。林华夏与阿箐等闻之，惊喜扑来，小心扶起晓松。

晓松见这满目疮痍，长叹一声：“果然沧桑巨变。杏儿与达丽雅的忌日是否临近？”

露西哭道：“尚有一月。”

艾哈卖德、阿箐等众人闻得，潸然泪下，无不动情。

待到达丽雅女王忌日，阿箐满脸狐疑，早早来至尚未修葺好的宫宇，见阿梅、阿兰、阿竹等已立院中，面色怪异。阿梅道：“阿箐姐，适才我等聚在一起，相互讲述昨晚之梦，惊诧不已。我等都梦见海面上飞来众鸟，多为本地未曾见过的鸟，然记得是晓松爸曾描述的样貌，似乎是来自大明国的鸟儿。”

阿兰道："梦中鸟儿起飞之地，有一条山脉，其中有莽莽苍苍的原始森林，沟壑纵横，溶洞深邃，山林幽谧，峰回岭转。盛夏骄阳下，有耀眼洁白的雪峰，风光迷人的高山草甸，不胜枚举的植物与野兽，令人心醉的瀑布湖泊，星星点点的吊脚楼，似乎是人间天堂，世外桃源。好像还有罗霄山脉的魔鬼岭，一个神秘莫测的岩洞，轰然飞出众鸟，盘旋山脉三圈后，向西方飞来。"

阿菊道："鸟群铺天盖地，笼盖四方，率先的是'云中谁寄锦书来，雁字回时月满西楼'的鸿雁，后面有浪里白条鹡鸰，如履平地的水雉，伶牙俐齿的画眉，模仿人言的鹩哥与八哥，有'清水出芙蓉，天然去雕饰'的芙蓉鸟，啄蝗虫的蝗畏鸟，有呼唤春天的布谷鸟，有色彩斑斓的红腹锦雉，有旖旎多彩的翠鸟，有朱鹮，褐马鸡赤颈鹤，秋沙鸭，天鹅，青鸾，孔雀，黑颈鹤，黄腹角雉，丹顶鹤，苍鹭等，有翱翔的老鹰，有怪异的懒婆娘鸟，有万鸟之王的凤凰……有'水击三千里，抟扶摇而上者九万里'的鲲鹏，最后是'轻声与君语，相思情长绵'的相思鸟……"

阿竹道："众鸟盘旋于鲨鱼岛上空，时而排成'一'字，时而排成'人'字，翅膀相连，如同一座天桥，飞架宇宙东西。它们伸长脖子，对着海岛发出'回家回家'之音……"

阿露与阿中点头道："我等梦境，如出一辙。阿箐姐昨晚可也做了这样的梦？"

阿箐眼噙泪水道："正是。我以为，是晓松爸思乡之情传染于我等，日有所思，夜有所梦。岛上积累十多年的木材，原本想用于打造郑和舰队巨船，以备东渡万里，回归华夏之需，如今却被晓松爸全用来修复震后的民舍矣。我等心存愧疚，于是有此梦。你等见得晓松爸，切不可言梦，以免伤情。"

此时艾哈卖德率文武大臣前来会合，晓松与露西牵着几乎与林晓松一般高的林华夏，齐露西肩高的林大明，汇入其中，一起前往山上的达丽雅女王陵园。

众人的头发在萧瑟秋风中乱舞，阿普陀思海鸟在空中哀鸣，引得阿箐等人惊叹不已。达丽雅墓前，晓松执血书哭道："十年生死，两茫茫，不思量，自难忘，千里孤坟，无处话凄凉。纵使相逢应不识，尘满面，鬓如霜。夜来幽梦忽还乡，小轩窗，正梳妆，相顾无言，惟有泪千行。料得年年断肠处，明月夜，短松冈。我妻，再等上些时日，该上路回华夏之家矣！"

念罢伏地，将被泪水打湿的血书放入火盆里，血书化为灰烬，随风而去。露西与林华夏、林大明也按华夏之礼烧香祭拜，之后众人列队跪拜。

艾哈卖德公爵扶起悲戚的晓松道："林君请安心。若不是地震，今年早就开始建造巨船。我等必尽全力筹备回归大明国之事，再等上数年，我亲自相伴林君回得乡梓。然先王遗骸还是安放此地为好，毕竟路途遥远。"

晓松点头，默默无语，鞠躬致谢。祭拜完毕，阿箐示意众人转身走回。阿箐等人领着林华夏，背上林大明，搀扶露西，走下山岗。

阿竹道："我定要随晓松爸回到大明国。大明国之言语，我已颇为熟悉，然其文章识不得几篇。在大明国走动，应该不至于窘迫不堪吧？"

阿兰笑道："平时不烧香，急来抱佛脚。不过不打紧，到时就装闭口先生罢了，外人断不知你腹中空空。"

阿菊自嘲道："大明国之文晦涩难懂，阿姐，我若抵达大明国，也只得是闭口先生一个。然大明国美食众多，若上了饭桌，我定是开口先生一个。"

阿露笑道："那阿菊姐就是好吃大肚婆的女先生一个！"

林大明嚷道："若论美食，我是馋虫一条。阿菊姐，我俩结伴，吃遍大明国大江南北的山珍海味，佳肴美馔，玉液琼浆！"

阿华道："这几年随晓松爸改良的几亩水田，所产粳米稀罕珍贵，我一心期待前往大明国，品尝罗霄山脉的粳米，尤其是五彩村的香米，看看与我鲨鱼岛所产粳米有何不同。"

林华夏笑道："论起大明国的文章言语，哥姐休要烦恼。只要在句子里加上之乎者也，旁人听了，定会称赞你饱读诗书。只是休要阅读文章，从头至尾混成一团，难以断句，我时常曲意理解，羞赧不已。"

妮莎努尔上前一步，拉住林华夏之手。华夏脸红道："食不连器、坐不连席，男女授受不亲，礼也。"

众人大笑，露西欲言又止。艾哈卖德早私下告知露西，这些年达丽雅的母亲萨曼莎太后几次密送书信，愿其外孙林华夏多修帝王之术，圣贤之道，切不可随父晓松，仅学农工技艺。恐晓松气恼，露西至今不敢言语。

第七十章
阿莱舰队烟消云散，华夏游子万里归国

路中晓松忽然心绞痛，不由大惊，每次心脏绞痛，必有大事发生。见晓松痛得满头大汗，艾哈卖德惊慌失措，露西不动声色，令众人加快步伐。时至中午，岛上忽传来螺号阵阵，烽火台硝烟四起。艾哈卖德搭手瞭望，只见远离港口，风平浪静的海上，有一百五六十艘单双三桅帆船正朝鲨鱼岛驶来。众人大惊，来船乃维京海盗标志性的长船。

阿中道："维京长船，内镶铁皮，龙骨稳定，船身轻灵，不惧狂风巨浪，挂在船头的黑旗就像觊觎猎物的死神，气势汹汹，定是来者不善。"众人纷纷点头称是。

阿箐神色紧张，艾哈卖德的几个副将，阿卜杜勒·瓦西德与巴塞尔等劝慰道："海盗船虽航速不亚于我战舰，然不堪一击，一旦相撞，必将它掀翻。何况附近海域，唯我国有坚船利炮，火炮一响，敌船灰飞烟灭矣。这几个海盗胆敢入侵，岂不是以卵击石，自不量力？"

晓松道："地震海啸，我国战舰沉没一半，元气大伤。海盗尽管只有维京老式长船，如今也是劲敌，不可藐视。"

艾哈卖德道："林君所言极是。海盗神出鬼没，又是亡命之徒，不可轻敌。传我号令，全岛军民严阵以待，并将沙滩的火炮推出。"

阿莱舰队现拥有五十艘舰船。艾哈卖德、阿卜杜勒·瓦西德率众将披挂上阵，多有将领心下不以为然，携带炮丸尚未备足一半，便虚报弹丸已备足，跟随诸将扬帆出航，巴塞尔负责镇守鲨鱼岛。申时，两军不宣而战。艾哈卖德一声令下，炮声隆隆，水柱冲天，几艘维京海盗船被击沉。众将士伫立船头，哈哈大笑。然海盗船船形窄长，船舷甚低，转向灵活，速度极快，全然不惧火炮。待到两军相距不远，海盗船突然掀开船舷窗板，一门门黑漆漆的火炮喷出火焰，令艾哈卖德等震惊不已。本以为拥有战舰火炮，可为取胜的杀手锏，如今在配有火炮的维京海盗船前，并无优势。海盗船的火炮射程更远，炮火更猛，又左冲右突，神出鬼没，甚至敢从阿莱公国的战舰一二十尺远的近旁高速掠过。海盗张狂面目，

清晰可见。海盗炮手训练有素，从容不迫，舷炮齐发，射速极高，阿莱舰队弹尽之时，只有招架之力，被击沉打残的舰船几近一半，阿卜杜勒·瓦西德中弹身亡。维京海盗船的数量已是阿莱战舰的数倍，又是一顿火炮猛攻，阿莱舰队几乎全军覆没。众将奋勇挡住海盗船，艾哈卖德所乘战舰等五六艘侥幸逃离，然海盗船依然紧追不舍。

维京海盗船不惧岛上的火炮，舰船肩并肩直冲向海滩。双方对射，海盗船更远更猛的火炮，将海岛之火炮炸得四分五裂。巴塞尔将军在沙滩接应，救下艾哈卖德，艾哈卖德令巴塞尔赶紧撤兵，速去报告林晓松。巴塞尔一愣，见艾哈卖德返身应战，只得飞奔而去。沙滩上众将士被海盗火炮炸得尸体横飞，惨不忍睹。海盗们嗷嗷狂叫，冲上沙滩。晓松接报，见情形紧急，速派阿竹领援军杀入，欲救出艾哈卖德，然第一波援军已被海盗火炮炸得血肉横飞，硝烟裹挟血腥，弥漫天空，后续援军不敢贸然冲进炮火圈。

令艾哈卖德心惊肉跳的是，他的诱敌之策全被海盗识破，海盗们不急不躁，用密集火炮断了艾哈卖德的退路，又将沙滩礁石后的密林用油弹丸炸燃，树林密洞口早被炸到坍塌。艾哈卖德叫苦不迭，海盗们潮水般涌入，将艾哈卖德围得水泄不通。艾哈卖德大吼一声，双手执剑，犹如两条银龙飞舞，然同时被海盗五六条钢枪刺透，一口鲜血喷出，仰头倒下。阿竹扑身相救，却被海盗斩落头颅。

海盗步步为营，俨然对海岛地形了如指掌。有将禀报，海盗中有人大声狂叫："哈里子孙，重登祖地！"晓松与阿箐叫苦不迭，且战且退，进入密林。海盗不敢贸然挺进，双方对峙，阿箐羞愧难当，哭泣道："这些年屡战屡胜，我军骄横，然骄兵必败。海盗拥有火炮，实在出乎意料。我军惨败，我愧对父老！"

晓松道："胜败乃兵家常事，虽惨败，然未灭，我等有序撤退，后备军保其力量为上，当务之急是撤离鲨鱼岛。留得青山在，不愁没柴烧，来日东山再起，可光复阿莱公国。"

阿箐道："有巴塞尔将军亲自指挥，众乡里与后备军正在后山登船撤退。此地远离海盗火炮射程，有我率军在此抵抗掩护，只须阻挡敌军一个时辰，我后备军几乎皆可由后山乘船安全而去。阿爸快快撤离，阿梅几个已护住露西妈与华夏弟大明弟登船矣！"

晓松摇头道："如今才稳住局面，与敌相持，我若撤离，将士军心动摇，兵败如山倒。阿箐毋须担忧。只是此海盗诡异，来路不明，我等须小心应对才是，拖为上计。一个时辰后，我军发起猛攻，将密林火炮推出，时不时轰他一下，谅那海盗也不敢大军杀过来。只是弹丸有限，最后将手中手雷扔出之前，务必要等阵地将士全部撤离到这几年新改装的33号洞穴。穿过地洞，便可从容抵达后山，全军登船撤离。"

阿箐大喜道："我与阿爸不谋而合，有阿爸指点，我信心倍增！"

在晓松的亲自指挥下，阿莱公国的将士们又打了一个时辰，居险抵抗，打得神出鬼没。猝不及防。海盗久攻不下，改变计策，正面纵火烧林，越攻越猛，又分兵包抄。晓松见时辰已到，刚想令全军反击，阿梅急慌慌赶来。阿箐大惊失色道："叫你等护住露西妈与华夏大明安全登船，为何独自赶来？"

阿梅哭道："本已登船离去，然露西妈执意回来，欲取回太庙里的祖上牌位与众长辈的肖像，我等阻拦，露西妈挣脱开来跳下船，我与阿中等人只得依她。忙乱之中，大明弟与妮莎努尔也跟在后面，然半路相遇海盗，阿菊阿中等正率卫队苦战，令我前来禀报。"

晓松长叹一声，令阿箐留下指挥，自己提刀率一队卫兵匆匆赶去太庙救援。阿箐阻拦不住，只得令部下大举反攻，一顿铺天盖地的手雷狂炸，海盗鬼哭狼嚎。硝烟散去，阵地已无阿莱军一人矣。

鲨鱼岛阿莱公国太庙前，阿梅、阿兰、阿菊、阿中兄妹几个率卫队紧紧护住晓松露西，双方厮杀，犹如猛虎相搏，死伤一片。情形正危急，阿箐率军冲来，个个杀得眼红，面目狰狞。众多兄妹在阿箐眼前一个个倒下，阿箐眼含热泪，怒吼一声，纵身跃起，砍倒了几个海盗，其他海盗纷纷怪叫围来，阿箐同时身中十几枪，仰面倒下。旁边晓松惨叫一声，连杀十几个海盗，不幸也中数刀，他挣扎起来，用身体挡住露西，冷冷注视前方，听得一声吆喝，众海盗簇拥一人走来。此人长相英俊，三十五六岁年纪，头顶维京护颊头盔，头盔上缀有宝石，身穿锁子甲。晓松认得，此乃海盗头目的装束。这人被身边海盗尊称为"大船长"，他旁边还有多位身着奥斯迪那国军队服装的将士。大船长示意晓松掷剑投降，晓松已知海盗的大概来历，吐了一口血沫，挺胸笑道："但使龙城飞将在，不教胡马度阴山。"

众海盗不明所以，露西将头靠在晓松背上，紧紧抱住晓松。海盗头目见得露西，顿时一愣，犹豫片刻，笑道："实不相瞒，我乃海盗，投奔桑若斯大帝，扫荡鲨鱼岛，当是投名状。久仰林将军料事如神，战无不胜，我本无胜算，以血肉之躯相搏，然我有格画里姆大学研制的火炮相助。今日林将军惨败，为阶下之囚，华夏将军神话已灭，不过如此。"

晓松苦不堪言，悔恨当年制得火炮，虽有保留，做的是哑炮，然不知格画里姆大学依此研制得火炮。他闭目沉默，大船长身旁的奥斯迪那众将军轻蔑大笑，未等大船长发令，举箭便射，晓松与露西相抱，身中密箭，竟然不倒。晓松露西被乱刀砍成两截，大船长拦住众人，脱下战袍，盖在两人身上。

大船长走进太庙，忽见得年方十三四岁的美貌少女，双手护住七八岁的幼童。有俘虏指认，幼童乃阿莱国王子林大明，女子乃艾哈卖德公爵之女，妮莎努尔。尚有王子林华夏下落不明，恐已被巴塞尔抢送出去矣。林大明抱着几本书籍，乃阿妈露西所赠，让他用心研读的。妮莎努尔身后墙上挂有几幅肖像油画，大船长伫立油画前，顿时木然，良久指向露西与其父母的油画肖像，颤抖问道："墙上画作，是何人之像？"

问过数遍，林大明方才答道："年轻者乃我母亲大人，年长者，乃古里国的外祖父外祖母。"

大船长大叫一声，扑通跪下，仰天流泪道："露西堂姐，我艾本尼罪该万死……"

旁边众将军惊骇不已，面面相觑，赶紧抱起哭晕的大船长离去。此时已是黄昏，奥斯迪那军源源不断登岛，有桑若斯大帝之令传来，严查林华夏的去向，生要见人，死要见尸，必要将其带回奥斯迪那国。大船长艾本尼当夜率几艘海盗船悄然离去，带走林大明与妮莎努尔。奥斯迪那军众将盛怒，然大海茫茫，早不知他们去向矣。

大明国永乐二十二年，明成祖去世，仁宗朱高炽即位，下令停止下西洋之举。兵部官员怒烧郑和所有导航设备与航海日志，郑和舰队曾穿越赤道，抵达南半球，瞻仰南十字星，可谓空前绝后之举。洪熙元年，郑和被任命为南京守备，率下西洋之明军镇守南京。

漂泊大海的艾本尼改姓换名，疲于奔命，逃避奥斯迪那国的追杀，蛰伏在各小岛上，颠沛流离。妮莎努尔与林大明执着寻找林华夏，艾本尼四处打探，偶闻大明国郑和舰队曾再次造访古里国，又惊又喜，以世代海上船家身份，摇身一变为商贸船队，赶往古里国暗中打探，方知大明国的变化。郑和舰队最近一次到访古里国，乃大明宣德五年。明宣宗朱瞻基曾命郑和往西洋忽鲁谟斯等国公干，抵达古里国后，曾差人带瓷器、丝绸等物前往天方国。郑和又在古里国建造一庙，立有石碑。有客商传闻，郑和于回国途中驾鹤西去，可惜一代英豪就此谢幕，留下千古绝唱："涉苍冥十万余里，观夫海洋、洪涛接天、巨浪如山，视诸夷域、窘隔于烟霞缥缈之间，而我之云帆高张，昼夜星驰，涉彼狂澜。"艾本尼打听得小庙地址，与妮莎努尔、林大明前去祭拜。

海边山坡上，小庙破落荒芜，碑文写着："永远长生供养，祈保西洋往回平安，吉祥如意者。大明宣德七年，大明国太监郑和、王景弘同官军人等。"艾本尼仰天长叹，林大明回国之梦难矣。

艾本尼率众就此定居于古里国，重操祖上贸易之业。妮莎努尔全心相伴林大明长大，守身如玉，一直未嫁。林大明而立之年，中秋之日，梦中见得华夏哥与父亲在五彩村水田插秧，阿母露西在田埂上抛着一把把秧苗。大明于梦中惊醒，次日讲给艾本尼与妮莎努尔听，两人皆流下眼泪，原来他俩昨晚也梦见林晓松与露西。大明再次提出要回归大明国，艾本尼不语，大明三日不食。艾本尼叹道："比不得郑和舰队，有巨船可以远渡重洋。如今仓促出海，几乎等同于自寻黄泉路。我愿倾尽家财，购买古里国最大的商船，招募富有远航经验的水手，大明毋须焦虑。"

次年五月，林大明跪拜艾本尼，洒泪告别，正式踏上回归华夏之路。妮莎努尔相随大明，乘堂舅所赠的商船，一路颠簸，途中遭遇惊涛骇浪，猖獗海匪，走走停停，三年方至苏门答腊，船上水手死伤一半，又遭海盗打劫。林大明与妮莎努尔被众水手拼死相救，侥幸逃出，流落于苏门答腊巨港城。大明身患疟疾，妮莎努尔跪求郎中出手相救，大明病愈，然妮莎努尔又染病不起，病死前指着一油布包裹，大明会意，此油布包裹父亲晓松之遗物，当年父亲被杏儿姑姑抛出的毒刀误伤，幸有此油布包裹中的书札挡住，才没有大碍。大明哭泣中点头，妮莎努尔方撒手人寰。

林大明流落异国他乡，饥饿难耐，乞讨数日，后成为苏门答腊商船船工，终年在海洋飘摇。年近五十，随商船抵达占城国的新州港。自古华夏商舟泛海往来的外藩者，皆聚于此，为大明国南方的第一码头，乃郑和下西洋的首站，被称为贸易天堂。大明在新州港暂居十几日，方知大明国永乐七年，大明国应占城国的请求，出兵击败安南国，安南被并入大明版图之内。占城国度过劫难，对大明国感激涕零。大明狂喜，告别苏门答腊商船，留住新州港，从事小本贸易。然此时去华夏贸易之商船几乎中断，大明花甲之年，终得己船，铤而走险，悬挂海盗旗，前往大明国。

大明国的南海天高海阔，浪激鱼飞，云舞鸟翔，大明伫立船头，脚下已是华夏的大海，心潮澎湃，叹道："天下之水，莫大于洋，万川归之，不知何时止而不盈；尾闾泄之，不知何时已而不虚；春秋不变，水旱不知……计四海之在天地之间也，不似礨空之在大泽乎？"远处天边渐起乌云，沉沉压来，一道长龙闪电，一声清脆霹雳，狂风暴雨犹如天塌倾泻，巨浪滔天，商船猝然被掀翻，大明被抛入大海，垂死挣扎，被暴怒大浪卷入漩涡。

大明渐渐苏醒，摇头揉眼，心中大惊，只见自己腾云驾雾，飘飘欲仙，身下是一望无际的大海，船帆岛屿若隐若现，白云苍狗，瞬息万变。莫非是躺在飞毯之上？听见呱呱一声鸟叫，大明方知自己被一只大鸟驮在背上，腾地坐起，问道："神鸟，难道我在梦中？"

大鸟嘎嘎笑道："我乃阿普陀思海鸟。你可掐一下大腿，不就知晓？"

大明狠掐大腿，又道："好疼！的确不在梦中。哎呀，失敬失敬，恩公原来是令人起敬的爱情神鸟。听得传说，神鸟从不飞往华夏之地，如何在此地救起在下？"

阿普陀思海鸟道："你父逝去当晚，我在梦中知晓我的前世经历。我前世本是你祖上养的一只火鹰，与你祖辈相伴几十年，为其怒烧过仇家的府邸。后成为孤魂野鬼，多与你父相伴。你父随郑和下西洋，我便投生为阿普陀思海鸟，依然不离你父。如今我垂垂老矣，见过你与令高堂多次，也倾听过令尊畅谈华夏之美，早倾慕不已。我乃落单孤独之鸟，梦中常见得令尊，他拜托我相助大明回归华夏。飞去华夏，正合我意，我便一路跟随你，见大浪滔天，从海浪中将你救出。此乃我一生最后一次远翔，有你一路相伴，我三生有幸！"

大明哭泣道："大恩不言谢，在下无以为报，尚不知恩人尊姓大名，着地后我磕头谢恩！"

阿普陀思海鸟道："老夫姓刑名天，曾听得令尊所吟，施恩不求报，与人不追悔，所谓善人，人皆敬之，天道佑之，福禄随之，众邪远之，神灵卫之，所作必成，神仙可冀。何必言谢？旅途寂寞，公子饱读诗书，不妨讲些有趣事，以解寂寞。"

大明笑道："古今中外，诗词歌赋，哲理数论，农工之技，兵戈战争，神话传说，数不胜数。刑天恩公愿听何类？"

刑天眨巴眨巴眼道："曾见令尊言及故里栽种粮食事宜，两眼放光，兴奋异常，然不至详情。大明公子可否告知？愿闻其详。"

大明欣然道："家父每每说起种田，滔滔不绝，如数家珍，若说清五谷的栽种，三天三夜都未必够用，单拣栽种水稻略微说说，如何？"

刑天点头道："正合我意。千顷秋风酿日光，游人犹记稻花香。眼前谷穗低垂范，陌上人家饱暖仓。陶瓮浊醪谁后品，御厨新米我先尝。田家水旱将成果，祈盼雨师醉梦乡。"

刑天所吟之诗，将大明引入田野山丘的雾霭中，自己俨然是家乡一农夫，赤脚踩着水稻秸秆铺就的田埂，回到魂飞梦牵的五彩村，满眼是层层叠叠的梯田。早春，梯田的轮廓在雨雾中若隐若现，犹如淡墨水彩般飘渺的画境。盛夏时分，又是一片片绚丽的色彩随风飞舞。秋日，随着阳光的变幻，整个梯田闪耀着金色的光辉。严冬，白雪覆盖下，梯田只留下一道道线条，简洁明快……

又是一年春来到，布谷鸟的叫声点亮了农夫黝黑的脸庞，一碗老冬酒喝下，再嚼一大块金黄透亮的腊肉，拍拍露筋的腿肚子，一声吆喝"开犁啰"，人群便欢笑起来。犁刀闪闪，水牛哞哞，黑油油的稻泥从冬天的被窝里翻了一个身。金黄种谷撒下，幼嫩的青苗从水面下探出头来，在春风中摇曳着徐徐长高。插秧的日子，多半是烟雨蒙蒙，头顶斗笠，身披蓑衣的男女老少你追我赶，欢歌笑语在山间回荡。

转眼间，绿油油的水稻已长得娉婷袅娜，稻田水面上有精灵般的水蜘蛛和结队飞舞的蜻蜓，色彩斑斓的蝴蝶，花蕊采蜜的蜜蜂，空中穿梭的燕子。与水稻相伴相生的稗子是稻子同源，于摇曳中亲吻。可怜的稻鼠日夜小心翼翼躲着老鹰、水蛇与猫头鹰。潜伏在稻田的蚜虫、螟虫、瓢虫、西瓜虫、螽斯、蝼蛄、蚂蚱、稻飞虱、金龟子、水龟子等虫子大军，皆是青蛙口中的美食。肥嘟嘟的鸭子疯狂扫荡着水面上的浮萍绿藻，贪婪吃着虫子与鱼儿虾蟹。

夏日炎炎似火烧。田地龟裂，河里，湖里，低洼泥塘中，一辆辆水车架成长龙，农夫夜以继日轮番踩踏，一串串汗珠掉入清冽水中，于是，鱼儿在谷稞间游戏打闹，尾巴猛地一甩，溅起涟漪水花，惊得无数小虾逃窜。泥鳅与黄鳝对峙，吹着胡须比着赛，替禾苗打洞透气。那黑乎乎一纵一纵蠕动，被人厌恶的蚂蟥，紧盯着青蛙不放，又得提防自己像蚯蚓一般被水蜈蚣撕咬吞噬。横行霸道的螃蟹，大脚钳夹着小蚌。蝌蚪渐渐变成硕大的牛蛙，不停地呱呱叫。甲鱼趴伏在水底，慢慢地吞吃田螺。

嘀，那是什么？田野上，百鸟齐鸣飞翔，高腿鸟，长嘴鸟，一行白鹭下水田，一口叼起稻田的小鱼。稻田边草地上的水牛，漫不经心甩着尾巴，讨厌的牛蝇还老围着它嗡嗡纠缠。立在牛背上的牛背鹭也不得闲，数着满天飞舞的蜻蜓。青脚鹬迈着一双秀腿，在水中骄傲地散步。脚红身灰的嘟嘟斑鸠，羡慕地看着不远处珠颈斑鸠颈脖戴着的宽大项链。荷花鸟、白胸苦鸟、灰头麦鸡等，默默地在稻田中跳来跳去，白腰文鸟在稻穗上荡着秋千。被称为稻田仙女的是稻田苇莺，那瘦不拉叽的谷雀、麻雀、蜂雀、黄雀等日夜盼着水稻成熟。最悲壮的是等死鸟，它辛辛苦苦在水稻茂密处搭建漏风又漏雨的窝，秋风乍起，农夫一声高呼"割稻啦"，惊醒的它一头扎进水里，心里默念，一旦被擒，失去自由，就一头撞死。等死鸟啊，宁为玉碎不为瓦全……

"哎呀，海岸！"

沉浸在水稻田畅想中的大明惊叫一声，豁然见得海边青翠的山崖，银色的海滩，摇曳的树林。他激动异常，兴奋拍打着刑天："恩公，快看，海岸！"

刑天竭尽全力扇动一下翅膀，气若游丝，声如蚊呐道："方才山川米聚，如今近在咫尺矣，秀色可餐。此时为几月？"

大明闻之，心中突然惶恐不安，急切问道："恩公，可是有何痛楚？"

刑天不语，眼睛微闭，满脸痛苦，萎靡不振，翅膀慢慢耷拉，身体渐渐坠落，眼中充满无奈与遗憾。刑天拼尽全力说道："公子，抱歉，我恐不能载你到江西。抱紧我颈脖，可安然飘落于海上。大明国如今禁海，公子西洋人相貌，又是海盗着装，须得小心……"

大明大哭："恩公……"刑天已力竭而死，一头栽下。大明一手抱住刑天的脖子，一手紧紧攥住身上的包袱，抖动，旋转，下坠，心脏猛缩，大脑一片空白。轰然一声，大明与刑天掉入海中，很快又浮出海面。硕大的刑天尸体漂浮在海上，大明哭泣中爬上，环顾四周，见离海岸不远，大明拔下刑天两根羽毛，当成划桨，向海岸渡去。

不多时，刑天尸体被礁石搁浅，大明流着眼泪爬上礁石，终于脚踏大明国矣。他四下张望，再回头看时，刑天的尸身已渺无踪影。大明跪下，冲大海三叩九拜。此时已是夕阳西下，恐鼻梁高耸被人一眼认出是西人，大明只得捡块石头削低鼻子，猛砸脸面，痛晕过去。是夜，风高月黑，有偷渡者爬上山崖，忽见得前方土坡，正在窃喜有躲藏之处，忽听见旁人惊呼有饿狼袭来，众人一起狂奔而逃。山坡间大明挣扎爬起，跟跟跄跄跑出几步，终筋疲力竭倒下，哆嗦取下背上的包袱，埋于土中。身后一饿狼扑上，林大明一口咬住饿狼脖颈不放，其狰狞吓退后面众狼。大明抱紧饿狼滚下山崖，终究与狼共死矣。

次年秋季，有孩童追赶蛉蛄，奔向前面山坡膝盖高的青青草地，见蛉蛄叫唤飞来，便猛地挥手抓去，不料脚下一个趔趄，绊出一条苗藤。藤茎下呼啦啦扯出好几个拳头大的圆乎乎的果实，孩童不知何物，摘下果实，见下面还有一个油纸小包，撕开一看，乃两本书册与一个小纸包。孩童回家路上，跳过一条小溪时，光顾着护住身上的果实，竟颠落其中一本书，落于水中，也未理会。他回到村里，找到烂眼算命先生，用剩下的东西换得几个铜板。烂眼先生仅识得几个字，见小纸包上有歪歪扭扭几个汉字："辣椒籽"。烂眼先生不知何意，敲开村里乡绅锈迹斑斑的门扉，又将这些东西从乡绅那里换得十几个铜板。乡绅乃当地一落第秀才，见书扉上写有四个大字：《农工科技》。翻开第一页，乃中华篇也，书尾写着："瘴雨蛮烟，花甲梦，尊前休说。"秀才灯下捧书，读完其中《谷物》一篇，便击掌大声道："此乃天书也，价值连城之宝物也无法相比！哈哈哈！"

一笑惊醒睡梦中的糟糠之妻，其妻骂道："又抽风矣，可惜灯油！"一脚踹去，秀才竟不言疼。妻子打眼一瞧，老伴已然中风，口角垂涎，然笑容满面，一直指着灯下的枯萎蛉蛄尸壳。其妻哭道："秋后蝉也……"

黑无常叹道："林晓松将红薯与辣椒引入华夏之夙愿，由其子实现。但愿大明国饥荒少矣，其毕生著作可以幸存，有功于中原农工。只可惜露西倾尽心血的《世界知识大全》成为鱼腹之食，竟未能留存于世。"

白无常点头道："那林晓松之子千辛万苦回到大明国，不曾吃上一顿饭便身亡西去。也不知他兄长已有了人丁兴旺的家族，正在返回奥斯迪那国的路上矣。"

牛头与马面面面相觑，牛头黯然道："一切皆空，粒子湮灭与产生而已。"

（全书完）

《岩隗》编后记

文／檬檬

　　人来到这个世界，都是有使命的。有的作家在浩瀚岁月里惊鸿一现，只留下一词一句，便如流星灿烂，照亮整部文学史；有的作家则留下等身巨著，几代人之后仍然能够影响后人的价值观，令人常读常新。作家，作品，读者，世界，四者缺一不可，共同构成了"文学"。

　　作为一部刚刚问世的文学著作，《岩隗》还在等待着读者不同视角的解读。这个故事，波澜诡谲，看似松散，实则被一根红线从始至终牢牢牵住。有时候这根线像是没有了踪迹，但读完整个故事，才会发觉它的无处不在。沉浸其中，能感受到作者被巨大的悲悯所驱动，让读者掩卷退思，荡气回肠。

　　作者笔下的五彩村，物产富饶，与世隔绝，藏龙卧虎，大概寄托了作者对于"理想社稷"的构想。从林家的第三代人，阿兰、阿菊与鬼子的人物形象设计可以看出，作者似乎是以他们的故事，探寻以"农工技艺"建立一个人人平等，不愁吃穿的世外桃源的可行性。但很快的，文明与科技抵不过阴谋和野蛮，鬼子这样的能工巧匠，阿兰阿菊这样的农业好手，在面临残暴战争的时候，几乎全线崩溃。

　　以盼富为代表的林家第四代人，信奉的则是无为而治，默默积累。盼复的夫人林氏，对儿子晓松的期待是踏实地做一个农夫，不要像他外祖一样虽怀揣技艺，却四海飘零。这样朴素的愿望却也落空，盼富被代表野蛮力量的夷人山寨掳走，下落不明。但在这样的情节设定中，仍然可以看到，即使是化外之人一样的夷人山寨，也开始重视生产力，重视学者、工匠的作用。

　　至第五代，以晓松为代表的林家人，则靠读书寻找出路。晓松天资聪颖，勤奋好学，拜郭乡绅为师之后，受到点拨，参与科考时一路出类拔萃，直至京城会试，然敌不过小人的陷害和选拔制度的落后，最终仍是"道不行，乘桴浮于海"。

比较悲剧的是，五彩村挣扎多年，却一直没有摆脱贫困的阴影，瘌痢牯一家的悲惨遭遇，读来让人尤为痛心。虽然有农工技艺超群的林家，有乐善好施的郭家，但村里那个作恶多端的梁家，如附骨之疽，直到故事的最终也没有被彻底拔除。作者似乎是带着一点"二律背反"的哲思来设计这个梁家，就像太极八卦中的"阴/阳"一样，只要有阳光，就必然有阴影。这个"阴影"最终好似吞噬了所有人，是善良之人对恶的克制不够？是恶的生命力太大太强？怎样克制"恶"，弘扬"善"，并警惕"善"中制造出来的"恶"……这些问题，就留给读者去思考吧。

如果说五彩村还是带有理想色彩的华夏乐土，那与它千丝万缕但更为孤僻诡秘的"隗竹山寨"则是作者尽情挥洒想象力的世外仙境。夷人山寨最终消失，他们带着从中原抢来的能工巧匠，到底去了哪里？他们是否开辟了一条崭新的发展之路？我们不得而知。

在作品的架构方面，读完最后一章，会觉得与第一章是一个轮回。也许是从一个甲子之后回到人间的林晓松，又开始了他这一生的故事。这个设定特别符合中国道家"大道之下，万物无生无死，只是有聚有散"的哲学，这跟作者一直在阐释的"粒子纠缠"多么吻合。这样的设定带着一种悲壮的宿命之美，如果一切都是既定的轨迹，怎样才能摆脱这种周而复始的"生存—毁灭"之路呢？

故事的背景是在元末明初，书中涉及的元明两朝官府架构、官职描述、明朝科举制度等细节，作者参考了大量的史料，是尊重历史的。主人公的生活背景是古代的江西，所以人物对话中还有大量的江西方言，为了避免打断读者阅读，我们尽量避免使用脚注或者编者注，只有在特别难懂的字词会以括号注明。我们认为这种方言的使用让故事别具地方韵味。另外，故事中提到的"粒子学说"也并不是作者的虚构。我国战国时期的哲学家惠子有云："一尺之棰，日取其半，万世不竭""至小无内，谓之小一"，被视为古典原子学说中原子的概念。《岩隗》中还有大量对于中西文化异同的讨论，对于我们今天如何进行科技创新、文化强国，也是有重要意义的。

我跟作者李家驷老师之间的交流其实并不频繁。我也是带着很多疑问做完这本书，但我并不想向作者刨根问底。因为对于我来说，阅读不是为了寻找一个既定的答案。阅读中带来的思考，本身便是作者给予我们的礼物。千个读者，定能读出千种《岩隗》。我们敞开信箱，期待着您的心声与交流。（3644950589@qq.com，luyuanyuan@cnipr.com）

正所谓：伐木丁丁，鸟鸣嘤嘤。嘤其鸣矣，求其友声。